VONG

Für m1 Muti

#1

VONG-BEGRIFF	ÜBERSETZUNG
@ Shirem	Ed Sheeran
1	Eins/Ein
11	Elf
1wand	Einwand
1fach	einfach
1horn	Einhorn

BESCHREIBUNG	BEISPIEL
1 bekammter Senger aus England.	I geh nit auf das @ Shirem-Kongzert.
Zalwort, Ziffer	Mach dir mal nicht 1.
Zahrter, anmutigr Naturgicet aus der Welt vong Sagem und Mehrchen her.	I bims 1 süser 11 mit 2 spitzen Ohren.
Äuserung vong 1 abweichenden Aufassung.	Wer 1 1wand hat, möchte jeds bitte gehn LOL!
Gegemteil vong schwer.	Das Leben is nit 1fach.
Fabeltier, was aussieht wie 1 Fert mit 1 langen Horn auf DM Head.	I schnall mir 1 Dildo auf dem Kopf. Hüüüüh! I bims, 1 1horn!

1
A
B

VONG-BEGRIFF	ÜBERSETZUNG
4sich	Pfirsisch
Abba	Aber
Auweier	Auweia
Bätt	Bett
BB/Bebi	Baby
BBQ	Babykuh

BESCHREIBUNG	BEISPIEL
Rumdliche, saftige, Frucht mit schöne Haut und 1 grosem Kern.	Täusch i mi, oder hasd du 1 4sich Po?
1wand oder bedemklicher Punkt.	Enimen kann nit singen, abba ABBA.
Ausspruch, wie „Oh Gott!11!!“ oder „WTF!“.	Auweier, du schaust abba gar nit gut aus.
Möbelstück zung schlafem.	I geh jeds ins Bätt.
Kleimkind im 1. Lebensjar.	I wünsch mir schon lange 1 BB, knall mi!
1 kl1nes Kind vong 1 großem weiblichen Rint.	Auf der Weide steht 1 süse & kl1nes BBQ.

B C

VONG-BEGRIFF	ÜBERSETZUNG
Bims	Bin/Bin es
Bimson	Bison
Biotonne	Dicker Veganer
Brokulli	Kugelschreiber des Freundes/Bruders (Bro + Kuli)
C	Zeh

BESCHREIBUNG	BEISPIEL
Unregelmesiges Werb	Halo, I bims.
Wildes Rind aus „MUUURICCCAAAA!“	LOL! Schau ma, 1 Bebi-Bimson!
Das erklert sich vong selbs, LOL!	M1 feta Freumd will nit Salat essem, der will nur Fleisch – der ist 1 Anti-Biotonne.
Schreibschdift mit 1 Kugel drinn.	Ey, gib ma d1 Brokulli!
Teil vong Fus her oder Klobnauch.	I han da 1 Aua an C.

KEINEN BOCK AUF DAS BUCH?

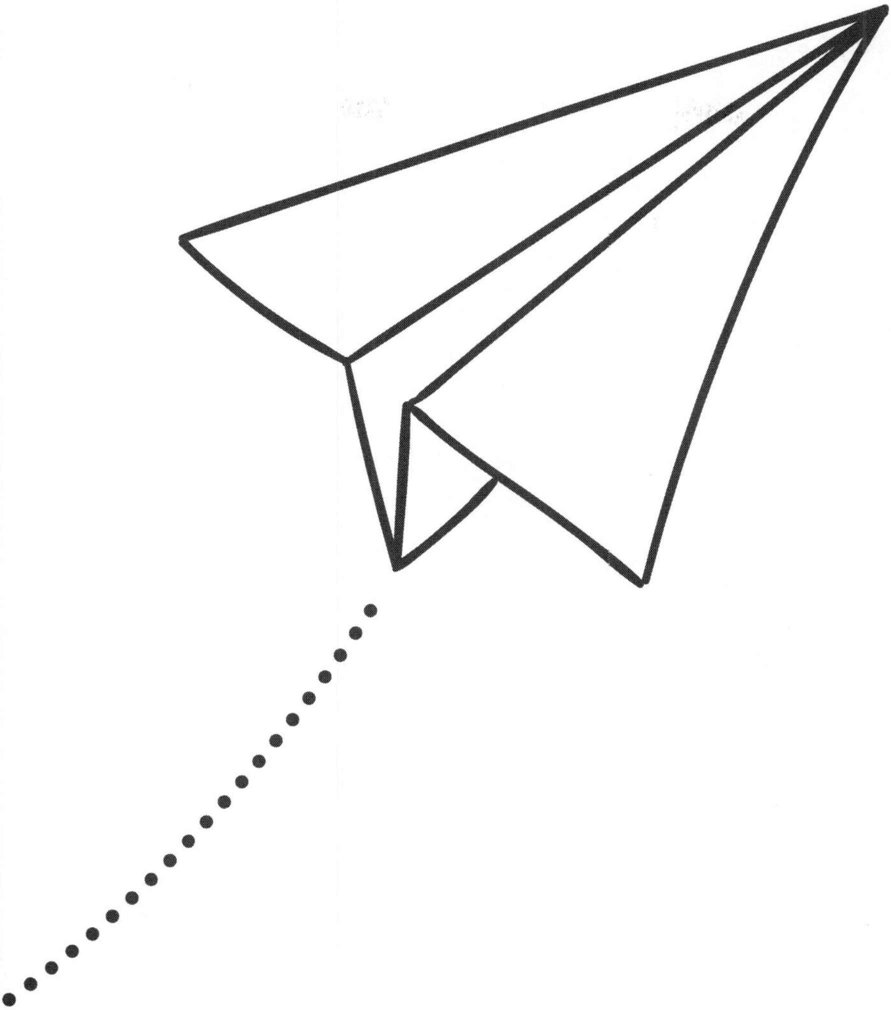

ZERKNÜL EIMFACH 1 PAR SEITEN UN BAU 1 PAPIRFLIEGR, LOOOL!

C
D
E

VONG-BEGRIFF	ÜBERSETZUNG
Crêpiert	Sättigungsgefühl nach Crêpe
D1/M1/S1	Dein/Mein/Sein
D8e	Dachte
Damke	Danke
Di/Mi	Dich/Mich
Effchem	Äffchen

BESCHREIBUNG	BEISPIEL
Zustand nach overmesigem Pfandkuchenkonsum.	I kan nit mer! I crêpier.
1 Bronomen	Das is nit m1 oder d1. Das ist s1!
Vergangenghaid vong „denken“.	I han ged8t du kümerst dich um d1 Bruder.
Gegemteil vong Bitte.	Damke, Mrekel!
Akkusativ vong „du“/„ich“	Das hat di nit zu interesiereng, nur mi!
Seugetier (Primat)	1 Fert & eim Effchem, RATATATATATATA...

C D E

E
F

VONG-BEGRIFF	ÜBERSETZUNG
Elefamt	Elefant
Emteuscht	Enttäuscht
Emtschuldigum	Entschuldigung
Ernsmal	Erstmal
ESL	Esel
F@/Fätt	Fett

BESCHREIBUNG	BEISPIEL
Graues und groses Seugetier mit 1 Rüssel.	LOL, du has 1 Schlauch wie 1 Elefamt.
Wenng 1 Hoffnung nit erfühlt wirt.	I bim emteuscht vong dir. Das hätt i nit ged8.
Rechtsfertigung für 1 Fehler.	Wiso sollte i mi emtschuldigem?
Adwerb	Bekom du ernsmal Haare an Sack, du Lauch!
Sieht aus wie 1 lustiges Fert, LOL!	I bimso arm, i brauch 1 Gold-ESL in Keller.
Nit so schön.	Richtig f@e Party, Digger!

F
G

VONG-BEGRIFF	ÜBERSETZUNG
Fe	Fee
Freumde	Freunde
Fruchdwaserkolege	Zwillingsbruder
Fux	Fuchs
G	Geh

BESCHREIBUNG	BEISPIEL
weibliches Märchenwesen	I han 1 Zauberstab & 1 Tütü – i bims, 1 Fe!
Gegenteil vong Feint.	Wer solche Freumde hat, braucht k1e Feimde.
Wenng 2 Menschen vong 1 Mudder ausgetragen werden (wie 2 Zeitung, LOL).	I han 2 Gschwister, 1 davong is m1 Fruchdwaserkolege.
Kl1nes Raubtier ohne Seele mit 1 fluffy Fell.	Es gibt nit so viel Tag im Jahr, wie der Fux am Schwanz hat Haar.
Sichfortbewegen auf Füsen.	I g heut nit in Club, i guck Nettflick.

F
G

VONG
GENERATOR

WWW.VONG-GENERATOR.COM

Du weist nit ob d1 Bewrebung gut genug für d1 neuem Arbeitgeber isd?

Du wilst an dem Bürgermeista 1 Beschwerde schreibm und weist nit, ob du ales richtig geschriem hans?

Du wilst dein Mamma 1 netteng Prief schreibem und wir sollen den korrekturlesem?

Unter www.vong-generator.com ganse Texde korigiren lasen!

D1 NEUES SHIRT?
JEDS KAUFEM!

G
H

VONG-BEGRIFF	ÜBERSETZUNG
Gans	Ganz
Gfragt	Gefragt
H&	Hund
H1	Heinz
Halo	Hallo
Han	Haben
Heisd	Heißt/Heißen

BESCHREIBUNG	BEISPIEL
Vollstengdig	Das war gans groses Kino.
sich erkundigen	Ob du behindret bist han i gfragt!
kleines Seugetier mit 1 lauten Maul.	Du H& hast mich bei der Pozilei verfiffen.
Doitscher Vorname	Tante Horst und Onkel H1 simd 1 Par.
Begrüsung	Halo, i biiiiimmsss!
über etwas verfügen	I han gesagt du helsch jeds dei Schnaudsche.
sich nennen	Wie heisd du?

G
H

H
I

VONG-BEGRIFF	ÜBERSETZUNG
Herr Reporte	Harry Potter
Himbehr	Himbeere
Hoespital	Hoe + Hospital
I	Ich
Imteligment	Intelligent
Issd	Isst, essen

BESCHREIBUNG	BEISPIEL
Ficktiefe Person aus 1 Roman vong Jaybee Rohling.	Du hans ja auch 1 Herr Reporte Nahrbe.
Pinke Frucht	Buhuuuuu! Hir kommt der Himbehrgeist, LOL!
Krankenhaus für untreue Frauem.	Mit der bim i durch, die isd in Hoespital.
Die wihstige Person: I	Das hab i so nit gsagt.
Wenn man 1 schlaue Mensch isd.	I g Genasium, i bims imteligment.
Narung zu sich nemen.	Issd du die Wurst noch?

J
K

VONG-BEGRIFF	ÜBERSETZUNG
Jedsd	Jetzt
K1	Kein
Kamst	Kannst
KC	Katze
Kieffer	Kiffer
Kmehl	Kamel

BESCHREIBUNG	BEISPIEL
Nit gestern, nit morgen, sondern jedsd.	Wollem wir uns jedsd treffem oder speter??
Nichts, nassing, nadja, niEnte.	K1 Zeit für deim Gelabber.
etwas thun	Kamst du nit 1 mal deim Fresse halten?
1 sehr süses Tier mit 1 Schwans.	In China essem sie H&e umd KCn.
1 Mensch, der Maria-Jana konsumirt.	I han nur Kieffer in m1 Freumdeskreis.
Trampeltier aus der Wüste.	I Kmehl hab dem au noch Geld gelien!

J K

VONG-BEGRIFF	ÜBERSETZUNG
Krimeneler	Krimineller
Krisd	Christ
Lappem	Lappen
Lauch	Jüngling, Halbstarker
Ledy	Lady, Dame
Libelingsautfit	Lieblingsoutfit

BESCHREIBUNG	BEISPIEL
Tettowierte Person, die 1 Straftat begeht.	I war das nit, I bims doch nit krimenel!
Anhenger des Krisdentums.	Krisd gleich 1ne auffe Schnauze!
Fürerschein, Stück Stoff oder eimfach 1 richtiger Larry ohne Bizeps.	Larry, du bimst 1 richtiger Lappem.
Kurzform vong Lauchenzio (italenischer Vorname)	Markire 1nen Lauch!
Emglische Bezeichnung für Dame.	I bin 1 richtige Ledy.
Wenn man 1 Kleidungsstük gernhat.	Meim Libelingsautfit is das kl1ne Schwarze.

KEINEN BOCK AUF DAS BUCH?

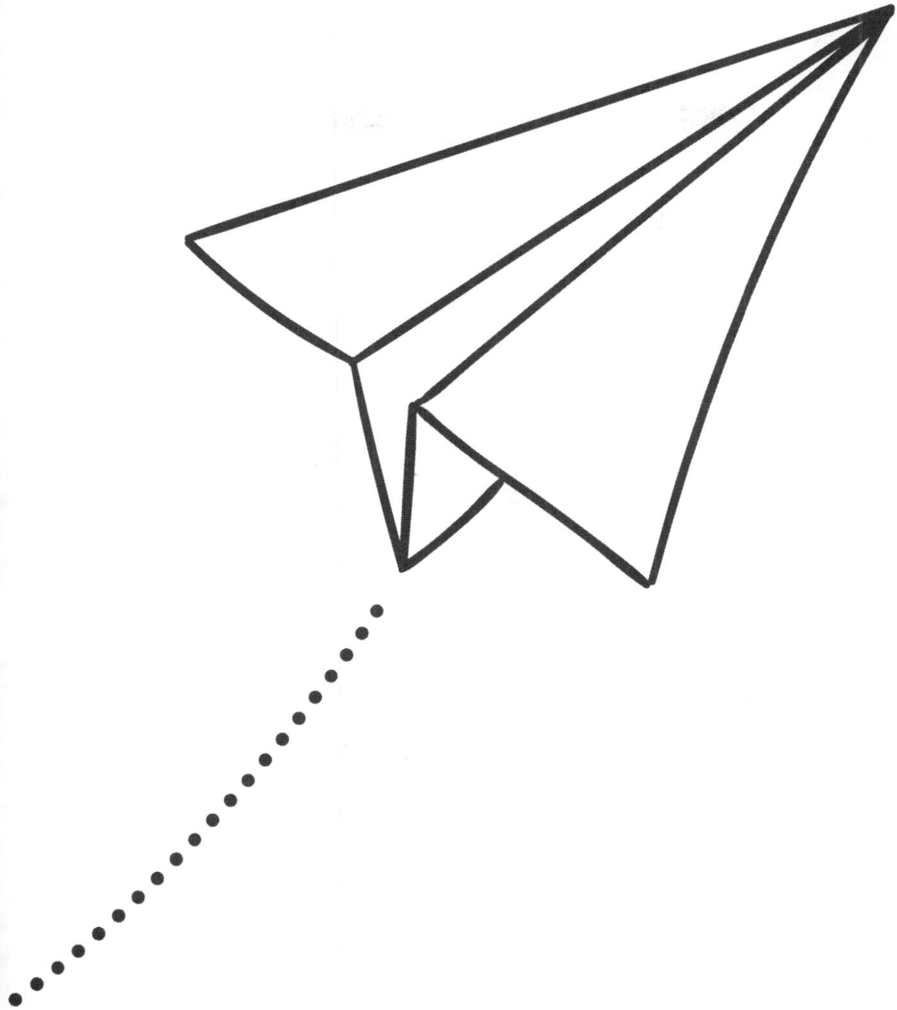

ZERKNÜL EIMFACH 1 PAR SEITEN UN BAU 1 PAPIRFLIEGR, LOOOL!

VONG-BEGRIFF	ÜBERSETZUNG
LOL	laughing out loud
Mäzger	Metzger
Meim	Meinem
Melon	Million
Milpfärt	Nilpferd

L M

BESCHREIBUNG	BEISPIEL
Drückt grose Eiterkeit aus bzw. gängiges Fülwort.	Du bisd 1 Spasd, LOL!
Fleischer	I han schon wieder Pizza bestelt, bald muss i zun Mäzger.
Preposizion	Meim Krampf.
1000 mal 1000	I hät gern 3 Melon auf m1 Konto. Dann könnt i mir 1 neue Playsteschn gönnen.
Massiges Flussfert oder 1 dicke Mensch.	In den Legins siehs du aus 1 Milpfärt. #JustSaying

L M

VONG-BEGRIFF	ÜBERSETZUNG
Niceigkeit	Nettigkeit
Nit	Nicht
NT	Ente
Oberkörperfly	Oberkörperfrei
Papagay	Papa + Gay

N
O
P

BESCHREIBUNG	BEISPIEL
Wen man lieb isd oder etwas gut ist.	Parti ledsde Woche war richtig gut vong Niceigkeit her.
Verneinung	Mach nit immer so 1 Tamtam!
Füttern di am Ende des Monats mit Brot, LOL!	Mach k1 Duckfes, du siehs aus wie 1 NT.
Nackedei	In Sommer bims i oberkörper fly am been.
1 homoxesueler Papa	I hab k1 Mama, i han 2 Papagays.

N O P

VONG-BEGRIFF	ÜBERSETZUNG
Plözin	Blödsinn
Primzessin	Prinzessin
Pytschama	Pijama
Q	Kuh
Reimgefallen	Reingefallen

P Q R

BESCHREIBUNG	BEISPIEL
Sinloses Hanteln.	Mach nit immr so 1 Plözin, sons zie i dir die Ohrn lan.
Weibliche Form vong 1 Prinz her.	Mein Freundim is 1 richtige Primzessin auf der Ersbe.
Dumes Wort für 1 Schlafanzug.	Ramona gibt an Samstag 1 kuhle Pytschamaparti.
Flekiges Tier vong grüner Weide.	Du dume Q.
Wemm man sich verkakeiern lesd.	I bims garnit gestorbem, war nur 1 Prank. Reimgefallen! :D

**D1 NEUES SHIRT?
JEDS KAUFEM!**

D1 NEUES SHIRT?
JEDS KAUFEM!

VONG-BEGRIFF	ÜBERSETZUNG
Reingukt	Reingeschaut
Renate	Vorname
Schlamge	Schlange
Schwamger	Schwanger
Schwimdeling	Schwindelig
Simgel	Single

R
S

BESCHREIBUNG	BEISPIEL
	Kans mi schlagem, i han reingukt.
Halb Rentner, halb Granate.	Mama, du schaus aus wie 1 richtige Renate.
Kriechtier oder 1 hinterheltige Frau!	Rebecka! Du bis 1 falsche Shlamge!
Wenn man Sex hant mit 1 richtige Frau und nit aufpasst, LOL!	Du bis schwamger, wi du di bewegs in dem Autfit, schwamger, ...
Wenn 1nem nit gut is.	I han zuviel trunken, mir is gams schwimdelig.
Ohne 1 Partner/in.	I bleib meim Leben lang Simgel. Forewer Elon.

KEINEN BOCK AUF DAS BUCH?

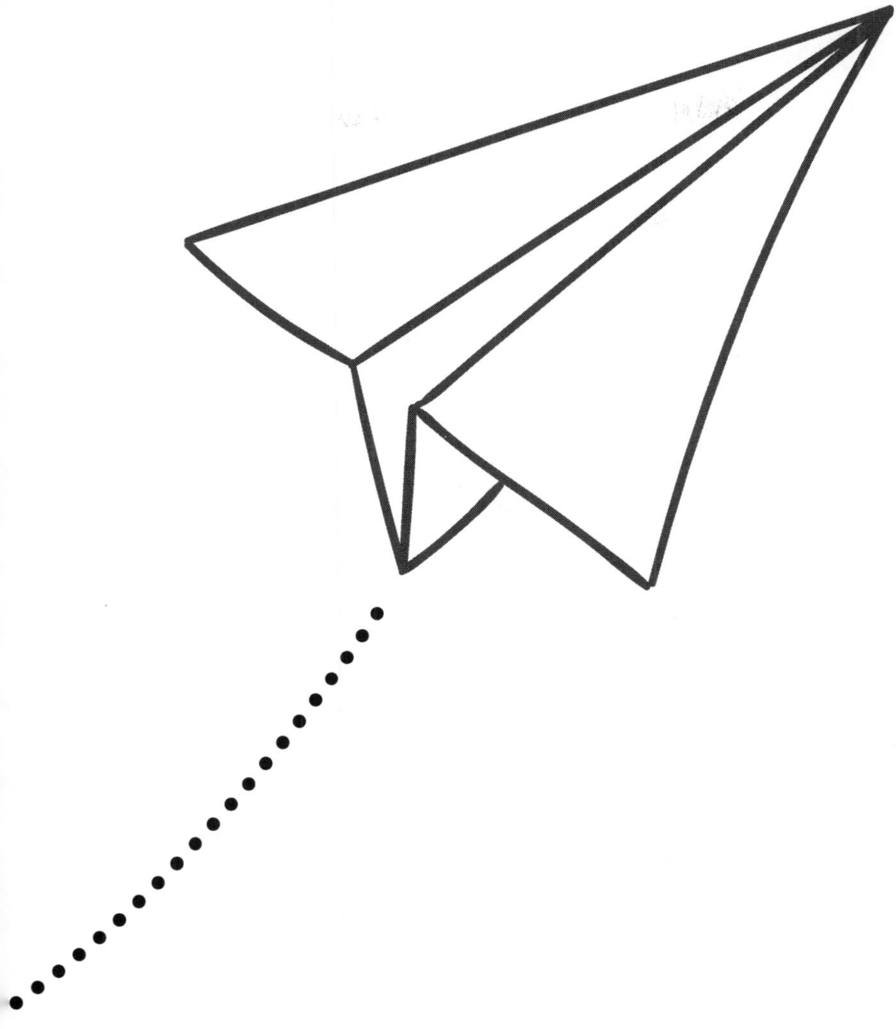

ZERKNÜL EIMFACH 1 PAR SEITEN UN BAU 1 PAPIRFLIEGR, LOOOL!

VONG-BEGRIFF	ÜBERSETZUNG
Sori	Sorry
Spasd	Spast, Idiot
Speis-Girls	Mensa-Köchin
Televong	Telefon
Ti-Schert	Tshirt
Tobias	Vorname
Treniren	Trainieren

S
T

BESCHREIBUNG	BEISPIEL
Höflichkeitsforml zung Emtschuldigum.	Sori, du Model!
I bim k1ner, du bimst 1er!	Du bisch der Spasd, i bims normale Mensch!
Mehrere heise Essenz-Ausgeberinnen.	Di schwingt die Kelle wie 1 echtes Speis-Girl.
Der Gerät zung Nahause televongieren.	Mir is m1 Televong ins Klo gefalem :-(.
Begleitungsstük für dem Operkörper.	I trage Ti-Shert und Schiens.
Zwei Bier, engl. Two beer	Halo, mei Nehm is Tobias. Tobias plies!
Seine Fertigkeiten verbessern.	Du siehs aus wie 1 Lauch, komstu mit t reniren?

EINGESCHIFFT!!!

FIELEICHT HANS DU MAL
1 SCHIFBRUCH UND MUSD DIE
INSEL MIT 1 RETTUNGSBOT VERLASEM.
BASTEL DIR EIMFACH 1!

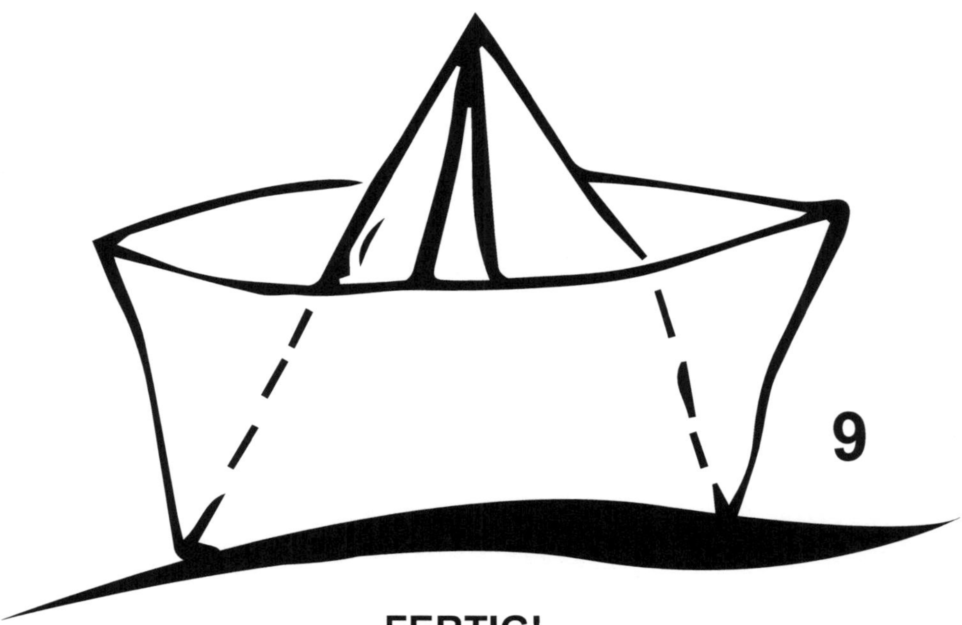

FERTIG!

1

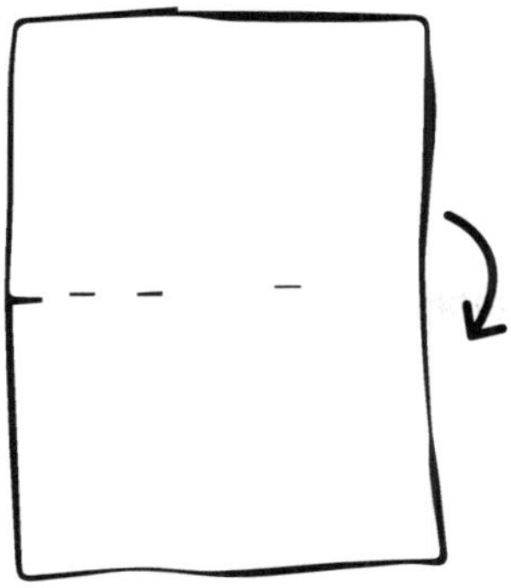

1 Blat Papir nach untem falten

2 Eken zung Mitte faltem

3

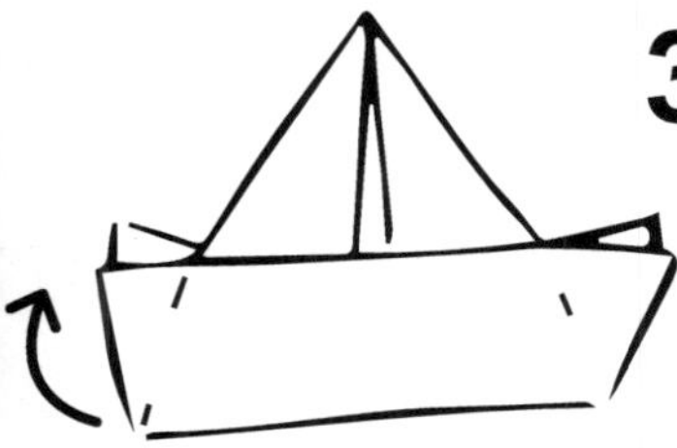

Render nah oben umklapen

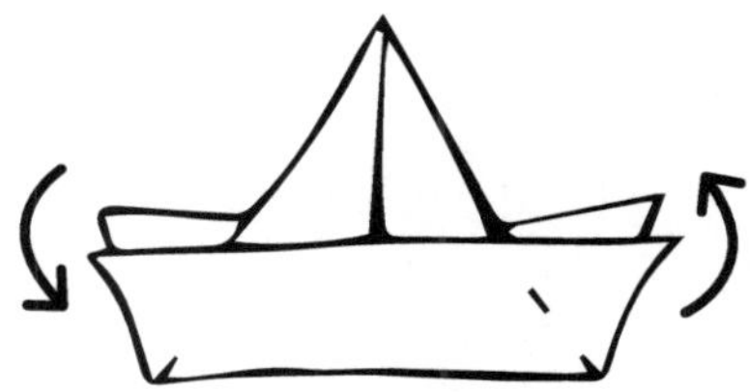

4

1 Eke nah vorn und 1 Eke nah hintem falten

5

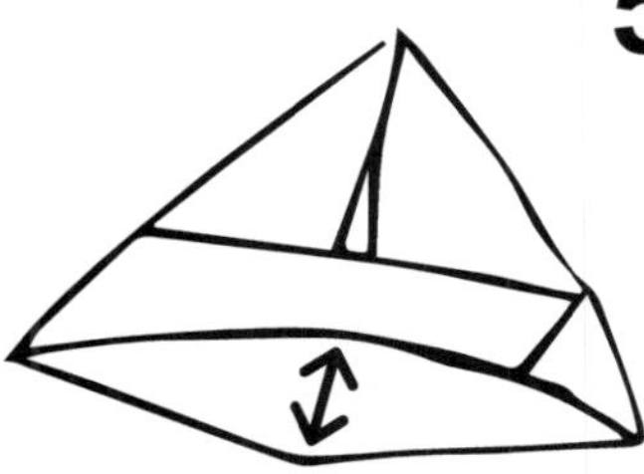

3eck öfnem & Eken auf einamder legn

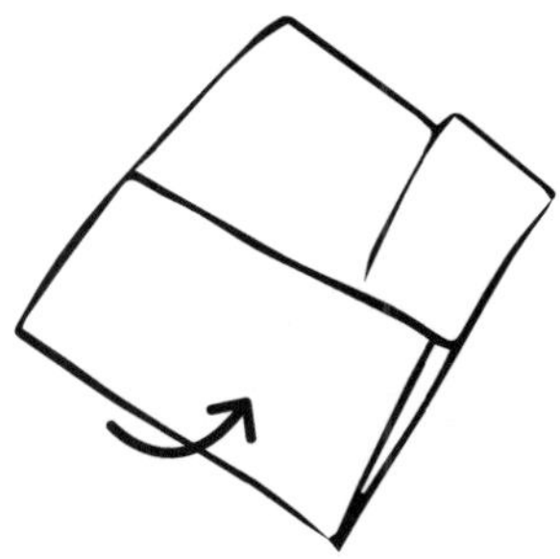

6

untre Eken nah oben faltem

7

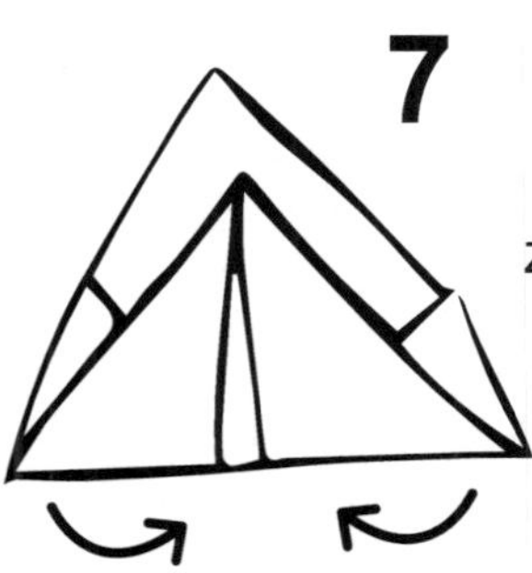

Eken zusamen-drüken

8

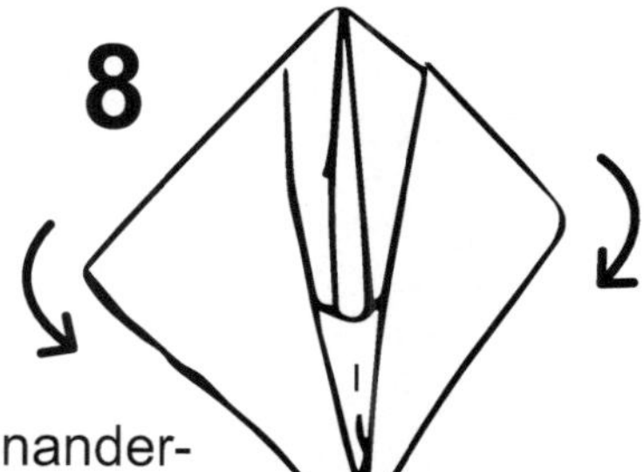

aus1nander-ziehem

VONG-BEGRIFF	ÜBERSETZUNG
Trimk	Trinken
Urlaubär	Urlaub + Bär
V	Pfau
Vambier	Vampir + Bier
Vong	Von
Vongdü	Fondue

T U V

BESCHREIBUNG	BEISPIEL
Flüsigkeit zu sich nehm.	Las uns 1 trimken.
1 Urlauber mit straker Beharung.	Uh, i han fergessen mi für Ballerman zu rasiern – I bims, 1 Urlaubär.
Auf den Bodem lebender bunter Vogl.	Oh, guk. Mein neues Kleit, i seh aus wie 1 V.
Nachtaktiwes Wesen, ernert sich vong Bier.	Siehs garnit gut aus, du hanst Augenringe vong Parti wie 1 Vambier.
Wichtisgte Wort im Vong-Uniwesrum.	I will 1 Kimt vong dir LOOOL!
Essen eintauchen in 1 neue Welt.	Silwester war vong Vongdü sehr nice.

VONG-BEGRIFF	ÜBERSETZUNG
W	Weh
Weisheid	Weisheit
Welemfickdich	Vogel mit Tourette
Widder	Wieder
Wirt	Wird, werden
Wiso	Wieso

W

BESCHREIBUNG	BEISPIEL
schmerzend	M1 Fus tut so weh!
Gewommene Lebenserfarung.	Du hanst au nit den Weisheid mit Löfel gegesem, odr?
1 buntes Vogle.	„Welemfickdich mach mal Piep.“ „Fiick Diiich““
Wnen mans noch mal macht.	Wann wollem wir widder abhotten gehn?
unregelmesiges Werb	Das wirt man ja wo noch sagen dürfen!
Adwerb	Wiso fragst du?

W

VONG-BEGRIFF	ÜBERSETZUNG
Zimdsicke	Zicke
Zung	Zum
Zunghause	Zuhause
Zychologie	Psychologie

Z

BESCHREIBUNG	BEISPIEL
Schimpfwort	Was is den jedsd schom wider du alte Zimdsicke?
zu dem	Zung Geburstag fiel Glük, zung Geburstag fieeel Glüüük!
Eigenes Heim, Wohnung	Am schönstem isd es Zunghause.
Wissenschaft über Verhalten vong Menschen.	I mach ein Zychologie-Studium abr i han kein blasen Schimmer, LOL!

Z

**D1 NEUES SHIRT?
JEDS KAUFEM!**

LOL, reingukt!1!!
RÜCK
SEITE

VERSEMDE 1FACH 1 LEERE SEITE AN 1 SPASD! :D

ODER DOCH 1 ETWAS SCHÖNRE POSTKARTE?

iBIM'S

reinkukt LOL

AU NIT SCHLECHT,
ODR?

LAUCH

1 POSTKARTE HAN I NOCH FÜR DI, LOOOL!11!

1N73LL1G3NZ
157 D13 F4H1GK317,
51CH D3M W4ND3L
4NZUP4553N.

573PH3N H4WK1NG

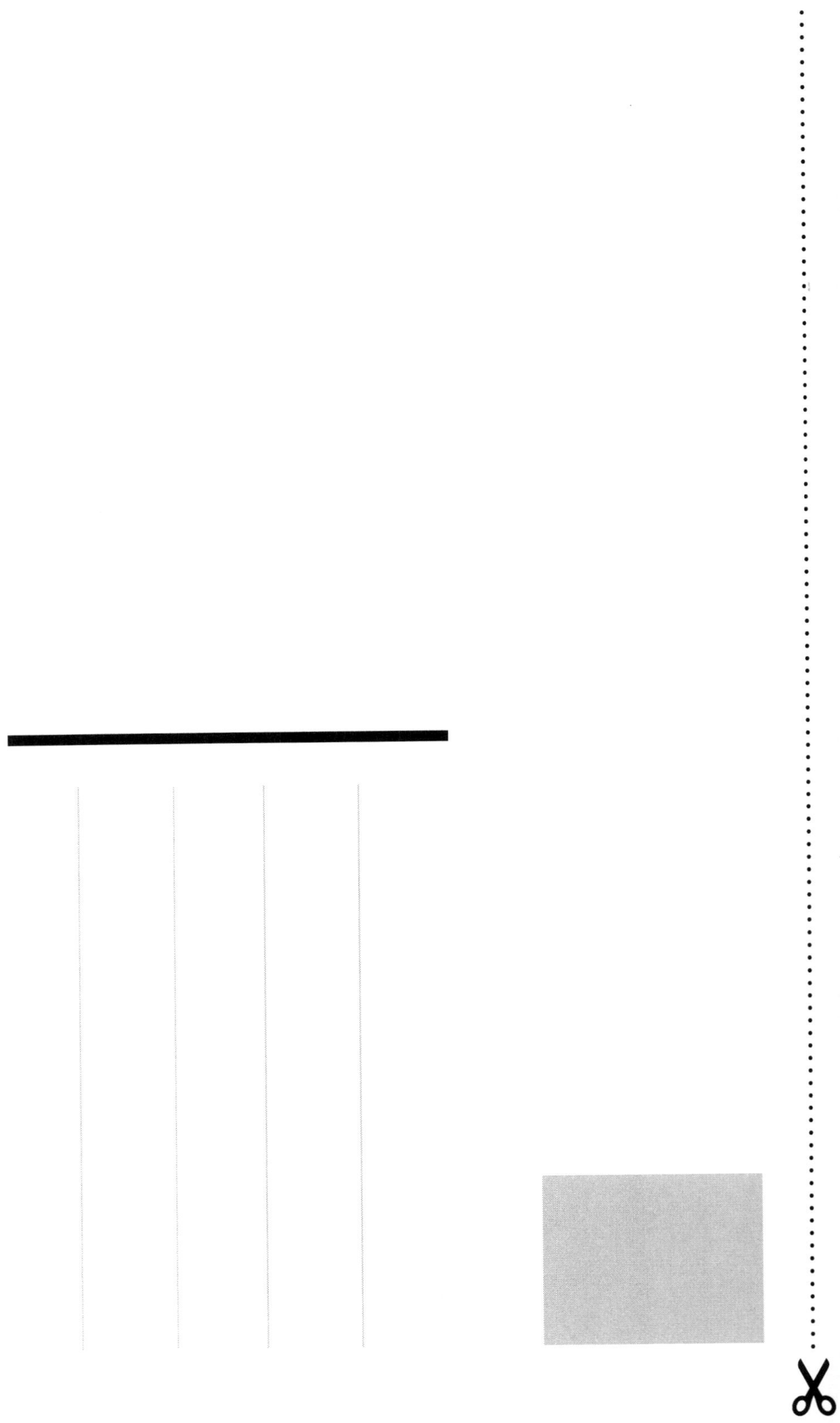

HIER KANST DU DEIM KEVIN ODR SCHANTAL-NAMEN REINSCHREIM.

I BIMS,

UND NOCH 1 FÜR DEIM SCHWAM!

#FOREWERELON

WILSD DU MIT MIR GEHM?

- ○ JA
- ○ NEIN, LIBER NIT.
- ○ GEHT AUCH 1 PROBE-WOCHE MIT FUMELN?

WEISD DU WAS DU BISD?

LOL!

DU BIMST
1 LAUCH!

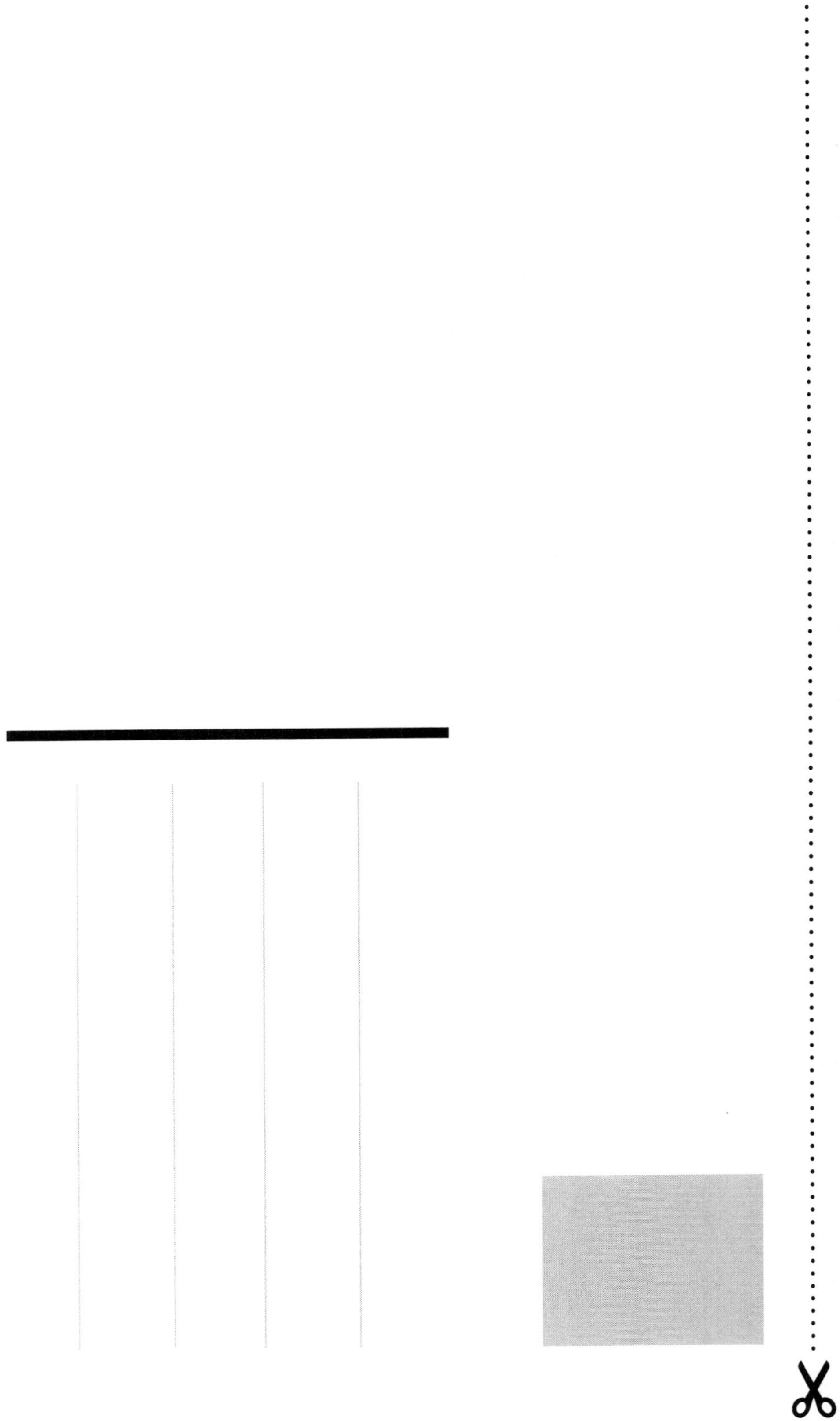

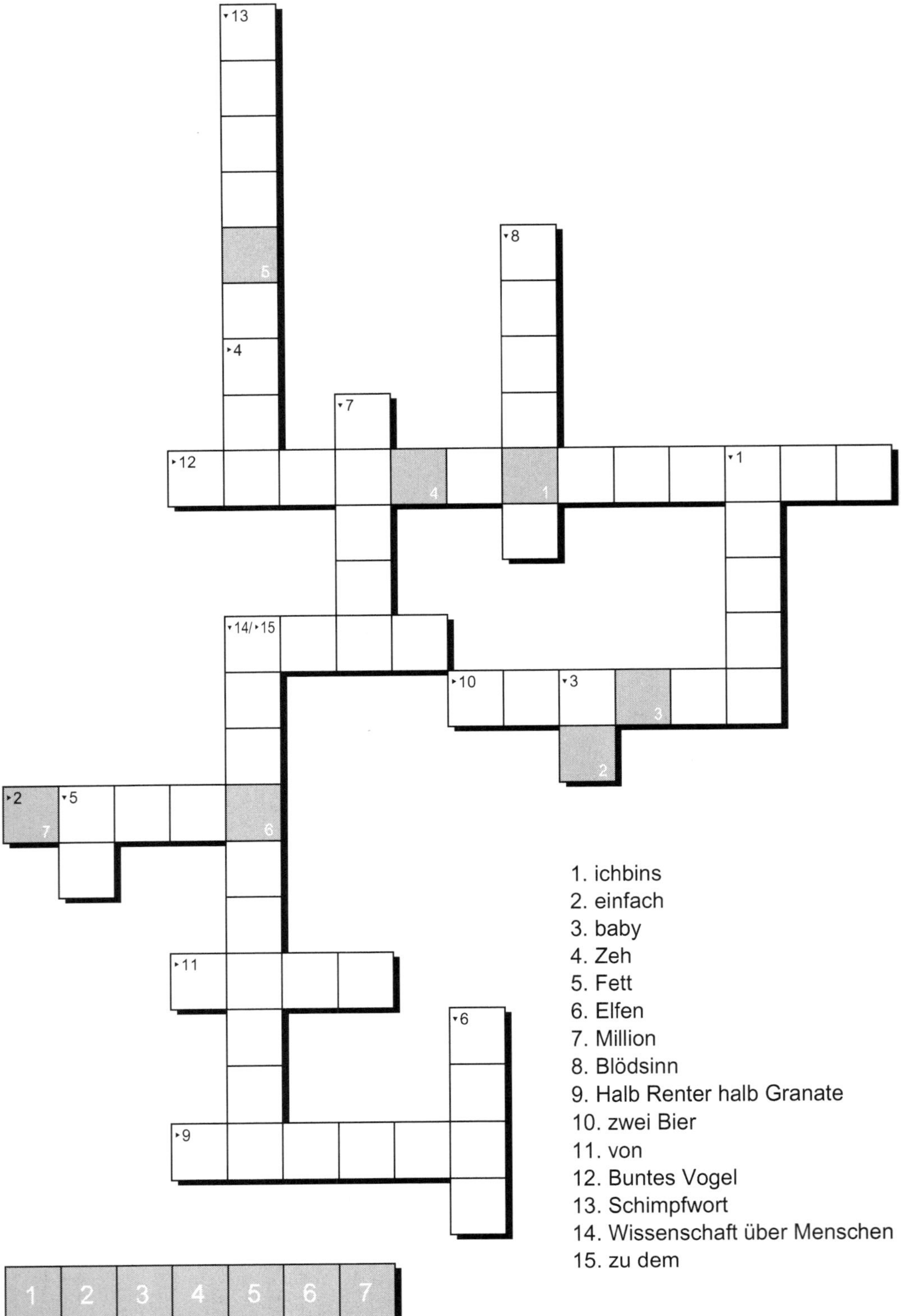

1. ichbins
2. einfach
3. baby
4. Zeh
5. Fett
6. Elfen
7. Million
8. Blödsinn
9. Halb Renter halb Granate
10. zwei Bier
11. von
12. Buntes Vogel
13. Schimpfwort
14. Wissenschaft über Menschen
15. zu dem

Erstellt mit XWords - dem kostenlosen Online-Kreuzworträtsel-Generator
https://www.xwords-generator.de/de

FÜR GAMS SCHLAUE!

ACHTUNG!

NIT WEITERBLÄTERM!

Auf der nechstem Seite stet nehmlcih die Löhsung vong Kreuzwortretsl her!

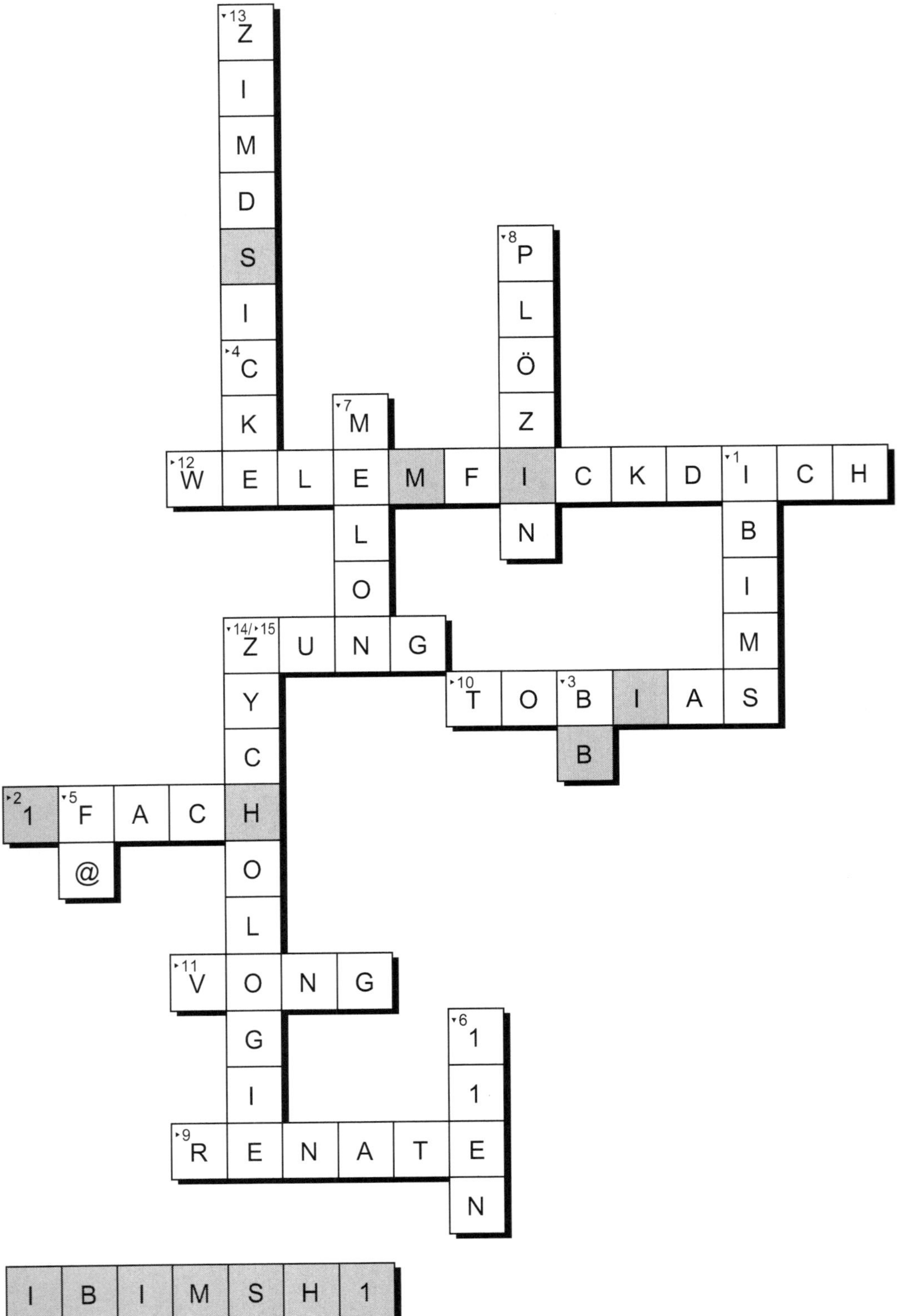

Erstellt mit XWords - dem kostenlosen Online-Kreuzworträtsel-Generator
https://www.xwords-generator.de/de

HIR ISD DIE LÖSUMG!

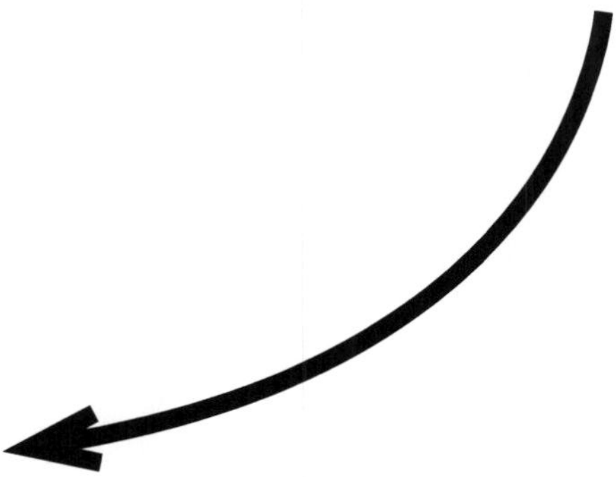

WEN DIR DAS BUCH
GEFALLEN HAT G
JEDS AUF DIE STRASE &
SCHREI GAMS LAUT:

I BIMS EIN LAUCH & HAB DAS VONG BUCH AUCH

VONG GENERATOR

WWW.VONG-GENERATOR.COM

Du weist nit ob d1 Bewrebung gut genug für d1 neuem Arbeitgeber isd?

Du wilst an dem Bürgermeista 1 Beschwerde schreibm und weist nit, ob du ales richtig geschriem hans?

Du wilst dein Mamma 1 netteng Prief schreibem und wir sollen den korrekturlesem?

Unter www.vong-generator.com ganse Texde korigiren lasen!

BEGRIFE EIMSENDN

Dir hans 1 Begrif gefelt vong Abildung her?

Schreib 1 Mail an post@vong-generator.com

Tschüssssi!

Printed in Poland
by Amazon Fulfillment
Poland Sp. z o.o., Wrocław

80208677R00051

PRATIQUES
D'EXPERTS

Le comité social et économique

DE LA MISE EN PLACE AU FONCTIONNEMENT

— 3e édition —

Réalisé sous la direction de Yves de La Villeguérin

Florence VASSEUR
– Groupe Revue Fiduciaire –

Damien CHENU, Avocat associé, maître de conférences
(Université d'Orléans)
Gwennhaël FRANÇOIS, Avocat associé, maître de conférences
(Université Clermont-Auvergne)
Sandrine JEAN, Avocat, docteur en droit
Élodie PASTOR, Avocat, docteur en droit
– Cabinet Barthélémy Avocats –

Infographies
Jean-Julien JARRY, Avocat associé
Adrien PUYFAGES, Juriste en droit social (Cabinet Barthélémy Avocats)
Sébastien PONDRUEL (Groupe Revue Fiduciaire)

Groupe Revue Fiduciaire
100, rue La Fayette - 75485 Paris Cedex 10
www.revue-fiduciaire.com

Attention
la photocopie tue le livre

Nous alertons nos lecteurs sur la menace que représente pour l'avenir de l'écrit, tout particulièrement dans les domaines du droit et de la gestion, le développement massif du « photocopillage ».

Le code de la propriété intellectuelle interdit en effet, expressément, la photocopie à usage collectif sans autorisation des ayants droit. Or, cette pratique s'est développée dans de nombreux cabinets, entreprises, administrations, organisations professionnelles et établissements d'enseignement, provoquant une baisse notable des achats de livres et de revues au point que la possibilité même de créer des œuvres nouvelles et de les faire éditer est aujourd'hui menacée.

Le code de la propriété intellectuelle n'autorisant, aux termes de l'article L. 122-5, 2° et 3° al., d'une part, que les « copies ou reproductions strictement réservées à l'usage privé du copiste et non destinées à une utilisation collective » et, d'autre part, que les analyses et courtes citations dans un but d'exemple et d'illustration, « toute représentation ou reproduction intégrale ou partielle faite sans le consentement de l'auteur ou de ses ayants droit ou ayants cause est illicite » (art. L. 122-4).

Cette représentation ou reproduction, par quelque procédé que ce soit, constituerait donc une contrefaçon sanctionnée par les articles L. 335-2 et suivants du code de la propriété intellectuelle.

© Groupe Revue Fiduciaire - 2021
100, rue La Fayette - 75485 Paris Cedex 10
Dépôt légal décembre 2021 - ISBN 978-2-7579-0895-2

Achevé d'imprimer sur les presses de Snel Grafics SA -
ZI des Hauts-Sarts - Zone 3 - Rue Fond des Fourches, 21 B - 4041 Vottem - Belgique -
novembre 2021

Sommaire

24 Attributions du CSEC et des CSEE 301

25 Règlement intérieur du CSE 311

Modèle d'accord Règlement intérieur du CSE 318

26 Information du CSE : BDESE et hors BDESE 329

Fiche pratique Informations du CSE hors BDESE 339

27 Consultation du CSE : procédure, délais et effets 343

28 Consultations récurrentes du CSE 352

Modèle d'accord Aménagement des consultations récurrentes 367

29 Consultations ponctuelles du CSE 380

Modèle d'accord Aménagement d'une consultation ponctuelle 391

30 Rôle du CSE dans les organes de direction des entreprises 399

31 Attributions santé, sécurité et conditions de travail 409

32 Commission santé, sécurité et conditions de travail (CSSCT) 421

Modèle d'accord Mise en place d'une CSSCT 432

33 Autres commissions du CSE 439

34 Droits d'alerte du CSE 449

35 Gestion des activités sociales et culturelles 460

36 Moyens matériels du CSE 473

37 Réunions du CSE 481

Modèles de clauses Organisation des réunions 505

38 Heures de délégation 509

Modèles de clauses Heures de délégation 531

39 Budgets du CSE et autres moyens financiers 537

40 Comptabilité du CSE 549

41 Experts du CSE 559

42 Congés de formation des membres du CSE 582

Sommaire

REPRÉSENTANTS DE PROXIMITÉ

43 Mise en place et attributions 597
Modèle d'accord Mise en place 607

CONSEIL D'ENTREPRISE

44 Mise en place 614
45 Attributions 621

ANNEXES

1/ Le comité social et économique
en 117 questions/réponses du Ministère du Travail 626
2/ BDESE réglementaires 673

INDEX 687

Sigles et abréviations

AEP	Attributions économiques et financières du CSE. Le budget AEP correspond au budget de fonctionnement du CSE
ANC	Autorité des normes comptables
ANI	Accord national interprofessionnel
ASC	Activités sociales et culturelles
BC V	Bulletin des arrêts de la Cour de cassation, chambre sociale
B. crim.	Bulletin des arrêts de la Cour de cassation, chambre criminelle
BDESE	Base de données économiques, sociales et environnementales
BTP	Bâtiments travaux publics
CASCI	Comité des ASC interentreprises
CASF	Code de l'action sociale et des familles
cass. ass. plén.	Cour de cassation, assemblée plénière
cass. crim.	Cour de cassation, chambre criminelle
cass. soc.	Cour de cassation, chambre sociale
c. civ.	Code civil
c. com.	Code de commerce
c. élect.	Code électoral
c. sec. soc.	Code de sécurité sociale
C. trav.	Code du travail
CCN	Convention collective nationale
CDD	Contrat à durée déterminée
CDI	Contrat à durée indéterminée
CE	(selon contexte) Conseil d'État, Conseil d'entreprise
CFDT	Confédération française démocratique du travail
CFE/CGC	Confédération française de l'encadrement - Confédération générale des cadres
CFTC	Confédération française des travailleurs chrétiens
CGPME	Confédération générale des petites et moyennes entreprises
CGT	Confédération générale du travail
CGT-FO	Confédération générale du travail - Force ouvrière
circ. min.	Circulaire ministérielle
CNIL	Commission nationale de l'informatique et des libertés
c. pén.	Code pénal
CPF	Compte personnel de formation
c. séc. soc.	Code de la sécurité sociale
CSE	Comité social et économique
CSEC	Comité social et économique central
CSEE	Comité social et économique d'établissement

Sigles

CSEI	Comité social et économique interentreprises
CSSCT	Commission de la santé, de la sécurité et des conditions de travail
c. trav.	Code du travail
c. transp.	Code du transport
D.	Décret
DREETS (ex-DIRECCTE)	Direction régionale (ou directeur régional) de l'économie, de l'emploi, du travail et des solidarités
DS	Délégué syndical
ETT	Entreprise de travail temporaire
GEPP	Gestion des emplois et des parcours professionnels
GPEC	Gestion prévisionnelle des emplois et des compétences
IRP	Institution représentative du personnel
JO	Journal officiel
JOUE	Journal officiel de l'Union européenne
L.	Loi
LRAR	Lettre recommandée avec accusé de réception
MEDEF	Mouvement des entreprises de France
OPA	Offre publique d'acquisition
OPPBTP	Organisme professionnel de prévention du bâtiment et des travaux publics
PACTE	Plan d'action pour la croissance et la transformation des entreprises
PAP	Protocole d'accord préélectoral
PSE	Plan de sauvegarde de l'emploi
QPC	Question préjudicielle de constitutionnalité
QR	Questions/réponses
RCC	Rupture conventionnelle collective
RCS	Registre du commerce et des sociétés
RDP	Représentant de proximité
RGPD	Règlement général sur la protection des données personnelles
RS au CSE	Représentant syndical au CSE
RSS	Représentant de la section syndicale
SPST	Service de prévention et de santé au travail*
SST	Service de santé au travail
TJ	Tribunal judiciaire (ex-tribunal de grande instance)
UES	Unité économique et sociale
U2P	Union des entreprises de proximité (ex-UPA)
URSSAF	Union de recouvrement des cotisations de sécurité sociale et d'allocations familiales
VRP	Voyageurs, représentants, placiers

* Nouveau nom des services de santé au travail à compter du 31 mars 2022 (sous réserve de la publication des décrets).

Présentation du CSE

1 Le CSE et autres instances représentatives du personnel (IRP) 16

2 Lexique « CSE » 21

1 Le CSE et autres instances représentatives du personnel (IRP)

Qu'est-ce que le CSE ?
- Une seule et unique instance 1-1
- Un CSE « sur-mesure » adapté à chaque entreprise 1-2

Principales IRP dans l'entreprise
- Tableau récapitulatif des principales IRP.............................1-3
- Tableau récapitulatif des principales missions et rythmes de réunions des IRP...1-4

Qu'est-ce que le CSE ?

UNE SEULE ET UNIQUE INSTANCE

1-1 L'entreprise est le lieu d'implantation de nombreuses instances représentatives du personnel (IRP) aussi dénommées représentants du personnel (RP). Ces instances représentent les salariés et les syndicats dans l'entreprise.

Parmi ces instances, le comité social et économique (CSE), institué par l'ordonnance Macron relative à l'organisation du dialogue social et économique dans l'entreprise et favorisant l'exercice et la valorisation des responsabilités syndicales, a remplacé les instances représentatives (IRP) précédemment en place : comité d'entreprise (CE), délégués du personnel (DP), CHSCT, délégation unique du personnel (DUP) et instance unique conventionnelle (ord. 2017-1386 du 22 septembre 2017, JO du 23).

Le rôle du comité « version CSE » exerçant ses missions dans des domaines très variés continue comme par le passé d'assurer l'expression collective des salariés de l'entreprise.

Pour rappel, la mise en place du CSE s'est faite de façon progressive en fonction notamment des dates de fin de mandat des instances préexistantes ou de la date où l'entreprise a atteint le seuil d'effectif de 11 salariés nécessaire à l'élection du CSE. Sauf à produire un procès-verbal de carence de candidatures aux élections, tous les employeurs concernés par la réglementation du CSE et remplissant les conditions d'effectif doivent avoir basculé vers cette IRP (ord. 2017-1386 du 22 septembre 2017, JO du 23 ; décret 2017-1819 du 29 décembre 2017, JO du 30) (voir §§ 4-1 et s.).

• **Covid-19.** Durant la crise sanitaire engendrée par le covid-19, plusieurs dispositifs dérogatoires ont été mis en œuvre, permettant notamment de décaler temporairement les élections ou de les suspendre. Ces mesures ont pris fin depuis le 30 août 2020 (ord. 2020-560 du 13 mai 2020, JO du 14).

UN CSE « SUR-MESURE » ADAPTÉ À CHAQUE ENTREPRISE

1-2 Les employeurs et les représentants des salariés ont une grande liberté de négociation dans presque tous les domaines concernant le CSE. Ainsi le CSE devant être mis en place par chaque entreprise concernée peut être un CSE conventionnel façonné, en tout ou partie, grâce à la négociation collective (ex. : découpage des établissements distincts, attributions du CSE, moyens du CSE, etc.). Les modalités de négociation varient selon l'effectif de l'entreprise (entreprise de moins de 50 salariés/ entreprise /au moins 50 salariés) et selon les thèmes (voir tableaux récapitulatifs).

S'il s'agit de négocier sur les attributions et le fonctionnement du CSE des dispositions plus favorables que celles prévues par les textes, un accord collectif ou un usage sont admis sans autre précision (c. trav. art. L. 2312-4 et L. 2315-2).

POINT DE VIGILANCE

À défaut d'accord (ou sur les parties non traitées par l'accord), le CSE sera standard, c'est-à-dire qu'il sera élu et fonctionnera selon les règles supplétives du code du travail.

Principales IRP dans l'entreprise

TABLEAU RÉCAPITULATIF DES PRINCIPALES IRP

1-3

LE CSE ET AUTRES IRP				
Dénomination	**Désignation**	**Seuil de mise en place**	**Cadre de mise en place (1)**	**Durée du mandat**
Comité social et économique (CSE)	Élection par les salariés	Au moins 11 salariés	L'entreprise	4 ans (1)
CSE d'établissement	Élection par les salariés de l'établissement	Au moins 50 salariés	Les établissements distincts	4 ans (1)
CSE central	Élection par les élus titulaires des CSE d'établissement	Au moins 50 salariés et dès qu'il existe au moins deux CSE d'établissement	L'entreprise	4 ans (1)
Représentant syndical au CSE (RS au CSE)	Désignation par le syndicat représentatif dans l'entreprise ou l'établissement	Au moins 50 salariés (voir § 6-8)	Le CSE ou les CSE d'établissement et le CSE central	Le mandat prend fin en même temps que celui du CSE où le RS est désigné

LE CSE ET AUTRES IRP				
Dénomination	**Désignation**	**Seuil de mise en place**	**Cadre de mise en place (1)**	**Durée du mandat**
CSE interentreprises	Accord collectif entre les employeurs d'un même site et les OSR au niveau inter-professionnel ou au niveau départemental (2)	Pas de seuil légal, seuil fixé par accord collectif	Site ou zone fixée par accord collectif	Fixée par accord collectif
Conseil d'entreprise (CSE transformé)	Accord d'entreprise après que le CSE ait été élu ou accord de branche étendu en l'absence de DS (2)	Au moins 11 salariés	L'entreprise	4 ans (1)
Représentants de proximité	Accord collectif d'entreprise	Pas de seuil légal, seuil fixé par accord collectif	Niveau fixé par accord collectif	Fixée par accord collectif
Délégué syndical (DS)	Désignation par le syndicat représentatif	Au moins 11 salariés : choisi parmi les élus du CSE Au moins 50 salariés : pas nécessairement choisi parmi les élus du CSE	L'entreprise ou les établissements distincts où sont constituées les sections syndicales du syndicat	Le mandat prend fin en même temps que celui de l'instance qui a permis de reconnaître la représentativité au syndicat (élection du CSE)
Représentant de la section syndicale (RSS)	Désignation par le syndicat non représentatif	Au moins 11 salariés : choisi parmi les élus du CSE Au moins 50 salariés : pas nécessairement choisi parmi les élus du CSE	L'entreprise ou les établissements distincts où sont constituées les sections syndicales du syndicat non représentatif	Le mandat prend fin en même temps que celui de l'instance qui a permis d'apprécier la non représentativité du syndicat (élection du CSE)

(1) Durée pouvant être inférieure par disposition conventionnelle mais avec un minimum de 2 ans.
(2) OSR : organisation syndicale représentative. DS : délégué syndical.

TABLEAU RÉCAPITULATIF DES PRINCIPALES MISSIONS ET RYTHMES DE RÉUNIONS DES IRP

1-4 Les différentes instances représentatives du personnel (IRP) exercent chacune des missions et des rôles distincts. Leur rythme de réunions et de rendez-vous avec l'employeur est variable.

PRINCIPALES MISSIONS ET RYTHMES DE RÉUNION DES DIFFÉRENTES IRP		
Dénomination	**Missions**	**Réunions avec l'employeur**
CSE entreprise de moins de 50 salariés	Porter les réclamations individuelles et collectives relatives aux salaires, à l'application du code du travail et des dispositions conventionnelles, etc. Saisir l'inspecteur du travail des plaintes et observations sur l'application du droit du travail Saisir l'employeur en cas d'atteinte aux droits des personnes, à leur santé physique et mentale, aux libertés individuelles Être consulté dans certains domaines spécifiques Contribuer à la protection de la santé des salariés, à l'amélioration des conditions de travail et veiller au respect des règles en ces domaines Mener des enquêtes en matière d'accident du travail et de maladie professionnelle Enclencher le droit d'alerte auprès de l'employeur en cas de danger grave et imminent	Au moins une fois par mois À la demande des élus en cas d'urgence (réunion exceptionnelle) Réception à leur demande, individuellement ou par catégorie professionnelle
CSE entreprise d'au moins 50 salariés	Exercer les missions du CSE d'une entreprise de moins de 50 salariés (voir ci-avant) Assurer l'expression collective des salariés permettant la prise en compte permanente de leurs intérêts dans les décisions relatives à la gestion et à l'évolution économique et financière de l'entreprise, à l'organisation du travail, à la formation professionnelle et aux techniques de production Être informé et consulté sur les questions intéressant l'organisation, la gestion et la marche générale de l'entreprise, notamment sur les mesures de nature à affecter le volume ou la structure des effectifs, la durée du travail ou les conditions d'emploi, de travail et de formation professionnelle Être informé et consulté sur les conséquences environnementales des décisions de l'employeur Accompagner l'inspecteur du travail lors de ses déplacements dans l'entreprise Être informé et consulté périodiquement (chaque année en l'absence d'accord) sur : - les orientations stratégiques de l'entreprise - la situation économique et financière de l'entreprise - la politique sociale de l'entreprise, les conditions de travail et l'emploi Émettre des avis et des vœux lors de ses consultations Mettre en œuvre une procédure d'alerte économique ou sociale Gérer les activités sociales et culturelles (ASC) de l'entreprise	Entreprises de moins de 300 salariés : au moins une fois tous les 2 mois Entreprises d'au moins 300 salariés : au moins une fois par mois Réunions extraordinaires : sur décision de l'employeur ou à la demande de la majorité des élus

PRINCIPALES MISSIONS ET RYTHMES DE RÉUNION DES DIFFÉRENTES IRP		
Dénomination	**Missions**	**Réunions avec l'employeur**
CSE entreprise d'au moins 50 salariés *(suite)*	Prévenir les risques professionnels en proposant des actions de prévention à l'employeur Effectuer des analyses et enquêtes sur les risques professionnels, les conditions de travail et les facteurs de pénibilité ainsi qu'en cas d'accident ou de maladie professionnelle Faire des inspections au moins au même rythme que celui des réunions	
CSE d'établissement	Exercer les attributions du CSE d'au moins 50 salariés dans la limite des pouvoirs confiés au chef d'établissement Gérer les ASC de l'établissement (sauf transfert au CSE central)	Même rythme que les réunions de CSE d'au moins 50 salariés
CSE central	Exercer les attributions économiques d'un CSE pour les sujets concernant la marche générale de l'entreprise qui excèdent les limites des pouvoirs des chefs d'établissement Gérer les ASC qui lui ont été transférées par les CSE d'établissement	Au moins tous les 6 mois Réunions exceptionnelles à la demande de la majorité des élus
CSE interentreprises	Gérer les problèmes communs aux entreprises d'un même site (rôle fixé par l'accord créant cette instance)	Fixé par l'accord créant cette instance
Représentants de proximité	Rôle fixé par l'accord mettant en place ces représentants (probablement proche de celui du CSE d'une entreprise de moins de 50 salariés)	Fixé par l'accord mettant en place ces représentants
Conseil d'entreprise	Même rôle que le CSE mais doté d'un pouvoir de codécision avec l'obligation d'obtenir son avis conforme sur certains points Pouvoir de négocier des accords d'entreprise (comme les DS)	Fixé par accord probablement sur le même rythme que les réunions de CSE
Délégué syndical (DS)	Représenter l'organisation syndicale qui l'a désigné auprès de l'employeur et des salariés Animer l'activité syndicale et informer les adhérents de la section Mener les négociations collectives dans l'entreprise Être consulté dans certains cas par l'employeur	Pas de rythme précisé à l'avance
Représentant de la section syndicale (RSS)	Même rôle que le DS à l'exception du pouvoir de négocier des accords (sauf cas particuliers)	Pas de rythme précisé à l'avance
Représentant syndical au CSE (RS au CSE) ou au CSE central ou aux CSE d'établissement	Représenter le syndicat au comité avec voix consultative (droit de s'exprimer mais pas de voter)	Même rythme que celui des réunions du CSE

Élections du CSE

3 Entreprises concernées 27

4 Calendrier et modalités de mise en place du CSE 41

5 Périmètres de mise en place du CSE 53

6 Composition du CSE 65

7 CSE central et CSE d'établissement 72

7 Modèle d'accord – Mise en place de CSE d'établissement et d'un CSE central 77

8 Déclenchement des élections 82

9 Protocole d'accord préélectoral (PAP) 91

9 Modèle d'accord – Protocole préélectoral 110

10 Collèges électoraux 117

11 Salariés électeurs : conditions et listes électorales 126

12 Salariés éligibles : conditions, parité et listes des candidats 141

12 Fiche pratique – Campagne électorale 162

13 Date, heure et matériel de vote 166

14 Vote par correspondance et vote électronique 173

15 Scrutin et résultats des élections 187

16 Élections partielles et complémentaires 211

17 Contentieux électoral 215

18 Mandat des représentants du personnel 221

18 Fiche pratique – Statut protecteur 234

19 Suppression du CSE 247

3 Entreprises concernées

Entreprises privées et certains établissements publics
- Entreprises du secteur privé 3-1
- Entreprises du secteur public............ 3-4
- Entreprises dont les activités sont implantées en France 3-5

Effectif
- Seuil de 11 salariés et plus 3-6
- Modalités générales de décompte 3-8
- Salariés comptant pour une unité : CDI à temps complet et travailleurs à domicile 3-16
- Salariés comptés au prorata du temps de présence 3-17
- Salariés comptés au prorata du temps de travail........................... 3-20
- Salariés comptés au prorata du temps de présence et du temps de travail 3-21
- Salariés exclus de l'effectif.............. 3-22
  › *Encadré : Dirigeants et mandataires sociaux*.. 3-25
- Stagiaires 3-26

Contentieux relatif à l'effectif 3-27

Tableau récapitulatif des salariés à comptabiliser dans l'effectif 3-28

Entreprises privées et certains établissements publics

ENTREPRISES DU SECTEUR PRIVÉ

→ Quels que soient la branche d'activité, l'objet et la forme juridique de l'entité

3-1 Tous les employeurs du secteur privé sont concernés par la réglementation relative aux élections des membres du comité social et économique (CSE) et ce, quels que soient la branche d'activité, l'objet et la forme juridique de l'entreprise (c. trav. art. L. 2311-1).

Concrètement, il s'agit notamment :

› des établissements ou entreprises industrielles, commerciales ou agricoles ;

› des entreprises à but non lucratif (cass. crim. 29 mars 1973, n° 72-90784, B. crim. n° 162) ;

› des offices publics et ministériels (notaires, avoués, agents de change) ;

› des professions libérales (cabinets d'architecte, d'avocat, etc.) ;

› des sociétés civiles (ex. : sociétés immobilières) ;

› des syndicats professionnels ;

› des sociétés mutualistes ;

› des organismes de sécurité sociale, à l'exception de ceux qui ont le caractère d'établissement public administratif (caisse nationale d'assurance-maladie,

caisse nationale d'assurance vieillesse des travailleurs salariés, caisse nationale des prestations familiales, agence centrale des organismes de sécurité sociale) ;
- des fondations (cass. soc. 28 avril 1981, n° 81-60008, BC V n° 345) ;
- des associations, quels que soient leurs forme et objet.

• **CSE « employeurs ».** Les CSE sont assujettis à l'obligation d'avoir un CSE en tant qu'employeur de droit privé dès lors qu'ils atteignent le seuil d'effectif « salariés » requis (voir § 3-6). Concrètement, cette obligation ne joue que pour les CSE institués dans une entreprise d'au moins 50 salariés, seule hypothèse où le CSE peut embaucher du personnel puisqu'il est doté de la personnalité juridique (voir § 23-12).

À NOTER Compte tenu de la similitude des textes en la matière, la jurisprudence et les réponses administratives rendues à propos des IRP précédemment en place gardent, à notre avis, toute leur valeur. Les arrêts et réponses indiqués dans nos développements ci-après sont donc, en toute vraisemblance, transposables au CSE.

→ Secteur agricole

3-2 La législation relative au CSE concerne le secteur agricole (à savoir les exploitations, les entreprises agricoles et les organismes professionnels agricoles) même si, depuis la recodification du code du travail de 2008, le secteur agricole n'est plus expressément visé par le code du travail (c. trav. art. L. 2311-1).

→ Groupement d'intérêt économique

3-3 Un groupement d'intérêt économique (GIE) jouit de la personnalité civile et constitue une entité juridique distincte des différentes entreprises qui l'ont constitué. Il doit donc faire procéder aux élections des membres du CSE dès lors que ses activités rentrent dans le champ d'application de la loi et que le personnel qu'il a recruté pour assurer son fonctionnement atteint le seuil d'effectif requis travaillant effectivement sous la direction du responsable du GIE et sans qu'il y ait lieu, à cet égard, d'établir de distinction entre les salariés recrutés directement par ce responsable et ceux mis à sa disposition par les sociétés membres (rép. n° 17634, JO du 11 février 1980, AN quest. p. 534).

Un GIE peut également avoir son propre CSE, même s'il est entièrement composé de salariés mis à sa disposition par les entreprises membres du groupement (cass. crim. 29 avril 1986, n° 84-94476, BC V n° 147) ou même si le personnel affecté à ce groupement provient de deux organismes publics (cass. crim. 14 mai 1991, n° 90-83131 D).

ENTREPRISES DU SECTEUR PUBLIC

3-4 Les établissements publics à caractère industriel et commercial (EPIC) et les établissements publics à caractère administratif employant du personnel dans des conditions de droit privé relèvent des dispositions du code du travail relatives aux élections professionnelles (c. trav. art. L. 2311-1).

En raison du caractère particulier de certains établissements publics (assurant à la fois une mission de service public à caractère administratif et à caractère industriel et commercial, et employant du personnel dans des conditions de droit privé), des adaptations par voie réglementaire peuvent aménager les dispositions de droit commun, à condition, toutefois, d'assurer aux salariés de ces établissements les mêmes garanties (c. trav. art. L. 2311-1).

EXEMPLE Décret 85-527 du 15 mai 1985, JO du 16, concernant l'Institut français de recherche pour l'exploitation de la mer (IFREMER) ; décret 85-1077 du 10 octobre 1985, JO du 11, concernant le Commissariat à l'énergie atomique (CEA) ; décret 2007-548 du 11 avril 2007, JO du 14, concernant les industries électriques et gazières.

L'obligation de mettre en place un CSE dans une entreprise du secteur public peut également résulter de la jurisprudence. Par exemple, la commune qui exploite en régie un service public industriel et commercial (en l'espèce, un golf) dont le personnel relève du droit privé est tenue, en sa qualité d'employeur, d'organiser les élections d'un CSE (cass. soc. 19 septembre 2007, n° 06-60203, BC V n° 133).

À l'inverse, un syndicat qui, dans ses statuts, se définit comme un syndicat mixte relevant du code général des collectivités territoriales (art. L. 5711-1) est tenu d'appliquer les règles propres aux collectivités territoriales en matière de représentation du personnel et non celles du CSE issues du code du travail (cass. soc. 9 septembre 2020, n° 18-19554 D).

• **Établissements exclus.** Les établissements publics à caractère purement administratif n'entrent pas dans le champ d'application des dispositions relatives au CSE et ce, même s'ils emploient du personnel de droit privé.

ENTREPRISES DONT LES ACTIVITÉS SONT IMPLANTÉES EN FRANCE

3-5 Lorsque les conditions d'effectif requises (voir § 3-6) sont remplies, l'obligation d'organiser des élections d'un CSE s'applique à toutes les entreprises et établissements du secteur privé ou public (voir §§ 3-1 à 3-4) qui sont situés en France métropolitaine, dans les départements d'outre-mer (Guadeloupe, Martinique, La Réunion, Guyane française, Mayotte), à Saint-Barthélemy, à Saint-Martin et à Saint-Pierre-et-Miquelon, et ce, quelle que soit leur nationalité (c. trav. art. L. 1521-1, L. 2311-1 et L. 2611-1 ; cass. soc. 3 mars 1988, n° 86-60507, BC V n° 164).

L'obligation d'organisation des élections d'un CSE s'impose par exemple à :

- › une entreprise étrangère, dont le siège social est situé à l'étranger, mais qui compte plusieurs établissements en France (CE 29 juin 1973, n° 77982) ;
- › une antenne de 30 salariés sur le territoire français d'une société étrangère qui constitue nécessairement un établissement, peu important la manière dont cette société étrangère entend le diriger (cass. soc. 14 février 2001, n° 99-60355, BC V n° 55) ;
- › une entreprise étrangère qui a une organisation économique en France et qui y exerce les responsabilités d'un employeur sur une collectivité de travail présentant les caractéristiques d'un établissement distinct (cass. soc. 14 janvier 2004, n° 02-60119, BC V n° 17).

Effectif

SEUIL DE 11 SALARIÉS ET PLUS

→ CSE obligatoire à partir de 11 salariés

3-6 Le CSE doit être mis en place dans les entreprises d'au moins 11 salariés si cet effectif a été atteint pendant 12 mois consécutifs (c. trav. art. L. 2311-2 ; Q/R 19,

117 questions/réponses du ministère du Travail, 17 janvier 2020). L'objectif est d'éviter la mise en place d'une telle institution lorsque le seuil d'effectif a été franchi occasionnellement et non durablement.

Le cadre à retenir pour l'appréciation de l'effectif est l'entreprise, le cas échéant, l'UES (voir § 5-11) ou encore l'interentreprises (voir § 5-13).

• **Pas d'incidence de la loi PACTE.** La loi relative à la croissance et à la transformation des entreprises (loi PACTE) a rationalisé les seuils d'effectifs sociaux et a réformé les règles de calcul des effectifs « SS ». Cette loi n'a pas eu d'impact sur les effectifs liés au CSE parce que ceux-ci ne comportent pas de renvoi exprès à l'effectif « SS » (loi 2019-486 du 22 mai 2019, JO 23).

Sur le nombre de représentants à élire, voir § 6-6.

→ Incidence du seuil de 50 salariés

3-7 Le seuil de 50 salariés n'est pas un seuil de référence pour la mise en place du CSE. Il reste toutefois important dans la mesure où il définit les compétences et les règles de fonctionnement du CSE. En effet, celles-ci sont à géométrie variable en fonction de l'effectif de l'entreprise considérée. Le CSE exerce des attributions différentes selon que l'entreprise a ou non atteint le seuil de 50 salariés.

Schématiquement, le CSE d'une entreprise de moins de 50 salariés a des missions et des moyens proches de ceux des anciens délégués du personnel (c. trav. art. L. 2312-5) (voir §§ 20-2 et s.) alors que le CSE d'une entreprise d'au moins 50 salariés se rapproche de ceux des anciens CE et CHSCT (c. trav. art. L. 2312-8) (voir §§ 23-6 et s.).

S'agissant de la variation d'effectif, sur le franchissement du seuil de 50 salariés, voir § 23-2 et sur la baisse en dessous de 50 salariés, voir § 23-5.

EN PRATIQUE

S'agissant des attributions du CSE, un accord collectif ou un usage peuvent prévoir des dispositions plus favorables (c. trav. art. L. 2312-4).

Les dispositions des accords d'entreprise relatifs aux anciennes IRP (DP, CE, CHSCT, DUP et instance unique) sont devenues caduques depuis la date du 1er tour des membres de la délégation du personnel au CSE (ord. 2017-1386 du 22 septembre 2017, art. 9-VII). Autrement dit, ces accords ont cessé à cette date de s'appliquer de plein droit. Les dispositions conventionnelles portant sur l'exercice du droit syndical restent, en revanche, applicables.

MODALITÉS GÉNÉRALES DE DÉCOMPTE

→ Règle de droit commun, sauf disposition contraire

3-8 Les effectifs sont calculés en appliquant les règles prévues par le code du travail (c. trav. art. L. 1111-2, L. 1251-4 et L. 2311-2 ; Q/R 19, 117 questions/réponses du ministère du Travail, 17 janvier 2020).

→ Prise en compte de tout salarié titulaire d'un contrat de travail

3-9 **Principe.** L'effectif de l'entreprise comprend obligatoirement tous les salariés titulaires d'un contrat de travail sauf exceptions (voir § 3-22).

Peu importe que les intéressés soient en période d'essai (cass. soc. 7 avril 1976, n° 75-60174, BC V n° 196), en cours de préavis (cass. soc. 13 mars 1985, n° 84-60731, BC V n° 172) ou encore que l'exécution de leur contrat soit momentanément suspendue (circ. DRT 83-13 du 25 octobre 1983, § 1.2.2.1).

EN PRATIQUE

L'âge du salarié n'a pas à être pris en considération. Si les entreprises ont pu temporairement exclure les jeunes salariés de moins de 26 ans du décompte des effectifs (ord. 2005-892 du 2 août 2005, JO du 14), cette dérogation n'est plus applicable : le texte qui l'autorisait a été suspendu, puis définitivement annulé par le Conseil d'État après confirmation de son incompatibilité avec le droit communautaire (CJCE 18 janvier 2007, aff. C-385/05 ; CE 6 juillet 2007, n° 283892).

3-10 **Prise en compte des travailleurs à domicile.** Les travailleurs à domicile, étant titulaires d'un contrat de travail, doivent être pris en compte dans l'effectif (c. trav. art. L. 1111-2).

3-11 **Prise en compte des cadres salariés représentant l'employeur.** Le fait que certains cadres détiennent une délégation particulière d'autorité permettant de les assimiler à l'employeur n'a pas d'incidence. Certes, ils ne sont de ce fait ni électeurs (voir § 11-12), ni éligibles (voir § 12-14) pour les élections du CSE pendant toute la durée de leur délégation. Ils doivent néanmoins être comptabilisés dans l'effectif dès lors qu'ils ont la qualité de salarié au sens du droit du travail (cass. soc. 26 septembre 2002, n° 01-60670, BC V n° 285).

3-12 **Prise en compte des contrats uniques d'insertion (CUI).** Depuis le 1er janvier 2019, les salariés en contrat unique d'insertion (CUI) sont pris en compte dans les effectifs de l'entreprise, qu'il s'agisse d'un CUI sous forme d'un contrat initiative-emploi (secteur marchand) ou sous la forme d'un contrat d'accompagnement dans l'emploi (secteur non marchand) (c. trav. art. L. 2301-1). Cette mesure permet de mettre le droit français en conformité avec le droit européen, tout du moins partiellement car les apprentis et les salariés en contrat de professionnalisation sont toujours exclus de l'effectif (voir § 3-23).

3-13 **Prise en compte des salariés travaillant à l'étranger.** Sauf exception (voir § 3-24), il faut prendre en compte dans l'effectif de l'établissement français :

- les salariés détachés à l'étranger, demeurant sous la subordination de l'entreprise établie en France, et ce, y compris si un contrat de travail local a été signé avec l'entreprise d'accueil (cass. soc. 29 janvier 1992, n° 90-60526, BC V n° 53) ;
- les salariés exécutant leur contrat de travail à l'étranger dès lors qu'ils ont été recrutés en France mais à condition toutefois de rester liés contractuellement à la société d'origine (cass. soc. 31 janvier 1979, n° 78-60707, BC V n° 98 ; cass. soc. 4 mai 1994, n° 91-60008, BC V n° 162).

→ Pas d'addition arithmétique

3-14 Pour déterminer l'effectif d'une entreprise, il ne suffit pas de procéder à une addition des salariés, comme si chacun d'eux comptait pour une unité. Il faut effectuer un calcul *prorata temporis*, pour les salariés entrés ou sortis en cours d'année, les salariés à temps partiel, etc.

→ Pas d'arrondi

3-15 Compte tenu de la prise en compte partielle de certains salariés, l'effectif d'une entreprise équivaut rarement à un nombre entier. Toutefois, il est exclu d'arrondir le résultat tant au nombre entier inférieur ou au nombre entier supérieur (cass. soc. 17 juin 2009, n° 08-60594 D ; cass. soc. 15 octobre 2015, n° 14-25375 D).

EXEMPLE Si l'effectif est égal à 10,6 salariés, il faut considérer que l'entreprise a franchi le seuil de 10 salariés, mais n'a pas atteint celui de 11 qui impose la mise en place du CSE.

SALARIÉS COMPTANT POUR UNE UNITÉ : CDI À TEMPS COMPLET ET TRAVAILLEURS À DOMICILE

3-16 Les salariés sous contrat à durée indéterminée (CDI) travaillant à temps complet et les travailleurs à domicile sont pris intégralement en compte dans l'effectif de l'entreprise, chacun d'eux comptant pour une unité (c. trav. art. L. 1111-2).

- **Salariés en forfait-jours.** Quelle que soit la durée de leur forfait, les salariés en forfaits-jours sont comptés comme des salariés à temps plein (circ. DGT 200-7 du 6 décembre 2000, question 21).

SALARIÉS COMPTÉS AU PRORATA DU TEMPS DE PRÉSENCE

→ Salariés en CDD, intérimaires et salariés intermittents

3-17 Sauf s'ils remplacent un salarié absent (voir § 3-22), les salariés sous contrat à durée déterminée (CDD), les salariés intérimaires et les salariés titulaires d'un contrat de travail intermittent doivent être pris en compte dans l'effectif au prorata de leur temps de présence dans l'entreprise au cours des 12 mois précédents (c. trav. art. L. 1111-2).

EXEMPLE Une entreprise qui emploie en permanence 9 salariés sous CDI à temps complet a eu recours aux services de plusieurs salariés sous CDD au cours des 12 mois précédents (à savoir, un salarié sous CDD pendant 8 mois, un autre pendant 2 mois et 4 autres pendant 4 mois chacun). Les intéressés, employés à temps complet, ont été embauchés pour d'autres motifs que le remplacement de salariés absents.

Pour vérifier si l'organisation des élections du CSE est obligatoire dans cette entreprise, il convient de comptabiliser les salariés sous CDD de la manière suivante :
- 1 salarié en CDD pendant 8 mois : 8/12 = 0,67 unité ;
- 1 salarié en CDD pendant 2 mois : 2/12 = 0,17 unité ;
- 4 salariés en CDD pendant 4 mois chacun : 4/12 x 4 = 1,32 unité.

Les salariés sous CDD représentent donc au total : 0,67 + 0,17 + 1,32 = 2,16 unités.

Ajoutées aux 9 salariés sous CDI à temps complet, ces 2,16 unités portent l'effectif à 11,16 salariés.

L'élection du CSE est donc obligatoire.

→ Salariés mis à disposition

3-18 **Dans l'entreprise utilisatrice.** Les salariés mis à disposition sont ceux qui travaillent dans l'entreprise sans en être des salariés. Leur employeur est en général une entreprise sous-traitante ou un prestataire de services.

Comme les salariés en CDD, les intérimaires et les salariés intermittents (voir § 3-17), les salariés mis à disposition sont, sauf exception (voir § 3-22), pris en compte dans l'effectif de l'entreprise d'accueil au prorata de leur temps de présence au cours des 12 mois précédents sous réserve d'être intégrés de façon étroite et permanente à la communauté de travail et de remplir les deux conditions suivantes (c. trav. art. L. 1111-2) :

- › être présents dans les locaux de l'entreprise d'accueil ;
- › travailler dans ces locaux depuis au moins 1 an au moment du décompte.

EN PRATIQUE

Le fait que les salariés mis à disposition choisissent d'être électeurs dans l'entreprise d'origine (c'est-à-dire l'entreprise qui les emploie) n'exclut pas leur prise en compte dans l'effectif de l'entreprise d'accueil (cass. soc. 19 janvier 2011, n° 10-60296, BC V n° 27).

POINT DE VIGILANCE

La condition de présence suppose une certaine continuité. Ainsi, l'entreprise utilisatrice n'a pas à prendre en compte des salariés mis à sa disposition qui travaillent indifféremment pour plusieurs sociétés et qui ne se rendent que ponctuellement dans les locaux de l'entreprise utilisatrice (cass. soc. 14 avril 2010, n° 09-60367, BC V n° 99 ; cass. soc. 23 septembre 2015, n° 14-26262, BC V n° 178).

3-19 **Dans l'entreprise « employeur ».** Les salariés mis à disposition au sein d'une entreprise utilisatrice doivent être comptabilisés dans l'effectif de l'entreprise « employeur », c'est-à-dire dans l'entreprise qui les emploie.

En ce qui concerne le décompte dans une entreprise de travail temporaire (ETT), ils ne sont pris en compte que si les contrats de mission ont eu une durée totale d'au moins 3 mois au cours de la dernière année civile (c. trav. art. L. 1251-54).

SALARIÉS COMPTÉS AU PRORATA DU TEMPS DE TRAVAIL

3-20 Les salariés à temps partiel doivent être pris en compte dans l'effectif en divisant la somme totale des horaires inscrits dans leur contrat par la durée légale ou la durée conventionnelle du travail (c. trav. art. L. 1111-2).

EXEMPLE Un salarié employé 20 heures par semaine dans une entreprise à 35 heures compte pour : 20/35 = 0,57 unité.

La prise en compte des heures effectuées par les salariés à temps partiel correspond à la durée du travail mensuelle « effectivement accomplie » (cass. soc. 25 septembre 2019, n° 18-60206 FPB). Dans cette affaire, l'employeur avait appliqué la règle de décompte du code du travail, mais sans prendre en considération le fait que, en plus de leur horaire contractuel, les enseignants animaient des stages. Cette affaire, rendue à propos de la désignation d'un représentant de la section syndicale, trouve à notre avis à s'appliquer dans le cadre du décompte du seuil d'effectif lors de l'élection du CSE.

POINT DE VIGILANCE

Un accord collectif peut déroger aux modalités de prise en compte des salariés à temps partiel pour le calcul de l'effectif de l'entreprise et prévoir que les salariés à temps partiel seront pris en compte intégralement dans l'effectif (cass. soc. 25 janvier 2012, n° 11-60092, BC V n° 35).

SALARIÉS COMPTÉS AU PRORATA DU TEMPS DE PRÉSENCE ET DU TEMPS DE TRAVAIL

3-21 Tout salarié à temps partiel doit être comptabilisé, peu importe la nature de son contrat de travail. Toutefois, certaines hypothèses (contrats à durée déterminée, contrats de travail temporaire, salariés intérimaires, intermittents, etc.) nécessitent de combiner :

› la règle de prise en compte au prorata du temps de travail (voir § 3-20) ;

› et celle de la prise en compte au prorata du temps de présence au cours des 12 mois précédents (voir § 3-17).

EXEMPLE Une entreprise a employé 2 salariés sous CDD à temps partiel, dont l'un pendant 12 mois, à raison de 32 heures hebdomadaires, et l'autre pendant 8 mois, à raison de 24 heures hebdomadaires. La durée du travail dans cette entreprise est de 35 heures par semaine.

Par application combinée de la règle du prorata du temps de présence et de celle du prorata du temps de travail, les intéressés sont pris en compte dans l'effectif pour :
- le premier salarié compte pour : 12/12 x 32/35 = 0,91 unité ;
- le second salarié compte pour : 8/12 x 24/35 = 0,46 unité.

Les deux salariés sont donc pris en compte à hauteur de : 0.91 + 0.46 = 1,37 unité.

SALARIÉS EXCLUS DE L'EFFECTIF

→ Salariés remplaçant un salarié absent

3-22 Les salariés sous CDD, les intérimaires et les salariés mis à disposition par une entreprise extérieure ne sont pas comptabilisés dans l'effectif lorsqu'ils remplacent un salarié absent ou un salarié dont le contrat de travail est suspendu (c. trav. art. L. 1111-2). Cette exclusion s'explique par le fait que le salarié remplacé continue de faire partie de l'effectif. Prendre en compte le remplaçant reviendrait à compter deux salariés pour un même poste de travail.

→ Apprentis et contrat de professionnalisation

3-23 L'employeur n'a pas à comptabiliser les salariés titulaires d'un contrat (c. trav. art. L. 1111-3) :

› d'apprentissage, pendant toute la durée du contrat s'il s'agit d'un CDD ou pendant la période d'apprentissage, s'il s'agit d'un CDI ;

› de professionnalisation, pendant toute la durée du contrat s'il s'agit d'un CDD ou, pendant la période de professionnalisation, s'il s'agit d'un CDI.

La Cour de justice de l'Union européenne (CJUE) juge que le droit européen interdit d'exclure certaines catégories de salariés du calcul des effectifs de l'entreprise. Mais cette irrégularité ne peut pas être invoquée dans un litige entre particuliers

(CJUE 15 janvier 2014, aff. C-176/12). Les employeurs peuvent donc continuer à exclure des effectifs les apprentis et les salariés en contrat de professionnalisation (cass. soc. 9 juillet 2014, n° 11-21609, BC V n° 193).

Cette irrégularité ne peut être invoquée que si l'employeur gère un service public chargé en vertu d'un acte de l'autorité publique d'accomplir, sous le contrôle de cette dernière, et disposant à cet effet de pouvoirs exorbitants par rapport aux règles applicables dans les relations entre particuliers. Dans cette situation, cet organisme peut se voir opposer les dispositions d'une directive susceptible d'avoir des effets directs (cass. soc. 22 juin 2016, n° 15-20111, BC V n° 138).

→ Salariés recrutés à l'étranger

3-24 Les salariés recrutés à l'étranger par une société française sont exclus de l'effectif dès lors qu'ils y travaillent exclusivement et définitivement (cass. soc. 5 décembre 2000, n° 99-60318 D).

3-25

DIRIGEANTS ET MANDATAIRES SOCIAUX

Sauf cumul avec un emploi salarié, les mandataires sociaux n'ont pas de contrat de travail, y compris s'ils relèvent des régimes social et fiscal des salariés (ex. : gérant de SARL, associé ou non, du président de SA, des membres du conseil d'administration d'une SA, du président d'une SAS, etc.). Ils ne doivent donc pas être décomptés dans le calcul de l'effectif de l'entreprise.

STAGIAIRES

3-26 Les stagiaires qui interviennent dans le cadre d'un stage organisé par un établissement d'enseignement et qui ont signé une convention de stage sont à exclure de l'effectif de l'entreprise d'accueil puisqu'ils n'ont pas de lien juridique avec elle.

POINT DE VIGILANCE

À l'inverse, si le stagiaire peut être considéré comme salarié de l'entreprise d'accueil, il doit, sauf remplacement d'un salarié absent, être décompté dans l'effectif de l'entreprise considérée. Tel est le cas pour le stagiaire sans convention de stage, pour ceux dont les stages sont obligatoires, par exemple les internes de médecine (cass. soc. 25 juin 1981, n° 79-60330, BC V n° 607), ou encore pour des stages professionnels exécutés par des jeunes étrangers dans le cadre d'accords avec la France.

Contentieux relatif à l'effectif

3-27 Les contestations relatives à l'effectif et à ses conséquences (à savoir la composition des listes électorales / de candidats, à la régularité des opérations électorales) relèvent du tribunal judiciaire. Pour plus de détails sur l'objet, les auteurs et les délais de contestation, se reporter à la fiche sur le contentieux électoral (voir §§ 17-1 et s.).

EN PRATIQUE

Le tribunal judiciaire s'est substitué, depuis le 1er janvier 2020, au tribunal d'instance (TI) et au tribunal de grande instance (TGI) (c. trav. art. L. 2314-32).

Tableau récapitulatif des salariés à comptabiliser dans l'effectif

3-28

SALARIÉS À COMPTABILISER DANS L'EFFECTIF	
Catégories de salariés	**Prise en compte**
Cadre représentant l'employeur	OUI, dès lors qu'ils ont la qualité de salarié, même s'ils ont une délégation particulière de pouvoir permettant de les assimiler à l'employeur (cass. soc. 26 septembre 2002, n° 01-60670, BC V n° 285).
Concierge d'immeuble employé par une société immobilière	OUI (circ. DRT 83-13 du 25 octobre 1983 § 1.2.2.1).
Congé de conversion	OUI, car le contrat est suspendu et non rompu (c. trav. art. L. 5123-2).
Contrat d'apprentissage	NON jusqu'au terme du contrat (CDD) ou jusqu'au terme de la période d'apprentissage (CDI) (c. trav. art. L. 1111-3) (1).
Contrat à durée déterminée à temps plein	OUI, au prorata du temps de présence au cours des 12 mois précédents (c. trav. art. L. 1111-2) (2).
Contrat à durée indéterminée à temps plein	OUI (c. trav. art. L. 1111-2).
Contrat de professionnalisation	NON (c. trav. art. L. 1111-3) (1).
Contrat à la tâche	OUI (cass. soc. 10 novembre 2004, n° 03-60308 D).
Contrat de travail intermittent	OUI, au prorata du temps de présence au cours des 12 mois précédents (c. trav. art. L. 1111-2).
Contrat unique d'insertion	OUI, depuis le 1er janvier 2019 (c. trav. art. L. 2301-1).
Démonstrateur de grands magasins	OUI-NON : voir Salariés mis à disposition.
Gardien	OUI-NON : prise en compte si lien de subordination avec l'entreprise utilisatrice (cass. soc. 7 décembre 1995, n° 95-60031 D).
Intérimaire	OUI, au prorata du temps de présence au cours des 12 mois précédents (c. trav. art. L. 1111-2) (2) (3).
Journaliste pigiste	OUI, au prorata du temps de présence dans l'entreprise au cours des 12 derniers mois (circ. DRT 91-6 du 27 mars 1991). Le temps de présence peut être déterminé en faisant référence à la somme de l'ensemble des piges divisée par un salaire de référence pour obtenir le nombre équivalent de salariés.
Mandataire social/ dirigeant d'entreprise	NON (cass. soc. 18 février 1988, n° 87-60043, BC V n° 124) sauf cumul avec un emploi salarié.

SALARIÉS À COMPTABILISER DANS L'EFFECTIF	
Catégories de salariés	**Prise en compte**
Médecin du travail	OUI.
Préretraité et salarié en dispense d'activité	NON, s'ils n'exécutent aucun travail et ne sont plus rémunérés (cass. soc. 27 février 1985, n° 84-60475, BC V n° 126). OUI, s'ils perçoivent une garantie de ressources (cass. soc. 26 mai 2004, n° 03-60125, BC V n° 140) ou si une convention le prévoit (cass. soc. 12 décembre 1990, n° 88-60782, BC V n° 662 ; cass. soc. 24 mars 1993, n° 92-60288 D).
Salarié détaché pour exercer un mandat syndical	OUI (circ. DRT 93-12 du 17 mars 1993).
Salarié mis à disposition :	
- par une entreprise extérieure (3)	OUI, au prorata du temps de présence au cours des 12 mois précédents, mais uniquement si le salarié est présent dans les locaux de l'entreprise utilisatrice au moment du décompte de l'effectif et s'il y travaille depuis au moins 1 an (c. trav. art. L. 1111-2) (2).
- par une association intermédiaire	OUI, au prorata du temps de présence au cours des 12 mois précédents, mais uniquement si le salarié est présent dans les locaux de l'entreprise utilisatrice au moment du décompte de l'effectif et s'il y travaille depuis au moins 1 an (c. trav. art. L. 1111-2) (2).
- par un groupement d'employeurs	OUI (c. trav. art. L. 1253-8-1) (4) (5).
Salarié à l'étranger :	
- en mission à l'étranger	OUI, dès lors que le lien de subordination avec l'entreprise d'origine est maintenu (cass. soc. 4 mai 1994, n° 91-60008, BC V n° 162 ; cass. soc. 4 avril 2001, n° 99-60572 D).
- salarié recruté à l'étranger	NON, dès lors que le personnel exerce définitivement et exclusivement son activité à l'étranger (cass. soc. 5 décembre 2000, n° 99-60318 D).
Salarié saisonnier	OUI, au prorata du temps de présence au cours des 12 mois précédents, en sa qualité de salarié en CDD (c. trav. art. L. 1111-2 ; rép. n° 36174, JO du 30 septembre 1996, AN quest. p. 5203).
Salarié dont le contrat est suspendu	OUI (par ex., salarié en maladie, accident du travail, maternité, congé parental d'éducation, congé payé annuel, congé de formation) (circ. DRT 93-12 du 17 mars 1993).
Stagiaire étudiant et lycéen sous convention avec un établissement d'enseignement	NON, car il n'a pas de contrat de travail qui le lie à l'entreprise (circ. DRT 93-12 du 17 mars 1993).
Stagiaire de la formation professionnelle âgé de 16 à 25 ans	NON, car il n'est pas lié à l'entreprise par un contrat de travail.
Salarié à temps partiel	OUI, au prorata du temps de travail (c. trav. art. L. 1111-2).
Travailleur à domicile	OUI (c. trav. art. L. 1111-2).

SALARIÉS À COMPTABILISER DANS L'EFFECTIF	
Catégories de salariés	**Prise en compte**
VRP	VRP exclusif : OUI. VRP multicarte : OUI. Un VRP multicarte n'est pas présumé à temps partiel (cass. soc. 7 octobre 1998, n° 97-60429, BC V n° 415).

(1) Exclusion jugée contraire au droit européen par la CJUE, mais toujours applicable tant que la législation française n'aura pas été modifiée (CJUE 15 janvier 2014, aff. C-176/12).
(2) Ces salariés sont, en revanche, exclus de l'effectif lorsqu'ils remplacent un salarié absent ou dont le contrat de travail est suspendu. Voir « Salariés mis à disposition ».
(3) Ces salariés sont, par ailleurs, pris en compte dans l'effectif de l'ETT, selon des modalités particulières.
(4) Salariés mis à disposition par une entreprise sous-traitante ou par un prestataire de services. À distinguer des salariés mis à disposition par une ETT (circ. DGT 2008-20 du 13 novembre 2008).
(5) Les conditions d'ancienneté et de présence s'appliquent, en principe, aux salariés mis à disposition par une « entreprise » extérieure. Néanmoins, et sous réserve de précisions administratives ultérieures, ces conditions concernent aussi à notre sens les salariés mis à disposition par un groupement d'employeurs ou par une association intermédiaire, même si ces structures n'ont pas le statut d'entreprise.

Calendrier **électoral**

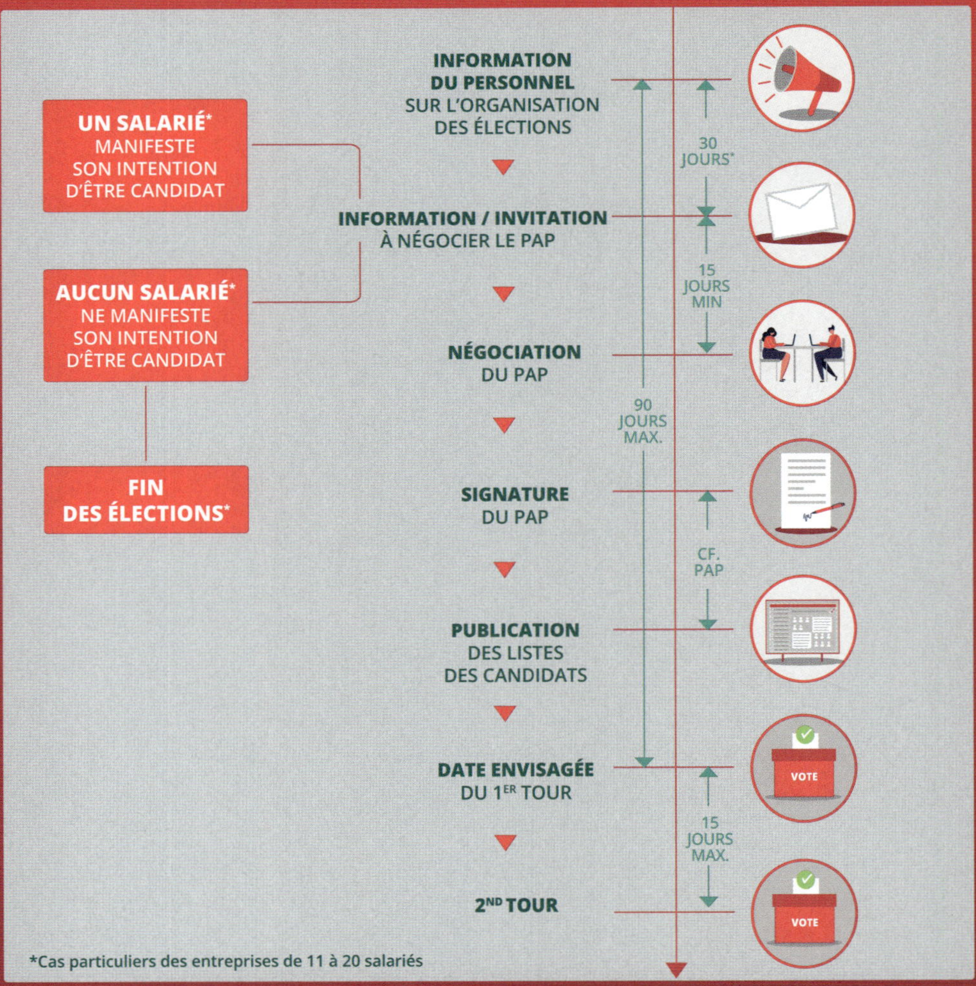

*Cas particuliers des entreprises de 11 à 20 salariés

Revue Fiduciaire

BARTHÉLEMY AVOCATS

ADRIEN PUYFAGES

4 Calendrier et modalités de mise en place du CSE

Calendrier : quand mettre en place le CSE ?
- Mise en place du CSE 4-1
- Date de mise en place du CSE 4-3
- Risque en l'absence de CSE 4-10
- Calendrier électoral 4-13

Modalités de mise en place via la négociation
- Créer un CSE « sur-mesure » 4-15
- Durée de la négociation : prévoir un rétroplanning 4-16
- Règles négociables avant les élections 4-17

Calendrier : quand mettre en place le CSE ?

MISE EN PLACE DU CSE

→ Obligation pour les entreprises d'au moins 11 salariés

4-1 Un comité social et économique (CSE) doit être mis en place dans les entreprises d'au moins 11 salariés qui ont atteint de seuil sur 12 mois consécutifs (c. trav. art. L. 2311-2) (voir § 3-6).

Dans les entreprises d'au moins 50 salariés comportant au moins 2 établissements distincts, il faut constituer des CSE d'établissement et un CSE central (c. trav. art. L. 2313-1) (voir § 7-1).

POINT DE VIGILANCE

Lorsque la condition d'effectif pour mettre en place un CSE est réunie, l'employeur défaillant peut être invité à déclencher le processus électoral par un syndicat ou un salarié (c. trav. art. L. 2314-8) (voir § 8-8).

S'il n'organise pas les élections professionnelles et qu'il n'est pas en mesure de produire un procès-verbal de carence, il peut faire l'objet de sanctions civiles, pénales et indirectes (voir §§ 15-66 et s.).

→ Exception pour certaines TPE

4-2 Les entreprises dont l'effectif est compris entre 11 et 20 salariés n'ont pas l'obligation d'organiser les élections d'un CSE, ni de négocier un protocole d'accord préélectoral si aucun candidat ne s'est présenté dans le délai de 30 jours à compter de l'information de l'organisation des élections (c. trav. art. L. 2314-5) (voir § 8-15).

DATE DE MISE EN PLACE DU CSE

→ Conditions à remplir

4-3 Le déclenchement du processus électoral est une obligation de l'employeur qui doit être mise en œuvre en principe tous les 4 ans (voir § 8-2). Encore faut-il que le seuil d'effectif requis soit atteint (voir § 3-6), que les mandats des représentants du personnel soient arrivés à leur terme (voir § 17-1), qu'une unité économique et sociale (UES) ait été reconnue entre des entreprises juridiquement distinctes (voir § 5-10), qu'un syndicat ou un salarié en fasse la demande en l'absence de CSE (voir § 8-8) ou que les conditions d'une élection partielle soient remplies (voir § 16-1).

→ Rappel de la période transitoire et autres effets liés aux mandats

4-4 **Période transitoire.** Les dispositions relatives au CSE remplaçant celles portant sur les CE, sur les DP, sur le CHSCT et la DUP sont, en principe, entrées en vigueur depuis le 1er janvier 2018 (ord. 2017-1386 du 22 septembre 2017, art. 1-I et II remplaçant les articles L. 2311-1 à L. 2328-2 et les articles L. 4611-1 à L. 4616-6).

Une entreprise sans représentant du personnel au 31 décembre 2017 est, depuis le 1er janvier 2018, tenue de mettre en place un CSE dès que le seuil de 11 salariés requis est atteint (ord. 2017-1386 du 22 septembre 2017, art. 9-II).

Les dispositions anciennes demeuraient toutefois applicables aux mandats des représentants du personnel en cours pendant la période de transition (ord. 2017-1386 du 22 septembre 2017, art. 9-V).

Dans les entreprises déjà pourvues d'instances représentatives du personnel, le CSE devait être mis en place au terme des mandats des élus (ord. n° 2017-1386 du 22 sept. 2017, art. 9, II).

Afin d'assurer progressivement le passage des anciennes institutions représentatives du personnel (IRP) vers le CSE, l'ordonnance n° 2017-1386 du 22 septembre 2017 avait, en effet, prévu une période de transition allant jusqu'au 31 décembre 2019.

Le CSE devant être mis en place au plus tard le 31 décembre 2019, il y avait obligation à organiser les élections avant la date butoir. Pour respecter cette obligation, les entreprises concernées étaient donc fondées à réduire les mandats au plus d'un an en application des dispositions transitoires (ord. 2017-1386 du 22 septembre 2017, art. 9, II, 4°, dans sa rédaction issue de la loi 2018-217 du 29 mars 2018).

4-5 **Rappel sur les mandats prenant fin en 2020 et 2021.** En raison de la période de congés de fin d'année 2019, le ministère du Travail avait précisé qu'il était souhaitable d'organiser les élections professionnelles de manière anticipée, tout en précisant que cette anticipation n'avait ni pour objet, ni pour effet, de modifier le terme des mandats en cours (Q/R 4, CSE, 117 questions/réponses du ministère du Travail, 17 janvier 2020).

4-6 **Rappel sur les effets du P-V de carence établi avant le 23 septembre 2017.** Lorsqu'un procès-verbal de carence aux élections des DP et du CE avait été établi le 22 septembre 2017, il n'était pas nécessaire d'organiser de nouvelles élections avant le 1er janvier 2020.

Pour rappel, lorsqu'à l'issue des deux tours, l'institution n'a pas pu être mise en place faute de candidat, l'employeur doit établir un P-V de carence (c. trav. art. L. 2314-9). Dans ces circonstances, l'employeur n'a pas à organiser de nouvelles élections avant l'échéance des suivantes, sauf si un syndicat ou un salarié de l'entreprise en fait la demande (c. trav. art. L. 2314-8).

Le ministère du Travail s'était appuyé sur ces dispositions pour indiquer que dans une entreprise où les mandats sont de 4 ans, le P-V de carence établi le 22 septembre 2017 (soit avant l'entrée en vigueur des ordonnances Macron) était donc valable jusqu'au 22 septembre 2021 (Q/R 11, CSE, 117 questions/réponses du ministère du Travail, 17 janvier 2020).

L'employeur n'avait donc pas d'obligation d'organiser de nouvelles élections avant cette échéance, sauf demande d'un salarié ou d'un syndicat.

→ Rappel des adaptations liées au covid-19

4-7 **Première vague : suspension du processus électoral jusqu'au 31 août 2020.** Si toutes les entreprises d'au moins 11 salariés devaient en principe avoir élu un CSE depuis début 2020, en pratique, beaucoup d'entre elles avaient pris du retard au moment du confinement qui a eu lieu en mars 2020 dans le contexte de la crise sanitaire liée au covid-19. Ainsi :

- les entreprises qui étaient en train d'organiser l'élection des membres du CSE ont dû suspendre les opérations. Cette suspension a pris effet à compter de la dernière formalité électorale accomplie entre le 12 mars et le 3 avril 2020, date d'entrée en vigueur de l'ordonnance (ord. 2020-389 du 1er avril 2020, art. 1, JO du 2, modifié par ord. 2020-560 du 13 mai 2020, art. 9, JO du 14). Le ministère du Travail avait précisé que selon la date d'organisation du premier tour, il n'était pas nécessaire de l'organiser de nouveau. Si le premier tour s'était tenu au plus tard le 3 avril 2020, ce premier tour serait valable et il ne serait pas nécessaire de l'organiser à nouveau avant d'organiser le second tour (Q/R « Dialogue social » diffusé le 6 août 2020).
- les entreprises qui auraient dû engager le processus électoral pendant la période de suspension (entre le 3 avril et le 31 août 2020 inclus) mais qui n'avaient pu le faire en raison de la suspension des élections professionnelles devaient déclencher les opérations à une date fixée librement par l'employeur entre le 24 mai et le 31 août 2020 inclus. La date retenue ne devait pas être antérieure à la date à laquelle l'entreprise avait l'obligation d'engager la procédure (ord. 2020-560 du 13 mai 2020, JO du 14). Il en était de même des entreprises qui auraient dû engager le processus électoral avant le 3 avril et qui ne l'ont pas fait : elles devaient lancer les opérations entre le 24 mai et le 31 août 2020 inclus.

Le processus électoral a pu reprendre à compter du 1er septembre 2020. Toutefois les employeurs ont pu anticiper cette reprise du processus électoral à partir du 3 juillet sous certaines conditions. Ils pouvaient ainsi décider que la suspension des élections prenait fin à compter d'une date qu'ils fixaient librement entre le 3 juillet et le 31 août 2020. Il fallait alors en informer les organisations syndicales qui avaient été invitées à négocier le protocole préélectoral au moins 15 jours avant la date fixée pour la reprise du processus, par tout moyen donnant date certaine à la réception de cette information. Les employeurs devaient en informer également les salariés, dans le même délai, mais par tout moyen. Enfin, la décision d'anticiper la reprise du processus électoral devait aussi être portée à la connaissance de l'administration lorsque celle-ci avait été saisie pour déterminer le nombre et le périmètre des établissements ou répartir le personnel entre les collèges électoraux et les sièges entre les collèges (ord. 2020-737 du 17 juin 2020, art. 4, JO du 18).

Compte tenu du temps qui avait alors pu s'écouler entre les deux tours, par exception aux règles habituelles, les conditions d'électorat et d'éligibilité devaient s'apprécier à chaque tour et non à la date du premier tour seulement (ord. 2020-389 du 1er avril 2020, art. 1, III, JO du 2). La période de suspension du processus électoral aurait dû s'achever 3 mois après la cessation de l'état d'urgence sanitaire c'est-à-dire initialement le 23 août 2020 à minuit. La prorogation de l'état d'urgence jusqu'au 10 juillet 2020 aurait dû avoir pour effet de reporter au 10 octobre 2020 la fin de la période de suspension des élections, une ordonnance du 13 mai 2020 a redéfini cette période, en la déconnectant de l'état d'urgence sanitaire, en conséquence, la période de suspension du processus électoral s'est étalée du 12 mars au 31 août 2020 inclus (ord. 2020-560 du 13 mai 2020, art. 9, JO du 14).

4-8 **Seconde vague : pas de suspension du processus électoral.** Le processus électoral n'a pas été suspendu durant la deuxième vague liée au covid-19. Le ministère du Travail a précisé que l'employeur pouvait maintenir les élections professionnelles lorsque le confinement n'empêchait pas d'organiser le processus électoral dans des conditions assurant la sincérité du scrutin (Q/R, dialogue social, questions/réponses du ministère du Travail, 17 avril 2020).

Si le confinement ne mettait en péril ni le processus d'organisation des élections (négociation du protocole d'accord électoral éventuellement à distance, possibilité pour les candidats de faire campagne à distance, etc.) ni la faculté des salariés à participer à l'élection (vote électronique/à distance ou absence de télétravail), l'employeur pouvait parfaitement maintenir le calendrier initialement prévu.

L'employeur pouvait exceptionnellement reporter les élections professionnelles. Dans ce cas, lorsqu'un protocole d'accord préélectoral avait déjà été négocié avant le confinement, il devait être renégocié, éventuellement à distance, pour fixer la nouvelle date des élections.

De plus, si l'entreprise disposait déjà d'un CSE, un accord unanime, signé entre l'employeur et l'ensemble des syndicats représentatifs, était nécessaire, afin de proroger les mandats en cours. En effet, les élections doivent se tenir 15 jours ou moins avant l'expiration des mandats en cours (c. trav. art. L. 2314-5).

En cas d'échec des renégociations, et en l'absence de saisine du tribunal judiciaire (c. trav. art. L. 2314-28), l'employeur pouvait fixer le nouveau calendrier unilatéralement et appliquer le protocole d'accord électoral initial sur les autres aspects que le calendrier (cass. soc. 19 décembre 2018, n° 17-27442 FPB).

Si l'entreprise mettait en place son premier CSE, l'employeur pouvait invoquer une force majeure qui l'exonérait provisoirement de son obligation de mettre en place une représentation du personnel et justifiait la fixation d'une date de premier tour reportée. Dans ce cas, l'employeur négociait la date du premier tour avec les syndicats dans le protocole d'accord préélectoral et, en cas d'échec des négociations il la fixait unilatéralement.

Pour rappel, au moment où nous rédigeons cet ouvrage, la crise sanitaire liée au covid-19 est toujours en cours et la position du ministère reste celle évoquée ci-avant (Q/R, dialogue social, questions/réponses du ministère du Travail, 17 avril 2020, mis à jour le 29 septembre 2021).

4-9 **Covid-19 et élections partielles.** L'employeur a l'obligation d'organiser des élections partielles lorsqu'un collège n'est plus représenté ou lorsque le nombre d'élus titulaires a été réduit de moitié ou plus (c. trav. art. L. 2314-10) (voir § 16-1).

Dans le contexte de l'épidémie de covid-19, ces règles avaient été écartées temporairement pour éviter l'enchaînement des scrutins (ord. 2020-389 du 1er avril 2020, JO du 2). Ainsi, face à l'une des situations imposant des élections partielles, l'employeur n'avait pas à procéder à ces élections dès lors que le mandat des élus du CSE expirait moins de 6 mois après la fin de la période de suspension des élections (31 août 2020 plus 6 mois), que le processus électoral ait été engagé ou non avant cette période. En d'autres termes, l'employeur n'avait pas à organiser d'élections partielles lorsque les mandats avaient expiré avant le 1er mars 2021.

RISQUE EN L'ABSENCE DE CSE

→ Pas de report en principe

4-10 Le ministère du Travail a écarté tout report de la date limite de mise en place du CSE (voir toutefois les mesures exceptionnelles qui ont été prises lors de la crise liée au covid-19, voir § 4-7).

Pour rappel, les entreprises « hors délai », qui avaient pris du retard dans l'élection du CSE, ne pouvaient pas maintenir leurs anciennes IRP après le 1er janvier 2020 (ni par décision unilatérale de l'employeur, ni par accord collectif unanime).

Le ministère a admis toutefois deux hypothèses dans les lesquelles les mandats ont pu, à titre d'exception, se prolonger au-delà du 31 décembre 2019 (« Quelles conséquences en cas d'absence de mise en place, www.travail-emploi.gouv.fr ») :

- en cas de saisine de l'administration encore en cours à la date du 31 décembre 2019 (en cas de contestation portant sur le nombre et périmètre d'établissements distincts ou sur les collèges électoraux) ;
- en cas de saisine du juge avant le 31 décembre 2019 (en cas de contestation d'une décision de l'administration en matière d'établissements distincts ou de collèges électoraux ou en cas de désaccord sur les modalités d'organisation des opérations électorales).

Dans ces deux cas, les mandats ont pu se poursuivre jusqu'à la proclamation des résultats du scrutin, y compris lorsqu'elle a eu lieu après le 1er janvier 2020. Autrement dit, les mandats des anciennes instances représentatives se sont poursuivis le temps nécessaire à l'élection sans que l'employeur ne puisse être condamné pour délit d'entrave à la mise en place du CSE.

POINT DE VIGILANCE

Pour rappel, le tribunal judiciaire s'est substitué, depuis le 1er janvier 2020, au tribunal d'instance (TI) et au tribunal de grande instance (TGI) (c. trav. art. L. 2314-32) et le DREETS a remplacé le DIRECCTE depuis le 1er avril 2021.

→ Sanctions pénales et civiles

4-11 Faute de disposer d'un CSE au 1er janvier 2020 et sauf exceptions exposées ci-avant, l'entreprise pourra, le cas échéant, être poursuivie pour délit d'entrave (voir § 8-5). Les anciens représentants du personnel pourraient ainsi alerter l'inspection du travail ou directement saisir le tribunal correctionnel.

De plus, l'employeur qui n'a pas organisé l'élection du CSE commet une faute qui cause un préjudice aux salariés (voir § 8-6).

→ « Gel » de certaines décisions

4-12 L'absence de CSE au 1er janvier 2020 peut bloquer l'employeur dans la mise en œuvre d'un grand nombre de décisions. L'employeur doit, en effet, consulter le CSE avant de prendre certaines décisions. C'est le cas, par exemple, lorsqu'il souhaite proposer une offre de reclassement à un salarié déclaré inapte (c. trav. art. L. 1226-2 et L. 1226-10) ou lorsqu'il met en place ou modifie le règlement intérieur de l'entreprise (c. trav. art. L. 1321-4).

Si le CSE n'a pas été élu, l'employeur ne peut pas réunir et consulter les anciens représentants du personnel, même si ces derniers sont d'accord, puisque leurs mandats ont pris fin au 31 décembre 2019. Une telle consultation serait sans effet et la décision prise par l'employeur pourrait être jugée irrégulière et sanctionnée.

À partir de 50 salariés, les attributions du CSE sont très larges et portent sur toutes questions relatives à l'organisation, la gestion et la marche de l'entreprise (c. trav. art. L. 2312-8). Tout projet de l'employeur entrant dans les attributions du CSE (ex. : projets de restructuration, de déménagement, d'aménagement du temps de travail) devrait être mis entre parenthèses tant que le CSE n'a pas été mis en place. Si l'employeur passe outre la consultation du CSE, les salariés pourraient saisir le juge en référé pour demander la suspension du projet, voire son annulation (voir § 27-17).

POINT DE VIGILANCE

Aucune faute ne peut être reprochée à l'employeur lorsqu'il dispose d'un procès-verbal de carence de candidatures aux élections (voir § 15-66).

CALENDRIER ÉLECTORAL

→ Rôle de l'employeur

4-13 L'employeur joue un rôle clé dans l'organisation des élections du CSE. Il est chargé d'engager et de préparer la tenue des opérations électorales, c'est-à-dire :

- informer le personnel par tout moyen de la date envisagée pour le premier tour (voir § 8-16) ;
- inviter les syndicats à négocier un protocole d'accord préélectoral ainsi qu'à établir la liste de leurs candidats (voir § 8-19) ;
- procéder à l'organisation matérielle des élections (voir §§ 13-1 et s.).

Si, à l'issue du processus électoral, le CSE n'a pas pu être mis en place ou renouvelé, l'employeur doit établir un procès-verbal de carence (voir § 15-66).

→ Calendrier des opérations électorales

4-14 Pour assurer un bon déroulement des élections, l'employeur doit veiller à respecter les délais impartis par le code du travail et le protocole d'accord préélectoral. À titre indicatif, le calendrier des opérations électorales ci-après détaille les points clés à respecter avant, pendant et après le jour du scrutin (ou Jour J).

CALENDRIER DES OPÉRATIONS ÉLECTORALES [AVANT, PENDANT ET APRÈS LE JOUR DU SCRUTIN (OU JOUR J)]		
Avant le premier tour du scrutin		
Information des salariés par tout moyen	90 jours maximum avant la date envisagée pour le 1er tour	c. trav. art. L. 2314-4
Invitation des syndicats à négocier le protocole d'accord préélectoral	Au plus tard 15 jours avant la date de la première réunion de négociation et 2 mois avant l'expiration des mandats en cours (1)	c. trav. art. L. 2314-5
Dépôt des listes de candidats par les syndicats à la date prévue par le protocole préélectoral	Délai en conformité avec le protocole d'accord préélectoral	c. trav. art. L. 2314-5, L. 2314-28 et L. 2314-29
Affichage des listes des candidatures syndicales par l'employeur	Délai en conformité avec le protocole d'accord préélectoral	c. trav. art. L. 2314-28
Affichage des listes électorales	Entre Jour J - 15 et Jour J moins 4	c. trav. art. R. 2314-24
Envoi du matériel de vote pour les salariés concernés par le vote par correspondance	Délai en conformité avec le protocole d'accord préélectoral	c. trav. art. L. 2314-28
Retour des votes par correspondance	Délai et conditions prévus par le protocole d'accord préélectoral	c. trav. art. L. 2314-28
Jour J : date du premier tour (au maximum 15 jours avant la fin des mandats en cours) (c. trav. art. L. 2314-5)		
Proclamation des résultats	Jour J	c. élec. art. R. 67
Le cas échéant, organisation du second tour : information du personnel et des syndicats	Jour J	c. trav. art. L. 2314-29
Affichage des listes électorales	Au moins 4 jours avant le scrutin	c. trav. art. R. 2314-24
Dépôt des listes de candidats	Délai en conformité avec le protocole d'accord préélectoral	c. trav. art. L. 2314-28
Affichage par l'employeur des listes de candidatures	Délai en conformité avec le protocole d'accord préélectoral	c. trav. art. L. 2314-28

CALENDRIER DES OPÉRATIONS ÉLECTORALES [AVANT, PENDANT ET APRÈS LE JOUR DU SCRUTIN (OU JOUR J)]		
Date du second tour : au maximum 15 jours après le 1er tour (c. trav. art. L. 2314-29)		
Affichage des résultats des premier et second tours	Jour J + 14	c. élec. art. R. 67
Affichage des noms des membres du CSE	• Liste nominative des membres du CSE, devant indiquer l'emplacement habituel des membres du comité et, le cas échéant, leur participation à une ou plusieurs commissions du comité • Affichage dans les locaux affectés au travail	c. trav. art. R. 2314-22
Communication des P-V des élections au ministère du Travail	• Dans les 15 jours suivant les résultats des élections • Par voie postale (CTEP-TSA, 79104-76934 Rouen, Cedex 9) ou par voie électronique (https://www.elections-professionnelles.travail.gouv.fr)	c. trav. art. R. 2314-22 et arrêté du 4 novembre 2019, JO du 16, texte 21
Communication des P-V des élections aux syndicats	Par tout moyen et dans les meilleurs délais	c. trav. art. L. 2314-29
(1) Dans les entreprises de 11 à 20 salariés, au plus tard 15 jours avant la date de la première réunion de négociation et uniquement si au moins un salarié s'est porté candidat dans un délai de 30 jours à compter de l'information des salariés (c. trav. art. L. 2314-5).		

Modalités de mise en place via la négociation

CRÉER UN CSE « SUR-MESURE »

4-15 Le CSE devant être mis en place par chaque entreprise concernée peut être un CSE conventionnel adapté à l'entreprise grâce à la négociation collective. Ce CSE « sur-mesure » permet d'être mieux adapté aux besoins de l'entreprise.

La négociation a lieu avec le délégué syndical (DS) ou, à défaut de DS, avec le CSE s'il a déjà été mis en place. Attention, dans certains cas (ex. : mise en place des représentants de proximité ; voir § 43-1), la négociation doit avoir lieu exclusivement avec un délégué syndical (c. trav. art. L. 2313-2 et par renvoi, L. 2232-12) (voir § 43-5).

À défaut d'accord, le CSE mis en place sera « standard », c'est-à-dire qu'il suivra les règles dites supplétives du code du travail.

L'entreprise et les représentants du personnel en place peuvent donc décider de mettre en place un CSE « sur-mesure ». Cela suppose d'adopter une stratégie collective en amont fondée sur l'analyse de l'existant et des écueils rencontrés avec les anciennes IRP ou le CSE précédent pour construire un CSE adapté aux besoins de l'entreprise.

La réflexion menée en amont peut conduire à la négociation de plusieurs types d'accords :

› un accord sur le niveau de mise en place du CSE (nombre d'établissements distincts, étendu de leur périmètre, désignation de représentants de proximité, etc.) ;

› un accord sur les modalités d'organisation du processus électoral (le protocole d'accord préélectoral, un éventuel accord sur le vote électronique) ;
› des accords sur le fonctionnement même du CSE (suppléance, nombre de réunions annuelles, délais de consultation, périodicité des consultations récurrentes, BDESE, etc.).

DURÉE DE LA NÉGOCIATION : PRÉVOIR UN RÉTROPLANNING

4-16 Pour négocier un CSE « sur-mesure », il faut compter une durée de 3 mois minimum. Ce délai est déterminé empiriquement et peut naturellement changer d'une entreprise à l'autre.

POINT DE VIGILANCE

Outre le temps de négociation de l'accord collectif et de sa rédaction, il ne faut pas, en effet, sous-estimer les deux périodes électorales :
- la négociation du protocole électoral (voir §§ 9-1 et s.) ;
- et le temps de l'élection (voir § 13-1).

RÈGLES NÉGOCIABLES AVANT LES ÉLECTIONS

4-17

CALENDRIER DE LA NÉGOCIATION D'UN CSE « SUR-MESURE »

Thèmes	Modalités de négociation	Références
	Négociation par accord collectif	
Nombre et périmètre des établissements distincts (3)	Accord d'entreprise majoritaire conclu avec les délégués syndicaux (DS) (1) **OU** à défaut d'accord et en l'absence de DS, accord entre l'employeur et le CSE adopté à la majorité des membres élus titulaires du CSE **OU** À défaut d'accord d'entreprise ou d'accord avec le CSE, fixation unilatérale par l'employeur	c. trav. art. L. 2313-2 à L. 2313-4
Durée du mandat des élus (entre 2 et 4 ans)	Accord de branche, de groupe ou d'entreprise	c. trav. art. L. 2314-34
Mise en place d'un CSE interentreprises	Accord collectif interentreprises signé entre les employeurs des différentes entreprises et les organisations syndicales représentatives soit au niveau national interprofessionnel, soit au niveau départemental	c. trav. art. L. 2313-9
Mise en place de représentants de proximité (3)	Accord d'entreprise majoritaire conclu avec les délégués syndicaux (DS) (1)	c. trav. art. L. 2313-7 renvoyant à c. trav. art. L. 2313-2
Modification du nombre de collèges	Accord unanime des syndicats représentatifs dans l'entreprise	c. trav. art. L. 2314-12

<table>
<tr><th colspan="3">CALENDRIER DE LA NÉGOCIATION D'UN CSE « SUR-MESURE »</th></tr>
<tr><th>Thèmes</th><th>Modalités de négociation</th><th>Références</th></tr>
<tr><td>Mise en place du vote électronique</td><td>Accord d'entreprise ou de groupe (1)
OU
À défaut d'accord, décision de l'employeur</td><td>c. trav. art. L. 2314-26 et R. 2314-5</td></tr>
<tr><td>Mise en place d'une CSSCT (modalités de mise en place, nombre de membres, missions déléguées, modalités de fonctionnement, etc.)</td><td>Accord d'entreprise majoritaire en présence de délégués syndicaux (DS)
OU
Accord avec la majorité des titulaires au CSE en l'absence de DS</td><td>c. trav. art. L. 2315-41 à L. 2315-43</td></tr>
<tr><td>Conseil d'entreprise (transformation du CSE)</td><td>Accord d'entreprise majoritaire conclu avec les délégués syndicaux (DS)
OU
À défaut de DS, accord de branche étendu</td><td>c. trav. art. L. 2321-2</td></tr>
<tr><th colspan="3">Négociation à l'occasion du protocole d'accord préélectoral</th></tr>
<tr><td>Modification du nombre de membres du CSE et du volume des heures individuelles de délégation</td><td rowspan="4">Accord signé selon les modalités du protocole d'accord préélectoral (2)</td><td>c. trav. art. L. 2314-1 et L. 2314-7</td></tr>
<tr><td>Répartition des sièges et du personnel dans les collèges électoraux</td><td>c. trav. art. L. 2314-13</td></tr>
<tr><td>Répartition des sièges du CSE central entre les différents établissements et les différents collèges</td><td>c. trav. art. L. 2316-8</td></tr>
<tr><td>Suppression de la limitation à 3 mandats successifs d'élu au CSE dans les entreprises d'au moins 50 salariés et de moins de 300</td><td>c. trav. art. L. 2314-33</td></tr>
<tr><td>Vote hors temps de travail</td><td>Accord unanime des syndicats représentatifs dans l'entreprise</td><td>c. trav. art. L. 2314-27</td></tr>
<tr><td colspan="3">(1) Pour être valable, l'accord doit être conclu avec les délégués syndicaux selon des règles de majorité précises (c. trav. art. L. 2232-12, 1er al.), sans possibilité de faire valider un accord minoritaire par référendum.
(2) Clause soumise à une condition de double majorité, en nombre et en voix (c. trav. art. L. 2314-6).
(3) La question de la mise en place des représentants de proximité peut être abordée à l'occasion de la négociation de l'accord collectif sur le nombre et le périmètre des établissements distincts (c. trav. art. L. 2313-7) (voir § 43-2).</td></tr>
</table>

Périmètres de **mise en place du CSE**

HYPOTHÈSE 1

ENTREPRISE
MONO ÉTABLISSEMENT
DE + DE 11 SALARIÉS

SOLUTION
- **1 SEUL CSE**

HYPOTHÈSE 2

ENTREPRISE **DE - 50 SALARIÉS**
3 ÉTABLISSEMENTS
NON DISTINCTS

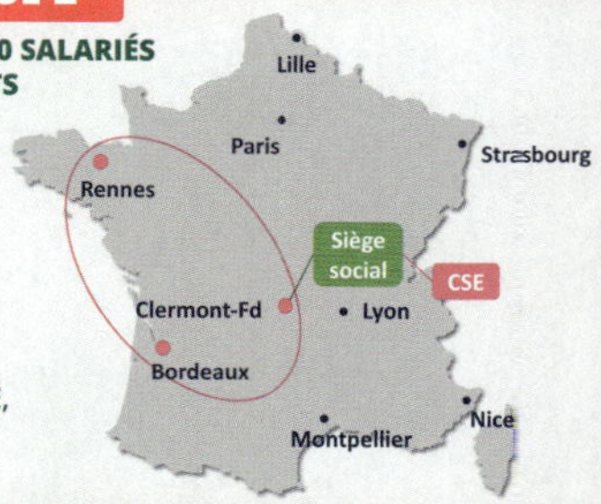

SOLUTION
- **1 SEUL CSE** SITUÉ, PAR EXEMPLE, AU SIÈGE SOCIAL

HYPOTHÈSE 3

ENTREPRISE **DE - 50 SALARIÉS**
4 ÉTABLISSEMENTS
DISTINCTS

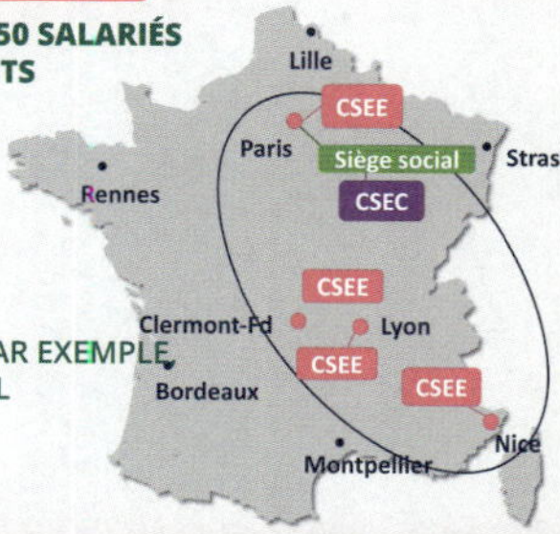

SOLUTION
- **4 CSEE**
- **1 CSEC** SITUÉ, PAR EXEMPLE, AU SIÈGE SOCIAL

HYPOTHÈSE 4

ENTREPRISE **DE - 50 SALARIÉS**
4 ÉTABLISSEMENTS DISTINCTS
1 ÉTABLISSEMENT
NON DISTINCT

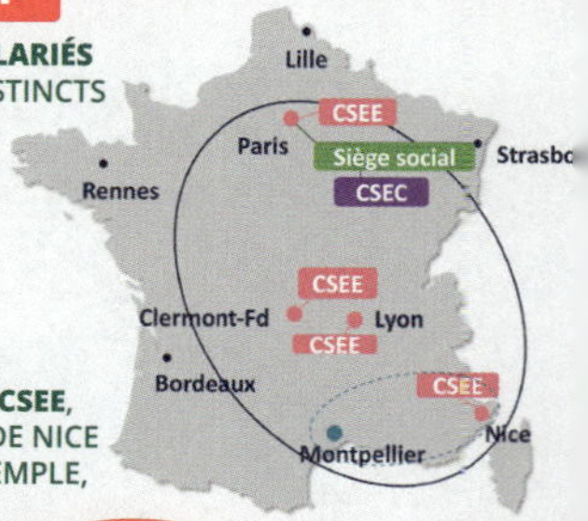

SOLUTION
- **4 CSEE**
- **RATTACHEMENT NON DISTINCT À UN CSEE**, PAR EXEMPLE, CELUI DE NICE
- **1 CSEC** SITUÉ, PAR EXEMPLE, AU SIÈGE SOCIAL

HYPOTHÈSE 5

UNITÉ ÉCONOMIQUE
ET SOCIALE (UES)
COMPOSÉE
DE **3 ENTREPRISES**
MONO ÉTABLISSEMENT

SOLUTION
- **1 CSEE** PAR ENTREPRISE
- **1 CSEC** SITUÉ DANS LES LOCAUX DE L'UNE DES ENTREPRISES DE L'UES

Revue Fiduciaire
BARTHÉLÉMY AVOCATS

JEAN-JULIEN JARRY

5 Périmètres de mise en place du CSE

Détermination des circonscriptions électorales

- Différents niveaux de mise en place 5-1
- Seuils d'effectif 5-2

CSE dans une entreprise pluri-établissements

- CSE d'établissement et CSE central ... 5-3
- Définition de l'établissement distinct 5-4
- Nombre et périmètre des établissements distincts 5-6

› *Encadré : Accord/décision unilatérale : avant de décider du périmètre, il faut avoir cherché à négocier* 5-9

- Modification du nombre et du périmètre des établissements distincts en cours d'accord 5-10

CSE dans une unité économique et sociale (UES)

- Définition de l'UES 5-11
- Nombre et périmètre des établissements distincts 5-12

CSE interentreprises

- Niveau facultatif de représentation du personnel 5-13
- Mise en place par accord collectif 5-14

Tableau récapitulatif

Détermination des circonscriptions électorales

DIFFÉRENTS NIVEAUX DE MISE EN PLACE

5-1 Le comité social et économique (CSE) peut être mis en place au niveau de l'entreprise ou, le cas échéant, au niveau des établissements distincts (voir § 5-3) ou dans le cadre d'une unité économique et sociale (UES) (voir § 5-11), voire au niveau interentreprises (voir § 5-13) (c. trav. art. L. 2313-1 et s. ; Q/R 23, CSE, 117 questions/réponses du ministère du Travail, 17 janvier 2020).

EN PRATIQUE

Contrairement aux règles antérieures, la détermination du périmètre de mise en place du CSE d'entreprise ou de l'UES est déconnectée du processus électoral et, en particulier, du protocole d'accord préélectoral.

POINT DE VIGILANCE

L'accord collectif est considéré comme prioritaire sur la décision unilatérale de l'employeur en la matière (cass. soc. 17 avril 2019, n° 18-22948 PBRI). L'engagement de négociation est ainsi nécessaire même lorsque l'entreprise ne comprend qu'un seul site (Q/R 32, CSE 117 questions/réponses du ministère du Travail, 17 janvier 2020). En l'absence d'accord, il revient à l'employeur de les fixer, sous le contrôle de l'inspection du travail.

SEUILS D'EFFECTIF

5-2 Le CSE doit être mis en place lorsque l'effectif de l'entité atteint 11 salariés pendant 12 mois consécutifs, qu'il s'agisse de l'entreprise (c. trav. art. L. 2311-2) ou de l'UES (c. trav. art. L. 2313-8).

Au niveau interentreprises, c'est l'accord collectif qui doit déterminer le seuil à partir duquel le CSE, facultatif, est établi (c. trav. art. L. 2313-9).

À NOTER Compte tenu de la similitude des textes en la matière, la jurisprudence et les réponses administratives rendues à propos des IRP précédemment en place gardent, à notre avis, toute leur valeur. Les arrêts et réponses indiqués dans nos développements ci-après sont donc, en toute vraisemblance, transposables au CSE.

CSE dans une entreprise pluri-établissements

CSE D'ÉTABLISSEMENT ET CSE CENTRAL

5-3 Le CSE est, en principe, mis en place au niveau de l'entreprise. Toutefois, dans les entreprises d'au moins 50 salariés qui comportent au moins deux établissements reconnus distincts, des CSE d'établissements et un CSE central d'entreprise doivent être mis en place (c. trav. art. L. 2313-1 ; Q/R 26, CSE, 117 questions/réponses du ministère du Travail, 17 janvier 2020).

- **Détermination.** Selon l'administration, un établissement distinct correspond à un cadre approprié à l'exercice des missions du CSE. L'établissement distinct ne correspond pas nécessairement à un établissement physique et peut regrouper plusieurs établissements au sens de l'INSEE (SIRET) (Q/R 25, CSE, 117 questions/réponses du ministère du Travail, 17 janvier 2020). Le code du travail n'ayant toutefois pas défini l'établissement distinct, l'accord peut sans contrainte déterminer son périmètre et leur nombre, faculté qui n'est pas librement accessible par la voie unilatérale (voir §§ 5-6 à 5-9).

EN PRATIQUE

Il y a autant de CSE d'établissements que d'établissements distincts.

Si les établissements de l'entreprise n'ont pas la qualité d'établissement distinct, un CSE est mis en place au niveau de l'entreprise et devra ainsi assurer la représentation de l'ensemble des salariés des établissements de l'entreprise (c. trav. art. L. 2313-1 ; Q/R 25, CSE, 117 questions/réponses du ministère du Travail, 17 janvier 2020).

La création d'un CSE d'établissement dépend de l'effectif de l'entreprise et non de celui de l'établissement.

EXEMPLE Une entreprise de 200 salariés comporte 4 établissements (Q/R 25, CSE, 117 questions/réponses du ministère du Travail, 17 janvier 2020) :
- établissement A = 25 salariés ;
- établissement B = 25 salariés ;
- établissement C = 75 salariés ;
- établissement D = 75 salariés.

Découpage retenu pour les élections :
- établissement distinct 1 = A + B = 50 salariés ;
- établissement distinct 2 = C = 75 salariés ;
- établissement distinct 3 = D = 75 salariés.

Compte tenu du découpage retenu, l'entreprise devra organiser trois élections. Des CSE d'établissement seront mis en place au niveau de chaque établissement distinct et un CSE central sera mis en place au niveau de l'entreprise.

DÉFINITION DE L'ÉTABLISSEMENT DISTINCT

→ Liberté des parties dans le cadre d'un accord collectif ou d'un accord avec le CSE

5-4 Dans le cadre d'un accord collectif (voir § 5-6) ou d'un accord avec le CSE (voir § 5-7), les parties sont libres de déterminer les critères déterminants le périmètre et le nombre des établissements distincts (Q/R 29, CSE, 117 questions/réponses du ministère du Travail, 17 janvier 2020). La seule limite paraît résider dans l'exigence d'« exercice effectif des prérogatives du CSE » (cass. soc. 9 juin 2021, n° 19-23745 FSPR) qui doit certainement présider à la construction de ou des circonscriptions électorales.

→ Critère à retenir dans le cadre d'une décision unilatérale

5-5 Dans le cadre d'une décision unilatérale de l'employeur (voir § 5-8), le découpage de l'entreprise en établissements distincts repose sur un seul critère : l'autonomie de gestion du responsable d'établissement (c. trav. art. L. 2313-4). En conséquence, l'employeur doit tenir compte de l'autonomie de gestion du responsable de l'établissement, notamment en matière de gestion du personnel ou d'exécution de service (cass. soc. 19 décembre 2018, n° 18-23655 FSPBRI). Le juge doit dès lors rechercher si les responsables d'établissements disposent effectivement d'une autonomie de décision suffisante en ce qui concerne la gestion du personnel et l'exécution du service, et si la reconnaissance à ce niveau d'établissements distincts pour la mise en place des CSE était de nature à permettre l'exercice effectif des prérogatives du CSE (cass. soc. 9 juin 2021, n° 19-23153, n° 19-23745 FSPR).

EXEMPLE Il y a autonomie de gestion dès lors que peuvent être constatés par le juge (cass. soc. 11 décembre 2019, n° 19-17298 FSPB) :
- une délégation de pouvoirs dans des domaines de compétence variés : entretien d'embauche et choix du candidat à recruter, identification des besoins de formation, promotion, mobilité, relations avec les représentants du personnel, exercice du pouvoir disciplinaire, gestion quotidienne du site, engagement de dépenses ;
- ainsi que la signature d'accords d'établissement par les chefs d'établissement.

Toutefois, la centralisation de fonctions support ou l'existence de procédures de gestion définies au niveau du siège ne sont pas de nature à exclure en elles-mêmes l'autonomie de gestion des responsables d'établissement (cass. soc. 22 janvier 2020, n° 19-12011 FSPB).

EN PRATIQUE

La décision unilatérale de l'employeur est donc encadrée, par un critère qui rappelle celui utilisé auparavant pour l'implantation du comité d'entreprise.

La mise en place du CSE apparaît comme un moment propice à la réflexion sur la structuration sociale de l'entreprise.

L'instrument privilégié de ce projet doit être l'accord collectif, la décision unilatérale de l'employeur étant encadrée et contrôlée par l'administration du travail.

NOMBRE ET PÉRIMÈTRE DES ÉTABLISSEMENTS DISTINCTS

→ Accord collectif majoritaire

5-6 Lorsque l'entité est pourvue d'un syndicat représentatif, le nombre et le périmètre des établissements distincts sont, en principe, déterminés par un accord d'entreprise qui doit nécessairement être conclu entre l'employeur et les organisations syndicales représentatives majoritaires, c'est-à-dire celles qui ont recueilli plus de 50 % des suffrages exprimés en faveur des syndicats représentatifs au premier tour des dernières élections des titulaires au CSE, quel que soit le nombre de votants (c. trav. art. L. 2313-2 et, par renvoi, L. 2232-12).

• **Durée de l'accord.** Les accords collectifs qui ne précisent pas leur durée d'application (durée indéterminée ou durée déterminée mentionnée dans l'accord) sont réputés être conclus pour une durée déterminée de 5 ans (c. trav. art. L. 2222-4). Il est donc à notre sens recommandé de préciser dans l'accord sa durée d'application.

Les parties sont libres de déterminer les critères déterminants le périmètre et le nombre des établissements distincts (Q/R 29, CSE, 117 questions/réponses du ministère du Travail, 17 janvier 2020).

POINT DE VIGILANCE

Il ne peut pas s'agir d'un accord signé par des organisations syndicales représentant 30 % des suffrages exprimés et validé par référendum (Q/R 27, CSE, 117 questions/réponses du ministère du Travail, 17 janvier 2020 ; c. trav. art. L. 2313-2, al. 2).

L'accord collectif qui établit le nombre et le périmètre des établissements distincts dans l'entreprise peut également organiser la mise en place de représentants de proximité (c. trav. art. L. 2313-7) (voir § 43-1).

→ Accord avec le CSE en l'absence de délégué syndical

5-7 À défaut d'accord collectif majoritaire **et** en l'absence de délégué syndical, le nombre et le périmètre des établissements distincts sont déterminés par un accord entre l'employeur et le CSE. L'employeur ne peut donc recourir à la négociation avec le CSE si un délégué syndical a été valablement désigné dans le périmètre ouvert à la négociation. L'accord avec le CSE est adopté à la majorité de ses membres élus titulaires (c. trav. art. L. 2313-3).

La formulation du texte exclut la possibilité de conclure un accord avec le CSE en présence de délégués syndicaux. La négociation d'un accord avec le CSE n'est donc pas possible en cas d'échec des négociations avec les délégués syndicaux pour obtenir un accord collectif majoritaire. Dans ce cas, le nombre et le périmètre des établissements distincts sont déterminés par décision unilatérale (Q/R 28 CSE, 117 questions/réponses du ministère du Travail, 17 janvier 2020).

EXEMPLE Si le CSE composé de 5 élus titulaires, l'accord doit être signé par 3 titulaires. S'il est composé de 4 titulaires, il doit être signé par 3 d'entre eux.

POINT DE VIGILANCE

Cet accord est particulier et diffère notamment de celui requis pour la négociation d'un accord collectif avec le CSE dans une entreprise d'au moins 50 salariés (c. trav. art. L. 2232-25), qui suppose la signature par les membres de la délégation du personnel au CSE représentant « la majorité des suffrages exprimés lors des dernières élections professionnelles ».

Autrement dit, cet accord particulier avec le CSE requiert une majorité « par tête » et non une majorité « par suffrage ».

Les parties sont libres de déterminer les critères déterminants le périmètre et le nombre des établissements distincts (Q/R 29, CSE, 117 questions/réponses du ministère du Travail, 17 janvier 2020).

→ Décision unilatérale de l'employeur en l'absence d'accord

5-8 À défaut d'accord collectif majoritaire ou d'accord entre l'employeur et le CSE, l'employeur fixe seul le nombre et le périmètre des établissements distincts, compte tenu de l'autonomie de gestion du responsable de l'établissement (c. trav. art. L. 2313-4) (voir § 5-5).

L'employeur doit porter sa décision à la connaissance de chaque syndicat représentatif dans l'entreprise et de chaque syndicat ayant constitué une section syndicale dans l'entreprise, par tout moyen permettant de conférer date certaine à cette information.

EN PRATIQUE

La décision de l'employeur de procéder lui-même au découpage de l'entreprise en établissements distincts nécessite de délivrer aux syndicats une information spécifique et préalable. Concrètement, il doit préalablement notifier sa décision aux syndicats de façon explicite (ex. : LRAR, courrier électronique). Il ne doit pas « profiter » de l'invitation à négocier le protocole d'accord préélectoral pour transmettre cette information.

À défaut d'information spécifique, le délai de 15 jours pour saisir le DREETS ne court pas (cass. soc. 17 avril 2019, n° 18-22948 PBRI).

Si, en l'absence de délégué syndical, les négociations ont eu lieu avec le CSE sans aboutir, l'employeur réunit le comité afin de l'informer du découpage qu'il a finalement retenu (c. trav. art. R. 2313-1).

POINT DE VIGILANCE

Le délai dans lequel l'employeur doit informer les syndicats et le CSE n'a pas été précisé par le code du travail. À notre sens, il doit s'agir d'un délai « bref », de quelques jours, car c'est à partir de cette information que commence à courir le délai de contestation auprès du DREETS (ex-DIRECCTE). Il est conseillé de mettre la question à l'ordre du jour de la prochaine réunion des instances.

- **Contestation de la décision unilatérale de l'employeur devant le DREETS.** La décision de l'employeur peut être contestée devant le DREETS du siège de l'entreprise. Les syndicats représentatifs dans l'entreprise et ceux ayant constitué une section syndicale dans l'entreprise, ou le CSE lorsque les négociations se sont déroulées avec lui, peuvent saisir le DREETS dans le délai de 15 jours à compter de la date à laquelle ils ont été informés de la décision de l'employeur (c. trav. art. R. 2313-1). Le DREETS prend sa décision dans un délai 2 mois à compter de la réception de la contestation. Cette décision est notifiée par LRAR portant mention des voies et délais de recours (c. trav. art. R. 2313-2). La saisine du DREETS suspend le délai de contestation des élections. Autrement dit, si l'employeur organise les élections malgré la contestation en cours, les syndicats peuvent demander l'annulation du scrutin dans les 15 jours suivant la décision du DREETS sur la détermination des établissements distincts (cass. soc. 17 avril 2019, n° 18-22948 PBRI).

- **Absence de décision du DREETS.** Si le DREETS n'a rendu aucune décision expresse dans le délai de 2 mois, il s'agit alors d'une décision implicite de rejet et c'est donc la décision initiale de l'employeur qui s'applique, sauf recours devant le tribunal judiciaire.

- **Recours contre la décision du DREETS devant le tribunal judiciaire.** La décision du DREETS (qu'elle soit expresse ou implicite) peut faire l'objet d'un recours devant le tribunal judiciaire par les syndicats représentatifs dans l'entreprise et par ceux ayant constitué une section syndicale dans l'entreprise ou, lorsque les négociations se sont déroulées avec lui, par le CSE, dans un délai de 15 jours suivant sa notification ou suivant la décision implicite de rejet de la demande (c. trav. art. L. 2313-5 et R. 2313-2). Le tribunal judiciaire est saisi des contestations par voie de déclaration au greffe. Il statue dans les 10 jours de sa saisine, sans frais ni forme de procédure, et sur avertissement qu'il donne 3 jours à l'avance à toutes les parties intéressées. Sa décision est susceptible d'un pourvoi en cassation dans un délai de 10 jours (c. trav. art. R. 2313-3).

- **Décision d'un nouveau découpage.** Le tribunal judiciaire qui contrôle la décision du DREETS peut, le cas échéant, proposer un autre découpage de l'entreprise en établissements distincts (cass. soc. 19 décembre 2018, n° 18-23655 FSPBRI). Toutefois lorsque le tribunal judiciaire annule la décision du DREETS (parce que les organisations qui l'avaient saisi ne disposaient pas du droit d'agir) il ne peut pas proposer un nouveau découpage de l'entreprise en établissements distincts (cass. soc. 3 mars 2021, n° 19-21086 FP).

- **Preuve partagée.** En cas de recours exercé à l'encontre de la décision unilatérale de l'employeur, le DREETS ou le juge se prononce sur le nombre d'établissement en se fondant à la fois sur les documents relatifs à l'organisation interne de l'entreprise que fournit l'employeur et sur les documents remis par les syndicats à l'appui de leur contestation (cass. soc. 22 janvier 2020, n° 19-12011 FSPB ; cass. soc. 9 juin 2021, nos 19-23153 et 19-23745 PBRI).

- **Date d'appréciation de l'autonomie de gestion par le juge.** Le juge judiciaire doit se prononcer sur la légalité de la décision administrative au regard de l'ensemble des circonstances de fait dont il est justifié à la date de la décision administrative (c'est-à-dire à la date où il statue) (cass. soc. 8 juillet 2020, n° 19-11918 FSPBR). Il doit procéder à sa propre analyse des faits et notamment rechercher si les responsables des établissements concernés avaient effectivement une autonomie de décision suffisante en ce qui concerne la gestion du personnel et l'exécution du service, et si la reconnaissance à ce niveau d'établissements distincts pour la mise en place CSE était de nature à permettre l'exercice effectif des prérogatives de l'institution représentative du personnel (cass. soc. 9 juin 2021, nos 19-23153 et 19-23745 FSPR).

- **Quid si un accord collectif est finalement conclu ?** La jurisprudence a, dans cette hypothèse, précisé qu'un accord collectif sur le découpage de l'UES, conclu en cours de procédure judiciaire et reprenant les termes de la décision du DREETS, rend caduque la décision du DREETS. Par conséquent, cet accord met fin à la procédure judiciaire (cass. soc. 17 mars 2021, n° 19-21057 FP). Compte tenu de la formulation générale employée par la Cour de cassation, cette règle ne semble pas limitée à la seule hypothèse de contestation du découpage en établissements distincts de l'UES. La solution dégagée semble cependant limitée à la situation d'un accord qui reprend la décision du DREETS quant au nombre et au périmètre des établissements distincts. En irait-il de même en cas d'accord collectif prévoyant un découpage différent ? La question reste ouverte.

5-9

ACCORD/DÉCISION UNILATÉRALE : AVANT DE DÉCIDER DU PÉRIMÈTRE, IL FAUT AVOIR CHERCHÉ À NÉGOCIER

La Cour de cassation s'est très clairement prononcée en faveur de la priorité de la négociation collective sur la décision unilatérale de l'employeur lorsqu'un délégué syndical est présent dans l'entreprise (cass. soc. 17 avril 2019, n° 18-22948 PBRI). En l'absence d'une telle représentation syndicale, il est recommandé d'entamer une négociation avec le CSE avant d'opter, en cas d'échec, pour la décision unilatérale (Q/R 28, CSE, 117 questions/réponses du ministère du Travail, 17 janvier 2020). L'administration du travail a précisé que la décision unilatérale ne vaut que pour le cycle électoral pour lequel elle est édictée. L'employeur devra donc engager une nouvelle négociation à l'issue de chaque cycle électoral (Q/R 27, CSE, 117 questions/réponses du ministère du Travail, 17 janvier 2020).

MODIFICATION DU NOMBRE ET DU PÉRIMÈTRE DES ÉTABLISSEMENTS DISTINCTS EN COURS D'ACCORD

5-10 Le nombre et le périmètre des établissements distincts peuvent être révisés pendant l'application de l'accord, notamment en cas d'évolution de l'organisation de l'entreprise. Il faut dans cette hypothèse appliquer les règles applicables à la révision d'un accord collectif (c. trav. art. L. 2261-7-1).

POINT DE VIGILANCE

Le nouveau découpage ne sera effectif que lors des prochaines élections, au moment du renouvellement du CSE (Q/R 30, CSE, 117 questions/réponses du ministère du Travail, 17 janvier 2020).

CSE dans une unité économique et sociale (UES)

DÉFINITION DE L'UES

5-11 En présence d'entreprises juridiquement distinctes, mais qui présentent des liens étroits entre elles, l'unité économique et sociale (UES) constitue l'entité au niveau de laquelle la représentation du personnel est organisée. En conséquence, en présence d'une UES regroupant au moins 11 salariés sur 12 mois consécutifs, c'est à ce niveau qu'un CSE sera mis en place (c. trav. art. L. 2313-8).

POINT DE VIGILANCE

Une UES ne peut être constituée que par accord collectif ou par une décision de justice (c. trav. art. L. 2313-8).

EN PRATIQUE

La demande de reconnaissance de l'existence de l'UES coïncide souvent, en pratique, avec la mise en place d'IRP (ex. : CSE). Elle peut toutefois intervenir à l'occasion d'un contentieux électoral, voire en dehors de tout lien avec des élections professionnelles (cass. soc. 2 juin 2004, n° 03-60135, BC V n° 157).

NOMBRE ET PÉRIMÈTRE DES ÉTABLISSEMENTS DISTINCTS

5-12 Les modes de détermination du nombre et du périmètre des établissements distincts de l'UES sont identiques à ceux de l'entreprise. En d'autres termes, des CSE d'établissement et un CSE central sont constitués dans les UES qui comptent au moins deux établissements (c. trav. art. L. 2313-8).

Le nombre et le périmètre des établissements distincts sont déterminés selon les modalités suivantes :

› en présence d'un délégué syndical, par la signature d'un accord collectif majoritaire conclu avec les syndicats représentatifs au niveau de l'UES (c. trav art. L. 2313-8 renvoyant à L. 2232-12, al. 1) ;

› en l'absence d'accord d'entreprise et en l'absence de délégué syndical, par un accord conclu entre les entreprises regroupées au sein de l'UES et le CSE, adopté à la majorité de ses membres élus titulaires. Si les négociations ont eu lieu avec le CSE, sans aboutir, l'employeur réunit le CSE afin de l'informer de sa décision (c. trav. art. R. 2313-4) ;

› en l'absence d'accord d'entreprise ou d'accord conclu avec le CSE, par décision de l'un des employeurs mandatés de l'UES. Celui-ci fixe le nombre et le périmètre des établissements distincts, compte tenu de l'autonomie de gestion du responsable de l'établissement, notamment en matière de gestion du personnel. On retrouve ici le régime spécifique conféré à la décision unilatérale, laquelle est soumise au critère de l'autonomie de gestion du responsable d'établissement. L'employeur mandaté doit porter sa décision à la connaissance de chaque syndicat représentatif dans l'UES et de chaque syndicat ayant constitué une section syndicale dans l'UES, par tout moyen permettant de conférer date certaine à cette information (c. trav. art. R. 2313-4).

La décision de l'employeur peut être contestée devant le DREETS selon les règles applicables au CSE (voir § 5-8) dans une entreprise dotée d'établissements distincts (avec de légères adaptations liées à cette forme particulière d'organisation de l'entreprise) (c. trav. art. R. 2313-4 à R. 2313-6).

• **Perte de la reconnaissance d'une UES.** Lorsqu'une UES ne remplit plus les critères requis pour exister, elle est amenée à disparaître. La dissolution suit les mêmes règles que sa reconnaissance : elle suppose un accord collectif ou une décision du tribunal judiciaire. La disparition de l'UES entraîne la fin des mandats des représentants élus ou désignés en son sein. Chaque entreprise composant l'ancienne UES est alors tenue d'organiser les éventuelles élections nécessaires en fonction de l'effectif de sa propre structure.

ATTENTION L'accord déterminant les établissements distincts pour la mise en place des anciennes instances représentatives du personnel (CE, DP et CHSCT) dans le cadre d'une unité économique et sociale (UES) ne peut être maintenu lors de l'élection du CSE (cass. soc. 25 mars 2020, n° 18-18401 FSPB).

CSE interentreprises

NIVEAU FACULTATIF DE REPRÉSENTATION DU PERSONNEL

5-13 Le CSE peut être mis en place au niveau interentreprises (c. trav. art. L. 2313-9). Il s'agit d'un nouveau niveau de représentation du personnel.

- **Un peu d'histoire.** Il était possible, par le passé, de mettre en place un comité interentreprises mais celui-ci avait pour seul objet de créer, d'organiser et de gérer des activités sociales et culturelles (ASC) communes à plusieurs entreprises.

La logique présidant à l'installation d'un CSE au niveau interentreprises est différente de celle applicable aux autres périmètres d'installation du CSE. La mise en place du CSE au niveau interentreprises est, en effet, facultative.

Le CSE interentreprises peut être mis en place lorsque la nature et l'importance de problèmes communs aux entreprises d'un même site ou d'une même zone le justifient (c. trav. art. L. 2313-9).

EN PRATIQUE

Aucune condition d'effectif n'est prévue.

POINT DE VIGILANCE

Selon l'administration, un accord interentreprises n'a pas pour effet de supprimer les CSE des entreprises entrant dans son champ d'application (Q/R 23, CSE, 117 questions/réponses du ministère du Travail, 17 janvier 2020). Le CSE interentreprises peut cohabiter avec d'éventuels CSE mis en place au niveau des entreprises du site ou de la zone qu'il couvre.

MISE EN PLACE PAR ACCORD COLLECTIF

5-14 La mise en place d'un CSE interentreprises est subordonnée à la conclusion d'un accord collectif interentreprises, signé entre les employeurs des entreprises du site ou de la zone et les syndicats représentatifs au niveau national interprofessionnel ou au niveau départemental (c. trav. art. L. 2313-9).

POINT DE VIGILANCE

En l'absence de précision du code du travail sur les conditions de validité de l'accord collectif interentreprises, il y a lieu, à notre avis, d'appliquer les dispositions de droit commun (c. trav. art. L. 2232- 26 et s.).

L'accord collectif doit définir les conditions d'exercice du CSE interentreprises, à savoir (c. trav. art. L. 2313-9) :

› le nombre de membres de la délégation du personnel du CSE interentreprises ;
› les modalités de leur élection ou désignation ;
› les attributions du CSE interentreprises ;
› les modalités de fonctionnement du CSE interentreprises.

L'accord collectif peut également décider que dans les entreprises d'au moins 11 salariés du site ou de la zone ayant mis en place un CSE, un membre de la délégation du personnel de chaque CSE participe aux réunions mensuelles.

POINT DE VIGILANCE

Le code du travail semble opter pour des réunions mensuelles du CSE interentreprises mais à notre sens cela dépendra de ce qu'auront décidé les partenaires sociaux dans leur accord. Ce point reste néanmoins à éclaircir.

Tableau récapitulatif

5-15 Le tableau ci-après récapitule les différents périmètres de mise en place du CSE et leurs conditions de mise en place.

Interlocuteurs	Périmètres de mise en place du CSE		
	Entreprise	**Unité économique et sociale**	**Interentreprise**
Délégué syndical	• Accord collectif majoritaire conclu dans les conditions visées à l'article L. 2232-12 (c. trav. art. L. 2313-2) **ou** • Décision unilatérale (c. trav. art. L. 2313-4)	• Accord collectif majoritaire conclu dans les conditions visées à l'article L. 2232-12 (c. trav. art. L. 2313-8) **ou** • Décision unilatérale (c. trav. art. L. 2313-8)	Accord entre les employeurs des entreprises du site ou de la zone et les syndicats représentatifs au niveau interprofessionnel ou au niveau départemental (c. trav. art. L. 2313-9)
CSE	Accord avec le CSE adopté à la majorité de ses membres élus titulaires (c. trav. art. L. 2313-3)	Accord avec le CSE adopté à la majorité de ses membres élus titulaires (c. trav. art. L. 2313-8)	Absence de disposition
Carence d'élus	Décision unilatérale (c. trav. art. L. 2313-4)	Décision unilatérale (c. trav. art. L. 2313-8)	Absence de disposition

Composition du CSE

1 L'EMPLOYEUR OU SON REPRÉSENTANT

- MEMBRE DE DROIT
- PEUT DÉLÉGUER SES POUVOIRS
- ASSURE LES OBLIGATIONS CONSULTATIVES, INFORMATIVES, FINANCIÈRES ET MATÉRIELLES

+ DANS LES ENTREPRISES ≥ 50 SALARIÉS

- PRÉSIDE LES RÉUNIONS
- PEUT SE FAIRE ASSISTER PAR 3 COLLABORATEURS AYANT VOIX CONSULTATIVE (1 DANS LES ENTREPRISES < 50 SALARIÉS)
- PEUT SE FAIRE ASSISTER PAR D'AUTRES PERSONNES SI ACCORD MAJORITAIRE DU CSE

2 DÉLÉGATION DU PERSONNEL ÉLUE

	ÉLUS TITULAIRES	ÉLUS SUPPLÉANTS (SAUF ACCORD D'ENTREPRISE OU REMPLACEMENT DE L'ÉLU TITULAIRE)
PRÉSENCE AUX RÉUNIONS	OUI	NON
COMMUNICATION ORDRE DU JOUR	OUI	NON MAIS RECOMMANDÉ
VOTE	OUI	NON MAIS RECOMMANDÉ
HEURES DE DÉLÉGATION	OUI	NON MAIS RECOMMANDÉ
MEMBRES DE COMMISSIONS	OUI	OUI DANS LES ENTREPRISE DE 50 SALARIÉS ET PLUS
DROIT À LA FORMATION	OUI	NON EN PRINCIPE
ASSISTER UN SALARIÉ	OUI	NON
SECRÉTAIRE ET TRÉSORIER	OUI	NON

! PARMI LES ÉLUS TITULAIRES, DÉSIGNATION A MINIMA D'UN SECRÉTAIRE ET D'UN TRÉSORIER DANS LES ENTREPRISES ≥ 50 SALARIÉS

3 REPRÉSENTANT SYNDICAL AU CSE
(POUR LES SEULS CSE DES ENTREPRISES ≥ 50 SALARIÉS)

- DÉSIGNÉ PAR CHAQUE SYNDICAT REPRÉSENTATIF DANS L'ENTREPRISE OU L'ÉTABLISSEMENT
- 1 SEUL REPRÉSENTANT PAR SYNDICAT
- SALARIÉ ÉLIGIBLE AU CSE DE L'ENTREPRISE REMPLISSANT LES CONDITIONS D'ÉLIGIBILITÉ AU CSE
- DANS LES ENTREPRISES < 300 SALARIÉS, C'EST LE DÉLÉGUÉ SYNDICAL
- VOIX CONSULTATIVE AUX RÉUNIONS
- DISPOSE D'HEURES DE DÉLÉGATION

! MANDAT DE REPRÉSENTANT SYNDICAL INCOMPATIBLE AVEC MANDAT ÉLU CSE

4 PERSONNALITÉS SPÉCIALISÉES

- ASSISTANCE DE CERTAINES PERSONNES AUX RÉUNIONS AVEC VOIX CONSULTATIVE
  - EN FONCTION DE L'ORDRE DU JOUR
- RÉUNIONS RELATIVES À LA SANTÉ, SÉCURITÉ ET CONDITIONS DE TRAVAIL (SSCT)
  - MÉDECIN DU TRAVAIL, SUR DÉLÉGATION MEMBRE DE L'ÉQUIPE PLURIDISCIPLINAIRE DU SST
  - RESPONSABLE INTERNE «SÉCURITÉ ET CONDITIONS DE TRAVAIL» OU, À DÉFAUT, AGENT «SÉCURITÉ ET CONDITIONS DE TRAVAIL»
  - INSPECTEUR DU TRAVAIL (SUR INVITATION)
  - AGENTS DES SERVICES DE PRÉVENTION DES ORGANISMES DE SÉCURITÉ SOCIALE (SUR INVITATION)
- RÉUNIONS SUITE À UN ACCIDENT DE TRAVAIL (AVEC ARRÊT DE TRAVAIL ≥ 8 JOURS) OU MALADIE PROFESSIONNELLE
  - INSPECTEUR DU TRAVAIL (VOIR TOUTEFOIS § 37-29)

Revue Fiduciaire
BARTHÉLÉMY AVOCATS

6 Composition du CSE

Présentation

L'employeur
• Président du CSE 6-2
• Fonction obligatoire et unique 6-3
• Collaborateurs du président 6-4

Délégation du personnel au CSE
• Élus titulaires et élus suppléants 6-6
• Représentant syndical au CSE 6-7
› *Encadré : Bureau du CSE* 6-12

Personnalités spécialisées 6-13

Présentation

6-1 Le comité social et économique (CSE) comprend (c. trav. art. L. 2314-1 et s.) :

› l'employeur, président de droit du CSE (voir § 6-2) ;

› une délégation du personnel composée d'un nombre égal d'élus titulaires et suppléants (déterminé en fonction du nombre de salariés) (voir § 6-6). Au sein de cette délégation, une commission santé, sécurité et conditions de travail (CSSCT) doit être mise en place dans les entreprises et établissements distincts d'au moins 300 salariés (voir § 32-3), dans certains types d'établissements classés (voir § 32-7), par décision de l'inspecteur du travail (voir § 32-4) ou par accord (voir § 32-5).

Chaque organisation syndicale représentative peut se faire représenter au CSE d'une entreprise d'au moins 50 salariés par un représentant syndical (voir § 6-7).

Sur la participation du médecin du travail et du responsable interne du service de sécurité ainsi que sur l'intervention d'autres personnalités, voir § 6-13.

Sur la délégation de pouvoir du président du CSE, voir §§ 21-12 et 27-19.

Sur la composition des CSE central et d'établissement, voir §§ 7-3 et 7-11.

Sur les représentants du CSE au conseil d'administration ou de surveillance et aux assemblées générales, voir §§ 30-1 et s.

À NOTER Compte tenu de la similitude des textes en la matière, la jurisprudence et les réponses administratives rendues à propos des IRP précédemment en place gardent, à notre avis, toute leur valeur. Les arrêts et réponses indiqués dans nos développements ci-après sont donc, en toute vraisemblance, transposables au CSE.

L'employeur

PRÉSIDENT DU CSE

6-2 Le CSE est présidé par l'employeur (c. trav. art. L. 2314-1 et L. 2315-23). L'employeur est ainsi membre à part entière (membre de droit) du CSE.

Selon la forme de l'entreprise, le CSE est présidé par :

› l'exploitant, dans les entreprises individuelles ;

› le président-directeur général ou, s'il y a dissociation des fonctions, le directeur général dans les sociétés anonymes à conseil d'administration (SA), le président du directoire dans les SA à directoire et conseil de surveillance ;

› le président ou, le cas échéant, le directeur général, dans les sociétés anonymes simplifiées (SAS) ;

› le gérant ou l'un des gérants dans les sociétés à responsabilité limitée (SARL), les sociétés en nom collectif (SNC), les sociétés en commandite simple ;
› la personne désignée dans les statuts comme ayant les pouvoirs de direction dans les sociétés civiles, les syndicats professionnels et les associations.

FONCTION OBLIGATOIRE ET UNIQUE

6-3 L'employeur ne peut pas refuser de présider le comité, pas plus que le comité ne peut se choisir un autre président, sous peine de délit d'entrave (c. trav. art. L. 2317-1).

EN PRATIQUE

La présidence du CSE ne peut pas être assurée par deux personnes simultanément (cass. soc. 27 novembre 1980, n° 80-60222, BC V n° 862).

POINT DE VIGILANCE

En cas de défaillance, le CSE peut être réuni sous la présidence de l'inspecteur du travail (c. trav. art. L. 2315-27) (voir § 37-24).

COLLABORATEURS DU PRÉSIDENT

→ Dans les entreprises de moins de 50 salariés

6-4 Dans les entreprises de moins de 50 salariés, l'employeur peut se faire assister par des collaborateurs. Ensemble, ils ne peuvent être en nombre supérieur à celui des représentants du personnel titulaires (c. trav. art. L. 2315-21). Sauf modification du nombre d'élus via le protocole d'accord préélectoral, par application de cette règle, l'employeur d'une entreprise de 11 à 24 salariés ne peut pas se faire assister par des collaborateurs. Celui d'une entreprise de 25 à 49 salariés pourra être assisté d'un seul collaborateur.

La notion de « collaborateur » vise uniquement des salariés de l'entreprise ou de l'établissement (ex. : DRH, DAF, contrôleur de gestion, etc.) (circ. DRT 1994-09 du 21 juin 1994).

→ Dans les entreprises d'au moins 50 salariés

6-5 Dans les entreprises d'au moins 50 salariés, le président peut se faire assister soit par 3 collaborateurs ayant voix consultative (c'est-à-dire un droit d'expression sans droit de vote) (c. trav. art. L. 2315-23). L'employeur peut décider seul sans avoir besoin de requérir l'accord préalable du CSE.

Sur la notion de « collaborateur », voir § 6-4.

S'il s'agit d'autres personnes, l'accord majoritaire du comité étant nécessaire dans ce dernier cas. L'accord du comité sur ce point peut être tacite ou implicite et résulter du comportement de ses membres lors des réunions. Ainsi, la procédure d'information-consultation peut être régulière lorsque la présence de personnes étrangères à l'entreprise a été acceptée par les membres du CSE qui les ont interrogées lors des réunions et que l'équilibre de la procédure consultative a été sauvegardé (cass. soc. 8 juillet 2014, n° 13-15470, BC V n° 179).

Délégation du personnel au CSE

ÉLUS TITULAIRES ET ÉLUS SUPPLÉANTS

6-6 Outre l'employeur (voir § 6-2), le CSE comprend une délégation du personnel comportant un nombre de membres déterminé en fonction des effectifs de l'entreprise ou de l'établissement distinct (c. trav. art. L. 2314-1 et R. 2314-1).

La condition d'effectif de l'entreprise permettant de déterminer le nombre de membres du CSE doit être appréciée au premier tour du scrutin (cass. soc. 21 juillet 1986, n° 85-60475, BC V n° 409 ; cass. soc. 5 février 2020, n° 19-13550 D ; cass. soc. 5 février 2020, n° 19-13444 D ; Q/R 41, CSE, 117 questions/réponses du ministère du Travail, 17 janvier 2020).

Selon l'effectif, le nombre d'élus titulaires du CSE va de 1 à 35 (voir tableau ci-après).

Le nombre de membres peut être toutefois modifié, à la hausse comme à la baisse, par le protocole d'accord préélectoral (c. trav. art. L. 2314-1 et L. 2314-7 ; Q/R 40, CSE, 117 questions/réponses du ministère du Travail, 17 janvier 2020) (voir § 9-22) :

› le protocole d'accord préélectoral peut toujours prévoir des seuils plus favorables que ceux prévus par les dispositions réglementaires ;

› le protocole d'accord préélectoral peut prévoir un nombre d'élus inférieur à celui fixé par le code du travail, si le volume global des heures de délégation, au sein de chaque collège, est au moins égal à celui résultant des dispositions légales relatives à l'effectif de l'entreprise. Il sera donc possible de prévoir une diminution du nombre de membres dès lors que cette diminution se traduit par une augmentation équivalente du volume d'heures de délégation.

Par exemple, pour une entreprise de 180 personnes, la délégation du personnel au CSE comprend 9 membres, disposant chacun de 21 heures de délégation mensuelles, soit un volume global de 189 heures de délégation. Le protocole d'accord préélectoral pourra réduire le nombre de membres à 7 tout en augmentant le nombre d'heures individuelles de délégation à 27, puisque le volume global de ces heures s'élèvera toujours à 189 (27 X 7).

EN PRATIQUE

La délégation du personnel doit comporter un nombre égal de titulaires et de suppléants (c. trav. art. L. 2314-1).

COMITÉ SOCIAL ET ÉCONOMIQUE : NOMBRE D'ÉLUS À DÉFAUT DE DISPOSITIONS SPÉCIFIQUES DANS LE PROTOCOLE D'ACCORD PRÉÉLECTORAL (c. trav. art. R. 2314-1)

Effectif des salariés (1)	Nombre de titulaires (2)	Effectif des salariés (1)	Nombre de titulaires (2)
11 à 24	1	3 500 à 3 749	26
25 à 49	2	3 750 à 3 999	26
50 à 74	4	4 000 à 4 249	26
75 à 99	5	4 250 à 4 499	27
100 à 124	6	4 500 à 4 749	27
125 à 149	7	4 750 à 4 999	28

COMITÉ SOCIAL ET ÉCONOMIQUE : NOMBRE D'ÉLUS À DÉFAUT DE DISPOSITIONS SPÉCIFIQUES DANS LE PROTOCOLE D'ACCORD PRÉÉLECTORAL (c. trav. art. R. 2314-1)

Effectif des salariés (1)	Nombre de titulaires (2)	Effectif des salariés (1)	Nombre de titulaires (2)
150 à 174	8	5 000 à 5 249	29
175 à 199	9	5 250 à 5 499	29
200 à 249	10	5 500 à 5 749	29
250 à 299	11	5 750 à 5 999	30
300 à 399	11	6 000 à 6 249	31
400 à 499	12	6 250 à 6 499	31
500 à 599	13	6 500 à 6 749	31
600 à 699	14	6 750 à 6 999	31
700 à 799	14	7 000 à 7 249	32
800 à 899	15	7 250 à 7 499	32
900 à 999	16	7 500 à 7 749	32
1 000 à 1 249	17	7 750 à 7 999	32
1 250 à 1 499	18	8 000 à 8 249	32
1 500 à 1 749	20	8 250 à 8 499	33
1 750 à 1 999	21	8 500 à 8 749	33
2 000 à 2 249	22	8 750 à 8 999	33
2 250 à 2 499	23	9 000 à 9 249	34
2 500 à 2 749	24	9 250 à 9 499	34
2 750 à 2 999	24	9 500 à 9 749	34
3 000 à 3 249	25	9 750 à 9 999	34
3 250 à 3 499	25	10 000	35

(1) Les effectifs s'apprécient dans le cadre de l'entreprise ou dans le cadre de chaque établissement distinct, selon le niveau où le CSE est mis en place.
(2) Titulaire (s) + suppléant (s) : la délégation du personnel au CSE comporte, en effet, un nombre égal de titulaires et de suppléants (c. trav. art. L. 2314-1). Pour rappel, le suppléant assiste aux réunions uniquement en l'absence du titulaire.

REPRÉSENTANT SYNDICAL AU CSE

→ Dans les entreprises d'au moins 300 salariés

6-7 Dans les entreprises d'au moins 300 salariés, chaque syndicat représentatif peut désigner un représentant syndical au CSE (RS au CSE) parmi les salariés de l'entreprise, sous réserve que l'intéressé remplisse les conditions d'éligibilité au CSE (c. trav. art. L. 2314-2).

Le seuil de 300 salariés s'entend pour l'entreprise entière, même si l'établissement où travaille l'intéressé a moins de 300 salariés (cass. soc. 11 décembre 1985, n° 85-60386, BC V n° 600). Le nombre de salariés dans l'entreprise s'apprécie à la date des dernières élections professionnelles. L'employeur ne peut donc pas remettre en cause la désignation d'un RS au CSE au motif que l'effectif de l'entreprise était passé en dessous du seuil des 300 salariés depuis les dernières élections (cass. soc. 28 septembre 2011, n° 10-60.357, BC V n° 205 ; cass. soc. 15 avril 2015, n° 14-19197, BC V n° 84).

- **Seuils d'effectif.** Les effectifs sont calculés en appliquant les règles prévues aux articles L. 1111-2 et L. 1251-54 du code du travail (c. trav. art. L. 2311-2) (voir § 3-8).

Le représentant syndical au CSE peut être le délégué syndical mais pas nécessairement.

Pour rappel, les mandats de RS au CSE et DS sont compatibles (c. trav. art. L. 2143-9). Si les syndicats ne sont pas tenus de choisir le RS parmi les candidats aux élections professionnelles (circ. DGT 2008-20 du 13 novembre 2008, fiche 2, p. 8), le RS doit être choisi parmi les membres du personnel de l'entreprise (ou de l'établissement) et remplir les conditions d'éligibilité requises pour tout candidat à un mandat électif (c. trav. art. L. 2314-2).

→ Dans les entreprises de moins de 300 salariés

6-8 Dans les entreprises de moins de 300 salariés, c'est le délégué syndical (DS) qui est, de droit, RS au CSE (c. trav. art. L. 2143-22). Le syndicat représentatif nomme donc son DS et celui-ci est d'office RS au CSE pendant la durée de son mandat de DS. Toutefois, dans les entreprises de moins de 50 salariés, la Cour de cassation a posé le principe selon lequel il ne peut pas y avoir de représentant syndical au CSE (cass. soc. 8 septembre 2021, n° 20-13694 FSB) :

› la règle selon laquelle le DS est de droit désigné comme RS au CSE ne s'applique pas (c. trav. art. L. 2143-22) ;

› la possibilité de désigner comme RS au CSE un salarié qui n'est pas DS ne s'applique pas non plus ;

› la possibilité de désigner un élu du CSE comme DS n'emporte pas la possibilité de désigner un RS au CSE.

→ Nombre de RS au CSE par syndicat

6-9 Désigner un RS au CSE n'est pas une obligation : un syndicat peut choisir de ne pas s'y faire représenter. En application du code du travail, chaque syndicat ne peut désigner qu'un seul représentant au CSE (c. trav. art. L. 2314-2) ou au CSE central (c. trav. art. L. 2316-7).

Sauf accord collectif plus favorable, les syndicats affiliés à la même confédération nationale (ex. : CFTC) ne peuvent désigner ensemble qu'un seul représentant au comité (cass. soc. 5 mars 2008, n° 07-60060, BC V n° 51).

Lorsqu'un syndicat se désaffilie de la fédération syndicale après les élections, la fédération peut nommer un nouveau RS au comité. Cette désignation met automatiquement fin au mandat du RS au CSE qui avait été désigné par le syndicat désaffilié (cass. soc. 6 mars 2019, n° 18-15238 FPB).

EN PRATIQUE

Ce nombre peut être augmenté par accord collectif, mais en aucun cas par usage, ni décision unilatérale de l'employeur (cass. soc. 30 mai 2001, n° 00-60150, BC V n° 199).

→ Mandats incompatibles

6-10 Un salarié ne peut pas siéger dans le même CSE en qualité à la fois de membre élu du CSE (titulaire ou suppléant) et de représentant syndical auprès de celui-ci car il ne peut, au sein d'une même instance et dans le même temps, exercer les fonctions délibératives d'un élu et les fonctions consultatives liées à son mandat de représentant syndical lorsqu'il est désigné par un syndicat (cass. soc. 26 mai 1977, n° 76-60278, BC V n° 360 ; cass. soc. 11 septembre 2019, n° 18-23764 FSPB).

Il est impossible de déroger, même par accord collectif, à cette règle du non-cumul des mandats d'élu et de représentant syndical au sein du même CSE (cass. soc. 22 janvier 2020, n° 19-13269 FPB).

Pour autant, cela n'empêche pas un RS au CSE de se porter candidat aux élections, mais il devra opter pour l'un des deux mandats s'il est élu (cass. soc. 17 juillet 1990, n° 89-60729, BC V n° 374).

Le juge peut enjoindre au salarié d'opter entre l'un ou l'autre des deux mandats qui lui sont confiés. Si le salarié ne choisit pas, le mandat de RS au CSE est caduc (cass. soc. 22 janvier 2020, n° 19-13269 FPB).

À NOTER Cette règle s'applique qu'il s'agisse d'un élu titulaire ou suppléant et à tous les CSE quel que soit le seuil d'effectif de l'entreprise.

→ Tableau récapitulatif

6-11

REPRÉSENTANT SYNDICAL (RS) AU CSE (MEMBRE À PART ENTIÈRE DU CSE)			
Effectif	**Qui peut être désigné RS au CSE ?**	**Comment ?**	**Nombre de représentants du syndicat représentatif**
300 salariés et plus	Salarié de l'entreprise qui remplit les conditions d'éligibilité au CSE (c. trav. art. L. 2314-2)	Désignation par les syndicats représentatifs (c. trav. art. L. 2314-2)	1 DS et 1 RS au CSE
50 salariés à moins de 300	• Cas 1 : si un DS est désigné, il est de droit RS au CSE (c. trav. art. L. 2143-22) (1)	Pas de désignation du RS au CSE, la désignation du DS suffit	1 DS qui est aussi RS au CSE (1)
	• Cas 2 : si pas de DS désigné, le syndicat représentatif peut désigner un RS au CSE parmi les salariés remplissant les conditions d'éligibilité au CSE (c. trav. art. L. 2314-2 ; cass. soc. 1er avril 1998, n° 96-60442)	Désignation par les syndicats représentatifs (c. trav. art. L. 2314-2)	1 RS au CSE
11 à 49 salariés	Pas de RS au CSE (voir § 6-8)		
(1) Le syndicat ne peut pas en plus désigner un RS au CSE puisque son DS est représentant de droit (cass.soc. 18 juillet 2000, n° 98-42625, BC V n° 304).			

6-12

BUREAU DU CSE

Le bureau du CSE désigne les membres du comité exerçant des responsabilités spécifiques. Il est chargé de représenter le comité et d'en garantir le bon fonctionnement.

La mise en place d'un bureau (élection du secrétaire et du trésorier) est obligatoire pour les seuls CSE des entreprises de 50 salariés et plus. Le secrétaire et le trésorier doivent être choisis parmi les membres titulaires du CSE (c. trav. art. L. 2315-23) (voir §§ 23-16 et s.).

Sur les modalités de l'élection, voir § 37-43 et sur la participation au vote du président du CSE, voir § 37-39.

Personnalités spécialisées

6-13 En fonction de l'ordre du jour des réunions, certaines personnes assistent aux réunions du CSE avec voix consultative (c. trav. art. L. 2314-3) (voir § 37-29).

Ainsi lors des réunions relatives à la santé, la sécurité et les conditions de travail du CSE [et, le cas échéant, lors des réunions de la commission santé, sécurité et conditions de travail (CSSCT)], sont présents (c. trav. art. L. 2314-3) :

- le médecin du travail, qui peut donner délégation à un membre de l'équipe pluridisciplinaire du service de santé au travail ayant les compétences nécessaires ;
- le responsable interne du service de sécurité et des conditions de travail ou, à défaut, l'agent chargé de la sécurité et des conditions de travail.

L'inspecteur du travail ainsi que les agents des services de prévention des organismes de sécurité sociale sont aussi invités à ces réunions, à l'initiative de l'employeur ou à la demande de la majorité de la délégation du personnel du CSE.

L'inspecteur du travail doit aussi être invité aux réunions du comité consécutives à un accident de travail ayant entraîné un arrêt de travail d'au moins 8 jours ou à une maladie professionnelle ou à caractère professionnel.

POINT DE VIGILANCE

L'inspecteur du travail n'est pas invité systématiquement aux réunions du CSE sur les conditions de travail, mais simplement à l'initiative de l'employeur et de la délégation du personnel, ce qui constitue un changement d'importance par rapport au passé.

7 CSE central et CSE d'établissement

Périmètre de mise en place

CSE central
- Principe 7-2
- Composition 7-3
- Répartition des sièges par établissement et par catégorie 7-5
- Déroulement du vote 7-6
- Proclamation des résultats 7-8
- Durée du mandat des membres du CSE central 7-9
- Contentieux 7-10

CSE d'établissement 7-11

Périmètre de mise en place

7-1 Des comités sociaux et économiques d'établissement (CSE d'établissement) et un comité social et économique central (CSE central) doivent être mis en place sous réserve que l'entreprise concernée comporte au moins 2 établissements distincts et emploie au moins 50 salariés (c. trav. art. L. 2313-1).

EN PRATIQUE

Une même solution devrait prévaloir dans les unités économiques et sociales (UES), même si le texte ne vise pas l'effectif de 50 salariés (c. trav. art. L. 2313-8). Pour ce qui concerne le niveau interentreprises, en l'absence de précision, toute liberté est laissée à l'accord déterminant la représentation du personnel.

Une fois mis en place, les CSE d'établissement ont les mêmes compétences et pouvoirs que les CSE d'entreprise dans la limite des pouvoirs confiés aux chefs de ces établissements (c. trav. art. L. 2316-20). Le CSE central exerce quant à lui les attributions liées à la marche générale de l'entreprise pour les décisions qui excèdent les pouvoirs des chefs d'établissement (voir §§ 24-2 et s.).

À NOTER Compte tenu de la similitude des textes en la matière, la jurisprudence et les réponses administratives rendues à propos des IRP précédemment en place gardent, à notre avis, toute leur valeur. Les arrêts et réponses indiqués dans nos développements ci-après sont donc, en toute vraisemblance, transposables au CSE.

CSE central

PRINCIPE

7-2 Le CSE central constitue une institution centrale qui s'ajoute aux CSE d'établissement et dont les membres doivent être choisis parmi ces derniers.

COMPOSITION

→ Employeur, délégation du personnel élue et personnes qualifiées

7-3 Le CSE central est composé d'une délégation patronale, d'une délégation du personnel et de personnes qualifiées (c. trav. art. L. 2316-4) :

› l'employeur ou son représentant (membre de droit) ;

› un nombre égal de délégués titulaires et de suppléants, élus, pour chaque établissement, par le CSE d'établissement parmi ses membres ;

› à titre consultatif, lorsque les réunions du comité portent sur la santé, la sécurité et les conditions de travail : médecin du travail, inspecteur du travail, agent des services de prévention de l'organisme de sécurité sociale et, le cas échéant, agent de l'organisme professionnel de prévention du bâtiment et des travaux publics et responsable du service de sécurité et des conditions de travail ou, à défaut, agent chargé de la sécurité et des conditions de travail.

• **Collaborateurs de l'employeur.** Le président peut se faire assister de 2 collaborateurs qui ont voix consultative (c. trav. art. L. 2316-13). Ils peuvent donc s'exprimer au cours des réunions sans toutefois pouvoir prendre part aux votes.

• **Nombre des élus au CSE central.** En l'absence d'accord conclu entre l'employeur et l'ensemble des syndicats représentatifs, le nombre des membres du CSE central ne peut dépasser 25 titulaires et 25 suppléants. Sauf stipulation contraire dans l'accord, chaque établissement peut être représenté au CSE central soit par un seul délégué, titulaire ou suppléant, soit par 1 ou 2 délégués titulaires et un ou deux délégués suppléants (c. trav. art. L. 2316-4 et R. 2316-1).

• **Voix délibératives ou consultatives selon le cas.** L'employeur (ou son représentant) ainsi que la délégation du personnel élue au CSE central ont voix délibérative. Les personnes qualifiées ne disposent quant à elles que d'une voix consultative (c. trav. art. L. 2316-4).

Lorsqu'un ou plusieurs établissements de l'entreprise constituent 3 collèges électoraux, dont 1 collège dédié à l'encadrement, un délégué titulaire et un délégué suppléant au moins au CSE central appartiennent à la catégorie des ingénieurs, chefs de service et cadres (c. trav. art. L. 2316-5). En revanche, lorsqu'aucun établissement de l'entreprise ne constitue 3 collèges électoraux mais que plusieurs établissements distincts groupent ensemble au moins 501 salariés ou au moins 25 membres du personnel appartenant à la catégorie des ingénieurs, chefs de service et cadres, au moins un délégué titulaire au CSE central appartient à cette catégorie (c. trav. art. L. 2316-6).

→ Représentant syndical au CSE central

7-4 Chaque syndicat représentatif dans l'entreprise (cass. soc. 17 janvier 2018, n° 16-26965 D) peut désigner un représentant au CSE central, choisi soit parmi les représentants de ce syndicat aux CSE d'établissement, soit parmi les membres élus de ces comités (c. trav. art. L. 2316-7). Ces représentants siègent avec une voix consultative (et non d'une voix délibérative) (c. trav. art. L. 2316-7).

POINT DE VIGILANCE

Le représentant syndical au CSE central ne peut cumuler son mandat avec celui de membre élu au CSE central (cass. soc. 22 janvier 2020, n°s 19-13269 et 19-13219 FPB).

RÉPARTITION DES SIÈGES PAR ÉTABLISSEMENT ET PAR CATÉGORIE

7-5 Pour rappel, la mise en place d'un CSE central reste liée à la reconnaissance des établissements distincts qui s'établit, en principe, par un accord collectif majoritaire (voir § 5-6). À défaut et sous certaines conditions, elle peut être issue d'un accord entre l'employeur et le CSE (voir § 5-7) ou, à défaut, d'une décision unilatérale de l'employeur (voir § 5-8) (Q/R 27, CSE, 117 questions/réponses du ministère du Travail, 17 janvier 2020).

La répartition des sièges entre les différents établissements et les différents collèges est laissée à l'accord des parties sous réserve de la signature d'une clause dans le protocole d'accord préélectoral conclu selon la règle de la double majorité (c. trav. art. L. 2316-8). En cas de désaccord, le DREETS (ex-DIRECCTE) du siège de l'entreprise décide de cette répartition (c. trav. art. L. 2316-8 et R. 2316-2).

La saisine de l'autorité administrative suspend le processus électoral jusqu'à la décision administrative et entraîne la prorogation des mandats en cours des élus concernés jusqu'à la proclamation des résultats du scrutin (c. trav. art. L. 2316-8).

DÉROULEMENT DU VOTE

→ Un seul collège électoral

7-6 Les membres du CSE central sont élus par les seuls membres titulaires de chaque CSE d'établissement et ce, dans leur ensemble, sans distinguer l'appartenance de chacun à tel ou tel collège (cass. soc. 21 juillet 1976, n° 76-60030, BC V n° 461 ; cass. soc. 3 juin 1977, n° 77-60024, BC V n° 374). En d'autres termes, l'ensemble des titulaires de chaque CSE d'établissement forme un collège unique : il s'agit d'un vote global et non d'un vote par collège.

Ni le chef d'établissement (cass. soc. 15 janvier 2002, n° 00-60276 D), ni les suppléants (sauf s'ils remplacent un titulaire), ni les représentants syndicaux au CSE central ne participent au vote.

- **Titulaires.** Les membres du CSE central ne peuvent avoir plus de droits au CSE central qu'ils n'en ont dans leurs CSE d'établissement (cass. soc. 11 février 1981, n° 80-60261, BC V n° 117). En application de ce principe, les membres titulaires du CSE central ne peuvent être choisis que parmi les membres titulaires des CSE d'établissement (cass. soc. 3 juin 1977, n° 77-60024 ; cass. soc. 11 février 1981, n° 80-60261, BC V n° 117).

- **Suppléants.** Rien ne fait obstacle en principe aux membres suppléants du CSE central d'être choisis parmi les titulaires ou les suppléants aux CSE d'établissement. Toutefois, choisir les membres suppléants du CSE central parmi les membres suppléants des CSE d'établissement peut amener une difficulté lorsqu'un remplacement de titulaire devra avoir lieu. En effet, en application du principe selon lequel les membres du CSE central ne peuvent avoir plus de droits au CSE central qu'ils n'en ont dans leurs CSE d'établissement, les élus suppléants dans leur CSE d'établissement ne pourront valablement remplacer le titulaire. Il faudra alors procéder à une nouvelle désignation par le CSE d'établissement parmi ses propres élus titulaires.

→ Scrutin uninominal majoritaire à un tour

7-7 Les règles de la représentation proportionnelle à 2 tours applicables à l'élection des membres du CSE ne concernent pas l'élection des membres du CSE central (cass. soc. 5 juin 1985, n° 84-60913, BC V n° 326). Pour celle-ci, il convient d'appliquer le scrutin uninominal majoritaire à un seul tour, sauf si un accord détermine un autre mode de scrutin.

Chaque électeur doit voter en une seule fois pour autant de candidats qu'il y a de sièges à pourvoir, dans le cadre d'un scrutin unique (cass. soc. 29 mars 1994, n° 93-60281, BC V n° 110 ; cass. soc. 8 décembre 2010, n° 10-60176, BC V n° 283).

EXEMPLE Lorsqu'il s'agit d'élire 4 salariés au CSE central, les membres des CSE d'établissement doivent élire ces 4 salariés au cours d'un scrutin unique et non par quatre votes distincts. Le candidat qui obtient la majorité des suffrages du collège électoral est déclaré élu.

- **Scrutin à bulletins secrets.** Les délégués du CSE central doivent être élus au scrutin secret sous enveloppe. Le vote du collège ne peut pas, en effet, avoir lieu à main levée, candidat par candidat car un tel procédé porte atteinte au secret et à la sincérité du scrutin (cass. soc. 9 juin 1998, n° 96-60455, BC V n° 312).
- **Égalité des voix.** En cas de partage des voix, le candidat le plus âgé est élu (cass. soc. 9 juin 1998, n° 96-60304, BC V n° 312). Dans le silence du règlement intérieur du CSE, la désignation se fait au profit du candidat le plus âgé. Il n'y a pas là de discrimination en raison de l'âge (cass. soc. 30 novembre 2011, n° 10-23986, BC V n° 279).

PROCLAMATION DES RÉSULTATS

7-8 C'est au président du CSE d'établissement qu'il revient de proclamer le résultat du vote.

L'établissement d'un P-V d'élection n'est pas obligatoire à l'issue de la désignation des membres du CSE central. Les résultats devant toutefois être proclamés, c'est en principe le secrétaire du comité qui mentionne le résultat au P-V de la séance au cours de laquelle le scrutin a eu lieu. Un courriel adressé aux salariés et à l'inspecteur du travail peut suffire et fait courir le délai de contestation de 15 jours (cass. soc. 16 février 2011, n° 10-21039 D).

DURÉE DU MANDAT DES MEMBRES DU CSE CENTRAL

7-9 La durée des mandats des membres de délégation du personnel au CSE central est de 4 ans (c. trav. art. L. 2316-10). Un accord de branche, un accord de groupe ou un accord d'entreprise peut toutefois fixer une durée inférieure, comprise entre 2 et 4 ans (c. trav. art. L. 2316-11).

L'élection des intéressés doit avoir lieu « après l'élection générale des membres des CSE d'établissement » (c. trav. art. L. 2316-10). Toutefois, comme dans la pratique, les élections des différents CSE d'établissement n'ont pas nécessairement lieu simultanément, cela signifie que dans certains cas, les mandats des élus au CSE central n'auront pas tous le même point de départ.

Le mandat d'un salarié élu au CSE central doit prendre fin au moment où expire son mandat de membre du CSE d'établissement (mais il peut aussi cesser dans les autres hypothèses provoquant la fin du mandat des membres de tout CSE, voir §§ 18-1 et s.).

Sur la limite au nombre de mandats successifs des membres du CSE central, voir § 18-8.

CONTENTIEUX

7-10 Les contestations relatives à l'électorat, à la régularité des opérations électorales et à la désignation des représentants syndicaux sont de la compétence du tribunal judiciaire qui statue en dernier ressort (c. trav. art. L. 2316-9, R. 2316-10, et par renvoi, R. 2314-24 et R. 2314-25). Le tribunal doit alors statuer sur ces demandes, y compris celles tendant à contester les décisions du DREETS en la matière (c. trav. art. R. 2316-9).

CSE d'établissement

7-11 La composition des CSE d'établissement est identique à celle du CSE (c. trav. art. L. 2316-24) (voir § 7-3).

POINT DE VIGILANCE

Le renvoi opéré à l'article L. 2316-24 au sujet de la composition du CSE d'établissement occulte le sort réservé aux établissements comportant moins de 50 salariés. Ces comités se voient en effet attribuer des prérogatives étendues (voir c. trav. art. L. 2312-8 et s.), les attributions des CSE d'établissement étant déterminées en fonction de l'effectif de l'entreprise et non de l'établissement (Q/R 63, CSE, 117 questions/réponses du ministère du Travail, 17 janvier 2020). Dans ces CSE d'établissement, les réunions portant en tout ou partie sur les attributions du CSE en matière de santé, sécurité et conditions de travail (c. trav. art. L. 2315-27) devront être organisées et, par conséquent, les personnes qualifiées (mentionnées à l'article R. 2316-1 du code du travail) devront y être invitées, alors que l'effectif de l'établissement est inférieur à 50 salariés.

Il en est de même pour le représentant syndical au CSE (visé à l'article L. 2314-2 du code du travail).

7 Mise en place de CSE d'établissement et d'un CSE central

7-12 Le modèle proposé ci-après peut être adapté à chaque CSE, c'est-à-dire être ajusté ou complété en fonction des spécificités de l'entreprise concernée. Il conviendra de se reporter aux développements contenus dans ce guide afin de vérifier si l'adaptation envisagée est conforme aux textes.

Par CSEE et CSEC, il faut comprendre comités sociaux et économiques d'établissements (CSEE) et comité social et économique central (CSEC).

7-13 **ENTRE :**

L'entreprise ..., dont le siège social est situé ...

Représentée par M. ... en vertu des pouvoirs dont il/elle dispose,

ci-après dénommée l'entreprise ;

d'une part,

ET

- **L'organisation syndicale ...**, représentée par M. ..., en sa qualité de ... ;
- **L'organisation syndicale ...**, représentée par M. ..., en sa qualité de ... ;
- ...

d'autre part

Préambule

Dans la perspective d'organiser la représentation du personnel, conformément aux dispositions du code du travail (c. trav. art.. L. 2313-1 et s.), les parties ont décidé d'engager des négociations en vue de déterminer notamment le périmètre de mise en place des différents comités sociaux et économiques d'établissements (CSEE) ainsi que du comité social et économique central (CSEC).

Dans ces conditions, il a été convenu le présent accord :

ARTICLE 1 - OBJET

Le présent accord concerne l'organisation de la représentation du personnel de l'entreprise.

ARTICLE 2 - NOMBRE DE REPRÉSENTANTS AU CSEC

Conformément à l'article R. 2316-1 du code du travail, il est convenu entre les parties que le CSEC de l'entreprise sera composé de ... titulaires et ... suppléants.

MODÈLE D'ACCORD

ARTICLE 3 - RÉPARTITION DES SIÈGES AU CSEC ENTRE LES ÉTABLISSEMENTS ET COLLÈGES

Représentation au CSEC (titulaires)	Employés	Techniciens/ Agents de maîtrise	Cadres	Total
Établissement ...				
Établissement ...				
Établissement ...				
Établissement ...				
Total CSEC				

Représentation au CSEC (suppléants)	Employés	Techniciens/ Agents de maîtrise	Cadres	Total
Établissement ...				
Établissement ...				
Établissement ...				
Établissement ...				
Total CSEC				

Point de vigilance. Vérifier les dispositions des articles L. 2316-5 et L. 2316-5 prévoyant, dans certains cas, des sièges à la catégorie des ingénieurs, chefs de service et cadres administratifs, commerciaux ou techniques assimilés sur le plan de la classification.

En pratique. Les conditions de validité sont celles applicables au protocole d'accord préélectoral, c'est-à-dire nécessité de recueillir une double condition de validité (c. trav. art. L. 2316-8).

Les conditions de validité de la détermination du nombre et du périmètre des établissements distincts sont donc différentes de celles de la répartition des sièges.

ARTICLE 4 - ÉLECTIONS DU CSE CENTRAL

4.1. Candidats – Électeurs

Seuls les élus titulaires aux CSEE peuvent être candidats aux fonctions d'élus titulaires au CSEC.

Les élus titulaires et suppléants des CSEE peuvent être candidats aux fonctions d'élus suppléants au CSEC.

Seuls les membres titulaires des CSEE peuvent être électeurs.

Les élections ont lieu par CSEE en un collège unique d'électeurs.

4.2. Modalités de vote - Date des élections

Une élection aura lieu dans chaque CSEE au scrutin uninominal majoritaire à 1 tour.

Le scrutin a lieu à bulletin secret sous enveloppes.

À l'issue du scrutin, les membres du CSEE procèdent au dépouillement du vote. En cas d'égalité de voix, les candidats seront départagés en fonction de leur ancienneté dans l'entreprise.

Le secrétaire du CSEE établit le procès-verbal d'élection qu'il signe avec le président du CSEE.

Le résultat des élections est porté à la connaissance du personnel par voie d'affichage du procès-verbal des résultats de l'élection des membres du CSEC

ARTICLE 5 - DURÉE DU MANDAT DES MEMBRES DU CSEC

Les membres du CSEC sont élus pour la durée des mandats fixée à l'article L. 2316-10 du code du travail ou fixée pour une durée de ... conformément à l'article L. 2316-11.

Il est rappelé que la perte du mandat au sein du CSEE entraîne la cessation des fonctions au sein du CSEC.

En pratique. L'article L. 2316-11 précise qu'un accord de branche, un accord de groupe ou un accord d'entreprise, selon le cas, peut fixer une durée du mandat des représentants du personnel au CSEC comprise entre deux et quatre ans.

ARTICLE 6 - ARTICULATIONS CSEC ET CSEE

6.1. Ordre et délais de consultations

Dans les matières relevant de leurs compétences respectives, lorsqu'il y aura lieu de consulter à la fois le CSEC et les CSEE, il est expressément convenu que l'ordre et les délais de consultation seront définis de la manière suivante :

– ...
– ...
– ...

En pratique. À défaut de précisions, les dispositions réglementaires prévues, notamment, à l'article R. 2312-6 s'appliqueront.

Les conditions de validité : droit commun / référendable (c. trav. art. L. 2316-22).

6.2. Compétences respectives en matière d'ASC

Il est expressément convenu que la gestion de l'intégralité des activités sociales et culturelles de l'entreprise sera assurée exclusivement par le CSEC.

Les conditions de validité : accord majoritaire, non référendable (c. trav. art. L. 2316-23).

Conformément aux dispositions de l'article L. 2316-23 et R. 2316-7 du code du travail, une convention sera établie en ce sens entre les CSEE et le CSEC.

MODÈLE D'ACCORD

ARTICLE 7 - DISPOSITIONS RELATIVES À L'ACCORD

7.1. Durée

Le présent accord collectif est conclu pour une durée de ... .

Il entrera en vigueur le ....

Les parties conviennent de se réunir ... mois avant le terme du présent accord afin d'examiner les suites qu'elles envisagent de donner à ce dernier.

7.2. Interprétation

En cas de difficulté d'interprétation du présent accord, une commission d'interprétation pourra être saisie. Celle-ci sera composée des membres suivants :

– ...

– ...

Cette saisine sera formulée par écrite et adressée à toutes les parties à l'accord.

Au plus tard un mois après sa saisine, la commission rendra un rapport en faisant part de son analyse et de son avis. Ce rapport sera transmis à l'ensemble des membres du CSEC, ainsi qu'à la Direction, le lendemain de l'expiration de ce délai.

La difficulté d'interprétation, ayant fait l'objet de l'étude par la commission, sera fixée à l'ordre du jour de la réunion mensuelle du CSEC suivante la plus proche pour être débattue.

7.3. Suivi

Afin d'examiner l'application du présent accord et ses éventuelles difficultés de mise en œuvre, il est créé une commission de suivi composée des membres suivants :

– ...

– ...

Cette commission de suivi se réunira, à l'initiative de la Direction, une première fois dans l'année suivant l'entrée en vigueur de l'accord, puis, une ... fois par ... / ... sur la durée de l'accord, à l'initiative de l'une des parties.

En pratique. Rédaction à adapter en fonction de la durée de l'accord retenue *(déterminée ou indéterminée)*.

Ces réunions donneront lieu à l'établissement d'un procès-verbal par la Direction. Une fois adopté par la majorité des membres présents de la commission, il pourra être publié sur les panneaux d'affichage réservés aux représentants du personnel ainsi que sur l'intranet de l'entreprise, le cas échéant.

7.4. Rendez-vous

Les parties au présent accord seront tenues de se réunir sur convocation écrite (lettre ou mail) du chef d'entreprise ou de son représentant, chaque année, dans le mois qui suit le jour anniversaire de l'entrée en vigueur du présent accord, afin de discuter de l'opportunité de réviser ce dernier.

7.5. Dépôt – publicité

Le présent accord sera déposé sur la plateforme de téléprocédure dans les conditions prévues par voie réglementaire, conformément aux dispositions du code du travail (c. trav. art. L. 2232-29-1).

En pratique. Lors de la conclusion d'un accord d'entreprise, celui-ci doit être déposé sur la plateforme de téléprocédure du Ministère du travail : Télé@accords (https://www.teleaccords.travail-emploi.gouv.fr).

Le présent accord sera également adressé par l'entreprise au greffe du Conseil de Prud'hommes de ….

Le présent accord est fait en nombre suffisant pour remise à chacune des parties. Son existence figurera aux emplacements réservés à la communication avec le personnel.

Fait à…, le…
En… exemplaires

Pour l'organisation syndicale…
M…

Pour l'organisation syndicale…
M…

Pour l'entreprise
M…

8 Déclenchement des élections

Initiative de l'employeur
- Une obligation sous condition 8-1
- Périodicité à respecter 8-2
- Sanctions en cas de défaut d'organisation des élections 8-4

Demande d'un syndicat ou d'un salarié
- Engagement de la procédure et délai à respecter 8-8
- Demandeurs habilités 8-10
- Mise en œuvre de la demande 8-12

Déclenchement des élections
- Une démarche en deux temps 8-15
- Information des salariés 8-16
- Invitation des syndicats 8-19
- › *Encadré : Information pour le second tour* 8-24

Initiative de l'employeur

UNE OBLIGATION SOUS CONDITION

8-1 L'employeur est tenu de déclencher le processus électoral en vue de la désignation de la délégation du personnel au comité social et économique (CSE) dès lors que :

› le seuil d'effectif requis est atteint (voir § 3-6) ;

› les mandats des représentants du personnel arrivent à terme (voir § 17-1) ;

› une unité économique et sociale (UES) a été reconnue entre des entreprises juridiquement distinctes (voir § 5-11) ;

› un syndicat ou un salarié en fait la demande en l'absence de CSE (voir § 8-8) ;

› les conditions d'une élection partielle sont remplies (voir § 16-1).

Le CSE une fois élu peut être transformé en conseil d'entreprise (voir §§ 44-1 et s.) sous réserve de la conclusion (c. trav. art. L. 2321-2) :

› d'un accord collectif d'entreprise majoritaire dans les entreprises ayant au moins un délégué syndical ;

› ou d'un accord de branche étendu dans les entreprises sans délégué syndical.

À NOTER Compte tenu de la similitude des textes en la matière, la jurisprudence et les réponses administratives rendues à propos des IRP précédemment en place gardent, à notre avis, toute leur valeur. Les arrêts et réponses indiqués dans nos développements ci-après sont donc, en toute vraisemblance, transposables au CSE.

PÉRIODICITÉ À RESPECTER

→ En l'absence de CSE tous les 4 ans et lors de la demande d'un salarié ou d'un syndicat

8-2 En l'absence de CSE, dès lors que les effectifs requis sont atteints (voir § 3-6), l'employeur doit engager périodiquement tous les 4 ans le processus électoral en informant les salariés de l'organisation des élections et en invitant les syndicats à négocier le protocole d'accord préélectoral (voir § 8-15).

POINT DE VIGILANCE

Un accord de branche, de groupe ou d'entreprise peut fixer une durée de mandat comprise entre 2 ans et 4 ans (c. trav. art. L. 2314-34). Dans ce cas, l'obligation d'organiser les élections est alignée sur la durée conventionnelle du mandat.

En l'absence de CSE, un syndicat habilité ou un salarié peut demander à l'employeur l'organisation d'élections. L'employeur doit obtempérer si les effectifs requis sont atteints (voir § 8-8).

→ Avant le terme des mandats en cas de renouvellement du CSE

8-3 En cas de renouvellement du mandat du CSE, l'employeur doit engager le processus électoral avant la fin des mandats (voir § 8-21).

POINT DE VIGILANCE

Les élections partielles et les élections complémentaires sont soumises à un régime particulier (voir §§ 16-1 et 16-9).

SANCTIONS EN CAS DE DÉFAUT D'ORGANISATION DES ÉLECTIONS

→ Établissement d'un protocole d'accord préélectoral sous astreinte

8-4 L'employeur qui n'organise pas les élections professionnelles du CSE alors qu'il y est tenu peut se voir ordonner, sous astreinte, par le tribunal judiciaire (statuant selon la procédure en accélérée au fond), d'établir un protocole d'accord préélectoral fixant la date et les modalités des élections (cass. soc. 16 mars 1978, n° 77-60685, BC V n° 206).

→ Délit d'entrave

8-5 En l'absence d'engagement du processus électoral, l'employeur commet un délit d'entrave sanctionné par un an d'emprisonnement et 7 500 euros d'amende (c. trav. art. L. 2317-1).

POINT DE VIGILANCE

Dans une entreprise de moins de 11 salariés, l'employeur qui ne met pas en place un comité imposé par la convention collective étendue applicable commet un délit d'entrave (cass. crim. 5 mars 2013, n° 11-83984, B. crim. n° 59). Cette solution rendue à propos du CE s'applique, à notre avis, pour la mise en place d'un CSE conventionnel dans une entreprise de moins de 11 salariés.

→ Versement de dommages-intérêts

8-6 L'employeur qui s'oppose à la tenue des élections commet une faute qui engage sa responsabilité civile. Dans ces circonstances, un syndicat peut obtenir sa condamnation à des dommages-intérêts (cass. soc. 7 mai 2002, n° 00-60282, BC V n° 149 ; cass. soc. 22 juin 2005, n° 04-60396 D).

Tout salarié peut également demander réparation dès lors que l'employeur n'est pas en mesure de fournir un P-V de carence (cass. soc. 17 octobre 2018, n° 17-14392 FSPB ; cass. soc. 8 janvier 2020, n° 18-20591 D).

Pour obtenir réparation, le salarié n'a pas à justifier d'un préjudice. En effet, l'employeur qui néglige de mettre en place un CSE commet une faute qui cause nécessairement un préjudice au salarié, tenant à la privation d'une possibilité de représentation et de défense de ses intérêts (cass. soc. 17 mai 2011, n° 10-12852, BC V n° 108 ; cass. soc. 15 mai 2019, n° 17-22224 D).

POINT DE VIGILANCE

Le fait que l'employeur n'organise pas les élections partielles alors que les conditions légales en sont remplies (ex. : nombre de titulaires réduit de moitié) ne cause pas automatiquement un préjudice aux salariés puisqu'il reste des élus qui même en nombre restreint peuvent représenter et défendre leurs intérêts. Les salariés doivent donc démontrer leur préjudice pour être indemnisés (cass. soc. 4 novembre 2020 n° 19-12775 FSPBI).

→ Autres sanctions

8-7 L'employeur qui n'organise pas les élections professionnelles alors que son entreprise y est tenue et qui n'est donc pas en mesure de produire un procès-verbal de carence peut, indépendamment des sanctions civiles et pénales, être indirectement sanctionné (voir § 27-17).

Demande d'un syndicat ou d'un salarié

ENGAGEMENT DE LA PROCÉDURE ET DÉLAI À RESPECTER

→ Dans le mois suivant la demande

8-8 En l'absence de CSE, l'employeur peut être invité à organiser des élections à la suite d'une demande émanant d'un salarié ou d'un syndicat. L'employeur est tenu d'engager la procédure électorale dans le mois suivant la réception de la demande (c. trav. art. L. 2314-8). Il doit, pour ce faire, informer les salariés (voir § 8-16) et inviter les syndicats intéressés à négocier le protocole d'accord préélectoral (voir § 8-19).

→ Six mois après établissement d'un P-V de carence

8-9 Lorsque l'employeur a engagé un processus électoral et qu'un procès-verbal (P-V) de carence a été établi, la demande d'organisation ne peut intervenir qu'à l'issue d'un délai de 6 mois après établissement de ce P-V (c. trav. art. L. 2314-8).

DEMANDEURS HABILITÉS

→ Syndicats demandeurs

8-10 Par organisation syndicale, il faut comprendre les syndicats habilités à négocier le protocole préélectoral et à présenter des candidats au premier tour (voir § 9-4).

POINT DE VIGILANCE

L'employeur n'est pas juge de la qualité du syndicat. En cas de doute, il doit saisir le tribunal judiciaire.

→ Salariés demandeurs

8-11 Pour demander le déclenchement du processus électoral, il faut être, lors de la demande, un salarié de l'entreprise ou de l'établissement, électeur ou non, appartenant ou non à un syndicat, peut à tout moment. Peu importe que le salarié soit en cours de préavis. En revanche, le salarié dont le contrat de travail a été rompu ne peut pas demander des élections (cass. soc. 18 mars 1985, n° 83-61079, BC V n° 180).

• **Protection du demandeur d'élections.** Le salarié, mandaté par un syndicat qui a demandé à l'employeur d'organiser les élections d'un CSE ou d'accepter d'organiser les élections à la suite d'une demande syndicale (à raison d'un salarié par syndicat), bénéficie du statut protecteur pendant 6 mois (c. trav. art. L. 2411-6 et L. 2411-9). Il en est de même pour un salarié non mandaté par un syndicat sous réserve du respect de 2 conditions cumulatives (c. trav. art. L. 2411-6 et L. 2411-9 ; cass. soc. 10 janvier 2006, n° 04-41736 D ; cass. soc. 16 avril 2008, n° 07-40252 D) :

– il doit être le premier à l'avoir demandée (si un syndicat l'a devancé, il n'acquiert pas le statut protecteur) ;

– sa demande doit être relayée par un syndicat.

• **Durée de la protection.** S'il est mandaté par un syndicat, le salarié demandeur d'une élection acquiert « automatiquement » la protection contre son licenciement pendant 6 mois à partir de l'envoi à l'employeur de la lettre recommandée par laquelle le syndicat a demandé ou accepté qu'il soit procédé à des élections (c. trav. art. L. 2411-6 et L. 2411-9 ; cass. crim. 21 novembre 1989, n° 89-80847, B. crim. n° 435 ; cass. soc. 8 octobre 2014, n° 13-14641 D ; cass. soc. 15 octobre 2015, n° 14-15995 D). Si le salarié est non mandaté, il ne bénéficie du statut protecteur qu'à compter du moment où sa demande est relayée par un syndicat et non à compter de sa demande (cass. soc. 28 octobre 1996, n° 94-45426, BC V n° 351 ; cass. soc. 20 mars 2013, n° 11-28034 D). En conséquence, si au moment où l'employeur envoie la convocation à l'entretien préalable au licenciement, le syndicat n'a pas encore adressé sa « confirmation », ce salarié peut être licencié sans autorisation de l'inspecteur du travail (cass. soc. 28 octobre 1996, n° 94-45426, BC V n° 351 ; cass. soc. 20 mars 2013, n° 11-28034 D ; CE 31 mars 2014, n° 363967).

POINT DE VIGILANCE

Le salarié qui demande à tort à l'employeur d'organiser des élections (ex. : effectif de l'entreprise inférieur à 11 salariés) bénéficie du statut protecteur sous réserve d'être de bonne foi (dans cette affaire, pour le décompte des effectifs, tous les salariés ne comptaient pas nécessairement pour une unité, l'erreur était aisée) (cass. soc. 3 avril 2019, n° 18-10414 D).

MISE EN ŒUVRE DE LA DEMANDE

→ Formalisme à respecter

8-12 L'envoi de la demande émanant d'un syndicat ou d'un salarié n'est subordonné à aucun formalisme. Afin d'éviter toute contestation sur la demande et sur la protection contre les licenciements, il est préférable que la demande soit adressée par LRAR (circ. DRT 1983-13 du 25 octobre 1983, § 5.1.1.2).

→ Pouvoir exclusif de l'employeur

8-13 L'organisation des élections relève du pouvoir exclusif de l'employeur ou de son représentant dûment mandaté. En aucun cas, celles-ci ne peuvent se dérouler à son insu (cass. soc. 22 novembre 1988, n° 87-61798 D). Ni les salariés, ni les syndicats ne sont habilités à se substituer à l'employeur pour organiser des élections (cass. soc. 20 janvier 1983, n° 82-60108, BC V n° 29).

→ En cas de manquement de l'employeur

8-14 Le refus de l'employeur d'engager la procédure électorale constitue un délit d'entrave (c. trav. art. L. 2317-1).

Lorsque l'employeur ne respecte pas son obligation, il est possible de solliciter le tribunal judiciaire en vue d'ordonner l'organisation des élections. Mais le juge ne peut intervenir que si, au préalable, un salarié ou un syndicat a présenté une demande d'organisation des élections à l'employeur. S'il ne donne pas suite à cette requête, le juge peut alors être saisi et ordonner la mise en place des élections (cass. soc. 9 novembre 2005, n° 05-60063, BC V n° 317).

- **Tribunal judiciaire.** Le tribunal judiciaire s'est substitué, depuis le 1er janvier 2020, au tribunal d'instance (TI) et au tribunal de grande instance (TGI) (c. trav. art. L. 2314-3).

Déclenchement des élections

UNE DÉMARCHE EN DEUX TEMPS

8-15 En cas de mise en place ou de renouvellement du CSE, l'employeur doit informer les salariés de l'organisation des élections et inviter les syndicats intéressés à négocier le protocole d'accord préélectoral et à établir leurs listes de candidats (c. trav. art. L. 2314-4 et L. 2314-5).

Par exception, les entreprises dont l'effectif est compris entre 11 et 20 salariés n'ont pas à engager le processus électoral si aucun salarié ne s'est porté candidat dans le délai de 30 jours à compter de l'information du personnel sur l'organisation des élections (c. trav. art. L. 2314-5). Dans cette hypothèse, l'employeur doit établir un PV de carence (cadre I du Cerfa 15248*04) (voir § 15-66).

INFORMATION DES SALARIÉS

→ Délai à respecter

8-16 Lorsque l'entreprise franchit le seuil de 11 salariés, le premier tour doit avoir lieu au plus tard le 90e jour suivant l'information des salariés de l'organisation des élections, qu'il s'agisse d'une première élection du CSE ou de son renouvellement (c. trav. art. L. 2314-4).

→ Information par « tout moyen »

8-17 **Choix du moyen d'information.** L'employeur est tenu d'informer les salariés « par tout moyen permettant de conférer une date certaine » à l'information (c. trav. art. L. 2314-4).

En pratique, il peut afficher l'information relative à l'élection sur les panneaux de la direction ; il peut également mettre à disposition cette information par exemple sur l'intranet ou en distribuant des notes d'information.

8-18 **Contenu de l'information.** Le document diffusé doit mentionner au minimum la date envisagée du premier tour des élections (c. trav. art. L. 2314-4).

Modèle

Note d'information au personnel

Objet : mise en place du CSE

La direction envisage de procéder aux élections des membres du CSE.

La date prévue pour le premier tour de scrutin a été fixée au...

L'effectif s'élevant à ... salariés, le nombre de représentants à élire au CSE sera de ... titulaires et de ... suppléants.

Si l'entreprise a entre 11 et 20 salariés,elle peut éventuellement rajouter la mention suivante :

Nous attirons votre attention sur le fait que notre entreprise ayant un effectif entre 11 et 20 salariés, si aucun salarié ne s'est porté candidat dans le délai de 30 jours à compter de cette information du personnel sur l'organisation des élections, nous établirons directement un procès-verbal de carence de candidatures. Aucune élection ne sera alors organisée conformément au code du travail (c. trav. art. L. 2314-5).

Fait à..., le...

... (signature)

INVITATION DES SYNDICATS

→ Syndicats concernés

8-19 L'employeur doit informer les « syndicats intéressés » de l'organisation des élections, les inviter à négocier le protocole d'accord préélectoral et à établir leurs listes de candidats (c. trav. art. L. 2314-5) (voir § 9-5).

Aucun usage ne peut déroger à cette obligation (cass. soc. 25 novembre 1998, n° 97-60512 D).

La notion de syndicats intéressés est strictement définie (voir § 9-4).

EN PRATIQUE

Si les syndicats ne donnent pas suite à l'invitation à négocier le protocole préélectoral, l'employeur peut fixer unilatéralement le cadre et les modalités de l'élection (voir § 9-35).

→ Délais à respecter

8-20 **15 jours avant la première réunion de négociation du PAP.** L'invitation à négocier doit parvenir aux syndicats au plus tard 15 jours avant la date de la première réunion de négociation du protocole d'accord préélectoral (PAP) (c. trav. art. L. 2314-5).

Le refus de l'employeur de négocier avec une organisation syndicale intéressée suffit à justifier l'annulation automatique des élections (cass. soc. 28 février 2018, n° 17-60112, BC V n° 30).

Sur la dispense de négociation dans certaines TPE, voir § 8-15.

POINT DE VIGILANCE

Le délai de 15 jours s'applique aussi bien en cas de première mise en place que de renouvellement du CSE.

8-21 **Deux mois avant l'expiration des mandats.** L'invitation à négocier doit parvenir aux syndicats 2 mois avant la date d'expiration du mandat des représentants du personnel en exercice (c. trav. art. L. 2314-5).

Ce délai ne s'applique pas en cas de première mise en place des représentants du personnel, puisque, par hypothèse, il n'y a pas de date d'expiration des mandats.

EN PRATIQUE

Le non-respect du délai n'entraîne toutefois pas la nullité du protocole préélectoral (cass. soc. 25 janvier 2012, n° 11-60093, BC V n° 25).

8-22 **Dans le mois de la demande en cas d'élections organisées à la demande d'un salarié ou d'un syndicat.** Les élections peuvent être organisées sur demande d'un salarié ou d'un syndicat lorsque l'employeur n'a pas pris, en temps et en heure, l'initiative d'organiser les élections dans l'entreprise. L'employeur doit alors inviter les syndicats à négocier le protocole d'accord préélectoral dans le mois qui suit la réception de cette demande (c. trav. art. L. 2314-8) (voir § 8-8).

Lorsque l'employeur a engagé un processus électoral et qu'un procès-verbal de carence a été établi, un délai de 6 mois doit être respecté pour émettre une nouvelle demande d'organisation des élections (voir § 8-9).

→ Forme de l'invitation

8-23 Selon les catégories de syndicats concernés, l'employeur doit recourir à 2 modalités différentes d'information et d'invitation (c. trav. art. L. 2314-5) : l'information par tout moyen (voir § 9-6) ou par courrier (voir § 9-8).

8-24

INFORMATION POUR LE SECOND TOUR

Pour le second tour des élections, l'employeur n'a pas à inviter les syndicats intéressés à négocier le protocole préélectoral ou à présenter des candidats. Toutefois, dès lors que les syndicats, représentatifs ou non, sont susceptibles de présenter des candidats au second tour pour des élections professionnelles, l'employeur est tenu de les informer des modalités de ce second tour, l'absence d'information faisant obstacle à la manifestation des candidatures (cass. soc. 13 juin 1989, n° 88-60715, BC V n° 437).

Négociation du protocole d'accord préélectora (PAP)

1

INVITATION PAR L'EMPLOYEUR DES SYNDICATS HABILITÉS À NÉGOCIER

AU MOINS 15 JOURS
AVANT LA TENUE DE LA RÉUNION DE LA NÉGOCIATION

2

CONTENU OBLIGATOIRE DU PAP

- LE NOMBRE ET LA COMPOSITION DES COLLÈGES ÉLECTORAUX
- LA RÉPARTITION DU PERSONNEL DANS LES COLLÈGES
- LE NOMBRE ET LA RÉPARTITION DES SIÈGES ENTRE LES CATÉGORIES DE SALARIÉS
- LA PROPORTION FEMMES/HOMMES DANS CHAQUE COLLÈGE

\+ **LES MODALITÉS GÉNÉRALES D'ORGANISATION ET DE DÉROULEMENT DES OPÉRATIONS ÉLECTORALES**
(EX. : AFFICHAGE DES LISTES ÉLECTORALES, VOTE PAR CORRESPONDANCE, ETC.)

3

ACCORD SOUMIS À LA RÈGLE DE « DOUBLE MAJORITÉ »

MAJORITÉ 1 = SIGNATURE PAR + DE 50% DE LA MAJORITÉ DES SYNDICATS AYANT PARTICIPÉ À SA NÉGOCIATION

ON RETIENT SEULEMENT LA MAJORITÉ 1 EN L'ABSENCE DE SYNDICAT REPRÉSENTATIF DANS L'ENTREPRISE

MAJORITÉ 2 = PARMI LES SYNDICATS SIGNATAIRES, IL DOIT Y AVOIR LES SYNDICATS REPRÉSENTATIFS AYANT RECUEILLI PLUS DE 50 % DES SUFFRAGES EXPRIMÉS LORS DES DERNIÈRES ÉLECTIONS PROFESSIONNELLES

EN CAS D'ÉCHEC DES NÉGOCIATIONS AVEC LES SYNDICATS

FIXATION DES MODALITÉS DES ÉLECTIONS (EX. : DATE, HEURE, LIEU DU SCRUTIN, NOMBRE ET COMPOSITION DES BUREAUX DE VOTE) **PAR L'EMPLOYEUR OU, S'IL A ÉTÉ SAISI, PAR LE TRIBUNAL JUDICIAIRE**

FIXATION DE LA RÉPARTITION DES SIÈGES ENTRE LES CATÉGORIES DE SALARIÉS + DE LA RÉPARTITION DU PERSONNEL DANS LES COLLÈGES PAR LE DREETS (SAISIE PAR L'EMPLOYEUR OU LES SYNDICATS)

EN CAS D'ABSENCE DE NÉGOCIATEURS SYNDICAUX

PAP ÉTABLI UNILATÉRAMENT PAR L'EMPLOYEUR

4

AFFICHAGE DU PAP DANS L'ENTREPRISE

FACULTATIF MAIS CONSEILLÉ

Revue Fiduciaire
BARTHÉLÉMY AVOCATS

9 Protocole d'accord préélectoral (PAP)

Objet du protocole d'accord préélectoral
- Un accord spécifique aux élections professionnelles 9-1
- Conclusion d'un accord avec les « syndicats intéressés » 9-4

Déroulement de la négociation préélectorale
- Côté employeur 9-10
- Côté syndicat 9-14
- Obligation de négocier de bonne foi 9-20

Contenu du protocole d'accord préélectoral
- Clauses obligatoires 9-21
- Clauses facultatives et plus favorables 9-22
- Clauses interdites 9-23

Conclusion du protocole préélectoral
- Absence de formalisme 9-24
- Condition de validité du protocole d'accord préélectoral 9-26
› *Encadré : Accords déconnectés de l'accord préélectoral* 9-29

Publicité de l'accord préélectoral
- Diffusion dans l'entreprise 9-30
- Mise à disposition de l'inspecteur du travail 9-31

Portée du protocole préélectoral 9-32

Vie du protocole préélectoral
- Un accord à chaque élection 9-33
- Avenant de modification 9-34

Procédure à suivre en cas d'absence ou d'échec des négociations
- Absence de négociateurs syndicaux 9-35
- Échec des négociations avec les syndicats 9-36

Objet du protocole d'accord préélectoral

UN ACCORD SPÉCIFIQUE AUX ÉLECTIONS PROFESSIONNELLES

→ Accord préalable à l'organisation des élections

9-1 La négociation d'un protocole d'accord préélectoral (PAP) consiste en la recherche d'un accord afin d'organiser les élections du comité social et économique (CSE). Il s'agit de prévoir (c. trav. art. L. 2314-13 et L. 2314-28) :

› la répartition du personnel dans les collèges électoraux et la répartition des sièges entre les différentes catégories de salariés ;

› les modalités d'organisation et de déroulement des opérations électorales (la date, l'heure et le lieu du scrutin, les bureaux de vote, l'organisation du vote par correspondance, le matériel de vote, etc.).

POINT DE VIGILANCE

Les entreprises dont l'effectif est compris entre 11 et 20 salariés n'ont pas l'obligation d'organiser les élections si aucun candidat ne s'est présenté dans le délai de 30 jours suivant l'information du personnel sur l'organisation des élections (c. trav. art. L. 2314-5) (voir § 8-15). En conséquence, ces entreprises n'ont pas l'obligation de négocier un protocole d'accord préélectoral, toutefois dans cette hypothèse l'employeur doit établir un PV de carence (cadre I du Cerfa 15248*04).

À NOTER Compte tenu de la similitude des textes en la matière, la jurisprudence et les réponses administratives rendues à propos des IRP précédemment en place gardent, à notre avis, toute leur valeur. Les arrêts et réponses indiqués dans nos développements ci-après sont donc, en toute vraisemblance, transposables au CSE.

→ Accord négocié avec les syndicats

9-2 Le protocole d'accord préélectoral doit être, en principe, négocié par l'employeur et les syndicats intéressés (c. trav. art. L. 2314-5) (voir § 9-4).

En cas de désaccord entre l'employeur et les syndicats, il appartient à l'employeur de décider des modalités d'organisation et de déroulement du vote [ou au tribunal judiciaire et au DREETS (ex-DIRECCTE) (depuis le 1er avril 2021) de procéder à la répartition du personnel dans les collèges électoraux et des sièges entre les différentes catégories de salariés (c. trav. art. L. 2314-13, L. 2314-28, R. 2314-2 et R. 2314-3) (voir §§ 9-36 et 9-37)].

→ Champ et niveau de négociation

9-3 Le champ de négociation du protocole d'accord préélectoral est assez large même si, contrairement au passé, la détermination du périmètre de mise en place du CSE (voir §§ 5-1 et s.) ne peut plus en faire partie (voir §§ 5-4 et s.).

EXEMPLE Les partenaires sociaux peuvent négocier sur le nombre de sièges ou le volume des heures de délégation (voir § 9-22).

Le protocole préélectoral est négocié au niveau de l'entreprise. Si celle-ci comprend plusieurs établissements, le protocole est alors négocié au niveau de chaque établissement distinct ou au niveau de l'entreprise (Q/R 45, CSE, questions/réponses du ministère du Travail, 17 janvier 2020).

CONCLUSION D'UN ACCORD AVEC LES « SYNDICATS INTÉRESSÉS »

→ « Syndicats intéressés »

9-4 Les « syndicats intéressés » qu'il faut inviter à la négociation du protocole préélectoral correspondent à l'ensemble des syndicats légalement constituées et remplissant les conditions requises pour présenter des candidats dans l'entreprise (c. trav. art. L. 2314-5), c'est-à-dire :

- les syndicats représentatifs dans l'entreprise ;
- les syndicats ayant constitué une section syndicale ;
- les syndicats affiliés à une organisation reconnue représentative aux niveaux national et interprofessionnel ;
- tout syndicat qui satisfait aux critères de respect des valeurs républicaines et d'indépendance, légalement constitué depuis au moins 2 ans, et dont le champ professionnel et géographique couvre l'entreprise ou l'établissement concerné.

• **Syndicats catégoriels.** Un syndicat catégoriel qui a vocation à défendre les intérêts d'une catégorie particulière de salariés (ex. : cadres, journalistes) peut négocier et signer, aux côtés de syndicats intercatégoriels, un accord intéressant l'ensemble des salariés, et ce, sans avoir à établir sa représentativité au sein de toutes les catégories de personnel. Il doit donc être invité avec les autres syndicats intéressés à négocier le protocole d'accord préélectoral. Pour apprécier la valeur de la signature (ou de l'opposition) du syndicat catégoriel, il convient de rapporter son audience électorale à l'ensemble des collèges confondus (cass. soc. 31 mai 2011, n° 10-14391, BC V n° 134).

• **Syndicats affiliés à une même confédération.** Le code du travail ne mentionne pas expressément l'interdiction pour des syndicats d'une même confédération représentant la même catégorie de personnel de participer à la négociation du protocole préélectoral. L'employeur ne semble pas toutefois tenu d'inviter l'intégralité des organisations syndicales qui se prévalent d'une affiliation à une même confédération représentative au plan national (cass. soc. 16 janvier 2008, n° 07-60163, BC V n° 9). Dans pareille hypothèse, un seul de ces syndicats doit, à notre avis, être convié à négocier.

POINT DE VIGILANCE

Le fait de refuser de négocier avec un syndicat intéressé suffit à justifier l'annulation automatique des élections (cass. soc. 28 février 2018, n° 17-60112, BC V n° 30).

→ Invitation des syndicats

9-5 **Deux modalités distinctes.** Les modalités d'information et d'invitation diffèrent selon la catégorie de syndicats concernés (c. trav. art. L. 2314-5) :

› par « tout moyen » (voir § 9-6) ;

› par envoi d'un courrier (voir § 9-8).

EN PRATIQUE

L'invitation à négocier l'accord préélectoral doit parvenir aux syndicats au plus tard 15 jours avant la date de la première réunion de négociation (c. trav. art. L. 2314-5).

POINT DE VIGILANCE

Avant d'envoyer aux syndicats l'invitation à négocier l'accord préélectoral, l'employeur doit s'assurer qu'elle ne comporte pas de « coquille ». En cas d'erreur dans la date fixée pour la réunion de négociation (comme, par exemple, l'indication de deux dates de réunion de négociation), l'élection du CSE peut être annulée (cass. soc. 25 septembre 2019, n° 18-23487 D).

9-6 **Invitation par « tout moyen ».** L'employeur invite par « par tout moyen » (ex. : affichage, courrier, courriel) les syndicats qui (c. trav. art. L. 2314-5) :

› sont légalement constitués depuis au moins 2 ans ;

› satisfont aux critères de respect des valeurs républicaines et d'indépendance ;

› ont un champ professionnel et géographique qui couvre l'entreprise ou l'établissement concerné.

Sur la date de l'invitation, voir §§ 8-20 et 8-21.

• **Défaut d'invitation par « tout moyen ».** Le non-respect de l'invitation par « tout moyen » des syndicats concernés (défaut d'affichage, défaut de courriel, etc.) fait courir le risque à l'employeur de voir les élections annulées s'il ne parvient à prouver qu'il a respecté son obligation d'information.

9-7

Modèle

Invitation des syndicats par « tout moyen » : exemple de l'affichage

Objet : **Invitation à négocier le protocole d'accord préélectoral**

La direction informe les syndicats qui sont légalement constitués depuis au moins 2 ans, qui satisfont aux critères de respect des valeurs républicaines et d'indépendance et dont le champ professionnel et géographique couvre l'entreprise ou l'établissement, qu'elle envisage de procéder à l'élection du comité social et économique (CSE).

La date prévue pour le premier tour du scrutin a été fixée au ... (1)

L'effectif de l'entreprise s'élevant à... salariés, le nombre de représentants à élire sera de ... titulaires et de ... suppléants.

La direction invite, en conséquence, les syndicats susvisés à établir des listes de candidats (2) et à prendre contact avec M. ..., responsable du personnel, afin de négocier un protocole d'accord préélectoral.

La date de la première réunion de négociation aura lieu le : ... (indiquer la date, sachant que le délai à respecter entre l'invitation et la réunion est de 15 jours minimum), à .. h (préciser l'heure), dans ... (indiquer le lieu).

Si, à la date du ... (date indiquée ci-avant), aucun syndicat ne s'est manifesté, la direction de l'entreprise fixera les conditions de déroulement des opérations électorales et les communiquera au personnel

Nous vous prions d'agréer, M...., l'expression de nos sincères salutations.

... (signature)

(1) En cas de renouvellement, le premier tour a lieu dans la quinzaine précédant l'expiration des mandats (c. trav. art. L. 2314-5).
(2) Les listes de candidats, pour chaque collège, pour les titulaires comme les suppléants, doivent être composées d'un nombre de femmes et d'hommes proportionnel à la part de femmes et d'hommes inscrit sur la liste électorale (c. trav. art. L. 2314-30).

9-8 **Invitation par courrier.** Une invitation par courrier est requise pour 3 catégories de syndicats (c. trav. art. L. 2314-5) :

- ceux qui sont reconnus comme représentatifs dans l'entreprise ou l'établissement ;
- ceux qui y ont constitué une section syndicale ;
- et ceux qui sont affiliés à un syndicat représentatif aux niveaux national et interprofessionnel.

Pour des questions de preuve, l'invitation par courrier suppose soit la remise de l'invitation en main propre contre décharge, soit un envoi par LRAR.

L'employeur doit adresser l'invitation à négocier le protocole d'accord préélectoral soit au délégué syndical (DS) présent dans l'entreprise, soit directement au syndicat représentatif l'ayant désigné (cass. soc. 13 février 2003, n° 01-60813, BC V n° 56 ; cass. soc. 5 avril 2011, n° 10-18813 D).

En l'absence de délégué syndical (DS), l'employeur adresse la convocation aux syndicats, au niveau des syndicats constitués dans les différentes branches ou au niveau des unions syndicales auxquelles elles ont adhéré (fédération, union locale, départementale ou régionale, etc.) (cass. ass. plén. 5 juillet 2002, n° 00-60275, B. ass. plén. n° 2 ; cass. soc. 9 juillet 2008, n° 07-60404 D).

De la même façon, en l'absence de syndicat représentatif dans l'entreprise ou l'établissement ou de syndicat y ayant constitué une section syndicale, l'invitation d'un syndicat représentatif au niveau national et interprofessionnel à la négociation du PAP est valablement adressée à la confédération syndicale représentative nationale et interprofessionnelle (cass. soc. 15 novembre 2017, n° 16-60268, BC V n° 195).

Sur la date de l'invitation, voir §§ 8-20 et 8-21.

- **Entreprises multiétablissement.** Lorsque l'entreprise est composée d'établissements distincts, l'invitation à la négociation du protocole préélectoral d'établissement doit être adressée au syndicat représentatif présent dans l'entreprise ou au délégué syndical central qu'il a désigné et ce, y compris en l'absence de délégué syndical dans l'établissement où les élections sont prévues (cass. soc. 14 février 2007, n° 06-60106, BC V n° 26 ; cass. soc. 12 mars 2008, n° 07-60394 D). Tout syndicat représentatif dans l'entreprise doit, en conséquence, être invité à la négociation des modalités d'organisation et de déroulement des élections au niveau de chaque établissement.
- **Défaut d'invitation par courrier.** Le non-respect de l'invitation par courrier des syndicats concernés est un risque pour l'employeur de voir les élections annulées. Les syndicats qui n'ont pas été convoqués par courrier à négocier (qui sont ainsi privés de leur droit à négocier l'accord préélectoral) peuvent se prévaloir de cette omission pour faire annuler le processus électoral (cass. soc. 28 février 1989, n° 87-60174, BC V n° 146 ; cass. soc. 6 avril 2005, n° 04-60310 D ; cass. soc. 24 octobre 2012, n° 11-60199, BC V n° 276).

9-9

Modèle

Invitation des syndicats par courrier

LRAR (1)

À ..., le ... (2)

Objet : **Invitation à négocier le protocole d'accord préélectoral**

M....,

La direction envisage de procéder à l'élection des membres du comité social et économique.

La date prévue pour le premier tour du scrutin a été fixée au....

L'effectif de l'entreprise s'élevant à...salariés, le nombre de représentants à élire sera de...titulaires et...suppléants.

La direction invite les organisations syndicales reconnues représentatives [dans l'entreprise ou dans l'établissement], celles ayant constitué une section syndicale [dans l'entreprise ou dans l'établissement] ainsi que les syndicats affiliés à un syndicat représentatif au niveau national et interprofessionnel à établir la liste de leurs candidats (3) et à prendre contact avec M...., directeur du personnel, afin de négocier le protocole préélectoral.

La date de la première réunion de négociation aura lieu le : ... (indiquer la date, sachant que le délai à respecter entre l'invitation et la réunion est de 15 jours minimum), à...h (préciser l'heure), dans ...(indiquer le lieu).

Si, à la date du ... (date indiquée ci-avant), aucun syndicat ne s'est manifesté, la direction fixera les conditions de déroulement des opérations électorales et les communiquera au personnel (voir § 9-35).

Nous vous prions d'agréer, M...., l'expression de nos sincères salutations.

... (signature)

(1) Pour des questions de preuve, il est conseillé d'adresser ce courrier en LRAR (voir § 9-8).
(2) L'invitation à négocier doit parvenir aux syndicats au moins 15 jours avant la première réunion de négociation, qu'il s'agisse du renouvellement des représentants du personnel ou d'une première mise en place (c. trav. art. L. 2314-5) (voir § 8-20). En cas de renouvellement, cette invitation doit être effectuée 2 mois avant l'expiration des mandats (c. trav. art. L. 2314-5) (voir § 8-21).
Si l'élection intervient suite à une demande d'un salarié ou d'un syndicat, l'employeur invite alors les syndicats à négocier le protocole d'accord préélectoral dans le mois qui suit la réception de cette demande (c. trav. art. L. 2314-8) (voir § 8-22).
(3) Les listes de candidats, pour chaque collège, pour les titulaires comme les suppléants, doivent être composées d'un nombre de femmes et d'hommes proportionnel à la part de femmes et d'hommes inscrits sur la liste électorale (c. trav. art. L. 2314-30).

Déroulement de la négociation préélectorale

CÔTÉ EMPLOYEUR

→ Négociateurs patronaux

9-10 Le protocole préélectoral est, en principe, négocié par l'employeur lui-même ou par le chef d'établissement si l'élection a lieu dans le cadre de l'établissement. À défaut, il peut mandater un de ses collaborateurs pour le remplacer. Le plus souvent, c'est la personne chargée de la gestion du personnel qui est « naturellement » amenée à représenter l'employeur à l'occasion de la négociation du protocole : par exemple, le DRH, le chef du personnel.

→ Rôle de l'employeur

9-11 **Travail préparatoire préalable à la négociation préélectorale.** Avant de débuter les négociations, l'employeur doit, en principe :

- lister les différents points qui doivent être traités dans le protocole, sachant que l'ensemble de ces points devra être examiné en concertation avec les syndicats ;

› déterminer dans un premier temps les dates auxquelles il va informer les salariés des élections à venir par « tout moyen conférant une date certaine à cette information » (voir § 8-17), inviter les syndicats à négocier le protocole préélectoral et à établir leurs listes de candidats (voir § 8-19) et organiser les scrutins ;

› faire le point sur les questions suivantes : le nombre de collèges à prévoir et la répartition des sièges au sein de ces collèges, le nombre d'électeurs à prévoir par collège, le nombre de siège à pourvoir, et le volume des heures individuelles de délégation.

› se préoccuper au plus tôt de certaines formalités concernant les éventuels salariés mis à sa disposition par des entreprises prestataires (voir § 9-13) et, le cas échéant, de la question de la mise en place du vote par correspondance (voir § 14-2) et du vote électronique (voir § 14-13).

POINT DE VIGILANCE

Il faut aussi se préoccuper bien en amont des élections du périmètre d'implantation du CSE (entreprise, UES, établissements distincts, etc.) (voir §§ 5-1 et s.).

9-12 **Engager le processus électoral.** L'employeur invite en temps utile à la table des négociations les syndicats qui ont répondu à sa convocation et entame les négociations. L'employeur doit respecter un calendrier précisément défini pour la mise en place (ou le renouvellement) du CSE. Pour un exemple de rétroplanning, voir § 4-16.

La date de la première réunion de négociation est fixée par l'employeur et indiquée sur l'invitation faite aux syndicats concernés. Rappelons que cette invitation doit parvenir aux syndicats au plus tard 15 jours avant la date de la première réunion de négociation (voir § 9-5).

Les négociations nécessitent une ou plusieurs réunions jusqu'à l'aboutissement du protocole préélectoral, sachant que le code du travail n'impose pas de nombre minimum de séances de négociation.

Sur les dates du premier tour (voir § 8-16) et, le cas échéant, du second tour (voir § 15-8).

POINT DE VIGILANCE

Le fait pour l'employeur de refuser de négocier le protocole préélectoral constitue un délit d'entrave. Tel est le cas lorsqu'un protocole d'accord a déjà été rédigé, sans laisser au délégué syndical la possibilité d'en discuter les termes ni d'en obtenir, malgré sa demande, un exemplaire aux fins de discussions ultérieures, et qu'à l'inverse, l'employeur a sollicité du délégué syndical une signature de ce texte ainsi rédigé, en fixant unilatéralement la date d'une deuxième réunion alors que ce dernier ne pouvait y assister (cass. crim. 20 mai 2008, n° 06-86580 D).

Le fait de refuser de négocier avec un syndicat intéressée suffit à justifier l'annulation automatique des élections (cass. soc. 28 février 2018, n° 17-60112, BC V n° 30).

9-13 **Transmettre des informations aux syndicats.** L'employeur est tenu, dans le cadre de la négociation préélectorale, de fournir aux syndicats y participant les éléments nécessaires au contrôle de l'effectif et de la régularité de la liste électorale (cass. soc. 13 mai 2009, n° 08-60530, BC V n° 130 ; cass. soc. 26 mai 2010, n° 09-60400, BC V n° 114 ; cass. soc. 9 octobre 2019, n° 19-10780 FSPB).

Cette obligation peut recouvrir un vaste champ d'informations relatives notamment au nombre de salariés (effectif total, électorat), à leur qualification (ouvriers, employés, agents de maîtrise, cadres, etc.), à la répartition des électeurs par établissement et par collège. Seuls les éléments nécessaires au calcul et à la vérification des effectifs sont à communiquer, le syndicat doit pouvoir établir cette nécessité (cass. soc. 16 septembre 2020, n° 19-60185 D).

Quant à la communication du protocole des précédentes élections [que les syndicats peuvent solliciter (voir § 9-18)], l'employeur doit, à notre avis, répondre favorablement à ce type de demande en vertu de son obligation de négocier de bonne foi (voir § 9-20), sauf dans l'hypothèse où les informations en question seraient confidentielles ou sans lien avec les élections professionnelles.

S'agissant des entreprises qui recourent à des salariés d'entreprises extérieures, elles sont tenues de transmettre les éléments permettant aux syndicats d'en vérifier le nombre, leur droit à être pris en compte dans les effectifs de l'entreprise et à voter.

- **Salariés mis à disposition.** Les salariés mis à disposition ne sont pas, contrairement au passé, éligibles dans l'entreprise utilise utilisatrice (c. trav. art. L. 2314-23).

Pour rappel, l'employeur doit solliciter par écrit les entreprises prestataires afin qu'elles lui fournissent la liste des salariés mis à sa disposition. Ce document doit contenir la liste des salariés mis à disposition qui répondent aux critères de présence dans les locaux et d'ancienneté. Il doit également indiquer si le salarié a fait ou non le choix de voter aux élections de l'entreprise utilisatrice (circ. DGT 2008-20 du 13 novembre 2008, fiche 6, annexe). L'employeur ne peut pas se retrancher derrière l'inertie ou le refus des entreprises prestataires de transmettre les informations requises. Si le prestataire est « défaillant », il faut alors l'assigner en justice selon la procédure accélérée au fond (cass. soc. 26 mai 2010, n° 09-60400, BC V n° 114).

EN PRATIQUE

Le code du travail et la jurisprudence ne précisent pas si ces informations doivent être communiquées aux syndicats avant le début des négociations ou seulement au cours de celles-ci. En application du principe de bonne foi auquel est soumis l'employeur lors de la négociation du protocole (voir § 9-20), il est conseillé de transmettre les documents en question quelques jours avant la première séance de négociation.

POINT DE VIGILANCE

L'employeur qui ne communique pas les informations permettant de déterminer l'effectif de l'entreprise et de vérifier la composition des listes électorales risque l'annulation du protocole et des élections (cass. soc. 13 mai 2009, n° 08-60530, BC V n° 130).

CÔTÉ SYNDICAT

→ Négociateurs syndicaux

9-14 **Syndicats intéressés.** L'employeur doit convoquer à la négociation du protocole les syndicats intéressés (voir § 9-4). Les personnes habilitées à négocier au nom du syndicat varient selon le « type » d'organisation syndicale.

En l'absence d'indication légale sur la composition et le nombre de la délégation syndicale participant à la négociation d'un protocole d'accord préélectoral, chaque syndicat peut décider de composer son équipe de négociateurs comme bon lui semble. Il peut s'agir du délégué syndical (DS) (voir § 9-15) ou d'une personne mandatée (voir § 9-16). Mais le délégué syndical n'est pas membre de droit de la délégation syndicale. Aucune catégorie de membres n'est d'ailleurs prioritaire (cass. soc. 31 janvier 2012, n° 11-16049, BC V n° 40).

Chaque syndicat négociateur reste libre :

› de choisir d'intégrer ou non dans son équipe son (ou ses) délégué(s) syndical(aux) ou son représentant de la section syndicale ;

› de se faire représenter par des salariés de l'entreprise mais également par des syndicalistes n'appartenant pas à l'entreprise.

Bien que le protocole d'accord préélectoral ne soit pas à proprement parler un accord collectif, il a été admis que les règles prévues pour la négociation collective, en particulier celles qui régissent le nombre maximal de membres de la délégation syndicale partie prenante à une négociation soient applicables. Autrement dit, sauf accord de l'employeur, chaque délégation peut donc comprendre jusqu'à 3 ou 4 membres : tout dépend de l'effectif de l'entreprise et du nombre autorisé de délégués syndicaux (cass. soc. 31 janvier 2012, n° 11-16049, BC V n° 40 ; c. trav. art. L. 2232-17).

9-15 **Délégué syndical.** Le DS, désigné dans l'entreprise et qui représente le syndicat auprès de l'employeur, peut être partie à la négociation du protocole d'accord préélectoral sans avoir à justifier d'un mandat spécial de son syndicat pour conclure le protocole (cass. soc. 12 février 2003, n° 01-60904, BC V n° 52).

9-16 **Personne mandatée.** Le syndicat intéressé a la possibilité de mandater une personne pour négocier le protocole d'accord préélectoral. Un mandat tacite est insuffisant (cass. soc. 17 avril 1991, n° 89-61556, BC V n° 203). L'employeur a tout intérêt à solliciter un écrit attestant de ce mandat, qui doit émaner du syndicat et non de la section syndicale (cass. soc. 18 juillet 1979, n° 79-60118, BC V n° 646).

Des salariés ordinaires de l'entreprise (cass. soc. 20 novembre 1985, n° 85-60183 D) ou des salariés extérieurs à l'entreprise peuvent signer l'accord au nom du syndicat, à condition d'avoir reçu un mandat exprès à cet effet (cass. soc. 21 juillet 1986, n° 85-60543, BC V n° 412 ; cass. soc. 11 janvier 1995, n° 94-60181 D).

→ Rôle des négociateurs « syndicaux »

9-17 **Répondre à l'invitation de l'employeur.** Les syndicats intéressés qui souhaitent participer à la négociation du protocole répondent favorablement à l'invitation de l'employeur, selon les formes précisées, le cas échéant, sur l'invitation (courrier, téléphone, courriel). Le délai de réponse risque d'être relativement court, compte tenu de la date fixée par l'employeur pour la première réunion de négociation (voir § 9-12).

9-18 **Travail préparatoire à l'ouverture des négociations.** Afin de préparer efficacement les négociations, ceci d'autant plus que le temps disponible avant le premier tour des élections peut être court, les syndicats peuvent réunir un certain nombre d'informations (convention collective, accord d'entreprise, notamment sur l'exercice du droit syndical, protocole des dernières élections, etc.). Les syndicats doivent également procéder à la désignation du négociateur, voire de la délégation syndicale.

9-19 **Vérifier les informations de l'employeur.** Les syndicats sont amenés à vérifier les éléments nécessaires au contrôle de l'effectif de l'entreprise et de la régularité des listes électorales, transmis par l'employeur. Cette possibilité ne s'applique pas de manière automatique. Le syndicat intéressé doit formuler une demande d'information relative au contrôle de l'effectif (cass. soc. 6 janvier 2016, n° 15-10975, BC V n° 2) :

› soit le registre unique du personnel et la déclaration sociale nominative (DSN) des années concernées dans des conditions permettant l'exercice effectif de leur consultation ;

› soit des copies ou extraits desdits documents, expurgés des éléments confidentiels, notamment relatifs à la rémunération des salariés.

OBLIGATION DE NÉGOCIER DE BONNE FOI

9-20 Si l'employeur est tenu d'engager loyalement les négociations et d'y participer tout aussi loyalement, les négociateurs doivent jouer, eux aussi, le jeu de la négociation. En tout état de cause, en cas de désaccord entre les parties, les élections se dérouleront dans les conditions déterminées par l'employeur et le DREETS, voire par le tribunal judiciaire (voir §§ 9-36 et 9-37).

À défaut de négociation loyale, le risque lié à un contentieux est notable : les élections peuvent être annulées et l'employeur peut être condamné pour délit d'entrave à l'exercice du droit syndical (c. trav. art. L. 2146-1 et L. 2317-1).

EXEMPLE Lors de la négociation de l'accord préélectoral, l'employeur a l'obligation de fournir aux syndicats qui participent aux discussions tous les éléments nécessaires au contrôle de l'effectif de l'entreprise et de la régularité de la liste électorale (cass. soc. 13 mai 2009, n° 08-60530, BC V n° 130).

POINT DE VIGILANCE

L'employeur qui refuse de donner à un syndicat les noms et les classifications des salariés lors de la négociation de l'accord préélectoral, au prétexte que le syndicat n'est pas encore présent dans l'entreprise, manque à son obligation de loyauté. Ce faisant, l'accord préélectoral peut être annulé et les élections aussi si elles ont déjà eu lieu (cass. soc. 9 octobre 2019, n° 19-10780 FSPB).

Cette contestation du protocole doit pour aboutir avoir été introduite devant le tribunal judiciaire :

- avant le premier tour des élections ;
- ou postérieurement par un syndicat n'ayant pas signé le protocole et ayant émis des réserves expresses avant de présenter des candidats.

Autrement dit, un syndicat ayant adhéré au protocole en le signant sans réserve ou en présentant des candidats sans émettre aucune réserve au moment du dépôt de la liste ne peut pas par la suite contester le protocole préélectoral (cass. soc. 22 janvier 2014, n° 13-60211 D ; cass. soc. 11 décembre 2019, n° 18-20841 FSPB).

Contenu du protocole d'accord préélectoral

CLAUSES OBLIGATOIRES

9-21 Le protocole comporte obligatoirement les clauses suivantes :

› une clause sur la répartition du personnel dans les collèges électoraux (c. trav. art. L. 2314-13) ;

› une clause sur la répartition des sièges entre les différentes catégories du personnel (c. trav. art. L. 2314-13) ;

› une clause sur la proportion de femmes et d'hommes composant chaque collège électoral (c. trav. art. L. 2314-13) ;

› une clause sur les modalités d'organisation et de déroulement des opérations électorales (c. trav. art. L. 2314-28) ;

› le cas échéant, une clause portant mention de l'accord d'entreprise prévoyant le recours au vote électronique (voir § 14-18), et, s'il est déjà arrêté, le nom du prestataire choisi pour le mettre en place (c. trav. art. L. 2314-26 et R. 2314-6) ;

› s'il y a lieu, une clause précisant les dispositions prises pour faciliter la représentation des salariés travaillant en équipes successives ou dans des conditions qui les isolent des autres salariés (c. trav. art. L. 2314-15).

S'agissant de la parité composant chaque collège électoral, les listes de candidature qui comportent plusieurs candidats doivent être composées d'un nombre de femmes et d'hommes correspondant à la part de femmes et d'hommes inscrits sur la liste électorale (c. trav. art. L. 2314-13) (voir § 12-42).

POINT DE VIGILANCE

Contrairement au passé, le nombre et le périmètre d'établissements distincts doivent être déterminés par accord collectif d'entreprise majoritaire (c. trav. art. L. 2313-2 et L. 2232-12).

À défaut d'accord d'entreprise, faute de délégué syndical, ils sont définis par accord entre l'employeur et le CSE et à défaut, par décision unilatérale de l'employeur (c. trav. art. L. 2313-3 et L. 2313-4) (voir § 5-4). Ils sortent donc du périmètre du protocole préélectoral. Celui-ci peut, toutefois, en reprendre le contenu négocié ou décidé dans une ou plusieurs de ses clauses.

CLAUSES FACULTATIVES ET PLUS FAVORABLES

9-22 Le protocole préélectoral peut comprendre des clauses facultatives et plus favorables, à savoir :

› toutes autres clauses plus favorables aux salariés que les dispositions légales ou conventionnelles (cass. soc. 14 février 1984, n° 83-61117, BC V n° 65). À titre d'exemples, une clause relative au mode de scrutin (cass. soc. 8 décembre 2010, n° 10-60176, BC V n° 283), au partage des voix quand des syndicats font liste commune ou au dépouillement ;

› une clause portant sur la répartition des sièges dans les entreprises de travail temporaire en vue d'assurer une représentation équitable du personnel permanent et du personnel temporaire (c. trav. art. L. 2314-16) ;

› une clause portant sur le nombre de sièges ou le volume des heures individuelles de délégation. Ceux-ci peuvent être modifiés lorsque le volume global de ces heures, au sein de chaque collège, est au moins égal à celui prévu par le code du travail au regard de l'effectif (c. trav. art. L. 2314-7). En d'autres termes, si les négociateurs optent pour une réduction du nombre d'élus, le volume des heures individuelles de délégation des élus est augmenté proportionnellement, et inversement.

- **Bureau de vote par rattachement.** Lorsque plusieurs bureaux de vote sont installés, les électeurs doivent être informés du bureau auquel ils sont rattachés. Pour autant, il n'est pas nécessaire que cette information figure dans le protocole d'accord préélectoral (cass. soc. 3 mars 2021, n° 19-22944 P). Rien n'interdit toutefois de l'inscrire dans le protocole.

EXEMPLE **À propos d'une clause portant sur le nombre de sièges ou le volume des heures individuelles de délégation**

Dans une entreprise de 70 salariés, le CSE compte 4 élus titulaires ayant chacun 18 heures de délégation, soit 72 heures au total.

• Si le protocole porte le nombre d'élus à 6 titulaires, chacun aura alors droit à 12 heures de délégation, soit 72 heures au total.

• Si le protocole réduit le nombre d'élus à 3 titulaires, chacun aura droit à 24 heures de délégation, soit toujours 72 heures au total.

Il est possible d'être plus favorable aux représentants du personnel (par exemple en augmentant le nombre d'élus sans baisser leurs heures individuelles de délégation).

Par ailleurs, dans les entreprises de 50 salariés à moins de 300 salariés, il est possible par une clause de l'accord préélectoral de déroger à la règle limitant à 3 mandats successifs d'élu au CSE (c. trav. art. L. 2314-33). La dérogation prévue par le protocole préélectoral est à durée indéterminée, sauf précision contraire. Si le protocole est muet sur la durée de la dérogation, celle-ci s'applique en conséquence indéfiniment, c'est-à-dire tant qu'un nouveau protocole ne la remet pas en cause (c. trav. art. R. 2314-26). Cette règle s'applique aux protocoles préélectoraux conclus depuis le 1er janvier 2019.

POINT DE VIGILANCE

La question de la mise en place des représentants de proximité ne peut pas être réglée dans le cadre du protocole d'accord préélectoral. Elle nécessite, en effet, la conclusion d'un accord d'entreprise. Elle peut, par exemple, être abordée au cours de la négociation portant sur le nombre et le périmètre des établissements distincts (voir § 43-3).

CLAUSES INTERDITES

9-23 Le protocole préélectoral ne peut pas comporter des clauses illicites c'est-à-dire des clauses moins favorables aux salariés que les dispositions légales ainsi que des clauses contraires aux principes généraux du droit électoral.

ILLUSTRATIONS DE CLAUSES INTERDITES DANS LE PROTOCOLE D'ACCORD PRÉÉLECTORAL
Interdiction de clauses moins favorables que la loi
Clause fixant limitativement le nombre de salariés à temps partiel pouvant voter (cass. soc. 15 décembre 1976, n° 76-60164, BC V n° 674)
Clause subordonnant le droit de vote du personnel intermittent à une période de travail appréciée sur les 6 mois précédents (au lieu de 3 prévus par la loi) (cass. soc. 24 septembre 2008, n° 07-60310, BC V n° 180)
Interdiction de clauses contraires aux principes généraux du droit électoral
Clause imposant que les élus titulaires et suppléants appartiennent à des services et à des postes différents (cass. soc. 19 mars 1986, n° 85-60439, BC V n° 101)
Clause retenant comme date d'appréciation des conditions d'électorat et d'éligibilité une date antérieure au premier tour (cass. soc. 1er décembre 2010, n° 10-60163, BC V n° 278)
Clause considérant que les candidatures présentées au premier tour ne peuvent pas être maintenues pour le second tour (cass. soc. 15 mars 2006, n° 05-60286 D)
Clause réservant le droit d'assister aux élections aux seuls signataires du protocole (cass. soc. 20 avril 2005, n° 04-60250 D)
Clause instituant un mode de vote autre qu'à bulletins secrets, en l'occurrence un vote à main levée (cass. soc. 25 octobre 2006, n° 06-60012, BC V n° 318)
Clause écartant d'office de l'électorat et de l'éligibilité les salariés exerçant des fonctions managériales prédéfinies, sous prétexte qu'ils seraient, de ce seul fait, assimilables à l'employeur (cass. soc. 20 mars 2013, n° 12-11702, BC V n° 79)
Clause excluant de l'éligibilité au CSE des salariés qui remplissent les conditions légales pour en être membres (cass. soc. 18 novembre 2015, n° 15-60099 D)

Conclusion du protocole préélectoral

ABSENCE DE FORMALISME

→ Accord écrit recommandé

9-24 Aucun texte n'impose d'établir le protocole par écrit (cass. soc. 28 septembre 2011, n° 10-27370, BC V n° 202). Un tel document est, toutefois, en pratique, incontournable pour des raisons de diffusion et d'information, de preuve et avant tout afin d'éviter les risques de confusion et de contentieux.

S'agissant d'un modèle type d'accord, voir § 9-41.

→ Un ou plusieurs accords

9-25 Le protocole d'accord préélectoral n'est pas obligatoirement matérialisé par un seul et même accord global sur l'ensemble des points relevant de la négociation (cass. soc. 28 septembre 2011, n° 10-27370, BC V n° 202). En d'autres termes, une entreprise peut scinder le protocole d'accord en plusieurs accords, chaque accord traitant d'un point particulier.

CONDITION DE VALIDITÉ DU PROTOCOLE D'ACCORD PRÉÉLECTORAL

→ Un accord soumis à la règle de « double majorité »

9-26 Les clauses d'un accord préélectoral sont subordonnées à une double condition de majorité, en nombre et en voix, à savoir (c. trav. art. L. 2314-6 ; cass. soc. 6 octobre 2011, n° 11-60035, BC V n° 228) :

› être signées par la majorité des syndicats ayant participé à sa négociation (c'est-à-dire la majorité des syndicats intéressés) ;

› parmi ces syndicats signataires, il doit y avoir les syndicats représentatifs ayant recueilli la majorité des suffrages exprimés lors des dernières élections professionnelles (ces syndicats signataires doivent réunir au total plus de 50 % des voix). Si ces résultats ne sont pas disponibles, la majorité des syndicats représentatifs dans l'entreprise suffit.

La majorité signifie plus de la moitié. Autrement dit, il faut au moins la moitié plus une (circ. DGT 2011-6 du 27 juillet 2011, question 3 ; cass. soc. 15 novembre 2017, n° 16-21903, BC V n° 196).

EXEMPLE Face à 4 syndicats, il faut la signature de 3 syndicats, la signature de 2 syndicats ne suffit pas. Face à 2 syndicats, la signature d'un seul ne suffit pas non plus (cass. soc. 15 novembre 2017, n° 16-21903, BC V n° 196).

EN PRATIQUE

La seule participation d'un syndicat à la première réunion suffit pour être qualifiée de « syndicat ayant participé à la négociation ». Peu importe qu'il ait décidé ensuite de quitter la négociation (cass. soc. 26 septembre 2012, n° 11-60231, BC V n° 241).

S'il n'y a pas de syndicats représentatifs dans l'entreprise, voir § 9-35.

9-27 **À défaut de double majorité.** Si la condition de « double majorité » n'est pas remplie, le protocole préélectoral n'est pas irrégulier pour autant. Le défaut de majorité ne permet donc ni l'annulation de l'accord ni, par voie de conséquence, des élections pour lesquelles il a été conclu.

Les parties qui y ont intérêt (employeur, syndicats, salariés) peuvent seulement saisir le tribunal judiciaire d'une demande de fixation des modalités d'organisation et de déroulement du scrutin (cass. soc. 6 octobre 2011, n° 11-60035, BC V n° 228). Toutefois, seul le DREETS est compétent, en cas d'échec des négociations, pour répartir le personnel et les sièges entre les collèges (voir § 10-16).

→ Calcul de l'audience électorale

9-28 Pour vérifier si les conditions de majorité sont remplies, il faut se placer à la date de signature de l'accord préélectoral :

› chaque bulletin recueilli par une liste doit être pris en compte pour une unité en faveur du syndicat, sans prendre en compte les éventuelles ratures de noms de candidats (cass. soc. 6 janvier 2011, n° 10-17653, BC V n° 10) ;

› les résultats des élections à prendre en compte sont ceux des dernières élections précédant la conclusion de l'accord et non ceux issus des élections pour lesquelles il a été conclu (cass. soc. 5 avril 2011, n° 10-18733, BC V n° 88) ;

› tous les syndicats invités sont à comptabiliser, y compris ceux qui ont décidé de se retirer de la négociation (cass. soc. 26 septembre 2012, n° 11-60231, BC V n° 241).

En l'absence de syndicats représentatifs dans l'entreprise, seule la première condition de majorité est applicable : le protocole doit donc être signé par la majorité des syndicats ayant participé à sa négociation pour être valable (circ. DGT 2011-6 du 27 juillet 2011, question 1).

Pour calculer le « poids » de la signature d'un syndicat affilié à la CFE-CGC, il faut rapporter les suffrages exprimés en sa faveur à tous les suffrages exprimés au niveau de l'ensemble de l'entreprise. Lorsque les suffrages exprimés lors des dernières élections ne sont pas disponibles, un tel syndicat compte pour « un », comme les autres organisations syndicales (circ. DGT 2011-6 du 27 juillet 2011, question 4).

EN PRATIQUE

Si la condition de « double majorité » n'est pas remplie, l'accord préélectoral n'est pas irrégulier pour autant. Le défaut de majorité ne permet donc ni l'annulation de l'accord ni, par voie de conséquence, des élections pour lesquelles il a été conclu. Les parties qui y ont intérêt (employeur, syndicats, salariés) peuvent seulement saisir le tribunal judiciaire d'une demande de fixation des modalités d'organisation et de déroulement du scrutin (cass. soc. 6 octobre 2011, n° 11-60035, BC V n° 228). Toutefois, seul le DREETS est compétent, en cas d'échec des négociations, pour répartir le personnel et les sièges entre les collèges.

9-29

ACCORDS DÉCONNECTÉS DE L'ACCORD PRÉÉLECTORAL

Sous peine de nullité de l'accord et des élections (si elles ont déjà eu lieu), certaines clauses sont soumises à un accord unanime avec les syndicats représentatifs dans l'entreprise, à savoir celles qui :
- modifient le nombre et la composition des collèges électoraux (c. trav. art. L. 2314-12) ;
- prévoient la prorogation des mandats (c. trav. art. L. 2314-34 ; cass. soc. 12 juillet 2006, n° 05-60331, BC V n° 259 ; cass. soc. 26 juin 2013, n° 12-60246, BC V n° 172) ;
- organisent les élections en dehors du temps de travail (c. trav. art. L. 2314-27).

D'autres restent soumises à la conclusion d'un accord collectif signé dans les conditions « de droit commun » (c. trav. art. L. 2232-12) (c'est-à-dire signé par des syndicats majoritaires représentants au moins 50 % des suffrages). Il s'agit des clauses relatives à :
- la mise en œuvre du vote électronique par accord (c. trav. art. L. 2314-26) ;
- la réduction de la durée des mandats des représentants du personnel (c. trav. art. L. 2314-34).

Publicité de l'accord préélectoral

DIFFUSION DANS L'ENTREPRISE

9-30 Sauf disposition contraire du protocole préélectoral, la diffusion du protocole préélectoral dans l'entreprise (ex. : affichage, intranet) est facultative car elle n'est pas imposée par le code du travail (cass. soc. 6 juillet 1983, n° 82-60256, BC V n° 401). En pratique, cette publicité s'avère toutefois incontournable, notamment afin que le droit de contester l'accord préélectoral soit effectif.

Le protocole d'accord préélectoral contient généralement une clause portant sur les modalités de sa publicité.

Lorsqu'aucun syndicat ne s'est présenté à la négociation, il est conseillé d'afficher le document que l'employeur aura rédigé lui-même, en rappelant les circonstances (absence d'interlocuteur syndical).

Lorsqu'un accord est intervenu sur certains points mais que d'autres sont suspendus à la décision du DREETS ou du tribunal judiciaire, il est recommandé de publier cet « accord partiel » en rappelant les questions en suspens et les modalités que l'employeur entend appliquer unilatéralement (cass. soc. 21 juin 1986, BC V n° 222 ; cass. soc. 24 janvier 1995, n° 94-60230 D).

EN PRATIQUE

En l'absence de publicité du protocole, un salarié qui n'a pas pu déposer sa candidature avant la date limite peut obtenir l'annulation des élections (cass. soc. 5 janvier 2005, n° 03-60467 D).

MISE À DISPOSITION DE L'INSPECTEUR DU TRAVAIL

9-31 En cas de modification du nombre et de la composition des collèges électoraux, l'accord procédant à cette modification doit être communiqué à l'inspecteur du travail mais uniquement à sa demande (c. trav. art. L. 2314-12). Rappelons que cet accord doit être signé à l'unanimité par les syndicats représentatifs. Il ne fait pas partie du protocole préélectoral mais peut être prévu par un accord collectif classique (voir § 10-4).

Portée du protocole préélectoral

9-32 Le protocole d'accord préélectoral s'impose à l'employeur. En effet, ce dernier ne peut modifier unilatéralement ni les modalités d'organisation et de déroulement des opérations électorales arrêtées dans le protocole (cass. soc. 12 juillet 2006, n° 05-60332, BC V n° 251 ; cass. soc. 26 octobre 2011, n° 10-27134, BC V n° 242), ni le calendrier électoral fixé par le protocole (cass. soc. 25 janvier 2016, n° 14-25625 D). Il lui faut négocier un avenant avec les syndicats, selon les mêmes règles que le protocole lui-même. À défaut, les élections risquent d'être annulées, à charge pour l'employeur de négocier un nouveau protocole préélectoral et de procéder à de nouvelles élections.

De même, les syndicats signataires restent liés par toutes les dispositions de l'accord auxquelles ils ont souscrit : ils ne sauraient en écarter l'application et ne peuvent pas agir en contestation (cass. soc. 8 décembre 1976, n° 76-60171, BC V n° 650 ; cass. soc. 10 juin 1997, n° 96-60118, BC V n° 215).

Toutefois, le protocole préélectoral peut être contesté par le syndicat signataire lorsque celui-ci a émis des réserves lors de sa signature (cass. soc. 10 juillet 2013, n° 12-21945 D ; cass. soc. 2 juillet 2014, n° 13-27939 D ; cass. soc. 11 décembre 2019, n° 18-20841 FSPB).

Les syndicats qui n'ont pas signé l'accord, qui ne présentent pas de candidats ou bien qui présentent des candidats mais en émettant des réserves ne peuvent pas se voir opposer le protocole, ni en réclamer l'application, mais ils peuvent le contester (cass. soc. 23 septembre 2009, n° 08-60535, BC V n° 195).

À NOTER Pour faire état de son opposition à l'accord, le syndicat doit saisir le tribunal judiciaire d'une contestation ou émettre des réserves par écrit adressées à l'employeur, au plus tard lors du dépôt de sa liste de candidats (cass. soc. 8 janvier 2002, n° 00-60270, BC V n° 6 ; cass. soc. 19 septembre 2007, n° 06-60222, BC V n° 132 ; cass. soc. 28 septembre 2011, n° 10-60245 D).

Les dispositions du protocole plus favorables que celles prévues par la loi et visant à améliorer les institutions représentatives du personnel (ex. : nombre de représentants à élire) sont toutefois applicables à tous les salariés et syndicats, signataires ou non du protocole.

Vie du protocole préélectoral

UN ACCORD À CHAQUE ÉLECTION

9-33 Le protocole d'accord préélectoral fixe les conditions de déroulement du vote pour les 2 tours de scrutin. Sauf dispositions spécifiques, le protocole préélectoral n'est, en principe, valable que pour les élections pour lesquelles il a été conclu (cass. soc. 21 mai 2003, n° 01-60742, BC V n° 170). Ainsi, l'employeur doit inviter les syndicats intéressés à négocier un nouveau protocole à chaque élection.

- **Tacite reconduction du précédent accord.** Admise avant la loi portant rénovation de la démocratie sociale du 20 août 2008 (cass. soc. 7 février 1989, n° 88-60131, BC V n° 96), la tacite reconduction du protocole préélectoral est depuis devenue, à notre sens, impossible compte tenu de la durée des mandats des représentants du personnel et des règles de représentativité : les négociateurs syndicaux ne seront, en effet, pas forcément les mêmes.

En cas d'élections partielles, celles-ci se déroulent selon les mêmes règles et dans les mêmes conditions que celles qui ont présidé lors de l'élection d'origine : scrutin à deux tours, présentation des listes, etc. (c. trav. art. L. 2314-10).

Cela signifie que ces élections sont organisées sur la base des dispositions de l'accord préélectoral en vigueur lors de l'élection précédente sauf contestation de l'accord.

POINT DE VIGILANCE

Pour contester le protocole d'origine, il faut être en mesure de fournir un motif valable. Le seul fait que les effectifs aient varié entre les élections d'origine et les élections partielles ne suffit pas (cass. soc. 28 février 2018, n° 17-11848 D).

S'agissant des élections complémentaires, il convient de se reporter aux modalités prévues par l'accord collectif ouvrant la possibilité d'organiser ce type d'élection (voir § 16-10).

AVENANT DE MODIFICATION

9-34 Des modifications négociées entre l'employeur et les syndicats intéressés peuvent être apportées à un protocole préélectoral. Les modifications, y compris celles portant sur le calendrier électoral, ne peuvent toutefois résulter que d'un avenant soumis aux mêmes conditions de validité que le protocole lui-même (cass. soc. 26 octobre 2011, n° 10-27134, BC V n° 242 ; cass. soc. 25 janvier 2016, n° 14-25625 D ; cass. soc. 3 octobre 2018, n° 17-21836 FPB). En conséquence, l'avenant nécessite selon le cas soit une double majorité, soit un accord unanime des syndicats représentatifs.

Cette règle n'admet aucune exception : toute modification du protocole, même plus favorable, doit ainsi être négociée (cass. soc. 3 octobre 2018, n° 17-21836 FPB).

Procédure à suivre en cas d'absence ou d'échec des négociations

ABSENCE DE NÉGOCIATEURS SYNDICAUX

9-35 Lorsqu'aucun syndicat ne s'est manifesté pour négocier le protocole préélectoral, alors que l'employeur les a invités à participer à cette concertation selon les formalités requises, les élections doivent, malgré tout, avoir lieu.

L'employeur doit fixer seul les modalités d'organisation et de déroulement des opérations électorales et répartir le personnel et les sièges entre les différents collèges électoraux (c. trav. art. L. 2314-14).

L'employeur peut, en l'absence d'accord, rédiger un procès-verbal reprenant le dernier état du texte négocié ou afficher un document précisant les modalités qu'il entend appliquer unilatéralement (cass. soc. 24 janvier 1995, n° 94-60230 D).

POINT DE VIGILANCE

La seule intention d'un syndicat de participer à la négociation préélectorale suffit à justifier qu'il y a eu tentative de négocier. En conséquence, à défaut d'accord préélectoral valide, l'employeur doit saisir le DREETS pour faire procéder à la répartition des sièges et des électeurs au sein des collèges électoraux (cass. soc. 9 mai 2018, n° 17-26522, BC V n° 79). Dans cette affaire, le syndicat avait participé à la première réunion et avait échangé en vue d'en fixer une seconde sans y participer en raison de l'indisponibilité de ses représentants et du refus de l'employeur de fixer une autre date. L'employeur avait alors unilatéralement procédé à la répartition des sièges et des électeurs au sein des collèges électoraux alors qu'il aurait dû saisir le DREETS pour faire procéder à cette répartition.

ÉCHEC DES NÉGOCIATIONS AVEC LES SYNDICATS

→ Organisation et déroulement des élections

9-36 En l'absence d'accord conclu entre l'employeur et les syndicats, les modalités des élections (ex. : date, heure, lieu du scrutin, nombre et composition des bureaux de vote) sont fixées par l'employeur ou, s'il a été saisi, par le tribunal judiciaire. Celui-ci statue en dernier ressort selon la procédure accélérée au fond (c. trav. art. L. 2314-28 et R. 2314-2 ; cass. soc. 19 décembre 2018, n° 17-27442 FPB ; cass. soc. 20 mars 2019, n° 18-60063 D).

→ Répartition du personnel et des sièges

9-37 **Saisine du DREETS.** En cas de désaccord entre les négociateurs sur la répartition du personnel et des sièges dans les collèges, l'employeur (ou les syndicats) doit saisir le DREETS du siège de l'entreprise ou de l'établissement concerné qui a compétence pour fixer la répartition des sièges entre les différentes catégories de personnel et la répartition du personnel dans les collèges électoraux (c. trav. art. L. 2314-13 et R. 2314-3).

Pour que l'administration puisse intervenir, il faut qu'au moins un syndicat ait répondu à l'invitation de négocier le protocole préélectoral et que l'employeur et les syndicats ne soient pas parvenus à s'entendre sur le point en question, c'est-à-dire que la clause n'a pas été signée selon la condition de majorité requise (double condition de majorité ou unanimité) (c. trav. art. L. 2314-13).

La saisine du DREETS doit intervenir avant le déroulement des élections. À défaut, la décision du DREETS est dépourvue d'effet (CE 31 mai 2012, n° 354186).

POINT DE VIGILANCE

Le DREETS est compétent même si (cass. soc. 22 janvier 2020, n° 19-12896 FPB) :
- aucun constat formel de désaccord entre l'employeur et les syndicats n'a été établi, pourvu que les délégués syndicaux aient effectivement obtenu les informations sur les effectifs permettant la négociation, que les négociations aient bien eu lieu et que celles-ci n'aient abouti à aucun accord ;
- les mandats des élus sortants ont expiré au moment de la saisine du DREETS.

9-38 **Suspension du processus électoral.** La saisine du DREETS suspend le processus électoral jusqu'à la décision administrative et entraîne la prorogation des mandats des élus en cours jusqu'à la proclamation des résultats du scrutin (c. trav. art. L. 2314-13).

9-39 **Décision du DREETS.** Le DREETS doit prendre sa décision dans un délai de 2 mois à compter de la réception de la contestation. Sa décision doit être notifiée par LRAR et mentionner les voies et les délais de recours.

9-40 **Recours devant le tribunal judiciaire.** La décision du DREETS peut faire l'objet d'un recours devant le tribunal judiciaire dans un délai de 15 jours suivant sa notification (c. trav. art. R. 2314-3).

À défaut de décision du DREETS dans le délai de 2 mois, l'employeur ou les syndicats intéressés peuvent saisir, dans les 15 jours, le tribunal judiciaire afin qu'il soit statué sur la répartition du personnel et des sièges (c. trav. art. L. 2314-13 et R. 2314-3).

MODÈLE D'ACCORD

9 Protocole préélectoral

9-41 Le modèle proposé ci-après peut être adapté à chaque CSE, c'est-à-dire être ajusté ou complété en fonction des spécificités de l'entreprise concernée.

Il conviendra de se reporter aux développements contenus dans ce guide afin de vérifier si l'adaptation envisagée est conforme aux textes.

Modèle

Raison sociale et adresse

Conformément à la législation, les élections pour la mise en place ou le renouvellement du comité social et économique (CSE) de la société ... auront lieu le ...

La direction a convoqué les syndicats intéressés par *[courrier du ... / courriel du ... / affichage sur les panneaux de la direction / etc.]* à une réunion fixée au ..., afin d'établir le protocole d'accord préélectoral.

À cette réunion, participaient :

M. ..., Directeur, assisté de M. ..., fonction ...

M. ... pour la CFTC, M. ... pour la CFDT,

M. ... pour la CGC, M. ... pour la CGT,

M. ... pour la CGT-FO,

M. ... pour ...,

etc.

En vue des élections de la délégation du personnel du CSE, il a été convenu, dans le respect des règles légales, ce qui suit :

Art. 1 - EFFECTIF DE L'ENTREPRISE - NOMBRE, COMPOSITION DES COLLÈGES - RÉPARTITION DES SIÈGES

Art. 1.1. Effectif de l'entreprise

• L'effectif de l'entreprise est de ... salariés.

Cet effectif comprend :
- ... ouvriers ;
- ... employés ;
- ... agents de maîtrise ;
- ... cadres.

Compte tenu de l'effectif (1), le nombre de membres à élire est de ... titulaires et de ... suppléants.

Art. 1.2. Nombre et composition des collèges électoraux

Option 1 :

Le personnel est réparti en deux collèges :

Premier collège (employés et ouvriers) : ... inscrits

Second collège (cadres, techniciens et agents de maîtrise) : ... inscrits

Option 2 :

Le personnel est réparti en trois collèges :

1er collège (employés et ouvriers) : ... inscrits

2e collège (cadres, techniciens et agents de maîtrise) : ... inscrits

3e collège (ingénieurs, chefs de service et cadres assimilés) : ... inscrits

Art. 1.3. Proportion de femmes et d'hommes au sein des collèges électoraux

La proportion de femmes et d'hommes de chaque collège électoral est fixée de la manière suivante :
- 1er collège : ... (nombre de femmes) et ... (nombre d'hommes) ;
- 2e collège : ... (nombre de femmes) et ... (nombre d'hommes).

Art. 1.4. Répartition des sièges entre les différentes catégories

Compte tenu du nombre total de sièges à pourvoir et de la répartition des effectifs par collège, les parties conviennent de la répartition suivante des sièges :
- 1er collège : ... titulaires, ... suppléants ;
- 2e collège : ... titulaires, ... suppléants ;

• *Le cas échéant :* 3e collège : ... titulaires, ... suppléants.

Art. 2 - ÉLECTORAT ET LISTES ÉLECTORALES

Art. 2.1. Salariés électeurs

Les salariés sont électeurs dans chaque collège, sous réserve de remplir les conditions suivantes à la date du scrutin :
- être âgés de 16 ans accomplis ;
- avoir travaillé 3 mois au moins dans l'entreprise ;
- n'avoir fait l'objet d'aucune interdiction, de déchéance ou d'incapacité relatives à leurs droits civiques.

Les salariés mis à disposition, présents dans les locaux et remplissant une condition de présence de 12 mois continus, choisissent s'ils votent dans l'entreprise qui les emploie ou dans l'entreprise utilisatrice.

Art. 2.2. Constitution et publicité des listes électorales

La direction établit les listes électorales de chaque collège à la date du premier tour des élections, soit le ...

MODÈLE D'ACCORD

Les listes électorales par collège seront affichées au plus tard le ... précisant pour chaque salarié électeur : nom, prénoms, lieu et date de naissance, date d'entrée dans l'entreprise, afin de permettre que les réclamations éventuelles – qui doivent être présentées dans un délai de 3 jours devant le tribunal judiciaire – reçoivent une solution avant les élections.

Tout syndicat peut demander une copie des listes électorales.

Art. 3 - ÉLIGIBILITÉ – LISTES DE CANDIDATS ET DATE DE DÉPÔT – REPRÉSENTATION ÉQUILIBRÉE DES FEMMES ET DES HOMMES

Art. 3.1. Salariés éligibles

Les salariés, ayant la qualité d'électeurs, sont éligibles s'ils remplissent, à la date du scrutin, les conditions suivantes :
- être âgés de 18 ans révolus ;
- justifier d'au moins 1 an de présence dans l'entreprise ;
- n'avoir fait l'objet d'aucune interdiction, de déchéance ou d'incapacité relatives à leurs droits civiques.

Sont exclus les conjoints, partenaires d'un pacte civil de solidarité (Pacs), ascendants, descendants, frères, sœurs ou alliés au même degré du chef d'entreprise.

Art. 3.2. Listes de candidats et date de dépôt

Les organisations syndicales habilitées à présenter des candidatures au premier tour communiqueront leurs listes de candidatures au plus tard le ...

Une liste ne pourra comporter plus de candidats qu'il n'y a de sièges à pourvoir, ni prétendre à plus de sièges qu'elle ne présente de candidats. Un même candidat peut se présenter simultanément pour un poste de titulaire et pour un poste de suppléant.

Toutefois, s'il est élu à la fois comme titulaire et comme suppléant, il sera automatiquement désigné comme titulaire. Le siège du suppléant sera attribué à un candidat :
- qui n'est pas déjà élu en tant que titulaire ;
- qui est placé sur la liste juste après le candidat qui a été élu titulaire ;
- ou bien qui, en cas de ratures correspondant à au moins 10 % des suffrages, a obtenu le plus grand nombre de voix parmi les candidats restant à élire.

S'il n'y a plus assez de candidatures pour pourvoir les postes, il est attribué des sièges de suppléants à la liste ou aux listes ayant obtenu la plus forte moyenne parmi celles restant en présence.

Ces listes, établies distinctement pour les deux collèges et pour l'élection des titulaires et des suppléants, seront déposées auprès de la direction du personnel contre récépissé ou adressées par LRAR à M. ...

La direction affichera les listes déposées, le lendemain de la date limite de dépôt, sur les panneaux qui lui sont réservés.

Si un second tour est nécessaire, il convient de se reporter à l'article 9 de ce modèle.

Art. 3.3. Représentation équilibrée des femmes et des hommes

Les listes de candidature qui comportent plusieurs candidats doivent respecter la part de femmes et d'hommes inscrits dans chaque collège électoral. Les listes sont composées alternativement d'un candidat de chaque sexe jusqu'à épuisement des candidats d'un des deux sexes. Lorsque la composition proportionnelle des listes n'aboutit pas à un nombre entier de candidats pour chacun des deux sexes, il faut appliquer la règle suivante de l'arrondi :
- arrondi à l'entier supérieur en cas de décimale supérieure ou égale à 5 ;
- arrondi à l'entier inférieur en cas de décimale strictement inférieure à 5.

En cas de nombre impair de sièges à pourvoir et de stricte égalité entre les femmes et les hommes inscrits sur les listes électorales, la liste comprend indifféremment un homme ou une femme supplémentaire.

Au cas où la représentation d'un sexe est totalement exclue, les listes de candidats peuvent alors comporter un candidat du sexe non représenté sans qu'il puisse être en première position sur la liste.

Cette règle s'applique aux candidats titulaires ainsi qu'aux suppléants.

La direction doit porter à la connaissance des salariés la proportion établie par voie d'accord ou par décision du DREETS (en l'absence d'accord), et ce, par tout moyen permettant de donner date certaine à cette information.

Art. 4 - ORGANISATION DU SCRUTIN

Art. 4.1. Date et heure du scrutin

Les dates retenues pour les élections de la délégation du personnel du CSE ont été fixées :
- au ... pour le premier tour ;
- au ... pour le second tour.

Le scrutin se déroulera pendant le temps de travail des salariés, de ... heures à ... heures, en salle du ...

La participation au scrutin et, le cas échéant, au bureau de vote n'emportera aucune perte de salaire.

Art. 4.2. Organisation matérielle du scrutin

La direction assurera la fourniture des bulletins de vote et des enveloppes. En charge de l'impression des bulletins, elle doit veiller à ce que les bulletins soient distincts pour chaque collège et, à l'intérieur de chaque collège, pour l'élection des titulaires et celles des suppléants. Les dimensions des bulletins, leur mode d'impression, la disposition et les caractères seront d'un type uniforme pour toutes les listes dans un même collège. Toutefois, les bulletins pour l'élection des titulaires et celle des suppléants seront de couleurs différentes.

Les bulletins et enveloppes de vote seront mis à la disposition des salariés en nombre suffisant.

MODÈLE D'ACCORD

Compte tenu de l'organisation du vote par correspondance et du délai nécessaire pour que les électeurs votants soient informés en temps utile, la direction sera fondée à refuser les listes déposées après le ...

Art. 5 - ORGANISATION DU VOTE PAR CORRESPONDANCE

Art. 5.1. Principe

La direction autorise le vote par correspondance.

Les salariés susceptibles de voter par correspondance sont tenus d'informer la direction ou leur supérieur hiérarchique au plus tard le ....

Art. 5.2. Modalités d'organisation du vote par correspondance

Au plus tard ... jours avant la date du scrutin, la direction adressera à chacun des salariés intéressés :
- un exemplaire des bulletins de vote des candidats titulaires et suppléants, correspondant aux listes présentées dans le collège ;
- deux enveloppes portant respectivement l'indication « titulaires » et « suppléants » ;
- une enveloppe préaffranchie à l'adresse de la direction du personnel ainsi qu'une notice explicative.

Les bulletins seront placés dans les enveloppes de vote qui, cachetées, seront disposées dans l'enveloppe d'expédition et acheminées par la voie postale.

À l'ouverture du scrutin, les enveloppes seront remises non décachetées par la direction du personnel au président du bureau de vote intéressé selon le collège qui, après pointage des listes électorales, déposera dans les urnes correspondantes les enveloppes de vote.

Pour ce vote, les dispositions suivantes sont retenues :

a) tout pli contenant un vote par correspondance doit être revêtu de la signature du votant sous peine d'irrecevabilité ;

b) les votes par correspondance ne seront recevables que jusqu'à la dernière heure utile de réception du courrier postal au jour du scrutin, soit :
- jusqu'au ..., à ... heures pour le premier tour ;
- jusqu'au ..., à ... heures pour le second tour éventuel.

Art. 6 - VOTE ÉLECTRONIQUE

Le vote a lieu par vote électronique en application de l'accord du ... (date).

Le cabinet ... a procédé à une expertise indépendante du système de vote électronique et a établi un rapport suite à l'expertise du ... (date).

Art. 7 - CONSTITUTION ET COMPOSITION DES BUREAUX DE VOTE

Il sera constitué un bureau de vote pour chaque collège électoral.

Chaque bureau de vote sera composé de trois électeurs du collège considéré, les deux électeurs ayant au jour du scrutin la plus grande ancienneté et le plus jeune en âge, présents à l'ouverture du scrutin et acceptant cette fonction ; la présidence appartiendra au plus âgé.

Ce bureau présidera aux opérations dans le collège considéré simultanément pour l'élection des titulaires et celle des suppléants, en utilisant deux urnes distinctes et s'assurera de la régularité et du secret du vote. Il procédera au dépouillement des votes et à l'établissement des procès-verbaux emportant proclamation des résultats.

La direction du personnel mettra à la disposition de chaque bureau de vote le matériel nécessaire, les listes d'émargement, deux exemplaires de la liste électorale du collège concerné et un exemplaire du protocole d'accord pré-électoral.

Art. 8 - DÉPOUILLEMENT DES VOTES

Dès que la clôture du scrutin aura été prononcée, le président de chaque bureau de vote, assisté de ses assesseurs, procédera aux formalités de dépouillement.

Même si le quorum n'a pas été atteint, les résultats du premier tour doivent être nécessairement dépouillés.

Art. 9 - SECOND TOUR DE SCRUTIN

Au cas où le quorum ne serait pas atteint au premier tour ou s'il reste des sièges à pourvoir, il y aura lieu de procéder à un second tour avec candidatures libres fixé le ..., à ... heures, à ...

Les nouvelles candidatures devront être communiquées à la direction du personnel au plus tard le ...

Les dispositions prévues pour le premier tour s'appliqueront également au second tour.

Les candidatures présentées par un syndicat au premier tour seront considérées comme maintenues au second tour.

Art. 10 - PROCÈS-VERBAL

Les procès-verbaux (P-V) dressés par les bureaux de vote, emportant éventuellement désignation des élus, seront affichés par les services de la direction, dès la proclamation des résultats, sur les panneaux réservés aux communications de la direction.

Art. 11 - DURÉE DU PROTOCOLE

Le présent protocole est conclu pour l'élection du CSE dont le premier tour est fixé au ... et le second tour éventuel au ...

Art. 12 - PUBLICITÉ DU PROTOCOLE

Le texte du présent protocole sera ... (affiché dans l'entreprise / diffusé sur l'intranet) dès sa signature.

Une copie du présent protocole sera adressée à l'inspecteur du travail.

Fait à ..., le ... 20.. (date de la signature du protocole d'accord préélectoral)

pour la CFTC ..., pour la société ...,

MODÈLE D'ACCORD

pour la CFDT ...,

pour la CGC ...,

pour la CGT ...,

pour la CGT-FO ...,

pour ...

ANNEXE DU PROTOCOLE D'ACCORD PRÉÉLECTORAL

PREMIER TOUR

Affichage du protocole d'accord préélectoral : au plus tard le ...

Affichage des listes électorales : au plus tard le ...

Clôture des listes de candidats : au plus tard le ... à ... heures.

Affichage des listes de candidats : au plus tard le ...

Envoi des bulletins de vote par correspondance : au plus tard le ...

Constitution des bureaux de vote : au plus tard le ...

Clôture des votes par correspondance : au plus tard le ... à ... heures.

1er tour du scrutin : le ... de ... à ... heures.

Proclamation des résultats : le ...

Affichage des résultats : le ...

SECOND TOUR *(le cas échéant)*

Affichage des listes électorales : au plus tard le ...

Clôture des listes de candidats : au plus tard le ... à ... heures.

Affichage des listes de candidats : au plus tard le ...

Envoi des bulletins de vote par correspondance : au plus tard le ...

Constitution des bureaux de vote : au plus tard le ...

Clôture des votes par correspondance : au plus tard le ... à ... heures.

2d tour du scrutin : le ... de ... à ... heures.

Proclamation des résultats : le ...

Affichage des résultats : le ...

Affichage des noms des membres du CSE dans les locaux affectés au travail : le ...

(1) Voir § 6-6

10 Collèges électoraux

Nombre et composition des collèges électoraux
- Deux collèges, sauf exception 10-1
- Dans certains cas, un ou trois collèges 10-2

Modification du nombre de collèges électoraux
- Modification par accord 10-4
- Contenu de l'accord 10-6
- Compétence du tribunal judiciaire en cas de litige sur les collèges électoraux 10-7

Répartition du personnel et des sièges dans les collèges électoraux
- Recherche d'un accord 10-8
- Répartition du personnel dans les collèges électoraux 10-10
- Répartition des sièges dans les collèges 10-14
- En cas de désaccord sur la répartition du personnel et des sièges 10-16
- En l'absence d'interlocuteurs syndicaux 10-19

Nombre et composition des collèges électoraux

DEUX COLLÈGES, SAUF EXCEPTION

10-1 La délégation du personnel au comité social et économique (CSE) est, en principe, élue dans 2 collèges électoraux (c. trav. art. L. 2314-11) :
- › les ouvriers et employés (premier collège) ;
- › les ingénieurs, chefs de service, techniciens, agents de maîtrise et assimilés (second collège ou plus communément dénommé « collège cadres »).

Dès lors que la présence d'un cadre n'est pas contestée, les élections doivent être organisées sur la base de ces deux collèges lorsque la condition d'effectif est remplie (cass. soc. 27 mai 1997, n° 96-60141 D). Il en est de même pour les élections du CSE lorsque l'effectif global de l'établissement est supérieur à 25 salariés et que deux cadres y sont employés. Ils constituent une catégorie de personnel, et la circonstance qu'il n'y ait qu'un seul cadre éligible ne fait pas obstacle à l'élection (cass. soc. 17 avril 1991, n° 90-60537, BC V n° 202).

Si l'entreprise ne comporte des salariés que dans un seul collège, seul ce dernier sera à prévoir.

Il en va de même si l'un des collèges ne comporte que des électeurs non éligibles. En effet, maintenir ce collège reviendrait à priver une catégorie de salariés de toute représentation (cass. soc. 16 octobre 2013, n° 13-11324, BC V n° 237).

À NOTER Compte tenu de la similitude des textes en la matière, la jurisprudence et les réponses administratives rendues à propos des IRP précédemment en place gardent, à notre avis, toute leur valeur. Les arrêts et réponses indiqués dans nos développements ci-après sont donc, en toute vraisemblance, transposables au CSE.

DANS CERTAINS CAS, UN OU TROIS COLLÈGES

→ Collège unique en dessous de 25 salariés

10-2 Par dérogation, dans les établissements ou les entreprises n'élisant qu'un représentant titulaire et un représentant suppléant, c'est-à-dire les établissements de moins de 25 salariés, la délégation du personnel au CSE est élue par un collège électoral unique regroupant l'ensemble des catégories de personnel (c. trav. art. L. 2314-11 et R. 2314-1).

COMPOSITION DES COLLÈGES ÉLECTORAUX POUR LE CSE		
Nombre de salariés	**Nombre de collèges**	**Composition du collège**
11 à 24 et élisant 1 titulaire et 1 suppléant	Collège unique	Ensemble du personnel
25 et plus	2 collèges	1er collège : ouvriers et employés
		2e collège : autres salariés

→ Collège supplémentaire pour les cadres

10-3 Dans les entreprises où le nombre d'ingénieurs, de chefs de service et cadres administratifs, commerciaux ou techniciens assimilés sur le plan de la classification est au moins égal à 25 au moment de la constitution ou du renouvellement du CSE, lesdites catégories constituent un collège spécial (c. trav. art. L. 2314-11).

Dans ce cas, il est constitué 3 collèges électoraux :

- le premier, avec les ouvriers et employés ;
- le deuxième, avec les agents de maîtrise et les techniciens ;
- le troisième, avec les ingénieurs, chefs de services et cadres assimilés.

La création du collège pour les cadres lors des élections du CSE s'impose dès lors que le seuil de 25 cadres est atteint. Dans une entreprise où le nombre de cadres est inférieur à 25, un accord unanime des syndicats représentatifs peut toutefois prévoir un tel collège (voir § 10-4).

EN PRATIQUE

Tous les cadres sont pris en compte, y compris ceux qui sont exclus de l'électorat en raison des pouvoirs qu'ils exercent et qui permettent de les assimiler à l'employeur (cass. soc. 30 mai 2001, n° 99-60564, BC V n° 189).

Dans les entreprises de 501 salariés et plus, les ingénieurs, les chefs de service et cadres administratifs, commerciaux ou techniques assimilés ont au moins un délégué titulaire au sein du second collège (c. trav. art. L. 2314-11).

COMPOSITION DES COLLÈGES ÉLECTORAUX POUR LE CSE			
Nombre de salariés	**Nombre d'ingénieurs et de cadres**	**Nombre de collèges**	**Composition du collège**
Jusqu'à 500	Moins de 25	2	1er collège : ouvriers et employés
			2e collège : autres salariés

COMPOSITION DES COLLÈGES ÉLECTORAUX POUR LE CSE			
Nombre de salariés	**Nombre d'ingénieurs et de cadres**	**Nombre de collèges**	**Composition du collège**
Au moins 501	Moins de 25	2	1er collège : ouvriers et employés
			2e collège (avec un siège réservé) : autres salariés dont un siège réservé de titulaire aux ingénieurs, chefs de service et cadres
Quel que soit l'effectif	25 et plus	3	1er collège : ouvriers et employés
			2e collège : techniciens, agents de maîtrise et assimilés
			3e collège : ingénieurs, chefs de service et cadres

Modification du nombre de collèges électoraux

MODIFICATION PAR ACCORD

→ Accord unanime des syndicats représentatifs

10-4 Le nombre et la composition des collèges électoraux peuvent être modifiés par un accord signé par tous les syndicats représentatifs existant dans l'entreprise ou dans l'établissement distinct (c. trav. art. L. 2314-12 ; cass. soc. 22 novembre 2017, n° 16-24801, BC V n° 202).

EN PRATIQUE

Le code du travail ne précise plus la nature de l'accord. Par le passé, l'accord en question devait être soit une convention, un accord collectif de travail, étendu ou non, soit un accord préélectoral. À notre avis, la rédaction du code du travail laisse penser que seul un accord d'entreprise (ou d'établissement) est valable pour modifier le nombre ou la composition des collèges électoraux.

Les dispositions légales s'opposent à la suppression par accord du collège spécial pour les cadres lorsque sa création est obligatoire (voir § 10-3) (c. trav. art. L. 2314-12 ; cass. soc. 13 octobre 2004, n° 03-60275, BC V n° 258). L'unanimité requise suppose une signature expresse de tous (circ. DRT 1983-13 du 25 octobre 1983, § 2.2.2). Par conséquent, une adhésion tacite d'un syndicat ne suffit pas pour établir l'accord de l'une des parties à la modification du nombre et de la composition des collèges (cass. soc. 26 novembre 1997, n° 96-60372 D).

Ni un usage, ni une décision unilatérale de l'employeur ne peuvent modifier les dispositions du code du travail en la matière (cass. soc. 20 juin 2000, n° 99-60153, BC V n° 239).

S'agissant d'une dérogation prévue par un accord de branche étendu, celle-ci n'est pas applicable si l'un des syndicats représentatifs dans l'entreprise n'en est pas signataire ou s'il n'a pas ultérieurement adhéré à l'accord collectif et à la disposition dérogatoire concernée (cass. soc. 23 septembre 2015, n° 14-26262, BC V n° 178). Faute de compter au moins 25 cadres dans cette entreprise, les dispositions légales permettant d'instituer un 3e collège électoral n'étaient pas applicables dans cette affaire (voir aussi cass. soc. 18 février 1988, n° 86-60499, BC V n° 122 ; cass. soc. 16 novembre 1993, n° 92-60306, BC V n° 276).

En l'absence d'unanimité, les dispositions de l'accord ne sont pas applicables : il convient d'appliquer les règles légales (cass. soc. 22 novembre 2017, n° 16-24801, BC V n° 202) (voir §§ 10-1 à 10-3).

Sans un accord unanime, le tribunal judiciaire ne peut pas décider d'accorder une dérogation au nombre légal de collèges électoraux (cass. soc. 26 juin 2013, n° 12-27480, BC V n° 168).

EN PRATIQUE

S'il n'y a aucun salarié éligible dans le premier collège, le juge est, toutefois, exceptionnellement autorisé à le supprimer en l'absence d'accord unanime (cass. soc. 16 octobre 2013, n° 13-11324, BC V n° 237). Cette exception jurisprudentielle s'inscrit dans un cas particulier où la constitution d'un collège (le premier collège, en l'espèce) risquait de priver une catégorie de salariés de toute représentation (à savoir les salariés mis à disposition par des entreprises extérieures qui, en l'occurrence, relevaient tous du premier collège).

Toute modification ultérieure de l'accord doit également faire l'objet d'un accord unanime (cass. soc. 11 octobre 1994, n° 93-60446, BC V n° 273).

EN PRATIQUE

Nul besoin d'un accord unanime pour répartir les employés, techniciens et agents de maîtrise (ETAM) entre les deux premiers collèges ; ce type de clause ne modifie pas, en effet, la composition des collèges (cass. soc. 13 février 2013, n° 11-25468, BC V n° 39).

→ Accord de l'employeur

10-5 L'unanimité des syndicats ne suffit pas. L'employeur doit également être d'accord sur la dérogation au nombre légal de collèges (cass. soc. 11 juin 1992, n° 91-60260 D).

CONTENU DE L'ACCORD

10-6 L'accord peut prévoir, par exemple, un ou des collèges supplémentaires (ex. : quatre collèges) ou un collège pour représenter une catégorie particulière de salariés (ex. : des démonstrateurs dans un grand magasin, cass. soc. 16 janvier 1985, n° 84-60555, BC V n° 24 ; des journalistes dans une entreprise de presse, cass. soc. 21 novembre 1984, n° 83-61181, BC V n° 458).

COMPÉTENCE DU TRIBUNAL JUDICIAIRE EN CAS DE LITIGE SUR LES COLLÈGES ÉLECTORAUX

10-7 En cas de litige sur le nombre ou la composition des collèges électoraux, le tribunal judiciaire est seul compétent pour ordonner le retour aux dispositions légales ou pour déterminer le texte applicable (cass. soc. 18 février 1988, n° 86-60499, BC V n° 122 ; cass. soc. 25 juin 1996, n° 95-60862, BC V n° 256).

Le DREETS (ex-DIRECCTE) (depuis le 1er avril 2021) ne peut intervenir qu'en cas de désaccord sur la répartition des sièges entre les différentes catégories et sur la répartition du personnel (voir § 10-16).

Répartition du personnel et des sièges dans les collèges électoraux

RECHERCHE D'UN ACCORD

→ Accord entre l'employeur et les syndicats « à la double majorité »

10-8 La répartition du personnel dans les collèges électoraux et celle des sièges entre les différentes catégories de personnel font l'objet d'un accord entre l'employeur (ou son représentant) et les syndicats intéressés, conclu selon la règle de la double majorité (c. trav. art. L. 2314-13) (voir § 9-26). L'employeur a l'obligation de rechercher avec les syndicats un accord sur ce point (cass. soc. 7 juillet 1983, n° 83-60902, BC V n° 434).

EN PRATIQUE

En général, ces répartitions font l'objet d'une clause dans le protocole d'accord préélectoral. De simples échanges par courriers ne constituent pas un accord à proprement parler (cass. soc. 9 novembre 2011, n° 11-60029, BC V n° 255).

En cas de désaccord entre l'employeur et les syndicats sur cette répartition, voir § 10-16.

En l'absence d'interlocuteurs syndicaux, voir § 10-19.

→ Date d'appréciation

10-9 La répartition du personnel et des sièges est effectuée dans les mêmes conditions que l'établissement de la liste électorale, c'est-à-dire à la date du premier tour de scrutin (cass. soc. 20 mars 2002, n° 00-60176, BC V n° 96).

RÉPARTITION DU PERSONNEL DANS LES COLLÈGES ÉLECTORAUX

→ Méthodologie

10-10 Le protocole d'accord préélectoral doit procéder à la répartition du personnel au sein des collèges (c. trav. art. L. 2314-13). Celle-ci doit être effectuée catégorie par catégorie, c'est-à-dire en fonction de l'appartenance des électeurs à telle ou telle catégorie professionnelle et du coefficient hiérarchique afférent.

→ Critères de répartition

10-11 Pour répartir le personnel dans les collèges électoraux, il est possible de tenir compte de la nature et de l'importance des fonctions exercées, de la situation du salarié dans la hiérarchie de l'entreprise et de son taux de rémunération, par référence aux catégories professionnelles. La répartition est effectuée au regard des caractéristiques de l'emploi occupé (circ. DRT 1993-12 du 17 mars 1993, fiche 5 ; cass. soc. 28 juin 2006, n° 05-60290 D).

Le niveau d'étude normalement requis pour accéder au poste est un élément qui peut également être pris en compte (CE 24 juin 1987, n° 78425). Le titre donné par l'employeur, même s'il résulte d'un accord collectif, ou le niveau de la rémunération sont accessoires (circ. DRT 1993-12 du 17 mars 1993, fiche 5).

→ Application des dispositions conventionnelles

10-12 L'analyse des tâches individuelles exercées est la démarche normale pour décider du collège de rattachement mais il arrive que le trop grand nombre de salariés rende impossible cette méthode, faute de moyens suffisants. Dans ce cas, l'analyse des fonctions peut valablement se faire à partir des dispositions éventuellement contenues dans la convention collective ou l'accord d'entreprise applicable si ces documents décrivent les fonctions théoriquement attribuées aux différentes catégories de personnel et s'il n'est pas contesté qu'elles correspondent à celles réellement exercées (CE 24 juin 1987, n° 78425 ; CE 14 octobre 1987, n° 53049 ; circ. DRT 1993-12 du 17 mars 1993, fiche 5).

→ Exemples de classement

10-13 Il faut, en pratique, classer les salariés de la façon suivante :

- les techniciens dans le même collège que les agents de maîtrise ;
- les VRP dans le collège « Ingénieurs, chefs de service, agents de maîtrise et assimilés », sauf s'il existe un collège spécifique « VRP » recommandé en présence de 25 représentants de commerce (ANI du 3 octobre 1975, art. 4) ;
- les instituteurs et les professeurs dans le collège « Cadres » (cass. soc. 12 juin 1985, n° 84-60609, BC V n° 335) ;
- dans le premier collège, le salarié qui, malgré son titre de « chef de groupe réception », occupe un emploi d'employé ou d'ouvrier (CE 24 juin 1987, n° 71976) ;
- les « techniciens d'ateliers » prévus dans la métallurgie, exerçant occasionnellement des tâches d'encadrement, dans le collège « Ouvriers » (CE 19 juin 1989, n° 88074) ;
- les chefs de rayon et les chefs de caisse du secteur du commerce, eu égard à la nature et à l'étendue de leurs responsabilités, appartiennent à la catégorie des cadres (instr. DRT 2006-15 du 31 juillet 2006) ;
- les démonstrateurs des grands magasins dans le collège « Employés » (cass. ass. plén. 6 juillet 1990, n° 89-60581, B. plén. n° 10) ;
- les gradés de la banque dans le deuxième collège (CE 27 avril 1988, n° 60904).

POINT DE VIGILANCE

La promotion artificielle d'une salariée, décidée pour éviter qu'elle soit candidate dans son collège électoral d'origine, constitue une fraude destinée à fausser les résultats de l'élection. Le tribunal judiciaire peut maintenir la salariée dans son collège d'origine (cass. soc. 12 mars 1981, n° 80-60268, BC V n° 218).

RÉPARTITION DES SIÈGES DANS LES COLLÈGES

→ Critères de répartition

10-14 Le protocole d'accord préélectoral doit mentionner le nombre de sièges attribués à chaque catégorie, c'est-à-dire à chaque collège de salariés (c. trav. art. L. 2314-13).

En l'absence de disposition du code du travail, la répartition des sièges entre les collèges est souvent faite selon l'importance des effectifs des différentes catégories.

POINT DE VIGILANCE

Un protocole d'accord préélectoral ne peut en aucune façon priver un collège de tout siège (cass. soc. 9 novembre 2011, n° 10-25766, BC V n° 254 ; cass. soc. 4 juillet 2012, n° 11-60229, BC V n° 214).

Des circonstances tenant notamment à la nature, aux diverses activités et à l'organisation de l'entreprise peuvent toutefois permettre de déroger à la règle de la proportionnalité et de surreprésenter un collège (CE 6 décembre 1974, n° 90907).

Il est également possible de prendre en compte l'importance économique, technique et sociale de certaines catégories de personnel.

Par le passé, l'introduction de nouvelles technologies touchant essentiellement les catégories professionnelles d'un même collège pouvait plaider pour une représentation renforcée dudit collège. En revanche, l'argument d'une disparité des conditions de travail et de la nécessité de contacts fréquents entre les salariés et les élus n'a pas été retenu à l'occasion d'élections des membres du comité d'entreprise (circ. DRT 1993-12 du 17 mars 1993, fiche 6).

→ Sièges réservés

10-15 Plusieurs catégories de salariés peuvent être regroupées au sein d'un même collège.

Des sièges peuvent notamment être réservés à certaines catégories de personnel au sein de ce collège :

- › par le code du travail. À titre d'exemple, un siège d'élu titulaire est réservé au sein du second collège, dans les entreprises occupant au moins 501 salariés, aux ingénieurs, chefs de service et cadres administratifs, commerciaux ou techniques assimilés dans les entreprises d'au moins 501 salariés (voir § 10-3) (c. trav. art. L. 2314-11) ;
- › ou par accord. Le protocole d'accord peut prévoir par accord entre l'employeur et les syndicats concernés, de faciliter, s'il y a lieu, la représentation des salariés travaillant en équipes successives ou dans des conditions qui les isolent de l'ensemble des autres salariés (c. trav. art. L. 2314-15). Il en est ainsi pour les travailleurs à domicile, VRP, chauffeurs routiers, journalistes. Un accord qui réserve un siège à une catégorie de salariés n'interdit pas l'élection de plusieurs salariés de cette catégorie (cass. soc. 9 octobre 1985, n° 85-60304, BC V n° 443).

À NOTER Dans les entreprises de travail temporaire (ETT), un accord peut être conclu en vue d'assurer, par la répartition des sièges, une représentation équitable du personnel permanent et du personnel temporaire (c. trav. art. L. 2314-16).

EN CAS DE DÉSACCORD SUR LA RÉPARTITION DU PERSONNEL ET DES SIÈGES

→ Compétence du DREETS

10-16 Saisine du DREETS. Dans le cas où un accord sur la répartition du personnel entre les collèges électoraux et la répartition des sièges entre les différentes catégories ne peut pas être obtenu, le DREETS du siège de l'entreprise (ou de l'établissement concerné) est compétent pour trancher le désaccord (c. trav. art. L. 2314-13 et R. 2314-3).

Cette compétence est liée à un désaccord.

Si aucun syndicat ne s'est manifesté lors des négociations, l'employeur décide unilatéralement des modalités de l'élection (voir § 10-19).

Le DREETS peut donc intervenir sous réserve que :

› au moins un syndicat ait répondu à l'invitation de négocier le protocole préélectoral ;

› l'employeur et les syndicats ne soient pas parvenus à s'entendre sur cette question.

La seule intention d'un syndicat de participer à la négociation préélectorale suffit à justifier qu'il y a eu tentative de négocier et non absence d'interlocuteurs (cass. soc. 9 mai 2018, n° 17-26522, BC V n° 79). Dans cette affaire, le syndicat avait participé à une première réunion et échangé en vue d'une seconde réunion sans finalement y participer faute de participants disponibles et face au refus de l'employeur de changer la date. Il y avait bien un syndicat ayant l'intention de participer à la négociation et l'employeur aurait dû saisir le DREETS.

POINT DE VIGILANCE

Le DREETS est compétent même si (cass. soc. 22 janvier 2020, n° 19-12896 FPB) :
- aucun constat formel de désaccord entre l'employeur et les syndicats n'a été établi, pourvu que les délégués syndicaux aient effectivement obtenu les informations sur les effectifs permettant la négociation, que les négociations aient bien eu lieu et que celles-ci n'aient abouti à aucun accord ;
- les mandats des élus sortants ont expiré au moment de la saisine du DREETS.

EN PRATIQUE

La saisine du DREETS suspend le processus électoral : l'employeur ne peut pas procéder aux élections jusqu'à la décision de l'administration. Cette saisine entraîne également la prorogation des mandats des élus en cours jusqu'à la proclamation des résultats du premier tour du scrutin (c. trav. art. L. 2314-13).

10-17 Décision du DREETS. Le DREETS procède à la répartition du personnel en tenant compte de la composition des collèges fixée par l'accord préélectoral ou, en son absence, selon les règles légales.

Il doit attribuer, au sein d'un même collège électoral, un nombre égal de sièges aux titulaires et aux suppléants (CE 17 novembre 2010, n° 335930). Un même collège ne peut donc pas comprendre uniquement des sièges de titulaires ou uniquement des sièges de suppléants ou encore un nombre de suppléants inférieur au nombre de titulaires.

La décision du DREETS doit intervenir au plus tard dans un délai de 2 mois à compter de la réception de la contestation et doit être notifiée par LRAR avec indication des voies et délais de recours (c. trav. art. R. 2314-3).

POINT DE VIGILANCE

La décision du DREETS s'impose à tous (cass. soc. 28 avril 1977, n° 76-60287, BC V n° 277). Elle peut, toutefois, faire l'objet d'un recours contentieux devant le tribunal judiciaire dans un délai de 15 jours suivant sa notification (voir § 10-18).

→ Compétence du tribunal judiciaire

10-18 Le tribunal judiciaire est compétent :

› en cas de litige portant sur l'appartenance individuelle d'un salarié à une catégorie en vue de son classement dans l'un des collèges électoraux (cass. soc. 12 mars 1981, n° 80-60268, BC V n° 218) ;

› en cas de contestation des décisions prises par le DREETS sur la répartition du personnel et des sièges (c. trav. art. L. 2314-13 et R. 2314-3).

POINT DE VIGILANCE

La compétence du juge judiciaire à l'encontre d'une décision du DREETS dans le cadre du processus électoral est exclusive de tout autre contentieux, c'est-à-dire qu'elle ne peut faire l'objet ni d'un recours hiérarchique, ni d'un recours devant le tribunal administratif.

EN L'ABSENCE D'INTERLOCUTEURS SYNDICAUX

10-19 Lorsqu'aucun syndicat intéressé ne s'est présenté pour négocier le protocole, il revient alors à l'employeur de décider lui-même de la répartition des salariés et des sièges dans les collèges sans avoir à saisir le DREETS (c. trav. art. L. 2314-14).

11 Salariés électeurs : conditions et listes électorales

Conditions d'électorat
- Quatre conditions à remplir 11-1
- Date d'appréciation : 1er tour du scrutin 11-2

Être salarié de l'entreprise
- Titulaire d'un contrat de travail....... 11-3
- Condition d'ancienneté 11-16
- Réduction de la condition d'ancienneté par voie administrative ou conventionnelle 11-23

Conditions relatives à l'âge et à la capacité électorale
- Avoir 16 ans révolus 11-25
- Jouir de ses droits civiques 11-26

Listes électorales
- Constitution des listes électorales 11-27
- Publicité des listes électorales....... 11-30
- Durée de validité de la liste électorale 11-33
- Litiges relatifs à l'électorat et aux listes électorales................. 11-36

Conditions d'électorat

QUATRE CONDITIONS À REMPLIR

11-1 Pour être électeur, il est nécessaire d'être salarié de l'entreprise (voir § 11-3), d'avoir 16 ans révolus (voir § 11-25), de travailler dans l'entreprise depuis au moins 3 mois (voir § 11-16) et de jouir de ses droits civiques (voir § 11-26) (c. trav. art. L. 2314-18).

À NOTER Compte tenu de la similitude des textes en la matière, la jurisprudence et les réponses administratives rendues à propos des IRP précédemment en place gardent, à notre avis, toute leur valeur. Les arrêts et réponses indiqués dans nos développements ci-après sont donc, en toute vraisemblance, transposables au CSE.

DATE D'APPRÉCIATION : 1ER TOUR DU SCRUTIN

11-2 L'appréciation des conditions d'électorat doit être faite à la date de l'élection, c'est-à-dire à la date du premier tour de scrutin (cass. soc. 6 juillet 1983, n° 82-60613, BC V n° 188 ; cass. soc. 1er décembre 2010, n° 10-60163, BC V n° 278).

EN PRATIQUE

Un protocole d'accord préélectoral ne peut pas retenir, pour l'appréciation des conditions d'électorat, une date antérieure au premier tour du scrutin (cass. soc. 1er décembre 2010, n° 10-60163, BC V n° 278 ; cass. soc. 26 septembre 2012, n° 11-25420, BC V n° 238 ; cass. soc. 25 septembre 2017, n° 16-17740 D).

Être salarié de l'entreprise

TITULAIRE D'UN CONTRAT DE TRAVAIL

→ Nécessité d'un lien de subordination

11-3 Toute personne qui travaille sous la subordination juridique de l'employeur, moyennant une rémunération, peut être électeur (c. trav. art. L. 2314-18). Peu importe le sexe, la nationalité, les horaires de travail, la durée du contrat, le statut et la fonction du salarié concerné. Un accord d'entreprise ne peut y déroger (cass. soc. 24 juin 1998, n° 97-60077, BC V n° 341). Le fait que certains salariés soient régis par une convention collective différente de celle du personnel de l'entreprise n'a pas d'incidence sur leur électorat (cass. soc. 20 juillet 1981, n° 80-60449, BC V n° 708).

- **Employeur.** L'employeur qui dirige l'entreprise et qui dispose du pouvoir d'embauche et de sanction sur le personnel de l'entreprise ne peut pas participer aux élections du CSE : il n'est donc pas électeur.
- **Stagiaire.** Le stagiaire qui n'est pas titulaire d'un contrat de travail n'est pas électeur.

→ Catégories de salariés pouvant être électeurs

11-4 Sous réserve de remplir les autres conditions (voir § 11-1), les salariés suivants peuvent participer à l'élection du CSE :

› les salariés sous contrat à durée indéterminée ;

› les salariés à temps partiel, même s'ils ne travaillent que quelques heures par semaine pour l'employeur (cass. soc. 16 mai 1979, n° 78-60754, BC V n° 418), sachant que les salariés qui travaillent simultanément dans plusieurs entreprises ont la faculté de voter dans chacune d'elles (cass. soc. 7 juillet 1977, n° 77-60497, BC V n° 478) ;

› les salariés sous contrat à durée déterminée, lorsque leur contrat est en cours au jour de l'élection (cass. soc. 30 mai 1996, n° 93-60329 D), y compris s'ils remplacent un salarié absent (cass. soc. 17 mai 1994, n° 93-60329 D) ;

› les salariés temporairement absents (ex. : maladie, maternité, formation) (voir § 11-5) ;

› les salariés titulaires d'un contrat aidé (cass. soc. 8 avril 1992, n° 91-60264, BC V n° 263), et par analogie, ceux titulaires d'un contrat de professionnalisation ou d'apprentissage ;

› les télétravailleurs (ANI du 19 juillet 2005, étendu par arrêté du 30 mai 2006) ;

› les VRP, sachant que s'ils sont multicartes, ils votent chez chacun de leurs employeurs (cass. soc. 17 mai 1994, n° 93-60329 D) ;

› les travailleurs à domicile ;

› les salariés démissionnaires ou licenciés, pendant la période de préavis, effectué ou non (cass. soc. 10 mai 1978, n° 78-60049, BC V n° 347 ; cass. soc. 14 mars 2018, n° 17-14028 D) ;
› les vendeurs à domicile (dès lors qu'est démontrée l'existence d'un lien de subordination, cass. soc. 28 septembre 2005, n° 04-60517 D) ;
› les salariés travaillant dans plusieurs établissements d'une même entreprise, sachant qu'ils sont électeurs dans l'établissement où ils exercent leur principale activité (cass. soc. 13 octobre 2004, n° 03-60344 D) ;
› les salariés handicapés employés dans les entreprises (adaptées ou non) (cass. soc. 17 décembre 1984, n° 84-60909, BC V n° 495), à l'exception de ceux qui sont accueillis par un centre d'aide par le travail (n'ayant pas dans ce cas la qualité de salarié, ils ne sont pas électeurs ; cass. soc. 1er décembre 2010, n° 10-60163 BC V n° 278).

➜ Cas particuliers

11-5 **Salariés dont le contrat de travail est suspendu.** Les salariés temporairement absents, quelle que soit la cause de cette absence, peuvent voter. Il en est ainsi, pour des absences résultant notamment :
› de la maladie, d'un accident du travail ou d'une maladie professionnelle ;
› du congé de maternité ou du congé parental d'éducation (cass. soc. 8 avril 1992, n° 90-60531, BC V n° 264) ;
› du congé sabbatique ou de convenance personnelle ;
› d'un congé de formation professionnelle (cass. soc. 14 janvier 1982, n° 81-60850, BC V n° 21) ;
› d'une période d'activité partielle (cass. soc. 17 décembre 1984, n° 84-60909, BC V n° 494) et d'activité partielle de longue durée (APLD) ;
› d'une mise à pied (cass. soc. 20 mars 1974, n° 74-60003, BC V n ° 197).

Les salariés dispensés d'activité dans l'entreprise mais percevant de celle-ci une garantie de ressources calculée sur le salaire brut demeurent également électeurs (cass. soc. 2 décembre 1992, n° 91-60275, BC V n° 662). À notre avis, il en est de même, pour les salariés dont l'absence se prolonge en dehors de tout maintien de leur rémunération. La participation au vote des salariés dont le contrat est suspendu ne semble plus liée à la perception d'une rémunération.

11-6 **Salariés intérimaires.** Les intérimaires (c'est-à-dire les travailleurs mis à disposition par une ETT) sont électeurs dans l'ETT dès lors qu'ils sont liés à celle-ci par un contrat de travail temporaire au moment de la constitution des listes et qu'ils remplissent la condition d'ancienneté (voir §§ 11-16 et 11-19) (c. trav. art. L. 2314-22 ; cass. soc. 28 février 2007, n° 06-60171, BC V n° 34 ; cass. soc. 1er avril 2008, n° 07-60287, BC V n° 77).

POINT DE VIGILANCE

Les intérimaires qui ont fait connaître à l'ETT qu'ils n'entendent plus bénéficier d'un nouveau contrat ou ceux auxquels cet entrepreneur a notifié sa décision de ne plus faire appel à eux pour de nouveaux contrats ne sont pas électeurs (c. trav. art. L. 2314-22).

11-7 **Salariés mis à disposition : droit d'option.** Sous réserve de remplir les autres conditions, les salariés mis à disposition peuvent être électeurs dans l'entreprise utilisatrice s'ils remplissent, à la date de l'élection, les conditions suivantes (c. trav. art. L. 2314-23) :

› répondre aux conditions de prise en compte dans les effectifs (voir § 3-18), ce qui suppose notamment une présence dans les locaux ;
› et justifier d'une présence de 12 mois continus.

• **Entreprise multisite.** Lorsque l'entreprise utilisatrice est divisée en établissements distincts et qu'un salarié mis à disposition travaille au sein de plusieurs d'entre eux, ce salarié n'a pas le choix, il doit, en effet, être inscrit sur la liste électorale de l'établissement où il exerce principalement son activité (cass. soc. 8 décembre 2010, n° 10-60126, BC V n° 284).

EN PRATIQUE

Les salariés mis à disposition doivent choisir l'entreprise dans laquelle ils vont exercer leurs droits de vote (c. trav. art. L. 2314-23). Ces dispositions sont d'ordre public et un accord collectif ne saurait priver des salariés mis à disposition de ce droit d'option (CE 23 décembre 2010, n° 332493). Concrètement, les salariés mis à disposition d'une entreprise extérieure ne peuvent plus voter dans leur entreprise d'origine s'ils ont choisi d'exercer leur droit de vote dans l'entreprise d'accueil.

POINT DE VIGILANCE

Les salariés mis à disposition d'une autre entreprise sont électeurs dans leur entreprise d'origine même s'ils avaient précédemment décidé de voter dans leur entreprise d'accueil lors des élections des IRP précédentes. En effet, le droit d'option des salariés mis à disposition décidé sous l'empire des anciens textes ne peut les priver du droit de vote et d'éligibilité au CSE de leur entreprise d'origine (cass. soc. 13 février 2019, n° 16-60149 FPB). Selon la Cour de cassation, ce choix antérieur ne peut pas leur être opposé alors que les règles ont changé et qu'elles interdisent aux salariés mis à disposition d'être éligibles aux élections du CSE de l'entreprise d'accueil (voir § 12-11).

Le droit d'option s'exerce au moment de l'organisation des élections professionnelles dans l'entreprise d'accueil (cass. soc. 26 mai 2010, n° 09-60400, BC V n° 114). C'est donc à cette date que ces salariés doivent être mis en mesure d'exercer leur droit d'option. Autrement dit, le fait que les salariés en question aient été inscrits sur les listes électorales de leur entreprise d'origine et y aient voté ne peut pas les priver en soi de leur droit de choisir de voter dans l'entreprise utilisatrice.

EN PRATIQUE

Les entreprises, employeurs de salariés mis à disposition, doivent établir et communiquer aux entreprises utilisatrices la liste de ces salariés remplissant les critères d'électorat et ayant fait le choix de voter dans l'entreprise utilisatrice afin que les élections puissent être organisées régulièrement (circ. DGT 2008-20 du 13 novembre 2008). Une annexe à cette circulaire décrit les conditions dans lesquelles l'entreprise prestataire fournit à l'entreprise utilisatrice toutes les données nécessaires (liste des salariés remplissant les critères et ayant fait le libre choix). L'entreprise, tenue d'inscrire sur la liste électorale les salariés mis à disposition remplissant les conditions d'électorat exigées, doit systématiquement les interroger sur leur choix ; peu importe qu'ils aient ou non déjà voté chez leur employeur (cass. soc. 26 mai 2010, n° 09-60400, BC V n° 114).

11-8 Salariés mis à disposition d'un GIE. Les salariés de sociétés membres d'un groupement d'intérêt économique (GIE) mis à la disposition de ce groupement sont électeurs pour les élections au CSE de la société membre du groupement à laquelle ils sont rattachés (cass. soc. 19 octobre 1993, n° 92-60582 D) et non pour celles du CSE du GIE (cass. soc. 11 juillet 1989, n° 88-60713, BC V n° 512).

11-9 Salariés portés. Les salariés portés d'une entreprise de portage salarial sont électeurs dans cette entreprise dès lors qu'ils justifient de la condition d'ancienneté de 3 mois et qu'ils sont en cours de prestation de portage dans le cadre d'un contrat de travail conclu avec l'entreprise de portage lors de la confection des listes (c. trav. art. L. 2314-24).

11-10 Agents publics détachés dans une entreprise privée. Un agent public mis à la disposition d'un organisme de droit privé afin d'accomplir un travail pour le compte de celui-ci et sous sa direction est lié à cet organisme par un contrat de travail (cass. soc. 15 juin 2010, n° 09-69453, BC V n° 139). Salarié à part entière de l'entreprise d'accueil, il doit être pris en compte dans l'effectif de celle-ci selon les règles de droit commun (voir § 3-8) et non selon celles applicables aux salariés mis à disposition (cass. soc. 20 juin 2012, n° 11-20145, BC V n° 191 ; cass. soc. 17 avril 2013, n° 12-21581, BC V n° 101). Il peut donc y être électeur (cass. soc. 20 juin 2012, n° 11-20145, BC V n° 191).

11-11 Salariés travaillant à l'étranger. Les salariés détachés ou expatriés à l'étranger dans une filiale ou succursale de la société mère conservent un lien de subordination avec elle : ils continuent par conséquent d'être électeurs (cass. soc. 29 janvier 1992, n° 90-60526, BC V n° 53 ; cass. soc. 18 juillet 2001, n° 00-60231 D).

À l'inverse, les salariés recrutés à l'étranger pour y exercer définitivement et exclusivement leur activité ne sont pas électeurs dans l'entreprise française (cass. soc. 5 décembre 2000, n° 99-60218 D).

11-12 Cadres dirigeants et salariés « assimilés à l'employeur ». Les salariés « assimilés à l'employeur » sont, en principe, exclus de l'électorat dès lors qu'ils :

› détiennent sur un service, un département ou un établissement de l'entreprise une délégation particulière, établie par écrit, permettant de les assimiler à un employeur (cass. soc. 6 mars 2001, n° 99-60553, BC V n° 73 ; cass. soc. 26 septembre 2002, n° 01-60670, BC V n° 285). Peu importe que cette délégation n'ait pas été expressément acceptée par l'intéressé (cass. soc. 4 avril 2007, n° 06-60124, BC V n° 63) ;

› représentent effectivement l'employeur devant les IRP (ex. : aux réunions avec les IRP et dont le nom est mentionné sur les P-V de réunion comme représentant de l'employeur) (cass. soc. 25 janvier 2006, n° 05-60158, BC V n° 39 ; cass. soc. 29 novembre 2017, n° 17-10326 D ; cass. soc. 12 avril 2018, n° 17-19822 D). Il en est de même des salariés qui sont les interlocuteurs des représentants de proximité (membres du CSE ou non) (cass. soc. 31 mars 2021, n° 19-25233 FP).

Faute d'autonomie en matière d'exercice du pouvoir disciplinaire, des salariés ne peuvent pas être assimilés à l'employeur et exclus de l'électorat (cass. soc. 10 mars 2016, n° 15-17954 D). Dans cette affaire, les salariés, chefs de site, ne pouvaient définir les mesures disciplinaires à l'encontre des collaborateurs rattachés qu'en liaison avec la DRH de la société, ils ne pouvaient donc pas être privés de leur droit de vote.

La délégation ne découle pas nécessairement des fonctions du salarié, il faut que les deux conditions ci-dessus soient remplies. Par conséquent, la fonction de responsable d'une agence sans remplir l'un ou l'autre critère de la délégation d'autorité ne suffit pas à interdire au salarié d'être électeur (et donc dans cette affaire, d'exercer les fonctions de représentants syndical au CSE) (cass. soc. 20 mars 2013, n° 12-11702, BC V n° 79).

POINT DE VIGILANCE

Un contentieux de longue haleine oppose une enseigne de la grande distribution à un syndicat sur la question de l'exclusion des dirigeants de magasin des élections professionnelles. Ce litige a pris une nouvelle dimension avec la transmission au Conseil constitutionnel d'une question prioritaire de constitutionnalité : le fait que les salariés inéligibles soient de ce seul fait privés de la possibilité de participer en tant qu'électeur à l'élection des membres du CSE constitue-t-il une atteinte non proportionnée au principe de participation des travailleurs, reconnu à l'alinéa 8 du Préambule de la Constitution de 1946 ? Pour la Cour de cassation, cette question présentant effectivement un caractère sérieux a donc été renvoyée au Conseil constitutionnel qui a 3 mois pour se prononcer (loi 2009-1523 du 10 décembre 2009, art. 23-10) (cass. soc. 15 septembre 2021, n° 21-40013 FSB).

11-13 **Salariés exerçant des fonctions syndicales.** Le salarié détaché par leur société auprès du CSE demeure électeur dans l'entreprise, ce détachement n'étant qu'une modalité d'exécution du contrat de travail le liant à son employeur (cass. soc. 19 mai 1988, n° 87-60218, BC V n° 302).

Il en est de même pour le salarié détaché dans des fonctions syndicales à l'échelon régional ou national s'il continue à être rémunéré par l'entreprise (cass. soc. 27 novembre 1980, n° 80-60208, BC V n° 861).

Il semblerait qu'il en soit de même s'il est détaché sans solde, en vertu d'un accord collectif, pour exercer un mandat syndical (c. trav. art. L. 2135-7).

À NOTER Lorsque le défenseur syndical est salarié, il est, à notre sens, électeur.

11-14 **Salariés occasionnels et intermittents.** Les salariés occasionnels intermittents ou vacataires peuvent participer au vote s'ils ont travaillé dans l'entreprise de manière habituelle au cours des 3 derniers mois (cass. soc. 24 septembre 2008, n° 07-60310, BC V n° 180). Ainsi, peuvent être électeurs un extra employé en moyenne 14 jours par mois (cass. soc. 30 mai 1996, n° 95-60599 D), les étudiants en médecine stagiaires qui effectuent des remplacements depuis plus de 6 mois (cass. soc. 25 juin 1981, n° 79-60330, BC V n° 607), les médecins vacataires chargés de collecter du sang pour une association 22 à 55 heures par mois au cours d'un trimestre (cass. soc. 4 juin 1986, n° 85-60616, BC V n° 275).

11-15 **Salariés protégés irrégulièrement licenciés.** Les salariés en cours de réintégration ou ceux qui demandent leur réintégration dans les 2 mois suivant la notification de la décision de retrait de l'administration sont électeurs (cass. soc. 30 avril 2002, n° 01-60765, BC V n° 139).

CONDITION D'ANCIENNETÉ

→ Ancienneté minimale de 3 mois

11-16 Sauf dérogations (voir §§ 11-23 et 11-24), les salariés qui justifient d'une ancienneté d'au moins 3 mois sont électeurs si les autres conditions sont satisfaites (c. trav. art. L. 2314-18).

• **Salariés mis à disposition.** Un salarié mis à disposition par une entreprise extérieure est électeur dans l'entreprise utilisatrice s'il remplit :
– les conditions pour être décompté dans les effectifs de l'entreprise utilisatrice (être présent dans les locaux de l'entreprise utilisatrice et y travailler depuis au moins 1 an) (c. trav. art. L. 1111-2) ;
– la condition de présence dans cette entreprise de 12 mois continus (c. trav. art. L. 2314-23).

→ Détermination de l'ancienneté

11-17 **Ancienneté arrêtée à la date du premier tour de scrutin.** L'ancienneté doit être appréciée à la date du premier tour du scrutin (voir § 11-2). Elle est calculée en tenant compte des éléments suivants :
› l'ancienneté des salariés à temps partiel est calculée comme s'ils avaient été occupés à plein temps (c. trav. art. L. 3123-12) ;
› la période d'essai entre en compte pour le calcul de l'ancienneté, quelle qu'en ait été sa durée.

• **Covid-19 : exception à la règle de principe de détermination de l'ancienneté.** Dans le contexte de l'état d'urgence sanitaire lié au covid-19, les conditions d'électorat devaient être appréciées à la date de chacun des deux tours du scrutin. Cette dérogation à la règle classique s'expliquait par le fait que la période de suspension du processus électoral avait pu entraîner un écart de plusieurs mois entre les deux tours (ord. 2020-389 du 1er avril 2020, texte 25 art. 1, III, JO du 2). Par conséquent, un salarié qui ne remplissait pas les conditions pour voter, au premier tour, pouvait, le cas échéant remplir ces conditions pour participer au second tour.

11-18 **Contrat de travail suspendu.** La suspension du contrat de travail, quelle qu'en soit la cause (congés, absences pour maladie, etc.) n'a pas pour effet d'annuler l'ancienneté acquise auparavant : il convient d'additionner les périodes de travail pour calculer l'ancienneté du salarié, en y ajoutant les périodes d'absence assimilées par la loi ou les conventions collectives à du temps de travail effectif.

• **Absences assimilées par la loi à du temps de travail effectif.** Sont notamment assimilés à du temps de travail effectif pour le décompte de l'ancienneté :
– les arrêts de travail pour accident du travail ou maladie professionnelle (c. trav. art. L. 1226-7) ;
– les congés formation (c. trav. art. L. 6322-13) ;
– l'appel de préparation à la défense (c. trav. art. L. 3142-97) ;
– le congé parental d'éducation, la durée du congé est toutefois prise pour moitié pour le calcul de l'ancienneté (c. trav. art. L. 1225-54) ;
– le congé de maternité (c. trav. art. L. 1225-24) ;
– les absences rémunérées pour examens médicaux des femmes enceintes (c. trav. art. L. 1225-16) ;
– les congés de formation économique, sociale et syndicale (c. trav. art. L. 2145-10 et L. 2315-63).

11-19 **Embauche après un CDD ou une mission d'intérim.** Lorsque, à l'issue d'un contrat à durée déterminée, un salarié est embauché sous contrat à durée indéterminée, il conserve l'ancienneté acquise au terme du premier contrat (c. trav. art. L. 1243-11).

EN PRATIQUE

Pour calculer l'ancienneté des travailleurs intérimaires, il faut totaliser la durée des contrats de travail temporaire conclus avec l'entreprise de travail temporaire (ETT) au cours des 12 mois précédents (ou 6 mois en cas de création ou d'ouverture d'établissement) (c. trav. art. L. 2314-20).

POINT DE VIGILANCE

Si, à l'issue d'une mission d'intérim, un travailleur temporaire est embauché par l'entreprise utilisatrice, la durée de la (ou des) mission(s) accomplie(s) dans cette entreprise au cours des 3 mois précédents est prise en compte pour le calcul de l'ancienneté (c. trav. art. L. 1251-38).

11-20 **Mutation du salarié et restructuration de l'entreprise : règle de l'ancienneté globale.** Lorsqu'un salarié est muté successivement dans différents établissements d'une société, il faut retenir l'ancienneté globale acquise au sein de celle-ci (cass. soc. 7 janvier 1985, n° 84-60530, BC V n° 5). Lorsque l'entreprise appartient à un groupe, il y a lieu de prendre en considération l'ancienneté acquise dans les autres filiales du groupe (cass. soc. 8 juillet 1997, n° 96-60295, BC V n° 253 ; cass. soc. 17 septembre 2014, n° 13-14706 D).

POINT DE VIGILANCE

Le changement d'employeur (en cas de succession, vente, fusion, etc.) (c. trav. art. L. 1224-1) n'interrompt pas l'ancienneté (cass. soc. 10 octobre 2000, n° 98-42189, BC V n° 315).

11-21 **Contrats successifs discontinus.** La condition d'ancienneté dans l'entreprise ne suppose pas qu'elle soit acquise au cours d'un contrat unique. Ainsi, en cas de contrats successifs à durée déterminée et discontinus, la condition d'ancienneté peut être remplie. À titre d'exemple, un salarié engagé suivant un contrat à durée déterminée du 1er avril au 31 mai puis réembauché à compter du 2 septembre avec un contrat de même nature satisfait la condition pour le scrutin du 9 novembre (cass. soc. 2 novembre 1994, n° 93-60472 D). Il en va notamment ainsi pour les travailleurs saisonniers et les extras.

EXEMPLE L'ancienneté d'un saisonnier se calcule en cumulant ses contrats, avec ou sans clause de reconduction (cass. soc. 30 septembre 2014, n° 13-21115, BC V n° 222).

11-22 **Portage salarial.** Dans les entreprises de portage salarial, la condition d'ancienneté pour les salariés en portage salarial est appréciée en totalisant les périodes pendant lesquels ces salariés ont effectué des prestations de portage dans le cadre de contrats de travail conclus avec ces entreprises au cours des 12 mois précédant l'élection. Ce délai est réduit à 6 mois en cas de création d'entreprise ou d'ouverture d'établissement (c. trav. art. L. 2314-21).

RÉDUCTION DE LA CONDITION D'ANCIENNETÉ PAR VOIE ADMINISTRATIVE OU CONVENTIONNELLE

→ Par l'inspecteur du travail

11-23 L'inspecteur du travail peut, après avoir consulté les syndicats représentatifs dans l'entreprise, autoriser des dérogations aux conditions d'ancienneté, notamment si leur application a pour effet de réduire à moins des 2/3 de l'effectif le nombre de salariés remplissant ces conditions (c. trav. art. L. 2314-25). Ce peut être le cas d'entreprises nouvellement créées ou d'entreprise à fort « turn-over ».

L'hypothèse visée par le code du travail n'est pas limitative : l'inspecteur du travail peut accorder une dérogation à la condition d'ancienneté s'il estime qu'elle peut faciliter l'élection. Sa décision peut faire l'objet d'un recours contentieux devant le tribunal judiciaire dans un délai de 15 jours suivant sa notification (c. trav. art. L. 2314-25 et R. 2314-4).

POINT DE VIGILANCE

La décision prise par l'inspecteur du travail ne peut pas faire l'objet d'un recours hiérarchique (c. trav. art. L. 2314-25).

→ Par accord collectif ou protocole préélectoral

11-24 Des dérogations à la condition d'ancienneté peuvent être prévues par voie conventionnelle. Ainsi, les conventions et accords collectifs ainsi que le protocole d'accord préélectoral peuvent valablement contenir des clauses réduisant la condition d'ancienneté fixée par la loi (cass. soc. 14 décembre 1977, n° 77-60593 D).

Conditions relatives à l'âge et à la capacité électorale

AVOIR 16 ANS RÉVOLUS

11-25 Pour être électeur, il faut avoir 16 ans accomplis à la date du premier tour du scrutin (c. trav. art. L. 2314-18).

JOUIR DE SES DROITS CIVIQUES

11-26 Le salarié électeur doit n'avoir fait l'objet d'aucune interdiction, déchéance ou incapacité relatives à ses droits civiques (c. trav. art. L. 2314-18).

Les salariés de l'entreprise sont présumés jouir de leurs droits civiques sauf preuve contraire soumise, au besoin, à la vérification du juge (cass. soc. 15 juin 1995, n° 94-60461, BC V n° 196). En conséquence, l'employeur ne peut exiger ni la production d'un extrait de casier judiciaire, ni celle de la carte d'électeur politique (cass. soc. 25 octobre 1978, n° 78-60693, BC V n° 712).

Les incapacités électorales sont de portée différente selon la nature des crimes et des délits qu'elles punissent et la durée de la peine infligée. L'incapacité électorale cesse en cas d'amnistie, de réhabilitation ou de l'application des règles de sursis. En revanche, la grâce n'efface pas la condamnation et ne met pas fin à l'incapacité électorale (c. pén. art. 133-7).

Listes électorales

CONSTITUTION DES LISTES ÉLECTORALES

→ Rôle de l'employeur

11-27 La liste électorale correspond à la liste nominative des électeurs appelés à prendre part au vote à l'élection du CSE. Cette liste comprend tous les salariés âgés d'au moins 16 ans, qui travaillent dans l'entreprise depuis 3 mois au moins et qui n'ont pas perdu leur capacité civique (c. trav. art. L. 2314-18). Elle doit être établie par l'employeur pour chaque collège en respectant la répartition des salariés par collège.

→ Inscription des salariés par collège électoral

11-28 L'inscription des salariés sur la liste électorale doit être réalisée par l'employeur selon la répartition des salariés dans les collèges [déterminés par accord ou, en cas de désaccord par le DREETS (ex-DIRECCTE) (depuis le 1er avril 2021), voire, faute de négociateurs, par l'employeur ; voir § 9-35].

EN PRATIQUE

L'employeur doit établir une liste par collège, regroupant les électeurs du collège. Chaque salarié est inscrit sur la liste de l'établissement auquel il est affecté. Les salariés votent donc dans l'établissement dans lequel ils travaillent ou auquel ils sont rattachés au moment de la constitution de ces listes.

Les salariés permanents qui travaillent sur plusieurs sites doivent être inscrits sur les listes électorales de leur lieu géographique principal de travail (cass. soc. 27 octobre 2004, n° 03-60443 D). De la même façon, lorsqu'un salarié mis à disposition travaille au sein de plusieurs établissements, il doit être inscrit sur la liste électorale de l'établissement où il exerce principalement son activité (cass. soc. 8 décembre 2010, n° 10-60126, BC V n° 284).

Toutefois, lorsque la liste est modifiée après publication, l'employeur est tenu de l'actualiser (voir § 11-34).

POINT DE VIGILANCE

Si l'employeur a un doute quant à l'électorat d'un salarié, il ne peut pas refuser de l'inscrire sur la liste électorale et se faire juge de la validité des candidatures (cass. soc. 30 mars 2004, n° 02-60613 D). Toutefois, il peut contester le droit de vote du salarié concerné devant le tribunal judiciaire (voir § 11-36).

→ Contenu de la liste électorale

11-29 Chaque liste doit contenir les indications permettant d'identifier les électeurs et de vérifier si les conditions d'électorat sont remplies, à savoir (cass. soc. 20 mars 2002, n° 00-60315, BC V n° 95 ; cass. soc. 17 décembre 2003, n° 02-60394 D) :

- les nom et prénoms ;
- l'âge ;
- l'appartenance à l'entreprise ;
- l'ancienneté dans l'entreprise.

- **Indication de la proportion de femmes et d'hommes.** L'indication de la proportion de femmes et d'hommes composant chaque collège électoral (qui doit figurer dans le protocole d'accord préélectoral) doit être reportée sur la liste électorale (c. trav. art. L. 2314-13) (voir § 9-21).
- **Coefficient hiérarchique des salariés.** Le tribunal judiciaire ne peut pas ordonner l'affichage des coefficients hiérarchiques des salariés sur les listes électorales, compte tenu du caractère personnel de ces données (cass. soc. 20 juin 2012, n° 11-19643, BC V n° 190). En revanche, les syndicats peuvent en obtenir la communication (voir § 11-32).

POINT DE VIGILANCE

Toute autre mention peut être inscrite sur la liste électorale dès lors qu'il ne s'agit pas d'une mention de nature personnelle [par ex. : l'adresse du domicile des salariés ou le coefficient hiérarchique des salariés, n'ayant pas à figurer sur les listes électorales (cass. soc. 20 mars 2002, n° 00-60315, BC V n° 95 ; cass. soc. 20 juin 2012, n° 11-19643, BC V n° 190)].

Modèle

Liste électorale (exemple)

LISTE ÉLECTORALE AVEC DEUX COLLÈGES			
Nom et prénoms	**Date de naissance**	**Ancienneté dans l'entreprise**	**Appartenance à l'entreprise**
Collège ouvriers et employés			
Nombre de femmes et nombre d'hommes du collège ouvriers et employés (*)			
Collège cadres (ingénieurs, chefs de service, techniciens, agents de maîtrise et assimilés)			
Nombre de femmes et nombre d'hommes du collège cadres (*)			
* Le protocole d'accord préélectoral doit mentionner la proportion de femmes et d'hommes composant chaque collège électoral. Cette mention peut être portée sur les listes électorales (c. trav. art. L. 2314-13).			

PUBLICITÉ DES LISTES ÉLECTORALES

→ Publication au plus tard 4 jours avant la date du scrutin

11-30 Les listes électorales doivent être publiées dans l'établissement afin que les salariés puissent en prendre connaissance et, le cas échéant, les contester.

La publication des listes électorales fait courir le délai de 3 jours pendant lequel les contestations concernant l'inscription sur les listes électorales peuvent être soulevées (c. trav. art. R. 2314-24). Les listes électorales doivent être, en conséquence, affichées dans l'établissement au moins 4 jours avant la date du scrutin.

POINT DE VIGILANCE

Si l'employeur omet de publier les listes, le délai imparti pour les contester ne court pas. L'absence de publication des listes pourrait constituer une irrégularité pouvant justifier l'annulation des élections lorsqu'elle aboutit à une insuffisance d'information des électeurs.

→ Modalités de publicité

11-31 En l'absence de précision du code du travail sur la forme que doit prendre la publication des listes électorales, c'est généralement le protocole d'accord préélectoral ou la convention collective qui arrête le mode de publicité à retenir.

Les listes électorales sont, le plus souvent, soit affichées, soit tenues à la disposition du personnel en un lieu libre d'accès.

D'autres formules peuvent être prévues à condition que les salariés puissent prendre connaissance des listes sans difficulté.

Modèle

Note d'information relative à la publication des listes électorales

Objet : publication des listes électorales

Les listes électorales en vue des élections du CSE, qui se dérouleront le ..., peuvent être consultées à ..., de ... à ... heures, à compter de ce jour.

Fait à ..., le ....

La Direction

→ Communication aux syndicats sur demande

11-32 Lorsqu'un syndicat représentatif en fait la demande, l'employeur est tenu de lui communiquer copie des listes électorales (cass. soc. 17 janvier 2001, n° 99-60471 D ; cass. soc. 20 mars 2002, n° 00-60315, BC V n° 95). Cette obligation concerne aussi tout syndicat intéressé convié à la négociation du protocole préélectoral. Ni l'employeur ni les salariés ne peuvent s'y opposer.

L'obligation de loyauté à laquelle est tenu l'employeur dans le cadre des négociations préélectorales l'oblige à fournir aux syndicats intéressés, qui en font la demande, les éléments nécessaires au contrôle de l'effectif de l'entreprise et de la régularité des listes électorales (cass. soc. 13 mai 2009, n° 08-60530, BC V n° 130).

Pour satisfaire à cette obligation, l'employeur a ainsi deux options. Il peut (cass. soc. 6 janvier 2016, n° 15-10975, BC V n° 2) :

› soit mettre à la disposition des syndicats le registre unique du personnel et les données sociales nominatives (DSN) des années concernées dans des conditions permettant l'exercice effectif de leur consultation ;

› soit communiquer des copies ou extraits desdits documents, expurgés des éléments confidentiels (notamment relatifs à la rémunération des salariés).

Dans le cadre de la vérification de la régularité des inscriptions des listes électorales établies pour chacun des collèges, les syndicats peuvent également demander à l'employeur la communication des coefficients hiérarchiques des salariés (cass. soc. 20 juin 2012, n° 11-19643, BC V n° 190).

À NOTER Dès lors que la liste électorale a été affichée, l'absence de communication de cette liste à un syndicat (qui ne conteste pas l'éligibilité des élus) ne justifie pas l'annulation des élections (cass. soc. 4 juin 2003, n° 02-60034, BC V n° 186).

DURÉE DE VALIDITÉ DE LA LISTE ÉLECTORALE

→ Liste électorale valide pour les deux tours

11-33 Les conditions d'électorat devant être remplies à la date de l'élection, la liste électorale est établie pour les deux tours (cass. soc. 6 juillet 1983, n° 82-60613, BC V n° 399 ; cass. soc. 18 novembre 2008, n° 07-60359, BC V n° 225). Le renouvellement de l'affichage en vue du second tour constitue un simple rappel n'ouvrant pas de droits nouveaux dans la mesure où l'électorat et l'éligibilité s'apprécient à la date de l'élection du premier tour (cass. soc. 7 mars 1990, n° 89-60283, BC V n° 105 ; cass. soc. 1er décembre 2010, n° 10-60163, BC V n° 278).

→ Actualisation obligatoire en cas de modification de l'effectif dans un certain délai

11-34 Si un changement dans l'effectif survient à l'issue de la publication d'une liste électorale, l'employeur doit actualiser la liste (cass. soc. 20 mars 2002, n° 01-60482, BC V n° 96). Dès lors que des salariés ont été régulièrement inscrits sur la liste électorale d'un premier établissement, leur mutation dans un autre établissement, sans rectification de la liste électorale, ne les prive pas du droit d'être électeurs et éligibles dans leur premier établissement (cass. soc. 26 novembre 2003, n° 03-60036, BC V n° 299).

POINT DE VIGILANCE

La rectification doit intervenir au plus tard le 4e jour avant la date du premier tour puisque les listes électorales doivent être publiées dans l'entreprise (ou l'établissement concerné) au moins 4 jours avant la date du scrutin (c. trav. art. R. 2314-24).

EN PRATIQUE

L'employeur qui n'a pas procédé à la modification de la liste électorale n'est pas fondé à contester la candidature au second tour des élections de salariés qui ne figuraient pas sur la liste (cass. soc. 20 mars 2002, n° 01-60482, BC V n° 96).

→ Pas de modification entre les deux tours sauf exception

11-35 L'employeur commet une irrégularité qui peut, si elle influence le résultat du scrutin, justifier l'annulation des élections s'il met à jour la liste électorale entre les deux tours d'une élection (cass. soc. 26 avril 2006, n° 05-60285 D).

Ce n'est toutefois pas le cas lorsqu'un employeur réactualise, entre les deux tours, la liste électorale en y retirant des salariés ayant quitté l'entreprise. En effet, cette irrégularité n'a pas eu d'incidence sur les résultats du scrutin puisque seuls ceux qui sont salariés au jour du second tour peuvent prendre part au vote ce jour-là (cass. soc. 18 novembre 2008, n° 07-60359, BC V n° 225).

LITIGES RELATIFS À L'ÉLECTORAT ET AUX LISTES ÉLECTORALES

11-36 La contestation peut porter sur l'électorat de tel ou tel salarié, sur la répartition des électeurs dans les collèges ou encore sur la confection et la publication des listes.

Les contestations liées à l'électorat sont portées devant le tribunal judiciaire par voie de requête dans les 3 jours suivant leur publication (c. trav. art. R. 2314-23 et R. 2314-24).

Le tribunal judiciaire statue dans les 10 jours de sa saisine. Sa décision est seulement susceptible de pourvoi en cassation dans un délai de 10 jours (c. trav. art. L. 2314-32, R. 2314-23 et R. 2314-25).

Pour plus de détails sur l'objet, les auteurs et les délais des contestations, se reporter à la fiche sur le contentieux électoral (voir §§ 17-1 et s.).

Listes des candidats

1 QUELLES SONT LES CONDITIONS POUR ÊTRE CANDIDAT ?

ÊTRE MAJEUR + AVOIR AU MOINS UN AN D'ANCIENNETÉ + JOUIR DE SES DROITS CIVIQUES

ATTENTION, CERTAINES PERSONNES NE PEUVENT PAS ÊTRE CANDIDATES : ÉPOUX, PARTENAIRE DE PACS OU CONCUBIN DE L'EMPLOYEUR, AINSI QUE SES ASCENDANTS, DESCENDANTS, FRÈRES, SOEURS ET ALLIÉS AU MÊME DEGRÉ

2 COMMENT FORMER LES LISTES DE CANDIDATS ?

RÈGLES GÉNÉRALES

- LES LISTES SONT PRÉSENTÉES PAR COLLÈGE
- DES LISTES SÉPARÉES DE CANDIDATS DOIVENT ÊTRE FAITES POUR LES TITULAIRES ET LES SUPPLÉANTS
- ELLES NE PEUVENT PAS PRÉSENTER PLUS DE CANDIDATS QU'IL Y A DE SIÈGES À POURVOIR
- ELLES DOIVENT COMPORTER LA MÊME PROPORTION DE FEMMES ET D'HOMMES QUE CELLE DU COLLÈGE ÉLECTORAL

PARITÉ ET ALTERNANCE

EXEMPLE DE LISTE DANS UN COLLÈGE OÙ LA RÉPARTITION EST DE **30% F ET 70% H**

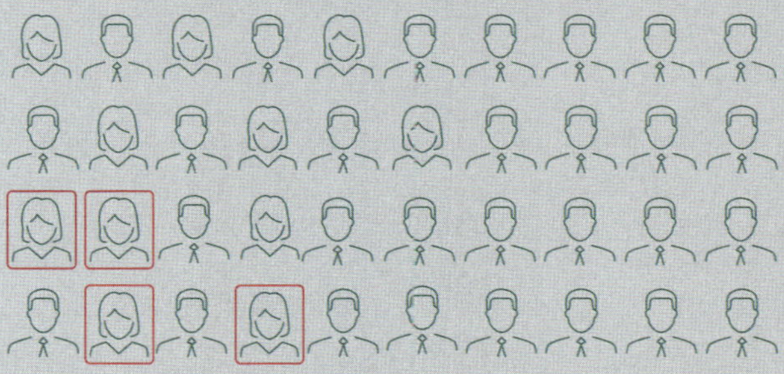

- LA LISTE EST CONFORME
- LA LISTE EST CONFORME
- NON-RESPECT DE L'ALTERNANCE
- NON-RESPECT DE LA PROPORTIONNALITÉ

ADRIEN PUYFAGES

Revue Fiduciaire

BARTHÉLÉMY AVOCATS

12 Salariés éligibles : conditions, parité et listes des candidats

Conditions d'éligibilité
- Conditions exigées 12-1
- Être électeur 12-3
- Appartenir à l'entreprise 12-7
- Avoir un an d'ancienneté sauf exceptions 12-15
- Absence de lien familial avec l'employeur 12-22
- Conditions d'âge et de capacité électorale 12-24

Listes des candidats
- Candidats du premier tour 12-25
- Candidats du second tour 12-28
- Choix des candidats 12-30
- Établissement des listes de candidats 12-33
- Représentation équilibrée des femmes et des hommes pour chaque liste de candidats 12-42
- Dépôt des listes 12-48
- Publicité des listes de candidats 12-54
- Litiges relatifs à l'éligibilité et aux listes de candidats 12-56

Conditions d'éligibilité

CONDITIONS EXIGÉES

→ Quatre conditions

12-1 À l'exception des conjoint, partenaire de PACS, concubin, ascendants, descendants, frères, sœurs et alliés au même degré de l'employeur (voir § 12-22), sont éligibles les électeurs âgés de 18 ans accomplis (voir § 12-24), ayant travaillé dans l'entreprise depuis 1 an au moins (voir § 12-15) et remplissant les conditions de capacité électorale (voir § 12-24) (c. trav. art. L. 2314-19). Les conditions sont légèrement différentes dans les entreprises de travail temporaire (ETT) (c. trav. art. L. 2314-20 et L. 2314-22) (voir §§ 12-4 et 12-16).

Sur le nombre maximum de mandats successifs des élus du CSE, voir § 18-8.

À NOTER Compte tenu de la similitude des textes en la matière, la jurisprudence et les réponses administratives rendues à propos des IRP précédemment en place gardent, à notre avis, toute leur valeur. Les arrêts et réponses indiqués dans nos développements ci-après sont donc, en toute vraisemblance, transposables au CSE.

→ Conditions à apprécier à la date du premier tour de scrutin

12-2 Les conditions d'éligibilité doivent être remplies à la date de l'élection, c'est-à-dire à celle du premier tour de scrutin (cass. soc. 6 juillet 1983, n° 82-60613, BC V n° 188 ; cass. soc. 1er décembre 2010, n° 10-60163, BC V n° 278). En revanche, si le salarié n'est plus présent dans l'entreprise au second tour du scrutin, il ne peut plus être éligible (cass. soc. 7 octobre 1998, n° 97-60292 D).

• **Covid-19 : exception à la date de principe d'appréciation des conditions d'éligibilité.** Dans le contexte de l'état d'urgence sanitaire lié au covid-19, les conditions d'éligibilité devaient être appréciées à la date de chacun des deux tours du scrutin. Cette dérogation à la règle classique s'expliquait par le fait que la période de suspension du processus électoral avait pu entraîner un écart de plusieurs mois entre les deux tours (ord. 2020-389 du 1er avril 2020, texte 25 art. 1, III, JO du 2). Par conséquent, un salarié qui ne remplissait pas les conditions pour voter au premier tour, pouvait, le cas échéant remplir ces conditions pour participer au second tour.

POINT DE VIGILANCE

Un protocole d'accord préélectoral ne peut pas retenir, pour l'appréciation des conditions d'éligibilité, une date antérieure au premier tour du scrutin (cass. soc. 1er décembre 2010, n° 10-60163, BC V n° 278). Il en est de même dans les ETT, notamment à propos de la condition d'ancienneté (cass. soc. 26 septembre 2012, n° 11-25420, BC V n° 238).

ÊTRE ÉLECTEUR

→ Salariés inscrits sur les listes électorales

12-3 Pour pouvoir être éligible, le candidat doit remplir les 4 conditions nécessaires à la condition d'électeur (voir § 11-1) et être inscrit sur les listes électorales (voir § 11-28).

Un salarié n'est éligible que dans l'établissement auquel il appartient (cass. soc. 27 octobre 2004, n° 03-60443 D) et uniquement dans son collège électoral (cass. soc. 4 mars 1970, n° 69-60012, BC V n° 160 ; cass. soc. 7 février 1989, n° 88-60131, BC V n° 96 ; cass. soc. 20 septembre 2017, n° 16-18780 D).

EN PRATIQUE

Le défaut d'inscription sur la liste électorale de l'établissement où se déroule l'élection prive le salarié concerné de l'électorat et donc de l'une des conditions essentielles de l'éligibilité (cass. soc. 20 mars 1990, n° 89-61448 D ; cass. soc. 6 février 2002, n° 00-60481, BC V n° 55).

→ Cas particuliers

12-4 **Salarié intérimaire.** Les intérimaires ne sont éligibles que dans l'ETT. Ils doivent avoir acquis 6 mois d'ancienneté au cours des 18 mois précédant l'élection, ce délai de 18 mois étant réduit à 6 mois en cas de création d'entreprise ou d'ouverture d'établissement (c. trav. art. L. 2314-20). Cette condition est appréciée en totalisant les périodes pendant lesquelles ces salariés ont été liés à ces entreprises par des contrats de mission au cours des dix-huit mois précédant l'élection.

EN PRATIQUE

Seuls les salariés qui ont un contrat de travail au moment de la constitution des listes peuvent être éligibles dans les ETT (c. trav. art. L. 2314-22).

12-5 **Salariés à temps partiel.** Les salariés à temps partiel qui travaillent simultanément dans plusieurs entreprises ne sont éligibles que dans l'une d'entre elles, choisie par eux (c. trav. art. L. 2314-19).

12-6 **Salariés multiemployeur.** Les salariés qui cumulent des contrats de travail dans plusieurs entreprises ne peuvent pas être candidats aux élections professionnelles de chacune de ces entreprises. Ils doivent, le cas échéant, choisir l'entreprise dans laquelle ils comptent présenter leur candidature (cass. soc. 16 novembre 2011, n° 11-13256, BC V n° 266).

APPARTENIR À L'ENTREPRISE

→ Nécessité d'un lien de subordination

12-7 Se porter candidat à une élection du CSE nécessite l'appartenance à l'entreprise ou à l'établissement. Un salarié inscrit sur les listes électorales mais qui n'appartient plus au personnel de l'entreprise à la date du scrutin n'est plus éligible (cass. soc. 20 janvier 1998, n° 96-60446, BC V n° 24).

→ Salariés dont le contrat de travail est suspendu

12-8 Les salariés dont le contrat de travail est suspendu à la date du scrutin peuvent être éligibles. En conséquence, s'ils remplissent les conditions requises, sont éligibles des salariés :

- › en congé de maternité (cass. soc. 19 octobre 1993, n° 92-60349 D) ;
- › en congé maladie, y compris de longue durée (un salarié dont le contrat de travail est suspendu depuis plus de 18 mois : cass. soc. 1er décembre 1993, n° 92-60278, BC V n° 300) ;
- › en congé parental d'éducation (cass. soc. 8 avril 1992, n° 90-60531, BC V n° 264) ;
- › en congés payés ;
- › en congé formation (cass. soc. 15 mai 1991, n° 90-60483, BC V n° 240 ; cass. soc. 17 mai 1995, n° 94-60395 D) ;
- › en congé pour création d'entreprise (cass. soc. 9 octobre 2007, n° 06-42348 D) ;
- › en mise en disponibilité (cass. soc. 26 septembre 2002, n° 01-60022, BC V n° 286) ;
- › en dispense d'activité jusqu'à l'âge de la retraite en vertu d'un programme mis en œuvre par l'entreprise (cass. soc. 10 octobre 2002, n° 01-60723 D).

→ Salariés en cours de préavis

12-9 Les salariés démissionnaires ou licenciés pendant la période de préavis, effectuée ou non, sont admis à se porter candidats à l'élection du CSE (cass. soc. 13 juin 1989, n° 88-60677, BC V n° 436). Cette élection ne peut pas faire échec au licenciement antérieur régulièrement intervenu (cass. soc. 13 février 1974, n° 73-60142, BC V n° 109 ; cass. soc. 27 janvier 1983, n° 82-60327, BC V n° 44). En d'autres termes, ces salariés, s'ils sont élus, exercent leurs fonctions représentatives jusqu'à la date d'expiration de leur préavis.

→ Télétravailleurs

12-10 Les salariés qui effectuent du télétravail sont, à notre sens, éligibles dans des conditions similaires aux salariés qui travaillent dans les locaux de l'entreprise (c. trav. art. L. 1222-10).

→ Salariés mis à disposition

12-11 Les salariés mis à disposition ne peuvent pas être candidats à l'élection du CSE dans l'entreprise utilisatrice (c. trav. art. L. 2314-23). Ils peuvent seulement y être électeurs (voir § 11-7).

POINT DE VIGILANCE

Les salariés mis à disposition sont éligibles dans leur entreprise d'origine même s'ils avaient précédemment décidé de voter dans leur entreprise d'accueil lors des élections des IRP précédentes. En effet, le droit d'option des salariés mis à disposition décidé sous l'empire des anciens textes ne peut les priver du droit de vote et d'éligibilité au CSE de leur entreprise d'origine (cass. soc. 13 février 2019, n° 16-60149 FPB). Selon la Cour de cassation, ce choix antérieur ne peut pas leur être opposé alors que les règles ont changé et qu'elles interdisent aux salariés mis à disposition d'être éligibles aux élections du CSE de l'entreprise d'accueil.

→ Salariés portés

12-12 Les salariés portés d'une entreprise de portage salarial sont éligibles dans cette entreprise dès lors qu'ils justifient de la condition d'ancienneté de 6 mois et qu'ils sont en cours de prestation de portage dans le cadre d'un contrat de travail conclu avec l'entreprise de portage lors de la confection des listes. La condition d'ancienneté est à apprécier au cours des 18 mois (6 mois en cas de création d'entreprise ou d'ouverture d'établissement) précédant l'élection (c. trav. art. L. 2314-21).

→ Salarié travaillant à l'étranger

12-13 Dès lors qu'un salarié est lié par un contrat de travail avec une entreprise située en France et qu'il remplit les conditions habituelles d'éligibilité, alors il devrait être éligible à l'élection du CSE de cette entreprise. Cette éligibilité semble toutefois « compromise » si l'éloignement ne lui permet pas de remplir son mandat de représentant du personnel dans l'établissement d'origine situé en France (cass. soc. 4 mai 1994, n° 93-60333, BC V n° 161).

→ Cadres dirigeants et salariés assimilés à l'employeur

12-14 Pour être éligibles, les cadres dirigeants doivent remplir les conditions d'électorat (voir § 11-12). Néanmoins, ils sont, en principe, exclus de l'éligibilité aux fonctions de représentants du personnel.

Il en est de même des salariés « assimilés à l'employeur ». Rappelons toutefois qu'ils ne peuvent pas être écartés sur la seule considération des fiches de poste relatives à leurs fonctions (cass. soc. 20 mars 2013, n° 12-11702, BC V n° 79).

Pour être écartés de la possibilité de se porter candidat, il faut qu'ils :

- › détiennent sur un service, un département ou un établissement de l'entreprise une délégation particulière d'autorité établie par écrit permettant de les assimiler à l'employeur (cass. soc. 6 février 2002, n° 00-60488, BC V n° 285) ;
- › représentent effectivement l'employeur devant le CSE (cass. soc. 25 janvier 2006, n° 05-60158, BC V n° 39 ; cass. soc. 29 novembre 2017, n° 17-10326 D ; cass. soc. 12 avril 2018, n° 17-19822 D).

AVOIR UN AN D'ANCIENNETÉ SAUF EXCEPTIONS

→ Ancienneté minimale d'un an

12-15 Le salarié doit avoir travaillé dans l'entreprise depuis 1 an au moins (c. trav. art. L. 2314-19). Il n'est pas exigé que le travail ait été effectué en vertu d'un seul contrat : il peut l'avoir été par des contrats successifs et distincts (cass. soc. 3 octobre 2007, n° 06-60063, BC V n° 149). En conséquence, il est possible d'additionner des périodes différentes de contrats de travail séparées par des absences pour atteindre l'ancienneté requise. Cependant, seules comptent les périodes effectuées dans le cadre d'un emploi salarié.

La suspension du contrat de travail ne fait pas perdre au salarié l'ancienneté acquise : le salarié dont le contrat de travail est suspendu peut être éligible (cass. soc. 26 septembre 2002, n° 01-60708, BC V n° 286), sans qu'il soit nécessaire de s'attacher au versement ou non d'une rémunération.

- **Entreprise multiétablissement.** L'ancienneté acquise par le salarié dans le cadre de tous les établissements d'une entreprise doit être prise en compte pour le calcul de l'ancienneté requise pour être éligible dans l'un de ces établissements (cass. soc. 30 janvier 2008, n° 07-60121 D).
- **Groupe d'entreprises.** La condition d'ancienneté de 1 an doit prendre en compte l'ancienneté acquise auprès des filiales du groupe, et non pas seulement la durée d'appartenance à l'entreprise (cass. soc. 8 juillet 1997, n° 96-60295, BC V n° 253).
- **Restructuration.** En cas de modification dans la situation juridique de l'employeur, la durée de travail accomplie au service du précédent employeur est prise en considération. Il en est ainsi en cas de cession d'entreprise (cass. soc. 20 décembre 1988, n° 87-60276, BC V n° 673) ou de mise en location-gérance (cass. soc. 30 mai 1996, n° 95-60784 D).

→ Salariés intérimaires

12-16 Les salariés intérimaires sont éligibles dans leurs ETT s'ils comptent 6 mois d'ancienneté (c. trav. art. L. 2314-20). Pour ce faire, il faut totaliser la durée des contrats de travail temporaire conclus avec l'ETT au cours des 18 mois précédents (ou 6 mois en cas de création ou d'ouverture d'établissement).

POINT DE VIGILANCE

Les salariés qui ont fait connaître à l'ETT qu'ils n'entendent plus bénéficier d'un nouveau contrat ou ceux auxquels cet entrepreneur a notifié sa décision de ne plus faire appel à eux pour de nouveaux contrats ne sont pas, par contre, éligibles (c. trav. art. L. 2314-22).

→ Salariés occasionnels

12-17 Les salariés occasionnels qui exercent une activité habituelle et non épisodique peuvent être candidats. Il peut s'agir, par exemple, des salariés employés en qualité d'extras pour une durée de 14 jours par mois en moyenne (cass. soc. 30 mai 1996, n° 95-60599 D), des salariés accompagnateurs de voyages, travaillant en permanence pour une entreprise de tourisme et justifiant au moins d'une année de services malgré un travail discontinu (cass. soc. 27 avril 1978, n° 78-60018, BC V n° 206).

→ Embauche après un CDD ou une mission d'intérim

12-18 La rupture du contrat fait, en principe, perdre au salarié l'ancienneté acquise dans l'entreprise. Toutefois, lorsque, à l'issue d'un CDD, un salarié est embauché sous CDI, il conserve l'ancienneté acquise au terme du premier contrat (c. trav. art. L. 1243-11). Par ailleurs, si, à l'issue d'une mission d'intérim, un salarié intérimaire est embauché par l'entreprise utilisatrice, la durée de la (ou des) mission(s) accomplie(s) dans cette entreprise au cours des 3 mois précédant l'embauche est prise en compte pour le calcul de l'ancienneté du salarié (c. trav. art. L. 1251-38).

→ Réembauche

12-19 L'ancienneté acquise antérieurement à la rupture du contrat n'est pas comptabilisée en cas de réembauche du salarié après une rupture de son contrat de travail, excepté en cas de réembauche dans la même entreprise à l'issue d'un congé postnatal (c. trav. art. L. 1225-67).

En cas de réembauche faisant suite à un licenciement économique dans le cadre de la priorité de réembauche, l'ancienneté du salarié n'est donc pas reprise (sauf dispositions conventionnelles contraires) (c. trav. art. L. 1233-45).

→ Réduction de la condition d'ancienneté : dérogations administratives et conventionnelles

12-20 **Par l'inspecteur du travail.** Comme pour l'électorat (voir § 11-23), l'inspecteur du travail peut, après avoir consulté les syndicats représentatifs dans l'entreprise, autoriser des dérogations aux conditions d'ancienneté pour l'éligibilité dans le cas où l'application des dispositions légales conduirait à une réduction du nombre des candidats qui ne permettrait pas l'organisation normale des opérations électorales (c. trav. art. L. 2314-25). Les dérogations ont pour but de faciliter la mise en place ou le renouvellement des représentants du personnel (circ. DRT 1993-12 du 17 mars 1993).

En cas de contestation, la décision prise par l'inspecteur du travail en la matière peut faire l'objet d'un recours devant le tribunal judiciaire dans un délai de 15 jours suivant sa notification (c. trav. art. R. 2314-4).

POINT DE VIGILANCE

La décision prise par l'inspecteur du travail ne peut pas faire l'objet d'un recours hiérarchique (c. trav. art. L. 2314-25).

12-21 **Par accord collectif ou protocole préélectoral.** Les conventions et accords collectifs ou le protocole d'accord préélectoral peuvent prévoir, pour l'éligibilité, des conditions d'ancienneté plus favorables aux salariés que celles prévues par le code du travail (cass. soc. 14 décembre 1977, n° 77-60593 D).

ABSENCE DE LIEN FAMILIAL AVEC L'EMPLOYEUR

→ Ne pas être parent du chef d'entreprise

12-22 Les conjoint, partenaire d'un PACS, concubin, ascendants, descendants, frères, sœurs et alliés au même degré de l'employeur ne sont pas éligibles (c. trav. art. L. 2314-19). Ainsi, les époux, épouse, père, mère, enfants, petits-enfants, frères, sœurs, beaux-frères, belles-sœurs, gendres, belles-filles et beaux-parents de l'employeur ne peuvent pas être éligibles.

Cette interdiction est spécifique à l'éligibilité : les parents de l'employeur peuvent, en effet, être électeurs s'ils n'exercent pas des fonctions les assimilant à l'employeur (voir § 11-12).

EN PRATIQUE

Tout lien de parenté entre un candidat et le chef d'entreprise ne fait pas obstacle à l'éligibilité. La liste légale qui a pour objet de garantir l'indépendance des élus vis-à-vis du chef d'entreprise est, en effet, strictement limitative : être la nièce de l'épouse de l'employeur ou la cousine de la fille de ce dernier ne rend donc pas inéligible de fait à la fonction de membre du CSE (cass. soc. 10 mars 2016, n° 15-15184 D).

→ Inéligibilité réservée aux seuls cas prévus légalement

12-23 L'inéligibilité ne peut pas être étendue à des personnes non visées par le code du travail : le degré de parenté est, en effet, examiné en fonction du seul chef d'entreprise et non de ses représentants. Ainsi, le représentant de l'employeur au niveau de l'établissement n'est pas assimilé au chef d'entreprise. De ce fait, le fils d'un directeur d'établissement peut être élu membre du CSE (cass. soc. 10 octobre 1990, n° 89-61356, BC V n° 445). Il en est de même pour les alliés du conjoint de l'employeur tels qu'un salarié marié avec la belle-sœur de son employeur (cass. soc. 14 janvier 1987, n° 86-60358, BC V n° 22).

CONDITIONS D'ÂGE ET DE CAPACITÉ ÉLECTORALE

12-24 Le candidat doit être âgé de 18 ans accomplis à la date du premier tour de scrutin et doit jouir de ses droits civiques (c. trav. art. L. 2314-19).

Listes des candidats

CANDIDATS DU PREMIER TOUR

→ Monopole des candidatures syndicales

12-25 Le scrutin pour l'élection du CSE est à deux tours. Le premier tour de scrutin est réservé aux seules listes syndicales (c. trav. art. L. 2314-29). Les syndicats « intéressés » qui doivent être invités par l'employeur à négocier le protocole préélectoral sont habilités à présenter des candidats au premier tour (voir § 12-26).

→ Syndicats habilités

12-26 Quatre catégories de syndicats peuvent présenter des listes de candidats au premier tour (c. trav. art. L. 2314-29) :

- les syndicats reconnus représentatifs dans l'entreprise ou dans l'établissement ;
- les syndicats ayant constitué une section syndicale dans l'entreprise ou dans l'établissement ;
- les syndicats affiliés à une organisation syndicale représentative aux niveaux national et interprofessionnel ;

- les syndicats satisfaisant aux critères de respect des valeurs républicaines et d'indépendance, légalement constitués depuis au moins 2 ans et dont les champs professionnel et géographique couvrent l'entreprise ou l'établissement concerné.

Par ailleurs, un syndicat ne peut pas présenter de candidat au premier tour des élections dans un établissement situé en dehors du champ géographique défini dans ses statuts, qu'il soit ou non affilié à une union ayant une personnalité morale distincte ou que celle-ci soit reconnue représentative (cass. soc. 22 septembre 2010, n° 09-60480, BC V n° 185 ; cass. soc. 27 mars 2013, n° 12-21028 D).

La représentativité doit s'apprécier dans le cadre où se déroule l'élection, c'est-à-dire au niveau de l'entreprise ou de l'établissement à la date du dépôt des candidatures (cass. soc. 26 juin 1985, n° 84-61029, BC V n° 361) et au sein de chaque collège électoral considéré (cass. soc. 8 novembre 1988, n° 87-60326 D).

→ Présentation d'une liste syndicale de candidats

12-27 C'est l'organisation syndicale en tant que telle (c'est-à-dire le syndicat ayant déposé les statuts) qui présente la liste des candidats. Une union départementale ou une union locale de syndicats est également en droit de présenter des candidats (cass. soc. 21 mai 1986, n° 85-60529, BC V n° 236). En revanche, une section syndicale qui est dépourvue de personnalité morale ne peut pas prétendre de ce fait à la qualité d'organisation syndicale et n'est donc pas autorisée à présenter une liste au premier tour (cass. soc. 30 mai 2001, n° 00-60159, BC V n° 40).

La personne ou le groupe de personnes qui présente les listes au nom d'un syndicat doit disposer d'un mandat spécifique du syndicat pour effectuer cette démarche (cass. soc. 1er juin 1976, n° 75-60198, BC V n° 340).

L'employeur doit donc demander un mandat :

- au délégué syndical (DS) (cass. soc. 13 octobre 2004, n° 03-60416, BC V n° 262 ; cass. soc. 15 juin 2011, n° 10-25282, BC V n° 157 ; cass. soc. 26 septembre 2012, n° 11-25544, BC V n° 237) ;
- à toute personne morale qui n'a pas la qualité de syndicat, telle qu'une association (cass. soc. 27 mai 2010, n° 09-60103, BC V n° 21).

Le mandat ne doit pas être nécessairement écrit ; il peut être verbal (cass. soc. 10 décembre 2014, n° 14-60447, BC V n° 287). En pratique, pour vérifier la réalité de ce mandat, l'employeur n'aura sans doute pas d'autre choix que de contacter le syndicat concerné.

POINT DE VIGILANCE

Lors du dépôt d'une liste de candidats par un délégué syndical, l'employeur doit veiller à lui demander le mandat exprès que le délégué a reçu de son syndicat. En effet, si l'employeur reçoit la liste sans vérification et sans contestation, il ne pourra pas remettre en cause la validité de l'élection après le vote en se fondant sur l'absence de mandat du délégué syndical (cass. soc. 26 septembre 2012, n° 11-25544, BC V n° 237).

À l'inverse, lorsque le syndicat, au nom duquel un salarié s'est porté candidat, déclare à l'employeur qu'il n'avait pas donné mandat à ce salarié pour agir en son nom et qu'il ne dépose aucune candidature aux élections, l'employeur est fondé à ne retenir aucune candidature pour ce syndicat sans saisine préalable du tribunal judiciaire (cass. soc. 30 octobre 2013, n° 12-29952, BC V n° 258).

CANDIDATS DU SECOND TOUR

→ Candidatures libres et autres

12-28 Lorsque, à l'issue du premier tour, le quorum (voir § 15-3) n'a pas été atteint ou s'il reste des sièges à pourvoir ou si aucun syndicat n'a présenté de liste de candidats, un second tour doit être organisé (voir § 15-6). Il est ouvert aux candidats libres.

Les électeurs peuvent voter au second tour pour des listes autres que celles présentées par les syndicats intéressés (c. trav. art. L. 2314-29 ; cass. soc. 18 janvier 2017, n° 15-28884 D).

Par conséquent, les syndicats qui ne remplissaient pas les conditions requises pour présenter des candidats au premier tour (voir § 12-26), des organisations non syndicales [ex. : les associations (cass. soc. 23 juin 1983, n° 83-61030, BC V n° 361 ; cass. soc. 27 janvier 2010, n° 09-60103, BC V n° 21)], un ou des salariés non syndiqués peuvent donc valablement présenter des listes de candidats au second tour.

Rien n'interdit également aux syndicats ayant le monopole des candidatures au premier tour de présenter des candidats au second tour, y compris si, dans les faits, ces organisations n'ont présenté aucune liste au premier tour.

Pour les candidatures de syndicats affiliés à une même confédération, voir § 12-41.

→ Maintien des candidatures du premier tour

12-29 Sauf décision contraire d'un syndicat, les candidatures présentées au premier tour des élections doivent être considérées comme maintenues pour le second tour des élections, sans que le syndicat ait besoin de les renouveler (cass. soc. 25 avril 1984, n° 83-63188, BC V n° 145 ; cass. soc. 23 janvier 2002, n° 00-60387 D). Les dispositions d'un protocole préélectoral ne peuvent pas écarter cette règle (cass. soc. 18 juillet 2000, n° 99-60356, BC V n° 298 ; cass. soc. 15 mars 2006, n° 05-60286 D).

POINT DE VIGILANCE

Une liste irrégulièrement déposée au premier tour (ex. : liste déposée après la date limite indiquée dans le protocole d'accord préélectoral) ne bénéficie pas de la règle de maintien automatique pour le second tour des élections (cass. soc. 31 mai 2016, n° 15-60157, BC V n° 118). En d'autres termes, le syndicat doit déposer de nouveau sa liste de candidats dans le délai fixé par le protocole d'accord préélectoral pour le second tour.

CHOIX DES CANDIDATS

→ Liberté de choix

12-30 Les candidats sont, en principe, choisis en toute liberté sous réserve qu'ils remplissent les conditions d'éligibilité (voir § 12-1). Les syndicats peuvent inscrire sur leurs listes leurs adhérents mais aussi des salariés non syndiqués ou même des salariés appartenant à un autre syndicat, même non représentatif (cass. soc. 28 mars 2012, n° 11-61180, BC V n° 112). Cependant, en raison du monopole de présentation des candidatures dont bénéficient certains syndicats au premier tour (voir § 12-26), l'un d'entre eux ne peut pas présenter une liste commune avec un syndicat non habilité à présenter des candidats au premier tour (voir § 12-40).

La liberté de choix ne peut pas être restreinte par le protocole d'accord préélectoral.

→ Accord du candidat

12-31 Un candidat figurant sur une liste est censé avoir donné son accord (cass. soc. 20 octobre 1993, n° 92-60304, BC V n° 241). Sans cet accord, la présentation d'un candidat est, en effet, de nature à porter atteinte à la validité du scrutin (cass. soc. 13 octobre 2010, n° 09-60233, BC V n° 224).

EN PRATIQUE

Si un syndicat ne peut pas présenter aux élections professionnelles un candidat sans son accord, il ne lui incombe pas de s'assurer de la persistance de cet accord entre les deux tours. Il doit, en revanche, être informé du retrait d'un candidat de la liste présumée reconduite pour le second tour (cass. soc. 13 octobre 2010, n° 09-60233, BC V n° 224). L'absence d'information a pour conséquence de fausser la loyauté du scrutin, ce qui entraîne l'annulation des élections concernées. En conséquence, l'employeur, responsable de l'organisation des élections, doit retirer de la liste le candidat qui ne souhaite plus l'être et doit parallèlement veiller à en informer systématiquement le syndicat soit par le salarié, soit par lui-même.

→ Sièges réservés

12-32 Le choix des candidats peut être, dans certains cas, limité afin de tenir compte de l'obligation de réserver des sièges à certaines catégories professionnelles (voir § 10-15).

ÉTABLISSEMENT DES LISTES DE CANDIDATS

→ Scrutin de liste

12-33 Les candidatures sont présentées sous forme de listes (c. trav. art. L. 2314-29). Le code du travail n'imposant pas la présentation de plusieurs listes, il est donc possible d'être en présence d'une liste unique pour un collège électoral.

→ Une candidature individuelle vaut liste

12-34 Une liste peut ne comporter qu'un seul nom : un candidat isolé est considéré comme une liste (cass. soc. 10 janvier 1989, n° 87-60309, BC V n° 6 ; cass. soc. 7 mai 2003, n° 01-60917 D). Un employeur ne saurait réunir arbitrairement des candidats présentés isolément ou séparer deux ou plusieurs candidats qui ont entendu se présenter sur la même liste (cass. soc. 24 novembre 1983, n° 83-60931, BC V n° 579). En effet, le regroupement de candidats isolés sur une ou plusieurs listes ne peut résulter que de la seule volonté des candidats.

Sur les réserves liées à la parité femme/homme, voir § 12-46.

→ Double candidature

12-35 Il est possible de présenter le même candidat sur la liste des titulaires et sur celle des suppléants (cass. soc. 17 décembre 1986, n° 86-60278, BC V n° 608). Mais, dans ce cas, le cumul de ces deux mandats est interdit : la double candidature sous-entend la volonté d'être d'abord élu titulaire et seulement, à titre subsidiaire s'il n'est pas élu titulaire, suppléant (cass. soc. 19 mai 1988, n° 87-60207 D).

La règle de double candidature peut également être « répartie » sur les deux tours de scrutin. Autrement dit, un salarié élu comme suppléant au premier tour peut se présenter au second tour et être élu comme titulaire. Dans ce cas, il devra renoncer à son mandat de suppléant (cass. soc. 10 mai 2012, n° 11-18912, BC V n° 138).

POINT DE VIGILANCE

Un candidat, proclamé élu en qualité d'élu suppléant au CSE, ne peut pas se désister au profit de celui auquel les résultats du scrutin ne confèrent pas cette qualité d'élu (cass. soc. 29 juin 2011, n° 10-18647, BC V n° 175). Peu importe que ce désistement soit intervenu avant ou après la proclamation des résultats.

→ Composition des listes des candidats

12-36 **Listes distinctes par collège.** Les listes de candidats sont établies distinctement pour chaque catégorie de personnel (c. trav. art. L. 2314-11).

- **Catégorie de personnel.** Par catégorie de personnel, il faut comprendre l'ensemble des salariés d'un même collège électoral (voir § 10-1).

EN PRATIQUE

Un salarié ne peut pas se porter candidat dans deux collèges distincts. Il n'est, en effet, éligible que dans le collège électoral auquel il appartient (cass. soc. 7 février 1989, n° 88-60131, BC V n° 96 ; cass. soc. 20 septembre 2017, n° 16-18780 D). Cela signifie qu'un employé ne peut pas être inscrit sur les listes des candidats du collège « cadres ».

12-37 **Listes séparées pour les titulaires et les suppléants.** Il est procédé à des votes séparés pour les membres titulaires et les membres suppléants dans chacune des catégories professionnelles formant des collèges distincts (c. trav. art. L. 2314-26). Autrement dit, il faut établir des listes séparées concernant les titulaires et les suppléants, et ce, pour chaque collège électoral.

Sur la proportion de femmes et d'hommes pour chaque liste de candidats, voir § 12-42.

EN PRATIQUE

Il est possible de présenter le même candidat sur la liste des titulaires et sur celle des suppléants (voir § 12-35).

12-38 **Nombre maximal de candidats par liste.** Les listes ne peuvent pas comprendre plus de candidats que de sièges à pourvoir (cass. soc. 27 octobre 1999, n° 98-60419, BC V n° 423). En cas de méconnaissance de cette règle d'ordre public, les élections doivent être annulées (cass. soc. 20 juin 2000, n° 99-60153, BC V n° 239 ; cass. soc. 25 septembre 2001, n° 00-60272 D) et ce, même si l'erreur n'a pas été de nature à fausser les résultats du scrutin (cass. soc. 5 mai 2004, n° 03-60141 D). À l'inverse, il est possible de présenter des listes incomplètes (voir § 12-39), voire des listes ne comportant qu'un seul nom (voir §§ 12-34 et 12-46).

12-39 **Listes incomplètes.** Les listes de candidatures peuvent comprendre moins de noms que de sièges à pourvoir (cass. soc. 7 mars 1973, n° 72-60086, BC V n° 141 ;

cass. soc. 9 novembre 2016, n° 16-11622 D) sauf dans un cas particulier lié à la parité femme/homme (voir § 12-46 : lorsqu'il faut une mixité des candidatures dans le collège et qu'il n'y a que 2 postes à pourvoir, il faut présenter un candidat de chaque sexe, ce qui exclut une liste incomplète).

Un accord collectif ne peut en aucun cas interdire la présentation de listes incomplètes (cass. soc. 27 octobre 1982, n° 82-60199, BC V n° 590).

12-40 **Listes communes.** Les syndicats peuvent, au premier tour du scrutin, s'associer pour présenter des listes communes. Cette faculté vaut pour tous les syndicats habilités à présenter des candidats au premier tour (voir § 12-26).

POINT DE VIGILANCE

Une liste présentée par des syndicats affiliés à la même confédération ne constitue pas une liste commune (voir § 12-41) (cass. soc. 10 mai 2012, n° 11-21356, BC V n° 145).

Si des syndicats ont établi une liste commune, il leur faut indiquer, lors du dépôt de leur liste, sur quelle base seront ensuite répartis entre eux les suffrages recueillis par la liste en question afin de calculer notamment leurs audiences et leur représentativité. À défaut, la répartition s'effectue à parts égales entre les syndicats concernés (c. trav. art. L. 2122-3).

EXEMPLE Si trois syndicats ont présenté une même liste et que cette liste obtient 30 % des suffrages, on considérera que chaque syndicat a recueilli 10 % des votes s'ils n'ont pas précisé de règles de répartition.

S'ils ont opté pour une répartition non égalitaire, ils doivent le faire savoir à l'employeur, aux autres syndicats et aux électeurs de l'entreprise (ou de l'établissement concerné), avant le déroulement des élections, faute de quoi la répartition s'effectuera à parts égales (cass. soc. 13 janvier 2010, n° 09-60208, BC V n° 6 ; cass. soc. 24 octobre 2012, n° 11-61166, BC V n° 275).

L'indication de la base de répartition peut résulter de la mention sur la liste de candidature présentée aux électeurs, pour chacun des candidats de la liste commune, de leur appartenance à l'un ou l'autre des syndicats de la liste (cass. soc. 13 octobre 2010, n° 09-60456, BC V n° 227).

Mais les modalités de cette information (affichage, indication sur les professions de foi, sur les tracts lors de la campagne, etc.) peuvent également être prévues, à notre avis, par les syndicats à l'occasion de la négociation du protocole d'accord préélectoral et, en conséquence, résulter de l'une de ses clauses (voir § 9-22).

EN PRATIQUE

Les modalités de répartition retenues doivent être fixées de manière concrète et définitive avant le scrutin, sans possibilité de les faire varier a posteriori en fonction des résultats obtenus par la liste (cass. soc. 10 mars 2016, n° 15-16807 D). La clause de répartition d'un accord prévoyant une clé de répartition aléatoire, applicable si un des syndicats n'obtenait pas suffisamment de voix pour être reconnu représentatif, ne sera donc pas valable.

12-41 **Une liste par confédération.** Les syndicats d'une entreprise affiliés à la même confédération nationale, représentative ou non, ne peuvent présenter au premier tour qu'une seule liste de candidats au nom de cette confédération au sein d'un même collège (cass. soc. 16 octobre 2001, n° 00-60203, BC V n° 322 ; cass. soc. 22 septembre 2010, n° 10-60135, BC V n° 184).

EN PRATIQUE

En cas de dépôt de listes concurrentes, il faut se tourner vers les dispositions statutaires de la confédération pour identifier le syndicat habilité à procéder au dépôt d'une liste de candidats. Il est également possible de solliciter l'organisation syndicale d'affiliation, à laquelle les dispositions statutaires confient peut-être le soin d'arbitrer ce type de conflit. En dernière extrémité, il convient d'appliquer le principe chronologique. Ainsi, seule la liste de candidats déposée en premier doit être retenue (cass. soc. 24 janvier 2018, n° 16-22168, BC V n° 12).

REPRÉSENTATION ÉQUILIBRÉE DES FEMMES ET DES HOMMES POUR CHAQUE LISTE DE CANDIDATS

→ Garantie de représentation des deux sexes

12-42 Pour chaque collège électoral, les listes de candidats à l'élection du CSE, comportant plusieurs candidats doivent être composées d'un nombre de femmes et d'hommes correspondant à la part de femmes et d'hommes inscrits sur la liste électorale (établie pour chaque collège électoral). Les listes sont composées alternativement d'un candidat de chaque sexe jusqu'à épuisement des candidats d'un des sexes (c. trav. art. L. 2314-30).

La règle de parité s'applique aux candidats titulaires ainsi qu'aux candidats suppléants (c. trav. art. L. 2314-30).

POINT DE VIGILANCE

Cette règle ne concerne que les listes présentées par les syndicats au premier tour et non les candidatures libres présentées au second tour des élections (cass. soc. 25 novembre 2020, n° 19-60222 FSPBRI).

Lorsque l'application de cette règle n'aboutit pas à un nombre entier de candidats à désigner pour chacun des deux sexes, il faut appliquer la règle de l'arrondi arithmétique :

- arrondi à l'entier supérieur en cas de décimale supérieure ou égale à 5 ;
- arrondi à l'entier inférieur en cas de décimale strictement inférieure à 5.

EXEMPLE Si la proportion du collège est de 35 % d'hommes et de 65 % de femmes et que le nombre de postes à pourvoir est de 5, il faudra présenter alternativement 3 femmes et 2 hommes (65 % de 5 postes égale 3,25 arrondi à 3 et 35 % de 5 postes égale 1,75 arrondi à 2).

En cas de nombre impair de sièges à pourvoir et de stricte égalité entre les femmes et les hommes inscrits sur les listes électorales, la liste comprend indifféremment un homme ou une femme supplémentaire (c. trav. art. L. 2314-30).

Lorsque l'application de cette règle conduit à exclure totalement la représentation de l'un ou l'autre sexe, les listes de candidats pourront comporter un candidat du sexe qui, à défaut, ne serait pas représenté. Mais ce candidat ne peut être en premier sur la liste (c. trav. art. L. 2314-30).

POINT DE VIGILANCE

La proportion de femmes et d'hommes composant chaque collège électoral doit être figée à la date où la liste électorale est portée à la connaissance des syndicats ayant signé le protocole d'accord préélectoral (voir § 9-21). À défaut de contestation des syndicats dans le délai de 3 jours après la publication de la liste (c. trav. art. R. 2314-24), c'est la base à retenir. La modification des listes électorales après leur publication n'a donc pas d'influence sur le calcul de parité (cass. soc. 12 mai 2021, n° 20-60118 FP).

EXEMPLES DE COMPOSITION DE LISTE COMPLÈTE DE CANDIDATS AUX ÉLECTIONS DU CSE

Collège et nombre de postes à pourvoir	Liste syndicale
77 % de femmes et 23 % d'hommes avec 2 postes à pourvoir	Il faut présenter une liste avec deux candidats. La candidate doit être en tête de liste. Ordre de présentation des candidat(e)s : femme, puis homme.
60 % d'hommes et 40 % de femmes avec 7 postes à pourvoir	La liste doit être composée de 4 hommes (7 × 60 % = 4,2 arrondi à 4) et 3 femmes (7 × 40 % = 2,8 arrondi à 3). Ordre de présentation des candidat(e)s : homme, femme, homme, femme, homme, femme, homme.
85 % de femmes et 15 % d'hommes avec 5 postes à pourvoir	La liste doit être composée de 4 femmes (5 × 85 % = 4,25 arrondi à 4) et 1 homme (5 × 15 % = 0,75 arrondi à 1). Ordre de présentation des candidat(e)s : femme, homme, femme, femme, femme.
95 % de femmes et 5 % d'hommes avec 4 postes à pourvoir	La liste doit être composée de 3 femmes (4 × 95 % = 3,8 qui aurait dû être arrondi à 4, mais qui, par exception, pour assurer la représentation des hommes, est arrondi à 3 postes) et 1 homme (4 × 5 % = 0,2 qui doit être arrondi à 1 pour assurer au moins un poste au sexe sous-représenté). Ordre de présentation des candidat(e)s : femme, homme, femme, femme.
70 % d'hommes et 30 % de femmes avec 5 postes à pourvoir Les règles d'arrondi aboutiraient à mettre en place 6 élus au lieu de 5	La liste peut à notre avis être composée deux façons différentes. Premier choix, qui respecte le mieux la proportion de femmes et d'hommes à notre sens : 3 hommes (5 × 70 % = 3,5 qui peut être arrondi à 4 en théorie mais dans ce cas particulier l'est à 3 pour respecter le nombre de 5 élus au total) et 2 femmes (5 × 30 % = 1,5 qui peut être arrondi à 2). Ordre de présentation des candidat(e)s : homme, femme, homme, femme, homme. Second choix : 4 hommes (5 × 70 % = 3,5 arrondi à 4) et 1 femme (5 × 30 % = 1,5 qui peut être arrondi à 2 en théorie, mais, dans ce cas particulier, l'est à 1 pour respecter le nombre de 5 élus). Ordre de présentation des candidat(e)s : homme, femme, homme, homme, homme.

EXEMPLES DE COMPOSITION DE LISTE COMPLÈTE DE CANDIDATS AUX ÉLECTIONS DU CSE	
Collège et nombre de postes à pourvoir	**Liste syndicale**
50 % d'hommes et 50 % de femmes avec 5 postes à pourvoir	Il y a le choix de composer la liste de 3 hommes et 2 femmes ou de 2 hommes et 3 femmes. L'ordre de présentation des candidats commence soit par un homme, soit par une femme, en respectant l'alternance.
Entreprise de moins de 25 salariés où un seul poste est à pourvoir aux élections du CSE. Les règles de représentation des femmes et des hommes paraissent exclues dans la mesure où le texte sur la parité vise expressément les listes « qui comportent plusieurs candidats » (c. trav. art. L. 2314-30)	À notre sens, il convient de présenter une candidate sur le poste de titulaire si le collège est composé d'une majorité de femmes (ou inversement en cas de majorité d'hommes) et de faire l'inverse pour le poste de suppléant.
* Seules les listes présentées par les syndicats sont concernées (cass. soc. 25 novembre 2020, n° 19-60222 FSPBRI).	

Sur le contentieux de la garantie de représentation équilibrée, voir § 12-57.

→ Règle d'ordre public absolu

12-43 Les règles posées par le code du travail en matière de mixité des candidatures sont d'ordre public absolu. Le protocole préélectoral ne peut pas y déroger (cass. soc. 11 décembre 2019, n° 19-10855 FSPB ; cass. soc. 11 décembre 2019, n° 18-26568 FSPB).

Il n'en reste pas moins que, dans les faits, la nécessité de trouver des candidats de l'un et l'autre sexe peut constituer un réel obstacle à la participation aux élections.

Il peut être tentant, pour certains syndicats, de présenter une liste non conforme plutôt que de ne pas présenter de candidat du tout, mais la liste en question est alors à la merci d'une action en annulation.

POINT DE VIGILANCE

Une liste irrégulière (ne respectant pas l'alternance femme/homme) ne peut pas être régularisée en cas de résultat conforme à la parité femme/homme du collège électoral concerné à l'issue de l'élection du fait des ratures (cass. soc. 11 décembre 2019, n° 19-12596 FSPB), sauf si tous les candidats de la liste ont été élus (cass. soc. 9 mai 2018, n° 17-60133, BC V n° 77 ; cass. soc. 6 juin 2018, n° 17-60263, BC V n° 104).

→ Sexe ultraminoritaire

12-44 Lorsqu'un sexe, après application des règles de proportionnalité et d'arrondi, n'atteint pas le seuil de 0,5 candidat, les syndicats n'ont pas l'obligation de présenter un candidat du sexe en question. La garantie de représentation posée le code du travail ne signifie pas en effet dans une telle hypothèse qu'il faille réserver un candidat au sexe ultraminoritaire (cass. soc. 11 décembre 2019, n° 18-23513 FSPB). Les syndicats sont donc libres de présenter ou non un candidat du sexe ultraminoritaire, étant rappelé que, selon le code du travail, ce candidat ne peut en aucun cas figurer en premier sur la liste.

EXEMPLE 1 Un syndicat peut valablement constituer une liste comportant un candidat unique pour la liste des titulaires et un autre candidat unique pour la liste des suppléants, avec 6 sièges de titulaires et 6 sièges de suppléants à pourvoir dans un collège comportant 96 % d'hommes (6 × 96 % = 5,76, arrondi à 6 candidats) et 4 % des femmes (6 × 4 % = 0,24, arrondi à 0) (cass. soc. 11 décembre 2019, n° 19-10855 FSPB).

EXEMPLE 2 Lorsque deux sièges sont à pourvoir et que l'un des sexes est ultraminoritaire [le collège concerné comporte 89 % d'hommes (2 × 89 % = 1,78, arrondi à 2) et 11 % de femmes (2 × 11 % = 0,22, arrondi à 0)], chaque syndicat peut présenter (cass. soc. 11 décembre 2019, n° 18-26568 FSPB) :
- soit deux candidats du sexe majoritairement représenté ;
- soit un candidat de chacun des deux sexes (le candidat du sexe ultraminoritaire ne pouvant pas figurer en tête de liste) ;
- soit un candidat unique du sexe surreprésenté.

POINT DE VIGILANCE

Le protocole préélectoral ne peut pas imposer la présentation d'un candidat du sexe ultraminoritaire. Cette décision incombe aux seuls syndicats (lettre mensuelle de la chambre sociale de la Cour de cassation, décembre 2019, https://www.courdecassation.fr/, rubrique « publications »).

→ Sexe sous-représenté sans être ultraminoritaire

12-45 Par sexe sous-représenté (sans être ultraminoritaire), il faut comprendre l'hypothèse du sexe qui a atteint ou dépassé 0,5 mais qui est potentiellement privé de candidat du fait de la présentation de listes incomplètes.

Sous réserve de l'exception du sexe ultraminoritaire (voir § 12-44), lorsque plusieurs sièges sont à pourvoir, les syndicats sont tenus de présenter une liste respectant la proportion de la part des hommes et des femmes dans le collège électoral considéré et devant comporter au moins un candidat du sexe sous-représenté (cass. soc. 11 décembre 2019, n° 18-19379 FSPB). Cette règle rappelée par la Cour de cassation est l'application en toute logique des règles de proportionnalité et d'arrondi fixées par le code du travail en vue de garantir au moins un siège au sexe sous-représenté, pourvu qu'il ait atteint le seuil de 0,5.

→ Deux sièges à pourvoir pour un collège mixte : interdiction des listes incomplètes

12-46 Lorsqu'il y a deux sièges à pourvoir, toutes les listes doivent présenter deux candidats, une femme et un homme ou inversement (sous réserve que le collège soit mixte et que chaque sexe ait atteint le seuil de 0,5). En effet, présenter une candidature unique revient à priver un sexe de toute représentation, ce qui est illégal (cass. soc. 9 mai 2018, n° 17-14088, BC V n° 78 ; cass. soc. 17 avril 2019, n° 17-26724 FSPB ; cass. soc. 11 décembre 2019, n° 18-23513 FSPB).

Le candidat du sexe majoritaire dans le collège doit figurer en premier sur la liste (c. trav. art. L. 2314-30). Si cette règle n'est pas respectée, le candidat indûment placé en tête de liste peut voir son élection annulée (c. trav. art. L. 2314-32, 4e alinéa).

EN PRATIQUE

Cette sanction n'a pas d'objet si tous les candidats de la liste ont été élus et que de ce fait l'ordre de présentation de la liste n'a pas eu d'impact sur la parité (cass. soc. 9 mai 2018, n° 17-60133, BC V n° 77 ; cass. soc. 6 juin 2018, n° 17-60263, BC V n° 104).

→ Nombre de sièges à pourvoir supérieur à 2 pour un collège mixte

12-47 Une liste complète (ou une liste incomplète) doit respecter les proportions d'hommes et de femmes dans le collège considéré. En présence d'une liste incomplète, le syndicat doit alors vérifier les proportions d'hommes et de femmes en fonction du nombre de candidats qu'il présente (cass. soc. 17 avril 2019, n° 17-26724 FSPB).

EXEMPLE Soit 5 sièges à pouvoir pour un collège comportant 68,87 % d'hommes (5 × 68,87 % = 3,44, arrondi à 3) et 36,13 % de femmes (5 × 36,13 % = 1,81, arrondi à 2).

La liste présentée par un syndicat, qui comporte 4 candidats au lieu de 5 (en l'occurrence 3 hommes et 1 femme) est valable, car les proportions d'hommes et de femmes respectent la composition du collège.

Le calcul est le suivant : hommes (4 × 68,87 % = 2,75, arrondi à 3) ; femmes (4 × 36,13 % = 1,45 arrondi à 1).

Dès lors que le syndicat présente 4 candidats, sa liste doit comporter 3 hommes et 1 femme.

POINT DE VIGILANCE

La présentation d'une liste incomplète ne doit toutefois pas conduire, par le jeu de la règle d'arrondi, à priver un sexe de toute représentation (cass. soc. 11 décembre 2019, n° 19-10826 FSPB). En conséquence, il faut, dans une telle hypothèse, faire abstraction du calcul et proposer un candidat du sexe sous-représenté, sous réserve qu'il ne soit pas ultraminoritaire (voir § 12-45). Une liste incomplète qui comporte seulement deux candidats est nécessairement constituée d'une femme et d'un homme.

DÉPÔT DES LISTES

→ Absence de formalisme

12-48 Le code du travail n'impose aucune règle de forme au dépôt de candidatures. Les modalités sont, en principe, fixées par le protocole d'accord préélectoral. Sauf dispositions particulières de ce dernier, les candidatures faites oralement sont théoriquement valables (cass. soc. 30 mai 1996, n° 95-60799 D).

EN PRATIQUE

Pour des questions de preuve, il est toutefois conseillé d'envoyer les listes à l'employeur par LRAR ou de les lui remettre directement contre un récépissé.

POINT DE VIGILANCE

Tout syndicat qui s'est affilié à un syndicat de branche ou à un syndicat national et interprofessionnel doit faire état de cette affiliation lorsqu'il dépose sa liste. À défaut, les suffrages obtenus ne seront pas comptabilisés pour mesurer l'audience, au niveau de la branche et au niveau national et interprofessionnel, de l'organisation à laquelle le syndicat est affilié (c. trav. art. L. 2122-3-1).

→ L'employeur ne peut se faire juge de la validité des candidatures

12-49 L'employeur ne peut ni refuser une candidature sans décision préalable du tribunal judiciaire (cass. soc. 13 juillet 1993, n° 92-60117, BC V n° 206 ; cass. soc. 13 octobre 2004, n° 03-60236 D), ni rayer le nom d'un salarié sur une liste (cass. soc. 10 décembre 1986, n° 86-60297, BC V n° 586).

En cas d'irrégularité, il a la faculté de saisir le tribunal judiciaire avant ou après les élections (voir §§ 17-1 et 17-10).

→ Dépôt postérieur à la conclusion du protocole d'accord préélectoral

12-50 La liste de candidats ne peut pas, sauf exception, être valablement déposée avant la conclusion du protocole d'accord préélectoral ou, à en cas de désaccord, avant la décision de l'administration fixant la répartition du personnel dans les collèges électoraux et des sièges entre les différentes catégories ou la décision unilatérale de l'employeur (voir §§ 10-16 et 10-19) (cass. soc. 17 décembre 1987, n° 86-60450, BC V n° 760 ; cass. soc. 27 octobre 2004, n° 02-60631 D). En cas de dépôt prématuré, l'employeur est fondé à ne pas tenir compte de la liste.

Par exception, les listes de candidats peuvent être déposées avant la conclusion d'un accord, notamment en cas de carence de l'employeur pour engager le processus électoral suite à une demande d'organisation des élections (cass. soc. 3 décembre 1987, n° 86-60476, BC V n° 704).

→ Date limite de dépôt des candidatures

12-51 En l'absence de disposition du code du travail, le délai limite de dépôt des listes est, en principe, fixé par le protocole d'accord préélectoral chargé de déterminer les modalités d'organisation et de déroulement des opérations électorales.

Le délai de dépôt négocié dans le protocole d'accord préélectoral doit être compatible avec l'organisation matérielle du scrutin et les nécessités de la préparation du vote (cass. soc. 13 janvier 1983, n° 82-60333, BC V n° 17).

EN PRATIQUE

Le délai retenu doit être déterminé en fonction du nombre d'électeurs, de la dispersion des lieux de travail, du volume de la propagande électorale et de l'organisation éventuelle d'un vote par correspondance. À notre avis, un délai d'une semaine minimum entre la date de scrutin et le dépôt de la liste de candidats semble raisonnable.

→ Date limite en cas de décision unilatérale de l'employeur

12-52 Faute de signature d'un accord avec les syndicats représentatifs, l'employeur peut fixer lui-même un délai de dépôt et, par exemple, reprendre le délai de 15 jours prévu lors des élections précédentes (cass. soc. 20 janvier 1993, n° 91-60265 D). Mais il ne peut alors refuser une candidature présentée après la date qu'il a lui-même fixée qu'en justifiant sa décision au regard des nécessités d'organisation du vote et du bon déroulement des opérations électorales (cass. soc. 4 mars 2009, n° 08-60476, BC V n° 59 ; cass. soc. 26 septembre 2012, n° 11-26399, BC V n° 240).

• **Aménagement conventionnel.** Une convention collective peut également prévoir un délai de dépôt des listes de candidats.

→ Candidatures tardives

12-53 L'employeur est en droit de refuser la candidature d'un salarié présentée après la date limite de dépôt fixée par le protocole d'accord préélectoral (cass. soc. 29 mars 1994, n° 93-60360 D ; cass. soc. 23 mai 2007, n° 06-60197 D).

Ce principe doit être appliqué strictement : l'employeur peut refuser des listes déposées quelques heures seulement après la date limite prévue par le protocole d'accord préélectoral (cass. soc. 9 novembre 2011, n° 10-28838, BC V n° 256 ; cass. soc. 28 mars 2012, n° 11-19657 D).

Pour autant, un refus peut être jugé abusif en fonction des circonstances. Il revient donc aux juges de ne pas se cantonner au seul retard pour valider la décision de refus de l'employeur (cass. soc. 27 mai 2020, n° 18-60038 D).

Le report du premier tour des élections par le tribunal judiciaire ne rend pas caduque la date limite de dépôt des candidatures fixée par l'accord pour le scrutin initial (cass. soc. 16 mai 1990, n° 89-60002, BC V n° 229).

PUBLICITÉ DES LISTES DE CANDIDATS

→ Affichage des listes dans l'entreprise

12-54 En l'absence d'obligation légale, le protocole d'accord préélectoral arrête généralement la forme de publicité à retenir pour la liste des candidats. Celles-ci sont, en principe, affichées dans l'entreprise par l'employeur.

EN PRATIQUE

Les syndicats peuvent afficher leurs listes sur les panneaux qui leur sont réservés (c. trav. art. L. 2142-3).

→ Délai à retenir

12-55 Aucune disposition légale ne fixe de délai entre la publication des listes de candidats et la date du scrutin. À notre avis, pour tenir compte des délais de contestation préélectorale, un délai de 3 jours est un minimum. En cas de contentieux, il revient au tribunal judiciaire d'apprécier le délai retenu.

EN PRATIQUE

L'affichage tardif des listes n'est pas une cause d'annulation des élections, sauf s'il a pu fausser le résultat des élections. À titre d'exemple, il n'y a pas d'annulation en cas d'affichage des listes 7 jours avant le vote au lieu des 15 jours prévus par le protocole préélectoral (cass. soc. 5 novembre 1980, n° 80-60179, BC V n° 801). En revanche, l'affichage d'une liste 2 jours avant le vote, alors qu'elle a été remise 10 jours auparavant, est une cause d'annulation (cass. soc. 22 juillet 1980, n° 80-60191, BC V n° 669).

LITIGES RELATIFS À L'ÉLIGIBILITÉ ET AUX LISTES DE CANDIDATS

→ Compétence du tribunal judiciaire

12-56 Les contestations relatives à l'éligibilité et à la composition des listes de candidats sont portées devant le tribunal judiciaire dans les 15 jours suivant l'élection (c. trav. art. L. 2314-32 et R. 2314-24).

Le tribunal judiciaire statue dans les 10 jours de sa saisine. Sa décision est seulement susceptible de pourvoi en cassation dans un délai de 10 jours (c. trav. art. R. 2314-23 et R. 2314-25).

Pour plus de détails sur l'objet, les auteurs et les délais de contestation, se reporter à la fiche sur le contentieux électoral (voir §§ 17-1 et s.).

→ Contentieux en matière de représentation équilibrée des listes de candidats

12-57 **Contentieux postélectoral.** La possibilité de contentieux est, en principe, limitée à un contentieux postélectoral, à savoir :

- en cas de composition de la liste électorale ne reflétant pas les proportions d'hommes et de femmes dans le collège, le tribunal judiciaire peut annuler l'élection des élus du sexe surreprésenté (c. trav. art. L. 2314-32, 3e al.) ;
- si une liste n'alterne pas un candidat de chaque sexe, le juge peut annuler l'élection du ou des élus dont le positionnement sur la liste ne respecte pas ce principe d'alternance (c. trav. art. L. 2314-32, 4e al.), sauf si tous les candidats de la liste sont élus (voir § 12-46).

Le principe d'une régularisation a posteriori n'est pas, sauf exception, admis par la Cour de cassation. Si le juge doit annuler l'élection d'un candidat mal positionné au regard du principe d'alternance hommes/femmes, le juge tient compte de l'ordre des élus tel qu'il résulte le cas échéant de l'application des règles relatives à la prise en compte des ratures. Peu importe que l'irrégularité ait été corrigée par l'effet des ratures (cass. soc. 11 décembre 2019, n° 19-12596 FSPB).

EN PRATIQUE

Une liste irrégulière n'ayant pas respecté le principe d'alternance peut être jugée valable à l'issue de l'élection en raison de l'élection de tous les candidats (cass. soc. 9 mai 2018, n° 17-60133, BC V n° 77 ; cass. soc. 6 juin 2018, n° 17-60263, BC V n° 104). Selon la Cour de cassation, cette possibilité de régularisation a posteriori doit rester toutefois exceptionnelle (lettre de la chambre sociale de la Cour de cassation, décembre 2019).

12-58 **Contentieux préélectoral.** La Cour de cassation a admis l'hypothèse d'un contentieux préélectoral même si le code du travail n'a pas prévu que le tribunal judiciaire puisse statuer avant le déroulement du scrutin (cass. soc. 11 décembre 2019, n° 18-26568 FSPB). Selon la Cour de cassation, il est en effet préférable de résoudre le litige en amont, plutôt que d'annuler les élections.

Les sanctions prévues par le code du travail n'étant pas adaptées à un contentieux préélectoral, il appartient au juge de déclarer la liste des candidats irrégulière au regard des règles de représentation équilibrée des femmes et des hommes sur les listes des candidats (non-respect de la règle de proportionnalité ou défaut d'alternance des candidats et des candidates) et de reporter, le cas échéant, la date de l'élection pour permettre la régularisation de la liste (lettre de la chambre sociale de la Cour de cassation, décembre 2019).

FICHE PRATIQUE

12 Campagne électorale

Faire campagne pour faire connaître ses idées

12-59 Pour faire connaître leurs idées et leurs programmes, les candidats aux élections professionnelles d'un CSE peuvent diffuser des documents de propagande électorale. Les informations diffusées doivent nécessairement avoir une relation avec les élections professionnelles et respecter les dispositions relatives à la presse. Le message ne doit, en aucun cas, être diffamatoire à l'égard d'une liste concurrente ou d'un autre syndicat.

En l'absence de disposition légale, les conventions collectives ou les protocoles préélectoraux précisent, en règle générale, les modalités de cette propagande. L'employeur doit veiller à respecter, en la matière, son obligation de neutralité (voir § 12-65).

À NOTER Compte tenu de la similitude des textes en la matière, la jurisprudence et les réponses administratives rendues à propos des IRP précédemment en place gardent, à notre avis, toute leur valeur. Les arrêts et réponses indiqués dans nos développements ci-après sont donc, en toute vraisemblance, transposables au CSE.

Mode d'emploi

AVANT LE PREMIER TOUR : SEULS LES SYNDICATS HABILITÉS À NÉGOCIER LE PROTOCOLE PRÉÉLECTORAL

12-60 Les syndicats, que l'employeur est tenu d'inviter à négocier le protocole d'accord préélectoral, sont les seuls habilités à diffuser leur propagande électorale avant le premier tour. Un employeur ne peut donc pas, avant le premier tour, afficher le tract de propagande d'éventuels candidats libres pour le second tour (cass. soc. 14 janvier 2004, n° 01-60788, BC V n° 12).

EN PRATIQUE

Des candidats libres peuvent toutefois circuler dans l'entreprise avant le premier tour de l'élection pour inciter le personnel à ne pas voter lors du premier tour. Dès lors qu'aucune pression ou menace n'est exercée sur les salariés, cette démarche, non assimilée ici à de la propagande électorale, n'est pas une irrégularité susceptible de fausser les résultats du scrutin et donc d'entraîner l'annulation des élections (cass. soc. 5 mai 2004, n° 03-60141 D).

APRÈS LE PREMIER TOUR : LES SYNDICATS ET CANDIDATS SANS ÉTIQUETTE SYNDICALE

12-61 Tous les syndicats qui ont pu mener campagne au premier tour sont habilités à poursuivre celle-ci lors du second tour.

Les syndicats non autorisés à présenter des listes au premier tour ainsi que les salariés candidats sans étiquette syndicale peuvent débuter une campagne électorale en vue du second tour à l'issue du premier tour (cass. soc. 14 janvier 2004, n° 01-60788, BC V n° 12).

DATE DE FIN DE CAMPAGNE

12-62 Le code du travail n'indique pas de dates limites pour faire campagne. Selon les juges, la propagande électorale peut être menée dans l'entreprise jusqu'au jour du scrutin dès lors qu'elle n'est pas abusive. En d'autres termes, elle ne doit pas avoir d'influence déterminante sur les résultats et, par conséquent, les fausser (cass. soc. 10 juillet 1997, n° 96-60338 D). Pour éviter des risques de contentieux il est conseillé de prévoir dans le protocole préélectoral les dates d'ouverture et de fermeture de la campagne.

POINT DE VIGILANCE

Le seul fait de ne pas respecter la période de campagne électorale ne justifie pas une action en référé (cass. soc. 15 novembre 2017, n° 16-24798, BC V n° 194). Il peut justifier une demande, a posteriori, d'annulation des élections. À notre sens, elle n'aurait que peu de chances d'aboutir. En effet, la Cour de cassation a déjà consenti à annuler les élections en raison d'un tract émis en dehors de la période de propagande électorale, mais essentiellement en raison du ton très polémique du tract en question (cass. soc. 23 juin 2004, n° 02-60848 D).

MOYENS DES CANDIDATS

- **Campagne dans l'entreprise**

12-63 Le code du travail ne prévoit ni actions, ni supports de communication spécifiques en vue des élections professionnelles. Aussi, pour mener leur campagne électorale, les syndicats peuvent recourir aux moyens que leur confère la section syndicale (ex. : panneau d'affichage, réunions en dehors des heures de travail, tracts, intranet autorisé par accord d'entreprise) (c. trav. art. L. 2142-6).

Des moyens supplémentaires et spécifiques à la propagande électorale peuvent être prévus par le protocole préélectoral. En tout état de cause, les candidats sont libres de leurs actions en dehors du temps et du lieu de travail. En effet, le code du travail ne réglemente l'action syndicale que dans l'enceinte de l'entreprise (c. trav. art. L. 2142-4).

• **Covid-19.** Le ministère du Travail a souligné que l'ensemble des distributions des programmes électoraux et des communications syndicales doivent se faire, dans le contexte de la crise sanitaire liée au covid-19, dans le strict respect des règles sanitaires applicables

FICHE PRATIQUE

au sein de l'entreprise (Q/R, dialogue social, questions/réponses du ministère du Travail, 17 avril 2020, mis à jour le 29 septembre 2021). À notre avis, il en est de même pour les candidatures non syndicales. Il a également rappelé dans ce même document Q/R que les syndicats ayant créé une section syndicale peuvent transmettre leurs communications syndicales par voie dématérialisée (c. trav. art. L. 2142-6 ; cass. soc. 21 septembre 2011, n° 10-19017, BC V n° 193).

- **Campagne hors de l'entreprise**

12-64 Les communications syndicales (y compris sur Internet) effectuées hors de l'entreprise sont libres sous réserve toutefois que l'interdiction de publier des informations injurieuses ou diffamatoires soit respectée (loi du 29 juillet 1881, art. 29 ; cass. soc. 28 février 2007, n° 05-15228, BC V n° 37 ; cass. civ., 1re ch., 6 octobre 2011, n° 10-18142, BC V n° 159 ; cass. soc. 15 novembre 2017, n° 16-24798, BC V n° 194).

EN PRATIQUE

La voie publique, les parties communes de l'immeuble où l'entreprise occupe les locaux, l'entrée des locaux d'un client chez lequel des salariés de l'entreprise effectuent des missions ne font pas partie de l'enceinte de l'entreprise (cass. soc. 18 janvier 2011, n° 09-12240 D).

Obligations de l'employeur

DEVOIR DE NEUTRALITÉ

12-65 L'obligation de neutralité de l'employeur est un principe essentiel du droit électoral. La violation de ce principe justifie à elle seule l'annulation des élections (cass. soc. 10 mai 2012, n° 11-14178 D). Sous peine d'annulation des élections, l'employeur ne peut pas effectuer ou influencer la propagande électorale.

Pendant la préparation des élections, l'employeur doit s'abstenir de tout acte ou de toute attitude qui pourrait être interprété comme une immixtion dans la campagne électorale. L'employeur informe généralement le personnel en affichant, sur les panneaux de la direction, le déroulement des élections, les noms des candidats, les listes électorales ainsi que le procès-verbal des résultats ou de carence sous réserve de rester neutre à l'égard des syndicats (c. trav. art. L. 2141-7) et à l'égard des candidats libres (cass. soc. 14 janvier 2004, n° 01-60788, BC V n° 20 ; cass. soc. 31 mai 2011, n° 10-60228 D).

EXEMPLE L'employeur ne doit pas laisser circuler un tract anonyme mettant en cause les candidats d'un syndicat (cass. soc. 7 novembre 2012, n° 11-60184 D).

Il manque également à cette obligation en laissant un syndicat diffuser sa propagande électorale via la messagerie du comité, sans donner les mêmes moyens d'accès au syndicat concurrent (cass. soc. 27 mai 2020, n° 19-15105 D).

Si aucune disposition n'interdit les initiatives de nature à inciter les électeurs à voter, jusque et y compris durant la journée du scrutin, l'employeur ne peut pas avoir de positions partisanes. Il sort ainsi de son obligation de neutralité s'il incite les salariés à voter « blanc ou nul » et à ne pas voter au premier tour (cass. soc. 25 février 1992, n° 91-60140 D). Une telle attitude constitue une cause d'annulation des élections. Il en est de même lorsque l'employeur met en cause, dans un courrier adressé à tous les salariés, la gestion du comité de l'équipe sortante (cass. soc. 31 mai 2011, n° 10-60228 D).

Toutefois, un comportement de stricte neutralité n'est pas incompatible avec certaines initiatives. L'employeur conserve ainsi la possibilité d'informer les salariés du droit qu'ils ont de s'abstenir ou de déposer un bulletin blanc sous réserve que cette information n'apparaisse pas en fait comme une recommandation.

ABSENCE DE CONTRÔLE DU CONTENU DES INFORMATIONS

12-66 Sous peine d'une condamnation pour délit d'entrave et d'une annulation des élections professionnelles, l'employeur ne peut ni contrôler, ni censurer le contenu de la propagande diffusée. S'il souhaite interdire l'affichage d'une communication, il doit saisir le tribunal judiciaire qui statuera selon la procédure accélérée au fond.

Le seul fait de ne pas respecter la période de campagne électorale (ex. : lancement de celle-ci avant la date fixée par le protocole d'accord préélectoral) ne justifie pas une action judiciaire (cass. soc. 15 novembre 2017, n° 16-24798, BC V n° 194).

TRANSMISSION DES DOCUMENTS DE CAMPAGNE SI NÉCESSAIRE

12-67 En cas de mise en place d'un vote par correspondance (voir § 14-2), il est généralement prévu que l'employeur adresse aux électeurs concernés, en même temps que les documents servant au vote, les professions de foi des syndicats et, le cas échéant, des candidats « libres » se présentant au second tour.

POINT DE VIGILANCE

Sous peine de délit d'entrave, l'employeur ne peut pas refuser de communiquer ces documents de campagne au motif qu'ils contiennent, par exemple, des affirmations diffamatoires et étrangères au débat syndical (cass. crim. 30 mai 1989, n° 87-83411, B. crim. n° 227 ; cass. soc. 12 novembre 2003, n° 02-60714 D).

13 Date, lieu et matériel de vote

Où et quand a lieu le vote ?
- Date et heure des élections 13-1
- Vote pendant le temps de travail.... 13-3
- Vote sur les lieux du travail 13-5
- Publicité des heures et des lieux de vote 13-6

Matériel de vote
- Bulletins de vote 13-7
- Enveloppes 13-13
- Urnes 13-16
- Isoloirs 13-19

Où et quand a lieu le vote ?

DATE ET HEURE DES ÉLECTIONS

→ Date du vote

13-1 La date des élections du CSE est fixée librement dans l'accord préélectoral sous réserve du respect des règles suivantes :

› le premier tour, qu'il s'agisse d'une première mise en place ou d'un renouvellement de l'instance, doit avoir lieu dans les 90 jours de l'information du personnel de l'organisation des élections par tout moyen permettant de conférer date certaine à cette information (affichage, e-mail, courrier, etc.) (c. trav. art. L. 2314-4) (voir § 8-16) ;

› en cas de renouvellement des mandats des représentants du personnel, le premier tour doit avoir lieu dans les 15 jours précédant l'expiration des mandats (c. trav. art. L. 2314-5) ;

› si le quorum n'est pas atteint au premier tour ou si certains postes restent à pourvoir à l'issue du premier tour, un second tour est organisé, au plus tard 15 jours après le premier tour (c. trav. art. L. 2314-29) (voir § 15-8).

- **En cas d'élections sur demande d'un salarié ou d'un syndicat.** L'employeur doit, sauf en cas de P-V de carence de moins de 6 mois, engager la procédure électorale dans le mois suivant la réception de la demande (c. trav. art. L. 2314-8) (voir §§ 8-8 et 8-9).

POINT DE VIGILANCE

Un mouvement de grève n'empêche pas en soi la tenue des élections professionnelles. Celles-ci peuvent donc se tenir au cours d'une grève sous réserve que (cass. soc. 28 janvier 2015, n° 14-14345, BC V n° 14) :

la grève ne touche pas l'ensemble des salariés (dans cette affaire, le mouvement de grève avait été suivi par environ 20 % des salariés) et que ces derniers soient largement présents dans les locaux de l'entreprise ;

l'employeur ait respecté ses obligations d'information du personnel (dans cette affaire, l'employeur l'avait régulièrement informé par affichage d'une note de service fixant le calendrier des élections).

À NOTER Compte tenu de la similitude des textes en la matière, la jurisprudence et les réponses administratives rendues à propos des IRP précédemment en place gardent, à notre avis, toute leur valeur. Les arrêts et réponses indiqués dans nos développements ci-après sont donc, en toute vraisemblance, transposables au CSE.

→ Heures de vote

13-2 Les heures de vote sont déterminées, en principe, par le protocole d'accord préélectoral.

L'employeur doit respecter les heures annoncées pour l'ouverture et la clôture du scrutin. S'il clôture par exemple le scrutin trop tôt, les élections sont susceptibles d'être annulées dès lors que cette modification d'horaire empêche certains électeurs de participer au vote et a une influence sur les résultats (cass. soc. 20 janvier 1983, n° 82-60355, BC V n° 31 ; cass. soc. 28 octobre 1997, n° 96-60345 D).

De même, les votes de deux électeurs après l'heure de clôture du scrutin qui faussent les résultats peuvent permettre l'annulation des élections (cass. soc. 27 mai 1987, n° 86-60360, BC V n° 345).

VOTE PENDANT LE TEMPS DE TRAVAIL

→ Principe et exception

13-3 L'élection a lieu, en principe, pendant le temps de travail (c. trav. art. L. 2314-27).

Toutefois, un accord contraire signé par tous les syndicats représentatifs dans l'entreprise peut prévoir un vote en dehors du temps de travail, notamment en cas de travail en continu (c. trav. art. L. 2314-27) (voir § 9-29). Dans cette hypothèse, l'accord doit déterminer les catégories de salariés qui voteront en dehors de leur temps de travail, étant entendu que l'élection doit se dérouler durant les heures d'ouverture de l'entreprise (circ. DRT 1983-13 du 25 octobre 1983, § 2.4.2).

POINT DE VIGILANCE

L'organisation du scrutin un samedi matin, jour où une partie seulement du personnel travaille, constitue une irrégularité justifiant l'annulation des élections (cass. soc. 4 février 1998, n° 97-60016 D).

→ Temps de vote rémunéré

13-4 Le temps passé à voter ne fait pas l'objet d'une retenue sur salaire. Celle-ci aurait d'ailleurs un effet dissuasif, incompatible avec la démarche du législateur (circ. DRT 1983-13 du 25 octobre 1983, § 2.4.2). Toutefois lorsque le temps accordé aux salariés pour leur participation au scrutin est dépassé en raison d'une négligence de leur part, l'employeur n'est pas tenu de rémunérer les intéressés au-delà du délai fixé (cass. soc. 9 décembre 1992, n° 88-43829, BC V n° 587).

- **Vote en dehors du temps de travail.** L'accord préélectoral peut prévoir une indemnisation pour certaines catégories de salariés amenés à voter en dehors de leur temps de travail (circ. DRT 1983-13 du 25 octobre 1983, § 2.4.2).

VOTE SUR LES LIEUX DU TRAVAIL

13-5 Les opérations électorales se déroulent sur les lieux du travail, toutes dispositions étant prises pour faciliter la venue des salariés.

Toutefois, dans le cas d'entreprises comportant différents chantiers disséminés, les élections peuvent être organisées au siège de la société, mais à condition que toutes les facilités soient données aux salariés éloignés pour se rendre sur les lieux du vote (cass. soc. 9 juillet 1981, n° 81-60561, BC V n° 693 ; cass. soc. 15 mai 1991, n° 90-60483, BC V n° 240).

EXEMPLE Des moyens de transport peuvent être fournis aux salariés (cass. soc. 15 avril 1970, n° 69-60128, BC V n° 248). Dans ce cas, si le protocole préélectoral prévoit le transport par un véhicule de l'entreprise des salariés isolés du lieu de vote, l'employeur doit respecter son obligation. Si le juge constate que 4 salariés n'ont pas pu voter, les élections peuvent être annulées dans la mesure où il estime que l'irrégularité a été de nature à modifier les résultats.

PUBLICITÉ DES HEURES ET DES LIEUX DE VOTE

13-6 Les salariés sont informés de la date envisagée pour le premier tour des élections dans le document les informant de l'organisation de ces élections. Ce document peut être diffusé par tout moyen permettant de donner une date certaine à cette diffusion (c. trav. art. L. 2314-4). Il peut notamment l'être par voie d'affichage. Dans ce cas, cette formalité doit être effectuée sur les panneaux réservés aux communications de la direction. L'affichage doit être visible et lisible (cass. soc. 9 octobre 1991, n° 91-60007 D).

L'employeur peut aussi ajouter à l'affichage ou lui substituer d'autres moyens de communication tels que l'intranet ou la distribution de notes d'information.

En tout état de cause, tous les salariés doivent accéder à cette information, et ce, pour chaque site de travail (cass. soc. 3 avril 2002, n° 01-60464 D). L'employeur n'a pas d'autre obligation en la matière. Ainsi, il n'est pas tenu de joindre personnellement un salarié qui ne peut pas accéder temporairement à l'information du fait d'une mise à pied conservatoire (cass. crim. 5 mars 2002, n° 01-81049, B. crim. n° 56). Il en est de même pour un salarié en arrêt maladie (cass. soc. 6 juillet 2005, n° 04-60432 D).

Matériel de vote

BULLETINS DE VOTE

→ Bulletins de vote fournis par l'employeur

13-7 L'élection a lieu au scrutin secret sous enveloppe (c. trav. art. L. 2314-26) ou par voie électronique (voir § 14-13).

L'employeur doit mettre à la disposition du personnel les bulletins de vote en nombre égal et suffisant pour chaque liste de candidats. Les bulletins peuvent être imprimés, ronéotypés, dactylographiés, photocopiés, selon les moyens de l'entreprise. Dans tous les cas, ils doivent être lisibles.

Les bulletins doivent être distincts :
› pour chaque collège ;
› pour chaque liste ;
› pour les titulaires et pour les suppléants.

POINT DE VIGILANCE

Lorsque le nombre des votants est supérieur à celui des bulletins de vote, ce fait est susceptible de fausser les résultats du scrutin et, en conséquence, entraîner l'annulation des élections (cass. soc. 20 juillet 1983, n° 82-60326, BC V n° 461).

→ Mentions du bulletin de vote

13-8 Chaque bulletin de vote doit comporter plusieurs mentions :
› la nature de l'élection : CSE, premier ou second tour ;
› la date de l'élection ;
› le collège électoral ;
› la liste des candidats, telle qu'elle a été déposée ;
› le nom du syndicat ou la mention « candidats libres » si la candidature ne résulte pas d'un syndicat.

POINT DE VIGILANCE

L'affiliation confédérale constitue un élément essentiel du vote des électeurs. Par conséquent, pour qu'un syndicat d'entreprise puisse se prévaloir des voix obtenues par les syndicats qui lui sont affiliés, il faut que cette affiliation ait été mentionnée sur les bulletins de vote ou ait été portée à leur connaissance certaine par le syndicat (cass. soc. 12 avril 2012, nos 11-22290 et 11-22291, BC V n° 127). En pratique, pour dissiper tout doute sur l'affiliation des syndicats, la méthode la plus sûre consiste à prévoir que l'affiliation sera mentionnée sur les bulletins de vote.

En cas de candidature individuelle, chaque candidature individuelle, au 1er comme au 2nd tour, constitue une liste (cass. soc. 10 janvier 1989, n° 87-60309, BC V n° 6). Dans ce cas, il est possible de prévoir des bulletins de vote au nom de chaque candidat se présentant individuellement (attention toutefois aux obligations liées au respect de la parité sur les listes électorales, voir § 12-42).

Les bulletins doivent respecter l'ordre de présentation des candidats (cass. soc. 13 juillet 1993, n° 92-60009 D).

À NOTER La reproduction incomplète du sigle du syndicat n'entraîne pas forcément l'annulation des élections (cass. soc. 14 novembre 1984, n° 84-60380, BC V n° 430). Le protocole préélectoral, ou le tribunal judiciaire, peut toutefois imposer le sigle entier, notamment en cas de risque de confusion. Par ailleurs, les bulletins de vote peuvent comporter un emblème choisi par les candidats, sauf si cela peut créer la confusion dans l'esprit des électeurs (cass. soc. 2 juillet 1987, n° 86-60514, BC V n° 448).

→ Couleur des bulletins de vote

13-9 **Impression sur papier blanc en principe.** Les bulletins sont, en principe, de couleur blanche afin de respecter l'égalité des candidats (c. élect. art. 66).

13-10 Recours à des bulletins de couleur. La mise à disposition de bulletins de couleur ne peut se justifier que, dans l'intérêt des électeurs, lorsque des circonstances particulières le justifient (ex. : pallier l'analphabétisme des salariés dans l'entreprise), constatées soit par le protocole d'accord préélectoral, soit par le tribunal judiciaire, saisi d'une contestation portant sur les modalités du vote (cass. soc. 11 mars 1992, n° 91-60160, BC V n° 174).

POINT DE VIGILANCE

En cas de recours à des bulletins de couleur, les enveloppes doivent être suffisamment opaques afin que les couleurs ne soient pas visibles de l'extérieur.

→ Bulletins blancs

13-11 Mise à disposition. Aucun texte n'interdit aux électeurs de voter blanc et aucune disposition légale n'interdit la mise à la disposition par l'employeur de bulletins blancs leur permettant d'user de la faculté qui leur est offerte (cass. soc. 25 février 1992, n° 89-60135, BC V n° 123 ; cass. soc. 8 juillet 1998, n° 97-60376 D).

Ces bulletins ne doivent comporter aucune inscription.

13-12

Modèle

Bulletin de vote

Élections du CSE du ... 20 ...

Premier collège (ouvriers-employés) - Premier tour

Titulaires

Liste ... *(nom du syndicat)*

- Madame ...
- Monsieur ...
- Monsieur ...

ENVELOPPES

→ Fourniture d'enveloppes par l'employeur

13-13 L'élection a lieu au scrutin secret sous enveloppe (c. trav. art. L. 2314-28). L'employeur, chargé de l'organisation des élections, doit, par conséquent, fournir les enveloppes de vote. Conformément au droit électoral, les enveloppes doivent être opaques et d'un type uniforme, sans aucun signe de reconnaissance (c. élec. art. L. 66).

→ Enveloppes de couleur

13-14 L'utilisation d'enveloppes de couleurs différentes pour les candidats titulaires ou suppléants est admise pour éviter toute confusion.

→ Nombre d'enveloppes

13-15 Le bureau de vote doit constater, avant l'ouverture du scrutin, que le nombre des enveloppes mises à disposition correspond exactement à celui des électeurs inscrits (c. élec. art. 60). Un manque partiel d'enveloppes qui n'a pas faussé le résultat du scrutin permet toutefois de déclarer élus au premier tour les candidats d'une liste unique présentée par un syndicat (cass. soc. 24 mai 1972, n° 71-60281, BC V n° 375).

URNES

→ Conformité des urnes

13-16 Les urnes doivent être, en principe, conformes à celles utilisées pour les élections politiques, c'est-à-dire être transparentes avec doubles serrures. L'utilisation de modèles plus rudimentaires (ex. : urnes en carton, scellées par des bandes adhésives) est admise à condition que les urnes restent bien fermées pendant le scrutin et sous surveillance (cass. soc. 5 janvier 1978, n° 77-60610, BC V n° 17).

EN PRATIQUE

L'utilisation d'une urne non transparente ne constitue pas une violation d'un principe général du droit électoral (cass. soc. 24 mai 2016, n° 15-20541, BC V n° 112).

→ Nombre d'urnes

13-17 Des votes séparés pour les titulaires et les suppléants doivent avoir lieu dans chacun des collèges électoraux (c. trav. art. L. 2314-28). Il y a donc lieu d'installer des urnes distinctes pour chaque collège ainsi que pour les titulaires et les suppléants (ex. : en présence de 2 collèges, il doit y avoir 4 urnes).

POINT DE VIGILANCE

L'utilisation d'une seule urne pour recueillir les bulletins des titulaires et des suppléants constitue une irrégularité susceptible d'entraîner l'annulation des élections si elle a pour effet de fausser les résultats du scrutin (cass. soc. 13 mars 1985, n° 84-60608, BC V n° 164).

→ Transport des urnes

13-18 Les urnes ne sont pas, en principe, déplacées avant le dépouillement. Toutefois, si le transport est nécessaire, il doit être effectué sous la surveillance des membres du bureau du vote (cass. soc. 10 juin 1997, n° 96-60144 D). Constitue ainsi une irrégularité le déplacement des urnes, pendant 2 heures, dans le véhicule d'un membre de la direction de l'entreprise qui en conserve les clés (cass. soc. 18 juillet 2001, n° 00-60195 D).

ISOLOIRS

13-19 L'élection ayant lieu au scrutin secret sous enveloppe (c. trav. art. L. 2314-26 et L. 2324-19), les électeurs doivent bénéficier d'un dispositif permettant l'isolement (cass. soc. 26 mai 1998, n° 97-60092, BC V n° 279 ; cass. soc. 12 octobre 2000, n° 99-60368 D).

Le code du travail n'impose pas pour autant l'installation d'isoloirs (comme ceux utilisés pour les élections politiques) dans la salle de vote (cass. soc. 28 mars 2018, n° 17-60278 D). Il est, en effet, possible d'utiliser d'autres moyens permettant aux électeurs de s'isoler sous réserve que ces moyens assurent le secret et la liberté du vote.

EXEMPLE Ont été admis comme des lieux pouvant servir d'isoloirs un hangar de 1 500 m² avec des allées constituées de casiers permettant aux électeurs de voter (cass. soc. 11 juin 1986, n° 85-60485 D), un bureau à l'abri des regards derrière un rideau (cass. soc. 12 octobre 2000, n° 99-60368 D) ou encore les toilettes de l'entreprise (cass. soc. 21 juillet 1986, n° 85-60490 D). En revanche, n'a pas été reconnue comme pouvant faire office d'isoloir une pièce adjacente au lieu de vote, dépourvue de porte, accessible à tous les électeurs en même temps et surveillée par un contremaître (cass. soc. 8 juillet 1976, n° 76-60040, BC V n° 445).

14 Vote par correspondance et vote électronique

Présentation

Vote par correspondance
- Conditions de recours 14-2
- Organisation matérielle du vote par correspondance 14-5

Vote électronique
- Modalité facultative 14-13
- Mise en place du vote électronique 14-14
- Recours à un prestataire 14-19
› *Encadré : Contrôle extérieur avant mise en place du vote électronique ?* 14-20
- Information et formation 14-21
- Organisation matérielle du vote ... 14-24
- Déroulement du scrutin 14-28

Présentation

14-1 L'élection a lieu au scrutin secret sous enveloppe (c. trav. art. L. 2314-26) et la règle applicable en matière de vote est celle du vote physique.

Ces règles n'excluent toutefois ni le vote par correspondance (voir § 14-2), ni le vote électronique (voir § 14-13).

À NOTER Compte tenu de la similitude des textes en la matière, la jurisprudence et les réponses administratives rendues à propos des IRP précédemment en place gardent, à notre avis, toute leur valeur. Les arrêts et réponses indiqués dans nos développements ci-après sont donc, en toute vraisemblance, transposables au CSE.

Vote par correspondance

CONDITIONS DE RECOURS

→ Modalité de vote alternative

14-2 La question du vote par correspondance n'a pas été abordée par le code du travail. S'il convient de retenir, en l'absence de dispositions conventionnelles dérogatoires, la règle du vote physique (voir § 13-5), le recours au vote par correspondance n'est ni interdit, ni une modalité de vote contraire à une règle d'ordre public (cass. soc. 13 février 2013, n° 11-25696, BC V n° 38 ; cass. soc. 13 mars 2013, n° 12-13841 D).

L'employeur peut donc décider d'y recourir et de l'ouvrir à certains ou à tous les salariés sans avoir à justifier le recours de circonstances exceptionnelles dès lors qu'il est prévu par une clause du protocole d'accord préélectoral signée selon la règle de la double majorité (voir § 9-26) (cass. soc. 13 février 2013, n° 11-25696, BC V n° 38).

→ Décision des partenaires sociaux

14-3 Le vote par correspondance devient obligatoire si la convention collective applicable dans l'entreprise ou le protocole d'accord préélectoral le prévoit. Lorsqu'il est envisagé, il doit être organisé pour les deux tours.

L'employeur qui s'abstiendrait, en présence de telles dispositions, d'organiser, de préparer et d'informer le personnel du vote par correspondance commet une irrégularité susceptible d'entraîner l'annulation du scrutin (cass. soc. 1er février 1978, n° 77-60599, BC V n° 76).

POINT DE VIGILANCE

L'employeur ne peut pas prendre unilatéralement la décision de recourir au vote par correspondance alors que cette modalité n'est pas prévue par le protocole préélectoral (cass. soc. 12 juillet 2006, n° 05-60332, BC V n° 251).

→ Décision du tribunal judiciaire

14-4 À défaut d'accord entre l'employeur et les partenaires sociaux, le tribunal judiciaire peut décider que le personnel ne travaillant pas le jour du vote ou se trouvant en déplacement votera par correspondance (cass. soc. 14 février 1984, n° 83-60964, BC V n° 66). Le juge peut valablement demander aux parties de prévoir le vote par correspondance dans l'accord préélectoral et de les envoyer négocier sur les autres conditions d'organisation et de déroulement du vote.

Il peut aussi décider qu'un tel vote ne s'impose pas. Mais, il ne peut pas écarter les dispositions contenues dans un accord préélectoral qui s'imposent aux parties (cass. soc. 10 janvier 1989, n° 87-60135, BC V n° 4).

POINT DE VIGILANCE

Il a été jugé que le juge saisi en cas de désaccord des parties sur le vote par correspondance et à défaut de dispositions conventionnelles le prévoyant, ne peut décider de l'imposer qu'en raison de circonstances exceptionnelles ou de la spécificité des fonctions exercées par les personnels concernés (cass. soc. 6 juin 2018, n° 17-60132 D). Il s'agit toutefois d'un arrêt isolé qui reste à être confirmé.

ORGANISATION MATÉRIELLE DU VOTE PAR CORRESPONDANCE

→ Modalités définies dans le PAP

14-5 Le vote par correspondance est, en général, organisé par le protocole d'accord préélectoral (PAP). La clause de ce dernier organisant le vote par correspondance doit être signée selon la règle de la double majorité (c. trav. art. L. 2314-6 ; cass. soc. 13 février 2013, n° 11-25696, BC V n° 38).

Le PAP détermine en particulier :

- les catégories de personnel habilitées à voter par correspondance (voir § 14-2) ;
- les documents nécessaires au vote : bulletins de vote, enveloppes de vote anonyme, enveloppes d'expédition (voir § 14-6).

Il peut aussi être prévu par un accord collectif bien que cela soit plus rare en pratique.

Modèle

Clause du protocole relative aux salariés susceptibles de voter par correspondance

Les salariés absents de l'entreprise à la date du scrutin, pour quelque cause que ce soit (arrêt de travail pour maladie, accident, congé de maternité, congé parental, congés payés et autres congés, déplacements professionnels, formation, etc.) auront la faculté de voter par correspondance.

Exposé des modalités pratiques de ces votes (voir § 14-6).

POINT DE VIGILANCE

L'organisation du vote par correspondance doit assurer le secret du vote et la liberté du scrutin dans le respect des modalités fixées dans l'accord préélectoral.

→ Envoi du matériel aux électeurs concernés

14-6 L'employeur doit adresser aux salariés concernés tous les documents qui seront communiqués aux électeurs le jour du scrutin (bulletins de vote, enveloppes, listes de candidats ainsi que les différents documents adressés aux salariés, selon le cas, par les syndicats ou les candidats libres). L'accord préélectoral ou, à défaut, le tribunal judiciaire peut prévoir que l'employeur leur adresse également les circulaires de propagande des syndicats présentant des candidats (cass. soc. 6 juillet 1983, n° 83-60746, BC V n° 402) ou des tracts.

Le vote doit avoir lieu sous double enveloppe : la première pour recueillir le bulletin de vote pour les titulaires et la seconde pour le bulletin pour les suppléants.

Les deux enveloppes contenant les votes doivent, ensuite, être placées dans une enveloppe de réexpédition (c'est-à-dire préimprimée, utilisée pour l'envoi à l'entreprise indiquant les noms du destinataire et de l'électeur).

Le matériel de vote doit être expédié aux électeurs dans un délai suffisant pour qu'ils soient en mesure de voter en temps utile. C'est le cas d'un délai d'une semaine (cass. soc. 7 juillet 1981, n° 81-60510, BC V n° 661), mais pas d'une journée seulement (cass. soc. 21 octobre 1985, n° 85-60221, BC V n° 474).

Modèle

Clause du protocole relative aux modalités d'organisation du vote par correspondance

Au plus tard 8 jours avant la date du scrutin, la direction adressera à chacun des salariés intéressés un exemplaire des bulletins de vote des candidats titulaires et suppléants, correspondant aux listes présentées dans le collège, deux enveloppes portant respectivement l'indication « titulaires » et « suppléants », une enveloppe préaffranchie à l'adresse de la direction du personnel ainsi qu'une notice explicative.

> Les bulletins seront placés dans les enveloppes de vote qui, cachetées, seront disposées dans l'enveloppe d'expédition et acheminées par la voie postale.
>
> À l'ouverture du scrutin, les enveloppes seront remises non décachetées par la direction du personnel au président du bureau de vote intéressé selon le collège qui, après pointage des listes électorales, déposera dans les urnes correspondantes les enveloppes de vote.
>
> Pour ce vote, les dispositions suivantes sont retenues :
>
> a) tout pli contenant un vote par correspondance doit être revêtu de la signature du votant sous peine d'irrecevabilité ;
>
> b) les votes par correspondance ne seront recevables que jusqu'à la dernière heure utile de réception du courrier postal au jour du scrutin, soit :
> – jusqu'au ..., à ... heures pour le premier tour ;
> – jusqu'au ..., à ... heures pour le second tour éventuel.

→ Transmission des votes

14-7 Les votes par correspondance sont, en principe, acheminés par voie postale. Lorsque celle-ci n'est pas utilisée, le tribunal judiciaire doit vérifier si le mode utilisé a assuré le secret et la sincérité du scrutin. Sont ainsi réguliers les votes par correspondance adressés :

- à un huissier qui les portera lui-même au siège le jour du vote (cass. soc. 19 novembre 1986, n° 86-60059, BC V n° 534) ;
- dans une boîte postale conservée par la Poste (cass. soc. 19 juin 1985, n° 84-60905, BC V n° 346) ;
- au président du bureau de vote dès lors qu'il n'est soumis à aucune pression.

À l'inverse, ne sont pas valables :

- la collecte des votes opérés par le service du personnel (cass. soc. 7 janvier 1970, n° 69-60067, BC V n° 6) ;
- la remise des votes entre les mains du chef du personnel (cass. soc. 18 janvier 1978, n° 77-60598, BC V n° 46) ;
- l'envoi groupé par le courrier interne de l'entreprise (cass. soc. 21 mai 1986, n° 85-60498, BC V n° 223).

Le bureau de vote assure le bon déroulement du scrutin, en prononce la clôture et procède au dépouillement des votes. Toutes les enveloppes de vote par correspondance doivent, en conséquence, être remises au bureau de vote (cass. soc. 31 mars 2009, n° 08-60494, BC V n° 96).

EN PRATIQUE

Aucune disposition légale ne met à la charge de l'employeur l'obligation d'affranchir à l'avance les enveloppes que les électeurs absents renvoient avec le bulletin de vote. Aussi, en l'absence de disposition particulière notamment du protocole d'accord préélectoral, le salarié devra affranchir son courrier.

→ Incidence des irrégularités dans l'envoi du matériel

14-8 À moins qu'elles soient directement contraires aux principes généraux du droit électoral, les irrégularités commises dans l'organisation et le déroulement du scrutin ne peuvent constituer une cause d'annulation que :

- si elles ont exercé une influence sur le résultat des élections ;
- ou, si, s'agissant du premier tour, elles ont été déterminantes de la qualité représentative des organisations syndicales dans l'entreprise ou du droit, pour un candidat, d'être désigné délégué syndical (cass. soc. 13 janvier 2010, n° 09-60203, BC V n° 7 ; cass. soc. 7 novembre 2012, n° 11-27259 D).

Même si l'employeur n'a commis aucun manquement dans l'organisation du scrutin, l'élection peut être annulée si l'arrivée tardive des bulletins de vote par correspondance (c'est-à-dire s'ils parviennent à l'entreprise après la clôture du scrutin) a été déterminante sur la représentativité des syndicats dans l'entreprise (cass. soc. 13 janvier 2010, n° 09-60203, BC V n° 7 ; cass. soc. 7 novembre 2012, n° 11-27259 D).

Ce peut être le cas, par exemple, en cas en cas de retard de la Poste dans une affaire où la remise tardive d'un vote par correspondance avait été déterminante. L'annulation de l'élection des titulaires du comité d'établissement était encourue (cass. soc. 21 juin 2017, n° 16-60262 D).

→ Signature de l'électeur

14-9 **Scrutin classique exclusivement « papier ».** En cas de vote par correspondance, la signature de l'électeur sur l'enveloppe de réexpédition, renfermant l'enveloppe contenant le bulletin de vote, est une formalité substantielle qui a pour objet d'assurer la sincérité des opérations électorales. Un protocole d'accord électoral, même unanime, ne peut pas y déroger (cass. soc. 9 février 2000, n° 98-60581, BC V n° 61 ; cass. soc. 24 mai 2016, n° 15-20195 D). Dès lors qu'il est impossible de vérifier que le nombre d'enveloppes de réexpédition de vote par correspondance sans signature de l'électeur a eu un effet sur le résultat du scrutin, les élections doivent être annulées (cass. soc. 9 février 2000, n° 98-60581, BC V n° 61 ; cass. soc. 19 décembre 2007, n° 07-60021 D). Toutefois, lorsque ce type d'irrégularité n'affecte pas l'ensemble des élections mais seulement celle d'un seul collège, l'annulation des élections est limitée à ce seul scrutin (cass. soc. 12 juillet 2006, n° 05-60353, BC V n° 252).

POINT DE VIGILANCE

Toutes les enveloppes de vote par correspondance doivent être remises au bureau de vote. Ainsi, il ne peut pas être décidé, même dans le protocole d'accord préélectoral, que l'huissier détruise, hors de tout contrôle du bureau de vote, les enveloppes parvenues à son étude après la date de la veille du scrutin (cass. soc. 31 mars 2009, n° 08-60494, BC V n° 96).

14-10 **Scrutin incluant des codes-barres.** Si le mode de scrutin retenu pour le vote par correspondance est en principe exclusivement « papier » (voir § 14-9), le choix faisant intervenir un code-barres directement sur les bulletins de vote n'est pas pour autant interdit. Le recours à un tel procédé nécessite (cass. soc. 10 mai 2012, n° 11-25029, BC V n° 140) :

- une disposition spécifique du protocole préélectoral le prévoyant ;

› la fixation par le protocole préélectoral de garanties appropriées au respect du secret du vote (c'est-à-dire de mesures rendant impossible l'établissement d'un lien entre l'identité de l'électeur et l'expression de son vote).

EXEMPLE Une société d'intérim avait mis en place un dispositif de vote par correspondance pour l'élection des représentants du personnel dans l'une de ses « directions opérationnelles ». Les bulletins de vote envoyés par l'employeur comportaient un numéro d'identification propre à chaque salarié, ainsi qu'un code-barres.

Or le protocole préélectoral n'évoquait à aucun moment le recours à des codes-barres et n'abordait donc pas la question des procédés mis en œuvre pour assurer le secret du scrutin. Sur ce point, l'employeur s'était contenté de reprendre les arguments du prestataire, qui assurait être le seul à détenir les informations recueillies par les codes-barres, mais sans apporter de garanties réelles et effectives de sécurisation des opérations de vote. Par conséquent, les élections ont été annulées (cass. soc. 10 mai 2012, n° 11-25029, BC V n° 140).

→ Dépouillement des votes par correspondances

14-11 Sous réserve d'en respecter les modalités légales (voir § 15-28), le dépouillement des votes par correspondance peut être opéré par voie électronique dès lors que ce système apporte des garanties équivalant au vote classique (cass. soc. 23 juin 2010, n° 09-60335, BC V n° 147 ; cass. soc. 10 mai 2012, n° 11-25029, BC V n° 140). En effet, malgré l'absence d'enveloppe électorale opaque et de signature de cette enveloppe par l'électeur, ce système de dépouillement [en l'espèce, dépouillement opéré par lecture optique de codes-barres (attribués de manière aléatoire par un prestataire extérieur) figurant sur les enveloppes de vote renvoyées par les électeurs], mis en œuvre sous la responsabilité d'un intervenant extérieur, est de nature à assurer l'identification des électeurs, la sincérité et le secret du vote.

Il n'est pas nécessaire de prévoir le dépouillement par voie électronique par accord collectif préalable ; le protocole préélectoral est suffisant (cass. soc. 14 janvier 2014, n° 13-60165, BC V n° 7).

→ Mentions du P-V

14-12 En principe, lors des élections professionnelles, un procès-verbal (P-V) doit être établi après la fin du dépouillement. Il doit notamment mentionner les heures d'ouverture et de clôture du scrutin (voir § 15-57). Par exception, ces mentions ne sont pas nécessaires si le vote se fait uniquement par correspondance, les dispositions du code électoral ne s'appliquant pas dans ces circonstances (cass. soc. 15 avril 2015, n° 14-60688 D).

Vote électronique

MODALITÉ FACULTATIVE

14-13 Le vote électronique sur le lieu de travail ou à distance peut être mis en place pour les élections professionnelles par un accord d'entreprise (ou de groupe) ou, à défaut d'accord, par une décision unilatérale de l'employeur (c. trav. art. L. 2314-26 et R. 2314-5). Il n'interdit pas le vote à bulletins secrets sous enveloppe sauf mention contraire de l'accord instituant cette modalité de vote ou désaccord de l'employeur (c. trav. art. R. 2314-5).

EN PRATIQUE

La CNIL a défini les garanties minimales que doivent respecter les systèmes de vote électronique à distance, notamment via Internet, qui sont applicables aux élections du CSE organisées depuis le 21 juin 2020 (délib. CNIL 2019-053 du 25 avril 2019, JO du 21 juin). Cette délibération abroge la précédente délibération de 2010 (délib. CNIL 2010-371 du 21 octobre 2010, JO du 24 novembre).

POINT DE VIGILANCE

Dans le cadre de l'organisation des élections professionnelles par vote électronique, l'employeur est l'unique responsable du traitement (CE 11 mars 2015, n° 368748).

MISE EN PLACE DU VOTE ÉLECTRONIQUE

→ Accord collectif ou décision unilatérale de l'employeur

14-14 **Principe et prévalence de la négociation.** Le vote électronique peut être mis en place pour les élections professionnelles par un accord d'entreprise (ou de groupe) ou, à défaut d'accord, par une décision unilatérale de l'employeur (c. trav. art. L. 2314-26 et R. 2314-5). L'employeur doit tenter de négocier avant de pouvoir adopter une décision unilatérale pour recourir au vote électronique. En effet, selon la Cour de cassation, ce n'est que lorsque, à l'issue d'une tentative loyale de négociation, un accord collectif n'a pu être conclu que l'employeur peut prévoir par décision unilatérale la possibilité et les modalités d'un vote électronique (cass. soc. 13 janvier 2021, n° 19-23533 FSPBRI).

En d'autres termes, dans une entreprise comportant au moins un délégué syndical, la négociation reste un préalable obligatoire. Dans une entreprise dépourvue de délégué syndical, l'employeur peut au contraire décider seul du recours au vote électronique dans la mesure où il ne peut pas négocier un accord collectif selon la voie classique. Il n'a pas à rechercher à conclure un accord dérogatoire subsidiaire (c'est-à-dire avec les élus du personnel ou des salariés mandatés) puisque dans le cas du vote électronique, il existe déjà un mécanisme subsidiaire, celui de la décision unilatérale.

14-15 **Accord collectif d'entreprise ou de groupe.** L'entreprise qui souhaite instituer le vote électronique dans le cadre des élections professionnelles doit conclure un accord collectif d'entreprise (ou de groupe) (c. trav. art. L. 2314-26 et R. 2314-5).

Un accord d'établissement ne peut pas ouvrir cette possibilité, y compris si les élections ont lieu dans le cadre d'un établissement distinct (cass. soc. 10 mars 2010, nos 09-60096 et 09-60152, BC V n° 56).

Toutefois, dans une entreprise divisée en établissements, un accord d'entreprise peut fixer le cadre général du recours au vote électronique et prévoir que les modalités de sa mise en œuvre seront fixées par un accord négocié au niveau de chaque établissement. Il n'en demeure pas moins que l'accord d'établissement ne peut pas mettre en place le vote électronique, un accord d'entreprise ou de groupe reste impératif (cass. soc. 3 novembre 2016, n° 15-21574, BC V n° 201).

Le vote électronique ne peut pas être mis en place avant que l'accord d'entreprise soit applicable (cass. soc. 28 septembre 2011, n° 11-60028, BC V n° 203).

- **Vote à bulletin secret sous enveloppe.** La mise en place du vote électronique n'interdit pas le vote à bulletin secret sous enveloppe si l'accord ou l'employeur n'exclut pas cette modalité (c. trav. art. R. 2314-5).

- **Règle de validité et de dépôt de l'accord.** L'accord collectif autorisant le recours au vote électronique est soumis aux seules conditions de validité prévues pour tout accord collectif (c. trav. art. L. 2232-12 ; cass. soc. 28 septembre 2011, n° 10-27370, BC V n° 202). Sauf dispositions contraires, l'accord collectif est applicable à partir du jour qui suit son dépôt auprès du DREETS (ex-DIRECCTE) (depuis le 1er avril 2021) (c. trav. art. L. 2261-1).

14-16 **Compétence du tribunal judiciaire en cas de litige.** Le litige sur le recours au vote électronique, que ce soit par accord collectif ou par décision de l'employeur, relève du contentieux de la régularité des opérations électorales, c'est-à-dire du tribunal judiciaire qui statue en dernier ressort (pas d'appel possible, seul le pourvoi en cassation est admis) (cass. soc. 13 janvier 2021, n° 19-23533 FSPBRI) (voir § 17-6).

→ Cahier des charges

14-17 L'accord collectif doit comporter un cahier des charges précis qui permet d'assurer la confidentialité des données transmises (c. trav. art. R. 2314-5 et R. 2314-6). Ce document n'est soumis à aucune condition de forme (cass. soc. 3 novembre 2016, n° 15-21574, BC V n° 201).

Le cahier des charges établi par l'employeur en cas de décision unilatérale est soumis aux obligations de publicité et de mise à disposition (c. trav. art. R. 2314-5).

Le cahier des charges est tenu à la disposition des salariés sur le lieu de travail et mis sur l'intranet lorsqu'il en existe un dans l'entreprise (c. trav. art. R. 2314-5).

→ Mention dans le protocole préélectoral

14-18 Le protocole d'accord préélectoral (PAP) doit prévoir les modalités concrètes de la mise en œuvre du vote électronique par une clause spécifique (voir § 9-21). Celle-ci doit mentionner la conclusion de l'accord collectif autorisant le recours au vote électronique et, le cas échéant, le nom du prestataire choisi par l'employeur pour le mettre en place. La clause du protocole préélectoral sur les modalités de mise en œuvre doit, pour être valable, satisfaire à la condition de double majorité.

Le PAP comporte en annexe la description détaillée du fonctionnement du système retenu et du déroulement des opérations électorales (c. trav. art. R. 2314-13).

- **Absence de protocole préélectoral valide.** Dès lors qu'il existe un accord collectif d'entreprise prévoyant le vote électronique, les modalités de mise en œuvre de ce vote peuvent, en l'absence de protocole préélectoral signé à la double majorité, être fixées par l'employeur ou, à défaut, par le tribunal judiciaire, dans les conditions prévues par l'accord d'entreprise (cass. soc. 4 juin 2014, n° 13-18914, BC V n° 134).

EXEMPLE Un protocole d'accord préélectoral peut donc prévoir que le vote électronique puisse avoir lieu à partir de tout ordinateur, 24 heures sur 24, sans que cette disposition soit soumise à la règle de l'unanimité, en principe, nécessaire pour déroger au fait que l'élection doit avoir lieu pendant le temps de travail.

POINT DE VIGILANCE

L'accord collectif autorisant le recours au vote électronique doit être entré en vigueur au jour où l'employeur et les syndicats signent le protocole préélectoral (cass. soc. 28 septembre 2011, n° 11-60028, BC V n° 203). Faute de quoi, les élections professionnelles organisées peuvent être annulées. Autrement dit, le protocole d'accord préélectoral prévoyant le vote électronique n'est valable que si l'accord collectif l'autorisant a été déposé auprès du DREETS au plus tard la veille de la signature du protocole d'accord préélectoral.

RECOURS À UN PRESTATAIRE

14-19 L'employeur peut assumer seul la mise en place du système informatique permettant le vote électronique ou faire appel à un prestataire qu'il aura choisi.

Compte tenu de la technicité qu'il est nécessaire de maîtriser pour mettre en place un tel système, la plupart des employeurs auront certainement recours à un prestataire. Cela semble d'ailleurs préférable en raison des contraintes à respecter pour assurer la confidentialité du système (voir §§ 14-26 et s.).

POINT DE VIGILANCE

En tout état de cause, dans le cadre de l'organisation des élections professionnelles par vote électronique, l'employeur est l'unique responsable du traitement (CE 11 mars 2015, n° 368748).

14-20

CONTRÔLE EXTÉRIEUR AVANT MISE EN PLACE DU VOTE ÉLECTRONIQUE ?

Le système de vote électronique est soumis à un contrôle extérieur, c'est-à-dire une expertise indépendante préalable à sa mise en place ou à toute modification substantielle de sa conception (c. trav. art. R. 2314-9). Celui-ci vérifie que l'ensemble des exigences nécessaires à la confidentialité du système a été respecté.

Toutefois, le Conseil d'État semblait être allé au-delà des prescriptions légales en imposant cette expertise avant chaque scrutin recourant au vote électronique (CE 11 mars 2015, n° 368748). Or, un arrêt de la Cour de cassation du 21 septembre 2016 semble s'écarter de la position du Conseil d'État, en imposant l'expertise indépendante seulement lors au scrutin initial, puis en cas de modification substantielle du système de vote (cass. soc. 21 septembre 2016, n° 15-60216, BC V n° 171).

INFORMATION ET FORMATION

→ Respect des obligations RGPD

14-21 L'employeur ou le prestataire doit respecter les obligations issues du règlement général de protection des données (RGPD). Il est notamment nécessaire d'inscrire le fichier dans le registre de traitement des données tenu par la société et de consulter le délégué à la protection des données personnelles s'il existe (voir www.cnil.fr, Dispositif de vote électronique : que faire ?).

- **Information de la CNIL et des syndicats.** L'employeur informe les organisations syndicales incluses dans le périmètre du vote électronique de l'accomplissement des formalités déclaratives auprès de la CNIL (c. trav. art. R. 2314-11). Toutefois, depuis le 25 mai 2018 (date de l'entrée en vigueur du RGPD), l'employeur n'a plus à déclarer le système de vote électronique auprès de la CNIL (règlt UE 2016-679 du 27 avril 2016, JOUE 4 mai 2016). Aussi cet article est-il devenu à notre avis inapplicable.

→ Remise d'une notice d'information aux salariés

14-22 L'employeur doit fournir à chaque salarié une notice d'information sur le déroulement des opérations électorales (c. trav. art. R. 2314-12) (voir § 14-17).

→ Formation des représentants du personnel

14-23 Les représentants du personnel et les membres du bureau de vote bénéficient d'une formation sur le système de vote électronique retenu (c. trav. art. R. 2314-12).

EN PRATIQUE

L'absence de formation des représentants du personnel sur le système de vote électronique n'entraîne pas forcément l'annulation des élections (cass. soc. 25 octobre 2017, n° 16-21780 D).

ORGANISATION MATÉRIELLE DU VOTE

→ Listes électorales et candidatures

14-24 Les listes électorales sont établies par l'employeur. Le contrôle de la conformité des listes importées sur le système de vote électronique avec celles transmises, le cas échéant, au prestataire s'effectue sous la responsabilité de l'employeur.

Les listes électorales sont enregistrées sur un support distinct de celui de l'urne électronique, scellé et non réinscriptible afin que son contenu soit inaltérable et probant.

L'intégration des candidatures dans le système informatique et leur contrôle sont effectués dans les mêmes conditions (arrêté du 25 avril 2007, JO du 27).

→ Enregistrement de certaines données

14-25 Un certain nombre de données doivent être enregistrées dans le système de vote électronique : les listes électorales, le fichier des électeurs, les listes d'émargement, les listes des candidats et celles des résultats. Le système informatique doit indiquer la liste limitative des destinataires, ou catégories de destinataires, de ces informations qui ne doivent pas pouvoir être accessibles à tous (arrêté du 25 avril 2007, JO du 27).

→ Sécurité des données

14-26 **Confidentialité des données transmises.** Le système retenu assure la confidentialité des données transmises, ainsi que la sécurité de l'adressage des moyens d'authentification, de l'émargement, de l'enregistrement et du dépouillement des votes (c. trav. art. R. 2314-6).

Pour assurer cette confidentialité, plusieurs exigences sont posées (c. trav. art. R. 2314-7, R. 2314-8 et R. 2314-10) :

- › les fichiers comportant les éléments d'authentification des électeurs, les clés de chiffrement et de déchiffrement (il s'agit de codes), ainsi que le contenu de l'urne, sont uniquement accessibles aux personnes chargées de la gestion et de la maintenance du système ;
- › le système de vote électronique doit pouvoir être scellé à l'ouverture et à la clôture du scrutin ;
- › les données relatives aux électeurs et celles relatives à leur vote sont traitées par des systèmes informatiques distincts (le premier est dénommé « fichier des électeurs » et le second « contenu de l'urne électronique ») ;
- › l'employeur doit mettre en place une cellule d'assistance technique chargée de veiller au bon fonctionnement et à la surveillance du système de vote électronique. Cette cellule devra au moins comprendre des représentants du prestataire si l'employeur a fait le choix d'un prestataire. Sans autre précision, il appartiendra à l'employeur de déterminer le nombre et la qualité des autres membres de cette cellule.

EN PRATIQUE

Le fichier des électeurs est établi à partir des listes électorales. Il permet de délivrer à chaque électeur un moyen d'authentification, d'identifier ceux qui ont pris part au vote et d'éditer les listes d'émargement. Le second fichier recense les votes exprimés par voie électronique. Ses données sont chiffrées, elles ne doivent pas comporter de lien permettant d'identifier les électeurs.

14-27 **Défaut de sécurité : risque d'annulation des élections.** Le défaut de sécurité peut valoir un avertissement de la CNIL (délib. CNIL 2013-91 du 11 avril 2013). Par ailleurs, l'envoi des codes d'accès via la messagerie professionnelle, sans autre précaution destinée à éviter qu'une personne non autorisée puisse se substituer frauduleusement à l'électeur, ne garantit pas la confidentialité des données.

Cette atteinte à la confidentialité et au secret du vote constitue, à elle seule, une cause d'annulation du protocole préélectoral et du scrutin (cass. soc. 27 février 2013, n° 12-14415, BC V n° 60 ; CE 11 mars 2015, n° 368748 ; cass. soc. 27 novembre 2019, n° 18-23161 D). Il en est de même si des électeurs confient leur code confidentiel à un autre salarié pour voter à leur place (cass. soc. 3 octobre 2018, n° 17-29022 FPB).

EN PRATIQUE

Le fait que chaque salarié dispose d'un code d'accès personnel pour ouvrir une session sur l'ordinateur qui lui est attribué peut être une précaution suffisante (cass. soc. 14 décembre 2015, n° 15-16491 D), de même que l'envoi par lettre simple au domicile des électeurs de leurs identifiants et mots de passe (cass. soc. 27 novembre 2019, n° 18-23161 D) ou la transmission de nouveaux codes d'accès par téléphone (générés en fonction du nom donné) après vérification par le prestataire de leur nom et prénom, date de naissance et numéro de matricule (cass. soc. 30 septembre 2020, n° 19-18270 D).

DÉROULEMENT DU SCRUTIN

→ Sécurisation du vote

14-28 Lors de l'élection par vote électronique, les fichiers comportant les éléments d'authentification des électeurs, les clés de chiffrement et de déchiffrement et le contenu de l'urne sont uniquement accessibles aux personnes chargées de la gestion et de la maintenance du système (c. trav. art. R. 2314-7).

Le système de vote électronique doit pouvoir être scellé à l'ouverture et à la clôture du scrutin (c. trav. art. R. 2314-8).

→ Horaires d'ouverture et de fermeture du scrutin

14-29 Le vote électronique se déroule, pour chaque tour de scrutin, pendant une période délimitée (c. trav. art. R. 2314-14).

Les heures d'ouverture et de fermeture du scrutin électronique doivent pouvoir être contrôlées par les membres du bureau de vote et les personnes désignées ou habilitées pour assurer le contrôle des opérations électorales (arrêté du 25 avril 2007, JO du 27).

EN PRATIQUE

Un dispositif de secours doit pouvoir prendre le relais en cas de panne du système de vote électronique principal. Ce dispositif de secours doit offrir les mêmes garanties et les mêmes caractéristiques que le système principal. En cas de dysfonctionnement informatique (attaque du système par un tiers, défaillance technique, etc.), et après avis des représentants de l'organisme qui a mis en place le système, le bureau de vote peut prendre toute mesure d'information et de sauvegarde, notamment pour décider la suspension des opérations de vote.

→ Le vote en lui-même

14-30 **S'identifier pour voter.** Qu'il soit sur place ou à distance, l'électeur se connecte au système de vote par un moyen d'authentification qu'on lui a transmis selon des modalités garantissant sa confidentialité (voir § 14-27). C'est ce moyen d'authentification qui permet au serveur de vérifier l'identité de l'électeur et qui garantit qu'il votera une seule fois.

14-31 **Vote anonyme.** Une fois connecté, l'électeur accède aux listes de candidats et exprime son vote de manière anonyme. Ce vote doit pouvoir être modifié avant la procédure de validation qui le rend définitif.

La transmission du vote et l'émargement font l'objet d'un accusé de réception que l'électeur peut conserver.

14-32 **Clôture du vote.** Une fois le scrutin clôturé, le contenu de l'urne, les listes d'émargement et les états courants gérés par les serveurs sont figés, horodatés et scellés automatiquement sur l'ensemble des serveurs.

14-33 **Dépouillement par clés.** On nomme « clés » les codes permettant d'accéder au système et de procéder au dépouillement. L'activation conjointe d'au moins deux des trois clés de chiffrement éditées est nécessaire pour permettre le dépouillement des votes (arrêté du 25 avril 2007, JO du 27).

Les clés sont exclusivement remises au président du bureau de vote et à deux de ses assesseurs (le plus jeune et le plus vieux, à défaut d'accord). Des clés de sauvegarde sont cependant conservées sous scellés.

Le décompte des voix apparaît lisiblement à l'écran et fait l'objet d'une édition sécurisée afin d'être porté au procès-verbal.

POINT DE VIGILANCE

Après le dépouillement, le système de vote est scellé pour garantir l'impossibilité de reprendre ou de modifier les résultats postérieurement à la décision de clôture du dépouillement.

→ Conservation des fichiers supports

14-34 Le système de vote électronique, les fichiers supports, les matériels de vote, etc., sont conservés sous scellés après la décision de clôture du dépouillement jusqu'à l'expiration du délai de recours et, lorsqu'une action contentieuse a été engagée, jusqu'à la décision juridictionnelle devenue définitive. L'objet de cette obligation de conservation est de permettre, si nécessaire, de refaire le décompte des votes.

À l'expiration de ces délais, l'employeur procède à la destruction des fichiers supports (c. trav. art. R. 2314-17).

POINT DE VIGILANCE

Toute personne ayant un intérêt à agir peut contester les élections professionnelles. S'il peut s'agir notamment de l'employeur ou d'un syndicat, il n'en est pas de même du fournisseur du matériel de vote dès lors qu'il conteste les seules dispositions du jugement ayant annulé le processus électoral au sein de l'entreprise (cass. soc. 13 février 2013, n° 12-60279 D). La solution aurait été tout autre si le prestataire avait contesté l'interdiction qui lui était faite d'utiliser le logiciel qu'il commercialisait.

Méthodologie de dépouillement **et résultats des élections**

FERMER
LE BUREAU DE VOTE

▼

INTÉGRER
LES VOTES PAR CORRESPONDANCE
⚠ ATTENTION, AUX DOUBLONS

▼

COMPTER LES ENVELOPPES
COLLÈGE PAR COLLÈGE,
TITULAIRES ET SUPPLÉANTS

▼

VÉRIFIER
LE NOMBRE DE VOTANTS

▼

CALCULER LES SUFFRAGES
VALABLEMENT EXPRIMÉS
(BULLETINS BLANCS, ETC)

▼

DÉCOMPTER LES VOIX
(QUOTIENT, AUTRE)

▼

REMPLIR
LE CERFA ÉLECTRONIQUE

Revue Fiduciaire | BARTHÉLÉMY AVOCATS

ADRIEN PUYFAGES

15 Scrutin et résultats des élections

Deux tours de scrutin
- Scrutin de liste 15-1
- Premier tour de scrutin 15-2
- Second tour de scrutin 15-6

Bureau et salle de vote
- Mise en place du bureau de vote.. 15-15
- Missions du bureau de vote 15-19
- Dans la salle de vote 15-21

Le vote en lui-même
- Opérations électorales à suivre 15-25
- Contrôle de l'identité 15-26
- Saisine du tribunal judiciaire avant l'élection 15-27

Dépouillement et décompte des bulletins
- Dépouillement du scrutin 15-28
- Décompte des bulletins de vote ... 15-29

Attribution des sièges
- Procédure à suivre 15-33
- Attribution des sièges sur la base du quotient électoral 15-34
- Attribution des sièges à la plus forte moyenne 15-41
- Désignation nominative des élus.. 15-44
- › *Encadré : Double candidature titulaire et suppléant* 15-47
- Attribution des sièges réservés..... 15-48

Publicité du résultat
- Proclamation des résultats 15-53
- Qualité d'élu 15-54
- Affichage des noms des membres du CSE 15-55
- Procès-verbal des élections 15-56
- Procès-verbal de carence 15-66
- › *Encadré : P-V de carence aux syndicats de salariés du département concerné* 15-69
- Conséquences en cas d'absence de P-V 15-70

Deux tours de scrutin

SCRUTIN DE LISTE

15-1 Le scrutin électoral est un scrutin de liste. Les électeurs votent pour une liste de candidats et non pour un ou plusieurs candidats pris isolément (c. trav. art. L. 2314-29).

Le scrutin pour les élections professionnelles est à deux tours avec représentation proportionnelle à la plus forte moyenne (c. trav. art. L. 2314-29). Il est procédé à des votes séparés pour les titulaires et suppléants dans chacun des collèges.

• **CSE central.** Par exception, les membres du CSE central sont élus au scrutin majoritaire uninominal à un tour par les élus aux CSE d'établissement (voir § 7-7).

À NOTER Compte tenu de la similitude des textes en la matière, la jurisprudence et les réponses administratives rendues à propos des IRP précédemment en place gardent, à notre avis, toute leur valeur. Les arrêts et réponses indiqués dans nos développements ci-après sont donc, en toute vraisemblance, transposables au CSE.

PREMIER TOUR DE SCRUTIN

→ Monopole des candidatures syndicales

15-2 Au premier tour de scrutin, chaque liste de candidats est établie par les syndicats représentatifs dans l'entreprise ou dans l'établissement concerné et par les syndicats invités à la négociation du protocole préélectoral (c. trav. art. L. 2314-29) (voir § 9-4). Ces syndicats intéressés jouissent, lors de ce tour, d'un monopole de présentation des listes de candidats.

Au premier comme au second tour de scrutin, les listes ne peuvent comprendre plus de candidats que de sièges à pourvoir (cass. soc. 21 mai 1986, n° 85-60530, BC V n° 222). En revanche, elles peuvent, sous certaines conditions liées à la parité entre les hommes et les femmes, être incomplètes ou ne comporter que le seul nom d'un candidat unique (cass. soc. 10 janvier 1989, n° 87-60309, BC V n° 6 ; cass. soc. 7 mai 2003, n° 01-60917 D) (voir § 12-39).

Même si les syndicats intéressés n'ont pas répondu à l'invitation à négocier le protocole d'accord préélectoral, l'employeur ne peut pas considérer qu'ils ont renoncé à présenter des candidats au premier tour et passer immédiatement au second tour (cass. soc. 7 juin 1981, n° 81-60001, BC V n° 664). Le refus de négocier le protocole préélectoral avec un des syndicats intéressés constitue d'ailleurs une irrégularité qui entraîne « en elle-même » l'annulation du scrutin (cass. soc. 28 février 2018, n° 17-60112, BC V n° 30).

• **Autre objet du 1er tour.** Le premier tour ne sert pas uniquement à désigner des représentants du personnel élus, il mesure également la représentativité des syndicats (c. trav. art. L. 2122-1).

POINT DE VIGILANCE

Les entreprises de 11 à 20 salariés n'ont pas l'obligation d'organiser les élections si aucun candidat ne s'est présenté dans le délai de 30 jours à compter de l'information du personnel sur l'organisation des élections (c. trav. art. L. 2314-5) (voir § 8-15).

→ Quorum à atteindre

15-3 L'élection des candidats est réalisée au premier tour lorsque le quorum a été atteint, c'est-à-dire si le nombre des votants est au moins égal à la moitié des électeurs inscrits, et que les listes de candidats étaient complètes (ou ont permis de pourvoir à tous les postes). Dans ce cas, il n'y a pas lieu de procéder au second tour sauf cas particuliers (voir § 15-7)(cass. soc. 7 mars 1973, n° 72-60086, BC V n° 141).

Dans l'hypothèse inverse, il est procédé, dans un délai de 15 jours, à un second tour de scrutin (voir § 15-6).

EXEMPLE Il y a 40 inscrits sur les listes électorales. Le quorum est égal à 40/2 = 20.

30 suffrages ont été exprimés, dont 12 bulletins blancs ou nuls.

Le nombre de votants est donc de 18 (soit 30 – 12).

Par conséquent, le quorum n'est pas atteint.

• **Calcul du quorum.** Le quorum doit être calculé dans chaque collège électoral et dans chaque catégorie (les titulaires et les suppléants).

• **En cas de liste unique.** Si le quorum est atteint, la liste unique est élue automatiquement au premier tour et ce, quel que soit le nombre de voix obtenues par chacun des candidats (cass. soc. 6 mai 1985, n° 84-60650, BC V n° 275).

• **En présence de plusieurs listes.** Si le quorum est atteint, les sièges sont attribués au quotient électoral, puis à la plus forte moyenne pour l'attribution des sièges restants (voir §§ 15-34 et 15-41).

→ En l'absence de quorum

15-4 Le premier tour doit être dépouillé, y compris si le quorum n'est pas atteint. En effet, les résultats du premier tour servent de référence, quel que soit le nombre de votants, pour apprécier :

› l'audience minimale requise d'un syndicat pour qu'il puisse établir sa représentativité (c. trav. art. L. 2122-1) ;

› l'audience recueillie à titre individuel par un salarié afin de vérifier sa capacité à être éventuellement désigné comme délégué syndical (c. trav. art. L. 2143-1) ;

› les conditions de majorité qui gouvernent la validité des accords d'entreprise ou d'établissement signés par un ou plusieurs délégués syndicaux (c. trav. art. L. 2232-12).

POINT DE VIGILANCE

Lorsque l'employeur conteste la proclamation d'élus au motif que le quorum n'est pas établi, il lui appartient de demander l'annulation du premier tour avant d'organiser le second tour (cass. soc. 16 juillet 1987, n° 86-60441, BC V n° 511 ; cass. soc. 20 février 1991, n° 90-60012 D).

15-5

Modèle

Note d'information (lorsque tous les sièges n'ont pas été pourvus au premier tour)

Objet : Organisation d'un second tour de scrutin

Lors des élections de ... du ... 20..., le quorum a été atteint (ou n'a pas été atteint, comme l'atteste le procès-verbal du ... 20...). Cependant, par manque de candidats (ou faute d'élus au premier tour du fait de l'absence de quorum), tous les sièges n'ont pas été pourvus au premier tour de scrutin. En conséquence, un second tour sera organisé le ... 20..., de ... à ... heures.

Les syndicats concernés et les personnes intéressées peuvent donc présenter leurs candidatures avant le ... 20...

SECOND TOUR DE SCRUTIN

→ Hypothèses de second tour

15-6 **Cas général : quorum non atteint.** Un second tour doit être organisé dans les 15 jours suivant le premier tour si le quorum n'est pas atteint car, dans ce cas, aucun candidat n'est élu dans le collège et/ou dans la catégorie concernée par l'absence de quorum (c. trav. art. L. 2314-29).

Un second tour est aussi nécessaire si, par suite de la présentation de listes incomplètes, des sièges restent vacants (cass. soc. 18 mars 1982, n° 81-60871, BC V n° 188). mais aussi s'il y a carence de candidatures syndicales au premier tour.

La notion de carence syndicale recouvre ainsi plusieurs hypothèses :

- › soit les syndicats n'ont présenté des candidats dans aucun des collèges, ou dans certains collèges seulement ;
- › soit, ils ont présenté des candidats titulaires, mais pas de suppléants ;
- › soit encore, s'ils ont présenté des listes incomplètes et ce, même si le quorum a été atteint.

15-7 **Cas particulier : sièges réservés et démission d'élus au premier tour.** Un second tour doit être organisé lorsque les syndicats représentatifs n'ont pas présenté de candidat d'une catégorie déterminée pour pourvoir des sièges réservés (voir § 10-15).

EXEMPLE Les syndicats n'ont pas présenté de candidat cadre alors qu'un siège était réservé à cette catégorie : un second tour devra être organisé afin de pourvoir le siège réservé demeuré vacant (cass. soc. 9 octobre 1985, n° 85-60175, BC V n° 444).

La même solution sera également retenue lorsque les candidats élus au premier tour démissionnent de leur mandat avant le second tour. Dans ce cas, il faut avant de procéder à des élections partielles, organiser le second tour pour attribuer les autres sièges demeurés vacants (cass. soc. 5 novembre 1984, n° 84-60132, BC V n° 405).

EN PRATIQUE

Lorsqu'un second tour est organisé à tort, celui-ci peut être annulé par le juge. C'est le cas, par exemple, en l'absence de contestation du premier tour dès lors que les candidats ont été proclamés élus et que tous les sièges ont été pourvus (cass. soc. 15 octobre 1987, n° 86-60388, BC V n° 583).

→ Modalités d'organisation du second tour

15-8 **Délai à respecter : 15 jours après le premier tour.** Le second tour doit avoir lieu dans un délai maximal de 15 jours suivant le premier tour (c. trav. art. L. 2314-29). Ce délai est décompté de date à date, le point de départ étant le jour du scrutin du premier tour. Toutefois, l'employeur et les syndicats peuvent convenir d'un délai plus court (cass. soc. 29 mai 1985, n° 84-60887, BC V n° 309). Dans ce cas, le calendrier des opérations électorales doit respecter la sincérité du scrutin, il est donc exclu que les 2 tours aient lieu le même jour (cass. soc. 8 juillet 1997, n° 95-60916, BC V n° 254). Un syndicat peut demander au juge de réduire le délai initialement prévu mais il doit pour obtenir satisfaction, justifier en quoi cela est nécessaire à la bonne organisation du scrutin (cass. soc. 24 janvier 1990, n° 89-61140 D).

15-9 **Scrutin de liste.** Le second tour est réalisé comme le premier tour au scrutin de liste avec représentation proportionnelle à la plus forte moyenne. Une candidature isolée doit être considérée comme une liste (cass. soc. 19 novembre 1986, n° 86-60252, BC V n° 532).

15-10 **Pas de calcul de quorum.** Les résultats du second tour ne sont pas soumis à une obligation de quorum, ils doivent être pris en compte et l'élection est réalisée. Les résultats sont donc définitifs quel que soit le nombre de votants. Il ne peut y avoir de troisième tour.

15-11 **Listes des candidats : présentées ou non par des syndicats.** Au second tour, la présentation des candidatures non syndicales est admise (voir § 12-28).

L'électorat et l'éligibilité sont appréciés à la date du premier tour de scrutin (cass. soc. 6 juillet 1983, n° 82-60613, BC V n° 399) (voir §§ 11-2 et 12-2).

Au premier comme au second tour de scrutin, les listes ne peuvent comprendre plus de candidats que de sièges à pourvoir (cass. soc. 21 mai 1986, n° 85-60530, BC V n° 222). En revanche, elles peuvent être incomplètes ou ne comporter que le seul nom d'un candidat unique (cass. soc. 10 janvier 1989, n° 87-60309, BC V n° 6 ; cass. soc. 7 mai 2003, n° 01-60917 D).

15-12 **Pas de renégociation de l'accord préélectoral.** L'accord préélectoral fixe, en principe, les conditions de déroulement du premier et du second tour de scrutin (date, heures, lieux, etc.).

Lorsqu'un tel accord a été conclu en vue du premier tour, l'employeur ne peut pas être contraint à renégocier un nouveau protocole pour le second tour. En cas de difficultés, il appartient aux syndicats (ou à un candidat) de saisir le tribunal judiciaire ou à l'employeur de fixer unilatéralement ces modalités puisqu'en l'espèce le protocole ne prévoyait que les modalités du premier tour (cass. soc. 13 juin 1989, n° 88-60715, BC V n° 437).

Par ailleurs, l'employeur doit organiser une publicité des modalités d'organisation du scrutin. Une absence d'information des syndicats et des électeurs peut entraîner l'annulation des élections.

15-13 **En cas de carence de candidatures.** Lorsque, à l'issue du second tour, le CSE n'a pas pu être mis en place ou renouvelé, faute de candidatures, un procès-verbal de carence doit être établi (voir § 15-66).

15-14 **En cas de carence de l'employeur.** L'absence de second tour suite à une carence de l'employeur n'a pas d'incidence sur la régularité du premier tour du scrutin (cass. soc. 10 mai 2012, n° 11-21339, BC V n° 139). Dans cette affaire, le refus d'un employeur d'organiser un second tour pour les élections des représentants du personnel alors qu'il restait un siège à pourvoir n'annule pas le premier tour, qui s'était déroulé sans irrégularité. En revanche, l'employeur est condamné à organiser un second tour afin de pourvoir le siège vacant.

Bureau et salle de vote

MISE EN PLACE DU BUREAU DE VOTE

→ Constitution obligatoire

15-15 Des bureaux de vote sont prévus dans chaque lieu où se déroulent des élections des membres du CSE au niveau des ateliers, bureaux ou services.

En pratique, il est courant de constituer un bureau de vote par collège électoral mais prévoir un seul bureau de vote pour plusieurs collèges n'est pas contraire à l'ordre public (cass. soc. 25 octobre 2017, n° 16-21780 D).

Plusieurs bureaux de vote peuvent donc être constitués, autant que de collèges électoraux. Ainsi, lorsque plusieurs bureaux de vote sont installés, les électeurs doivent être informés du bureau auquel ils sont rattachés. Pour autant, il n'est pas nécessaire que cette information figure dans le protocole d'accord préélectoral (cass. soc. 3 mars 2021, n° 19-22944 P).

→ Composition du bureau de vote

15-16 **Membres du bureau de vote.** L'accord préélectoral précise la composition des bureaux de vote (circ. DRT 1983-13 du 25 octobre 1983, § 2.2.3). À défaut de précisions dans le protocole ou dans la convention collective applicable, chaque bureau de vote est composé d'un président et d'assesseurs choisis parmi les électeurs du collège électoral (c. élect. art. R. 42). La présence d'une personne n'ayant pas cette qualité dans la composition du bureau constitue une irrégularité entraînant la nullité du scrutin (cass. soc. 17 décembre 1986, n° 86-60222, BC V n° 609 ; cass. soc. 23 février 2005, n° 04-60242, BC V n° 67).

Rien n'interdit, en revanche, à un candidat d'être membre du bureau de vote mais, à notre sens, pour la quiétude des élections il est recommandé de l'exclure dans le protocole préélectoral.

POINT DE VIGILANCE

L'employeur ne peut, en aucun cas, désigner seul les membres du bureau de vote sous peine d'une annulation des élections (cass. soc. 16 octobre 2013, n° 12-21448, BC V n° 239). Ainsi, à défaut de dispositions spécifiques prévues par un protocole préélectoral, et en l'absence de désignation des membres du bureau de vote par accord entre l'employeur et les organisations syndicales ayant présenté des listes aux élections, le bureau de vote est composé, conformément aux principes généraux du droit électoral, des deux salariés électeurs les plus âgés, et du salarié électeur le plus jeune.

15-17 **L'employeur ne peut pas être membre du bureau de vote.** L'employeur (ou les cadres représentant la direction) n'a pas, en principe, la qualité d'électeur (voir § 11-12). Il ne peut donc ni siéger au bureau ni en assurer la présidence (cass. soc. 21 mai 1980, n° 80-60008, BC V n° 455 ; cass. soc. 23 février 2005, n° 04-60242, BC V n° 67).

En revanche, l'employeur ou son représentant peut assister aux opérations électorales (voir § 15-22).

15-18 **Présidence du bureau de vote.** Les membres du bureau de vote désignent un président choisi parmi eux. L'absence de désignation d'un président dans les bureaux de vote constitue, en raison de l'importance de ses attributions, une irrégularité qui porte atteinte au déroulement normal des opérations électorales, compromet dans son ensemble la loyauté du scrutin et engendre l'annulation des élections (cass. soc. 13 février 2008, n° 07-60097, BC V n° 37).

MISSIONS DU BUREAU DE VOTE

→ Contrôle du déroulement des opérations électorales

15-19 Le bureau de vote surveille la régularité des opérations électorales et assure le maintien de l'ordre dans la salle.

Plus précisément, le bureau :

- › veille au secret du scrutin et, notamment, à ce que chaque bulletin soit mis sous enveloppe avant d'être introduit dans l'urne ;
- › fait émarger les votants et procède au contrôle d'identité des électeurs ;
- › prononce la clôture du scrutin, organise le dépouillement et proclame les résultats ;
- › établit un procès-verbal mentionnant le nom des élus et le nombre de voix obtenues par eux.

S'il n'est pas établi que le report de l'horaire d'ouverture du bureau de vote a empêché des salariés de voter, cette irrégularité dépourvue d'incidence sur le résultat du scrutin ne permet pas d'obtenir l'annulation de l'élection (cass. soc. 27 mars 2013, n° 12-14973 D).

EN PRATIQUE

Dès la clôture du scrutin, tous les membres du bureau de vote signent la liste d'émargement avant de procéder au dénombrement de ceux-ci (c. élect. art. R. 62).

Le bureau de vote doit signer la liste d'émargement sous peine d'annulation des élections (cass. soc. 30 septembre 2015, n° 14-25925, BC V n° 183).

Par le passé, la Cour de cassation avait déjà admis que le fait que la liste d'émargement n'ait pas été signée par tous les membres du bureau de vote et que le président du bureau n'ait ni constaté publiquement, ni mentionné au procès-verbal les heures d'ouverture et de clôture du scrutin constituait une violation du code électoral (c. élect. art. R. 57 et R. 62) et était de nature à affecter la sincérité des opérations électorales. De telles irrégularités justifiaient, à elles seules, l'annulation des élections (cass. soc. 28 mars 2012, n° 11-16141, BC V n° 113).

→ Le bureau de vote n'est pas le juge de la validité des opérations électorales

15-20 S'il constate une irrégularité, le bureau de vote doit se contenter de la consigner dans le procès-verbal des élections. Il n'a donc pas le pouvoir d'écarter des suffrages exprimés en faveur d'une liste bien qu'elle soit irrégulière car elle présentait plus de candidats que de sièges à pourvoir (cass. soc. 8 décembre 2010, n° 10-60211, BC V n° 285), ni d'annuler les élections (cass. soc. 3 mars 1983, n° 82-60344, BC V n° 7). Son rôle est limité au contrôle du déroulement des opérations électorales.

DANS LA SALLE DE VOTE

→ Présence des salariés

15-21 Tout électeur, inscrit sur la liste électorale, peut accéder au lieu de vote pour le temps nécessaire au vote.

→ Présence de l'employeur

15-22 La présence de l'employeur (ou de ses représentants) dans la salle de vote est possible mais à la condition qu'il observe une stricte neutralité et s'abstienne de toute intervention susceptible de vicier les opérations électorales (cass. soc. 14 mars 1989, n° 88-60534, BC V n° 209 ; cass. soc. 2 novembre 1993, n° 92-60400 D). Sa présence dans la salle de vote n'est pas de nature, à elle seule, à entacher d'irrégularité le scrutin (cass. soc. 1er décembre 1993, n° 83-60629 D).

Un protocole d'accord préélectoral peut valablement autoriser la présence, sur les lieux du scrutin, d'un « représentant de la direction » sans prévoir aucune exclusion tenant aux fonctions ou au niveau hiérarchique de ce représentant (cass. soc. 22 juillet 1981, n° 81-60762, BC V n° 749). En effet, les dispositions légales n'interdisent pas à l'employeur d'avoir un observateur sur les lieux de vote (cass. soc. 25 février 1992, n° 89-61135, BC V n° 123).

→ Présence des candidats

15-23 Chaque candidat a le droit de contrôler toutes les opérations de vote et de dépouillement (c. élect. art. L. 67). Ainsi, le protocole préélectoral n'a pas à prévoir expressément la présence des candidats lors des opérations de dépouillement pour que ceux-ci puissent y assister (cass. soc. 6 janvier 2011, n° 09-60398, BC V n° 7). Toutefois, une clause de cette nature pourrait tout à fait y figurer.

Par ailleurs, l'employeur n'est pas non plus tenu d'inviter les candidats à assister aux opérations de dépouillement (cass. soc. 6 janvier 2011, n° 09-60398, BC V n° 7).

POINT DE VIGILANCE

L'attitude des candidats ne doit pas être susceptible de constituer une pression sur les électeurs. Par exemple, il n'est pas possible, pour un candidat, de présenter des bulletins aux électeurs et, en même temps, de surveiller ou d'effectuer leur mise sous enveloppe (cass. soc. 7 avril 1976, n° 75-60183, BC V n° 192).

→ Présence des délégués de liste

15-24 Chaque liste a le droit d'avoir en permanence, dans chaque bureau de vote, un seul délégué habilité, comme les candidats eux-mêmes, à contrôler toutes les opérations électorales. L'expulsion de la salle de vote des délégués de liste (cass. soc. 11 décembre 1985, n° 85-60387, BC V n° 603) ou l'empêchement d'accéder aux locaux, est susceptible d'entraîner l'annulation des élections (cass. soc. 3 juillet 1985, n° 85-60139, BC V n° 394). Les délégués de liste doivent être électeurs dans l'entreprise.

- **Frais de déplacement.** Les frais exposés par les délégués de liste sont à la charge de l'employeur (cass. soc. 29 juin 2005, n° 04-60488, BC V n° 225).

Le vote en lui-même

OPÉRATIONS ÉLECTORALES À SUIVRE

15-25 Pour que soit assurée la régularité du scrutin, l'électeur doit remplir les principales conditions indiquées ci-après et prendre part au vote de la façon suivante :

- l'électeur doit être inscrit sur les listes électorales ;
- il se présente devant la table sur laquelle sont disposés les bulletins de vote ;
- il prend une enveloppe et un bulletin de vote de chaque liste électorale ;
- sans quitter la salle de vote, l'électeur se rend dans l'isoloir ;
- il se présente ensuite à la table de vote où siègent les membres du bureau de vote ;
- l'électeur fait constater son identité ;
- l'électeur introduit lui-même l'enveloppe dans l'urne ;
- il se présente devant l'assesseur pour signer le cahier d'émargement.

En l'absence d'allégation de fraude, le vote de l'électeur, qui appose une croix sur la liste d'émargement, et non une signature ou un paraphe, n'est pas de nature à entraîner la nullité des votes (cass. soc. 13 juillet 2004, n° 03-60160, BC V n° 215).

CONTRÔLE DE L'IDENTITÉ

15-26 La constatation de l'identité doit être justifiée par la situation de l'entreprise (taille, nombre des agences services ou établissements). Elle peut être apportée par tous les moyens, y compris des cartes ou badges ayant cours dans l'entreprise ou la connaissance personnelle des salariés par les membres du bureau de vote.

Par ailleurs, un contrôle d'identité ne doit pas constituer un moyen de pression sur les électeurs.

POINT DE VIGILANCE

L'exercice personnel du droit de vote constitue un principe général du droit électoral auquel seul le législateur peut déroger. À ce titre, le vote par procuration est interdit aux élections professionnelles (cass. soc. 3 juillet 1984, n° 83-61173, BC V n° 287). Il en va de même en cas de vote électronique, ainsi un salarié ne peut pas voter à la place d'un autre salarié qui lui aurait confié son code confidentiel. Le fait de faire voter un autre salarié à sa place pourrait justifier l'annulation des élections (cass. soc. 3 octobre 2018, n° 17-29022 FPB).

SAISINE DU TRIBUNAL JUDICIAIRE AVANT L'ÉLECTION

15-27 Le tribunal judiciaire est aujourd'hui seul compétent en cas de contestation portant sur l'électorat ainsi que sur la régularité des opérations électorales (c. trav. art. L. 2314-32) (voir §§ 17-6 et 17-9).

En cas de difficulté, le tribunal judiciaire, saisi préalablement aux élections, peut décider de la mise en place d'un dispositif de contrôle de leur régularité, ainsi que de la liberté et de la sincérité du scrutin. Les frais entraînés par ces mesures sont à la charge de l'employeur (c. trav. art. L. 2314-17).

Cela peut être justifié par un climat particulièrement tendu dans l'entreprise (cass. soc. 1er avril 1992, n° 90-60543, BC V n° 232).

Le tribunal décide si la mise en place d'un tel dispositif est nécessaire (cass. soc. 26 septembre 1989, n° 88-60727 D). En revanche, il ne peut pas décider que les frais entraînés sont supportés pour moitié par l'employeur et pour l'autre moitié par le syndicat ; l'employeur doit, en effet, supporter la totalité des frais (cass. soc. 22 mars 1984, n° 848 ; cass. soc. 29 juin 2005, n° 04-60488, BC V n° 225).

Dépouillement et décompte des bulletins

DÉPOUILLEMENT DU SCRUTIN

15-28 À l'heure prévue, le président du bureau de vote déclare le scrutin clos. Aucun vote ne peut être reçu après la déclaration de clôture. Toutefois, un électeur ayant pénétré dans la salle de vote avant l'heure de clôture du scrutin peut déposer son bulletin dans l'urne après cette heure (c. élect. art. R. 57).

EN PRATIQUE

S'il est établi que le report de l'horaire d'ouverture du bureau de vote n'a pas empêché des salariés de voter, cette irrégularité, dépourvue d'incidence sur le résultat du scrutin, ne permet pas d'obtenir l'annulation de l'élection (cass. soc. 27 mars 2013, n° 12-14973 D).

Le dépouillement se déroule, en principe, dans la salle où a eu lieu le scrutin (CE 26 novembre 1990, n° 115690).

Selon le droit commun électoral, le dépouillement est effectué en public : peuvent donc y assister les électeurs, les candidats, les représentants syndicaux et éventuellement ceux de l'employeur. La participation du chef du personnel au dépouillement ne rend pas irrégulier le scrutin (cass. soc. 2 novembre 1993, n° 92-60400 D).

POINT DE VIGILANCE

Le fait que les électeurs n'avaient pas eu accès librement au lieu du dépouillement est de nature à affecter la sincérité des opérations électorales et constitue une irrégularité justifiant à elle seule l'annulation des élections (cass. soc. 28 mars 2012, n° 11-16141, BC V n° 113).

Chaque candidat a le droit de contrôler toutes les opérations électorales, qu'il s'agisse du vote, du dépouillement des bulletins et du décompte des voix ; il peut également exiger l'inscription sur le procès-verbal de toutes observations, protestations ou contestations (cass. soc. 6 janvier 2011, n° 09-60398, BC V n° 7) (voir § 15-57).

L'employeur n'est pas tenu d'inviter les candidats à assister aux opérations de dépouillement (cass. soc. 6 janvier 2011, n° 09-60398, BC V n° 7). Dans le même sens, le protocole préélectoral n'a pas à prévoir expressément la présence des candidats lors des opérations de dépouillement pour que ceux-ci y participent.

DÉCOMPTE DES BULLETINS DE VOTE

→ Tous les bulletins ne sont pas pris en compte

15-29 Les bulletins blancs et les bulletins nuls doivent être soustraits du nombre des votants (voir §§ 15-30 et 15-31). Les bulletins raturés sont, en revanche, valables, mais à condition que tous les noms ne soient pas rayés (voir § 15-32). C'est au bureau de vote d'apprécier la validité des bulletins litigieux et, en cas de contestation, au tribunal judiciaire.

- **Candidature individuelle.** Lorsqu'une ou plusieurs candidatures individuelles constituent chacune une liste, l'enveloppe ne peut pas contenir plusieurs bulletins (cass. soc. 10 janvier 1989, n° 87-60309, BC V n° 6 ; cass. soc. 24 septembre 2008, n° 08-60004, BC V n° 179). Toutefois, un usage ou un accord peut autoriser la présence de plusieurs bulletins de candidatures individuelles dans la limite du nombre de sièges à pourvoir. Par exemple, les électeurs peuvent placer deux bulletins établis au nom de chaque candidat s'il y a deux postes à pourvoir (cass. soc. 24 septembre 2008, n° 08-60004, BC V n° 179). Les deux candidats ayant recueilli le plus grand nombre de voix sont déclarés élus (cass. soc. 19 novembre 1986, n° 86-60252, BC V n° 532). Cependant, à défaut d'unanimité des parties en présence, une telle pratique pourrait entraîner l'annulation des élections car elle est contraire au principe d'attribution des sièges à la représentation proportionnelle à la plus forte moyenne (voir § 15-41). Cette solution est donc à déconseiller.

→ Bulletins blancs et nuls

15-30 **Bulletins blancs.** Les bulletins blancs (bulletins sans inscriptions éventuellement mis à la disposition des électeurs) ne sont pas pris en compte pour déterminer le nombre de votants (ou de « suffrages valablement exprimés »). Sont assimilés à des bulletins blancs les enveloppes vides et les bulletins sur lesquels tous les noms ont été rayés (cass. soc. 27 novembre 1974, n° 74-60122, BC V n° 568).

15-31 **Bulletins nuls.** Les bulletins nuls ne sont comptés comme suffrages valablement exprimés.

Il en est ainsi par exemple :

› des bulletins trouvés dans l'urne sans enveloppe ou dans des enveloppes non réglementaires ;

› des bulletins ne contenant pas une désignation suffisante (ex. : nom incomplet) ;

› des bulletins et enveloppes sur lesquels les votants se sont fait connaître ;

› des enveloppes sans bulletin ;

› des bulletins portant des mentions injurieuses pour les candidats ou pour des tiers ;

› des bulletins illisibles ;

› des bulletins panachés, c'est-à-dire la pratique consistant à remplacer le nom d'un candidat figurant sur une liste par le nom d'un candidat d'une autre liste ou à ajouter à une liste le nom d'un candidat figurant sur une autre liste (cass. soc. 13 juillet 1993, n° 92-60344, BC V n° 208 ; cass. soc. 7 mai 2003, n° 01-60917 D) ;

› des bulletins écrits sur papier de couleur (sauf si l'accord préélectoral le prévoit expressément) ;

› des bulletins représentant un vote préférentiel, c'est-à-dire la pratique consistant à modifier l'ordre de présentation des candidats figurant sur une liste ;

› de plusieurs bulletins différents dans la même enveloppe (cass. soc. 20 juillet 1978, n° 78-60641, BC V n° 617).

À NOTER S'agissant des bulletins portant des signes intérieurs ou extérieurs de reconnaissance, le tribunal judiciaire apprécie souverainement s'il s'agit ou non d'un signe de reconnaissance et par conséquent s'ils sont nuls ou pas. À titre d'exemples, le juge peut prendre en compte ce que prévoit le cas échéant le protocole préélectoral [ex. : le fait de souligner d'un trait le nom du premier candidat ne constitue pas un signe de reconnaissance (cass. soc. 28 février 1989, n° 88-60198, BC V n° 148)]. De même, la présence de noms entourés sur le bulletin n'est pas forcément considérée comme un signe distinctif dès lors que le protocole clair et précis ne prévoit pas de nullité du bulletin dans ce cas (cass. soc. 16 septembre 2020, n° 19-16355 D).

POINT DE VIGILANCE

Les bulletins multiples (c'est-à-dire ceux qui désignent la même liste ou le même candidat) qui figurent dans une même enveloppe comptent comme suffrages valablement exprimés mais uniquement pour un seul suffrage (c. élect. art. L. 65).

→ Bulletins raturés

15-32 Le raturage des noms sur les bulletins de vote est admis (c. trav. art. L. 2314-29). Les bulletins raturés représentent un vote valable dès lors que tous les noms n'ont pas été rayés. Ainsi, un nom doit au moins demeurer non raturé (cass. soc. 4 février 1976, n° 75-60166, BC V n° 72). En pratique, tout bulletin exprimé en faveur d'un syndicat doit être pris en compte pour une unité, quand bien même les noms de certains candidats auraient été rayés (cass. soc. 6 janvier 2011, n°s 10-17653 et 10-60168, BC V n° 10). Si tous les noms sont rayés, le bulletin est assimilé à un vote blanc (cass. soc. 7 mai 1987, n° 86-60357, BC V n° 282) (voir § 15-30).

Le droit de rayer des noms est une prérogative d'ordre public qui ne peut pas être supprimée par un accord (cass. soc. 28 janvier 1982, n° 81-60859, BC V n° 56).

Constituent des ratures admises ne rendant pas le bulletin nul :

- les noms rayés d'un grand « Z », dès lors qu'il reste un nom (cass. soc. 8 janvier 1987, n° 86-60213 D) ;
- le nom découpé dans un bulletin (cass. soc. 2 juillet 1980, n° 80-60045, BC V n° 591).

Attribution des sièges

PROCÉDURE À SUIVRE

15-33 Il est attribué à chaque liste autant de sièges que le nombre de voix recueillies par elle contient de fois le quotient électoral (voir § 15-40).

Les sièges restants sont attribués sur la base de la plus forte moyenne (c. trav. art. R. 2314-20) (voir § 15-41).

ATTRIBUTION DES SIÈGES SUR LA BASE DU QUOTIENT ÉLECTORAL

→ Première opération : calcul du quotient électoral

15-34 **Formule de calcul.** Le quotient électoral est égal au nombre total de suffrages valablement exprimés par les électeurs du collège divisé par le nombre de sièges à pourvoir (c. trav. art. R. 2314-19) (voir § 15-36). Il est identique pour toutes les listes.

Le quotient électoral est calculé pour chaque collège et, dans chaque collège, pour l'élection des titulaires et pour celle des suppléants.

15-35 **Suffrages valablement exprimés.** Le nombre de suffrages valablement exprimés correspond au nombre de bulletins valables trouvés dans l'urne (y compris les bulletins comportant des ratures, à l'exclusion des bulletins blancs et nuls) (voir §§ 15-30 et 15-31).

15-36 **Sièges à pourvoir.** Le nombre de sièges à pourvoir résulte de l'application de l'accord préélectoral. Il tient compte de l'effectif de l'entreprise et de la répartition des sièges dans les collèges.

→ Deuxième opération : calcul de la moyenne des voix de chaque liste

15-37 **Formule de calcul.** La moyenne des voix de chaque liste est obtenue en divisant le total des voix recueillies par les candidats par le nombre de salariés présentés sur la liste concernée. Les votes en faveur des candidats doivent être pris en compte de la même façon dans tous les bureaux de vote.

15-38 **Voix recueillies.** Le total des voix recueillies par les candidats de la liste est égal aux suffrages obtenus par chacun d'eux.

En l'absence de rature, la moyenne des voix de la liste correspond au nombre de bulletins valables trouvés dans l'urne pour cette liste.

En cas de ratures, il est nécessaire de totaliser les voix obtenues par chaque candidat de la même liste et de diviser le total par le nombre de candidats concernés. Ainsi, dans ce cas, la moyenne ne correspond pas obligatoirement au nombre de bulletins imputés à la liste.

Les ratures ont une incidence éventuellement sur l'ordre de proclamation des élus (voir §§ 15-45 et 15-46) (cass. soc. 4 juillet 1983, n° 83-60828, BC V n° 383 ; cass. soc. 3 mars 1993, n° 91-60270 D).

15-39 **Nombre de candidats.** Le nombre de candidats de la liste est celui correspondant à l'ensemble des noms indiqués sur le bulletin de vote. En cas de liste incomplète, il faut prendre en compte, pour le calcul de la moyenne, le nombre de candidats présentés et non le nombre de sièges à pourvoir. Par ailleurs, une candidature individuelle doit être considérée comme une liste (cass. soc. 25 mars 1985, n° 84-60713, BC V n° 207). Le nombre de voix obtenues par ce candidat sera égal à la moyenne de sa liste.

→ Troisième opération : attribution des sièges au quotient électoral

15-40 Une fois connus le quotient électoral et la moyenne des voix recueillies par chaque liste, il est possible de procéder à l'attribution des sièges sur la base du quotient électoral. Il est accordé à chaque liste autant de sièges que le nombre de voix obtenues par elle contient de fois le quotient électoral.

Le nombre de sièges attribué au quotient électoral lors de cette première répartition est nécessairement un nombre entier (cass. soc. 26 mai 2010, n° 09-60350, BC V n° 112).

- **En présence d'une liste unique.** En cas de liste unique complète, ce calcul est inutile si le quorum est atteint : tous les candidats de cette liste seront élus.

ATTRIBUTION DES SIÈGES À LA PLUS FORTE MOYENNE

→ Principe

15-41 Les sièges qui n'ont pu être attribués au quotient électoral (voir § 15-40) le sont à la plus forte moyenne (c. trav. art. R. 2314-20). Celle-ci s'obtient en divisant le nombre moyen de voix de chaque liste (moyenne de liste) par le nombre de sièges déjà attribués plus un. Il n'est attribué qu'un seul siège à la fois. On recommence cette opération pour chaque siège restant à pourvoir jusqu'à épuisement des sièges vacants en tenant compte, à chaque fois, des sièges qui lui ont déjà été attribués.

→ Moyenne de voix identique

15-42 Si deux listes obtiennent la même moyenne et s'il ne reste qu'un seul siège à pourvoir, le siège est attribué à la liste qui a obtenu le plus grand nombre de voix (c. trav. art. R. 2314-21 ; cass. soc. 7 juillet 2010, n° 09-69724 D).

Ce n'est que si deux listes ont la même moyenne et le même nombre de voix que le siège est attribué au plus âgé des deux candidats susceptibles d'être élus (c. trav. art. R. 2314-21).

→ Cas des listes incomplètes

15-43 Il se peut qu'une liste se voie attribuer, par le jeu de la répartition à la plus forte moyenne, un nombre de sièges supérieur à celui des candidats qu'elle présente. Or, une liste ne peut pas avoir plus de sièges qu'elle n'a présenté de candidats (cass. soc. 7 mars 1972, n° 72-60086, BC V n° 141 ; cass. soc. 12 janvier 2000, n° 99-60044, BC V n° 18 ; cass. soc. 12 mars 2008, n° 07-60335 D). Dans une telle hypothèse, les sièges restants sont attribués à la liste concurrente qui a obtenu la plus forte moyenne après la liste incomplète. Il importe peu que le candidat ainsi désigné n'ait pas obtenu la majorité des voix ni atteint le quotient électoral (cass. soc. 19 juillet 1983, n° 82-60336, BC V n° 442).

Lorsque deux sièges sont en jeu, en présence de deux listes avec un seul candidat, une liste obtient un siège, la seconde l'autre (cass. soc. 24 juillet 1974, n° 74-60079, BC V n° 447).

DÉSIGNATION NOMINATIVE DES ÉLUS

→ Attribution dans l'ordre de présentation sur la liste sauf exceptions

15-44 Après avoir déterminé le nombre de sièges revenant à chaque liste, le bureau de vote doit désigner nommément les élus. En principe, les sièges revenant à une liste sont attribués dans l'ordre de présentation des candidats sur la liste. Les ratures peuvent toutefois avoir une influence (voir §§ 15-45 et 15-46).

• **Candidature unique sur une liste.** La question de l'ordre d'élection ne se pose pas lorsqu'il n'y a qu'un seul nom sur la liste.

→ Nombre de ratures inférieur à 10 % des suffrages

15-45 Lorsque le nom d'un candidat a été raturé, les ratures ne sont pas prises en compte si leur nombre reste inférieur à 10 % des suffrages exprimés en faveur de la liste sur laquelle figure ce candidat. Dans ce cas, les candidats sont proclamés élus dans l'ordre de présentation de la liste (c. trav. art. L. 2314-29).

Cette disposition concerne le nombre de bulletins recueillis par cette liste (y compris les bulletins comportant des ratures) et non le nombre moyen de voix qu'elle obtient (circ. DRT 1983-13 du 25 octobre 1983, § 2.4.3).

Il n'est pas possible de déroger à ces dispositions, qui sont d'ordre public.

→ Nombre de ratures égal ou supérieur à 10 % des suffrages

15-46 Les candidats dont le nom a été raturé dans une proportion égale ou supérieure à 10 % des suffrages exprimés en faveur de la liste sur laquelle ils figurent, passent en fin de liste.

Lorsque pour une même liste, certains candidats ont obtenu un nombre de ratures inférieur à 10 % et d'autres un nombre de ratures supérieur ou égal à 10 %, les sièges seront attribués :

- d'abord aux candidats ayant obtenu un nombre de ratures inférieur à 10 %, en fonction de leur ordre de présentation sur la liste ;
- puis aux autres candidats de la liste raturés à hauteur de 10 %, en fonction du nombre de voix obtenues.

• **Candidature unique sur une liste.** Lorsqu'il n'y a qu'un seul nom sur la liste, une rature entraîne la nullité du bulletin qui n'exprime donc aucun vote en faveur d'un candidat (cass. soc. 7 mai 1987, n° 86-60357, BC V n° 282 ; cass. soc. 12 décembre 1990, n° 89-61137 D).

• **Même nombre de voix et plus de 10 % de ratures.** Lorsque plusieurs candidats ont un nombre de ratures supérieur à 10 % et obtenu le même nombre de voix, ils sont élus selon leur ordre de présentation. Aucune disposition ne prescrit que le plus âgé soit élu en priorité (lettre min. du 20 août 1985, BO fasc. 85/37-38, p. 83).

15-47

DOUBLE CANDIDATURE TITULAIRE ET SUPPLÉANT

Un salarié peut être candidat sur une liste de titulaires et sur une liste de suppléants. En cas de double élection, le candidat est désigné d'office titulaire (cass. soc. 20 juillet 1971, n° 71-60006, BC V n° 536 ; cass. soc. 17 décembre 1986, n° 86-60278, BC V n° 608). Cette règle s'applique également lorsque la double candidature d'un salarié est « répartie » sur les deux tours, ainsi le candidat élu suppléant au premier tour puis titulaire au second tour est élu comme titulaire (cass. soc. 10 mai 2012, n° 11-18912, BC V n° 138). En tout état de cause, cette double candidature n'est pas une cause d'annulation du scrutin (cass. soc. 28 juin 1984, n° 84-60024, BC V n° 275).

ATTRIBUTION DES SIÈGES RÉSERVÉS

→ Règle applicable

15-48 Pour pourvoir le siège réservé (voir § 10-15), il peut être nécessaire d'écarter les règles normales de répartition des sièges et de désignation des élus lorsqu'elles ne permettent pas l'élection du candidat de la catégorie à qui le siège est réservé. Si le candidat de la catégorie privilégiée peut être élu par le jeu des règles normales, il n'est pas permis d'écarter celles-ci (cass. soc. 8 juillet 1985, n° 84-60961, BC V n° 409).

POINT DE VIGILANCE

Un siège réservé ne peut pas être attribué à un candidat qui n'a obtenu aucune voix (cass. soc. 12 novembre 1997, n° 96-60337, BC V n° 372).

Pour l'attribution du siège réservé, plusieurs situations peuvent donc se présenter lorsque ce siège n'est pas pourvu après le calcul légal.

→ Première hypothèse : le siège réservé est brigué par plusieurs candidats non élus sur des listes ayant des sièges

15-49 Le siège réservé est attribué au candidat qui a obtenu le plus grand nombre de voix et qui figure sur la liste à laquelle le siège est normalement attribué en application du quotient électoral et de la plus forte moyenne.

L'attribution du siège réservé n'a pas pour effet de conférer un siège supplémentaire à la liste qui présente le candidat bénéficiant de ce siège : celui-ci est imputé sur les sièges qui reviennent à la liste.

Le candidat titulaire du siège réservé est élu à la place du dernier candidat en position d'être élu parmi les candidats de sa liste (cass. soc. 20 juillet 1983, n° 82-60446, BC V n° 456).

→ Deuxième hypothèse : une des listes ayant droit à un ou des sièges a présenté un candidat de la catégorie bénéficiant d'un siège réservé

15-50 Le seul candidat présenté pour le siège réservé doit être élu, peu importe sa place sur la liste ou le nombre de voix qu'il a obtenues, sa qualité prévalant sur l'ordre de présentation ainsi que sur le nombre de voix des autres candidats. Le candidat titulaire du siège réservé est élu à la place du dernier candidat en position d'être élu parmi les candidats de sa liste.

→ Troisième hypothèse : aucune des listes obtenant des sièges n'a présenté de candidats de la catégorie bénéficiant d'un siège réservé

15-51 Le siège réservé doit être transféré à une autre liste ayant un candidat de cette catégorie, même si ladite liste n'a droit à aucun siège en application du quotient électoral ou de la plus forte moyenne. Le candidat le plus favorisé, c'est-à-dire celui ayant obtenu le plus de voix et figurant sur la liste la mieux placée après celle à laquelle le dernier siège devait être attribué, est élu (cass., ch. réun., 9 mars 1955, n° 5575, BC IV n° 1).

Le candidat à qui le siège réservé est attribué est élu à la place du dernier candidat d'une liste concurrente en position d'être élu à la plus forte moyenne.

→ Quatrième hypothèse : aucune liste n'a présenté de candidat de la catégorie privilégiée

15-52 Le siège réservé ne saurait être, dans ce cas, transféré à une autre catégorie.

Un second tour de scrutin doit être organisé, même si le quorum est atteint au premier tour (cass. soc. 7 juillet 1983, n° 82-60636, BC V n° 429 ; cass. soc. 9 octobre 1985, n° 85-60175, BC V n° 444). Si aucun candidat de la catégorie privilégiée ne se présente au second tour, le siège réservé doit demeurer vacant.

Publicité du résultat

PROCLAMATION DES RÉSULTATS

15-53 Les résultats de l'élection sont proclamés oralement et en public par le président du bureau de vote (c. élect. art. R. 67). L'employeur ne peut pas se substituer à lui (cass. soc. 26 mai 1977, n° 77-60001, BC V n° 351). Si le bureau de vote n'a pas procédé, pour une raison quelconque, à la proclamation des résultats, le tribunal judiciaire peut le faire à sa place (cass. soc. 19 juillet 1983, n° 82-60378, BC V n° 445).

La proclamation des résultats ne peut être faite qu'une fois le P-V signé par tous les membres du bureau de vote (cass. soc. 7 décembre 2016, n° 15-26096, BC V n° 231).

EN PRATIQUE

L'annonce des résultats comporte notamment les indications suivantes :
- le nombre des votants ;
- le nombre des électeurs inscrits ;
- le nombre des suffrages exprimés ;
- le nombre des suffrages recueillis par chacun des candidats ou par chaque liste ;
- les noms des élus (cass. soc. 26 mai 1977, n° 77-60001, BC V n° 351).

Les informations fournies doivent permettre de vérifier l'exactitude des résultats proclamés (cass. soc. 12 février 1985, n° 84-60658, BC V n° 100).

La proclamation des résultats constitue le point de départ du délai de contestation (voir toutefois § 15-54).

QUALITÉ D'ÉLU

15-54 La proclamation des résultats confère aux élus la qualité de représentant du personnel. La protection des élus (étant rappelé que les candidats aux élections sont d'ores et déjà protégés, voir § 18-35) débute dès la proclamation des résultats (cass. soc. 20 juillet 1978, n° 78-60654, BC V n° 616 ; cass. soc. 25 mai 2011, n° 10-12200 D) (voir § 15-53).

AFFICHAGE DES NOMS DES MEMBRES DU CSE

15-55 Après les élections, la liste nominative des membres de chaque CSE doit être affichée dans les locaux affectés au travail (c. trav. art. R. 2314-22). Cette règle est applicable depuis le 1er janvier 2020.

La liste doit indiquer :
- l'emplacement de travail habituel des membres du comité ;
- ainsi que, le cas échéant, leur participation à une ou plusieurs commissions du comité.

PROCÈS-VERBAL DES ÉLECTIONS

→ Rédaction du P-V par le secrétaire

15-56 Immédiatement après la fin du dépouillement, le procès-verbal (P-V) des opérations électorales est rédigé par le secrétaire, dans la salle de vote, en présence des électeurs (c. élec. art. R. 67).

La dénomination générale « procès-verbal » désigne en pratique plusieurs P-V dans la mesure où un P-V doit être établi d'une part, pour chaque collège, et d'autre part au sein de chaque collège, pour l'élection des titulaires et pour celle des suppléants.

EN PRATIQUE

Les formulaires CERFA dédiés aux élections sont les suivants : n° 15822*02 (pour les titulaires), n° 15823*02 (pour les suppléants). Ils sont téléchargeables sur www.elections-professionnelles.travail.gouv.fr (rubrique « Documentation ») et sont accompagnés d'une notice aidant à les remplir et d'un exemple de procès-verbal rédigé. Le code du travail impose l'utilisation de ces formulaires uniquement pour l'envoi au centre de traitement des élections professionnelles (voir § 15-60).

POINT DE VIGILANCE

En l'absence de secrétaire, le P-V doit être établi par l'un des membres du bureau de vote ou par l'un des électeurs présents choisi par le bureau. Si le document a été rédigé par une personne non-habilitée, les élections encourent la nullité, peu important que l'irrégularité n'ait pas influencé le résultat du scrutin. Le fait que le bureau de vote signe le P-V ne suffit pas à régulariser la situation (cass. soc. 2 juillet 2014, n° 13-60218, BC V n° 166).

→ Contenu du procès-verbal

15-57 Le P-V comporte, pour chaque collège, la date du scrutin, l'institution concernée, les nombres d'électeurs inscrits, de votants, de listes de candidatures en présence, la mention précisant que le quorum est ou n'est pas atteint (pour le premier tour), les résultats du dépouillement du scrutin avec le nombre de voix recueillies par chaque candidat et chaque liste, ainsi que le nom des élus avec leur appartenance syndicale.

Le P-V doit reprendre les strictes dénominations légales des emplois (ex. : ouvriers et employés dans le premier collège) et non celles utilisées dans l'entreprise ou dans la convention collective (cass. soc. 28 novembre 2012, n° 11-28001, BC V n° 307).

Par ailleurs, le P-V, établi immédiatement après la fin du dépouillement, doit mentionner les heures d'ouverture et de clôture du scrutin. Le défaut de cette mention constitue une irrégularité justifiant à elle seule l'annulation des élections. Ni le président, ni les membres du bureau de vote ne peuvent régulariser cette omission (c. élec. art. R. 57 ; cass. soc. 16 octobre 2013, n° 12-21680, BC V n° 238).

Pour autant, cette mention peut aussi :

- être effectuée sur un document annexé au P-V et établi concomitamment (cass. soc. 17 décembre 2014, n° 14-12401, BC V n° 298) ;
- être établie par un constat d'huissier (cass. soc. 28 janvier 2015, n° 14-60413, BC V n° 15 ; cass. soc. 17 mars 2021, n° 19-23918 D).

POINT DE VIGILANCE

Cette tolérance a été admise par la Cour de cassation à une époque où le formulaire CERFA de résultat des élections ne comportait pas de rubrique à ce sujet. Les formulaires actuels comportant explicitement ces mentions, la jurisprudence est donc susceptible d'évoluer en la matière.

Par exception, cette règle n'a pas lieu d'être si le vote se fait uniquement par correspondance, les dispositions du code électoral ne s'appliquant pas dans ces circonstances (cass. soc. 15 avril 2015, n° 14-60688 D).

- **Convention collective.** Le numéro de convention collective (IDCC) doit figurer sur chacun des P-V et ce, afin de pouvoir rattacher les résultats des élections de l'établissement à la branche.
- **Mention des incidents.** S'il y a eu des incidents, les membres du bureau de vote doivent les consigner dans le procès-verbal. Les candidats et leur représentant peuvent y inscrire leurs observations, protestations ou contestations (cass. soc. 6 janvier 2011, n° 09-60398, BC V n° 7). La signature sans réserve du procès-verbal de dépouillement des résultats ne rend pas irrecevable l'action en contestation des opérations électorales (cass. soc. 1er décembre 2010, n° 10-60163, BC V n° 278). À l'inverse, la non-signature par le bureau de vote de la liste d'émargement, contrevenant à un principe général du code électoral, constitue une irrégularité justifiant à elle seule l'annulation des élections (cass. soc. 30 septembre 2015, n° 14-25925, BC V n° 183).
- **Sièges restés vacants.** Si des sièges restent vacants, il faut le mentionner. Les bulletins de vote blancs, nuls et litigieux ainsi que les enveloppes non réglementaires doivent y être annexés avec la liste d'émargement.

→ Publicité du procès-verbal

15-58 **Signature et affichage du P-V.** Le P-V est signé par tous les membres du bureau et contresigné par les délégués des candidats ou listes (c. élect. art. R. 67).

Le P-V n'est pas obligatoirement affiché dans la salle de vote et sur les lieux de travail sachant toutefois que l'affichage est généralement prévu par une disposition spécifique du protocole d'accord préélectoral.

POINT DE VIGILANCE

Le P-V d'élection doit être signé par tous les membres du bureau de vote avant la proclamation des résultats sous peine d'annulation du scrutin (cass. soc. 7 décembre 2016, n° 15-26096, BC V n° 231).

15-59 **Transmission du P-V au ministère du Travail.** L'employeur doit adresser le P-V au « prestataire agissant pour le compte du ministère du Travail » dans les 15 jours suivant le second tour des élections (c. trav. art. R. 2314-22).

Cette transmission s'effectue soit par voie postale au moyen d'un formulaire homologué (voir § 15-56), soit par voie électronique (vote sous enveloppe/ vote électronique) (voir §§ 15-61 et 15-62) (arrêté du 4 novembre 2019, JO du 16, texte 21). Les modalités de transmission des résultats par voie électronique sont applicables depuis le 14.12.2019.

15-60 **Transmission par voie postale -** Les entreprises qui le souhaitent peuvent continuer d'adresser les P-V d'élection au CTEP par voie postale, à l'adresse : CTEP-TSA 79104- 76934 Rouen Cedex 9. Sur le formulaire Cerfa, voir § 15-56.

15-61 Transmission électronique des résultats d'élection en cas de vote sous enveloppe - En cas d'envoi électronique, un membre du bureau de vote ou, en cas de carence, l'employeur doit saisir les résultats de l'élection dans le téléservice de transmission des résultats d'élection (https://www.elections-professionnelles.travail.gouv.fr).

La validation des résultats est effectuée selon deux méthodes (arrêté du 4 novembre 2019, JO du 16, texte 21) :

- › **première méthode : validation en ligne.** Une fois la saisie effectuée, les résultats doivent être validés par chacun des membres du bureau de vote réunis physiquement autour de la personne qui a saisi les résultats. Cela se matérialise par l'apposition sur la page dédiée du téléservice par chacun des membres du bureau de vote, d'un code personnel (qui lui aura été adressé sur son téléphone portable) et de sa date de naissance. Une fois les résultats validés, l'employeur procède à la télétransmission des résultats de l'élection sur la plateforme dédiée ;
- › **seconde méthode : téléversement d'un P-V papier.** La saisine des résultats sur la plate-forme permet de générer un formulaire homologué, au format papier, que doivent signer les membres du bureau. Il faut ensuite numériser ce formulaire, puis le téléverser par l'intermédiaire de la plateforme.

15-62 Transmission électronique des résultats d'élection en cas de vote électronique - Lorsque les élections professionnelles ont lieu par vote électronique, les résultats d'élection peuvent être transmis par voie dématérialisée, après validation de l'employeur, sur la plateforme du prestataire agissant pour le compte du ministre chargé du travail, si le cahier des charges le prévoit et si l'éditeur ou l'entreprise émetteurs sont inscrits sur la liste établie par le ministre du Travail (c. trav. art. R. 2314-22). L'employeur reçoit ensuite un accusé de réception électronique comportant un lien hypertexte vers une plateforme de téléchargement où l'employeur téléverse une version scannée des P-V des élections.

15-63 Information des syndicats. L'employeur est tenu de transmettre une copie des P-V aux syndicats de salariés ayant présenté des listes de candidats aux scrutins concernés ainsi qu'aux organisations ayant participé à la négociation du protocole d'accord préélectoral. Cette transmission doit être effectuée par tout moyen et dans les meilleurs délais (c. trav. art. L. 2314-29).

→ Valeur probante du procès-verbal

15-64 Le P-V fait foi jusqu'à preuve du contraire. À défaut de contestation des élections, le résultat proclamé par le bureau de vote et enregistré au P-V reste valable.

→ Contestation du procès-verbal

15-65 En cas de contestation portant sur le P-V des élections, le tribunal judiciaire est compétent pour en vérifier la régularité et, le cas échéant, pour y apporter les corrections nécessaires (cass. soc. 28 novembre 2012, n° 11-28001, BC V n° 307). Le tribunal doit être saisi au plus tard dans les 15 jours suivant la proclamation des résultats (c. trav. art. R. 2314-24).

PROCÈS-VERBAL DE CARENCE

→ Rédaction du P-V de carence par l'employeur

15-66 Lorsque, à l'issue des deux tours, le CSE n'a pu être mis en place ou renouvelé faute de candidat, un P-V de carence doit être établi par l'employeur (c. trav. art. L. 2314-9).

EN PRATIQUE

Le formulaire CERFA dédié au procès-verbal de carence pour tous les collèges est le Cerfa n° 15248*04, téléchargeable sur www.travail-emploi.gouv.fr (voir § 15-56).

POINT DE VIGILANCE

Les entreprises dont l'effectif est compris entre 11 et 20 salariés n'ont pas l'obligation d'organiser les élections si aucun salarié ne s'est porté candidat dans le délai de 30 jours à compter de l'information du personnel sur l'organisation des élections (c. trav. art. L. 2314-5). Dans cette hypothèse, l'employeur doit établir un PV de carence (cadre I du Cerfa 15248*04).

→ Date d'établissement du P-V de carence

15-67 L'obligation de rédiger un P-V est limitée au cas où la carence a été constatée à la fois au premier et au second tour des élections, c'est-à-dire en cas d'échec de la procédure de mise en place ou de renouvellement du CSE (rép. 39762, JO 26 mars 2001, AN quest. p. 1831). L'obligation d'établir un P-V est donc limitée au cas où aucun siège n'a pu être attribué après les deux tours de scrutin (circ. DRT 1983-13 du 25 octobre 1983, § 2.1).

→ Publicité du P-V de carence

15-68 L'employeur doit porter à la connaissance des salariés, par tout moyen permettant de donner date certaine à cette information (ex. : courrier, e-mail, affichage), le P-V de carence dans l'entreprise. Il doit également le transmettre au « prestataire agissant pour le compte du ministère du Travail » dans les 15 jours suivant le second tour des élections (c. trav. art. R. 2314-22).

La procédure de transmission du P-V de carence peut s'effectuer par voie postale ou par voie électronique (voir §§ 15-60 et 15-61).

POINT DE VIGILANCE

En cas de choix de l'option électronique, lorsque le vote a eu lieu sous enveloppe, l'employeur doit transmettre le P-V de carence uniquement selon la seconde méthode (arrêté du 4 novembre 2019, JO du 16, texte 21) (voir § 15-61).

Sur le délai de contestation, voir § 15-65.

15-69

P-V DE CARENCE AUX SYNDICATS DE SALARIÉS DU DÉPARTEMENT CONCERNÉ

L'inspecteur du travail devait jusqu'alors adresser une copie du P-V de carence aux syndicats de salariés du département concerné (c. trav. art. L. 2314-9).

CONSÉQUENCES EN CAS D'ABSENCE DE P-V

→ Délit d'entrave

15-70 L'absence de P-V en bonne et due forme peut entraîner des sanctions pénales pour délit d'entrave à la mise en place du CSE (c. trav. art. L. 2317-1).

→ Dommages et intérêts pour le salarié

15-71 L'employeur qui néglige de mettre en place le CSE commet une faute qui cause nécessairement un préjudice au salarié tenant à la privation d'une possibilité de représentation et de défense de ses intérêts (cass. soc. 17 mai 2011, n° 10-12852, BC V n° 108). Cette solution rend donc l'indemnisation systématique pour le salarié qui la réclame.

Par conséquent, si l'employeur n'est pas en mesure de fournir de P-V de carence, sa responsabilité civile peut être engagée, ce qui signifie que tout salarié peut obtenir des dommages et intérêts (cass. soc. 17 octobre 2018, n° 17-14392 FSPB ; cass. soc. 15 mai 2019, n° 17-22224 D ; cass. soc. 8 janvier 2020, n° 18-20591 D).

POINT DE VIGILANCE

La règle d'indemnisation systématique ne joue pas en cas de défaut d'organisation des élections partielles (cass. soc. 4 novembre 2020, n° 19-12775 FSPBI) (voir § 16-1).

→ Autres conséquences

15-72 À chaque fois que la loi ou une disposition conventionnelle exige la consultation ou l'information du CSE et que l'employeur, faute d'avoir organisé les élections, n'est pas en mesure de remplir cette obligation, la procédure est irrégulière. Il en a été jugé ainsi notamment en cas de licenciement pour inaptitude suite à un accident du travail (cass. soc. 22 mars 2000, n° 98-41166, BC V n° 119) ou dans le cadre d'une consultation d'un conseil de discipline (cass. soc. 4 octobre 2005, n° 03-45983 D). L'absence de P-V de carence entraîne également le versement d'une indemnité égale à un mois de salaire en cas de licenciement pour motif économique (c. trav. art. L. 1235-15 ; cass. soc. 6 juin 2007, n° 06-42444, BC V n° 94 ; cass. soc. 17 octobre 2018, n° 17-14392 FSPB), la non-validité d'un accord sur l'intéressement ou la participation ou empêche de négocier avec un salarié mandaté et de dénoncer un usage (cass. soc. 16 novembre 2005, n° 04-40339, BC V n° 329).

Organisation des élections partielles

QUAND ?

→ LORSQUE LES CONDITIONS D'ORGANISATION DES ÉLECTIONS PARTIELLES SE TROUVENT REMPLIES **PLUS DE 6 MOIS** AVANT L'EXPIRATION DES MANDATS EN COURS

QUELS RÔLES POUR L'EMPLOYEUR ?

→
- INFORMER LE PERSONNEL DE L'ORGANISATION DES ÉLECTIONS
- INVITER LES SYNDICATS À ÉTABLIR LEUR LISTE DE CANDIDATS

COMMENT ?

→
- ORGANISATION IDENTIQUE À CELLE DES ÉLECTIONS INITIALES : SCRUTIN À DEUX TOURS, PRÉSENTATION DES LISTES, ETC.
- ORGANISATION SUR LA BASE DE L'ACCORD PRÉÉLECTORAL EN VIGUEUR LORS DE L'ÉLECTION PRÉCÉDENTE SAUF CONTESTATION DE L'ACCORD

⚠ L'EMPLOYEUR PEUT PARFOIS ÊTRE OBLIGÉ D'ACTUALISER LES LISTES ÉLECTORALES

POUR QUELS SIÈGES D'ÉLUS ?

→ TOUS LES SIÈGES VACANTS DES ÉLUS TITULAIRES ET SUPPLÉANTS DU COLLÈGE QUI NE SONT PLUS REPRÉSENTÉS OU DONT LE NOMBRE D'ÉLUS TITULAIRES EST RÉDUIT DE MOITIÉ OU PLUS

QUELLE DURÉE DE MANDAT ?

→ CES NOUVEAUX ÉLUS SONT ÉLUS POUR LA DURÉE DU MANDAT QUI RESTE À COURIR

Revue Fiduciaire | BARTHÉLÉMY AVOCATS

16 Élections partielles et complémentaires

Élections partielles en cas de baisse du nombre des élus
- Élection obligatoire 16-1
- Organisation matérielle de l'élection partielle 16-3
- Durée et point de départ du mandat 16-7
- Incidences au niveau syndical 16-8

Élection complémentaire en cas de hausse de l'effectif
- Absence d'obligation légale 16-9
- Élection complémentaire soumise à la conclusion d'un accord collectif unanime 16-10
- Organisation de l'élection 16-11

Élections partielles en cas de baisse du nombre des élus

ÉLECTION OBLIGATOIRE

→ Deux hypothèses légales

16-1 Les élections partielles permettent de reconstituer l'équipe des élus en cours de mandat lorsque leur nombre a fortement diminué.

Sauf dérogations (voir § 16-2), l'employeur doit organiser une élection partielle du comité social et économique (CSE) en cours de mandat dans les deux situations suivantes (c. trav. art. L. 2314-10) :

› lorsqu'un collège électoral n'est plus représenté ;
› ou lorsque le nombre des membres titulaires du CSE est réduit de moitié ou plus.

La notion d'élection partielle ne doit pas être confondue avec celle du remplacement d'un titulaire par un suppléant (c. trav. art. L. 2314-37) (voir § 18-9). Cette possibilité de remplacement doit être appliquée prioritairement en cas de vacance définitive d'élus titulaires, l'élection partielle ne doit être organisée en cours de mandat que lorsque l'appel aux suppléants ne suffit pas à pallier l'absence d'élus titulaires (cass. soc. 21 mars 1978, n° 77-60692, BC V n° 214).

POINT DE VIGILANCE

Le fait que l'employeur n'organise pas les élections partielles alors que les conditions légales en sont remplies (dans cette affaire, le nombre de titulaires avait été réduit de moitié) ne cause pas automatiquement un préjudice aux salariés puisqu'il reste des élus qui même en nombre restreint peuvent représenter et défendre leurs intérêts. Les salariés doivent donc démontrer leur préjudice pour être indemnisés (cass. soc. 4 novembre 2020 n° 19-12775 FSPBI).

→ Exceptions

16-2 L'obligation d'organiser les élections partielles ne s'applique pas (c. trav. art. L. 2314-10) :

- › si les hypothèses légales se produisent moins de 6 mois avant l'expiration des mandats en cours. En d'autres termes, le CSE continue, dans ce cas, de fonctionner avec un nombre réduit de représentants jusqu'à son renouvellement ;
- › si les hypothèses légales sont avérées dès les élections. Autrement dit, l'obligation d'organiser les élections partielles ne s'applique pas en cas de vacance de sièges de titulaires due à la carence de candidats aux élections d'origine.

• **Violation des règles de représentation des femmes et des hommes sur les listes de candidats ne fait plus obstacle aux élections partielles.** Peu importe que la baisse du nombre d'élus résulte de la violation des règles de représentation des femmes et des hommes sur les listes de candidats. Dès lors que les conditions d'organisation des élections partielles sont réunies (collège non représenté ou nombre de titulaires réduit de moitié ou plus), l'employeur doit lancer les opérations électorales (c. const., décision 2018-761 DC du 21 mars 2018, JO du 31).

ORGANISATION MATÉRIELLE DE L'ÉLECTION PARTIELLE

→ Rôle de l'employeur

16-3 Dès que l'employeur a connaissance de la nécessité d'une élection partielle, il est tenu de déclencher la procédure électorale (c. trav. art. L. 2314-10). S'il reste inactif, un syndicat intéressé (voir § 8-10) ou un salarié (voir § 8-11) peut lui demander de respecter ses obligations.

→ Organisation identique à celle des élections initiales

16-4 L'élection partielle se déroule selon les mêmes règles et dans les mêmes conditions que celles qui ont présidées lors de l'élection principale : scrutin de liste à un ou deux tours, présentation des listes, etc. (c. trav. art. L. 2314-10 renvoyant à L. 2314-29).

Il peut être recouru au vote électronique si un accord d'entreprise le prévoit ou, à défaut d'accord, à la suite d'une décision unilatérale de l'employeur (c. trav. art. R. 2314-5) (voir § 14-14).

L'élection partielle se déroule sur la base des dispositions de l'accord préélectoral en vigueur lors de l'élection précédente (c. trav. art. L. 2314-10) sauf si cet accord est contesté (cass. soc. 15 décembre 2004, n° 04-60058, BC V n° 337 ; cass. soc. 6 janvier 2011, n° 10-60169, BC V n° 8).

Pour contester le protocole des élections principales, il faut toutefois avoir de bons motifs à fournir. Le seul fait que les effectifs aient varié entre les élections d'origine et les élections partielles ne suffit pas à rendre invalide le protocole électoral d'origine (cass. soc. 28 février 2018, n° 17-11848 D).

→ Élection devant être organisée pour tous les sièges vacants

16-5 L'élection partielle concerne tous les sièges vacants, titulaires et suppléants, du (ou des) collège(s) concerné(s) (c. trav. art. L. 2314-10). En d'autres termes, l'élection vise également les postes qui n'ont pas été pourvus lors des élections initiales en raison d'une carence de candidats.

→ Actualisation des listes

16-6 Les listes électorales et les listes de candidats doivent être actualisées car elles ne peuvent plus correspondre aux listes établies préalablement. En effet, la situation individuelle des salariés s'apprécie à la date des élections partielles, tant en ce qui concerne l'appartenance à un collège que l'électorat et l'éligibilité (circ. DRT 1983-13 du 25 octobre 1983, § 2.5.2).

DURÉE ET POINT DE DÉPART DU MANDAT

16-7 Comme pour les représentants du personnel élus lors des élections générales (voir § 15-54), le point de départ du mandat des nouveaux membres commence à partir de la proclamation des résultats.

Les candidats sont élus pour la durée du mandat restant à courir (c. trav. art. L. 2314-10).

INCIDENCES AU NIVEAU SYNDICAL

16-8 La représentativité syndicale est déterminée par le score obtenu aux élections professionnelles générales. Aussi, jusqu'à cette échéance, les scores sont « figés ». Cela signifie qu'en cas d'élections partielles, les scores obtenus aux dernières élections générales ne doivent pas être recalculés (cass. soc. 13 février 2013, n° 12-18098, BC V n° 42 ; cass. soc. 7 décembre 2016, n° 15-26855 D).

EN PRATIQUE

Les résultats des élections partielles ne devant pas être pris en compte pour déterminer les syndicats représentatifs, ils n'ont donc pas d'impact sur la désignation des salariés candidats comme délégué syndical ou représentant syndical auprès du CSE.

Élection complémentaire en cas de hausse de l'effectif

ABSENCE D'OBLIGATION LÉGALE

16-9 L'augmentation de l'effectif est, en principe, sans conséquence immédiate sur les mandats en cours : le code du travail est, en effet, muet sur cette question.

L'employeur n'est donc pas tenu de modifier la représentation du personnel mise en place en présence d'une augmentation de l'effectif de l'entreprise.

EN PRATIQUE

La hausse de l'effectif n'est à prendre en compte que pour les prochaines élections (cass. soc. 5 juin 1975, n° 74-40638, BC V n° 310).

ÉLECTION COMPLÉMENTAIRE SOUMISE À LA CONCLUSION D'UN ACCORD COLLECTIF UNANIME

16-10 La possibilité d'organiser une élection complémentaire en présence d'une hausse des effectifs est subordonnée à la conclusion d'un accord collectif signé entre l'employeur et tous les syndicats « présents » dans l'entreprise (cass. soc. 13 octobre 2010, n° 09-60206, BC V n° 225). Un accord collectif est, en effet, de nature à apporter des aménagements plus favorables que la loi.

La notion de syndicats « présents » comprend les syndicats représentatifs mais aussi ceux qui ont constitué une section syndicale.

L'exigence d'un accord collectif unanime peut rendre difficile la mise en œuvre d'une élection complémentaire puisque le désaccord d'un seul des syndicats présents dans l'entreprise est suffisant pour faire annuler cette élection.

ORGANISATION DE L'ÉLECTION

16-11 Compte tenu de l'absence de réponse à propos du déroulement des élections complémentaires, il est conseillé d'insérer au sein de l'accord collectif des précisions relatives notamment au protocole d'accord préélectoral à appliquer (celui de l'élection initiale ou non) et au champ d'application de l'élection (nombre de sièges complémentaires, pourvoir les sièges vacants ou non, etc.).

- **Mandat syndical.** Le représentant syndical auprès du CSE ne perd pas son mandat en cas d'élections complémentaires (cass. soc. 13 juin 2019, n° 18-14981 FPB).

17 Contentieux électoral

L'essentiel 17-1

Contentieux préélectoral : litiges durant la phase de préparation des élections

- Contester une décision de l'administration (DREETS ou inspection du Travail) 17-2
- Autres points de blocage pouvant être directement porté devant le tribunal judiciaire 17-6
- Contester les listes des électeurs établies par l'employeur 17-9

Contentieux postélectoral : obtenir l'annulation des élections

- Avoir un intérêt à agir.................... 17-10
- Irrégularités justifiant l'annulation des élections................................. 17-11
- Compétence du tribunal judiciaire 17-12

L'essentiel

17-1 Par contentieux électoral, il faut comprendre deux types de contentieux : le contentieux préélectoral qui porte sur les litiges concernant la phase de préparation des élections et le contentieux postélectoral qui concerne les élections en elles-mêmes et qui visent à en obtenir leur annulation.

Ces deux procédures sont soumises à des délais légaux et sont de la compétence exclusive du tribunal judiciaire.

• **Compétence du tribunal judiciaire.** Le tribunal judiciaire s'est substitué, depuis le 1er janvier 2020, au tribunal d'instance (TI) et au tribunal de grande instance (TGI) (c. trav. art. L. 2314-32 ; loi 2019-222 du 23 mars 2019, JO du 24). La procédure accélérée au fond s'est substituée au référé en la forme pour les demandes introduites depuis le 1er janvier 2020 (décret 2019-1419 du 20 décembre 2019, JO du 22).

À NOTER Compte tenu de la similitude des textes en la matière, la jurisprudence et les réponses administratives rendues à propos des IRP précédemment en place gardent, à notre avis, toute leur valeur. Les arrêts et réponses indiqués dans nos développements ci-après sont donc, en toute vraisemblance, transposables au CSE.

Contentieux préélectoral : litiges durant la phase de préparation des élections

CONTESTER UNE DÉCISION DE L'ADMINISTRATION (DREETS OU INSPECTION DU TRAVAIL)

→ Répartition des salariés et des sièges dans les collèges

17-2 Dans le cadre de la négociation du protocole d'accord préélectoral, si l'employeur et les syndicats ne parviennent pas à s'entendre sur la répartition du personnel et des sièges dans les collèges, l'employeur est tenu de saisir le DREETS (ex-DIRECCTE) compétent pour l'entreprise (ou de l'établissement concerné) (c. trav. art. R. 2314-3) (voir § 10-16).

La contestation de la décision du DREETS se fait devant le tribunal judiciaire (qui statue en dernier ressort). Tout autre recours administratif ou contentieux est exclu (c. trav. art. L. 2314-13 et R. 2314-23).

EN PRATIQUE

Si aucun syndicat ne s'est présenté pour négocier le protocole, alors il revient à l'employeur de décider lui-même de la répartition des salariés et des sièges dans les collèges, sans avoir à saisir le DREETS (voir § 10-19). Le recours contre la décision unilatérale de l'employeur est de la compétence exclusive du tribunal judiciaire.

→ Détermination des établissements distincts pour les entreprises multisite

17-3 Les établissements distincts sont déterminés par accord majoritaire ou, à défaut de délégué syndical, par accord avec le CSE (voir §§ 5-6 et 5-7). À défaut d'accord d'entreprise ou d'accord entre l'employeur et le CSE, l'employeur fixe seul le nombre et le périmètre des établissements distincts, compte tenu de l'autonomie de gestion du responsable de l'établissement (c. trav. art. L. 2313-4).

La décision de l'employeur peut être contestée devant le DREETS du siège de l'entreprise (c. trav. art. R. 2313-1) (voir § 5-8).

Le recours contre la décision du DREETS doit être effectué devant le tribunal judiciaire (qui statue en dernier ressort). Tout autre recours administratif ou contentieux est exclu (c. trav. art. L. 2313-5 et R. 2313-2).

- **CSE central.** Les règles en la matière sont les mêmes pour l'élection du CSE central (c. trav. art. L. 2316-8 et R. 2316-9).

→ Dérogation aux règles d'ancienneté pour être électeur ou éligible

17-4 L'inspecteur du travail peut, après avoir consulté les syndicats représentatifs dans l'entreprise, autoriser des dérogations (c. trav. art. L. 2314-23 et L. 2314-25) :

› aux conditions d'ancienneté pour être électeur à l'élection d'un CSE (voir § 11-23) ;
› aux conditions d'ancienneté pour l'éligibilité (voir § 12-20).

La décision prise par l'inspecteur du travail en la matière peut faire l'objet d'un recours devant le tribunal judiciaire (qui statue en dernier ressort) (c. trav. art. R. 2314-4).

Tout autre recours administratif ou contentieux est exclu, comme par exemple un retour hiérarchique (devant le ministre du Travail) (c. trav. art. L. 2314-25).

→ Saisine du tribunal judiciaire

17-5 Le tribunal territorialement compétent est celui dans le ressort duquel ont eu lieu, ou vont avoir lieu, les élections (cass. soc. 17 décembre 1984, n° 84-60403, BC V n° 497).

Lorsque les élections se déroulent au sein d'un établissement distinct, le tribunal compétent est celui dans le ressort duquel se situe l'établissement, et non le siège de l'entreprise.

Pour formaliser le recours contentieux devant le tribunal judiciaire, il convient de saisir le juge par voie de requête. Pour être recevable, cette requête doit être faite dans les 15 jours suivant la notification de la décision de l'autorité administrative par LRAR.

AUTRES POINTS DE BLOCAGE POUVANT ÊTRE DIRECTEMENT PORTÉ DEVANT LE TRIBUNAL JUDICIAIRE

→ Modalités d'organisation et de déroulement des opérations électorales

17-6 La négociation du protocole d'accord préélectoral doit notamment porter sur les modalités d'organisation et de déroulement des élections : la date, l'heure, le lieu du scrutin, le nombre et la composition des bureaux de vote, l'organisation du vote par correspondance, la nature et la forme du matériel de vote, etc.

En l'absence d'accord entre l'employeur et les syndicats, les modalités pratiques du vote peuvent être fixées par une décision du tribunal judiciaire. Il statue en dernier ressort selon la forme de la procédure accélérée au fond (c. trav. art. L. 2314-28 et R. 2314-2).

Si aucun syndicat n'a répondu à l'invitation à venir négocier le protocole, il revient à l'employeur de décider des modalités d'organisation et de déroulement des élections (c. trav. art. L. 2314-14) (voir § 9-35).

À NOTER Si l'employeur se borne à ne pas vouloir organiser les élections alors qu'il y est tenu (effectif, mandat arrivant à terme, etc.), il convient de saisir le tribunal judiciaire compétent statuant selon la procédure accélérée au fond. L'employeur encourt également d'autres sanctions, comme le délit d'entrave (c. trav. art. L. 2317-1).

→ Nombre et composition des collèges électoraux

17-7 En cas de litige relatif à la signature d'un accord modifiant le nombre et la composition des collèges électoraux, l'employeur, comme les syndicats, peuvent saisir le tribunal judiciaire. Si le tribunal constate que l'accord n'a pas été signé à l'unanimité des syndicats représentatifs dans l'entreprise, il devra appliquer les règles du code du travail (voir § 10-1).

POINT DE VIGILANCE

Sans un accord unanime, le juge ne peut pas modifier le nombre des collèges électoraux (cass. soc. 26 juin 2013, n° 12-27480, BC V n° 168).

→ Élections hors temps de travail

17-8 Lorsque l'employeur et l'ensemble des syndicats représentatifs ne donnent pas leur accord pour que le vote puisse se dérouler en dehors du temps de travail (c. trav. art. L. 2314-27) (voir § 9-29), il est possible de saisir le tribunal judiciaire, statuant selon la procédure accélérée au fond (circ. DRT 1983-13 du 25 octobre 1983).

Si le juge n'est pas saisi, la règle du code du travail selon laquelle les élections doivent donc se dérouler durant le temps de travail doit être appliquée.

CONTESTER LES LISTES DES ÉLECTEURS ÉTABLIES PAR L'EMPLOYEUR

17-9 Les contestations relatives à l'électorat sont de la compétence du tribunal judiciaire (statuant en dernier ressort) (c. trav. art. L. 2314-32 et R. 2314-23). Elles sont portées devant le tribunal judiciaire par voie de requête dans les 3 jours qui suivent la publication des listes électorales (c. trav. art. R. 2314-24). Le tribunal judiciaire statue dans les 10 jours. Sa décision est seulement susceptible de pourvoi en cassation dans un délai de 10 jours (c. trav. art. R. 2314-25).

POINT DE VIGILANCE

Pour la jurisprudence, un litige relatif à l'inscription d'une catégorie de personnel sur les listes électorales constitue une contestation de la régularité des élections professionnelles et non de l'électorat (cass. soc. 10 octobre 2012, n° 11-60196 D ; cass. soc. 9 septembre 2020, n° 19-19322 D). L'action contentieuse doit donc être intentée dans les 15 jours suivant l'élection (voir § 17-12).

Contentieux postélectoral : obtenir l'annulation des élections

AVOIR UN INTÉRÊT À AGIR

17-10 Pour contester la régularité des élections et obtenir leur annulation, il faut saisir le tribunal judiciaire (voir § 17-12). Toute personne considérée comme ayant un intérêt à agir peut engager un recours (c. proc. civ. art. 31), c'est-à-dire :

- l'employeur (cass. soc. 4 avril 2007, n° 06-60112, BC V n° 62) ;
- les salariés (électeurs ou candidats), sachant qu'ils ne peuvent contester que les résultats de leur collège (cass. soc. 10 juillet 2002, n° 01-60654, BC V n° 244) ;
- les syndicats, représentatifs ou non, ayant vocation à participer au processus électoral, même s'il n'a pas d'adhérents dans l'entreprise (cass. soc. 20 septembre 2018, n° 17-26226 FPB), signataires ou non du protocole préélectoral (cass. soc. 23 septembre 2009, n° 08-60535, BC V n° 195), présentant ou non des candidats (cass. soc. 5 avril 2011, n° 10-60364 D).

En revanche, la section syndicale, dépourvue de personnalité morale, ne peut pas contester les élections (cass. soc. 18 juillet 1979, n° 79-60118, BC V n° 646 ; cass. soc. 13 février 2008, n° 07-60171 D).

Un CSE d'établissement est en droit de contester l'élection du CSE central (cass. soc. 30 octobre 2013, n° 13-12234, BC V n° 257).

• **L'employeur n'est pas juge.** L'employeur n'a pas le pouvoir de se faire juge de la validité des élections, même avec l'accord des syndicats (cass. soc. 10 mars 1983, n° 82-60352, BC V n° 142 ; cass. soc. 19 décembre 2018, n° 18-60067 FSPB).

• **Le bureau de vote n'est pas juge.** Le bureau de vote n'a pas le droit d'écarter les suffrages exprimés en faveur d'une liste, même si celle-ci est manifestement irrégulière, en raison, par exemple, d'un nombre de candidats présentés par un syndicat supérieur au nombre de sièges à pourvoir (cass. soc. 8 décembre 2010, n° 10-60211, BC V n° 285). Il doit se contenter de consigner l'irrégularité dans le procès-verbal des élections.

IRRÉGULARITÉS JUSTIFIANT L'ANNULATION DES ÉLECTIONS

17-11 Les irrégularités commises dans l'organisation et le déroulement d'un scrutin (ex. : éligibilité d'un candidat, composition du bureau de vote, validité du protocole préélectoral, appréciation des effectifs, représentativité d'un candidat) constituent une cause d'annulation des élections :

› lorsqu'elles constituent une violation des principes généraux du droit électoral, tels que le secret du vote (cass. soc. 23 juin 2010, n° 09-60335, BC V n° 147) ;

› lorsqu'elles ont faussé les résultats de l'élection (cass. soc. 2 mars 2011, n° 10-60101, BC V n° 61 ; cass. soc. 28 mars 2012, n° 11-16141, BC V n° 113 ; cass. soc. 28 janvier 2015, n° 14-60510 D) ;

› lorsque, s'agissant du premier tour, elles ont été déterminantes de la qualité représentative des syndicats dans l'entreprise, ou du droit pour un candidat d'être désigné délégué syndical (cass. soc. 13 janvier 2010, n° 09-60203, BC V n° 7 ; cass. soc. 10 mars 2010, n° 09-60236, BC V n° 55), même si l'employeur n'est pas responsable de l'irrégularité en question (cass. soc. 10 mars 2010, n° 09-60236, BC V n° 55).

En revanche, le fait que le PAP prévoit un bureau de vote unique pour deux collèges n'est pas une irrégularité justifiant l'annulation des élections. Cette règle inscrite dans le protocole n'est pas contraire à l'ordre public, elle ne compromet pas la loyauté du scrutin et n'entraîne donc pas sa nullité (cass. soc. 25 octobre 2017, n° 16-21780 D).

Sur le contentieux liée à une liste de candidatures ne respectant pas les règles de représentation équilibrée entre les femmes et les hommes, voir §§ 12-57 et 12-58.

COMPÉTENCE DU TRIBUNAL JUDICIAIRE

→ Saisine du tribunal judiciaire

17-12 Le tribunal judiciaire doit être saisi par voie de requête.

Lorsque la contestation porte sur la régularité de l'élection, le recours n'est recevable que s'il est fait dans les 15 jours suivant cette élection (c. trav. art. L. 2314-23 et R. 2314-24 ; cass. soc. 18 mars 2015, n° 14-60460 D).

Le délai de 15 jours s'applique à chaque tour de scrutin.

• **Contester les audiences syndicales.** En raison de la règle selon laquelle le délai de 15 jours s'applique à chaque tour de scrutin, la contestation des scores électoraux des syndicats au premier tour doit être engagée dans les 15 jours suivant la proclamation des résultats du premier tour (cass. soc. 26 mai 2010, n° 09-60453, BC V n° 113).

• **Point de départ des 15 jours.** Le délai de 15 jours court à compter de la proclamation des résultats des élections par le bureau de vote, et non à compter de la date d'établissement du procès-verbal de l'élection (cass. soc. 9 juillet 2008, n° 07-60462 D ; cass. soc. 10 mars 2010, n° 09-60253 D ; cass. soc. 26 mars 2014, n° 13-20674 D ; cass. soc. 10 mars 2016, n° 15-20937 D).

• **Décompte du délai.** Les jours ouvrables et ouvrés doivent être décomptés. Le jour marquant le point de départ n'est pas compté (c. proc. civ. art. 642 ; cass. soc. 10 mars 2016, n° 15-20937 D). Le délai expire le dernier jour à 24 heures, mais si ce jour est un samedi, un dimanche ou un jour férié, il est prorogé jusqu'au premier jour ouvrable suivant (c. proc. civ. art. 641 et 642).

• **Contestation du PAP et régularité des élections.** Lorsqu'un syndicat conteste le protocole d'accord préélectoral (PAP) demande au tribunal judiciaire d'ordonner la négociation d'un nouveau protocole et que la décision du juge ordonnant cette renégociation n'est rendue qu'après les élections, ces élections restent valables et les instances élues le demeurent, dès lors que le syndicat n'a pas demandé l'annulation du scrutin dans les 15 jours suivant la proclamation des résultats (cass. soc. 4 juillet 2018, n° 17-21100 FSPB).

→ Décision du tribunal judiciaire

17-13 Le tribunal judiciaire statue en dernier ressort dans les 10 jours de sa saisine, sans frais, ni forme de procédure, sur simple avertissement donné 3 jours à l'avance à toutes les parties intéressées ainsi convoquées à l'instance. La décision du tribunal est notifiée par le greffe dans les 3 jours par LRAR (c. trav. art. R. 2314-23 et R. 2324-25).

Le jugement du tribunal judiciaire n'est pas contestable en appel (cass. soc. 14 janvier 2014, n° 12-29253, BC V n° 3) mais peut faire l'objet d'un pourvoi en cassation, dans les 10 jours à compter de sa notification (c. trav. art. R. 2314-23 et R. 2314-25), y compris lorsque la décision concerne un litige préélectoral (cass. soc. 23 septembre 2009, n° 08-60535, BC V n° 195).

17-14

PRINCIPAUX RECOURS CONTENTIEUX DEVANT LE TRIBUNAL JUDICIAIRE À L'OCCASION DES ÉLECTIONS PROFESSIONNELLES*

Objet du litige	Délai de saisine du tribunal judiciaire compétent
Recours avant le déroulement des élections	
Décision du DREETS suite à l'absence d'un accord avec les syndicats sur la répartition des salariés et des sièges dans les collèges (voir § 17-2)	Dans les 15 jours suivant la notification de la décision du DREETS
Décision du DREETS suite à l'absence d'accord avec les syndicats sur la détermination des établissements distincts et la répartition des sièges entre les différents établissements et les différentes catégories de salariés (voir § 17-3)	Dans les 15 jours suivant la notification de la décision du DREETS
Décision de l'inspecteur du travail autorisant ou non une dérogation aux règles d'ancienneté pour être électeur ou éligible (voir § 17-4)	Dans les 15 jours suivant la notification de la décision de l'inspecteur du travail
Listes électorales établies par l'employeur (voir § 17-9)	Dans les 3 jours suivant leur publication
Liste de candidatures ne respectant pas les règles de représentation équilibrée entre les femmes et les hommes (voir § 12-57)	Voir § 12-58
Recours après le déroulement de chaque tour des élections	
Irrégularités dans l'organisation et le déroulement d'un scrutin (voir § 17-11)	Dans les 15 jours suivant le scrutin (précisément suivant la proclamation des résultats de chaque tour)
Liste de candidatures ne respectant pas les règles de représentation équilibrée entre les femmes et les hommes (voir § 12-57)	Dans les 15 jours suivant le scrutin (précisément suivant la proclamation des résultats de chaque tour)

* S'agissant d'autres motifs de contestation, l'employeur n'est pas obligé de saisir le juge, il peut décider unilatéralement des modalités des élections. Rappelons par ailleurs que lorsqu'aucun syndicat ne s'est présenté à la négociation du protocole préélectorale, il revient à l'employeur de fixer lui-même les points concernés, sans saisine du DREETS.

18 Mandat des représentants du personnel

Durée, prorogation et réduction du mandat
- Mandat de 4 ans, en principe 18-1
- Prorogation ou réduction des mandats des élus 18-2
- Cessation des mandats avant leur terme 18-4
- Maintien du mandat en cas de suspension du contrat de travail 18-6
- Maintien du mandat en cas de changement de catégorie professionnelle 18-7

Limite au nombre de mandats successifs d'élu du CSE
- Pas plus de trois mandats successifs, de 4 ans chacun 18-8
- Dérogations à cette limite 18-9

Remplacement en cours de mandat d'élu
- Choix du suppléant 18-10
- Compétence du tribunal judiciaire en cas de litige 18-11

Cumuls de mandats
- Cumuls autorisés ou imposés 18-12
- Cumuls non autorisés 18-14
- Tableau récapitulatif 18-15

Élections partielle et complémentaire 18-16

Transfert d'entreprise ou d'établissement
- Transfert légal 18-17
- Perte des mandats 18-22
- Transfert conventionnel 18-23

Diverses mesures pour favoriser le cumul des fonctions « salarié et élu »
- Entretiens avec l'employeur 18-24
- Valorisation des acquis de l'expérience 18-27
- Garantie d'évolution de la rémunération 18-29
- Interdiction des discriminations ... 18-32

Durée, prorogation et réduction du mandat

MANDAT DE 4 ANS, EN PRINCIPE

18-1 Les élus du comité social et économique (CSE) et du comité social et économique central (CSE central) sont, en principe, élus pour 4 ans (c. trav. art. L. 2314-33 et L. 2316-10). Par dérogation, un accord de branche, de groupe ou d'entreprise, selon le cas, peut fixer une durée de mandat, comprise entre 2 et 4 ans (c. trav. art. L. 2314-34).

EN PRATIQUE

L'employeur doit vérifier si d'éventuelles dispositions conventionnelles sont prévues, en particulier, dans la convention collective applicable à l'entreprise.

Pour les représentants élus, la durée des mandats commence à partir du jour de la proclamation des résultats (voir § 15-54). Sous certaines conditions, le mandat des représentants élus peut être réduit, prorogé ou prendre fin de manière anticipée (voir §§ 18-2 et 18-4).

Le mandat des représentants syndicaux au CSE débute à compter du jour où l'employeur reçoit la notification de leur désignation. Il prend fin à chaque élection professionnelle (cass. soc. 10 mars 2010, n° 09-60347, BC V n° 58).

À NOTER Compte tenu de la similitude des textes en la matière, la jurisprudence et les réponses administratives rendues à propos des IRP précédemment en place gardent, à notre avis, toute leur valeur. Les arrêts et réponses indiqués dans nos développements ci-après sont donc, en toute vraisemblance, transposables au CSE.

PROROGATION OU RÉDUCTION DES MANDATS DES ÉLUS

→ Accord collectif unanime

18-2 En dehors des cas prévus par le code du travail (voir §§ 18-3 et 18-4), la prorogation des mandats des élus au CSE nécessite la conclusion d'un accord collectif unanime entre l'employeur et l'ensemble des syndicats représentatifs dans l'entreprise (cass. soc. 12 juillet 2006, n° 05-60331, BC V n° 259 ; cass. soc. 26 juin 2013, n° 12-60246, BC V n° 172 ; cass. soc. 9 novembre 2016, n° 15-29067 D).

Les mandats des élus ne peuvent donc pas être prorogés :

- par tacite reconduction (cass. soc. 19 mai 1993, n° 91-40235 D) ;
- par une délibération du CSE (cass. soc. 12 mars 2003, n° 01-60742, BC V n° 96) ;
- par le règlement intérieur du CSE (cass. soc. 13 juin 1990, n° 89-60974 D) ;
- ou encore par une décision judiciaire (cass. soc. 16 juin 1983, n° 82-60642, BC V n° 343).

• **Prorogation irrégulière.** Une prorogation irrégulière des mandats rend illicite la décision des élus (CE 29 juin 1990, n° 85254).

• **Contestation de la prorogation.** Si l'employeur a signé et appliqué sans réserve l'accord collectif prorogeant les mandats, il ne peut pas le contester au cours d'une procédure concernant un autre litige (ex. : salarié demandant l'annulation de son licenciement sans autorisation administrative). L'employeur doit le faire au cours d'une procédure concernant directement cette prorogation (cass. soc. 4 février 2014, n° 11-27134, BC V n° 46).

POINT DE VIGILANCE

La prorogation doit être exceptionnelle, d'une durée limitée et avoir un motif sérieux (cass. soc. 27 mai 1999, n° 98-60327, BC V n° 241).

EN PRATIQUE

L'accord collectif unanime doit être conclu avant le terme des mandats que l'accord vise à prolonger (CE 3 juillet 2013, n° 342291). À défaut, la prorogation est irrégulière.

→ Cas particulier de la restructuration

18-3 En cas de modification de la situation juridique de l'employeur (ex. : lorsqu'une entreprise est absorbée par une autre), un accord collectif de droit commun peut proroger ou réduire la durée des mandats des élus transférés (c. trav. art. L. 2314-35 ; cass. soc. 17 décembre 2014, n° 14-14917, BC V n° 300).

CESSATION DES MANDATS AVANT LEUR TERME

→ Élu du CSE

18-4 Les mandats des élus du CSE prennent fin en principe à leur date d'expiration. Ils peuvent toutefois cesser de manière anticipée à la suite de (c. trav. art. L. 2314-33 et L. 2314-36) :

› la démission des fonctions représentatives du personnel ;

› le décès du représentant du personnel ;

› la résiliation du contrat de travail (démission, licenciement, etc.) ;

› la perte des conditions requises pour être éligible (ex. : condamnation pénale) ;

› la mutation acceptée par le salarié protégé d'un établissement dans lequel il exerçait des mandats représentatifs dans un autre établissement de la même entreprise (cass. soc. 3 novembre 2016, n° 15-16026, BC V n° 204) ;

› la révocation en cours de mandat, sur proposition du syndicat qui a présenté le représentant du personnel, dès lors qu'elle est approuvée au scrutin secret par la majorité des électeurs inscrits au sein du collège auquel ce représentant appartient (cass. soc. 6 juillet 1977, n° 77-60514, BC V n° 462) ;

› la perte de la qualité d'établissement distinct.

• **Baisse des effectifs.** La réduction de l'effectif (y compris en dessous du seuil de 11 salariés) n'a pas d'incidence sur la durée du mandat des élus du CSE (Q/R 21, 117 questions/réponses du ministère du Travail, 17 janvier 2020) (voir § 19-1).

• **Liquidation judiciaire.** Le jugement de liquidation judiciaire et le jugement d'arrêt d'activité ne mettent pas automatiquement fin à l'existence d'une association dès lors que les opérations de liquidation se prolongent dans le temps. Par conséquent, les mandats et la protection des élus ne se terminent qu'après la dissolution réelle de l'association (cass. soc. 19 décembre 2018, n° 17-15503 FSPB).

Sur le changement de catégorie professionnelle, voir § 18-7.

→ Représentants syndicaux au CSE

18-5 Le mandat de représentant syndical (RS) au CSE peut prendre fin en cas de :

› démission de son mandat par le salarié ;

› modification des conditions personnelles ayant permis la désignation (ex. : salarié condamné à une peine privative du droit d'être désigné) ;

› départ du salarié de l'entreprise ;

› révocation du mandat par le syndicat ;

› remplacement du RS par un nouveau représentant, toutefois dans ce cas, le syndicat doit le préciser dans la désignation notifiée à l'employeur. À défaut, la désignation d'un représentant syndical surnuméraire n'est pas valable (cass. soc. 14 mars 2018, n° 17-16110 D) ;

› désaffiliation du syndicat (qui a nommé le représentant syndical) de la fédération auquel il était affilié après les élections. Lorsqu'un syndicat se désaffilie de la fédération syndicale après les élections, celle-ci peut nommer un nouveau RS au comité. Cette nomination met automatiquement fin au mandat du RS au comité qui avait été désigné par le syndicat désaffilié (cass. soc. 6 mars 2019, n° 18-15238 FPB).

MAINTIEN DU MANDAT EN CAS DE SUSPENSION DU CONTRAT DE TRAVAIL

18-6 La suspension du contrat de travail d'un élu du CSE n'entraîne pas la suspension de son mandat.

EXEMPLE Il en est ainsi en cas de mise à pied conservatoire ou disciplinaire (cass. soc. 2 mars 2004, n° 02-16554, BC V n° 71 ; cass. crim. 11 septembre 2007, n° 06-82410, BC V n° 199), d'activité partielle (cass. crim. 25 mai 1983, n° 82-91538, B. crim. n° 153) ou de grève (cass. soc. 27 février 1985, n° 82-40173, BC V n° 124).

La maladie ne suspend pas non plus le mandat représentatif (cass. crim. 16 juin 1970, n° 69-93132, B. crim. n° 207).

POINT DE VIGILANCE

L'exercice d'une activité de représentation en cas de suspension du mandat ne peut, pour autant, ouvrir droit à indemnisation que s'il a été préalablement autorisé par le médecin traitant ; de sorte que le paiement des heures de délégation est subordonné à cette autorisation préalable (cass. ch. mixte 21 mars 2014, n°s 12-20002 et 12-20003, B. ch. mixte n° 2).

MAINTIEN DU MANDAT EN CAS DE CHANGEMENT DE CATÉGORIE PROFESSIONNELLE

18-7 En cas de changement de catégorie professionnelle (et, le cas échéant, de changement de collège électoral), les élus au CSE conservent leur mandat (c. trav. art. L. 2314-33).

POINT DE VIGILANCE

Le fait pour un élu au CSE de cesser, en cours de mandat, d'appartenir au collège électoral qui l'a élu (dans cette affaire, l'élu, suite à une rétrogradation disciplinaire, était passé du statut cadre au statut employé) n'est pas par lui-même de nature à mettre un terme à son mandat (CE 10 juillet 2019, n° 416273).

Limite au nombre de mandats successifs d'élu du CSE

PAS PLUS DE TROIS MANDATS SUCCESSIFS, DE 4 ANS CHACUN

18-8 Le nombre de mandats successifs que peut effectuer un élu du CSE est, sauf exceptions (voir § 18-9), limité à 3 (c. trav. art. L. 2314-33). Cette limitation s'applique aussi aux membres du CSE central et des CSE d'établissements, avec les mêmes exceptions que celles prévues pour le CSE (c. trav. art. L. 2314-33). Cette règles est applicable au sein d'une unité économique et sociale (Q/R 52, 117 questions/réponses du ministère du Travail, 17 janvier 2020).

EN PRATIQUE

Cette limitation s'applique aux membres du CSE, qu'ils soient titulaires ou suppléants (Q/R 52, 117 questions/réponses du ministère du Travail, 17 janvier 2020).

POINT DE VIGILANCE

La limitation du nombre de mandats successifs ne s'applique que pour les mandats d'élu au CSE, et donc, à partir de la mise en place du premier CSE. Elle ne s'applique pas rétroactivement aux mandats des élus des anciennes IRP (Q/R 53, 117 questions/réponses du ministère du Travail, 17 janvier 2020).

DÉROGATIONS À CETTE LIMITE

18-9 La règle limitant le nombre de mandats successifs ne concerne pas (c. trav. art. L. 2314-33 ; rép. Mouiller n° 03267, JO 17 janvier 2019, Sénat quest. p. 338 ; Q/R 52, 117 questions/réponses du ministère du Travail, 17 janvier 2020) :

- les entreprises de moins de 50 salariés ;
- les entreprises de 50 à 300 salariés ayant prévu une dérogation à cette limitation dans le protocole d'accord préélectoral.

EN PRATIQUE

La dérogation prévue par le protocole d'accord préélectoral est à durée indéterminée, sauf précision contraire (c. trav. art. R. 2314-26). Ainsi, si le protocole est muet sur la durée de la dérogation, celle-ci s'applique indéfiniment, tant qu'un nouveau protocole ne la remet pas en cause. Cette mesure s'applique aux protocoles d'accord préélectoraux conclus depuis le 1er janvier 2019 (décret 2018-920 du 26 octobre 2018, art. 5, I).

Pour les protocoles conclus avant cette date qui prévoient une dérogation à la limitation des mandats, celle-ci ne vaudra que pour l'élection pour laquelle ils ont été conclus.

Remplacement en cours de mandat d'élu

CHOIX DU SUPPLÉANT

18-10 Lorsqu'un élu titulaire du CSE cesse ses fonctions ou est momentanément absent, on fait appel à un autre salarié présenté par la même organisation syndicale dans l'ordre suivant et, par défaut (c. trav. art. L. 2314-37) :

- priorité au suppléant élu du même syndicat et de la même catégorie professionnelle que celle du titulaire absent ;

› suppléant élu du même syndicat, d'une autre catégorie professionnelle appartenant au même collège ;
› suppléant élu du même syndicat, d'un collège différent ;
› candidat non élu présenté par le même syndicat (le candidat à retenir est celui qui vient sur la liste de ce syndicat juste après le dernier titulaire élu ou, à défaut, le dernier élu suppléant) ;
› élu suppléant (d'un syndicat différent de celui du titulaire) appartenant à la même catégorie professionnelle et ayant obtenu le plus grand nombre de voix.

Si la recherche d'un suppléant s'avère impossible, le siège reste vacant.

- **CSE central.** En l'absence de règle définie dans le code du travail, le remplacement d'un élu suppléant au CSE central ne peut être régi que par le protocole d'accord préélectoral. À défaut, le siège demeure vacant (cass. soc. 29 mai 2019, n° 17-31029 D).

EN PRATIQUE

Le suppléant devient titulaire jusqu'au retour de celui qu'il remplace ou jusqu'au renouvellement du CSE (c. trav. art. L. 2314-37).

COMPÉTENCE DU TRIBUNAL JUDICIAIRE EN CAS DE LITIGE

18-11 Le tribunal judiciaire est compétent pour connaître des litiges relatifs au remplacement des élus titulaires (c. trav. art. L. 2314-32).

Pour rappel, le tribunal judiciaire s'est substitué, depuis le 1er janvier 2020, au tribunal d'instance (TI) et au tribunal de grande instance (TGI) (loi 2019-222 du 23 mars 2019, JO du 24).

Cumuls de mandats

CUMULS AUTORISÉS OU IMPOSÉS

→ Cumuls autorisés

18-12 Sauf exception, les membres du CSE peuvent cumuler leur mandat avec d'autres mandats de représentation du personnel comme celui de délégué syndical (c. trav. art. L. 2143-6 et L. 2143-9) ou de représentant de proximité (c. trav. art. L. 2313-7) mais aussi de représentant de la section syndicale, de membre élu du CSE central, de membre du comité de groupe ou du comité d'entreprise européen.

→ Cumul imposé

18-13 Dans les entreprises de moins de 300 salariés et dans les établissements appartenant à ces entreprises, le délégué syndical est de droit représentant syndical auprès du CSE (c. trav. art. L. 2143-22) contrairement au représentant de la section syndicale (cass. soc. 14 décembre 2011, n° 11-14642, BC V n° 302). Attention, cette règle n'est pas applicable dans les entreprises de moins de 50 salariés (cass. soc. 8 septembre 2021, n° 20-13694 FSB) (voir § 6-8).

CUMULS NON AUTORISÉS

18-14 Un représentant syndical auprès du CSE ne peut pas être simultanément un élu du CSE (titulaire ou suppléant) (c. trav. art. L. 2314-2 ; cass. soc. 11 septembre 2019, n° 18-23764 FSPB). Il n'est pas possible de déroger par accord collectif à la règle du non-cumul des mandats d'élu et de représentant syndical au sein du même CSE (cass. soc. 22 janvier 2020, n° 19-13269 FPB) (voir § 6-10).

TABLEAU RÉCAPITULATIF

18-15

CUMUL DE MANDATS DEPUIS LE 1ER JANVIER 2020

	Délégué syndical	Représentant syndical au CSE	Élu du CSE	Représentant de proximité
Délégué syndical	-	Oui (1)	Oui	Non
Représentant syndical au CSE	Oui (2)	-	Non	Non
Élu du CSE	Oui	Non	-	Oui
Représentant de proximité	Non	Non	Oui	-

(1) Dans les entreprises de 50 salariés à moins de 300, le délégué syndical cumule obligatoirement son mandat avec le mandat de représentant syndical au CSE (voir § 6-8).
(2) Le délégué syndical central est obligatoirement choisi parmi les délégués syndicaux d'établissement dans une entreprise de moins de 2 000 salariés.

Élections partielle et complémentaire

18-16 Sur ces questions, voir §§ 16-1 et s.

Transfert d'entreprise ou d'établissement

TRANSFERT LÉGAL

→ Transfert automatique des contrats de travail

18-17 En cas de changement d'employeur (à la suite, par exemple, de la vente de l'entreprise ou de sa mise en location-gérance), l'ensemble des salariés « passe au service » de ce nouvel employeur, dès lors que les conditions imposées par la jurisprudence sont remplies (c. trav. art. L. 1224-1).

Ce « mécanisme automatique » est également applicable aux représentants du personnel, à condition que le transfert de l'entreprise ou de l'établissement soit « total » : leur contrat de travail est transféré au nouvel employeur.

En cas de transfert partiel d'une entreprise ou d'un établissement, l'employeur doit solliciter une autorisation administrative de transfert (c. trav. art. L. 2414-1).

→ Maintien des mandats

18-18 **Transfert de la totalité de l'entreprise conservant son autonomie.** Dans cette hypothèse, le mandat des représentants du personnel subsiste si l'entreprise reste une entité économique autonome conservant son identité et dont l'activité est poursuivie ou reprise (c. trav. art. L. 2314-35 ; cass. soc. 15 novembre 2011, BC V n° 264 ; cass. soc. 17 décembre 2014, n° 14-14917, BC V n° 300 ; cass. soc. 23 mars 2017, n° 15-24005, BC V n° 58).

Par conséquent, l'entité économique transférée doit disposer d'un personnel propre spécialement affecté à l'exercice de l'activité transférée, de moyens propres lui permettant de fonctionner de façon autonome et de conserver son identité chez le nouvel employeur. Peu importe qu'elle perde son autonomie juridique si elle conserve de fait son autonomie (cass. soc. 18 décembre 2000, n° 99-60381, BC V n° 433).

• **Entreprise multiétablissement.** Ces règles s'appliquent également aux membres du CSE central (c. trav. art. L. 2316-12).

• **Mandats syndicaux.** Les règles relatives au transfert des mandats des représentants élus du CSE valent également pour les représentants syndicaux au CSE (c. trav. art. L. 2314-35 ; circ. DRT 1993-12 du 17 mars 1993, fiche 8, § 4). S'agissant d'un transfert d'une entité autonome, les mandats syndicaux subsistent et les salariés concernés peuvent se prévaloir, une fois transférés, du score électoral obtenu chez le précédent employeur (cass. soc. 14 décembre 2011, n° 10-27441, BC V n° 300).

18-19 **Transfert d'un ou de plusieurs établissements distincts.** Si le transfert porte sur un ou plusieurs établissements distincts qui conservent ce caractère dans l'entreprise absorbante, le mandat des représentants du personnel se poursuit jusqu'à son terme (c. trav. art. L. 2314-35). Toutefois, la durée du mandat des représentants élus du personnel peut être réduite ou prorogée pour tenir compte de la date habituelle des élections dans l'entreprise d'accueil. Cette réduction ou cette prorogation doit obligatoirement être réalisée par accord entre le nouvel employeur et les organisations syndicales représentatives existant dans le ou les établissements transférés ou, à défaut, les membres du CSE concernés (c. trav. art. L. 2314-35). L'accord en question est un accord collectif de droit commun, de sorte que l'unanimité n'est pas requise (cass. soc. 17 décembre 2014, n° 14-14917, BC V n° 300).

• **Entreprises multiétablissement.** Les établissements distincts transférés sont représentés au CSE central de l'entreprise d'accueil par leurs représentants désignés au CSE central de l'entreprise dont ils faisaient partie. La représentation est assurée dans ces conditions pendant un délai d'un an au plus et peut entraîner le dépassement du nombre maximal de représentants au CSE central prévu par décret (c. trav. art. L. 2316-12).

18-20 **Transfert d'une entreprise devenant un établissement distinct.** Si l'entreprise transférée devient un établissement distinct de l'entreprise d'accueil, les mandats se poursuivent jusqu'à leur terme (c. trav. art. L. 2314-35). Le CSE devient CSE d'établissement. Comme en cas de transfert d'établissement distinct, la durée du mandat des représentants élus du personnel peut être réduite ou prorogée (voir § 18-19).

• **Entreprises multiétablissement.** Le CSE d'établissement doit désigner parmi ses membres deux représentants titulaires et suppléants au CSE central de l'entreprise absorbante. La représentation est assurée dans ces conditions pendant un délai d'un an au plus et peut entraîner le dépassement du nombre maximal de représentants au CSE central prévu par décret (c. trav. art. L. 2316-12 et R. 2316-1).

18-21 Transfert d'un établissement devenant une entreprise autonome. En l'absence de précision légale, les mandats sont, à notre avis, dans cette hypothèse, maintenus. Le CSE d'établissement devient CSE d'entreprise (circ. DRT n° 1993-12 du 17 mars 1993, fiche 8, § 4 ; cass. soc. 30 novembre 2004, n° 02-13837, BC V n° 311).

PERTE DES MANDATS

18-22 Si, à l'occasion du transfert, l'entreprise perd son autonomie (ou ne devient pas un établissement distinct), les mandats des représentants prennent fin à la date du transfert. Il en est de même pour les élus au CSE exerçant leurs fonctions au sein d'un établissement transféré en cas de perte de sa qualité d'établissement distinct, sauf si un accord collectif contraire, ou à défaut, un accord entre l'employeur et le CSE concerné permet aux élus du CSE d'achever leur mandat (c. trav. art. L. 2313-6).

POINT DE VIGILANCE

Cette règle ne s'applique pas à des mandats expirés avant le transfert d'une entité économique autonome (cass. soc. 12 avril 2018, n° 16-29069 D).

TRANSFERT CONVENTIONNEL

18-23 Dans certains secteurs (ex. : propreté, restauration collective, transports routiers de voyageurs), il est prévu, par accord collectif de branche, que l'entreprise qui remporte un marché devra reprendre les salariés du prestataire « perdant », même si les conditions légalement exigées (voir § 18-17) ne sont pas remplies. Si les contrats de travail sont maintenus, ce n'est pas forcément le cas des mandats dont étaient investis certains salariés transférés. Pour que les représentants du personnel conservent leurs fonctions représentatives, il faut que le maintien des mandats soit prévu par l'accord de branche (cass. soc. 10 juillet 2002, n° 01-60681, BC V n° 248 ; cass. soc. 28 novembre 2007, n° 06-42379, BC V n° 200).

Diverses mesures pour favoriser le cumul des fonctions « salarié et élu »

ENTRETIENS AVEC L'EMPLOYEUR

→ Représentants du personnel concernés

18-24 Les élus titulaires du CSE (tout comme les délégués syndicaux et les titulaires d'un mandat syndical) peuvent bénéficier d'un entretien en début de mandat (c. trav. art. L. 2141-5) (voir § 18-25).

Les salariés dotés d'un mandat syndical bénéficient d'un entretien en fin de mandat avec leur employeur (voir § 18-26).

→ Entretien individuel en début de mandat à la demande du représentant du personnel

18-25 L'entretien individuel avec l'employeur prévu en début de mandat porte sur les modalités pratiques d'exercice du mandat du salarié au sein de l'entreprise au regard de son emploi (c. trav. art. L. 2141-5).

EN PRATIQUE

L'entretien en début de mandat ne se substitue pas à l'entretien professionnel effectué tous les 2 ans avec chaque salarié (c. trav. art. L. 6315-1).

La mise en œuvre de cet entretien nécessite une demande des représentants concernés. L'employeur n'est donc pas tenu de proposer cet entretien aux salariés concernés au début de leur mandat.

Le salarié peut, à sa demande, se faire accompagner à l'entretien par une personne de son choix appartenant au personnel de l'entreprise (ex. : collègue de travail, délégué syndical) (c. trav. art. L. 2141-5). En revanche, le code du travail ne prévoit pas la possibilité pour l'employeur de venir, lui aussi, accompagné.

→ Entretien professionnel en fin de mandat

18-26 L'entretien de fin de mandat vise non seulement à évoquer les perspectives d'évolution professionnelles du salarié, mais également à recenser les compétences acquises au cours du mandat et à préciser les modalités de valorisation de l'expérience acquise (c. trav. art. L. 2141-5). Dans le langage courant, il est désigné comme étant un entretien « renforcé » par rapport à l'entretien professionnel « classique ».

L'employeur doit proposer un entretien professionnel à tout salarié doté d'un mandat syndical lorsque son mandat prend fin (c. trav. art. L. 6315-1).

Pour les mandats ayant pris effet depuis le 1er janvier 2020, l'obligation de proposer cet entretien dépend de l'effectif de l'entreprise (entreprises de moins de 2 000 salariés et celles de 2 000 salariés et plus) (c. trav. art. L. 2141-5) :

- dans les entreprises d'au moins 2 000 salariés, tous les salariés ayant un mandat syndical ou d'élu titulaire au CSE bénéficient, au terme de leur mandat, d'un entretien professionnel « renforcé », quel que soit leur nombre d'heures de délégation. Au cours de cet entretien, l'employeur doit donc systématiquement recenser les compétences acquises au cours du mandat et préciser les modalités de valorisation de l'expérience acquise.
- dans les entreprises de moins de 2 000 salariés, le contenu « renforcé » est réservé aux salariés titulaires d'un mandat disposant d'heures de délégation sur l'année représentant au moins 30 % de la durée de travail fixée dans son contrat de travail ou, à défaut, de la durée applicable dans l'établissement.

POINT DE VIGILANCE

Un accord collectif de valorisation des parcours syndicaux peut instituer des entretiens d'évaluation des compétences acquises à l'occasion de l'exercice du mandat, menés par l'employeur en association avec les organisations syndicales, dont les résultats sont pris en compte pour l'évolution de carrière. Un tel accord, fruit d'une concertation et optionnel pour le salarié, n'a rien d'illégal (cass. soc. 9 octobre 2019, n° 18-13529 FSPBRI).

VALORISATION DES ACQUIS DE L'EXPÉRIENCE

→ Dispositif

18-27 Les salariés titulaires d'un mandat de représentant du personnel ou d'un mandat syndical peuvent bénéficier d'un dispositif national de valorisation des compétences qui vise à améliorer leurs chances d'évoluer vers des emplois plus qualifiés ou mieux rémunérés à l'issue de leur mandat.

Pour ce faire, l'administration doit établir une liste des compétences correspondant à l'exercice d'un mandat de représentant du personnel élu ou d'un mandat syndical. Un recensement des certifications ou parties de certification comportant ces compétences et enregistrées au répertoire national des certifications professionnelles est annexé à ladite liste. Après avis de la commission nationale de la certification professionnelle, les compétences font l'objet d'une certification inscrite au répertoire national des certifications professionnelles.

La certification est enregistrée en blocs de compétences permettant d'obtenir des dispenses dans le cadre notamment d'une démarche de validation des acquis de l'expérience permettant, le cas échéant, l'obtention d'une autre certification (c. trav. art. L. 6112-4).

• **Blocs de compétence transférable.** Six blocs de compétences (à la date de publication de ce guide) ont été reconnus (encadrement et animation d'équipe, mise en œuvre d'un service de médiation sociale, etc.). À chacun d'entre eux correspondent un certificat de compétences professionnelles et un titre professionnel délivré par le ministère du Travail (arrêté du 18 juin 2018, JO du 26, texte 8).

• **Le temps passé aux actions de formation certifiantes est en principe du temps de travail effectif.** Les modalités de mise en œuvre de la certification ont été précisées (c. trav. art. D. 6112-2). Les actions de formation nécessaires à l'obtention de la certification, notamment les actions de positionnement, d'accompagnement et d'évaluation des compétences, constituent un temps de travail effectif et donnent lieu, pendant leur déroulement, au maintien par l'entreprise de la rémunération, dès lors qu'elles ne relèvent pas des exceptions permettant d'organiser la formation en tout ou partie en dehors du temps de travail (c. trav. art. L. 6321-6, 1° et 2°).

→ En pratique

18-28 Le Ministère du Travail a publié sur son site, le 31 janvier 2019, un guide relatif à la certification des compétences des représentants du personnel et des mandataires syndicaux (https://travail-emploi.gouv.fr/IMG/pdf/guide_certification_des_mandates_janv2019-2.pdf).

L'objectif est de présenter les atouts de la démarche, les conditions d'éligibilité et d'obtention de la certification et de détailler les différentes étapes pour y parvenir.

Le guide précise que la demande de certification s'effectue en deux temps :

- le candidat doit, tout d'abord, obtenir le certificat de compétences professionnelles (CCP) correspondant aux acquis de mandaté qu'il souhaite faire reconnaître ;
- le candidat doit ensuite demander une équivalence avec l'un des blocs de compétences existant dans le circuit de la formation professionnelle.

La reconnaissance acquise est ainsi « transférable » et reconnue par tout employeur.

Pour intégrer le dispositif, le salarié doit justifier qu'il a exercé un mandat dans les 5 dernières années. À ce titre, il doit fournir lui-même au centre chargé de l'organisation de la session une demande d'inscription aux épreuves accompagnée de l'un des justificatifs suivants dont plusieurs émanent de l'employeur :

- les autorisations d'absence précisant le volume horaire et la période concernée ;
- la décharge d'activité de service ou d'une attestation de l'employeur précisant le volume du crédit d'heures et la période concernée ;

› l'attestation d'un membre du bureau de l'organisation syndicale, précisant la fonction, la durée et la nature des activités exercées ;
› le compte-rendu d'entretien professionnel réalisé en fin de mandat syndical avec l'employeur.

Différentes étapes sont nécessaires pour obtenir une certification des compétences :
› le candidat effectue un entretien d'orientation et de positionnement sur un Certificat de compétences professionnelles en particulier ;
› le candidat effectue plusieurs ateliers collectifs pour l'aider notamment à établir et à rédiger son dossier de production qui consiste à présenter les acquis de son mandat, à les mettre en scène dans une situation réellement vécue et à démontrer que ces compétences sont, non seulement acquises, mais aussi qu'il peut les transférer dans un contexte professionnel et un poste de travail ;
› le candidat passe un examen oral devant un jury.

GARANTIE D'ÉVOLUTION DE LA RÉMUNÉRATION

→ Mandats concernés

18-29 Le code du travail prévoit un mécanisme « garantie d'évolution » pour les salariés protégés suivants qui exercent leur mandat dans l'entreprise (c. trav. art. L. 2411-1, 1° à 7°, L. 2411-2 et L. 2142-1-1) :
› les membres élus du CSE ;
› les délégués syndicaux (DS) ;
› les représentants syndicaux au CSE ;
› les représentants de sections syndicales ;
› le représentant de proximité.

• **Salariés non visés.** Un salarié mandaté pour négocier un accord collectif dans une entreprise dépourvue de délégué syndical ne bénéficie pas de la garantie, de même que les représentant des salariés au conseil d'administration ou de surveillance des sociétés anonymes et des sociétés en commandite par actions, les conseillers prud'hommes, les conseillers extérieurs assistant les salariés lors d'un entretien préalable au licenciement, etc.

→ Garantie liée au nombre d'heures de délégation

18-30 La garantie d'évolution de la rémunération des représentants concernés est applicable dès lors que leurs heures de délégation sur l'année dépassent 30 % de la durée de travail fixée dans leur contrat de travail ou, à défaut, de la durée applicable dans l'établissement, sauf si un accord collectif de branche ou d'entreprise détermine des garanties d'évolution de la rémunération des salariés concernés au moins aussi favorables (c. trav. art. L. 2141-5-1).

→ Calcul de la garantie

18-31 L'évolution de la rémunération doit au moins être égale, sur l'ensemble de la durée du mandat, aux augmentations générales et à la moyenne des augmentations individuelles perçues pendant cette période par les salariés relevant de la même catégorie professionnelle et dont l'ancienneté est comparable. À défaut de salariés comparables, l'évolution de la rémunération est au moins égale aux augmentations générales et à la moyenne des augmentations individuelles perçues dans l'entreprise (c. trav. art. L. 2141-5-1).

Cette garantie s'applique sans limite de durée en cas de mandats successifs.

INTERDICTION DES DISCRIMINATIONS

18-32 Il est interdit à l'employeur de prendre en considération l'appartenance à un syndicat ou l'exercice d'une activité syndicale pour arrêter ses décisions en matière notamment de recrutement, de conduite et de répartition du travail, de formation professionnelle, d'avancement, de rémunération et d'octroi d'avantages sociaux, de mesures de discipline et de rupture du contrat de travail (c. trav. art. L. 2141-5).

EN PRATIQUE

Des mentions négatives, portées dans les comptes-rendus d'entretiens annuels d'évaluation et relatives aux absences liées à l'exercice d'un ou plusieurs mandats, laissent présumer une discrimination syndicale (cass. soc. 23 octobre 2019, n° 18-14976 D).

Pour autant, un accord collectif peut déterminer les mesures à mettre en œuvre pour concilier vie personnelle, vie professionnelle et fonctions syndicales et électives, en veillant à favoriser l'égal accès des femmes et des hommes. Cet accord prend en compte l'expérience acquise, dans le cadre de l'exercice de mandats, par les représentants du personnel désignés ou élus dans leur évolution professionnelle (c. trav. art. L. 2141-5).

EXEMPLE Un accord collectif de valorisation des parcours syndicaux ou électifs peut prévoir un dispositif au sein de l'entretien annuel, permettant une appréciation des compétences mises en œuvre dans l'exercice du mandat et susceptibles de donner lieu à une offre de formation et dont l'analyse est destinée à être intégrée dans l'évolution de carrière du salarié (cass. soc. 9 octobre 2019, n° 18-13529 FSPBRI).

FICHE PRATIQUE

18 Statut protecteur

Situations et salariés visés

PROTECTION CONTRE LE LICENCIEMENT MAIS PAS SEULEMENT

18-33 Prévu à l'origine pour le seul cas de licenciement, le statut protecteur a été étendu à d'autres formes de rupture du contrat de travail ou à l'occasion d'événements affectant le contrat des représentants du personnel sans le rompre. Il doit, en effet, être mis en œuvre dans tous les cas où l'employeur est à l'initiative de la rupture du contrat de travail d'un salarié investi d'un mandat représentatif ou électif (cass. soc. 12 juillet 2006, n° 04-48351, BC V n° 248) :
- rupture de la période d'essai (cass. soc. 26 octobre 2005, n° 03-44751, BC V n° 306) ;
- licenciement quel que soit le motif, refus d'une modification du contrat de travail ou des conditions de travail (cass. soc. 26 octobre 2011, n° 09-66424 D) ;
- mise en activité partielle (cass. soc. 18 juin 1996, n° 94-44653, BC V n° 248 rectifié par cass. soc. 16 juillet 1996, n° 96-43396 D) ;
- mise à la retraite (cass. soc. 6 avril 2005, n° 03-43629, BC V n° 125 ; cass. soc. 26 septembre 2012, n° 11-13374 D) ;
- cessation d'un contrat de travail à durée déterminée (c. trav. art. L. 2421-8).

Les représentants du personnel et assimilés bénéficient également du régime protecteur :
- dans les cas de rupture d'un commun accord (dans le cadre d'un accord de GPEC ou d'un plan de sauvegarde de l'emploi), en cas de rupture conventionnelle (c. trav. art. L. 1237-5) ou de rupture conventionnelle collective (c. trav. art. L. 1237-19-2) ;
- lorsqu'ils sont compris dans une opération de transfert partiel d'activité (c. trav. art. L. 2414-1).

À l'inverse, la protection ne joue pas en cas de démission (cass. soc. 21 février 1996, n° 92-44842, BC V n° 63) ou en cas de départ volontaire à la retraite (cass. soc. 11 février 2009, n° 07-44909 D ; instr. min. 1996-7 du 23 mai 1996).

- **Sanctions disciplinaires.** Si l'employeur doit respecter une procédure protectrice spécifique lors de la plupart des ruptures du contrat de travail à son initiative, il en va autrement en cas de sanctions disciplinaires. En effet, malgré son statut protecteur, le représentant du personnel peut voir prononcer à son encontre avertissement, blâme, voire mise à pied disciplinaire sans que ces sanctions soient contrôlées par l'inspecteur du travail, celles-ci relevant du pouvoir disciplinaire de l'employeur (cass. soc. 23 juin 1999, n° 97-41121, BC V n° 301). Attention, pour les sanctions disciplinaires qui modifient le contrat ou les conditions de travail du salarié protégé, l'accord du salarié est nécessaire, les modifications ne pouvant pas lui être imposées.

À NOTER Compte tenu de la similitude des textes en la matière, la jurisprudence et les réponses administratives rendues à propos des IRP précédemment en place gardent, à notre avis, toute leur valeur. Les arrêts et réponses indiqués dans nos développements ci-après sont donc, en toute vraisemblance, transposables au CSE.

PROTECTION LIMITÉE DANS LE TEMPS

- **Protection appréciée à la date d'envoi de la convocation à l'entretien préalable**

18-34 L'employeur doit demander l'autorisation de licencier un salarié lorsque celui-ci est protégé à la date d'envoi de la convocation à l'entretien préalable au licenciement (cass. soc. 26 mars 2013, n° 11-27964, BC V n° 83).

Dans le cas où le salarié protégé refuse une rétrogradation parce que celle-ci modifie son contrat de travail et que, à la place, l'employeur envisage une sanction dite « de substitution » (ex. : licenciement), l'autorisation administrative est requise si ce salarié a acquis le statut protecteur à la date où l'employeur a envoyé la convocation au second entretien préalable, en l'occurrence, au licenciement (ex. : le salarié s'est porté candidat aux élections professionnelles « entre les deux procédures disciplinaires »).

Le fait que l'employeur ait ignoré ce statut lors de l'envoi de la première convocation au titre de la sanction « initiale » est sans incidence (cass. soc. 13 mai 2014, n° 13-14537, BC V n° 115).

POINT DE VIGILANCE

La règle d'appréciation de la protection à la date de convocation à l'entretien préalable reste applicable y compris lorsque les faits reprochés dans la lettre de licenciement se sont déroulés après le terme de la période de protection (cass. soc. 23 octobre 2019, n° 18-16057 FPB). En d'autres termes, l'employeur doit saisir l'inspecteur du travail en vue d'une autorisation préalable dès lors que le salarié est encore protégé au moment de la date d'envoi de la convocation à l'entretien préalable.

- **Protection limitée à la durée du mandat**

18-35 La durée du régime protecteur varie selon le mandat représentatif (voir tableau reproduit ci-après).

La protection couvre la durée du mandat et, dans certains cas, une période faisant suite à l'expiration du mandat ou à la disparition de l'institution concernée. Par ailleurs, les représentants du personnel, licenciés puis réintégrés dans l'entreprise suite à l'annulation de l'autorisation administrative de licenciement, sont protégés pendant les 6 mois suivant leur réintégration lorsqu'ils ne peuvent pas retrouver leur mandat du fait de la disparition de l'institution représentative du personnel concernée.

POINT DE VIGILANCE

Pour rappel, depuis le 1er janvier 2020, les mandats des délégués du personnel, des élus au comité d'entreprise et des membres du CHSCT ont expiré à la suite de la « bascule » vers le CSE. Les anciens membres de ces instances ont bénéficié du statut protecteur pendant une période de 6 mois décomptée à partir de l'expiration de leur mandat (Q/R 59, 117 questions/réponses du ministère du Travail, 17 janvier 2020).

FICHE PRATIQUE

PRINCIPAUX BÉNÉFICIAIRES DE LA PROTECTION		
Représentants ou salariés concernés	**Durée de la protection**	**Protection à la fin du mandat**
Demandeurs d'élections		
Premier salarié demandeur avec un syndicat (c. trav. art. L. 2411-6) **(1)**	6 mois à compter de l'envoi à l'employeur de la LR par laquelle une organisation a, la première, demandé des élections du CSE.	
Comité social et économique (CSE)		
Candidats aux élections du CSE (c. trav. art. L. 2411-7)	6 mois à compter de l'envoi de la LRAR à l'employeur des listes de candidatures ou de la preuve de l'imminence de la candidature du salarié.	
Membres élus du CSE titulaires et suppléants (c. trav. art. L. 2411-5)	Du jour de la proclamation des résultats et pendant toute la durée du mandat (4 ans en principe).	6 mois à partir de l'expiration du mandat ou de la disparition du CSE.
Représentants syndicaux au CSE (c. trav. art. L. 2411-5)	De la date de réception de la lettre notifiant la désignation à l'employeur et pendant toute la durée du mandat (4 ans en principe)	6 mois à partir de l'expiration du mandat ou de la disparition du CSE (2).
Comité social et économique (CSE) central		
Membres désignés du CSE central	Application de la protection attachée aux membres du CSE.	Voir Comité social et économique.
Représentants syndicaux au CSE central	Application de la protection attachée aux représentants syndicaux du CSE.	Voir Comité social et économique.
Délégués syndicaux		
Délégués syndicaux d'entreprise ou d'établissement, supplémentaires ou centraux (c. trav. art. L. 2411-3)	De la date de réception de la lettre (ou de la preuve de l'imminence de la désignation) notifiant la désignation à l'employeur ou de la date du remplacement ou de la baisse durable et importante de l'effectif.	En principe (3) 12 mois après la cessation de leurs fonctions, lorsque celles-ci ont été exercées pendant 1 an au moins.

PRINCIPAUX BÉNÉFICIAIRES DE LA PROTECTION		
Représentants conventionnels		
Représentants institués par voie conventionnelle (c. trav. art. L. 2411-2 ; cass. soc. 29 janvier 2003, n° 00-45961, BC V n° 34 ; cass. soc. 12 juillet 2006, n° 04-45893, BC V n° 258 ; cass. soc. 25 mars 2020, n° 19-11581 FSPB)	Application de la protection attachée aux représentants du personnel légaux de même nature. À l'inverse, pas de protection pour les représentants du personnel conventionnels non prévus par le code du travail.	Voir l'institution représentative concernée (CSE, DS, etc.).
Représentants de proximité		
Candidat à la fonction de représentant de proximité (c. trav. art. L. 2411-9)	6 mois à compter du dépôt de sa candidature (ou de la preuve de l'imminence de la candidature du salarié).	
Représentant de proximité (c. trav. art. L. 2411-8)	Du jour de la proclamation des résultats et pendant toute la durée du CSE (4 ans sauf autre durée prévue conventionnellement).	6 mois à partir de l'expiration du mandat ou de la disparition du CSE.
Représentants de la section syndicale		
Représentants de la section syndicale (c. trav. art. L. 2142-1-2)	Voir ci-avant.	
Défenseurs syndicaux		
Défenseurs syndicaux (c. trav. art. L. 2411-24)	Pendant la durée du mandat	

(1) Le salarié qui demande l'organisation d'élection d'un CSE alors que l'entreprise emploi moins de 11 salariés, est protégé dès lors qu'il est de bonne foi (cass. soc. 3 avril 2019, n° 18-10414 D).
(2) L'ancien représentant syndical qui, désigné depuis 2 ans, n'est pas reconduit dans ses fonctions lors du renouvellement du comité bénéficie de la protection pendant les 6 premiers mois suivant l'expiration de leur mandat ou la disparition de l'institution (c. trav. art. L. 2411-5).
(3) Dans une entreprise de moins de 50 salariés, le délégué syndical n'est protégé que pendant 6 mois après la fin de son mandat. En effet, seul un élu du CSE peut être désigné délégué syndical, de sorte que la protection post-mandat est celle de 6 mois attachée à sa qualité d'élu et non celle de 12 mois attachée à la qualité de délégué syndical s'il a exercé plus de 1 an (cass. soc. 4 novembre 2020, n° 19-12279 FPB).

- **Fin de la période de protection**

18-36 À la fin de la période de protection, l'employeur peut licencier l'ancien représentant du personnel à condition de respecter les règles de droit commun, car le licenciement du salarié n'est plus soumis à autorisation administrative (cass. soc. 10 décembre 1997, n° 94-45337, BC V n° 435 ; cass. soc. 9 février 2012, n° 10-19686 D).

FICHE PRATIQUE

L'employeur doit, comme pour tout salarié, justifier d'un motif réel et sérieux (cass. soc. 28 novembre 2007, n° 06-40489, BC V n° 197).

Le licenciement ne doit toutefois pas avoir pour objet de faire échec aux dispositions légales protectrices (cass. soc. 14 avril 1988, n° 85-40563 D). C'est pourquoi :

– l'employeur ne doit pas avoir volontairement attendu la perte du statut protecteur pour procéder au licenciement (cass. soc. 22 septembre 2011, n° 10-14883 D ; cass. soc. 18 février 2016, n° 14-17131 D) ;

– tout licenciement fondé sur des faits commis pendant la période de protection d'un représentant du personnel doit donner lieu à une demande d'autorisation administrative, même si le licenciement est notifié après l'expiration de la période de protection (cass. soc. 23 novembre 2004, n° 01-46234, BC V n° 295 ; cass. soc. 5 mars 2015, n° 13-26667 D ; cass. soc. 13 juin 2019, n° 17-24160 D ; guide DGT, septembre 2019, fiche 4) ;

– dès lors que la protection est toujours en cours à la date d'envoi de la convocation à l'entretien préalable, l'autorisation administrative est requise, même si la protection a déjà expiré à la date de la notification du licenciement (cass. soc. 26 mars 2013, n° 11-27964, BC V n° 83) ;

– l'employeur ne doit pas motiver un licenciement par des faits ayant fait l'objet d'un refus d'autorisation de l'inspecteur du travail (cass. soc. 9 juillet 2014, n° 13-16434, BC V n° 186 ; cass. soc. 23 septembre 2015, n° 14-10648, BC V n° 1).

À NOTER Cela peut sembler paradoxal, mais l'employeur doit déclencher la procédure d'autorisation même s'il sait que l'inspecteur du travail pourra ensuite se déclarer incompétent. En effet, quand la protection liée à un mandat électif ou syndical expire avant la décision administrative d'autorisation, l'inspecteur du travail n'est plus compétent pour autoriser ou refuser la rupture du contrat de travail. L'employeur retrouve alors le droit de licencier selon les règles de droit commun applicables à tout salarié (cass. soc. 6 janvier 2016, n° 14-12717, BC V n° 207).

Procédure protectrice à suivre

ENTRETIEN PRÉALABLE

18-37 En cas de licenciement pour motif personnel ou pour motif économique, l'employeur convoque le salarié à un entretien préalable à son licenciement. L'entretien doit précéder la consultation spécifique du CSE, lorsque celle-ci est requise (voir § 18-34), et, en tout état de cause, la présentation à l'inspecteur du travail de la demande d'autorisation (c. trav. art. L. 1232-2, L. 1233-11, R. 2421-3 et R. 2421-8).

Au cours de l'entretien préalable, l'employeur indique les motifs de la mesure individuelle envisagée. Lorsque l'employeur envisage d'envoyer une seconde demande d'autorisation administrative après l'échec de la première, il n'a pas à reprendre la procédure dans sa totalité en procédant à un second entretien préalable, à condition que les motifs invoqués dans la seconde demande d'autorisation soient identiques à ceux de la première demande (CE 19 septembre 2014, n° 362660).

La diffusion de notes d'information adressées au personnel annonçant la décision de licencier un salarié protégé avant l'entretien préalable au licenciement rend la procédure de licenciement irrégulière (CE 7 juillet 2010, n° 318139).

EN PRATIQUE

La lettre de convocation à l'entretien préalable au licenciement du salarié protégé doit mentionner les modalités d'assistance du salarié applicables en fonction de la situation de l'entreprise. La convocation sans cette indication n'est toutefois pas irrégulière si le salarié a été pleinement informé, en temps utile, des modalités d'assistance auxquelles il avait droit pour son entretien préalable (CE 12 juin 2019, n° 408970).

CONSULTATION DU CSE

- **Consultation en fonction de la nature du mandat**

18-38 Selon la nature du mandat du représentant concerné, l'employeur doit (c. trav. art. L. 2421-3) :
– soit consulter tout d'abord le CSE sur le projet de licenciement avant de solliciter l'autorisation de licencier l'intéressé auprès de l'inspecteur du travail ;
– soit, au contraire, saisir directement l'inspecteur du travail après la tenue de l'entretien préalable.

POINT DE VIGILANCE

Le texte ne précise pas que seul le CSE d'une entreprise d'au moins 50 salariés est concerné par la consultation (contrairement à ce qui se produisait naturellement pour la consultation du CE, ce dernier étant implanté à partir de 50 salariés). À notre sens, il est donc préférable, dans une entreprise de moins de 50 salariés dotée d'un CSE, de consulter le comité ou de se rapprocher de l'inspecteur du travail afin de vérifier ce point (c. trav. art. L. 2421-3).

La consultation du CSE est requise lorsque le licenciement envisagé concerne des membres du CSE (y compris des représentants syndicaux au comité) ou le médecin du travail (c. trav. art. R. 4623-18). En revanche, elle n'est pas requise s'agissant des délégués syndicaux (c. trav. art. L. 2411-3), d'un représentant de la section syndicale (c. trav. art. L. 2142-1-2), d'un salarié mandaté (c. trav. art. L. 2411-4), d'un administrateur d'un organisme de sécurité sociale (c. séc. soc. art. L. 231-11), d'un défenseur syndical (c. trav. art. L. 2421-2), d'un conseiller du salarié (c. trav. art. L. 2411- 21 ; CE 19 mars 2008, n° 289433) ou d'un conseiller prud'hommes (c. trav. art. L. 2411-22) sauf s'ils exercent simultanément d'autres mandats représentatifs du personnel nécessitant l'avis préalable du comité (CE 6 mai 1996, n° 151585).

FICHE PRATIQUE

EN PRATIQUE

La convocation du CSE peut être adressée aux membres du comité avant la date retenue pour l'entretien préalable (CE 16 décembre 2009, n° 327032 ; CE 8 avril 2013, n° 348559).

POINT DE VIGILANCE

L'inspecteur du travail est saisi directement (c'est-à-dire après l'entretien préalable) lorsqu'il n'existe pas de CSE dans l'établissement (voir § 18-39).

- **Information du CSE**

18-39 Avant la réunion, l'employeur doit fournir au comité des informations précises et écrites sur l'identité du salarié visé par la procédure, sur l'intégralité des mandats détenus par ce dernier ainsi que sur les motifs du licenciement envisagé lui permettant de se prononcer en toute connaissance de cause (CE 26 octobre 2011, n° 335755 ; CE 27 mars 2015, n° 371852 ; guide DGT, septembre 2019, fiche 5, § 1.2.1). Il doit lui laisser un délai d'examen suffisant (c. trav. art. L. 2312-15).

Ces informations peuvent être transmises en même temps que l'ordre du jour de la réunion de consultation, soit au minimum 3 jours avant la réunion.

POINT DE VIGILANCE

En l'absence de transmission des informations requises par l'employeur lors de la convocation du comité, la consultation demeure régulière si celui-ci a tout de même disposé de ces informations dans des conditions lui permettant d'émettre son avis en toute connaissance de cause (CE 27 mars 2015, n° 371852).

- **Audition du salarié protégé**

18-40 Avant d'exprimer un avis sur le projet de licenciement, le CSE doit auditionner le salarié concerné (c. trav. art. R. 2421-9). À cet effet, l'employeur doit le convoquer dans un délai suffisant pour lui permettre de préparer son audition (cass. crim. 5 mars 2002, n° 01-81049, B. crim. n° 56).

POINT DE VIGILANCE

À défaut d'audition du salarié protégé et si l'employeur ne peut démontrer qu'il l'avait effectivement convoqué à la réunion, l'avis du comité est nul quel que soit son contenu (CE 18 octobre 1991, n° 83934).

- **Avis du CSE**

18-41 Après avoir auditionné le salarié protégé, le comité donne son avis par un vote à la majorité des membres présents et au scrutin secret (c. trav. art. L. 2315-32 et R. 2421-9).

L'employeur, président du CSE ne doit pas voter, puisque l'instance se prononce en qualité de délégation du personnel (c. trav. art. L. 2315-32 ; cass. soc. 22 novembre 1988, n° 85-42007, BC V n° 617).

Quant au salarié concerné, la question de savoir si le salarié protégé en tant que titulaire au comité peut prendre part au vote sur son propre licenciement reste posée sachant que l'administration considère que l'employeur ne peut pas interdire au salarié concerné de voter sur son propre cas (guide DGT, septembre 2019, fiche 5, § 1.2.2.1).

POINT DE VIGILANCE

L'absence de vote à bulletin secret ou le peu de temps donné au salarié pour préparer son audition ne rend pas en soi la consultation irrégulière. Pour qu'il en soit ainsi, il faudrait que cela fausse véritablement la consultation, ce qui n'est pas le cas lorsque le comité a voté à l'unanimité contre le licenciement (CE 4 juillet 2018, n° 410904 ; CE 4 juillet 2018, n° 397059). Dans ces affaires, la décision des juges n'aurait sans doute pas été la même si le vote avait été en faveur du licenciement du salarié. L'absence de vote à bulletin secret ou de temps donné au salarié pour préparer son audition aurait pu faire planer un doute sur le caractère régulier de la consultation.

18-42

NOUVEAU MANDAT APRÈS AVIS DU CSE

Si le salarié acquiert un autre mandat après l'avis du CSE, l'employeur n'est pas de tenu de consulter à nouveau le comité (c. trav. art. L. 2421-3).

AUTORISATION DE L'INSPECTEUR DU TRAVAIL

- **Demande d'autorisation de licencier un salarié protégé**

18-43 Lorsqu'un employeur envisage de licencier certaines catégories de salariés protégés (ex. : membre de la délégation du personnel au CSE, délégué syndical) (c. trav. art. L. 2411-1), il doit, au préalable obtenir l'autorisation de l'inspecteur du travail après avoir convoqué le salarié à un entretien préalable et soumis son projet de licenciement au CSE (c. trav. art. L. 2411-3, L. 2411-5, L. 2411-7, L. 2411-8 et L. 2411-13).

À notre sens, la consultation viserait uniquement les CSE dans les entreprises d'au moins 50 salariés si l'on s'en réfère aux règles antérieures qui concernaient uniquement les CE et à la rédaction de l'ordonnance balai (c. trav. art. L. 2421-3). Ce point nécessiterait néanmoins un éclaircissement.

FICHE PRATIQUE

EN PRATIQUE

• Lorsque l'avis du CSE est requis, le procès-verbal (P-V) de la réunion au cours de laquelle il s'est prononcé doit être joint à la demande de l'employeur auprès de l'inspecteur du travail. La demande doit être présentée dans un délai de 15 jours suivant la réunion du CSE (c. trav. art. R. 2421-1 et R. 2421-10) ou dans les 48 heures suivant la réunion du CSE en cas de mise à pied conservatoire du salarié (étant rappelé que la réunion du comité doit alors avoir lieu dans les 10 jours de la date de la mise à pied) (c. trav. art. R. 2421-6 et R. 2421-14).

• Si la consultation du comité n'est pas requise, l'inspecteur du travail doit être saisi « directement » après l'entretien préalable (c. trav. art. L. 2421-1). Toutefois, en cas de mise à pied conservatoire, l'employeur doit informer l'inspecteur de la mise à pied dans les 48 heures et envoyer la demande d'autorisation de licenciement dans le délai de 8 jours à compter de la mise à pied (c. trav. art. L. 2421-1 et R. 2421-6).

POINT DE VIGILANCE

En l'absence de CSE, la demande d'autorisation est transmise directement à l'inspecteur du travail (c. trav. art. L. 2421-3).

Pour transmettre la demande d'autorisation, l'employeur dispose de deux options (c. trav. art. R. 2421-1, R. 2421-18 et R. 2421-21 ; guide DGT, septembre 2019, fiche 2, § 1.1) :
– la transmission par voie électronique dans le respect des modalités prévues par le code des relations entre le public et l'administration ;
– ou la transmission par LRAR « en deux exemplaires ».

Il en est de même pour les demandes d'autorisation préalable à un transfert de salariés protégé (c. trav. art. L. 2421-9 et R. 2421-17).

- **Mention du motif de licenciement et des mandats exercés**

18-44 La demande d'autorisation de licenciement doit énoncer les motifs du licenciement envisagé (c. trav. art. R. 2421-1 et R. 2421-10). Dans l'hypothèse d'un licenciement économique, l'employeur doit faire état de la réorganisation de l'entreprise mais aussi énoncer précisément le motif économique. L'employeur doit en conséquence préciser la cause justifiant le licenciement dans sa demande ou dans une annexe à la demande d'autorisation (CE 26 septembre 2018, n° 401511).

La demande d'autorisation doit également mentionner l'intégralité des mandats exercés par le représentant du personnel mis en cause (CE 27 mars 2015, n° 366166).

EN PRATIQUE

Le contenu de la demande d'autorisation délimite le champ et la grille de contrôle de l'administration qui ne peut pas, en cas d'erreur, se substituer à l'employeur pour donner une autre qualification juridique à sa demande (CE 20 mars 2017, n° 392296).

POINT DE VIGILANCE

L'inspecteur du travail doit, rechercher si la mesure envisagée n'est pas en lien avec ses fonctions représentatives ou son appartenance syndicale (CE 20 mars 2019, n° 408658). L'omission, même involontaire, d'un mandat représentatif exercé est de nature à justifier l'interdiction de licencier (CE 13 décembre 2005, n° 277748 ; CE 23 juillet 2010, n° 332355). En revanche, elle n'est pas assimilée à une violation du statut protecteur (cass. soc. 3 février 2016, n° 14-17886, BC V n° 21). Elle ne permet pas, en effet, au salarié protégé de réclamer ultérieurement les indemnités prévues en cas de licenciement prononcé en violation du statut protecteur

- **Inspecteur du travail compétent**

18-45 L'inspecteur du travail compétent pour le licenciement d'un membre élu du CSE, d'un représentant syndical au CSE ou d'un représentant de proximité est (c. trav. art. L. 2421-3) :
– si la demande d'autorisation de licenciement repose sur un motif personnel, l'établissement correspondant au lieu de travail principal du salarié ;
– si la demande d'autorisation de licenciement repose sur un motif économique, l'établissement correspondant à celui doté d'un CSE disposant des attributions réservées aux entreprises d'au moins 50 salariés.

• **Autre motif de rupture.** Lorsque la demande d'autorisation n'a pour objet ni un motif économique, ni un motif personnel (guide DGT, septembre 2019, fiche 2, § 2.2.1.2), elle doit être adressée à l'inspecteur du travail dont dépend l'établissement doté d'un CSE d'établissement, s'il dispose d'une autonomie suffisante, notamment en matière de gestion du personnel (CE 12 octobre 2006, n° 287489). À défaut, l'autorisation doit être sollicitée auprès de l'autorité administrative dont dépend le siège social de l'entreprise (CE 2 février 1996, n° 133455).

• **Travail exécuté hors établissement.** Si le salarié exécute habituellement son travail en dehors de tout établissement, l'inspecteur compétent est celui dont dépend l'établissement qui gère administrativement l'intéressé. S'il partage son temps de travail entre plusieurs établissements, il faut prendre en compte celui où il exerce principalement son activité (CE 3 octobre 1994, n° 120749).

• **Entreprise étrangère.** Lorsque l'employeur est une société étrangère ne disposant pas d'implantation permanente en France, il s'adresse à l'inspecteur responsable de la section correspondant au lieu principal de l'activité de la personne disposant des prérogatives de l'employeur. À défaut, l'employeur demande au DREETS de désigner l'inspecteur compétent (CE 21 juillet 2009, n° 314968 ; guide DGT, septembre 2019, fiche 2, § 2.3.2).

FICHE PRATIQUE

- **Enquête contradictoire**

18-46 L'inspecteur du travail procède à une enquête contradictoire au cours de laquelle il doit procéder à l'audition personnelle et individuelle de l'employeur et à celle du salarié concerné (c. trav. art. R. 2421-4, R. 2421-11 et R. 2421-17 ; CE 29 décembre 1997, n° 160604 ; CE 8 novembre 2019, n° 412566 ; guide DGT, septembre 2019, fiche 3). Procéder à cette enquête par de simples entretiens téléphoniques avec le salarié la rend irrégulière.

• **Licenciement économique ou de transfert partiel d'entreprise ou d'établissement d'au moins 25 salariés protégés.** L'inspecteur du travail est, par exception, dispensé de diligenter une telle enquête en cas de licenciement économique ou de transfert partiel d'entreprise ou d'établissement d'au moins 25 salariés protégés. Dans ces deux hypothèses, l'inspecteur peut simplement mettre chaque salarié en mesure de présenter des observations écrites. Le salarié qui en fait la demande peut également présenter à l'inspecteur du travail des observations orales. À cette occasion, le salarié a la faculté de se faire assister, toujours à sa demande, par un représentant de son syndicat (c. trav. art. R. 2421-4 et R. 2421-11).

• **Covid-19.** Durant la période de crise sanitaire entraînée par le covid-19 et les mesures de distanciation sociale et de confinement afférentes, la Direction générale du travail (DGT) a indiqué que « les auditions physiques, que ce soit au bureau ou dans l'entreprise, étaient à écarter quand bien même l'usager le solliciterait, sauf circonstances tout à fait exceptionnelles » (instr. DGT du 17 mars 2020).

Le salarié protégé ne doit pas être auditionné en présence de l'employeur (CE 28 avril 1997, n° 163971).

EN PRATIQUE

La possibilité d'être entendu par l'inspecteur du travail est un droit pour le salarié protégé. L'inspecteur du travail doit auditionner le salarié individuellement, même si d'autres salariés protégés font simultanément l'objet d'une demande d'autorisation de licenciement pour les mêmes faits (CE 8 novembre 2019, n° 412566).

Dans le cadre de l'enquête contradictoire, l'inspecteur du travail doit communiquer au salarié visé l'ensemble des documents produits par l'employeur (CE 20 novembre 2009, n° 320179). Peu importe qu'il s'agisse de :
- documents récapitulatifs établis par l'employeur (CE 22 février 2012, n° 346307) ;
- d'informations déjà connues du salarié (CE 22 février 2012, n° 335200).

Ce n'est que lorsque l'accès à certains de ces éléments est de nature à porter gravement préjudice à leurs auteurs que l'inspecteur du travail peut s'abstenir de les communiquer et simplement informer le salarié protégé de leur teneur (CE 24 novembre 2006, n° 282374).

L'inspecteur du travail vérifie la régularité de la procédure spéciale de licenciement du représentant, le respect des procédures de droit commun avec lesquelles la procédure spéciale se cumule et s'assure que le licenciement n'est pas en rapport avec le mandat détenu, brigué ou antérieurement exercé par l'intéressé ou son appartenance syndicale (c. trav. art. R. 2421-7 et R. 2421-16 ; guide DGT, septembre 2019, fiche 16). En d'autres termes, le licenciement envisagé ne doit pas constituer une mesure discriminatoire, sachant que l'appréciation portée par l'inspecteur du travail sur ce point peut être contestée devant le juge administratif (CE 18 février 1977, n° 95354).

EN PRATIQUE

Il y a séparation des pouvoirs entre juge judiciaire et juge administratif. Toutefois, en cas de contestation devant le juge administratif, celui-ci peut se fonder sur une décision du juge judiciaire laissant supposer l'existence d'une discrimination syndicale à l'égard du salarié (CE 20 mars 2019, n° 408658).

- **Décision de l'inspecteur du travail**

18-47 L'inspecteur du travail prend sa décision dans un délai de 2 mois. Ce délai court à compter de la réception de la demande d'autorisation de licenciement. La décision de l'inspecteur doit être motivée et notifiée à l'employeur et au salarié par LRAR (c. trav. art. R. 2421-5 et R. 2421-12). Les éléments de motivation de la décision doivent être tout à la fois clairs et précis, concis et complets (guide DGT, septembre 2019, fiche 18, § 1.2).

Lorsque le salarié concerné est un délégué syndical ou un représentant syndical au CSE, la demande doit être notifiée, dans les mêmes conditions, au syndicat concerné (c. trav. art. R. 2421-5 et R. 2421-12).

Au-delà de ce délai de 2 mois, le silence de l'inspecteur vaut décision implicite de rejet (c. trav. art. R. 2421-4 et R. 2421-11).

Si l'inspecteur du travail n'autorise pas le licenciement, l'employeur doit conserver le salarié protégé à son poste. Si l'intéressé avait été mis à pied dans l'attente de la décision, cette mesure est privée d'effet (c. trav. art. R. 2421-6 et R. 2421-14).

EN PRATIQUE

Seule une impossibilité absolue peut libérer l'employeur de l'obligation de réintégrer le salarié à son poste de travail, avec maintien de ses conditions de travail antérieures. Le refus d'une partie du personnel de travailler à nouveau avec le salarié protégé pour des motifs écartés par l'inspecteur du travail ne suffit pas à caractériser une impossibilité absolue de réintégrer l'intéressé à son poste (cass. soc. 24 juin 2014, n° 12-24623, BC V n° 156).

- **Recours possibles**

18-48 La décision de l'inspecteur peut faire l'objet :
– d'un recours gracieux auprès de l'inspecteur du travail ;
– d'un recours hiérarchique devant le ministre du Travail dans un délai de 2 mois à compter de sa notification (c. trav. art. R. 2422-1) ;

FICHE PRATIQUE

– d'un recours contentieux devant les juridictions administratives, dans le même délai de 2 mois (c. justice administrative art. R. 421-1).

Sur la contestation d'une décision administrative dans les deux mois, ce délai s'applique également en cas de décision implicite de rejet. Dans cette hypothèse, le délai court à compter du moment où naît la décision de rejet (c. justice administrative art. R. 421-1 et 421-2).

EN PRATIQUE

Le délai de 2 mois ne court que si la décision administrative attaquée mentionne le délai en question et les voies de recours (c. justice administrative art. R. 421-5 ; CE 2 décembre 2019, n° 415470). En cas de décision implicite, ces mentions figurent dan l'accusé de réception (décret 2001-492 du 6 juin 2001, art. 1, JO du 10).

POINT DE VIGILANCE

Lorsque l'autorisation administrative a été accordée à l'employeur de licencier les salariés protégés concernés, le juge judiciaire ne peut, sans violer le principe de la séparation des pouvoirs, apprécier ni le caractère réel et sérieux des motifs retenus pour justifier le licenciement, ni la régularité de la consultation du CSE sur le projet de licenciement économique collectif (cass. soc. 20 septembre 2018, n° 17-11602 FSPB). Le juge judiciaire reste toutefois compétent pour apprécier les fautes commises par l'employeur pendant la période antérieure au licenciement et notamment l'existence d'une discrimination syndicale dans le déroulement de la carrière du salarié (cass. soc. 29 mai 2019, n° 17-23028 FSPB).

NOTIFICATION DU LICENCIEMENT AUTORISÉ

18-49 Le licenciement d'un représentant du personnel ne peut intervenir qu'avec l'autorisation de l'inspecteur du travail (c. trav. art. L. 2411-3, L. 2411-5, L. 2411-8 et L. 2411-13). Lorsque celui-ci a autorisé le licenciement, l'employeur peut notifier le licenciement au représentant du personnel concerné, même si un recours a été formé à l'encontre de la décision. La lettre de licenciement est suffisamment motivée si elle fait référence à l'autorisation administrative ou au motif de licenciement (cass. soc. 28 octobre 2003, n° 01-46168, BC V n° 264 ; cass. soc. 5 avril 2005, n° 02-47518, BC V n° 120 ; cass. soc. 31 mars 2009, n° 07-45217 D). Dans tous les cas, le licenciement doit intervenir sur le fondement des faits qui ont motivé la décision administrative (cass. soc. 19 mai 2010, n° 08-45386 D).

19 Suppression du CSE

Deux hypothèses de suppression
- Réduction de l'effectif en dessous de 11 salariés 19-1
- Perte d'autonomie juridique 19-3

Contentieux relatif à la suppression du CSE 19-3

Deux hypothèses de suppression

RÉDUCTION DE L'EFFECTIF EN DESSOUS DE 11 SALARIÉS

→ Réduction de l'effectif pendant au moins 12 mois consécutifs

19-1 Le CSE est supprimé à l'issue du mandat des membres de la délégation du personnel si l'effectif est resté en dessous de 11 salariés pendant au moins 12 mois consécutifs (c. trav. art. L. 2313-10).

Par « 12 mois », il faut, à notre sens, comprendre qu'il s'agit de ceux qui précèdent la fin du mandat étant donné que le CSE devra à nouveau être mis en place si ce seuil est encore une fois atteint pendant 12 mois consécutifs (voir § 3-6).

EN PRATIQUE

Le CSE continue d'exister jusqu'au terme des mandats de ses élus. Il ne sera pas renouvelé si, à l'expiration des mandats des élus, le seuil d'effectif requis n'a pas été atteint (Q/R 21, 117 questions/réponses du ministère du Travail, 17 janvier 2020) (exemples cités par les Q/R, voir ci-après).

EXEMPLE • L'effectif de l'entreprise passe sous le seuil de 11 salariés en janvier 2021 et se maintient à ce niveau jusqu'à l'échéance des mandats des élus du comité social et économique, en octobre 2021. À cette date, l'effectif de l'entreprise ne sera pas resté en dessous du seuil de 11 salariés pendant 12 mois consécutifs. Le comité social et économique devra donc être renouvelé.

• L'effectif de l'entreprise passe sous le seuil de 11 salariés en septembre 2022 et se maintient à ce niveau jusqu'à l'échéance des mandats des élus du comité social et économique en septembre 2023. À cette date, l'effectif de l'entreprise sera resté en dessous du seuil de 11 salariés pendant 12 mois consécutifs. L'instance n'aura pas à être renouvelée.

• L'effectif de l'entreprise se maintient sous le seuil de 11 salariés de janvier 2020 à janvier 2022, c'est-à-dire pendant 24 mois. De février à mars, l'effectif de l'entreprise passe au-dessus du seuil de 11 salariés, avant de redescendre à 8 salariés, jusqu'à novembre 2022, date de l'échéance des mandats des élus du comité social économique. À cette date, l'effectif de l'entreprise ne sera resté en dessous du seuil de 11 salariés que pendant 8 mois consécutifs. Le comité social et économique devra être renouvelé.

→ Suppression automatique du CSE

19-2 En cas de suppression du CSE consécutive à une baisse des effectifs dans l'entreprise, l'employeur n'a aucune formalité spécifique à accomplir (Q/R 22, 117 questions/réponses du ministère du Travail, 17 janvier 2020). Lors de la fin naturelle des mandats les élections ne sont tout simplement pas organisées (voir § 19-1).

PERTE D'AUTONOMIE JURIDIQUE

19-3 Le CSE peut être supprimé lorsque l'entreprise perd son autonomie juridique lors d'une modification de la situation juridique de l'employeur. Il en va autrement si l'entreprise conserve son autonomie (voir §§ 18-18 et s.).

Contentieux relatif à la suppression du CSE

19-4 Le tribunal judiciaire est seul compétent en cas de contestation liée à la suppression du CSE à la suite d'une diminution de l'effectif (cass. soc. 21 janvier 1981, n° 80-60274, BC V n° 47). Ni le DREETS (ex-DIRECCTE) (depuis le 1er avril 2021), ni le juge administratif n'ont à être sollicités.

Entreprise de moins de 50 salariés - Missions et moyens du CSE -

20 Attributions du CSE 250

21 Réunions du CSE 263

22 Moyens du CSE 275

20 Attributions du CSE

CSE d'une entreprise de moins de 50 salariés
- CSE sans personnalité civile 20-1
- Prérogatives générales du CSE........ 20-2

Présentation des réclamations
- Réclamations individuelles ou collectives 20-4
- Salariés concernés.......................... 20-5

Saisine de l'inspection du travail 20-6

Protection de la santé
- Promotion de la santé, de la sécurité et des conditions de travail 20-7
- › *Encadré : Référent « harcèlement »*.... 20-8
- Protection de toutes personnes placées sous l'autorité de l'employeur 20-9
- Enquêtes du CSE........................... 20-10

Droit d'alerte
- Atteinte aux droits des personnes.............................. 20-11
- Danger grave et imminent............ 20-12
- Risque pour la santé publique et l'environnement 20-13

Attributions spécifiques
- Congés payés 20-14
- Reclassement d'un salarié après un accident professionnel ou non 20-15
- Licenciement collectif pour motif économique 20-24
- Assistance des salariés à un entretien préalable 20-25
- Santé, sécurité et conditions de travail 20-26
- Bâtiment et travaux publics.......... 20-28
- › *Encadré : Négociation*...................... 20-29

Droit d'information
- Registre unique du personnel....... 20-30
- Conventions et accords collectifs de travail 20-31
- Durée du travail 20-32
- Santé et sécurité 20-33

CSE d'une entreprise de moins de 50 salariés

CSE SANS PERSONNALITÉ CIVILE

20-1 Dans les entreprises d'au moins 11 salariés à moins de 50 salariés, les membres du CSE exercent individuellement les droits qui leur sont reconnus par le code du travail (c. trav. art. L. 2315-19). Le CSE d'une entreprise de moins de 50 salariés n'est donc pas doté de la personnalité juridique.

PRÉROGATIVES GÉNÉRALES DU CSE

→ Principales missions du CSE

20-2 Dans les entreprises d'au moins 11 salariés à moins de 50 salariés, le CSE exerce des missions (c. trav. art. L. 2312-5) :

› s'articulant autour de la présentation des réclamations et de la saisine de l'inspection du travail ;

› contribuant à la promotion de la santé, de la sécurité et des conditions de travail dans l'entreprise ;
› et en réalisant des enquêtes en matière d'accidents du travail ou de maladies professionnelles.

Sur le calcul du seuil de 50 salariés, (voir § 23-2).

Les accords collectifs ou des usages peuvent prévoir des dispositions plus favorables (c. trav. art. L. 2312-4) (voir § 20-3).

PRINCIPALES ATTRIBUTIONS D'UN CSE DANS UNE ENTREPRISE DE MOINS DE 50 SALARIÉS
Missions principales (1)
Porter les réclamations individuelles et collectives relatives aux salaires, à l'application du code du travail et des dispositions conventionnelles, etc.
Saisir l'inspecteur du travail des plaintes et observations sur l'application du droit du travail
Saisir l'employeur en cas d'atteinte aux droits des personnes, à leur santé physique et mentale, aux libertés individuelles
Être consulté dans certains domaines spécifiques
Contribuer à la protection de la santé des salariés, à l'amélioration des conditions de travail et veiller au respect des règles en ces domaines
Mener des enquêtes en matière d'accident du travail et de maladie professionnelle
Déclencher le droit d'alerte auprès de l'employeur en cas de danger grave et imminent, d'atteinte aux droits des personnes ou de risque pour la santé publique et l'environnement
Réunions (2)
• Au moins une fois par mois (voir § 21-2) • À la demande des élus en cas d'urgence (réunion exceptionnelle) (voir § 21-4) • Réception à leur demande, individuellement ou par catégorie professionnelle (voir § 21-5)
(1) c. trav. art. L. 2312-5. (2) c. trav. art. L. 2315-21.

À NOTER Compte tenu de la similitude des textes en la matière, la jurisprudence et les réponses administratives rendues à propos des IRP précédemment en place gardent, à notre avis, toute leur valeur. Les arrêts et réponses indiqués dans nos développements ci-après sont donc, en toute vraisemblance, transposables au CSE.

→ Règles négociables par accord

20-3 Le législateur a laissé la possibilité aux partenaires sociaux de conclure un accord collectif de travail prévoyant des dispositions plus favorables relatives aux attributions du CSE (c. trav. art. L. 2312-4). Ainsi, les attributions du CSE dans les entreprises 11 salariés à moins de 50 salariés dotées d'un comité peuvent toutes être « revues » et éventuellement élargies via, en l'absence de délégué syndical, la négociation d'un accord entre l'employeur et un ou plusieurs membres titulaires du CSE (c. trav. art. L. 2232-23-1).

Des usages peuvent également aménager les prérogatives du CSE dans les entreprises de moins de 50 salariés, toujours dans un sens plus favorable (c. trav. art. L. 2312-4).

ATTRIBUTIONS DU CSE DANS UNE ENTREPRISE DE MOINS DE 50 SALARIÉS : PRINCIPALES NÉGOCIATIONS POUR UN CSE « SUR-MESURE »	
Thèmes	**Modalités de négociation**
Attributions du CSE : - extension des attributions générales - droit d'alerte - extension du droit d'information	Accords collectifs de travail * **OU** usages
* c. trav. art. L. 2312-4 et L. 2232-23-1	

Présentation des réclamations

RÉCLAMATIONS INDIVIDUELLES OU COLLECTIVES

20-4 La délégation du personnel au CSE a pour mission de présenter à l'employeur les réclamations individuelles ou collectives relatives aux salaires (ex. : non-respect par l'employeur des minima légaux ou conventionnels), à l'application du code du travail et des autres dispositions légales concernant notamment la protection sociale, la santé et la sécurité, ainsi que des conventions et accords applicables dans l'entreprise (c. trav. art. L. 2312-5).

C'est la mission principale des élus aux CSE, quelle que soit la configuration des instances représentatives du personnel dans l'entreprise (délégué syndical ou non, etc.).

L'employeur ne peut pas exiger que les demandes des salariés soient préalablement soumises à la direction avant d'être présentées aux élus du CSE, sous peine de commettre un délit d'entrave (cass. crim. 9 avril 1975, n° 74-91981, B. crim. n° 88). Il ne peut pas non plus exiger que les réclamations lui soient présentées directement, sans passer par les élus (cass. soc. 10 mars 1970, n° 69-90632, BC V n° 98), ou inciter les salariés à ce qu'il en soit ainsi (cass. crim. 17 décembre 2013, n° 12-85617 D). En revanche, si l'employeur organise des réunions informelles du personnel par atelier en vue de régler des problèmes spécifiques à ces ateliers, un élu ne peut pas exiger d'assister à la réunion tenue dans un atelier auquel il n'appartient pas, dès lors que cette réunion est organisée sans fraude pour permettre l'expression directe des salariés (cass. soc. 1er juillet 1985, n° 82-43308, BC V n° 379).

• **Élus au CSE et DS : des missions différentes.** Les élus au CSE et les délégués syndicaux (DS) ont des compétences respectives (c. trav. art. L. 2312-11). En effet, la délégation du personnel au CSE est compétente pour toute réclamation relative à l'application du statut du personnel et pour tout problème intéressant les salariés qui les ont élus (règles déjà en vigueur dans l'entreprise). En revanche, les DS demeurent compétents pour toute revendication ou négociation sur la modification du statut des salariés (amélioration des règles applicables) (circ. DRT 84-5 du 28 juin 1984). Ainsi, par exemple, un employeur qui refuse de traiter une demande présentée par les élus au CSE sollicitant une réduction du temps de travail et une réévaluation des salaires en indiquant que ces domaines sont du ressort de la négociation collective, et donc des organisations syndicales, ne commet pas de délit d'entrave (cass. crim. 26 janvier 1993, n° 89-85389, B. crim. n° 43).

• **Cas des sociétés anonymes.** Dans une entreprise en société anonyme, lorsque le CSE présente des réclamations auxquelles il ne peut être donné suite qu'après délibération du conseil d'administration, il est reçu par celui-ci, sur sa demande, en présence du directeur ou de son représentant ayant connaissance des réclamations en question (c. trav. art. L. 2312-5).

POINT DE VIGILANCE

Les élus aux CSE n'ont pas le monopole de la présentation des réclamations. Les salariés peuvent, en effet, adresser leurs observations directement à l'employeur sans passer par l'intermédiaire du représentant du personnel et ce, même s'il en existe un dans l'entreprise (c. trav. art. L. 2312-7). Ainsi, assister un salarié qui a sollicité un entretien avec son directeur pour contester son évaluation personnelle ne correspond pas, pour le représentant du personnel, à une mission de présentation des réclamations individuelles. Le directeur ne commet donc pas de délit d'entrave en notifiant au salarié qu'il le recevrait seul (cass. crim. 11 février 2003, n° 01-88014, B. crim. n° 32).

SALARIÉS CONCERNÉS

20-5 La délégation du personnel au CSE peut présenter les réclamations (c. trav. art. L. 2312-6) :

› des salariés de l'établissement dans lequel ils ont été élus et exercent leur mission ;

› des salariés d'entreprises extérieures non placés sous la subordination directe de l'entreprise utilisatrice, lorsqu'il s'agit de réclamations concernant les conditions d'exécution du travail relevant du chef d'établissement utilisateur ;

› des salariés temporaires, pour toute réclamation portant sur les conditions d'exécution du travail, la rémunération, le paiement des jours fériés, l'accès aux moyens de transport et aux services collectifs.

EN PRATIQUE

Dans les entreprises où il y a plusieurs élus au CSE, il est d'usage que chaque élu présente les réclamations individuelles des salariés appartenant au collège électoral ou à la catégorie professionnelle qu'il représente. En revanche, les réclamations collectives restent de la compétence de chaque élu au CSE, quel que soit le collège électoral qui l'a élu.

Saisine de l'inspection du travail

20-6 Les membres du CSE peuvent saisir l'inspection du travail de toutes les plaintes et observations relatives à l'application des prescriptions légales, réglementaires et conventionnelles dont ils sont chargés d'assurer le contrôle (c. trav. art. L. 2312-5 et L. 8112-1).

Ils n'ont toutefois pas le monopole de cette saisine. Les salariés peuvent, en effet, saisir directement l'inspection du travail de toute plainte ou observation.

POINT DE VIGILANCE

Dans les entreprises de moins de 50 salariés, les membres du CSE ne peuvent pas accompagner l'inspecteur du travail au cours d'une visite de l'entreprise. Cette règle n'est, en effet, prévue que dans les entreprises de 50 salariés et plus (c. trav. art. L. 2312-10) (voir § 31-14).

Protection de la santé

PROMOTION DE LA SANTÉ, DE LA SÉCURITÉ ET DES CONDITIONS DE TRAVAIL

20-7 La délégation du personnel au CSE a pour mission de promouvoir la santé, la sécurité et l'amélioration des conditions de travail dans l'entreprise (c. trav. art. L. 2312-5).

Par « santé », il faut comprendre la santé physique ou mentale.

EXEMPLE Le CSE peut détecter et évaluer les risques psychosociaux, promouvoir leur prévention ou encore veiller à l'observation des prescriptions législatives et réglementaires relatives à certains risques (ex. : bruit, éclairage, poussière).

20-8

RÉFÉRENT « HARCÈLEMENT »

Un référent en matière de lutte contre le harcèlement sexuel et les agissements sexistes doit, depuis le 1er janvier 2019, être désigné par le CSE parmi ses membres, sous la forme d'une résolution adoptée à la majorité des membres présents, pour une durée prenant fin avec celle du mandat des membres élus du comité (c. trav. art. L. 2314-1). A fortiori, ses fonctions vont donc de pair avec celles liées à la promotion de la santé et des conditions de travail.

Le référent bénéficie de la formation nécessaire à l'exercice de ses missions en matière de santé, de sécurité et de conditions de travail (c. trav. art. L. 2315-8 ; loi 2021-1018 du 2 août 2021, art. 39, JO du 3).

L'employeur doit porter à la connaissance des salariés, par tout moyen (ex. : intranet), dans les lieux de travail ainsi que dans les locaux de travail ou à leur porte d'accès, l'adresse et le numéro d'appel de ce référent (c. trav. art. L. 1153-5 et D. 1151-1).

PROTECTION DE TOUTES PERSONNES PLACÉES SOUS L'AUTORITÉ DE L'EMPLOYEUR

20-9 Le CSE doit veiller à la santé et à la sécurité des « travailleurs », c'est-à-dire des salariés de l'entreprise ou de l'établissement, des intérimaires, des stagiaires et plus généralement de « toute personne placée à quelque titre que ce soit sous l'autorité de l'employeur » (c. trav. art. L. 2312-6 et L. 4111-5).

ENQUÊTES DU CSE

20-10 Pour exercer sa mission en matière de santé et de sécurité, le CSE a le droit de mener des enquêtes en matière d'accidents du travail ou de maladies professionnelles (c. trav. art. L. 2312-5).

Celles-ci sont menées par une délégation comprenant au moins (c. trav. art. R. 2312-2) :

- l'employeur ou un représentant désigné par lui ;
- un élu du CSE.

Cette enquête est distincte de celle qui fait suite à la constatation d'un danger grave et imminent (c. trav. art. L. 2312-60). Elle a pour but de cerner les causes afin d'éviter la répétition de l'accident ou de la maladie.

POINT DE VIGILANCE

Dans le cadre d'une telle enquête, le CSE doit fournir certains renseignements à l'administration (c. trav. art. R. 2312-2). La nature des renseignements est définie par arrêté réglementaire (arrêté non encore paru au jour où nous rédigeons cet ouvrage).

Droit d'alerte

ATTEINTE AUX DROITS DES PERSONNES

20-11 Si un membre de la délégation au CSE constate, notamment par l'intermédiaire d'un travailleur, qu'il existe une atteinte aux droits des personnes, à leur santé physique et mentale ou aux libertés individuelles dans l'entreprise qui ne serait pas justifiée par la nature de la tâche à accomplir ni proportionnée au but recherché (ex. : harcèlement moral ou sexuel, mesure discriminatoire, etc.), il en saisit immédiatement l'employeur (c. trav. art. L. 2312-5).

Ce droit d'alerte s'entend limitativement. Ainsi, par exemple, les membres du CSE ne peuvent pas l'invoquer pour demander à l'employeur de réaliser une enquête conjointe sur les modalités de calcul des indemnités compensatrices de congés payés des salariés intérimaires. Cette demande ne concerne pas la protection des personnes et des libertés individuelles et collectives, mais relève dans ce cas d'un désaccord dans le déroulement de la relation de travail (cass. soc. 14 octobre 2020, n° 19-11508 FPB).

Le droit d'alerte aux atteintes aux personnes s'exerce dans les mêmes conditions que dans les entreprises d'au moins 50 salariés (c. trav. art. L. 2312-5 et L. 2312-59) (voir § 34-4).

DANGER GRAVE ET IMMINENT

20-12 Un membre de la délégation du personnel au CSE peut déclencher une alerte en cas de danger grave et imminent.

Le droit d'alerte en cas de danger ou risque grave s'exerce dans les mêmes conditions que dans les entreprises d'au moins 50 salariés (c. trav. art. L. 2312-5 et L. 2312-60) (voir §§ 34-9 et 34-11).

RISQUE POUR LA SANTÉ PUBLIQUE ET L'ENVIRONNEMENT

20-13 Un membre élu du CSE qui constate, notamment par l'intermédiaire d'un travailleur, qu'il existe un risque grave pour la santé publique ou l'environnement lié aux produits ou procédés de fabrication de l'établissement, en alerte immédiatement l'employeur. L'employeur examine la situation conjointement avec le représentant du personnel qui lui a transmis l'alerte et l'informe de la suite qu'il réserve à celle-ci.

Le droit d'alerte en cas de risque pour la santé publique et l'environnement s'exerce dans les mêmes conditions que dans les entreprises d'au moins 50 salariés (c. trav. art. L. 2312-60 et L. 4133-2) (voir §§ 34-11).

Attributions spécifiques

CONGÉS PAYÉS

20-14 La période des congés payés et l'ordre des départs sont fixés, en principe, par un accord d'entreprise ou d'établissement ou, à défaut, une convention ou un accord de branche. À défaut d'accord collectif, l'employeur fixe unilatéralement la période et l'ordre des départs, après avis du CSE (c. trav. art. L. 3141-15 et L. 3141-16).

EN PRATIQUE

En l'absence de précision légale, la consultation doit avoir lieu avant l'information des salariés sur cette période de congés payés, qui elle-même doit intervenir au moins 2 mois avant l'ouverture de la période (c. trav. art. D. 3141-5). De même, la consultation du CSE doit nécessairement intervenir avant la communication de l'ordre des départs aux salariés, qui doit intervenir quant à elle au moins 1 mois avant leur départ (c. trav. art. L. 3141-16).

POINT DE VIGILANCE

Le défaut de consultation du CSE pour la fixation de la période ou de l'ordre des départs en congés en l'absence de disposition conventionnelle applicable est constitutif d'une contravention de 5e classe (et non du délit d'entrave) (c. trav. art. R. 3143-1 ; cass. crim. 6 février 1990, n° 87-82316, B. crim. n° 65).

RECLASSEMENT D'UN SALARIÉ APRÈS UN ACCIDENT PROFESSIONNEL OU NON

→ Consultation obligatoire quelle que soit l'origine de l'inaptitude

20-15 En cas d'inaptitude d'un salarié, professionnelle ou non, l'employeur doit consulter le CSE sur les postes de reclassement qu'il envisage de lui proposer (c. trav. art. L. 1226-2 et L. 1226-10). L'avis du CSE est seulement consultatif.

→ Date de la consultation

20-16 L'employeur doit consulter le CSE après la déclaration d'inaptitude rendue par le médecin du travail et avant toute proposition de reclassement présentée au salarié (c. trav. art. L. 1226-2 et L. 1226-10 ; cass. soc. 25 mars 2015, n° 13-28229, BC V n° 61).

→ Consultation obligatoire même en cas d'impossibilité de reclassement

20-17 Dès lors qu'un salarié a été déclaré inapte, l'employeur est tenu de consulter le CSE, y compris dans le cas où aucun poste de reclassement ne peut être proposé (cass. soc. 22 juin 1994, n° 91-41610 D ; cass. soc. 11 juin 2008, n° 06-45537 D ; cass. soc. 30 septembre 2020, n° 19-16488 FPB).

Le fait que le CSE conclut à une impossibilité de reclassement ne libère pas l'employeur de son obligation de reclassement. L'employeur doit recueillir l'avis des représentants du personnel, même lorsqu'il invoque l'impossibilité de reclassement du salarié (cass. soc. 22 juin 1994, n° 91-41610 D ; cass. soc. 11 juin 2008, n° 06-45537 D ; cass. soc. 30 septembre 2020, n° 19-16488 FPB).

→ Informations à transmettre

20-18 Préalablement à la consultation, l'employeur doit fournir au CSE toutes les informations nécessaires au reclassement du salarié inapte dont les conclusions du médecin du travail font partie (cass. soc. 13 juillet 2004, n° 02-41046, BC V n° 209 ; cass. soc. 29 février 2012, n° 10-28848 D).

→ Modalités de la consultation

20-19 Aucune forme particulière n'est requise pour recueillir l'avis du CSE quant au reclassement d'un salarié déclaré inapte. La consultation est régulière dès lors que le CSE a été consulté et que chaque élu a émis un avis. L'employeur n'est donc pas obligé de recueillir l'avis du CSE collectivement au cours d'une réunion (cass. soc. 29 avril 2003, n° 00-46477, BC V n° 144 ; cass. soc. 11 mars 2008, n° 07-41387 D). À titre d'exemple, un élu du CSE peut être consulté par conférence téléphonique, puis signer le procès-verbal de réunion ultérieurement (cass. soc. 30 septembre 2020, n° 19-13122 FSPB).

En principe, l'employeur ne peut pas se contenter d'un entretien avec un seul élu (cass. soc. 30 avril 2009, n° 07-43219, BC V n° 120). Toutefois, dans une entreprise qui compte un élu titulaire et un élu suppléant, l'employeur doit seulement consulter l'élu titulaire (cass. soc. 18 février 2015, n° 13-24201 D).

Lorsque l'entreprise est divisée en établissements distincts, l'employeur n'est tenu de consulter que les seuls élus de l'établissement dans lequel le salarié concerné exerce ses fonctions (cass. soc. 13 novembre 2008, n° 07-41512, BC V n° 222) ou de l'établissement auquel il aurait dû être rattaché si son établissement ne compte pas d'élu (cass. soc. 7 décembre 2016, n° 14-27232, BC V n° 234).

→ Régularisation possible en cas d'oubli de consultation

20-20 En cas d'omission de la consultation des élus, l'employeur peut régulariser la procédure qu'il s'agisse de l'inaptitude d'un salarié protégé ou pas. S'agissant des salariés non protégés, la consultation des élus peut être organisée après une première offre de reclassement faite au salarié, dès lors que l'employeur a, par la suite, de nouveau proposé au salarié un reclassement (cass. soc. 16 mars 2016, n° 14-13986 D ; cass. soc. 2 octobre 2019, n° 18-21825 D). Cette solution inédite présente toutefois le risque pour l'employeur de se voir notamment reprocher un délit d'entrave en cas d'acceptation par le salarié de la première offre de reclassement et en l'absence de consultation des représentants du personnel. L'employeur peut également abandonner une procédure de licenciement menée sans consultation des élus et engager une nouvelle procédure intégrant la consultation du CSE en vue de réparer son oubli (cass. soc. 5 octobre 2016, n° 15-15656 D).

S'agissant des salariés protégés, le Conseil d'État a également admis une procédure de régularisation lorsque l'employeur a proposé au salarié des offres de reclassement sans avoir consulté les élus. L'oubli de la consultation peut être réparé en soumettant les offres de reclassement aux élus et en les reproposant au salarié (CE 27 février 2019, n° 417249).

→ Portée relative de l'avis des élus du CSE

20-21 L'avis du CSE ne suffit pas, en soi, à légitimer la recherche de reclassement (cass. soc. 26 octobre 2010, n° 09-40972 D ; cass. soc. 6 mai 2015, n° 13-25727 D ; cass. soc. 6 octobre 2017, n° 16-14544 D). Autrement dit, le fait que le CSE conclut à une impossibilité de reclassement ne libère pas l'employeur de son obligation de reclassement.

→ Sanction applicable en cas d'inaptitude professionnelle

20-22 Si l'inaptitude du salarié est d'origine professionnelle et que l'employeur le licencie sans avoir consulté le CSE (ou en ayant consulté le CSE mais irrégulièrement ou tardivement), il peut être condamné à verser au salarié une indemnité minimale de 6 mois de salaire. Cette indemnité se cumule avec l'indemnité compensatrice de préavis et l'indemnité spéciale de licenciement (c. trav. art. L. 1226-15 ; cass. soc. 25 mars 2015, n° 13-28229, BC V n° 61).

La sanction de l'irrégularité ou du défaut de consultation s'applique même si l'entreprise est dépourvue de CSE, dès lors que leur mise en place était obligatoire et qu'aucun procès-verbal de carence aux dernières élections professionnelles n'a été établi (cass. soc. 23 septembre 2009, n° 08-41685, BC V n° 192 ; cass. soc. 11 mai 2016, n° 14-12169, BC V n° 92).

La méconnaissance de l'obligation de consultation du CSE conjuguée avec celle de l'obligation de reclassement ne peut être sanctionnée que par une seule et même indemnité minimale de 6 mois (cass. soc. 16 décembre 2010, n° 09-67446, BC V n° 299).

En tout état de cause, l'absence de consultation du CSE constitue un délit d'entrave (cass. crim. 26 janvier 1993, n° 89-85389, B. crim. n° 43).

→ Sanction applicable en cas d'inaptitude non professionnelle

20-23 En cas d'inaptitude non professionnelle, le code du travail est muet sur la sanction encourue en l'absence de consultation du CSE.

La jurisprudence considère que la méconnaissance des dispositions relatives au reclassement du salarié déclaré inapte consécutivement à un accident non professionnel ou à une maladie, dont celle imposant à l'employeur de consulter le CSE prive le licenciement de cause réelle et sérieuse.

S'agissant de la sanction encourue, différente de celle applicable en cas d'inaptitude professionnelle (voir § 20-22), il faut appliquer le barème d'indemnisation du licenciement sans cause réelle et sérieuse (cass. soc. 30 septembre 2020, n° 19-11974 FSPBI).

LICENCIEMENT COLLECTIF POUR MOTIF ÉCONOMIQUE

20-24 Dans les entreprises occupant moins de 50 salariés, le CSE doit être réuni et consulté par l'employeur qui envisage de procéder à un licenciement collectif pour motif économique (c. trav. art. L. 1233-8, L. 1233-28 et L. 1233-29).

Pour les licenciements collectifs pour motif économique de moins de 10 salariés dans une même période de 30 jours, le CSE rend son avis dans un délai qui ne peut être supérieur, à compter de la date de la première réunion au cours de laquelle il est consulté, à 1 mois. En l'absence d'avis rendu dans ce délai, le CSE est réputé avoir été consulté.

Pour les licenciements collectifs pour motif économique d'au moins 10 salariés dans une même période de 30 jours, l'employeur doit réunir et consulter le CSE, qui doit alors tenir deux réunions, séparées par un délai qui ne peut être supérieur à 14 jours.

EN PRATIQUE

Un accord d'entreprise, de groupe ou de branche peut fixer les modalités d'information et de consultation du CSE (c. trav. art. L. 1233-21).

Le CSE doit également être consulté sur la fixation de l'ordre des licenciements (c. trav. art. L. 1233-5).

Les membres du CSE doivent pouvoir être en mesure de faire valoir utilement leurs observations, condition pour que la procédure de consultation soit valablement conduite (cass. soc. 12 septembre 2007, n° 06-13667, BC V n° 125).

ASSISTANCE DES SALARIÉS À UN ENTRETIEN PRÉALABLE

20-25 Les élus au CSE peuvent assister le salarié lors de son entretien préalable à un licenciement (c. trav. art. L. 1232-4) ou à une sanction disciplinaire (c. trav. art. L. 1332-2). Ils peuvent également l'assister lors des entretiens préalables obligatoires précédant la signature d'une rupture conventionnelle du contrat (c. trav. art. L. 1237-12).

C'est au salarié seul de choisir s'il se fait assister ou non par un représentant du personnel.

L'employeur a pour seule obligation de l'informer, dans le courrier de convocation à l'entretien préalable, qu'il peut se faire assister par une personne de son choix appartenant au personnel de l'entreprise (c. trav. art. R. 1232-1 et R. 1332-1), cette personne pouvant être un élu au CSE. Le courrier de convocation n'a d'ailleurs pas à mentionner précisément l'identité des représentants du personnel susceptibles d'assister le salarié (cass. soc. 14 juin 2016, n° 15-12522 D).

SANTÉ, SÉCURITÉ ET CONDITIONS DE TRAVAIL

→ Missions consultatives

20-26 Le CSE dispose d'un droit d'information en matière de santé et de sécurité (voir § 20-33) et peut être amené à s'intéresser à de nombreux points dans ce domaine (ex. : mesures à prendre pour l'entretien et le nettoyage régulier des locaux de travail, mise à disposition d'un local de restauration, aménagements permettant de prévenir les risques d'incendie et d'explosion, etc.).

Par ailleurs, à défaut de convention ou d'accord collectif, l'employeur doit aussi consulter le CSE pour avis :

- lors de la mise en place d'horaires à temps partiel (c. trav. art. L. 3123-26) ;
- lors de la mise en place d'une charte sur le télétravail (c. trav. art. L. 1222-9) ;
- ainsi que lors de la mise en place de contreparties lorsque le temps de déplacement professionnel dépasse le temps normal de trajet (c. trav. art. L. 3121-8).

→ Document unique d'évaluation des risques professionnels

20-27 Tout employeur doit définir des actions de prévention au regard des résultats de l'évaluation des risques (c. trav. art. L. 4121-1 à L. 4131-3). À compter du 31 mars 2022, la liste des actions de prévention devra, dans une entreprise de moins de 50 salariés, être consignée dans le document unique d'évaluation des risques professionnels (DUER) et ses mises à jour (c. trav. art. L. 4121-3-1, III, dans sa version au 31 mars 2022 ; loi 2021-1018 du 2 août 2021, art. 3, 4°).

Les organismes et instances mis en place par la branche peuvent accompagner les entreprises dans l'élaboration et la mise à jour du DUER, dans la définition du programme annuel de prévention, ainsi que dans la définition des actions de prévention et de protection au moyen de méthodes et référentiels et d'outils d'aide à la rédaction (c. trav. art. L. 4121-3-1 IV, dans sa version au 31 mars 2022 ; loi 2021-1018 du 2 août 2021, art. 3, 4°).

BÂTIMENT ET TRAVAUX PUBLICS

20-28 Dans les entreprises de bâtiment et travaux publics, les arrêts de travail pour intempéries (conditions météorologiques effectives et mesurables comme le gel, la neige, le verglas, la pluie, le vent et les inondations) ne peuvent être décidés par l'employeur qu'après consultation du CSE (c. trav. art. L. 5424-9).

20-29

NÉGOCIATION

En l'absence de délégué syndical dans les entreprises de 11 à moins de 50 salariés dotées d'un CSE, l'employeur peut négocier sous conditions avec un ou plusieurs membres titulaires du CSE (c. trav. art. L. 2232-23-1).

Droit d'information

REGISTRE UNIQUE DU PERSONNEL

20-30 Le registre du personnel doit être tenu à la disposition des élus au CSE (c. trav. art. L. 1221-15). L'employeur doit également les consulter à la mise en place d'un support de substitution (c. trav. art. L. 2315-5).

CONVENTIONS ET ACCORDS COLLECTIFS DE TRAVAIL

20-31 L'employeur doit communiquer au CSE un exemplaire des conventions ou accords collectifs auxquels il est lié (c. trav. art. R. 2262-2) et, chaque année, la liste des modifications apportées aux conventions et accords collectifs de travail applicables dans l'entreprise (c. trav. art. L. 2262-6).

POINT DE VIGILANCE

À défaut d'élus, cette information est communiquée aux salariés (c. trav. art. L. 2262-6).

DURÉE DU TRAVAIL

20-32 Les élus au CSE doivent pouvoir consulter la composition nominative de chaque équipe en cas d'organisation du travail par relais, par roulement ou par équipes successives (c. trav. art. L. 3171-2).

Ils doivent également avoir accès aux documents de décompte individuel de la durée du travail mis en place pour les salariés d'un atelier, d'un service ou d'une équipe qui travaillent par relais, par roulement ou par équipes successives (c. trav. art. D. 3171-7).

SANTÉ ET SÉCURITÉ

20-33 L'employeur informe le CSE de la réception des attestations, consignes, résultats et rapports relatifs aux vérifications et contrôles mis à sa charge au titre de la santé et de la sécurité au travail (c. trav. art. R. 2312-1).

Le CSE peut, à sa demande, se faire communiquer ces documents, ainsi que tous les livres, registres et documents non nominatifs que l'employeur doit établir en matière de santé et de sécurité (c. trav. art. R. 2312-3).

EXEMPLE Il peut s'agir du document unique d'évaluation des risques (DUER) (c. trav. art. R. 4121-4) (voir § 20-27) ou bien encore le carnet de maintenance consignant les différentes opérations de maintenance de l'équipement de travail effectuées (c. trav. art. R. 4323-19).

À NOTER Les observations et mises en demeure notifiées par l'inspection du travail en matière de santé et de sécurité sont ainsi communiquées aux membres du CSE (c. trav. art. L. 4711-4 et R. 4721-7).

Déroulement des réunions du CSE

— entreprise de moins de 50 salariés —

1 QUELLE EST LA PÉRIODICITÉ DES RÉUNIONS CSE ?

1 FOIS PAR MOIS* Y COMPRIS :

PENDANT LES VACANCES,
EN PARTICULIER, JUILLET/AOUT

S'IL N'Y A
QU'UN SEUL MEMBRE ÉLU

2 QUELLES SONT LES DÉMARCHES PRÉALABLES À LA RÉUNION ?

EMPLOYEUR + **CONVOCATION TITULAIRES ET SUPPLÉANTS** (PAR MAIL, COURRIER, SUR UN REGISTRE FIXANT LES DATES EN AVANCE) → **DÉLAI RAISONNABLE** **J-7 PAR EXEMPLE** → **CSE**

CSE → **NOTE ÉCRITE** COMPORTANT LES **DEMANDES/QUESTIONS DU CSE** → **J-2 AU PLUS TARD** SAUF CIRCONSTANCES EXCEPTIONNELLES → **EMPLOYEUR**

3 COMMENT SE DÉROULE LA RÉUNION ?

LES SUPPLÉANTS N'ASSISTENT PAS À LA RÉUNION
SAUF EN CAS DE REMPLACEMENT D'UN TITULAIRE ABSENT

L'EMPLOYEUR ANIME LA RÉUNION
- IL RÉPOND AUX QUESTIONS ÉCRITES
- IL PEUT ÊTRE ASSISTÉ DE COLLABORATEURS DANS LA LIMITE DU NOMBRE DE REPRÉSENTANTS DU PERSONNEL TITULAIRES

! **A NOTER :** LES MEMBRES DU CSE PEUVENT AUSSI ÊTRE REÇUS PAR L'EMPLOYEUR, SUR LEUR DEMANDE, SOIT INDIVIDUELLEMENT, SOIT PAR CATÉGORIE, SOIT PAR ATELIER, SERVICE OU SPÉCIALITÉ PROFESSIONNELLE SELON LES QUESTIONS QU'ILS ONT À TRAITER (EXEMPLE : PROBLÈME D'ORGANISATION / DE DURÉE DE TRAVAIL DANS UN SERVICE...)

4 RÉPONSES DE L'EMPLOYEUR

NOTE ÉCRITE COMPORTANT LES **DEMANDES/QUESTIONS DU CSE** + **RÉPONSES ÉCRITES DE L'EMPLOYEUR** → **TRANSCRITES OU ANNEXÉES DANS UN REGISTRE SPÉCIAL**

À DISPOSITION 1 JOUR/QUINZAINE HORS TEMPS DE TRAVAIL

CSE + **INSPECTEUR TRAVAIL** ← → **DES SALARIÉS**

*sauf en cas d'urgence (problème de sécurité...)

Revue Fiduciaire

BARTHÉLEMY AVOCATS

JEAN-JULIEN JARRY

21 Réunions du CSE

Présentation 21-1

Périodicité des réunions du CSE
- Réunion mensuelle à l'initiative de l'employeur 21-2
- Réunions exceptionnelles sur demande du CSE 21-4

› *Encadré : Réception des élus par le conseil d'administration* 21-6

Préparation des réunions
- Obligation de l'employeur : fixation des date/lieu de la réunion et convocation du CSE 21-7
- Obligation des élus du CSE : remise d'une note écrite à l'employeur 21-10

Déroulement des réunions mensuelles
- Principe 21-11
- Participants aux réunions 21-12
- Thèmes et durée des réunions 21-15
- Recours à la visioconférence 21-16
- Réponses de l'employeur en cours de réunion 21-17
- Avis des élus du CSE 21-18
- Enregistrement des débats 21-19

Suites des réunions mensuelles
- Réponse motivée de l'employeur dans le délai de 6 jours 21-20
- Transcription sur un registre spécial 21-21

› *Encadré : Réunions préparatoires à l'initiative du CSE* 21-22

Présentation

21-1 Les modalités à respecter concernant les réunions du comité social et économique (CSE) avec l'employeur varient selon la taille de l'entreprise.

Dans les entreprises de 11 à 24 salariés, un titulaire et un suppléant doivent être élus, et, dans celles de 25 à 49 salariés, deux titulaires et deux suppléants (c. trav. art. L. 2314-1 et R. 2314-1) (voir § 6-6).

Dans celles d'au moins 11 salariés et de moins de 50 salariés, l'organisation des réunions du CSE reprend pour une large part les règles applicables aux délégués du personnel (DP) tant au niveau de leur périodicité (réunions mensuelles) qu'en ce qui concerne leur déroulement (remise d'une note écrite à l'employeur par les élus avant la réunion, réponse de l'employeur, registre spécial, etc.).

Une modification majeure est toutefois intervenue : les suppléants n'assistent plus aux réunions du CSE (voir § 21-13). Autre modification notable : les élus ne peuvent plus être assistés par le représentant d'une organisation syndicale (voir § 21-14).

Le législateur permet d'aménager par accord certaines règles concernant les réunions du CSE (c. trav. art. L. 2315-2). Toutefois, contrairement aux entreprises d'au moins 50 salariés (voir § 37-1), la place de la négociation est, dans les entreprises de moins de 50 salariés, réduite.

Le code du travail autorise le recours à la visioconférence et il est possible d'augmenter par accord le nombre de réunions se déroulant en visioconférence (accord entre l'employeur et le CSE).

Par accord avec les élus ou de sa propre initiative, l'employeur peut aussi permettre aux suppléants d'assister aux réunions voire leur accorder des heures de délégation.

À NOTER Compte tenu de la similitude des textes en la matière, la jurisprudence et les réponses administratives rendues à propos des IRP précédemment en place gardent, à notre avis, toute leur valeur. Les arrêts et réponses indiqués dans nos développements ci-après sont donc, en toute vraisemblance, transposables au CSE.

Périodicité des réunions du CSE

RÉUNION MENSUELLE À L'INITIATIVE DE L'EMPLOYEUR

→ Réunion obligatoire

21-2 Dans les entreprises de moins de 50 salariés, l'employeur ou son représentant doit recevoir les membres du CSE collectivement au moins une fois par mois (c. trav. art. L. 2315-21).

À NOTER Il peut paraître paradoxal que le chef d'une entreprise de moins de 50 salariés doive rencontrer les élus tous les mois alors que celui d'une structure de 50 à 299 n'est tenu de réunir le CSE que tous les 2 mois (voir § 37-5), et ce, même si les attributions du CSE ne sont pas les mêmes suivant que l'effectif de l'entreprise atteint ou non les 50 salariés.

La tenue de cette réunion est obligatoire, et ce, même si l'entreprise ne comporte qu'un seul élu : le chef d'établissement doit le recevoir, il ne peut mettre en place d'autres moyens de communication comme l'échange de mails (cass. crim. 25 septembre 2007, n° 06-84599, B. crim. n° 222).

Peu importe que les élus aient eu l'occasion de s'exprimer lors d'une autre réunion d'une commission de conciliation pour mettre un terme à une grève commencée (cass. crim. 30 juin 1987, n° 86-92558 D), l'employeur doit organiser une réunion mensuelle sous peine de commettre un délit d'entrave. Le fait d'apporter une entrave au fonctionnement régulier de l'institution est puni d'une amende de 7 500 € (c. trav. art. L. 2317-1). Autrement dit, il ne peut y avoir de dérogation à la tenue de la réunion mensuelle.

POINT DE VIGILANCE

Seul un cas de force majeure ou le refus ou la défection des élus peuvent dispenser l'employeur de son obligation de réunir les élus (cass. crim. 22 octobre 1975, n° 74-93478, B. crim. n° 223 ; cass. crim. 9 mars 1977, n° 76-90631, B. crim. n° 90 ; cass. crim. 30 juin 1987, n° 86-92558 D).

EN PRATIQUE

Le cas de force majeure n'est cependant (quasiment) jamais retenu.

→ Calendrier de réunions à prévoir

21-3 Dans un souci de bonne organisation, il peut être utile de prévoir, d'un commun accord, le calendrier des réunions mensuelles, quitte à modifier une date en cas d'empêchement de l'employeur ou des membres de la délégation du personnel au CSE.

RÉUNIONS EXCEPTIONNELLES SUR DEMANDE DU CSE

→ Collectivement en cas d'urgence

21-4 Entre deux réunions ordinaires, l'employeur doit recevoir collectivement les membres du CSE (c. trav. art. L. 2315-21) :

- › sur leur demande ;
- › et uniquement en cas d'urgence, c'est-à-dire lorsque la solution du problème qui se pose implique une réponse immédiate (ex. : en cas de conflit).

L'employeur n'est tenu de prendre en compte que les demandes émanant des élus titulaires (des suppléants en cas de remplacement des titulaires).

POINT DE VIGILANCE

Les entreprises de 25 à 49 salariés n'ont que deux élus titulaires. La loi se contente de faire référence à la demande « des » membres de la délégation du personnel. Il faut, semble-t-il, pour déclencher l'obligation de l'employeur d'organiser une réunion, que les deux titulaires soient d'accord. Autrement dit, il faut l'unanimité. Malgré l'utilisation du pluriel, l'employeur serait bien avisé d'accepter toute réunion demandée par un élu motivée par l'urgence.

EN PRATIQUE

Lorsque l'urgence est caractérisée, l'employeur est tenu d'accepter la demande de réunion exceptionnelle et doit l'organiser le plus rapidement possible. En revanche, il n'a aucune obligation d'apporter une réponse précise lors de cette réunion. Dans ce contexte d'urgence, le délai de remise d'une note écrite par les élus avant la réunion (voir § 21-10) ne s'applique pas. Toutefois, les élus ont intérêt à agir par écrit, de manière à donner une date certaine à la demande.

→ Individuellement ou par catégorie

21-5 Le CSE peut, en l'absence d'un motif prédéfini par le code du travail, être reçu par le chef d'établissement, soit individuellement (pour transmettre une réclamation urgente d'un salarié, par exemple), soit par catégorie professionnelle (ingénieurs et cadres, agents de maîtrise, employés, ouvriers), atelier, spécialité ou spécialisation professionnelle selon les questions qu'ils ont à traiter (c. trav. art. L. 2315-21).

À la différence des demandes de réunions collectives exceptionnelles (voir § 21-4), les réunions individuelles ou restreintes ne requièrent pas l'urgence. Elles supposent néanmoins que la réponse à la question posée ne soit pas ultérieure à la tenue de la réunion mensuelle suivante.

21-6

RÉCEPTION DES ÉLUS PAR LE CONSEIL D'ADMINISTRATION

Dans les sociétés anonymes, lorsque les membres de la délégation du personnel présentent des réclamations auxquelles il ne peut être donné suite qu'après délibération du conseil d'administration, ce dernier doit recevoir les élus à leur demande, en présence du directeur ou de son représentant ayant connaissance des réclamations présentées (c. trav. art. L. 2312-5).

Préparation des réunions

OBLIGATION DE L'EMPLOYEUR : FIXATION DES DATE/LIEU DE LA RÉUNION ET CONVOCATION DU CSE

→ Fixation de la date de réunion

21-7 L'employeur doit fixer la date de la réunion mensuelle suffisamment à l'avance pour que le CSE soit en mesure de lui remettre, dans le délai prescrit, la note écrite préalable contenant la liste des réclamations (cass. crim. 9 mars 1977, n° 76-90631, B. crim. n° 90).

EN PRATIQUE

Il est préférable de fixer en début d'année, d'un commun accord, un calendrier des réunions (voir § 21-3).

La réunion se tient pendant les heures de travail des salariés. Si l'entreprise fonctionne selon des horaires variables (plages de travail fixes et mobiles), il n'est pas exigé que les réunions se tiennent impérativement durant les plages fixes (circ. DRT 1994-4 du 21 avril 1994).

→ Fixation du lieu de réunion

21-8 L'employeur fixe librement le lieu de la réunion, cette prérogative étant inhérente à son pouvoir de convocation. En cas d'abus toutefois, le juge peut fixer le lieu des réunions à titre temporaire (cass. soc. 3 avril 2019, n° 17-31304 FPP). Une difficulté peut se présenter notamment en cas de transfert d'entreprise. En l'occurrence, un groupe de la région parisienne avait racheté deux cliniques situées en Haute-Savoie. La fixation des réunions au siège social a été jugée abusive.

EN PRATIQUE

Si les sites sont dispersés, le recours à la visioconférence peut s'avérer utile (voir § 21-16).

→ Forme de la convocation

21-9 L'employeur doit adresser une convocation aux élus du CSE, y compris si leurs contrats de travail est suspendu (maladie, maternité, etc.) ou s'ils sont absents le jour de la réunion (temps partiel, formation, etc.). Tout manquement à cette obligation est susceptible de constituer un délit d'entrave (cass. soc. 11 octobre 1989, n° 87-90494 D).

Aucune forme de convocation n'est prévue par le code du travail pour la convocation des élus. Celle-ci peut être :

› remise en mains propres contre décharge ;
› ou envoyée en LRAR/par courriel (cass. soc. 25 novembre 2015, n° 14-16067, BC V n° 240 ; cass. soc. 23 mai 2017, n° 15-24713, BC V n° 88).

POINT DE VIGILANCE

La question se pose de savoir si l'employeur doit convoquer le ou les suppléants, puisque le suppléant n'assiste plus aux réunions sauf si le titulaire est absent (c. trav. art. L. 2314-1) (voir § 21-13).

Deux possibilités sont envisageables :

soit l'employeur envoie la convocation au(x) suppléant(s), en rappelant qu'il(s) ne peu(ven)t assister à la réunion qu'en l'absence du titulaire ;

soit l'employeur n'adresse la convocation qu'au(x) titulaire(s), en rappelant qu'il lui/leur appartient, en cas d'absence, de la transmettre à leur suppléant.

Le ministère du travail n'aborde ce point que dans les entreprises d'au moins 50 salariés, dans lesquelles un ordre du jour doit être envoyé à l'ensemble des membres du CSE donc aux suppléants (Q/R 91, CSE, 117 questions/réponses du ministère du Travail, 17 janvier 2020).

La première option nous semble préférable pour éviter tout contentieux (voir modèle ci-après).

Modèle

CONVOCATION DU CSE À LA RÉUNION MENSUELLE DANS UNE ENTREPRISE DE MOINS DE 50 SALARIÉS

À ..., le ...

Lettre simple (*)

Objet : convocation des membres du CSE à la prochaine réunion du CSE

M. ...

La réunion mensuelle du CSE aura lieu à ... heures, le ..., dans la salle ... (ou : qui aura lieu en visioconférence le ... à ... heures, en salle ...)

Vous voudrez bien me remettre, 48 heures au moins avant cette date, une note précisant le ou les sujets que vous désirez évoquer lors de cette réunion.

Conformément à l'article L. 2314-1 du code du travail, seuls les membres titulaires du comité social et économique peuvent être présents à la réunion. Seuls les suppléants remplaçants un titulaire y assistent.

Signature

(*) Ou lettre remise en main propre contre décharge ou envoyée en recommandé. Il est également possible d'adresser une convocation par mail avec accusé de lecture, en conservant la teneur de ce modèle.

OBLIGATION DES ÉLUS DU CSE : REMISE D'UNE NOTE ÉCRITE À L'EMPLOYEUR

21-10 Sauf circonstances exceptionnelles, les élus au CSE doivent remettre à l'employeur une note écrite exposant l'objet des demandes présentées.

La note doit être remise à l'employeur 2 jours ouvrables (c'est-à-dire hors jour de repos hebdomadaire et jours fériés) avant la date fixée par l'employeur pour la réunion mensuelle (c. trav. art. L. 2315-22).

Une copie de cette note doit être transcrite sur un registre spécial (voir § 21-21). Aucune forme n'est imposée.

EN PRATIQUE

Il peut s'agir d'une seule et unique note regroupant toutes les questions des membres du CSE ou de plusieurs notes émanant de chaque membre pris individuellement. Les notes peuvent être manuscrites (ou dactylographiées) et être remises en mains propres à l'employeur, envoyées par mail ou encore par courrier.

L'employeur ne peut imposer, sous peine de commettre un délit d'entrave, un délai plus long (ex. : 6 jours ouvrables) (cass. crim. 9 avril 1975, n° 74-91981, B. crim. n° 88).

Rien n'empêche, en revanche, les membres de la délégation de remettre leur note plus de 2 jours en amont de la réunion.

POINT DE VIGILANCE

Aucune sanction n'est attachée au non-respect du délai de 2 jours ouvrables. Pour autant, l'absence de remise par le CSE d'une note écrite ne dispense pas l'employeur de tenir la réunion ; il peut simplement ne pas répondre aux demandes verbales. Le défaut d'organisation d'une réunion en raison de l'absence d'une note constitue un délit d'entrave (cass. crim. 22 octobre 1975, n° 74-93478, B. crim. n° 223). L'employeur peut simplement ne pas répondre aux demandes qui ne lui ont pas été adressées par écrit dans les 2 jours ouvrés précédant la réunion.

Déroulement des réunions mensuelles

PRINCIPE

21-11 Si, pour un mois donné, aucune question n'a été préalablement déposée, le chef d'entreprise doit, malgré tout, se tenir à la disposition des membres du CSE au jour et à l'heure prévus.

Si les élus ne se présentent pas, une mention sur le registre doit constater leur absence (voir § 21-21).

PARTICIPANTS AUX RÉUNIONS

→ L'employeur voire un collaborateur

21-12 L'employeur qui préside la réunion mensuelle du CSE peut être assisté d'un collaborateur dans les entreprises de 25 à 49 salariés.

Dans les entreprises de 11 à 24 salariés, où seul un titulaire est élu, l'employeur ne peut pas être assisté. Le collaborateur et l'employeur ne peuvent pas, en effet, être en nombre supérieur à celui des titulaires (c. trav. art. L. 2315-21).

• **Collaborateur.** Il est, en principe, salarié de l'entreprise. Mais il peut aussi être salarié du groupe auquel l'entreprise appartient (circ. DGT 1994-9 du 21 juin 1994, § 1-4). La pratique régulière tendant à la présence d'un tiers en surnombre constitue un délit d'entrave (cass. crim. 25 septembre 2007, n° 06-84.599, B. crim. n° 222).

• **Représentant de l'employeur.** Si l'employeur se fait remplacer par un représentant, celui-ci doit disposer d'une délégation de pouvoirs. Celle-ci peut être générale (pour toutes les réunions du CSE) ou prévue uniquement pour une réunion précise.

→ La délégation du personnel au CSE

21-13 Seuls les titulaires peuvent assister aux réunions du CSE. Le ou les suppléants ne peu(ven)t y assister qu'en l'absence du ou des titulaires (c. trav. art. L. 2314-1).

EN PRATIQUE

Pour éviter que la capacité d'information et d'intervention des suppléants soit amoindrie, il appartient au(x) titulaire(s) de l'(les) informer régulièrement des éléments transmis par l'employeur et des points abordés lors des réunions, afin qu'il(s) puisse(nt) intervenir efficacement en cas de suppléance. Il peut être utile, dans un souci de maintien des compétences du ou des suppléants et pour susciter des vocations, de leur permettre d'assister aux réunions.

→ Représentant syndical au CSE

21-14 Chaque organisation représentative peut désigner un représentant syndical (c. trav. art. L. 2314-2), lequel ne peut être, dans les entreprises de moins de 300 salariés, que le délégué syndical (c. trav. art. L. 2143-22). Toutefois, dans les entreprises de moins de 50 salariés, la Cour de cassation a posé le principe selon lequel il ne peut pas y avoir de représentant syndical au CSE (cass. soc. 8 septembre 2021, n° 20-13694 FSB) :

› la règle selon laquelle le DS est de droit désigné comme RS au CSE ne s'applique pas (c. trav. art. L. 2143-22) ;

› la possibilité de désigner comme RS au CSE un salarié qui n'est pas DS ne s'applique pas non plus ;

› la possibilité de désigner un élu du CSE comme DS n'emporte pas la possibilité de désigner un RS au CSE.

Les élus du CSE d'une entreprise de moins de 50 salariés ne peuvent donc pas être assistés par un représentant syndical au cours des réunions du comité.

• **Avant le 1er janvier 2018.** La possibilité qu'avaient les délégués du personnel d'être assistés par un représentant d'un syndicat pendant les réunions avec l'employeur n'a pas été reprise (c. trav. art. L. 2315-10, dans sa version antérieure au 1er janvier 2018). Les élus ne peuvent donc plus être assistés par le représentant d'une organisation syndicale.

THÈMES ET DURÉE DES RÉUNIONS

21-15 Contrairement aux entreprises d'au moins 50 salariés (voir § 37-8), il n'y a pas un nombre imposé de réunions qui doivent être consacrées à la santé, la sécurité et les conditions de travail. Ces questions peuvent être abordées en fonction des besoins.

La durée de la réunion n'est pas précisée par les textes (en principe elle ne s'impute pas sur le crédit d'heures, voir § 22-5). Elle dépend, en pratique, de la taille de l'entreprise (les questions peuvent être plus nombreuses dans les entreprises de 49 salariés que dans celles de 11), du nombre de questions à traiter, etc. Il n'est pas, en revanche, possible d'imposer une durée si réduite qu'elle empêche que l'ensemble des questions mises à l'ordre du jour soient traitées dans des conditions normales. Cela reviendrait à porter atteinte à l'exercice régulier des fonctions des membres du CSE (cass. crim. 29 mars 1977, n° 76-91340, B. crim. n° 117).

RECOURS À LA VISIOCONFÉRENCE

21-16 La visioconférence peut être utile en cas de sites dispersés.

En l'absence d'accord entre l'employeur et les élus du CSE, 3 réunions maximum par année civile (sur les 12) peuvent se dérouler en visioconférence (c. trav. art. L. 2315-4).

Un accord peut augmenter le nombre de réunions pouvant se dérouler en visioconférence. Le code du travail ne fixant aucune limite, l'accord pourrait théoriquement prévoir que l'ensemble des réunions se déroule en visioconférence. Un tel accord est toutefois improbable, et s'il était conforme à la lettre de la loi, il ne le serait sans doute pas à son esprit.

- **Circonstances exceptionnelles.** La crise sanitaire liée au covid-19 a conduit les pouvoirs publics à développer le recours à la visioconférence et à autoriser deux autres modalités plus souples de consultation à distance, l'audioconférence et la messagerie instantanée. Pour les réunions convoquées entre le 27 novembre 2020 et le 30 septembre 2021, l'employeur pouvait réunir le ou les élu(s) titulaire(s) en visioconférence ou en conférence téléphonique pour l'ensemble des réunions du CSE après en avoir informé les élus. Il pouvait également organiser l'ensemble des réunions via une messagerie instantanée en cas d'impossibilité de recourir à la visioconférence ou à la conférence téléphonique (ou si un accord d'entreprise prévoyait l'utilisation d'une messagerie instantanée pour les réunions du CSE). Les élus ne pouvaient s'opposer à ces modalités de réunion à distance que si l'employeur leur présentait un projet sensible (procédure de licenciement collectif, mise en œuvre d'un accord de performance collective, mise en œuvre d'un accord portant rupture conventionnelle collective, mise en œuvre d'un dispositif d'APLD) (ord. 2020-1441 du 25 novembre 2020, décret 2020-1513 du 3 décembre 2020, JO du 4).

Aucun thème n'est exclu de la visioconférence.

Le dispositif technique de visioconférence doit assurer la retransmission continue et simultanée du son et de l'image. Des suspensions de séance sont toutefois possibles.

Le recours à la visioconférence n'est pas incompatible avec l'exigence d'un vote à bulletin secret. En effet, le code du travail n'impose un vote à bulletin secret que pour le licenciement d'un représentant du personnel (c. trav. art. R. 2421-9) et pour certaines décisions concernant le médecin du travail employé dans un SST autonome ou un changement d'affectation dans un SSTI (c. trav. art. R. 4623-12).

EN PRATIQUE

Organiser un vote à bulletin secret lors d'une visioconférence coûte cher (environ 2 000 euros).

Le dispositif de vote doit garantir que l'identité de l'électeur ne peut à aucun moment être mise en relation avec l'expression de son vote.

Lorsque le vote est organisé par voie électronique, le système doit assurer la confidentialité des données transmises ainsi que la sécurité de l'adressage des moyens d'authentification, de l'émargement, de l'enregistrement et du dépouillement des votes.

Le vote doit avoir lieu de manière simultanée. Les participants doivent disposer d'une durée identique pour voter à compter de l'ouverture des opérations de vote indiquée par le président du CSE (c. trav. art. D. 2315-1 et D. 2315-2).

S'agissant d'un modèle de clause relatif à la visioconférence, voir § 37-56.

RÉPONSES DE L'EMPLOYEUR EN COURS DE RÉUNION

21-17 Certaines réponses peuvent être données au cours de la réunion elle-même. C'est, en pratique, la règle pour les questions ne nécessitant ni réflexion, ni étude complémentaire.

AVIS DES ÉLUS DU CSE

21-18 Les élus exercent individuellement les droits qui sont reconnus au comité. Ils ne forment pas une assemblée délibérante (c. trav. art. L. 2315-19).

EXEMPLE Dans le cas d'une inaptitude, l'employeur peut, au regard de l'absence de personnalité juridique du CSE (voir § 20-1), consulter les membres du CSE pris individuellement sans formalisme particulier (ordre du jour, P-V de réunion, etc.) et ce, malgré la rédaction de l'article L. 1226-10 du code du travail qui évoque « après avis du CSE ». Par sécurité néanmoins, il peut être conseillé d'établir un P-V dans ce cas.

ENREGISTREMENT DES DÉBATS

21-19 La question de savoir si le CSE peut enregistrer les débats n'a été envisagée ni par le code du travail, ni par le ministère du travail dans son « Questions-réponses ».

Le sujet peut paraître théorique puisqu'aucun P-V ne doit être établi.

Par ailleurs, en l'absence de budget, le CSE ne peut avoir recours à un prestataire ou acheter le matériel sans l'accord de l'employeur.

Suites des réunions mensuelles

RÉPONSE MOTIVÉE DE L'EMPLOYEUR DANS LE DÉLAI DE 6 JOURS

21-20 L'employeur doit répondre par écrit aux demandes du CSE dans les 6 jours ouvrables (il faut comptabiliser tous les jours de la semaine à l'exclusion du jour de repos hebdomadaire et des jours fériés non travaillés) suivant la réunion (c. trav. art. L. 2315-22). Les réponses de l'employeur doivent être motivées.

Ce délai constitue un délai de réflexion pour le chef d'établissement.

Le fait de ne pas mentionner dans le délai prescrit la réponse de la direction aux demandes du CSE constitue un délit d'entrave (cass. crim. 29 mars 1977, n° 76-91340, B. crim. n° 117).

EN PRATIQUE

Si l'employeur doit répondre à l'ensemble des questions qui lui ont été transmises dans le délai, il n'a pas d'obligation de répondre aux questions ne figurant pas sur la note écrite, sauf circonstances exceptionnelles.

TRANSCRIPTION SUR UN REGISTRE SPÉCIAL

21-21 Il n'y a pas de procès-verbal (P-V) comme pour les réunions du CSE dans les entreprises d'au moins 50 salariés (voir § 37-46). La délégation du personnel au CSE dans les entreprises de moins de 50 salariés ne constitue pas, en effet, une assemblée délibérante (voir § 21-18).

Les demandes du CSE et les réponses de l'employeur doivent être transcrites par l'employeur sur un registre spécial (par exemple, un cahier dont les feuilles sont numérotées à l'exclusion de feuilles volantes) ou annexées à ce registre (c. trav. art. L. 2315-22).

Le défaut de tenue du registre, quelle qu'en soit la cause (négligence, ignorance ou autre) constitue un délit d'entrave. En effet, il prive le CSE de la garantie d'une réponse écrite, les autres salariés d'une source d'information et l'inspection du travail d'un moyen de contrôle (cass. crim. 2 juin 1976, n° 75-90.559, B. crim. n° 196).

- **P-V facultatif et non substitutif.** L'existence d'un procès-verbal ne se substitue en aucun cas à la tenue du registre.

Le registre et les documents, le cas échéant annexés, doivent être tenus par l'employeur à la disposition (c. trav. art. L. 2315-22) :

- › des salariés de l'entreprise (qui peuvent en prendre connaissance un jour ouvrable par quinzaine mais en dehors du temps de travail) ;
- › des membres de la délégation du personnel ;
- › de l'inspection du travail.

EN PRATIQUE

Le CSE étant chargé des réclamations individuelles, un salarié peut voir sa demande (salaire, classification, etc.) divulguée à ses collègues : aucune procédure d'anonymisation n'est, en effet, prévue par le code du travail. En l'absence d'interdiction, les élus et l'employeur peuvent sans doute s'entendre pour anonymiser les questions (solution qui aura toutefois peu de portée dans une petite entreprise).

21-22

RÉUNIONS PRÉPARATOIRES À L'INITIATIVE DU CSE

Les élus peuvent se réunir pour préparer une réunion, périodique ou exceptionnelle.

Ils peuvent utiliser le local que le chef d'entreprise est tenu de mettre à leur disposition pour leur permettre notamment de se réunir (c. trav. art. L. 2315-20) (voir § 22-7).

Le temps passé en réunion préparatoire s'impute sur leur crédit d'heures (voir § 38-24). Un suppléant ne peut être présent à ces réunions que sous réserve de disposer d'heures de délégation (sauf à subir une perte de salaire ou d'y participer en dehors de ses heures de travail).

Principaux moyens du CSE

— entreprise de moins de 50 salariés —

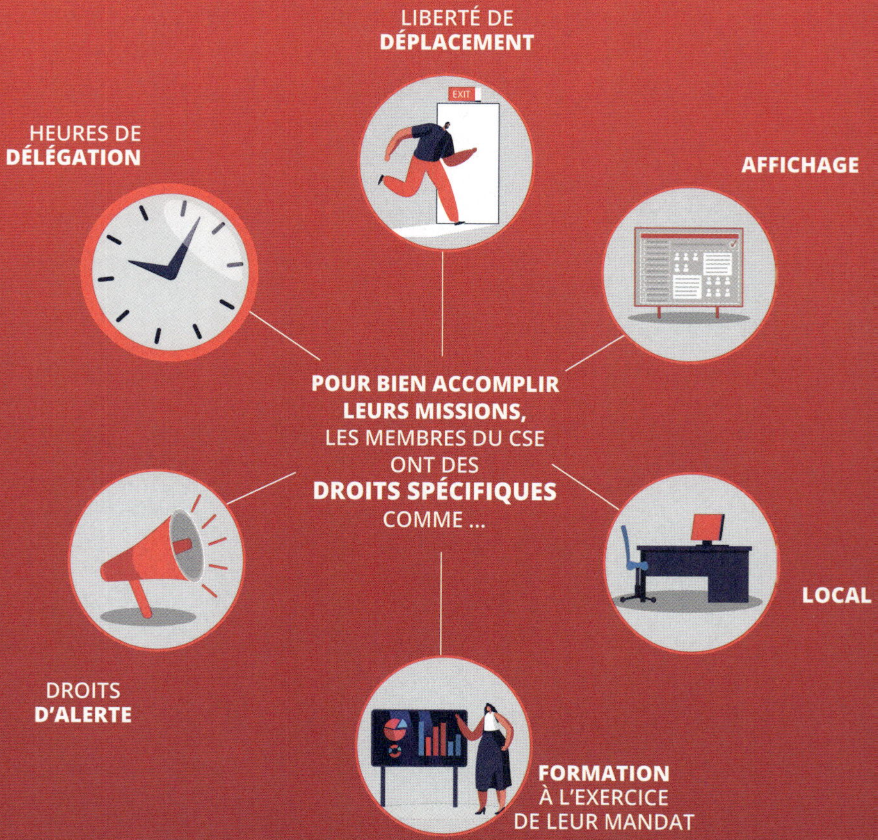

Revue Fiduciaire

BARTHÉLEMY AVOCATS

JEAN-JULIEN JARRY

22 Moyens du CSE

Présentation
- Règles de base 22-1
- Règles négociables par accord 22-2

Liberté de circulation et crédit d'heures
- Liberté de circulation 22-3
- Crédit d'heures 22-5

Local, matériel et panneaux d'affichage
- Local et matériel 22-7
- Téléphone et ordinateur 22-9
- Affichage 22-11

Formation du CSE 22-12

Présentation

RÈGLES DE BASE

22-1 Dans le cadre de leurs fonctions, les élus du CSE disposent de nombreux moyens, tels que :

› une liberté de déplacement dans et hors de l'entreprise, durant leurs heures de délégation et en dehors de leur temps de travail (voir §§ 22-3 et 22-4) ;

› un crédit d'heures (voir § 22-5) ;

› un local (voir § 22-7) ;

› et de nombreux moyens de communication (affichages, tracts et numérique) (voir §§ 22-9 à 22-11).

En outre, ils bénéficient également d'un accès à certaines formations (voir § 22-12).

S'ajoute à ces divers moyens mis à leur disposition une protection spécifique dans l'exercice de leurs missions (voir §§ 18-1 et s.).

À NOTER Compte tenu de la similitude des textes en la matière, la jurisprudence et les réponses administratives rendues à propos des IRP précédemment en place gardent, à notre avis, toute leur valeur. Les arrêts et réponses indiqués dans nos développements ci-après sont donc, en toute vraisemblance, transposables au CSE.

RÈGLES NÉGOCIABLES PAR ACCORD

22-2 Le législateur a laissé la possibilité aux partenaires sociaux de conclure un accord collectif de travail prévoyant des dispositions plus favorables relatives au fonctionnement du CSE (c. trav. art. L. 2315-2).

Il est possible de prévoir, dans les entreprises de moins de 50 salariés, des dispositions plus favorables en matière de crédit d'heures, de déplacement des membres du CSE et de leur circulation dans l'entreprise, d'affichage ou des réunions.

En l'absence de délégué syndical dans les entreprises de 11 à moins de 50 salariés, dotées d'un CSE, l'employeur peut négocier sous conditions avec un ou plusieurs membres titulaires du CSE (c. trav. art. L. 2232-23-1).

Des usages peuvent également aménager les moyens du CSE dans les entreprises de moins de 50 salariés, toujours dans un sens plus favorable (c. trav. art. L. 2315-2).

MOYENS DU CSE DANS UNE ENTREPRISE DE MOINS DE 50 SALARIÉS : PRINCIPALES RÈGLES NÉGOCIABLES POUR UN CSE « SUR-MESURE »

Thèmes	Modalités de négociation
• Fixation d'un crédit d'heures supérieur au minimum légal • Déplacements des membres du CSE et circulation dans l'entreprise • Affichage et local • Formation • Réunions	Accords collectifs de travail (1) **OU** usages
• Modification du nombre de membres du CSE et du volume des heures individuelles de délégation	Accord signé selon les modalités du protocole d'accord préélectoral (2)

(1) c. trav. art. L. 2315-2 et L. 2232-23-1.
(2) Clause soumise à une condition de double majorité, en nombre et en voix (c. trav. art. L. 2314-6).

Liberté de circulation et crédit d'heures

LIBERTÉ DE CIRCULATION

→ Déplacement dans et hors de l'entreprise

22-3 Pour l'exercice de leurs fonctions, les élus du CSE peuvent, durant leurs heures de délégation, se déplacer hors de l'entreprise dès lors que ces déplacements sont motivés par leur mission (c. trav. art. L. 2315-14).

Ils peuvent également, tant durant les heures de délégation qu'en dehors de leurs heures habituelles de travail, circuler librement dans l'entreprise et y prendre tous les contacts nécessaires à l'accomplissement de leur mission, notamment auprès de salariés à leur poste de travail, sous réserve de ne pas apporter de gêne importante à l'accomplissement du travail des intéressés (c. trav. art. L. 2315-14 ; circ. DRT 83-13 du 25 octobre 1983).

• **Notion de « gêne importante ».** En l'absence de définition précise de la notion de gêne importante, il convient de retenir selon nous la nature du travail effectué et la durée de l'entretien. Cette dernière doit être plus réduite lorsque, par exemple, le salarié est en contact avec la clientèle ou le public à une heure d'affluence (circ. DRT 83-13 du 25 octobre 1983).

• **Salariés à leur poste de travail.** Cette formule exclut l'organisation de réunions collectives sur les lieux de travail, sauf circonstances particulières.

• **Covid-19.** Pendant la crise sanitaire liée au covid-19, les modalités de circulation des membres du CSE ont été, comme pour les autres salariés, adaptées (gestes barrière, port du masque pendant le déplacement, etc.).

EN PRATIQUE

Aucun accord préalable de l'employeur n'est nécessaire et il est exclu de subordonner ces déplacements à des ordres de mission signés par la direction (cass. crim. 5 mars 2013, n° 11-83984, B. crim. n° 59).

POINT DE VIGILANCE

Un employeur ne peut pas retirer brutalement le badge jour-nuit d'accès aux locaux de l'entreprise d'un élu, alors que la nature de ses fonctions exigeait sa présence dans les locaux à toute heure du jour ou de la nuit sauf à prouver des impératifs de sécurité ou une gêne importante à l'accomplissement du travail des salariés (cass. crim. 12 avril 2016, n° 15-80772 D).

→ Frais de déplacement

22-4 Même si légalement rien n'est spécifié à ce sujet, il paraît logique d'étendre à la délégation du personnel au CSE la solution appliquée antérieurement par la jurisprudence aux frais de déplacement (transports en commun, essence, etc.) engagés par les membres du comité pour se rendre aux réunions obligatoires avec l'employeur, et de les mettre ainsi à la charge de l'entreprise (cass. soc. 28 mai 1996, n° 94-18797, BC V n° 211 ; cass. crim. 22 novembre 2005, n° 04-87451, B. crim. n° 307).

POINT DE VIGILANCE

Il est tout de même plus prudent de régler cette question à l'avance par accord.

Quant aux frais engagés pour d'autres raisons, tout dépend de l'objet de la mission. Est justifié, par exemple, le remboursement des frais occasionnés par le temps passé en réponse à une convocation de l'agent de contrôle de l'inspection du travail (cass. soc. 3 juillet 1990, n° 87-40838, BC V n° 339). En revanche, n'entre pas dans l'exercice des fonctions d'un membre du CSE le temps passé pour soutenir une action en paiement d'un rappel de salaire le concernant (cass. soc. 3 février 1998, n° 96-42062, BC V n° 63).

CRÉDIT D'HEURES

→ Principe

22-5 Les élus du CSE disposent d'un certain nombre d'heures rémunérées destinées à leur permettre d'exercer leur mission : ces heures sont qualifiées d'heures « de délégation ».

À défaut de dispositions négociées dans le protocole préélectoral, le nombre de membres du CSE et le nombre d'heures de délégation sont fixés en fonction du nombre de salariés. Dans les entreprises de moins de 50 salariés, le crédit d'heures des élus du CSE est égal 10 heures par mois (c. trav. art. L. 2315-7 et R. 2314-1).

Dans le cadre du protocole préélectoral, il est possible de modifier non seulement le nombre de sièges, mais aussi le volume des heures individuelles de délégation.

Le crédit d'heures est un plancher : le protocole d'accord préélectoral, un accord collectif de droit commun, un usage ou un engagement unilatéral de l'employeur peut toujours fixer un nombre d'heures de délégation et de membres supérieur à celui prévu par décret (Q/R 75, CSE, 117 questions/réponses du ministère du Travail, 17 janvier 2020).

Le suppléant ne bénéficie pas de crédit d'heures. Mais les élus titulaires du CSE peuvent, chaque mois, répartir entre eux et avec les membres suppléants le crédit d'heures dont ils disposent (c. trav. art. L. 2315-9). Ce nombre d'heures de délégation peut également être augmenté en cas de circonstances exceptionnelles (c. trav. art. R. 2314-1).

• **Notion de « circonstance exceptionnelle ».** Aucune limite n'est posée, tout est affaire de circonstances puisque la notion de « circonstances exceptionnelles » n'a pas été définie par le code du travail. Selon la jurisprudence, les circonstances exceptionnelles doivent impliquer un accroissement inhabituel de l'activité (cass. soc. 6 juillet 1994, n° 93-41705, BC V n° 228). L'activité inhabituelle peut résulter de la soudaineté d'un événement ou de l'urgence de mesures à prendre. Par exemple, un important projet de restructuration de l'entreprise, une grève ou encore la mise en place d'un « plan de repositionnement » assimilable à un plan social (cass. soc. 10 décembre 2003, n° 01-41658, BC V n° 315). Les circonstances exceptionnelles doivent en outre présenter un caractère inhabituel et donc non prévisible et soudain. Enfin, le surcroît momentané d'activité est justifié s'il ne peut être ni différé ni planifié sur une autre période. Un événement, une démarche, un déplacement, une intervention, une étude importante ou des suggestions à apporter peuvent ainsi occasionner un surcroît momentané d'activité.

• **Exemple : Covid-19.** La période de crise sanitaire liée au covid-19 pouvait, sus réserve de l'appréciation souveraine des tribunaux, constituer une circonstance exceptionnelle justifiant le dépassement, dans des proportions raisonnables, des crédits d'heures de délégation par ces représentants (Questions/Réponses « Dialogue social » du ministère du Travail du 17 avril 2020, actualisées le 6 août 2020).

EN PRATIQUE

Le temps consacré par les élus du CSE aux réunions avec l'employeur ne doit pas, en principe, être comptabilisé dans ce crédit d'heures (c. trav. art. L. 2315-11).

POINT DE VIGILANCE

Le nombre d'heures de délégation des membres titulaires du CSE est global et n'a pas vocation à être plus particulièrement utilisé pour les missions de santé et sécurité par exemple que pour les autres attributions du comité.

→ Information de l'employeur

22-6 Dans la mesure où il rémunère les heures de délégation, l'employeur doit disposer d'un minimum d'informations à leur sujet, ne serait-ce que pour organiser différemment la production lorsque le délégué du personnel doit s'absenter de son poste de travail ou pour comptabiliser le nombre d'heures prises dans le cadre de son crédit mensuel.

Pour plus de détails concernant l'utilisation, le dépassement ou le paiement des heures de délégation, qui sont régies par des dispositions communes aux CSE de moins de 50 salariés et aux CSE de 50 salariés et plus, (voir §§ 38-1 et s.).

Local, matériel et panneaux d'affichage

LOCAL ET MATÉRIEL

➜ Local pour exercer ses missions

22-7 L'employeur est tenu de mettre gratuitement à la disposition des élus du CSE « le local nécessaire pour leur permettre de remplir leur mission et, notamment, de se réunir » (c. trav. art. L. 2315-20 ; cass. soc. 14 décembre 2011, n° 10-23585 D). À défaut, il peut être condamné pour délit d'entrave (cass. crim. 26 mai 2009, n° 08-82979 D).

Si l'employeur choisit le local, il doit néanmoins s'assurer que celui-ci permettra aux élus d'exercer correctement leur mission, notamment en ce qui concerne sa taille. En toute logique, sa superficie dépendra des effectifs de l'entreprise et du nombre d'élus.

EXEMPLE Un local de 2 mètres sur 5 mètres mis à la disposition de 7 membres est considéré comme trop exigu (cass. crim. 26 janvier 2016, n° 13-85770, BC V n° 20).

S'il doit, par ailleurs, mettre à la disposition des élus du CSE dans une entreprise d'au moins 50 salariés « un local aménagé et le matériel nécessaire à l'exercice de ses fonctions » (voir § 36-2), une telle obligation n'est pas prévue en ce qui concerne les élus dans une entreprise de moins de 50 salariés. Pour autant, un minimum s'impose : le local doit être chauffé en hiver, avoir un éclairage approprié et être, équipé d'une table, de chaises et d'une armoire fermant à clé permettant aux élus de conserver leurs documents en toute confidentialité. L'employeur assure aussi l'entretien courant du local (voir § 22-8).

Plus de détails concernant le local, le lecteur peut se reporter à l'étude sur les moyens des élus du CSE dans une entreprise d'au moins 50 salariés (voir § 36-5).

➜ Matériel nécessaire

22-8 Les élus du CSE dans une entreprise de moins de 50 salariés ne disposent pas d'un budget AEP (c'est-à-dire d'un budget de fonctionnement) analogue à celle qui doit être versée aux élus dans une entreprise d'au moins 50 salariés (voir § 39-1). Dès lors, le matériel nécessaire à leur activité et son entretien sont-ils, en principe, exclusivement à la charge de l'employeur, de même que le paiement des factures d'électricité et de chauffage afférentes au local mis à disposition.

TÉLÉPHONE ET ORDINATEUR

➜ Téléphone

22-9 Quel que soit l'effectif de l'entreprise, s'agissant du téléphone, les élus du CSE doivent disposer, à notre avis, d'un matériel ou d'un procédé excluant l'interception de leurs communications téléphoniques et l'identification de leurs correspondants (cass. soc. 4 avril 2012, n° 10-20845, BC V n° 117 ; cass. soc. 6 avril 2004, n° 02-40498, BC V n° 104).

Les frais d'abonnement et de communication téléphonique sont à la charge de l'employeur, le CSE dans une entreprise de moins de 50 salariés ne disposant d'un budget spécifique.

→ Ordinateur et Internet

22-10 Dans les entreprises où les salariés disposent d'un ordinateur, il ne semble pas anormal que les élus du CSE puissent échanger des courriers électroniques, à partir de leur ordinateur, avec les autres salariés, un tel échange pouvant être considéré comme une illustration du droit des intéressés de contacter les salariés à leur poste de travail, sous réserve de ne pas apporter de gêne importante à l'accomplissement de leur tâche. La mise en place de sites syndicaux sur l'intranet de l'entreprise au profit des syndicats qui y sont représentés est possible par voie d'accord d'entreprise, ou sans accord mais sous conditions (c. trav. art. L. 2142-6). Rien de tel n'est prévu en faveur du CSE. En conséquence, aucune obligation n'incombe à l'employeur en la matière. Toutefois, cette possibilité est, à notre avis, transposable, dans les mêmes conditions et dans le respect des mêmes règles, aux élus du CSE.

EN PRATIQUE

Selon les préconisations de la CNIL, l'accès à l'intranet et à la messagerie électronique de l'entreprise doit être reconnu au CSE comme aux organisations syndicales, à condition que cet accès soit organisé selon les mêmes modalités (communication CNIL du 22 mars 2017, http://www.cnil.fr) (voir §§ 36-15 et s.).

AFFICHAGE

22-11 Quel que soit l'effectif, les élus du CSE peuvent faire afficher les renseignements qu'ils ont pour rôle de porter à la connaissance du personnel sur des emplacements obligatoirement prévus et destinés aux communications syndicales, ainsi qu'aux portes d'entrée des lieux de travail (c. trav. art. L. 2315-15) (voir § 36-11).

• **Notion de « porte d'entrée des lieux de travail ».** Cette notion ne limite pas l'emplacement des panneaux d'affichage aux portes d'entrée et de sortie de l'entreprise, mais s'étend aux portes d'entrée des différents ateliers ou bureaux. Ainsi, une porte de bureau servant de lieu de permanence pour les personnels du service, sur laquelle est affichée une communication des élus du CSE, est considérée comme un lieu de travail (cass. crim. 15 mars 1983, n° 82-92273, B. crim. n° 85).

Il n'y a pas de dispositions spécifiques concernant le nombre ou l'aspect des panneaux d'affichage, cette question devant être réglée par accord entre les élus du CSE et l'employeur. Les salariés doivent pouvoir consulter les panneaux aisément et sans perte de temps excessive.

Les communications des élus doivent rester dans le cadre de la mission qui leur est dévolue. À titre non exhaustif, dans les entreprises de moins de 50 salariés, peuvent figurer sur les panneaux :

- les comptes rendus des réunions avec l'employeur ;
- la liste des réclamations présentées à ce dernier ;
- des informations relatives au droit du travail, etc.

L'employeur ne doit pas exercer un contrôle préalable sur les informations affichées par les élus du CSE : il ne peut ni les interdire ni en exiger le retrait (cass. crim. 19 février 1979, n° 78-91400, B. crim. n° 73). En revanche, si le contenu des affichages apparaissait, a posteriori, sans rapport avec la mission des élus, ou s'il se révélait injurieux ou diffamatoire, l'employeur pourrait saisir le tribunal judiciaire (en référé ou selon la procédure accélérée au fond) pour obtenir la suppression de l'affichage en cause. S'il est, en principe, interdit de procéder à l'enlèvement d'une communication affichée par un élu du CSE, le délit d'entrave n'est toutefois constitué que si l'affichage a été régulièrement effectué sur un emplacement prévu par la loi à cet effet (cass. crim. 15 mars 1983, n° 82-92273, B. crim. n° 85).

• **Tracts.** Les élus du CSE peuvent distribuer des tracts, au cours de leurs heures de délégation, aux salariés en activité. La distribution de tracts a été admise pour faire un compte rendu de l'activité après une réunion avec la direction (cass. soc. 2 février 1972, n° 71-40102, BC V n° 87) ou pour recueillir les avis et suggestions des salariés (cass. crim. 27 septembre 1988, n° 87-81800 D). La distribution doit cependant avoir lieu aux heures d'entrée et de sortie des salariés.

Formation du CSE

22-12 Quel que soit l'effectif de l'entreprise, les élus du CSE bénéficient de la formation nécessaire à l'exercice de leurs missions en matière de santé, de sécurité et de conditions de travail (c. trav. art. L. 2315-18) (voir § 42-24).

EN PRATIQUE

Ils ont également un droit à participer à des stages de formation économique, sociale, environnementale et syndicale (c. trav. art. L. 2145-5 ; loi 2021-1104 du 22 août 2021, JO du 24) (voir § 42-12). Mais ils n'ont pas accès à la formation économique spécifique aux élus titulaires d'un CSE dans une entreprise d'au moins 50 salariés (voir § 42-2).

POINT DE VIGILANCE

Le référent en matière de lutte contre le harcèlement sexuel et les agissements sexistes, désigné par le CSE (voir § 20-8), doit bénéficier de la formation nécessaire à l'exercice de ses missions en matière de santé, de sécurité et de conditions de travail (c. trav. art. L. 2315-18) (voir § 42-24).

Entreprise de 50 salariés et plus - Missions et moyens du CSE -

23 Attributions générales du CSE 287

23 Fiche pratique – Secrétaire et trésorier du CSE 297

24 Attributions du CSEC et des CSEE 301

25 Règlement intérieur du CSE 311

25 Modèle d'accord – Règlement intérieur du CSE 318

26 Information du CSE : BDESE et hors BDESE 329

26 Modèle d'accord – Informations du CSE hors BDESE 339

27 Consultation du CSE : procédure, délais et effets 343

28 Consultations récurrentes du CSE 352

28 Modèle d'accord – Aménagement des consultations récurrentes 367

29 Consultations ponctuelles du CSE 380

29 Modèle d'accord – Aménagement d'une consultation ponctuelle 391

30 Rôle du CSE dans les organes de direction des entreprises 399

31 Attributions santé, sécurité et conditions de travail 409

32 Commission santé, sécurité et conditions de travail (CSSCT) 421

32 Modèle d'accord – Mise en place d'une CSSCT 432

33 Autres commissions du CSE 439

34 Droits d'alerte du CSE 449

35 Gestion des activités sociales et culturelles 460

36 Moyens matériels du CSE 473

37 Réunions du CSE 481

37 Modèles de clauses – Organisation des réunions 505

38 Heures de délégation 509

38 Modèles de clauses – Heures de délégation 531

39 Budgets du CSE et autres moyens du CSE 537

40 Comptabilité du CSE 549

41 Experts du CSE 559

42 Congés de formation des membres du CSE 582

Principaux moyens du CSE pour l'exercice de leurs attributions

— entreprise d'au moins 50 salariés —

Revue Fiduciaire

BARTHÉLÉMY AVOCATS

JEAN-JULIEN JARRY

23 Attributions générales du CSE

Attributions du CSE dans les entreprises d'au moins 50 salariés
- Attributions élargies 23-1
- Appréciation du franchissement du seuil de 50 salariés 23-1

Missions du CSE
- Rôle en matière d'organisation, de gestion et de la marche générale de l'entreprise 23-6
- Rôle en matière de santé, sécurité et conditions de travail 23-9
- Rôle en matière d'environnement 23-10
- Règles négociables par accord d'entreprise 23-14
- › *Encadré : Personnalité juridique reconnue au CSE dans les entreprises d'au moins 50 salariés* 23-15

Attributions du CSE dans les entreprises d'au moins 50 salariés

ATTRIBUTIONS ÉLARGIES

23-1 Un comité social et économique (CSE) doit être mis en place dans les entreprises d'au moins 11 salariés (c. trav. art. L. 2311-2) (voir § 3-6).

Toutefois, le CSE exerce, selon que l'entreprise a ou non atteint le seuil de 50 salariés, des missions très différentes (c. trav. art. L. 2312-1, L. 2312-2 et L. 2312-8) :

- › en dessous de 50 salariés, le CSE a des attributions proches de celles des anciens délégués du personnel (DP) (voir §§ 20-2 et s.) ;
- › à partir de 50 salariés, le CSE exerce globalement des prérogatives qui s'apparentent à celles des anciens comités d'entreprise (CE) et des anciens CHSCT (voir §§ 23-6 et s.).

En conséquence, dans les entreprises d'au moins 50 salariés, le CSE exerce (c. trav. art. L. 2312-8) :

- › les attributions dévolues au CSE dans une entreprise d'au moins 11 salariés et de moins de 50 salariés (voir §§ 20-2 et s.) ;
- › un ensemble d'attributions générales (voir § 23-6) ;
- › un rôle en matière de santé, sécurité et des conditions de travail (voir § 23-9) ;
- › ainsi qu'un rôle en matière de protection de l'environnement (voir § 23-10).

EN PRATIQUE

Des dispositions plus favorables peuvent être prévues par accord collectif ou par usage (c. trav. art. L. 2312-4) (voir § 23-14).

POINT DE VIGILANCE

Le CSE d'une entreprise de 50 salariés et plus est doté de la personnalité juridique (voir § 23-15), d'un bureau (secrétaire et trésorier) (voir § 23-16), d'un budget (voir § 39-1) et de tous les moyens nécessaires à son fonctionnement.

APPRÉCIATION DU FRANCHISSEMENT DU SEUIL DE 50 SALARIÉS

→ Période de référence

23-2 Le seuil de 50 salariés est réputé atteint dès lors que l'entreprise l'atteint ou le dépasse pendant 12 mois consécutifs (c. trav. art. L. 2312-2).

→ Cadre de référence

23-3 Les attributions du CSE sont définies en fonction de l'effectif de « l'entreprise » (par opposition à « l'établissement ») (c. trav. art. L. 2312-1).

Par conséquent, dans une entreprise d'au moins 50 salariés comportant des établissements distincts, les CSE d'établissement disposent des attributions accordées à partir de 50 salariés, qu'ils soient implantés dans des établissements distincts d'au moins 50 salariés ou de moins de 50 salariés (voir §§ 7-11 et 23-6).

Sur le calcul de l'effectif, voir §§ 3-6 et s.

→ Délai d'adaptation après le franchissement du seuil de 50 salariés

23-4 Lorsqu'après la mise en place du CSE (à partir de 11 salariés), l'entreprise franchit le seuil de 50 salariés pendant 12 mois consécutifs le CSE élu doit adopter le fonctionnement d'un CSE d'au moins 50 salariés. Il a donc la personnalité juridique, il doit élire un secrétaire, un trésorier, se réunir en suivant les règles du CSE d'au moins 50 salariés, bénéficier des budgets du CSE, exercer les attributions du CSE d'au moins 50 salariés, etc.

En revanche, en ce qui concerne les obligations récurrentes d'information et de consultation du CSE (obligation de procéder aux trois grandes consultations annuelles), l'entreprise dispose d'un délai de 12 mois pour se conformer à cette obligation (c. trav. art. L. 2312-2 ; Q/R 64, 117 questions/réponses du ministère du Travail, 17 janvier 2020).

Si à l'expiration du délai de 12 mois, le mandat restant à courir est inférieur à un an, ce délai d'adaptation de 12 mois court à compter du renouvellement du CSE.

EXEMPLE Un CSE est élu le 1er septembre 2019 dans une entreprise de 48 salariés pour un mandat de 4 ans. L'effectif de cette entreprise passe à 50 salariés le 1er octobre 2019 et demeure supérieur à ce seuil pendant les 12 mois suivants, soit jusqu'au 1er octobre 2020. Le CSE ne commencera à exercer ses attributions récurrentes d'information et de consultation qu'à l'expiration d'un second délai de 12 mois, soit à partir du 1er octobre 2021.

Si ce CSE était élu pour un mandat de 3 ans, il lui resterait moins d'un an de mandat à partir du 1er octobre 2021. Dans ce cas le CSE ne commencera à exercer ses attributions récurrentes d'information et de consultation qu'à compter de son renouvellement, soit à partir du 1er octobre 2022.

Si l'entreprise n'est pas pourvue d'un CSE, le comité nouvellement mis en place dans le cas où le seuil de 50 salariés pendant 12 mois consécutifs a été atteint n'exercera les attributions récurrentes d'information et de consultation d'un CSE d'une entreprise d'au moins 50 salariés qu'un an après sa mise en place (c. trav. art. L. 2312-2 ; Q/R 64, 117 questions/réponses du ministère du Travail, 17 janvier 2020).

EXEMPLE Une entreprise de 10 salariés embauche 20 salariés et rachète diverses petites PME sur une période de 6 mois. Elle atteint pendant 12 mois consécutifs le seuil minimal de 11 salariés et doit donc mettre en place un CSE. Si lors de cette première élection, organisée le 1er septembre 2020, le seuil d'effectif de l'entreprise dépasse 50 salariés sur 12 mois consécutifs, le CSE mis en place fonctionne comme un CSE d'au moins 50 salariés et en exerce les attributions à l'exception des attributions récurrentes d'information et de consultation qui ne seront exercées qu'après 12 mois de mandat, donc à partir du 1er septembre 2021.

POINT DE VIGILANCE

Le texte tel que rédigé (c. trav. art. L. 2312-2, al. 2) est assez troublant car il semble exclure pendant 12 mois le CSE « de l'ensemble des attributions » du CSE d'au moins 50 salariés. Toutefois, à la lecture des questions/réponses du ministère du Travail, il ne semble pas faire de doute que seules les attributions récurrentes sont concernées par cette exclusion (Q/R 64, 117 questions/réponses du ministère du Travail, 17 janvier 2020).

→ Baisse en dessous du seuil de 50 salariés

23-5 Lorsque lors du renouvellement du CSE le seuil de 50 salariés n'a pas été atteint pendant les 12 mois précédant ce renouvellement, le CSE nouvellement élu n'exerce que les attributions d'un CSE d'une entreprise de 11 à moins de 50 salariés (c. trav. art. L. 2312-3).

EN PRATIQUE

Si le seuil baisse en cours de mandat cela ne modifie les attributions du CSE que lors des élections suivantes.

Missions du CSE

RÔLE EN MATIÈRE D'ORGANISATION, DE GESTION ET DE LA MARCHE GÉNÉRALE DE L'ENTREPRISE

→ Expression collective des salariés

23-6 La mission du CSE est d'assurer une expression collective des salariés permettant la prise en compte permanente de leurs intérêts dans les décisions relatives à la gestion et à l'évolution économique et financière de l'entreprise, à l'organisation du travail, à la formation professionnelle et aux techniques de production (c. trav. art. L. 2312-8).

POINT DE VIGILANCE

Depuis le 25 août 2021, le CSE doit prendre en considération, pour l'exercice de cette mission, « les conséquences environnementales » des décisions de l'entreprise (c. trav. art. L. 2312-8 ; loi 2021-1104 du 22 août 2021, JO du 24) (voir § 23-10).

→ Obligation générale de consultation

23-7 Le CSE est informé et consulté sur les décisions de l'employeur intéressant l'organisation, la gestion et la marche générale de l'entreprise notamment sur (c. trav. art. L. 2312-8) :

› les mesures pouvant avoir un impact sur les effectifs (volume ou structure) ;
› la modification de l'organisation économique ou juridique de l'entreprise ;
› les conditions d'emploi, les conditions de travail (notamment la durée du travail et la formation professionnelle) ;
› l'introduction de nouvelles technologies, tout aménagement important modifiant les conditions de santé et de sécurité ou les conditions de travail ;
› et le maintien dans l'emploi des accidentés du travail, des invalides de guerre, des invalides civils, des personnes atteintes de maladies chroniques évolutives et des travailleurs handicapés.

Le CSE informé et consulté préalablement à la mise en place ou à la modification d'une garantie collective (c. trav. art. R. 2312-22 ; c. séc. soc. art. L. 911-2).

Sur les trois consultations récurrentes du CSE, voir § 28-17 (consultation sur les orientations stratégiques), voir § 28-26 (consultation sur la situation économique et financière de l'entreprise) et voir § 28-34 (consultation sur la politique sociale et les conditions de travail).

Sur les consultations ponctuelles, voir §§ 29-1 et s.

Sur la BDESE, voir §§ 26-1 et s.

Sur les réunions du CSE, voir §§ 37-1 et s.

Sur le recours à un expert, voir §§ 41-1 et s.

Sur les commissions du CSE, voir §§ 32-1 et 33-1.

→ Propositions du CSE et de l'employeur

23-8 Le CSE formule, à son initiative, toute proposition de nature à améliorer les conditions de travail, d'emploi et de formation professionnelle des salariés, leurs conditions de vie dans l'entreprise ainsi que les conditions dans lesquelles ils bénéficient de garanties collectives complémentaires (c. trav. art. L. 2312-12).

Le CSE examine les propositions de même nature formulées par l'employeur (c. trav. art. L. 2312-12).

RÔLE EN MATIÈRE DE SANTÉ, SÉCURITÉ ET CONDITIONS DE TRAVAIL

23-9 Dans une entreprise d'au moins 50 salariés, les missions du CSE consistent dans le champ de la santé, de la sécurité et des conditions de travail à :

› analyser des risques professionnels auxquels peuvent être exposés les travailleurs, notamment les femmes enceintes, ainsi que des effets de l'exposition à certains facteurs de risques professionnels (c. trav. art. L. 2312-9) ;

› contribuer notamment à faciliter l'accès des femmes à tous les emplois, à la résolution des problèmes liés à la maternité, l'adaptation et à l'aménagement des postes de travail afin de faciliter l'accès et le maintien des personnes handicapées à tous les emplois au cours de leur vie professionnelle (c. trav. art. L. 2312-9) ;

› pouvoir susciter toute initiative qu'il estime utile et proposer notamment des actions de prévention du harcèlement moral, du harcèlement sexuel et des agissements sexistes sachant que, le cas échéant, le refus de l'employeur est motivé (c. trav. art. L. 2312-9) ;

› pouvoir procéder à des inspections en matière de santé et de sécurité et procède à des enquêtes en matière d'accident de travail et de maladie professionnelle (c. trav. art. L. 2312-13).

Dans le cadre de la loi Santé au travail, le rôle du CSE en matière d'évaluation des risques est renforcé. En effet, dans le cadre du dialogue social, le CSE et sa commission santé, sécurité et conditions de travail (CSSCT), quand ils existent, apportent « leur contribution à l'analyse des risques professionnels dans l'entreprise » (c. trav. art. L. 4121-3 dans sa version en vigueur au 31 mars 2022 ; loi 2021-1018 du 2 août 2021, JO du 3).

En cas de licenciement économique, le CSE doit être consulté sur le motif économique ainsi que sur les licenciements lorsqu'ils concernent moins de 10 salariés (c. trav. art. L. 1233-8, L. 1233-10 et L. 2323-31). Dans cette hypothèse, cette consultation doit traiter, le cas échéant, des conséquences des licenciements projetés en matière de santé, de sécurité ou de conditions de travail (c. trav. art. L. 1233-10).

S'agissant de licenciements économiques visant 10 salariés ou plus, le CSE doit, le cas échéant, être consulté sur les conséquences de la réorganisation en matière de santé, de sécurité ou de conditions de travail (c. trav. art. L. 1233-31). Il peut déclencher faire appel à un expert « habilité » en cas de projet important modifiant les conditions de santé et de sécurité ou les conditions de travail (voir § 41-14).

Sur les réunions en matière de santé, sécurité et conditions de travail (c. trav. art. L. 2315-27), voir § 37-8.

Sur le recours à un expert, voir §§ 41-1 et s.

En présence d'une commission santé, sécurité et conditions de travail (CSSCT), le CSE lui délègue tout ou partie de ses attributions « santé, sécurité et conditions de travail » (c. trav. art. L. 2315-36 et L. 2315-38) (voir § 32-20).

Sur la répartition des rôles entre, le cas échéant, un CSE central et les CSE d'établissement, voir § 24-2.

Sur la désignation d'un secrétaire adjoint en charge des questions santé, sécurité et conditions de travail au sein du CSE central (c. trav. art. L. 2316-13), voir § 24-9.

EN PRATIQUE

Pour plus de détails sur le rôle du CSE en matière de santé, sécurité et conditions de travail, voir la fiche « Attributions santé, sécurité et conditions de travail » (voir §§ 31-1 et s.) et celle sur la formation en la matière (voir § 42-24).

RÔLE EN MATIÈRE D'ENVIRONNEMENT

→ Missions du CSE

23-10 Dans le cadre de ses attributions générales, le CSE d'une entreprise d'au moins 50 salariés doit, depuis le 25 août 2021, prendre en considération, pour l'exercice de cette mission, les conséquences environnementales des décisions de l'entreprise (c. trav. art. L. 2312-8 ; loi 2021-1104 du 22 août 2021, JO du 24). Cette obligation s'applique également dans le cadre des consultations périodiques (orientations stratégiques de l'entreprise, situation économique et financière, politique sociale de l'entreprise) (c. trav. art. L. 2312-17 et L. 2312-22).

L'obligation pour l'employeur d'intégrer les conséquences environnementales de ses décisions à la consultation est d'ordre public. En d'autres termes, l'entreprise qui conclut un accord organisant les consultations périodiques du CSE (c. trav. art. L. 2312-19) ne peut pas choisir de faire l'impasse sur ces questions environnementales.

Sur le droit d'alerte en cas de risque pour la santé publique et l'environnement, voir §§ 34-11 et s.

EN PRATIQUE

Le CSE peut appréhender les questions environnementales sous l'angle des impacts de l'activité de l'entreprise sur l'environnement mais aussi des pressions subies par l'entreprise liées aux conditions climatiques et réglementaires. À notre sens, les principales incidences de l'environnement sur l'activité de l'entreprise concernent les points suivants :
- évolution des produits (disparition, création) ;
- évolution des procédés de fabrication, des innovations technologiques à court/moyen/long terme ;
- effets des conditions climatiques sur la production évolution des emplois ;
- nouveaux besoins en formation professionnelle ;
- aménagement des conditions de travail ;
- évolution des normes réglementaires ;
- localisation des fournisseurs et productions.

Au cours de chaque consultation récurrente ou ponctuelle, le CSE peut aborder les thèmes environnementaux et, en particulier, promouvoir les investissements dans les produits et activités durables.

→ Comment intégrer les questions environnementales dans les consultations du CSE ?

23-11 Le CSE doit être en capacité de questionner l'employeur sur les effets directement liés à l'activité et le fonctionnement de l'entreprise sur l'environnement lors des consultations récurrentes ou ponctuelles. Il peut ainsi anticiper leurs conséquences à court terme sur l'emploi et les conditions de travail en demandant par exemple l'ouverture de négociation sur la GPEC.

Dans le cadre des consultations récurrentes, le CSE peut questionner l'entreprise de la façon suivante :

› sur la situation économique et financière : quelles sont les activités qui génèrent le plus de gaz à effet de serre ? Ces activités contribuent-elles majoritairement au chiffre d'affaires et au résultat de l'entreprise ?

› sur la politique sociale, les conditions de travail et l'emploi : quelles sont les compétences et les formations nécessaires pour développer les produits à venir ? Certains emplois sont-ils amenés à disparaître ?

› sur les orientations stratégiques : à quel horizon l'entreprise devra-t-elle abandonner certaines activités/productions et au contraire créer de nouvelles activités/productions pour répondre aux nouveaux enjeux climatiques ou aux nouvelles normes environnementales ? L'entreprise dispose-t-elle de moyens suffisants pour opérer ces changements ? Quelle sera la réaction des clients et des concurrents ?

Le CSE peut également anticiper les conséquences environnementales des décisions de l'entreprise à court terme en matière d'emploi et de conditions de travail en demandant par exemple l'ouverture de négociation sur la GPEC/GEPP (avec les syndicats).

→ Moyens à disposition du CSE

23-12 Pour comprendre et anticiper les sujets environnementaux, le CSE peut :

› disposer de la base de données économiques, sociales et environnementales (BDESE) (ex-BDES) (voir §§ 26-1 et s.). Que son contenu soit négocié ou qu'il résulte du régime supplétif (régime applicable en l'absence d'accord collectif), la base de données doit comporter des informations portant sur les conséquences environnementales de l'activité de l'entreprise (c. trav. art. L. 2312-18 et L. 2312-36 ; loi 2021-1104 du 22 août 2021, JO du 24) ;

› réaliser des expertises techniques d'évaluation des risques sur les salariés. Le recours à l'expert-comptable peut intervenir entre autres situations dans le cadre des trois grandes consultations récurrentes peut porter sur tous les éléments d'ordre économique, financier, social ou « environnemental » nécessaires à la compréhension des thèmes abordés dans le cadre de la consultation (c. trav. art. L. 2315-87-1, L. 2315-89 et L. 2315-91-1 ; loi 2021-1104 du 22 août 2021, JO du 24) (voir §§ 28-1 et s.) ;

› envisager la création d'une commission spécifique environnement. Il n'est pas prévu légalement de commission spécifique sur l'environnement mais rien n'empêche les partenaires sociaux de s'accorder sur sa création (voir §§ 33-1 et s.) ;

› former les membres du CSE à ces préoccupations environnementales en suivant un congé de formation économique, sociale, environnementale et syndicale (ex-congé de formation économique, sociale et syndicale) (c. trav. art. L. 2145-1, L. 2145-5 à L. 2145-7, L. 2145-9 à L. 2145-11 et L. 2145-13 ; loi 2021-1104 du 22 août 2021, JO du 24) (voir § 42-14).

Par contre, les élus du CSE ne bénéficient pas de moyens supplémentaires : ils n'ont pas de budget supplémentaire « environnement », pas d'augmentation du nombre des élus, ni de celui des heures de délégation. Pour autant, la question des moyens (membres, heures de délégation, nombre de réunions, etc.) peut être abordée dans le cadre d'un accord avec les DS ou, à défaut de DS, avec le CSE (voir § 23-14).

→ Activités du CSE pouvant limiter l'impact sur l'environnement

23-13 Le CSE peut agir à son niveau tant sur le fonctionnement même du comité que sur les activités sociales qu'il propose aux salariés :

› au niveau du fonctionnement du comité : le CSE pourrait avoir recours aux réunions en visio pour les sujets possibles à traiter à distance, privilégier les déplacements des élus en train, recourir à la numérisation des documents comptables ;

› au niveau des activités sociales : le CSE pourrait limiter les séjours éloignés, nécessitant les trajets en avion, restreindre le financement des activités fortement génératrices de gaz à effet de serre.

RÈGLES NÉGOCIABLES PAR ACCORD D'ENTREPRISE

23-14 Dans les entreprises d'au moins 50 salariés, le législateur a laissé la possibilité aux partenaires sociaux de conclure un accord collectif de travail prévoyant des dispositions plus favorables relatives aux attributions du CSE (c. trav. art. L. 2312-4). Ainsi, les attributions du CSE dans les entreprises de 50 salariés et plus peuvent toutes être « revues » et éventuellement élargies. Des usages peuvent également aménager les prérogatives du CSE toujours dans un sens plus favorable (c. trav. art. L. 2312-4).

Le tableau ci-après indique les principales négociations qu'il est possible de mener sur les attributions du CSE d'une entreprise d'au moins 50 salariés.

ATTRIBUTIONS DU CSE DANS UNE ENTREPRISE D'AU MOINS 50 SALARIÉS : PRINCIPALES NÉGOCIATIONS POUR UN CSE « SUR-MESURE »

Thèmes	Modalités de négociation	Code du travail
Consultations récurrentes du CSE : - contenu, périodicité et modalités de ces consultations - liste et contenu des informations nécessaires à ces consultations - possibilité de rendre un avis unique sur tout ou partie de ces consultations	Accord d'entreprise conclu avec les DS (1) **OU** En l'absence de DS, accord entre l'employeur et le CSE adopté à la majorité des membres titulaires	c. trav. art. L. 2312-19
Consultations ponctuelles du CSE : - contenu des consultations et informations - modalités de ces consultations dont le nombre de réunions - délais dans lesquels le CSE rend ses avis	Accord d'entreprise conclu avec les DS (1) **OU** En l'absence de DS, accord entre l'employeur et le CSE adopté à la majorité des membres titulaires	c. trav. art. L. 2312-55
Niveaux auxquels les consultations du CSE doivent être menées	Accord d'entreprise conclu avec les DS (1) **OU** En l'absence de DS, accord entre l'employeur et le CSE adopté à la majorité des membres titulaires	c. trav. art. L. 2312-19

ATTRIBUTIONS DU CSE DANS UNE ENTREPRISE D'AU MOINS 50 SALARIÉS : PRINCIPALES NÉGOCIATIONS POUR UN CSE « SUR-MESURE »		
Délais à respecter pour que le CSE rende son avis lors de sa consultation (délai nécessairement suffisant)	Accord d'entreprise conclu avec les DS (1) **OU** En l'absence de DS, accord entre l'employeur et le CSE adopté à la majorité des membres titulaires	c. trav. art. L. 2312-19
BDESE : - organisation, architecture et contenu - modalités de fonctionnement	Accord d'entreprise conclu avec les DS (1) **OU** En l'absence de DS, accord entre l'employeur et le CSE adopté à la majorité des membres titulaires	c. trav. art. L. 2312-21
Nombre d'expertises dans le cadre des 3 grandes consultations récurrentes du CSE	Accord d'entreprise **OU** À défaut, accord conclu entre l'employeur et le CSE, adopté à la majorité des membres titulaires	c. trav. art. L. 2315-79

(1) Le texte vise un « accord d'entreprise conclu dans les conditions prévues au 1er alinéa de l'article L. 2232-12 ». L'accord doit donc être conclu avec les délégués syndicaux (DS) selon des règles de majorité précises et en tout état de cause, sans possibilité de faire valider un accord minoritaire par référendum.

23-15

PERSONNALITÉ JURIDIQUE RECONNUE AU CSE DANS LES ENTREPRISES D'AU MOINS 50 SALARIÉS

Reconnaissance de la personnalité civile. Le CSE est doté dans les entreprises d'au moins 50 salariés de la personnalité civile (c. trav. art. L. 2315-23). Il en est de même pour le CSE d'établissement dans les entreprises d'au moins 50 salariés, le CSE central et le comité des ASC interentreprises (c. trav. art. L. 2316-13, L. 2316-25 et R. 2312-48).

Cette reconnaissance est générale, c'est-à-dire que le CSE jouit de la personnalité civile pour l'exercice de l'ensemble des attributions qui lui a été légalement dévolues et pour la défense de ses intérêts propre.

Bien que dotés de la personnalité civile, les comités ne peuvent accomplir d'actes juridiques excédant leur domaine de compétences.

Représentation du comité. Pour l'exercice des divers attributs attachés à la personnalité civile (passation d'actes juridiques, action en justice, etc.), les comités sont valablement représentés par l'un de leurs membres, délégué à cet effet. Cette représentation est régie par les règles de droit commun applicables au mandat. Ni l'employeur, président du comité, ni le secrétaire du CSE ne jouissent d'une délégation de plein droit (cass. soc. 12 janvier 1999, n° 96-22279, BC V n° 18).

Bien que la disposition du code du travail prévoyant que le comité doit être représenté par un de ses membres délégué à cet effet n'ait pas été reprise lors de la recodification de 2008 (c. trav. art. R. 432-1 ancien), celle-ci étant intervenue à droit constant, cette obligation perdure. Par conséquent, l'action civile du CSE doit être exercée par l'un de ses membres régulièrement mandaté à cet effet (cass. crim. 9 septembre 2020, n° 19-83139 FPBI).

En pratique, la délégation est donnée le plus souvent à l'employeur ou au secrétaire (ou, s'il existe, au trésorier). Mais elle peut également être conférée à tout autre membre titulaire ou suppléant du comité, voire à une personne n'étant pas membre du comité (par exemple, un salarié de l'entreprise ou du comité). Ainsi, a été jugée valable la délibération d'un comité d'établissement mandatant « son secrétaire » ou « son secrétaire adjoint » pour le représenter en justice (à propos du comité d'entreprise : cass. soc. 19 novembre 1986, n° 85-11357, BC V n° 527).

Attributs de la personnalité civile. Doté de la personnalité civile, le CSE peut, sans autorisation :
– agir en justice. Les comités ont la possibilité d'intenter une action en justice pour défendre l'ensemble de leurs attributions. Ils doivent toutefois avoir un intérêt personnel direct et actuel pour agir (cass. soc. 6 février 1980, n° 77-14611, BC V n° 107 ; cass. soc. 17 juillet 1996, n° 95-11576 D ; cass. soc. 14 mars 2007, n° 06-41647, BC V n° 51). Ainsi, ils ne peuvent pas exercer d'action en justice au nom des salariés (cass. soc. 13 juillet 2016, n° 15-14801 D) ;
– posséder un patrimoine propre et le gérer (c. trav. art. L. 2315-23). Les comités peuvent être propriétaires de biens meubles ou immeubles et en disposer librement. Ils peuvent passer des contrats pour la gestion de ces biens (ex. : contrats d'assurance) et détenir des comptes bancaires, etc. ;
– être employeur et engager sa responsabilité. Doté d'un budget AEP (budget de fonctionnement), le CSE peut embaucher directement du personnel soit pour assurer son fonctionnement interne, soit pour assurer la gestion des activités sociales et culturelles.

Sur la réaffectation des biens du CSE, voir § 39-29.

Possibilité d'engager sa responsabilité contractuelle ou délictuelle. Les comités peuvent engager leur responsabilité contractuelle (c. civ. art. 1231-1 et s.), délictuelle ou quasi délictuelle (c. civ. art. 1240 et s.) en raison du préjudice causé à des tiers ou à l'entreprise par leurs décisions ou leurs agissements.

Dans le cadre de ses relations contractuelles, le CSE doit être informé, chaque année, de la possibilité qu'il a de ne pas reconduire les contrats qu'il a conclu avec tacite reconduction. À défaut, ils peuvent y mettre fin à tout moment (cass. civ., 1re ch., 15 juin 2016, n° 15-17369, BC I n° 136 ; cass. civ., 1re ch., 5 juillet 2017, n° 16-20748). Attention, la chambre commerciale a une position inverse ; selon elle, l'information annuelle n'est pas due aux comités dès lors que les contrats sont liés à leur activité professionnelle (cass. com. 16 février 2016, n° 14-25146).

23 Secrétaire et trésorier du CSE

Secrétaire du CSE

DÉSIGNATION OBLIGATOIRE

23-16 Le CSE d'une entreprise d'au moins 50 salariés doit désigner un secrétaire (c. trav. art. L. 2315-23) (voir § 6-8). Élu lors de la réunion constitutive, le secrétaire occupe une place essentielle au sein du CSE, pendant les réunions et en dehors de celles-ci.

Le secrétaire est désigné par le comité parmi ses membres titulaires (c. trav. art. L. 2315-23).

Par désignation, il faut entendre élection interne (cass. soc. 7 octobre 1982, n° 81-15525, BC V n° 535). En conséquence, cette dernière doit être effectuée à la majorité des voix valablement exprimées au sein du CSE. L'élection a lieu à la majorité des membres présents a décidé la Cour de cassation dans une affaire où une partie des titulaires avait volontairement quitté la salle sans exercer leur droit de vote (cass. soc. 5 janvier 2005, n° 02-19080 D) (voir § 37-43).

Seuls les titulaires (ou suppléants remplaçant un titulaire) votent. Le président du CSE, en tant que membre du comité, vote lors de cette élection mais il n'a pas de voix prépondérante (cass. soc. 25 septembre 2013, n° 12-14489 D).

Sauf disposition conventionnelle contraire et sauf abus, le CSE peut changer de secrétaire en cours de mandat, en révoquant le secrétaire actuel sans avoir à motiver sa décision (CA Paris 11 septembre 2008, n° 07/5379).

- **Crédit d'heures.** En tant que membre élu titulaire, le secrétaire du CSE dispose de son crédit d'heures en tant qu'élu (c. trav. art. L. 2315-7) (voir §§ 38-3 et 38-8). Sauf dispositions conventionnelles plus favorables, aucun crédit d'heures supplémentaire ne lui est, en effet, alloué pour réaliser sa mission. Le temps passé à ses fonctions doit ainsi s'imputer sur son crédit d'heures d'élu (cass. soc. 9 mai 1979, n° 77-41308, BC V n° 388). Il est toutefois possible pour les élus du CSE, de se répartir entre eux, leur nombre d'heures de délégation (c. trav. art. L. 2315-9) (voir § 38-44). Ainsi le nombre d'heures du secrétaire pourrait être augmenté par ce biais.

- **Secrétaire adjoint.** La désignation d'un secrétaire adjoint n'est pas prévue par le code du travail pour le CSE. En raison du rôle prééminent du secrétaire, le CSE peut décider de désigner un secrétaire adjoint. Cette désignation est, en principe, concomitante à la désignation du secrétaire. Le secrétaire adjoint est chargé d'assister le secrétaire dans l'exercice quotidien de ses tâches. Il peut le remplacer en cas d'absence temporaire (une nouvelle élection du secrétaire doit avoir lieu en cas d'absence définitive).

- **CSE central.** Le CSE central doit désigner un secrétaire et un secrétaire adjoint qui est spécifiquement chargé des attributions en matière de santé, sécurité et des conditions de travail (c. trav. art. L. 2316-13) (voir § 24-9).

ATTRIBUTIONS DU SECRÉTAIRE DU CSE

- **Corédacteur de l'ordre du jour**

23-17 Le secrétaire doit établir l'ordre du jour des réunions du CSE avec l'employeur (c. trav. art. L. 2315-29), en y portant des questions qui préoccupent les élus (voir § 37-18).

Il peut y avoir des exceptions (ex. : le cas particulier de la première réunion du CSE) (voir § 37-3).

- **Gestionnaire des affaires quotidiennes du CSE**

23-18 **Administrateur des affaires courantes.** Le secrétaire doit assurer la gestion quotidienne du CSE. À ce titre, il doit notamment effectuer, en dehors des réunions, le suivi des délibérations prises par le CSE, conserver les archives, etc. Il doit d'ailleurs rendre compte périodiquement de son activité au comité. Il s'occupe de la correspondance du comité, pour laquelle il est protégé par le secret de la correspondance (c. pén. art. 226-15).

Le secrétaire doit agir en conformité avec les décisions prises par le CSE et n'a, en principe, pas à obtenir de mandat exprès du CSE. Toutefois, selon les circonstances ou l'importance de la mesure à prendre, il peut solliciter une telle délégation.

Il ne peut appliquer que les décisions régulièrement prises à la majorité. Ainsi, le secrétaire qui met à exécution un projet (ex. : la distribution de bons d'achat au personnel), alors que celui-ci n'a pas été approuvé par le comité, se rend coupable du délit d'entrave au fonctionnement régulier du comité (cass. crim. 4 novembre 1988, n° 87-91705, B. crim. n° 374).

23-19 **Agent de liaison.** Le secrétaire communique à l'ensemble des membres du CSE toutes les informations et tous les documents qu'il reçoit de l'employeur ou des tiers. Par ailleurs, il assure les liaisons avec les tiers (ex. : inspecteur du travail, experts du comité).

23-20 **Fonctions financières.** Le secrétaire s'occupe du règlement des factures et de la tenue des comptes du CSE en cas d'absence du trésorier et faute d'un trésorier adjoint (voir § 23-22).

23-21 **Mandataire en justice.** Le comité doit désigner l'un de ses membres pour le représenter dans l'exercice de sa capacité civile (c. trav. art. L. 2315-23) (voir § 23-15). Le secrétaire est, le plus souvent, désigné pour assurer cette tâche. Cela suppose toutefois qu'il soit expressément habilité par le comité (cass. soc. 20 novembre 1985, n° 84-14698, BC V n° 543).

Trésorier du comité social et économique

DÉSIGNATION OBLIGATOIRE

23-22 La désignation d'un trésorier du CSE est obligatoire (c. trav. art. L. 2315-23).

POINT DE VIGILANCE

Le CSE central doit désigner un secrétaire et un secrétaire adjoint (c. trav. art. L. 2316-13). Sur la désignation d'un trésorier, voir § 24-9.

Le trésorier est obligatoirement choisi parmi les membres élus titulaires du CSE (c. trav. art. L. 2315-23).

Le président du CSE, en tant que membre du CSE, vote lors de cette élection, il n'a pas de voix prépondérante (cass. soc. 25 septembre 2013, n° 12-14489 D) (voir § 37-39).

- **Crédit d'heures.** Le trésorier du CSE dispose de son crédit d'heures mensuelles en tant qu'élu titulaire. Sauf dispositions conventionnelles plus favorables, aucun crédit d'heures supplémentaires ne lui est, en effet, alloué pour réaliser sa mission. Le temps passé à ses fonctions doit ainsi s'imputer sur son crédit d'heures d'élu. Il est toutefois possible pour les élus du CSE, de se répartir entre eux, leur nombre d'heures de délégation (c. trav. art. L. 2315-9). Ainsi le nombre d'heures du trésorier pourrait être augmenté par ce biais.

- **Trésorier adjoint.** Le CSE peut décider de désigner un trésorier adjoint, chargé d'assister et de remplacer le trésorier dans l'exercice de sa mission. Ses pouvoirs sont limités : il n'agit que sous l'entière autorité du trésorier. Les modalités de désignation sont généralement fixées dans le règlement intérieur du CSE.

ATTRIBUTIONS DU TRÉSORIER DU CSE

· Gestion des comptes bancaires du CSE

23-23 Le trésorier est chargé d'ouvrir, au nom du CSE, un compte bancaire ou postal. Il est également habilité à régler les factures du comité. À ce titre, il bénéficie comme le secrétaire du pouvoir de signature.

· Gestion de la comptabilité et des affaires courantes

23-24 Le trésorier est responsable de la tenue des comptes et de la comptabilité en respectant les règles fixées par le code du travail (voir § 23-22).

Sous réserve de la fixation de l'étendue de sa mission par une délibération spécifique du comité ou par la voie du règlement intérieur du CSE, il a compétence notamment pour :
– recevoir les subventions versées par l'employeur ((budget AEP et budget ASC) ;
– gérer le patrimoine du comité ;
– établir les projets de budgets de fonctionnement et des activités sociales et culturelles ;
– s'occuper, le cas échéant, des cotisations et autres prélèvements liés au personnel directement salarié du comité.

Le trésorier conserve l'ensemble des documents comptables. En effet, ceux-ci sont essentiels à l'établissement de la comptabilité. De plus, ils peuvent être réclamés par les membres du CSE à des fins de vérification de l'accomplissement de la mission du trésorier.

FICHE PRATIQUE

- **Préparation des comptes rendus annuels**

23-25 Le trésorier, responsable de l'utilisation des fonds, doit, au nom du comité, communiquer à tout membre qui en fait la demande les archives et les documents comptables. C'est lui qui est, en principe, chargé de préparer, à la fin de chaque année, un arrêté des comptes (voir § 40-14).

RESPONSABILITÉ DU TRÉSORIER

23-26 Le CSE est responsable civilement des fautes que ses membres commettent. Le trésorier n'est pas responsable sur ses biens propres de la mauvaise gestion du comité. Toutefois, il reste passible de poursuites devant les tribunaux répressifs en cas d'infraction pénale, par exemple en cas de vol (cass. crim. 10 mai 2007, n° 06-83175 D) ou en cas d'entrave au bon fonctionnement du comité (ex. : s'il n'agit pas en conformité avec les délibérations du comité). Dans ce dernier cas, le délit est constitué même si un vote favorable du CSE intervient ultérieurement (cass. crim. 10 mai 2005, n° 04-84118 D).

RÉPARTITION DES COMPÉTENCES AU SEIN DU BUREAU DU CSE

23-27 Dans les entreprises d'au moins 50 salariés, le bureau du CSE, qui doit être mis en place dès sa première réunion, comprend au minimum trois membres : le président, le secrétaire et le trésorier. La constitution du bureau peut aussi être déterminée par le règlement intérieur du CSE (voir § 25-7).

Le tableau ci-dessous propose une répartition des compétences des trois membres du bureau.

RÉCAPITULATIF DES ATTRIBUTIONS DES MEMBRES DU BUREAU DU CSE

Missions	Secrétaire	Président (voir §§ 6-2 et s.)	Trésorier
Convocation aux réunions	Non	Oui	Non
Rédaction de l'ordre du jour de la première réunion	Non	Oui	Non
Rédaction de l'ordre du jour des autres réunions	Conjointement entre l'employeur et le secrétaire, sauf exceptions		Non
Animation des réunions	Non	Oui	Non
Rédaction des procès-verbaux	Oui	Non	Non
Diffusion des procès-verbaux	Oui (si adoptés par le CSE)	Non	Non
Gestion de la comptabilité	Oui (en l'absence du trésorier)	Non	Oui
Gestion du patrimoine	Oui (en l'absence du trésorier)	Non	Oui
Mandataire en justice	Oui (si mandaté par le CSE)	Oui (si mandaté par le CSE)	Oui (si mandaté par le CSE)

24 Attributions du CSEC et des CSEE

Présentation 24-1

Comité social et économique central
- Attributions du CSE central 24-2
- Fonctionnement du CSE central 24-8
- Ressources du CSE central 24-14
- › *Encadré : Obligations comptables* 24-16

Comité social et économique d'établissement
- Principe 24-17
- Attributions du CSE d'établissement 24-18
- Composition et fonctionnement 24-22

Présentation

24-1 Dans les entreprises d'au moins 50 salariés comportant des établissements distincts, il doit être mis en place des CSE d'établissement au niveau des établissements distincts et un CSE central au niveau de l'entreprise ou de l'UES si elle a été reconnue (c. trav. art. L. 2313-1 et L. 2313-8) (sur la notion d'établissement distinct, voir §§ 7-1 et s.). En conséquence, la constitution d'un CSE central est obligatoire dès lors qu'il existe au moins 2 CSE d'établissement. L'élection a lieu tous les 4 ans, après l'élection générale des membres des CSE d'établissement (c. trav. art. L. 2316-10).

À NOTER Compte tenu de la similitude des textes en la matière, la jurisprudence et les réponses administratives rendues à propos des IRP précédemment en place gardent, à notre avis, toute leur valeur. Les arrêts et réponses indiqués dans nos développements ci-après sont donc, en toute vraisemblance, transposables au CSE.

Comité social et économique central

ATTRIBUTIONS DU CSE CENTRAL

→ Principe

24-2 Le CSE central et les CSE d'établissement doivent remplir le même rôle que le CSE unique d'une entreprise classique.

Pour distinguer leurs compétences respectives, le code du travail pose pour principe que le comité social et économique central (CSE central ou CSEC) exerce les attributions qui concernent « la marche générale de l'entreprise » et les questions qui « excèdent les limites des pouvoirs des chefs d'établissement » (c. trav. art. 2316-1). En « miroir », il indique que les CSE d'établissement ont les mêmes attributions que les CSE, dans la limite des pouvoirs confiés aux chefs de ces établissements (c. trav. art. L. 2316-1).

EN PRATIQUE

Cette ligne de partage révèle souvent des problèmes d'articulation entre les différents niveaux et il n'est pas rare qu'il faille consulter à la fois les CSE d'établissement et le CSE central.

Le CSE central est seul consulté sur (c. trav. art. 2316-1) :

- les projets décidés au niveau de l'entreprise qui ne comportent pas de mesures d'adaptation spécifiques à un ou plusieurs établissements ;
- les projets et consultations récurrentes décidés au niveau de l'entreprise lorsque leurs éventuelles mesures de mise en œuvre, qui feront ultérieurement l'objet d'une consultation spécifique au niveau approprié, ne sont pas encore définies ;
- des mesures d'adaptation communes à plusieurs établissements relatives aux projets d'introduction de nouvelles technologies, d'aménagement important modifiant les conditions de santé et de sécurité ou les conditions de travail.

→ Consultations récurrentes

24-3 Les règles d'articulation entre les consultations des CSE d'établissement et du CSE central sont déterminées par accord d'entreprise (c. trav. art. L. 2312-22 et, par renvoi, L. 2312-19).

Les consultations récurrentes sur les orientations stratégiques de l'entreprise et la situation financière sont menées au niveau central sauf si un accord d'entreprise aménageant les consultations récurrentes (c. trav. art. L. 2312-19) ou un accord de groupe (c. trav. art. L. 2312-20) en décide autrement (c. trav. art. L. 2312-22).

La consultation sur la politique sociale de l'entreprise est, en revanche, menée au niveau central et au niveau de l'établissement lorsque des mesures d'adaptation spécifiques à ces établissements sont prévues (c. trav. art. L. 2312-22).

→ Consultations ponctuelles

24-4 Les modalités des consultations ponctuelles peuvent être déterminées par accord d'entreprise (c. trav. art. L. 2312-55 et, par renvoi, L. 2312-12).

En l'absence d'autre texte offrant la possibilité de négocier sur les niveaux des consultations ponctuelles du CSE, l'articulation des consultations entre le niveau central et l'établissement est réglée par les dispositions générales relatives aux attributions du CSE central. Ainsi, le CSE central est seul consulté sur « les projets décidés au niveau de l'entreprise qui ne comportent pas de mesures d'adaptation spécifiques à un ou plusieurs établissements » (c. trav. art. L. 2316-1).

Le CSE central est, en toute hypothèse, informé et consulté sur les projets importants concernant l'entreprise (c. trav. art. L. 2316-2) :

- en matière économique et financière ;
- et en matière de santé, de sécurité et des conditions de travail.

→ Doubles consultations

24-5 Lorsqu'il y a lieu de consulter à la fois le CSE central et un ou plusieurs CSE d'établissement (c'est-à-dire sur les projets arrêtés au niveau de l'entreprise comportant des mesures d'adaptation spécifiques à un ou plusieurs établissements), un accord peut définir l'ordre et les délais dans lesquels le CSE central et le ou les CSE d'établissement rendent et transmettent leurs avis (c. trav. art. L. 2316-22). La Cour de cassation admet également qu'un accord collectif de droit commun ou un accord informel entre le comité et l'employeur peut modifier les délais de consultation (cass. soc. 8 juillet 2020, n° 19-10987 FPBRI).

À défaut d'accord, l'avis de chaque CSE d'établissement est rendu et transmis au CSE central au plus tard 7 jours avant la date à laquelle ce dernier est réputé avoir été consulté et avoir rendu un avis négatif (c. trav. art. L. 2316-22).

Le CSE qui considère que les éléments transmis sont insuffisants pour donner un avis en connaissance de cause peut saisir le juge avant l'expiration du délai de consultation mais plus au-delà (cass. soc. 27 mai 2020, n° 18-26483 FPB).

POINT DE VIGILANCE

Les délais réglementaires applicables au CSE d'entreprise sont applicables au CSE central (c. trav. art. R. 2312-6). C'est ainsi que pour l'ensemble des consultations pour lesquelles le code du travail n'a pas fixé de délai spécifique, à défaut d'accord, le CSE est réputé avoir été consulté et avoir rendu un avis négatif :

- à l'expiration d'un délai d'1 mois à compter de la date de communication des informations nécessaires ou de l'information par l'employeur de leur mise à disposition dans la base de données économiques et sociales ;
- le délai est porté à 2 mois en cas d'intervention d'un expert ;
- le délai est porté à 3 mois en cas d'intervention d'une ou plusieurs expertises dans le cadre de consultation se déroulant à la fois au niveau du CSE central et d'un ou plusieurs CSE d'établissement.

→ Recours à un expert

24-6 Un accord collectif peut déterminer le nombre d'expertises à réaliser dans le cadre des consultations récurrentes (c. trav. art. L. 2315-79).

Au-delà, le CSE central peut nommer un expert dans les mêmes conditions que le CSE d'entreprise lorsque les consultations sont menées à son niveau. C'est ainsi que le CSE central pourra nommer un expert pour les consultations sur les orientations stratégiques de l'entreprise et sa situation financière.

S'agissant des consultations ponctuelles, le CSE central effectue la désignation de l'expert lorsqu'elle est envisagée dans le cadre des projets importants (en matière économique et financière ou en matière de santé, de sécurité et des conditions de travail) (c. trav. art. L. 2316-2 et L. 2316-3).

Sur le financement des expertises, (voir § 24-14).

→ Attributions sociales et culturelles

24-7 Les CSE d'établissement assurent et contrôlent la gestion de toutes les activités sociales et culturelles (ASC). Un accord collectif majoritaire d'entreprise peut toutefois définir les compétences respectives du CSE central et des CSE d'établissement (c. trav. art. L. 2316-23 et, par renvoi, L. 2232-12, 1er al.).

Dans ce cas, le transfert de la gestion d'ASC au CSE central nécessite la conclusion d'une convention entre les CSE d'établissement et le CSE central (c. trav. art. L. 2316-23).

Cette convention doit comporter a minima les clauses suivantes (c. trav. art. D. 2316-7) :

- la description de l'activité ou des activités dont la gestion est transférée au CSE central ;
- le financement du transfert pour chaque année d'exécution de la convention ;
- le cas échéant, la liste des biens, moyens matériels et humains mis à la disposition du CSE central pour chaque année d'exécution de la convention ;
- les modalités de financement de ce transfert pour chaque année d'exécution de la convention ;
- les modalités d'accès à l'activité ou aux activités transférées par les salariés des établissements concernés ;
- la durée de la convention et sa date d'entrée en vigueur ;
- les modalités de révision et de dénonciation de la convention.

POINT DE VIGILANCE

Dans le domaine des activités sociales et culturelles, le CSE central qui gère les activités communes qui lui ont été confiées par les CSE d'établissement, n'a, en la matière, ni attributions réservées, ni dotation financière propre (voir § 35-20).

Sur le montant global de la subvention ASC (voir § 39-11) et sur la répartition du budget entre les CSE d'établissement (voir § 39-17).

FONCTIONNEMENT DU CSE CENTRAL

→ Organisation interne

24-8 **Personnalité civile.** Le CSE central est doté de la personnalité civile (c. trav. art. L. 2316-13).

24-9 **Bureau du CSE central.** Le CSE central est présidé par l'employeur ou son représentant, assisté éventuellement de 2 collaborateurs qui ont voix consultative (c. trav. art. L. 2316-13).

Le comité désigne un secrétaire et un secrétaire adjoint en charge des attributions en matière de santé, sécurité et des conditions de travail, nécessairement désignés parmi les membres titulaires du CSE central (c. trav. art. L. 2316-13).

EN PRATIQUE

Bien que la partie législative du code du travail n'y fasse pas mention, la partie réglementaire du code du travail souligne que le trésorier du CSE central est, comme par le passé, désigné parmi ses membres titulaires (c. trav. art. R. 2316-3).

24-10 **Règlement intérieur.** Chaque CSE central est tenu d'établir un règlement intérieur déterminant les modalités de son fonctionnement et de ses rapports avec les salariés de l'entreprise pour l'exercice de ses missions (c. trav. art. L. 2316-14).

→ Réunions du CSE central

24-11 Le CSE central d'entreprise se réunit au moins une fois tous les 6 mois au siège de l'entreprise sur convocation de l'employeur qui établit l'ordre du jour avec le secrétaire (c. trav. art. L. 2316-15). Une convention ou un accord collectif peut, toutefois, prévoir une périodicité plus courte.

Le CSE central peut tenir des réunions exceptionnelles à la demande de la majorité de ses membres (c. trav. art. L. 2316-15).

Le recours à la visioconférence pour ces réunions peut être autorisé par accord entre l'employeur et les membres élus du comité. En l'absence d'accord, ce recours est limité à 3 réunions par année civile (c. trav. art. L. 2316-16). Ces réunions se déroulent dans des conditions identiques à celles prévues pour le CSE (c. trav. art. D. 2316-8 et, par renvoi, D. 2315-1) (voir § 37-35).

L'ordre du jour des réunions du CSE central est arrêté par le président et le secrétaire. Il doit être communiqué aux membres 8 jours au moins avant la séance. Les consultations rendues obligatoires par une disposition législative ou réglementaire ou par un accord collectif de travail y sont inscrites de plein droit (c. trav. art. L. 2316-17).

Les séances du CSE central doivent normalement se tenir au siège de l'entreprise (c. trav. art. L. 2316-15). Toutefois, une réunion pourrait être tenue dans l'un des établissements, à condition que le choix de cet établissement n'implique ni une volonté discriminatoire à l'égard des représentants du personnel, ni l'intention de paralyser le fonctionnement du CSE central.

Les décisions du CSE central portant sur ses modalités de fonctionnement et l'organisation de ses travaux ainsi que ses résolutions doivent être adoptées à la majorité des membres présents (c. trav. art. L. 2316-14, al. 2).

POINT DE VIGILANCE

Le code du travail ne prévoit pas de crédit d'heures spécifique en faveur des élus au CSE central (voir § 38-11).

→ Commissions

24-12 **CSSCT centrale.** Une commission santé, sécurité et conditions de travail centrale (CSSCT centrale) est mise en place dans les entreprises d'au moins 300 salariés dans les mêmes conditions que la CSSCT (c. trav. art. L. 2316-18).

La commission doit, en conséquence, être mise en place (c. trav. art. L. 2315-36) :

- dans les entreprises d'au moins 300 salariés, au niveau central ;
- dans établissements distincts d'au moins 300 salariés ;
- dans les établissements présentant des risques particuliers.

La CSSCT peut également être installée dans les entreprises multi-établissement de moins de 300 salariés (c. trav. art. L. 2315-43 et L. 2315-44) :

- accord collectif majoritaire (au sens du premier alinéa de l'article L. 2232-12) ;
- en l'absence de délégué syndical, par accord entre l'employeur et le CSE et adopté à la majorité des membres titulaires élus de la délégation du personnel ;
- en l'absence d'accord, par décision unilatérale.

L'inspecteur du travail peut également imposer la création d'une telle commission lorsque cette mesure est nécessaire, notamment en raison de la nature des activités, de l'agencement ou de l'équipement des locaux (c. trav. art. L. 2315-37).

POINT DE VIGILANCE

Dans les entreprises multi-établissements, se pose la question de l'identité des parties à un accord conclu pour installer une CSSCT dans les entreprises dont l'effectif est inférieur à 300 salariés. En l'absence de précision dans le code du travail ou dans les Q/R CSE du ministère du Travail (actualisée le 17 janvier 2020), la commission doit, à notre avis, être installée par un accord :
- avec les délégués syndicaux centraux, s'ils existent ;
- avec les élus titulaires de la délégation du personnel au CSE central, dans le cas contraire.

24-13 **Commission des marchés.** Une commission des marchés doit être mise en place au niveau central lorsque sont dépassés, pour au moins 2 des trois critères, les seuils suivants (c. trav. art. D. 2315-29) :

- › le nombre de 50 salariés à la clôture d'un exercice ;
- › 3 100 000 euros pour le montant hors taxes du chiffre d'affaires ou des ressources ;
- › 1 550 000 euros pour le total du bilan ; celui-ci est égal à la somme des montants nets des éléments d'actif.

RESSOURCES DU CSE CENTRAL

24-14 **Budget AEP.** Le code du travail n'a pas prévu de budget AEP (budget de fonctionnement) pour le CSE central. Dans les entreprises comportant plusieurs CSE d'établissement, le budget AEP du CSE central est déterminé par accord entre ce dernier et les CSE d'établissement (c. trav. art. 2315-62). À défaut, il faut appliquer les dispositions de la convention de branche. En leur absence, le tribunal judiciaire fixe le montant de la subvention de fonctionnement que doit rétrocéder chaque CSE d'établissement au CSE central en vue de constituer le budget AEP de fonctionnement de ce dernier (c. trav. art. R. 2315-32).

POINT DE VIGILANCE

Les accords prévoient le plus souvent la prise en charge des frais courants du CSE central. Reste à savoir si cette prise en charge sera suffisante pour couvrir les éventuels experts diligentés par le CSE central pour assurer ses prérogatives dans le domaine de la santé au travail (c. trav. art. L. 2316-2 et L. 2316-3) (voir § 24-6). À défaut, il appartiendra, à notre avis, à l'employeur de financer la totalité des honoraires de l'expert (voir § 41-36).

24-15 **Budget ASC.** Dans les entreprises multi-établissements, le montant global du budget versé par l'employeur pour financer les ASC du comité doit être calculé au niveau de l'entreprise et non au niveau des établissements. La répartition du budget ASC entre les CSE d'établissement est fixée par un accord d'entreprise au prorata des effectifs des établissements ou de leur masse salariale ou de ces deux critères combinés. À défaut d'accord, cette répartition est effectuée au prorata de la masse salariale de chaque établissement (c. trav. art. L. 2312-82) (voir § 39-17).

24-16

OBLIGATIONS COMPTABLES

Le CSE central est soumis aux mêmes obligations comptables que le CSE avec toutefois quelques adaptations (c. trav. art. L. 2316-19) (voir §§ 40-1 et s.).

Pour apprécier le type de comptabilité à appliquer, il faut prendre en compte la somme des ressources versées par les CSE d'établissement et des ressources que le CSE central reçoit en propre (c. trav. art. D. 2316-4). Les comptes annuels ou les documents simplifiés doivent être communiqués au CSE central 8 jours au moins avant la séance d'approbation (c. trav. art. D. 2316-5).

Le coût de la certification des comptes annuels et celui de la mission de présentation des comptes par l'expert sont pris en charge par le CSE central sur les sommes versées par les CSE d'établissement au titre de son fonctionnement (c. trav. art. D. 2316-6).

Comité social et économique d'établissement

PRINCIPE

24-17 La présence d'une représentation spécifique du personnel à l'échelle de l'établissement distinct a été maintenue par les dispositions de la loi du 29 mars 2018. Dans les entreprises à structure complexe doivent alors être distinguées celles dont l'effectif n'atteint pas 50 salariés et celles qui dépassent ce seuil.

Les prérogatives complètes accordées au CSE sont exercées par les seuls CSE d'établissement d'une entreprise d'au moins 50 salariés (voir § 24-18).

ATTRIBUTIONS DU CSE D'ÉTABLISSEMENT

→ Règles générales

24-18 Dans les entreprises d'au moins 50 salariés, les CSE d'établissement sont dotés de la personnalité civile (c. trav. art. L. 2316-25) (voir § 23-15). Rappelons qu'en toute hypothèse, la mise en place de CSE d'établissement et d'un CSE central n'est obligatoire que dans les entreprises employant au moins 50 salariés (voir § 24-1).

À titre général, la détermination des attributions du CSE d'établissement se fait en partie par renvoi à celles du CSE d'entreprise (c. trav. art. L. 2316-20).

EN PRATIQUE

Le CSE d'établissement (c. trav. art. L. 2316-20) :
– possède les mêmes attributions que le CSE d'entreprise, dans la limite des pouvoirs confiés au chef de cet établissement ;
– est consulté sur les mesures d'adaptation des décisions arrêtées au niveau de l'entreprise spécifiques à l'établissement et qui relèvent de la compétence du chef de cet établissement.

→ Rôle consultatif

24-19 Lorsqu'il y a lieu de consulter à la fois le CSE central et un ou plusieurs CSE d'établissement, un accord peut en définir les modalités. À défaut, l'avis de chaque CSE d'établissement est rendu et transmis au CSE central 7 jours avant à laquelle ce dernier est réputé avoir été consulté et avoir rendu un avis négatif (c. trav. art. L. 2316-22 et R. 2312-6).

En l'absence de groupe ou d'entreprise déterminant les modalités des consultations récurrentes du CSE, seule la consultation sur la politique sociale de l'entreprise est menée au niveau central ainsi qu'au niveau de l'établissement lorsque sont prévues des mesures d'adaptation spécifiques à ces établissements (c. trav. art. L. 2312-22).

En revanche, s'agissant des consultations ponctuelles, le CSE d'établissement est seul consulté sur les projets décidés au niveau de l'établissement.

La double consultation du niveau central et de l'établissement est réservée aux projets arrêtés au niveau de l'entreprise comportant des mesures d'adaptation spécifiques à un ou plusieurs établissements.

Le CSE d'établissement est soumis aux mêmes délais de consultation que le CSE d'entreprise. L'ordre du jour doit ainsi être transmis aux membres 3 jours avant la réunion (c. trav. art. L. 2315-30), alors que l'avis de ses membres doit être rendu, à défaut d'accord sur la question, dans un délai d'un mois, porté à 2 mois en cas d'intervention d'un expert (c. trav. art. R. 2312-6).

→ Recours à un expert

24-20 Le CSE d'établissement peut faire appel à un expert lorsqu'il est compétent (c. trav. art. L. 2316-21) (voir § 24-19). Le droit du CSE central d'être assisté pour l'examen annuel de la situation économique et financière de l'entreprise ne prive pas le CSE d'établissement du droit d'être assisté par un expert-comptable afin de lui permettre de connaître la situation économique, sociale et financière de l'établissement dans l'ensemble de l'entreprise et par rapport aux autres établissements avec lesquels il doit pouvoir se comparer (cass. soc. 11 mars 2020, n° 18-26138 D).

→ Attributions sociales et culturelles

24-21 Le CSE central assure la gestion des activités sociales et culturelles (ASC) de l'entreprise, à titre d'exception et par accord collectif.

À défaut d'accord, ces questions sont, en conséquence, traitées à l'échelle de l'établissement, et dévolues au CSE d'établissement. Les CSE d'établissement assurent et contrôlent la gestion de toutes les ASC (c. trav. art. L. 2316-23).

COMPOSITION ET FONCTIONNEMENT

24-22 La composition des CSE d'établissement est identique à celle du CSE d'entreprise (c. trav. art. L. 2316-24) (voir §§ 6-1 et s.). Il en est de même de son fonctionnement (c. trav. art. L. 2316-26).

Règlement intérieur du CSE

1 RÈGLEMENT OBLIGATOIRE POUR LES CSE D'UNE ENTREPRISE ≥ 50 SALARIÉS

RÉDACTION DU RÈGLEMENT INTÉRIEUR

PROJET ÉTABLI PAR LE SECRÉTAIRE DU CSE

PROJET DISCUTÉ EN RÉUNION PLÉNIÈRE DU CSE PAR LES MEMBRES DU CSE ET L'EMPLOYEUR

ADOPTION DU RÈGLEMENT INTÉRIEUR

VOTE À LA MAJORITÉ DES ÉLUS TITULAIRES PRÉSENTS DU CSE (= LA MOITIÉ + 1)

2 CONTENU DU RÈGLEMENT INTÉRIEUR

CLAUSES OBLIGATOIRES

- MODALITÉS DE VOTE, D'AFFICHAGE OU DE DIFFUSION DES PV DES RÉUNIONS
- MODALITÉS DE FONCTIONNEMENT DE LA COMMISSION SANTÉ, SÉCURITÉ ET CONDITIONS DE TRAVAIL (CSSCT) (EN L'ABSENCE D'ACCORD COLLECTIF)
- MODALITÉS DE L'ÉTABLISSEMENT DES COMPTES DU CSE
- MODALITÉS DE PRÉSENTATION DU RAPPORT D'ACTIVITÉ ET DE GESTION DU CSE
- MODALITÉS DE FONCTIONNEMENT DE LA COMMISSION DES MARCHÉS DU CSE (LE CAS ÉCHÉANT)

CLAUSES FACULTATIVES

- MODALITÉS DE DÉSIGNATION DU BUREAU DU CSE
- ATTRIBUTIONS DU BUREAU DU CSE
- MODALITÉS DE LA SUPPLÉANCE (EX. HEURES DE DÉLÉGATION POUR LES ÉLUS SUPPLÉANTS)
- MODALITÉS LIÉES AUX RÉUNIONS (CONVOCATION, ORDRE DU JOUR, ETC.)
- MODALITÉS DE COMMUNICATION AVEC LES SALARIÉS
- ACCÈS INTERNET/INTRANET DU CSE
- ETC.

MENTIONS INTERDITES

CLAUSES CONTRAIRES À L'ORDRE PUBLIC

CLAUSES IMPOSANT À L'EMPLOYEUR DES OBLIGATIONS SUPÉRIEURES AUX OBLIGATIONS LÉGALES (SAUF ACCORD DE L'EMPLOYEUR)

CLAUSES PORTANT ATTEINTE AUX DROITS DES SALARIÉS

Revue Fiduciaire | BARTHÉLEMY AVOCATS

25 Règlement intérieur du CSE

Règlement spécifique au CSE 25-1

CSE concernés
- Document obligatoire dans les entreprises d'au moins 50 salariés.... 25-2
- Document facultatif dans une entreprise de moins de 50 salariés 25-3

Mise en œuvre du règlement intérieur
- Rédaction par le CSE........................ 25-4
- Contenu du règlement intérieur..... 25-5

Adoption et valeur juridique du règlement intérieur du CSE
- Adoption du règlement intérieur.... 25-9
- Entrée en vigueur 25-10
- Durée de validité............................ 25-11
- Force obligatoire 25-12
- Contrôle du règlement intérieur... 25-13

Modification du règlement intérieur du CSE............................. 25-15

Règlement spécifique au CSE

25-1 Le CSE détermine, dans un règlement intérieur, les modalités de son fonctionnement et celles de ses rapports avec les salariés de l'entreprise, pour l'exercice de ses missions (c. trav. art. L. 2315-24).

Destiné à combler les lacunes de la loi sans pour autant la modifier, le règlement intérieur du CSE est tout simplement un document qui organise la vie interne de ce comité.

L'idée est ainsi de prévoir comment le comité fonctionnera au quotidien.

À NOTER Compte tenu de la similitude des textes en la matière, la jurisprudence et les réponses administratives rendues à propos des IRP précédemment en place gardent, à notre avis, toute leur valeur. Les arrêts et réponses indiqués dans nos développements ci-après sont donc, en toute vraisemblance, transposables au CSE.

CSE concernés

DOCUMENT OBLIGATOIRE DANS LES ENTREPRISES D'AU MOINS 50 SALARIÉS

25-2 La rédaction d'un règlement intérieur est obligatoire pour tout CSE d'une entreprise d'au moins 50 salariés (c. trav. art. L. 2315-24).

Lorsque le CSE n'établit pas de règlement intérieur déterminant les modalités de son fonctionnement, seule une délégation spéciale donnée par le CSE peut habiliter une personne à exercer le pouvoir disciplinaire à l'égard des salariés du comité (cass. soc. 12 juillet 2006, n° 04-47737, BC V n° 255).

- **Pas de veto de l'employeur.** L'employeur ne peut pas s'opposer à la décision du CSE d'adopter un règlement intérieur. S'il n'est pas d'accord, il doit saisir le juge.

- **Entreprise d'au moins 50 salariés avec établissements distincts.** La rédaction d'un règlement intérieur est obligatoire pour le CSE central (c. trav. art. L. 2316-14). Celui-ci doit rédiger son propre règlement intérieur qui n'a pas vocation à régir le fonctionnement des CSE d'établissement. En cas de pluralité de comités d'établissement au sein d'une même entreprise, rien n'oblige ces comités à adopter un règlement intérieur identique. Ainsi, chaque comité d'établissement peut se doter d'un règlement intérieur correspondant à ses besoins de fonctionnement et à ses spécificités. Attention, les attributions des CSE d'établissement sont définies en fonction de l'effectif de l'entreprise et non de l'établissement (c. trav. art. L. 2312-1). En conséquence, dans une entreprise d'au moins 50 salariés comportant des établissements distincts, si l'un d'entre eux a un effectif inférieur à 50 salariés, le CSE de cet établissement sera tenu de se doter d'un règlement intérieur.

EN PRATIQUE

Aucune sanction civile ni pénale n'est toutefois prévue en cas d'absence de règlement intérieur.

DOCUMENT FACULTATIF DANS UNE ENTREPRISE DE MOINS DE 50 SALARIÉS

25-3 La rédaction d'un règlement intérieur d'un CSE d'une entreprise d'au moins 11 salariés et moins de 50 est facultative. Il est toutefois conseillé d'en rédiger un en vue d'arrêter certaines modalités de fonctionnement.

Mise en œuvre du règlement intérieur

RÉDACTION PAR LE CSE

25-4 Contrairement au règlement intérieur de l'entreprise qui est rédigé unilatéralement par l'employeur, le règlement intérieur du CSE est élaboré en commun par ses membres, y compris par l'employeur.

EN PRATIQUE

Le secrétaire établit un projet qui fait ensuite l'objet d'une discussion en réunion plénière.

CONTENU DU RÈGLEMENT INTÉRIEUR

→ Liberté relative de rédaction

25-5 Pour exercer ses missions légales, le CSE doit définir dans le règlement intérieur les modalités (c. trav. art. L. 2315-24) :

- › de son fonctionnement ;
- › de ses rapports avec les salariés de l'entreprise.

Le règlement du CSE peut également compléter la loi, à condition toutefois de ne pas contenir des dispositions contraires aux textes légaux d'ordre public et de rester dans le cadre des attributions du CSE.

POINT DE VIGILANCE

La négociation doit être privilégiée pour fixer, dans le respect des dispositions d'ordre public, les modalités de mise en place et de fonctionnement notamment de la commission santé, sécurité et conditions de travail (CSSCT) (voir § 32-10). En effet, ce n'est qu'en l'absence d'accord qu'il revient au règlement intérieur du CSE de définir ces modalités (c. trav. art. L. 2315-44).

S'agissant d'un modèle de règlement intérieur, voir § 25-16.

→ Clauses obligatoires

25-6 Le règlement intérieur du CSE doit prévoir les clauses suivantes :

- les modalités de vote, d'affichage ou de diffusion des P-V des réunions du CSE (c. trav. art. L. 2315-35) ;
- en l'absence d'accord collectif ou d'accord avec le CSE, les modalités de fonctionnement de la commission santé, sécurité et conditions de travail (CSSCT) (c. trav. art. L. 2315-36 et L. 2315-44) ;
- lorsque la commission des marchés est obligatoire (voir § 33-4), les modalités de son fonctionnement, la désignation de ses membres, leur nombre et la durée de leur mandat ainsi que le choix des fournisseurs et prestataires du CSE (c. trav. art. L. 2315-44-3, L. 2315-58 et L. 2315-59) ;
- les modalités d'arrêté des comptes annuels du CSE (c. trav. art. L. 2315-68) ;
- les modalités d'établissement du rapport présentant les informations qualitatives sur ses activités et sur sa gestion financière (c. trav. art. L. 2315-69).

POINT DE VIGILANCE

Le règlement intérieur du CSE n'a plus le même rôle que par le passé en particulier en matière de mise en place des commissions du comité.

En premier lieu, avec la hiérarchie des règles issues des ordonnances Macron (ordre public/ règles négociables/ règles supplétives), il n'y a plus que 2 commissions d'ordre public : la commission santé, sécurité et conditions de travail (CSSCT) et la commission des marchés. Auparavant, toutes les commissions étaient d'ordre public.

En second lieu, la décision de mise en place et les modalités de fonctionnement des autres commissions ne peuvent être prévues que par accord collectif majoritaire. À défaut, ce sont les dispositions supplétives du code du travail qui s'appliquent et non le règlement intérieur.

En conséquence, le rôle du règlement intérieur du CSE relatif aux commissions est limité aux modalités de fonctionnement des 2 commissions d'ordre public mais pour la CSSCT uniquement à défaut d'accord collectif majoritaire et de précisions en la matière.

Pour plus de détails sur les commissions, (voir §§ 32-1 et s. et §§ 33-1 et s.).

→ Clauses facultatives

25-7 Sous réserve de deux types de limite (voir § 25-8), le règlement intérieur du CSE peut comporter en particulier des clauses relatives (c. trav. art. L. 2315-24) :

- aux attributions du secrétaire et, éventuellement, celles du secrétaire adjoint ;
- aux attributions du trésorier et, éventuellement, celles du trésorier adjoint (dont les règles applicables en cas de partage des voix au moment de son élection) avec la délimitation des missions du trésorier (engagement des dépenses, signature des chèques, fonctionnement des comptes bancaires) ;
- aux modalités de la suppléance (sachant qu'en principe, les membres suppléants n'assistent aux réunions du CSE qu'en l'absence du membre titulaire) (c. trav. art. L. 2314-1 et L. 2314-37 ; Q/R 87, CSE, 117 questions/réponses du ministère du travail, 17 janvier 2020) ;
- aux questions concernant les réunions (convocation, établissement de l'ordre du jour, suspension de séance, délai de communication des documents, modalités de vote, détermination de la majorité pour les réunions supplémentaires) ;
- aux questions relatives aux procès-verbaux (conditions d'établissement, délais de transmission, publicité ou diffusion) ;
- aux règles applicables en cas de vote et d'élection interne ;
- aux questions concernant le local, le matériel, les frais de déplacement, l'accès Internet/intranet ;
- à l'exercice du droit de circulation des élus du CSE dans l'entreprise ;
- à la fréquence des permanences ;
- à l'organisation de réunions d'information ;
- etc.

EN PRATIQUE

Chaque CSE est confronté à des difficultés propres, d'où l'intérêt d'établir un règlement intérieur sur mesure.

→ Accord de l'employeur exigé pour certaines clauses

25-8 Le règlement intérieur du CSE est encadré par certaines limites.

Sauf accord de l'employeur, un règlement intérieur ne peut comporter des clauses lui imposant des obligations ne résultant pas de dispositions légales (c. trav. art. L. 2315-24). Ce faisant, cette règle s'inscrit dans la droite ligne de la jurisprudence (cass. soc. 15 janvier 2013, n° 11-28324, BC V n° 9 ; cass. soc. 8 octobre 2014, n° 13-17133 D).

Par accord de l'employeur, il faut comprendre un engagement unilatéral qu'il peut dénoncer en respectant deux règles (c. trav. L. 2315-24) :

- respect d'un délai raisonnable ;
- information préalable des membres de la délégation du personnel du CSE.

EXEMPLE Un règlement intérieur ne peut pas :
– proroger automatiquement le mandat des élus sortants (cass. soc. 13 juin 1990, n° 89-60974 D) ;
– soumettre la validité des délibérations du comité à l'atteinte d'un quorum, telle leur approbation par les deux tiers de ses membres (cass. soc. 30 novembre 1994, n° 93-12843 D) ;

– imposer les dates de réunion du comité (cass. soc. 15 janvier 2013, n° 11-28324, BC V n° 9) ;
– interdire au président du comité de voter lors de la désignation du secrétaire et du trésorier (cass. soc. 25 septembre 2013, n° 12-14489 D).

POINT DE VIGILANCE

Le règlement intérieur du CSE ne peut pas porter atteinte aux droits des salariés. À titre d'exemple, un règlement intérieur ne peut pas plafonner les frais de déplacement engagés pour assister un collègue à un entretien préalable (cass. soc. 11 avril 2012, n° 11-14476, BC V n° 121).

Adoption et valeur juridique du règlement intérieur du CSE

ADOPTION DU RÈGLEMENT INTÉRIEUR

25-9 Le règlement intérieur doit être adopté par le CSE et, à cet effet, faire l'objet d'un vote. En l'absence de règle spécifique, le vote doit se dérouler dans les conditions d'une résolution, c'est-à-dire point par point et adopté à la majorité des élus titulaires présents (c. trav. art. L. 2315-32)(voir § 37-41). Pour rappel, les suppléants n'assistent aux réunions que s'ils remplacent un titulaire (sauf accord plus favorable sur ce point) (c. trav. art. L. 2314-1) (voir § 37-28).

EN PRATIQUE

La décision d'adopter un règlement intérieur est, en principe, mise à l'ordre du jour de la première réunion du CSE (voir § 37-2).

POINT DE VIGILANCE

L'employeur, en tant que président, est habilité à participer au vote pour l'adoption du règlement intérieur du CSE. Il s'agit d'une question d'organisation interne et non d'une consultation des membres élus du CSE en tant que délégation du personnel (pour laquelle l'employeur n'est pas autorisé à prendre part au vote) (rép. n° 17698, JO 16 février 1987, AN quest. p. 835 ; c. trav. art. L. 2315-32).

ENTRÉE EN VIGUEUR

25-10 Le règlement intérieur du CSE entre en vigueur dès lors qu'il a été adopté par un vote régulier (voir § 25-9). Aucune formalité supplémentaire n'est nécessaire.

DURÉE DE VALIDITÉ

25-11 Aucun texte ne mentionne la durée de validité des règlements intérieurs des CSE. Les dispositions du règlement intérieur sont, en conséquence, applicables tant qu'elles n'ont pas fait l'objet d'une modification ou d'une abrogation.

• **Raison sociale de l'entreprise.** Le changement de dénomination sociale d'une entreprise ne rend pas caduc le règlement intérieur de son comité (cass. soc. 2 mai 1989, n° 87-41828 D).

EN PRATIQUE

Le règlement intérieur peut être adopté pour une durée indéterminée ou déterminée. Dans ce dernier cas, le CSE peut avoir prévu, dans l'une des clauses du règlement intérieur, de décider, lors de chaque réélection du CSE, de son maintien ou de son changement.

FORCE OBLIGATOIRE

25-12 Régulièrement adopté, le règlement constitue la loi du CSE. Il s'impose à tous les membres du CSE (élus ou désignés) et également à l'égard de l'employeur, en tant que président du CSE.

L'employeur est, en conséquence, tenu de respecter les dispositions du règlement intérieur tant qu'il n'en a pas obtenu l'annulation par le juge judiciaire (voir § 25-13). À défaut, il peut être poursuivi devant la juridiction pénale pour délit d'entrave au fonctionnement régulier du comité (cass. crim. 8 juin 1995, n° 93-83785, B. crim. n° 210).

Une fois acceptées, les clauses du règlement intérieur par lesquelles l'employeur a accordé des avantages supplémentaires aux membres du CSE ont valeur d'engagement unilatéral. Ainsi, un tel engagement ne peut être dénoué qu'en respectant les règles de dénonciation d'un usage.

Le non-respect d'une disposition du règlement intérieur autorise les élus à agir en justice pour obtenir l'application de cette disposition (cass. soc. 9 mai 1989, n° 86-42166 D).

POINT DE VIGILANCE

Le règlement intérieur ne peut toutefois pas imposer à l'employeur, sans son accord, des charges financières ou matérielles supérieures à celles prévues par la loi, ni des obligations qui ne découlent pas de la loi (voir § 25-8).

CONTRÔLE DU RÈGLEMENT INTÉRIEUR

→ Contrôle judiciaire

25-13 Le contrôle du règlement intérieur du CSE est opéré par le tribunal judiciaire. Le juge peut annuler une disposition du règlement si elle est contraire aux lois ou aux principes généraux du droit.

Seuls les membres du CSE ont la faculté d'y apporter des modifications (voir § 25-15).

À NOTER Un salarié peut contester la légalité du règlement intérieur du CSE qui lui fait grief (cass. soc. 11 avril 2012, n° 11-14476, BC V n° 121).

→ Pas de contrôle administratif

25-14 Contrairement au règlement intérieur de l'entreprise, l'inspection du travail n'exerce aucun contrôle de droit sur le règlement intérieur du CSE.

EN PRATIQUE

Si le CSE n'a aucune obligation de le transmettre à l'inspecteur du travail, celui-ci peut cependant être de bon conseil.

Modification du règlement intérieur du CSE

25-15 En l'absence de règle légale spécifique, le règlement intérieur du CSE peut être modifié à tout moment, et ce, par une nouvelle délibération du CSE, selon les mêmes formes que celles qui ont présidé à son adoption. Il est toutefois nécessaire de s'assurer que le règlement intérieur ne comporte pas de clause aménageant les conditions de modification.

POINT DE VIGILANCE

L'employeur ne peut en aucun cas modifier unilatéralement une clause du règlement intérieur. Pour en contester la régularité, il lui appartient de saisir le tribunal judiciaire (voir § 25-13).

MODÈLE D'ACCORD

25 Règlement intérieur du CSE

Rédaction obligatoire dans une entreprise d'au moins 50 salariés

25-16 Le CSE d'une entreprise d'au moins 50 salariés doit établir un règlement intérieur (c. trav. art. L. 2315-24) (voir § 25-2).

Le principe de la rédaction d'un règlement intérieur doit être inscrit à l'ordre du jour de la première réunion du CSE et adopté par un vote du comité à la majorité des membres présents (à l'exclusion des suppléants, des représentants syndicaux et des collaborateurs assistants de l'employeur) (voir § 25-9).

EN PRATIQUE

Le modèle de règlement proposé ci-après doit être adapté à chaque CSE en fonction des spécificités de l'entreprise concernée. Pour chaque clause, il conviendra de se reporter aux développements contenus dans ce guide afin de vérifier si l'adaptation envisagée est conforme aux textes.

POINT DE VIGILANCE

Les règles de fonctionnement du CSE pouvant faire l'objet de négociation, le projet de règlement intérieur doit, en conséquence, être conforme aux éventuelles règles négociées.

Modèle

En présence des membres titulaires (MM. ...) (1), éventuellement des membres suppléants (MM. ...) appelés à remplacer les élus titulaires suivants (MM. ...) et des représentants syndicaux (MM. ...), le comité social et économique de la société ... a adopté, en date du ..., sous la présidence de (M. ... qualité), le règlement intérieur suivant :

CONSTITUTION DU BUREAU ET DÉSIGNATIONS DIVERSES

Article 1 - Présidence

Le comité social et économique (CSE) est présidé par l'employeur ou son représentant muni d'une délégation de pouvoirs.

Article 2 - Bureau et attributions des membres du bureau

Bureau du CSE

Le bureau du CSE est constitué d'un :

- secrétaire ;
- trésorier ;
- secrétaire-adjoint ;
- et d'un trésorier-adjoint.

Le secrétaire et le trésorier doivent être choisis parmi les membres élus titulaires du CSE (2). Leur désignation doit s'effectuer selon les modalités des élections internes prévues à l'article 9.

Le CSE peut désigner un secrétaire adjoint et/ou un trésorier adjoint, choisis parmi les membres élus et chargés de remplacer le secrétaire et/ou le trésorier en vue d'intervenir en cas d'absence ponctuelle ou définitive du secrétaire et/ou trésorier. Ces désignations s'effectueront selon les modalités prévues à l'article 9.

Attributions des membres du bureau du CSE

• **Le secrétaire** établit l'ordre du jour avec l'employeur. Il établit seul les comptes rendus des délibérations du CSE (c. trav. art. L. 2315-34 et R. 2315-25). Il procède (ou fait procéder) également à l'affichage ou à la diffusion dans l'entreprise du procès-verbal, une fois que ce dernier a été adopté, selon les modalités du règlement intérieur (voir ci-après).

Le secrétaire doit assurer la gestion quotidienne du CSE. À ce titre, il doit notamment effectuer, en dehors des réunions, le suivi des délibérations prises par le CSE, conserver les archives, (compléter, etc.). Il doit d'ailleurs rendre compte périodiquement de son activité au comité. Il s'occupe de la correspondance du comité, pour laquelle il est protégé par le secret de la correspondance (c. pén. art. 226-15).

Le secrétaire s'occupe du règlement des factures et de la tenue des comptes du CSE en cas d'absence du trésorier et faute d'un trésorier adjoint.

En raison du rôle prééminent du secrétaire, le CSE peut décider de désigner un secrétaire adjoint, chargé d'assister le secrétaire dans l'exercice quotidien de ses tâches. Il peut le remplacer en cas d'absence temporaire. Une nouvelle élection du secrétaire doit avoir lieu en cas d'absence définitive.

• **Le secrétaire adjoint** remplacera immédiatement le secrétaire en cas d'empêchement ou de démission de celui-ci jusqu'à son retour ou jusqu'à l'élection d'un nouveau secrétaire.

• **Le trésorier** est chargé d'ouvrir, au nom du CSE, un compte bancaire ou postal. Il est également habilité à régler les factures du comité. À ce titre, il bénéficie comme le secrétaire du pouvoir de signature.

Le trésorier est responsable de la tenue des comptes et de la comptabilité en respectant les règles légales.

MODÈLE D'ACCORD

Sous réserve de la fixation de l'étendue de sa mission (à préciser), il a compétence notamment pour recevoir les subventions versées par l'employeur (budget AEP et budget ASC), gérer le patrimoine du comité et établir les projets de budgets de fonctionnement et des activités sociales et culturelles.

Le trésorier conserve l'ensemble des documents comptables. En effet, ceux-ci sont essentiels à l'établissement de la comptabilité. De plus, ils peuvent être réclamés par les membres du CSE à des fins de vérification de l'accomplissement de la mission du trésorier.

Le trésorier, responsable de l'utilisation des fonds, doit, au nom du comité, communiquer à tout membre qui en fait la demande les archives et les documents comptables.

· **Le trésorier adjoint** remplacera immédiatement le trésorier en cas d'empêchement ou de démission de celui-ci jusqu'à son retour ou jusqu'à l'élection d'un nouveau trésorier.

CONSTITUTION DE COMMISSIONS

Article 3 - Commissions santé, sécurité et conditions de travail (CSSCT) (en cas d'obligation de mise en place) (clause à prévoir en l'absence d'accord collectif ou avec le CSE)

En l'absence d'accord (collectif ou avec le CSE) définissant les modalités de mise en place et de fonctionnement de la CSSCT (lorsque cette commission est mise en place soit à titre obligatoire, soit à titre facultatif), le règlement intérieur doit préciser les modalités de fonctionnement de cette commission (c. trav. art. L. 2315-36 et L. 2315-44).

La commission est présidée par l'employeur ou son représentant. Elle est composée de ... membres représentants du personnel (dont au moins un du second collège ou, le cas échéant, du 3e collège).

Le médecin du travail, le responsable interne du service de sécurité et des conditions de travail, l'inspecteur du travail ainsi que les agents des services de prévention des organismes de sécurité sociale sont invités aux réunions de la commission.

En matière de santé, de sécurité et de conditions de travail, le CSE délègue à la commission les compétences suivantes : ... (préciser les missions déléguées). Ce faisant, le CSE conserve sa compétence consultative dans les domaines cités.

La CSSCT se réunit tous les ...

Le cas échéant, pour effectuer leurs missions, les membres de la commission bénéficient du crédit d'heure supplémentaire suivant : .. .

Le cas échéant, ils peuvent bénéficier d'une formation en santé, sécurité et conditions de travail selon les modalités suivantes : ... (préciser la durée et la prise en charge maximales). Une formation spécifique correspondant aux risques ou facteurs de risques particuliers, en rapport avec l'activité de l'entreprise peut être dispensée aux membres de la commission.

Article 4 - Commission des marchés (en cas de dépassement de certains seuils, voir § 33-4)

Créée par le CSE, la commission des marchés est composée de ... membres et d'un président. Les membres de cette commission doivent être choisis parmi les membres élus titulaires du CSE. Ils sont désignés selon les modalités suivantes ... (voir article 9) pour une durée de ...

La commission est chargée de : ... (préciser son rôle).

S'agissant des choix des fournisseurs et prestataires du CSE, elle doit informer le CSE tous les ... (tous les 3/6 ou 12 mois).

RÉUNIONS DU CSE

Article 5 - Convocation et ordre du jour

Sauf exception, l'ordre du jour est arrêté conjointement par le secrétaire et l'employeur. Les membres du CSE qui souhaitent demander l'inscription d'une question à l'ordre du jour sont tenus d'en informer le secrétaire ... jours avant la réunion.

L'ordre du jour est annexé à la convocation à la réunion, l'ensemble étant envoyé par l'employeur ... jours au moins (au minimum 3 jours calendaires) avant la réunion à chacun des membres titulaires et aux membres suppléants (3), aux représentants syndicaux au CSE, à l'inspecteur du travail ainsi qu'aux personnes éventuellement invitées aux réunions (3).

Cette convocation est adressée par ...

Un calendrier prévisionnel des réunions du CSE est mis en place en début de chaque année civile. Il doit indiquer les réunions consacrées aux sujets relevant de la santé, de la sécurité ou des conditions de travail. Il doit être communiqué à l'inspecteur du travail, au médecin du travail et à l'agent des services de prévention des organismes de sécurité sociale.

La date des réunions en la matière leur sera confirmée par écrit au moins ... avant la date prévue.

Article 6 - Élus suppléants

Les élus suppléants ne peuvent assister aux réunions du CSE qu'en l'absence des élus titulaires (c. trav. art. L. 2314-1).

Option Les élus suppléants peuvent assister à toutes les réunions du CSE (ou à ... réunions /an), indistinctement de la présence ou non des élus titulaires.

Article 7 - Assistance par des personnes extérieures

Indépendamment de la possibilité légale d'être assisté par 3 collaborateurs appartenant à la société, l'employeur peut inviter, sous réserve de l'accord à la majorité des membres du CSE, une personne extérieure au CSE à participer à tout ou partie de la réunion.

MODÈLE D'ACCORD

De même, indépendamment de la possibilité légale d'être assisté par des experts, les membres du CSE peuvent inviter, sous réserve de l'accord à la majorité des membres du CSE, une personne extérieure au CSE à participer à tout ou partie de la réunion.

Les personnes dont la présence est rendue obligatoire par le code du travail sont convoquées aux réunions sans nécessité d'un accord des membres du CSE.

Article 8 - Incidents et suspension de séance

L'employeur doit veiller à ce que l'ensemble des points de l'ordre du jour soit librement débattu par chacun. La séance peut toutefois être suspendue en cas de perturbations sérieuses des débats. En l'absence de règlement de l'incident, le procès-verbal en fera mention.

En cours de séance, les élus peuvent solliciter une suspension de séance à des fins de consultation et/ou de concertation ; l'heure de reprise de la séance est fixée à la majorité des membres du CSE.

Article 9 - Délibérations et désignations

Les membres élus titulaires sont les seuls membres du CSE qui votent.

Les votes prévus dans ce règlement intérieur se font à main levée. Toutefois, les votes s'effectuent à bulletins secrets :

- en cas de dispositions du code du travail le prévoyant (4) ;
- si un membre élu délibérant le demande ;
- pour les élections et les désignations.

En cas de vote à bulletins secrets, le dépouillement des bulletins de vote a lieu devant les membres présents et est effectué par ... (ex. : par le plus jeune et le plus âgé des élus).

L'adoption des désignations et élections auxquelles doit procéder le CSE (ex. : bureau) s'effectue à la majorité des voix valablement exprimées.

En cas de partage des voix, il est procédé à un second tour de scrutin. Si le partage des voix perdure lors de ce second scrutin, sera considéré comme élu ... (ex. : le plus âgé des candidats en départage).

L'adoption des décisions simples s'effectue à la majorité des suffrages exprimés (c'est-à-dire à la moitié des voix plus 1 ou plus de voix que les autres choix. Les abstentions, les votes blancs et nuls ne sont pas pris en compte).

L'adoption des résolutions s'effectue à la majorité des votants présents (les abstentions, les votes blancs et nuls sont assimilés à des votes contre).

En cas de partage des voix, il est procédé à un second tour de scrutin, le vote s'effectuant alors à bulletins secrets. Si le partage des voix perdure lors de ce second scrutin, la décision ou la résolution sera considérée comme rejetée.

Les votes ne sont pas soumis à un quorum, en conséquence les votes sont valables quel que soit le nombre de membres présents lors de la réunion.

Article 10 - Rédaction du procès-verbal

Conformément à l'accord du … (date) signé par l'employeur et la majorité des membres élus titulaires du CSE, le procès-verbal des réunions est rédigé par le secrétaire dans le délai de … jours à l'issue de la réunion.

À défaut d'accord signé portant sur le délai de rédaction du P-V : Le P-V des réunions est rédigé par le secrétaire dans un délai de 15 jours suivant la réunion à laquelle il se rapporte OU, si une nouvelle réunion est prévue dans ce délai de 15 jours, avant cette réunion.

Sous réserve de l'accord du CSE, le secrétaire peut, sous son entière responsabilité, se faire assister par une personne qui doit pouvoir assister aux réunions du CSE.

Les débats peuvent être enregistrés dès que la majorité du CSE est d'accord ou si l'employeur le décide. Les frais liés à cet enregistrement sont imputés sur le le budget AEP du CSE si le choix émane de ses membres et à celle de l'employeur si la décision émane de sa décision unilatérale.

Article 11 - Modalités de diffusion du procès-verbal

Dès son approbation, le procès-verbal de réunion est signé par le secrétaire et/ou le président. Le procès-verbal est diffusé dans un délai de … (jours suivant la réunion), selon les modalités suivantes … (affichage, mise en ligne sur le site intranet, etc.).

MOYENS DU CSE

Article 12 - Crédit d'heures

Élus titulaires

Le secrétaire dispose d'un crédit de …heures par mois pour l'exercice de ses fonctions.

Le trésorier dispose d'un crédit de … heures par mois pour l'exercice de ses fonctions.

Les élus titulaires du CSE peuvent, chaque mois, répartir entre eux et avec les membres suppléants le crédit d'heures dont ils disposent dès lors qu'ils ne dépassent pas au cours d'un mois une fois et demie ou plus leur crédit mensuel (c. trav. art. L. 2315-9 et R. 2315-5).

Élus suppléants

Afin de permettre aux élus suppléants de rester associés aux travaux du CSE, il est convenu d'accorder aux membres suppléants un crédit de … heures de délégation par mois. Comme pour les élus titulaires, les élus suppléants peuvent utiliser leur crédit sur l'année dès lors qu'ils ne dépassent pas au cours d'un mois une fois et demie ou plus leur crédit mensuel.

*Option*Ils peuvent également mutualiser ces heures entre eux ou avec les élus titulaires.

MODÈLE D'ACCORD

Article 13 - Budgets et modalités de versement

- Budget Budget AEP (budget de fonctionnement)

La subvention de fonctionnement (5) est versée au CSE en ... (une ou plusieurs) fois par an.

- Budget activité sociale et culturelle (ASC)

Lorsqu'elle est due, son montant est de ... % de la masse salariale brute (ou de ... euros par an). La subvention des activités sociales et culturelles (6) est versée en ... (une ou plusieurs) fois par an.

Article 14 - Frais de déplacement

Les frais de déplacement des membres du CSE, afférents aux réunions préparatoires décidées par le comité, sont pris en charge ... (totalement ou partiellement) par l'entreprise. Ils sont remboursés par le trésorier sur production de justificatifs.

Article 15 - Moyens matériels

L'entreprise ... met à la disposition du CSE :

- un local pour ses activités (à l'adresse ou à l'endroit suivant ...) ;
- le matériel de bureau nécessaire ;
- ... armoire(s) fermant à clé ;
- téléphone, accès Internet/intranet, etc.

Article 16 - Représentation en justice

Le CSE est doté de la personnalité civile. Il est représenté en justice par ... (nom et prénom) (7).

Article 17 – Salariés du CSE (le cas échéant)

Les salariés du CSE sont sous la responsabilité hiérarchique du secrétaire du comité ou, en cas d'absence de ce dernier, du trésorier du comité.

OBLIGATIONS COMPTABLES

Article 18- Obligations comptables (8)

Le rapport d'activités et de gestion financière du CSE est établi selon les modalités suivantes : ...

Les comptes annuels du CSE sont arrêtés selon les modalités suivantes : ...

Article 19 - Commission des marchés (le cas échéant)

La commission des marchés rend compte chaque année au CSE des choix des prestataires et fournisseurs du comité. Ce compte rendu indique pour chaque prestataire et fournisseur : la date de l'appel d'offres et son contenu, les modalités de sa diffusion, le nombre de réponses, les devis reçus et les critères de choix.

RÉFÉRENT HARCÈLEMENT SEXUEL ET AGISSEMENTS SEXISTES

Article 20 - Désignation

Un référent en matière de lutte contre le harcèlement sexuel et les agissements sexiste doit être désigné par le CSE parmi ses membres (9). Ce référent est chargé d'orienter, d'informer et d'accompagner les salariés en matière de lutte contre le harcèlement sexuel et les agissements sexistes. Le référent est désigné pour la durée de son mandat CSE.

DURÉE DU RÈGLEMENT INTÉRIEUR

Article 21 - Durée du règlement

Le présent règlement est conclu pour ... (une durée indéterminée ou la durée du mandat du comité).

Article 22 - Modification du règlement

Le règlement peut être modifié. La modification prévue à l'ordre du jour d'une réunion du CSE doit être approuvée comme une résolution selon les modalités prévues à l'article 9.

Le présent règlement intérieur ne saurait imposer à l'entreprise, sauf à obtenir son accord, des charges nouvelles, au-delà de ses obligations légales et conventionnelles en la matière.

Fait à ... (lieu), le ... (date)

M. ... (nom) M. ... (nom)

Le secrétaire Le président du CSE

... (signature) ... (signature)

(1) Lorsqu'un accord collectif (avec le délégué syndical ou, à défaut, avec le CSE) valide la présence des membres élus suppléants aux réunions du CSE, il convient de compléter la phrase introductive ainsi :
En présence des membres titulaires (MM. ...), des membres suppléants (MM. ...) et des représentants syndicaux (MM. ...), le CSE de la société ... a adopté, en date du ..., sous la présidence de (M. ... qualité),
(2) Le trésorier doit être choisi parmi les élus titulaires du CSE (c. trav. art. L. 2315-23).
(3) L'ordre du jour doit être communiqué aux membres du CSE au moins 3 jours avant la réunion (c. trav. art. L. 2315-28 à L. 2315-31). Il doit être également envoyé aux suppléants bien qu'ils ne soient en principe pas présents aux réunions sauf en l'absence des élus titulaires qu'ils remplacent (c. trav. art. L. 2314-1). La convocation des membres du CSE accompagne en pratique l'ordre du jour et est donc envoyée avec ce dernier au moins 3 jours avant la réunion. Le pouvoir de convoquer, détenu par l'employeur, implique nécessairement celui de fixer la date et l'heure de chaque réunion du CSE, sauf accord entre l'employeur et la majorité des élus du comité. À ce titre, le règlement intérieur du CSE ne peut donc pas déterminer une date périodique fixe de réunion (ex. : le 3e jeudi de chaque mois, à 9 h) (cass. soc. 15 janvier 2013, n° 11-28324, BC V n° 9).
(4) Le scrutin secret s'impose lorsque le CSE doit se prononcer sur le projet de licenciement d'un salarié protégé ou sur la nomination du médecin du travail (c. trav. art. R. 2421-9).

MODÈLE D'ACCORD

(5) L'employeur doit verser au CSE une subvention de fonctionnement d'un montant minimal annuel équivalant à (c. trav. art. L. 2315-61) : 0,20 % de la masse salariale brute de l'entreprise dans les entreprises de 50 à « moins de » 2 000 salariés et 0,22 % de la masse salariale brute de l'entreprise dans les entreprises « d'au moins » 2 000 salariés et plus.

(6) La contribution au financement des ASC du CSE dans les entreprises d'au moins 50 salariés est, en principe, fixée par accord d'entreprise.

(7) L'employeur, le secrétaire et le trésorier sont, en principe, les seuls habilités à représenter le CSE. Sauf disposition contraire, la désignation du mandataire est faite pour une durée indéterminée. Toutefois, le CSE peut, à tout moment, changer de mandataire par vote majoritaire.

(8) Le règlement intérieur du CSE doit prévoir les modalités d'élaboration du rapport d'activités et de gestion financière, ainsi que de l'arrêté des comptes annuels du CSE (c. trav. art. L. 2315-69).

(9) Le CSE doit désigner parmi ses membres un référent en matière de lutte contre le harcèlement sexuel et les agissements sexistes (c. trav. art. L. 2314-1) (voir §§ 20-8 et 34-6).

Construction d'une BDESE

— entreprise d'au moins 50 salariés —

1 BDESE NÉGOCIÉE

AVEC QUI ?

DANS UNE ENTREPRISE AVEC DS : PAR UN ACCORD COLLECTIF MAJORITAIRE SANS RÉFÉRENDUM

DANS UNE ENTREPRISE SANS DS : PAR UN ACCORD ENTRE L'EMPLOYEUR ET LA MAJORITÉ DES ÉLUS TITULAIRES DU CSE

SUR QUOI ?

SON ARCHITECTURE, SON CONTENU, SES MODALITÉS DE FONCTIONNEMENT

2 QUEL CONTENU OBLIGATOIRE DANS LA BDESE (EN L'ABSENCE D'ACCORD) ?

9 THÈMES OBLIGATOIRES
(INFORMATIONS PLUS DÉTAILLÉES SI ENTREPRISE DE 300 SALARIÉS ET PLUS)

- **INVESTISSEMENT SOCIAL** (EMPLOI, FORMATION ET CONDITIONS DE TRAVAIL) **ET INVESTISSEMENT MATÉRIEL ET IMMATÉRIEL**
- **ÉGALITÉ PROFESSIONNELLE**
- **FONDS PROPRES ET ENDETTEMENT**
- **RÉMUNÉRATION DES SALARIÉS ET DIRIGEANTS**
- **REPRÉSENTANTS DU PERSONNEL ET ASC**
- **RÉMUNÉRATION DES FINANCEURS**
- **FLUX FINANCIERS À DESTINATION DE L'ENTREPRISE** (AIDES PUBLIQUES ET CRÉDITS D'IMPÔTS, ETC.)
- **SOUS-TRAITANCE**
- **TRANSFERTS COMMERCIAUX ET FINANCIERS ENTRE ENTITÉS DU GROUPE**

\+ INFORMATION SUR LES CONSÉQUENCES ENVIRONNEMENTALES DE L'ACTIVITÉ DE L'ENTREPRISE

3 SUR QUELLE DURÉE ?

INFORMATION SUR 6 EXERCICES
(EN L'ABSENCE D'ACCORD) :

- **2 ANNÉES PRÉCÉDENTES**
  + ANNÉE EN COURS
  + PERSPECTIVES DES 3 ANNÉES SUIVANTES
- **DONNÉES CHIFFRÉES ET TENDANCES POUR LES PÉRIODES FUTURES**

4 QUELS SUPPORTS ?

ENTREPRISES ≥ 300 SALARIÉS	ENTREPRISES < 300 SALARIÉS
SUPPORT NUMÉRIQUE OU PAPIER	SUPPORT NUMÉRIQUE

5 QUELS RISQUES EN CAS D'ABSENCE DE BDESE ?

SAISINE DU JUGE POUR OBTENIR LA COMMUNICATION DES INFORMATIONS	INOPPOSABILITÉ DU DÉLAI PRÉFIX IMPARTI AU CSE POUR RENDRE SON AVIS	DÉLIT D'ENTRAVE

Revue Fiduciaire

BARTHÉLÉMY AVOCATS

26 Information du CSE : BDESE et hors BDESE

Informations à remettre au CSE en début de mandat 26-1

Informations périodiques du CSE
- Un préalable aux différentes consultations du comité........ 26-2
- Incidence de l'effectif de l'entreprise 26-3

Base de données économiques, sociales et environnementales (BDESE)
- Registre de données, unique et adaptable 26-4
- BDESE dans les entreprises d'au moins 50 salariés........ 26-5
- Contenu de la BDESE........ 26-6
- Accès et fonctionnement de la BDESE en l'absence d'accord........ 26-12
- Absence de BDESE........ 26-18

Informations trimestrielles du CSE
- Entreprises d'au moins 300 salariés........ 26-21
- Informations à communiquer........ 26-22

Informations ponctuelles
- Informations circonstanciées........ 26-23
- Complément à l'information périodique générale 26-24

Informations à remettre au CSE en début de mandat

26-1 L'employeur doit, un mois après chaque élection, remettre au nouveau comité social et économique (CSE) une documentation présentant l'entreprise sous les angles juridique, financier, économique et organisationnel (c. trav. art. L. 2312-57).

EN PRATIQUE

Il s'agit d'une règle supplétive qui ne s'applique qu'en l'absence d'accord encadrant l'information et la consultation du CSE, celui-ci ayant la possibilité de modifier le contenu et le délai des informations transmises en début de mandat (voir § 29-29).

Informations périodiques du CSE

UN PRÉALABLE AUX DIFFÉRENTES CONSULTATIONS DU COMITÉ

26-2 Le CSE est avant tout une instance consultative. Son avis doit être sollicité chaque fois que l'employeur envisage de prendre une décision de quelque importance concernant l'entreprise. Il s'agit ainsi de permettre la prise en compte de l'intérêt des salariés dans les projets de l'employeur.

Pour que les avis du comité soient pertinents, ils doivent être donnés en toute connaissance de cause (voir § 27-1). Il ne saurait être consulté sans avoir été informé.

L'information périodique du comité doit permettre aux élus d'acquérir la « culture générale de l'entreprise » indispensable à la compréhension des problèmes devant être résolus au sein de la collectivité de travail.

Cette « culture générale » permettra ensuite aux élus du CSE de mieux situer chacun des points abordés au fil des différentes réunions.

Dès lors qu'elle est dissociée des informations devant être données au comité avant une consultation précise sur un problème donné, l'information périodique du CSE présente un caractère général. Ce caractère n'empêche pas la précision exigée par les textes sur les renseignements communiqués. Ainsi, à titre d'exemple, l'information sur la situation comparée des hommes et des femmes dans l'entreprise doit comporter une analyse reposant sur des indicateurs chiffrés.

INCIDENCE DE L'EFFECTIF DE L'ENTREPRISE

26-3 Tous les CSE sont destinataires d'informations devant leur être fournies périodiquement par l'employeur. En l'absence d'accord, l'obligation d'informer les membres du comité sur l'entreprise a, en principe, pour point de départ le début de leur mandat (voir §§ 27-1 et 29-29). Ensuite, le comité doit, sauf accord spécifique, être informé périodiquement (annuellement ou autre), en fonction de la nature de l'information en cause. Cette information se fait essentiellement par le biais d'une base unique de données (voir § 26-4).

Dans certains cas cependant, le code du travail distingue les entreprises de moins de 300 salariés de celles ayant un effectif supérieur. C'est en effet à partir de 300 salariés que s'applique un régime particulier d'information et de consultation du CSE, entre autres avec la communication d'informations trimestrielles (c. trav. art. L. 2312-69) (voir § 26-21).

Le seuil de 300 salariés s'apprécie comme celui de 50 salariés pour la mise en place du CSE : il doit donc être atteint pendant 12 mois consécutifs (c. trav. art. L. 2312-34).

POINT DE VIGILANCE

Les entreprises ont un délai pour s'adapter, puisque l'employeur dispose d'un an à compter de l'année du franchissement du seuil pour se conformer aux obligations d'information et de consultation en la matière (c. trav. art. L. 2312-34).

Base de données économiques, sociales et environnementales (BDESE)

REGISTRE DE DONNÉES, UNIQUE ET ADAPTABLE

26-4 La BDESE a pour objectif de faciliter l'exploitation et l'appropriation par les représentants du personnel des informations que l'employeur doit mettre à leur disposition. L'ensemble de ces informations doit contribuer à donner une vision claire et globale de la formation et de la répartition de la valeur créée par l'activité de l'entreprise (c. trav. art. R. 2312-7).

La BDESE rassemble l'ensemble des informations nécessaires aux consultations et informations récurrentes que l'employeur met à disposition du CSE (c. trav. art. L. 2312-8).

Son contenu et son fonctionnement peuvent toutefois être modifiés par accord (c. trav. art. L. 2312-18 ; Q/R 72, CSE, 117 questions/réponses du ministère du Travail, 17 janvier 2020).

POINT DE VIGILANCE

Avec la loi Climat, la BDES a changé de nom et est devenue la « base de données économiques, sociales et environnementales » (BDESE) (loi 2021-1104 du 22 août 2021, JO du 24).

EN PRATIQUE

Les règles relatives à la BDESE sont organisées selon une architecture en trois pans (ord. 2017-1386 du 22 septembre 2017, JO du 23) :
- les règles d'ordre public (voir § 26-6) ;
- les règles négociables par accord avec les délégués syndicaux (DS), ou en l'absence de DS, par accord avec le CSE (voir §§ 26-7 à 26-9) ;
- et les règles supplétives prévues par le code du travail et applicables en l'absence d'accord (voir §§ 26-10 à 26-20).

Sur le règlement général de protection des données personnelles (RGPD), (voir § 36-21).

BDESE DANS LES ENTREPRISES D'AU MOINS 50 SALARIÉS

26-5 La mise en place de la BDESE est obligatoire dans le cadre des attributions du CSE des seules entreprises d'au moins 50 salariés (c. trav. art. L. 2312-18 et L. 2312-36).

EN PRATIQUE

Les entreprises ayant un effectif compris entre 11 et 49 salariés sont tenues de mettre en place un CSE mais pas une BDESE.

La BDESE est, en l'absence d'accord, constituée au niveau de l'entreprise. Dans celle dotée d'un CSE central, la BDESE doit comprendre les informations que l'employeur met à disposition du CSE central (c. trav. art. R. 2312-11).

Dans les entreprises comportant plusieurs établissements distincts, un accord collectif ou un accord avec le CSE (voir § 26-7) peut toutefois déterminer le niveau de mise en place de la BDESE et retenir, par exemple, l'établissement comme niveau de mise en place (c. trav. art. L. 2312-21).

• **BDESE au niveau du groupe.** Un accord de groupe peut, sans préjudice de l'obligation de mise en place d'une BDESE au niveau de l'entreprise, prévoir une BDESE au niveau du groupe. Dans ce cas, cet accord doit déterminer en particulier les personnes ayant accès à cette base ainsi que les modalités d'accès, de consultation et d'utilisation (c. trav. art. R. 2312-15).

CONTENU DE LA BDESE

→ Contenu d'ordre public

26-6 La BDESE doit rassembler les informations nécessaires aux 3 consultations et informations récurrentes (portant sur les orientations stratégiques, sur la situation économique et financière ainsi que sur la politique sociale de l'entreprise), lesquelles doivent comporter des indicateurs relatifs à l'égalité professionnelle femmes/hommes, notamment sur les écarts de rémunération (c. trav. art. L. 2312-18).

• **Index de l'égalité professionnelle.** La loi pour la liberté de choisir son avenir professionnel a créé une obligation visant à contraindre les entreprises à résorber les écarts de salaire entre les femmes et les hommes, avec à la clef une pénalité financière (c. trav. art. L. 1142-8 à L. 1142-10 et R. 2312-7). Il prend la forme d'un « Index de l'égalité professionnelle » et doit être publié chaque année. L'employeur doit communiquer ces éléments d'information au CSE par le biais de la BDESE (c. trav. art. L. 2312-18).

POINT DE VIGILANCE

Le CSE doit être informé au cours de ces consultations des conséquences environnementales de l'activité de l'entreprise (c. trav. art. L. 2312-17 ; loi 2021-1104 du 22 août 2021, JO du 24). La BDESE doit, en conséquence, comporter des informations sur « les conséquences environnementales de l'activité de l'entreprise », que la BDESE soit négociée ou qu'elle découle du régime supplétif prévu par le code du travail (c. trav. art. L. 2312-18, L. 2312-21, L. 2312-23 et L. 2312-36 ; loi 2021-1104 du 22 août 2021, art. 41, JO du 24).

EN PRATIQUE

La mise à disposition de la BDESE vaut communication des rapports et informations au CSE et, le cas échéant, transmission à l'administration (lorsque des dispositions du code du travail le prévoient) (c. trav. art. L. 2312-18).

→ Contenu ouvert à négociation

26-7 **Acteurs de la négociation.** En présence de délégué syndical, un accord en vue d'aménager la BDESE est négocié entre l'employeur et les délégués syndicaux (représentant chaque syndicat représentatif dans l'entreprise). Il doit s'agir d'un accord collectif d'entreprise majoritaire sans possibilité de référendum (c. trav. art. L. 2312-21).

En l'absence de délégué syndical, cet accord est négocié entre l'employeur et le CSE. Il doit être adopté à la majorité des membres titulaires du CSE (c. trav. art. L. 2312-21).

EN PRATIQUE

Le cas échéant, l'employeur négocie avec le conseil d'entreprise dans les entreprises ayant opté pour ce mode de représentation du personnel (voir § 44-1).

Dans les entreprises de moins de 300 salariés, un accord de branche, à défaut d'accord majoritaire sans référendum (ou d'accord conclu avec le CSE), peut aménager la BDESE (c. trav. art. L. 2312-21).

26-8 **Thèmes de négociation possibles.** La BDESE peut être aménagée dans différents domaines, définis par le code du travail, à savoir (c. trav. art. L. 2312-21) :

› son organisation ;

› son architecture ;
› son contenu ;
› ses modalités de fonctionnement, notamment les droits d'accès et le niveau de mise en place de la BDESE dans les entreprises comportant des établissements distincts, son support, ses modalités de consultation et d'utilisation.

POINT DE VIGILANCE

La BDESE doit comprendre différentes rubriques obligatoires (c. trav. art. L. 2312-21) (voir § 26-9).

L'accord peut également intégrer dans la BDESE les informations nécessaires (c. trav. art. L. 2312-21) :
› à certaines négociations obligatoires (sur la rémunération, sur l'égalité professionnelle femmes/hommes, sur la gestion des emplois et des parcours professionnels) ;
› ainsi qu'aux consultations ponctuelles du CSE.

EN PRATIQUE

L'organisation, l'architecture, le contenu et les modalités de fonctionnement de la BDESE doivent, en tout état de cause, permettre au CSE et, le cas échéant, aux délégués syndicaux d'exercer utilement leurs compétences (c. trav. art. L. 2312-21). Cette précision permet d'éviter la conclusion d'accords trop imprécis ou dont la structure aboutirait à une information incomplète à destination des représentants du personnel.

26-9 **Parties obligatoires.** La BDESE doit comprendre différentes parties portant au minimum sur les thèmes suivants : l'investissement social, l'investissement matériel et immatériel, l'égalité professionnelle femmes/hommes au sein de l'entreprise, les fonds propres, l'endettement, l'ensemble des éléments de la rémunération des salariés et dirigeants, les activités sociales et culturelles, la rémunération des financeurs, les flux financiers à destination de l'entreprise et les conséquences environnementales de l'activité de l'entreprise (c. trav. art. L. 2312-21). Pour rappel, le dernier thème a été ajouté par la loi « Climat » (loi 2021-1104 du 22 août 2021, art. 41, JO du 24).

→ Contenu supplétif en l'absence d'accord

26-10 **Thèmes à renseigner.** Lorsqu'aucun accord (avec les délégués syndicaux ou, à défaut de DS, avec la majorité des élus titulaires au CSE) n'a été conclu, les règles supplétives sont applicables. Dans ce cas, la BDESE rassemble les informations portant sur les thèmes suivants (c. trav. art. L. 2312-23 et L. 2312-36 ; Q/R 72, CSE, 117 questions/réponses du ministère du Travail, 17 janvier 2020) :
› investissements [social (emploi, évolution et répartition des contrats précaires, des stages et des emplois à temps partiel, formation professionnelle, évolution professionnelle et conditions de travail), matériel et immatériel et informations en matière environnementale (pour les entreprises relevant de l'article L. 225-102-1, 6e du code du commerce)] ;
› égalité professionnelle entre les femmes et les hommes au sein de l'entreprise : diagnostic et analyse de la situation comparée des femmes et des hommes pour chacune des catégories professionnelles de l'entreprise en matière d'embauche,

de formation, de promotion professionnelle, de qualification, de classification, de conditions de travail, de sécurité et de santé au travail, de rémunération effective et d'articulation entre l'activité professionnelle et la vie personnelle et familiale, analyse des écarts de salaires et de déroulement de carrière en fonction de l'âge, de la qualification et de l'ancienneté, évolution des taux de promotion respectifs des femmes et des hommes par métiers dans l'entreprise, part des femmes et des hommes dans le conseil d'administration ;

› fonds propres et endettement ;

› ensemble des éléments de la rémunération des salariés et dirigeants ;

› activités sociales et culturelles ;

› rémunération des financeurs ;

› flux financiers à destination de l'entreprise, notamment aides publiques et crédits d'impôts ;

› sous-traitance ;

› le cas échéant, transferts commerciaux et financiers entre les entités du groupe ;

› les conséquences environnementales de l'activité de l'entreprise (thème ajouté par la loi « Climat ») (c. trav. art. L. 2312-36 ; loi 2021-1104 du 22 août 2021, art. 41, JO du 24).

• **Notion de « sous-traitance ».** Par « sous-traitance », il faut comprendre une notion, plus large, de « partenariats ». La BDESE doit ainsi présenter (c. trav. art. L. 2312-36, R. 2312-8 et R. 2312-9) :
- les partenariats conclus pour produire des services ou des produits pour une autre entreprise ;
- les partenariats conclus pour bénéficier des services ou des produits d'une autre entreprise.

• **Investissement social.** Les élus du CSE doivent avoir connaissance, au titre de « l'investissement social », de l'évolution des effectifs par type de contrat. Il faut donner l'évolution des effectifs par âge et par ancienneté (c. trav. art. R. 2312-8). Lorsque la BDESE indique l'évolution du nombre de stagiaires, il s'agit uniquement des stagiaires de plus de 16 ans. En d'autres termes, il n'y a pas à prendre en considération les « visites d'information » en entreprise des jeunes de moins de 16 ans, ni les stages d'initiation ou d'application et les périodes de formation dispensés aux élèves qui suivent un enseignement alterné ou un enseignement professionnel durant les deux dernières années de leur scolarité obligatoire (c. trav. art. L. 4153-1, 2° ; c. éduc. art. D. 331-1 à D. 331-15).

POINT DE VIGILANCE

S'agissant du volet « égalité professionnelle » de la consultation sur la politique sociale, les conditions de travail et l'emploi, les diverses informations à présenter sont généralement ventilées par « catégorie professionnelle ».

Dans les entreprises d'au moins 300 salariés, la BDESE peut s'en tenir aux catégories professionnelles classiques (ouvriers, employés, etc.) ou raisonner sur la base des catégories d'emplois définies par la classification (c. trav. art. R. 2312-9). La BDESE permet plus généralement de retenir « toute catégorie pertinente au sein de l'entreprise ».

S'agissant du bilan social des entreprises d'au moins 300 salariés, celui-ci comporte, dans son volet « relations professionnelles », des indications sur les litiges, nécessitant simplement de recenser les « différends concernant l'application du droit du travail ». Il faut indiquer la nature du différend et, le cas échéant, de la solution qui y a mis fin.

Le volet consacré aux rémunérations comprend les rubriques suivantes : hiérarchie, montant et mode de calcul, à l'exception de celle relative aux « charges accessoires » (avantages sociaux dans l'entreprise et montants des versements réalisés à des entreprises extérieures pour mise à la disposition de personnel).

26-11 **Données réglementaires.** L'ensemble des données que doit comprendre la BDESE dans les entreprises de moins de 300 salariés ou d'au moins 300 en l'absence d'accord a été fixé par voie réglementaire (c. trav. art. R. 2312-8 et R. 2312-9) (voir Annexe).

ACCÈS ET FONCTIONNEMENT DE LA BDESE EN L'ABSENCE D'ACCORD

→ Représentants du personnel disposant du droit d'accès

26-12 La BDESE est, en l'absence d'accord, consultable par (c. trav. art. L. 2312-36) :
- › les membres du CSE (titulaires ou suppléants) ;
- › les membres du CSE central ;
- › et les délégués syndicaux.

Le représentant syndical au CSE (en tant que membre du CSE), destinataire des informations fournies au CSE, a également accès à la BDESE (c. trav. art. L. 2143-2).

POINT DE VIGILANCE

Quid du droit d'accès à la BDESE de l'inspecteur du travail et du médecin du travail ? Dans l'attente d'un éclaircissement de la Cour de cassation, il nous semble que l'inspecteur du travail et le médecin du travail ne sont pas destinataires de la BDESE, n'étant pas des membres du CSE, et ce, même s'ils sont parfois invités aux réunions du comité.

Notons que l'inspecteur du travail peut avoir accès à certains documents de la BDESE à sa demande (c. trav. art. L. 8113-4).

→ Support papier ou informatique selon l'effectif

26-13 En l'absence d'accord, les modalités d'accès à la base de données varient selon l'effectif de l'entreprise, à savoir (c. trav. art. R. 2312-12) :
- › les entreprises dont l'effectif est inférieur à 300 salariés peuvent choisir entre support informatique et support papier ;
- › les entreprises d'au moins 300 salariés doivent tenir leur BDESE sous une forme informatique.

→ Information sur 6 exercices

26-14 L'ensemble des informations figurant dans la BDESE porte, en l'absence d'accord, sur les 2 années précédentes et l'année en cours et intègre des perspectives sur les 3 années suivantes (c. trav. art. L. 2312-36 et R. 2312-10).

Les informations sont présentées sous forme de données chiffrées ou à défaut, pour les années suivantes, sous forme de grandes tendances. L'employeur indique, pour ces années, les informations qui, eu égard à leur nature ou aux circonstances, ne peuvent pas faire l'objet de données chiffrées ou de grandes tendances, pour les raisons qu'il précise (c. trav. art. R. 2312-10).

POINT DE VIGILANCE

En cas de fusion-absoption, les informations relatives aux entreprises absorbées portant sur les années visées par le code du travail (voir ci-avant) doivent figurer dans la BDESE, c'est-à-dire y compris si elles portent sur une période antérieure à la fusion-absorption (cass. soc. 27 novembre 2019, n° 18-22532 FPB).

→ Permanence d'accès

26-15 En l'absence d'accord, la BDESE doit, en principe, être accessible en permanence aux représentants du personnel (c. trav. art. L. 2312-36). Pour autant, cette notion de disponibilité permanente des informations doit être relativisée. Elle ne s'entend pas d'une obligation pour les entreprises de rendre la BDESE accessible aux élus 24 heures sur 24 et 7 jours sur 7. Ainsi, lorsque la base de données nécessite l'accès aux locaux de l'entreprise pour être consultée, ce qui est le cas lorsqu'elle est tenue à disposition sous forme papier ou accessible uniquement sur l'intranet de l'entreprise, elle n'est pas accessible si l'entreprise est fermée (fermetures nocturne et/ou hebdomadaire) (circ. DGT 2014-1 du 18 mars 2014, fiche 1, § 3-1).

EN PRATIQUE

La condition d'accès permanent est remplie dès lors que la BDESE est accessible soit par informatique pendant les heures et lieux de travail, soit sur support papier sur demande (cass. soc. 25 septembre 2019, n° 18-15504 D).

→ Mise à jour de la BDESE

26-16 L'employeur doit prévoir l'actualisation de la BDESE et informer les personnes concernées afin que celles-ci puissent exercer utilement leurs compétences. La mise à jour de la BDESE doit, en conséquence, respecter les périodicités prévues par le code du travail (c. trav. art. R. 2312-11 et R. 2312-12).

→ Obligation de discrétion

26-17 L'ensemble des membres du CSE est tenu à une obligation de discrétion pour toutes les informations contenues dans la BDESE revêtant un caractère confidentiel et présentées comme telles par l'employeur (c. trav. art. L. 2312-36 et R. 2312-13). En d'autres termes, il n'y a pas d'obligation de confidentialité sur toute la BDESE.

ABSENCE DE BDESE

→ Saisine du juge des référés

26-18 Le CSE peut saisir le président du tribunal judiciaire selon la procédure accélérée au fond en vue d'obtenir la communication d'informations manquantes dans la BDESE (c. trav. art. L. 2312-15).

→ Inopposabilité du délai préfix imparti au CSE pour rendre son avis

26-19 Lorsque la loi ou l'accord collectif prévoit la communication ou la mise à disposition de certains documents, le délai de consultation ne court qu'à compter de cette communication. Sachant que la BDESE est, en principe, le support des consultations du CSE, le délai imparti au CSE pour rendre un avis consultatif ne court donc pas en l'absence de BDESE (cass. soc. 28 mars 2018, n° 17-13081, BC V n° 49).

Par contre, le CSE qui a eu des documents mis à disposition dans la BDESE mais estime que l'employeur ne lui a pas communiqué les éléments qui lui permettraient de donner un avis en toute connaissance de cause doit saisir le juge avant l'expiration du délai de consultation. Il ne peut pas soutenir que ce délai n'a jamais commencé à courir au motif que les informations fournies initialement étaient insuffisantes (cass. soc. 27 mai 2020, n° 18-26483 FPB) (voir § 27-11).

→ Délit d'entrave

26-20 Le fait pour un employeur de ne pas mettre en place une BDESE ou de ne pas la mettre à jour l'expose au délit d'entrave (c. trav. art. L. 2317-1 et L. 2146-1).

Informations trimestrielles du CSE

ENTREPRISES D'AU MOINS 300 SALARIÉS

26-21 Si l'on excepte les informations à fournir au CSE dans le cadre des 3 grandes consultations récurrentes (consultations annuelles en l'absence d'accord définissant une autre périodicité), la périodicité des autres informations économiques et professionnelles devant être communiquées au CSE est trimestrielle.

Cette information périodique ne concerne que les CSE des entreprises d'au moins 300 salariés (c. trav. art. L. 2312-69).

INFORMATIONS À COMMUNIQUER

26-22 Chaque trimestre, dans les entreprises d'au moins 300 salariés, l'employeur doit informer le CSE sur (c. trav. art. L. 2312-69) :

- › l'évolution générale des commandes ;
- › l'exécution des programmes de production ;
- › les éventuels retards dans le paiement, par l'entreprise, des cotisations de sécurité sociale ;
- › l'évolution des effectifs et de la qualification des salariés par sexe.

Les informations trimestrielles relatives à ce dernier point doivent retracer leur évolution mois par mois en faisant apparaître le nombre (c. trav. art. R. 2312-21) :

- › de salariés titulaires d'un contrat de travail à durée indéterminée ;
- › de salariés titulaires d'un contrat de travail à durée déterminée (CDD) ;
- › de salariés à temps partiel ;
- › de salariés temporaires ;
- › de salariés appartenant à une entreprise extérieure ;
- › des contrats de professionnalisation.

L'employeur doit indiquer au CSE les motifs l'ayant conduit à recourir à des CDD, des salariés à temps partiel, des salariés temporaires, des salariés appartenant à une entreprise extérieure, etc. (c. trav. art. R. 2312-21).

EN PRATIQUE

L'employeur doit intégrer dans la BDESE les informations trimestrielles à la disposition du CSE (c. trav. art. L. 2312-69) (voir § 26-21).

Informations ponctuelles

INFORMATIONS CIRCONSTANCIÉES

26-23 En dehors des informations circonstanciées qui doivent être fournies avec une périodicité déterminée par le législateur, l'employeur est tenu de communiquer ponctuellement des informations circonstanciées en vue d'une consultation donnée.

COMPLÉMENT À L'INFORMATION PÉRIODIQUE GÉNÉRALE

26-24 Les deux types d'informations (périodique générale et circonstanciée) se complètent sachant que les informations circonstanciées peuvent permettre aux élus de donner un autre sens aux informations générales reçues préalablement. en l'absence de remise d'une information périodique de caractère général sur les différents aspects de la vie de l'entreprise.

Ainsi, par exemple, lorsque l'employeur est contraint d'envisager de procéder à des licenciements collectifs pour motif économique, il doit donner des informations précises au comité préalablement aux réunions de consultation. Parmi les informations à fournir, figure bien entendu la cause du projet de licenciement. Si cette cause consiste en des difficultés économiques, le comité aura en principe été déjà alerté sur les difficultés rencontrées par l'entreprise, par exemple à l'occasion de l'examen des comptes de la société. Dès lors, les informations relatives au projet de licenciement s'inscriront dans ce contexte. Le comité n'étant pas pris au dépourvu, son avis devrait en être plus pertinent et ses éventuelles propositions plus réalistes.

26 Informations du CSE hors BDESE

Accès aux documents administratifs

26-25 Pour l'exercice de ses missions, le CSE a accès aux informations utiles détenues par les administrations publiques et les organismes agissant pour leur compte (c. trav. art. L. 2312-15). Ainsi, le comité peut prendre contact avec le service des impôts, avec l'autorité des marchés financiers (lorsque la société est une société cotée), avec la préfecture de région ou du département, les collectivités territoriales ou la chambre régionale des comptes (par exemple, si l'entreprise bénéficie d'aides pour son implantation ou le développement d'activités ou, à l'inverse, si elle procède à des licenciements collectifs susceptibles d'avoir une incidence sur l'équilibre du bassin d'emploi, etc.).

Le CSE peut demander la communication d'un document lorsque son objet ou son contenu l'intéresse directement et lui est nécessaire. Les informations de caractère nominatif que le document pourrait contenir ne sauraient être opposées au comité pour lui en refuser la communication, sauf si ces informations portent une appréciation ou un jugement de valeur sur une personne physique nommément désignée (circ. DRT 1984-12 du 30 novembre 1984, § 1.2.1).

POINT DE VIGILANCE

Les documents préparatoires à une décision non encore intervenue ne sont pas communicables.

Études et recherches du comité

26-26 Le CSE peut entreprendre les études et les recherches nécessaires à sa mission (c. trav. art. L. 431-5, phrase non reprise au moment de la recodification mais rappelons que celle-ci a été opérée à « droit constant »).

La décision par le comité de lancer une étude ou une recherche ne requiert pas en soi l'autorisation de l'employeur sauf si le comité souhaite connaître l'opinion des salariés en organisant une réunion dans l'entreprise à ce sujet : l'accord de l'employeur est requis notamment si cette dernière doit avoir lieu pendant le temps de travail (circ. DRT 1984-12 du 30 novembre 1984, § 1.2.2).

Autres moyens d'information

26-27 Le CSE peut se faire assister par des experts rémunérés, selon le cas, par l'entreprise ou à la charge du comité (voir §§ 41-1 et s.).

Le CSE peut également convoquer les commissaires aux comptes pour recevoir leurs explications sur les différents postes des documents comptables communiqués ainsi que sur la situation financière de l'entreprise (c. trav. art. L. 2312-25).

EN PRATIQUE

Lorsqu'un commissaire aux comptes met en œuvre la procédure d'alerte, s'il constate, dans le cadre de sa mission, des faits de nature à compromettre la continuité de l'exploitation, les réponses, rapports et délibérations qui interviennent dans ce contexte doivent être communiqués au comité (c. com. art. L. 234-1 et L. 234-2). Cette communication concerne aussi le CSE bien que le texte n'ait pas été mis à jour.

Sur le droit d'alerte du CSE, (voir §§ 34-1 et s.).

Délais de consultation du CSE

CAS GÉNÉRAL

- TENUE DE **LA RÉUNION** (1)
- ▼ 1 MOIS
- **AVIS DU CSE**

CAS DE RECOURS À UN EXPERT

- TENUE DE LA RÉUNION
- **REMISE DE RAPPORT DE L'EXPERT**
- ▼ J-15
- **AVIS DU CSE**
- (2 MOIS entre la tenue de la réunion et l'avis du CSE)

CAS D'EXPERTISE «COMPLEXE» (2)

- TENUE DE LA RÉUNION
- **REMISE DE RAPPORT DE L'EXPERT**
- ▼ J-15
- **AVIS DU/DES CSEE**
- ▼ J-7
- **AVIS DU CSEC**
- (3 MOIS entre la tenue de la réunion et l'avis du CSEC)

!

AU TERME DU DÉLAI ACCORDÉ ET EN L'ABSENCE D'AVIS, LE CSE(C) EST RÉPUTÉ AVOIR ÉTÉ CONSULTÉ ET AVOIR RENDU UN AVIS NÉGATIF

(1) Le délai court à compter de la communication, par l'employeur, des informations prévues par le code du travail pour la consultation ou de l'information de leur mise à disposition dans la BDESE. Par hypothèse, les membres du CSE ont reçu ces informations le jour de la réunion.

(2) En cas de désignation d'un ou plusieurs experts et si la consultation implique le CSE central et des CSE d'établissement.

JEAN-JULIEN JARRY

Revue Fiduciaire | BARTHÉLÉMY AVOCATS

27 Consultation du CSE : procédure, délais et effets

Qu'est-ce qu'une consultation ?
- Information et consultation : deux obligations complémentaires 27-1
- Un préalable à la décision 27-2

Champ de la consultation 27-3

Procédure à respecter
- Modalités d'information-consultation 27-4
- Mise à disposition des informations par la BDESE 27-5
- › *Encadré : Informations complémentaires via la procédure accélérée au fond* 27-6
- Processus ouvert à négociation 27-7
- Délais laissés au CSE pour rendre ses avis 27-8

Discussion des points à l'ordre du jour
- La consultation implique un débat 27-12
- En fin de consultation : l'avis du comité 27-13

Effets de la consultation
- Principe : l'employeur n'est pas lié par l'avis du CSE 27-14
- Le CSE doit être informé de la décision prise 27-15
- Transmission de certains avis à l'administration 27-16

Sanctions du défaut de consultation
- Conséquences sur le projet de l'employeur 27-17
- Dommages et intérêts 27-18
- Délit d'entrave 27-19

Qu'est-ce qu'une consultation ?

INFORMATION ET CONSULTATION : DEUX OBLIGATIONS COMPLÉMENTAIRES

27-1 Consulter, selon le dictionnaire, cela signifie demander un avis, interroger, questionner. Tel est bien ce que doit faire l'employeur lorsque les textes légaux lui demandent de « consulter » le comité social et économique (CSE) avant de prendre une décision intéressant l'organisation, la gestion et la marche générale de l'entreprise (c. trav. art. L. 2312-8).

Un processus de consultation suppose la formulation d'une question, un échange de vues entre celui qui pose la question et ceux à qui elle est destinée puis un avis de ces derniers. Elle implique un délai de réflexion pour répondre à la question posée et la possibilité, pour les représentants du personnel, de présenter des contre-propositions éventuelles (circ. DRT 1984-12 du 30 novembre 1984, § 1.1).

Informer est une toute autre notion : aucune réponse n'est exigée en retour pour valider l'information donnée. Ainsi, lorsque l'employeur doit consulter les élus, il ne peut se contenter de leur annoncer les décisions qu'il entend mettre en œuvre.

Information et consultation sont donc deux obligations complémentaires : il n'est pas de consultation valable sans information préalable.

• **Délit d'entrave.** Sous peine d'entrave, l'employeur ne peut pas concentrer sur une seule réunion la procédure d'information-consultation du CSE (cass. soc. 27 mars 2012, n° 11-80565, BC V n° 83). En d'autres termes, lorsque la consultation du CSE nécessite son avis, celui-ci ne peut résulter d'une simple appréciation formulée à la suite d'une communication faite en réunion par l'employeur sans transmission préalable d'informations écrites. De la même façon, décider d'externaliser une activité sans consulter préalablement le CSE est un délit d'entrave, même si au final le projet ne s'applique pas en France. En revanche, le DRH informé de la décision définitive d'externalisation au dernier moment, qui ne peut pas consulter le comité en temps utile, n'est pas coupable de délit d'entrave (cass. crim. 30 mars 2021, n° 20-81030 D).

À NOTER Compte tenu de la similitude des textes en la matière, la jurisprudence et les réponses administratives rendues à propos des IRP précédemment en place gardent, à notre avis, toute leur valeur. Les arrêts et réponses indiqués dans nos développements ci-après sont donc, en toute vraisemblance, transposables au CSE.

UN PRÉALABLE À LA DÉCISION

27-2 La consultation du CSE doit précéder la décision de l'employeur. À défaut du respect de l'antériorité de la décision, le comité serait placé devant un fait accompli, ce qui exposerait l'employeur à des poursuites pour délit d'entrave (c. trav. art. L. 2317-1). Par exception, en cas de lancement d'une offre publique d'acquisition (OPA), le chef d'entreprise, auteur de l'offre, peut réunir son comité postérieurement à la publication officielle de l'offre (c. trav. art. L. 2312-14) (voir § 29-9).

La consultation doit, par conséquent, porter sur un projet et non sur une mesure qui resterait simplement à mettre en œuvre. Concrètement, il doit s'agir d'un projet suffisamment avancé pour que le CSE puisse avoir une idée précise des conséquences qu'il pourrait avoir – s'il était appliqué en l'état – sur la gestion, l'organisation ou la marche générale de l'entreprise et, par conséquent, pour les salariés.

• **Mesure ponctuelle ou individuelle.** La consultation préalable du comité n'est pas obligatoire lorsque les mesures envisagées présentent seulement un caractère ponctuel ou individuel [ex : modification provisoire des horaires de travail de deux salariés (cass. crim. 9 février 1993, n° 92-80602 D) ; installation d'un micro-ordinateur au sein d'un service comptable, cette mesure devant supprimer un seul emploi (cass. crim. 29 mars 1994, n° 93-80962 D)].

• **Covid-19 : dérogations au principe de consultation préalable.** Dans le cadre de la crise sanitaire liée à l'épidémie de covid-19, les employeurs ont pu déroger à certaines règles en matière de durée du travail jusqu'au 31 décembre 2020 (ord. 2020-323 du 25 mars 2020, art. 6, JO du 26). De plus, l'employeur n'est pas tenu de consulter le CSE préalablement en cas de sinistre ou d'intempéries de caractère exceptionnel ou de circonstance de caractère exceptionnel, dont fait partie l'épidémie de covid-19.

Champ de la consultation

27-3 L'objet de toute consultation du CSE est de permettre la meilleure prise en compte possible de l'intérêt collectif des salariés dans les décisions prévues par l'employeur lorsque ces décisions sont susceptibles de concerner la gestion, l'évolution économique et financière de l'entreprise, l'organisation du travail, la marche générale de l'entreprise ou de l'une de ses composantes (établissement, service, etc.) et, notamment, les conditions de travail et d'emploi du personnel, la formation professionnelle et les techniques de production (c. trav. art. L. 2312-8).

Le comité est donc informé et consulté notamment sur (c. trav. art. L. 2312-8) :

› les mesures de nature à affecter le volume ou la structure des effectifs ;

› la modification de son organisation économique ou juridique ;

› les conditions d'emploi, de travail, notamment la durée du travail, et la formation professionnelle ;

› l'introduction de nouvelles technologies, tout aménagement important modifiant les conditions de santé et de sécurité ou les conditions de travail ;

› les mesures prises en vue de faciliter la mise, la remise ou le maintien au travail des accidentés du travail, des invalides de guerre, des invalides civils, des personnes atteintes de maladies chroniques évolutives et des travailleurs handicapés, notamment sur l'aménagement des postes de travail.

• **Accords collectifs et GEPC.** Les projets d'accord collectif, leur révision ou leur dénonciation ne sont pas soumis à la consultation du CSE. Par ailleurs, les entreprises ayant conclu un accord relatif à la gestion prévisionnelle des emplois et des compétences n'ont pas l'obligation de consulter le comité dans ces domaines (c. trav. art. L. 2312-14).

Certaines questions doivent être abordées dans le cadre des consultations récurrentes (ex. : formation professionnelle, à l'occasion de la consultation sur la politique sociale) (voir §§ 28-1 et s.), tandis que d'autres sont soumises au CSE lorsque survient l'événement en question (ex. : réduction des effectifs) (voir § 29-5).

POINT DE VIGILANCE

Depuis le 25 août 2021, lorsqu'il consulte le CSE, l'employeur doit aborder les conséquences environnementales de ses décisions. Cette obligation s'applique dans toutes les situations, qu'il s'agisse de l'obligation générale de consultation de l'employeur ou des consultations périodiques (orientations stratégiques de l'entreprise ; situation économique et financière ; politique sociale de l'entreprise) (c. trav. art. L. 2312-8, L. 2312-17 et L. 2312-22 ; loi 2021-1104 du 22 août 2021, JO du 24).

Procédure à respecter

MODALITÉS D'INFORMATION-CONSULTATION

27-4 Pour que l'avis formulé à l'issue d'une consultation soit valable, le CSE doit disposer d'un délai d'examen suffisant, d'informations précises et écrites sur la question dont il est saisi, ainsi que de la réponse motivée de l'employeur à ses propres observations. Au terme du délai prévu, le comité qui n'a pas émis d'avis est censé avoir rendu un avis négatif (c. trav. art. L. 2312-15 et L. 2312-16).

Pour le reste, les entreprises ont une grande liberté, puisqu'il leur est possible de définir par accord collectif les modalités de la procédure (contenu des discussions, niveaux auxquels ces consultations sont conduites et leur articulation le cas échéant, nombre de réunions, délai pour rendre un avis, etc.), tant pour les consultations récurrentes que pour les consultations ponctuelles (c. trav. art. L. 2312-19 et L. 2312-55).

En l'absence d'accord, la consultation s'effectue selon des règles supplétives, définies par le code du travail : voir exemple de règle supplétive en matière de délai d'examen du CSE en l'absence d'accord (voir § 27-10).

MISE À DISPOSITION DES INFORMATIONS PAR LA BDESE

27-5 L'employeur met à la disposition du CSE les informations nécessaires aux consultations récurrentes en alimentant la base de données économiques, sociales et environnementales (BDESE) (c. trav. art. L. 2312-18) (voir §§ 26-1 et s.).

La BDESE peut aussi servir à informer le CSE dans le cadre d'une consultation ponctuelle, sous réserve qu'un accord collectif le prévoie (c. trav. art. L. 2312-21). Cet accord est négocié selon les mêmes modalités que l'accord relatif aux modalités de consultation du CSE (voir § 27-7).

- **Documents en langue française.** Les documents transmis au comité d'entreprise doivent être écrits en français. Cela signifie que tout document en langue étrangère doit être traduit systématiquement par l'employeur.

- **Obligation de discrétion.** Sur l'obligation de discrétion à laquelle les élus du CSE sont tenus vis-à-vis des informations transmises par l'employeur, (voir § 26-17).

27-6

INFORMATIONS COMPLÉMENTAIRES VIA LA PROCÉDURE ACCÉLÉRÉE AU FOND

Si le CSE estime qu'il n'est pas suffisamment informé et, qu'en conséquence, il n'est pas en mesure de donner un avis sur l'opération pour laquelle il est consulté, il peut saisir via la procédure accélérée au fond le président du tribunal judiciaire. La saisine du tribunal judiciaire n'a pas d'effet suspensif, c'est-à-dire qu'elle ne prolonge pas, en principe, le délai imparti au CSE pour rendre son avis, sauf décision au cas par cas du juge en fonction des difficultés particulières d'accès à l'information (c. trav. art. L. 2312-15).

Sous réserve qu'il ait été saisi avant l'expiration des délais de consultation du comité (cass. soc. 27 mai 2020, n° 18-26483 FPB) (voir § 27-11), le juge qui retient que les informations nécessaires au CSE et demandées par cette dernière pour formuler un avis motivé n'ont pas été transmises ou mises à disposition par l'employeur doit ordonner la production des éléments d'information complémentaires et, en conséquence, prolonger ou fixer le délai de consultation à compter de la communication de ces éléments complémentaires (cass. soc. 26 février 2020, n° 18-22759 FSPBRI). Deux situations doivent être distinguées :

– si la demande n'est pas fondée (le comité a été correctement informé et pouvait formuler un avis motivé en toute connaissance de cause), le délai de consultation prend fin à la date initialement prévue, de sorte que le comité est réputé avoir été consulté et avoir rendu un avis négatif (c. trav. art. L. 2312-16) ;

– si la demande est fondée (le comité n'avait pas les informations nécessaires pour formuler un avis motivé), le juge prolonge ou fixe un nouveau délai de consultation, en retenant une durée conforme à celle fixée par le code du travail (c. trav. art. R. 2312-6).

En tous les cas, le juge doit donc examiner la demande formulée par le comité. Peu importe, comme dans l'affaire concernée, que le délai de consultation soit expiré au jour où le président du tribunal judiciaire rend sa décision. Naturellement, il est impératif que le comité saisisse le juge pendant le délai de consultation. Si ce délai est expiré au jour de la saisine, la demande est nécessairement irrecevable.

PROCESSUS OUVERT À NÉGOCIATION

27-7 Les modalités d'information-consultation du CSE peuvent être définies par accord collectif d'entreprise majoritaire conclu entre l'employeur et les délégués syndicaux (DS), sans possibilité de faire valider un accord minoritaire par référendum.

En l'absence de DS, l'employeur négocie avec le CSE un accord qui doit être adopté à la majorité des membres titulaires (c. trav. art. L. 2232-12,1er al. et L. 2312-19).

DÉLAIS LAISSÉS AU CSE POUR RENDRE SES AVIS

→ Délais légaux

27-8 Dès lors que la consultation fait l'objet de « dispositions législatives spéciales », le délai de consultation fixé par le code du travail s'impose (c. trav. art. L. 2312-16).

Il en va ainsi pour la consultation relative à une offre publique d'acquisition (c. trav. art. L. 2312-46) (voir § 29-15) et celle à mener en cas de projet de licenciement pour motif économique d'au moins 10 salariés en 30 jours (c. trav. art. L. 1233-29 et L. 1233-30).

→ Délais négociés

27-9 Sauf dispositions législatives spéciales (voir § 27-8), le délai, qui doit être suffisant, peut être négocié (c. trav. art. L. 2232-12, L. 2312-16 et L. 2312-19). L'ensemble des consultations du CSE est, sauf exceptions, concerné.

Le délai négocié peut être inférieur à 15 jours, sous réserve toutefois que le délai négocié permette au CSE d'exercer utilement sa compétence, en fonction de la nature et de l'importance des questions qui lui sont soumises (c. trav. art. L. 2312-16).

À l'expiration du délai de consultation négocié, le CSE est réputé avoir été consulté et avoir rendu un avis négatif.

POINT DE VIGILANCE

La Cour de cassation a admis que l'employeur et les élus du personnel peuvent aménager les délais dans lesquels l'expert doit rendre son rapport et le CSE émettre son avis, sans passer par un accord en bonne et due forme (cass. soc. 8 juillet 2020, n° 19-10987 FSPBI). Dans cette affaire, les juges ont noté, sur la base des constatations de la cour d'appel, que l'employeur et les élus du personnel s'étaient manifestement accordés sur un aménagement des délais de consultation et d'expertise. En effet, à la suite d'échanges avec le comité d'entreprise en place à l'époque et le cabinet d'expertise, l'employeur avait abondé la base de données le 23 janvier 2017, provoqué une réunion extraordinaire du CE le 16 février 2017 pour discuter du périmètre et du coût de l'expertise puis fixé, conjointement avec le secrétaire du CE, au 27 avril 2017 la date de restitution des travaux d'expertise et de remise des avis du comité (alors qu'en principe l'expert avait jusqu'au 8 mars 2017 pour rendre ses travaux). Les juges ont déduit de ces constatations issues notamment des ordres du jour des réunions que les délais de consultation du comité, et par conséquent de l'expertise, avaient d'un commun accord été prolongés jusqu'au 27 avril 2017 de sorte que le rapport d'expertise remis avant cette date n'avait pas été déposé hors délai.

Toutefois, on ne saurait trop conseiller aux employeurs et aux CSE de privilégier la voie légale, c'est-à-dire l'accord avec les DS ou, en l'absence de DS, l'accord avec la majorité des élus titulaires, pour aménager les délais de consultation. C'est à l'évidence la solution qui nous apparaît la plus sûre juridiquement.

→ Délais préfix en l'absence d'accord

27-10 En l'absence d'accord collectif sur les délais de consultation, et sauf délai impératif fixé par le code du travail, le CSE formule son avis dans un délai de (c. trav. art. L. 2312-16, R. 2312-5 et R. 2312-6, I ; Q/R 71, CSE, questions/réponses du ministère du Travail, 17 janvier 2020) :

- 1 mois en principe ;
- 2 mois si un expert a été désigné ;
- 3 mois en cas de désignation d'un ou de plusieurs experts et si la consultation implique le CSE central et des CSE d'établissement.

Lorsqu'il y a lieu de consulter à la fois le CSE central et un ou plusieurs comités d'établissement, ces délais s'appliquent au CSE central. Dans ce cas, l'avis de chaque comité d'établissement est rendu et transmis au CSE central au plus tard 7 jours avant la date à laquelle ce dernier est réputé avoir été consulté et avoir rendu un avis négatif en application des délais de 1, 2 ou 3 mois ci dessus indiqués, selon les cas. À défaut, l'avis du comité d'établissement est réputé négatif (c. trav. art. R. 2312-6, II ; Q/R 71, CSE, questions/réponses du ministère du Travail, 17 janvier 2020).

• **Covid-19.** Dans le contexte du premier confinement durant la crise sanitaire liée au covid-19 , une loi d'urgence du 23 mars 2020 avait déclaré l'état d'urgence sanitaire et autorisé le gouvernement, pendant 3 mois, à prendre par ordonnances diverses mesures relevant du domaine de la loi afin de faire face aux conséquences de l'épidémie. Mais le Conseil d'État a annulé les dispositions ayant permis de réduire les délais de consultation du CSE et d'expertise du 3 mai au 23 août 2020 sur les décisions de l'employeur ayant pour objectif de faire face aux conséquences de l'épidémie de covid-19. Selon lui, le gouvernement n'était pas habilité à prendre de telles mesures (CE 19 mai 2021, n° 441031).

→ Point de départ des délais négociés ou réglementaires

27-11 Le délai fixé par accord collectif ou, à défaut, par le code du travail, que doit respecter le CSE pour rendre un avis court à compter de (c. trav. art. R. 2312-5) :

- la communication par l'employeur des informations prévues par le code du travail pour la consultation ;
- ou de l'information par l'employeur de leur mise à disposition dans la BDESE.

Il s'agit de délais calendaires, qui courent de date à date. À titre d'illustration, si le délai applicable à la consultation est d'un mois et commence à courir le 1er juin, le comité doit rendre son avis au plus tard le 1er juillet. Si le délai expire un samedi, un dimanche ou un jour férié chômé, il est prorogé jusqu'au 1er jour ouvrable suivant (circ. DGT 2014-1 du 18 mars 2014).

POINT DE VIGILANCE

Le délai imparti au CSE pour rendre son avis ne court donc pas en l'absence de BDESE (cass. soc. 28 mars 2018, n° 17-13081, BC V n° 49). Toutefois, le CSE qui estime que l'employeur ne lui a pas communiqué les éléments qui lui permettraient de donner un avis en toute connaissance de cause doit saisir le juge avant l'expiration du délai de consultation. Il ne peut pas soutenir que ce délai n'a jamais commencé à courir au motif que les informations fournies initialement étaient insuffisantes (cass. soc. 27 mai 2020, n° 18-26483 FPB).

Discussion des points à l'ordre du jour

LA CONSULTATION IMPLIQUE UN DÉBAT

27-12 Lorsque la consultation du comité est nécessaire, les points inscrits à l'ordre du jour doivent faire l'objet d'une discussion. Au même titre que l'employeur, les élus doivent pouvoir librement prendre la parole pour donner leur point de vue. Toutes les questions indispensables à la compréhension des décisions à prendre et à leurs conséquences pour la collectivité des salariés doivent pouvoir être posées.

L'employeur est tenu de répondre aux questions et observations du comité. Ses réponses doivent être motivées (c. trav. art. L. 2312-15).

EN FIN DE CONSULTATION : L'AVIS DU COMITÉ

27-13 Au terme de la consultation, le comité doit émettre un avis. Cet avis n'est pas nécessairement limité à l'expression d'un accord ou d'un désaccord sur les projets de l'employeur (avis favorable ou défavorable). Il peut naturellement comporter des propositions à ce sujet.

L'avis du comité doit en principe donner lieu à un vote et doit être consigné dans un procès-verbal restant à adopter lors de la réunion suivante, généralement.

Effets de la consultation

PRINCIPE : L'EMPLOYEUR N'EST PAS LIÉ PAR L'AVIS DU CSE

27-14 L'employeur peut suivre l'avis des représentants du personnel ou estimer qu'il ne peut pas en tenir compte. En effet, le CSE a un rôle purement consultatif (c. trav. art. L. 2312-15).

Toutefois, dans certaines situations, l'employeur ne peut prendre une décision que dans la mesure où il a obtenu l'avis conforme du comité ou encore qu'il ne peut prendre telle décision que si le comité « ne s'y est pas opposé » ou avec « l'accord » du CSE. Mais il s'agit de cas exceptionnels :

- › la nomination du médecin du travail requiert l'accord du CSE. À défaut d'accord, le médecin du travail est nommé sur autorisation de l'inspecteur du travail prise après avis du médecin inspecteur du travail (c. trav. art. R. 4623-5 et R. 4623-8) ;
- › la décision de l'employeur lorsqu'il a le choix entre créer un service de santé autonome et adhérer à un service interentreprises (c. trav. art. D. 4622-2), le CSE peut s'opposer à cette décision (opposition devant être motivée). L'employeur peut, dans ce cas, saisir le DREETS (ex-DIRECCTE) ;
- › la mise en place d'horaires individualisés dans une entreprise qui nécessite l'absence d'opposition du CSE (c. trav. art. L. 3121-48) ;
- › lorsque l'employeur, dans les entreprises d'au moins 50 salariés, propose des mesures de reclassement interne avant l'expiration du délai de consultation du CSE en cas de procédure de licenciement économique de 10 salariés et plus ; l'avis doit être favorable (c. trav. art. L. 1233-45-1) ;
- › la mise en œuvre de divers congés de formation, qui ne peuvent être refusés que sur avis conforme du CSE (ex. : le congé de formation économique, sociale et syndicale) (c. trav. art. L. 2145-11).

LE CSE DOIT ÊTRE INFORMÉ DE LA DÉCISION PRISE

27-15 Quelle que soit sa décision, l'employeur doit en informer les élus.

Il s'agit d'une obligation légale, mentionnée à deux reprises dans le code du travail de la manière suivante :

› « L'employeur rend compte en la motivant de la suite donnée aux avis et aux vœux du comité » (c. trav. art. L. 2312-15) ;

› « L'employeur [...] fait connaître à la réunion du comité suivant cette transmission [ndlr : du procès-verbal] sa décision motivée sur les propositions qui lui ont été soumises » (c. trav. art. L. 2315-34).

EN PRATIQUE

L'employeur est donc tenu de motiver non seulement les réponses qu'il donne aux questions et observations des élus en cours de réunion mais encore de la suite qu'il entend donner aux avis et vœux formulés par le comité lors de la réunion qui suit la transmission du P-V de la réunion précédente.

TRANSMISSION DE CERTAINS AVIS À L'ADMINISTRATION

27-16 Dans certaines hypothèses, l'employeur doit transmettre l'avis du CSE. Par exemple :

› à l'inspection du travail (ex. : lorsque le licenciement d'un représentant élu du personnel est envisagé) (c. trav. art. R. 2421-10) ;

› à la DREETS (ex. : en cas de projet de licenciement pour motif économique de 10 salariés ou plus dans une période de 30 jours) (c. trav. art. L. 1233-48).

Sanctions du défaut de consultation

CONSÉQUENCES SUR LE PROJET DE L'EMPLOYEUR

27-17 Le défaut de consultation du CSE sur un projet de l'employeur relevant de ses attributions générales ou d'une disposition spécifique du code du travail (ex. : celle imposant la consultation du CSE sur le projet de règlement intérieur) peut entraîner la suspension de la décision de l'employeur, voire son annulation.

EXEMPLE L'absence de consultation du comité peut rendre inopposables aux salariés certaines décisions de l'employeur (c. trav. art. L. 1321-4 ; cass. soc. 4 juin 1969, BC IV n° 367 ; cass. soc. 9 mai 2012, n° 11-13687, BC V n° 134).

Lorsque la décision de l'employeur s'inscrit, en revanche, dans le cadre d'une mesure de mise en œuvre d'un accord collectif nécessitant la consultation du CSE au titre de sa compétence ponctuelle, l'absence de consultation du CSE ne rend pas inopposable l'accord collectif à l'ensemble des salariés soumis au régime de cet accord (cass. soc. 18 septembre 2019, n° 17-31274 FSPB). Dans cette affaire, le défaut de consultation annuelle du comité sur les décisions de l'employeur portant sur l'aménagement du temps de travail lors de sa consultation sur la politique sociale de l'entreprise, n'a donc pas eu pour effet d'entraîner l'inopposabilité d'un accord de modulation aux salariés.

Il en de même si l'employeur ne respecte pas les conditions prévues par accord collectif pour recourir au forfait jours et qu'il ne consulte pas le comité social et économique sur ce point. Cela n'annule pas les conventions individuelles de forfait en jours signés sur cette base. Pour autant, le salarié ne peut pas obtenir des dommages et intérêts pour « absence de validité » de la convention de forfait (cass. soc. 22 juin 2016, n° 14-15171, BC V n° 136).

Dans le même sens, la Cour de cassation a reconnu que le défaut de consultation du comité préalablement à la conclusion d'un accord collectif portant sur l'une des questions soumises à l'avis de ce comité n'a pas pour effet d'entraîner la nullité ou l'inopposabilité d'un accord collectif dont la validité et la force obligatoire demeurent soumises aux règles qui lui sont propres (cass. soc. 5 février 2020, n° 18-17925 D).

DOMMAGES ET INTÉRÊTS

27-18 L'employeur pourrait être condamné à verser des dommages et intérêts au CSE. À titre d'exemple, un employeur qui procède à un licenciement collectif pour motif économique sur 30 jours sans consulter les représentants du personnel peut être condamné à verser à chacun des salariés concernés une indemnité calculée en fonction du préjudice subi (c. trav. art. L. 1235-12).

DÉLIT D'ENTRAVE

27-19 Le défaut de consultation du CSE est constitutif du délit d'entrave (c. trav. art. L. 2317-1). L'employeur peut s'exonérer de sa responsabilité pénale en invoquant une délégation de pouvoirs, à la condition de ne pas avoir participé personnellement à la réalisation de l'infraction. Mais, même s'il confie à un représentant le soin de présider le comité, l'employeur doit, lorsqu'il prend une mesure qui relève de sa compétence et non de celle de son représentant, s'assurer de la consultation du comité sans pouvoir opposer l'argument pris d'une délégation de pouvoirs. Cela ne signifie pas que l'employeur doit, dans ce cas, présider lui-même le comité mais qu'il peut être condamné pour délit d'entrave si son délégataire n'a pas procédé à la consultation requise (cass. crim. 3 mars 1998, n° 96-85098, B. crim. n° 81).

28 Consultations récurrentes du CSE

Règles d'ordre public

- Trois grandes consultations récurrentes 28-1
- Franchissement du seuil de 50 salariés 28-2
- Informations à transmettre au CSE 28-3

Règles négociables

- Principe 28-4
- Modalités de conclusion de l'accord 28-5
- Thèmes ouverts à la négociation 28-9

Règles supplétives faute d'accord

- Trois consultations annuelles obligatoires 28-16
- Consultation sur les orientations stratégiques de l'entreprise 28-17
- Consultation sur la situation économique et financière de l'entreprise 28-26
- Consultation sur la politique sociale, conditions de travail et l'emploi 28-34
- Tableau récapitulatif 28-42

Règles d'ordre public

TROIS GRANDES CONSULTATIONS RÉCURRENTES

28-1 Dans les entreprises d'au moins 50 salariés, le comité social et économique (CSE) doit être consulté périodiquement sur (c. trav. art. L. 2312-17) :

› les orientations stratégiques ;
› la situation économique et financière ;
› la politique sociale, les conditions de travail et l'emploi.

Cette règle est d'ordre public.

• **Du CE au CSE.** La loi Rebsamen (loi 2015-994 du 17 août 2015, JO du 18) a procédé au regroupement des 17 obligations de consultations récurrentes des anciens comités d'entreprise (CE) en 3 grandes consultations. Cette règle a été transposée pour le CSE (ord. 2017-1386 du 22 septembre 2017, JO du 23).

À NOTER Compte tenu de la similitude des textes en la matière, la jurisprudence et les réponses administratives rendues à propos des IRP précédemment en place gardent, à notre avis, toute leur valeur. Les arrêts et réponses indiqués dans nos développements ci-après sont donc, en toute vraisemblance, transposables au CSE.

POINT DE VIGILANCE

Dans le cadre de la transition écologique, le CSE d'au moins 50 salariés doit assurer, depuis le 25 août 2021, sa mission notamment au regard des conséquences environnementales des décisions prises par l'entreprise (c. trav. art. 2312-8 ; loi 2021-1104 du 22 août 2021, art. 40, JO du 24). À ce titre, au cours de chacune des consultations récurrentes, il doit être informé et consulté sur les conséquences environnementales de l'activité de l'entreprise. Cette information-consultation du CSE concerne tous les CSE d'une entreprise de 50 salariés et plus, qu'ils aient négocié ou non avec l'employeur un accord aménageant la consultation du comité (c. trav. art. L. 2312-17 et L. 2312-22).

FRANCHISSEMENT DU SEUIL DE 50 SALARIÉS

28-2 Lorsqu'après la mise en place d'un CSE (à partir de 11 salariés), l'entreprise franchit le seuil de 50 salariés pendant 12 mois consécutifs, le CSE élu doit exercer les attributions récurrentes d'information et de consultation à l'expiration d'un délai de 12 mois à compter de la date à laquelle le seuil de 50 salariés a été atteint pendant 12 mois consécutifs (c. trav. art. L. 2312-2 ; Q/R 64, 117 questions/réponses du ministère du Travail, 17 janvier 2020) (voir §§ 23-4 et s.).

INFORMATIONS À TRANSMETTRE AU CSE

28-3 Pour lui permettre de rendre un avis, le CSE doit disposer d'informations précises et écrites transmises ou mises à disposition par l'employeur ainsi que d'un délai d'examen suffisant (c. trav. art. L. 2312-15) (voir §§ 27-8 et s.).

Les informations liées aux consultations récurrentes sont impérativement mises à disposition du CSE dans la base de données économiques, sociales et environnementales (BDESE) (c. trav. art. L. 2312-18) (voir §§ 26-2 et s.).

Dans les entreprises de 300 salariés et plus, l'employeur est tenu de mettre à disposition du CSE, chaque trimestre, des informations complémentaires (c. trav. art. L. 2312-69) (voir § 26-22).

Règles négociables

PRINCIPE

28-4 Les consultations récurrentes du CSE sont organisées selon le triptyque suivant : ordre public / champ de la négociation / dispositions supplétives.

Les trois grandes consultations récurrentes peuvent ainsi être aménagées par accord d'entreprise aux fins d'adapter celles-ci à la taille de l'entreprise, à son organisation économique et sociale (c. trav. art. L. 2312-19).

MODALITÉS DE CONCLUSION DE L'ACCORD

→ Négociateurs du côté des salariés

28-5 **Dans une entreprise avec délégué syndical.** La priorité est donnée à la négociation d'un accord d'entreprise majoritaire avec les délégués syndicaux. Cet accord doit être signé par un ou des syndicats représentatifs dans l'entreprise ayant obtenu plus de 50 % des suffrages au 1er tour des élections des titulaires du CSE, quel que soit le nombre de votants (c. trav. art. L. 2312-19 et L. 2232-12, par renvoi).

La voie du référendum n'est pas ouverte dans ce cas (c. trav. art. L. 2312-19).

28-6 **Dans une entreprise sans délégué syndical.** L'accord peut être conclu avec la majorité des membres titulaires de la délégation du personnel au CSE (c. trav. art. L. 2312-19).

POINT DE VIGILANCE

Cette voie n'est toutefois ouverte qu'en l'absence de délégué syndical dans l'entreprise. Il est, en effet, impossible de négocier un accord avec le CSE en cas d'échec des négociations avec les délégués syndicaux ou bien en cas de refus de la négociation par les délégués syndicaux. Dans ces deux hypothèses, l'employeur doit appliquer les règles supplétives (voir § 28-16).

→ Niveau de la négociation

28-7 Dans les entreprises à établissements multiples, les consultations récurrentes se situent, par principe, au niveau du CSE central (c. trav. art. L. 2312-22, al. 5) (voir § 28-14).

Sauf exception, les négociations doivent être engagées au même niveau.

→ Durée de l'accord

28-8 L'accord peut être conclu à durée déterminée ou à durée indéterminée. Dans ce dernier cas, celui-ci continuera à produire ses effets au-delà du mandat des élus au cours duquel il a été signé.

THÈMES OUVERTS À LA NÉGOCIATION

→ Liste exhaustive déterminée par le code du travail

28-9 Un accord d'entreprise conclu avec les délégués syndicaux (ou, en l'absence de délégué syndical, un accord entre l'employeur et le CSE) peut définir (c. trav. art. L. 2312-19) :

- le contenu, la périodicité et les modalités des consultations récurrentes du CSE, ainsi que la liste et le contenu des informations nécessaires à ces consultations ;
- le nombre de réunions annuelles du CSE (qui ne peut être inférieur à 6) ;
- les niveaux auxquels les consultations sont conduites et, le cas échéant, leur articulation ;
- les délais dans lesquels les avis du CSE sont rendus ;
- la possibilité pour le CSE d'émettre un avis unique portant sur tout ou partie des 3 grands thèmes de consultations récurrentes.

EN PRATIQUE

L'accord peut comporter des dispositions sur tout ou partie des thèmes évoqués ci-avant. Si l'accord ne concerne que certaines de ces dispositions, ce sont les règles définies à titre supplétif qui s'appliqueront en complément de l'accord conclu.

→ Contenu des consultations

28-10 Le code du travail permet d'adapter par accord d'entreprise le contenu des consultations récurrentes du CSE. Cet accord ne peut pas négliger certaines de ces règles car les 3 grandes consultations récurrentes sont d'ordre public (c. trav. art. L. 2312-17).

À notre avis, il pourrait toutefois être envisagé de circonscrire, par voie de la négociation d'un accord, chacune des consultations à certaines thématiques listées dans le cadre des dispositions supplétives (sur la consultation sur les orientations stratégiques, c. trav. art. L. 2312-24 ; sur la situation économique et financière, c. trav. art. L. 2312-25 ; sur la consultation sur la politique sociale de l'entreprise, les conditions de travail et l'emploi, c. trav. art. L. 2312-26).

→ Périodicité des consultations

28-11 Par principe, en l'absence d'accord, le CSE est consulté chaque année sur les 3 grands thèmes prévus par la loi, à savoir les orientations stratégiques de l'entreprise, la situation économique et financière de l'entreprise, la politique sociale de l'entreprise, conditions de travail et de l'emploi (c. trav. art. art. L. 2312-22) (voir § 28-16).

Il est cependant possible, par voie d'accord, de modifier la périodicité annuelle de ces consultations afin d'adapter le déclenchement des 3 grandes consultations à la réalité de l'entreprise sachant que la périodicité des consultations prévue par l'accord ne peut pas être supérieure à trois ans (c. trav. art. L. 2312-19).

Concrètement, dans les PME, il reste à notre sens judicieux de prévoir une consultation annuelle sur la situation économique et financière et sur la politique sociale. S'agissant des orientations stratégiques, comme le préconise l'administration, si ces orientations sont revues tous les deux ans, et non pas chaque année, les acteurs de l'entreprise pourront, dans le cadre d'un accord, fixer la périodicité de la consultation du CSE sur les orientations stratégiques de l'entreprise à deux ans (Q/R 68,117 questions/réponses du ministère du Travail, 17 janvier 2020).

→ Modalités de consultation

28-12 Les modalités des consultations récurrentes du CSE pouvant être revues par voie d'accord concernent notamment :

- le moment de la consultation ;
- la durée des réunions ;
- les participants aux réunions (ex. : intervention d'expert, de salariés de l'entreprise permettant d'apporter des réponses techniques, convocation des suppléants) ;
- le processus d'information-consultation (ex. : le nombre des réunions destinées à ces consultations).

POINT DE VIGILANCE

Le défaut ou le refus de consulter le CSE constitue un délit d'entrave au fonctionnement régulier du CSE (c. trav. art. L. 2317-1). Outre une action pénale, le CSE peut demander au tribunal judiciaire la suspension de la mise en œuvre des mesures décidées par l'employeur (voir § 27-17).

→ Informations nécessaires et préalables aux consultations

28-13 Les informations liées aux consultations récurrentes doivent être mises à disposition du CSE dans la base de données économiques, sociales et environnementales (BDESE) (c. trav. art. L. 2312-18) (voir §§ 26-2 et s.).

Un accord peut en déterminer la liste et le contenu des informations nécessaires aux consultations récurrentes (c. trav. art. L. 2312-19).

À cet égard, il pourrait être opportun d'opérer un renvoi aux thèmes et rubriques de la BDESE déterminée de manière conventionnelle.

À défaut de BDESE conventionnelle, il est également possible de renvoyer à la BDESE supplétive (c. trav. art. L. 2312-36, R. 2312-8 et R. 2312-9).

POINT DE VIGILANCE

L'absence de remise des informations au CSE constitue un délit d'entrave et peut avoir une influence sur le processus de consultation (voir § 27-19).

→ Entreprise multiétablissement : niveaux et articulations des consultations

28-14 Par principe, lorsque l'entreprise a un CSE central et des CSE d'établissement, les consultations relatives aux orientations stratégiques et à la situation économique et financière sont conduites au niveau de l'entreprise.

S'agissant de la consultation sur la politique sociale, les conditions de travail et l'emploi, celle-ci doit être menée à la fois au niveau central et au niveau des établissements, lorsque des mesures d'adaptation spécifiques à ces établissements sont prévues (c. trav. art. L. 2312-22, al. 5).

Un accord d'entreprise peut aménager le niveau de ces consultations et l'articulation entre les niveaux (c. trav. art. L. 2312-19 et L. 2312-20). Ainsi, il pourrait toutefois prévoir, par exemple, que les trois consultations récurrentes du CSE soient uniquement effectuées au niveau de l'entreprise, c'est-à-dire auprès du CSE central. De la même manière, l'accord pourrait également prévoir que les CSE d'établissement soient systématiquement consultés dans le cadre des consultations récurrentes (Q/R 70, 117 questions/réponses du ministère du Travail, 17 janvier 2020).

S'agissant plus particulièrement des orientations stratégiques, un accord de groupe peut prévoir que cette consultation est effectuée au niveau du comité de groupe. Dans cette hypothèse, l'accord prévoit les modalités de transmission de l'avis du comité de groupe (c. trav. art. L. 2312-20) :

- à chaque CSE du groupe qui reste consulté sur les conséquences de ces orientations stratégiques ;
- à l'organe administratif de l'entreprise dominante du groupe.

→ Avis du CSE

28-15 Le CSE est réputé avoir été consulté et avoir rendu un avis négatif à l'expiration d'un délai d'un mois. Ce délai est porté à 2 mois en cas d'intervention d'un expert, et trois mois en cas d'intervention d'une ou plusieurs expertises dans le cadre de consultation se déroulant à la fois au niveau du CSE central et d'un ou plusieurs CSE d'établissement (c. trav. art. R. 2312-6). Ces délais sont des délais maximum à l'issue desquels l'absence d'avis vaut avis négatif (sous réserve que les documents nécessaires au processus de consultation aient été fournis) (c. trav. art. L. 2312-15, L. 2312-16 et R. 2312-6 ; Q/R 71,117 questions/réponses du ministère du Travail, 17 janvier 2020).

Un accord d'entreprise peut fixer les délais dans lesquels les avis du comité sont rendus, soit en les raccourcissant soit en les augmentant (c. trav. art. L. 2312-19). L'accord peut également prévoir la possibilité pour le CSE d'émettre un avis unique portant sur tout ou partie des 3 grands thèmes de consultations récurrentes.

Règles supplétives faute d'accord

TROIS CONSULTATIONS ANNUELLES OBLIGATOIRES

28-16 En l'absence d'accord, le CSE doit être consulté chaque année sur (c. trav. art. L. 2312-22) :

- › les orientations stratégiques ;
- › la situation économique et financière ;
- › la politique sociale, conditions de travail et l'emploi.

Les consultations relatives aux orientations stratégiques et à la situation économique et financière sont conduites au niveau de l'entreprise sauf si l'employeur en décide autrement (c. trav. art. L. 2312-22). Cela signifie à notre avis que l'employeur peut, par décision unilatérale, modifier le niveau de la consultation ou bien en prévoir plusieurs.

S'agissant de la consultation sur la politique sociale, les conditions de travail et l'emploi, celle-ci doit être menée à la fois au niveau central et au niveau des établissements, lorsque des mesures d'adaptation spécifiques à ces établissements sont prévues (c. trav. art. L. 2312-22, al. 5).

CONSULTATION SUR LES ORIENTATIONS STRATÉGIQUES DE L'ENTREPRISE

→ Qu'est-ce que les orientations stratégiques ?

28-17 **Orientations stratégiques.** En l'absence d'accord, le CSE est consulté sur les orientations stratégiques de l'entreprise, définies par l'organe chargé de l'administration ou de la surveillance de l'entreprise ainsi que sur leurs conséquences sur l'activité, l'emploi, l'évolution des métiers et des compétences, l'organisation du travail, le recours à la sous-traitance, à l'intérim, à des contrats temporaires et à des stages (c. trav. art. L. 2312-24).

Le code du travail ne livre toutefois aucune définition de la notion d'orientations stratégiques. La jurisprudence tente donc d'en cerner les contours. Elle a notamment précisé que la consultation sur les orientations stratégiques de l'entreprise porte sur « des orientations par nature générale ». Elle a pour support d'information la base de données et doit permettre un véritable échange entre le CSE (ou le CSE central) et la direction sur la stratégie de l'entreprise en vue d'en anticiper ses conséquences pour les salariés et de lui permettre d'appréhender annuellement les objectifs et axes de développement à court et moyen terme de l'entreprise ou ses actions défensives ou de consolidation, en considération de son environnement économique et concurrentiel (CA Paris, ch. 6-2, 3 mai 2018, n° 17/09307).

EN PRATIQUE

Le débat sur les orientations stratégiques doit porter non seulement sur les perspectives envisagées par l'entreprise mais également sur leurs conséquences.

28-18 **GEPC.** La consultation sur les orientations stratégiques doit aussi porter sur la gestion prévisionnelle des emplois et des compétences (GEPC) (c. trav. art. L. 2312-24). Pour faire face à l'accélération des mutations économiques et éviter les restructurations qui en découlent, les entreprises ont, en effet, la possibilité de mettre en place une gestion prévisionnelle des emplois et des parcours professionnels et sur la mixité des métiers (GEPP). Le but est d'anticiper les écarts entre les besoins et les ressources humaines effectives de l'entreprise. La consultation du CSE sur le dispositif « gestion prévisionnelle des emplois et des parcours professionnels et sur la mixité des métiers » va, à notre avis, de soi, et ce, quelle que soit la genèse de ce dispositif.

28-19 **Orientations de la formation professionnelle.** Les orientations de la formation professionnelle dans l'entreprise sont, en principe, fonction des perspectives économiques, de l'évolution de l'emploi, des investissements et des technologies employées. Toujours est-il que cette thématique doit être abordée dans la consultation sur les orientations stratégiques (c. trav. art. L. 2312-24). À l'occasion de cette consultation, l'employeur doit indiquer au CSE les thèmes de formation qu'il estime prioritaire pour l'année suivante et les raisons de son choix, et ce, en cohérence avec les orientations stratégiques de l'entreprise et la GPEC. Comme par le passé, cette thématique doit prendre en compte la situation comparée des hommes et des femmes dans l'entreprise et les éventuelles mesures temporaires arrêtées au seul bénéfice des femmes.

28-20 **Plan de développement des compétences.** La consultation sur les orientations stratégiques doit aussi porter sur le plan de développement des compétences (c. trav. art. L. 2312-24). Ce plan assure l'accès à la formation des salariés et ce, que les actions qui y sont prévues aient été décidées à l'initiative de l'employeur ou qu'elles répondent à des demandes des salariés. Il permet notamment de remplir l'obligation de formation qui pèse sur l'employeur. Celui-ci est donc tenu de présenter au cours de cette consultation le plan de développement des compétences (élaboré en lien avec les orientations professionnelles et la stratégie de l'entreprise) qu'il envisage de mettre en place.

→ Périodicité de la consultation

28-21 En l'absence d'accord (voir § 28-16), la consultation sur les orientations stratégiques est annuelle (c. trav. art. L. 2312-22). Le code du travail ne donne aucune indication sur la date à laquelle elle doit être engagée par les entreprises concernées. C'est donc l'employeur et le secrétaire du CSE qui devront la prévoir chaque année à l'ordre du jour des réunions du comité.

→ Informations à transmettre au CSE

28-22 Le code du travail ne mentionne pas, contrairement aux autres consultations, les informations à transmettre au CSE. À notre sens, Il appartient à l'employeur de mettre à disposition du CSE les informations nécessaires à cette consultation dans la BDESE qui reste l'un des supports de préparation de cette consultation (c. trav. art. L. 2312-18) (voir §§ 26-1 et s.). L'ensemble des informations doivent, en effet, contribuer à donner une vision claire et globale de la formation et de la répartition de la valeur créée par l'activité de l'entreprise (c. trav. art. R. 2312-7).

En l'absence d'informations suffisantes dans la BDESE, des documents détaillant les choix et projets dans les domaines inclus au titre de cette consultation peuvent être communiqués aux membres du CSE. Il peut s'agir d'une note de l'employeur sur les orientations stratégiques de l'entreprise qui doit permettre au comité de donner un avis éclairé.

• **Covid-19.** Dans le cadre de la consultation annuelle sur les orientations stratégiques de l'entreprise, l'employeur doit communiquer au CSE le montant, la nature et l'utilisation des aides dont elles bénéficient au titre des crédits de la mission « Plan de relance » (lié au Covid-19) (loi 2020-1721 du 29 décembre 2020 de finances pour 2021, art. 244). Le CSE doit formuler un avis distinct sur l'utilisation de ces crédits ouverts au titre de la mission « Plan de relance ».

ATTENTION La remise d'une note de deux pages très descriptive et ne comportant aucune information précise sur les moyens qu'une société entend mettre concrètement en œuvre pour parvenir à la réalisation de ses objectifs ou les conséquences attendues sur l'évolution des métiers et des compétences au sein de l'entreprise ainsi que sur l'organisation du travail et, plus généralement, sur l'emploi est insuffisante. Celle-ci ne permet pas au comité d'émettre un avis éclairé et encore moins de proposer des orientations alternatives (CA Lyon, 8 janv. 2016, n° 14/09041). Une autre décision a suspendu un projet important de réorganisation soumis à la consultation du CSE lorsque ce dernier n'a pas été consulté sur les orientations stratégiques ou a été informé de manière insuffisante sur ce sujet (CA Paris, Pôle 06, ch. 02, 29 oct. 2020, n° 20/04265).

→ Nombre de réunions

28-23 La tenue d'une seule réunion est en principe la règle s'agissant de cette consultation. Selon le contexte de l'entreprise considérée, il faut, à notre avis, envisager deux réunions, en particulier lorsqu'il est fait appel à un expert (voir §). Afin de déterminer plus précisément le processus de consultation du CSE, il est recommandé d'en fixer les modalités par un accord collectif ainsi que le permet le code du travail (voir § 28-9).

EN PRATIQUE

Le CSE a la possibilité de se faire assister lors de sa consultation sur les orientations stratégiques par un expert-comptable de son choix (c. trav. art. L. 2315-80 et L. 2315-87) (voir § 41-9).

→ Délais de consultation

28-24 En l'absence d'accord (voir § 28-15), le CSE doit rendre son avis en respectant de stricts délais au-delà desquels il sera considéré comme ayant rendu un avis négatif (sauf exception) (voir §§ 27-8 à 27-11).

Lorsque l'employeur n'a pas mis en place la BDESE devant contenir les informations nécessaires à la consultation du CSE, il existe un risque que le juge considère que les délais ne courent pas (cass. soc. 28 mars 2018, n° 17-13081, BC V n° 49) (voir § 27-11).

Le CSE qui a eu des documents mis à disposition dans la BDESE, mais qui estime que l'employeur ne lui a pas communiqué les éléments lui permettant de donner un avis en toute connaissance de cause, doit saisir le juge avant l'expiration du délai de consultation. À défaut, il ne peut pas soutenir que ce délai n'a jamais commencé à courir au motif que les informations fournies initialement étaient insuffisantes (cass. soc. 27 mai 2020, n° 18-26483 FPB).

→ Propositions et avis du CSE

28-25 Le CSE émet un avis sur les orientations stratégiques de l'entreprise et peut, à cette occasion, proposer des orientations alternatives (c. trav. art. L. 2312-24). L'avis est transmis au conseil d'administration (ou au conseil de surveillance) de l'entreprise considérée, à charge pour cette instance de rédiger une réponse argumentée au CSE (à laquelle celui-ci pourra répondre à son tour). L'avis du CSE est transmis, le cas échéant, au comité de groupe (c. trav. art. L. 2312-20).

L'avis du CSE sur les orientations stratégiques doit être motivé (c. trav. art. L. 2312-15).

La méthode la plus pertinente est, selon nous, de rédiger cet avis en reprenant point par point tous les thèmes devant être abordés lors de la consultation.

La consultation sur les orientations stratégiques donne lieu à procès-verbal.

CONSULTATION SUR LA SITUATION ÉCONOMIQUE ET FINANCIÈRE DE L'ENTREPRISE

→ Notion de situation économique et financière

28-26 En l'absence d'accord, cette consultation porte sur la situation économique et financière de l'entreprise, sur la politique de recherche et de développement technologique, y compris sur l'utilisation du crédit d'impôt pour les dépenses de recherche (c. trav. art. L. 2312-25).

→ Périodicité de la consultation

28-27 En l'absence d'accord (voir § 28-11), la consultation sur la situation économique et financière est annuelle et obligatoire (c. trav. art. L. 2312-22). Le code du travail ne donne aucune indication sur la date à laquelle elle doit être engagée par les entreprises concernées. C'est donc l'employeur et le secrétaire du CSE qui devront la prévoir chaque année à l'ordre du jour des réunions du comité.

→ Informations à transmettre au CSE

28-28 **Informations légales.** À défaut d'accord portant sur le contenu de la BDESE, l'employeur est tenu de mettre à disposition du CSE (c. trav. art. L. 2312-25, II) :

- les informations sur l'activité et la situation économique et financière de l'entreprise ainsi que sur ses perspectives pour l'année à venir ;
- pour toutes les sociétés commerciales, les documents obligatoirement transmis annuellement à l'assemblée générale des actionnaires ou à l'assemblée des associés, notamment le rapport de gestion (c. com. art. L. 225-102-1) comprenant des informations relatives à la responsabilité sociale et environnementale des entreprises, les communications et les copies transmises aux actionnaires ainsi que le rapport des commissaires aux comptes ;
- pour les sociétés commerciales (visées par l'art. L. 232-2 du code de commerce) et les groupements d'intérêt économique (GIE) (visés à l'article L. 251-13 du même code), les informations comptables et financières prévisionnelles ainsi que la situation de l'actif réalisable et disponible, valeurs d'exploitation exclues, et du passif exigible, un tableau de financement en même temps que le bilan annuel et un plan de financement prévisionnel (c. com. art. L. 251-13, L. 232-3 et L. 232-4) ;
- pour les entreprises ne revêtant pas la forme de société commerciale, les documents comptables qu'elles établissent ;

› pour les sociétés commerciales, les documents transmis annuellement à l'assemblée générale des actionnaires ou à l'assemblée des associés, notamment le rapport de gestion, les communications et copies transmises aux actionnaires, ainsi que le rapport du commissaire aux comptes ;
› les informations relatives à la politique de recherche et de développement technologique de l'entreprise.

28-29 **Informations réglementaires.** Le contenu des informations légales (voir § 28-28) est précisé par voie réglementaire. Ces données qui doivent également figurer dans la BDESE varient selon l'effectif de l'entreprise (voir Annexe 2) :
› les informations prévues aux rubriques 1°B, 7°A et 7°F, 8° et 9° de la BDESE dans les entreprises de moins de 300 salariés (c. trav. art. R. 2312-16) ;
› les informations prévues aux rubriques 1°B, 1°C, 7°A, 7°F, 8° et 9° de la BDESE dans les entreprises d'au moins 300 salariés (c. trav. art. R. 2312-17).

28-30 **Rapport relatif à la participation aux résultats.** Dans toutes les entreprises assujetties à la législation relative à la participation aux résultats, l'employeur présente, dans les 6 mois suivants la clôture de l'exercice social, un rapport au CSE ou à la commission spécialisée éventuellement créée par ce comité. Celui-ci comporte notamment (c. trav. art. D. 3323-13) :
› les éléments servant de base au calcul du montant de la réserve spéciale de participation pour l'exercice écoulé ;
› des indications précises sur la gestion des sommes affectées à cette réserve et sur leur utilisation.

→ Nombre de réunions

28-31 Compte tenu du champ d'application de cette consultation (voir § 28-1), il faut envisager la tenue de plusieurs réunions.

À notre avis, deux réunions minimum doivent être prévues :
› la première pour exposer les nombreuses informations mises à la disposition du CSE dans la BDESE et répondre à un certain nombre de questions ;
› une seconde pour répondre aux questions en attente et procéder à la consultation proprement dite.

Le CSE peut convoquer les commissaires aux comptes pour recevoir leurs explications sur les différents postes des documents communiqués ainsi que sur la situation financière de l'entreprise (c. trav. art. L. 2312-25 II, 2°).

EN PRATIQUE

Le CSE a la possibilité de se faire assister, lors de sa consultation sur la situation économique et financière de l'entreprise, par un expert-comptable de son choix (c. trav. art. L. 2315-89) (voir § 41-8). Dans cette hypothèse, une réunion de remise du rapport peut aussi être envisagée en supplément. À notre avis, dans les entreprises où la situation économique et financière est complexe, un minimum de trois réunions nous semble nécessaire.

Afin de déterminer plus précisément le processus de consultation du CSE, il est recommandé d'en fixer les modalités par un accord collectif ainsi que le permet le code du travail (voir § 28-9).

→ Délais de consultation

28-32 En l'absence d'accord (voir § 28-15), le CSE doit rendre son avis en respectant de stricts délais au-delà desquels il sera considéré comme ayant rendu un avis négatif (sauf exception) (voir §§ 27-8 à 27-11).

Lorsque l'employeur n'a pas mis en place la BDESE devant contenir les informations nécessaires à la consultation du CSE, il existe un risque que le juge considère que les délais ne courent pas (cass. soc. 28 mars 2018, n° 17-13081, BC V n° 49) (voir § 27-11).

Le CSE qui a eu des documents mis à disposition dans la BDESE mais qui estime que l'employeur ne lui a pas communiqué les éléments lui permettant de donner un avis en toute connaissance de cause doit saisir le juge avant l'expiration du délai de consultation. À défaut, il ne peut pas soutenir que ce délai n'a jamais commencé à courir au motif que les informations fournies initialement étaient insuffisantes (cass. soc. 27 mai 2020, n° 18-26483 FPB).

→ Propositions et avis du CSE

28-33 Le CSE émet un avis sur la situation économique et financière de l'entreprise. Il peut à cette occasion formuler des avis et des vœux (c. trav. art. L. 2312-15). L'avis est transmis au conseil d'administration (ou au conseil de surveillance) de l'entreprise considérée, à charge pour cette instance de rédiger une réponse argumentée au CSE (à laquelle celui-ci pourra répondre à son tour). L'avis du CSE est communiqué, le cas échéant, au comité de groupe (c. trav. art. L. 2312-20).

L'avis du CSE sur la situation économique et financière de l'entreprise doit être motivé (c. trav. art. L. 2312-15).

La méthode la plus pertinente est, selon nous, de rédiger cet avis en reprenant point par point tous les thèmes devant être abordés lors de la consultation.

La consultation sur la situation économique et financière de l'entreprise donne lieu à procès-verbal.

CONSULTATION SUR LA POLITIQUE SOCIALE, CONDITIONS DE TRAVAIL ET L'EMPLOI

→ Notion de politique sociale

28-34 **Thèmes.** En l'absence d'accord, la consultation annuelle sur la politique sociale de l'entreprise, les conditions de travail et l'emploi porte sur (c. trav. art. L. 2312-26) :

- l'évolution de l'emploi ;
- les qualifications ;
- le programme pluriannuel de formation ;
- les actions de formation envisagées par l'employeur ;
- l'apprentissage ;
- les conditions d'accueil en stage ;
- les actions de prévention en matière de santé et de sécurité ;
- les conditions de travail ;
- les congés et l'aménagement du temps de travail ;
- la durée du travail ;
- l'égalité professionnelle entre les femmes et les hommes et les modalités d'exercice du droit d'expression des salariés dans les entreprises non couvertes

par un accord sur l'égalité professionnelle et la qualité de vie au travail contenant des dispositions sur ce droit.

28-35 **Le bilan social pour les seules entreprises d'au moins 300 salariés.** En l'absence d'accord, dans les entreprises d'au moins 300 salariés, la consultation annuelle porte, en outre, sur le bilan social de l'entreprise (c. trav. art. L. 2312-28). Ces données sont mises à la disposition du CSE dans la BDESE.

Dans les entreprises comportant des établissements distincts, le CSE d'établissement est consulté sur le bilan social particulier à chaque établissement dont l'effectif est au moins de 300 salariés (c. trav. art. L. 2312-28).

Le bilan social récapitule les principales données chiffrées permettant d'apprécier la situation de l'entreprise dans le domaine social, d'enregistrer les réalisations effectuées et de mesurer les changements intervenus au cours de l'année écoulée et des deux années précédentes. Il comporte des informations sur l'emploi, les rémunérations et charges accessoires, les conditions de santé et de sécurité, les autres conditions de travail, la formation, les relations professionnelles, le nombre de salariés détachés et le nombre de travailleurs détachés accueillis ainsi que sur les conditions de vie des salariés et de leurs familles dans la mesure où ces conditions dépendent de l'entreprise (c. trav. art. L. 2312-30).

POINT DE VIGILANCE

Le seuil de 300 salariés s'apprécie comme celui de 50 salariés pour la mise en place du CSE. Il doit donc être atteint pendant 12 mois consécutifs. L'employeur dispose d'un an à compter de l'année du franchissement du seuil pour se conformer à ses nouvelles obligations (c. trav. art. L. 2312-34).

→ Informations à transmettre au CSE

28-36 **Informations légales.** À défaut d'accord portant sur le contenu de la BDESE, l'employeur est tenu de mettre à disposition du CSE (c. trav. art. L. 2312-26, II) :

- › les informations sur l'évolution de l'emploi, des qualifications, de la formation et des salaires, sur les actions en faveur de l'emploi des travailleurs handicapés, sur le nombre et les conditions d'accueil des stagiaires, sur l'apprentissage et sur le recours aux contrats de travail à durée déterminée, aux contrats de mission conclus avec une entreprise de travail temporaire ou aux contrats conclus avec une entreprise de portage salarial ;
- › les informations et les indicateurs chiffrés sur situation comparée des femmes et des hommes dans l'entreprise, l'accord égalité professionnelle ou le plan d'actions ;
- › les informations sur plan de développement des compétences ;
- › les informations sur la mise en œuvre des contrats de professionnalisation et du compte personnel de formation ;
- › les informations sur la mise en œuvre des entretiens professionnels et de l'état des lieux récapitulatifs ;
- › les informations sur la durée et aménagement du temps de travail ;
- › les informations sur les mesures prises en vue de faciliter l'emploi des accidentés du travail, des invalides de guerre et assimilés, des invalides civils et des travailleurs handicapés, notamment celles relatives à l'application de l'obligation d'emploi des travailleurs handicapés ;

› les informations sur l'affectation de la contribution sur les salaires au titre de l'effort de construction ainsi que sur les conditions de logement des travailleurs étrangers que l'entreprise se propose de recruter ;

› les informations sur les modalités d'exercice du droit d'expression ;

› les informations relatives aux contrats de mise à disposition conclus avec entreprises de travail temporaire, contrats d'accompagnement dans l'emploi, contrats initiative emploi et raison du recours à ces contrats, CDD, contrats de mission conclus avec une entreprise de travail temporaire ou de portage salarial.

L'employeur est également tenu de présenter au CSE (c. trav. art. L. 2312-27) :

› un rapport annuel écrit faisant le bilan de la situation générale de la santé, de la sécurité et des conditions de travail dans l'entreprise et des actions menées au cours de l'année écoulée dans ces domaines. Les questions du travail de nuit et de prévention des effets de l'exposition aux facteurs de risques professionnels doivent être traitées spécifiquement ;

› un programme annuel de prévention des risques professionnels et d'amélioration des conditions de travail. Ce programme fixe la liste détaillée des mesures devant être prises au cours de l'année à venir qui comprennent les mesures de prévention des effets de l'exposition aux facteurs de risques professionnels, ainsi que, pour chaque mesure, ses conditions d'exécution et l'estimation de son coût.

28-37 **Informations réglementaires.** L'employeur est tenu, à défaut d'accord, de mettre à disposition certaines informations de la BDESE réglementaire (c. trav. art. R. 2312-18 à R. 2312-20).

En l'absence d'accord, l'employeur doit remettre au CSE, via la BDESE, en vue de sa consultation sur la politique sociale, quel que soit le nombre de salariés, les informations relatives à la formation professionnelle et aux contrats de professionnalisation et des informations sur la durée du travail dont le travail à temps partiel et l'aménagement du temps de travail (c. trav. art. R. 2312-18 et R. 2312-8, 1° A e et 1° A f).

Dans les entreprises de moins de 300 salariés, l'employeur doit mettre à la disposition du CSE, via la BDESE, un certain nombre d'informations répertoriées dans la BDESE (c. trav. art. R. 2312-19 et R. 2312-8, rubriques 1° A, 2° et 4°). Il doit ainsi mettre à la disposition du CSE l'intégralité des informations comprises dans la rubrique 1° A, 2° et 4° de la BDESE des entreprises de moins de 300 salariés sauf accord prévoyant le contenu des informations nécessaires.

Dans les entreprises d'au moins de 300 salariés, l'employeur doit mettre à la disposition du CSE, via la BDESE, un certain nombre d'informations répertoriées dans la BDESE (c. trav. art. R. 2312-19 et R. 2312-9, rubriques 1° A, 2° et 4°). Il doit ainsi mettre à la disposition du CSE l'intégralité des informations comprises dans la rubrique 1° A, 2° et 4°et 5° de la BDESE des entreprises d'au moins 300 salariés sauf accord prévoyant le contenu des informations nécessaires.

Pour plus de détails, voir l'Annexe 2 de cet ouvrage.

→ Périodicité de la consultation

28-38 En l'absence d'accord (voir § 28-9), la consultation sur la politique sociale et les conditions de travail est annuelle et obligatoire (c. trav. art. L. 2312-22). Le code du travail ne donne aucune indication sur la date à laquelle elle doit être engagée par les entreprises concernées. C'est donc l'employeur et le secrétaire du CSE qui devront la prévoir chaque année à l'ordre du jour des réunions du comité.

→ Nombre de réunions

28-39 Compte tenu du champ d'application de cette consultation (voir § 28-9), il faut envisager la tenue de plusieurs réunions.

À notre avis, deux réunions minimum doivent être prévues :

- › la première pour exposer les nombreuses informations mises à la disposition du CSE dans la BDESE et répondre à un certain nombre de questions ;
- › une seconde pour répondre aux questions en attente et procéder à la consultation proprement dite.

EN PRATIQUE

Le CSE a la possibilité de se faire assister lors de sa consultation sur la politique sociale de l'entreprise par un expert-comptable de son choix (c. trav. art. L. 2315-801 et L. 2315-91) (voir § 41-9). Dans cette hypothèse, une réunion de remise du rapport peut aussi être envisagée en supplément.

Afin de déterminer plus précisément le processus de consultation du CSE, il est recommandé d'en fixer les modalités par un accord collectif ainsi que le permet le code du travail (voir § 28-9).

→ Délais de consultation

28-40 En l'absence d'accord (voir § 28-15), le CSE doit rendre son avis en respectant de stricts délais au-delà desquels il sera considéré comme ayant rendu un avis négatif (sauf exception) (voir §§ 27-8 à 27-11).

Lorsque l'employeur n'a pas mis en place la BDESE devant contenir les informations nécessaires à la consultation du CSE, il existe un risque que le juge considère que les délais ne courent pas (cass. soc. 28 mars 2018, n° 17-13081, BC V n° 49) (voir § 27-11).

Le CSE qui a eu des documents mis à disposition dans la BDESE, mais qui estime que l'employeur ne lui a pas communiqué les éléments lui permettant de donner un avis en toute connaissance de cause, doit saisir le juge avant l'expiration du délai de consultation. À défaut, il ne peut pas soutenir que ce délai n'a jamais commencé à courir au motif que les informations fournies initialement étaient insuffisantes (cass. soc. 27 mai 2020, n° 18-26483 FPB).

→ Propositions et avis du CSE

28-41 Le CSE émet un avis sur la politique sociale de l'entreprise. Il peut à cette occasion formuler des avis et des vœux. L'employeur doit rendre compte, de façon motivée, de la suite qui leur est donnée (c. trav. art. L. 2312-15).

L'avis du CSE sur la politique sociale de l'entreprise doit être motivé (c. trav. art. L. 2312-15). Le CSE doit aussi émettre un avis sur le bilan social qui doit lui être soumis dans les entreprises d'au moins 300 salariés.

La méthode la plus pertinente est, selon nous, de rédiger cet avis en reprenant point par point tous les thèmes devant être abordés lors de la consultation. En d'autres termes, le CSE rendra un avis sur l'évolution de l'emploi, les qualifications, les actions de prévention, l'égalité professionnelle entre les hommes et les femmes, etc.

La consultation sur la politique sociale de l'entreprise donne lieu à procès-verbal.

À NOTER Le CSE peut se prononcer par un avis unique portant sur l'ensemble des thèmes listés ou par des avis séparés organisés au cours de consultations propres à chacun de ces thèmes (c. trav. art. L. 2312-26).

Les modalités pour se prononcer par avis séparé ne sont toutefois pas prévues par les textes.

TABLEAU RÉCAPITULATIF

28-42

INFORMATIONS ET CONSULTATIONS RÉCURRENTES DU CSE		
Trois consultations annuelles récurrentes d'ordre public (c. trav. art. L. 2312-17)	**Règles négociables par accord d'entreprise majoritaire conclu avec les DS ou, en l'absence de DS, par accord avec le CSE** (c. trav. art. L. 2312-19)	**Règles supplétives (applicables en l'absence d'accord)**
Orientations stratégiques (c. trav. art. L. 2312-24) La consultation porte également sur la GPEC, la formation professionnelle et le plan de développement des compétences	– Contenu – Périodicité (maximum 3 ans) – Modalités des consultations récurrentes – Contenu et liste des informations nécessaires aux consultations récurrentes – Niveaux des consultations – Avis du CSE (aménagement des délais et avis unique possible)	**Périodicité annuelle** **Informations à transmettre au CSE :** indicateurs de la BDESE complétés par des documents spécifiques à chaque consultation en fonction de l'effectif (+ ou – 300 salariés) **Niveaux des consultations :** – au niveau de l'entreprise sur orientations stratégiques et situation économique et financière (sauf décision unilatérale de l'employeur) ; – au niveau de l'entreprise et, le cas échéant, au niveau des établissements pour la consultation sur la politique sociale, conditions de travail et l'emploi. **Délais de consultation réglementaires** (c. trav. art. R. 2312-5 et R. 2312-6)
Situation économique et financière (c. trav. art. L. 2312-25) La consultation porte également sur la politique de recherche technologique, le crédit d'impôt recherche		
Politique sociale, conditions de travail et l'emploi La consultation porte en outre sur : – emploi, qualification, formation professionnelle, apprentissage, stage, prévention santé et sécurité, congés aménagement du temps de travail, durée du travail, égalité professionnelle entre femmes et hommes et droit d'expression (c. trav. art. L. 2312-26) ; – dans les entreprises d'au moins 300 salariés, la consultation porte, en outre, sur le bilan social de l'entreprise. Dans les entreprises comportant des établissements distincts, le CSE d'établissement est consulté sur le bilan social particulier à chaque établissement dont l'effectif est au moins de 300 salariés (c. trav. art. L. 2312-28).		

28 Aménagement des consultations récurrentes

28-43 Le modèle proposé ci-après peut être adapté à chaque CSE, c'est-à-dire être ajusté ou complété en fonction des spécificités de l'entreprise concernée.

Il conviendra de se reporter aux développements contenus dans ce guide afin de vérifier si l'adaptation envisagée est conforme aux textes.

Modèle

ENTRE :

L'entreprise ..., dont le siège social est situé ...,

Représentée par M. ... en vertu des pouvoirs dont il/elle dispose,

d'une part ;

ET

– **L'organisation syndicale représentative ...**, représentée par M. ..., en sa qualité de Délégué(e) Syndical(e) ;

– **L'organisation syndicale représentative ...**, représentée par M. ..., en sa qualité de Délégué(e) Syndical(e) ;

– ...

d'autre part.

Afin d'optimiser le dialogue social et d'adapter celui-ci à la situation de l'entreprise, il a été conclu le présent accord conformément aux dispositions de l'article L. 2312-19 du code du travail, afin de définir les modalités de consultation du comité social et économique (CSE).

En pratique. Préambule à parfaire en fonction des objectifs poursuivis / de la politique sociale de l'entreprise.

Conditions de validité :

Entreprise avec DS = Accord majoritaire, non référendable

Entreprises sans DS = Accord conclu avec le CSE adopté à la majorité des élus titulaires.

MODÈLE D'ACCORD

ARTICLE 1 - PÉRIODICITÉ DES CONSULTATIONS RÉCURRENTES

La périodicité de la consultation du CSE sur :

– les orientations stratégiques de l'entreprise sont ... *(annuelle, bisannuelle...) ;*

– la situation économique et financière de l'entreprise est ... *(annuelle, bisannuelle...) ;*

– la politique sociale de l'entreprise, les conditions de travail et l'emploi est ... *(annuelle, bisannuelle...).*

En pratique. La périodicité des consultations prévue par l'accord ne peut être supérieure à 3 ans.

ARTICLE 2 - CONTENU DE CHAQUE CONSULTATION RÉCURRENTE

2.1. Orientations stratégiques de l'entreprise

La consultation du CSE sur les orientations stratégiques de l'entreprise porte sur :

En pratique. L'article L. 2312-19 permet à l'accord de définir le contenu de chaque consultation récurrente. Les thèmes, ci-dessous, reprennent ceux obligatoirement abordés en l'absence d'accord. Cette liste peut donc être modifiée librement.

– les orientations stratégiques définies par le conseil d'administration (ou de surveillance) de l'entreprise ;

– les conséquences de ces orientations sur :
  - l'activité ;
  - l'emploi ;
  - l'évolution des métiers et des compétences ;
  - l'organisation du travail ;
  - le recours à la sous-traitance, à l'intérim, à des contrats temporaires et à des stages ;
  - la gestion prévisionnelle des emplois et des compétences.

En pratique. L'article L. 2312-19 ne vise pas exclusivement les entreprises d'au moins 300 salariés contrairement à l'article L. 2242-2. Il s'agit sans doute d'une coquille.

– les orientations de la formation professionnelle.

En pratique. Un accord de groupe peut prévoir que la consultation sur les orientations stratégiques est effectuée au niveau du comité de groupe (c. trav. art. L. 2312-20).

2.2. Situation économique et financière

La consultation du CSE sur la situation économique et financière porte sur :

– la situation économique et financière de l'entreprise ;

– la politique de recherche et de développement technologique ;

– l'utilisation du crédit d'impôt pour les dépenses de recherche (CIR).

En pratique. L'article L. 2312-19 permet à l'accord de définir le contenu de chaque consultation périodique. Les thèmes, ci-dessous, reprennent ceux obligatoirement abordés en l'absence d'accord. Cette liste peut donc être modifiée librement.

2.3. Politique sociale de l'entreprise, les conditions de travail et l'emploi

En pratique. L'article L. 2312-19 permet à l'accord de définir le contenu de chaque consultation périodique. Les thèmes, ci-dessous, reprennent ceux obligatoirement abordés en l'absence d'accord. Cette liste peut donc être modifiée librement.

La consultation du CSE sur la politique sociale de l'entreprise, les conditions de travail et l'emploi porte sur :

- l'évolution de l'emploi ;
- les qualifications ;
- le programme pluriannuel de formation ;
- les actions de formation envisagées ;
- l'apprentissage ;
- les conditions d'accueil en stage ;
- les actions de prévention en matière de santé et de sécurité ;
- les conditions de travail ;
- les congés et l'aménagement du temps de travail ;
- la durée du travail ;

En pratique. L'article 3123-15, d'ordre public, prévoit que, dans le cadre de cette consultation, l'employeur communique au moins **une fois par an** au comité social et économique, s'il existe, un bilan du travail à temps partiel réalisé dans l'entreprise. Il communique également ce bilan aux délégués syndicaux de l'entreprise.

De plus, l'article L. 3123-16, d'ordre public, ajoute que l'employeur informe chaque année le CSE, s'il existe, du nombre de demandes de dérogation individuelle à la durée minimale de travail mentionnée au premier alinéa de l'article L. 3123-7 qui sont accordées sur le fondement des deux derniers alinéas du même article L. 3123-7.

Dès lors, même si un accord majoritaire modifie la périodicité de cette consultation, l'employeur doit néanmoins communiquer ces informations, tous les ans, aux représentants du personnel.

- l'égalité professionnelle entre les femmes et les hommes ;
- les modalités d'exercice du droit d'expression des salariés ;

En pratique. Ce thème doit être abordé dans les entreprises non couvertes par un accord sur l'égalité professionnelle et la qualité de vie au travail contenant des dispositions sur le droit d'expression.

MODÈLE D'ACCORD

– le bilan social dont le contenu est celui prévu au code du travail (c. trav. art. L. 2312-28).

En pratique. Obligation qui concerne les entreprises d'au moins 300 salariés ou, dans les entreprises comportant des établissements distincts, le CSE d'établissement est consulté sur le bilan social particulier à chaque établissement dont l'effectif habituel est au moins de 300 salariés.

Ceci étant, l'obligation d'établir un bilan social relève des dispositions supplétives et non des dispositions d'ordre public (c. trav. art. L. 2312-28 et s.). Il semble donc possible de s'en affranchir.

ARTICLE 3 - LISTES ET CONTENUS DES INFORMATIONS NÉCESSAIRES AUX CONSULTATIONS RÉCURRENTES

3.1. Orientations stratégiques de l'entreprise

Option 1 : Renvoi à la BDESE déterminée conventionnellement (voir §§ 26-1 et s.)

La liste et le contenu des informations mis à la disposition des membres du CSE, en vue de leur consultation, seront ceux identifiés comme tels dans la BDESE mise en place conventionnellement.

En pratique. L'article L. 2312-19 permet, notamment, de déterminer la liste et le contenu des informations nécessaires à cette consultation. Dès lors, il pourrait être opportun d'opérer un renvoi aux thèmes et rubriques de la BDESE, déterminée par voie d'accord, comportant ces informations.

Cela serait d'autant plus simple que le code du travail (c. trav. art. L. 2312-21) permet de déterminer l'organisation, l'architecture et le contenu de la BDESE ainsi que les modalités de son fonctionnement.

Option 2 : Renvoi à la BDESE supplétive (voir Annexe 2)

La liste et le contenu des informations mis à la disposition des membres du CSE, en vue de leur consultation, seront ceux, figurant dans la BDESE, mentionnés à l'article L. 2312-36 et ... :

– ... c. trav. art. R. 2312-8 (moins de 300 salariés).

– ... c. trav. art. R. 2312-9 (300 salariés et plus).

3.2. Situation économique et financière

Option 1 : Renvoi à la BDESE déterminée conventionnellement

La liste et le contenu des informations mis à la disposition des membres du CSE, en vue de leur consultation, seront ceux identifiés comme tels dans la BDESE mise en place conventionnellement.

En pratique. L'article L. 2312-19 permet, notamment, de déterminer la liste et le contenu des informations nécessaires à cette consultation. Dès lors, il pourrait être opportun d'opérer un renvoi aux thèmes et rubriques de la BDESE, déterminée par voie d'accord, comportant ces informations.

Cela serait d'autant plus simple que le code du travail (c. trav. art. L. 2312-21) permet de déterminer l'organisation, l'architecture et le contenu de la BDESE ainsi que les modalités de son fonctionnement.

Option 2 : Renvoi à la BDESE supplétive (Voir Annexe 2)

La liste et le contenu des informations mis à la disposition des membres du CSE, en vue de leur consultation, seront ceux, figurant dans la BDESE, mentionnés aux articles L. 2312-25 et ... :

- ... c. trav. art. R. 2312-16 (moins de 300 salariés).
- ... c. trav. art. R. 2312-17 (300 salariés et plus).

3.3. Politique sociale de l'entreprise, les conditions de travail et l'emploi

Option 1 : Renvoi à la BDESE déterminée conventionnellement

La liste et le contenu des informations mis à la disposition des membres du CSE, en vue de leur consultation, seront ceux identifiés comme tels dans la BDESE mise en place conventionnellement.

En pratique. L'article L. 2312-19 permet, notamment, de déterminer la liste et le contenu des informations nécessaires à cette consultation. Dès lors, il pourrait être opportun d'opérer un renvoi aux thèmes et rubriques de la BDESE, déterminée par voie d'accord, comportant ces informations.

Cela serait d'autant plus simple que le code du travail (c. trav. art. L. 2312-21) permet de déterminer l'organisation, l'architecture et le contenu de la BDESE ainsi que les modalités de son fonctionnement.

Option 2 : Renvoi à la BDESE supplétive

La liste et le contenu des informations mis à la disposition des membres du CSE, en vue de leur consultation, seront ceux, figurant dans la BDESE, mentionnés aux articles :

- c. trav. art. L. 2312-26, L. 2312-27
- c. trav. art. R. 2312-18 et R. 2312-19

(moins de 300 salariés)

- c. trav. art. L. 2312-26, L. 2312-27, L. 2312-28 et s.
- c. trav. art. D. 2312-18 et R. 2312-20

(300 salariés et plus)

ARTICLE 4 - MODALITÉS DE CONSULTATION DU CSE

4.1. Nombre de réunions

Le nombre de réunion est fixé à ... par an qui sont fixées dans les conditions prévues à l'article 2 ci-dessous.

Le CSE se réunira, sur convocation de son Président ou de son représentant, dans les conditions prévues dans son règlement intérieur.

MODÈLE D'ACCORD

En pratique. Il doit y avoir, a minima, 6 réunions annuelles dont, au moins, 4 portent, en tout ou partie, sur les attributions du comité en matière de SSCT, plus fréquemment en cas de besoin, notamment dans les branches d'activité présentant des risques particuliers.

L'article 2312-27 prévoit d'autres situations qui, si elles surviennent, obligent le CSE à se réunir.

4.2. Calendrier des réunions

1 - La consultation sur les orientations stratégiques de l'entreprise

• La première réunion consacrée à cette consultation se tiendra dans le courant du mois de ... *[de chaque année ou mentionner une(des) date(s) précise(s)]*. Elle aura pour objet la présentation, par la Direction, des informations mises à la disposition des membres du CSE dans les conditions et délais définis au présent accord, aux débats et aux éventuelles demandes d'informations complémentaires.

L'ordre du jour de cette réunion sur ce point sera le suivant : **« Information du CSE en vue de sa consultation ultérieure sur les orientations stratégiques de l'entreprise »**.

• La réunion consacrée à la consultation du CSE se tiendra dans le courant du mois de ... *[de chaque année ou mentionner une(des) date(s) précise(s)]*. Elle aura pour objet, le cas échéant, la présentation du rapport de l'expert-comptable, les réponses de la Direction aux éventuelles demandes d'informations complémentaires, les débats et l'avis du CSE sur les orientations stratégiques de l'entreprise et leurs conséquences.

L'ordre du jour de cette réunion sur ce point sera le suivant : **« Consultation du CSE sur les orientations stratégiques de l'entreprise »**.

• L'avis du CSE sera émis dans les conditions précisées dans le présent accord.

À cet égard, il est rappelé que l'avis du CSE sera motivé et pourra proposer des orientations alternatives.

Cet avis sera transmis, par la Direction, à l'organe chargé de l'administration ou de la surveillance de l'entreprise, qui formulera une réponse argumentée dans le délai d'un mois suivant la date de sa transmission. Le comité recevra communication de cette réponse, par l'intermédiaire de la Direction, et disposera de la faculté d'y répliquer, en délibérant, de manière motivée, à l'occasion de la réunion mensuelle suivante la plus proche.

En pratique. Ces dispositions ne sont pas obligatoires puisqu'elles figurent uniquement dans les dispositions supplétives.

2 - La consultation sur la situation économique et financière de l'entreprise

• La première réunion consacrée à cette consultation se tiendra dans le courant du mois de ... *[de chaque année ou mentionner une(des) date(s) précise(s)]*. Elle aura pour objet la présentation, par la Direction, des informations mises à la disposition des membres du CSE dans les conditions et délais définis au présent accord, aux débats et aux éventuelles demandes d'informations complémentaires.

L'ordre du jour de cette réunion sur ce point est le suivant : **« Information du CSE en vue de sa consultation ultérieure sur la situation économique et financière de l'entreprise ».**

• La réunion consacrée à la consultation du CSE se tiendra dans le courant du mois de ... *[de chaque année ou mentionner une(des) date(s) précise(s)]*. Elle aura pour objet, le cas échéant, la présentation du rapport de l'expert-comptable, les réponses de la Direction aux éventuelles demandes d'informations complémentaires, les débats et l'avis du CSE sur la situation économique et financière de l'entreprise.

L'ordre du jour de cette réunion sur ce point sera le suivant : **« Consultation du CSE sur la situation économique et financière de l'entreprise ».**

• L'avis du CSE sera émis dans les conditions précisées dans le présent accord.

À cet égard, l'avis du comité sera motivé et transmis à l'organe chargé de l'administration ou de la surveillance de l'entreprise.

En pratique. Ces dispositions ne sont pas obligatoires puisqu'elles figurent uniquement dans les dispositions supplétives.

3 - La consultation sur la politique sociale de l'entreprise, les conditions de travail et l'emploi

• La première réunion consacrée à cette consultation se tiendra dans le courant du mois de ... *[de chaque année ou mentionner une(des) date(s) précise(s)]*. Elle aura pour objet la présentation, par la Direction, des informations mises à la disposition des membres du CSE dans les conditions et délais définis au présent accord, aux débats et aux éventuelles demandes d'informations complémentaires.

L'ordre du jour de cette réunion sur ce point est le suivant : **« Information du CSE en vue de sa consultation ultérieure sur la politique sociale de l'entreprise, les conditions de travail et l'emploi »**.

• La réunion consacrée à la consultation du CSE se tiendra dans le courant du mois de ... *[de chaque année ou mentionner une(des) date(s) précise(s)]*. Elle aura pour objet, le cas échéant, la présentation du rapport de l'expert-comptable, les réponses de la Direction aux éventuelles demandes d'informations complémentaires, les débats et l'avis du CSE sur la politique sociale de l'entreprise, les conditions de travail et l'emploi.

MODÈLE D'ACCORD

L'ordre du jour de cette réunion sur ce point sera le suivant : **« Consultation du CSE sur la politique sociale de l'entreprise, les conditions de travail et l'emploi »**.

• L'avis du CSE sera émis dans les conditions précisées dans le présent accord.

4.3. Communication des informations aux membres du CSE [Clause pouvant être insérée à défaut d'accord collectif portant sur la BDESE]

Les informations remises aux membres du CSE, dans le cadre des réunions d'information préalable visées au paragraphe 4.2, sont intégrées et figurent dans la BDESE. Ces informations seront actualisées, tous les ... *semaines / ... mois*, et mis à disposition permanente, sur *support papier / sur support numérique*, des membres du CSE.

En pratique. Doivent figurer dans la BDESE, les conséquences environnementales de l'activité de l'entreprise pour chacune des consultations obligatoires.

En tout état de cause, la Direction s'assurera que les informations nécessaires au CSE, en vue des réunions d'informations et de consultations, soient actualisées 15 jours avant la tenue de la réunion.

La mise à disposition des informations actualisées vaut communication, aux membres du CSE, des rapports et informations prévues pour les informations et consultations récurrentes prévues dans le cadre du présent accord.

Les membres du CSE seront tenus à une obligation de discrétion à l'égard des informations présentant un caractère confidentiel et données comme telles par l'entreprise. Ils seront tenus, en ce qui concerne ces renseignements, au respect absolu de cette obligation, avec toutes conséquences de droit pouvant en découler. Ces renseignements ne pourront, en aucun cas, être divulgués.

4.4. Délais de consultations

• Pour chacune des consultations récurrentes, le délai maximal de consultation du CSE est fixé à ... *jour / ... mois*, à l'issue duquel l'avis, s'il n'a pas été exprimé, est réputé négatif.

En pratique. Il est possible de faire une distinction entre les différentes consultations. Il n'existe plus de délai minima de 15 jours.

Option 1 :

Ce délai court à compter de la première réunion destinée à commenter les informations nécessaires aux représentants du personnel en vue de leur consultation.

En pratique, ce délai expirera *(facultatif)* :

– Lors de la réunion *du mois* ... pour la consultation sur les orientations stratégiques de l'entreprise et leurs conséquences.

– Lors de la réunion *du mois* ... pour la consultation sur la situation économique et financière.

– Lors de la réunion *du mois* ... pour la consultation sur la politique sociale, de l'entreprise, les conditions de travail et l'emploi.

Option 2 :

Ce délai court à compter de la réunion consacrée à la consultation des représentants du personnel.

En pratique, ce délai expirera (facultatif) :

– Lors de la réunion *du mois* ... pour la consultation sur les orientations stratégiques de l'entreprise et leurs conséquences.

– Lors de la réunion *du mois* ... pour la consultation sur la situation économique et financière.

– Lors de la réunion *du mois* ... pour la consultation sur la politique sociale, de l'entreprise, les conditions de travail et l'emploi.

Option 3 :

Ce délai court à compter de la communication, par la Direction, de la mise à disposition dans la BDESE des informations nécessaires aux représentants du personnel en vue de leur consultation.

En pratique, ce délai expirera (facultatif) :

– Lors de la réunion *du mois* ... pour la consultation sur les orientations stratégiques de l'entreprise et leurs conséquences.

– Lors de la réunion *du mois* ... pour la consultation sur la situation économique et financière.

– Lors de la réunion *du mois* ... pour la consultation sur la politique sociale, de l'entreprise, les conditions de travail et l'emploi.

En pratique. L'article R. 2312-5 précise que le délai de consultation du CSE *« court à compter de la communication par l'employeur des informations prévues par le code du travail pour la consultation ou de l'information par l'employeur de leur mise à disposition dans la base de données »*.

Ceci étant, l'article L. 2312-15, alinéa 2, dispose que le CSE dispose d'un délai d'examen suffisant et *« d'informations précises et écrites transmises par l'employeur et de la réponse motivée de l'employeur à ses propres observations »*.

Dès lors, le délai ne pourrait donc courir qu'à compter de la remise des informations (ou mise à disposition via la BDESE) et des réponses apportées aux questions du CSE... ce qui conduirait à retenir l'option 1.

Toutefois, dans la mesure où ces dispositions ne sont pas d'ordre public et que l'article L. 2312-19 permet, par accord d'entreprise, de définir le délai dans lequel les avis du CSE sont rendus, il semble possible de pouvoir le déterminer librement.

MODÈLE D'ACCORD

Enfin, l'accord peut prévoir, en application de l'article L. 2312-19, que le CSE émette un avis unique portant sur tout ou partie des thèmes de consultation récurrents.

· **Allongement des délais de consultation en cas de recours à un expert (Facultatif)** Pour chacune des consultations récurrentes, le CSE pourra bénéficier d'un allongement du délai fixé en cas de recours, dans les conditions prévues par la loi, à un expert. Dans un tel cas, le délai sera prolongé de ... jour / ... semaines. À l'issue de celui-ci, s'il n'a pas été exprimé d'avis, ce dernier sera réputé négatif.

En pratique. Il est possible de faire une distinction entre les différentes consultations.

· **Allongement des délais de consultation par décision des membres du CSE (Facultatif)** Par décision prise à la suite d'un vote à la majorité des membres présents, à l'issue de la première réunion d'information-consultation, le CSE pourra bénéficier d'un allongement du délai de ... jour / ... semaines. À l'issue de celui-ci, s'il n'a pas été exprimé d'avis, ce dernier sera réputé négatif.

ARTICLE 5 - NIVEAUX DES CONSULTATIONS

En pratique. L'accord peut définir les niveaux auxquels les consultations sont conduites et, le cas échéant, leur articulation.

Point de vigilance. Dans un tel cas, en présence d'un CSE central et de CSE d'établissement, il conviendra d'adapter les termes employés dans le cadre du présent accord.

Option 1 :

Les 3 consultations récurrentes sont conduites au niveau de l'entreprise.

Option 2 :

Les consultations portant sur ... et sur ... sont conduites au niveau de l'entreprise.

La consultation portant sur ... est conduite à la fois au niveau central et au niveau des établissements lorsque sont prévues des mesures d'adaptation spécifiques à ces établissements.

En pratique.

 Un accord de groupe peut prévoir que la consultation sur les orientations stratégiques est effectuée au niveau du comité de groupe (c. trav. art. L. 2312-20).

 « Les consultations prévues aux 1° et 2° sont conduites au niveau de l'entreprise, sauf si l'employeur en décide autrement et sous réserve de l'accord de groupe prévu à l'article L. 2312-20. La consultation prévue au 3° est conduite à la fois au niveau central et au niveau des établissements lorsque sont prévues des mesures d'adaptation spécifiques à ces établissements » (c. trav. art. L. 2312-22).

Ces dispositions n'étant pas d'ordre public, il semble possible de les aménager librement.

De plus, « lorsqu'il y a lieu de consulter à la fois le CSE central et un ou plusieurs CSE d'établissement, un accord peut définir l'ordre et les délais dans lesquels le CSEC et le ou les CSEE rendent et transmettent leurs avis. À défaut d'accord, l'avis de chaque CSE d'établissement est rendu et transmis au CSE central et l'avis du CSE central est rendu dans des délais fixés par décret en Conseil d'État. » (c. trav. art. L. 2316-22).

Il est possible d'aménager les dispositions du présent accord en matière de délai de consultation afin d'intégrer, le cas échéant, l'articulation CSCE/CSEE et leurs délais de consultation (voir § 28-14).

ARTICLE 6 - DISPOSITIONS RELATIVES À L'ACCORD

6.1. Durée

Option 1 :

Le présent accord collectif est conclu pour une durée déterminée de ....

Il entrera en vigueur le ....

Les parties conviennent de se réunir ... mois avant le terme du présent accord afin d'examiner les suites qu'elles envisagent de donner à ce dernier.

Option 2 :

Le présent accord est conclu pour une durée indéterminée.

Il pourra être dénoncé ou révisé, à tout moment, conformément aux dispositions légales.

Attention : agrément (secteur social et médico-social, sauf en présence d'un CPOM)

Le présent accord ne prendra effet qu'après agrément dans les conditions de l'article L. 314-6 du code de l'action sociale et des familles. Il entrera en vigueur le premier jour du mois suivant son agrément.

6.2. Interprétation

En cas de difficulté d'interprétation du présent accord, une commission d'interprétation pourra être saisie. Celle-ci sera composée des membres suivants :

– ...

– ...

Cette saisine sera formulée par écrit et adressée à toutes les parties à l'accord.

Au plus tard un mois après sa saisine, la commission rendra un rapport en faisant part de son analyse et de son avis. Ce rapport sera transmis à l'ensemble des membres du CSE, ainsi qu'à la Direction, le lendemain de l'expiration de ce délai.

MODÈLE D'ACCORD

La difficulté d'interprétation, ayant fait l'objet de l'étude par la commission, sera fixée à l'ordre du jour de la réunion mensuelle du CSE suivante la plus proche pour être débattue.

6.3. Suivi

Option 1 :

Dans un délai de … mois à compter de l'entrée en vigueur du présent accord, une commission paritaire de suivi sera mise en place à l'initiative du chef d'entreprise ou de son représentant. Cette commission aura pour mission d'examiner l'application du présent accord. Elle sera composée d'un délégué syndical par organisation syndicale représentative de salariés signataire ou adhérente et du chef d'entreprise ou de son représentant. Elle sera présidée par le chef d'entreprise ou son représentant.

Une organisation syndicale qui perd sa représentativité ne peut plus siéger au sein de cette commission.

Elle se réunira … fois par … / … sur la durée de l'accord sur convocation écrite (lettre ou mail) du chef d'entreprise ou de son représentant. Les résultats de la mission de suivi seront consignés dans un procès-verbal établi par le chef d'entreprise ou son représentant. Une fois adopté par la majorité des membres de la commission, le procès-verbal pourra être diffusé dans le cadre de la communication syndicale et, lorsqu'il existe, sur l'intranet de l'entreprise.

Option 2 :

Afin d'examiner l'application du présent accord et ses éventuelles difficultés de mise en œuvre, il est créé une commission de suivi composée des membres suivants :

– …

– …

Cette commission de suivi se réunira, à l'initiative de la Direction, une première fois dans l'année suivant l'entrée en vigueur de l'accord, puis, une … fois par … / … sur la durée de l'accord, à l'initiative de l'une des parties.

En pratique. Rédaction à adapter en fonction de la durée de l'accord retenue *(déterminée ou indéterminée)*.

Ces réunions donneront lieu à l'établissement d'un procès-verbal par la Direction. Une fois adopté par la majorité des membres présents de la commission, il pourra être publié sur les panneaux d'affichage réservés aux représentants du personnel ainsi que sur l'intranet de l'entreprise, le cas échéant.

6.4. Rendez-vous

Les parties au présent accord seront tenues de se réunir sur convocation écrite (lettre ou mail) du chef d'entreprise ou de son représentant, chaque année, dans le mois qui suit le jour anniversaire de l'entrée en vigueur du présent accord, afin de discuter de l'opportunité de réviser ce dernier.

6.3. Dépôt – publicité

(Éventuellement) Le présent accord sera notifié par la direction à l'ensemble des organisations syndicales représentatives dans l'entreprise.

Il (ou : Le présent accord) sera déposé sur la plateforme de téléprocédure du Ministère du travail dans des conditions prévues par les dispositions de l'article L. 2232-29-1 du code du travail (ce dépôt sur la plateforme se substitue au dépôt en deux exemplaires (électronique et papier) auprès de la DREETS : https://www.teleaccords.travail-emploi.gouv.fr).

(Éventuellement) Le dépôt sera accompagné des pièces suivantes : ...

(Éventuellement) Une version anonymisée de l'accord sera jointe aux fins de publication sur le site Légifrance.

(Éventuellement) Il est décidé que la publication ne concernera pas les stipulations suivantes du présent accord :

(Éventuellement) La direction transmettra la version anonymisée du présent accord à la commission paritaire permanente de négociation et d'interprétation de branche et en informera la partie salariale signataire.

Le présent accord sera également adressé par l'entreprise au greffe du conseil de prud'hommes du ressort du siège social.

Il est fait en nombre suffisant pour remise à chacune des parties.

Son existence figurera aux emplacements réservés à la communication avec le personnel.

Fait à ..., le ... En ... exemplaires	
Pour l'organisation syndicale ... M. ...	Pour l'entreprise M. ...
Pour l'organisation syndicale ... M. ...	

29 Consultations ponctuelles du CSE

Attributions générales du CSE
- Compétence générale du CSE 29-1
- Consultations ponctuelles d'ordre public 29-2
- Autres consultations ponctuelles .. 29-19

Règles négociables
- Principe 29-20
- Thèmes ouverts à la négociation .. 29-21
- Modalités de conclusions de l'accord 29-26

Règles supplétives applicables en l'absence d'accord
- Dispositions supplétives limitées .. 29-28
- Information économique et financière 29-29
- Restructuration et compression d'effectifs 29-30

Attributions générales du CSE

COMPÉTENCE GÉNÉRALE DU CSE

29-1 Le CSE a pour mission d'assurer une expression collective des salariés permettant la prise en compte permanente de leurs intérêts dans les décisions relatives à la gestion et à l'évolution économique et financière de l'entreprise, à l'organisation du travail, à la formation professionnelle et aux techniques de production. Ainsi, en plus des attributions confiées au CSE de moins de 50 salariés (voir § 20-2), le comité est informé et consulté sur les questions intéressant l'organisation, la gestion et la marche générale de l'entreprise, notamment sur (c. trav. art. L. 2312-8) :

› les mesures de nature à affecter le volume ou la structure des effectifs ;
› la modification de son organisation économique ou juridique ;
› les conditions d'emploi, de travail, notamment la durée du travail, et la formation professionnelle ;
› l'introduction de nouvelles technologies, tout aménagement important modifiant les conditions de santé et de sécurité ou les conditions de travail ;
› les mesures prises en vue de faciliter la mise, la remise ou le maintien au travail des accidentés du travail, des invalides de guerre, des invalides civils, des personnes atteintes de maladies chroniques évolutives et des travailleurs handicapés, notamment sur l'aménagement des postes de travail.

Dans ce cadre, le CSE doit, par exemple, être consulté en cas de réorganisation d'un service entraînant une nouvelle répartition de tâches (cass. crim. 25 octobre 1977, n° 76-90534), d'introduction d'un nouveau logiciel informatique affectant les conditions de travail des salariés (cass. crim. 27 mars 2012, n° 11-80565, B. crim. n° 83), de changement de carburant pour une société de transport de fret (cass. soc. 7 juillet 2021, n° 19-15948 D).

POINT DE VIGILANCE

Avec la loi Climat, le CSE est informé et consulté sur les conséquences environnementales de ces différentes mesures (c. trav. art. L. 2312-8 ; loi 2021-1104 du 22 août 2021, JO du 24).

EN PRATIQUE

Par opposition aux informations et consultations récurrentes, les informations et consultations ponctuelles du CSE n'interviennent pas selon une périodicité prédéterminée. Elles doivent être réalisées dès lors qu'un projet ou une action de l'employeur d'une certaine importance est envisagé dans l'un des domaines précités. Dans ce contexte, l'employeur peut être conduit à consulter plusieurs fois le CSE au cours d'une année sur un même sujet.

Il est toutefois possible, à notre sens, de consulter le CSE sur un projet spécifique ponctuel à l'occasion de l'une des trois grandes consultations récurrentes dès lors que ce projet concerne des points compris dans le champ de ces consultations.

CONSULTATIONS PONCTUELLES D'ORDRE PUBLIC

→ Domaines concernés

29-2 Le CSE est obligatoirement consulté sur (c. trav. art. L. 2312-37) :

- › la mise en œuvre des moyens de contrôle de l'activité des salariés ;
- › la restructuration et compression des effectifs ;
- › les projets de licenciement collectif pour motif économique ;
- › les opérations de concentration ;
- › les offres publiques d'acquisition (OPA) ;
- › les procédures de sauvegarde, de redressement et de liquidation judiciaire.

Ces consultations sont d'ordre public.

→ Méthodes de recrutement et moyens de contrôle de l'activité des salariés

29-3 Le CSE est informé, préalablement à leur utilisation ou à leur introduction (c. trav. art. L. 2312-38) :

- › sur les méthodes ou techniques d'aide au recrutement des candidats à un emploi ainsi que sur toute modification de celles-ci ;
- › sur les traitements automatisés de gestion du personnel et sur toute modification de ceux-ci.

Le CSE est, par ailleurs, informé et consulté préalablement à leur mise en œuvre sur les moyens et techniques permettant le contrôle de l'activité des salariés.

En l'absence de consultation du comité, le dispositif utilisé pour contrôler les salariés constitue un mode de preuve illicite (cass. soc. 11 décembre 2019, n° 18-11792 FSPB).

L'employeur s'expose également à des sanctions pénales pour délit d'entrave (c. trav. art. L. 2317-1).

→ Projet de restructuration et de compression des effectifs

29-4 Le CSE doit être saisi en temps utile des projets de restructuration et de compression des effectifs (c. trav. art. L. 2312-39).

Dans l'hypothèse où le projet prévoit un licenciement économique avec plan de sauvegarde à l'emploi (PSE), l'avis du comité est rendu dans les conditions et délais de l'article L. 1233-30 du code du travail (consultation du CSE dans les licenciements économiques avec PSE).

L'avis du CSE doit, dans tous les cas, être transmis à l'autorité administrative.

Le code du travail précise toutefois que cette consultation ne concerne pas les accords de rupture conventionnelle collective (c. trav. art. L. 2312-39).

Cette exclusion expresse semble signifier, a contrario, que tous autres projets induisant une compression des effectifs doivent faire l'objet d'une telle consultation, quelle que soit la forme empruntée (mise à la retraite, rupture d'un commun accord, non-renouvellement de CDD, etc.).

→ Projet de licenciement collectif pour motif économique

29-5 **Principe.** Avant tout projet de licenciement économique collectif (d'au moins 2 salariés concernés), l'employeur est tenu de consulter le CSE. Les modalités de cette consultation varient en fonction du nombre de licenciements envisagés (c. trav. art. L. 2312-40).

À cet égard, il convient de distinguer :

- les projets de licenciements de moins de 10 salariés sur une période de 30 jours (procédure dite des « petits » licenciements) ;
- les projets de licenciements de 10 salariés ou plus sur une même période de 30 jours (procédure dite des « grands » licenciements).

29-6 **Licenciements de moins de 10 salariés sur une période de 30 jours.** L'employeur qui envisage de licencier moins de 10 salariés sur une même période de 30 jours doit réunir et consulter le CSE sur le projet de licenciement (c. trav. art. L. 1233-8).

Le CSE, doit rendre son avis dans un délai qui ne peut être supérieur, à compter de la date de sa première réunion au cours de laquelle il est consulté, à un mois. En l'absence d'avis dans ce délai, le comité est réputé avoir été consulté.

29-7 **Licenciements de 10 salariés ou plus sur une même période de 30 jours.** L'employeur qui envisage de licencier 10 salariés ou plus sur une même période de 30 jours doit réunir et consulter le CSE sur le projet de licenciement (c. trav. art. L. 1233-28).

Un accord d'entreprise, de groupe ou de branche peut adapter les modalités de consultation du CSE (c. trav. art. L. 1233-21 à L. 1233-24-3).

Le CSE est informé et consulté sur (c. trav. art. L. 1233-30) :

- l'opération projetée et ses modalités d'application ;
- le projet de licenciement collectif : le nombre de suppressions d'emploi, les catégories professionnelles concernées, les critères d'ordre et le calendrier prévisionnel des licenciements, les mesures sociales d'accompagnement prévues par le plan de sauvegarde de l'emploi et, le cas échéant, les conséquences des licenciements projetés en matière de santé, de sécurité ou de conditions de travail.

En cas de signature d'un accord majoritaire sur ces derniers points, le CSE n'a pas à être consulté.

Le CSE tient au moins deux réunions espacées d'au moins quinze jours.

Le comité rend deux avis : l'un sur l'opération projetée et ses modalités d'application, l'autre sur le projet de licenciement collectif.

En l'absence d'accord, les délais pour rendre ces avis sont les suivants :

› 2 mois lorsque le nombre de licenciements est inférieur à 100 ;
› 3 mois lorsque le nombre de licenciements est compris entre 100 et 249 ;
› 4 mois lorsque le nombre de licenciements est supérieur à 249.

→ Opération de concentration

29-8 Le CSE est informé et consulté en cas d'opération de concentration (c. trav. art. L. 2312-8).

Lorsqu'une entreprise est partie à une opération de concentration entrant dans le champ visé par le code du commerce (c. com. art. L. 430-1), les modalités d'information-consultation relèvent d'une procédure spécifique liée à l'intervention de l'Autorité de la concurrence ou de la Commission européenne (c. trav. art. L. 2312-37).

• **Qu'est-ce qu'une opération de concentration au sens du code de commerce ?** Constitue une opération de concentration au sens du code de commerce (c. com. art. L. 430-1) :
- deux ou plusieurs entreprises antérieurement indépendantes qui fusionnent ;
- une ou plusieurs personnes, détenant déjà le contrôle d'une entreprise au moins ou une ou plusieurs entreprises qui acquièrent, directement ou indirectement, que ce soit par prise de participation au capital ou achat d'éléments d'actifs, contrat ou tout autre moyen, le contrôle de l'ensemble ou de parties d'une ou plusieurs autres entreprises ;
- la création d'une entreprise commune accomplissant de manière durable toutes les fonctions d'une entité économique autonome.

• **Grande opération de concentration.** Pour être qualifiée de grande opération de concentration, l'ensemble des entreprises ou groupes de personnes physiques ou morales parties à la concentration doit atteindre un chiffre d'affaires total mondial hors taxes supérieur à 150 M euros et un chiffre d'affaires total hors taxes réalisé en France par deux au moins des entreprises ou groupes de personnes physiques ou morales concernés supérieur à 15 M euros (c. com. art. L. 430-2).

Dans ce contexte, l'employeur est tenu de réunir le CSE au plus tard dans un délai de trois jours à compter de la publication du communiqué relatif à la notification du projet de concentration, émanant soit de l'Autorité de la concurrence, soit de la Commission européenne en application du règlement (CE) n° 139/2004 du Conseil du 20 janvier 2004 sur les concentrations (c. trav. art. L. 2312-41). Au cours de cette réunion, le CSE, ou le cas échéant, la commission économique du CSE (voir § 33-18) peut proposer le recours à un expert-comptable. Dans ce cas, une deuxième réunion aura lieu afin d'entendre les résultats des travaux de cet expert. S'agissant de cette seconde réunion, aucun délai n'est prévu par les textes.

POINT DE VIGILANCE

Le CSE a qualité pour agir contre la décision de l'Autorité de la concurrence autorisant une opération de concentration. Cette action suppose toutefois que soit démontrée une erreur de procédure ou d'analyse de l'opération en cause, conformément aux fonctions et prérogatives dont dispose l'Autorité de la concurrence. À cet égard, la jurisprudence précise qu'il n'entre pas dans les prérogatives de cette dernière de vérifier le respect d'obligations ne relevant pas de la concurrence sur le marché telle que la consultation préalable du CSE par l'employeur. La décision de l'Autorité de la concurrence ne peut donc pas être annulée pour ce motif (CE 9 mars 2021, n° 433214).

En présence d'une OPA (voir § 29-9), la procédure d'information est réputée satisfaite lorsque le CSE a été réuni dans le cadre de la procédure d'information spécifiquement prévue dans ce cas (c. trav. art. L. 2312-41).

→ Offre publique d'acquisition (OPA)

29-9 **Procédure particulière.** Lors du dépôt d'une offre publique d'acquisition (OPA), le code du travail impose le respect d'une procédure particulière d'information-consultation du CSE en plusieurs étapes. Cette procédure implique aussi bien le CSE de l'entreprise auteur de l'OPA que celui de l'entreprise « cible » de l'OPA. Ceux-ci doivent être réunis « immédiatement » (c. trav. art. L. 2312-42).

• **Qu'est-ce qu'une OPA ?** Une offre publique d'acquisition (OPA) est une procédure boursière qui permet de prendre le contrôle d'une société cotée en bourse ou de renforcer une participation dans une société cotée déjà contrôlée (AMF, guide « Comprendre les offres publiques d'acquisition : OPA, OPE, etc. », 27 octobre 2020, www.amf-france.org). Une société fait alors connaître publiquement aux actionnaires d'une société cotée en bourse qu'elle envisage d'acquérir les actions qu'ils détiennent à un prix déterminé.

EN PRATIQUE

Si le CSE de l'entreprise « cible » de l'OPA est informé et consulté avant le lancement de l'OPA (voir §§ 29-10 et s.), celui de l'entreprise auteur de l'offre (c'est-à-dire « initiatrice » de l'OPA) est simplement informé. Ainsi, l'employeur, auteur de l'offre, doit réunir son CSE pour l'informer de l'offre d'acquisition dans les 2 jours ouvrables suivant la publication de l'offre, en vue de lui transmettre des informations écrites et précises sur le contenu de l'offre et sur les conséquences en matière d'emploi qu'elle est susceptible d'entraîner (c. trav. art. L. 2312-49). La société, auteur de l'offre, n'est donc pas tenue de consulter son CSE avant le lancement de cette dernière. Il s'agit là d'une dérogation à la règle selon laquelle l'information-consultation des élus doit avoir lieu préalablement à la prise de décision, a fortiori avant sa mise en pratique. Par la suite, les représentants du personnel devront, en revanche, être consultés sur les modifications dans l'organisation économique ou juridique à venir et sur leurs impacts pour les salariés (c. trav. art. L. 2312-8).

29-10 **Information du CSE de l'entreprise « cible » de l'OPA.** En cas de dépôt d'une OPA, l'employeur de l'entreprise « cible » doit réunir immédiatement le CSE pour l'en informer. L'employeur indique si l'offre a été sollicitée ou non (c. trav. art. L. 2312-42).

Le CSE décide s'il souhaite :

› procéder à l'audition de l'auteur de l'offre (voir § 29-11) ;
› désigner un expert-comptable.

Le CSE peut également se prononcer sur le caractère amical ou hostile de l'offre.

- **Groupe d'entreprises.** Lorsque l'OPA porte sur l'entreprise dominante d'un groupe, l'employeur de cette entreprise informe immédiatement le comité de groupe. La procédure décrite ci-après a lieu au niveau du groupe. Le respect de la procédure au niveau du groupe dispense de l'obligation d'information des CSE des sociétés appartenant au groupe (c. trav. art. L. 2332-2).

29-11 **Audition de l'auteur de l'offre.** L'audition de l'auteur de l'offre se tient dans un délai d'une semaine à compter du dépôt du projet d'OPA (c. trav. art. L. 2312-43).

L'auteur de l'offre peut se faire assister des personnes de son choix. Il présente au CSE sa politique industrielle et financière, ses plans stratégiques pour la société concernée et les répercussions de la mise en œuvre de l'offre sur l'ensemble des intérêts, l'emploi, les sites d'activité et la localisation des centres de décision de cette société.

Dans l'hypothèse où un expert-comptable a été désigné par le CSE lors de la première réunion (voir § 29-10), l'auteur de l'offre peut également se faire assister par ce dernier.

L'auteur de l'offre adresse par ailleurs au CSE de l'entreprise cible la note d'information visée par l'autorité des marchés financiers dans les 3 jours suivant sa publication (c. trav. art. L. 2312-44).

29-12 **Rapport de l'expert-comptable.** Si un expert-comptable est désigné par le CSE lors de la première réunion (voir § 29-10), celui-ci établit un rapport qui évalue la politique industrielle et financière et les plans stratégiques que l'auteur de l'offre envisage d'appliquer à la société objet de l'offre, ainsi que les répercussions de leur mise en œuvre sur l'ensemble des intérêts, l'emploi, les sites d'activité et la localisation des centres de décision de cette dernière société (c. trav. art. L. 2312-45).

Il dispose d'un délai de 3 semaines à compter du dépôt du projet d'OPA pour rendre son rapport.

L'expert-comptable est rémunéré par l'employeur (c. trav. art. L. 2312-42).

29-13 **Consultation du CSE de l'entreprise « cible » de l'OPA.** Préalablement à l'avis motivé rendu par le conseil d'administration (ou le conseil de surveillance) sur l'intérêt de l'offre et sur les conséquences de celle-ci pour la société visée, ses actionnaires et ses salariés, le CSE est consulté sur le projet d'offre (c. trav. art. L. 2312-46).

Au cours de cette réunion, il examine le rapport établi par l'expert-comptable en application et peut demander la présence de l'auteur de l'offre.

Le CSE émet son avis dans un délai d'un mois à compter du dépôt du projet d'OPA. En l'absence d'avis dans les délais, le CSE sera réputé avoir été consulté (c. trav. art. L 2312-46).

L'avis du CSE et le rapport de l'expert-comptable sont reproduits dans la note en réponse établie par la société cible ou, s'il y a lieu, dans la note d'information commune établie par l'auteur de l'offre et la société cible (c. trav. art. L. 2312-46).

29-14 **Action en justice du CSE.** Les membres élus du CSE peuvent, s'ils estiment ne pas disposer d'éléments suffisants pour se prononcer sur l'OPA, saisir le président du tribunal judiciaire statuant selon la procédure accélérée au fond en dernier ressort pour qu'il ordonne la communication, par la société faisant l'objet de l'offre et par l'auteur de l'offre, des éléments manquants (c. trav. art. L. 2312-46).

Cette saisine ne prolonge pas le délai d'un mois dont dispose le CSE pour rendre son avis. Toutefois, en cas de difficultés particulières d'accès aux informations nécessaires à la formulation de l'avis du CSE, le juge peut prolonger ce délai, sauf lorsque ces difficultés résultent d'une volonté manifeste de retenir ces informations de la part de la société cible.

29-15 **Procédure allégée pour certaines OPA.** La procédure se limite à une simple information du CSE au cours d'une unique réunion, lorsque (c. trav. art. L. 2312-52) :

- la société rachète ses propres titres dans le cadre soit d'un rachat réalisé en vue d'une réduction de capital non motivée par des pertes (c. com. art. L. 225-207), soit d'un plan de rachat d'actions par une société admise aux négociations sur un marché réglementé (c. com. art. L. 22-10-62) ;
- la société fait l'objet d'une offre publique engagée par des entités détenant plus de la moitié du capital ou des droits de vote de la société « cible ».

Dans cette hypothèse, le CSE conserve néanmoins la possibilité d'auditionner l'auteur de l'offre et de désigner un expert-comptable.

29-16 **Sanctions.** Si l'employeur de la société ayant déposé l'offre ou son représentant ne se rend pas à la réunion du CSE de l'entreprise cible à laquelle il a été invité, la société qui a déposé l'offre ne peut pas exercer les droits de vote attachés aux titres de la société cible qu'elle détient ou viendrait à détenir. Cette interdiction s'étend aux sociétés qu'elle contrôle ou qui la contrôlent au sens de l'article L. 233-16 du code de commerce (c. trav. art. L. 2312-48).

Une sanction identique s'applique à l'auteur de l'offre, personne physique, qui ne se rend pas à la réunion du CSE à laquelle il a été invité dans les conditions décrites ci-avant (c. trav. art. L. 2312-48).

Cette sanction est levée le lendemain du jour où l'auteur de l'offre a été entendu par le CSE de la société faisant l'objet de l'offre.

La sanction est également levée dans les 15 jours qui suivent la réunion à laquelle il avait été préalablement convoqué si l'auteur de l'offre n'est pas convoqué à une nouvelle réunion du CSE.

29-17 **Réunion de suivi.** Si à l'issue de l'offre publique, l'auteur de l'offre a acquis le contrôle de l'entreprise cible, il rend compte au CSE de cette entreprise au cours du 6e, 12e et 24e mois suivant la clôture de l'offre, de la manière dont il a mis en œuvre les déclarations d'intention et, le cas échéant, les engagements qu'il a pris auprès du CSE, dans le cadre de ses auditions, en matière d'emploi, de maintien des sites d'activité et de localisation des centres de décision exprimés dans la note d'information visée par l'AMF.

→ Procédures collectives

29-18 Le CSE être informé et consulté dans les cas suivants (c. trav. art. L. 2312-53) :

- avant le dépôt au greffe d'une procédure de redressement ou de liquidation judiciaire ;
- lors d'une procédure de sauvegarde (lors de l'ouverture de la procédure, de l'établissement du bilan économique et social et du projet de plan) ;
- lors d'une procédure de redressement judiciaire (en cas de licenciements économiques urgents pendant la période d'observation, sur le bilan économique et

social et sur le plan de redressement, de continuation ou de cession totale ou partielle de l'entreprise) ;

› lors d'une procédure de liquidation judiciaire (notamment préalablement au jugement de liquidation, sur la mise en œuvre des licenciements économique, en application du jugement ou dans le cadre du plan de cession totale ou partielle, sur les conditions d'une reprise éventuelle, dont le cas échéant l'aliénation ou la location-gérance des biens corporels ou incorporels acquis par le cessionnaire).

AUTRES CONSULTATIONS PONCTUELLES

29-19 Outre les attributions générales (voir § 29-1) et les informations et consultations d'ordre public précédemment exposées (voir § 29-2), il existe d'autres obligations d'informations et consultations ponctuelles. Celles-ci sont exposées de manière éparse dans le code du travail et ne seront pas traitées dans le présent développement.

Pour ne citer que quelques exemples, celles-ci concernent :

› la mise en place ou la modification d'une garantie collective (c. trav. art. R. 2312-22) ;

› le versement direct de subventions, prêts ou avances remboursables, attribués par une personne publique (ou dans le cadre de programmes ou fonds communautaires) sous réserve de dépasser 200 000 euros pour les subventions et 1 500 000 euros pour les prêts et avances remboursables (c. trav. art. R. 2312-23 ; arrêté du 27 avril 2009, art. 1, texte n° 22, JO du 29) ;

› la mise en place ou la modification du règlement intérieur (c. trav. art. L. 1321-4) ;

› les congés payés (c. trav. art. L. 3141-16) ;

› l'activité partielle (c. trav. art. R. 5122-2) ;

› la mise en œuvre du dispositif spécifique d'activité partielle (APLD) (loi 2020-734 du 17 juin 2020, art. 53, JO du 18 ; décret 2020-926, JO du 30) ;

› la mise en place du télétravail dans le cadre d'un accord collectif ou, à défaut, dans le cadre d'une charte élaborée par l'employeur (c. trav. art. L. 1222-9) ;

› le prêt de main-d'œuvre à but non lucratif (c. trav. art. L. 8241-2).

Sur les compétences du CSE en matière de santé et de sécurité (voir §§ 31-1 et s.).

EN PRATIQUE

Les projets d'accords collectifs, leur révision ou leur dénonciation ne sont pas soumis à la consultation du CSE (c. trav. art. L. 2312-14). En revanche, la déclinaison des conséquences de l'accord (ex. : conditions de travail) pourrait nécessiter de procéder à la consultation du CSE.

Règles négociables

PRINCIPE

29-20 Comme pour les consultations récurrentes (voir §§ 28-1 et s.), les consultations ponctuelles sont organisées selon le triptyque suivant : ordre public / champ de la négociation / dispositions supplétives (ord. 2017-1386 du 22 septembre 2017, JO du 23).

Les consultations ponctuelles peuvent ainsi être aménagées par accord d'entreprise (c. trav. art. L. 2312-55 et L. 2312-56).

THÈMES OUVERTS À LA NÉGOCIATION

→ Liste exhaustive déterminée par le code du travail

29-21 Un accord d'entreprise ou, en l'absence de délégué syndical, un accord entre l'employeur et le CSE, adopté à la majorité des élus titulaires du comité, peut définir (c. trav. art. L. 2312-55 et L. 2312-56) :

- le contenu des consultations et informations ponctuelles ;
- les modalités de ces consultations (notamment le nombre de réunions) ;
- les délais dans lesquels les avis du CSE sont rendus ;
- le niveau auquel les consultations sont conduites.

→ Contenu des consultations et des informations

29-22 L'accord peut porter sur le contenu des consultations et des informations ponctuelles du CSE (c. trav. art. L. 2312-55).

Si le législateur offre la possibilité d'aménager le contenu des consultations ponctuelles comme il le fait pour les consultations récurrentes, notons toutefois que celui-ci a défini de manière laconique le contenu des consultations ponctuelles dans le code (notamment en matière de licenciement économique). En effet, le code du travail ne prévoit pas de dispositions supplétives détaillées en cas d'absence d'accord sur le contenu et les modalités des consultations ponctuelles. Cet élément risque, en pratique, d'accroître les difficultés de négocier sur ce sujet.

Il est également permis de définir, de manière conventionnelle, la liste et le contenu des informations nécessaires aux consultations ponctuelles.

Cette possibilité demeure néanmoins subordonnée au respect des dispositions d'ordre public en la matière (c. trav. art. L. 2312-55) (voir §§ 29-2 et s.).

→ Modalités des consultations ponctuelles

29-23 La loi ouvre la possibilité de prévoir par accord les modalités des consultations ponctuelles et, en particulier, le nombre de réunions (c. trav. art. L. 2312-55).

Les modalités de consultation peuvent également concerner, par exemple :

- les délais d'envoi des documents de consultation, des délais de transmission de l'ordre du jour et de rédaction des procès-verbaux de réunion ;
- les participants aux réunions (intervention d'expert, de salariés de l'entreprise permettant d'apporter des réponses techniques, convocation des suppléants).

→ Délais de consultation du CSE

29-24 Sauf disposition législative spéciale, la négociation peut porter sur les délais dans lesquels le CSE émet ses avis (c. trav. art. L. 2312-55 et art. L. 2312-16).

En l'absence d'accord, le CSE rend son avis dans les délais réglementaires (c. trav. art. R. 2312-5 et R. 2312-6).

Pour rappel, le CSE est réputé avoir été consulté et avoir rendu un avis négatif à l'expiration d'un délai d'un mois. Ce délai est porté à 2 mois en cas d'intervention d'un expert, et trois mois en cas d'intervention d'une ou plusieurs expertises dans le cadre de consultation se déroulant à la fois au niveau du CSE central et d'un ou plusieurs CSE d'établissement (c. trav. art. R. 2312-6).

Par ailleurs, par principe, le délai de consultation du CSE commence à courir à compter de la communication des informations pour la consultation ou de la notification de leur mise à disposition dans la BDESE (c. trav. art. R. 2312-5).

→ Niveaux de consultation

29-25 Par principe, les consultations ponctuelles sont organisées au niveau de l'entreprise considérée (c. trav. art. L. 2312-55).

Cependant, un accord de groupe peut prévoir que les consultations et informations ponctuelles sont effectuées au niveau du comité de groupe. Dans ce cas, l'accord de groupe doit définir les modalités de transmission de l'avis du comité de groupe (c. trav. art. L. 2312-56) :

- › à chaque CSE des entreprises du groupe qui reste consulté sur les conséquences des projets sur l'entreprise ;
- › à l'organe chargé de l'administration de l'entreprise dominante du groupe.

Cet aménagement n'a donc pas pour effet de substituer pleinement le comité de groupe aux CSE d'entreprises. Il s'agit davantage de créer un double niveau d'information-consultation en procédant à une extension du périmètre de consultation.

EN PRATIQUE

Ce double niveau d'information-consultation n'a d'intérêt, à notre sens, que si le projet envisagé concerne l'ensemble du groupe, comme par exemple, en cas de projet de restructuration, de compression d'effectifs ou de licenciements collectifs.

MODALITÉS DE CONCLUSIONS DE L'ACCORD

→ Priorité aux accords d'entreprise conclus avec les délégués syndicaux

29-26 Le code du travail a donné la priorité de négociation aux accords d'entreprise majoritaire conclus avec les délégués syndicaux (c. trav. art. L. 2312-55).

La validité de l'accord est subordonnée à sa signature par une ou plusieurs organisations syndicales de salariés représentatives ayant recueilli plus de 50 % des suffrages exprimés en faveur de syndicats représentatifs au premier tour des dernières élections des titulaires au CSE, quel que soit le nombre de votants (c. trav. art. L. 2232-12).

La voie du référendum n'est pas ouverte dans ce cas (c. trav. art. L. 2312-55).

En l'absence de délégué syndical, l'accord peut être conclu avec la majorité des membres titulaires de la délégation du personnel au CSE (c. trav. art. L. 2312-55).

Cette voie n'est toutefois ouverte qu'en l'absence de délégué syndical dans l'entreprise. Il n'est donc pas possible, en conséquence, de négocier un accord avec le CSE en cas d'échec des négociations avec les délégués syndicaux ou bien de refus des négociations par les délégués syndicaux.

→ Durée de l'accord

29-27 Eu égard à l'imprévisibilité des consultations ponctuelles qui, contrairement aux consultations récurrentes, interviennent au gré des projets envisagés au sein de l'entreprise, la possibilité de conclure un accord sur ce sujet s'apparente davantage à la possibilité de conclure un accord de méthode tel que préconisé s'agissant des négociations d'entreprise.

Dans ce contexte, l'éventuel accord conclu sera, le plus souvent, à la fois ponctuel et à durée déterminée (le temps de la consultation).

Règles supplétives applicables en l'absence d'accord

DISPOSITIONS SUPPLÉTIVES LIMITÉES

29-28 À défaut d'accord encadrant les consultations ponctuelles du CSE, l'employeur est tenu de respecter les dispositions supplétives prévues par le code du travail (c. trav. art. L. 2312-57 et L. 2312-58).

Toutefois, comme indiqué précédemment, le législateur ne prévoit pas de dispositions supplétives détaillées quant au contenu et aux modalités des consultations ponctuelles.

Les dispositions supplétives visent uniquement la communication au CSE de certains documents.

INFORMATION ÉCONOMIQUE ET FINANCIÈRE

29-29 À défaut d'accord, un mois après chaque élection du comité social et économique, l'employeur doit communiquer au CSE une documentation économique et financière précisant (c. trav. art. L. 2312-57) :

- la forme juridique de l'entreprise et son organisation ;
- les perspectives économiques de l'entreprise telles qu'elles peuvent être envisagées ;
- le cas échéant, la position de l'entreprise au sein du groupe ;
- compte tenu des informations dont dispose l'employeur, la répartition du capital entre les actionnaires détenant plus de 10 % du capital et la position de l'entreprise dans la branche d'activité à laquelle elle appartient.

Notons que ces informations n'ont pas été classées parmi les dispositions d'ordre public.

Il est ainsi permis de penser, à notre sens, que la communication de celles-ci peut-être évincée par voie d'accord.

RESTRUCTURATION ET COMPRESSION D'EFFECTIFS

29-30 À défaut d'accord, lorsque le projet de restructuration et de compression des effectifs soumis au CSE est de nature à affecter le volume d'activité ou d'emploi d'une entreprise sous-traitante, l'entreprise donneuse d'ordre en informe immédiatement l'entreprise sous-traitante (c. trav. art. L. 2312-58).

Le CSE de cette dernière, en est immédiatement informé et reçoit toute explication utile sur l'évolution probable de l'activité et de l'emploi.

29 Aménagement d'une consultation ponctuelle

29-31 Le modèle proposé ci-après peut être adapté à chaque CSE, c'est-à-dire être ajusté ou complété en fonction des spécificités de l'entreprise concernée.

Il conviendra de se reporter aux développements contenus dans ce guide afin de vérifier si l'adaptation envisagée est conforme aux textes.

Modèle

ENTRE :

L'entreprise ..., dont le siège social est situé ...

Représentée par M. ... en vertu des pouvoirs dont il/elle dispose,

d'une part,

ET

– **L'organisation syndicale représentative ...**, représentée par M. ..., en sa qualité de Délégué(e) Syndical(e) ;

– **L'organisation syndicale représentative ...**, représentée par M. ..., en sa qualité de Délégué(e) Syndical(e) ;

– ...

d'autre part

Préambule

Afin d'optimiser le dialogue social et d'adapter celui-ci à la situation de l'entreprise, il a été conclu le présent accord conformément aux dispositions de l'article L. 2312-55 du code du travail, afin de définir les modalités de consultation du comité social et économique (CSE) en vue du projet relatif à ...

En pratique. Préambule à parfaire en fonction de la nature du projet soumis à la consultation du CSE.

Conditions de validité :

Entreprise avec DS = Accord majoritaire, non référendable

Entreprises sans DS = Accord conclu avec le CSE adopté à la majorité des élus titulaires.

MODÈLE D'ACCORD

ARTICLE 1 - DESCRIPTION DU PROJET SOUMIS À LA CONSULTATION DU CSE

- Présentation du projet
- Finalité du projet
- Conséquences environnementales du projet

ARTICLE 2 - MODALITÉS DE CONSULTATION DU CSE

2.1. Nombre de réunions

Le nombre de réunion à l'issue desquelles l'avis du comité social et économique sera sollicité est fixé à ...

Le CSE se réunira, sur convocation de son Président ou de son représentant, dans les conditions prévues dans son règlement intérieur.

2.2. Calendriers des réunions

Les réunions prévues ci-dessus auront lieu le ..., le ... et le ...

– La première réunion consacrée à cette consultation aura pour objet la présentation du projet soumis à consultation, par la Direction, des informations mises à la disposition des membres du CSE dans les conditions et délais définis au présent accord, aux débats et aux éventuelles demandes d'informations complémentaires.

L'ordre du jour de cette réunion sur ce point sera le suivant : *Information du CSE en vue de sa consultation ultérieure sur :*

– Informations et consultations sur le projet ... suite des informations et réponses aux questions du comité social et économique,

– Une réunion intermédiaire sera consacrée aux compléments d'informations nécessaires ainsi qu'aux réponses aux observations du CSE faites lors de la première réunion d'information. Cette réunion aura lieu le ...

L'ordre du jour de cette réunion sera le suivant :

– La réunion consacrée à la consultation et à la réunion d'avis permettra si nécessaire un nouvel échange sur le projet et les réponses complémentaires aux demandes éventuelles du CSE. Cette réunion se tiendra le ...

L'ordre du jour de cette réunion sur ce point sera le suivant : *« Consultation du CSE sur ... - Remise de l'avis du CSE ».*

– L'avis du CSE sera émis dans les conditions précisées dans le présent accord.

2.3. Communication des informations aux membres du CSE

Outre ces informations contenues dans la BDESE (voir §§ 26-1 et s.), la description du projet soumis à consultation du CSE sera contenue dans un document transmis aux membres du CSE (titulaires et le cas échéant suppléants) x... jours avant la première réunion.

Ce document comportera les éléments suivants :

- description du projet ;
- finalité du projet ;
- conséquences économiques,sociales, financières et environnementales.

Avec ce document seront annexés les éléments d'information suivants :

- ...
- ...
- ...

Les membres du CSE seront tenus à une obligation de discrétion à l'égard des informations présentant un caractère confidentiel et données comme telles par l'entreprise. Ils seront tenus, en ce qui concerne ces renseignements, au respect absolu de cette obligation, avec toutes conséquences de droit pouvant en découler. Ces renseignements ne pourront, en aucun cas, être divulgués.

2.4. Délais de consultations

S'agissant du projet de consultation, objet du présent accord, le délai de consultation est fixé à ... *(à déterminer en fonction de la nature et l'importance du projet)*.

Option 1 :

Ce délai court à compter de la première réunion destinée à commenter les documents et informations transmis en vue de la consultation.

Le délai de consultation expirera le ... au plus tard, date de dernière réunion du comité social et économique relative au projet soumis à consultation, à l'issue duquel l'absence d'avis vaudra avis négatif.

Option 2 :

Ce délai court à compter de la communication, par la Direction, des documents et informations transmis en vue de la consultation.

Le délai de consultation expirera le ... au plus tard, date de dernière réunion du CSE relative au projet soumis à consultation, à l'issue duquel l'absence d'avis vaudra avis négatif.

En pratique. Le délai de consultation du CSE « *court à compter de la communication par l'employeur des informations prévues par le code du travail pour la consultation ou de l'information par l'employeur de leur mise à disposition dans la BDESE* »(c. trav. art. R. 2312-5).

Ceci étant, le CSE dispose d'un délai d'examen suffisant et « *d'informations précises et écrites transmises par l'employeur et de la réponse motivée de l'employeur à ses propres observations* » (c. trav. art. L. 2312-15, al. 2).

MODÈLE D'ACCORD

Dès lors, le délai ne pourrait donc courir qu'à compter de la remise des documents et informations et des réponses apportées aux questions du CSE ... ce qui conduirait à retenir l'option 1.

Toutefois, dans la mesure où ces dispositions ne sont pas d'ordre public et que l'article L. 2312-55 permet, par accord d'entreprise, de définir le délai dans lequel les avis du CSE sont rendus, il semble possible de pouvoir le déterminer librement.

2.5. Procès-verbal de réunion

Les procès-verbaux des différentes réunions consacrées au projet seront établis par le secrétaire du CSE dans les ... jours suivant la réunion afin d'être présentés et approuvés lors de la réunion suivante.

2.6. Participation des suppléants

Dans le cadre du projet soumis à consultation, et par exception, les membres suppléants du CSE pourront assister aux réunions relatives à ce projet. Le temps passé en réunion par ces suppléants sera rémunéré comme temps de travail. Dans le cadre de ces réunions, les suppléants auront voix consultative et non délibérative.

2.7. Rôle spécifique de la CSSCT

Compte tenu de la nature du projet et des conséquences éventuelles sur les conditions de travail des salariés, il a été décidé d'associer les membres de la CSSCT à la procédure de consultation.

À cet effet, un crédit d'heures spécifique mensuel de ... sera attribué à chacun de ces membres en dehors du crédit dont ils peuvent bénéficier en tant que titulaire du CSE.

La commission aura donc pour mission, à partir des informations mises à disposition, de préparer le projet d'avis du CSE.

ARTICLE 3 - DISPOSITIONS RELATIVES A L'ACCORD

3.1. Durée

Le présent accord collectif est conclu pour une durée déterminée de ... mois, soit jusqu'au ... qui constitue la dernière réunion de consultation du CSE.

Il entrera en vigueur le ...

Attention : agrément (secteur social et médico-social, sauf en présence d'un CPOM)

Le présent accord ne prendra effet qu'après agrément dans les conditions de l'article L. 314-6 du code de l'action sociale et des familles. Il entrera en vigueur le premier jour du mois suivant son agrément.

3.2. Interprétation

En cas de difficulté d'interprétation du présent accord, une commission d'interprétation pourra être saisie. Celle-ci sera composée des membres suivants :

– …

– …

Cette saisine sera formulée par écrit et adressée à toutes les parties à l'accord.

3.3. Suivi

Dans un délai de … mois à compter de l'entrée en vigueur du présent accord, une commission paritaire de suivi sera mise en place à l'initiative du chef d'entreprise ou de son représentant. Cette commission aura pour mission d'examiner l'application du présent accord. Elle sera composée d'un délégué syndical par organisation syndicale représentative de salariés signataire ou adhérente et du chef d'entreprise ou de son représentant. Elle sera présidée par le chef d'entreprise ou son représentant.

Une organisation syndicale qui perd sa représentativité ne peut plus siéger au sein de cette commission.

Elle se réunira … fois sur la durée de l'accord sur convocation écrite (lettre ou mail) du chef d'entreprise ou de son représentant. Les résultats de la mission de suivi seront consignés dans un procès-verbal établi par le chef d'entreprise ou son représentant. Une fois adopté par la majorité des membres de la commission, le procès-verbal pourra être diffusé dans le cadre de la communication syndicale et, lorsqu'il existe, sur l'intranet de l'entreprise.

Ces réunions donneront lieu à l'établissement d'un procès-verbal par la Direction. Une fois adopté par la majorité des membres présents de la commission, il pourra être publié sur les panneaux d'affichage réservés aux représentants du personnel ainsi que sur l'intranet de l'entreprise, le cas échéant.

3.4. Rendez-vous

Les parties au présent accord seront tenues de se réunir sur convocation écrite (lettre ou mail) du chef d'entreprise ou de son représentant, chaque année, dans le mois qui suit le jour anniversaire de l'entrée en vigueur du présent accord, afin de discuter de l'opportunité de réviser ce dernier.

3.5. Dépôt – publicité

(Éventuellement) Le présent accord sera notifié par la direction à l'ensemble des organisations syndicales représentatives dans l'entreprise.

Il (ou : Le présent accord) sera déposé sur la plateforme de téléprocédure du Ministère du travail dans des conditions prévues par les dispositions de l'article L. 2232-29-1 du code du travail (ce dépôt sur la plateforme se substitue au dépôt en deux exemplaires (électronique et papier) auprès de la DREETS : https://www.teleaccords.travail-emploi.gouv.fr).

MODÈLE D'ACCORD

(Éventuellement) Le dépôt sera accompagné des pièces suivantes : ...

(Éventuellement) Une version anonymisée de l'accord sera jointe aux fins de publication sur le site Légifrance.

(Éventuellement) Il est décidé que la publication ne concernera pas les stipulations suivantes du présent accord :

(Éventuellement) La direction transmettra la version anonymisée du présent accord à la commission paritaire permanente de négociation et d'interprétation de branche et en informera la partie salariale signataire.

Le présent accord sera également adressé par l'entreprise au greffe du conseil de prud'hommes du ressort du siège social.

Il est fait en nombre suffisant pour remise à chacune des parties.

Son existence figurera aux emplacements réservés à la communication avec le personnel.

Fait à ..., le ... En ... exemplaires	
Pour l'organisation syndicale ... M. ...	Pour l'entreprise M. ...
Pour l'organisation syndicale... M. ...	

Rôle des représentants du CSE dans les organes de direction de l'entreprise

— entreprise d'au moins 50 salariés —

1

LE REPRÉSENTANT DU CSE ET LE CONSEIL D'ADMINISTRATION (CA)/ CONSEIL DE SURVEILLANCE (CS)

DROIT D'ASSISTER À TOUTES LES SÉANCES ?	ACCÈS À QUELS DOCUMENTS ?	DROIT D'EXPRESSION ?
OUI	TOUS LES DOCUMENTS ADRESSÉS AUX MEMBRES DE CES INSTANCES COMMUNICATION AVANT LE CA (EN MÊME TEMPS QUE LES AUTRES MEMBRES DU CA)	VOIX CONSULTATIVE POSSIBILITÉ D'EXPRIMER LES VŒUX DU CSE ▼ RÉPONSE MOTIVÉE DU CA

DROIT DE VOTE ?	DEMANDE D'INSCRIPTION DE PROJETS DE RÉSOLUTION À L'ORDRE DU JOUR ?	DEMANDE DE CONVOCATION D'UN CA/CS EN CAS D'URGENCE ?	CONFIDENTIALITÉ DES INFORMATIONS ?
NON	NON	NON	OUI (SAUF À L'ÉGARD DES AUTRES MEMBRES DU CSE)

2

LE REPRÉSENTANT DU CSE ET L'AG DES ACTIONNAIRES

DROIT D'ASSISTER À TOUTES LES SÉANCES ?	ACCÈS À QUELS DOCUMENTS ?	DROIT D'EXPRESSION ?
OUI	TOUS LES DOCUMENTS ADRESSÉS AUX MEMBRES DE CES INSTANCES COMMUNICATION AVANT L'AG (EN MÊME TEMPS QUE LES AUTRES MEMBRES DE L'AG)	DROIT D'ÊTRE ENTENDU S'ILS EN FONT LA DEMANDE MAIS SEULEMENT LORS DES DÉLIBÉRATIONS REQUÉRANT L'UNANIMITÉ DES ASSOCIÉS (EX. : CHANGEMENT DE NATIONALITÉ DE LA SOCIÉTÉ)

DROIT DE VOTE ?	DEMANDE D'INSCRIPTION DE PROJETS DE RÉSOLUTION À L'ORDRE DU JOUR ?	DEMANDE DE CONVOCATION D'UNE AG EN CAS D'URGENCE ?	CONFIDENTIALITÉ DES INFORMATIONS ?
NON	OUI MAIS PAR LE CSE ET NON PAR LE REPRÉSENTANT DU CSE	OUI MAIS PAR LE CSE ET NON PAR LE REPRÉSENTANT DU CSE	OUI (SAUF À L'ÉGARD DES AUTRES MEMBRES DU CSE)

Revue Fiduciaire
BARTHÉLÉMY AVOCATS

30 Rôle du CSE dans les organes de direction des entreprises

Conseil d'administration ou de surveillance
- Nombre de représentants du CSE 30-1
- Désignation des représentants du CSE 30-3
- Rôle des représentants du CSE 30-6
- Rémunération 30-8
- Accès à la documentation 30-9
- › *Encadré : Obligation de discrétion* ... 30-10

Assemblée générale des actionnaires
- Nombre de représentants du CSE 30-11
- Rôle des représentants du CSE à l'AG 30-12
- Demande d'inscription de projets de résolution 30-15
- Demande de convocation d'une AG en cas d'urgence 30-16

Tableau comparatif du rôle des représentants du CSE au CA/CS ou à l'AG 30-17

Conseil d'administration ou de surveillance

NOMBRE DE REPRÉSENTANTS DU CSE

→ Deux membres en principe

30-1 Dans les sociétés dotées d'un conseil d'administration ou d'un conseil de surveillance, le CSE mis en place dans les entreprises de 50 salariés au moins peut désigner des représentants. Il désigne, en principe, 2 représentants (l'un doit appartenir aux catégories cadres, techniciens et agents de maîtrise, l'autre aux catégories ouvriers et employés).

Cependant, dans les sociétés où doivent être constitués 3 collèges électoraux en vue de l'élection des membres du CSE, le comité désigne 4 membres (deux appartenant à la catégorie des ouvriers et employés, un à la catégorie de la maîtrise et un à la catégorie des ingénieurs, chefs de service et cadres administratifs, commerciaux ou techniques) (c. trav. art. L. 2312-72).

À NOTER Compte tenu de la similitude des textes en la matière, la jurisprudence et les réponses administratives rendues à propos des IRP précédemment en place gardent, à notre avis, toute leur valeur. Les arrêts et réponses indiqués dans nos développements ci-après sont donc, en toute vraisemblance, transposables au CSE.

→ Exception dans certaines SA et les SCA

30-2 Par exception, la représentation du CSE est assurée par un seul membre titulaire dans les sociétés anonymes (SA) et les sociétés en commandite par action (SCA) dont le conseil d'administration ou de surveillance comprend déjà au moins un administrateur ou un membre élu ou désigné par les salariés pour les représenter (c. trav. art. L. 2312-75).

- **SAS.** Dans les sociétés par actions simplifiées (SAS), les statuts de la société doivent préciser l'organe social auprès duquel le CSE désigne ses représentants et les modalités selon lesquelles il exerce ses droits (c. trav. art. L. 2312-76).

DÉSIGNATION DES REPRÉSENTANTS DU CSE

→ Membres élus du CSE

30-3 Seuls les membres élus du CSE (titulaires ou suppléants) peuvent être désignés au conseil d'administration ou de surveillance. Ainsi, ni le président, ni les représentants syndicaux au comité ne peuvent remplir cette fonction.

POINT DE VIGILANCE

Dans les sociétés anonymes et les sociétés en commandite par actions ayant des salariés siégeant avec voix délibérative au conseil d'administration ou de surveillance, le représentant unique du CSE doit être un membre « titulaire » (c. trav. art. L. 2312-75 ; c. com. art. L. 225-27, L. 225-27-1, L. 225-79, L. 225-79-2 et L. 226-5-1).

→ Mode de désignation

30-4 Les représentants au conseil d'administration ou de surveillance sont « délégués » par le CSE. En pratique, cette délégation doit résulter d'une élection. Pour cette dernière, la majorité des présents n'est pas requise : la majorité des voix suffit (voir § 37-42).

Seuls les élus titulaires participent au scrutin ; les suppléants ne votent qu'en l'absence des titulaires. Quant à l'employeur, il doit s'abstenir de prendre part au scrutin (cass. soc. 5 mai 1983, n° 81-16787, BC V n° 235).

POINT DE VIGILANCE

S'il existe un CSE central au sein de la société, il apparaît, à notre sens, normal que ce dernier désigne les représentants au conseil d'administration. Dans ce cas, comment savoir s'il y a 3 collèges ouvrant droit à 4 membres ? Suffit-il que les 3 collèges existent au sein d'un établissement ? Ce point nécessiterait un éclaircissement de la Cour de cassation pour sécuriser la lecture à retenir.

→ Durée du mandat

30-5 En l'absence de précision du code du travail, la durée du mandat doit, à notre sens, coïncider avec la durée pour laquelle les membres du CSE ont été élus.

RÔLE DES REPRÉSENTANTS DU CSE

→ Mission essentiellement informative

30-6 Les représentants du CSE au conseil d'administration ou de surveillance ont pour mission d'assister à toutes les séances de ce conseil afin de permettre au comité de disposer d'informations complémentaires qui pourront lui être utiles lorsqu'il sera consulté sur les projets de l'entreprise. Les représentants du CSE doivent donc être convoqués à participer à toutes les séances de ces conseils (c. trav. art. L. 2312-72).

EN PRATIQUE

Les représentants du CSE doivent être convoqués selon les mêmes modalités et dans les mêmes délais que les membres proprement dits du conseil d'administration ou de surveillance (ces points étant, en principe, déterminés par les statuts de la société). Le défaut de convocation des représentants du comité est susceptible de constituer un délit d'entrave.

POINT DE VIGILANCE

Lorsque l'assistance aux séances entraîne des frais pour les représentants du comité (ex. : frais de transport), il paraît logique que ces frais leur soient remboursés : à défaut, les dispositions du code du travail relatives aux représentants du comité aux réunions des conseils seraient en effet inopérantes.

→ Voix consultative avec possibilité d'émettre des vœux

30-7 La délégation du CSE dispose du droit de s'exprimer. Cependant leur voix est simplement consultative et non délibérative (c. trav. art. L. 2312-72).

EN PRATIQUE

Ils peuvent, au cours des séances du conseil d'administration ou du conseil de surveillance, demander la parole pour faire part de leurs remarques et suggestions mais sans pouvoir prendre part au vote lorsque le conseil est amené à prendre des décisions.

Ils peuvent également soumettre les vœux du CSE au conseil d'administration ou de surveillance. Dans ce cas, le conseil doit donner un avis motivé sur ces vœux (c. trav. art. L. 2312-73).

RÉMUNÉRATION

30-8 Aucun texte ne prévoit de rémunération particulière du temps passé aux séances du conseil. Toutefois, si l'on considère que la fonction d'un représentant au conseil d'administration ou de surveillance s'ajoute aux fonctions ordinaires des membres du comité, le temps correspondant doit, à notre avis, être rémunéré et non imputé sur le crédit d'heures dont dispose éventuellement l'intéressé au titre de son mandat au CSE.

EN PRATIQUE

Pour éviter tout contentieux à cet égard, il est prudent de régler cette question à l'avance par accord (sauf s'il existe un usage à ce sujet dans l'entreprise).

ACCÈS À LA DOCUMENTATION

30-9 La délégation du CSE a droit aux mêmes documents que ceux adressés ou remis aux membres du conseil d'administration ou du conseil de surveillance à l'occasion de la réunion (c. trav. art. L. 2312-73 ; c. com. art. L. 225-35).

30-10

OBLIGATION DE DISCRÉTION

Les représentants du CSE sont tenus à une obligation de discrétion à l'égard des informations présentant un caractère confidentiel et données comme telles par le président du conseil d'administration ou de surveillance (c. com. art. L. 225-37 et L. 225-92). Cette obligation joue à l'égard des tiers mais non à l'égard des autres membres du CSE auxquels ils doivent rendre compte puisqu'ils sont leurs représentants.

Assemblée générale des actionnaires

NOMBRE DE REPRÉSENTANTS DU CSE

30-11 Dans les sociétés commerciales, le CSE peut désigner 2 membres afin de le représenter lors des assemblées générales des actionnaires (AG). L'un doit appartenir à la catégorie des cadres, techniciens et agents de maîtrise et l'autre doit appartenir à la catégorie des employés et ouvriers (c. trav. art. L. 2312-77).

Dans les SA et les SCA dans lesquelles le conseil d'administration ou de surveillance comprend au moins un administrateur ou un membre élu ou désigné par les salariés, un seul membre titulaire du CSE peut assister aux AG (c. trav. art. L. 2312-75).

POINT DE VIGILANCE

Aucune précision n'est apportée par les textes sur le statut des délégataires. À notre sens, il conviendrait d'appliquer, en la matière, les mêmes dispositions que celles gouvernant la représentation au conseil d'administration. Il en va de même, à notre avis, en ce qui concerne leur désignation et la durée de leur mission (voir §§ 30-4 et 30-5).

RÔLE DES REPRÉSENTANTS DU CSE À L'AG

→ Pas de droit de vote à l'assemblée

30-12 La délégation du CSE à l'AG des actionnaires ne dispose pas d'un droit de vote à cette assemblée. Le rôle des représentants du comité à l'assemblée générale des actionnaires est donc essentiellement un rôle d'écoute et d'information à destination des autres membres du CSE vis-à-vis desquels ils doivent rendre compte de la teneur des débats et des résolutions adoptées.

→ Droit d'expression restreint

30-13 Les représentants du CSE peuvent être entendus, s'ils en font la demande, lors de toutes les délibérations requérant l'unanimité des associés (c. trav. art. L. 2312-77). Mais les délibérations requérant une telle unanimité sont relativement rares. Il peut notamment s'agir d'une décision entraînant une augmentation des engagements des actionnaires (ex. : augmentation de capital par augmentation de la valeur nominale des actions) (c. civ. art. 1836), d'un changement de statuts (ex. : transformation en société en commandite simple) (c. com. art. L. 225-7) ou d'un changement de nationalité de la société.

→ Communication des documents remis aux actionnaires

30-14 Dans les sociétés commerciales, l'employeur est tenu de communiquer au CSE l'ensemble des documents obligatoirement transmis annuellement à l'assemblée générale des actionnaires ou des associés ainsi que le rapport des commissaires aux comptes (c. trav. art. L. 2312-25). Plus généralement, les membres du CSE ont droit aux mêmes communications et copies que les actionnaires lors de leur consultation annuelle sur la situation économique et financière de l'entreprise (c. trav. art. L. 2312-25 ; c. com. art. L. 225-100).

Étant donné qu'il existe différentes catégories de sociétés commerciales, la documentation devant être remise annuellement à leur assemblée est en partie fonction de la structure de la société en cause. Par voie de conséquence, les documents dont le CSE est destinataire peuvent également varier selon la forme juridique de l'entreprise.

Pour les entreprises n'ayant pas la forme de société commerciale, les membres du comité se voient remettre les documents comptables qu'elles établissent.

Ces documents sont mis à la disposition du CSE dans la base de données économiques, sociales et environnementales (BDESE) (voir §§ 26-1 et s.).

POINT DE VIGILANCE

La mise à la disposition dans la BDESE des documents destinés à être approuvés par l'assemblée annuelle n'est soumise à aucun délai spécifique. En l'absence de délai négocié par accord collectif majoritaire ou par accord avec le CSE, il convient de se référer au droit commun, c'est-à-dire aux dispositions selon lesquelles le comité doit disposer d'un délai d'examen « suffisant » (c. trav. art. L. 2312-15). En tout état de cause, le respect de cette règle conditionne l'exercice du droit, pour le comité, de demander l'inscription de projets de résolution (voir § 30-15), droit qui suppose en effet un minimum de temps pour examiner la documentation remise, a fortiori lorsque les élus souhaitent recourir aux explications d'un expert-comptable pour en éclairer le sens.

Le tableau ci-après indique les principaux documents à remettre aux élus dans les sociétés commerciales « classiques » (SARL, SA, société en nom collectif, société en commandite simple, société en commandite par actions).

SOCIÉTÉS COMMERCIALES LISTE DES DOCUMENTS À COMMUNIQUER AVANT L'ASSEMBLÉE ANNUELLE
Sociétés en nom collectif ou en commandite simple
Comptes annuels (bilan, compte de résultat, annexe). Ordre du jour et projets de résolution. Rapport de la gérance. Le cas échéant, rapport du commissaire aux comptes (c. trav. art. L. 2312-25).
Sociétés à responsabilité limitée
Comptes annuels (bilan, compte de résultat, annexe). Ordre du jour et projets de résolution. Rapport de la gérance. Le cas échéant, rapport du commissaire aux comptes (c. trav. art. L. 2312-25).
Sociétés anonymes
Comptes annuels (bilan, compte de résultat, annexe). Inventaire. Liste des administrateurs ou membres du directoire et du conseil de surveillance avec indication de leurs nom, prénom et domicile, ainsi que, le cas échéant, la liste des autres sociétés dans lesquelles ces personnes exercent des fonctions de gestion, direction, administration ou surveillance. Ordre du jour et projets de résolution. Rapport du conseil d'administration (ou rapport du directoire et observations du conseil de surveillance). Rapport du commissaire aux comptes. Rapport spécial du commissaire aux comptes sur les conventions réglementées intervenues entre la société et l'un de ses administrateurs ou directeurs généraux (c. com. art. L. 225-38 et L. 225-86 s'il s'agit d'une société à directoire). Rapport sur l'usage des délégations en matière d'augmentation du capital. Texte et exposé des motifs de résolutions proposées par les actionnaires ainsi que les renseignements concernant les candidats au conseil d'administration ou de surveillance (nom, prénom, âge, références et activités professionnelles au cours des cinq dernières années, notamment fonctions exercées ou ayant été exercées dans d'autres sociétés, emplois ou fonctions occupés dans la société et nombre d'actions de la société détenues par les candidats). Liste et objet des conventions portant sur des opérations courantes conclues à des conditions normales répondant au critère de significativité. Le montant global, certifié exact par les commissaires aux comptes, des rémunérations versées aux personnes les mieux rémunérées, le nombre de ces personnes étant de 10 ou de 5 selon que l'effectif du personnel excède ou non 250 salariés. Le montant global, certifié par les commissaires aux comptes, des versements effectués en application de l'article 238 bis du CGI, 1 et 4.
Sociétés en commandite par actions
Mêmes documents que dans les sociétés anonymes, le rapport de la gérance et le rapport du conseil de surveillance se substituant au rapport du conseil d'administration (ou du directoire) et aux observations du conseil de surveillance. Aux documents énumérés ci-avant pour les différents types de sociétés, il convient d'ajouter : – les pièces qui leur sont annexées ou qui doivent être jointes en vertu de dispositions légales ou réglementaires (comme, par exemple, dans les sociétés par actions, un tableau faisant apparaître les résultats de la société au cours des 5 derniers exercices ; c. com. art. R. 225-83) ; – dans les sociétés ayant des filiales ou des participations, un tableau faisant apparaître la situation de ces filiales et participations (c. com. art. L. 233-15) et, s'il y a lieu, les comptes consolidés et les rapports sur la gestion du groupe et sur les comptes consolidés.

SOCIÉTÉS COMMERCIALES LISTE DES DOCUMENTS À COMMUNIQUER AVANT L'ASSEMBLÉE ANNUELLE
Sociétés par actions simplifiées
Dans les sociétés par actions simplifiées (SAS), aucune disposition légale ou réglementaire ne précise les documents comptables devant être remis au CSE (hormis le rapport du commissaire aux comptes) pour la simple raison qu'il en est de même pour les associés. Généralement, ce sont les statuts de la SAS qui règlent la question ou encore la pratique suivie dans la société. Les membres du comité seront alors destinataires des documents remis aux associés en vertu des statuts ou de l'usage interne sur lesquels ceux-ci sont amenés à se prononcer (ex. : comptes sociaux, rapport, etc.).

DEMANDE D'INSCRIPTION DE PROJETS DE RÉSOLUTION

30-15 Le CSE dans son ensemble peut demander l'inscription de projets de résolution (c'est-à-dire toute proposition soumise au vote) à l'ordre du jour des assemblées (c. trav. art. L. 2312-77).

La demande d'inscription peut s'exercer en dehors de toute demande en justice. Les domaines sur lesquels peut porter le projet n'ont pas été précisés légalement.

EN PRATIQUE

En toute hypothèse, une délibération régulière du comité doit avoir lieu concernant cette requête.

La demande d'inscription de projets de résolution du CSE doit être déposée selon les mêmes formes que celle autorisée aux actionnaires, à savoir (c. trav. art. R. 2312-32) :

- elle doit être adressée par le CSE représenté par un de ses membres, au siège social de la société, par LRAR ou par voie électronique si cette dernière forme est autorisée pour les actionnaires ;
- elle doit être accompagnée du texte des projets de résolution qui peuvent être assortis d'un bref exposé des motifs et doit être adressée au siège dans un délai de 25 jours avant la date de l'assemblée.

Dans le délai de 5 jours à compter de la réception des projets de résolution, le président du conseil d'administration, le président ou le directeur général du directoire ou le gérant de la société par actions accusent réception au représentant du CSE de ces projets de résolution par lettre recommandée ou par voie électronique (c. trav. art. R. 2312-33).

POINT DE VIGILANCE

Pour satisfaire aux conditions réglementaires, le contenu et la portée des questions doivent apparaître clairement dans le libellé de l'ordre du jour (c. com. art. R. 225-66, al. 2). Ainsi ne satisfait pas à ces conditions l'ordre du jour qui nécessitait, pour saisir toute la portée des demandes du comité, le report à une annexe explicitant les projets de résolution (trib. com. Marseille, ord. réf. 7 novembre 2001, n° 2001 R 00906).

DEMANDE DE CONVOCATION D'UNE AG EN CAS D'URGENCE

30-16 Le CSE peut demander, la désignation en justice d'un mandataire chargé de convoquer l'AG des actionnaires en cas d'urgence (c. trav. art. L. 2312-77 et R. 2312-31). Pour ce faire, le comité est représenté par un de ses membres délégué à cet effet. La demande doit être effectuée auprès du président du tribunal de commerce statuant en référé. L'ordre du jour de l'assemblée doit être fixé par l'ordonnance rendue.

EN PRATIQUE

En l'absence de précision légale, cette notion semble nécessiter l'existence de graves difficultés de l'entreprise considérée, affectant de manière préoccupante sa situation économique (trib. com. Marseille, ord. réf. 7 novembre 2001, n° 2001 R 00906).

Tableau comparatif du rôle des représentants du CSE au CA/CS ou à l'AG

30-17

<table>
<tr><th colspan="3">TABLEAU COMPARATIF DU RÔLE DES REPRÉSENTANTS DU CSE AU CA-CS OU À L'AG (1)</th></tr>
<tr><th></th><th>Représentation du CSE au CA/CS</th><th>Représentation du CSE à l'AG</th></tr>
<tr><td>Droit d'assister à toutes les séances</td><td colspan="2">Oui</td></tr>
<tr><td>Communication des mêmes documents que ceux adressés aux membres de ces instances</td><td colspan="2">Oui</td></tr>
<tr><td rowspan="2">Droit d'expression</td><td>Voix consultative (c. trav. art. L. 2312-72)</td><td rowspan="2">Limité : les représentants du CSE sont obligatoirement entendus par l'AG s'ils en font la demande lors des délibérations requérant l'unanimité des associés (c. trav. art. L. 2312-77)</td></tr>
<tr><td>Possibilité d'exprimer les vœux du CSE ; le conseil doit ensuite donner un avis motivé (c. trav. art. L. 2312-73)</td></tr>
<tr><td>Droit de vote</td><td colspan="2">Non</td></tr>
<tr><td>Possibilité de demander l'inscription de projets de résolution à l'ordre du jour</td><td>Non prévu par les textes</td><td>Oui, mais compétence spécifique du CSE et non de ses représentants (c. trav. art. L. 2312-77 et R. 2312-32 à R. 2312-34)</td></tr>
<tr><td>Possibilité de demander une convocation en cas d'urgence</td><td>Non prévu par les textes</td><td>Oui, mais compétence spécifique du CSE et non de ses représentants (c. trav. art. L. 2312-77 et R. 2312-31)</td></tr>
<tr><td>Confidentialité des informations</td><td colspan="2">Oui (sauf à l'égard des autres membres du CSE)</td></tr>
<tr><td colspan="3">(1) CSE : comité social et économique. CA : conseil d'administration. CS : conseil de surveillance. AG : assemblée générale d'actionnaires.</td></tr>
</table>

Déroulement des réunions du CSE

— réunions **comportant au moins un sujet** relevant de santé sécurité et des conditions de travail —

1 PHASE PRÉPARATOIRE

SECRÉTAIRE → ÉTABLISSEMENT DE L'ORDRE DU JOUR (ODJ) ← PRÉSIDENT (EMPLOYEUR OU SON REPRÉSENTANT) → RÉDACTION DE LA CONVOCATION

EXEMPLES
- IDEM INFOGRAPHIE p.480
- SUJETS RELATIFS À LA SANTÉ, LA SANTÉ ET AUX CONDITIONS DE TRAVAIL

2 PHASE D'INFORMATION / COMMUNICATION — J-3

PRÉSIDENT + ODJ → ← CONVOCATION + PRÉSIDENT

EXTERNE*
- IDEM INFOGRAPHIE p.480*
- LE MEDECIN DU TRAVAIL

INTERNE
- IDEM INFOGRAPHIE p.480 **
- LE RESPONSABLE INTERNE DU SERVICE DE SCT (À DÉFAUT, L'AGENT CHARGÉ DE LA SCT)

* Information annuelle du calendrier des réunions CSE portant sur des sujets relevant de SSCT + confirmation écrite de la tenue de la réunion 15 jours avant

** Convocation possible à la demande de l'employeur ou à la majorité des membres du CSE

3 TENUE DE LA RÉUNION — JOUR J

LES SUPPLÉANTS N'ASSISTENT PAS À LA RÉUNION SAUF EN CAS DE REMPLACEMENT D'UN TITULAIRE ABSENT

LE PRÉSIDENT ANIME LA RÉUNION
- IL ÉVOQUE TOUS LES POINTS À L'ODJ
- IL PEUT ÊTRE ASSISTÉ DE 3 COLLABORATEURS AU PLUS

4 RÉDACTION DU PV — J+15

RÉDACTION DU PV PAR LE SECRÉTAIRE → PRÉSIDENT + CSE

5 COMMUNICATION DU PV — RÉUNION SUIVANTE

PRÉSIDENT : **DÉCISION** MOTIVÉE SUR LES PROPOSITIONS SOUMISES → ADOPTION DU PV → AFFICHAGE DIFFUSION DU PV

Revue Fiduciaire | BARTHÉLEMY AVOCATS

JEAN-JULIEN JARRY

31 Attributions santé, sécurité et conditions de travail

Le CSE, promoteur et acteur de la santé, de la sécurité et des conditions de travail
- Promoteur de la santé, de la sécurité et des conditions de travail 31-1
- Acteur de la santé, de la sécurité et des conditions de travail 31-3

Présentation des réclamations ... 31-4

Missions consultatives
- Compétence générale 31-5
- Consultation récurrente sur la politique sociale de l'entreprise 31-6
- Consultations ponctuelles 31-11

Moyens liés aux questions santé, sécurité et conditions de travail
- Information du CSE 31-14
- Réunions dédiées à la santé, sécurité et conditions de travail.................. 31-16
- Enquêtes, inspections et auditions.................................. 31-18
- Droit à une formation santé, sécurité et conditions de travail.... 31-22

Le CSE, promoteur et acteur de la santé, de la sécurité et des conditions de travail

PROMOTEUR DE LA SANTÉ, DE LA SÉCURITÉ ET DES CONDITIONS DE TRAVAIL

→ Protection de la santé

31-1 Le CSE a notamment pour mission de promouvoir la santé, la sécurité et l'amélioration des conditions de travail dans l'entreprise (c. trav. art. L. 2312-5 et L. 2312-8 ; Q/R 62, CSE, 117 questions/réponses du ministère du Travail, 17 janvier 2020).Pour rappel, le CSE d'une entreprise d'au moins 50 salariés exerce aussi toutes les attributions d'un CSE d'une entreprise de moins de 50 salariés, en particulier celles en matière de santé, sécurité et conditions de travail (voir §§ 20-2 et s.).

- **Par « santé ».** Il faut ici comprendre la santé physique ou mentale.

- **Par « conditions de travail ».** Il faut, à notre avis, se référer à la définition qu'en avait donnée l'administration dans une circulaire sur le CHSCT (circ. DRT 93-15 du 25 mars 1993). Ainsi, par conditions de travail, il faut comprendre l'organisation matérielle du travail (ex. : charge de travail), l'environnement physique du travail (ex. : température, éclairage, bruit), l'aménagement des postes de travail, la durée, les horaires de travail et l'aménagement du temps de travail. Le CSE peut par exemple détecter et évaluer les risques psychosociaux, promouvoir leur prévention ou encore veiller à l'observation des prescriptions législatives et réglementaires relatives à certains risques (ex. : bruit, éclairage, poussière).

EN PRATIQUE

En présence d'une commission santé, sécurité et conditions de travail (CSSCT), le CSE lui délègue tout ou partie de ses attributions « santé, sécurité et conditions de travail » (c. trav. art. L. 2315-36 et L. 2315-38) (voir § 32-21).

→ Protection de tous les travailleurs

31-2 Le CSE doit veiller à la santé et à la sécurité des « travailleurs », c'est-à-dire des salariés de l'entreprise ou de l'établissement, des intérimaires, des stagiaires et plus généralement de « toute personne placée à quelque titre que ce soit sous l'autorité de l'employeur » (c. trav. art. L. 2312-6 et L. 4111-5).

À NOTER Compte tenu de la similitude des textes en la matière, la jurisprudence et les réponses administratives rendues à propos des IRP précédemment en place gardent, à notre avis, toute leur valeur. Les arrêts et réponses indiqués dans nos développements ci-après sont donc, en toute vraisemblance, transposables au CSE.

ACTEUR DE LA SANTÉ, DE LA SÉCURITÉ ET DES CONDITIONS DE TRAVAIL

31-3 Dans une entreprise d'au moins 50 salariés, les missions du CSE consistent dans le champ de la santé, de la sécurité et des conditions de travail à (c. trav. art. L. 2312-9 ; Q/R 65, CSE, 117 questions/réponses du ministère du Travail, 17 janvier 2020) :

› analyser des risques professionnels auxquels peuvent être exposés les travailleurs, notamment les femmes enceintes, ainsi que des effets de l'exposition à certains facteurs de risques professionnels (c. trav. art. L. 2312-9) ;

› contribuer notamment à faciliter l'accès des femmes à tous les emplois, à la résolution des problèmes liés à la maternité, l'adaptation et à l'aménagement des postes de travail afin de faciliter l'accès et le maintien des personnes handicapées à tous les emplois au cours de leur vie professionnelle ;

› pouvoir susciter toute initiative qu'il estime utile et proposer notamment des actions de prévention du harcèlement moral, du harcèlement sexuel et des agissements sexistes sachant que, le cas échéant, le refus de l'employeur est motivé.

Sur le recours à un expert (voir §§ 41-13 et s.).

• **Référent en matière de lutte contre le harcèlement sexuel et les agissements sexistes.** Depuis le 1er janvier 2019, chaque CSE doit désigner, parmi ses membres, un référent en matière de lutte contre le harcèlement sexuel et les agissements sexistes. Cette désignation doit être adoptée à la majorité des membres présents. Le référent est désigné pour une durée prenant fin avec celle du mandat des membres élus du comité (c. trav. art. L. 2314-1).

POINT DE VIGILANCE

À compter du 31 mars 2022, dans le cadre du dialogue social, le CSE d'une entreprise d'au moins 50 salariés et sa commission santé, sécurité et conditions de travail (CSSCT), quand ils existent, devront apporter leur contribution à l'analyse des risques professionnels dans l'entreprise (c. trav. art. L. 4121-3, dans sa version en vigueur au 31 mars 2022 ; loi 2021-1018 du 2 août 2021, art. 3, 3°, JO du 3). L'évaluation des risques professionnels s'effectuera ainsi avec la collaboration de tous les acteurs du CSE.

Présentation des réclamations

31-4 Les élus du CSE peuvent présenter à l'employeur les réclamations individuelles ou collectives des salariés relatives à l'application du code du travail et des dispositions conventionnelles en matière notamment de santé, de sécurité et de conditions de travail (c. trav. art. L. 2312-5).

EN PRATIQUE

Les salariés peuvent toujours s'adresser directement à l'employeur (c. trav. art. L. 2312-7).

Missions consultatives

COMPÉTENCE GÉNÉRALE

31-5 Le CSE a, dans les entreprises d'au moins 50 salariés, une compétence générale et doit être consulté notamment sur les conditions d'emploi et de travail, les aménagements importants modifiant les conditions de santé et de sécurité, l'introduction de nouvelles technologies (c. trav. art. L. 2312-8).

• **Aménagement important.** Un projet est considéré comme important lorsqu'il concerne un nombre significatif de salariés et conduit, sur le plan qualitatif, à un changement déterminant notamment pour leurs conditions de travail (circ. DRT 93-15 du 25 mars 1993). Toutefois, pour la jurisprudence, le nombre de salariés concernés ne déterminait pas, à lui seul, l'importance d'un projet de réorganisation (cass. soc. 10 février 2010, n° 08-15086, BC V n° 40). À notre sens, ces précisions demeurent valables pour le CSE.

• **Technologies nouvelles.** Des technologies sont nouvelles quand elles ne sont pas déjà utilisées dans l'entreprise (cass. soc. 4 mai 2011, n° 09-67476 D ; circ. DRT 84-12 du 30 novembre 1984). À titre d'exemple, il a été jugé qu'un projet élaboré par une banque constituant un nouveau système informatique affectait 600 postes de travail. Il impliquait une nouvelle formation des salariés. Il s'agissait bien d'un projet important d'introduction de nouvelles technologies (cass. soc. 28 octobre 1996, n° 91-15914, BC V n° 352).

CONSULTATION RÉCURRENTE SUR LA POLITIQUE SOCIALE DE L'ENTREPRISE

→ Information-consultation

31-6 En l'absence d'accord d'entreprise, la consultation sur la politique sociale est annuelle et porte sur divers points (voir § 28-34), au nombre desquels les actions de prévention en matière de santé et de sécurité ainsi que les conditions de travail (c. trav. art. L. 2312-26).

L'employeur informe préalablement le CSE en lui présentant notamment (c. trav. art. L. 2312-27) :

› un rapport annuel « santé, sécurité et conditions de travail » (voir § 31-7) ;
› un programme annuel de prévention des risques professionnels et d'amélioration des conditions de travail (également désigné PAPRIPACT) (voir § 31-8).

La réunion au cours de laquelle le CSE rend son avis sur le rapport et le programme donne lieu à un procès-verbal comme toute autre réunion du comité (c. trav.

art. L. 2315-34). Le cas échéant, l'employeur joint ce P-V à toute demande présentée pour obtenir des marchés publics, des participations publiques, des subventions, des primes de toute nature ou des avantages sociaux ou fiscaux (c. trav. art. L. 2312-27).

→ Rapport annuel santé, sécurité et conditions de travail

31-7 Le rapport annuel remis dans le cadre de la consultation annuelle sur la politique sociale de l'entreprise établit le bilan de la situation générale de la santé, de la sécurité et des conditions de travail dans l'entreprise et des actions menées au cours de l'année écoulée (N – 1) dans ces domaines (c. trav. art. L. 2312-27).

Les questions du travail de nuit et de prévention des effets de l'exposition à certains facteurs de risques professionnels sont traitées spécifiquement (ex. : contrainte physique marquée comme la manutention manuelle de charge) (c. trav. art. L. 2312-27 et L. 4161-1).

Pour rédiger le rapport et le programme, l'employeur s'appuie sur le document unique d'évaluation des risques (DUER) (c. trav. art. R. 4121-2 et R. 4121-3).

Lorsque certaines des mesures prévues par l'employeur, ou demandées par le CSE, n'ont pas été prises au cours de l'année concernée par le programme annuel, l'employeur donne les motifs de cette inexécution en annexe du rapport annuel (c. trav. art. L. 2312-27).

Le rapport annuel est obligatoirement écrit (c. trav. art. L. 2312-27). À l'époque du comité d'entreprise, un arrêté avait défini le modèle de ce qu'il convenait alors d'appeler le bilan général de l'hygiène, de la sécurité et des conditions de travail (arrêté du 12 décembre 1985, JO du 16 janvier 1986). Faute d'un nouveau texte, l'employeur peut à notre sens toujours s'y reporter. D'ailleurs, l'INRS continue de s'y référer (www.inrs.fr).

→ Programme annuel de prévention des risques professionnels et d'amélioration des conditions de travail

31-8 Le programme annuel de prévention des risques professionnels et d'amélioration des conditions de travail (PAPRIPACT) remis dans le cadre de la consultation annuelle sur la politique sociale de l'entreprise est élaboré à partir du document unique d'évaluation des risques professionnels (DUER) (voir § 31-9). Le PAPRIPACT fixe (c. trav. art. L. 2312-27) :

- la liste détaillée des mesures devant être prises au cours de l'année à venir (N + 1), au nombre desquelles les mesures de prévention des effets de l'exposition à certains facteurs de risques professionnels (c. trav. art. L. 4161-1) ;
- et, pour chaque mesure, ses conditions d'exécution, par exemple en précisant les délais de mise en œuvre et les personnes chargées des actions à mener (circ. DRT du 25 mars 1993, BO TR 93/10), et l'estimation de son coût.

À l'occasion de son avis sur le rapport et le programme annuels de prévention, le CSE peut proposer un ordre de priorité et l'adoption d'autres mesures de prévention (c. trav. art. L. 2312-27).

Le PAPRIPACT est obligatoirement écrit (c. trav. art. L. 2312-27), mais il n'existe pas de modèle officiel. Il est intégré à la BDESE des entreprises d'au moins 300 salariés en l'absence d'accord définissant le contenu de cette base (voir § 26-1)(c. trav. art. R. 2312-8).

POINT DE VIGILANCE

À compter du 31 mars 2022, le PAPRIPACT sera obligatoire pour toute entreprise d'au moins 50 salariés, qu'elle soit dotée ou non d'un CSE (ex. : P-V de carence) et peu important l'éventuel accord d'entreprise relatif aux modalités de consultation du CSE. Il devra identifier les ressources de l'entreprise pouvant être mobilisées et comporter un calendrier de mise en œuvre (c. trav. art. L. 2312-27 et L. 4121-3-1, dans leur version en vigueur au 31 mars 2022 ; loi 2021-1018 du 2 août 2021, art. 3, 2°, JO du 3).

→ Document unique d'évaluation des risques professionnels (DUER)

31-9 **Élaboration du DUER.** Tout employeur est tenu d'élaborer un document unique d'évaluation des risques professionnels (DUER) dans l'entreprise (c. trav. art. R. 4121-1). À compter du 31 mars 2022, le DUER sera, afin de renforcer l'effectivité de la prévention des risques, placé par le législateur au cœur de la démarche de prévention des risques dans l'entreprise en reprenant une disposition réglementaire existante au niveau légal (c. trav. art. L. 4121-3-1, I dans sa version en vigueur au 31 mars 2022 ; loi 2021-1018 du 2 août 2021, art. 3, 4°, JO du 3). De la même façon, la disposition selon laquelle l'employeur doit transcrire et mettre à jour dans le DUER les résultats de l'évaluation des risques à laquelle il est tenu de procéder (c. trav. art. R. 4121-1) passe du niveau réglementaire au niveau légal (c. trav. art. L. 4121-3-1, II, dans sa version en vigueur au 31 mars 2022).

Afin de permettre une traçabilité des expositions, l'employeur devra conserver le DUER, dans ses versions successives, pendant une durée d'au moins 40 ans. La durée précise et les modalités de conservation seront fixées par décret (c. trav. art. L. 4121-3-1, V, A, dans sa version en vigueur au 31 mars 2022). En outre, pendant cette durée, il devra le tenir à la disposition des travailleurs, des anciens travailleurs ainsi que de toute personne ou instance pouvant justifier d'un intérêt à y avoir accès. La liste sera précisée par décret, ainsi que les modalités de mise à disposition. Enfin, la loi prévoit que l'employeur devra transmettre le DUER à chaque mise à jour au service de prévention et de santé au travail (nouvelle appellation donnée par la loi aux SST) auquel il est adhérent (c. trav. art. L. 4121-3-1, VI, dans sa version en vigueur au 31 mars 2022).

31-10 **Information et consultation du CSE.** À compter du 31 mars 2022, le CSE d'une entreprise d'au moins 50 salariés devra être consulté sur le DUER et ses mises à jour (c. trav. art. L. 4121-3dans sa version en vigueur au 31 mars 2022 ; loi 2021-1018 du 2 août 2021, JO du 3).

Pour rappel, jusqu'à cette date, aucune disposition légale n'impose formellement de consulter le CSE sur le DUER (cass. soc. 12 mai 2021, n° 20-17288 FSP).

CONSULTATIONS PONCTUELLES

→ Licenciement économique

31-11 En cas de licenciement économique, le CSE doit être consulté sur le motif économique ainsi que sur les licenciements lorsqu'ils concernent moins de 10 salariés (c. trav. art. L. 1233-8 et L. 1233-10). Dans cette hypothèse, cette consultation doit traiter, le cas échéant, des conséquences des licenciements projetés en matière de santé, de sécurité ou de conditions de travail (c. trav. art. L. 1233-10).

S'agissant de licenciements économiques visant 10 salariés ou plus, le CSE doit, le cas échéant, être consulté sur les conséquences de la réorganisation en matière de santé, de sécurité ou de conditions de travail (c. trav. art. L. 1233-31). Il peut faire appel à un expert « habilité » en cas de projet important modifiant les conditions de santé et de sécurité ou les conditions de travail (voir § 41-14).

➜ Inaptitude

31-12 En cas d'inaptitude d'un salarié, professionnelle ou pas, l'employeur doit consulter le CSE sur les postes de reclassement qu'il envisage de lui proposer (c. trav. art. L. 1226-2 et L. 1226-10).

➜ Autres consultations ponctuelles

31-13

PRINCIPALES AUTRES CONSULTATIONS « SANTÉ, SÉCURITÉ ET CONDITIONS DE TRAVAIL » DU CSE	
Aménagement et hygiène des lieux de travail	Mesures envisagées pour assurer la protection des travailleurs contre le froid et les intempéries (c. trav. art. R. 4223-15)
	Mesures envisagées pour l'entretien et le nettoyage des locaux (c. trav. art. R. 4224-18)
	Liste des postes de travail concernés par des conditions particulières de travail entraînant les travailleurs à se désaltérer fréquemment (c. trav. art. R. 4225-3)
	Mise à disposition d'un local de restauration dans les établissements d'au moins 50 salariés (c. trav. art. R. 4228-22)
	Utilisation du local de restauration comme local de repos, lorsque la nature des activités l'exige (c. trav. art. R. 4228-25)
	Aménagement des installations sanitaires (c. trav. art. R. 4228-18)
Aménagement d'espaces fumeurs	Plan d'aménagement des espaces spécialement réservés aux fumeurs (c. santé pub. art. R. 3512-6)
Ambiance des lieux de travail	Nouvelle installation ou toute modification des conditions de recyclage de l'air (c. trav. art. R. 4222-17)
	Dispositions à prendre pour la ventilation et les mesures à adopter en cas de panne des installations (c. trav. art. R. 4222-21)
Emplois des travailleurs handicapés et des accidentés du travail	• Mesures prises en vue de faciliter la mise, la remise ou le maintien au travail des accidentés du travail, des invalides de guerre, des invalides civils et des travailleurs handicapés, notamment sur l'aménagement des postes de travail (1) • Aménagement d'ateliers ou de postes spéciaux, dans les entreprises de plus de 5 000 salariés, pour assurer le réentraînement au travail et la rééducation professionnelle des salariés malades et blessés de l'établissement (c. trav. art. L. 2312-8, L. 5213-5 et R. 5213-24)
Équipements de protection	• Notice fixant les conditions de l'entretien des installations et des appareils de protection collective et les procédures à mettre en œuvre pour assurer leur surveillance, notamment pour détecter d'éventuelles défaillances et les éliminer (c. trav. art. R. 4412-24) • Conditions dans lesquelles les équipements de protection individuelle sont mis à disposition et utilisés (c. trav. art. R. 4323-97)

PRINCIPALES AUTRES CONSULTATIONS « SANTÉ, SÉCURITÉ ET CONDITIONS DE TRAVAIL » DU CSE	
Formation à la sécurité	• Programmes des formations à la sécurité élaborées par l'employeur • Préparation des actions de formation • Formation à la sécurité : modification des conditions habituelles de circulation sur les lieux de travail ou dans l'établissement ou modification des conditions d'exploitation présentant notamment des risques d'intoxication, d'incendie ou d'explosion / création ou modification d'un poste de travail ou de technique exposant à des risques nouveaux et comprenant, pour tout ou partie, certaines tâches (ex. : tâches comportant pour tout ou partie l'emploi de machines ou l'utilisation de produits chimiques)/ accident du travail grave, ou maladie professionnelle ou à caractère professionnel grave, ou accident du travail ou maladie professionnelle ou à caractère professionnel présentant un caractère répété à un même poste de travail ou à des postes de travail similaires ou dans une même fonction ou des fonctions similaires/ formation des travailleurs susceptibles d'être exposés à l'action d'agents cancérogènes, mutagènes ou toxiques pour la reproduction, notamment en ce qui concerne les risques potentiels pour la santé (c. trav. art. L. 4143-1, R. 4141-8, R. 4141-12, R. 4143-1 et R. 4412-87)
Installations classées	Des consultations spécifiques sont prévues dans les établissements comportant une ou plusieurs installations soumises à autorisation en application de l'article L. 512-1 du code de l'environnement ou soumise aux dispositions des articles L. 211-2 et L. 211-3 du code minier (ex. : sur le dossier de demande d'autorisation) (c. trav. art. L. 4612-15 et R. 4612-4)
Prévention des risques d'exposition aux rayonnements ionisants	Mesures de protection (c. trav. art. R. 4452-17)
Protection contre les risques liés à l'amiante (dispositions communes à toutes les opérations)	• L'employeur définit, après avis du CSE : la durée de chaque vacation, le nombre de vacations quotidiennes, le temps nécessaire aux opérations d'habillage, de déshabillage et de décontamination des travailleurs au sein des installations prévues à cet effet et le temps de pause après chaque vacation • Projet de stratégie d'échantillonnage établi par l'organisme de contrôle (c. trav. art. R. 4412-105 et R. 4412-118)

(1) Si le CSE doit être informé et consulté sur les mesures prises en vue de faciliter la mise, la remise ou le maintien au travail des travailleurs handicapés, cela n'implique pas une consultation sur le cas individuel de chaque travailleur handicapé. Cette consultation, qui vise aussi les accidentés du travail, les invalides et les personnes atteintes de maladies chroniques évolutives, impose à l'employeur de demander un avis au comité sur les problèmes généraux concernant l'emploi de ces personnes mais non de le consulter sur le cas individuel de chaque personne (cass. soc. 5 juin 2019, n° 18-12861 FSPB).
Le comité doit être informé et consulté sur les conséquences environnementales des mesures mentionnées ci-avant (c. trav. art. L. 2312-8 ; loi 2021-1104 du 22 août 2021, JO du 24).

Moyens liés aux questions santé, sécurité et conditions de travail

INFORMATION DU CSE

→ Communication de documents santé et sécurité

31-14 L'employeur doit présenter au CSE les attestations, consignes, résultats et rapports relatifs aux vérifications et contrôles mis à sa charge au titre de la santé et de la sécurité au travail au cours de la réunion qui suit leur réception par l'employeur. Chaque membre du comité peut à tout moment demander la transmission de ces documents (c. trav. art. L. 4711-1, L. 4711-4 et R. 2315-23).

Le CSE peut aussi, ainsi que le cas échéant sa commission santé, sécurité et conditions de travail (CSSCT) (voir §§ 32-1 et s.), se faire présenter tous les livres, registres et documents non nominatifs obligatoires en matière de santé et de sécurité (c. trav. art. R. 2312-3).

EXEMPLE Le document unique d'évaluation des risques est tenu à la disposition du CSE (c. trav. art. R. 4121-4).

Sur l'accès à la base de données économiques, sociales et environnementales (BDESE), voir § 26-5.

PRINCIPAUX DOCUMENTS À FOURNIR OU À TENIR À LA DISPOSITION DU CSE	
Accident de travail	Registre des accidents bénins (c. séc. soc. art. L. 441-4)
Danger grave et imminent	Registre spécial où sont consignés les avis du CSE quand celui-ci constate un danger grave et imminent (c. trav. art. D. 4132-1 et D. 4132-2)
Données économiques, sociales et environnementales	BDESE (voir § 26-5)
Évaluation des risques	Document unique d'évaluation des risques (DUER) (c. trav. art. R. 4121-4)(voir § 31-9)
Équipements de travail	• Documentation concernant la réglementation applicable aux équipements de travail utilisés. • Carnets de maintenance • consignes d'utilisation • Registre de vérification des équipements (c. trav. art. R. 4323-5, R. 4323-20 et R. 4323-105)
Entreprises de bâtiment et des travaux publics	• Plan général de coordination en matière de sécurité et de protection de la santé • Plan particulier de sécurité et de protection de la santé (c. trav. art. R. 4532-50 et R. 4532-69)

PRINCIPAUX DOCUMENTS À FOURNIR OU À TENIR À LA DISPOSITION DU CSE	
Médecine du travail	• Rapport annuel du médecin du travail : dans les entreprises ou établissements de plus de 300 salariés, le médecin du travail établit un rapport annuel d'activité propre à l'entreprise. Ce rapport est transmis au CSE. Il en est de même dans les autres entreprises ou établissements lorsque le comité en fait la demande • Fiche d'entreprise • Propositions et préconisations du médecin du travail + réponse de l'employeur, notamment lorsque le médecin du travail constate la présence d'un risque pour la santé des travailleurs (c. trav. art. L. 4624-1, L. 4624-9, R. 4624-48, R. 4624-51, R. 4624-52 et R. 4624-54)
Observations et mises en demeure	Les observations et mises en demeure notifiées par l'agent de l'inspection du travail et relatives à des conditions d'hygiène, de sécurité, de médecine du travail et de prévention des risques lors de la première réunion suivant l'intervention (c. trav. art. L. 4711-2, L. 4711-4, D. 4711-3 et R. 2315-23)
Registres de sécurité	Les attestations, consignes, résultats et rapports relatifs aux vérifications et contrôles mis à la charge des employeurs au titre de l'hygiène et de la sécurité du travail, ceux-ci étant présentés au CSE au cours de la réunion qui suit leur réception par l'employeur. De plus, chaque membre du comité peut à tout moment demander la transmission de ces documents (c. trav. art. L. 4711-1, L. 4711-4 et R. 2315-23)

→ Visites et observations de l'inspection du travail

31-15 Dans une entreprise d'au moins 50 salariés, l'employeur doit informer le CSE de la présence de l'inspecteur du travail. Les élus du CSE peuvent lui présenter leurs observations. Un élu peut l'accompagner dans sa visite (c. trav. art. L. 2312-10).

L'employeur est également tenu d'informer le CSE des observations de l'inspecteur du travail, du médecin inspecteur du travail et des agents des services de prévention des organismes de sécurité sociale au cours de la réunion qui suit leur intervention (c. trav. art. R. 2315-23).

RÉUNIONS DÉDIÉES À LA SANTÉ, SÉCURITÉ ET CONDITIONS DE TRAVAIL

→ Quatre réunions par an

31-16 Au moins 4 des réunions annuelles du CSE doivent porter tout ou partie sur les questions santé, sécurité et conditions de travail (c. trav. art. L. 2315-27 ; Q/R 85, 86 et 90, CSE, 117 questions/réponses du ministère du Travail, janvier 2020)(voir § 37-8).

L'employeur doit informer annuellement l'inspection du travail, le médecin du travail et l'agent des services de prévention des organismes de sécurité sociale du calendrier retenu pour les réunions consacrées aux sujets « santé, sécurité ou conditions de travail » puisqu'ils peuvent y assister. Il doit leur confirmer par écrit au moins 15 jours à l'avance la tenue de ces réunions (c. trav. art. L. 2314-3 et L. 2315-27) et leur envoyer l'ordre du jour (voir § 37-9).

L'inspecteur du travail et l'agent des services de prévention des organismes de sécurité sociale peuvent aussi être invités à la demande de la majorité de la délégation du personnel du CSE. En tout état de cause, ils doivent être invités aux réunions du CSE consécutives à un accident de travail ayant entraîné un arrêt de travail d'au moins 8 jours ou à une maladie professionnelle ou à caractère professionnel (c. trav. art. L. 2314-3). Enfin, le responsable interne du service de sécurité et des conditions de travail ou, à défaut, l'agent chargé de la sécurité et des conditions de travail assiste aux réunions du CSE (voir § 37-28).

Le CSE peut faire appel à titre consultatif et occasionnel au concours de toute personne de l'entreprise qui lui paraîtrait qualifiée (ex. : le responsable formation) (c. trav. art. L. 2312-13).

Sur le recours à un expert (voir §§ 41-1 et s.).

En présence d'une commission santé, sécurité et conditions de travail (CSSCT), le CSE lui délègue tout ou partie de ses attributions « santé, sécurité et conditions de travail » (c. trav. art. L. 2315-36 et L. 2315-38)(voir § 32-21).

Sur la répartition des rôles entre, le cas échéant, un CSE central et les CSE d'établissement, voir § 24-2.

→ Réunions exceptionnelles

31-17 Le CSE doit être réuni (c. trav. art. L. 2315-27) :

- à la suite de tout accident ayant entraîné ou ayant pu entraîner des conséquences graves ;
- ainsi qu'en cas d'événement grave lié à l'activité de l'entreprise, ayant porté atteinte ou ayant pu porter atteinte à la santé publique ou à l'environnement ;
- et à la demande motivée de deux de ses membres représentants du personnel, sur les sujets relevant de la santé, de la sécurité ou des conditions de travail.

S'agissant des réunions « à la demande », l'employeur ne peut pas se faire juge du bien-fondé des motifs de cette demande. Il ne peut donc pas refuser de les organiser dès lors que la demande est motivée (cass. crim. 4 janvier 1990, n° 88-83311, B crim. n° 11 ; cass. soc. 26 juin 2013, n° 12-13599, BC V n° 175), sauf à notre sens obstacle insurmontable.

ENQUÊTES, INSPECTIONS ET AUDITIONS

→ Enquêtes du CSE

31-18 Pour exercer sa mission en matière de santé et de sécurité, le CSE peut mener des enquêtes en matière d'accidents du travail ou de maladies professionnelles ou à caractère professionnel (c. trav. art. L. 2312-13).

L'enquête est conduite par une délégation comprenant au moins (c. trav. art. R. 2312-2) :

- l'employeur (ou un représentant désigné par lui) ;
- et un élu du CSE.

Elle a pour but de cerner les causes afin d'éviter la répétition de l'accident ou de la maladie. Cette enquête est distincte de celle qui fait suite à la constatation d'un danger grave et imminent (exercice du droit d'alerte) (voir § 34-9).

À NOTER La nature des renseignements que le CSE doit fournir à l'administration est définie par voie réglementaire (arrêté non publié au jour où nous rédigeons cette fiche) (c. trav. art. R. 2312-2 ; décret 2019-1548 du 30 décembre 2019, JO du 31).

POINT DE VIGILANCE

Le temps passé aux enquêtes menées après un accident du travail grave ou des incidents répétés ayant révélé un risque grave ou une maladie professionnelle ou à caractère professionnel grave est payé comme du temps de travail effectif et n'est pas déduit des heures de délégation (c. trav. art. 2315-11)(voir § 38-29).

→ Inspections du CSE

31-19 Dans les entreprises d'au moins 50 salariés, le CSE mène des inspections à intervalles réguliers en matière de santé, de sécurité et de conditions de travail au moins 4 fois par an, à savoir suivant la même fréquence que les réunions portant sur le thème de la santé (c. trav. art. L. 2312-13 et R. 2312-4)(voir § 37-8).

→ Audition du chef d'un établissement voisin

31-20 Dans les entreprises d'au moins 50 salariés, le CSE peut demander à entendre le chef d'une entreprise voisine dont l'activité expose les travailleurs de son ressort à des nuisances particulières. Il est informé des suites réservées à ses observations (c. trav. art. L. 2312-13).

→ Propositions du CSE et de l'employeur dans le domaine de la santé

31-21 Le CSE formule, à son initiative, toute proposition de nature à améliorer les conditions de travail, d'emploi et de formation professionnelle des salariés, leurs conditions de vie dans l'entreprise ainsi que les conditions dans lesquelles ils bénéficient de garanties collectives complémentaires (c. trav. art. L. 2312-12). Inversement, le CSE examine les propositions de même nature formulées par l'employeur (c. trav. art. L. 2312-12).

DROIT À UNE FORMATION SANTÉ, SÉCURITÉ ET CONDITIONS DE TRAVAIL

31-22 Sur le droit des élus du CSE (y compris du référent « harcèlement sexuel et agissements sexistes »à bénéficier d'une formation en santé, sécurité et conditions de travail, voir §§ 42-24 et s.

Commission CSSCT

1 COMMISSION OBLIGATOIRE OU FACULTATIVE

COMMISSION OBLIGATOIRE

DANS LES ENTREPRISES OU ÉTABLISSEMENTS DISTINCTS ≥ 300 SALARIÉS :
- **MISE EN PLACE D'UNE OU DES CSSCT EN CAS DE CSE UNIQUE,**
- **MISE EN PLACE D'UNE CSSCT CENTRALE EN CAS DE CSE CENTRAL**

DANS LES ENTREPRISES OU ÉTABLISSEMENTS DISTINCTS < 300 SALARIÉS
- **SUR DÉCISION DE L'INSPECTEUR DU TRAVAIL EN FONCTION DE L'ACTIVITÉ OU DE L'ÉQUIPEMENT DES LOCAUX**

DANS LES INSTALLATIONS CLASSÉES (SITE «SEVESO 2» ET SITES NUCLÉAIRES DE BASE)

COMMISSION FACULTATIVE

DANS LES ENTREPRISES OU ÉTABLISSEMENTS < 300 SALARIÉS (SAUF DÉCISION INSPECTEUR DU TRAVAIL)

- **MISE EN PLACE PAR ACCORD COLLECTIF MAJORITAIRE** (ENTREPRISE AVEC DS)
- **OU PAR ACCORD AVEC LE CSE** (ENTREPRISE SANS DS)

2 COMBIEN DE MEMBRES ? (EN L'ABSENCE D'ACCORD)

AU MINIMUM 3 MEMBRES REPRÉSENTANTS DU PERSONNEL
AU MOINS 1 REPRÉSENTANT DU 2E COLLÈGE OU DU 3E COLLÈGE (CAS ÉCHÉANT)

PRÉSIDÉE PAR L'EMPLOYEUR OU SON REPRÉSENTANT

3 COMMENT DÉSIGNER LES MEMBRES DE LA CSSCT ?

- **PARMI LES TITULAIRES OU SUPPLÉANTS DU CSE**
- **PAR UNE DÉLIBÉRATION ADOPTÉE À LA MAJORITÉ DES MEMBRES PRÉSENTS**
- **POUR UNE DURÉE QUI PREND FIN AVEC CELLE DU MANDAT DES ÉLUS DU CSE**

4 COMMENT INFORMER LES SALARIÉS ?

PAR L'AFFICHAGE DE LA LISTE NOMINATIVE DES ÉLUS DU CSE, MEMBRES DE LA CSSCT

DANS LES LOCAUX AFFECTÉS AU TRAVAIL

Revue Fiduciaire
BARTHÉLÉMY AVOCATS

32 Commission santé, sécurité et conditions de travail (CSSCT)

Du CHSCT à la CSSCT
- La CSSCT, émanation du CSE 32-1
- Intérêt de négocier au sujet de la CSSCT 32-2

Mise en place de la CSSCT
- Entreprises ou établissements distincts d'au moins 300 salariés 32-3
- Entreprises ou établissements distincts de moins de 300 salariés 32-4
- Installations classées 32-7

Acteurs de la négociation
- Négociation avec les délégués syndicaux 32-8
- Négociation avec le CSE 32-9

Thèmes de l'accord 32-10

Règles supplétives à appliquer en l'absence d'accord
- Règles supplétives en nombre limité 32-11
- Nombre et périmètre de mise en place de la CSSCT fixés par l'employeur 32-12
- Modalités d'organisation de la CSSCT fixées dans le règlement intérieur du CSE 32-13

Composition de la CSSCT
- Règles d'ordre public 32-15
- Règles négociables 32-18
- Règles supplétives applicables en l'absence d'accord 32-20

Attributions de la CSSCT
- Règles d'ordre public 32-21
- Règles négociables 32-22
- Règles supplétives applicables en l'absence d'accord 32-23

Fonctionnement et formation des membres de la CSSCT
- Fonctionnement de la commission 32-24
- Formation des membres de la CSSCT 32-27

› *Encadré : Moyens supplémentaires* ... 32-28

Du CHSCT à la CSSCT

LA CSSCT, ÉMANATION DU CSE

32-1 L'ordonnance 2017-1386 du 22 septembre 2017, en imposant la fusion des instances de représentation du personnel au sein du CSE, a marqué la création de la commission santé, sécurité et conditions de travail (CSSCT).

L'installation obligatoire de la CSSCT est soumise à une condition d'effectif (voir § 32-3). Mais les entreprises qui se situent en dehors de ce champ peuvent installer à titre facultatif une commission, par accord ou par décision unilatérale de l'employeur (voir §§ 32-5 et 32-6).

La CSSCT est une commission du CSE et non une institution représentative du personnel distincte du CSE comme l'était par le passé le CHSCT. La vocation de la CSSCT est limitée à la préparation des réunions et des délibérations du comité sur les questions qui relèvent de sa compétence (Q/R 101, CSE, 117 questions/réponses du ministère du Travail, 17 janvier 2020).

En l'absence de commission, le CSE exerce seul la mission de promotion de la santé, la sécurité et l'amélioration des conditions de travail dans l'entreprise (c. trav. art. L. 2312-5 et L. 2312-8).

EN PRATIQUE

Les modalités de mise en place, les attributions et le fonctionnement de la CSSCT s'articulent autour des dispositions relevant de l'ordre public, du champ négociable et du registre supplétif. Nous les évoquerons pour chaque thématique spécifique.

POINT DE VIGILANCE

La contribution du CSE d'une entreprise d'au moins 50 salariés à l'analyse des risques professionnels sera renforcée à compter du 31 mars 2022 par la collaboration de la CSSCT si elle existe (c. trav. art. L. 4121-3 dans sa version en vigueur au 31 mars 2022 ; loi 2021-1018 du 2 août 2021, JO du 3).

INTÉRÊT DE NÉGOCIER AU SUJET DE LA CSSCT

32-2 Le code du travail a ouvert deux voies distinctes pour installer la CSSCT : l'accord (avec les délégués syndicaux ou, à défaut de DS, un accord avec le CSE) ou la décision unilatérale en l'absence d'accord (c. trav. art. L. 2315-44).

Il est conseillé en toute hypothèse d'entamer une négociation sur la mise en place, les attributions et le fonctionnement de la CSSCT, lorsque l'installation de celle-ci est envisagée, à titre obligatoire ou facultatif. On ne peut en effet exclure que la Cour de cassation étende le périmètre de sa jurisprudence à la mise en place de la CSSCT (cass. soc. 17 avril 2019, n° 18-22948 FPB). Dans la mesure où le passage par la décision unilatérale n'est prévu qu'en l'« absence d'accord », la négociation préalable pourrait être considérée comme obligatoire par la Cour de cassation le jour où la question lui sera posée.

Mise en place de la CSSCT

ENTREPRISES OU ÉTABLISSEMENTS DISTINCTS D'AU MOINS 300 SALARIÉS

32-3 Une CSSCT doit être mise en place au sein du CSE dans les entreprises et établissements distincts employant au moins 300 salariés (c. trav. art. L. 2315-36 ; Q/R 97, CSE, 117 questions/réponses du ministère du Travail, 17 janvier 2020). Comme le comité auquel elle est rattachée, la commission peut donc être d'entreprise ou d'établissement.

ATTENTION il s'agit là d'une disposition d'ordre public, à laquelle ni un accord (collectif ou avec le CSE), ni l'employeur ne peuvent déroger. En revanche, cette disposition est un

« minimum » qui peut être « amélioré » par accord (collectif ou avec le CSE) ou décision unilatérale de l'employeur. Par exemple, plusieurs CSSCT au lieu d'une seule peuvent être créées, leur périmètre de mise en place étant défini par la même voie.

Les entreprises multi-établissements qui emploient au moins 300 salariés dotées d'un CSE central devront en outre installer une CSSCT centrale (c. trav. art. L. 2316-18). La CSSCT centrale sera donc mise en place dans une entreprise d'au moins 300 salariés si celle-ci comporte au moins 2 établissements distincts dans lesquels un CSE a été installé (Q/R 99, CSE, 117 questions/réponses du ministère du Travail, 17 janvier 2020).

ENTREPRISES OU ÉTABLISSEMENTS DISTINCTS DE MOINS DE 300 SALARIÉS

→ Décision de l'inspecteur du travail

32-4 Dans les entreprises et établissements distincts de moins de 300 salariés, l'inspecteur du travail peut, s'il l'estime nécessaire, imposer la création d'une CSSCT notamment en raison de la nature des activités, de l'agencement ou de l'équipement des locaux (c. trav. art. L. 2315-37). Il prend sa décision dans un délai de 2 mois (Q/R 105, CSE, 117 questions/réponses du ministère du Travail, 17 janvier 2020).

Si l'inspecteur du travail peut imposer la mise en place d'une CSSCT au sein d'un établissement de moins de 50 salariés appartenant à une entreprise d'au moins 50 salariés, il ne le peut pas en revanche, dans une entreprise de moins de 50 salariés (Q/R 97 et 100, CSE, 117 questions/réponses du ministère du Travail, 17 janvier 2020).

POINT DE VIGILANCE

La décision de l'inspecteur du travail peut être contestée devant le DREETS (c. trav. art. L. 2315-37). Ce recours n'est pas suspensif (Q/R 105, CSE, 117 questions/réponses du ministère du Travail, 17 janvier 2020).

→ Accord collectif ou accord avec le CSE

32-5 La CSSCT peut être mise en place par un accord collectif d'entreprise ou, en l'absence de délégué syndical, par un accord conclu avec le CSE dans les entreprises et établissements distincts de moins de 300 salariés (c. trav. art. L. 2315-43 ; Q/R 100, CSE, 117 questions/réponses du ministère du Travail, 17 janvier 2020).

L'accord collectif d'entreprise relatif à la CSSCT obéit aux mêmes conditions de validité que celui déterminant, le cas échéant, le nombre et le périmètre des établissements distincts (accord d'entreprise majoritaire non référendable) (voir § 5-4) (c. trav. art. L. 2315-41 et, par renvoi, L. 2313-2). Cet accord peut également fixer le nombre et le périmètre de mise en place de la ou des CSSCT et définit ses modalités de mise en place (c. trav. art. L. 2315-43).

→ Décision unilatérale

32-6 En l'absence d'accord, l'employeur peut décider unilatéralement du nombre de CSSCT et du périmètre de mise en place tandis que le règlement intérieur du CSE définit leurs modalités de mise en place (c. trav. art. L. 2315-44 ; Q/R 97, CSE, 117 questions/réponses du ministère du Travail, 17 janvier 2020).

INSTALLATIONS CLASSÉES

32-7 Sans condition d'effectif, une CSSCT doit être créée au sein du CSE dans les établissements mentionnés aux articles L. 4521-1 et suivants du code du travail (à savoir, les établissements comprenant une installation nucléaire de base, une installation classée SEVESO ou réalisant une activité de stockage souterraine au sens du code minier) (c. trav. art. L. 2315-36 ; Q/R 99, CSE, 117 questions/réponses du ministère du Travail, 17 janvier 2020).

POINT DE VIGILANCE

Il s'agit là d'une disposition d'ordre public, à laquelle ni un accord (collectif ou avec le CSE), ni l'employeur ne peuvent déroger.

Acteurs de la négociation

NÉGOCIATION AVEC LES DÉLÉGUÉS SYNDICAUX

32-8 En présence d'un délégué syndical dans l'entreprise, la négociation relative à la CSSCT doit être menée avec ce dernier. L'accord éventuellement conclu doit être majoritaire, sans possibilité d'utiliser la validation référendaire (c. trav. art. L. 2315-41, qui renvoie à L. 2313-2).

Dans les entreprises multi-établissements, la négociation doit de préférence être engagée au niveau central, avec les délégués syndicaux centraux.

L'accord peut être conclu pour une durée déterminée (par exemple, correspondant à la durée du mandat du CSE), mais aussi pour une durée indéterminée lequel, sauf dénonciation, continuerait de régir la situation de la commission y compris après le renouvellement du CSE.

Si l'accord est conclu pour une durée indéterminée, les parties doivent prévoir une clause de suivi les amenant à se réunir au plus tard dans les mois précédant l'échéance du premier mandat pour envisager les éventuels accommodements qu'ils souhaiteraient apporter à l'accord.

NÉGOCIATION AVEC LE CSE

32-9 En l'absence de délégué syndical, l'accord fixant les modalités d'organisation de la CSSCT est négocié entre l'employeur et le CSE. Il doit être adopté à la majorité des membres titulaires du CSE (c. trav. art. L. 2315-42).

La négociation pourra être menée au niveau central (avec le CSE central) ou au niveau local (avec les CSE devant installer une CSSCT).

Dans la mesure où les règles de révision et de dénonciation des accords collectifs ne s'appliquent pas légalement aux accords conclus avec le CSE, il est conseillé de conclure un accord à durée déterminée lorsque l'accord n'est pas conclu avec les délégués syndicaux.

Thèmes de l'accord

32-10 L'accord d'entreprise ou l'accord conclu avec le CSE peut définir (c. trav. art. L. 2315-41 ; Q/R 101, CSE, 117 questions/réponses du ministère du Travail, 17 janvier 2020) :

› le nombre de membres (voir § 32-18) ;
› les missions déléguées et leurs modalités d'exercice (voir § 32-22) ;
› les modalités de fonctionnement (voir § 32-25) ;
› les modalités de formation (voir § 32-27) ;
› les moyens alloués (voir § 32-28).

Règles supplétives à appliquer en l'absence d'accord

RÈGLES SUPPLÉTIVES EN NOMBRE LIMITÉ

32-11 À défaut d'accord d'entreprise ou d'accord conclu avec le CSE, le code du travail prévoit que (c. trav. art. L. 2315-44) :

› le nombre et le périmètre de mise en place de la CSSCT doivent être déterminés par l'employeur (voir § 32-12) ;
› les modalités d'organisation de la CSSCT doivent être fixées par le CSE dans le règlement intérieur du comité (voir § 32-13).

NOMBRE ET PÉRIMÈTRE DE MISE EN PLACE DE LA CSSCT FIXÉS PAR L'EMPLOYEUR

32-12 En l'absence d'accord d'entreprise ou d'accord conclu avec le CSE, l'employeur peut fixer de manière unilatérale le nombre de commissions et le périmètre de mise en place (c. trav. art. L. 2315-44), que l'entreprise emploie 300 salariés ou non (Q/R 100, CSE, 117 questions/réponses du ministère du Travail, 17 janvier 2020). Dans ce cas, le règlement intérieur définit leurs modalités de mise en place (c. trav. art. L. 2315-44) (voir § 32-13).

MODALITÉS D'ORGANISATION DE LA CSSCT FIXÉES DANS LE RÈGLEMENT INTÉRIEUR DU CSE

→ Règlement intérieur

32-13 En l'absence d'accord collectif d'entreprise ou d'accord conclu avec le CSE, le règlement intérieur du comité définit les modalités d'organisation de la CSSCT (c. trav. art. L. 2315-44). Son domaine est alors identique à celui prévu pour l'accord (c. trav. art. L. 2315-41) (voir § 32-12).

→ Adoption

32-14 Le règlement intérieur doit être adopté à la majorité des présents du CSE (c. trav. art. L. 2315-32) (voir § 25-9).

Toutefois, le règlement intérieur du CSE ne peut, sauf accord de l'employeur, comporter des clauses lui imposant des obligations ne résultant pas de dispositions légales. L'accord de l'employeur constitue en effet un engagement unilatéral de l'employeur que celui-ci peut dénoncer à l'issue d'un délai raisonnable et après en avoir informé les membres de la délégation du personnel du CSE (c. trav. art. L. 2315-24).

Composition de la CSSCT

RÈGLES D'ORDRE PUBLIC

→ Présidence de la commission par l'employeur ou son représentant

32-15 L'employeur ou son représentant préside la CSSCT (c. trav. art. L. 2315-39). Il peut se faire assister par des collaborateurs appartenant à l'entreprise et choisis en dehors du CSE.

Ensemble, ils ne peuvent pas être en nombre supérieur à celui des représentants du personnel titulaires présents dans la commission (Q/R 102, CSE, 117 questions/réponses du ministère du Travail, 17 janvier 2020).

EN PRATIQUE

Le représentant de l'employeur n'est pas nécessairement un salarié de l'entreprise. Toutefois, la délégation ne peut être donnée qu'à une personne qui en raison de ses liens et missions n'est pas étrangère à l'entreprise et qui par ailleurs présente les compétences nécessaires pour être un interlocuteur utile des représentants du personnel (CA Versailles, 14e ch. 12 mars 2020, n° 19/02628).

→ Élus du CSE

32-16 La commission comprend au moins 3 membres représentants du personnel, dont au moins 1 représentant du second collège (ingénieurs, chefs de service, techniciens, agents de maîtrise et assimilés), ou le cas échéant du 3e collège lorsque l'entreprise emploie 25 cadres (c. trav. art. L. 2315-39).

Ils sont désignés par le CSE parmi ses membres par une résolution adoptée à la majorité des présents (c. trav. art. L. 2315-32). Cette désignation doit résulte d'un voter des membres du CSE à la majorité des voix des membres présents lors du vote, sans qu'il soit besoin d'une résolution préalable fixant les modalités de l'élection (cass. soc. 27 novembre 2019, n° 19-14224 FPB).

La désignation peut concerner un titulaire ou un suppléant du CSE (Q/R 103, CSE, 117 questions/réponses du ministère du Travail, 17 janvier 2020). Ainsi, le mandat de membre du CSE est une condition prérequise à la désignation comme membre de la commission.

Les membres de la CSSCT sont désignés pour une durée qui prend fin avec celle du mandat des élus du CSE (c. trav. art. L. 2315-39).

POINT DE VIGILANCE

À notre avis, seuls les élus titulaires (ou les suppléants remplaçant un titulaire) votent. À la date de rédaction de cette fiche, ni l'administration ni les juges n'ont pris position sur le point de savoir si l'employeur participe à ce vote. Les avis des experts et praticiens sur la question divergent. De façon générale, le code du travail précise que le président du CSE ne participe pas au vote lorsqu'il consulte les élus en tant que délégation du personnel (c. trav. art. L. 2315-32).

EN PRATIQUE

Le membre de la CSSCT étant nécessairement un élu du CSE, il bénéficie du statut protecteur (Q/R 57, CSE, 117 questions/réponses du ministère du Travail, 17 janvier 2020).

→ Invités

32-17 Lorsque l'accord confie tout ou partie des attributions du CSE à la CSSCT, sont informés et invités aux réunions de la commission (c. trav. art. L. 2314-3 et L. 2315-39 ; Q/R 86, CSE, 117 questions/réponses du ministère du Travail, 17 janvier 2020) :

- › le médecin du travail, qui peut donner délégation à un membre de l'équipe pluridisciplinaire du service de santé au travail ayant compétence en matière de santé au travail ou de conditions de travail ;
- › le responsable interne du service de sécurité et des conditions de travail ou, à défaut, l'agent chargé de la sécurité et des conditions de travail ;
- › l'inspecteur du travail ;
- › les agents des services de prévention des organismes de sécurité sociale.

Il s'agit des mêmes personnes que celles qui peuvent assister à titre consultatif aux réunions du CSE relatives à la santé, la sécurité et les conditions de travail (c. trav. art. L. 2314-3).

RÈGLES NÉGOCIABLES

→ Nombre de membres

32-18 Un accord d'entreprise ou conclu avec le CSE peut définir le nombre de membres de la ou des commissions, sans qu'une limite maximale ne soit fixée mais en respectant la limite minimale d'ordre public (voir § 32-16). Il est également possible de prévoir des membres titulaires et suppléants à la commission.

La négociation peut, en outre, permettre l'installation de sous-commissions (santé, conditions de travail, etc.).

→ Création d'une CSSCT centrale

32-19 Si une commission centrale doit être mise en place (entreprises d'au moins 300 salariés ayant au moins établissements distincts comportant ou non une CSSCT d'établissement), il appartient à l'accord d'en définir la composition dans le respect des minimas légaux (au moins 3 membres) (voir § 32-16). Mais dans cette hypothèse, la situation est un peu plus complexe compte tenu de l'absence de précision du code du travail quant à la composition de cette commission. Il semblerait toutefois que la négociation puisse permettre, par accord conclu avec les délégués syndicaux centraux, ou en l'absence, avec les membres titulaires du CSE central, de privilégier les membres des commissions d'établissement dès lors que ceux-ci sont également membres du CSE central puisque ses membres sont nécessairement désignés parmi les membres du CSE central.

RÈGLES SUPPLÉTIVES APPLICABLES EN L'ABSENCE D'ACCORD

32-20 En l'absence d'accord collectif d'entreprise ou d'accord conclu avec le CSE, le règlement intérieur du comité définit les modalités d'organisation de la CSSCT (c. trav. art. L. 2315-44), en particulier la composition de la commission.

En l'absence de dispositions spécifiques relatives à la composition de la CSSCT centrale, il faut certainement retenir qu'elle doit comporter au moins 3 membres, à désigner par le CSE central. Les thématiques sont par ailleurs identiques à celles de l'accord, bien qu'en l'absence de l'accord de l'employeur, le règlement intérieur sera limité à reprendre la composition d'ordre public (voir § 32-16).

Attributions de la CSSCT

RÈGLES D'ORDRE PUBLIC

32-21 Le CSE peut décider transférer à la CSSCT tout ou partie de ses attributions en matière de santé, sécurité et conditions de travail, à l'exception (c. trav. art. L. 2315-38) :

- du recours à un expert (mais la commission peut proposer au CSE de recourir à un expert ; voir ci-après) (c. trav. art. L. 2315-78) ;
- des attributions consultatives du CSE.

À titre d'exemples de délégation possible, la commission peut notamment :

- préparer à titre particulier les 4 réunions annuelles du CSE dédiées aux questions de santé, de sécurité et de conditions de travail ;
- préparer les consultations ponctuelles du CSE quand celui-ci est consulté sur les conditions de reclassement des salariés en situation d'inaptitude, ou des conditions d'emploi des travailleurs handicapés ;
- être saisie par l'intermédiaire de ses membres dans les situations de harcèlement moral ou sexuel et préparer, le cas échéant, la réunion du CSE consacré à l'examen de ces situations.

La commission n'a de compétence que dans les domaines expressément définis par l'accord ou le règlement intérieur du CSE qui établira donc une liste limitative en dehors de laquelle seul le CSE aura compétence.

Le champ de la négociation est vaste et dépendra en pratique de la structure de l'entreprise et de la place donnée aux questions de santé, sécurité et de conditions de travail.

POINT DE VIGILANCE

La CSSCT est dépourvue de la personnalité juridique, condition nécessaire pour émettre un avis juridiquement contraignant ou désigner un expert. Autrement dit, la CSSCT ne peut pas voter. La CSSCT ne demeure qu'une commission du CSE, dont la vocation est limitée à la préparation des réunions et des délibérations du comité sur les questions qui relèvent de sa compétence (Q/R 101, CSE, 117 questions/réponses du ministère du Travail, 17 janvier 2020).

EN PRATIQUE

En matière d'expertise, la CSSCT peut proposer au CSE de recourir à un expert habilité (c. trav. art. L. 2315-78) mais la décision ne lui appartient pas. Elle relève du CSE.

RÈGLES NÉGOCIABLES

32-22 L'accord peut définir les missions déléguées à la ou les commissions et leur modalité d'exercice. C'est un point de négociation essentiel qui, selon le niveau des missions déléguées, pourra justifier des moyens d'action particuliers. Toutes les attributions du CSE en matière de santé, sécurité et conditions de travail sont délégables à l'exception de celles concernant le recours aux experts et les attributions consultatives du CSE.

RÈGLES SUPPLÉTIVES APPLICABLES EN L'ABSENCE D'ACCORD

32-23 En l'absence d'accord collectif d'entreprise ou d'accord conclu avec le CSE, le règlement intérieur du CSE définit les modalités d'organisation de la CSSCT (c. trav. art. L. 2315-44), dont les missions qui lui sont déléguées (Q/R 101, CSE, 117 questions/réponses du ministère du Travail, 17 janvier 2020).

Le règlement intérieur du comité ne peut pas comporter, sauf accord de l'employeur, de clauses lui imposant des obligations ne résultant pas de dispositions légales (c. trav. art. L. 2315-44). Le cas échéant, l'accord de l'employeur constitue un engagement unilatéral de l'employeur que celui-ci peut dénoncer à l'issue d'un délai raisonnable et après en avoir informé les membres de la délégation du personnel du CSE (c. trav. art. L. 2315-24 ; Q/R 104, CSE, 117 questions/réponses du ministère du Travail, 17 janvier 2020).

Fonctionnement et formation des membres de la CSSCT

FONCTIONNEMENT DE LA COMMISSION

→ Règles d'ordre public

32-24 Les règles d'ordre public concernent les deux points suivants :

- › la durée du mandat des membres de la CSSCT qui prend fin avec celle du mandat des membres du CSE (c. trav. art. L. 2315-39) ;
- › le droit d'une formation minimale des membres de la commission (c. trav. art. L. 2315-18) (voir §§ 42-24 et s.).

→ Règles négociables

32-25 L'accord définit les modalités de fonctionnement de la commission, avec un champ assez vaste.

L'accord doit certainement préciser le nombre de réunions, leurs modalités de tenues, de secrétariat ainsi que les moyens de communication avec le CSE. Le nombre de réunions est assez souvent fixé en fonction de celui des réunions du CSE consacrées aux problèmes de santé et sécurité (soit au minimum 4 par an).

Les parties peuvent également accorder des heures de délégation aux membres de la commission, avec certainement un crédit particulier pour le secrétaire de la commission. Les modalités d'attribution de ces heures et la possibilité éventuelle de les cumuler ou de les mutualiser devront le cas échéant être précisées.

→ Règles supplétives applicables en l'absence d'accord

32-26 En l'absence d'accord collectif d'entreprise ou d'accord conclu avec le CSE, le règlement définit les modalités d'organisation de la CSSCT (c. trav. art. L. 2315-44 ; Q/R 104, CSE, 117 questions/réponses du ministère du Travail, 17 janvier 2020). Le règlement intérieur peut adopter un contenu identique à celui de l'accord, mais le refus de l'employeur peut le limiter à rappeler la durée des mandats, seule disposition relevant de l'ordre public.

FORMATION DES MEMBRES DE LA CSSCT

32-27 Sur la formation santé, sécurité et conditions de travail des élus du CSE et des membres de la CSSCT, voir §§ 42-24 et s.

32-28

MOYENS SUPPLÉMENTAIRES

Les parties peuvent attribuer au CSE par accord ou par le règlement intérieur des moyens supplémentaires à ceux qu'il tient de la loi (c. trav. art. L. 2315-41).

Une telle attribution n'est pertinente qu'à la condition que la commission ait reçu du comité une ou des attributions particulières. Outre les heures de délégation, il peut paraît opportun d'envisager les modalités de remboursement de frais (déplacement, séjour), les informations nécessaires à l'exercice des missions confiées ou encore les moyens matériels alloués à la commission (local, informatique, téléphone, etc.). En cas de refus de l'employeur, aucun moyen particulier ne peut être accordé à la commission.

32-29

COMMISSION SANTÉ SÉCURITÉ ET CONDITIONS DE TRAVAIL (CSSCT)		
Ce qui est obligatoire (règles d'ordre public) (c. trav. art. L. 2315-36 à L. 2315-40)	**Ce qui est négociable** (c. trav. art. L. 2315-41 à L. 2315-43)	**Ce qui est applicable en l'absence d'accord (règles supplétives)** (c. trav. art. L. 2315-44)
• Mise en place obligatoire à partir de 300 salariés ou pour certains établissements ou sur décision de l'inspecteur du travail • Présidé par l'employeur ou son représentant • 3 membres représentant le personnel désigné par le CSE parmi ses membres • Formation de 3 ou 5 jours selon la taille de l'entreprise (entreprises de moins de 300 salariés) ou 5 jours (entreprises de 300 salariés et plus). 5 jours pour tous les élus à compter du 31 mars 2022 (voir §§ 42-27 et 42-28) (c. trav. art. . 2315-8 dans sa version au 31 mars 2022 ; loi 2021-2018 du 2 août 2021, JO du 3)	**Modalités de mise en place de la ou des CSSCT** • Nombre des membres de la ou les CSSCT • Missions déléguées à la CSSCT par le CSE • Modalités de fonctionnement (heures de délégation, etc.) • Modalités de formation des membres de la commission • Le cas échéant, les moyens alloués • Le cas échéant, les conditions de formation spécifique aux risques ou facteurs de risques particuliers en rapport avec l'activité de l'entreprise **Comment négocier ?** Par accord collectif d'entreprise majoritaire en présence de délégué syndical OU Par accord avec la majorité des titulaires au CSE en l'absence de délégué syndical	• Décision unilatérale de l'employeur qui fixe le nombre de commission et le périmètre de mise en place • Domaine du règlement intérieur du CSE sauf accord de l'employeur. Le règlement intérieur ne peut imposer à l'employeur des obligations non légalement prévues.

MODÈLE D'ACCORD

32 Mise en place d'une CSSCT

32-30 Le modèle proposé ci-après peut être adapté à chaque CSE, c'est-à-dire être ajusté ou complété en fonction des spécificités de l'entreprise concernée. Il conviendra de se reporter aux développements contenus dans ce guide afin de vérifier si l'adaptation envisagée est conforme aux textes.

Modèle

ENTRE :

L'entreprise ..., dont le siège social est situé ...,

Représentée par ... agissant en vertu des pouvoirs dont *il/elle* dispose,

ci-après dénommée l'entreprise ;

ET

- **L'organisation syndicale ...**, représentée par M..., en sa qualité de ... ;
- **L'organisation syndicale ...**, représentée par M..., en sa qualité de ... ;
- ...

Point de vigilance. Cet accord n'est pas « référendable » (c. trav. art. L. 2315-41 qui renvoie au 1er alinéa de L. 2232-12).

Cette commission est obligatoire, notamment, dans les entreprises d'au moins 300 salariés ou les établissements distincts d'au moins 300 salariés.

PRÉAMBULE

Dans la perspective de développer la politique de prévention et de protection de la santé et de la sécurité des travailleurs ainsi que d'améliorer de leurs conditions de travail, il a été décidé de mettre en place une commission santé, sécurité et conditions de travail (CSSCT) dans les conditions prévues à l'article L. 2315-41 du code du travail.

En pratique. Préambule à adapter au contexte et aux enjeux de l'entreprise, et notamment en distinguant si la commission est obligatoire ou mise en place pour permettre une meilleure prise en compte des aspects tenant à la santé ou à la sécurité des salariés.

Il a donc été convenu le présent accord :

ARTICLE 1 - CHAMP D'APPLICATION

Le présent accord s'applique aux salariés de l'entreprise ... **ou** de l'établissement de ....

ARTICLE 2 - NOMBRE DE MEMBRES

La commission est constituée de ... membres représentants du personnel, dont au moins un représentant du second collège, ou le cas échéant du troisième collège prévus à l'article L. 2314-11 du code du travail.

En pratique. A minima 3 membres (c. trav. art. L. 2315-39).

Les membres de la CSSCT sont désignés par le CSE parmi ses membres, par une résolution adoptée à la majorité des membres présents (voir § 32-16), pour une durée qui prend fin avec celle du mandat des membres élus du comité. Des membres titulaires ou suppléants du CSE peuvent être désignés.

Cette désignation a lieu lors de la première réunion du CSE après son élection.

ARTICLE 3 - ATTRIBUTIONS

Les missions déléguées à la commission, par le CSE, sont les suivantes : ...

Exemples :

– procéder à intervalles réguliers à des inspections en matière de santé, de sécurité et des conditions de travail ;

– réaliser des enquêtes en matière d'accidents du travail ou de maladies professionnelles ou à caractère professionnel ;

– analyser des risques professionnels auxquels peuvent être exposés les travailleurs, notamment les femmes enceintes, ainsi que des effets de l'exposition aux facteurs de risques professionnels mentionnés à l'article L. 4161-1 du Code du travail ;

– préparer les avis du CSE en cas d'inaptitude médicale des salariés lorsque l'avis d'inaptitude permet un reclassement ;

– contribuer à faciliter l'accès des femmes à tous les emplois, à la résolution des problèmes liés à la maternité, l'adaptation et à l'aménagement des postes de travail de faciliter l'accès et le maintien des personnes handicapées à tous les emplois en cours de leur vie professionnelle ;

– susciter toute initiative que la commission estime utile et proposer notamment des actions de prévention du harcèlement moral, du harcèlement sexuel et des agissements sexuels et des agissements sexistes définis à l'article L. 1142-2-1 du code du travail ;

– proposer des mesures en vue de faciliter la mise, la remise ou le maintien au travail des accidentés du travail, des invalides de guerre, des invalides civils, des personnes atteintes de maladies chroniques évolutives, notamment sur l'aménagement des postes de travail ;

– proposer au CSE le recours à des experts dans les conditions légalement prévues ;

– préparer les propositions d'avis lorsque le CSE est consulté dans le cadre de ses attributions en matière de santé, sécurité et conditions de travail.

– etc.

MODÈLE D'ACCORD

Pour chacune des actions décrites ci-avant, la commission établira par son secrétaire un rapport ou des propositions à l'attention des membres du comité social et économique.

ARTICLE 4 - MODALITÉS DE FONCTIONNEMENT

4.1. Secrétariat

Parmi les membres de la commission est désigné un secrétaire. La désignation est faite à la majorité des voix des membres de la commission. En cas d'égalité, le candidat le plus âgé est élu.

Le secrétaire dispose d'un crédit d'heures mensuel spécifique de ....

Il participe avec l'employeur ou son représentant à l'élaboration de l'ordre du jour des réunions de la commission. Il établit les rapports et propositions après approbation par la majorité des membres de la commission, à destination du Président et du secrétaire du CSE.

4.2. Réunion

Option 1 : Réunions récurrentes

La commission se réunit ... *fois par mois / trimestre / semestre / an.*

Les réunions ont lieu sur convocation du chef d'entreprise ou de son représentant.

Elle est envoyée aux membres de la commission ... *jours* calendaires avant la réunion, par mail ou par courrier. L'ordre du jour est joint à cette convocation.

Les personnes visées à l'article L. 2314-3 peuvent participer aux réunions dans les conditions prévues à cet article.

Option 2 : Réunions ponctuelles

Une réunion de la commission est organisée avant toute consultation du CSE sur des sujets relevant de la santé, l'hygiène, la sécurité et les conditions de travail.

Les réunions ont lieu sur convocation du chef d'entreprise ou de son représentant.

Elle est envoyée aux membres de la commission ... *jours* calendaires avant la réunion, par mail ou par courrier. L'ordre du jour est joint à cette convocation.

Les personnes visées à l'article L. 2314-3 peuvent participer aux réunions dans les conditions prévues à cet article.

4.3. Heures de délégation

Les membres de la CSSCT bénéficient de ... *heures* de délégation par mois/ par an.

En pratique. Il peut être possible de prévoir, notamment, un mécanisme de cumul des heures de délégation non utilisées, et de transfert des heures de délégation entre les membres ou entre les titulaires et les suppléants. Ces heures pourront aussi être mensuelles et non reportables.

ARTICLE 5 - FORMATION

Les membres de la CSSCT de travail bénéficient de la formation nécessaire à l'exercice de leurs missions en matière de santé, de sécurité et de conditions de travail à hauteur de ... *jours*.

Ces formations se déroulent dans les conditions prévues aux articles L. 2315-16 à L. 2315-18 du code du travail.

En pratique. L'article L. 2315-40 prévoit 5 jours pour les entreprises d'au moins 300 salariés et 3 jours dans les entreprises de moins de 300.

Option :

En outre, conformément à l'article L. 2315-41, 6°, du code du travail, et compte tenu des risques spécifiques existant en matière de ..., au sein de l'entreprise ou au sein de l'établissement, les membres de la commission bénéficient de ... *jours* de formation supplémentaires sur ce thème.

En pratique. Il est possible de prévoir une périodicité de renouvellement des formations.

ARTICLE 6 - MOYENS ALLOUÉS

6.1. Locaux et matériels

Il est mis à la disposition des membres de la commission un local *situé* ... comprenant le *matériel suivant* : ...

En pratique. Il peut être possible d'envisager un partage des locaux du CSE ou un local mis à disposition pour les réunions.

6.2. Remboursements de frais

Les frais de déplacement, d'hébergement et de restauration engagés par les membres de la commission dans le cadre des réunions sont à la charge de l'entreprise.

Les frais sont uniquement remboursés sur présentation de justificatifs :

– en cas de déplacements avec un véhicule personnel : remboursement sur la base du barème fiscal des indemnités kilométriques, remboursement des parkings et péages sur présentation des tickets ;

– en cas de déplacements en train et d'utilisation des transports en commun : remboursement sur la base d'un tarif SNCF de seconde classe et remboursement des titres de transport en commun ;

– les frais de restauration ainsi que les frais d'hébergement sont remboursés dans la limite de ... €.

MODÈLE D'ACCORD

En tout état de cause, les frais ne peuvent être directement pris en charge ou remboursés par la commission que s'ils sont bien en relation avec leurs missions, déléguées par le comité social et économique, et sur présentation de justificatifs.

En pratique. Il est possible d'envisager l'attribution d'un budget « de fonctionnement ».

ARTICLE 7 - RELATIONS AVEC LES REPRÉSENTANTS DE PROXIMITÉ *(si ceux-ci ont été créés)*

Exemples :

La commission pourra entendre, à leur demande, les représentants de proximité dans le cadre des attributions qui leur ont été dévolues par l'accord du ....

Une fois par an, une réunion sera organisée par la commission avec l'ensemble des représentants de proximité destinée à faire le point sur les problèmes rencontrés dans le cadre de l'exercice de leurs attributions.

Un compte rendu de ces réunions sera établi par le secrétaire de la commission, et après approbation par les membres de la commission à la majorité, sera adressé au Président et au secrétaire du CSE.

En pratique. Rédaction à compléter et adapter en fonction des attributions et de la situation des représentants de proximité telles qu'elles résultent de l'accord les ayant mis en place.

ARTICLE 8 - DISPOSITIONS RELATIVES À L'ACCORD

8.1. Durée

Option 1 :

Le présent accord collectif est conclu pour une durée déterminée de ... *(durée du mandat du CSE).*

Il entrera en vigueur le ....

Les parties conviennent de se réunir ... *mois* avant le terme du présent accord afin d'examiner les suites qu'elles envisagent de donner à ce dernier.

Option 2 :

Le présent accord est conclu pour une durée indéterminée.

Il pourra être dénoncé ou révisé, à tout moment, conformément aux dispositions légales.

8.2. Suivi

Option 1 :

Dans un délai de … *mois* à compter de l'entrée en vigueur du présent accord, une commission paritaire de suivi sera mise en place à l'initiative du chef d'entreprise ou de son représentant. Cette commission aura pour mission d'examiner l'application du présent accord. Elle sera composée d'un délégué syndical par organisation syndicale représentative de salariés signataire ou adhérente et du chef d'entreprise ou de son représentant. Elle sera présidée par le chef d'entreprise ou son représentant.

Elle se réunira … *fois par … / … sur la durée de l'accord* sur convocation écrite (lettre ou mail) du chef d'entreprise ou de son représentant. Les résultats de la mission de suivi seront consignés dans un procès-verbal établi par le chef d'entreprise ou son représentant. Une fois adopté par la majorité des membres de la commission, le procès-verbal pourra être diffusé dans le cadre de la communication syndicale et, lorsqu'il existe, sur l'intranet de l'entreprise.

Option 2 :

Afin d'examiner l'application du présent accord et ses éventuelles difficultés de mise en œuvre, il est créé une commission de suivi composée des membres suivants :

– …

– …

Cette commission de suivi se réunira, à l'initiative de la Direction, une première fois dans l'année suivant l'entrée en vigueur de l'accord, puis, *une … fois par … / … sur la durée de l'accord*, à l'initiative de l'une des parties.

En pratique. Rédaction à adapter en fonction de la durée de l'accord retenue *(déterminée ou indéterminée)*.

Ces réunions donneront lieu à l'établissement d'un procès-verbal par la Direction. Une fois adopté par la majorité des membres présents de la commission, il pourra être publié sur les panneaux d'affichage réservés aux représentants du personnel ainsi que sur l'intranet de l'entreprise, le cas échéant.

8.3. Rendez-vous

Les parties au présent accord seront tenues de se réunir sur convocation écrite *(lettre ou mail)* du chef d'entreprise ou de son représentant, chaque année, dans le mois qui suit le jour anniversaire de l'entrée en vigueur du présent accord, afin de discuter de l'opportunité de réviser ce dernier.

8.4. Dépôt – publicité

Le présent accord sera déposé sur la plateforme de téléprocédure dans des conditions prévues par voie réglementaire, conformément aux dispositions de l'article L. 2232-29-1 du code du travail.

En pratique. Lors de la conclusion d'un accord d'entreprise celui-ci est déposé sur la plateforme de téléprocédure du ministère du Travail : https://www.teleaccords.travail-emploi.gouv.fr

MODÈLE D'ACCORD

Le présent accord sera également adressé par l'entreprise au greffe du conseil de Prud'hommes de…

Le présent accord est fait en nombre suffisant pour remise à chacune des parties. Son existence figurera aux emplacements réservés à la communication avec le personnel.

Fait à …, le … En … exemplaires	
Pour l'organisation syndicale … M…	Pour l'entreprise M…
Pour l'organisation syndicale … M…	

33 Autres commissions du CSE

Commissions d'ordre public, facultatives et supplétives
- Définition 33-1
- Commissions d'ordre public, facultatives et supplétives 33-2

Deux commissions d'ordre public
- Commission santé, sécurité et conditions de travail (CSSCT) 33-3
- Commission des marchés 33-4

Autres commissions mises en place par accord d'entreprise
- Champ de négociation 33-7
- Négociation par accord d'entreprise 33-8
- Clauses de l'accord d'entreprise 33-9

Commissions obligatoires en l'absence d'accord d'entreprise
- Règles supplétives applicables en l'absence d'accord 33-10
- Commission de la formation 33-12
- Commission d'information et d'aide au logement 33-14
- Commission de l'égalité professionnelle 33-16
- Commission économique 33-18

Statut des membres des commissions spécifiques
- Temps passé en réunion de commissions 33-21
- Statut protecteur 33-22

Commissions d'ordre public, facultatives et supplétives

DÉFINITION

33-1 Dans les entreprises d'au moins 50 salariés, différentes commissions peuvent aider le comité social et économique (CSE) pour l'examen de problèmes particuliers.

• **Commission.** Par commission, il faut comprendre un groupe de personnes désignées pour étudier, dans le cadre des compétences du CSE, certains problèmes et préparer les futures délibérations du CSE. À cette fin, elles fournissent périodiquement des rapports d'activité. Ces rapports sont soumis à la délibération du comité (c. trav. art. L. 2315-45).

• **Représentants de proximité.** Les représentants de proximité (voir §§ 43-1 et s.) peuvent, dès lors qu'ils sont membres du CSE, être désignés membres des différentes commissions du CSE (Q/R 103, 117 questions/réponses du ministère du Travail, 17 janvier 2020).

EN PRATIQUE

Les commissions, privées de personnalité morale, ne disposent d'aucune autonomie juridique et ce, qu'elles soient mises en place par la négociation ou, en l'absence d'accord, par les règles du code du travail (voir § 33-10). En conséquence, elles ne peuvent pas se substituer au CSE et n'ont pas de pouvoir de décision. Elles ne peuvent également pas souscrire d'engagement de quelque nature que ce soit sans avoir préalablement obtenu une délégation expresse de sa part.

POINT DE VIGILANCE

Les commissions ne peuvent pas être consultées par l'employeur, en lieu et place du CSE, lorsque l'avis de ce dernier est requis. À défaut, la consultation encourt, à notre avis, comme par le passé, la nullité et l'employeur, un délit d'entrave (cass. crim. 19 juin 2001, n° 00-80489, B. crim. n° 150).

À NOTER Compte tenu de la similitude des textes en la matière, la jurisprudence et les réponses administratives rendues à propos des IRP précédemment en place gardent, à notre avis, toute leur valeur. Les arrêts et réponses indiqués dans nos développements ci-après sont donc, en toute vraisemblance, transposables au CSE.

COMMISSIONS D'ORDRE PUBLIC, FACULTATIVES ET SUPPLÉTIVES

33-2 Les commissions du CSE sont instaurées de façon conventionnelle ou en appliquant les règles supplétives du code du travail en l'absence d'accord d'entreprise.

En tout état de cause, deux commissions sont d'ordre public et doivent, sous réserve d'en remplir les conditions d'effectif ou de seuil, être mises en place au sein du CSE (Q/R 97, 117 questions/réponses du ministère du Travail, 17 janvier 2020) :

- la commission santé, sécurité et conditions de travail (CSSCT) (voir § 33-3) ;
- la commission des marchés (voir § 33-4).

POINT DE VIGILANCE

La liste nominative des membres de chaque CSE, qui doit être affichée dans les locaux affectés au travail, indique l'emplacement de travail habituel des membres du comité ainsi que, le cas échéant, leur participation à une ou plusieurs commissions du comité (c. trav. art. R. 2314-22 ; décret 2019-1548 du 30 décembre 2019, JO du 31).

THÈMES ET MODALITÉS DE MISE EN PLACE
Deux commissions d'ordre public
• **Commission santé, sécurité et conditions de travail (CSSCT)** : obligatoire dans les entreprises et établissements d'au moins 300 salariés et installations classées **ET** dans les entreprises ou établissements de moins de 300 salariés sur décision de l'inspecteur du travail (voir §§ 32-4 et 32-5) • **Commission des marchés :** entreprise d'au moins 50 salariés si critères remplis (voir § 33-4)
Autres commissions du CSE
• **Accord d'entreprise majoritaire conclu avec les délégués syndicaux** hors référendum (dans les entreprises d'au moins 50 salariés) (c. trav. art. L. 2315-45) (voir § 33-8) **OU** • **En l'absence d'accord :** mise en place de 4 commissions par application des dispositions du code du travail (avec condition d'effectif) (c. trav. art. L. 2315-46 et R. 2315-28 et s.) : – au moins 300 salariés : mise en place des commissions formation (voir § 33-12), information et aide au logement (voir § 33-14), égalité professionnelle (voir § 33-16) ; – au moins 1 000 salariés : mise en place de la commission économique (voir § 33-18).

Deux commissions d'ordre public

COMMISSION SANTÉ, SÉCURITÉ ET CONDITIONS DE TRAVAIL (CSSCT)

33-3 La mise en place au sein du CSE de la commission santé, sécurité et conditions de travail (CSSCT) est, selon le cas, obligatoire ou facultative (voir §§ 32-4 et s.).

COMMISSION DES MARCHÉS

→ Seuils requis

33-4 Une commission des marchés doit être mise en place par les CSE qui dépassent, pour au moins deux des trois critères, les seuils suivants (c. trav. art. L. 2315-44-2 et D. 2315-29) :

- avoir 50 salariés à la clôture d'un exercice ;
- 3 100 000 € de ressources annuelles ;
- 1 550 000 € pour le montant total du bilan, celui-ci étant égal à la somme des montants nets des éléments d'actif.

→ Composition

33-5 Les membres de la commission des marchés sont choisis parmi les seuls élus titulaires du CSE.

Les modalités de fonctionnement de la commission, le nombre de ses membres, les modalités de leur désignation et la durée de leur mandat doivent être déterminés par le règlement intérieur du CSE (c. trav. art. L. 2315-44-3).

La présidence de la commission doit être assurée par un membre du CSE (c. trav. art. R. 2315-28).

→ Rôle

33-6 Pour les marchés dont le montant est supérieur à 30 000 euros, le CSE détermine, sur proposition de la commission des marchés, les critères retenus pour le choix de ses fournisseurs et de ses prestataires, ainsi que pour la procédure des achats de fournitures, de services et de travaux (c. trav. art. L. 2315-44-2 et D. 2315-29).

La commission des marchés choisit les fournisseurs et les prestataires du CSE. Elle rend compte de ces choix, au moins une fois par an, au CSE, selon des modalités déterminées par le règlement intérieur de ce dernier (c. trav. art. L. 2315-44-2).

Elle doit également établir un rapport d'activité annuel, joint en annexe au rapport d'activité et de gestion du CSE (c. trav. art. L. 2315-44-4 et L. 2315-69) (voir § 40-7).

Sur le temps passé en réunion, voir § 33-21.

Autres commissions mises en place par accord d'entreprise

CHAMP DE NÉGOCIATION

33-7 Le champ de la négociation concerne la constitution de commissions spécifiques du CSE destinées à examiner des problèmes particuliers (c. trav. art. L. 2315-45). Par « constitution », il faut comprendre le nombre de ces commissions et les thématiques dédiées. Ce faisant, en l'absence de limite posée par le code du travail, le champ de négociation est très large.

S'agissant des « problèmes particuliers », il faut, à notre sens, inclure, par référence aux anciennes commissions du CE, l'étude des problèmes d'ordre professionnel tels que l'apprentissage, la formation et le reclassement professionnel ainsi que l'amélioration des conditions de travail mais aussi celle d'ordre social et éducatif. À ce titre, elles peuvent s'occuper d'examiner les questions :

- de prévoyance, d'entraide, d'information et aide au logement, d'amélioration des logements et des jardins ouvriers, des œuvres en faveur de l'enfance ;
- d'ordre éducatif ou ayant pour objet l'organisation des loisirs (ex. : cercles d'études, bibliothèques, sociétés sportives, camps de vacances).

D'autres problématiques peuvent également entrer dans le champ des problèmes particuliers. À titre d'exemple, une commission spécifique pourrait notamment proposer des activités sociales et culturelles (ASC) et être chargée d'étudier les attentes des salariés, d'effectuer des études comparatives de prix, etc. et d'en assurer le suivi.

POINT DE VIGILANCE

La loi Climat offre de nouvelles possibilités pour le CSE pour aborder les sujets environnementaux au sein des entreprises (loi 2021-1104 du 22 août 2021, JO du 24) (voir § 23-10). En effet, au cours des 3 consultations récurrentes et lors de la négociation des accords GPEC, le CSE doit assurer ses missions au regard des conséquences environnementales des décisions prises par l'entreprise. Par voie d'accord, le CSE peut avoir intérêt à créer une commission environnement pour approfondir les réflexions engagées lors des consultations récurrentes ou pour suivre les engagements de l'employeur.

NÉGOCIATION PAR ACCORD D'ENTREPRISE

33-8 La création d'une commission spécifique du CSE nécessite un accord d'entreprise majoritaire (c. trav. art. L. 2315-45). Pour être valide, l'accord d'entreprise doit être signé par des syndicats représentatifs ayant recueilli plus de 50 % des suffrages au premier tour des dernières élections des titulaires au CSE (c. trav. art. L. 2232-12 et L. 2315-45). Pour rappel, il n'est pas possible ici de faire valider un accord minoritaire par référendum.

POINT DE VIGILANCE

Dans une entreprise à établissements multiples, l'accord requis est, à notre avis, en présence de CSE d'établissement, un accord signé au niveau de l'établissement.

CLAUSES DE L'ACCORD D'ENTREPRISE

33-9 L'accord d'entreprise peut fixer (c. trav. art. L. 2315-45) :

› la composition des commissions, sachant que l'employeur peut leur adjoindre des experts et des techniciens appartenant à l'entreprise, choisis en dehors du CSE et qui doivent respecter le secret professionnel et l'obligation de discrétion ;

› les modalités de fonctionnement des commissions (nombre, seuil d'effectif éventuel, rôle, moyens, nombre de réunions, paiement des heures passées en réunions, nombre de membres, etc.), sachant que les rapports des commissions sont soumis à la délibération du CSE.

Commissions obligatoires en l'absence d'accord d'entreprise

RÈGLES SUPPLÉTIVES APPLICABLES EN L'ABSENCE D'ACCORD

→ Quatre commissions obligatoires

33-10 En l'absence d'accord collectif sur les commissions, le code du travail a prévu des règles supplétives consistant en la mise en place de 4 commissions obligatoires.

Ces commissions doivent être mises en place en fonction d'un certain seuil d'effectifs :

› commission de la formation dans les entreprises d'au moins 300 salariés (c. trav. art. L. 2315-49, R. 2315-28, R. 2315-30 et R. 2315-31) (voir § 33-12) ;

› commission d'information et d'aide au logement dans les entreprises d'au moins 300 salariés, celle-ci pouvant aussi être constituée par des entreprises de moins de 300 salariés se regroupant entre elles pour la former (c. trav. art. L. 2315-50 à L. 2315-55 et R. 2315-28) (voir § 33-14) ;

› commission de l'égalité professionnelle dans les entreprises d'au moins 300 salariés (c. trav. art. L. 2315-56 et R. 2315-28) (voir § 33-16) ;

› commission économique dans les entreprises d'au moins 1 000 salariés (c. trav. art. L. 2315-46 à L. 2315-48 et R. 2315-28) (voir § 33-18).

Le CSE qui ne constitue pas ces commissions n'est sanctionné ni civilement ni pénalement. En revanche, si l'employeur s'oppose à leur création, il peut être passible du délit d'entrave (c. trav. art. L. 2317-1).

POINT DE VIGILANCE

Les seuils de 300 salariés et de 1 000 salariés sont réputés franchis lorsque l'effectif de l'entreprise les dépasse pendant 12 mois consécutifs.

Selon le ministère du Travail, l'employeur a alors un an à compter de ce franchissement pour mettre en place la commission de la formation, la commission d'information et d'aide au logement et la commission de l'égalité professionnelle.

En revanche, s'agissant du franchissement du seuil de 1 000 salariés, l'employeur est tenu, selon le ministère du travail, de mettre en place immédiatement la commission économique (Q/R 98, CSE, 117 questions-réponses du ministère du Travail, 17 janvier 2020).

→ Procédure à suivre

33-11 Les commissions sont, en principe, créées lors de la première réunion du CSE (voir § 37-4) ou lors de la mise en œuvre du règlement intérieur du CSE, c'est-à-dire, en pratique, lors de la réunion constitutive du nouveau comité.

La mise en place d'une commission doit faire l'objet d'une désignation qui résulte d'un vote, en séance plénière, des élus titulaires. Le règlement intérieur du CSE peut permettre toutefois un droit de vote pour les suppléants.

S'agissant d'une élection interne, la condition de majorité à retenir est celle des voix valablement exprimées, sauf disposition particulière du règlement intérieur du CSE (voir § 37-41).

• **Durée de vie des commissions.** En l'absence de précisions du code du travail, les membres des commissions sont désignés pour une durée déterminée ou pour l'examen d'une question particulière. En pratique, la durée est alignée sur celle du mandat des élus.

COMMISSION DE LA FORMATION

→ Composition

33-12 Les membres de la commission de la formation peuvent être choisis parmi les membres du personnel appartenant ou non au CSE. Le nombre de ses membres n'est pas limité. La présidence de cette commission doit être assurée par un membre du CSE (c. trav. art. R. 2315-28).

→ Rôle

33-13 La commission de la formation est chargée de (c. trav. art. L. 2315-49) :

› préparer les délibérations du CSE dans le cadre des consultations sur les orientations stratégiques et la politique sociale de l'entreprise ; s'agissant de la première consultation, la commission de formation peut intervenir sur les orientations de la formation professionnelle ;

› étudier les moyens propres à favoriser l'expression des salariés en matière de formation et de participer à leur information dans ce domaine ;

› examiner les problèmes spécifiques concernant l'emploi ainsi que le travail des jeunes et des travailleurs handicapés.

La commission de la formation doit être consultée sur les problèmes généraux relatifs à la mise en œuvre des dispositifs de formation professionnelle continue et de la validation des acquis de l'expérience (c. trav. art. R. 2315-30). Elle doit être informée des possibilités de congés accordés aux salariés, de leurs conditions d'octroi et des résultats obtenus (c. trav. art. R. 2315-30).

Sur le temps passé en réunion, voir § 33-21.

COMMISSION D'INFORMATION ET D'AIDE AU LOGEMENT

→ Composition

33-14 Les membres de la commission d'information et d'aide au logement peuvent être choisis parmi les membres du personnel appartenant ou non au CSE. La présidence de la commission doit être assurée par un membre du CSE (c. trav. art. R. 2315-28).

Le nombre des membres de la commission d'aide au logement varie selon la taille de l'entreprise (décret 76-1292 du 30 décembre 1976, JO 1er janvier 1977).

NOMBRE DE MEMBRES DE LA COMMISSION D'AIDE AU LOGEMENT (1)	
Effectif de l'entreprise	**Nombre de membres**
De 300 à 500 salariés	3
De 501 à 1 000 salariés	4
De 1 001 à 2 000 salariés	5
Plus de 2 000 salariés	6

(1) Voir décret 76-1292 du 30 décembre 1976, JO 1er janvier 1977.

→ Rôle

33-15 La commission d'information et d'aide au logement facilite le logement ainsi que l'accession des salariés à la propriété et à la location de locaux d'habitation (c. trav. art. L. 2315-51). À cet effet, cette commission veille à (c. trav. art. L. 2315-51) :

› rechercher les possibilités d'offre de logements correspondant aux besoins du personnel et ce, en liaison avec les organismes collecteurs de la participation des employeurs à l'effort de construction ;

› informer les salariés sur leurs conditions d'accès à la propriété ou à la location d'un logement ;

› assister les salariés dans les démarches nécessaires pour l'obtention des aides financières auxquelles ils peuvent prétendre.

La commission d'information et d'aide au logement est également chargée d'aider les salariés qui souhaitent acquérir ou louer un logement au titre de la participation des employeurs à l'effort de construction. À cette fin, cette commission propose, dans chaque entreprise, des critères de classement des salariés candidats à l'accession à la propriété ou à la location prenant en compte, notamment, les charges de famille des candidats (c. trav. art. L. 2315-52).

Cette commission peut également prendre en considération, à notre avis, les ressources financières des candidats ainsi que leur ancienneté.

POINT DE VIGILANCE

Les propositions de la commission d'information et d'aide au logement doivent être soumises pour avis au CSE (c. trav. art. L. 2315-52). Celui-ci les transmet, en pratique, à l'employeur lors de la consultation du CSE sur l'affectation de la contribution patronale spécifique. La commission peut également s'adjoindre, avec l'accord de l'employeur, à titre consultatif, un ou plusieurs conseillers délégués par des organisations professionnelles, juridiques ou techniques (c. trav. art. L. 2315-53).

Sur le temps passé en réunion, voir § 33-21.

COMMISSION DE L'ÉGALITÉ PROFESSIONNELLE

→ Composition

33-16 Les membres de la commission de l'égalité professionnelle peuvent être choisis parmi les membres du personnel appartenant ou non au CSE. Le nombre de membres n'est pas limité. La présidence de la commission doit être assurée par un membre du CSE (c. trav. art. R. 2315-28).

→ Rôle

33-17 La commission de l'égalité professionnelle est chargée, en particulier, de préparer les délibérations du CSE en lien avec ses attributions relatives à la politique sociale de l'entreprise, les conditions de travail et d'emploi (c. trav. art. L. 2315-56).

Sur le temps passé en réunion, voir § 33-21.

COMMISSION ÉCONOMIQUE

→ Composition

33-18 La commission économique comprend au maximum 5 membres élus du CSE (ou du CSE central) étant précisé qu'un membre doit représenter les cadres (c. trav. art. L. 2315-47). La commission est présidée par l'employeur ou son représentant (c. trav. art. L. 2315-46 à L. 2315-48 et R. 2315-28).

• **Membres élus du CSE.** Il faut comprendre les titulaires et les suppléants, à l'exclusion, à notre avis, des représentants syndicaux qui ne sont pas élus par les salariés. En l'absence de candidat volontaire, le poste doit rester vacant.

→ Rôle

33-19 Les attributions de la commission économique sont liées aux attributions économiques du CSE (ou du CSE central) (c. trav. art. L. 2315-46). Elle est notamment tenue d'étudier les documents économiques et financiers recueillis par le CSE et toute question que ce dernier lui soumet (c. trav. art. L. 2315-48).

La commission économique établit également le rapport en cas d'exercice du droit d'alerte par le CSE (c. trav. art. L. 2323-78).

→ Réunions

33-20 La commission économique doit se réunir au moins deux fois par an (c. trav. art. L. 2315-48). Toutefois, il ne s'agit que d'un minimum. Les membres de cette commission peuvent, en effet, décider de se réunir autant de fois qu'ils le souhaitent.

La commission peut demander à entendre tout cadre supérieur ou dirigeant de l'entreprise après accord de l'employeur (c. trav. art. L. 2315-48).

EN PRATIQUE

La commission économique peut se faire aider par l'expert-comptable qui assiste le CSE et les experts choisis par ce dernier (c. trav. art. L. 2315-48).

Sur le temps passé en réunion, voir § 33-21.

Statut des membres des commissions spécifiques

TEMPS PASSÉ EN RÉUNION DE COMMISSIONS

33-21 Le temps passé par les membres du CSE aux réunions de ces commissions est payé comme du temps de travail effectif dans la limite d'une durée annuelle globale fixée (c. trav. art. L. 2315-11 et R. 2315-7) :

- par accord d'entreprise ;
- ou, à défaut d'accord, à 30 h maximum pour les entreprises de 300 salariés à 1 000 salariés et à 60 h maximum pour les entreprises d'au moins 1 000 salariés.

À défaut d'accord d'entreprise, le temps passé par les membres titulaires du CSE dans ces commissions n'est pas déduit de leurs heures de délégation tant qu'ils ne dépassent pas les 30 ou 60 heures annuelles (c. trav. art. L. 2315-11 et R. 2315-7).

EN PRATIQUE

Pour les entreprises de moins de 300 salariés, le code du travail ne prévoit pas d'enveloppe d'heures pour le temps passé en commission du CSE. Il semble que, pour être rémunéré, ce temps doit être pris sur les heures de délégation.

POINT DE VIGILANCE

L'effectif est apprécié une fois par an, sur les 12 mois précédents, à compter du premier mois suivant celui au cours duquel a été élu le CSE (c. trav. art. R. 2315-7). À titre d'exemple, si le CSE est élu en janvier 2022, l'effectif doit être apprécié de mars 2021 à février 2022.

STATUT PROTECTEUR

→ Membres élus

33-22 Les membres des commissions choisis parmi les élus du CSE (ex. : à défaut d'accord sur les commissions, les membres de la commission économique et de la commission des marchés), ou qui exercent un autre mandat leur conférant une protection, bénéficient du statut protecteur applicable notamment en cas de licenciement.

→ Membres non élus ou non désignés

33-23 Les membres d'une commission, non élus ou non désignés, ne bénéficient pas de la protection exceptionnelle dévolue aux membres élus du CSE. L'employeur n'a donc pas à solliciter une demande d'autorisation auprès de l'inspection du travail en cas de licenciement.

Droits d'alerte du CSE

ATTEINTE AU DROIT DES PERSONNES

CSE CONCERNÉ = CSE DANS LES ENTREPRISES DE 11 SALARIÉS ET PLUS

FAIT DÉCLENCHEUR = CONSTAT D'UNE ATTEINTE AUX DROITS DES PERSONNES / SANTÉ PHYSIQUE ET MENTALE / LIBERTÉS INDIVIDUELLES DANS L'ENTREPRISE NON JUSTIFIÉE PAR LA TÂCHE À ACCOMPLIR, NI PROPORTIONNÉE AU BUT RECHERCHÉ

EXEMPLE = HARCÈLEMENT MORAL

DANGER GRAVE ET IMMINENT

CSE CONCERNÉ = CSE DANS LES ENTREPRISES DE 11 SALARIÉS ET PLUS

FAIT DÉCLENCHEUR = CONSTAT D'UN DANGER GRAVE ET IMMINENT

EXEMPLE = EXPOSITION DE SALARIÉ À L'AMIANTE

RISQUE GRAVE POUR LA SANTÉ PUBLIQUE OU L'ENVIRONNEMENT

CSE CONCERNÉ = CSE DANS LES ENTREPRISES DE 11 SALARIÉS ET PLUS

FAIT DÉCLENCHEUR = CONSTAT D'UN RISQUE GRAV

EXEMPLE = EXPOSITION DE SALARIÉ À L'AMIANTE

DROIT D'ALERTE SOCIALE

CSE CONCERNÉ = CSE DANS LES ENTREPRISES DE 50 SALARIÉS ET PLUS

FAIT DÉCLENCHEUR =

AUGMENTATION IMPORTANTE DES CONTRATS TEMPORAIRES

RECOURS ABUSIF AUX CONTRATS TEMPORAIRES OU AU PORTAGE SALARIAL

EXEMPLE = ACCROISSEMENT CONSTATÉ LORS D'UNE RÉUNION DU CSE

DROIT D'ALERTE ÉCONOMIQUE

CSE CONCERNÉ = CSE DANS LES ENTREPRISES DE 50 SALARIÉS ET PLUS/ CSE CENTRAL

FAIT DÉCLENCHEUR = CONSTAT DE FAITS PRÉOCCUPANTS POUVANT AVOIR DES CONSÉQUENCES SUR L'EMPLOI

EXEMPLE = DÉFICIT D'UNE ACTIVITÉ STRATÉGIQUE POUR L'AVENIR DE L'ENTREPRISE

Revue Fiduciaire

BARTHÉLÉMY AVOCATS

34 Droits d'alerte du CSE

Différents types d'alerte
- Optique préventive 34-1
- Droits d'alerte ouverts aux CSE dans les entreprises d'au moins 11 salariés 34-2
- Droits d'alerte ouverts aux CSE dans les seules entreprises d'au moins 50 salariés 34-3

Droit d'alerte en cas d'atteinte aux droits des personnes
- Rôle du CSE 34-4
- Procédure à suivre 34-5

Droit d'alerte « danger grave » ou « risque pour la santé publique et l'environnement »
- Alerte en cas de danger grave et imminent 34-9
- Alerte en cas de risque pour la santé publique et l'environnement 34-11

Droit d'alerte économique
- Prérogative du CSE ou du CSE central 34-13
- Faits déclencheurs de l'alerte 34-14
- Procédure à suivre 34-15

Droit d'alerte sociale
- Accroissement important des contrats temporaires 34-19
- Recours abusif aux contrats temporaires ou au portage salarial 34-20

Différents types d'alerte

OPTIQUE PRÉVENTIVE

34-1 Le CSE peut, selon le contexte et dans une optique préventive, mettre en œuvre une procédure d'alerte. Certaines de ces alertes sont ouvertes à tous les CSE, d'autres sont réservées aux CSE des entreprises d'au moins 50 salariés (voir § 34-3).

Il existe plusieurs types de droits d'alerte :

› un droit d'alerte en cas d'atteinte aux droits des personnes (voir § 34-4) ;

› un droit d'alerte en cas de danger grave et imminent (voir § 34-9) et en cas de risque pour la santé et l'environnement (voir § 34-11) ;

› un droit d'alerte économique en cas de connaissance de faits de nature à affecter de manière préoccupante la situation économique de l'entreprise (voir § 34-13) ;

› un droit d'alerte sociale (voir § 34-19).

À NOTER Compte tenu de la similitude des textes en la matière, la jurisprudence et les réponses administratives rendues à propos des IRP précédemment en place gardent, à notre avis, toute leur valeur. Les arrêts et réponses indiqués dans nos développements ci-après sont donc, en toute vraisemblance, transposables au CSE.

DROITS D'ALERTE OUVERTS AUX CSE DANS LES ENTREPRISES D'AU MOINS 11 SALARIÉS

34-2 Le CSE d'une entreprise d'au moins 11 salariés peut exercer son droit d'alerte en cas (c. trav. art. L. 2312-5) :

- d'atteinte aux droits des personnes (c. trav. art. L. 2312-59) (voir §§ 20-11 et 34-4) ;
- de danger grave et imminent (c. trav. art. L. 2312-60) (voir §§ 20-12 et 34-9) ;
- de risque pour la santé et l'environnement (c. trav. art. L. 2312-60) (voir § 34-11).

DROITS D'ALERTE OUVERTS AUX CSE DANS LES SEULES ENTREPRISES D'AU MOINS 50 SALARIÉS

34-3 Outre les trois droits d'alerte liés aux droits des personnes et à la santé (voir § 34-4), le CSE d'une entreprise d'au moins 50 salariés peut exercer son droit d'alerte en cas :

- de faits de nature à affecter de manière préoccupante la situation économique de l'entreprise (voir § 34-13) ;
- d'accroissement important des contrats précaires ou de faits susceptibles de caractériser un recours abusif à ces contrats (voir § 34-19).

Droit d'alerte en cas d'atteinte aux droits des personnes

RÔLE DU CSE

34-4 Le droit d'alerte en cas d'atteinte aux droits des personnes est ouvert lorsqu'un élu du CSE constate, notamment par l'intermédiaire d'un travailleur, une atteinte aux droits des personnes, à leur santé physique et mentale ou aux libertés individuelles dans l'entreprise qui ne serait pas justifiée par la nature de la tâche à accomplir, ni proportionnée au but recherché (c. trav. art. L. 2312-59).

Pour rappel, la notion de travailleur est plus large que celle de salarié.

• **CSE concernés.** Tous les CSE, y compris ceux élus dans une entreprise de moins de 50 salariés (voir § 34-2), sont concernés par ce droit d'alerte.

• **CSSCT.** En présence d'une commission santé, sécurité et conditions de travail (CSSCT) (voir § 32-1), celle-ci peut se voir confier l'exercice de ce droit d'alerte (c. trav. art. L. 2315-38 et L. 2315-41 ; Q/R 101, CSE, 117 questions/réponses du ministère du Travail, 17 janvier 2020).

EN PRATIQUE

Ce droit d'alerte est également applicable en cas d'atteinte personnelle sur la personne même du membre élu du CSE. En effet, le membre élu du CSE pourrait utiliser le droit d'alerte en cas de discrimination à son égard (cass. soc. 26 mai 1999, n° 97-40966, BC V n° 238). En revanche, cette procédure ne pourrait pas trouver application pour réclamer un rappel de salaire le concernant (cass. soc. 3 février 1998, n° 96-42062, BC V n° 63).

PROCÉDURE À SUIVRE

→ Saisine de l'employeur

34-5 Dès le constat de l'existence d'une atteinte aux droits des personnes, le membre élu du CSE doit saisir immédiatement l'employeur (c. trav. art. L. 2312-59).

→ Nature des atteintes aux droits des personnes

34-6 Les atteintes aux droits des personnes, à leur santé physique et mentale ou aux libertés individuelles peuvent notamment résulter de faits de harcèlement sexuel ou moral ou de toute mesure discriminatoire en matière d'embauche, de rémunération, de formation, de reclassement, d'affectation, de classification, de qualification, de promotion professionnelle, de mutation, de renouvellement de contrat, de sanction ou de licenciement (c. trav. art. L. 2312-59).

POINT DE VIGILANCE

Désignation par le CSE d'un référent parmi ses membres. Dans les entreprises dotées d'un CSE, celui-ci doit désigner parmi ses membres un référent en matière de lutte contre le harcèlement sexuel et les agissements sexistes (c. trav. art. L. 2314-1). Ce référent, désigné pour la durée du mandat des membres élus du comité, doit bénéficier de la formation nécessaire à l'exercice de ses missions en matière de santé, de sécurité et de conditions de travail (c. trav. art. L. 2315-18). L'objectif de cette mesure est de renforcer la capacité des élus à être identifiés par les salariés comme recours possible et à proposer des modalités d'action et de prévention en la matière.

Désignation d'un référent dans les entreprises d'au moins 250 salariés. Ces entreprises ont l'obligation, depuis le 1er janvier 2019, de désigner un référent chargé d'orienter, d'informer et d'accompagner les salariés en matière de lutte contre le harcèlement sexuel et les agissements sexistes (c. trav. art. L. 1153-5-1).

L'atteinte aux droits des personnes doit être caractérisée. Tel n'est pas le cas lorsque l'atteinte résulte d'une mesure discriminatoire en matière de mode de calcul des indemnités compensatrices de congés payés des salariés intérimaires (cass. soc. 14 octobre 2020, n° 19-11508 FPB). Il s'agit, dans ce cas, d'un désaccord dans le déroulement de la relation de travail qui relève en conséquence de l'action individuelle des salariés et non de l'exercice du droit d'alerte du CSE.

En revanche, le membre élu du CSE peut agir pour obtenir le retrait d'éléments de preuve obtenus par l'employeur par des moyens frauduleux, qui constituent une atteinte aux droits des personnes et aux libertés individuelles, en vue du licenciement d'un salarié (cass. soc. 10 décembre 1997, n° 95-42661, BC V n° 434). Il ne pourrait pas toutefois agir en nullité des licenciements prononcés par l'employeur à la suite d'une atteinte à ces mêmes droits (cass. soc. 3 novembre 2010, n° 09-42360 D).

L'action du membre élu du CSE est aussi possible lorsque la messagerie d'un salarié est contrôlée en son absence : l'atteinte aux libertés individuelles ayant, par exemple, été suspectée (cass. soc. 17 juin 2009, n° 08-40274, BC V n° 153).

POINT DE VIGILANCE

Si le membre élu du CSE peut faire cesser l'atteinte aux droits des personnes, il ne peut exercer à la place du salarié les voies de recours spécifiques dont celui-ci dispose. Ainsi, il peut mettre en œuvre le droit d'alerte pour atteinte à la santé physique d'un salarié sanctionné d'une mise à pied d'un jour, mais en l'absence de réaction de l'employeur, il ne peut pas saisir la juridiction prud'homale afin de faire annuler la sanction disciplinaire prise à l'égard du salarié (cass. soc. 9 février 2016, n° 14-18567 D).

→ Obligation pour l'employeur de mener une enquête

34-7 En cas d'atteinte aux droits des personnes et après avoir été alerté, l'employeur doit procéder sans délai à une enquête avec le membre de la délégation du personnel et prendre les dispositions nécessaires pour remédier à cette situation (c. trav. art. L. 2312-59).

EXEMPLE Le membre élu du CSE pourrait exiger le déclenchement d'une enquête lorsque l'employeur, pour des raisons de sécurité, met en œuvre une procédure de contrôle des postes informatiques, mais sans encadrer les conditions dans lesquelles l'administrateur système pourrait ouvrir les courriels personnels des salariés (cass. soc. 17 juin 2009, n° 08-40274, BC V n° 153).

EN PRATIQUE

Les investigations peuvent prendre la forme d'entretiens avec les salariés en cause et d'éventuels témoins ou encore, d'une visite sur les lieux de l'incident. Cette enquête pourra éventuellement être formalisée par un écrit.

POINT DE VIGILANCE

Le délai pour agir est court. Par le passé, 19 jours entre l'alerte et la réaction de l'employeur a été estimé comme un délai trop long (CPH Angers 28 janvier 2013, n° 12/00926). Dans ce cas, le juge peut « contraindre » l'employeur à déclencher l'enquête par astreinte (x euros par jour de retard pour déclencher l'enquête).

→ Carence de l'employeur

34-8 En cas de carence de l'employeur ou de divergence sur la réalité de l'atteinte portée aux droits des personnes et, à défaut de solution trouvée avec ce dernier, le salarié, ou le membre élu du CSE, si le salarié concerné averti par écrit ne s'y oppose pas, saisit le bureau de jugement du conseil de prud'hommes, qui statue selon la procédure accélérée au fond (c. trav. art. L. 2312-59 ; cass. soc. 28 mars 2006, n° 04-41016, BC V n° 126).

- **Refus du salarié.** Le salarié peut refuser que le membre élu du CSE saisisse directement le bureau de jugement en préférant le faire lui-même, ou refuser d'exercer une action judiciaire.

Le juge peut ordonner toute mesure propre à faire cesser cette atteinte (ex. : retrait d'un système de vidéosurveillance) et assortir sa décision d'une astreinte qui sera liquidée au profit du Trésor (c. trav. art. L. 2312-59).

EN PRATIQUE

Si le surcroît de démarches occasionné par la procédure d'alerte conduit le membre du CSE à épuiser son crédit d'heures, celui-ci pourrait obtenir des heures de délégation supplémentaires, le déclenchement d'une procédure d'alerte étant considéré comme une circonstance exceptionnelle autorisant un dépassement de ce crédit (cass. soc. 29 avril 2009, n° 07-45480 D).

Droit d'alerte « danger grave » ou « risque pour la santé publique et l'environnement »

ALERTE EN CAS DE DANGER GRAVE ET IMMINENT

→ Rôle du CSE

34-9 Un membre élu du CSE peut déclencher, en cas de constat, par lui-même ou par l'intermédiaire d'un travailleur, d'un danger grave et imminent (ex. : un salarié s'est retiré d'une situation de travail dangereuse), une procédure d'alerte auprès de l'employeur, entraînant une enquête immédiate (c. trav. art. L. 4131-2). Il doit, en effet, en aviser immédiatement l'employeur (ou son représentant) et consigner cet avis par écrit sur un registre spécial (c. trav. art. L. 4131-2, L. 4132-2 à L. 4132-4, L. 4526-1 et D. 4132-1).

Par travailleurs, il faut comprendre l'ensemble des salariés, y compris temporaires, les stagiaires, ainsi que toute personne placée à quelque titre que ce soit sous l'autorité de l'employeur (c. trav. art. L. 4111-5).

Cet avis est daté et signé, comporte l'indication du ou des postes de travail concernés, la nature du danger et de sa cause ainsi que le ou les noms du ou des travailleurs exposés (c. trav. art. D. 4132-1).

• **Tous les CSE sont concernés par ce droit d'alerte**. Toutefois seuls les CSE des entreprises d'au moins 50 salariés peuvent en cas de risque grave, identifié et actuel, révélé ou non par un accident du travail, une maladie professionnelle ou à caractère professionnel est constaté dans l'établissement, faire appel à un expert habilité rémunéré par l'employeur (c. trav. art. L. 2315-80 et L. 2315-96).

• **CSSCT.** En présence d'une commission santé, sécurité et conditions de travail (CSSCT) (voir § 32-1), celle-ci peut se voir confier l'exercice de ce droit d'alerte (c. trav. art. L. 2315-38 et L. 2315-41 ; Q/R 101, CSE, 117 questions/réponses du ministère du Travail, 17 janvier 2020).

• **Covid-19.** Dans le cadre de la crise sanitaire liée au Covid-19, le ministère du Travail a précisé que le droit de retrait vise une situation particulière de travail et non une situation générale de pandémie. Ce faisant, le droit individuel de retrait n'a pas lieu, en principe, d'être exercé dans ce cadre, dans la mesure où l'employeur (« Coronavirus/Covid-19 - Responsabilité de l'employeur/Droit de retrait », 17 avril 2020) :
- a mis en œuvre les dispositions prévues par le code du travail et les recommandations nationales (https://www.gouvernement.fr/info-coronavirus) qui visent à protéger la santé et à assurer la sécurité de son personnel ;
- et qu'il a informé et préparé son personnel, notamment dans le cadre des institutions représentatives du personnel. L'appréciation des éléments pouvant faire penser que le maintien au poste de travail présente un danger grave et imminent relève, le cas échéant, du juge qui doit vérifier, en cas de contentieux, le caractère raisonnable du motif.

POINT DE VIGILANCE

Le registre spécial est tenu, sous la responsabilité de l'employeur, à la disposition des représentants du personnel au CSE (c. trav. art. D. 4132-2).

→ Enquête

34-10 L'employeur informé est tenu de procéder sur-le-champ à une enquête avec le représentant du personnel au CSE qui lui a signalé le danger et de prendre les dispositions nécessaires pour y remédier (c. trav. art. L. 4132-2).

En cas de divergence sur la réalité du danger ou la façon de le faire cesser, le CSE est réuni d'urgence et, en tout état de cause, dans un délai n'excédant pas 24 h. L'employeur est tenu d'informer immédiatement l'inspecteur du travail et l'agent du service de prévention de la CARSAT qu'ils peuvent assister à la réunion du CSE (c. trav. art. L. 4132-3).

À défaut d'accord entre l'employeur et la majorité du CSE (à l'exclusion des représentants syndicaux et des suppléants sauf s'ils remplacent les titulaires) sur les mesures à prendre et leurs conditions d'exécution, l'employeur (ou son représentant) doit saisir immédiatement l'inspecteur du travail (c. trav. art. L. 4132-4). Celui-ci peut :

- soit déclencher une mise en demeure (c. trav. art. L. 4721-1) ;
- soit saisir le juge des référés (le tribunal judiciaire) qui peut ordonner toute mesure propre à faire cesser le risque.

Le juge peut également ordonner la fermeture temporaire d'un atelier ou d'un chantier (c. trav. art. L. 4732-1).

ALERTE EN CAS DE RISQUE POUR LA SANTÉ PUBLIQUE ET L'ENVIRONNEMENT

→ Rôle du CSE

34-11 Un membre élu du CSE qui constate, notamment par l'intermédiaire d'un travailleur, qu'il existe un risque grave pour la santé publique ou l'environnement en alerte immédiatement l'employeur. Le droit d'alerte vise à prévenir des risques portant sur la santé et la sécurité des personnes à l'extérieur à l'entreprise.

L'employeur examine la situation conjointement avec le représentant du personnel qui lui a transmis l'alerte et l'informe de la suite qu'il réserve à celle-ci (c. trav. art. L. 2312-60 et L. 4133-2).

En cas de divergence avec l'employeur sur le bien-fondé d'une alerte transmise par un représentant du personnel ou en l'absence de suite dans un délai d'un mois, le représentant du personnel peut saisir le préfet (c. trav. art. L. 4133-3).

• **CSE concernés.** Tous les CSE, y compris ceux élus dans une entreprise de moins de 50 salariés (voir § 34-1), sont concernés par ce droit d'alerte.

• **Faits déclencheurs de l'alerte**. Il peut s'agir notamment du rejet illégal de produits polluants dans la nature, de l'intégration de matières interdites dans des fabrications vendues au grand public, de l'utilisation de substances toxiques prohibées, etc.

• **Site internet dédié.** La commission nationale déontologique et alertes en santé publique et environnement (CNDASPE) a mis en ligne un site pour le signalement des atteintes à la santé publique ou à l'environnement : www.alerte-sante-environnement-deontologie.fr

POINT DE VIGILANCE

En l'absence de réaction de l'employeur face à l'alerte lancée par le travailleur ou l'élu du CSE, sa responsabilité pourra être engagée si un dommage est généré par l'utilisation d'un produit défectueux dont elle avait connaissance de sa dangerosité.

→ Contenu et consignation des alertes dans un registre spécial

34-12 L'alerte du représentant du personnel est consignée sur un registre spécial dont les pages sont numérotées.

Elle est datée, signée et indique (c. trav. art. D. 4133-2) :

- › les produits ou procédés de fabrication utilisés ou mis en œuvre par l'établissement dont le représentant du personnel constate qu'ils font peser un risque grave pour la santé publique ou l'environnement ;
- › le cas échéant, les conséquences potentielles pour la santé publique ou l'environnement ;
- › toute autre information utile à l'appréciation de l'alerte consignée.

L'employeur tient le registre spécial à la disposition du CSE (c. trav. art. D. 4133-3).

Droit d'alerte économique

PRÉROGATIVE DU CSE OU DU CSE CENTRAL

34-13 Le CSE peut décider ou non d'exercer son droit d'alerte. Il s'agit, en effet, d'un droit et non d'une obligation.

• **Tous les CSE ne sont pas concernés par ce droit d'alerte.** Le droit d'alerte économique peut être actionné par le CSE dans les seules entreprises d'au moins 50 salariés.

Dans les entreprises qui ont plusieurs établissements dotés de comités d'établissement, la mise en œuvre du droit d'alerte relève, à notre avis, de la compétence exclusive du CSE central (cass. soc. 1er mars 2005, n° 03-20429, BC V n° 77 ; cass. soc. 18 janvier 2011, n° 10-30126, BC V n° 26).

POINT DE VIGILANCE

Dans les entreprises d'au moins 300 salariés, l'employeur doit, chaque trimestre, communiquer un certain nombre d'informations au CSE (voir § 26-22).

FAITS DÉCLENCHEURS DE L'ALERTE

34-14 Les faits susceptibles de déclencher la mise en œuvre de cette procédure n'ont pas été précisément listés par le code du travail. Celui-ci vise simplement des « faits de nature à affecter de manière préoccupante la situation économique de l'entreprise » (c. trav. art. L. 2312-63). Cette formulation n'implique pas nécessairement que la continuité de l'exploitation soit en cause (cass. soc. 19 février 2002, n° 00-14776, BC V n° 70).

Un déficit croissant depuis plusieurs années peut entraîner le droit d'alerte du CSE (cass. soc. 7 juillet 2021, n° 19-15948 D).

Le droit d'alerte n'est toutefois pas circonscrit à la seule prévention des difficultés économiques. Le CSE pourrait l'exercer s'il a connaissance de faits pouvant affecter de manière préoccupante la situation de l'entreprise y compris en l'absence de difficultés économiques présentes ou prévisibles (cass. soc. 18 janvier 2011, n° 10-30126, BC V n° 26). Dans cette affaire, il s'agissait de la réorganisation d'une entreprise portant son activité ingénierie au niveau mondial ; cette réorganisation a été jugée comme étant de nature à affecter l'entreprise.

Le CSE pourrait également exercer son droit d'alerte lorsqu'une activité encore marginale dans l'entreprise mais stratégique pour l'avenir connaît des difficultés (cass. soc. 27 novembre 2012, n° 11-21566 D).

Le CSE est seul juge pour prendre sa décision de déclencher ou non une procédure d'alerte.

En cas de contentieux, l'appréciation par le CSE du caractère préoccupant de la situation relève du pouvoir souverain des juges du fond et échappe au contrôle de la Cour de cassation (cass. soc. 11 mars 2003, n° 01-13434, BC V n° 92).

PROCÉDURE À SUIVRE

→ Procédure en trois phases

34-15 **Phase 1 : demande d'explications.** Le CSE peut demander à l'employeur de lui fournir des explications sur les faits estimés préoccupants. Cette demande doit être inscrite à l'ordre du jour de la prochaine séance du comité, au cours de laquelle l'employeur devra donner des explications sur les faits en question qui préoccupent la délégation du personnel. L'employeur doit répondre lors de la réunion suivante du CSE (ou, s'il s'agit d'un CSE central, lors d'une réunion exceptionnelle) (c. trav. art. L. 2312-63).

EXEMPLE Le CSE peut exercer sans abus son droit d'alerte lorsque ses membres demandent la convocation d'une réunion extraordinaire selon un ordre du jour portant sur le lancement d'une alerte interne en raison de faits préoccupants découverts à l'occasion du dépôt de rapports d'expertise sur la situation économique de l'entreprise, en précisant une liste des interrogations posées à la direction, en particulier sur le déficit croissant depuis plusieurs années consécutives mis en exergue par ces rapports, et d'autre part relevé l'absence de réponse pertinente de la direction de nature à expliquer le déficit et les moyens envisagés pour y remédier (cass. soc. 7 juillet 2021, n° 19-15948 D).

POINT DE VIGILANCE

Le périmètre d'exercice du droit d'alerte du comité d'une filiale n'est pas nécessairement limité à cette seule filiale. Les demandes d'explications peuvent aussi concerner la société mère en cas de liens économiques étroits entre les deux structures (cass. soc. 21 septembre 2016, n° 15-17658, BC V n° 175).

EN PRATIQUE

À partir du moment où les élus du CSE ont fait inscrire à l'ordre du jour un certain nombre de préoccupations et que l'employeur leur a fourni des explications, on peut considérer que les représentants du personnel ont valablement exercé leur droit d'alerte économique. Ils peuvent donc passer à la deuxième étape et s'atteler à la rédaction d'un rapport, avec l'aide d'un expert-comptable rémunéré par l'employeur (cass. soc. 12 septembre 2018, n° 17-18027 D).

34-16 **Phase 2 : établissement d'un rapport en cas de réponses insuffisantes.** Dans l'hypothèse où les explications de l'employeur ne seraient pas convaincantes ou si elles confirment le caractère préoccupant de la situation, le CSE (ou, dans les entreprises d'au moins 1 000 salariés, la commission économique), établit un rapport qui doit être transmis à l'employeur et au commissaire aux comptes (c. trav. art. L. 2312-63).

Le caractère insatisfaisant des réponses apportées par l'employeur aux questions du comité se déduit nécessairement de la poursuite de la procédure (cass. soc. 11 mars 2003, n° 01-13434, BC V n° 92). Le refus de répondre ou l'insuffisance des réponses de l'employeur suffit à justifier l'exercice du droit d'alerte (cass. soc. 8 mars 1995, n° 91-16002, BC V n° 81).

Pour établir ce rapport, le CSE peut (c. trav. art. L. 2312-64 et L. 2312-65) :

- se faire assister d'un expert-comptable ;
- convoquer le commissaire aux comptes ;
- s'adjoindre, avec voix consultative, deux salariés de l'entreprise, choisis pour leur compétence et en dehors du CSE ; les intéressés disposent alors de 5 heures chacun pour assister le comité ou sa commission en vue de l'établissement du rapport, ce temps leur étant payé comme du temps de travail.

Le rapport du comité (ou de la commission économique) doit conclure en émettant un avis sur l'opportunité :

- de saisir de ses conclusions le conseil d'administration ou de surveillance dans les sociétés ou les personnes morales qui en sont dotées ;
- d'informer les associés dans les autres formes de société et les membres des groupements d'intérêt économique.

• **Frais d'expertises.** Le CSE doit prendre en charge 20 % des frais d'expertise sur budget AEP (budget de fonctionnement) (c. trav. art. L. 2315-80). Sur la procédure de contestation des expertises du CSE, voir § 41-41.

34-17 **Phase 3 : information ou saisine des dirigeants ou des associés.** Au vu du rapport, le CSE peut décider, à la majorité des membres présents (à l'exclusion des représentants syndicaux au CSE et des suppléants sauf s'ils remplacent les titulaires), de saisir le conseil d'administration ou de surveillance ou dans les autres formes de sociétés et GIE, de faire procéder à l'information des associés (ou des membres du GIE). Le gérant ou les administrateurs doivent communiquer aux associés (ou aux membres du GIE) le rapport du CSE (c. trav. art. L. 2312-66).

En cas de recours aux prestations d'un expert-comptable, l'avis de ce dernier doit être joint à la décision du CSE.

Dans les sociétés dotées d'un conseil d'administration ou de surveillance, la question soulevée par le CSE doit être inscrite à l'ordre du jour de la séance suivante du conseil, à condition que celui-ci ait pu être saisi au moins 15 jours à l'avance. Le conseil est tenu de donner une réponse motivée dans le mois suivant la délibération de la réunion du conseil (c. trav. art. R. 2312-29).

Dans les autres formes de sociétés, lorsque le CSE a décidé d'informer les associés de la situation économique de l'entreprise, le gérant est tenu de leur communiquer le rapport du comité ou de sa commission dans les 8 jours de la délibération du comité (c. trav. art. R. 2312-30). Dans ce cas, le code du travail ne fixe pas de délai pour la réponse.

→ En cas de désaccord de l'employeur

34-18 L'employeur peut saisir le tribunal judiciaire d'une demande d'annulation de la procédure d'alerte – et de la nomination d'un expert – s'il estime celle-ci abusive.

Il n'y a pas d'abus de la part du CSE si (cass. soc. 18 janvier 2011, n° 10-30126, BC V n° 26) :

› les faits à l'origine de sa démarche sont bien de nature à affecter la situation de l'entreprise (ex. : réorganisation de l'entreprise qui concerne son activité ingénierie au niveau mondial) ;

› les réponses de la direction aux questions du comité ont été contradictoires, insuffisantes ou incohérentes.

Droit d'alerte sociale

ACCROISSEMENT IMPORTANT DES CONTRATS TEMPORAIRES

34-19 Lorsque le nombre des salariés titulaires d'un contrat de travail à durée déterminée (CDD) et le nombre de salariés temporaires connaissent un accroissement important par rapport à la situation existant lors de la dernière réunion du CSE ayant abordé ce sujet, l'examen de cette question est inscrit de plein droit à l'ordre du jour de la prochaine réunion ordinaire du comité si la majorité des membres du comité le demande.

Lors de cette réunion ordinaire, l'employeur communique au CSE le nombre de salariés titulaires d'un CDD et de salariés temporaires, les motifs l'ayant amené à y recourir ainsi que le nombre des journées de travail accomplies par les intéressés depuis la dernière communication faite à ce sujet (c. trav. art. L. 2312-70).

• **Tous les CSE ne sont pas concernés par ce droit d'alerte.** Ce droit d'alerte peut être actionné par le CSE dans les seules entreprises d'au moins 50 salariés.

POINT DE VIGILANCE

Dans le cadre du recours au portage salarial, le code du travail ne vise pas l'hypothèse d'un accroissement important du nombre de salariés temporaires mais seulement le cas de recours abusif (c. trav. art. L. 2312-71).

Il s'agit sans doute d'une erreur de plume du législateur.

RECOURS ABUSIF AUX CONTRATS TEMPORAIRES OU AU PORTAGE SALARIAL

34-20 Lorsque le CSE a connaissance de faits susceptibles de caractériser un recours abusif aux CDD, aux contrats conclus avec une entreprise de portage salarial et au travail temporaire, ou lorsqu'il constate un accroissement important du nombre de salariés titulaires de CDD et de contrats de mission, il peut saisir l'inspecteur du travail (c. trav. art. L. 2312-71).

Suite à l'enquête de l'inspecteur du travail, l'employeur doit communiquer au CSE le rapport de l'inspecteur, en même temps que sa réponse motivée aux constatations de ce dernier. Dans sa réponse, l'employeur précise, en tant que de besoin, les moyens qu'il met en œuvre dans le cadre d'un plan de résorption de la précarité destiné à limiter le recours à ces formes de contrat de travail (c. trav. art. L. 2312-71).

Aucune sanction spécifique n'est prévue dans le cas où l'employeur n'établirait pas un tel plan.

• **Tous les CSE ne sont pas concernés par ce droit d'alerte.** Ce droit d'alerte peut être actionné par le CSE dans les seules entreprises d'au moins 50 salariés.

35 Gestion des activités sociales et culturelles

Présentation 35-1

Notion d'activité sociale et culturelle
- Énumération indicative du code du travail 35-2
- Définition des juges 35-3
- Activité facultative et non rémunératoire 35-4
- Activité non discriminatoire 35-6
- Activité exercée principalement au bénéfice du personnel de l'entreprise 35-8
- Activité destinée à améliorer les conditions de vie et de travail 35-12

Monopole de gestion du CSE
- Gestionnaire responsable 35-13
- Droit de revendication du CSE des activités gérées par l'employeur ... 35-14
- Étendue des pouvoirs de gestion du comité 35-16
- Gestion assurée par un CSE central 35-20

Gestion des activités socioculturelles sans personnalité civile
- Gestion directe par le CSE 35-21
- Gestion par délégation du comité 35-24
› *Encadré : Le personnel du CSE* 35-30

Gestion des ASC dotées de personnalité civile
- Activités concernées 35-31
- Modalités de participation 35-32

Contrôle de certaines institutions
- Institutions sociales concernées ... 35-33
- Modalités de contrôle 35-34

Gestion assurée par un comité des ASC interentreprises
- Constitution facultative 35-36
- Adhésion décidée à la majorité des membres 35-37
- Composition 35-38
- Attributions limitées à la seule gestion des activités sociales 35-39
- Moyens de fonctionnement 35-40

Choix des ASC 35-41

Présentation

35-1 Les activités sociales et culturelles (ASC) sont destinées à améliorer les conditions de vie, de travail et d'emploi des salariés dans l'entreprise.

La notion d'ASC, non définie par le code du travail, est déterminante pour les droits du CSE qui peut revendiquer un pouvoir de contrôle et de gestion exclusif sur ces activités lorsqu'elles sont mises en place dans l'entreprise.

Dans les entreprises d'au moins 50 salariés, le CSE a le monopole de gestion en matière d'activités sociales et culturelles (ASC), assure ou contrôle la gestion de toutes les ASC établies dans l'entreprise prioritairement au bénéfice des salariés ou de leur famille ou participe à cette gestion, quel qu'en soit le mode de financement (c. trav.

art. L. 2312-78). Pour ce faire, le CSE d'une entreprise d'au moins 50 salariés dispose de ressources (voir §§ 39-1 et s.).

Sur le règlement général de protection des données personnel (RGPD), voir § 36-21.

Sur la responsabilité contractuelle ou délictuelle, voir § 23-15.

À NOTER Compte tenu de la similitude des textes en la matière, la jurisprudence et les réponses administratives rendues à propos des IRP précédemment en place gardent, à notre avis, toute leur valeur. Les arrêts et réponses indiqués dans nos développements ci-après sont donc, en toute vraisemblance, transposables au CSE.

Notion d'activité sociale et culturelle

ÉNUMÉRATION INDICATIVE DU CODE DU TRAVAIL

35-2 Le code du travail ne précise pas la notion d'ASC. Il se limite à les énumérer, sans exhaustivité. Classées selon leur objet, ces activités sont les suivantes (c. trav. art. R. 2312-35) :

› les institutions sociales de prévoyance et d'entraide (institutions de retraite, sociétés de secours mutuels) ;

› les ASC tendant à l'amélioration des conditions de bien-être (cantines, coopératives de consommation, logements, jardins familiaux, crèches, colonies de vacances, etc.) ;

› les ASC ayant pour objet l'utilisation des loisirs et l'organisation sportive ;

› les institutions d'ordre professionnel ou éducatif attachées à l'entreprise ou dépendant d'elle (centres d'apprentissage et de formation professionnelle, bibliothèques, cercles d'études, cours de culture générale, etc.) ;

› les services sociaux chargés :

- de veiller au bien-être du salarié dans l'entreprise, de faciliter son adaptation à son poste de travail,
- de collaborer avec le service de santé au travail de l'entreprise (c'est-à-dire le service médical),
- de coordonner et de promouvoir les réalisations sociales décidées par le CSE et par l'employeur,

› le service de santé au travail institué dans l'entreprise.

DÉFINITION DES JUGES

35-3 Une activité sociale et culturelle (ASC) doit être facultative et non rémunératoire (voir §§ 35-4 et 35-5), non discriminatoire (voir §§ 35-6 et 35-7), exercée principalement au bénéfice du personnel de l'entreprise (voir § 35-8) et destinée à améliorer les conditions de vie, de travail et d'emploi des salariés au sein de l'entreprise (voir § 35-12) (cass. soc. 13 novembre 1975, n° 73-14848, BC V n° 533).

Peu importe sa dénomination, la date de sa création et son mode de financement.

EN PRATIQUE

La notion d'ASC reste déterminante pour les droits du CSE d'une entreprise d'au moins 50 salariés qui peut revendiquer un pouvoir de contrôle et de gestion exclusif sur ces activités lorsqu'elles sont mises en place dans l'entreprise dans la mesure où le CSE assure ou contrôle la gestion de toutes les ASC établies dans l'entreprise (c. trav. art. L. 2312-78) (voir § 35-20).

ACTIVITÉ FACULTATIVE ET NON RÉMUNÉRATOIRE

→ Activité facultative

35-4 Seules les activités facultatives peuvent être classées parmi les ASC. Une activité dont la mise en œuvre dans l'entreprise est imposée à l'employeur en vertu d'une loi, d'un décret ou d'un arrêté ne peut pas être qualifiée d'ASC. Lorsque l'employeur accorde un avantage en vertu d'une convention ou d'un accord collectif, cet avantage ne peut pas être qualifié d'ASC et ne peut donc pas être transféré au comité (cass. soc. 22 juin 1993, n° 91-17686, BC V n° 178 ; cass. soc. 1er octobre 2003, n° 02-30337 D).

Pour autant, toute activité non obligatoire n'est pas nécessairement une ASC.

EXEMPLE Une soirée festive organisée par l'employeur, en dehors des horaires de travail et hors toute obligation légale ou réglementaire, n'est pas une ASC lorsqu'elle constitue pour l'employeur un élément de gestion du personnel (cass. soc. 9 juillet 2014, n° 13-18577, BC V n° 188). En l'espèce, cette soirée avait pour objet de présenter le bilan annuel et les perspectives et d'assurer une cohésion au sein de l'entreprise.

→ Activité non rémunératoire

35-5 L'activité doit être non rémunératoire. Autrement dit, l'activité ne doit ni se substituer à du salaire, ni être la contrepartie d'un travail (cass. soc. 13 novembre 1975, n° 73-14848, BC V n° 533).

Par exemple, l'attribution par l'employeur de voyages en Martinique aux salariés commerciaux gagnants d'un challenge commercial dans l'entreprise est la contrepartie d'un travail particulier et de l'obtention de résultats déterminés. Cet avantage ne constitue donc pas une ASC et le CSE ne peut pas en réclamer la gestion et le versement des sommes y afférentes (cass. soc. 2 décembre 2008, n° 07-16818, BC V n° 239).

- **Notion de salaire à retenir.** La notion de salaire est celle retenue en droit du travail et non pas celle retenue par la sécurité sociale.

ACTIVITÉ NON DISCRIMINATOIRE

→ Pratique discriminatoire interdite

35-6 Les ASC du CSE ne doivent pas être attribuées de façon ou sur la base de critères discriminatoires. En effet, l'ensemble du personnel doit pouvoir bénéficier des ASC du comité, sans discrimination, ni exclusion. Le CSE ne peut pas s'appuyer sur des critères par nature discriminatoires comme, par exemple, l'âge, le sexe, l'origine, l'appartenance à une religion ou à un syndicat (c. trav. art. L. 1132-1) pour faire varier le montant de sa participation à une activité sociale. Il ne peut pas davantage exclure une catégorie du personnel du bénéfice d'une activité.

EXEMPLE Sont considérées comme des pratiques discriminatoires interdites :
– l'exclusion des salariés en longue maladie du bénéfice des ASC, puisqu'il s'agit là d'une discrimination liée à l'état de santé du salarié, susceptible d'être sanctionnée par les tribunaux (rép. Georges n° 84460, JO 13 décembre 2011, AN quest. p. 13125) ;
– l'attribution par le comité d'une aide financière aux frais de garde d'enfant aux seules mères salariées et non aux pères (cass. soc. 8 octobre 1996, n° 92-42291, BC V n° 311) ;
– la prise en charge des frais engagés par les salariés dans le cadre de leur congé de formation syndicale soumise à leur appartenance ou leur choix syndicaux (cass. soc. 16 avril 2008, n° 06-44839, BC V n° 93).

L'attribution de titres-restaurant ne doit pas non plus être discriminatoire. Ainsi, les critères d'attribution des titres-restaurant doivent être objectifs et non discriminants, sachant que la seule différence de catégorie professionnelle n'est pas un critère valable. Par exemple, ne peuvent pas être traités différemment des cadres et des non-cadres placés dans la même situation (cass. soc. 20 février 2008, n° 05-45601, BC V n° 39), des salariés selon qu'ils sont sédentaires ou non (cass. soc. 16 novembre 2007, n° 05-45438 D) ou encore des non-sédentaires entre eux selon l'emploi de chacun (cass. soc. 4 février 2009, n°s 07-41291 et 07-41858 D).

En revanche, il est possible de réserver les titres-restaurant aux salariés ayant une durée minimale de travail au cours du mois (cass. soc. 16 septembre 2009, n° 08-42040 D).

→ Tempéraments

35-7 Rien n'interdit toutefois au comité de moduler les prestations en fonction de la situation des bénéficiaires et de conditionner l'attribution d'un avantage au respect d'un ou de plusieurs critères combinés tels que les revenus du salarié, sa situation familiale, le nombre d'enfants à sa charge, son quotient familial ou des critères professionnels.

• **Attribuer des bons d'achat en fonction de l'ancienneté ou de la présence effective ?** À titre de tolérance, les bons d'achat et les cadeaux remis aux salariés par le CSE (ou par l'employeur, en l'absence de CSE) sont exonérés de cotisations quels que soient les événements auxquels ils se rattachent lorsque leur valeur cumulée n'excède pas 5 % du plafond mensuel de la sécurité sociale par an. Au-delà de cette limite de 5 %, l'exonération est soumise à conditions. Le CSE (ou l'employeur) peut attribuer ces bons d'achat ou ces cadeaux en fonction de différents critères. Toutefois, selon une réponse ministérielle, il est interdit de prendre exclusivement en considération l'ancienneté ou la présence effective des salariés dans l'entreprise (rép. Pallois n° 43931, JO 6 mai 2014, AN quest. p. 3688). De tels critères sont, en effet, discriminatoires, ce qui, sous réserve de l'appréciation des tribunaux, légitime la décision des URSSAF de réintégrer la valeur de ces avantages dans l'assiette des cotisations de sécurité sociale, même si leur montant n'excède pas 5 % du plafond mensuel de la sécurité sociale.

ACTIVITÉ EXERCÉE PRINCIPALEMENT AU BÉNÉFICE DU PERSONNEL DE L'ENTREPRISE

→ Priorité aux salariés et à leur famille

35-8 Le CSE doit réserver prioritairement les ASC aux salariés et à leur famille (c. trav. art. L. 2312-78).

Tous les salariés de l'entreprise doivent pouvoir en bénéficier quelles que soient la nature de leur contrat de travail (CDI, CDD, contrats aidés) et la durée du travail à laquelle ils sont soumis (temps complet ou temps partiel). Les salariés en période d'essai ou en préavis ou dont le contrat est suspendu (congé maladie, congé de maternité, congé parental d'éducation, etc.) doivent également pouvoir bénéficier des ASC.

• **Notion de famille.** Cette notion n'a pas été définie par le code du travail. Le comité peut donc entendre cette notion largement, sans distinction de degré ou, au contraire, restreindre son champ d'intervention à certains membres de la famille et subordonner le bénéfice d'une activité à certaines conditions limitatives. Il peut également adopter une notion différente pour chaque type d'activité.

• **Notion d'« enfant à charge ».** Cette notion correspond au fait d'assurer les frais d'entretien, la responsabilité éducative et affective d'un enfant ; elle ne s'applique pas qu'aux enfants dont le lien de filiation a été établi (délib. HALDE 2009-131 du 16 mars 2009).

• **Notion de conjoint.** Cette notion comprend le concubin, le partenaire d'un Pacs (délib. HALDE 2009-132 du 30 mars 2009) et les couples homosexuels (loi 2013-404 du 17 mai 2013, JO du 18).

→ Stagiaires

35-9 Les stagiaires ont expressément le droit de bénéficier des ASC du CSE, dans les mêmes conditions que les autres salariés (c. éduc. art. L. 124-16 ; c. trav. art. L. 2312-78). Autrement dit, les comités ne peuvent pas faire de différence de traitement entre stagiaires et salariés sur la seule base de la différence de statut.

→ Cas particulier des dirigeants d'entreprise

35-10 Deux situations doivent être distinguées :
- › le dirigeant ne cumule pas un mandat social et un contrat de travail ; même si le droit de la sécurité sociale l'affilie au régime général de la sécurité sociale des salariés, il ne peut bénéficier des activités sociales ;
- › le dirigeant cumule un mandat social et un contrat de travail ; il doit, dans ce cas, bénéficier des activités sociales.

→ Anciens salariés et personnes extérieures à l'entreprise

35-11 Même s'il ne s'agit pas d'un public prioritaire, le bénéfice des ASC peut également être ouvert aux anciens salariés de l'entreprise tels que les retraités, les pré-retraités, voire les salariés licenciés pour motif économique (cass. soc. 13 novembre 1975, n° 73-14848, BC V n° 533 ; cass. soc. 26 janvier 1999, n° 97-10552, BC V n° 41).

Concernant les personnes extérieures qui travaillent dans l'entreprise (par exemple, des prestataires réguliers), ceux-ci bénéficient, en principe, des prestations du comité de leur entreprise d'origine. Toutefois, les travailleurs intérimaires et les salariés mis à disposition par un groupement d'employeurs peuvent bénéficier des activités sociales relatives aux équipements collectifs de l'entreprise utilisatrice (ex. : moyens de transport collectifs et installations collectives, notamment de restauration) (c. trav. art. L. 1251-24 et L. 1253-14).

EN PRATIQUE

Sous réserve de n'en priver aucun bénéficiaire prioritaire (salariés et leur famille), le CSE peut décider d'étendre le bénéfice des ASC à ces personnes.

POINT DE VIGILANCE

En cas de reliquat budgétaire, le CSE peut verser une partie limitée de ses fonds à des associations (c. trav. art. L. 2312-84 et R. 2312-51) (voir § 39-19).

ACTIVITÉ DESTINÉE À AMÉLIORER LES CONDITIONS DE VIE ET DE TRAVAIL

35-12 Une ASC doit avoir pour but d'améliorer les conditions de vie, de travail et d'emploi des salariés. Sa finalité est généralement entendue souplement et, sauf exception, l'appartenance aux activités sociales les plus couramment gérées par le comité n'est pas litigieuse.

- **Actions syndicales.** Les actions syndicales ne sont pas des ASC. Par conséquent, l'utilisation du budget social pour financer des activités syndicales telles que le déplacement de salariés à un congrès est impossible (cass. soc. 7 mai 1980, n° 78-15803, BC V n° 387).
- **Soirée festive.** Une soirée festive organisée par l'employeur, en dehors des horaires de travail et hors de toute obligation légale ou réglementaire, n'est pas une ASC lorsqu'elle a pour objet de présenter le bilan annuel et les perspectives et d'assurer une cohésion au sein de l'entreprise (cass. soc. 9 juillet 2014, n° 13-18577, BC V n° 188).

Monopole de gestion du CSE

GESTIONNAIRE RESPONSABLE

35-13 Le CSE assure ou contrôle la gestion de toutes les ASC établies dans l'entreprise au bénéfice des salariés ou de leur famille ou participe à cette gestion, quel qu'en soit le mode de financement (c. trav. art. L. 2312-78). Ainsi, le CSE (s'il n'y a qu'un seul établissement) ou le CSE d'établissement (dans une entreprise à structure complexe) est compétent pour gérer les ASC, sous réserve des activités communes à plusieurs comités qui peuvent être confiées au CSE central (voir § 24-7).

Le CSE est la seule institution au sein de l'entreprise qualifiée pour assurer et développer les ASC.

Sur le règlement général de protection des données personnel (RGPD), voir § 36-21.

POINT DE VIGILANCE

Certains CSE d'une très grande taille doivent constituer une commission des marchés appelée à intervenir lors des achats d'importance effectués par le CSE (voir § 33-4).

EN PRATIQUE

L'employeur, à l'exception, selon nous, des ASC qu'il gère directement par délégation, n'a pas d'obligation de gérer les ASC du CSE d'une entreprise d'au moins 50 salariés lorsqu'il n'a pas été mis en place (procès-verbal de carence de candidatures aux élections du CSE).

DROIT DE REVENDICATION DU CSE DES ACTIVITÉS GÉRÉES PAR L'EMPLOYEUR

→ L'employeur ne peut s'y opposer

35-14 Le CSE peut revendiquer, à tout moment, la gestion d'activité sociale créée par l'employeur et demander le transfert des dépenses correspondantes (cass. soc. 12 novembre 2003, n° 02-10610, BC V n° 280). L'employeur ne peut pas refuser cette transmission. En effet, la date de sa création n'a aucune incidence sur le caractère social et culturel d'une activité dont la gestion est prise en charge ou contrôlée par le comité. Ce qui sous-entend que l'employeur n'a pas de droits acquis à la gestion d'une activité, même s'il l'assure depuis plusieurs années (cass. soc. 22 juin 1993, n° 91-17686, BC V n° 178).

→ Obligations de l'employeur lors du transfert d'activités

35-15 Lors du transfert, l'employeur doit mettre à la disposition du CSE les biens meubles ou immeubles affectés aux activités transférées et nécessaires à l'exercice de ses fonctions. Ce qui est transféré n'est pas automatiquement le droit de propriété mais le droit d'usage dans les mêmes conditions que l'utilisait l'entreprise. Toutefois, le comité ne peut avoir davantage de droits que n'en avait l'employeur en application du principe selon lequel nul ne peut transmettre à autrui plus de droits qu'il n'en a. Si l'entreprise n'est que locataire du bien concerné, le contrat de bail est transféré au CSE.

ÉTENDUE DES POUVOIRS DE GESTION DU COMITÉ

→ Pouvoir de création

35-16 Indépendamment de son pouvoir de maintenir des activités existantes, le CSE qui définit ses actions en matière d'ASC peut en créer de nouvelles dans le respect de l'objectif d'amélioration des conditions collectives de vie, de travail et d'emploi des salariés ou de leur famille (c. trav. art. L. 2312-78).

EN PRATIQUE

Le CSE est en droit de créer des activités non comprises dans la liste établie par le législateur (voir § 35-2), y compris contre la volonté de l'employeur (cass. ch. réun. 20 mai 1965, n° 63-13144, B. n° 4 ; cass. soc. 8 janvier 2002, n° 00-10818 D).

→ Pouvoir de modification

35-17 Le CSE peut modifier les ASC, dans la limite du budget qui lui est alloué (cass. ch. réun. 20 mai 1965, n° 63-13144, B. n° 4). Il peut, par exemple, décider de transformer les activités en fonction des besoins nouveaux ou de l'évolution des techniques.

→ Pouvoir de suppression

35-18 Le CSE n'est pas tenu de maintenir une ASC antérieurement existante (cass. soc. 24 février 1983, n° 81-14118, BC V n° 113). Il peut ainsi décider de supprimer les activités qui paraissent ne plus correspondre aux besoins actuels du personnel.

→ Pas de pouvoir propre pour l'employeur

35-19 En raison du monopole de gestion du CSE (voir § 35-13), l'employeur ne dispose d'aucun pouvoir propre en la matière. Ses compétences dépendent des décisions du comité. Aussi, la gestion des ASC par l'employeur n'est possible que sur demande du comité ou sur réponse favorable du comité à une demande de l'employeur (voir § 35-26).

GESTION ASSURÉE PAR UN CSE CENTRAL

35-20 Dans les entreprises comportant des CSE d'établissement et un CSE central, le pouvoir de gestion des ASC appartient aux CSE d'établissement (c. trav. art. L. 2316-23). Toutefois, ces derniers peuvent décider de confier une ou plusieurs activités au CSE central.

Toute délégation de compétence nécessite la conclusion d'une convention entre les CSE d'établissement qui désirent déléguer l'activité et le CSE central. En effet, tous les comités ne sont pas tenus de souscrire à cet accord (c. trav. art. D. 2316-7) (voir § 24-7).

Un accord peut également être conclu « entre l'employeur et l'ensemble des syndicats représentatifs dans l'entreprise pouvant définir les compétences respectives du CSE central et des CSE d'établissement » (c. trav. art. L. 2316-23). Cet accord relève des mêmes conditions de validité que les accords collectifs et doit, en conséquence, être conclu de façon majoritaire.

POINT DE VIGILANCE

Un tel accord ne dispense pas, à notre avis, les CSE de la conclusion de la convention indiquée ci-avant. Par ailleurs il ne peut pas enlever aux CSE d'établissement la gestion des ASC propres à chaque établissement (cass. soc. 30 juin 1993, n° 90-14895, BC V n° 191).

Gestion des activités socioculturelles sans personnalité civile

GESTION DIRECTE PAR LE CSE

→ Activités concernées

35-21 Le CSE assure la gestion directe des ASC de toute nature qui n'ont pas la personnalité civile (c. trav. art. R. 2312-36).

Parmi les activités les plus répandues répondant à ce type de gestion, on peut citer : les cantines, crèches, colonies de vacances, fêtes et spectacles, organisations sportives et culturelles, bibliothèques, aides et allocations versées aux salariés de l'entreprise, etc.

• **Activités exclues.** Ne sont pas visés par cette disposition (c. trav. art. R. 2312-36, R. 2312-37 et R. 2312-38) :
- les centres d'apprentissage et de formation professionnelle ;
- les activités ayant pour objet d'assurer au personnel de l'entreprise des logements et des jardins familiaux ;
- le service social et le service de santé au travail, dont la gestion est l'objet de dispositions particulières.

→ Choix du mode de gestion

35-22 Le comité décide, en principe, du mode de gestion de chacune de ces ASC. Le comité peut assurer la gestion, quel que soit le mode de financement des ASC, soit directement lui-même, soit par l'entremise d'une commission spéciale créée à cet effet (commission sociale, commission chargée des loisirs, etc.) (c. trav. art. R. 2312-36) (voir § 35-23).

• **Autre option : gestion déléguée.** Le CSE peut choisir de déléguer ces activités à des personnes ou à des organismes désignés ou créés par lui (voir § 35-28).

→ Recours à des commissions spécialisées

35-23 Un accord collectif majoritaire peut créer des commissions spécifiques pour l'étude de différents problèmes, d'ordre social et éducatif, par exemple pour la prévoyance, l'entraide, l'amélioration des logements et des jardins familiaux, les œuvres en faveur de l'enfance, les cercles d'études, les bibliothèques, les sociétés sportives, les camps de vacances (c. trav. art. L. 2315-45) (voir § 33-1). Le cas échéant, l'employeur peut adjoindre à ces commissions avec voix consultative des experts et des techniciens appartenant à l'entreprise et choisis en dehors du comité soumis, comme les membres du CSE, au secret professionnel et à l'obligation de discrétion. Les rapports des commissions sont soumis à la délibération du comité.

GESTION PAR DÉLÉGATION DU COMITÉ

→ Mise en œuvre de la délégation

35-24 **Vote majoritaire du comité.** Le comité peut confier la gestion d'une ou de plusieurs de ses ASC à la direction, à des personnes désignées ou des organismes créés par lui ou à une structure extérieure déjà existante ou née pour l'occasion. Les délégataires doivent recevoir délégation expresse à cet effet. Aussi, lorsque le CSE envisage de déléguer la gestion d'une ASC, il doit entériner cette décision par un vote majoritaire.

• **Vote de l'employeur.** L'employeur ne peut pas participer au vote d'une résolution portant sur la gestion des ASC, ce vote constituant une consultation des membres élus du comité, en tant que délégation du personnel (cass. soc. 25 janvier 1995, n° 92-16778, BC V n° 38).

35-25 **Maintien du contrôle du CSE.** Ces personnes ou ces organismes agissent dans la limite des attributions qui leur ont été déléguées et sont responsables devant le comité de leurs activités (c. trav. art. R. 2312-37).

→ Gestion transférée à l'employeur

35-26 **Exercice de l'activité sociale par l'employeur.** Le CSE peut décider de confier la gestion d'une ou de plusieurs ASC à titre provisoire ou de façon permanente à l'employeur. Il peut également laisser l'employeur gérer certaines activités existantes. Cette pratique est fréquente, notamment pour les cantines et restaurants d'entreprise.

L'employeur peut également financer directement une ASC dont le CSE assure la gestion et le contrôle. En matière d'impact sur le budget des ASC, voir §§ 39-1 et s.

35-27 **Employeur : mandataire du comité.** L'employeur agit de plein droit « pour le compte du comité » (cass. crim. 20 octobre 1980, n° 80-90717, B. crim. n° 281). Comme tout mandataire, l'employeur doit, en conséquence, rendre compte de sa gestion au comité qui conserve le droit de la contrôler (cass. soc. 28 janvier 1971, n° 69-13861, BC V n° 60).

• **Transfert de gestion ne signifie pas diminution de la subvention ASC.** La gestion directe de l'activité par l'employeur conduit à une diminution des versements effectués au comité mais en aucun cas à une diminution du financement des ASC. Concrètement, le comité ne peut plus prétendre à percevoir la contribution relative à l'activité déléguée (cass. soc. 15 mai 2001, n° 99-13489, BC V n° 171 ; cass. soc. 12 novembre 2003, n° 02-10610, BC V n° 280).

POINT DE VIGILANCE

Les économies réalisées par l'employeur sur des ASC qu'il gère directement doivent être reversées au CSE (cass. soc. 21 juin 2016, n° 15-12525 D).

→ Gestion déléguée à une structure extérieure créée par le CSE

35-28 **Plusieurs possibilités.** Une structure extérieure peut être créée par le CSE seul ou avec d'autres comités à laquelle ils peuvent confier certaines activités (cass. soc. 28 octobre 1975, n° 74-11814, BC V n° 489).

Le comité peut également créer toute sorte de structure : à but non lucratif (association, fondation, groupement d'employeurs, etc.), civiles (sociétés civiles immobilières, etc.) ou commerciales (SARL, EURL, SA, etc.), regroupant des capitaux privés ou publics (sociétés d'économie mixte, etc.).

35-29 **Gestion par l'intermédiaire d'une association.** La constitution d'une association dotée d'une personnalité juridique distincte du comité peut permettre de répondre à trois objectifs :

› élargir l'accès à l'activité sociale considérée à des personnes autres que des salariés de l'entreprise. Dans ce cas, le comité ne finance que le coût des personnes relevant de son intervention ;

› associer d'autres comités (d'établissements ou d'entreprises) ;

› bénéficier de règles de fonctionnement plus souples, quant au choix du président de la structure de gestion.

EN PRATIQUE

La création d'une (ou de plusieurs) association(s) par le comité doit être approuvée à la majorité de ses membres. Si l'employeur peut donner son avis lors de la discussion précédant la volonté de créer une association, il ne participe pas au vote.

35-30

LE PERSONNEL DU CSE

La gestion des ASC repose en premier lieu sur la représentation élue du comité. Pour cette activité, les membres du comité bénéficient de leurs heures de délégation, sans que l'employeur puisse faire un décompte particulier entre les missions économiques et les missions sociales du CSE.

Le CSE peut aussi embaucher directement du personnel. Il en est le seul employeur assumant alors toutes les charges administratives et financières.

L'employeur peut aussi décider de détacher des salariés de l'entreprise auprès du comité.

Les modalités de paiement des salaires, de rattachement hiérarchique, de progression de carrière, de durée du détachement et de conditions de la réintégration dans l'entreprise doivent notamment être précisées dans une convention passée entre le CSE et l'entreprise.

Gestion des ASC dotées de personnalité civile

ACTIVITÉS CONCERNÉES

35-31 Le CSE participe à la gestion des ASC dotées de la personnalité civile à l'exclusion de celles pour lesquelles il est seulement prévu un contrôle (c. trav. art. R. 2312-37).

EN PRATIQUE

Les activités répondant le plus souvent à ce type de gestion sont les coopératives de consommation, les groupements sportifs ou culturels (lorsqu'ils ne sont pas directement gérés par le comité), les associations d'entraide, etc.

MODALITÉS DE PARTICIPATION

35-32 Les conseils d'administration ou, à défaut, les organismes de direction des institutions sociales, ainsi que les commissions de contrôle ou de surveillance de ces institutions, s'il en existe, doivent être composés, au moins pour moitié, de membres représentant le CSE (c. trav. art. R. 2312-39).

Les représentants du CSE siègent dans les conseils d'administration ou organismes de direction avec les mêmes droits et dans les mêmes conditions que les autres membres.

Dans tous les cas, les bureaux nommés par les conseils d'administration doivent comprendre au moins un membre désigné par le CSE (c. trav. art. R. 2312-40).

Contrôle de certaines institutions

INSTITUTIONS SOCIALES CONCERNÉES

35-33 Le CSE contrôle la gestion des sociétés mutualistes, des ASC ayant pour objet d'assurer au personnel de l'entreprise des logements ou des jardins familiaux, des centres d'apprentissage et de formation professionnelle (c. trav. art. R. 2312-37).

MODALITÉS DE CONTRÔLE

→ Modalité principale du contrôle : présence dans les conseils d'administration

35-34 Le CSE est représenté auprès des conseils d'administration des organismes de sécurité sociale ou des mutuelles, auprès des commissions de contrôle de ces institutions, auprès des conseils d'administration des activités de logements et de jardins familiaux. Cette représentation est assurée par 2 délégués désignés par lui et choisis de préférence parmi les participants de ces institutions (c. trav. art. R. 2312-41).

→ Autres modalités : le comité doit être informé et consulté

35-35 Le CSE est obligatoirement consulté préalablement à toute délibération relative soit à la modification des statuts de l'institution, soit à la création d'activités nouvelles, soit à la transformation ou à la suppression d'activités existantes. Les délégués du comité sont, par ailleurs, tenus de l'informer de toutes les décisions prises par les conseils ou bureaux précités, ainsi que de la marche générale de l'institution (c. trav. art. R. 2312-41).

Gestion assurée par un comité des ASC interentreprises

CONSTITUTION FACULTATIVE

35-36 Lorsque plusieurs entreprises possèdent ou envisagent de créer certaines institutions sociales communes (cantine, colonies de vacances, etc.), les CSE intéressés peuvent constituer un comité des ASC interentreprises investi des mêmes attributions que les comités eux-mêmes dans la mesure nécessaire à l'organisation et au fonctionnement de ces institutions communes (c. trav. art. R. 2312-43).

EN PRATIQUE

Ce comité a été ainsi dénommé pour éviter une confusion avec le CSE interentreprises.

ADHÉSION DÉCIDÉE À LA MAJORITÉ DES MEMBRES

35-37 La décision du CSE de participer ou d'adhérer à un comité des ASC interentreprises nécessite une décision prise à la majorité de ses membres. Il en va de même en cas de décision de retrait (cass. soc. 25 janvier 1995, n° 92-16778, BC V n° 38). L'employeur ne dispose en aucun cas d'un droit de veto : il ne peut pas d'ailleurs participer au vote.

La délégation de compétence nécessite la conclusion d'une convention entre les CSE et le comité des ASC interentreprises identique à celle devant être signée en cas de transfert de compétence entre les CSE d'établissement et le CSE central (c. trav. art. R. 2312-43 et L. 2316-23) (voir § 24-7).

COMPOSITION

35-38 Le comité des ASC interentreprises comprend (c. trav. art. R. 2312-44 à R. 2312-46) :
- un représentant des employeurs, président, assisté de 1 ou 2 suppléants ;
- des représentants des salariés de chaque comité, choisis autant que possible de façon à assurer la représentation des diverses catégories de personnel (sauf exception à raison de 2 délégués par comité et sans que leur nombre puisse dépasser 12, sauf accord collectif contraire avec les syndicats ou, à défaut d'accord, sauf dérogation accordée expressément par l'inspecteur du travail).

Les membres du comité des ASC interentreprises sont désignés pour la durée de leur mandat à leur CSE (c. trav. art. R. 2312-47).

ATTRIBUTIONS LIMITÉES À LA SEULE GESTION DES ACTIVITÉS SOCIALES

35-39 Le comité des ASC interentreprises n'a pas de rôle consultatif dans l'ordre économique ou dans l'organisation et la gestion de l'entreprise. Mais, dans la mesure nécessaire à l'objet qui lui a été assigné, c'est-à-dire la gestion de certaines ASC, il exerce les attributions des CSE. Il est doté de la personnalité civile et fonctionne dans les mêmes conditions qu'un CSE (c. trav. art. R. 2312-48).

Il dispose de ressources qui lui sont attribuées par les CSE concernés (c. trav. art. R. 2312-54).

MOYENS DE FONCTIONNEMENT

35-40 Les dépenses nécessaires à son fonctionnement sont supportées par les entreprises proportionnellement au nombre de salariés qu'elles occupent (c. trav. art. R. 2312-53). Le comité exerce ses fonctions dans les locaux, avec le matériel et le personnel de l'un ou de plusieurs des CSE qui y sont représentés (c. trav. art. R. 2312-47).

Choix des ASC

35-41 Le choix du CSE en matière d'ASC dépend, notamment, du régime social qui lui est attaché. En effet, certaines activités sont soumises à cotisations sociales, d'autres en sont exonérées dans certaines limites et sous certaines conditions. Le paiement de cotisations sociales peut ainsi alourdir le budget alloué à ces activités.

Le choix du CSE en matière d'ASC dépend également des besoins des salariés de l'entreprise compte tenu notamment de leur profil (âge, niveau de revenus, etc.) et de ses moyens financiers.

EXEMPLE Le CSE peut attribuer aux salariés un certain nombre de primes versées en diverses occasions (naissance, mariage, anniversaire de l'entreprise, études, fête patronale, Fête des mères et Fête des pères, Noël, départ à la retraite, etc.).

36 Moyens matériels du CSE

Présentation 36-1

Local du CSE
- Caractéristiques du local 36-2
- Aménagement du local 36-5
- Accès au local du CSE 36-9
- › *Encadré : Changer de local : est-ce possible ?* 36-10

Affichage et outils numériques du CSE
- Panneaux d'affichage du CSE 36-11
- Utilisation de l'intranet et de la messagerie électronique de l'entreprise 36-14
- Site Internet du CSE 36-19
- › *Encadré : Protection des données personnelles et RGPD* 36-21

Présentation

36-1 Le comité social et économique (CSE) d'une entreprise d'au moins 50 salariés doit bénéficier d'un local aménagé et du matériel nécessaire à l'exercice de ses fonctions (voir §§ 36-2 et s.). Il doit également pouvoir disposer de panneaux d'affichage et peut, avec l'accord de l'employeur, utiliser les outils numériques de l'entreprise (voir §§ 36-11 et s.).

Sur les moyens matériels du CSE dans celles de moins de 50 salariés, voir §§ 22-1 et s.

À NOTER Compte tenu de la similitude des textes en la matière, la jurisprudence et les réponses administratives rendues à propos des IRP précédemment en place gardent, à notre avis, toute leur valeur. Les arrêts et réponses indiqués dans nos développements ci-après sont donc, en toute vraisemblance, transposables au CSE.

Local du CSE

CARACTÉRISTIQUES DU LOCAL

→ Un local mis à disposition par l'employeur

36-2 L'employeur doit mettre à la disposition du comité social et économique (CSE) un local aménagé ainsi que le matériel nécessaire à l'exercice de ses fonctions (c. trav. art. L. 2315-25 ; cass. crim. 15 mai 2007, n° 06-84318, B. crim. n° 126).

POINT DE VIGILANCE

Le local du CSE doit être distinct du local que l'employeur doit attribuer aux sections syndicales (c. trav. art. L. 2142-8 ; cass. crim. 23 janvier 1979, n° 78-92407, B. crim. n° 33).

→ Un local situé dans l'entreprise

36-3 Le local fourni au comité est choisi par l'employeur. Il n'existe pas de règles strictes concernant son implantation, excepté qu'il doit se situer dans un lieu accessible et permettre le fonctionnement de l'institution en toute discrétion vis-à-vis de la direction.

Le local doit ainsi être spécifiquement dédié au comité et ne pas servir à d'autres activités de l'entreprise. Il ne peut pas s'agir d'une salle de réunion ou d'un réfectoire dans lequel le CSE bénéficierait seulement d'une armoire (cass. crim. 17 novembre 1966, n° 66-90425, B. crim. n° 261 ; cass. crim. 29 avril 1980, n° 79-92791 D).

Il est souvent situé et situé dans l'enceinte de l'entreprise.

EN PRATIQUE

En cas d'accord avec le CSE, le local peut néanmoins se situer en dehors de l'entreprise.

→ Une surface variable

36-4 La loi n'impose pas une surface minimale. La taille du local varie en fonction de l'effectif de l'entreprise (mise à disposition de plusieurs bureaux dans les grandes entreprises) et de l'ampleur des tâches confiées au CSE.

En tout état de cause, la taille du local doit permettre aux élus d'exercer correctement leur mission.

POINT DE VIGILANCE

L'employeur qui ne met pas à disposition un local de taille adéquate risque des poursuites et une condamnation pour délit d'entrave (cass. crim. 26 janvier 2016 n° 13-85770, B. crim. n° 20). Dans cette affaire, les juges ont estimé qu'un local de 2 mètres sur 5 mètres ne permettait pas la réunion de 7 représentants du personnel, ni aucune activité collégiale telle que l'invitation de personnalités extérieures.

AMÉNAGEMENT DU LOCAL

→ Un minimum imposé

36-5 L'employeur doit équiper le local du CSE des éléments matériels nécessaires pour l'exercice de ses fonctions (c. trav. art. L. 2315-25).

Un minimum s'impose : le local doit être éclairé, chauffé et équipé de tables, de chaises et d'armoires fermant à clé permettant aux élus de conserver leurs documents en toute confidentialité.

Comme les autres locaux de l'entreprise, ce local doit aussi avoir une bonne aération, être chauffé en hiver, avoir un éclairage approprié et être peu exposé au bruit (c. trav. art. R. 4222-1, R. 4223-13, R. 4223-1 à R. 4223-9 et R. 4432-1).

L'installation d'une ligne téléphonique (voir § 36-6) ainsi que la fourniture du matériel de dactylographie et de photocopie doivent également être prévues (circ. DRT 1983-3 du 6 mai 1983, § 4). Concernant le matériel de dactylographie, il s'agit souvent d'un ordinateur doté d'un logiciel de traitement de texte.

- **Un local fermé.** Le local doit être muni d'une porte et pouvoir être utilisé dans des conditions permettant de préserver la confidentialité. Cependant, le local peut ne pas être fermé par une porte si les conditions permettent le respect de la confidentialité nécessaire aux fonctions des élus. En l'occurrence, le local était situé dans un sous-sol où personne ne travaillait et l'élu disposait de tranches horaires exclusives (cass. soc. 5 mars 2015, n° 13-23430 D).

POINT DE VIGILANCE

L'employeur qui ne met pas à disposition du CSE un local adapté et un matériel de fonctionnement suffisant commet un délit d'entrave au fonctionnement régulier du CSE, sauf impossibilité démontrée de satisfaire à cette obligation (cass. crim. 15 mai 2007, n° 06-84318, B. crim. n° 126 ; cass. crim. 26 janvier 2016 n° 13-85770, B. crim. n° 20).

→ Mise à disposition d'un téléphone

36-6 L'employeur doit mettre à la disposition des élus du CSE une ligne téléphonique leur permettant d'exercer leur mission. Pour préserver la confidentialité qui s'attache à leur mission, ils doivent disposer d'un matériel ou d'un procédé excluant l'interception de leurs communications téléphoniques et l'identification de leurs correspondants (cass. soc. 6 avril 2004, n° 02-40498, BC V n° 104). Autrement dit, non seulement le téléphone doit être mis à la disposition des représentants du personnel, mais il ne doit pas être relié à l'éventuel autocommutateur de l'entreprise. Cette solution est conforme aux préconisations de la CNIL (délib. CNIL 2005-19 du 3 février 2005, art. 7).

EN PRATIQUE

Le CSE conserve évidemment toute liberté, dans la limite des moyens dont il dispose, de financer par lui-même des solutions plus coûteuses que celles mises à disposition par l'employeur.

POINT DE VIGILANCE

L'employeur ne peut pas consulter les relevés de communication passés du téléphone mis à disposition (cass. soc. 4 avril 2012, n° 10-20845, BC V n° 117).

→ Mise à disposition d'un outil informatique

36-7 L'administration considère que l'employeur doit tenir compte de l'évolution technologique et de l'adéquation aux besoins du CSE dans l'équipement à fournir (rép. Cauvin n° 2207, JO 9 janvier 1989, AN quest. p. 183).

Sur l'utilisation de l'intranet et de la messagerie électronique de l'entreprise par le CSE (voir § 36-14).

Sur la création d'un site Internet par le CSE (voir § 36-19).

→ Frais de fourniture et d'entretien : qui paye ?

36-8 L'employeur assure l'entretien courant du local. À ce titre, il paie les factures d'électricité et de chauffage. Les dépenses relatives à la fourniture du mobilier nécessaire au bon fonctionnement du comité et à son éventuel renouvellement incombent aussi à l'employeur. Par contre, les dépenses d'utilisation courante du matériel relèvent du budget AEP (budget de fonctionnement) du CSE. Il s'agit, par exemple, des frais d'abonnement et de communications téléphoniques et Internet, de la papeterie et de la documentation type, d'achats d'ouvrages et d'abonnements à des revues.

ACCÈS AU LOCAL DU CSE

36-9 Le local doit être librement accessible aux membres du CSE (titulaires et suppléants ainsi qu'aux représentants syndicaux) ainsi que, à notre avis, aux personnes invitées par les représentants du personnel : salariés de l'entreprise, fournisseurs et prestataires du comité.

L'accès au local ne doit pas être soumis à un contrôle de l'employeur, les salariés pouvant souhaiter y accéder de façon anonyme (cass. soc. 26 septembre 2007, n° 06-11425 D).

L'employeur peut néanmoins installer un système de badgeage dès lors que la mesure envisagée est proportionnée au but recherché et justifiée par un motif légitime (cass. soc. 13 janvier 2010, n° 08-19917, BC V n° 11).

Une limite à la liberté d'accès : le CSE ne peut pas exiger que le local soit libre d'accès à n'importe quelle heure du jour et de la nuit (CA Versailles 3 mai 2002, Borsali c/ Peugeot). Sauf accord de l'employeur, l'accès au local est interdit lorsque l'entreprise est fermée.

L'accès au local pour les personnalités extérieures à l'entreprise (ex. : économiste ou juriste) est soumis à l'accord de l'employeur, sauf s'il s'agit de personnalités syndicales (délégué syndical, membre de l'union locale, etc.) (c. trav. art. L. 2315-26).

POINT DE VIGILANCE

L'employeur, ou son représentant, peut accéder au local à condition de ne pas s'immiscer dans le fonctionnement du comité. Les membres du comité ne peuvent donc pas changer le verrou de la porte du local ni s'approprier les nouvelles clés sans commettre un abus de pouvoir. Ils ne peuvent pas plus empêcher l'accès du local aux services de nettoyage et de sécurité de l'entreprise. Mais le droit d'accès de l'employeur ne l'autorise pas à fouiller les armoires.

36-10

CHANGER DE LOCAL : EST-CE POSSIBLE ?

L'employeur peut mettre à disposition du CSE un nouveau local aménagé, même de superficie inférieure, dès lors que ce local lui permet d'exercer normalement ses fonctions (cass. soc. 22 octobre 2014, n° 13-16614, BC V n° 251). Attention, le motif de l'employeur doit être sérieux (ex. : déménagement, réorganisation, etc.). Si ce motif repose, par exemple, sur le seul souhait de contrarier l'activité sociale du CSE, l'employeur peut être condamné pour délit d'entrave (c. trav. art. L. 2317-1).

Si les élus du CSE refusent le changement de local, l'employeur devra obtenir une autorisation judiciaire pour y procéder (cass. soc. 13 janvier 2010, n° 08-19917, BC V n° 11).

Affichage et outils numériques du CSE

PANNEAUX D'AFFICHAGE DU CSE

→ Droit d'affichage

36-11 Les membres du CSE peuvent faire afficher les renseignements qu'ils ont pour rôle de porter à la connaissance du personnel sur des emplacements obligatoirement prévus et destinés aux communications syndicales, ainsi qu'aux portes d'entrée des lieux de travail (c. trav. art. L. 2315-15). Néanmoins, les règles relatives au droit syndical prévoient que les panneaux consacrés aux communications syndicales doivent être « distincts de ceux affectés aux communications du CSE » (c. trav. art. L. 2142-3). Dès lors, à notre sens, l'employeur doit prévoir des panneaux d'affichage du CSE distincts de ceux consacrés à l'affichage syndical.

EN PRATIQUE

Aucun texte ne définit les caractéristiques des panneaux d'affichages du CSE (taille, emplacement, nombre, etc.).

→ Informations pouvant être affichées

36-12 Sur ses panneaux d'affichage, le CSE peut informer les salariés de l'ordre du jour des réunions à venir puis à faire état du compte rendu des réunions ayant eu lieu (c. trav. art. L. 2315-35). Mais ces panneaux peuvent aussi servir de support à toutes les informations que les élus entendent diffuser auprès du personnel :

- au sujet des problèmes économiques et sociaux de l'entreprise. Les membres du CSE doivent toutefois respecter leur obligation de discrétion à l'égard des informations revêtant un caractère confidentiel et présentées comme telles par l'employeur, ainsi que le secret professionnel pour toutes les questions relatives aux procédés de fabrication (c. trav. art. L. 2312-36 et L. 2315-3) ou encore ne pas porter d'allégations injurieuses ou diffamatoires ;
- en ce qui concerne les activités sociales et culturelles (ASC) gérées par le comité (informations sur des spectacles ou activités sportives sélectionnés par le comité, sur leur tarif, etc.).

Le CSE doit aussi porter, par tous moyens, à la connaissance des salariés de l'entreprise ses comptes annuels (ou l'état de synthèse simplifiée) ainsi que le rapport de gestion (c. trav. art. L. 2315-72).

→ Pas de contrôle préalable de l'employeur

36-13 Les élus n'ont pas à transmettre à l'employeur le contenu des informations affichées. En effet, cette obligation ne concerne que l'affichage syndical (c. trav. art. L. 2142-3). L'employeur ne peut non plus ni contrôler au préalable le contenu des affiches du CSE, ni les retirer. Il peut seulement saisir le tribunal judiciaire pour demander le retrait d'une information litigieuse (cass. crim. 8 mai 1968, n° 92-65967 D).

UTILISATION DE L'INTRANET ET DE LA MESSAGERIE ÉLECTRONIQUE DE L'ENTREPRISE

→ Absence de dispositions législatives en faveur du CSE

36-14 La faculté d'utiliser l'intranet et la messagerie électronique n'est prévue qu'au profit des organisations syndicales (c. trav. art. L. 2142-6). Rien de tel n'est prévu en faveur du CSE. En conséquence, aucune obligation n'incombe à l'employeur en la matière.

Le CSE, quant à lui, a toute latitude pour se doter ou non du matériel nécessaire.

→ Préconisations de la CNIL

36-15 **Principe.** L'accès à l'intranet et à la messagerie électronique de l'entreprise devrait être reconnu au CSE comme aux organisations syndicales, à condition que cet accès soit organisé selon les mêmes modalités (communication CNIL du 22 mars 2017, http://www.cnil.fr).

36-16 **Nécessité d'un accord avec l'employeur.** Le droit, pour le CSE, d'utiliser les outils numériques de l'entreprise suppose que cette possibilité soit prévue par un accord d'entreprise conclu avec les organisations syndicales ou par un accord passé entre l'employeur et les membres du CSE. Les modalités d'accès et d'utilisation des outils numériques de l'entreprise peuvent être fixées dans le règlement intérieur du CSE (voir § 25-7).

L'employeur peut aussi, de lui-même, prendre la décision d'offrir cette possibilité au CSE par la voie d'un engagement unilatéral.

36-17 **Contenu de l'information diffusée par ce moyen.** S'il est autorisé à se servir de l'intranet et de la messagerie électronique de l'entreprise, le comité peut diffuser par cette voie les mêmes informations que celles communiquées par affichage (voir § 36-12).

36-18 **Possibilité d'une interactivité.** Si l'accord ou la décision de l'employeur le prévoit, un certain degré d'interactivité peut en outre être organisé entre les élus et le personnel, notamment dans le domaine des activités sociales et culturelles (ex. : réponse des salariés aux activités choisies par le CSE et proposées par ce biais).

La confidentialité des échanges doit alors être garantie, les réponses des salariés n'ayant pas à être connues par d'autres personnes que leurs destinataires au sein du CSE.

SITE INTERNET DU CSE

→ Pas d'accord préalable de l'employeur

36-19 Dans l'absolu, rien ne s'oppose à la création, par le CSE, de son propre site Internet. L'employeur ne peut pas s'y opposer, il s'agit de l'exercice de la liberté d'expression.

→ Informations pouvant être diffusées

36-20 Le CSE doit respecter ses obligations de confidentialité et de secret professionnel (c. trav. art. L. 2312-36 et L. 2315-3), ainsi que l'interdiction des propos injurieux ou diffamatoires.

Il doit également respecter la vie privée des salariés (c. civ. art. 9) et ne pas publier d'informations les concernant sans leur accord préalable.

Sous réserve d'une clause prévue par le règlement intérieur du comité, les comptes rendus des réunions du CSE peuvent être diffusés sur le site internet du CSE, en plus de faire l'objet d'un affichage sur les panneaux (voir § 36-11), sous réserve de prévoir un accès sécurisé et réservé aux seuls salariés, afin que la diffusion reste interne à l'entreprise (c. trav. art. L. 2315-35).

36-21

PROTECTION DES DONNÉES PERSONNELLES ET RGPD

RGPD. Dans le cadre de ses missions, le CSE collecte ou conserve des données comme les noms et les prénoms (salariés, conjoint, enfant), dates de naissance, lieu de résidence, etc. Il doit dans ce cas respecter le règlement européen de protection des données personnelles (RGPD) entré en vigueur depuis le 25 mai 2018, ainsi que la loi informatique et libertés (règlt UE 2016/679 du 27 avril 2016, art. 9, JOUE 4 mai 2016 ; loi 78-17 du 6 janvier 1978, modifiée par ord. 2018-1125 du 12 décembre 2018, JO du 13). Il appartient en conséquence au CSE de respecter toutes les règles de protection des données personnelles et notamment de protéger l'ensemble de ces informations, d'assurer aux salariés qu'elles ne seront pas accessibles à des personnes non autorisées et de s'engager à ne pas en faire un usage détourné (http://www.cnil.fr).

Sur la liste indicative des opérations de traitement pour lesquelles une analyse d'impact relative à la protection des données (AIPD) est requise avant leur mise en œuvre, voir la délibération CNIL (délib. CNIL 2018-327 du 11 octobre 2018, JO du 6).

Sur la liste des traitements où l'AIDP n'est pas nécessaire. Voir la délibération CNIL (délib. CNIL 2019-118 du 12 septembre 2019, JO 22 octobre).

Exemple de charte sur les règles de sécurité et de confidentialité à respecter. En raison des données personnelles des salariés auxquelles ont accès les élus et les représentants syndicaux, il convient de rappeler les règles à suivre en matière de sécurité et de confidentialité dégagées par le RGPD.

« Dans la mesure où des informations à caractère personnel sont collectées, il faudra veiller au respect de la législation relative à la protection de ces données personnelles en application notamment :
– de la loi 78-17 du 6 janvier 1978 modifiée relative à l'informatique, aux fichiers et aux libertés ;
– du règlement européen 2016-679 du 27 avril 2016 européen de protection des données entrant en vigueur à compter du 25 mai 2018 ;
– de la loi 2018-493 du 20 juin 2018 (JO du 21) relative à la protection des données personnelles.

À ce titre, il est rappelé que les informations collectées sont celles uniquement nécessaires à l'élaboration de la BDESE, de la gestion des activités sociales et culturelles.

Nous nous engageons à ne transférer ces informations qu'aux services, et prestataires ou sous-traitants intervenant pour ces besoins.

Toutes les précautions utiles sont prises afin de préserver la sécurité, la confidentialité et l'intégrité des données collectées et toute utilisation détournée de ces données.

Chacun dispose de la faculté d'exercer, dans les hypothèses définies par la réglementation, ses droits d'accès, de rectification, de suppression et de portabilité portant sur les données collectées ainsi que du droit de demander la limitation ou de s'opposer au traitement. Ces droits peuvent être exercés en écrivant à (nom du responsable du traitement) (adresse physique), ou en adressant un courrier électronique à (adresse électronique).

Chacun dispose enfin du droit d'introduire une réclamation auprès de l'autorité de contrôle, à savoir la CNIL.

Les données à caractère personnel collectées seront conservées pour la durée nécessaire à la réalisation de l'objet pour lesquelles elles ont été collectées. »

Déroulement des réunions du CSE

— réunions **ne comportant pas** de sujet relevant de santé sécurité et des conditions de travail —

1 QUELLES SONT LES DÉMARCHES PRÉALABLES À LA RÉUNION ?

SECRÉTAIRE → **ÉTABLISSEMENT DE L'ORDRE DU JOUR (ODJ)** ← **PRÉSIDENT** (EMPLOYEUR OU SON REPRÉSENTANT) → **RÉDACTION** DE LA CONVOCATION

EXEMPLES

- RÉPONSES AUX DEMANDES FORMULÉES PAR LES MEMBRES DU CSE LORS DE LA PRÉCÉDENTE RÉUNION
- APPROBATION DU PROCÉS-VERBAL DE LA DERNIÈRE RÉUNION
- EXAMEN DES RÉCLAMATIONS
- LISTE DES SUJETS DEVANT FAIRE L'OBJET D'UNE INFORMATION ET / OU D'UNE CONSULTATION*
- POINT SUR LES ACTIVITÉS SOCIALES ET CULTURELLES

* les consultations obligatoires peuvent être inscrites de plein droit par le président ou le secrétaire

2 PHASE D'INFORMATION / COMMUNICATION J-3

PRÉSIDENT + **ODJ** → ← **CONVOCATION** + **PRÉSIDENT**

EXTERNE*

- A L'INSPECTEUR DU TRAVAIL
- A L'AGENT DES SERVICES DE PRÉVENTION DES ORGANISMES DE SÉCURITÉ SOCIALE

INTERNE

- AUX MEMBRES TITULAIRES
- AUX MEMBRES SUPPLÉANTS
- LE CAS ÉCHÉANT AU REPRÉSENTANT SYNDICAL

* Convocation en cas d'AT (>8 jours) ou MP ou à caractère professionnel

3 TENUE DE LA RÉUNION JOUR J

LES SUPPLÉANTS N'ASSISTENT PAS À LA RÉUNION SAUF EN CAS DE REMPLACEMENT D'UN TITULAIRE ABSENT

LE PRÉSIDENT ANIME LA RÉUNION

- IL ÉVOQUE TOUS LES POINTS À L'ODJ
- IL PEUT ÊTRE ASSISTÉ DE 3 COLLABORATEURS AU PLUS

4 RÉDACTION DU PV J+15

RÉDACTION DU PV PAR LE SECRÉTAIRE → **PRÉSIDENT** + **CSE**

5 COMMUNICATION DU PV RÉUNION SUIVANTE

PRÉSIDENT — **DÉCISION** MOTIVÉE SUR LES PROPOSITIONS SOUMISES → **ADOPTION DU PV** → **AFFICHAGE DIFFUSION DU PV**

Revue Fiduciaire | BARTHÉLÉMY AVOCATS

JEAN-JULIEN JARRY

37 Réunions du CSE

Présentation ... 37-1

Périodicité des réunions du CSE
- Première réunion du CSE ... 37-2
- Réunions périodiques ordinaires ... 37-5
- Réunions supplémentaires ... 37-10
- › *Encadré : Rapport sur l'accord de participation* ... 37-16

Convocation des participants et ordre du jour
- Obligation de l'employeur ... 37-17
- Ordre du jour ... 37-18
- Défaillance de l'employeur ... 37-24
- Tableau récapitulatif ... 37-25

Déroulement des réunions
- Principe ... 37-26
- Participants aux réunions ... 37-27
- › *Encadré : Service de santé interne* ... 37-30
- Recours à la visioconférence ... 37-35
- Obligation de confidentialité ... 37-36
- Votes et délibérations ... 37-37
- › *Encadré : Votes à main levée ou à bulletin secret* ... 37-44

Procès-verbal
- Enregistrement des débats et sténographie ... 37-45
- Établissement du procès-verbal ... 37-46
- Adoption et diffusion du P-V ... 37-49
- › *Encadré : Réunions à l'initiative du CSE* ... 37-54

Présentation

37-1 Les modalités à respecter concernant les réunions du comité social et économique (CSE) avec l'employeur varient selon la taille de l'entreprise.

Dans les entreprises d'au moins 50 salariés, l'organisation des réunions du CSE reprend une grande part des règles applicables au comité d'entreprise (CE).

Deux règles, d'inégale importance, ont toutefois, été modifiées :

› les suppléants n'assistent plus aux réunions du CSE ;

› le président du CSE peut être assisté par 3 collaborateurs (contre 2 précédemment).

Le code du travail distingue les dispositions d'ordre public et les dispositions supplétives. Par accord, il est possible d'aménager certaines règles. En l'absence d'accord ou de disposition sur tel ou tel point dans l'accord, les règles supplétives s'appliquent.

Contrairement aux entreprises de moins de 50 salariés (voir § 21-1), la place de la négociation collective est, dans les entreprises d'au moins 50 salariés, importante (voir tableau ci-après).

POINT DE VIGILANCE

Excepté l'accord en matière de visioconférence qui relève de l'employeur et des élus du CSE, un accord collectif majoritaire doit être conclu pour aménager les règles. C'est seulement en l'absence de délégué syndical que l'accord peut être conclu entre l'employeur et le CSE à la majorité des membres titulaires de la délégation.

RÉUNIONS DU CSE DANS UNE ENTREPRISE D'AU MOINS 50 SALARIÉS : PRINCIPALES NÉGOCIATIONS POUR UN CSE « SUR-MESURE »	
Entreprise d'au moins 50 salariés	**Entreprise d'au moins 300 salariés**
Négociation par accord d'entreprise OU à défaut, accord conclu entre l'employeur et le CSE, adopté à la majorité des membres titulaires	
Définir la documentation économique et financière à remettre aux membres lors de la 1re réunion après l'élection (voir § 37-2)	Modifier la périodicité des réunions (voir § 37-8)
Désigner un secrétaire adjoint (voir § 37-3)	
Permettre aux suppléants ou/et aux représentants de proximité qui ne sont pas membre du CSE d'assister aux réunions (voir § 37-28)	
Sécuriser la communication de l'ordre du jour par voie électronique (voir § 37-22)	
Permettre à des personnes extérieures au CSE d'assister aux réunions (voir § 37-31)	
Commencer les réunions par les thèmes santé, sécurité et conditions de travail (voir § 37-8)	
Définir le délai et les modalités d'établissement du P-V (voir § 37-47)	
Négociation par accord conclu entre l'employeur et le CSE, adopté à la majorité des membres titulaires	
Augmenter le nombre de réunions se déroulant en visioconférence (accord entre l'employeur et le CSE) (voir § 37-35)	

À NOTER Compte tenu de la similitude des textes en la matière, la jurisprudence et les réponses administratives rendues à propos des IRP précédemment en place gardent, à notre avis, toute leur valeur. Les arrêts et réponses indiqués dans nos développements ci-après sont donc, en toute vraisemblance, transposables au CSE.

Périodicité des réunions du CSE

PREMIÈRE RÉUNION DU CSE

→ Date de la première réunion

37-2 La première réunion du CSE consiste à fixer les règles essentielles de fonctionnement du comité et à répartir les tâches entre ses membres. À défaut d'accord, elle doit être organisée à l'initiative de l'employeur, un mois après chaque élection ou réélection du CSE.

Au cours de cette réunion, l'employeur doit communiquer aux membres du comité une documentation présentant l'entreprise sous les angles juridique, financier, économique et organisationnel (c. trav. art. L. 2312-57).

Sur le contenu de cette information, voir § 29-29.

L'information des nouveaux élus est supplétive.

EN PRATIQUE

Un accord collectif majoritaire sans référendum ou, en l'absence de délégué syndical (DS), un accord entre l'employeur et le CSE, peut supprimer cette information ou l'adapter, en modifiant le contenu de l'information à remettre aux membres du comité voire le délai (c. trav. art. L. 2312-57).

→ Questions à l'ordre du jour

37-3 **Bureau du CSE.** Si l'employeur est le maître d'œuvre de la première réunion du CSE, il n'a pas pour autant toute latitude pour déterminer les points de l'ordre du jour de cette réunion. En effet, un certain nombre de questions doit y être abordé. Notamment, la constitution du bureau s'impose dès la mise en place du CSE (c. trav. art. L. 2315-23). La désignation du secrétaire chargé, notamment, d'assurer la rédaction des procès-verbaux des réunions et celle du trésorier sont les premiers points de passage obligés de l'ordre du jour.

Sur les modalités de désignation du secrétaire et du trésorier, voir § 37-42.

POINT DE VIGILANCE

La désignation d'un secrétaire adjoint n'est prévue que pour le CSE central (voir § 24-8).

EN PRATIQUE

Un accord collectif peut toutefois instituer un secrétaire adjoint dans tout comité. Un secrétaire adjoint peut sans doute être également institué par accord avec le CSE (mesure plus favorable).

37-4 **Autres questions à inscrire à l'ordre du jour.** Lors de la première réunion du CSE, doivent également être traités notamment les sujets suivants :

- › l'élaboration d'un règlement intérieur (s'il n'existe pas) ou le maintien (ou la modification) du règlement préexistant (voir §§ 25-1 et s.) ;
- › la désignation des représentants du CSE au conseil d'administration ou de surveillance, le cas échéant, ainsi qu'à l'assemblée générale des actionnaires (voir §§ 30-1 et s.) ;
- › les modalités pratiques de fonctionnement (ouverture d'un compte bancaire ou postal, utilisation du matériel, des locaux, etc.).

POINT DE VIGILANCE

Si l'actualité de l'entreprise ou les hasards du calendrier peuvent exiger une consultation urgente du comité, il est possible de la prévoir dans l'ordre du jour, à condition que les élus reçoivent préalablement les informations nécessaires pour pouvoir se prononcer en toute connaissance de cause.

RÉUNIONS PÉRIODIQUES ORDINAIRES

→ Nombre de réunions

37-5 **Au moins une fois tous les 2 mois dans les entreprises de moins de 300 salariés.** Dans les entreprises de moins de 300 salariés, les réunions ordinaires du CSE doivent avoir lieu au moins une fois tous les 2 mois (c. trav. art. L. 2315-28).

Le plancher de 6 réunions par an étant d'ordre public, un accord collectif d'entreprise majoritaire hors référendum ou, à défaut de délégué syndical, un accord conclu avec le CSE ne peut qu'augmenter le nombre de réunions (c. trav. art. L. 2312-19).

S'agissant des attributions du CSE en matière de santé, sécurité et conditions de travail, voir § 37-8.

37-6 **Au moins une fois par mois dans les entreprises de 300 salariés ou plus.** Dans les entreprises dont l'effectif atteint 300 salariés ou plus, les réunions ordinaires du CSE doivent avoir lieu, à défaut d'accord, au moins une fois par mois sur convocation de l'employeur ou de son représentant (c. trav. art. L. 2315-28).

- **Entreprise multisite.** Le CSE central doit être réuni au moins une fois tous les 6 mois au siège de l'entreprise (c. trav. art. L. 2316-15) (voir § 24-11).

EN PRATIQUE

Les partenaires sociaux peuvent adapter la périodicité des réunions à la spécificité de l'entreprise. Un accord collectif d'entreprise majoritaire hors référendum ou, à défaut de délégué syndical, un accord conclu avec le CSE peut aménager le nombre de réunions du CSE, dans le respect d'un plancher fixé à 6 réunions par an (c. trav. art. L. 2312-19).

Cette règle permet aux entreprises d'au moins 300 salariés de ne prévoir qu'une réunion tous les 2 mois comme dans les entreprises de moins de 300 salariés.

L'accord peut aussi se contenter de prévoir qu'il n'y aura pas de réunion pendant l'été ou au mois d'août.

S'agissant d'un modèle de clause, voir § 37-55.

S'agissant des attributions du CSE en matière de santé, sécurité et conditions de travail, voir § 37-8.

37-7 **Calcul du seuil d'effectif au niveau de l'entreprise.** Le seuil d'effectif – pour la détermination de la périodicité des réunions - est apprécié au niveau de l'entreprise (et non au niveau de chaque établissement) (c. trav. art. L. 2315-28).

EXEMPLE Dans une entreprise de 315 salariés divisée en deux établissements distincts de 140 et 175 salariés, à défaut d'accord, chaque comité doit être réuni tous les mois (Q/R 84, CSE, 117 questions/réponses du ministère du Travail, 17 janvier 2020).

POINT DE VIGILANCE

Les dispositions sur le franchissement du seuil de 300 salariés pour la tenue des réunions du CE (c. trav. art. L. 2325-14-1, dans sa version antérieure au 1er janvier 2018) n'ont pas été reprises pour le CSE. Seul figure dans le code du travail un article sur le franchissement de ce seuil relatif aux attributions du CSE et non à son fonctionnement (c. trav. art. L. 2312-34). L'oubli devait être réparé par le projet de loi ratifiant diverses ordonnances de la loi Avenir professionnel et portant diverses mesures d'ordre social qui a été présenté au conseil des ministres le 13 novembre 2019 et dont la discussion aurait dû débuter au Parlement au printemps 2020 (art. L. 2315-2-1 nouveau). D'ici l'adoption du texte, l'article L. 2312-34 doit, à notre sens, être transposé. Le seuil de 300 salariés est donc réputé franchi lorsque l'effectif de l'entreprise dépasse ce seuil pendant 12 mois « consécutifs ». L'obligation de l'employeur de réunir le CSE tous les mois ne s'impose ainsi qu'un an à compter de cette date, soit un lissage dans le temps de 24 mois. C'est également la position du ministère du Travail (Q/R 84, CSE, 117 questions/réponses du ministère du Travail, 17 janvier 2020).

S'agissant d'un modèle de clause, voir § 37-55.

→ Cas particulier des réunions sur la santé, sécurité et les conditions de travail

37-8 **Au moins 4 réunions par an.** Au moins 4 des réunions du CSE d'une entreprise d'au moins 50 salariés doivent porter chaque année sur les attributions du comité en matière de santé, sécurité et conditions de travail (c. trav. art. L. 2315-27).

EN PRATIQUE

Le code du travail n'exige pas que l'intégralité des réunions porte sur ces thèmes. Il peut être utile de séquencer les réunions dans l'accord, en prévoyant de commencer par les thèmes santé, sécurité et conditions de travail.

Ces réunions ciblées sur les questions de santé, sécurité et conditions de travail peuvent être plus fréquentes en cas de besoin, notamment dans les branches d'activité présentant des risques particuliers (c. trav. art. L. 2315-27).

37-9 **Information annuelle de l'administration et du médecin du travail.** L'employeur doit informer chaque année du calendrier prévisionnel des réunions du CSE consacrées à la santé, la sécurité ou aux conditions de travail (c. trav. art. L. 2315-27) :

- l'inspection du travail ;
- le médecin du travail ;
- l'agent de prévention des organismes de sécurité sociale ;
- le représentant mandaté au comité régional de prévention du BTP (c. trav. art. R. 4643-32).

POINT DE VIGILANCE

L'employeur doit leur confirmer par écrit la tenue de ces réunions au moins 15 jours à l'avance, sans oublier de leur communiquer l'ordre du jour de chaque réunion.

EN PRATIQUE

Cette information annuelle implique de programmer les réunions sur la santé, sécurité et les conditions de travail sur l'année. En cas de modification du calendrier, il appartient à l'employeur de transmettre les nouvelles dates.

RÉUNIONS SUPPLÉMENTAIRES

→ À la demande de la majorité des membres du CSE

37-10 Entre deux réunions ordinaires, une réunion supplémentaire doit être organisée par l'employeur lorsqu'elle lui est demandée par la majorité des membres du CSE (c. trav. art. L. 2315-28).

Cette demande doit mentionner les questions que les élus entendent aborder lors de la réunion supplémentaire et doit nécessairement réunir le nombre de signatures requis.

EN PRATIQUE

La majorité vise les seuls élus titulaires du CSE du fait de leur voix délibérative. La demande doit donc être formulée par la moitié des titulaires + 1 (cass. soc. 13 février 2109, n° 17-27889 FSPB). Lorsque la majorité n'est pas réunie (comme dans cette affaire où la réunion avait été demandée par 3 titulaires sur les 6), l'employeur peut valablement refuser d'organiser la réunion.

Le code du travail ne prévoit pas de formalisme à respecter pour la transmission de cette demande à l'employeur. Les élus peuvent faire la demande lors d'une réunion, par courrier ou par mail, en joignant les questions qui motivent leur demande.

POINT DE VIGILANCE

L'employeur ne peut apprécier ni l'opportunité, ni les justifications d'une réunion exceptionnelle. Il ne peut pas opposer son refus, sauf obstacle insurmontable (cass. crim. 14 septembre 1988, n° 87-91416 D).

L'employeur doit convoquer cette seconde réunion sans attendre la réunion périodique suivante. En l'absence d'organisation, l'employeur commet un délit d'entrave (cass. crim. 11 mars 2008, n° 07-80169 D).

Des circonstances exceptionnelles, tenant notamment à la proximité de la date prévue pour la réunion périodique suivante, peuvent toutefois justifier la tenue des 2 réunions le même jour tant qu'elles sont distinctes (cass. crim. 17 janvier 1984, n° 82-94159, B. crim. n° 23).

→ Événement touchant à la santé, la sécurité ou aux conditions de travail

37-11 Même en présence de dispositions conventionnelles organisant la périodicité des réunions, l'employeur doit réunir le CSE (c. trav. art. L. 2315-27, II) :

› à la suite de tout accident grave ayant entraîné ou ayant pu entraîner des conséquences graves ;

› en cas d'événement grave lié à l'activité de l'entreprise, ayant porté atteinte ou ayant pu porter atteinte à la santé publique ou à l'environnement ;
› à la demande motivée de 2 de ses membres représentants du personnel, sur les sujets relevant de la santé, de la sécurité ou des conditions de travail.

Dès lors que la demande de réunion exceptionnelle émane de 2 élus et qu'elle est motivée, l'employeur ne peut apprécier son bien-fondé. Il doit l'organiser. Le juge ne peut examiner le bien-fondé de la demande (cass. soc. 26 juin 2013, n° 12-13599, BC V n° 175).

POINT DE VIGILANCE

La demande peut-elle émaner d'élus suppléants ? La règle concernait autrefois le CHSCT, lequel ne comportait pas d'élus suppléants (c. trav. art. L. 4614-10 dans sa version antérieure au 1er janvier 2018). Elle a été transposée au CSE sans être précisée. Même si les suppléants ne participent plus de droit aux réunions, ils sont membres du CSE. Toutefois, dès lors qu'ils n'ont pas de voix délibérative, on peut penser que la demande doit émaner des seuls titulaires.

→ Opération de concentration

37-12 Lorsqu'une entreprise est partie à une opération de concentration, l'employeur doit réunir le CSE au plus tard dans un délai de 3 jours à compter de la publication du communiqué relatif à la notification du projet de concentration (c. trav. art. L. 2312-41).

→ OPA

37-13 En cas de dépôt d'une offre publique d'achat (OPA), l'employeur de l'entreprise cible et l'employeur auteur de l'offre doivent réunir immédiatement leur CSE respectif pour les en informer (c. trav. art. L. 2312-42).

→ Droit d'alerte

37-14 Dans le cadre d'un droit d'alerte pour danger grave et imminent, le CSE doit être réuni dans les 24 h (voir § 34-10).

→ Approbation des comptes

37-15 Les comptes annuels du CSE, arrêtés par des membres élus du comité, doivent être approuvés en séance plénière au cours d'une réunion. Celle-ci doit avoir lieu dans un délai de 6 mois à compter de la clôture de l'exercice (c. trav. art. L. 2315-68 et R. 2315-37) (voir §§ 40-12 et 40-13).

POINT DE VIGILANCE

Le code du travail exige que la réunion soit dédiée à ce seul sujet et qu'un PV spécifique soit établi (c. trav. art. L. 2315-68).

37-16

RAPPORT SUR L'ACCORD DE PARTICIPATION

Lorsque le CSE est appelé à siéger pour examiner le rapport relatif à l'accord de participation (voir § 28-19), les questions doivent faire l'objet d'une réunion distincte ou d'une mention spéciale à l'ordre du jour (c. trav. art. D. 3323-14).

Convocation des participants et ordre du jour

OBLIGATION DE L'EMPLOYEUR

37-17 L'employeur ou son représentant doit convoquer le CSE (c. trav. art. L. 2315-28). Il doit, à ce titre, fixer la date, l'horaire et le lieu de la réunion.

Il doit s'agir d'une convocation individuelle concernant :

› les personnes devant assister, de droit, aux séances du comité quand bien même certains d'entre eux seraient temporairement absents (ex. : élu du CSE en congé sans solde, voir cass. soc. 27 mai 2009, n° 08-42555, BC V n° 136) ;

› les personnes dont la présence s'impose ponctuellement en raison de l'ordre du jour, par exemple, selon le cas, médecin du travail, experts, etc.

La fixation de la date de réunion du CSE est une prérogative de l'employeur qui découle de son pouvoir de convocation. Aussi, le règlement intérieur du CSE ne peut pas fixer la date des réunions périodiques du CSE en prévoyant, par exemple, que les séances ont systématiquement lieu le troisième jeudi de chaque mois à 9 h 00 (cass. soc. 15 janvier 2013, n° 11-28324, BC V n° 9). Une telle disposition encourt l'annulation.

L'employeur doit convoquer le CSE y compris pendant l'été dès lors que l'entreprise ne ferme pas (cass. crim., 19 mai 1998, n° 97-80291 D).

EN PRATIQUE

Cette ancienne jurisprudence n'a plus guère de portée puisque dans les entreprises de moins de 300 salariés, la réunion n'a lieu que tous les 2 mois et dans les entreprises d'au moins 300 salariés, un accord peut prévoir qu'il n'y aura pas de réunion pendant l'été ou au mois d'août.

L'employeur fixe librement le lieu de la réunion, cette prérogative étant inhérente à son pouvoir de convocation (cass. soc. 3 avril 2019, n° 17-31304 FPB).

POINT DE VIGILANCE

En cas d'abus toutefois, le juge peut fixer le lieu des réunions à titre temporaire (cass. soc. 3 avril 2019, n° 17-31304 FPB). Une difficulté peut se présenter notamment en cas d'acquisition d'une entreprise située dans une autre région. Un groupe de la région parisienne avait racheté deux cliniques situées en Haute-Savoie et fixé les réunions du comité au siège social parisien sans chercher véritablement des solutions alternatives. Le juge a alors fixé les réunions temporairement en Haute-Savoie.

ORDRE DU JOUR

→ Établissement de l'ordre du jour

37-18 **Établissement conjoint.** Un ordre du jour doit être établi pour chaque réunion. Sauf exception (voir ci-après), l'ordre du jour doit être arrêté conjointement par le président et le secrétaire du CSE (c. trav. art. L. 2315-29 ; c. trav. art. L. 2316-17 pour le CSE central ; cass. soc. 25 avril 2007, n° 05-45398 D). À défaut de texte contraire, la règle vaut également en cas de réunion exceptionnelle.

Par exception, le président du CSE doit, pour la première réunion qui suit l'élection, en l'absence de secrétaire, établir seul l'ordre du jour (voir § 37-3).

En cas de procédure de liquidation judiciaire, l'ordre du jour doit être arrêté conjointement par le liquidateur judiciaire et le secrétaire du comité (cass. soc. 25 avril 2007, n° 05-45398 D).

En l'absence de formalisme légal, le président et le secrétaire du comité peuvent se rencontrer ou échanger par mail.

Le secrétaire peut demander aux membres du comité leur avis sur le projet d'ordre du jour.

POINT DE VIGILANCE

L'établissement de l'ordre jour est une étape importante : le comité ne peut délibérer sur une question qui n'est pas inscrite à l'ordre du jour, à moins qu'elle soit en rapport avec l'un des points devant être débattus (cass. soc. 9 juillet 1996, n° 94-17628, BC V n° 271 ; cass. crim. 5 septembre 2006, n° 05-85895, B. crim. n° 206 ; cass. soc. 22 janvier 2008, n° 06-18979, BC V n° 15). Et ce, afin de ne pas priver les titulaires absents de toute possibilité de s'exprimer. A ainsi été annulée une délibération portant sur l'adhésion d'une entreprise à un service médical interentreprises, alors même que l'employeur avait indiqué, lors de la précédente séance, que cette question serait soumise au vote lors de la réunion suivante (cass. soc. 9 juillet 1996, n° 94-17628, BC V n° 271).

De même, l'inscription à l'ordre du jour d'une rubrique questions diverses n'est envisageable que si les points devant y être abordés sont précisément listés. En effet, l'ordre du jour doit être transmis aux intéressés avant la réunion afin qu'ils puissent la préparer en toute connaissance de cause, ce qui exclut à notre avis des intitulés trop imprécis.

La règle de l'établissement conjoint de l'ordre du jour doit également être respectée en cas de consultations obligatoires en vertu d'une disposition législative, réglementaire ou conventionnelle : bien que la loi prévoit une inscription de plein droit de ces consultations à l'ordre du jour, le président doit les soumettre préalablement au secrétaire et ne les inscrire qu'en cas de désaccord (ce qui vaut réciproquement pour le secrétaire) (c. trav. art. L. 2315-29 ; cass. soc. 12 juillet 2010, n° 08-40821, BC V n° 169).

POINT DE VIGILANCE

Lorsque le comité se réunit à la demande de la majorité de ses membres, les questions jointes à la demande doivent être inscrites à l'ordre du jour (c. trav. art. L. 2315-31).

37-19 Spécificités en matière de santé et sécurité. L'employeur doit communiquer aux membres du CSE les résultats des contrôles et vérifications qu'il doit faire en matière de santé et sécurité ainsi que les observations et mises en demeure qui lui ont été notifiées par l'inspection du travail (c. trav. art. L. 4711-4).

Les documents doivent être présentés au cours de la réunion qui suit leur réception par l'employeur (c. trav. art. R. 2315-23). On peut donc penser qu'ils doivent être joints à l'ordre du jour.

EN PRATIQUE

L'employeur doit, 15 jours avant la réunion, confirmer par écrit à l'inspection du travail, au médecin du travail, à l'agent des organismes de prévention de sécurité sociale voire à l'agent représentant le comité régional du BTP chaque réunion portant sur les thèmes santé, sécurité et conditions de travail (voir § 37-9).

→ Communication de l'ordre du jour

37-20 Communication aux membres du CSE. Le président du comité doit communiquer l'ordre du jour aux membres du comité au moins 3 jours avant la réunion (c. trav. art. L. 2315-30) et au moins 8 jours avant la réunion du CSE central (c. trav. art. L. 2316-17).

EN PRATIQUE

L'ordre du jour doit en principe être joint à la convocation (les deux peuvent en théorie être dissociés).

L'ordre du jour doit être envoyé aux représentants syndicaux. Il doit également être transmis aux suppléants, bien qu'ils n'assistent pas aux réunions. Le code du travail exige, en effet, l'envoi de l'ordre de jour à l'ensemble des membres du CSE (Q/R 91, CSE, 117 questions/réponses du ministère du Travail, 17 janvier 2020). La transmission aux suppléants leur permet d'avoir les informations nécessaires au cas où ils devraient remplacer un titulaire.

L'employeur doit donc envoyer la convocation aux suppléants, avec l'ordre du jour et les informations. Il peut mentionner que l'envoi est fait « à titre indicatif ».

Un accord peut aussi prévoir l'obligation pour l'élu titulaire, en cas d'absence, d'informer son suppléant de son absence ainsi que le président, voire le secrétaire du comité.

L'envoi de l'ordre du jour concerne tous les membres du comité, y compris ceux qui sont en congé, arrêtés ou suspendus à titre disciplinaire.

POINT DE VIGILANCE

Le délai de 3 jours concerne la seule communication de l'ordre du jour, et non la convocation elle-même (cass. soc. 17 novembre 1977, n° 75-14751 D).

37-21 Autres destinataires de l'ordre du jour. L'ordre du jour doit également être envoyé à d'autres personnalités en raison de leur expertise.

PERSONNALITÉS DESTINATAIRES DE L'ORDRE DU JOUR EN RAISON DE LEUR EXPERTISE		
Tous thèmes	**Santé, sécurité et conditions de travail Réunions ordinaires et exceptionnelles**	**Questions sociales**
L'inspecteur du travail (1) (c. trav. art. L. 2315-30)	Le médecin du travail (2) (c. trav. art. L. 2314-3)	Le conseiller du travail (service social du travail dans les établissements d'au moins 250 salariés) qui assiste de droit, avec voix consultative, à toutes les réunions du CSE consacrées à des questions sociales (c. trav. art. D. 4632-4)
L'agent des organismes de prévention de la sécurité sociale (1) (c. trav. art. L. 2315-30)	Le responsable interne du service de sécurité et des conditions de travail ou, à défaut, l'agent chargé de la sécurité et des conditions de travail (2) (c. trav. art. L. 2314-3)	
	Le représentant mandaté du comité régional de prévention du BTP (c. trav. art. R. 4643-32 et L. 2315-30 par renvoi)	

(1) L'inspecteur du travail et l'agent des organismes de prévention de la sécurité sociale doivent être destinataires de l'ordre du jour de toutes les réunions du CSE alors qu'ils ne peuvent assister qu'aux seules réunions santé/sécurité/conditions de travail « à l'initiative de l'employeur ou à la demande de la majorité de la délégation du personnel » (c. trav. art. L. 2314-3, II 2°).
(2) Aucun texte n'exige l'envoie de l'ordre du jour au médecin du travail et au responsable interne du service de sécurité et des conditions de travail mais ces personnalités assistent avec voix consultative aux réunions.

37-22 **Modalités d'envoi.** Aucun formalisme n'est prévu. L'employeur peut :

› le remettre en mains propres contre décharge ;
› l'envoyer en LRAR ;
› l'envoyer par mail (cass. soc. 25 novembre 2015, n° 14-16067, BC V n° 240 ; cass. soc. 23 mai 2017, n° 15-24713, BC V n° 88).

EN PRATIQUE

Les parties peuvent, par accord, sécuriser cet envoi en prévoyant une convocation et la communication de l'ordre du jour par voie électronique.

37-23

Modèle

CONVOCATION DU CSE À LA RÉUNION MENSUELLE DANS UNE ENTREPRISE D'AU MOINS 50 SALARIÉS

À ..., le ...

Lettre remise en main propre contre décharge (1)

Objet : convocation des membres du CSE à la prochaine réunion du CSE

M. ...

La réunion mensuelle du CSE aura lieu à ... heures, le ..., dans la salle ... (ou : qui aura lieu en visioconférence le ... à ... heures, en salle ...)

Nous vous rappelons que conformément à l'article L. 2314-1 du code du travail, seuls les membres titulaires du CSE peuvent être présents à la réunion. Seuls les suppléants remplaçants un titulaire y assistent également (2).

Vous trouverez ci-joint l'ordre du jour de cette réunion.

Les documents suivants sont joints à cet ordre du jour (ou mis à votre disposition dans la base de données économiques et sociales) :

– le projet de procès-verbal de la réunion du … (3) qui sera soumis à l'approbation du comité ;

– …

Le président

Signature

(1) Lettre remise en main propre contre décharge ou envoyée en recommandé. Il est également possible d'adresser une convocation par mail avec accusé de lecture.
(2) Sauf accord collectif plus favorable.
(3) Réunion précédente.

DÉFAILLANCE DE L'EMPLOYEUR

492 **37-24** Lorsque le président du CSE ne convoque pas une réunion, et à la demande d'au moins la moitié des membres du comité, le CSE peut être convoqué par l'inspecteur du travail et siéger sous sa présidence (c. trav. art. L. 2315-27).

POINT DE VIGILANCE

Il ne faut sans doute tenir compte ni des suppléants ni des représentants syndicaux dès lors qu'ils sont dépourvus de voix délibérative (en ce sens pour la demande d'une réunion exceptionnelle) (cass. soc. 13 février 2019, n° 17-27889 FSPB).

En l'absence de convocation, le président du comité risque une condamnation pour délit d'entrave.

Les élus peuvent également saisir le président du tribunal judiciaire selon la procédure accélérée au fond aux fins qu'il ordonne au président du comité de convoquer l'instance. L'action suppose toutefois qu'un des élus ait reçu mandat pour agir en justice ; le secrétaire peut, via le règlement intérieur du CSE, disposer d'un mandat permanent à cette fin (voir § 23-18 et § 25-7).

En cas de demande d'une réunion exceptionnelle par deux élus et de défaillance de l'employeur, l'auteur de la demande peut demander au tribunal judiciaire qu'il ordonne à l'employeur d'organiser la réunion, sans avoir besoin de produire un mandat. Il ne peut en revanche obtenir de dommages-intérêts (cass. soc. 25 novembre 2015, n° 14-16067, BC V n° 240).

TABLEAU RÉCAPITULATIF

37-25

PÉRIODICITÉ DES RÉUNIONS	
Réunions tous thèmes	**Santé, sécurité et conditions de travail**
• tous les deux mois (moins de 300 salariés) • tous les mois (300 salariés et plus)	• au moins 4 réunions par an • information annuelle : – inspecteur du travail – médecin du travail – agent des organismes de prévention de sécurité sociale – représentant du comité de prévention du BTP
Confirmation des réunions	
-	• Au moins 15 jours avant chaque réunion à : – inspecteur du travail – médecin du travail – agent des organismes de prévention de sécurité sociale – représentant du comité de prévention du BTP
Convocation et ordre du jour	
• Fixation par l'employeur de la date, de l'heure et du lieu • Envoi de l'ordre du jour au moins 3 jours avant la réunion aux : – élus titulaires – élus suppléants – représentants syndicaux – inspecteur du travail – agent des organismes de prévention de la sécurité sociale – le cas échéant, au conseiller du travail si questions sociales	• Envoi de l'ordre du jour au : – médecin du travail – responsable interne du service de sécurité – représentant mandaté du comité régional de prévention du BTP

Déroulement des réunions

PRINCIPE

37-26 Le président du CSE ouvre et clôture la réunion.

En l'absence du secrétaire, un secrétaire ad hoc doit être désigné en début de séance.

Aucune règle n'encadre le déroulement des réunions. Toutefois, l'employeur qui préside la réunion ou son représentant doit suivre l'ordre du jour.

L'employeur ou un ou plusieurs membres élus du CSE peuvent demander une suspension de séance et ce, à tout moment au cours d'une réunion, même si elle est organisée en visioconférence, lorsque la nécessité s'en fait sentir.

Une suspension de séance peut ainsi être demandée notamment :

› lorsque la recherche d'une information indispensable à l'examen d'une question risque de prendre un certain temps ;

› pour permettre une concertation entre les élus, par exemple lorsque ces derniers sont en désaccord sur certains points, afin d'éviter une situation de blocage.

Tel peut aussi être le cas lorsque la durée d'une réunion n'a pas permis d'épuiser tout l'ordre du jour : s'il reste une question importante à traiter, le président peut alors proposer de suspendre la séance et de la reprendre à un autre moment de la journée, voire à une autre date, afin de ne pas être obligé d'attendre la réunion ultérieure pour le faire.

Cette pratique n'est encadrée ni par le code du travail, ni par la jurisprudence. Elle peut être régie dans le règlement intérieur du CSE. À défaut, les règles applicables sont issues de la doctrine et des principes de loyauté et de bonne foi. Parmi celles-ci, il est admis que la suspension de séance soit prise par l'ensemble des membres du comité ou par une majorité d'entre eux. Elle peut être adoptée à la majorité des suffrages exprimés : on ne voit pas pourquoi il faudrait retenir la formule du vote à la majorité des présents dès lors qu'il s'agit d'une simple décision concernant la vie interne du comité.

EN PRATIQUE

Le président est habilité à prendre part au vote dès lors que le CSE ne se prononce pas en tant que délégation unique du personnel. Le président ne peut imposer unilatéralement une suspension de séance. Il ne saurait davantage refuser arbitrairement une suspension qui lui est demandée. Une telle décision doit être prise par tous les membres du comité ou, au moins, par une majorité d'entre eux. La décision doit porter aussi bien sur le principe que sur la durée de la suspension.

PARTICIPANTS AUX RÉUNIONS

→ L'employeur et ses collaborateurs

37-27 L'employeur (ou son représentant), en qualité de président du CSE, peut être assisté de 3 collaborateurs qui ont voix consultative (c. trav. art. L. 2315-23).

- **Entreprise multisite.** S'agissant du CSE central, l'employeur ne peut être assisté que de 2 collaborateurs (c. trav. art. L. 2316-13).

POINT DE VIGILANCE

La pratique régulière tendant à la présence d'un tiers en surnombre constitue un délit d'entrave (cass. crim. 25 septembre 2007, n° 06-84599, B. crim. n° 222).

→ Élus titulaires du CSE et représentants syndicaux au CSE

37-28 Seuls les élus titulaires peuvent assister aux réunions du CSE. Les élus suppléants ne peuvent y assister qu'en l'absence du ou des titulaires (c. trav. art. L. 2314-1).

Un accord peut toutefois permettre aux suppléants d'assister aux réunions.

L'accord peut sans doute ne pas viser tous les suppléants. Il peut ainsi prévoir, dans tel collège, la convocation de un ou de plusieurs suppléants par liste.

- **Réunions du CSE central.** Le code du travail ne précise pas que les suppléants n'assistent aux réunions du CSE central qu'en l'absence des titulaires (c. trav. art. L. 2316-4). On ne voit pas ce qui justifierait que les suppléants soient exclus des réunions du CSE et qu'ils puissent participer à celles du CSE central. La question mérite d'être abordée le cas échéant dans l'accord.

EN PRATIQUE

Il peut être opportun d'associer les suppléants à la vie du CSE en leur permettant par exemple d'être membres d'une commission, à défaut de leur permettre d'assister aux réunions. À défaut, les intéressés pourront difficilement exercer leur mandat s'ils viennent à remplacer un titulaire. Et en l'absence d'implication dans la vie du CSE, les candidats ne se bousculeront pas, ce qui peut à terme poser problème pour le renouvellement des élus.

POINT DE VIGILANCE

Les représentants de proximité, non membres du comité, n'ont pas le droit d'assister aux réunions. L'accord peut toutefois leur permettre d'assister avec voix consultative à toutes les réunions ou à certaines d'entre elles.

→ Participants occasionnels aux réunions santé, sécurité et conditions de travail

37-29 D'autres personnes ont le droit ou peuvent assister aux réunions consacrées à la santé, à la sécurité et aux conditions de travail en raison de leurs compétences.

RÉUNIONS SANTÉ, SÉCURITÉ ET CONDITIONS DE TRAVAIL	
Assistance de plein droit aux réunions ordinaires et exceptionnelles (c. trav. art. L. 2314-3, I)	**Spécialistes invités « à l'initiative de l'employeur ou à la demande de la majorité de la délégation du personnel »**
Le médecin du travail, qui peut donner délégation à un membre de l'équipe	L'inspecteur du travail (c. trav. art. L. 2314-3, II 2°)
	Les agents des services de prévention des organismes de sécurité sociale (c. trav. art. L. 2314-3, II 2°)
Le responsable interne du service de sécurité et des conditions de travail ou, à défaut, l'agent chargé de la sécurité et des conditions de travail	Le représentant mandaté du comité régional de prévention (BTP) (c. trav. art. R. 4643-32)
	L'autorité chargée de la police des installations nucléaires (c. trav. art. L. 4523-8)

Les participants occasionnels assistent aux réunions portant sur la santé, sécurité et les conditions de travail avec voix consultative.

POINT DE VIGILANCE

Le code du travail ne confère pas de voix consultative à l'inspecteur du travail, aux agents de prévention des organismes de sécurité sociale, à l'autorité chargée de la police des installations nucléaires. Il s'agit sans doute d'une erreur de rédaction qui ne les prive pas du droit de s'exprimer.

Par ailleurs, les 4 intervenants - l'inspection du travail, les agents des services de prévention des organismes de sécurité sociale (c. trav. art. L. 2314-3, II), le représentant mandaté du comité régional de prévention (BTP) (c. trav. art. R. 4643-32) et l'autorité chargée de la police des installations nucléaires (c. trav. art. L. 4523-8) – doivent aussi être invités - sans que le texte évoque une initiative de l'employeur ou de la majorité de la délégation du personnel - aux réunions du CSE « consécutives à un accident de travail ayant entraîné un arrêt de travail d'au moins 8 jours ou à une maladie professionnelle ou à caractère professionnel ». Cette hypothèse ne correspond toutefois à aucune réunion exceptionnelle du CSE (voir § 37-11).

37-30

SERVICE DE SANTÉ INTERNE

Dans les entreprises comportant un service de santé au travail autonome (SST), lorsque l'ordre du jour comporte des questions relatives à l'organisation et au fonctionnement du service ou des questions qui concernent les missions des médecins, le médecin du travail ou, en cas de pluralité de médecins, le ou les délégués des médecins assiste(nt), avec voix consultative, aux réunions du CSE (c. trav. art. R. 4623-16).

→ Personnes extérieures

37-31 **Nécessité d'un accord.** En l'absence de règle dans le code du travail, des précisions ont été apportées par la jurisprudence. Ni l'employeur, ni la majorité du comité ne peuvent inviter de personnes extérieures (avocat, expert, etc.). Si le président du CSE ne peut imposer à la majorité de ses membres la présence de tiers aux réunions, cette même majorité ne peut davantage inviter des personnes étrangères au comité sans l'accord de l'employeur (cass. soc. 22 novembre 1988, n° 86-13368, BC V n° 613).

L'employeur et les membres du CSE peuvent toutefois convenir d'inviter telle ou telle personne, membre de l'entreprise ou non, à assister à une réunion dès lors que la participation de cette personne présente un intérêt communément ressenti au regard des attributions du CSE.

EN PRATIQUE

L'accord collectif ou l'accord avec le CSE peut ainsi prévoir la possibilité pour l'employeur ou pour les élus d'inviter des salariés en raison de leurs compétences. L'accord peut prévoir la faculté pour le CSE d'inviter un représentant de proximité (non élu au comité) sur tel ou tel sujet. Il importe alors de préciser si le temps passé en réunion est ou non déduit de ses heures de délégation.

POINT DE VIGILANCE

Les élus ne peuvent invoquer une irrégularité dès lors qu'ils ont accepté la présence de personnes étrangères à l'entreprise et que cette présence n'a pas porté atteinte à l'équilibre de la procédure consultative (cass. soc. 8 juillet 2014, n° 13-15470, BC V n° 179).

37-32 **Santé, sécurité et conditions de travail.** Le CSE peut demander à entendre le chef d'une entreprise voisine dont l'activité expose les travailleurs de son ressort à des nuisances particulières (c. trav. art. L. 2312-13). Le président du CSE est donc obligé de transmettre la demande. Le code du travail se contente de prévoir que le comité est informé des suites de ses observations. Encore faut-il que l'intéressé réponde favorablement à la demande d'audition.

Le CSE peut également faire appel à titre consultatif et occasionnel au concours de toute personne de l'entreprise qui lui paraît qualifiée (c. trav. art. L. 2312-13).

POINT DE VIGILANCE

Le champ d'application de cette règle est sans doute cantonné aux questions de santé, sécurité et conditions de travail puisque la prérogative appartenait auparavant au CHSCT (c. trav. art. L. 4612-8-1 dans sa version antérieure au 1er janvier 2018) et que la règle figure désormais dans l'article relatif à l'audition du chef d'une entreprise voisine (c'est-à-dire un article du code du travail relevant du thème de la santé et de la sécurité).

37-33 **Auteur d'une offre publique d'acquisition.** Le CSE de l'entreprise qui fait l'objet d'une offre publique d'acquisition (OPA) décide s'il souhaite procéder à l'audition de l'auteur de l'offre (c. trav. art. L. 2312-42) (voir § 29-11).

Lors de son audition, l'auteur de l'offre peut se faire assister des personnes de son choix. Il présente au CSE sa politique industrielle et financière, ses plans stratégiques pour la société et les répercussions de la mise en œuvre de l'offre sur l'ensemble des intérêts, l'emploi, les sites d'activité et la localisation des centres de décision de cette société (c. trav. art. L. 2312-43).

37-34 **Faits préoccupants.** Lorsque le commissaire aux comptes du CSE relève, à l'occasion de l'exercice de sa mission, des faits de nature à compromettre la continuité de l'exploitation du comité, il en informe le secrétaire et le président du comité.

À défaut de réponse du secrétaire du CSE dans le délai de 30 jours à compter de la réception de l'information ou si cette réponse ne lui permet pas d'être assuré de la continuité de l'exploitation du comité, le commissaire aux comptes doit établir un rapport spécial et inviter l'employeur, par un document écrit dont la copie est transmise au président du tribunal judiciaire compétent et aux membres du comité, à réunir le comité afin que ce dernier délibère sur les faits relevés. Le commissaire aux comptes doit alors être convoqué à cette réunion (c. trav. art. L. 2315-74).

RECOURS À LA VISIOCONFÉRENCE

37-35 Par année civile, le CSE peut tenir 3 réunions au maximum en visioconférence (c. trav. art. L. 2315-4). Toutefois, un accord entre l'employeur et le CSE peut augmenter ce nombre.

Aucune limite n'est posée et aucune restriction en ce qui concerne les thèmes des réunions. L'ensemble des réunions pourrait donc, en cas d'accord, se dérouler en visioconférence mais cette modalité ne serait sans doute pas conforme à l'esprit de la loi.

- **Entreprise multisites.** Le CSE central peut recourir à ce dispositif (c. trav. art. L. 2316-16).

- **Covid-19.** Pendant la crise sanitaire liée au covid 19, l'ensemble des réunions pouvaient se dérouler en visioconférence ou en audioconférence, après information par l'employeur des membres du CSE. En cas d'impossibilité de recourir à la visioconférence et à l'audioconférence, les réunions pouvaient se dérouler par messagerie instantanée. Le recours à la messagerie était aussi possible si un accord le prévoyait. Les élus ne pouvaient s'opposer à ces modalités de consultation à distance (recours à la visioconférence au-delà de 3 réunions) que si l'employeur leur présentait un projet de grand licenciement collectif, un projet d'accord de performance collective, un accord portant rupture conventionnelle collective ou un accord d'activité partielle de longue durée (ord. 2020-1441 du 25 novembre 2020, JO du 26 ; décret 2020-1513 du 3 décembre 2020, JO du 4).

Sur le dispositif technique en lui-même, le vote à bulletin secret ou la confidentialité, les règles sont identiques à celles retenues pour le CSE dans les entreprises de moins de 50 salariés (voir § 21-15).

S'agissant d'un modèle de clause, voir § 37-56.

OBLIGATION DE CONFIDENTIALITÉ

37-36 L'employeur ne peut invoquer l'obligation de discrétion des élus et représentants syndicaux qu'à la condition d'avoir mentionné le caractère confidentiel des informations au cours de la réunion du CSE (c. trav. art. L. 2315-3).

L'information doit non seulement être déclarée confidentielle par l'employeur, mais encore être de nature confidentielle, au regard des intérêts légitimes de l'entreprise, ce qu'il appartient à l'employeur d'établir (cass. soc. 5 novembre 2014, n° 13-17270, BC V n° 256).

Toute déclaration de confidentialité postérieure à la réunion est dépourvue d'effet ; un élu ou représentant syndical ne pourrait se voir reprocher d'avoir divulgué des informations dont le caractère confidentiel n'aurait été donné par le président du comité qu'après la réunion (cass. soc. 12 juillet 2006, n° 04-47558, BC V n° 256).

Dès lors que les deux conditions sont réunies, la divulgation d'informations confidentielles peut justifier une sanction disciplinaire (cass. soc. 6 mars 2012, n° 10-24367 D).

VOTES ET DÉLIBÉRATIONS

→ Participants

37-37 **Avis des élus titulaires.** Lorsque le CSE doit rendre un avis, ce sont les élus qui doivent l'exprimer, non les organisations syndicales auxquelles ils appartiennent (cass. soc. 5 décembre 2006, n° 05-21641, BC V n° 371). Le comité est, en effet, chargé d'exprimer l'expression collective des salariés, non celle des syndicats.

- **Vote des suppléants : uniquement en l'absence du titulaire.** Un suppléant ne peut voter qu'en l'absence du titulaire (c. trav. art. L. 2314-1). Le motif ou la durée de cette absence importe peu.

POINT DE VIGILANCE

Cette solution ne prive pas les représentants syndicaux de la possibilité d'exprimer le point de vue de leur organisation, mais leurs avis ne peuvent se substituer à celui des élus.

37-38 **Absence de quorum.** Le CSE peut délibérer valablement, même s'il ne siège pas au complet. Aucun quorum n'est en effet exigé pour l'adoption d'une résolution, d'une décision ou d'un avis du comité. Par conséquent, la délibération prise par un seul de ses membres à la suite du départ des autres membres est régulière (cass. soc. 30 septembre 2009, n° 07-20525, BC V n° 217).

POINT DE VIGILANCE

Le règlement intérieur du CSE ne peut pas prévoir un tel quorum (cass. soc. 30 novembre 1994, n° 93-12843 D).

37-39 **Participation du président du CSE.** Le président du comité ne vote pas « lorsqu'il consulte les membres élus du comité en tant que délégation du personnel » (c. trav. art. L. 2315-32).

D'après la jurisprudence, l'employeur doit donc s'abstenir de voter dans les cas suivants :

- lorsque le comité doit donner un avis, au nom de la collectivité du personnel qu'il représente : en cas de consultation sur une modification projetée de l'organisation économique ou juridique de l'entreprise, sur un projet d'aménagement du temps de travail, sur un projet de licenciement collectif pour motif économique, sur un projet de licenciement d'un salarié protégé, etc. ;
- en cas d'adoption d'une résolution portant sur la gestion des ASC (cass. soc. 25 janvier 1995, n° 92-16778, BC V n° 38) ;
- en cas de désignation des représentants du comité au conseil d'administration ou de surveillance de la société.

En revanche, l'employeur est en droit de participer à la désignation du secrétaire du CSE. Malgré une doctrine quasi-unanime pour dénier à l'employeur le droit de vote lors de la désignation du secrétaire du CSE, la Cour de cassation a toujours admis que le président du comité participe à l'élection, considérant que ce vote ne constitue pas la consultation des membres élus du comité en tant que délégation du personnel (cass. soc. 10 juillet 1991, n° 88-20411, BC V n° 355). Il peut également participer au vote pour l'élection du trésorier du comité (cass. soc. 5 janvier 2005, n° 02-19080 D).

Pour autant, une bonne pratique consiste pour le président à ne pas prendre part à ces votes et c'est d'autant plus vrai si l'entreprise entend donner un rôle stratégique au CSE.

→ Règles de majorité

37-40 **Modalités de vote.** Dans la pratique, le CSE est amené à prendre diverses décisions : émettre des avis, formuler des vœux, adopter des rapports, nommer un expert, ou encore procéder à l'élection de certains de ses membres pour assurer diverses fonctions (ex. : trésorier). D'un point de vue juridique, pour déterminer les modalités de vote applicables, il est nécessaire de distinguer les « résolutions » des autres délibérations du comité. En effet, les unes et les autres ne requièrent pas d'être prises à la même majorité.

37-41 **Adoption des résolutions à la majorité des présents.** Les résolutions doivent être adoptées à la majorité des membres présents (c. trav. art. L. 2315-32).

Cette règle de majorité concerne l'expression de l'avis du comité lorsqu'un texte l'exige.

Pour que la résolution soit adoptée, il faut que la majorité des membres présents ayant le droit de vote se soit exprimée expressément en faveur de son adoption (cass. soc. 10 juillet 2013, n° 12-16210, BC V n° 188 précision apportée pour l'exercice du droit d'opposition à un accord collectif). Autrement dit, c'est la « moitié + 1 ».

Par membres présents, il faut prendre en compte le vote (voire l'abstention) de toutes les personnes assistant à la réunion qui disposent du droit de vote (cass. soc. 25 janvier 1995, n° 92-16778, BC V n° 38) et non pas uniquement les suffrages valablement exprimés. Autrement dit, les abstentionnistes et les personnes ayant voté blanc ou nul doivent être comptabilisés avec ceux ayant voté contre la délibération en cause.

L'égalité des voix vaut vote contre.

EN PRATIQUE

La majorité des membres présents peut donc être difficile à atteindre, si des élus ne votent pas ou que leur vote est blanc ou nul.

37-42 **Autres décisions du CSE : vote à la majorité des voix.** Un vote à la majorité des suffrages valablement exprimés suffit pour toutes les délibérations autres que des résolutions. Autrement dit, on ne compte pas les votes blancs, nuls ou abstentionnistes. Globalement, cette règle de majorité s'applique pour les délibérations relatives au fonctionnement interne du CSE.

EXEMPLE Les décisions portant sur l'affectation du budget ASC du CSE peuvent être prises à la majorité des suffrages exprimés.

37-43 **Cas particulier des élections des membres du bureau.** Si les textes parlent de désignation, l'opération s'analyse en une élection (cass. soc. 7 octobre 1982, n° 81-15525, BC V n° 535).

L'élection doit se faire à la majorité des présents (cass. soc. 5 janvier 2005, n° 02-19080 D).

En cas de partage des voix, dans le silence du règlement intérieur, est élu le candidat le plus âgé ; l'application de cette règle issue du droit électoral ne constitue pas une discrimination en raison de l'âge (cass. soc. 30 novembre 2011, n° 10-23986 BC V n° 279).

37-44

VOTES À MAIN LEVÉE OU À BULLETIN SECRET

Un vote doit être organisé en cas de désaccord entre les élus, pour exprimer le point de vue du comité ; le vote peut alors avoir lieu à main levée, à moins qu'un texte exige un vote à bulletin secret.

Un vote doit avoir lieu à bulletin secret dans les situations suivantes :
- licenciement ou rupture conventionnelle du contrat d'un représentant du personnel (c. trav. art. R. 2421-9 et R. 2421-20) ;
- nomination et affectation d'un médecin du travail ou rupture de son contrat dans un service de santé autonome (c. trav. art. R. 4623-6 et R. 4623-19) ;
- changement d'affectation d'un médecin du travail dans un service de santé interentreprises (c. trav. art. R. 4623-13).

Le règlement intérieur du CSE peut aussi prévoir les hypothèses dans lesquelles un vote à bulletin secret doit être organisé.

Procès-verbal

ENREGISTREMENT DES DÉBATS ET STÉNOGRAPHIE

37-45 L'employeur ou la délégation du personnel du CSE peut décider du recours à l'enregistrement ou à la sténographie des séances du comité (c. trav. art. L. 2315-34 et D. 2315-27).

EN PRATIQUE

En pratique, la décision relève le plus souvent des élus. Dans ce cas, le comité doit financer la prestation sur son budget AEP (budget de fonctionnement). À l'inverse, au cas où le président du comité prendrait une telle décision, les frais seraient, sauf accord contraire, à sa charge.

Le président du comité ne peut s'opposer à la décision des élus sauf lorsque les délibérations portent sur des informations revêtant un caractère confidentiel et qu'il les a présentées comme telles (c. trav. art. D. 2315-27).

POINT DE VIGILANCE

Il faut, à notre avis, comprendre ici qu'en cas de recours à un prestataire extérieur, l'employeur peut exiger qu'il s'arrête de prendre des notes ou qu'il interrompt l'enregistrement. Le texte ne visant pas seulement l'enregistrement ou la prise de note par un prestataire extérieur, l'employeur peut sans doute exiger également du secrétaire ou d'un autre membre du CSE qu'il cesse de prendre des notes lorsque des informations confidentielles sont abordées. Il peut être utile d'aborder ce point dans le règlement intérieur du CSE (voir §§ 25-1 et s.).

Lorsqu'il est fait appel à un prestataire, celui-ci est tenu à la même obligation de discrétion que les membres du comité.

ÉTABLISSEMENT DU PROCÈS-VERBAL

→ Rédaction par le secrétaire du CSE

37-46 Les délibérations doivent être consignées dans un procès-verbal (P-V). Il appartient au secrétaire d'établir le P-V (c. trav. art. L. 2315-34).

Bien que cette responsabilité en incombe au secrétaire, le P-V peut toutefois être établi par le prestataire chargé d'enregistrer les débats ou de prendre des notes (voir § 37-45).

→ Délai de rédaction

37-47 Le délai de rédaction du P-V est défini par un accord collectif majoritaire hors référendum, ou en l'absence de délégué syndical, par accord conclu entre l'employeur et le CSE. L'accord peut prévoir un délai inférieur ou supérieur au délai réglementaire (c. trav. art. L. 2315-34).

S'agissant d'un modèle de clause, voir § 37-57.

À défaut d'accord, le secrétaire dispose d'un délai de 15 jours à compter de la réunion pour établir le P-V et le transmettre au chef d'entreprise et aux élus.

EN PRATIQUE

Aucune sanction n'est prévue en cas de non-respect du délai, le texte fixe une ligne que le secrétaire doit s'efforcer de respecter dans un souci de bonne administration du comité. Dans l'hypothèse où une nouvelle réunion est prévue dans le délai de 15 jours, le P-V doit alors être transmis avant la réunion (c. trav. art. R. 2315-25 et D. 2315-26).

POINT DE VIGILANCE

En cas de projet de grand licenciement collectif, le délai est ramené à 3 jours, et en cas de procédure collective, à 1 jour (c. trav. art. D. 2315-26).

→ Contenu du P-V

37-48 Le contenu du P-V est défini par un accord collectif majoritaire hors référendum, ou en l'absence de délégué syndical, par accord conclu entre l'employeur et le CSE (c. trav. art. L. 2315-34). À défaut d'accord, le P-V doit contenir, a minima, le résumé des délibérations (avis, votes, désignation d'expert). Il peut aussi reprendre l'ensemble des propos tenus par les uns et les autres, en anonymisant ou non les interventions. Il doit également contenir le cas échéant la décision motivée du président du comité sur les propositions faites lors de la précédente réunion (c. trav. art. D. 2315-26).

EN PRATIQUE

Soit les élus et le président du comité se mettent d'accord sur le contenu du P-V avant la réunion suivante et procèdent le cas échéant aux modifications demandées, soit les échanges ont lieu lors de la réunion suivante ; dans ce cas, les éventuelles déclarations doivent être consignées dans le P-V.

Le président du comité ne peut exiger une modification du contenu mais il peut, à défaut d'accord, demander à ce que des précisions qu'il apporte figurent au P-V.

POINT DE VIGILANCE

Lorsque le président du comité a demandé la confidentialité sur certaines informations lors d'une réunion, il est nécessaire que cette demande figure au PV pour être opposable aux membres de l'instance (cass. soc. 12 juillet 2006, n° 04-47558, BC V n° 256). La Haute juridiction a posé cette condition en l'absence de texte.

Le président du comité peut-il exiger que les informations confidentielles et les discussions afférentes ne figurent pas au P-V ? Une réponse positive peut être apportée dans la mesure où il peut s'opposer à l'enregistrement et à la sténographie des délibérations présentant un caractère confidentiel (c. trav. art. D. 2315-27).

ADOPTION ET DIFFUSION DU P-V

→ Adoption du P-V

37-49 Le P-V doit être adopté lors de la réunion suivante. Ce point doit figurer à l'ordre du jour de la réunion. Le président et les autres membres du CSE peuvent formuler des observations ou proposer des rectificatifs (adjonctions, suppressions) au secrétaire. En effet, tant qu'il n'a pas été adopté, le texte rédigé par ce dernier constitue simplement un projet et, par conséquent, demeure susceptible d'être amendé.

En cas de contestation du contenu et de demande de rectification non réalisée, le président ou un membre du CSE peut saisir le tribunal judiciaire.

→ Portée juridique du P-V

37-50 Une fois adopté, un P-V peut constituer un élément de preuve en ce qu'il atteste des discussions, questions, réponses qui ont eu lieu lors des séances et des décisions adoptées voire des engagements pris par le chef d'entreprise (cass. soc. 16 juin 1960, n° 58-40241, BC V n° 640).

EN PRATIQUE

Il est utile de conserver les P-V le plus longtemps possible. Le code du travail n'impose pas pour autant une obligation d'archivage.

→ Diffusion du P-V

37-51 **Aux autres membres du CSE.** En l'absence d'un autre délai prévu par accord, le secrétaire transmet de P-V à l'employeur et aux membres du comité sous 15 jours (c. trav. art. R. 2315-25 et D. 2315-26).

37-52 **Diffusion du P-V dans l'entreprise.** Le P-V, régulièrement établi et adopté, peut être affiché ou diffusé par le secrétaire. Le président du comité ne peut s'opposer à cette publicité. Il ne peut être diffusé que dans l'entreprise.

Les modalités de diffusion du P-V doivent être prévues par le règlement intérieur du comité (c. trav. art. L. 2315-35). Il est, par exemple, possible de ne diffuser qu'un résumé du PV.

POINT DE VIGILANCE

Si la confidentialité a été demandée et que le P-V mentionne néanmoins de telles informations, une version expurgée doit être diffusée.

En l'absence de disposition dans le règlement intérieur, le P-V peut néanmoins être diffusé par le secrétaire, puisque le code du travail lui reconnaît ce droit. Les modalités peuvent alors être fixées lors d'une réunion (diffusion sur le site du comité par exemple à la condition que l'accès soit réservé aux salariés de l'entreprise) ou en accord avec le président du comité (diffusion par mail ou sur l'intranet de l'entreprise).

37-53 **Communication du P-V à l'administration.** Le CSE peut décider de transmettre au DREETS (ex-DIRECCTE) certaines de ses délibérations (c. trav. art. L. 2315-33 et R. 2315-24).

POINT DE VIGILANCE

La possibilité pour l'agent de l'inspection du travail de demander à prendre connaissance des délibérations du comité à tout moment (c. trav. art. L. 2325-19, dans sa version antérieure au 1er janvier 2018) n'existe plus.

37-54

RÉUNIONS À L'INITIATIVE DU CSE

Deux types de réunions peuvent être organisés par le CSE : des réunions préparatoires aux réunions avec le chef d'entreprise et des réunions d'information du personnel.

Les élus et représentants syndicaux peuvent se réunir pour préparer une réunion périodique ou une réunion exceptionnelle.

Ces réunions n'étant pas prévues par le code du travail, il appartient aux membres du CSE de s'organiser. Qu'ils préparent une consultation, entendent l'expert-comptable ou encore évoquent l'affectation du budget des activités sociales et culturelles (ASC), le temps passé en réunion préparatoire s'impute sur le crédit d'heures.

Sur le traitement des heures de ces heures, notamment au regard des heures de délégation, voir § 38-24.

Dans les entreprises d'au moins 50 salariés, le CSE peut également organiser des réunions d'information du personnel. Celles-ci peuvent, par exemple, porter sur un thème d'actualité. Le comité peut inviter à ces réunions des personnes extérieures, en particulier des experts. Ces réunions doivent avoir lieu en dehors du temps de travail ; les membres du CSE peuvent imputer ce temps de réunion sur leur crédit d'heures (c. trav. art. L. 2315-26).

37 Organisation des réunions

Les modèles de clauses proposés ci-après peuvent être adaptés à chaque CSE, c'est-à-dire être ajustés ou complétés en fonction des spécificités de l'entreprise concernée. Il conviendra de se reporter aux développements contenus dans ce guide afin de vérifier si l'adaptation envisagée est conforme aux textes.

Périodicité des réunions

37-55 Les entreprises d'au moins 300 salariés sont tenues d'organiser une réunion par mois. Un accord collectif d'entreprise majoritaire hors référendum, ou, en l'absence de délégué syndical, un accord entre l'employeur et le CSE adopté à la majorité des élus peut moduler le nombre de réunions (c. trav. art. L. 2312-19).

En pratique. Le nombre de réunions ne peut être inférieur à 6.

Le nombre de réunions doit être fixé par l'accord lui-même, celui-ci ne peut acter d'un nombre de réunions inférieur à 12 et renvoyer la fixation du nombre de réunions annuelles à un accord entre l'employeur et le secrétaire ou les élus.

L'accord peut prévoir une convocation par voie électronique (voir § 37-22).

Modèle

PÉRIODICITÉ DES RÉUNIONS

Option 1. Le nombre des réunions périodiques du CSE est fixé à ... (6, 7, 8, 9, 10 ou 11) par an.

Option 2. Le CSE se réunit une fois par mois excepté au mois d'août.

Le calendrier des réunions sera établi chaque début d'année civile par accord entre le président du comité et le secrétaire (variante : par accord entre le président du comité et la majorité des élus).

Ce calendrier pourra être adapté en cas de besoin.

MODÈLES DE CLAUSES

Réunions en visioconférence

37-56 Trois réunions maximum par année civile peuvent se dérouler en visioconférence. Un accord entre l'employeur et le CSE peut toutefois augmenter ce nombre (c. trav. art. L. 2315-4).

En pratique. La loi ne pose aucune limite supérieure quant au nombre de réunions pouvant se dérouler en visioconférence. Elle n'interdit pas que les 4 réunions devant porter sur la santé, la sécurité ou les conditions de travail aient lieu en visioconférence.

Modèle

RÉUNIONS EN VISIOCONFÉRENCE

Option 1. Le nombre de réunions pouvant se dérouler en visioconférence pourra atteindre le nombre de ... par an.

Option 2. Le nombre de réunions annuelles qui se déroulent en visioconférence a été fixé à ...

Les réunions portant sur la santé, la sécurité ou les conditions de travail peuvent (variante : ne peuvent pas) avoir lieu en visioconférence.

Le calendrier des réunions en visioconférence sera fixé chaque début d'année civile par accord entre le président du comité et le secrétaire OU par accord entre le président du comité et la majorité des élus.

Ce calendrier pourra être adapté en cas de besoin.

Procès-verbal

37-57 Un accord collectif d'entreprise majoritaire hors référendum, ou, en l'absence de délégué syndical, un accord entre l'employeur et le CSE adopté à la majorité des élus peut définir le délai et les modalités d'établissement du procès-verbal (P-V) des réunions du CSE (c. trav. art. L. 2315-34).

En pratique. Il est possible de diminuer (peu utile) ou d'augmenter le délai de 15 jours qui s'applique en l'absence d'accord.

Dans les entreprises d'au moins 300 salariés, ce délai peut être adapté en fonction du nombre de réunions annuelles.

L'accord peut ne pas imposer la communication du P-V à la réunion suivante mais dans un souci de bonne administration des réunions, il est préférable d'acter une telle communication.

Une clause sur les modalités d'établissement du P-V ne présente guère d'utilité dès lors que le comité peut avoir recours à un prestataire sans qu'il soit besoin de le prévoir dans un accord.

Selon la teneur des échanges, en outre, il est préférable de laisser de la souplesse au secrétaire.

Les modalités de diffusion du P-V relèvent par ailleurs du règlement intérieur du comité.

Modèle

PROCÈS-VERBAL

Le délai accordé au secrétaire du comité pour établir le procès-verbal de chaque réunion périodique est fixé à ....

Le procès-verbal reproduit in extenso les échanges (variante 1 : synthétise l'essentiel des échanges) (variante 2 : reprend les différents points à l'ordre du jour) et indique les délibérations adoptées.

Option 1. Les points de vue des membres de la délégation du personnel sont reproduits dans une version anonymisée.

Option 2. Une version synthétique est établie à destination des salariés.

Crédits d'heures

1 ALIMENTATION MENSUELLE

HYPOTHÈSE : ENTREPRISE DE 73 SALARIÉS AVEC SEULEMENT 2 TITULAIRES ET 2 SUPPLÉANTS

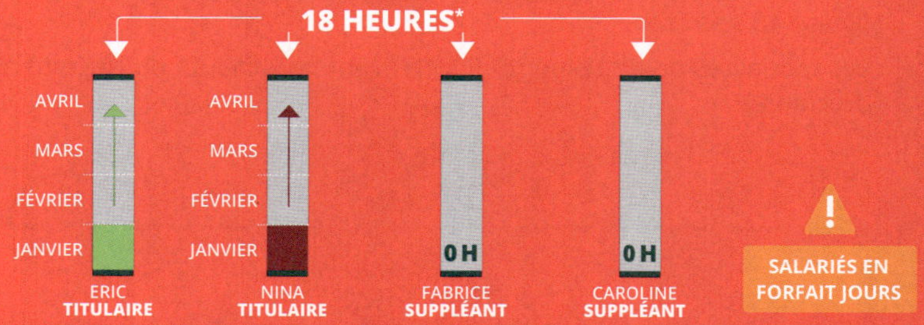

2 RÈGLES D'UTILISATION ET DE CUMUL

HYPOTHÈSE : ERIC ET NINA UTILISENT RESPECTIVEMENT **9H ET 15H** DE LEUR CRÉDIT D'HEURES **EN JANVIER. DÉBUT FÉVRIER,** LEUR SOLDE DE **9H ET 3H** SERA INCRÉMENTÉ DE **18 HEURES**

ATTENTION À LA RÈGLE DE LIMITATION DE REPORTS

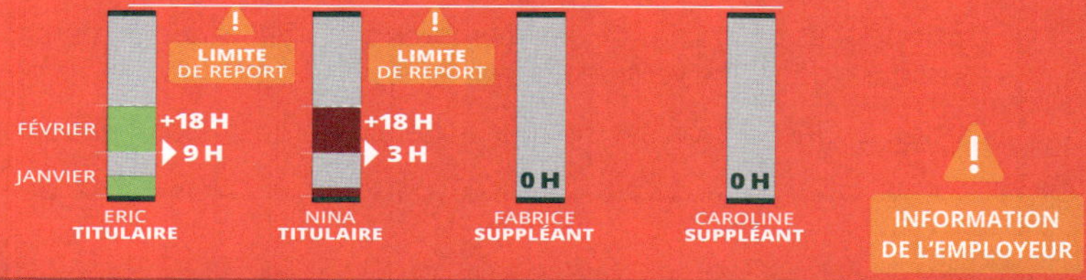

3 RÈGLES DE MUTUALISATION ET DE RÉPARTITION

HYPOTHÈSE : ERIC ET NINA ONT UTILISÉ RESPECTIVEMENT **9H ET 15H** DE LEUR CRÉDIT D'HEURES **EN JANVIER.** ILS DÉCIDENT, AU COURS DE C MOIS, DE RÉPARTIR UNE PARTIE DE LEUR CRÉDIT D'HEURES RESTANTS AU PROFIT DE SUPPLÉANTS : **5H POUR CAROLINE ET 3H POUR FABRI**

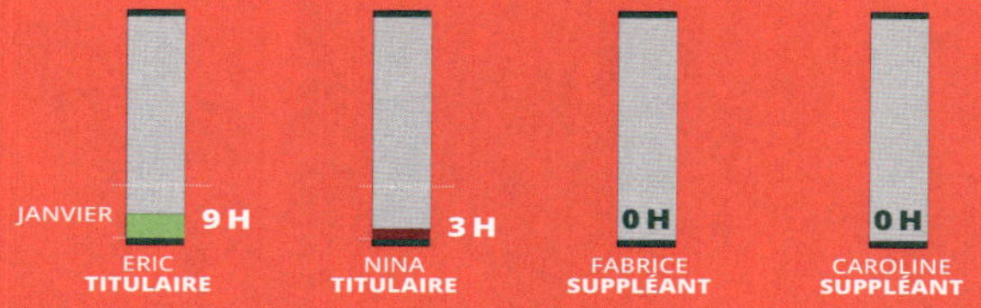

HYPOTHÈSE : ERIC DÉCIDE DE TRANSFÉRER **5 HEURES À CAROLINE,** IL LUI RESTE DONC 4 HEURES. NINA DÉCIDE DE TRANSFÉRER SES **3 HEURES À FABRICE**, ELLE N'AURA DONC PLUS D'HEURES DE DÉLÉGATION SUR LE MOIS DE JANVIER

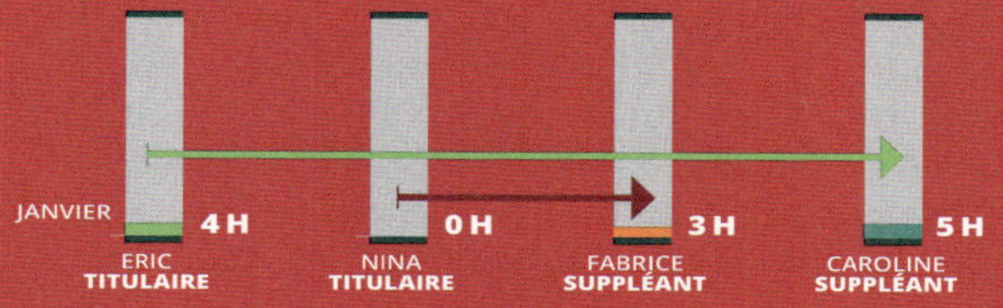

HYPOTHÈSE : NINA AYANT DONNÉ **3 HEURES À FABRICE**, ERIC PROPOSE DE LUI TRANSFÉRER **2 HEURES SUR LES 4** DONT ILS DISPOSENT ENCORE

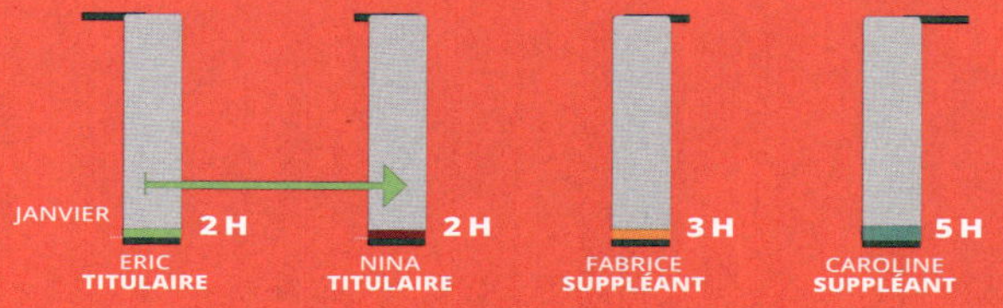

JEAN-JULIEN JARRY

38 Heures de délégation

Présentation
- Crédit d'heures légal 38-1
- Règles négociables par accord 38-2

Bénéficiaires d'un crédit d'heures légal ou conventionnel
- Bénéficiaires d'un crédit d'heures prévu par le code du travail 38-3
- Bénéficiaires d'un crédit d'heures en cas d'accord d'entreprise 38-5

Volume du crédit d'heures
- Volume d'heures réglementaire en l'absence d'accord 38-12
- › *Encadré : Installations nucléaires* 38-18
- Volume d'heures modifié par accord 38-19
- › *Encadré : Diminution du nombre d'élus* 38-22
- Temps compris ou non sur le crédit d'heures 38-23
- Dépassement en cas de circonstances exceptionnelles 38-30

Utilisation des heures de délégation
- Décompte du crédit d'heures 38-31
- Moment d'utilisation 38-34
- Encadrement par l'employeur 38-39
- Cumul et mutualisation des heures de délégation 38-42
- › *Encadré : Crédits conventionnels* 38-45

Paiement des heures de délégation
- Paiement à l'échéance normale 38-46
- › *Encadré : Maîtres des établissements d'enseignement privé* 38-50
- Paiement sous condition en cas de circonstances exceptionnelles 38-52

Présentation

CRÉDIT D'HEURES LÉGAL

38-1 Les élus du comité social et économique (CSE) disposent d'un nombre d'heures de délégation pour exercer leurs missions.

À NOTER Compte tenu de la similitude des textes en la matière, la jurisprudence et les réponses administratives rendues à propos des IRP précédemment en place gardent, à notre avis, toute leur valeur. Les arrêts et réponses indiqués dans nos développements ci-après sont donc, en toute vraisemblance, transposables au CSE.

RÈGLES NÉGOCIABLES PAR ACCORD

38-2 Les dispositions légales et réglementaires relatives au fonctionnement du CSE ne font pas obstacle aux dispositions plus favorables résultants d'accords collectifs, d'usages ou d'un engagement unilatéral de l'employeur (c. trav. art. L. 2315-2). Il est donc possible d'accorder des heures à des représentants qui n'en bénéficient pas de par la loi ou d'augmenter le nombre d'heures. Il est également permis, dans le protocole d'accord préélectoral (PAP), de diminuer le nombre d'heures de délégation à la condition d'augmenter le nombre d'élus de sorte que le volume global d'heures de délégation soit maintenu.

HEURES DE DÉLÉGATIONS : PRINCIPALES RÈGLES NÉGOCIABLES PAR ACCORD D'ENTREPRISE
• Accorder des heures de délégation : – aux représentants de proximité (c. trav. art. L. 2313-7 ; accord collectif) ; – aux élus suppléants ; – aux représentants syndicaux au CSE (entreprises de 300 à 500 salariés/ ceux qui participent à une commission) ; – aux membres des commissions ; – au secrétaire et/ou au trésorier du CSE ; – aux élus du CSE central.
• Augmenter le nombre d'heures de délégation
• Diminuer le nombre d'heures de délégation tant que le volume global des heures est inchangé (c. trav. art. L. 2314-1 et L. 2314-7 ; protocole d'accord préélectoral)
• Définir le nombre d'heures passées en réunion des commissions du comité qui ne s'impute pas sur le crédit d'heures (c. trav. art. L. 2315-11 et R. 2315-7 ; accord collectif)
• Augmenter la limite mensuelle en cas d'utilisation annuelle ou de mutualisation des crédits
• Ne pas décompter certaines heures (réunion préparatoire, etc.) du crédit d'heures
• Permettre aux représentants en forfait-jours/aux navigants de ne pas regrouper leurs heures sur des demi-journées (c. trav. art. R. 2315-4 ; accord collectif)
• Instaurer des bons de délégation

510

Bénéficiaires d'un crédit d'heures légal ou conventionnel

BÉNÉFICIAIRES D'UN CRÉDIT D'HEURES PRÉVU PAR LE CODE DU TRAVAIL

→ Membre élu titulaire du CSE

38-3 Afin d'exercer leurs missions, chaque membre élu titulaire du CSE bénéficie d'un crédit d'heures légal (c. trav. art. L. 2315-7) (voir § 38-13).

Le nombre d'heures peut être augmenté en cas de circonstances exceptionnelles (voir § 38-30).

POINT DE VIGILANCE

L'élu suppléant du CSE ne bénéficie pas d'un crédit d'heures (c. trav. art. L. 2315-7), sauf accord plus favorable (voir § 38-6).

→ Représentant syndical au CSE

38-4 Afin d'exercer leurs missions, les représentants syndicaux au CSE bénéficient, dans les entreprises ou établissements d'au moins 501 salariés, d'un crédit d'heures légal (c. trav. art. L. 2315-7) (voir § 38-14). Cette formule signifie qu'ils disposent d'un crédit de 20 h par mois.

Dans les entreprises de moins de 300 salariés, le représentant syndical au CSE ne bénéficie d'un crédit d'heures qu'en tant que délégué syndical (DS) (c. trav. art. L. 2143-22).

Dans les entreprises de 300 à 500 salariés, le représentant syndical – qui peut être distinct du DS - ne bénéficie d'aucun crédit (voir § 38-7).

BÉNÉFICIAIRES D'UN CRÉDIT D'HEURES EN CAS D'ACCORD D'ENTREPRISE

→ Possibilité d'accorder un crédit d'heure

38-5 Les dispositions légales et réglementaires relatives au fonctionnement du CSE ne font pas obstacle aux dispositions plus favorables résultants d'accords collectifs, d'usages ou d'un engagement unilatéral de l'employeur (c. trav. art. L. 2315-2).

Par accord, les partenaires sociaux peuvent ainsi accorder un crédit aux représentants qui en sont dépourvus.

POINT DE VIGILANCE

Les stipulations des accords d'entreprise relatives au comité d'entreprise (CE) ont cessé de produire effet depuis la date du 1er tour des élections des membres de la délégation du personnel du CSE (ord. 2017-1386 du 22 septembre 2017, art. 9.VII, JO du 23). À défaut d'un nouvel accord, seules les dispositions légales et réglementaires s'appliquent.

Quant aux usages et engagements unilatéraux de l'employeur (qui obéissent au régime des usages) accordant un crédit d'heures, en l'absence d'un texte prévoyant leur caducité, ils restent sans doute applicables. Le nouvel article 1186 du code civil ne concerne que la caducité des contrats et la chambre sociale de la Cour de cassation applique avec parcimonie le concept civiliste de caducité. L'employeur doit donc, le cas échéant, les dénoncer.

EN PRATIQUE

Une annexe de l'accord peut utilement lister l'ensemble des titulaires d'un mandat et le crédit d'heures associés.

Sur un modèle de clause, voir § 38-57.

→ Membre élu suppléant

38-6 L'élu suppléant du CSE ne bénéficie pas d'un crédit d'heures (c. trav. art. L. 2315-7). Toutefois, il peut bénéficier du crédit légal de l'élu titulaire qu'il remplace (c. trav. art. L. 2314-1) ou que l'élu titulaire met à sa disposition (c. trav. art. L. 2315-9 et R. 2315-6).

Un accord ou usage peut accorder un crédit d'heures aux suppléants.

EN PRATIQUE

Si le suppléant bénéficie d'un crédit conventionnel, il peut le cumuler avec le crédit légal du titulaire qu'il remplace (cass. soc. 21 juillet 1986, n° 82-43650, BC V n° 388).

Sur un modèle de clause, voir § 38-54.

→ Représentant syndical au CSE

38-7 Dans les entreprises de moins de 300 salariés, le représentant syndical au CSE ne bénéficie d'un crédit d'heures qu'en tant que délégué syndical (DS) (voir § 38-4).

EN PRATIQUE

Un crédit d'heures supplémentaire peut, par accord, lui être accordé en sa qualité de représentant syndical.

Dans les entreprises de 300 à 500 salariés, le représentant syndical – qui peut être distinct du délégué syndical - ne bénéficie d'aucun crédit d'heures.

EN PRATIQUE

Un accord peut envisager l'octroi d'un crédit.

Sur un modèle de clause, voir § 38-56.

→ Secrétaire et trésorier du CSE

38-8 Le secrétaire et le trésorier du CSE ne bénéficient pas de crédit d'heures au titre de leur mission. Il en est de même pour le secrétaire (ou trésorier) adjoint du CSE éventuellement désigné.

Un accord collectif ou un engagement unilatéral de l'employeur peut accorder soit un crédit d'heures au secrétaire, au secrétaire adjoint et au trésorier, soit un volume global pour le bureau du CSE.

EN PRATIQUE

L'accord prendra soin de préciser que le crédit accordé au secrétaire ou au trésorier n'est pas mutualisable avec des élus non membres du bureau.

Sur un modèle de clause, voir § 38-55.

→ Membre des commissions du CSE

38-9 L'élu membre d'une ou de plusieurs commissions du CSE ne bénéficie pas d'un crédit supplémentaire. Le code du travail prévoit toutefois que les heures passées aux réunions des commissions sont considérées comme du temps de travail effectif, sous certaines limites (c. trav. art. L. 2315-1).

EN PRATIQUE

Un accord peut leur accorder des heures pour assister à l'ensemble des réunions des commissions si les limites de 30 et 60 h annuelles sont insuffisantes voire d'autres heures pour la préparation des réunions.

Les membres de la commission santé, sécurité et conditions de travail (CSSCT) ne bénéficient pas non plus d'un crédit supplémentaire mais toutes les heures passées en réunion de cette commission s'analysent en un temps de travail effectif. Comme ils sont

nécessairement membres du CSE (c. trav. art. L. 2315-39 ; Q/R 103, 117 questions/réponses du ministère du Travail, 17 janvier 2020)**, ils bénéficient d'un crédit s'ils sont titulaires.**

EN PRATIQUE

L'absence d'un crédit supplémentaire peut surprendre mais s'explique sans doute par la volonté du législateur de ne pas faire de cette commission un succédané du CHSCT.

→ Représentant de proximité

38-10 Le représentant de proximité qui peut être institué par accord collectif (voir § 43-7), lorsqu'il n'est pas membre du CSE, ne bénéficie pas d'heures de délégation. Il appartient à l'accord collectif instituant cette représentation de proximité de définir ses heures de délégation (c. trav. art. L. 2313-7). L'accord peut accorder des crédits différents selon le périmètre confié au représentant de proximité (voir §§ 5-1 et s.).

POINT DE VIGILANCE

Aucun crédit supplémentaire n'est accordé à l'élu titulaire qui est également représentant de proximité. Il appartient aux partenaires sociaux de prévoir, le cas échéant, un crédit spécifique (c. trav. art. R. 2314-1).

→ CSE central

38-11 Les membres des CSE d'établissement élus au CSE central ne bénéficient pas de crédit d'heures. Chaque élu doit donc utiliser le crédit dont il dispose en tant que membre élu d'un CSE d'établissement, sauf accord d'entreprise ou décision de l'employeur d'accorder un crédit supplémentaire.

Volume du crédit d'heures

VOLUME D'HEURES RÉGLEMENTAIRE EN L'ABSENCE D'ACCORD

→ Nombre d'heures de délégation défini en fonction de l'effectif

38-12 Le nombre d'heures réglementaire de délégation varie en fonction de l'effectif, apprécié dans le cadre de l'entreprise ou de chaque établissement distinct (c. trav. art. R. 2314-1).

→ Élus titulaires du CSE

38-13 Le nombre mensuel d'heures de délégation des élus titulaires, défini par décret, ne s'applique qu'en l'absence d'accord (c. trav. art. R. 2314-1).

EN PRATIQUE

Selon l'effectif, le nombre d'heures de délégation par élu titulaire varie de 18 h à 34 h par mois dans les entreprises d'au moins 50 salariés (voir tableau ci-après).

Effectif (nombre des salariés)	Nombre réglementaire d'heures de délégation des élus titulaires du CSE		
	Nombre de titulaires	Nombre mensuel d'heures de délégation par élu CSE	Total mensuel d'heures de délégation
11 à 24	1	10	10
25 à 49	2	10	20
50 à 74	4	18	72
75 à 99	5	19	95
100 à 124	6	21	126
125 à 149	7	21	147
150 à 174	8	21	168
175 à 199	9	21	189
200 à 249	10	22	220
250 à 299	11	22	242
300 à 399	11	22	242
400 à 499	12	22	264
500 à 599	13	24	312
600 à 699	14	24	336
700 à 799	14	24	336
800 à 899	15	24	360
900 à 999	16	24	384
1000 à 1249	17	24	408
1250 à 1499	18	24	432
1500 à 1749	20	26	520
1750 à 1999	21	26	546
2000 à 2249	22	26	572
2250 à 2499	23	26	598
2500 à 2749	24	26	624
2750 à 2999	24	26	624
3000 à 3249	25	26	650
3250 à 3499	25	26	650
3500 à 3749	26	27	702
3750 à 3999	26	27	702
4000 à 4249	26	28	728
4250 à 4499	27	28	756
4500 à 4749	27	28	756
4750 à 4999	28	28	784

Effectif (nombre des salariés)	Nombre réglementaire d'heures de délégation des élus titulaires du CSE		
	Nombre de titulaires	Nombre mensuel d'heures de délégation par élu CSE	Total mensuel d'heures de délégation
5000 à 5249	29	29	841
5250 à 5499	29	29	841
5500 à 5749	29	29	841
5750 à 5999	30	29	870
6000 à 6249	31	29	899
6250 à 6499	31	29	899
6500 à 6749	31	29	899
6750 à 6999	31	30	930
7000 à 7249	32	30	960
7250 à 7499	32	30	960
7500 à 7749	32	31	992
7750 à 7999	32	32	1024
8000 à 8249	32	32	1024
8250 à 8499	33	32	1056
8500 à 8749	33	32	1056
8750 à 8999	33	32	1056
9000 à 9249	34	32	1088
9250 à 9499	34	32	1088
9500 à 9749	34	32	1088
9750 à 9999	34	34	1156
10000	35	34	1190

→ Représentants syndicaux au CSE

38-14 Les représentants syndicaux des CSE et CSE centraux d'au moins 501 salariés bénéficient d'un crédit d'heures qui ne peut excéder 20 h par mois (c. trav. art. R. 2315-4). Cette formule signifie qu'ils disposent d'un crédit de 20 h par mois.

CRÉDIT D'HEURES DES REPRÉSENTANTS SYNDICAUX AU CSE		
Entreprise ou établissement de moins de 300 salariés	**Entreprise ou établissement de 300 à 500 salariés**	**Entreprise ou établissement d'au moins 501 salariés**
Heures en tant que délégué syndical	Aucune heure	20 h/mois – aux représentants syndicaux au CSE ou aux CSE d'établissement ; – aux représentants syndicaux au CSE central si aucun établissement n'atteint le seuil de 501 salariés.

→ Circonstances particulières

38-15 **Mois incomplet.** Le crédit d'heures dont bénéficie le représentant élu/représentant syndical s'applique à chaque mois civil indépendamment des périodes partielles d'activités. En d'autres termes, le crédit d'heures est accordé en fonction du mandat, non du temps de travail. Peu importe donc que le mois soit incomplet (cass. crim. 14 février 1978, n° 76-93406, B. crim. n° 58).

38-16 **Salariés à temps partiel.** Tous les élus bénéficient du même crédit d'heures, qu'ils travaillent à temps plein ou à temps partiel (voir § 38-36).

38-17 **Réélection.** La réélection en cours de mois autorise les intéressés à utiliser la totalité du crédit d'heures pour le mois concerné. Mais elle ne double pas le crédit mensuel (cass. soc. 13 décembre 1979, n° 78-41278, BC V n° 989).

38-18

INSTALLATIONS NUCLÉAIRES

Dans les installations nucléaires et installations susceptibles de donner lieu à des servitudes d'utilité publique, le nombre d'heures de délégation est, à défaut d'accord, majoré de 30 % (c. trav. art. L. 4523-7-1). Aucune précision n'est apportée sur « l'accord ».

VOLUME D'HEURES MODIFIÉ PAR ACCORD

→ Modification par le protocole d'accord préélectoral

38-19 Le code du travail semble préciser que c'est uniquement dans le protocole d'accord préélectoral (PAP) qu'il est possible de modifier le volume d'heures de délégation des élus du CSE (c. trav. art. L. 2314-1 et 2314-7). Une distinction doit, en réalité, être opérée selon l'option retenue : augmentation du volume d'heures (voir § 38-20) ou diminution du volume (voir § 38-21).

→ Augmentation du volume d'heures

38-20 L'augmentation des volumes individuels d'heures de délégation peut être prévue par le PAP mais aussi par un accord collectif de travail ou un usage, puisqu'il s'agit de mesures plus favorables que les dispositions légales (c. trav. art. L. 2315-2).

• **Ancien engagement unilatéral.** Cet engagement continue-t-il de s'appliquer ? Aucun texte ne prévoit sa caducité et le nouvel article 1186 du code civil ne consacre que la caducité des contrats. La caducité pourrait être soutenue en raison de la disparition de la personnalité civile du comité mais, par sécurité, l'employeur serait bien avisé de dénoncer son engagement.

EN PRATIQUE

L'augmentation peut concerner aussi bien les élus du CSE que les représentants syndicaux au CSE.

L'accord collectif doit être postérieur à l'élection du CSE. Pour rappel, les stipulations des accords d'entreprise relatives au CE ont cessé de produire effet depuis la date du

1er tour des élections des membres de la délégation du personnel du CSE (ord. 2017-1386 du 22 septembre 2018, art. 9.VII, JO du 23, modifié par la loi 2018-217 du 29 mars 2018, JO du 31).

Dans l'hypothèse où les partenaires sociaux entendraient augmenter le volume d'heures et diminuer le nombre d'élus, ils devraient le faire exclusivement dans le PAP et en veillant à ce que le volume global des heures de délégation ne soit pas diminué.

EXEMPLE Les entreprises dont l'effectif est compris entre 150 et 174 salariés sont normalement tenues de mettre en place un CSE comprenant 8 titulaires, disposant chacun de 21 heures de délégation mensuelles, soit un total de 168 heures mensuelles. (...). Un accord pourra fixer le nombre mensuel d'heures de délégation individuelle à 28 en diminuant par ailleurs le nombre de membres à 6, puisque le volume global mensuel d'heures de délégation s'élèvera toujours à 168 heures (Q/R 75, CSE, 117 questions/réponses du ministère du Travail, 17 janvier 2020).

Sur un modèle de clause, voir § 38-58.

→ Diminution du volume d'heures

38-21 Il est possible de diminuer le nombre d'heures de délégation. Seule la diminution du nombre d'heures accordé aux élus est toutefois envisagée ; il semble donc impossible de prévoir la baisse du crédit d'heures accordé aux représentants syndicaux.

Une diminution du nombre d'heures ne peut être prévue que dans le PAP (c. trav. art. L. 2314-1 et 2314-7).

Les signataires du PAP n'ont toutefois pas toute liberté pour diminuer le volume d'heures. En effet, ils doivent respecter deux limites :

- › le volume ne peut être inférieur à 16 h par mois dans les entreprises de 50 salariés et plus (le seuil plancher est de 10 heures par mois dans les entreprises de moins de 50 salariés) (c. trav. art. L. 2315-7) ;
- › le volume global des heures doit être, au sein de chaque collège, au moins égal à celui prévu par le décret. Ce qui implique, en cas de diminution du volume individuel d'heures, d'augmenter le nombre de titulaires.

POINT DE VIGILANCE

On ne peut à cet égard qu'être surpris par l'exemple donné par le ministère du Travail (Q/R 75, questions/réponses du ministère du Travail, 17 janvier 2020) :

« Par exemple, les entreprises dont l'effectif est compris entre 150 et 174 salariés sont normalement tenues de mettre en place un CSE comprenant 8 titulaires, disposant chacun de 21 heures de délégation mensuelles, soit un total de 168 heures mensuelles. Un accord peut diminuer le nombre mensuel d'heures de délégation à 14 tout en augmentant le nombre d'élus titulaires à 12, le volume global d'heures de délégation s'élevant toujours à 168. »

Le code du travail imposant un crédit minimum de 16 h par mois dans les entreprises d'au moins 50 salariés, l'exemple donné par les questions-réponses nous paraît erroné.

Sur un modèle de clause, voir § 38-59.

38-22

DIMINUTION DU NOMBRE D'ÉLUS

Dans l'hypothèse où les partenaires sociaux souhaitent diminuer le nombre d'élus, ils doivent le faire exclusivement dans le PAP et en veillant à ce que le volume global des heures de délégation ne soit pas diminué, ce qui oblige à augmenter les crédits d'heures.

Les entreprises dont l'effectif est compris entre 150 et 174 salariés sont normalement tenues de mettre en place un CSE comprenant 8 titulaires, disposant chacun de 21 heures de délégation mensuelles, soit un total de 168 heures mensuelles. (...). Un accord pourra fixer le nombre mensuel d'heures de délégation individuelle à 28 en diminuant par ailleurs le nombre de membres à 6, puisque le volume global mensuel d'heures de délégation s'élèvera toujours à 168 heures (Q/R 75, CSE, 117 questions/réponses du ministère du Travail, 17 janvier 2020).

TEMPS COMPRIS OU NON SUR LE CRÉDIT D'HEURES

→ Temps passé en réunion

38-23 **Temps passé par les élus titulaires aux réunions du CSE avec l'employeur.** Le temps passé par les élus aux réunions du CSE organisées par l'employeur ne doit pas être imputé sur le crédit d'heures des membres du CSE (c. trav. art. L. 2315-11 ; Q/R 81, CSE, 117 questions/ réponses, ministère du Travail, 17 janvier 2020).

38-24 **Temps passé par les titulaires aux réunions internes au CSE.** La question de l'imputabilité des heures passées par les élus aux réunions internes (ex. : réunions préparatoires) du CSE suscite l'interrogation en raison d'une rédaction défectueuse des textes. Le code du travail ne semble pas établir de distinction entre les différents types de réunions (les réunions internes et les réunions avec l'employeur). Mais il n'indique pas précisément que les réunions préparatoires des membres du CSE ne doivent pas non plus voir leur temps imputé sur le crédit d'heures des membres du CSE (c. trav. art. L. 2315-11 ; Q/R 81, CSE, 117 questions/ réponses du ministère du Travail, 17 janvier 2020).

Pour autant, avant les ordonnances de 2017, la jurisprudence considérait que le temps passé aux réunions internes du comité d'entreprise n'était pas rémunéré en tant que tel et était imputable sur le crédit d'heures (cass. soc. 16 novembre 1983, n° 81-42984, BC V n° 549).

Il convient donc de faire preuve de prudence dans ce domaine. Ce point peut par conséquent être utilement abordé dans l'accord qui pourrait prévoir que le temps passé aux réunions préparatoires n'est pas imputé sur le crédit d'heures des membres du CSE.

• **Représentants syndicaux.** La règle est claire s'agissant des représentants syndicaux : seul le temps passé en réunion avec l'employeur est payé comme temps de travail (c. trav. art. L. 2315-12) et n'est pas déduit du crédit d'heures pour ceux qui en ont un (voir § 38-27). On ne voit guère de raison de distinguer entre élus et représentants syndicaux au CSE sur ce point. On peut donc penser que le temps passé par les élus aux réunions internes s'impute sur le crédit d'heures.

38-25 **Temps passé par les titulaires aux réunions des commissions du CSE.** Le temps passé aux réunions des commissions du CSE n'est pas déduit des heures de délégation dès lors que la durée annuelle globale de ces réunions n'excède pas (c. trav. art. L. 2315-11 et R. 2315-7) :

- 30 heures pour les entreprises de 300 à 1 000 salariés ;
- 60 heures pour les entreprises d'au moins 1 000 salariés.

L'effectif est apprécié une fois par an, sur les 12 mois précédents, à compter du premier mois suivant celui au cours duquel a été élu le comité.

À défaut d'accord d'entreprise, les heures excédant ces seuils doivent être imputées sur les crédits d'heures des participants.

Par exception, le temps passé aux réunions de la commission santé, sécurité et conditions de travail (CSSCT) n'est pas pris en compte dans les limites de 30 et 60 heures (c. trav. art. R. 2315-7).

EN PRATIQUE

Un accord collectif d'entreprise (à l'exception d'un accord avec le CSE) peut prévoir que le temps passé en réunion des commissions ne s'impute pas sur les crédits d'heures ou qu'il s'impute mais dans une proportion plus favorable que les limites réglementaires. Sur un modèle de clause, voir § 38-60.

POINT DE VIGILANCE

Le texte ne pose pas de limite dans les entreprises de moins de 300 salariés, et pour cause, aucune commission n'est obligatoire dans de telles entreprises. Dans ces entreprises, seule une commission des marchés pourrait le cas échéant être obligatoire. L'intégralité du temps passé à cette réunion devrait donc être payée comme temps de travail effectif sans être imputable sur le crédit d'heures.

38-26 **Temps passé aux réunions de la commission santé, sécurité et conditions de travail (CSSCT).** Le temps passé aux réunions de la CSSCT est intégralement rémunéré comme du temps de travail, il ne s'impute pas sur le crédit d'heures (c. trav. art. R. 2315-7). La solution s'explique sans doute par le fait que le chef d'entreprise préside les réunions de la commission.

38-27 **Temps passé par les représentants syndicaux aux réunions du CSE.** Le temps passé par les représentants syndicaux aux réunions du CSE organisées par l'employeur est rémunéré comme temps de travail et n'est pas déduit du crédit d'heures pour ceux qui en ont un (c. trav. art. L. 2315-12).

Le code du travail visant les seules réunions avec le chef d'entreprise, il s'en déduit que :

- les représentants qui ne disposent pas de crédit d'heures ne peuvent participer aux réunions internes du CSE (c'est-à-dire non organisées par l'employeur), sauf à ne pas être rémunérés pendant ces réunions à moins qu'elles aient lieu en dehors de leur temps de travail ;
- les représentants disposant d'un crédit d'heures qui assistent aux réunions internes du CSE doivent puiser dans leur crédit.

Le texte ne vise pas davantage le temps passé aux réunions des commissions mais les représentants syndicaux n'ont pas vocation à en faire partie (c. trav. art. L. 2315-39 et L. 2315-59).

EN PRATIQUE

Un accord collectif peut toutefois leur permettre de participer aux travaux d'une ou de plusieurs commissions, voire d'y siéger sauf aux travaux de la CSSCT car le représentant syndical au CSE n'est pas membre à part entière du CSE en ce qu'il ne dispose que d'une voix consultative (Q/R 102, CSE, 117 questions/ réponses, ministère du Travail, 17 janvier 2020). L'accord doit donc, le cas échéant, leur accorder des heures ou prévoir que ce temps ne s'impute pas sur leur crédit d'heures.

→ Temps de trajet

38-28 Le code du travail n'a pas fixé de règles en la matière. Le temps de trajet pour se rendre aux réunions organisées par le chef d'entreprise ne doit pas être décompté du crédit d'heures. S'il est pris en dehors de l'horaire normal de travail, il doit être rémunéré comme du temps de travail effectif pour la part excédant le temps normal de déplacement entre le domicile et le lieu de travail.

En revanche, le temps de trajet pour se rendre aux réunions internes du comité ou, en général, en exécution des fonctions représentatives, s'impute sur les heures de délégation (cass. soc. 9 décembre 2014, n° 13-22212, BC V n° 281).

S'agissant du temps de trajet pris en dehors de l'horaire normal de travail en vue de l'exercice des fonctions représentatives, la Cour de cassation fait prévaloir le principe selon lequel les représentants du personnel ne doivent subir aucune perte de rémunération en raison de l'exercice de leur mandat. Par conséquent, le temps de trajet pris en dehors de l'horaire normal de travail constitue, pour la part excédant le temps normal de déplacement entre le domicile et le lieu de travail, du temps de travail effectif et doit être pris en compte pour déterminer l'existence, le cas échéant, d'heures supplémentaires donnant lieu à majorations (cass. soc. 27 janvier 2021, n° 19-22038 FP). Jusqu'à cette décision, la Cour de cassation estimait que ce temps de trajet devait être rémunéré comme du temps de travail effectif pour la part excédant le temps normal de déplacement entre le domicile et le lieu de travail mais sans constituer pour autant du temps de travail effectif (cass. soc. 12 juin 2013, n° 12-15064, BC V n° 154 ; cass. soc. 12 juin 2013, n° 12-12806, BC V n° 155).

→ Temps en lien avec des événements liés à la sécurité et aux formations

38-29 D'autres temps payés comme temps de travail effectif ne sont pas imputables sur le crédit d'heures des titulaires, à savoir :

- les heures passées à la recherche de mesures préventives dans toute situation d'urgence et de gravité, notamment lors de la mise en œuvre de la procédure de danger grave et imminent prévue à l'article L. 4132-2 (c. trav. art. L. 2315-11, 1°) ;
- le temps passé aux enquêtes menées après un accident du travail grave ou des incidents répétés ayant révélé un risque grave ou une maladie professionnelle ou à caractère professionnel grave (c. trav. art. L. 2315-11, 3°) ;
- le temps passé en formation à la santé, la sécurité et les conditions de travail

et le temps passé en formation économique (c. trav. art. L. 2315-16, L. 2315-18 et L. 2315-63).

DÉPASSEMENT EN CAS DE CIRCONSTANCES EXCEPTIONNELLES

38-30 Le nombre mensuel d'heures de délégation prévu par le code du travail peut être dépassé en cas de circonstances exceptionnelles (c. trav. art. R. 2314-1). Aucune limite n'est posée, tout est affaire de circonstances.

La notion de « circonstances exceptionnelles » n'a pas été définie par le code du travail. En conséquence, les juges sont amenés à en décider au cas par cas.

Selon la jurisprudence, les circonstances exceptionnelles doivent impliquer un accroissement inhabituel de l'activité (cass. soc. 6 juillet 1994, n° 93-41705, BC V n° 228). L'activité inhabituelle peut résulter de la soudaineté d'un événement ou de l'urgence de mesures à prendre. Par exemple, un important projet de restructuration de l'entreprise, la mise en place d'un « plan de repositionnement » assimilable à un plan social (cass. soc. 10 déc. 2003, n° 01-41658, BC V n° 315), une grève ou la mise en place d'une institution de prévoyance (cass. soc. 27 janvier 1998, n° 95-40616 D).

De même, l'absence de deux élus dont le trésorier pendant deux mois a pu constituer des circonstances exceptionnelles justifiant le dépassement des heures de délégations d'un élu (cass. soc. 12 mai 2021, n° 19-21124 D).

Pour rappel, les élus du CSE peuvent mutualiser leurs heures de délégation et les cumuler d'un mois à l'autre (voir § 38-42), ce qui n'était pas le cas à l'époque pour les élus du comité d'entreprise et donc des faits de la jurisprudence précitée. L'élu du CSE faisant face à de telles absences pourrait donc potentiellement utiliser les heures de délégation du ou des salariés absents, s'il leur en reste.

- **Caractère inhabituel des circonstances exceptionnelles.** Il s'oppose à une situation prévisible (ex. : élection professionnelle) et aux conditions normales d'exercice du mandat (ex. : préparation de la réunion mensuelle).
- **Soudaineté de l'événement.** Il doit s'agir d'un événement rare, non répétitif, qui se déclenche soudainement.
- **Urgence.** Le surcroît momentané d'activité est justifié s'il ne peut être ni différé ni planifié sur une autre période. Un événement, une démarche, un déplacement, une intervention, une étude importante ou des suggestions à apporter peuvent occasionner un surcroît momentané d'activité.

EN PRATIQUE

Selon le ministère du Travail, la crise sanitaire liée au Covid-19 répond pleinement à cette définition des « circonstances exceptionnelles ». Comme, il le relève, les mesures prises par l'employeur dans le cadre de la crise sanitaire ont pu avoir des conséquences importantes sur les conditions de travail des salariés et ont pu susciter des questions de la part des salariés adressées aux représentants élus et mandatés. Le ministère a, toutefois, souligné que le dépassement du crédit d'heures devait s'effectuer dans des proportions « raisonnables » (Q/R « Dialogue social » du ministère du Travail du 17 avril 2020, dans sa version mise à jour au 22 mars 2021).

Utilisation des heures de délégation

DÉCOMPTE DU CRÉDIT D'HEURES

→ Principe

38-31 Le crédit d'heures peut être utilisé par tranches inférieures à une heure. En l'absence de minima légal, toute latitude est laissée aux élus et au représentant syndical au CSE.

→ Salarié en forfait jours

38-32 Le crédit d'heures d'un élu titulaire du CSE ou du représentant syndical au CSE disposant d'une convention de forfait en jours sur l'année est regroupé en demi-journées qui viennent en déduction du nombre annuel de jours travaillés fixé dans la convention individuelle du salarié. Une demi-journée correspond à 4 heures de mandat (c. trav. art. R. 2315-3 et R. 2315-4).

POINT DE VIGILANCE

Un accord collectif pourrait autoriser les intéressés à ne pas regrouper leurs heures, une solution qui n'est toutefois pas pertinente pour l'entreprise.

Lorsque le crédit d'heures ou la fraction du crédit d'heures restant est inférieur à 4 heures, le représentant dispose d'une demi-journée qui vient en déduction du nombre annuel de jours travaillés fixé dans sa convention de forfait.

EXEMPLE Un salarié en forfait annuel de 218 jours, élu d'un CSE dans une entreprise de 125 salariés où l'horaire collectif est de 35 h par semaine, a droit à 21 h de délégation par mois, soit : 218 x 21 h / 151,67 = 30,18 arrondis à 30 jours ou 60 demi-journées sur l'année.

→ Navigants (aviation civile)

38-33 Lorsque le représentant élu ou désigné au CSE est un personnel navigant, le crédit d'heures, qu'il soit légal ou conventionnel, doit être regroupé en jours (c. transp. art. L. 6524-6).

POINT DE VIGILANCE

Si un accord octroie un crédit conventionnel, en l'absence de précision, le crédit doit, en conséquence, être utilisé en jours.

Il ne peut être attribué moins d'un jour. Un jour comprend 5 heures.

Lorsque le crédit d'heures légal ou conventionnel est supérieur à un multiple de 5, les heures excédentaires donnent droit à une demi-journée. Il n'est pas imposé que cette demi-journée suive immédiatement le ou les jours alloués.

MOMENT D'UTILISATION

➔ Pendant ou en dehors des heures de travail

38-34 Les élus et les représentants syndicaux peuvent utiliser leurs heures de délégation pendant leurs heures de travail mais aussi en dehors de leur horaire de travail.

Le crédit d'heures peut, en effet, être pris en dehors de l'horaire normal de travail et en sus du temps de travail effectif :

- lorsque les nécessités du mandat le justifient (cass. soc. 11 juin 2008, n° 07-40823, BC V, n° 133) ; un employeur ne peut imputer par avance le contingent d'heures de délégation d'un représentant du personnel travaillant exclusivement la nuit sur son horaire de travail, car il limite ce faisant sa liberté d'utilisation de son crédit d'heures de jour ou de nuit ;
- et que le positionnement des heures ne fait pas obstacle au respect de la réglementation sur la durée maximale du travail et le repos journalier (cass. soc. 25 juin 2008, n° 06-46223 D) ; un chauffeur routier, effectuant son service en horaires de nuit, pouvait prendre ses 32 heures de délégation mensuelles en journée dès lors que le repos journalier était respecté ; ces heures ouvraient droit à une rémunération supplémentaire.

➔ Au cours d'une suspension du contrat de travail

38-35 Les heures de délégation peuvent être utilisées même si le contrat de travail du bénéficiaire est suspendu en raison d'un chômage technique, d'une grève, de congés payés ou de tout autre motif.

Un représentant peut même exercer ses fonctions représentatives pendant une période de mise à pied, conservatoire ou disciplinaire, la mise à pied n'ayant pas pour conséquence de suspendre l'exécution du mandat (cass. crim. 11 sept. 2007, n° 06-82410, B. crim. n° 199).

En cas de dispense d'activité, il convient de se référer aux horaires que le salarié aurait dû suivre s'il avait travaillé. Ce dernier peut alors prétendre au paiement des heures de délégation prises en dehors du temps de travail résultant de son planning théorique (cass. soc. 3 mars 2021, n° 19-18150 FP).

➔ Catégories particulières de salariés

38-36 **Salarié à temps partiel.** Les salariés à temps partiel, membres titulaires d'un CSE, disposent d'un crédit d'heures identique à celui dont bénéficient les salariés à temps plein. Le nombre d'heures n'est pas, en effet, calculé au prorata du temps de travail inscrit au contrat.

Le temps de travail mensuel d'un salarié à temps partiel ne peut toutefois être réduit de plus d'un tiers par l'utilisation de son crédit d'heures. Le solde éventuel de ce crédit d'heures peut être utilisé par l'intéressé en dehors de ses heures de travail (c. trav. art. L. 3123-14).

38-37 **Salarié télétravailleur.** Les salariés en télétravail ont les mêmes droits collectifs que les salariés travaillant dans les locaux de l'entreprise (ANI du 19 juillet 2005 sur le télétravail, étendu par arrêté du 30 mai 2006). S'ils sont élus au CSE ou désignés représentants syndicaux au CSE, ils bénéficient donc des crédits d'heures dans les conditions de droit commun, sauf dispositions plus favorables.

38-38 **Salarié intérimaire.** Un salarié intérimaire, élu titulaire d'un CSE, peut, sous réserve de dispositions conventionnelles, être autorisé à utiliser ses heures de délégation entre 2 missions (c. trav. art. L. 2315-13).

Ces heures sont considérées comme des heures de travail et s'imputent sur le crédit d'heures.

EXEMPLE L'accord national du 27 octobre 1988 relatif à la représentation du personnel des entreprises de travail temporaire prévoit que les périodes comprises entre 2 missions n'interrompent pas l'exercice du mandat (art. 4.2.3, accord étendu par arrêté du 22 février 1989). Cet accord n'est toutefois plus applicable depuis le 1er tour des élections mettant en place le CSE (ord. 2017-1386 du 22 septembre 2017, art. 9.VII, modifié par la loi de ratification du 29 mars 2018).

EN PRATIQUE

Aucun nouvel accord n'a, à notre connaissance, été signé.

ENCADREMENT PAR L'EMPLOYEUR

→ Principe

38-39 Aucune disposition du code du travail ne prévoit l'encadrement par l'employeur de la prise des heures de délégation. Pour autant, un encadrement – qui ne peut en aucun cas s'apparenter à un contrôle préalable - est admis de longue date par l'administration (circ. DRT du 25 octobre 1983) et par la jurisprudence.

→ Information préalable de l'employeur

38-40 L'employeur peut exiger une information préalable sur les heures de départ et de retour des représentants du personnel/syndicaux. Une telle information permet à l'employeur de comptabiliser les heures de délégation et d'assurer la bonne marche de l'entreprise.

→ Délai de prévenance et bons de délégation

38-41 L'usage du crédit d'heures « peut licitement être soumis à l'emploi de bons de délégation et précédé d'un délai de prévenance ». Dans ce cas, avant de quitter son poste de travail, le représentant du personnel remet à son supérieur hiérarchique un formulaire sur lequel il indique la nature de son mandat, l'heure de son départ et l'heure probable de son retour (cette dernière étant inscrite lorsque l'intéressé revient dans l'entreprise).

De telles modalités « qui ne sauraient exister de plein droit, ne peuvent toutefois être mises en place qu'à l'issue d'une procédure de concertation » (cass. crim. 12 avril 1988, n° 87-81148, B. crim. n° 155).

EN PRATIQUE

En l'absence de précision sur la procédure de concertation, il peut s'agir d'un accord collectif négocié après la mise en place du CSE. Il peut aussi s'agir, à notre avis, d'une concertation avec les membres du CSE.

Le délai peut sans doute varier en fonction de la nature de l'emploi du représentant et la répercussion que son absence peut avoir sur le fonctionnement du service.

EN PRATIQUE

L'accord peut prévoir une remise du bon en main propre ou un envoi par mail.

L'utilisation des bons de délégation est licite tant qu'ils ne constituent qu'un moyen d'information de l'employeur sur les déplacements d'un représentant du personnel dans ou en dehors de l'entreprise (cass. soc. 10 mai 2006, n° 05-40802, BC V n° 174), et non un dispositif d'autorisation préalable (cass. soc. 12 juin 2007, n° 06-40957 D). Les modalités ne doivent pas être telles qu'elles constituent un moyen dissuasif (ou un frein), donc une entrave à l'exercice normal des fonctions et des missions des représentants du personnel ou des syndicats.

POINT DE VIGILANCE

On peut penser que la règle vaut également lorsqu'il s'agit d'un crédit conventionnel. La possibilité d'imposer une autorisation préalable porterait sans doute atteinte au mandat.

Sur un modèle instituant des bons de délégation, voir § 38-61.

CUMUL ET MUTUALISATION DES HEURES DE DÉLÉGATION

→ Principe

38-42 Bien que chaque crédit d'heures soit défini mensuellement, les membres du CSE peuvent cumuler des heures de délégation sur l'année et les élus titulaires peuvent partager leur crédit.

→ Utilisation des heures sur une durée supérieure au mois

38-43 Les heures de délégation des élus et des représentants syndicaux au CSE peuvent être reportées et être utilisées sur une durée supérieure au mois (c. trav. art. L. 2315-8).

Le crédit d'heures peut être utilisé cumulativement dans la limite de 12 mois sans toutefois pouvoir conduire un élu à disposer, au cours d'un mois, de plus d'une fois et demi le crédit mensuel dont il bénéficie (c. trav. art. R. 2315-5).

EXEMPLE Un élu qui dispose de 24 h peut utiliser jusqu'à 36 h (24 x 1,5) au cours d'un mois.

Pour l'utilisation des heures ainsi cumulées, le représentant doit informer l'employeur au plus tard 8 jours avant la date prévue pour leur utilisation.

POINT DE VIGILANCE

Le code ne précise pas comment calculer le délai de 8 jours, en particulier s'il faut prendre en compte les seuls jours ouvrés.

EN PRATIQUE

Au vu de la rédaction du texte (c. trav. art. R. 2315-5), on peut penser que l'employeur pourrait s'opposer à l'utilisation d'heures cumulées en l'absence d'une information dans le délai.

→ Mutualisation des heures de délégation

38-44 Les élus titulaires du CSE peuvent, chaque mois, répartir entre eux et avec les membres suppléants le crédit d'heures dont ils disposent (c. trav. art. L. 2315-9).

Le code du travail n'a pas prévu, en revanche, de mutualisation avec les représentants syndicaux ou les représentants de proximité.

Selon le ministère du Travail, la mutualisation est possible avec les représentants de proximité (Q/R 76, CSE, 117 questions/réponses du ministère du Travail, 17 janvier 2020).

POINT DE VIGILANCE

La position du ministère sur ce sujet va de soi si les représentants de proximité sont membres du CSE. Dans le cas contraire, elle ne repose sur aucun fondement légal. Il ne semble pas, en effet, que l'accord prévu par l'article L. 2313-7 du code du travail qui définit les conditions d'installation, les attributions et les moyens d'action des représentants de proximité et notamment le nombre d'heures de délégation - ait la capacité de prévoir une telle mutualisation, quand bien même il accorderait des heures de délégation aux représentants de proximité. En revanche, l'accord accordant des heures de délégation aux représentants de proximité peut sans doute prévoir une mutualisation des heures entre ces représentants.

Une limite identique à l'utilisation sur l'année est posée : un élu ne peut disposer au cours d'un mois d'un nombre d'heures supérieur à une fois et demi son crédit d'heures (c. trav. art. R. 2315-6).

Les élus doivent informer l'employeur par écrit en précisant l'identité des membres et le nombre d'heures mutualisés au cours de chaque mois et ce au moins 8 jours avant l'utilisation des heures (c. trav. art. R. 2315-6). Le code ne précise pas comment calculer le délai de 8 jours, en particulier s'il faut prendre en compte les seuls jours ouvrés.

38-45

CRÉDITS CONVENTIONNELS

Les partenaires sociaux peuvent-ils, lorsqu'ils accordent un crédit, prévoir qu'il devra être utilisé au cours de chaque mois ? Peuvent-ils interdire toute mutualisation entre élus ? Autrement dit, le crédit conventionnel doit-il suivre le régime du crédit légal ? Dès lors que les articles L. 2315-8 et L. 2315-9 ne sont pas d'ordre public, les partenaires sociaux peuvent sans doute instituer des crédits en interdisant l'annualisation et la mutualisation.

Paiement des heures de délégation

PAIEMENT À L'ÉCHÉANCE NORMALE

→ Présomption de bonne utilisation

38-46 **Heures de délégation assimilées à du temps de travail.** Les heures de délégation sont considérées de plein droit comme temps de travail et doivent être payées à l'échéance normale (c. trav. art. L. 2315-10), qu'elles soient prises pendant ou hors les heures habituelles de travail. Ces heures bénéficient d'une présomption de bonne utilisation.

POINT DE VIGILANCE

Il est étonnant qu'une telle règle ne soit pas qualifiée d'ordre public par le législateur. Un accord ne pourrait sans doute pas l'écarter pour autant pour les crédits conventionnels, la Cour de cassation ayant le pouvoir de qualifier une règle d'ordre public.

- **Aucune mention sur le bulletin de paie.** Aucune mention du bulletin de paye ne doit permettre d'établir une distinction entre les heures travaillées et les heures de délégation dont bénéficient les salariés protégés (c. trav. art. R. 3243-4). Une mention de ce type serait illicite (cass. soc. 18 février 2004, n° 01-46565, BC V n° 55). En revanche, une fiche annexée au bulletin de paye et ayant la même valeur que celui-ci doit détailler la nature de l'activité de représentation du salarié au cours de la période de paye considérée et la rémunération correspondante (c. trav. art. R. 3243-4).
- **Utilisation des heures au cours d'un arrêt maladie.** Le paiement des heures de délégation utilisées au cours d'un arrêt de travail pour maladie est subordonné à l'obtention préalable, par le salarié, d'une autorisation médicale de son médecin traitant (cass. ch. mixte 21 mars 2014, n° 12-20002 et 12-20003, B. ch. mixte n° 2). À défaut, l'employeur peut légitimement refuser de rémunérer les heures de délégation accomplies.

38-47 **Heures prises en dehors de l'horaire normal de travail.** Le crédit d'heures d'un représentant du personnel peut être pris en dehors de l'horaire normal de travail et en sus du temps de travail effectif lorsque les nécessités du mandat le justifient.

EXEMPLE Le salarié, travaillant exclusivement la nuit, qui participe aux réunions du comité pendant la journée (c'est-à-dire en dehors de son temps de travail) doit être rémunéré en sus (cass. soc. 11 juin 2008, n° 07-40823, BC V n° 133).

En l'absence de paiement, le salarié peut saisir le tribunal judiciaire selon la procédure accélérée au fond. Dès lors que la demande n'excède pas son crédit d'heures, l'obligation au paiement n'est pas sérieusement contestable, le juge doit y faire droit (cass. soc. 19 mai 2016, n° 14-26967, BC V n° 106).

Il appartient au seul salarié de démontrer que la prise d'heures de délégation en dehors de son horaire de travail (ex. : les dimanches et jours fériés) est justifiée par les nécessités de son mandat (cass. soc. 14 octobre 2020, n° 18-24049 D).

→ Maintien du salaire et des primes

38-48 **Pas de perte de rémunération.** Le salarié ne doit subir aucune perte de rémunération du fait de l'exercice de sa mission (cass. soc. 3 mars 2010, n° 08-44859, BC V n° 52). L'utilisation des heures de délégation ne doit entraîner aucune perte de salaire pour le représentant du personnel ou le représentant syndical. Ceux-ci doivent être rémunérés selon les mêmes modalités que les autres salariés sur la base de l'horaire collectif.

EXEMPLE Des salariés, travaillant habituellement le week-end, ont droit au paiement de leurs heures de délégation prises en semaine au tarif week-end (cass. soc. 28 octobre 2008, n° 07-40524 D).

La rémunération des heures de délégation doit être calculée en prenant en compte l'intégralité des commissions perçues par le salarié, peu important qu'elles aient été générées par des ordres directs ou des ordres indirects (cass. soc. 15 décembre 2016, n° 15-13367 D).

38-49 **Indemnités et remboursement de frais.** Pour établir la distinction entre indemnité et remboursement de frais, la jurisprudence a posé les règles suivantes :

› un salarié ne peut être privé du fait de l'exercice de son mandat du paiement d'une indemnité compensant une sujétion particulière de son emploi qui constitue un complément de salaire. Le fait que le salarié, pendant ses heures de délégation, ne soit pas soumis aux mêmes contraintes que ses collègues, ne le prive ainsi pas d'une prime qui constitue une caractéristique de l'emploi, telle qu'une prime d'équipe (cass. soc. 19 septembre 2018, n° 17-11638 FSPB) ou une prime de pénibilité.

› un salarié ne peut réclamer le paiement de sommes correspondant au remboursement de frais professionnels qu'il n'a pas exposés (cass. soc. 3 février 2016, n° 14-18777, BC V n° 909). Le caractère forfaitaire d'une indemnité n'est pas déterminant, cette modalité permettant simplement une gestion simplifiée tant pour le salarié que pour l'employeur.

EXEMPLES

❶ Des navigants d'une compagnie aérienne réclamaient le paiement des indemnités de repas et d'hébergement. Ces indemnités ont été analysées par les juges en des remboursements de frais, malgré leur caractère forfaitaire. Ces indemnités ont pour objet de compenser les frais supplémentaires entraînés par les repas et l'hébergement hors de la base d'affectation en raison de la participation effective du personnel navigant à une activité de vol, et il n'était pas établi que ces indemnités étaient également versées au personnel navigant lors des journées de travail n'impliquant pas de vol (cass. soc. 3 février 2016, n° 14-18777, BC V n° 909).

❷ Une indemnité ayant pour objet de compenser le surcoût du repas consécutif à un déplacement effectif n'est pas due (cass. soc. 19 septembre 2018, n° 17-11514 FSPB).

❸ Des allocations de déplacement fixées forfaitairement et servies aux agents de conduite de la SNCF à l'occasion de leur service en cas de déplacements liés à la conduite d'un train ou lorsqu'ils restent en réserve à disposition dans un local dédié s'analysent en remboursements de frais (cass. soc. 1er juin 2016, n° 15-15202, BC V n° 127).

❹ Des ouvriers ne peuvent prétendre aux indemnités de petit et grand déplacement prévues par la CCN (ouvriers des travaux publics) dès lors qu'elles ne concernent que des ouvriers déplacés et non sédentaires, ce dont il résulte qu'elles constituent un remboursement de frais (cass. soc. 19 septembre 2018, n° 16-24041 FSPB).

38-50

MAÎTRES DES ÉTABLISSEMENTS D'ENSEIGNEMENT PRIVÉ

Les maîtres des établissements d'enseignement privé sous contrat ont droit au paiement de leurs heures de délégation prises en dehors de leur temps de travail. Elles ne se confondent pas avec les décharges d'activités de service accordées au représentant syndical (décret 82-447 du 28 mai 1982, art. 16, JO du 30).

Les heures, effectuées en sus du temps de service, constituent du temps de travail effectif et ouvrent droit au paiement du salaire correspondant, à des majorations pour heures supplémentaires, repos compensateurs et congés payés (cass. soc. 8 décembre 2016, n° 13-27913, BC V n ° 243). Le paiement incombe à l'établissement au sein duquel ils exercent les mandats, lequel doit remettre un bulletin de salaire correspondant aux heures de délégation (cass. soc. 8 décembre. 2016, n° 15-10165, BC V n° 245).

Le paiement des heures de délégation doit intégrer tous les éléments de la rémunération des enseignants, à l'exception des avantages qui ne sont pas destinés à compenser une sujétion particulière de l'emploi tels que le supplément familial et l'indemnité de résidence (cass. soc. 8 décembre 2016, n° 15-10165, BC V n° 245).

→ Contestation de l'utilisation des heures de délégation après paiement

38-51 Si l'employeur a des doutes sur l'utilisation de certaines heures, il est en droit d'interroger le salarié à ce sujet. Toutefois, en raison d'une présomption de bonne utilisation des heures de délégation (voir § 38-47), l'employeur ne peut saisir la juridiction prud'homale pour contester l'usage fait du temps alloué au représentant du personnel qu'après avoir payé les heures utilisées.

Il appartient à l'employeur d'établir la non-conformité de l'utilisation des heures de délégation litigieuses avec l'objet du mandat représentatif (cass. soc. 19 mai 2016, n° 14-26967, BC V n° 106).

Ainsi, l'employeur doit, en tout état de cause, respecter la procédure suivante.

Étape 1 : payer à son échéance normale les heures utilisées dans la limite du crédit d'heures.

Étape 2 : demander au salarié de préciser l'usage fait des heures de délégation. Le représentant du personnel doit indiquer la nature des activités exercées (cass. soc. 30 novembre 2004, n° 03-40434, BC V n° 313 ; cass. soc. 26 mai 2010, n° 08-44588 D ; cass. soc. 11 février 2015, n° 13-22973 D).

Étape 3 : selon la réponse du salarié :

- si la réponse est satisfaisante, le différend prend fin ;
- si le salarié refuse d'apporter une réponse satisfaisante, l'employeur peut saisir le tribunal judiciaire selon la procédure accélérée au fond pour obtenir l'information (cass. soc. 21 novembre 1990, n° 88-40133, BC V n° 585) ;
- si la réponse n'est pas satisfaisante, l'employeur peut saisir le conseil des prud'hommes pour demander le remboursement du paiement des heures de délégation estimées non justifiées (cass. soc. 13 juin 1996, nos 95-41460, 95-41500 et 95-41503, BC V n° 238). À charge pour l'employeur d'établir devant les juges du

fond, à l'appui de sa contestation, la non-conformité de ce temps avec l'objet du mandat représentatif.

PAIEMENT SOUS CONDITION EN CAS DE CIRCONSTANCES EXCEPTIONNELLES

38-52 L'obligation pesant sur l'employeur de payer les heures de délégation à l'échéance normale comme temps de travail est limitée aux heures dont le nombre est fixé par le code du travail ou par un accord collectif plus favorable. L'obligation ne s'étend pas aux heures prises en fonction de circonstances exceptionnelles.

Sur cette notion, voir § 38-30.

Lorsque le contingent d'heures légales est dépassé, la présomption de bonne utilisation n'étant pas applicable, l'employeur peut demander la justification des heures avant de les payer.

En cas de différend, le salarié doit prouver (cass. soc. 10 juin 1997, n° 94-42546, BC V n° 217 ; cass. soc. 25 novembre 1997, n° 95-43412, BC V n° 412) :

- l'existence de circonstances exceptionnelles justifiant, eu égard aux fonctions conférées par la loi, un dépassement de son crédit d'heures de délégation ;
- et la conformité de l'utilisation desdites heures excédentaires avec sa mission.

EN PRATIQUE

Si le salarié ne rapporte pas cette double preuve, le juge ne peut pas condamner l'employeur à payer les heures de délégation exceptionnelles.

Si le salarié rapporte ces preuves et que le juge considère que le refus de l'employeur de payer les heures de délégation dépassant le crédit d'heures ne se heurte à aucune contestation sérieuse, le juge peut condamner l'employeur à payer les heures de délégation exceptionnelles. Il peut être également condamné à indemniser un syndicat au titre d'un préjudice collectif à la profession représentée par ce dernier (cass. soc. 12 mai 2021, n° 19-21124 D).

38 Heures de délégation

Les modèles de clauses proposés ci-après peuvent être adaptés à chaque CSE, c'est-à-dire être ajustés ou complétés en fonction des spécificités de l'entreprise concernée. Il conviendra de se reporter aux développements contenus dans ce guide afin de vérifier si l'adaptation envisagée est conforme aux textes.

Octroi d'un crédit d'heures de délégation

ACCORD COLLECTIF (OU ENGAGEMENT UNILATÉRAL)

38-53 **Principe.** Les dispositions du code du travail ne font pas obstacle aux dispositions plus favorables relatives au fonctionnement du CSE résultant d'accords collectifs de travail ou d'usages (c. trav. art. L. 2315-2). Les heures de délégation font partie du chapitre sur le fonctionnement du CSE.

38-54 **Octroi d'un crédit d'heures de délégation aux membres suppléants du CSE**

Modèle

Octroi d'un crédit d'heures de délégation aux membres suppléants du CSE

Afin de leur permettre de rester associés aux travaux du CSE, il est convenu d'accorder aux membres suppléants un crédit de ... heures de délégation par mois.

Les heures passées aux réunions du comité organisées par le chef d'entreprise sont (variante : ne sont pas) décomptées du crédit.

Options

À l'instar des élus titulaires, les élus suppléants peuvent utiliser leur crédit sur l'année dès lors qu'ils ne dépassent pas au cours d'un mois une fois et demie ou plus leur crédit mensuel.

Ils peuvent également mutualiser ces heures entre eux ou avec les élus titulaires.

MODÈLES DE CLAUSES

38-55 Octroi d'un crédit d'heures de délégation au bureau du CSE

Modèle

Octroi d'un crédit d'heures de délégation au bureau du CSE

Le secrétaire/le trésorier bénéficie d'un crédit de ... heures supplémentaires par mois.

Variante :

Il est convenu d'accorder aux membres du bureau du comité un crédit global de ... heures par mois (variante : par an).

38-56 Octroi d'un crédit d'heures de délégation au représentant syndical du CSE

Modèle

Octroi d'un crédit d'heures de délégation au représentant syndical du CSE

Le représentant syndical au CSE dispose d'un crédit de ... heures par mois.

En pratique. Il faut prévoir si le temps passé en réunion préparatoire ou en commissions du CSE est (variante : n'est pas) imputable sur le crédit. Il est conseillé de préciser si ce crédit est reportable d'un mois sur l'autre et s'il peut faire l'objet ou non d'une mutualisation (voir § 38-27).

38-57 Octroi d'un crédit d'heures de délégation aux élus des CSE d'établissement élus au CSE central

Modèle

Octroi d'un crédit d'heures de délégation aux élus des CSE d'établissement élus au CSE central

En l'absence de disposition légale accordant un crédit d'heures aux élus des CSE d'établissement élus au CSE central, les parties ont convenu de leur octroyer un crédit de ... heures par semestre OU par an.

Augmentation du nombre d'heures de délégation

ACCORD COLLECTIF (OU ENGAGEMENT UNILATÉRAL)

38-58 Les dispositions du chapitre relatif au fonctionnement du CSE ne font pas obstacle aux dispositions plus favorables résultant d'accords collectifs de travail ou d'usages (c. trav. art. L. 2315-2). Les heures de délégation font partie du chapitre sur le fonctionnement du comité.

Modèle

Augmentation du nombre d'heures de délégation

Compte tenu de l'effectif de l'entreprise, en application des dispositions légales et réglementaires, chaque membre titulaire du CSE ET/OU représentant syndical dispose d'un crédit d'heures de .... Ce crédit est porté à ... heures mensuelles.

En pratique. Un accord peut aussi prévoir une plus grande souplesse pour l'utilisation des heures de délégation.

Exemple : il est possible de prévoir que le dispositif de mutualisation des heures permet à un élu de disposer chaque mois non pas d'une fois et demie son crédit mais du double d'heures de délégation.

Diminution du nombre d'heures de délégation

38-59 Le protocole préélectoral peut modifier le nombre de sièges ou le volume des heures individuelles de délégation dès lors que le volume global de ces heures, au sein de chaque collège, est au moins égal à celui résultant des dispositions légales au regard de l'effectif de l'entreprise (c. trav. art. L. 2314-7).

Modèle

Diminution du nombre d'heures de délégation

Compte tenu de l'effectif de l'entreprise, le CSE doit comprendre ... titulaires disposant chacun d'un crédit d'heures de .... Soit un volume global d'heures de délégation de ....

Il a été convenu de fixer le nombre d'heures de délégation des titulaires à ... et de porter en conséquence le nombre de titulaires à ... de sorte que le volume global mensuel d'heures de délégation s'élève toujours à ... heures.

MODÈLES DE CLAUSES

Imputation des heures passées aux réunions des commissions

38-60 Un accord collectif d'entreprise peut prévoir que le temps passé aux réunions des commissions (autre que la commission santé, sécurité, conditions de travail) ne s'impute pas sur le crédit d'heures ou ne s'impute qu'au-delà de la limite de 30 (entreprises de 300 à 1000 salariés) ou 60 h (au-delà de 1 000 salariés) (c. trav. art. R. 2315-7).

Modèle

Imputation des heures passées aux réunions des commissions

Pour les titulaires comme pour les suppléants, le temps passé aux réunions de la commission ... (variante : des commissions) ... ne sera pas imputé sur le crédit d'heures (variante : est imputé sur leur crédit d'heures au-delà de ... heures par an).

OU

Le temps passé par les élus titulaires aux réunions de la commission (variante : des commissions) ... ne sera pas imputé sur le crédit d'heures (variante : sera imputé sur leur crédit d'heures au-delà de ... heures par an).

En pratique. L'accord peut également prévoir de ne pas imputer le temps passé à la réunion préparatoire, à raison d'une réunion mensuelle par exemple, sur le crédit d'heures, en précisant qui est visé : les titulaires/suppléants/représentants syndicaux.

Mise en place de bons de délégation

38-61 En l'absence de disposition légale permettant à l'employeur d'encadrer la prise des heures de délégation, la pratique des bons de délégation a été consacrée par la jurisprudence. Les bons ne peuvent être mis en place qu'au terme d'une procédure de concertation.

Modèle

Mise en place de bons de délégation

Afin de permettre une bonne organisation du service, des bons de délégation doivent être utilisés par chaque représentant du personnel et représentant syndical au CSE pour tous ses déplacements, qu'ils soient imputables ou non sur le crédit d'heures.

Il est rappelé que les bons permettent uniquement une information de la hiérarchie (variante : de la direction des ressources humaines) chargée de suivre l'utilisation du crédit d'heures et ne peuvent en aucun cas constituer une autorisation d'absence.

Ils sont établis selon un délai de prévenance de :

– ... heures, sauf urgence ;

– ... jours en cas d'annualisation ou de mutualisation.

Modèle

Bon de délégation

Service ...

Nom et prénom : ...

Mandat exercé : ...

En cas de suppléance, nom et prénom du titulaire remplacé : M. ...

Date : ...

Durée estimée : ...

Heure de départ : ...

Heure de retour (à renseigner en principe au retour) : ...

Durée effective : ...

Visa resp.

Signature du représentant :

Budgets du CSE
— entreprise d'au moins 50 salariés —

1 BUDGET AEP = BUDGET DE FONCTIONNEMENT

SUBVENTION OBLIGATOIRE

À TOUT CSE LORSQUE L'ENTREPRISE COMPORTE UN SEUL COMITÉ	AUX CSE D'ÉTABLISSEMENT EN PRÉSENCE D'ÉTABLISSEMENTS DISTINCTS

TAUX MINIMUM LÉGAL (ABSENCE D'ACCORD D'ENTREPRISE)

0,20 % DE LA MASSE SALARIALE BRUTE DANS LES ENTREPRISES DE 50 À < 2 000 SALARIÉS	**0,22 %** DE LA MASSE SALARIALE BRUTE DANS LES ENTREPRISES ≥ 2 000 SALARIÉS

1 AN — **VERSEMENT ANNUEL**

5 ANS — **PRESCRIPTION QUINQUENNALE**

2 BUDGET ASC = BUDGET ACTIVITÉS SOCIALES ET CULTURELLES

SUBVENTION FIXÉE PAR ACCORD D'ENTREPRISE

EN PRINCIPE, CETTE SUBVENTION = MONTANT DES DÉPENSES SOCIALES DE L'EMPLOYEUR DIVISÉE PAR LA MASSE SALARIALE BRUTE DE L'ENTREPRISE

ENTREPRISES COMPORTANT DES CSE D'ÉTABLISSEMENT	**RÉPARTITION ENTRE CSE D'ÉTABLISSEMENT**
CALCUL DANS LE CADRE DE L'ENTREPRISE ET NON AU NIVEAU DES ÉTABLISSEMENTS	PAR ACCORD D'ENTREPRISE OU À DÉFAUT RÉPARTITION AU PRORATA DE LA MASSE SALARIALE DE CHAQUE ÉTABLISSEMENT

1 AN — **VERSEMENT ANNUEL**

5 ANS — **PRESCRIPTION QUINQUENNALE**

Revue Fiduciaire
BARTHÉLÉMY AVOCATS

39 Budgets du CSE et autres moyens financiers

Présentation 39-1

Budget AEP (budget de fonctionnement)
- Budget obligatoire 39-2
- Montant du budget AEP 39-3
- Versement annuel 39-5
- Dispense de versement en cas de versement d'une somme ou de moyens en personnel équivalents .. 39-6
- Utilisation du budget AEP 39-7
- Budget non utilisé : possibilité de transfert du reliquat au budget des ASC 39-8
- En cas d'utilisation illicite du budget 39-9
- Prescription quinquennale 39-10

Budget ASC (budget activités sociales et culturelles)
- Montant du budget ASC 39-11
- Base de calcul 39-13
- Versement du budget 39-15
- Pluralité d'établissements 39-17
- Budget non utilisé : possibilité de transfert du reliquat 39-18
- Devenir du budget ASC en cas de transfert d'entreprise 39-20
- Prescription quinquennale 39-22

Autres ressources du CSE
- Remboursement des primes d'assurance par l'employeur 39-23
- Recettes des équipements collectifs gérés par le comité 39-24
- Cotisations des salariés 39-25
- Ressources provenant des tiers 39-26

Réaffectation des biens du comité
- Cessation définitive de l'activité de l'entreprise 39-29
- Transfert des biens des anciennes IRP vers le CSE 39-32

Présentation

39-1 Le comité social et économique (CSE) d'une entreprise d'au moins 50 salariés bénéficie d'un budget AEP (budget de fonctionnement) (voir § 39-2) et d'un budget activités sociales et culturelles (ASC) (voir § 39-11).

Ces deux contributions sont, en raison du principe de séparation des budgets, versées, gérées et dépensées séparément, excepté la possibilité de transférer une partie du montant de l'excédent annuel du budget AEP vers le budget ASC et inversement (voir §§ 39-8 et 39-18).

La masse salariale brute nécessaire au calcul de ces deux budgets est définie dans le code du travail, sachant que le budget minimal de fonctionnement est plus important pour les très grosses entreprises (voir § 39-3).

À NOTER Compte tenu de la similitude des textes en la matière, la jurisprudence et les réponses administratives rendues à propos des IRP précédemment en place gardent, à notre avis, toute leur valeur. Les arrêts et réponses indiqués dans nos développements ci-après sont donc, en toute vraisemblance, transposables au CSE.

Budget AEP (budget de fonctionnement)

BUDGET OBLIGATOIRE

39-2 Dans une entreprise d'au moins 50 salariés, l'employeur doit verser un budget AEP (budget de fonctionnement) (c. trav. art. L. 2315-61) :

- à tout CSE lorsque l'entreprise comporte un seul comité ;
- aux CSE d'établissement en présence d'établissements distincts.

Un CSE ne saurait valablement renoncer par accord à son budget AEP (c. trav. art. L. 2315-61). Dès lors, un employeur ne peut être dispensé de verser ce budget qu'à la condition qu'il établisse que les sommes et les moyens en personnel mis à disposition du comité équivalent au montant du budget (voir § 39-6).

Les modalités de la détermination de la quote-part du budget attribué au CSE central sont déterminées par accord entre le CSE central et les CSE d'établissement (c. trav. art. L. 2315-62). À défaut d'accord, les comités doivent appliquer les éventuelles stipulations prévues dans la convention collective de branche. À défaut de telles stipulations, c'est le tribunal judiciaire qui fixe le montant du budget AEP que chaque CSE d'établissement doit rétrocéder au CSE central pour lui permettre d'avoir son propre budget (c. trav. art. R. 2315-32) (voir § 24-14).

• **Unité économique et sociale.** Les CSE mis en place dans le cadre d'une unité économique et sociale (UES) disposent d'un budget AEP.

• **Abstention volontaire de l'employeur.** Le fait de s'abstenir volontairement de verser à un CSE d'entreprise ou à un CSE d'établissement le budget AEP constitue un délit d'entrave au fonctionnement régulier du comité (cass. crim. 11 février 2003, n° 01-88650, B. crim. n° 31).

EN PRATIQUE

Sauf dispositions plus favorables, l'employeur n'a pas d'obligation en la matière à l'égard du CSE d'une entreprise de moins de 50 salariés ou du CSE central.

POINT DE VIGILANCE

Le budget AEP reste dû en cas de carence de CSE (ex. : carence suite de l'annulation des élections ou d'un procès-verbal de carence de candidatures aux élections) (cass. soc. 13 septembre 2005, n° 04-10961, BC V n° 256 ; cass. soc. 22 novembre 2017, n° 16-12952 D). L'employeur devra verser cette somme au CSE une fois remis en place. En revanche, un CSE créé tardivement suite à une absence d'organisation des élections par l'employeur ne peut pas prétendre à des budgets pour les années antérieures à sa création (cass. soc. 27 mars 2012, n° 11-11176, BC V n° 110).

MONTANT DU BUDGET AEP

→ Taux minimum légal

39-3 L'employeur doit verser au CSE un budget AEP d'un montant minimal annuel équivalant à (c. trav. art. L. 2315-61) :

› 0,20 % de la masse salariale brute dans les entreprises de 50 à moins de 2 000 salariés ;

› 0,22 % de la masse salariale brute dans les entreprises d'au moins 2 000 salariés.

Des dispositions plus favorables peuvent être instituées par voie conventionnelle.

POINT DE VIGILANCE

Un accord ne peut pas réduire ces taux (cass. soc. 26 septembre 1989, n° 87-20096, BC V n° 538). De même, les sommes versées par l'employeur afférentes aux ASC ne peuvent pas être déduites du montant du budget (cass. soc. 21 septembre 1993, n° 91-12214 D) (voir § 39-11).

→ Masse salariale à retenir

39-4 L'assiette à retenir pour calculer le montant du budget AEP dû au CSE est la masse salariale brute versée au niveau de l'entreprise, correspondant à (c. trav. art. L. 2315-61) :

› l'ensemble des gains et rémunérations soumis à cotisations de sécurité sociale en application de l'article L. 242-1 du code de la sécurité sociale (ex. : salaires, indemnités de congés payés, primes, avantages en nature, etc.) ;

› à l'exception des indemnités versées à l'occasion de la rupture d'un CDI.

• **Rémunération des salariés mis à disposition.** En vertu de l'obligation de remboursement des dépenses occasionnées par des salariés mis à disposition, la rémunération versée aux salariés mis à disposition par leur employeur n'a pas à être incluse dans la masse salariale brute de l'entreprise utilisatrice servant au calcul des budgets AEP et ASC (activités sociales et culturelles) (cass. soc. 7 février 2018, n° 16-24231, BC V n° 18 ; cass. soc. 6 juin 2018, n° 17-11497, BC V n° 106 ; cass. soc. 16 janvier 2019, n° 17-26993 FPB).

• **Intéressement et participation**. Les sommes distribuées en application d'un accord d'intéressement ou de participation ne sont pas incluses dans la masse salariale brute (Q/R 94, CSE, questions/réponses du ministère du Travail, 17 janvier 2020).

• **Impact de l'activité partielle sur la masse salariale.** Les indemnités légales d'activité partielle versées par l'employeur aux salariés placés en activité partielle ne sont pas soumises à cotisations sociales (c. trav. art. L. 5122-4). Elles sont donc exclues de la masse salariale à prendre en compte pour le calcul du budget AEP. Par conséquent, dans les entreprises qui ont eu recours à l'activité partielle durant la période de crise sanitaire et de confinement liée à l'épidémie de covid-19, les CSE devraient voir leur budget AEP pour l'année 2021 fortement réduit, sauf à avoir négocié avec l'employeur des dispositions plus favorables. Il en ira de même s'agissant du budget ASC, également calculé sur la base de la masse salariale brute.

• **Élection du CSE en cours d'année.** Le budget doit, dans ce cas, être calculé au prorata du nombre de mois entre l'élection du comité et la fin de l'année civile, sauf dispositions conventionnelles plus favorables.

EN PRATIQUE

Pour calculer le montant du budget du CSE, il faut prendre en compte la masse salariale versée pour l'année en cours. Or, comme il n'est pas toujours possible d'en connaître avec exactitude le montant avant la fin de l'année, il est possible de se baser sur la masse salariale de l'année précédente. Dans ce cas, il est nécessaire de procéder en fin d'année à un réajustement (circ. DRT 1983-3 du 6 mai 1983, § 2-1).

POINT DE VIGILANCE

L'employeur doit communiquer au CSE le montant de la masse salariale servant de base au calcul du budget AEP. Le refus de l'employeur constitue un délit d'entrave au fonctionnement régulier du comité (cass. crim. 11 février 2003, n° 01-88650, B. crim. n° 31).

VERSEMENT ANNUEL

39-5 Le budget AEP doit être versé annuellement (c. trav. art. L. 2315-61). L'employeur peut verser en début d'année l'essentiel du budget et procéder à une régularisation en fin d'année, une fois connue la masse salariale ou bien effectuer plusieurs versements étalés dans le temps, sous réserve qu'ils permettent d'assurer un fonctionnement normal du comité (circ. DRT 1983-3 du 6 mai 1983, § 2-1).

- **Carence de CSE.** Voir § 39-2.
- **Retard dans la mise en place du CSE.** Un CSE créé tardivement suite à une absence d'organisation des élections par l'employeur ne peut pas prétendre à des budgets pour les années antérieures à sa création (cass. soc. 27 mars 2012, n° 11-11176, BC V n° 110).

POINT DE VIGILANCE

L'employeur qui déclare à un inspecteur du travail avoir versé le budget AEP au CSE alors qu'en réalité il n'a pas régularisé la situation, encourt une condamnation au pénal pour obstacle aux fonctions de l'inspecteur du travail. Il encourt un emprisonnement d'un an et une amende de 37 500 euros (c. trav. art. L. 8114-1).

DISPENSE DE VERSEMENT EN CAS DE VERSEMENT D'UNE SOMME OU DE MOYENS EN PERSONNEL ÉQUIVALENTS

39-6 L'employeur est dispensé de verser le budget AEP au CSE dans l'hypothèse où il fait déjà bénéficier le comité d'une somme ou de moyens en personnel équivalents (c. trav. art. L. 2315-61). Par conséquent, les différentes dépenses prises en charge par l'employeur et normalement imputables sur le budget AEP peuvent être déduites à due concurrence du montant de ce budget à verser.

Si les moyens en question n'atteignent pas, selon le cas, 0,20 % ou 0,22 % de la masse salariale brute (voir § 39-4), l'employeur doit verser la différence.

La possibilité de déduction est limitée aux sommes et moyens en personnel versés par l'employeur pour les besoins du CSE autres que ceux occasionnés par ses ASC. Ainsi, l'employeur ne peut pas déduire les frais engagés pour les besoins de fonctionnement du CSE interentreprises, créé pour la gestion des ASC, et reverser les sommes déduites au comité (cass. soc. 21 septembre 1993, n° 91-12214 D).

EN PRATIQUE

L'employeur n'a pas besoin de l'accord du CSE pour imputer sur son budget les dépenses qu'il a déjà engagées pour son fonctionnement (cass. soc. 25 octobre 2017, n° 16-10573 D).

POINT DE VIGILANCE

En cas de contentieux, l'employeur doit prouver que les sommes ou moyens mis à la disposition du comité équivalent au montant du budget (cass. crim. 26 novembre 1991, n° 90-84546 D).

UTILISATION DU BUDGET AEP

39-7 Le budget AEP sert, par définition, à financer les frais liés à l'activité du comité (à savoir à son fonctionnement et ses activités économiques). Le CSE peut, en conséquence, prendre en charge sur le budget AEP :

› les moyens de fonctionnement administratif du comité tels que l'emploi du personnel recruté pour faciliter l'exercice des attributions économiques et professionnelles du comité, par exemple pour assurer le secrétariat des réunions du comité (cass. soc. 23 octobre 1991, n° 90-11105 D), effectuer des études (ex. : recrutement d'un économiste) ou en vue des frais courants de fonctionnement (ex. : achat de documentation ou de papier, souscription à des abonnements ou coût des communications téléphoniques) (circ. DRT 1983-3 du 6 mai 1983) ;

› le financement de la formation économique des membres du CSE (frais d'inscription, de formation et, éventuellement, de déplacement) (c. trav. art. L. 2315-63) ;

› le financement de la formation des représentants de proximité et des délégués syndicaux, sous réserve d'une délibération du CSE le décidant (c. trav. art. L. 2315-61) ;

› les frais d'expertise non pris en charge par l'employeur en vertu des dispositions légales (expertises co-financées et expertises libres) (c. trav. art. L. 2315-80 et L. 2315-81) ;

› les frais de déplacement éventuellement engagés par les membres du comité dans le cadre de leur mission, à l'exception de ceux pour se rendre aux réunions du comité qui sont obligatoirement pris en charge par l'employeur (cass. soc. 26 septembre 1990, n° 87-45554, BC V n° 401 ; cass. soc. 22 mai 2002, n° 99-43990, BC V n° 174).

POINT DE VIGILANCE

Si le budget AEP peut être affecté à la prise en charge d'actions de formation ou d'achat de presse au profit des membres du CSE, cette prise en charge doit se rattacher aux attributions économiques du comité. En l'absence de lien avec celles-ci, il ne peut pas servir à financer des formations et abonnements se rattachant à l'exercice de fonctions de nature syndicale et dont le bénéfice est en partie étendu à des représentants syndicaux extérieurs au comité (cass. soc. 27 mars 2012, n° 11-10825, BC V n° 109).

BUDGET NON UTILISÉ : POSSIBILITÉ DE TRANSFERT DU RELIQUAT AU BUDGET DES ASC

39-8 Le CSE peut, par une délibération, décider de transférer tout ou partie du montant de l'excédent annuel du budget AEP vers le budget ASC (c. trav. art. L. 2315-61 et R. 2312-49).

La possibilité de transfert est limitée : seul 10 % de l'excédent annuel du budget AEP peut être transféré aux ASC (c. trav. art. R. 2315-31-1).

EN PRATIQUE

Le principe de séparation des budgets (voir § 39-1) admet donc une exception d'importance même si elle est encadrée puisqu'elle ne concerne que le reliquat du budget annuel.

La somme transférée du budget AEP vers le budget ASC ainsi que ses modalités d'utilisation doivent être inscrites (c. trav. art. L. 2315-61) :

- dans les comptes annuels du CSE ou, le cas échéant, dans son livre de comptes (c. trav. art. L. 2315-65) ;
- dans le rapport annuel d'activité du CSE (voir § 40-11) présentant des informations qualitatives sur ses activités et sa gestion financière (c. trav. art. L. 2315-69 et D. 2315-38).

La limite posée au transfert d'excédents du budget AEP vers le budget ASC permet de garantir le co-financement de certaines expertises (c. trav. art. L. 2315-80) (voir § 41-37).

EN CAS D'UTILISATION ILLICITE DU BUDGET

39-9 En cas d'utilisation illicite du budget AEP, deux types d'action en justice peuvent être intentés par tout membre du CSE devant le tribunal judiciaire :

- une action en annulation de la délibération du CSE affectant une part du budget AEP à une ASC ;
- ou une action en réintégration des sommes litigieuses engagées (cass. soc. 12 février 2003, n° 00-19341, BC V n° 53).

• **Délit d'entrave.** Le fait, pour un membre du comité, d'engager une dépense sans autorisation par la majorité du comité est de nature à constituer un délit d'entrave (cass. crim. 4 novembre 1988, n° 87-91705, B. crim. n° 374 ; cass. crim. 10 mai 2005, n° 04-84118 D).

• **Abus de confiance**. Le détournement, par un membre du CSE, d'une part du budget AEP à des fins personnelles peut constituer un délit d'abus de confiance (cass. crim. 16 octobre 1997, n° 96-86231, B. crim. n° 341 ; cass. soc. 22 mars 2007, n° 05-13609 D). Il en est de même lorsque des membres du CSE, outrepassant leur mandat, ont attribué, à l'insu du président, de manière irrégulière et pour un montant global dépassant celui prévu pour l'aide sociale, des prêts sociaux aux salariés en grève, alors que certains ne pouvaient juridiquement y prétendre (cass. crim. 30 juin 2010, n° 10-81182, BC V n° 121).

PRESCRIPTION QUINQUENNALE

39-10 Le délai de prescription applicable au budget AEP est de 5 ans (c. civ. art. 2224). Ce délai court à compter du moment où l'employeur communique au CSE les éléments lui permettant d'évaluer le montant de sa créance (cass. soc. 1er février 2011, n° 10-30160, BC V n° 44 ; cass. soc. 31 mai 2016, n° 14-25042, BC V n° 120) (voir § 39-4).

Budget ASC (budget activités sociales et culturelles)

MONTANT DU BUDGET ASC

→ Budget fixé par accord d'entreprise

39-11 Le budget versé chaque année par l'employeur dans les entreprises d'au moins 50 salariés pour financer les activités sociales et culturelles (ASC) est fixé par accord d'entreprise (c. trav. art. L. 2312-81). L'employeur peut revenir dessus à condition de respecter la procédure prévue par le code du travail pour la dénonciation des accords collectifs.

→ Montant plancher en l'absence d'accord

39-12 À défaut d'accord d'entreprise, le rapport du budget ASC à la masse salariale brute ne peut être inférieur au même rapport existant pour l'année précédente (c. trav. art. L. 2312-81). Ainsi, le rapport de la contribution à la masse salariale brute pour l'année N ne peut être inférieur au même rapport existant pour l'année N – 1. Concrètement, il s'agit d'un minimum calculé en pourcentage de la masse salariale.

Le budget de l'employeur destiné au financement des ASC n'est obligatoire que pour les seules entreprises pourvues de telles activités au moment de l'institution du CSE (c. trav. art. L. 2312-81 ; cass. soc. 9 juillet 1997, n° 95-21462, BC V n° 265).

Elle n'est pas exigée dans les entreprises nouvellement créées dotées d'un CSE, ni dans les entreprises qui n'ont pas eu d'ASC avant la mise en place du CSE. Dans ces hypothèses, le versement d'un budget pour le financement d'ASC peut être prévu par accord collectif (Q/R 96, CSE, questions/réponses du ministère du Travail, 17 janvier 2020).

EN PRATIQUE

En présence d'un accord d'entreprise en la matière, c'est le montant conventionnel qui prévaut sur le montant légal, lequel ne s'applique que par défaut.

BASE DE CALCUL

→ Dépenses sociales avant création du CSE

39-13 La base de calcul du budget comprend les sommes consacrées par l'employeur aux ASC avant la prise en charge de ces activités par le CSE, et non après.

Le montant du budget consacré aux ASC du CSE doit être fixé en tenant compte de la totalité des dépenses sociales de la période de référence, y compris celles dont le CSE n'assure pas directement la gestion (cass. soc. 30 mars 2010, n° 09-12074, BC V n° 81). En d'autres termes, le fait, pour l'employeur, de gérer directement une partie des ASC (en l'espèce, la cantine de l'entreprise) et de réaliser des économies ne lui permet pas de réduire le montant du budget aux ASC.

→ Masse salariale à retenir

39-14 L'assiette à retenir pour calculer le budget ASC est la même que pour le budget AEP. Il s'agit de la masse salariale brute versée au niveau de l'entreprise (c. trav. art. L. 2312-83) (voir § 39-4).

VERSEMENT DU BUDGET

→ Versement annuel

39-15 Le budget ASC doit être versé chaque année (c. trav. art. L. 2312-81). L'employeur peut verser l'essentiel du budget en début d'année et procéder à une régularisation en fin d'année, une fois connue la masse salariale, ou bien effectuer plusieurs versements étalés dans le temps, pourvu que cet étalement n'empêche pas le fonctionnement normal du CSE (circ. DRT 1983-3 du 6 mai 1983, § 2.1).

- **Carence de CSE.** La carence de comité (ex. : à la suite de l'annulation des élections ou à la suite d'un procès-verbal de carence de candidatures aux élections) ne suspend pas l'obligation légale et annuelle de versement du budget ASC par l'employeur (cass. soc. 13 septembre 2005, n° 04-10961, BC V n° 256 ; cass. soc. 22 novembre 2017, n° 16-12952 D). L'employeur devra verser cette somme au comité une fois remis en place.

- **Retard dans la mise en place du CSE.** Un CSE créé tardivement suite à une absence d'organisation des élections par l'employeur ne peut pas prétendre à des budgets pour les années antérieures à sa création (cass. soc. 27 mars 2012, n° 11-11176, BC V n° 110).

→ Pas de contrôle de l'employeur sur les besoins du comité

39-16 L'employeur ne peut pas décider des besoins du comité. Même s'il estime que le CSE manque à sa mission légale de gestion, l'employeur, qui est assujetti au versement de ce budget, ne peut s'y dérober puisqu'il encourt le risque d'être condamné pour non-paiement et pour délit d'entrave au fonctionnement du CSE.

La libre gestion des ASC par le comité rend obligatoire le versement du budget ASC selon le budget du comité, son programme de dépenses et ses besoins de trésorerie, sauf si d'autres modalités plus favorables de paiement ont été convenues ou suivies antérieurement (cass. soc. 6 juillet 1976, n° 74-13188, BC V n° 414). De même, l'employeur ne peut pas se faire juge de cette utilisation. Il ne peut pas, en particulier, opérer de retenue sur ce budget.

PLURALITÉ D'ÉTABLISSEMENTS

39-17 Dans les entreprises comportant des CSE d'établissements, le montant global du budget de l'employeur destiné au financement des ASC doit être calculé dans le cadre de l'entreprise et non au niveau des établissements (c. trav. art. L. 2312-82).

La répartition du budget entre les CSE d'établissement est fixée par accord d'entreprise au prorata des effectifs des établissements ou de leur masse salariale, voire de ces deux critères combinés. À défaut d'accord, la répartition est effectuée au prorata de la masse salariale de chaque établissement (c. trav. art. L. 2312-82).

BUDGET NON UTILISÉ : POSSIBILITÉ DE TRANSFERT DU RELIQUAT

→ Transfert vers le budget AEP

39-18 Le CSE peut décider, par une délibération, d'opérer un transfert de l'excédent annuel de son budget ASC vers le budget AEP (c. trav. art. L. 2312-84).

POINT DE VIGILANCE

Seul 10 % de l'excédent annuel de ce budget peut être transféré au budget AEP (c. trav. art. R. 2312-51).

En cas de transfert du reliquat du budget des ASC vers le budget AEP, la somme en question et ses modalités d'utilisation doivent être inscrites (c. trav. art. R. 2312-51) :

› dans les comptes annuels du CSE ou, le cas échéant, dans son livre de comptes (c. trav. art. L. 2315-65) ;

› dans le rapport d'activité du CSE présentant des informations qualitatives sur ses activités et sa gestion financière (c. trav. art. L. 2315-69 et D. 2315-38).

→ Transfert vers des associations

39-19 Le CSE peut décider, par une délibération, de transférer une partie du montant de l'excédent annuel du budget destiné aux ASC à des associations dans la limite de 10 % de cet excédent (c. trav. art. L. 2312-84 et R. 2312-51).

EN PRATIQUE

Toutes les formes d'associations peuvent bénéficier de ce transfert.

La délibération du CSE doit préciser les destinataires des sommes et, le cas échéant, la répartition des sommes transférées lorsqu'il s'agit d'associations humanitaires reconnues d'utilité publique afin de favoriser les actions locales ou régionales de lutte contre l'exclusion ou des actions de réinsertion sociale (c. trav. art. R. 2312-51).

La somme transférée du budget des ASC à des associations et ses modalités d'utilisation doivent être inscrites (c. trav. art. R. 2312-51) :

› dans les comptes annuels du CSE ou, le cas échéant, dans son livre de comptes (c. trav. art. L. 2315-65) ;

› dans le rapport annuel d'activité du CSE présentant des informations qualitatives sur ses activités et sa gestion financière (c. trav. art. L. 2315-69 et D. 2315-38).

POINT DE VIGILANCE

La limite de 10 % s'applique globalement, c'est-à-dire que seul 10 % de l'excédent annuel du budget des ASC peut être transféré au budget AEP ou à des associations.

DEVENIR DU BUDGET ASC EN CAS DE TRANSFERT D'ENTREPRISE

→ Maintien du budget en cas de transfert

39-20 En cas de modification de la situation juridique de l'employeur (ex : scission, cession, etc.), les mandats des membres élus du CSE subsistent lorsque l'entreprise conserve son autonomie (c. trav. art. L. 2314-35). Dans ce cas, le montant du budget qui avait été fixé dans la société d'origine à un montant supérieur à la contribution légale est maintenu au bénéfice du CSE de la nouvelle entreprise (cass. soc. 13 mai 2009, n° 08-12514, BC V n° 132).

Si la restructuration n'a pas pour effet de remettre en cause le CSE existant, le nouvel employeur doit maintenir la contribution aux ASC du CSE que versait l'ancien employeur et ce, même si l'institution concernée change de dénomination (par exemple, si le CSE d'entreprise devient un CSE d'établissement) (cass. soc. 30 novembre 2004, n° 02-13837, BC V n° 311).

• **Transfert partiel d'activité.** En cas de transfert partiel d'activité, laissant subsister le CSE au sein de la société cédante, l'entité transférée ne conserve pas son autonomie. Par conséquent, le CSE de l'entreprise cessionnaire ne peut pas revendiquer le montant du budget ASC en usage au sein de la société cédante (cass. soc. 13 mai 2009, n° 08-12514, BC V n° 132).

→ Situation de fusion-absorption

39-21 L'opération de fusion-absorption entraîne la disparition de l'autonomie juridique de l'entreprise absorbée et, par voie de conséquence, celle du CSE, excepté si l'entreprise absorbée devient un établissement de la nouvelle entité (dans ce dernier cas, le CSE devient CSE d'établissement).

Quelles seront les incidences budgétaires pour le CSE de l'entreprise absorbante ? Une seule certitude : l'augmentation du nombre de bénéficiaires potentiels des ASC. Si la société absorbée avait un CSE, le budget ASC dont il disposait doit être reversé, en tout ou partie (en fonction de la date de la fusion) au comité de la société absorbante. En l'absence de CSE dans la société absorbée, l'employeur doit réajuster sa contribution en fonction de la nouvelle masse salariale. En cas de cessation définitive de l'activité de l'entreprise, le CSE décide de l'affectation des biens dont il dispose (voir § 39-29).

PRESCRIPTION QUINQUENNALE

39-22 La règle applicable pour le budget AEP s'applique au budget ASC (voir § 39-10).

Autres ressources du CSE

REMBOURSEMENT DES PRIMES D'ASSURANCE PAR L'EMPLOYEUR

39-23 L'employeur est tenu de rembourser au CSE les primes d'assurance dues par celui-ci pour couvrir sa responsabilité civile (c'est-à-dire l'assurance contre les dommages causés à des tiers ayant subi un préjudice du fait des biens gérés par le comité) (c. trav. art. R. 2312-49). Ce remboursement n'est subordonné à aucun contrôle de l'employeur et ce, ni sur le choix de l'organisme assureur ni sur la nature de l'assurance à souscrire. Sauf abus du CSE, ce dernier dispose, en effet, de la faculté de choisir librement son assureur et ne peut pas se voir imposer, directement ou indirectement, l'assureur du chef d'entreprise (cass. soc. 20 février 2002, n° 99-21194, BC V n° 73).

RECETTES DES ÉQUIPEMENTS COLLECTIFS GÉRÉS PAR LE COMITÉ

39-24 L'ouverture de certains équipements collectifs à des tiers extérieurs permet au CSE de générer certaines ressources lui permettant de mener à bien ces activités. Les entreprises de travail temporaire sont tenues de rembourser au CSE les dépenses supplémentaires occasionnées par l'utilisation des installations collectives des travailleurs temporaires (c. trav. art. L. 1251-24).

COTISATIONS DES SALARIÉS

39-25 Le comité peut demander aux salariés de compléter le financement des ASC en lui versant, par exemple, des cotisations (c. trav. art. R. 2312-49). Le versement doit être volontaire. Une participation financière peut également être demandée aux salariés qui souhaitent bénéficier d'une activité ou d'une prestation particulière du comité.

RESSOURCES PROVENANT DES TIERS

→ Recettes de manifestations

39-26 Le CSE peut organiser des kermesses, des fêtes champêtres, des spectacles ou des manifestations culturelles ou sportives. Il peut choisir de percevoir un prix d'entrée pour les personnes de l'entreprise ou pour celles extérieures (éventuellement, en modulant le prix d'entrée), ce qui lui permet, outre de couvrir les frais d'organisation, de se procurer des ressources.

→ Dons et legs

39-27 Le comité peut recevoir des dons et legs, sans nécessité d'une autorisation administrative (c. trav. art. R. 2312-49). Il peut ainsi recevoir les biens d'un autre CSE qui a été supprimé, par exemple, en raison de la fermeture de l'entreprise concernée. Toute personne peut également léguer par testament à un CSE tout ou partie de ses biens, dans la limite de la quotité disponible si elle a des héritiers réservataires.

- **Accepter ou refuser : au choix du comité.** Un comité n'est pas obligé d'accepter un don d'un autre comité.

→ Autres recettes

39-28 Le comité peut recevoir des subventions de collectivités publiques ou d'organisations syndicales (c. trav. art. R. 2312-49). Cette faculté est rarement utilisée.

Le CSE, doté de la personnalité civile, peut également disposer, comme toute autre personne physique ou morale, d'un patrimoine, mobilier ou immobilier. Il peut donc louer les immeubles ou les équipements dont il est propriétaire ou qui sont mis à sa disposition par l'employeur à des membres du personnel, des tiers, par exemple, d'autres CSE ou d'autres entreprises, voire à des collectivités publiques.

Réaffectation des biens du comité

CESSATION DÉFINITIVE DE L'ACTIVITÉ DE L'ENTREPRISE

→ Situation visée

39-29 En cas de cessation définitive de l'activité de l'entreprise, le CSE décide de l'affectation de ses biens, sous la surveillance du DREETS (ex-DIRECCTE) (c. trav. art. R. 2312-52). La cessation totale d'activité constitue, en elle-même, le seul élément générateur de l'application de la procédure de dévolution des biens. Toutefois, pour relever de cette procédure, la cessation doit viser l'entreprise elle-même.

La procédure légale de dévolution des biens ne s'applique pas, en revanche, dans le cas d'une fermeture d'établissement s'accompagnant d'un transfert des salariés vers d'autres établissements du même groupe. Dans ce cas, les biens du comité doivent être affectés aux comités des sociétés du groupe où les salariés ont été transférés (cass. soc. 23 janvier 1996, n° 93-16799, BC V n° 25 ; cass. soc. 10 juin 1998, n° 96-20112, BC V n° 317).

→ Procédure à suivre

39-30 **Réunion du CSE.** La dévolution des biens du CSE doit faire l'objet d'une réunion. Au cours de celle-ci, le comité peut désigner l'un de ses membres comme liquidateur. Il doit entériner ses décisions à la majorité des présents (voir § 37-41). L'expert-comptable peut établir le compte rendu détaillé de la gestion financière du CSE afin que celui-ci puisse procéder à la dévolution des biens. Si la mission lui est confiée, l'expert-comptable peut conseiller utilement le comité sur la manière de procéder à l'affectation de son patrimoine (rép. Bonhomme n° 34914, JO 2 mai 1988, AN quest. p. 1836).

EN PRATIQUE

La liquidation des biens est opérée sous la surveillance du DREETS (c. trav. art. R. 2312-52). Son rôle est toutefois limité : surveiller ne signifie en aucun cas diriger les opérations de liquidation. En conséquence, il ne peut pas se substituer au CSE dans le choix des bénéficiaires de ses biens.

39-31 **Désignation des donataires.** La désignation des donataires est faite au profit d'un autre comité ou d'un comité des ASC interentreprises (voir § 35-37) ou d'institutions sociales d'intérêt général dont la désignation doit être, autant que possible, conforme aux vœux exprimés par le personnel intéressé (c. trav. art. R. 2312-52). L'institution sélectionnée doit être d'intérêt général et avoir la capacité de recevoir des dons : il peut s'agir d'une association, d'une mutuelle ou d'une fondation.

POINT DE VIGILANCE

Les biens du CSE ne peuvent être répartis ni entre les membres du CSE, ni entre ceux du personnel (c. trav. art. R. 2312-52).

TRANSFERT DES BIENS DES ANCIENNES IRP VERS LE CSE

39-32 Dans le cadre du passage des anciennes instances représentatives du personnel (IRP) au CSE au 1er janvier 2020 au plus tard, la loi avait prévu que les biens, droits et obligations, créances et dettes des anciennes IRP étaient transférés de plein droit, à titre gratuit, et en pleine propriété au CSE. Pour ce faire, les anciennes IRP devaient décider, au cours de leur dernière réunion, de l'affectation des biens de toute nature dont elles disposaient à destination du futur CSE et, le cas échéant, les conditions de transfert des droits et obligations, créances et dettes relatifs aux activités transférées. Lors de sa première réunion, le CSE devait décider, à la majorité de ses membres, soit d'accepter les affectations prévues par les anciennes instances, soit de fixer des affectations différentes (ord. 2017-1718 du 20 décembre 2017, art. 3, JO du 21).

POINT DE VIGILANCE

Dans le cas où le CSE n'aurait pas été installé au 1er janvier 2020, le ministère du Travail a précisé que les budgets de l'ancien CE sont bloqués dans l'attente de l'élection du CSE. Le budget AEP et le budget ASC continuent à être versés par l'employeur (https://travail-emploi.gouv.fr/dialogue-social/le-comite-social-et-economique/article/cse-quelles-consequences-en-cas-d-absence-de-mise-en-place, 17 janvier 2020).

40 Comptabilité du CSE

Trois niveaux de comptabilité
- Obligations comptables applicables au CSE 40-1
- À chaque taille de CSE, son niveau de comptabilité 40-3
› *Encadré : Procédure d'alerte du commissaire aux comptes (CAC)* 40-8
- Exigence d'établir des comptes consolidés 40-9
- Informations relatives aux transactions significatives du CSE 40-10

Rapport d'activité et de gestion financière
- Rapport annuel obligatoire 40-11
- Rapport annuel d'activité et de gestion des petits CSE 40-12
- Rapport annuel d'activité et de gestion des CSE de taille moyenne et des grands CSE 40-13

Arrêté et approbation des comptes
- Arrêté des comptes 40-14
- Approbation des comptes 40-15

Autres obligations
- Information des salariés 40-17
- Archivage des comptes 40-18
- Compte rendu de gestion en fin de mandat 40-19

Trois niveaux de comptabilité

OBLIGATIONS COMPTABLES APPLICABLES AU CSE

→ Obligations variables selon la taille du CSE

40-1 Le comité social et économique (CSE) dans les entreprises de 50 salariés au moins a la personnalité civile (voir § 23-16) et dispose de ressources financières principalement versées par l'employeur (budget AEP et budget ASC) (voir §§ 39-1 et s.). Il est, en conséquence, soumis à des obligations comptables qui varient en fonction de critères de ressources, de nombre de salariés du CSE et du montant total du bilan annuel.

Ces règles sont applicables aux CSE d'entreprise, aux CSE d'établissement ainsi qu'au CSE central (c. trav. art. L. 2315-64 et L. 2316-19). Les conditions d'établissement et de présentation des comptes du CSE varient toutefois en fonction de la taille et du niveau de ressources de chaque CSE.

• **Rôle du trésorier en matière de comptabilité du CSE.** Les obligations comptables du CSE sont assumées par le trésorier du comité (voir § 23-25). Il doit ainsi tenir la comptabilité du CSE et établir (ou superviser si le CSE fait appel à un prestataire extérieur) le rapport annuel d'activité et de gestion, aussi ouvrir les comptes bancaires et procéder à l'arrêté des comptes.

EN PRATIQUE

Le CSE est soumis aux obligations comptables des commerçants (c. com. art. L. 123-12 ; c. trav. art. L. 2315-64).

À NOTER Compte tenu de la similitude des textes en la matière, la jurisprudence et les réponses administratives rendues à propos des IRP précédemment en place gardent, à notre avis, toute leur valeur. Les arrêts et réponses indiqués dans nos développements ci-après sont donc, en toute vraisemblance, transposables au CSE.

→ Calcul des ressources annuelles des CSE

40-2 Le niveau des ressources annuelles de chaque CSE se calcule en prenant en compte (c. trav. art. L. 2315-77, D. 2315-34 et D. 2315-36) :

- › le montant du budget AEP (budget de fonctionnement) (c. trav. art. L. 2315-61) ;
- › et le montant du budget ASC (activités sociales et culturelles), à l'exception des produits de cession d'immeubles (c. trav. art. R. 2312-50) ;
- › après déduction, le cas échéant, du montant versé au CSE central ou au comité des ASC interentreprises en application d'une convention de transfert de gestion des œuvres sociales (c. trav. art. D. 2316-7 et R. 2312-43).

Pour les petits CSE, il faut également déduire des ressources les cotisations facultatives des salariés et les recettes procurées par les manifestations organisées par le CSE (c. trav. art. D. 2315-36 et R. 2312-49, 4° et 7°).

POINT DE VIGILANCE

Quelle que soit la taille du CSE, il faut impérativement éviter de mélanger les deux budgets (budget AEP et budget ASC) (voir § 39-1). Il est donc indispensable, à notre avis, d'avoir deux comptes bancaires séparés pour chaque budget.

Les dépenses communes devront être payées sur l'un et l'autre en fonction de la clef de répartition déterminée par le CSE. Par exemple, si le CSE dispose d'une salariée qui se consacre à 60 % aux activités sociales et culturelles et à 40 % pour les activités économiques du CSE, il faudra répartir ces dépenses entre les deux budgets selon ce ratio.

À CHAQUE TAILLE DE CSE, SON NIVEAU DE COMPTABILITÉ

→ Comptabilité ultra simplifiée pour les petits CSE

40-3 Les « petits » CSE qui relèvent d'une comptabilité ultra-simplifiée sont ceux dont les ressources annuelles n'excèdent pas 153 000 euros (c. trav. art. L. 2315-65 et D. 2315-35 ; c. com. art. D. 612-5).

Cette comptabilité peut être tenue manuellement sur des cahiers, livres ou à l'aide de logiciels de comptabilité.

Les « petits » CSE peuvent s'acquitter de leurs obligations comptables en tenant un livre chronologique des recettes et dépenses, ce livre de comptes ou livre journal tenu au cours de l'année retrace chronologiquement les montants et l'origine des dépenses et des recettes. Il doit distinguer les opérations relevant des attributions économiques de celles relevant des attributions en matière d'activités sociales et culturelles (ASC).

Chaque année, les « petits » CSE doivent établir un état de synthèse simplifié portant sur leur patrimoine et sur leurs engagements en cours (c. trav. art. L. 2315-65).

EN PRATIQUE

Un règlement de l'Autorité des normes comptables (ANC) a précisé le contenu et les modalités de présentation de l'état annuel des recettes et des dépenses (arrêté du 2 juin 2015 portant homologation des règlements 2015-1 du 2 avril 2015 et 2015-2 du 2 avril 2015 de l'Autorité des normes comptables). Il s'agit d'un contenu minimum que le CSE peut donc adapter. Il peut, par exemple, prévoir sur l'état de son patrimoine et de ses engagements en cours, des subdivisions plus fines que ce qui est prévu par le modèle de l'ANC.

POINT DE VIGILANCE

Les CSE ont la possibilité de transférer une partie du montant de l'excédent annuel du budget AEP vers le budget ASC (et vice versa) (voir §§ 39-8 et 39-18), il convient donc d'adapter les modèles de l'ANC en insérant une ligne à part dans les documents comptables si de tels transferts sont effectivement prévus.

→ Comptabilité simplifiée pour les CSE de taille moyenne

40-4 Les CSE qui relèvent d'une comptabilité simplifiée sont ceux qui ne dépassent pas plus d'1 des 3 critères suivants : employer 50 salariés ou avoir 3,1 millions d'euros de ressources annuelles ou avoir 1,55 million d'euros de total du bilan (c. trav. art. L. 2315-64 et D. 2315-33).

Les CSE de taille moyenne peuvent adopter une présentation simplifiée de leurs comptes et enregistrer leurs créances et leurs dettes uniquement à la clôture de l'exercice (c. trav. art. D. 2315-33).

La mission de présentation des comptes annuels doit être confiée à un expert-comptable, le coût de la mission étant pris en charge sur leur budget AEP (c. trav. art. L. 2315-76).

EN PRATIQUE

Un règlement de l'ANC a précisé en quoi consiste la comptabilité simplifiée applicable aux CSE de taille moyenne (arrêté du 2 juin 2015 portant homologation des règlements 2015-1 du 2 avril 2015 et 2015-2 du 2 avril 2015 de l'Autorité des normes comptables). Ils doivent ainsi établir un compte de résultat distinguant les opérations relevant des attributions économiques et professionnelles de celles relevant des activités sociales et culturelles ainsi qu'un bilan. Ces documents peuvent bénéficier d'une présentation simplifiée. Ils doivent présenter au minimum les rubriques indiquées dans les tableaux ci-dessous de l'ANC.

POINT DE VIGILANCE

Les CSE ont la possibilité de transférer entre les deux budgets une partie du reliquat (voir §§ 39-8 et 39-18), il convient donc d'adapter les modèles de l'ANC en insérant une ligne à part dans les documents comptables si de tels transferts sont effectivement prévus.

→ Comptabilité normale pour les « grands » CSE

40-5 **Comptabilité de droit commun.** Les « grands » CSE qui relèvent d'une comptabilité de droit commun sont ceux qui dépassent au moins 2 des 3 critères précités (c. trav. art. L. 2315-64) (voir § 40-4).

Ils doivent tenir une comptabilité de droit commun conforme aux exigences du code de commerce (c. trav. art. L. 2315-64, I et c. com. art. L. 123-12).

Les grands CSE doivent établir leurs comptes annuels selon des modalités définies par un règlement de l'ANC (c. trav. art. L. 2315-64, I).

EN PRATIQUE

Les grands CSE doivent établir leurs comptes annuels selon les modalités définies par le règlement CRC 99-01, relatif aux comptes annuels des associations et des fondations, avec les adaptations réglementaires de l'Autorité des normes comptables (réglt ANC 2015-01, arrêté du 2 juin 2015, JO du 11).

POINT DE VIGILANCE

Les CSE ont la possibilité de transférer entre les deux budgets une partie du reliquat (voir §§ 39-8 et 39-18), il convient donc à notre avis d'adapter les modèles de l'ANC en insérant une ligne à part dans les documents comptables si de tels transferts sont effectivement prévus.

40-6 **Certification des comptes.** Les grands CSE doivent faire certifier leurs comptes par un commissaire aux comptes et un suppléant, distincts de ceux de la société. Le coût de la certification est imputé sur le budget AEP du CSE (c. trav. art. L. 2315-73).

Les comités tenus d'établir des comptes consolidés (voir § 40-9) doivent nommer deux commissaires aux comptes (c. trav. art. L. 2315-73 ; c. com. art. L. 823-2).

40-7 **Commission des marchés.** Les grands CSE doivent mettre en place une commission des marchés qui a un rôle actif dans le choix des fournisseurs et des prestataires et qui établit un rapport joint au rapport annuel d'activité et de gestion du CSE (c. trav. art. L. 2315-44-4) (voir § 33-6).

40-8

PROCÉDURE D'ALERTE DU COMMISSAIRE AUX COMPTES (CAC)

Si le CAC relève, à l'occasion de l'exercice de sa mission, des faits de nature à compromettre la continuité de l'exploitation du CSE, il peut déclencher une procédure d'alerte (c. trav. art. L. 2315-74). Celle-ci s'effectue en 5 phases (c. trav. art. R. 2315-41 à R. 2315-44) :

- **1re étape** : le CAC informe sans délai le secrétaire et le président du CSE ;
- **2e étape** : dans les 30 jours, le secrétaire du CSE est tenu de donner son analyse de la situation et de préciser, le cas échéant, les mesures envisagées ;
- **3e étape** : en l'absence de réponse dans les 30 jours ou en cas de réponse insuffisante, le CAC a 8 jours pour rédiger un rapport spécial et inviter l'employeur à provoquer une réunion du CSE. Il doit également communiquer une copie de l'invitation au président du tribunal judiciaire compétent et aux membres du CSE ;
- **4e étape** : dès réception de l'invitation et du rapport spécial, l'employeur doit convoquer en réunion le CSE ainsi que le CAC dans un délai maximal de 15 jours ;
- **5e étape** : dans les 8 jours de la réunion, il faut adresser un extrait du procès-verbal de la réunion au président du tribunal judiciaire et au CAC.

Si l'employeur ne réunit pas le CSE, s'il ne convoque pas le CAC à la réunion du CSE ou si, à l'issue de la réunion, il apparaît que les décisions prises ne permettent pas d'assurer la continuité de l'exploitation, le CAC informe le président du tribunal judiciaire de ses démarches et lui en communique les résultats. Le président du tribunal judiciaire peut alors convoquer les membres du CSE pour envisager des mesures propres à redresser la situation (c. com. art. L. 611-2). Le CAC informe le président du tribunal judiciaire de ses démarches en lui fournissant la copie de tous les documents utiles. S'il a eu connaissance de l'existence et de la teneur d'une réunion du CSE, il donne au président du tribunal l'exposé des raisons qui l'ont conduit à constater l'insuffisance des décisions prises par le comité.

EXIGENCE D'ÉTABLIR DES COMPTES CONSOLIDÉS

40-9 Les CSE qui contrôlent certaines entités (associations, SCI, sociétés, etc.) dont l'ensemble, constitué par le comité et ces entités, dépasse 2 des trois seuils précités (voir § 40-4), doivent établir des comptes consolidés, selon des prescriptions définies par l'ANC (c. com. art. L. 233-16 ; c. trav. art. L. 2315-67 et D. 2315-40). Les prescriptions comptables de ces comptes consolidés sont fixées par un règlement de l'ANC.

INFORMATIONS RELATIVES AUX TRANSACTIONS SIGNIFICATIVES DU CSE

40-10 Le CSE doit fournir des informations sur les transactions significatives qu'il a effectuées (c. trav. art. L. 2315-66). Il s'agit des transactions d'une certaine importance au regard des ressources ou du patrimoine dont dispose le CSE. Ces informations figurent soit dans son rapport annuel d'activité et de gestion pour les petits CSE, soit dans l'annexe des comptes pour les CSE moyens et de grande taille (voir § 40-11).

Rapport d'activité et de gestion financière

RAPPORT ANNUEL OBLIGATOIRE

40-11 Dans les entreprises d'au moins 50 salariés, chaque CSE, quelle que soit leur taille, doit établir un rapport annuel d'activité et de gestion financière qui présente des informations qualitatives sur les activités du CSE et sur sa gestion financière, de nature à éclairer l'analyse de ses comptes par les membres élus et par les salariés (c. trav. art. L. 2315-69).

Ce rapport est établi selon des modalités prévues par le règlement intérieur du CSE.

EN PRATIQUE

La mise en œuvre du rapport annuel d'activité et de gestion incombe au trésorier.

POINT DE VIGILANCE

Il n'existe pas de modèle officiel de rapport annuel d'activité et de gestion. Les informations qui doivent figurer dans ce rapport sont toutefois listées et varient en fonction de la taille des CSE (c. trav. art. D. 2315-38).

Les modalités d'appréciation de la taille des CSE sont les mêmes que celles qui permettent de déterminer le régime de comptabilité applicable (voir § 40-3).

RAPPORT ANNUEL D'ACTIVITÉ ET DE GESTION DES PETITS CSE

40-12 Le rapport concernant les petits CSE soumis à des obligations comptables ultra simplifiées (voir § 40-3) comprend les informations listées ci-après (c. trav. art. D. 2315-38, II).

LISTE DES INFORMATIONS DU RAPPORT ANNUEL D'ACTIVITÉ ET DE GESTION FINANCIÈRE DES PETITS CSE (1)
Organisation du CSE : nombre de sièges légal ou conventionnel, nombre d'élus, et, le cas échéant, effectif de salariés du comité, nombre et nature des commissions du comité, organigramme des services du comité
Utilisation du budget AEP : – les activités d'expertise et les missions économiques : honoraires des experts rémunérés par le comité, rémunération des salariés du comité, frais de déplacement, frais de documentation ; – les dépenses relatives à la formation économique des élus : frais de formation, de transport et d'hébergement ; – les dépenses de communication avec les salariés de l'entreprise ; – les autres frais de fonctionnement ; – le montant éventuellement versé au CSE central ;
Utilisation des ressources liées aux activités sociales et culturelles (ASC), les données afférentes aux diverses prestations proposées au titre des activités et à leurs bénéficiaires
État de synthèse simplifié de ses ressources et dépenses reprenant les informations figurant dans le modèle établi par l'Autorité des normes comptables (ANC) : ANC 2015-02 (arrêté du 2 juin 2015, JO du 11) (voir § 40-3)
État de synthèse simplifié relatif à son patrimoine et à ses engagements défini par le règlement de l'ANC : ANC 2015-02 (arrêté du 2 juin 2015, JO du 11) (voir § 40-3)
Informations relatives aux transactions significatives effectuées
(1) c. trav. art. D. 2315-38, II.

RAPPORT ANNUEL D'ACTIVITÉ ET DE GESTION DES CSE DE TAILLE MOYENNE ET DES GRANDS CSE

40-13 Le rapport des CSE de taille moyenne (voir § 40-4) et des grands CSE (voir § 40-5) doit mentionner les informations listées dans le tableau ci-après (c. trav. art. D. 23215-38, I).

LISTE DES INFORMATIONS DU RAPPORT ANNUEL D'ACTIVITÉ ET DE GESTION FINANCIÈRE DES AUTRES CSE (1)
Organisation du CSE : nombre de sièges légal ou conventionnel, nombre d'élus, et, le cas échéant, effectif de salariés du comité, nombre et nature des commissions du comité, organigramme des services du comité
Utilisation du budget AEP : – les activités d'expertise et les missions économiques : honoraires des experts rémunérés par le comité, rémunération des salariés du comité, frais de déplacement, frais de documentation ; – les dépenses relatives à la formation économique des élus : frais de formation, de transport et d'hébergement ; – les dépenses de communication avec les salariés de l'entreprise ; – les autres frais de fonctionnement ; – le montant éventuellement versé au CSE central
Utilisation des ressources liées aux activités sociales et culturelles (ASC) : – le descriptif et lieu de réalisation de ces activités en distinguant, le cas échéant, celles gérées directement par le comité, celles à la gestion desquelles il participe, et celles dont il a délégué la gestion (dans ces deux derniers cas, sont précisés le montant délégué par le comité et le prestataire auquel il a été fait appel) ; – les éléments d'analyse portant sur les écarts entre le budget prévisionnel et le budget réalisé ; – les données afférentes aux diverses prestations proposées au titre des activités et à leurs bénéficiaires
Description et Évaluation du patrimoine
Engagements en cours et transactions significatives
(1) c. trav. art. D. 2315-38, I.

EN PRATIQUE

Le rapport des « grands CSE » doit contenir en annexe le rapport de la commission des marchés (c. trav. art. L. 2315-60).

POINT DE VIGILANCE

Lorsque le CSE établit des comptes consolidés, le rapport doit porter sur l'ensemble constitué par le CSE et les entités qu'il contrôle (c. trav. art. L. 2315-69).

Arrêté et approbation des comptes

ARRÊTÉ DES COMPTES

40-14 Les CSE quelle que soit leur taille doivent arrêter chaque année leurs comptes suivant des modalités prévues par leur règlement intérieur (c. trav. art. L. 2315-68). Ces comptes sont arrêtés par des membres élus du comité désignés par lui et au sein de ses membres élus.

EN PRATIQUE

Ce rôle est dévolu au trésorier du CSE accompagné du secrétaire et éventuellement d'autres élus.

APPROBATION DES COMPTES

→ Réunion plénière du CSE

40-15 Les comptes annuels arrêtés doivent être approuvés en réunion plénière. L'approbation des comptes devant être le seul sujet de cette réunion, celle-ci fait l'objet d'une réunion extraordinaire suivie d'un procès-verbal spécifique (c. trav. art. L. 2315-68).

Pour les CSE de taille moyenne, la mission de présentation des comptes annuels doit être confiée à un expert-comptable, le coût de la mission étant pris en charge sur leur budget AEP (c. trav. art. L. 2315-76).

Les membres du CSE chargés d'arrêter les comptes du comité doivent communiquer le rapport d'activité et de gestion (voir § 40-11) et les comptes annuels (ou les documents spécifiques pour les petits CSE) aux membres du CSE au plus tard 3 jours avant la réunion d'approbation des comptes (c. trav. art. L. 2315-71) ou 8 jours avant la réunion du CSE central (c. trav. art. D. 2316-5).

POINT DE VIGILANCE

À l'occasion de cette réunion, le trésorier du CSE ou, le cas échéant, le commissaire aux comptes s'il intervient présente un rapport sur les conventions passées, directement, indirectement ou par personne interposée, entre le CSE et l'un de ses membres (c. trav. art. L. 2315-70).

→ Délai à respecter

40-16 L'approbation des comptes doit intervenir dans un délai de 6 mois à compter de la clôture de l'exercice. Ce délai peut toutefois être prolongé à la demande du CSE par ordonnance du président du tribunal judiciaire statuant sur requête (c. trav. art. R. 2315-37).

EXEMPLE Si l'exercice comptable du CSE correspond à l'année civile, l'approbation des comptes doit, sauf prolongation du tribunal judiciaire, avoir lieu au plus tard fin juin de l'année suivante.

Autres obligations

INFORMATION DES SALARIÉS

40-17 Le CSE doit porter, par tout moyen, à la connaissance des salariés de l'entreprise le rapport d'activité et de gestion et ses comptes annuels (ou les documents relatifs aux petits CSE) (c. trav. art. L. 2315-72).

ARCHIVAGE DES COMPTES

40-18 Les comptes annuels (ou les documents afférents aux petits CSE) ainsi que les pièces justificatives qui s'y rapportent, sont conservés pendant 10 ans à compter de la date de clôture de l'exercice auquel ils se rapportent (c. trav. art. L. 2315-75). Tout membre du CSE, y compris le président, a accès aux archives et documents comptables du comité (cass. soc. 19 décembre 1990, n° 88-17677, BC V n° 692).

Si l'ensemble des membres du CSE ne peut exiger la délivrance d'une copie (cass. soc. 22 septembre 2010, n° 09-65129 D), ils peuvent effectuer eux-mêmes et à leurs frais la photocopie des documents mis à disposition (cass. soc. 26 septembre 2012, n° 11-15384 D). Cet arrêt rendu à propos d'un président du comité est applicable, à notre avis, à l'ensemble des membres du comité.

EN PRATIQUE

Tous les membres du comité doivent avoir égal accès aux archives et aux documents administratifs et comptables dudit comité, aussi en l'absence de disposition dans le règlement intérieur du comité, le tribunal judiciaire statuant selon la procédure accélérée au fond ne peut pas décider de limiter l'exercice par certains membres du comité de leur droit à consultation des archives et des documents comptables et financiers de celui-ci (cass. soc. 7 novembre 2018, n° 17-23157 FPB).

COMPTE RENDU DE GESTION EN FIN DE MANDAT

40-19 En fin de mandat, le CSE sortant rend compte de sa gestion aux nouveaux élus et leur remet tous documents concernant l'administration et l'activité du comité. Le compte rendu de gestion du CSE sortant porte sur ses attributions économiques ainsi que sur ses activités sociales et culturelles (c. trav. art. R. 2315-39).

Pour satisfaire cette obligation, le CSE sortant est tenu de communiquer, en particulier, les documents suivants :

- procès-verbaux ;
- pièces comptables ;
- contrats avec les fournisseurs ;
- correspondances ;
- obligations fiscales courantes du comité, etc.

POINT DE VIGILANCE

Lorsque l'obligation de reddition des comptes n'a pas été réalisée par le trésorier sortant, une action en justice devant le tribunal judiciaire peut être engagée. Cette action doit être exercée au nom et pour le compte du CSE. Pour que le président du CSE ou tout autre membre du nouveau CSE puisse engager une telle action, il doit être mandaté à cette fin par le comité (cass. soc. 1er juin 2010, n° 09-12758, BC V n° 122).

Experts du CSE

1 — QUI ? QUEL TYPE D'EXPERT ?

EXPERT-COMPTABLE — **EXPERT HABILITÉ** — **EXPERT LIBRE**

- Expert habilité : REMPLACEMENT DE L'EXPERT AGRÉÉ ET TECHNIQUE
- Expert libre : (ABSENCE DE PROCÉDURE DE DÉSIGNATION)

2 — QUAND ? CONSULTATION DU CSE ET EXPERTS

- **3** CONSULTATIONS RÉCURRENTES
  ▼ AMÉNAGEMENT CONVENTIONNEL DU NOMBRE D'EXPERTISES
- **4** CONSULTATIONS PERMANENTES
- **2** SITUATIONS RELATIVES À LA SANTÉ - SÉCURITÉ
- **3** CAS D'ASSISTANCE DE PRÉPARATION À LA NÉGOCIATION

A TOUT MOMENT EN CAS D'EXPERTISE LIBRE

3 — DÉLAI ? DÉLAIS DE REMISE DE RAPPORT PAR L'EXPERT

- **15 JOURS** AVANT L'EXPIRATION DU DÉLAI DE CONSULTATION DU CSE
  ▼ AMÉNAGEMENT CONVENTIONNEL POSSIBLE
- **2 MOIS** **À COMPTER DE SA DÉSIGNATION, RENOUVELABLE PAR ACCORD COMMUN**
  (CAS PARTICULIER : EXPERTISE ET PSE)

4 — FINANCEMENT ? FINANCEMENT DES EXPERTISES

■ EMPLOYEUR
■ CSE

- 100% — CONSULTATIONS RÉCURRENTES, **PSE • RISQUE GRAVE** AT/MP, **ASSISTANCE** À LA **NÉGOCIATION** SUR L'ÉGALITÉ PROFESSIONNELLE
- 80% / 20%* — ORIENTATIONS STRATÉGIQUES, CONSULTATIONS PONCTUELLES, ***1 EXCEPTION**
- 100% — TRAVAUX PRÉPARATOIRES

5 — CONTESTATIONS : ÉTAPES ET DÉLAIS POUR CONTESTER UNE EXPERTISE

- **DÉLIBÉRATION** SUR LE CHOIX — **10 J** → TRIBUNAL JUDICIAIRE
- **DÉSIGNATION** — **10 J** → TRIBUNAL JUDICIAIRE
- **CAHIER DES CHARDES INFORMATIONS** (COÛT, ÉTENDUE, DURÉE ...) — **10 J** → TRIBUNAL JUDICIAIRE
- **COÛT FINAL** — **10 J** → TRIBUNAL JUDICIAIRE

(**ANNULATION = REMBOURSEMENT**)

JEAN-JULIEN JARRY

41 Experts du CSE

Présentation

- Droit à l'expertise pour le CSE dans les entreprises d'au moins 50 salariés 41-1
- Droit aménageable par accord d'entreprise 41-2
- Droit réservé au CSE 41-3

Expertises dans le cadre des consultations récurrentes

- Cas de recours 41-4
- Prise en compte du niveau de consultation 41-6
- Missions de l'expert-comptable 41-7
- Négociation du nombre d'expertises 41-10

Autres expertises possibles dans les entreprises d'au moins 50 salariés

- Tableau synthétique des experts visés 41-11
- Dans les entreprises d'au moins 50 salariés 41-12
- › *Encadré : Habilitation des experts* 41-15
- Dans les entreprises d'au moins 300 salariés 41-17
- Dans les entreprises d'au moins 1 000 salariés 41-18

Procédure de recours à l'expert

- Modalités de désignation 41-19
- Cahier des charges établi le cas échéant par le CSE 41-21
- Coût, étendue et durée à établir par l'expert 41-22

Moyens et obligations de l'expert

- Accès aux locaux et informations 41-23
- Expertise pluridisciplinaire 41-24
- Obligations de secret et de discrétion 41-26

Délais d'expertise

- Délais négociables sauf en cas d'OPA 41-27
- Expertise dans le cadre d'une consultation 41-28
- Autres cas de recours à une expertise 41-29
- Projet de grand licenciement collectif 41-30
- Assistance à la recherche d'un repreneur 41-31
- Expertise dans le cadre d'une opération de concentration 41-32
- Expertise lors d'une OPA 41-33
- Tableau synthétique 41-34

Financement des expertises

- Principe 41-35
- Expertises financées à 100 % par l'employeur 41-36
- Expertises cofinancées par l'employeur et le CSE 41-38
- Expertises financées à 100 % par le CSE 41-39
- Tableau récapitulatif 41-40

Contestation d'une expertise

- Procédure applicable 41-41
- Procédure dérogatoire : projet de grand licenciement collectif 41-45

Présentation

DROIT À L'EXPERTISE POUR LE CSE DANS LES ENTREPRISES D'AU MOINS 50 SALARIÉS

41-1 Les expertises font partie des moyens à la disposition du comité social et économique (CSE) pour exercer plus efficacement ses missions.

Le CSE peut recourir à un expert dans les seules entreprises d'au moins 50 salariés.

Les cas de recours à l'expertise sont inchangés, qu'il s'agisse des expertises lors des consultations récurrentes ou ponctuelles ou des expertises auxquelles pouvait recourir le CHSCT. La réforme a maintenu le niveau d'expertise pour la prévention de la santé et de la sécurité voire l'améliore, au moins en théorie, puisque ces questions ne sont plus déconnectées des projets de transformation de l'entreprise ni de la consultation sur les orientations stratégiques.

À NOTER Compte tenu de la similitude des textes en la matière, la jurisprudence et les réponses administratives rendues à propos des IRP précédemment en place gardent, à notre avis, toute leur valeur. Les arrêts et réponses indiqués dans nos développements ci-après sont donc, en toute vraisemblance, transposables au CSE.

DROIT AMÉNAGEABLE PAR ACCORD D'ENTREPRISE

41-2 Les dispositions relatives aux expertises ne sont pas classées selon les trois catégories « ordre public / champ de la négociation collective / dispositions supplétives ». Les textes prévoient néanmoins expressément des possibilités d'aménagement des expertises par accord, qu'il s'agisse d'un accord collectif ou d'un accord avec le CSE.

EXPERTS DU CSE : RÈGLES AMÉNAGEABLES PAR ACCORD D'ENTREPRISE

Règles négociables	Points de vigilance
Nombre d'expertises dans le cadre des consultations récurrentes (c. trav. art. L. 2315-79) (voir § 41-10)	Il est opportun d'intégrer ce point dans la négociation sur l'organisation des consultations récurrentes (voir § 26-4). **EXEMPLE.** La prise en charge de l'expertise dans le cadre de la consultation sur les orientations stratégiques étant partagée entre l'employeur et le CSE, il est possible de limiter le nombre d'expertises et de prévoir une prise en charge intégrale par l'employeur.
Délai maximal dans lequel l'expert doit rendre son rapport (voir § 41-27)	Ce point mérite d'être intégré dans la négociation sur l'organisation des consultations récurrentes, voire ponctuelles.
Conditions dans lesquelles le CSE peut recourir à une expertise en cas de projet de grand licenciement collectif (c. trav. art. L. 1233-21) (voir § 41-30)	

DROIT RÉSERVÉ AU CSE

41-3 Seul le CSE peut décider de recourir à un expert. Les commissions n'ont pas ce pouvoir sachant toutefois qu'une commission peut solliciter le CSE en ce sens.

EXEMPLE La commission économique peut proposer le recours à un expert-comptable en cas d'opération de concentration (c. trav. art. L. 2312-41).

POINT DE VIGILANCE

Aucune dérogation n'est prévue pour la commission santé sécurité et conditions de travail (CSSCT) (voir § 32-11). Le code du travail interdit d'ailleurs expressément au CSE de déléguer à cette commission le pouvoir d'ordonner une expertise (c. trav. art. L. 2315-38), le législateur souhaitant empêcher toute velléité de recréer un CHSCT. L'employeur n'a également aucun pouvoir en la matière.

Expertises dans le cadre des consultations récurrentes

CAS DE RECOURS

→ Trois domaines d'intervention

41-4 Le CSE peut décider de recourir à un expert-comptable en vue des 3 grandes consultations récurrentes (voir §§ 28-1 et s.) portant sur :

- les orientations stratégiques de l'entreprise (c. trav. art. L. 2315-87) ;
- la situation économique et financière (c. trav. art. L. 2315-88 et s.) ;
- la politique sociale, les conditions de travail et l'emploi (c. trav. art. L. 2315-91).

→ Rapport sur l'accord de participation

41-5 Chaque année, le CSE est appelé à siéger pour examiner le rapport relatif à l'accord de participation (c. trav. art. D. 3323-14).

Il peut se faire assister par un expert-comptable.

POINT DE VIGILANCE

Le décret du 29 décembre 2017 renvoie à l'ancien article L. 2325-35 qui a toutefois été abrogé par l'ordonnance 2017-1386 du 22 septembre 2017. Sans doute s'agit-il d'une simple erreur de plume qui ne prive pas le CSE de son droit d'être assisté par un expert-comptable dans ce cas de figure.

PRISE EN COMPTE DU NIVEAU DE CONSULTATION

41-6 Un accord d'entreprise peut définir l'organisation des consultations récurrentes entre le niveau de l'entreprise et celui des établissements.

EXEMPLE L'accord peut attribuer les consultations récurrentes au CSE central pour leur donner plus d'efficacité, prévoir la mise à disposition des résultats des expertises dans la BDESE (voir §§ 26-1 et s.) et leur accessibilité à l'ensemble des membres des CSE d'établissement.

À défaut d'accord, les consultations sur les orientations stratégiques et sur la situation économique et financière doivent être menées au niveau de l'entreprise, sauf si l'employeur en décide autrement, donc du CSE central (c. trav. art. L. 2312-22).

Seul le CSE central peut alors, dans ces deux hypothèses, recourir à l'expertise. C'est une différence majeure avec l'ancien droit de la représentation du personnel, puisque un comité d'établissement pouvait désigner un expert-comptable pour l'examen annuel des comptes, quand bien même le comité central avait eu recours à l'expertise.

Quant à la consultation sur la politique sociale, les conditions de travail et l'emploi, l'employeur doit, à défaut d'accord, la mener à la fois au niveau de l'entreprise et au niveau des établissements lorsque des mesures d'adaptation spécifiques à certains établissements sont prévues (c. trav. art. L. 2312-22). Le ou les CSE d'établissement concerné(s) peu(ven)t alors avoir recours à l'expertise (c. trav. art. L. 2316-21).

NIVEAU DE CONSULTATION ET POSSIBILITÉ D'EXPERTISE À DÉFAUT D'ACCORD	
• Orientations stratégiques • Situation économique et financière	• Consultation et expertise : au niveau du CSE central
• Politique sociale, conditions de travail et emploi	• Consultation au niveau de l'entreprise voire des établissements si mesures d'adaptation • Expertise par le CSE central voire les CSE d'établissement

MISSIONS DE L'EXPERT-COMPTABLE

→ Recours au seul expert-comptable

41-7 Dans le cadre de ses consultations récurrentes (voir § 41-4), le CSE ne peut recourir qu'à un expert-comptable.

POINT DE VIGILANCE

Dans le cadre de ses attributions, le CSE d'une entreprise d'au moins 50 salariés doit, depuis le 25 août 2021, prendre en considération, pour l'exercice de cette mission, les conséquences environnementales des décisions de l'entreprise (c. trav. art. L. 2312-8, L. 2312-17 et s. ; loi 2021-1104 du 22 août 2021, JO du 24) (voir §§ 23-10 et s.).

La règle relative au recours à l'expert-comptable n'a - étrangement - pas été modifiée par la loi Climat : c'est l'expert-comptable qui peut éclairer le CSE sur les conséquences environnementales de l'activité de l'entreprise, dans le cadre des 3 consultations récurrentes (c. trav. art. L. 2312-17).

→ Consultation sur la situation économique et financière

41-8 La mission de l'expert-comptable porte sur tous les éléments d'ordre économique, financier, social et environnemental nécessaires à la compréhension des comptes et à l'appréciation de la situation de l'entreprise (c. trav. art. L. 2315-89).

L'expert-comptable a accès aux mêmes documents que le commissaire aux comptes (c. trav. art. L. 2315-90). Il lui appartient d'apprécier les documents utiles à sa mission (cass. soc. 18 novembre 2009, n° 08-16260, BC V n° 259).

L'employeur ne peut lui opposer le caractère confidentiel des documents qu'il demande.

Il ne peut pas davantage s'abriter derrière le respect de la vie privée des salariés (cass. soc. 15 décembre 2009, n° 08-18228, BC V n° 286).

Dès lors que les documents demandés existent ou que leur établissement est obligatoire, le refus de communiquer des documents constitue un trouble manifestement illicite ; le comité ou l'expert peut en ce cas saisir le tribunal judiciaire statuant selon la procédure accélérée au fond pour qu'il ordonne la communication desdits documents (cass. soc. 5 mars 2008, n° 07-12754, BC V n° 50). Une filiale ne peut ainsi arguer d'un élément d'extranéité (société mère aux Pays Bas) dès lors qu'elle a communiqué les documents les années précédentes (cass. soc. 5 mars 2008, n° 07-12754, BC V n° 50).

En revanche, l'entreprise ne saurait être tenue de créer des documents.

L'employeur peut (en théorie) contester en justice (tribunal judiciaire) la nature des documents dont l'expert demande la communication (cass. soc. 28 mai 2015, n° 13-21744).

→ Consultations sur les orientations stratégiques et sur la politique sociale

41-9 La mission de l'expert-comptable porte sur tous les éléments d'ordre économique, financier, social et environnemental nécessaires à la compréhension :

- des orientations stratégiques de l'entreprise (c. trav. art. L. 2315-87-1) ;
- de la politique sociale de l'entreprise, des conditions de travail et de l'emploi (c. trav. art. L. 2315-91-1).

L'employeur doit fournir à l'expert les documents nécessaires à sa mission (c. trav. art. L. 2315-83) (voir § 41-23).

Il appartient au seul expert-comptable qui a accès aux mêmes documents que le commissaire aux comptes d'apprécier les documents utiles à sa mission. Ces documents peuvent concerner le ou les groupes auxquels appartient l'entreprise.

EXEMPLE L'expert du CSE d'une filiale de la société Total (détention de 60 % des parts de la filiale), saisi d'une expertise relative aux orientations stratégiques de la filiale, pouvait ainsi avoir accès aux comptes et documents prévisionnels de la société mère (cass. soc. 5 février 2020, n° 18-24174 D).

NÉGOCIATION DU NOMBRE D'EXPERTISES

41-10 Le nombre d'expertises peut être défini par un accord collectif d'entreprise ou, à défaut, par un accord entre l'employeur et le CSE, adopté à la majorité des élus titulaires (c. trav. art. L. 2315-79).

Pris à la lettre, le texte autorise l'employeur à conclure un accord avec le CSE en cas d'échec de la négociation, même si l'entreprise a des délégués syndicaux. Toutefois, l'accord qui peut définir le contenu, la périodicité et les modalités des consultations récurrentes ne peut être conclu avec le CSE qu'en l'absence de délégué syndical (c. trav. art. L. 2312-19). En l'absence de disposition sur le nombre d'expertises dans l'accord collectif structurant les consultations récurrentes, celui-ci pourrait donc être fixé dans un accord séparé conclu avec le CSE. Cette voie ne doit pas, à notre sens, être suivie ; il s'agit sans doute d'une erreur de rédaction que la Cour de cassation n'hésitera pas à corriger en exigeant un accord collectif s'il existe des délégués syndicaux.

L'accord peut porter sur une ou plusieurs années (c. trav. art. L. 2315-79).

Les partenaires sociaux ont toute liberté : ils peuvent aussi bien harmoniser le nombre d'expertises avec la périodicité d'une consultation - une consultation et une expertise tous les 2 ans sur les orientations stratégiques par exemple - ou les dissocier, en prévoyant une consultation tous les ans et une expertise tous les 3 ans.

Aucune disposition supplétive n'encadre le nombre d'expertises en l'absence de dispositions conventionnelles. Le CSE peut, à notre avis, recourir à un expert à chaque consultation. Il suffit qu'il le décide par une délibération à laquelle l'employeur ne participe pas.

POINT DE VIGILANCE

Les trois grandes consultations doivent, en l'absence d'accord, avoir lieu chaque année (c. trav. art. L. 2312-22) (voir § 28-11).

Autres expertises possibles dans les entreprises d'au moins 50 salariés

TABLEAU SYNTHÉTIQUE DES EXPERTS VISÉS

41-11

AUTRES EXPERTISES POSSIBLES DANS LES ENTREPRISES D'AU MOINS 50 SALARIÉS	
Type d'expert	**Rôle de l'expert**
Dans les entreprises d'au moins 50 salariés	
Expert-comptable (c. trav. art. L. 2315-92)	– opération de concentration ; – droit d'alerte économique ; – grand licenciement collectif ; – offres publiques d'acquisition ; – aide aux organisations syndicales pour la négociation d'un accord de performance collective ou d'un PSE.
Expert agréé jusqu'au 31.12.2021	– risque grave ; – projet important modifiant les conditions de travail, de santé/sécurité.
Expert habilité (c. trav. art. L. 2315-94)	– risque grave ; – projet important modifiant les conditions de travail, de santé/sécurité ; – introduction de nouvelles technologies.
Expert libre (c. trav. art. L. 2315-81)	Préparation des travaux du CSE
Expert en risques technologiques (c. trav. art. L. 4523-5)	– demande d'autorisation préfectorale ; – danger grave en rapport avec l'installation classée.
Dans les entreprises d'au moins 300 salariés	
Expert habilité (c. trav. art. L. 2315-94) **Expert technique jusqu'au 31.12.2021** (c. trav. art. L. 2315-95)	Préparation de la négociation sur l'égalité professionnelle
Dans les entreprises d'au moins 1 000 salariés	
Expert au choix (c. trav. art. L. 1233-57-17)	Recherche d'un repreneur en cas de projet de fermeture d'un établissement qui aurait pour conséquence un licenciement collectif avec PSE

DANS LES ENTREPRISES D'AU MOINS 50 SALARIÉS

→ Recours à un expert-comptable

41-12 Le CSE peut recourir à une expertise dans le cadre (c. trav. art. L. 2315-92) :

› d'une opération de concentration (c. trav. art. L. 2312-41) ;

› d'un droit d'alerte économique (c. trav. art. L. 2312-63) ;

› d'un projet de grand licenciement collectif (lors de la première réunion) :

- un accord collectif d'entreprise, de groupe ou de branche peut fixer les conditions dans lesquelles le CSE peut recourir à une expertise (c. trav. art. L. 1233-21 et L. 1233-22),
- l'expertise peut porter à la fois sur les domaines économique/comptable et sur la santé/sécurité ou les effets potentiels du projet sur les conditions de travail (c. trav. art. L. 1233-34),

› de l'aide aux organisations syndicales pour les négociations du PSE (c. trav. art. L. 1233-24-1). Le CSE doit désigner l'expert choisi pour l'examen du projet de licenciement ;

› d'une offre publique d'acquisition (c. trav. art. L. 2312-42) ;

› de l'aide aux organisations syndicales pour les négociations de l'accord de performance collective (c. trav. art. L. 2254-2).

La mission de l'expert-comptable, mandaté dans le cadre d'un droit d'alerte, s'étend aux faits de nature à confirmer la situation économique préoccupante de l'entreprise qui sont la suite nécessaire de ceux qui ont motivé l'exercice du droit d'alerte tels qu'une fusion (cass. soc. 29 septembre 2009, n° 08-15035 D).

En cas de dépôt d'une offre publique d'acquisition (OPA), l'expert-comptable établit un rapport qui évalue la politique industrielle et financière et les plans stratégiques que l'auteur de l'offre envisage d'appliquer à la société objet de l'offre, ainsi que les répercussions de leur mise en œuvre sur l'ensemble des intérêts, l'emploi, les sites d'activité et la localisation des centres de décision de cette dernière société (c. trav. art. L. 2312-45).

→ Recours à un expert santé et sécurité et conditions de travail

41-13 **Recours à un expert agréé jusqu'au 31 décembre 2021.** Le CSE peut recourir à un expert agréé jusqu'au 31 décembre 2021 en cas de (c. trav. art. L. 2315-94) :

› risque grave, identifié et actuel, révélé ou non par un accident du travail, une maladie professionnelle ou à caractère professionnel constaté dans l'établissement ;

› projet important modifiant les conditions de santé et de sécurité ou les conditions de travail.

• **Risque grave, identifié et actuel.** L'exigence d'un risque identifié et actuel ne figurait pas dans le code du travail (c. trav. art. L. 4614-12, dans sa version antérieure au 1er janvier 2018). Cette précision d'origine jurisprudentielle (cass. soc. 3 avril 2001, n° 99-14002, BC V n° 121 ; cass. soc. 7 mai 2014, n° 13-13561 D) a été introduite par la réforme de 2017 (c. trav. art. L. 2315-94).

• **Risque grave encouru par des salariés intérimaires dans l'entreprise utilisatrice.** Le CSE de l'entreprise de travail temporaire (ETT) peut recourir à un expert en cas d'inaction de l'entreprise utilisatrice et de son CSE. Alors que, selon le code du travail, la responsabilité du droit à la santé des salariés intérimaires repose sur l'entreprise utilisatrice, la Cour de cassation admet que le CSE de l'ETT puisse désigner un expert dès lors que l'entreprise utilisatrice ainsi que son CSE ont manqué à leur mission de surveillance et de protection. En cas de litige, le juge doit vérifier ces conditions.

L'entreprise utilisatrice doit être mise en cause puisque l'expertise va se dérouler dans ses locaux (cass. soc. 26 février 2020, n° 18-22556 FSPBRI).

• **Projet important.** Une expertise est justifiée en cas de déménagement d'un site, entraînant une redistribution significative des espaces de travail et de leur usage pour les salariés concernés (cass. soc. 12 mai 2021 n° 19-24692 D).

41-14 **Recours à un expert habilité à compter du 1er janvier 2022.** À compter du 1er janvier 2022, l'expert habilité remplacera les experts suivants :

› l'expert technique auquel pouvait avoir recours le CE dans les entreprises d'au moins 300 salariés en cas de projet d'introduction de nouvelles technologies ou de négociation sur l'égalité professionnelle (c. trav. art. L. 2323-29, dans sa version antérieure au 1er janvier 2018) ;

› l'expert agréé auquel pouvait faire appel le CHSCT ou le CSE en cas de risque grave ou de projet important (c. trav. art. L. 4614-12, dans sa version antérieure au 1er janvier 2018).

Le CSE pourra faire appel à un expert habilité une fois l'habilitation entrée en vigueur (c. trav. art. L. 2315-94) :

› lorsqu'un risque grave, identifié et actuel, sera constaté dans l'établissement ;

› en cas de projet important modifiant les conditions de santé-sécurité ou les conditions de travail ;

› en cas d'introduction de nouvelles technologies (ancien expert technique ; le seuil de 300 salariés a été supprimé) (c. trav. art. L. 2312-8).

L'expertise a pour objet d'apporter aux membres du CSE des éléments d'information lisibles et objectifs leur permettant de formuler un avis éclairé. À cette fin, elle doit favoriser les échanges entre l'employeur et les membres du CSE et réduire l'asymétrie des connaissances au sein du comité. L'expertise doit contribuer en particulier à (arrêté du 7 août 2020, art. 3, JO du 20) :

› a) analyser les situations de travail ;

› b) évaluer les risques professionnels et, le cas échéant, les événements accidentels ;

› c) évaluer les incidences, pour les travailleurs, de la mise en place d'un projet important ou de l'introduction d'une nouvelle technologie ;

› d) identifier les opportunités qui permettraient, notamment, d'améliorer les conditions de travail et d'emploi, l'organisation, la santé au travail et la prévention des risques professionnels ;

› e) formuler des recommandations en la matière ;

› f) restituer sous forme écrite et orale au CSE les conclusions de l'expertise en apportant, notamment la démonstration du diagnostic et des recommandations formulées.

41-15

HABILITATION DES EXPERTS

La technique de l'habilitation de l'expert succédera à celle de l'agrément s'agissant des 2 domaines anciennement de la compétence du CHSCT. Le ministère du travail sera déchargé d'une procédure longue et chronophage, qui constituait toutefois un outil de contrôle des pouvoirs publics sur le sérieux des experts.

L'habilitation est une certification justifiant des compétences de l'expert. Cette certification est délivrée par un organisme certificateur accrédité par le comité français d'accréditation ou par tout autre organisme d'accréditation (c. trav. art. R. 2315-51 et R. 4724-1 par renvoi).

Les modalités de certifications des experts ont été fixées par arrêté (arrêté du 7 août 2020, JO du 20, texte n° 9).

→ Recours à une expertise libre

41-16 Le CSE peut recourir à tout type d'expertise pour la préparation de ses travaux (c. trav. art. L. 2315-81).

EN PRATIQUE

Il s'agit des experts anciennement dits « libres » du CE.

DANS LES ENTREPRISES D'AU MOINS 300 SALARIÉS

41-17 Dans les entreprises d'au moins 300 salariés, le CSE peut décider de recourir à un expert en vue de préparer la négociation sur l'égalité professionnelle (c. trav. art. L. 2315-94, 3°). Cette catégorie d'expertise vise l'hypothèse dans laquelle le CSE négocie lui-même un accord sur l'égalité professionnelle (c. trav. art. L. 2232-24, L. 2232-25 et L. 2232-26), mais aussi celle où ce sont les syndicats qui négocient. Dans ce dernier cas, il s'agit d'appuyer les délégués syndicaux qui négocient sur l'égalité professionnelle (c. trav. art. L. 2242-1, 2° et L. 2242-17 ; cass. soc. 14 avril 2021, n° 19-23589 FSP).

Le CSE décide seul du recours à l'expert, l'exigence d'un accord entre l'employeur et la majorité des membres élus du CSE n'étant plus applicable. Le CSE doit recourir à un expert habilité à compter du 1er janvier 2022.

L'expertise a pour objet d'apporter aux membres du CSE les éléments nécessaires à la préparation de la négociation sur l'égalité professionnelle. Elle s'appuie notamment sur l'index de l'égalité professionnelle entre les femmes et les hommes (arrêté du 7 août 2020, art. 3, JO du 20). Cette expertise est destinée à favoriser la négociation sur l'égalité professionnelle et ne peut donc pas être étendue à d'autres champs de négociation. Le CSE ne peut pas demander à l'expert d'étendre son expertise à la QVT (cass. soc. 14 avril 2021 n° 19-23589 FSP).

La désignation de l'expert doit être faite en un temps utile à la négociation. Toutefois, dans certaines circonstances, le CSE peut recourir à l'expertise quand bien même la négociation a commencé à être engagée. La désignation n'a pas, par exemple, été jugée tardive lorsqu'un CSE a décidé en mai 2019 de recourir à une expertise alors que la négociation sur l'égalité professionnelle était engagée depuis décembre 2018 (en raison de la suspension des négociations du fait des élections professionnelles ayant eu lieu en janvier et février 2019 et de l'insuffisance des informations fournies par l'employeur, celui-ci ayant transmis aux élus des compléments d'information en mai 2019, de sorte que la négociation ne s'était finalement achevée qu'en août 2019) (cass. soc. 14 avril 2021 n° 19-23589 FSP).

POINT DE VIGILANCE

Le maintien du seuil de 300 salariés peut surprendre puisque l'obligation de négocier sur l'égalité professionnelle s'impose à toutes les entreprises dotées d'une section syndicale d'une organisation représentative (c. trav. art. L. 2242-1).

DANS LES ENTREPRISES D'AU MOINS 1 000 SALARIÉS

41-18 Le CSE peut recourir à l'assistance d'un expert de son choix en cas de projet de fermeture d'un établissement qui aurait pour conséquence un projet de licenciement collectif entraînant la mise en place d'un plan de sauvegarde de l'emploi (c. trav. art. L. 1233-57-9).

Constitue une fermeture (c. trav. art. R. 1233-15) :

- la cessation d'activité complète d'un établissement ;
- la fusion de plusieurs établissements en dehors de leur zone d'emploi ;
- le transfert d'un établissement en dehors de sa zone d'emploi.

Le CSE peut désigner un expert-comptable ou tout autre expert (c. trav. art. L. 1233-57-17).

Cet expert a pour mission d'analyser le processus de recherche d'un repreneur, sa méthodologie et son champ, d'apprécier les informations mises à la disposition des repreneurs potentiels, d'étudier les offres de reprise et d'apporter son concours à la recherche d'un repreneur par le CSE et à l'élaboration de projets de reprise.

L'employeur doit informer sans délai l'autorité administrative du recours par le CSE à un expert (c. trav. art. L. 1233-57-17).

Procédure de recours à l'expert

MODALITÉS DE DÉSIGNATION

→ Accord unanime ou vote à la majorité

41-19 En l'absence de règles légales quant aux modalités de désignation de l'expert-comptable, il convient, selon nous, de suivre la pratique antérieure : désignation par un accord unanime des membres du CSE ou vote à la majorité en cas de désaccord.

Un vote à ce sujet n'est pas obligatoire, sauf en cas de désaccord entre les membres du CSE (cass. crim. 12 avril 1988, n° 87-80985 D).

Seul le CSE décide du recours éventuel à un expert au cours d'une réunion ordinaire ou extraordinaire. L'employeur n'est pas habilité à prendre part au vote (Q/R 112, CSE, 117 questions/réponses du ministère du Travail, 17 janvier 2020 ; cass. soc. 26 novembre 1987, n° 86-14530, BC V n° 679).

La désignation d'un expert-comptable en cas de licenciements économiques avec PSE fait l'objet d'une procédure particulière (c. trav. art. L. 1233-34 et s.) (voir § 41-30).

→ Examen des comptes

41-20 Dans le cadre de la consultation sur la situation économique et financière, la désignation de l'expert-comptable en vue de l'examen des comptes ne doit pas nécessairement intervenir lors de la réunion d'information au cours de laquelle les comptes lui sont présentés ; le CSE dispose d'un délai raisonnable pour désigner un expert-comptable à partir du moment où il les a reçus (cass. soc. 15 décembre 2009, n° 08-17722, BC V n° 285).

En revanche, la désignation de l'expert ne doit pas intervenir trop tôt : s'il est désigné avant la réunion de présentation et de transmission des comptes, la rémunération de l'expert reste à la charge du comité (cass. soc. 28 mars 2018, n° 16-12707, BC V n° 48). Un comité peut également mandater un expert-comptable pour l'examen annuel des comptes postérieurement à leur approbation (cass. soc. 18 décembre 2007, n° 06-17389, BC V n° 214).

CAHIER DES CHARGES ÉTABLI LE CAS ÉCHÉANT PAR LE CSE

41-21 À compter de la désignation de l'expert, les membres du CSE peuvent établir un cahier des charges. S'ils le font, ils ont l'obligation de le notifier à l'employeur (c. trav. art. L. 2315-81-1).

Aucun délai n'est prévu pour la notification.

Un accord collectif pourrait-il rendre obligatoire le cahier des charges ?

COÛT, ÉTENDUE ET DURÉE À ÉTABLIR PAR L'EXPERT

41-22 L'expert doit notifier à l'employeur le coût prévisionnel, l'étendue et la durée de l'expertise (c. trav. art. L. 2315-81-1) dans un délai de 10 jours à compter de sa désignation (c. trav. art. R. 2315-46).

Le délai de 10 jours dont dispose l'employeur pour contester le coût prévisionnel, l'étendue et la durée de l'expertise part de cette formalité (voir § 41-42).

En l'absence de notification par l'expert, le délai dont dispose l'employeur ne commence pas à courir.

Moyens et obligations de l'expert

ACCÈS AUX LOCAUX ET INFORMATIONS

41-23 L'expert nommé par le CSE a libre accès aux locaux de l'entreprise dès lors que l'expertise est menée dans les situations prévues par le code du travail (c. trav. art. L. 2315-82).

L'employeur doit lui fournir les informations nécessaires à l'exercice de sa mission (c. trav. art. L. 2315-83).

À l'exception des grands licenciements collectifs pour motif économique, l'expert peut demander à l'employeur toutes les informations complémentaires qu'il juge nécessaires à la réalisation de sa mission, et ce, au plus tard dans les 3 jours de sa désignation (c. trav. art. R. 2315-45). L'employeur doit répondre à cette demande dans les 5 jours (c. trav. art. R. 2315-45).

En cas de demande tardive de documents par l'expert (au-delà du délai de 3 jours), l'employeur pourrait-il refuser de communiquer les documents demandés ? Juridiquement oui, semble-t-il. Une telle décision ne saurait toutefois être constructive.

Lorsqu'il intervient dans le cadre de la consultation sur les orientations stratégiques, l'expert-comptable a accès aux mêmes documents que le commissaire aux comptes (c. trav. art. L. 2315-90).

Lorsqu'il est saisi dans le cadre d'une opération de concentration ou d'une opération de recherche de repreneurs, l'expert-comptable/l'expert a accès aux documents de toutes les sociétés intéressées par l'opération (c. trav. art. L. 2315-93).

Lorsqu'il est saisi dans le cadre d'une OPA, l'expert-comptable a accès aux documents nécessaires à l'élaboration de son rapport (c. trav. art. L. 2315-93).

EXPERTISE PLURIDISCIPLINAIRE

41-24 Lorsqu'une expertise porte sur plusieurs champs, l'expert peut s'adjoindre la compétence d'un ou plusieurs autres experts sur une partie des travaux que nécessite l'expertise.

Il lui appartient de vérifier que ces derniers disposent des compétences nécessaires au bon déroulement de la mission ou, le cas échéant, de l'habilitation (c. trav. art. R. 2315-48).

L'expert doit établir un rapport unique (c. trav. art. R. 2315-48).

L'expert désigné est le seul interlocuteur du CSE. Il pilote l'expertise et est responsable de son bon déroulement. Lorsque l'expertise porte sur les seuls champs santé, sécurité et conditions de travail, l'expert habilité désigné par le comité social et économique peut ainsi « sous-traiter » une partie de l'expertise à un ou plusieurs cabinets qui n'ont dorénavant plus l'obligation d'être eux-mêmes habilités (on parlait auparavant d'agrément). En revanche, lorsque dans le cadre d'un plan de sauvegarde de l'emploi, un expert-comptable est désigné, il devra nécessairement faire appel à au moins un expert habilité pour les aspects de l'expertise concernant les champs santé, sécurité et conditions de travail (Q/R 110, CSE, 117 questions/réponses du ministère du Travail, 17 janvier 2020).

41-25

ACCÈS AUX INFORMATIONS		
Délais à respecter par l'expert		**Réponse de l'employeur**
À compter de sa désignation	3 jours pour demander les informations	Dans les 5 jours
	Projet de grand licenciement collectif	
	– 10 jours	– dans les 8 jours
	– 10 jours pour demander des informations complémentaires	– dans les 8 jours de la formulation de la demande
	10 jours pour notifier à l'employeur le coût prévisionnel, l'étendue et la durée de l'expertise	

OBLIGATIONS DE SECRET ET DE DISCRÉTION

41-26 L'expert est tenu aux obligations de secret et de discrétion (c. trav. art. L. 2315-84).

Délais d'expertise

DÉLAIS NÉGOCIABLES SAUF EN CAS D'OPA

41-27 Les délais dans lequel l'expert doit rendre son rapport peuvent être fixés, pour chaque catégorie d'expertise, par accord collectif d'entreprise ou par accord conclu entre l'employeur et le CSE adopté à la majorité des élus titulaires du CSE. Les délais fixés par décret ne s'appliquent qu'en l'absence d'accord (c. trav. art. L. 2315-85 et R. 2315-47).

Le code du travail ne prévoit pas de hiérarchie entre les accords ; l'employeur pourrait, en théorie, négocier ce point directement avec le CSE. Il s'agit sans doute d'une lacune, la philosophie de la réforme étant de donner la priorité à la négociation avec les organisations syndicales.

L'accord peut être à durée déterminée (ex. : dans le cadre d'une expertise) ou à durée indéterminée.

Une exception est toutefois prévue : le délai de 3 semaines en cas d'OPA n'est pas négociable.

EN PRATIQUE

Les délais étant courts, il n'est guère utile de négocier ce point.

EXPERTISE DANS LE CADRE D'UNE CONSULTATION

41-28 Lorsque le CSE a recours à une expertise dans le cadre d'une consultation par l'employeur, l'expert doit remettre son rapport au plus tard 15 jours avant l'expiration des délais de consultation du CSE (délais précisés à l'article R. 2312-6, al. 2 et 3) (c. trav. art. R. 2315-47, al. 1er).

Sont visées ici toutes les consultations pour lesquelles le code du travail ne pose pas de délai spécifique. Entrent ainsi dans cette catégorie les expertises décidées dans le cadre des consultations obligatoires qu'elles soient récurrentes ou ponctuelles (expertises lors de l'introduction de nouvelles technologies ou d'un projet important modifiant les conditions de santé et de sécurité ou les conditions de travail).

AUTRES CAS DE RECOURS À UNE EXPERTISE

41-29 À défaut d'accord d'entreprise ou d'accord entre l'employeur et le CSE, adopté à la majorité des membres titulaires élus du CSE, lorsque le comité recourt à une expertise « en dehors des cas prévus au 1er et au 2e alinéa du présent article » (voir § 41-28), l'expert doit remettre son rapport dans un délai de 2 mois à compter de sa désignation (c. trav. art. R. 2315-47, al. 3).

Le délai de 2 mois peut être renouvelé une fois pour une durée maximale de 2 mois, par accord entre l'employeur et le CSE, adopté à la majorité des membres titulaires (c. trav. art. R. 2315-47).

Quelles sont les hypothèses visées ? Le texte exclut les consultations pour lesquelles le délai de droit commun s'applique et l'expertise dans le cadre d'une opération de concentration. Mais le texte est incomplet car il convient d'exclure également l'expertise en cas d'offre publique d'acquisition (OPA), de grand licenciement collectif, de recherche d'un repreneur pour lesquels des délais spécifiques sont posés.

Sont donc concernées ici les expertises :

- en cas de droit d'alerte économique ;
- de risque grave ;
- d'appui à la négociation d'un accord de performance collective ;
- ou encore pour la préparation de la négociation sur l'égalité professionnelle.

PROJET DE GRAND LICENCIEMENT COLLECTIF

41-30 Un accord collectif d'entreprise, de groupe ou de branche peut définir les conditions dans lesquelles le CSE peut recourir à une expertise dans le cadre d'un projet de grand licenciement collectif (c. trav. art. L. 1233-22). Si l'accord ne peut déroger à certaines règles expressément listées (c. trav. art. L. 1233-23), celles relatives à l'expertise ne font pas partie de ce socle. Les partenaires sociaux peuvent donc aménager toute la procédure d'expertise, y compris le délai donné à l'expert pour rendre son rapport.

À défaut de disposition conventionnelle, le CSE peut recourir à un expert lors de la 1ère réunion (c. trav. art. L. 1233-34).

L'expert a 10 jours à compter de sa désignation pour demander à l'employeur toutes les informations qu'il juge nécessaires à la réalisation de sa mission. L'employeur doit répondre à cette demande dans les 8 jours.

Si besoin, l'expert peut demander, dans les 10 jours, des informations complémentaires à l'employeur. En l'absence de précision, on suppose que ce nouveau délai de 10 jours court à compter de la réception des informations demandées à l'employeur. Ce dernier doit répondre à cette demande dans les 8 jours à compter de la date à laquelle la demande de l'expert est « formulée » (c. trav. art. L. 1233-35).

Ce terme vise la demande de l'expert et non sa date de réception par l'employeur. L'utilisation par l'expert d'un courrier non électronique peut réduire le délai laissé à l'employeur.

• **Difficultés de l'expert pour obtenir des documents.** L'expert doit s'adresser au DREETS (ex-DIRECCTE). La juridiction administrative est ensuite seule compétente pour statuer sur un litige relatif à la communication par l'employeur de pièces demandées par l'expert-comptable désigné dans le cadre de la procédure de consultation du CSE en cas de licenciements collectifs pour motif économique prévue à l'article L. 1233-30 du code du travail. Le juge administratif ne peut toutefois être saisi que du litige relatif à la décision de validation ou d'homologation (CE 25 septembre 2019, n° 428510) (voir § 41-46).

Les règles gouvernant l'expertise pluridisciplinaire (voir § 41-24) sont applicables en cas d'expertise dans le cadre d'un projet de grand licenciement collectif (c. trav. art. R. 1233-3-2).

En l'absence de délai conventionnel, le rapport doit être remis au CSE, et le cas échéant aux organisations syndicales, au plus tard 15 jours avant l'expiration du délai de 2/3/4 mois dont dispose le CSE pour rendre son avis (c. trav. art. L. 1233-34).

ASSISTANCE À LA RECHERCHE D'UN REPRENEUR

41-31 Le code du travail se contente d'une formule lapidaire : l'expert doit présenter son rapport dans les délais prévus à l'article L. 1233-30 (c. trav. art. L. 1233-57-17).

Ce texte fixe le délai dans lequel le CSE doit rendre son avis en cas de licenciement collectif (2/3/4 mois en fonction du nombre de licenciements) mais il n'aborde pas le délai laissé à l'expert pour rendre son rapport.

EN PRATIQUE

Sans doute faut-il considérer que l'expert doit remettre son rapport au CSE au plus tard 15 jours avant l'expiration du délai de 2/3/4 mois (c. trav. art. L. 1233-34).

EXPERTISE DANS LE CADRE D'UNE OPÉRATION DE CONCENTRATION

41-32 Un projet de concentration doit être notifié à l'Autorité de la concurrence ; celle-ci doit, à réception du projet, publier un communiqué. L'opération ne peut avoir lieu qu'après accord de l'Autorité (c. com. art. L. 430-3 et s.).

Lorsque le CSE recourt à un expert-comptable dans le cadre d'une opération de concentration (c. trav. art. L. 2315-92), l'expert doit remettre son rapport dans un délai de 8 jours à compter de la notification de la décision de l'Autorité de la concurrence (ou de la Commission européenne) saisie du dossier (c. trav. art. R. 2315-47).

POINT DE VIGILANCE

On pourrait soutenir que le délai de 8 jours n'est pas négociable puisque l'article L. 2315-92 renvoie à l'article L. 2312-41 (expertise dans le cadre d'une opération de concentration) qui est d'ordre public. Mais ce dernier texte n'aborde pas le délai laissé à l'expert ; or, un texte d'ordre public doit, à notre avis, s'interpréter strictement. Comme par le passé, le délai est donc sans doute négociable.

EXPERTISE LORS D'UNE OPA

41-33 En cas de dépôt d'une offre publique d'acquisition (voir § 29-12), l'expert-comptable désigné par le CSE doit rendre son rapport dans les 3 semaines du dépôt de l'offre (c. trav. art. L. 2312-45).

POINT DE VIGILANCE

Cette règle est d'ordre public. Aucune négociation du délai n'est donc possible.

TABLEAU SYNTHÉTIQUE

41-34

DÉLAIS LAISSÉS À L'EXPERT POUR RENDRE SON RAPPORT (EN L'ABSENCE D'ACCORD)	
Cas de recours	**Délai à respecter**
Consultation	maximum 15 jours avant l'avis
Droit d'alerte économique **Risque grave** **Appui à la négociation d'un accord de performance collective** **Appui pour la préparation de la négociation sur l'égalité professionnelle**	deux mois à compter de sa désignation, renouvelable une fois
Projet de grand licenciement collectif avec PSE	Maximum 15 jours avant l'avis
Assistance à la recherche d'un repreneur	Maximum 15 jours avant l'avis
Opération de concentration	8 jours à compter de la décision de l'autorité de la concurrence
OPA	3 semaines à compter du dépôt de l'offre

Financement des expertises

PRINCIPE

41-35 L'expert doit notifier à l'employeur le coût prévisionnel, l'étendue et la durée de l'expertise dans un délai de 10 jours à compter de sa désignation (c. trav. art. R. 2315-46).

- **Devis.** Le recours à des devis avait été initialement envisagé mais l'obligation a finalement disparu.

POINT DE VIGILANCE

Bien que le texte ne le précise pas, l'obligation n'a vocation à s'appliquer que pour les expertises prises en charge par l'employeur.

À compter de la désignation de l'expert, les membres du CSE établissent « au besoin » un cahier des charges et le notifient à l'employeur (c. trav. art. L. 2315-81-1) (voir § 41-21).

- **« au besoin ».** Cette expression introduite par la 6e ordonnance a rendu le cahier des charges facultatif alors qu'à l'origine, il s'agissait d'une formalité obligatoire (ord. 2017-1386 du 22 septembre 2017, JO du 23).

La réforme a diminué le coût des expertises pour l'employeur à un double titre (ord. 2017-1386 du 22 septembre 2017, JO du 23) :

› en élargissant le champ du co-financement (voir ci-après) ;

› et en dédouanant l'employeur de l'obligation de financer l'expertise en vue de la préparation de la négociation pour l'égalité professionnelle dès lors que des indicateurs figurent dans la BDESE.

Le coût diminue également dans la mesure où la consultation sur la situation économique et financière doit être menée au niveau central ; seul le CSE central peut donc nommer un expert pour l'examen des comptes à l'exception des CSE d'établissement.

EXPERTISES FINANCÉES À 100 % PAR L'EMPLOYEUR

➜ Prise en charge financière intégrale

41-36 L'employeur est tenu de prendre intégralement en charge les expertises mandatées par le CSE dans le cadre (c. trav. art. L. 2315-80) :

- › de la consultation sur la situation économique et financière (c. trav. art. L. 2315-88) ;
- › de la consultation sur la politique sociale (c. trav. art. L. 2315-91) ;
- › d'un risque grave (c. trav. art. L. 2315-96) ;
- › d'un projet de grand licenciement économique collectif (avec PSE) (c. trav. art. L. 2315-92) ;
- › de la recherche d'un repreneur en cas de fermeture de site décidé dans une entreprise d'au moins 1 000 salariés (c. trav. art. L. 1233-57-17).

• **Expertise sur l'accord de participation.** Aucune disposition n'aborde la question du financement de l'expert-comptable auquel peut recourir le CSE pour l'examen du rapport sur l'accord de participation (c. trav. art. D. 3323-14). Le texte se cantonne de prévoir la possibilité pour le CSE de recourir à l'expert-comptable prévu à l'article L. 2325-35 (abrogé au 1er janvier 2018), article qui listait les expertises rémunérées par l'employeur. Cette expertise était donc à la charge de l'employeur (cass. soc. 28 janvier 2009, n° 07-18284, BC V n° 28). Le décret n'ayant pas été modifié vise un texte abrogé. Aucune raison ne justifie toutefois la remise en cause de la solution.

PRISE EN CHARGE INTÉGRALE DES EXPERTISES PAR L'EMPLOYEUR

Entreprise de 50 et + salariés	Entreprise de 1000 et + salariés
Consultation sur la situation économique et financière	Recherche d'un repreneur en cas de fermeture de site
Consultation sur la politique sociale	
Risque grave	
Projet de grand licenciement économique collectif (avec PSE)	
Accord de participation	

➜ Prise en charge financière intégrale parfois soumise à condition

41-37 L'employeur doit prendre en charge toutes les expertises en principe cofinancées par le CSE lorsque deux critères cumulatifs sont remplis (c. trav. art. L. 2315-80) :

- › le budget AEP (budget de fonctionnement) du CSE est insuffisant pour couvrir le coût de l'expertise ;
- › le budget AEP du CSE n'a pas donné lieu à un transfert d'excédent annuel au budget destiné aux activités sociales et culturelles (ASC) au cours des 3 années précédentes.

En contrepartie de la prise en charge supportée alors par l'employeur, le CSE ne peut plus décider de transférer d'éventuels excédents du budget AEP au financement des ASC pendant les 3 années suivantes (c. trav. art. L. 2315-61).

POINT DE VIGILANCE

Si les deux conditions sont remplies, le coût de l'expertise est pris en charge intégralement par l'employeur, y compris, à notre sens, si le budget du CSE permet de couvrir une partie des 20 % lui incombant de principe. Soit par exemple, une expertise de 15 000 euros, 3 000 euros sont à la charge du CSE. Or, celui-ci ne dispose que d'un budget de 2 995 euros. Pour 5 euros manquants, l'employeur devra prendre en charge l'intégralité de l'expertise.

Dans les entreprises d'au moins 300 salariés, l'employeur doit prendre intégralement en charge l'expertise dans le cadre de la négociation sur l'égalité professionnelle si la BDESE ne comporte pas d'indicateur sur l'égalité (c. trav. art. L. 2315-80.1° et L. 2315-94).

En cas de litige, le président du tribunal judiciaire doit vérifier si la BDESE mise à la disposition du CSE comporte ou non certains indicateurs chiffrés relatifs à l'égalité professionnelle (cass. soc. 14 avril 2021 n° 19-23589 FSP). Dans cette affaire, le juge avait, à tort, fait supporter à l'employeur la totalité du coût de l'expertise sans réellement rechercher si la BDESE comportait ou non certains des indicateurs chiffrés relatifs à l'égalité professionnelle.

<table>
<tr><th colspan="3">PRISE EN CHARGE DES EXPERTISES PAR L'EMPLOYEUR SOUS CONDITIONS</th></tr>
<tr><th colspan="2">Entreprise d'au moins 50 salariés</th><th>Entreprise d'au moins 300 salariés</th></tr>
<tr><td>Orientations stratégiques</td><td rowspan="3">Si budget AEP insuffisant et absence de transfert d'excédent vers le budget ASC au cours des 3 années précédentes</td><td rowspan="3">Négociation sur l'égalité professionnelle si la BDESE ne comporte pas d'indicateur sur l'égalité</td></tr>
<tr><td>Toute consultation ponctuelle (autre que grand licenciement collectif ou risque grave)</td></tr>
<tr><td>Négociation d'un accord de performance collective</td></tr>
</table>

EXPERTISES COFINANCÉES PAR L'EMPLOYEUR ET LE CSE

41-38 Une prise en charge financière partagée de l'expertise, à hauteur de 80 % pour l'employeur et de 20 % pour le CSE, est prévue lorsqu'elle intervient dans le cadre (c. trav. art. L. 2315-80) :

› de la consultation récurrente sur les orientations stratégiques (c. trav. art. L. 2312-17.1°) ;

› de toute consultation ponctuelle (à l'exception de celle liée à un projet de grand licenciement collectif ou à un risque grave). À titre d'exemple, on peut citer la consultation ponctuelle en cas d'OPA ;

› de la préparation de la négociation sur l'égalité professionnelle dès lors que la BDESE comporte des indicateurs sur l'égalité (cass. soc. 14 avril 2021 n° 19-23589 FSP) ;

› de la négociation d'un accord de performance collective (c. trav. art. L. 2315-92.II).

L'employeur doit prendre en charge l'intégralité de l'expertise lorsque le budget AEP du CSE est insuffisant pour couvrir le coût de l'expertise à la condition toutefois qu'il n'y ait pas eu de transfert d'un excédent au budget des ASC au cours des 3 années précédentes (c. trav. art. L. 2315-80) (voir § 41-37). Pour établir l'insuffisance de fonds pour payer l'expertise, le CSE doit, en pratique, demander une attestation à son expert-comptable.

Sur l'absence de budget AEP du CSE central, voir § 24-14.

EXPERTISES FINANCÉES À 100 % PAR LE CSE

41-39 Le CSE peut faire appel à tout type d'expertise rémunérée par ses soins pour la préparation de ses travaux (c. trav. art. L. 2315-81). Ce type d'expertise est pris en charge intégralement par le CSE sur son budget AEP.

TABLEAU RÉCAPITULATIF

41-40

TABLEAU RÉCAPITULATIF SUR LA PRISE EN CHARGE DES EXPERTISES	
Expert habilité du CSE	
Cas de recours (1) (c. trav. art. L. 2315-9)	**Financement** (c. trav. art. L. 2315-80)
• Lorsqu'un risque grave, identifié et actuel, révélé ou non par un accident du travail, une maladie professionnelle ou à caractère professionnel est constaté dans l'établissement.	Par l'employeur
• En cas d'introduction de nouvelles technologies. • En cas de projet important modifiant les conditions de santé et de sécurité ou les conditions de travail.	• Co financées **OU** • financement par l'employeur lorsque le budget AEP du CSE est insuffisant pour couvrir le coût de l'expertise et n'a pas donné lieu à un transfert d'excédent annuel au budget destiné aux ASC au cours des 3 années précédentes.
• Dans les entreprises d'au moins 300 salariés, en vue de préparer la négociation sur l'égalité professionnelle.	• Co financées *OU* • financement par l'employeur lorsque le budget AEP du CSE est insuffisant pour couvrir le coût de l'expertise et n'a pas donné lieu à un transfert d'excédent annuel au budget ASC au cours des 3 années précédentes. • Par l'employeur en l'absence de tout indicateur relatif à l'égalité professionnelle dans la BDESE (c. trav. art. L. 2312-8).
(1) Dans les établissements comportant au moins une installation susceptible de donner lieu à des servitudes d'utilité publique, le CSE peut également faire appel à un expert en risques technologiques à l'occasion de la demande d'autorisation environnementale (c. trav. art. L. 4523-5, R. 4523-2 et R. 4523-3).	

<table>
<tr><th colspan="2">EXPERT-COMPTABLE DU CSE</th></tr>
<tr><th>Cas de recours</th><th>Financement
(c. trav. art. L. 2315-80)</th></tr>
<tr><td>En vue de consultations récurrentes (périodicité définie par accord collectif sinon annuelle) :
– consultation sur la situation économique et financière de l'entreprise (c. trav. art. L. 2315-88) ;
– consultation sur la politique sociale de l'entreprise, les conditions de travail et l'emploi (c. trav. art. L. 2315-91).</td><td rowspan="2">Par l'employeur</td></tr>
<tr><td>En cas de projet de licenciement économique collectif avec plan de sauvegarde de l'emploi (PSE) (c. trav. art. L. 1233-34 et L. 2315-92, I).</td></tr>
<tr><td>En vue de la consultation sur les orientations stratégiques de l'entreprise (c. trav. art. L. 2315-87).</td><td rowspan="3">• Co financées
OU
• financement par l'employeur lorsque le budget AEP du CSE est insuffisant pour couvrir le coût de l'expertise et n'a pas donné lieu à un transfert d'excédent annuel au budget ASC au cours des 3 années précédentes.</td></tr>
<tr><td>Dans le cadre de consultations ponctuelles (c. trav. art. L. 2315-92, I) :
– en cas d'opération de concentration ;
– en cas d'exercice du droit d'alerte économique ;
– en cas d'offre publique d'acquisition.</td></tr>
<tr><td>Assistance aux syndicats dans la négociation d'un accord de performance collective ou d'un accord définissant le contenu d'un PSE (c. trav. art. L. 2315-92, II).</td></tr>
<tr><th colspan="2">Expert de son choix</th></tr>
<tr><td>Assistance du CSE dans la recherche d'un repreneur en cas de projet de fermeture de site décidé dans une entreprise d'au moins 1 000 salariés (c. trav. art. L. 1233-57-17).</td><td>Par l'employeur</td></tr>
</table>

EXPERT LIBRE DU CSE	
Cas de recours (c. trav. art. L. 2315-81)	**Financement** (c. trav. art. L. 2315-81)
Préparation des travaux du CSE	Par le CSE, sur son budget AEP.

Contestation d'une expertise

PROCÉDURE APPLICABLE

→ Recours devant le tribunal judiciaire

41-41 Sauf l'hypothèse d'un projet de grand licenciement collectif (voir § 41-30), l'employeur qui conteste une expertise doit saisir le président du tribunal judiciaire dans un délai de 10 jours (c. trav. art. R. 2315-49 et R. 2315-50).

→ Point de départ du délai de contestation

41-42 Le point de départ du délai de 10 jours diffère selon l'objet de la contestation.

L'employeur doit saisir le juge dans les 10 jours de (c. trav. art. L. 2315-86) :

› la délibération du CSE décidant le recours à l'expertise, s'il entend contester la nécessité de l'expertise ;

› la désignation de l'expert s'il entend contester le choix de l'expert.

EN PRATIQUE

On ne voit guère quelle peut être l'effectivité de cette disposition ; l'employeur ne peut sans doute contester le choix du CSE s'il s'agit d'un expert-comptable, d'un expert agréé ou habilité, ni l'expert au choix du CSE dans le cadre de la recherche d'un repreneur.

› la notification par le CSE du cahier des charges et la notification par l'expert du coût prévisionnel, de l'étendue et de la durée de l'expertise, s'il entend contester l'un de ces éléments ;

EN PRATIQUE

Ce texte pourrait soulever des difficultés puisque la 6e ordonnance a rendu le cahier des charges facultatif (voir § 41-21) mais n'a pas modifié cet article. Sans doute faut-il comprendre qu'en l'absence de cahier des charges, le délai court à compter de la notification de l'expert.

› la notification du coût final de l'expertise, s'il entend contester ce coût.

EN PRATIQUE

Si l'expertise a été décidée par le CSE d'une unité économique et sociale (UES), l'action en justice doit être menée par toutes les entités composant l'UES ou, le cas échéant, par celle ayant pour mandat de représenter l'ensemble des sociétés de l'UES (cass. soc. 26 février 2020, n° 18-22123 FSPB).

→ Dix jours pour statuer

41-43 Le président du tribunal judiciaire rend sa décision selon la procédure accélérée au fond dans les 10 jours de sa saisine (c. trav. art. L. 2315-86). L'obligation faite au juge de statuer dans le délai de 10 jours suivant sa saisine n'est pas prescrite à peine de nullité de l'ordonnance (cass. soc. 6 juin 2018, n° 16-28026, BC V n° 110).

La saisine du juge suspend l'exécution de la décision du CSE de recourir à une expertise et les délais de consultation jusqu'à la notification du jugement (c. trav. art. L. 2315-86).

POINT DE VIGILANCE

Le jugement n'est susceptible que d'un recours en cassation. Le délai du pourvoi est de 10 jours à compter de la notification du jugement (c. trav. art. R. 2315-50).

→ Conséquences de la décision du juge

41-44 Le juge peut, selon l'action intentée par l'employeur, confirmer ou remettre en cause la nécessité de l'expertise ou le choix de l'expert. Il peut également valider ou réduire le montant prévisionnel des honoraires ou le champ de l'expertise. En tout état de cause, la décision du juge intervenant en urgence, avant le déclenchement de l'expertise, ses conséquences sont relativement limitées. C'est tout l'intérêt de ce contentieux « préventif ». Ainsi, le CSE pourra être amené, selon le cas, à renoncer à l'expertise, à désigner un nouvel expert ou à redéfinir le périmètre de la mission, tandis que l'expert pourra se trouver contraint de revoir à la baisse le montant qu'il entendait facturer à l'employeur.

La situation est plus délicate lorsque l'expertise a été réalisée et que l'employeur en conteste le coût final. Si le juge lui donne raison et que sa décision est définitive, l'expert doit rembourser tout ou partie des sommes que lui a versées l'employeur. Le CSE peut néanmoins décider à tout moment de les prendre en charge (c. trav. art. L. 2315-86).

PROCÉDURE DÉROGATOIRE : PROJET DE GRAND LICENCIEMENT COLLECTIF

→ Recours devant le DREETS

41-45 Lorsqu'une expertise est décidée par un CSE dans le cadre d'un projet de grand licenciement collectif – sur les domaines économique et comptable et/ou sur les effets potentiels du projet sur les conditions de travail – toute contestation doit être adressée au DREETS (c. trav. art. L. 1233-35-1).

Aucun délai n'est prévu pour saisir le DREETS. La contestation doit toutefois lui être adressée avant la demande de validation ou d'homologation du plan de sauvegarde de l'emploi (PSE).

Tout moyen conférant date certaine peut être utilisé.

La contestation doit être dûment motivée.

Tout moyen conférant date certaine peut être utilisé.

La contestation peut émaner (c. trav. art. R. 1233-3-3) :

- de l'employeur, s'agissant du choix de l'expert, de la nécessité, du coût prévisionnel, de l'étendue, de la durée de l'expertise ;
- du CSE (voire de l'expert) si l'employeur ne donne pas à l'expert les informations nécessaires ou libre accès à l'entreprise.

EN PRATIQUE

Le texte ne prévoit pas la compétence du DREETS en cas de contestation du coût final de l'expertise. L'employeur doit donc sans doute adresser sa contestation au président du tribunal judiciaire.

Le DREETS doit se prononcer dans un délai de 5 jours à compter de la réception de la demande.

Une copie de la décision est adressée « aux autres parties » (c. trav. art. R. 1233-3-3).

EN PRATIQUE

Sans doute convient-il de comprendre qu'il appartient au DREETS d'adresser sa décision à l'auteur du recours et une copie de celle-ci aux autres parties intéressées (CSE, organisation syndicale).

→ Contestation de la décision du DREETS devant le juge administratif

41-46 La décision du DREETS peut elle-même être contestée devant le juge administratif, dans les mêmes conditions que tout litige relatif au licenciement collectif avec PSE (c. trav. art. L. 1233-35-1). En d'autres termes, c'est la décision de validation ou d'homologation qu'il faut alors contester (c. trav. art. L. 1235-7-1).

42 Congés de formation des membres du CSE

Présentation 42-1

Formation économique spécifique aux membres du CSE
- Bénéficiaires 42-2
- Congé de droit 42-4
- Contenu de la formation 42-6
- Durée du stage de formation 42-8
- Rémunération et statut de l'élu en formation 42-10
- Financement de la formation 42-11
- › *Encadré : Dispositions conventionnelles* 42-12

Congé de formation économique, sociale, environnementale et syndicale
- Congé ouvert à tous les salariés de l'entreprise, membres ou non du CSE 42-13
- Nature de l'enseignement 42-14
- Durée du congé 42-15
- Organisme responsable 42-18
- Procédure à suivre 42-19
- Rémunération et statut du salarié 42-22

Formation santé, sécurité et conditions de travail
- Formation de tous les élus du CSE 42-24
- Durée de la formation et demande de congé 42-27
- Rémunération de l'élu en congé 42-30

Présentation

42-1 En lien avec leurs attributions, les membres d'un comité social et économique (CSE) peuvent bénéficier de congés de formation touchant aux domaines de l'économie et de la santé, sécurité et conditions de travail.

S'agissant du domaine de l'économie, les membres élus titulaires du CSE peuvent, dans les entreprises d'au moins 50 salariés, bénéficier d'une formation économique (voir § 42-2).

Par ailleurs, quels que soient l'effectif de l'entreprise, la branche d'activité dans laquelle travaille le salarié et l'ancienneté du demandeur, ils peuvent bénéficier d'un congé de formation économique, sociale, environnementale et syndicale, cette formation étant ouverte à tous les salariés de l'entreprise et non seulement aux élus (voir § 42-13).

S'agissant du domaine de la santé, les membres du CSE bénéficient, quel que soit l'effectif de l'entreprise, d'une formation pour l'exercice de leurs missions en santé, sécurité et conditions de travail (voir § 42-24).

À NOTER Compte tenu de la similitude des textes en la matière, la jurisprudence et les réponses administratives rendues à propos des IRP précédemment en place gardent, à notre avis, toute leur valeur. Les arrêts et réponses indiqués dans nos développements ci-après sont donc, en toute vraisemblance, transposables au CSE.

Formation économique spécifique aux membres du CSE

BÉNÉFICIAIRES

→ Nouveaux élus

42-2 Dans les entreprises d'au moins 50 salariés, les membres titulaires du CSE, élus pour la première fois, bénéficient d'une formation économique spécifique sous la forme d'un stage leur permettant d'exercer au mieux leurs attributions économiques (c. trav. art. L. 2315-63).

Sauf disposition plus favorable, ce congé est fermé aux élus suppléants ou représentants syndicaux membres du CSE. Ces derniers peuvent prétendre au congé de formation économique, sociale, environnementale et syndicale ouvert à tous les salariés (y compris aux élus titulaires du CSE) (voir § 42-13).

Le congé de formation économique est accordé dans les conditions et limites fixées par le code du travail pour le congé de formation économique, sociale, environnementale et syndicale (c. trav. art. L. 2315-63). 583

POINT DE VIGILANCE

Le salarié suppléant devenant membre titulaire du CSE en raison de la cessation des fonctions du titulaire bénéficie de cette formation. Peu importe que le titulaire en ait antérieurement bénéficié.

→ Formation renouvelée

42-3 La formation économique est renouvelée lorsque les élus ont exercé leur mandat pendant 4 ans, consécutifs ou non (c. trav. art. L. 2315-17).

CONGÉ DE DROIT

→ Demande du salarié

42-4 Le membre du CSE doit adresser sa demande à l'employeur au moins 30 jours avant le début du stage. Cette demande précise la date à laquelle il souhaite prendre son congé, la durée de celui-ci et le nom de l'organisme chargé de l'assurer (c. trav. art. R. 2145-4).

→ Refus de l'employeur sous condition

42-5 Le congé de formation économique est de droit. L'employeur ne peut donc pas s'y opposer sauf s'il estime après avis conforme du CSE, que cette absence pourrait avoir des conséquences préjudiciables à la production et à la bonne marche de l'entreprise. Ce refus du congé par l'employeur doit être motivé et notifié au salarié dans un délai de 8 jours à compter de la réception de la demande (c. trav. art. L. 2315-63, L. 2145-11 et R. 2145-5).

En cas de différend, le refus de l'employeur peut être directement contesté devant le bureau de jugement du conseil de prud'hommes, statuant selon la procédure accélérée au fond (c. trav. art. L. 2145-11 et R. 2145-5).

Par ailleurs, l'employeur peut aussi reporter ce congé :

› si le salarié a dépassé le nombre de jours de congés lui revenant (12 jours par an au titre de la formation économique, sociale et syndicale dont le congé de formation économique des élus du CSE) (c. trav. art. L. 2145-7) ;

› si le nombre total de jours de congés susceptibles d'être pris en chaque année par l'ensemble des salariés au titre du congé de formation syndicale par tous les salariés ainsi qu'au titre du congé de formation économique des membres titulaires du CSE est dépassé (c. trav. art. L. 2145-8).

CONTENU DE LA FORMATION

→ Nature de l'enseignement

42-6 La formation doit porter sur le fonctionnement économique et financier de l'entreprise et non pas sur l'économie en général. Ainsi, elle vise à enseigner aux stagiaires (circ. DRT 1983-12 du 27 septembre 1983) :

› les différentes formes juridiques de l'entreprise et les restructurations (fusion, scission, prise de participation, etc.) ;

› les règles de base de la comptabilité (bilan, compte d'exploitation, etc.) ;

› les notions de base de l'analyse financière (stock, investissements, emprunts, etc.) ;

› le cas échéant, les procédures de règlement des entreprises en difficulté.

POINT DE VIGILANCE

Avec la loi « climat », cette formation peut notamment porter sur « les conséquences environnementales de l'activité des entreprises » (c. trav. art. L. 2315-63 ; loi 2021-1104 du 22 août 2021, art. 41, JO du 24).

→ Organismes responsables de la formation

42-7 La formation économique des membres du CSE est dispensée soit :

› par un organisme figurant sur une liste arrêtée par le préfet de région, disponible à la DREETS (c. trav. art. L. 2315-17 et R. 2315-8) ;

› par des centres rattachés à des organisations syndicales de salariés reconnues représentatives sur le plan national et interprofessionnel (c. trav. art. L. 2145-5) ;

› par des centres rattachés à des organisations syndicales dont la vocation statutaire revêt un caractère national et interprofessionnel et qui ont recueilli plus de 3 % des suffrages exprimés lors des élections professionnelles (c. trav. art. L. 2145-5) ;

› par des instituts spécialisés (c. trav. art. L. 2145-5).

EN PRATIQUE

La liste des organismes habilités à dispenser les stages de formation est publiée chaque année au Journal officiel (c. trav. art. R. 2145-3).

POINT DE VIGILANCE

L'employeur ne peut donc pas imposer le recours à d'autres structures de formation (ex. : service formation de l'entreprise). Par ailleurs, le choix de la structure de formation revient au seul CSE à l'exclusion de l'employeur.

DURÉE DU STAGE DE FORMATION

→ Nombre de jours d'absence

42-8 La formation économique a une durée maximale de 5 jours (c. trav. art. L. 2315-63).

Cette formation peut être renouvelée (voir § 42-3).

EN PRATIQUE

Rien n'impose juridiquement le suivi de cette formation en début de mandat. Elle peut donc du point de vue pratique être demandée ultérieurement au cours du mandat de l'élu.

POINT DE VIGILANCE

Bien que la formation soit en principe destinée aux membres élus « pour la première fois », un élu qui n'a pas cherché à en bénéficier lors de son mandat initial peut valablement présenter une demande de congé de formation économique dans le cadre d'un second mandat (cass. soc. 5 mai 1993, n° 89-41681, BC V n° 128).

→ Imputabilité sur la formation économique, sociale, environnementale et syndicale

42-9 Le congé de formation économique s'impute par priorité sur les contingents de jours de congé de formation économique, sociale, environnementale et syndicale (c. trav. art. L. 2315-63).

RÉMUNÉRATION ET STATUT DE L'ÉLU EN FORMATION

42-10 Le temps consacré par l'élu du CSE à cette formation économique est pris sur le temps de travail et rémunéré comme tel par l'employeur (c. trav. art. L. 2315-16).

Il n'est pas déduit du crédit d'heures de délégation. Il est en revanche imputable sur la durée du congé de formation économique, sociale, environnementale et syndicale (voir § 42-15).

POINT DE VIGILANCE

Un salarié à temps partiel ne peut pas prétendre à une rémunération supérieure à celle qu'il aurait perçue s'il n'avait pas suivi la formation. L'employeur n'est donc pas obligé de payer des heures complémentaires si le temps consacré à la formation excède le temps de travail hebdomadaire du salarié à temps partiel (cass. soc. 15 juin 2010, n° 09-65180, BC V n° 138).

Par analogie, si un salarié à temps complet assiste à la formation au-delà de son horaire habituel, l'employeur n'a pas, à notre sens, à lui payer d'heures supplémentaires.

L'élu en formation bénéficie de la législation relative aux accidents du travail pour les accidents survenus au cours du stage ou pendant le trajet pour s'y rendre (c. séc. soc. art. L. 412-8, 9°).

L'organisme chargé de la formation doit délivrer au salarié une attestation. Elle permet de prouver la fréquentation effective de cette formation. Elle est remise à l'employeur lors de la reprise du travail (c. trav. art. R. 2145-6).

FINANCEMENT DE LA FORMATION

42-11 Le financement de la formation (c'est-à-dire les frais d'inscription, le prix du stage, les éventuels frais de déplacement et d'hébergement des membres du CSE qui la suivent) est pris en charge par le CSE sur la subvention de fonctionnement (c. trav. art. L. 2315-63).

42-12

DISPOSITIONS CONVENTIONNELLES

Les conventions ou accords collectifs prévoient parfois un régime plus favorable du traitement de ce congé (ex. : ouverture aux élus suppléants, rémunération, financement des frais pédagogiques et de déplacement, etc.). Les dispositions conventionnelles peuvent aussi, le cas échéant, définir des procédures amiables pour régler les difficultés d'application des dispositions légales. Rien n'interdit non plus à des accords de préciser la répartition des congés de cette nature par services ou par catégories professionnelles.

Congé de formation économique, sociale, environnementale et syndicale

CONGÉ OUVERT À TOUS LES SALARIÉS DE L'ENTREPRISE, MEMBRES OU NON DU CSE

42-13 Tous les salariés, y compris les membres du CSE, peuvent demander un congé pour participer à des stages ou sessions de formation économique, sociale, environnementale et syndicale organisés soit par des centres rattachés à des syndicats représentatifs au niveau national, soit par des instituts spécialisés (c. trav. art. L. 2145-5).

Ce type de congé offre la possibilité à chaque salarié de l'entreprise de bénéficier d'un stage de formation dans les domaines : économique, social, environnementale et syndical. Cette formation peut s'ajouter à la formation économique spécifique des membres titulaires du CSE (voir § 42-2).

À NOTER Le congé de formation économique, sociale et syndicale est devenu, depuis le 25 août 2021, le congé de formation économique, sociale, environnementale et syndicale (c. trav. art. L. 2145-1, L. 2145-5 à L. 2145-7, L. 2145-9 à L. 2145-11 et L. 2145-13 ; loi 2021-1104 du 22 août 2021, JO du 24). En effet, depuis cette date, le CSE doit prendre en considération pour l'exercice de cette mission les conséquences environnementales des décisions de l'entreprise (c. trav. art. L. 2312-8) (voir § 23-11).

NATURE DE L'ENSEIGNEMENT

42-14 Pour l'essentiel, la formation peut être constituée aussi bien d'interventions à caractère économique, juridique, historique par exemple, que d'actions de formation syndicale. Elle peut également se traduire par le suivi d'enseignements mais aussi par des activités de recherche, en liaison avec l'université notamment (circ. DRT 1987-11 du 3 novembre 1987, § 1).

Afin de développer une culture partagée du dialogue social entre les différents acteurs de la négociation collective, salariés et employeurs, ou leurs représentants, peuvent bénéficier de formations communes visant à améliorer les pratiques du dialogue social en entreprise (c. trav. art. L. 2212-1). Pour les salariés, la formation peut notamment s'effectuer dans le cadre du congé de formation économique, sociale, environnementale et syndicale (c. trav. art. R. 2212-3).

DURÉE DU CONGÉ

→ Limite individuelle : 12 jours par an

42-15 Le droit de chaque salarié au titre de ce congé est de 12 jours par an. Il est porté à 18 jours pour les animateurs de stages et pour les salariés appelés à exercer des responsabilités syndicales (c. trav. art. L. 2145-7 ; circ. DRT 1987-11 du 3 novembre 1987, § III).

• **Notion « d'animation » et de « responsabilités syndicales ».** La loi n'a pas défini les notions d'animateur et de salarié appelé à exercer des responsabilités syndicales. Il faut considérer qu'il s'agit de « tous les salariés exerçant une fonction d'animation des stages de formation dans le domaine économique, social et syndical et de tous ceux auxquels les organisations syndicales envisagent de confier une responsabilité, ou qui exercent déjà une telle responsabilité, dans le cadre de l'entreprise ou hors de celui-ci » (circ. DRT 87-11 du 3 novembre 1987, § III).

• **Imputation d'autres congés.** Certains congés de formation s'imputent sur les 12 ou 18 jours du congé de formation économique, sociale, environnementale ou syndicale : le congé de formation économique des membres titulaires du CSE (c. trav. art. L. 2315-63) (voir § 42-9), le congé de formation en santé, sécurité et conditions de travail des membres du CSE (voir § 42-27) (c. trav. art. L. 2315-18 ; circ. DRT 87-11 du 3 novembre 1987), le congé de formation des cadres et animateurs pour la jeunesse (c. trav. art. L. 3142-59), le congé de formation du conseiller du salarié (c. trav. art. L. 1232-12 ; circ. DRT 91-16 du 5 septembre 1991), le congé de formation économique, financière et juridique des administrateurs salariés (c. trav. art. L. 3341-3).

→ Limite collective par établissement

42-16 Le nombre maximal de jours de congé susceptibles d'être pris au cours d'une année civile par l'ensemble des salariés d'un établissement dépend de l'effectif de celui-ci. Il est fixé par arrêté ministériel (c. trav. art. L. 2145-8 ; arrêté du 7 mars 1986, JO du 14). Cette limite s'applique globalement et englobe, outre les jours de congé de formation économique, sociale ou syndicale, les jours de congé de formation économique et les jours de congé de formation en santé, sécurité et conditions de travail des membres du CSE (c. trav. art. L. 2145-8).

→ Fractionnement du congé

42-17 Le congé de formation économique, sociale, environnementale et syndicale peut être fractionné. Toutefois, la durée de chaque absence du salarié ne peut être inférieure à une demi-journée (c. trav. art. L. 2145-7).

ORGANISME RESPONSABLE

42-18 Les stages ou sessions de formation économique et sociale ou de formation syndicale doivent être organisés soit par (c. trav. art. L. 2145-5) :

- › des centres rattachés à des organisations syndicales reconnues représentatives sur le plan national et interprofessionnel ;
- › des centres rattachés à des organisations syndicales dont la vocation statutaire revêt un caractère national et interprofessionnel et qui ont recueilli plus de 3 % des suffrages exprimés lors des élections professionnelles ;
- › des instituts spécialisés.

La liste des organismes habilités à dispenser les stages ou sessions de formation est publiée chaque année au Journal officiel (c. trav. art. R. 2145-3).

PROCÉDURE À SUIVRE

→ Demande du congé

42-19 Le salarié doit présenter sa demande de congé à l'employeur au moins 30 jours avant le début du congé, en précisant la date, la durée de l'absence ainsi que le nom de l'organisme responsable du stage ou de la session (c. trav. art. R. 2145-4).

Lorsque le congé demandé excède 12 jours (voir § 42-15), la demande doit indiquer la qualité d'animateur de stage ou de salarié appelé à exercer des fonctions syndicales (circ. DRT 87-11 du 3 novembre 1987).

• **Délai conventionnel plus court.** La convention collective peut fixer un délai de prévenance plus court. Par exemple, la convention collective nationale pour les industries de produits alimentaires prévoit que le salarié doit déposer sa demande de congé au moins 15 jours à l'avance (CCN des industries de produits alimentaires du 17 janvier 1952, art. 8).

→ Demande reportée

42-20 L'employeur peut différer le départ en congé (arrêté du 7 mars 1986, JO du 14) :

- › dans les établissements de moins de 25 salariés, lorsqu'un salarié est absent au titre de ce congé ;
- › dans les établissements de 25 à 99 salariés, lorsque 2 salariés sont simultanément absents au titre de ce congé ;

› dans les établissements de plus de 99 salariés, lorsque le pourcentage de salariés simultanément absents au titre de ce congé atteint 2 %.

L'employeur peut également reporter le départ en congé lorsque le contingent global de jours de congé prévu pour l'établissement pour l'année civile en cours est dépassé (circ. DRT 1987-11 du 3 novembre 1987, § IV) (voir § 42-16).

• **Priorité d'accès après un report.** L'employeur doit satisfaire en priorité les demandes de congé qui ont auparavant fait l'objet d'un report (circ. DRT 1987-11 du 3 novembre 1987, § IV).

→ Demande refusée

42-21 Le congé de formation économique, sociale, environnementale ou syndicale est en principe de droit. Cependant, l'employeur peut refuser l'octroi du congé s'il estime, après avis conforme du CSE, que l'absence pourrait avoir des conséquences préjudiciables à la production et à la bonne marche de l'entreprise (c. trav. art. L. 2145-11).

Lorsqu'il existe un CSE dans l'entreprise, l'employeur qui entend refuser le bénéfice du congé à un salarié doit saisir le CSE avant toute décision. Une notification de refus sans consultation préalable du CSE ou en l'absence d'avis conforme expose l'employeur au paiement de l'amende prévue pour les contraventions de 3e classe, soit 450 euros maximum (c. trav. art. R. 2146-6 ; circ. DRT 1987-11 du 3 novembre 1987, § IV).

Le refus du congé par l'employeur doit être motivé et notifié à l'intéressé dans un délai de 8 jours à compter de la réception de la demande (c. trav. art. R. 2145-5).

En cas de différend, le refus peut être directement contesté devant le bureau de jugement du conseil des prud'hommes, qui statue en dernier ressort selon la procédure accélérée au fond (c. trav. art. L. 2145-11 et R. 2145-5).

Le congé sera considéré acquis pour le salarié si l'employeur n'y oppose pas de refus écrit et motivé dans les 8 jours suivant la demande (circ. DRT 87-11 du 3 novembre 1987, § IV 1987 ; cass. soc. 9 février 2012, n° 10-21820 D).

RÉMUNÉRATION ET STATUT DU SALARIÉ

→ Maintien total de salaire

42-22 L'employeur doit maintenir la totalité de la rémunération du salarié en congé et s'acquitter des cotisations et contributions correspondantes, indépendamment de toute demande d'un syndicat (c. trav. art. L. 2145-6).

• **Abandon de la subrogation.** Les règles relatives à l'indemnisation du congé de formation économique, sociale ou syndicale ont été révisées au 1er janvier 2018. Elles remplacent le système de subrogation sur demande d'un syndicat par une obligation de maintien de salaire (ord. 2017-1386 du 22 septembre 2017, art. 6-II, JO du 23 ; ord. 2017-1718 du 20 décembre 2017, JO du 21).

→ Statut du salarié

42-23 La durée du congé ne peut pas être imputée sur les congés payés. Elle est assimilée à une durée de travail effective pour l'acquisition des congés payés, pour le droit aux prestations d'assurances sociales et aux prestations familiales, payés ainsi que pour l'ensemble des autres droits résultant du contrat de travail (c. trav. art. L. 2145-10).

Le salarié en congé bénéficie de la législation relative aux accidents du travail pour les accidents survenus au cours du stage ou pendant le trajet pour s'y rendre (c. séc. soc. art. L. 412-8, 9°).

Formation santé, sécurité et conditions de travail

FORMATION DE TOUS LES ÉLUS DU CSE

→ Quel que soit leur mandat

42-24 Quel que soit l'effectif de l'entreprise, l'ensemble des élus du CSE bénéficient d'une formation en santé, sécurité et conditions de travail, y compris s'il existe une commission santé, sécurité et conditions de travail (CSSCT) (c. trav. art. L. 2315-18 ; Q/R 83, 117 questions/réponses du ministère du Travail, 17 janvier 2020).

EN PRATIQUE

Tous les élus, titulaires et suppléants, qu'ils soient membres ou non de la CSSCT, bénéficient de la formation en santé, sécurité et conditions de travail.

POINT DE VIGILANCE

Le référent en matière de lutte contre le harcèlement sexuel et les agissements sexistes (voir § 34-6), désigné parmi les élus du CSE, a également droit à cette formation (c. trav. art. L. 2315-18).

→ Formation initiale

42-25 La formation est dispensée dès la première élection des élus du CSE selon un programme théorique et pratique qui tient compte des caractéristiques de l'entreprise, de la branche professionnelle, du rôle des représentants au CSE (c. trav. art. R. 2315-10). La formation est dispensée soit par des organismes figurant sur une liste arrêtée par le ministre chargé du Travail, soit par des organismes agréés par le préfet de région (c. trav. art. R. 2315-12 à R. 2315-16).

EN PRATIQUE

Cette première formation a pour objet de développer leur aptitude à déceler et à mesurer les risques professionnels et leur capacité d'analyse des conditions de travail et de les initier aux méthodes et procédés à mettre en œuvre pour prévenir les risques professionnels et améliorer les conditions de travail (c. trav. art. R. 2315-9).

→ Formation renouvelée

42-26 La formation en santé, sécurité et conditions de travail est renouvelée lorsque les représentants ont exercé leur mandat pendant 4 ans, consécutifs ou non, afin de leur permettre d'actualiser leurs connaissances et de se perfectionner. À cet effet, le programme établi par l'organisme de formation a un caractère plus spécialisé. Il est adapté aux demandes particulières du stagiaire et tient compte notamment des changements technologiques et d'organisation affectant l'entreprise, l'établissement ou la branche d'activité (c. trav. art. L. 2315-17 et R. 2315-11).

DURÉE DE LA FORMATION ET DEMANDE DE CONGÉ

→ Durée de la formation

42-27 3 ou 5 jours de formation aujourd'hui réservés aux membres de la CSSCT. La formation est organisée sur une durée de (c. trav. art. L. 2315-18 et L. 2315-40) :

- 5 jours dans les entreprises d'au moins 300 salariés ;
- 3 jours dans les entreprises de moins de 300 salariés.

Cependant, seuls les membres de la CSSCT (voir § 32-1) bénéficient de cette durée minimale obligatoire de formation. Pour les autres élus, le ministère du Travail « encourage » une formation similaire pour ces autres élus, notamment lorsqu'il n'y a pas de CSSCT (Q/R 83, CSE, questions/réponses du ministère du Travail, 17 janvier 2020).

En outre, les membres de la CSSCT peuvent, le cas échéant, bénéficier d'une formation spécifique correspondant aux risques ou facteurs de risques particuliers, en rapport avec l'activité de l'entreprise (c. trav. art. L. 2315-41). Les conditions et modalités de cette formation sont définies par l'accord fixant les modalités de mise en place et d'organisation de la CSSCT (voir § 32-24).

42-28 5 jours de formation pour tous les élus du CSE à compter du 31 mars 2022. Tous les élus du CSE, quelle soit la taille de l'entreprise et qu'ils soient ou non membres d'une CSSCT, bénéficieront d'une durée minimale de formation (c. trav. art. L. 2315-18dans sa version au 31 mars 2022 ; loi 2021-1018 du 2 août 2021, art. 39, JO du 3).

La formation sera d'au moins 5 jours lors du premier mandat des élus (ces 5 jours valent aussi à notre sens pour le référent « harcèlement sexuel »).

En cas de renouvellement du mandat, la durée de la formation sera :

- d'au moins 3 jours pour chaque élu, quelle que soit la taille de l'entreprise ;
- d'au moins 5 jours pour les membres de la CSSCT dans les entreprises d'au moins 300 salariés.

POINT DE VIGILANCE

En l'absence de mention contraire, les dispositions relatives à la formation en santé et sécurité entreront en vigueur le 31 mars 2022 (loi 2021-1018 du 2 août 2021, art. 40, JO du 3).

DURÉE DE LA FORMATION SANTÉ/SÉCURITÉ DES ÉLUS DU CSE

	Avant la loi Santé au travail	Après la loi Santé au travail	
		Premier mandat	Renouvellement
Entreprise de moins de 50 salariés	Pas de minimum légal	5 jours pour tous les élus	3 jours pour tous les élus
Entreprise de 50 à moins de 300 salariés	3 jours pour les membres de la CSSCT (pas de minimum légal pour les autres)		
Entreprise d'au moins 300 salariés	5 jours pour les membres de la CSSCT (pas de minimum légal pour les autres)		• 5 jours pour les membres de la CSSCT • 3 jours pour les autres élus

→ Demande de l'élu et réponse de l'employeur

42-29 L'élu du CSE doit formuler sa demande au moins 30 jours avant le début du stage en précisant la date du congé, la durée, le prix du stage et le nom de l'organisme formateur.

Le congé peut être différé dans la limite de 6 mois s'il s'avère que l'absence du salarié pourrait avoir des conséquences préjudiciables à la production et à la bonne marche de l'entreprise (le refus doit être notifié dans les 8 jours de la demande) (c. trav. art. R. 2315-17 et R. 2315-19).

POINT DE VIGILANCE

Le congé de formation d'un élu du CSE est réputé accepté si l'employeur n'a donné aucune réponse dans le délai de 8 jours (cass. soc. 9 février 2012, n° 10-21820 D).

L'employeur peut également refuser le congé en cas de dépassement du quota de jours de congé de formation économique, sociale, environnementale et syndicale susceptibles d'être pris chaque année dans l'établissement, ce quota s'appréciant en tenant compte de ce congé, du congé de formation économique et du congé de formation en santé, sécurité et conditions de travail. Néanmoins, à sa date de présentation, la demande de congé de formation en santé, sécurité et conditions de travail est imputée par priorité sur ce quota (c. trav. art. R. 2315-17). Autrement dit, l'élu qui demande une formation en santé, sécurité et conditions de travail est prioritaire sur les autres demandes de formation.

RÉMUNÉRATION DE L'ÉLU EN CONGÉ

→ Prise du congé et rémunération

42-30 Le congé de formation est pris en une seule fois à moins que l'élu et l'employeur ne se mettent d'accord pour qu'il soit pris en deux fois (c. trav. art. R. 2315-18).

Il est pris sur le temps de travail et est rémunéré comme tel sans être déduit des heures de délégation (c. trav. art. L. 2315-16).

Un salarié participant à la formation ne peut pas prétendre à une rémunération supérieure à celle qu'il aurait perçue s'il ne l'avait pas suivie. Ainsi, s'agissant d'un salarié à temps partiel, la rémunération du temps consacré à cette formation excédant la durée hebdomadaire n'a pas à être prise en charge par l'employeur (cass. soc. 15 juin 2010, n° 09-65180, BC V n° 138).

L'organisme de formation délivre, à la fin du stage, une attestation d'assiduité que l'intéressé remet à son employeur lorsqu'il reprend son travail (c. trav. art. R. 2315-15).

→ Dépenses de formation

42-31 L'employeur doit prendre en charge la formation en santé et sécurité des élus du CSE et du référent « harcèlement sexuel et agissements sexistes » (c. trav. art. L. 2315-18). Toutefois, les dépenses liées à la rémunération des organismes de formation sont prises en charge par l'employeur dans les conditions suivantes (c. trav. art. R. 2315-20 et R. 2315-21) :

- les frais de déplacement à hauteur du tarif de seconde classe des chemins de fer applicable au trajet le plus direct depuis le siège de l'établissement jusqu'au lieu de dispense de la formation ;

› les frais de séjour à hauteur du montant de l'indemnité des missions applicables aux déplacements temporaires des fonctionnaires ;

› la rémunération allouée aux organismes de formation dans la limite par jour et par stagiaire, d'un montant de 36 fois le taux horaire du SMIC.

• **Pas d'imputation sur la contribution à la formation professionnelle.** Les dépenses de rémunération des organismes de formation et les frais de déplacement et de séjour exposés par les stagiaires ne peuvent pas être imputés sur la contribution à la formation professionnelle. Dans les entreprises de moins de 300 salariés, il est indiqué que les dépenses engagées au titre de la rémunération du temps de formation des stagiaires sont déductibles dans la limite de 0,08 % du montant des salaires payés pendant l'année en cours (c. trav. art. R. 2315-22). Toutefois, le mécanisme qui permettait autrefois, dans une certaine limite, aux employeurs de moins de 300 salariés d'imputer la rémunération des salariés formés sur la participation formation ne peut plus jouer depuis 2015, même si l'article R. 2315-22 n'a pas été modifié en ce sens. Le mécanisme d'imputabilité des dépenses de formation est en effet supprimé depuis la participation formation 2015 (collecte 2016).

POINT DE VIGILANCE

La loi Santé au travail ouvre une nouvelle possibilité de financement de la formation. Pour les entreprises de moins de 50 salariés, elle pourra être financée par les opérateurs de compétences (OPCO), selon des modalités à préciser par décret (c. trav. art. L. 2315-22-1 dans sa version au 31 mars 2022 ; loi 2021-1018 du 2 août 2021, art. 39, JO du 3). Ainsi, selon cette loi, dans les entreprises de moins de 50 salariés, les OPCO pourront financer la formation en santé et sécurité.

Dans celles d'au moins 50 salariés, cette formation restera à la charge de l'employeur.

Représentants de proximité

43 Mise en place et attributions 597

43 Modèle d'accord - Mise en place 607

Représentants de proximité

JEAN-JULIEN JARRY

Revue Fiduciaire

BARTHÉLEMY AVOCATS

43 Mise en place et attributions

Présentation du dispositif
- Création d'une « interface entre le chef d'entreprise, les salariés et le CSE » 43-1
- Dispositif facultatif et entièrement négociable 43-2

Mise en place des représentants de proximité
- Adoption d'un accord 43-3
- Désignation et remplacement 43-7
- › *Encadré : Quid de la révocation ?* 43-9

Statut des représentants de proximité
- Durée du mandat 43-10
- Protection 43-11

Attributions des représentants de proximité
- Véritable institution représentative du personnel 43-13
- Champ de compétence plus restreint que le CSE 43-14
- Illustrations en matière de prévention 43-17

Fonctionnement de la représentation de proximité
- Heures de délégation 43-18
- Autres moyens à définir par accord 43-20

Présentation du dispositif

CRÉATION D'UNE « INTERFACE ENTRE LE CHEF D'ENTREPRISE, LES SALARIÉS ET LE CSE »

43-1 Le morcellement des compétences entre les anciennes instances représentatives du personnel (IRP) était souvent critiqué. Aussi, la fusion de l'ensemble des prérogatives des 3 anciennes instances au sein du comité social et économique (CSE) a eu pour objectif d'assurer un meilleur dialogue social : la qualité de celui-ci suppose, en effet, autant que possible une communication simplifiée auprès d'élus disposant d'attributions centralisées.

Pour autant, il n'a pas échappé dès le départ que le CSE concentrant toutes les prérogatives et tous les moyens de la représentation du personnel pourrait entraîner dans certains cas une perte de proximité des élus avec le terrain. C'est le cas tout particulièrement dans les entreprises multisites qui ne seront plus dotées des relais locaux que constituaient les délégués du personnel (DP) : les représentants de proximité pourraient donc assurer, dans ce cas, un maillage géographique complet de l'entreprise, sorte d'interface entre le chef d'entreprise, les salariés et le CSE, en particulier lorsque les membres du CSE sont absents sur un site. De même, malgré la présence sur un site de membres du CSE, la nature particulière des activités peut rendre utile la mise en place de représentants de proximité.

Les anciennes attributions des DP – et en particulier celle de porter à la connaissance de l'employeur les réclamations individuelles et collectives des salariés – étant dévolues au CSE (voir §§ 20-1 et s.), les représentants de proximité n'ont pas vocation à jouer le rôle des anciens DP. Autrement dit, bien que leur insertion dans le code du travail a probablement pour motif de compenser la disparition des DP, tout l'enjeu sera, pour les négociateurs, d'apprécier l'intérêt de maintenir une représentation de proximité (qu'elle soit géographique ou sectorielle), en évitant l'écueil qui consisterait à en faire des DP.

DISPOSITIF FACULTATIF ET ENTIÈREMENT NÉGOCIABLE

43-2 Un seul et unique texte de la partie législative du code du travail – outre quelques dispositions leur conférant la qualité de salariés protégés - encadre le fonctionnement et les attributions du représentant de proximité (c. trav. art. L. 2313-7).

En conséquence, la liberté des partenaires sociaux est très grande tant pour la mise en place des représentants de proximité, que pour leurs attributions et leurs modalités de fonctionnement.

Rappelons enfin que l'une des particularités des représentants de proximité tient au fait que leur mise en place demeure facultative. Les employeurs et les syndicats sont libres de négocier ou de ne pas négocier sur ce point, sachant que la question de la mise en place des représentants de proximité peut être abordée à l'occasion de la négociation de l'accord collectif sur le nombre et le périmètre des établissements distincts (c. trav. art. L. 2313-7) (voir § 5-4).

• **Position de l'administration.** Les acteurs de l'entreprise conservent la liberté d'adapter la représentation du personnel aux besoins propres de chaque entreprise (Q/R 34, CSE, 117 questions/réponses du ministère du Travail, 17 janvier 2020).

Mise en place des représentants de proximité

ADOPTION D'UN ACCORD

→ Nature de l'accord

43-3 Seul un accord d'entreprise permet la mise en place des représentants de proximité (c. trav. art. L. 2313-7 renvoyant à L. 2313-2).

EN PRATIQUE

Un protocole d'accord préélectoral ne permet pas la mise en place des représentants de proximité. Il n'est donc pas possible d'évoquer la question de leur éventuelle mise en place au cours de la négociation menée en vue de l'organisation des élections du CSE.

S'agissant d'un accord d'entreprise, il est obligatoire d'inviter à sa négociation les syndicats représentatifs au niveau de l'entreprise.

Cette forme de représentation du personnel étant facultative, aucune sanction ne saurait toutefois intervenir en l'absence d'accord, ni même en cas de refus de négociation.

POINT DE VIGILANCE

La négociation relative à la mise en place des représentants de proximité n'est pas forcément intégrée dans le même acte que l'accord déterminant le nombre et le périmètre des établissements distincts du CSE, et ce, malgré le renvoi opéré dans l'article L. 2313-7 du code du travail au texte de l'article L. 2313-2 du Code du travail. Un accord ayant pour seul objet la mise en place des représentants de proximité paraît donc tout à fait possible.

→ Contenu de l'accord

43-4 L'accord d'entreprise instaurant les représentants de proximité doit comporter un certain nombre de clauses obligatoires (c. trav. art. L. 2313-7) :

› le nombre de représentants de proximité ;

› les attributions des représentants de proximité, notamment en matière de santé, de sécurité et de conditions de travail ;

› les modalités de leur désignation ;

› les modalités de leur fonctionnement, notamment le crédit d'heures nécessaire à l'exercice de leurs attributions.

Le code du travail liste les clauses obligatoires sans en préciser la teneur (c. trav. art. L. 2313-7). Ce faisant, il laisse la plus grande liberté aux négociateurs de l'accord quant à la configuration des représentants de proximité.

POINT DE VIGILANCE

Bien que le code du travail ne précise rien à ce sujet, il est également nécessaire d'indiquer dans l'accord d'entreprise le périmètre d'implantation des représentants de proximité. Ainsi, à l'instar de l'accord d'entreprise précisant le nombre et le périmètre des établissements distincts (c. trav. art. L. 2313-2) (voir § 5-4), celui instituant les représentants de proximité doit traiter de ces deux points.

Le périmètre de mise en place des représentants de proximité est, en principe, plus réduit que celui du CSE. Le plus souvent, ils seront mis en place sur des sites qui ne constituent pas un établissement distinct au sens du CSE (voir § 5-8), en particulier lorsque ledit site se trouve éloigné du siège de l'entreprise (cas d'une entreprise mono-établissement) ou de l'établissement distinct en l'absence d'élu du comité sur celui-ci.

→ Validité de l'accord

43-5 L'accord d'entreprise instituant des représentants de proximité doit, pour être valable, être « conclu dans les conditions prévues au premier alinéa de l'article L. 2232-12 » du code du travail (c. trav. art. L. 2313-7 et, par renvoi, L. 2313-2). L'accord d'entreprise doit, en conséquence, être signé par l'employeur (ou son représentant) et par une ou plusieurs organisations syndicales de salariés représentatives ayant recueilli plus de 50 % des suffrages exprimés en faveur d'organisations représentatives au 1er tour des dernières élections des titulaires au CSE, quel que soit le nombre de votants (c. trav. art. L. 2232-12, al. 1er).

Il s'agit donc d'un accord majoritaire non « référendable ». Autrement dit, la consultation des salariés qui, normalement, permet à l'accord d'entreprise minoritaire d'être valable même lorsque celui-ci a été signé par des syndicats représentants moins de 50 % des suffrages exprimés au 1er tour des élections professionnelles mais plus de 30 % de ces mêmes suffrages (c. trav. art. L. 2232-12, al. 2) est exclue.

POINT DE VIGILANCE

L'accord d'entreprise suppose la présence dans l'entreprise de délégués syndicaux. L'accord mettant en place les représentants de proximité ne peut pas être conclu avec les membres du CSE. Dès lors, les structures sans organisation syndicale ne peuvent pas envisager la mise en place de représentants de proximité.

→ Durée de l'accord

43-6 Faute de précision du code du travail, l'accord collectif mettant en place les représentants de proximité peut être conclu pour une durée déterminée ou indéterminée.

Un accord d'entreprise à durée indéterminée aura pour intérêt de stabiliser le paysage de la représentation du personnel dans l'entreprise, au-delà du seul rythme des élections professionnelles. Toutefois, les besoins de l'entreprise peuvent évoluer et ainsi rendre nécessaire une dénonciation de l'accord d'entreprise.

Un accord d'entreprise à durée déterminée peut notamment permettre de caler la durée de l'accord sur celle des mandats des membres du CSE. Dans ce cas, la durée de l'accord collectif peut être de 2, 3 ou 4 ans.

DÉSIGNATION ET REMPLACEMENT

→ Modalités de désignation fixées par accord collectif

43-7 L'accord d'entreprise relatif à la mise en place des représentants de proximité définit leur nombre (c. trav. art. L. 2313-7, al. 2, 1°) ainsi que « les modalités de leur désignation » (c. trav., art. L. 2313-7, al. 2, 3°).

Les représentants de proximité sont soit des membres du CSE, soit des personnes désignées par lui (c. trav. art. L. 2313-7, al. 3). Ce faisant, la désignation des représentants de proximité relève, en principe, du choix du CSE.

EN PRATIQUE

La rédaction peu claire du code du travail laisse toutefois penser qu'il serait aussi possible, lorsque les représentants de proximité sont choisis parmi les membres du CSE, que leur désignation soit opérée par les syndicats, et non plus forcément par le CSE. La désignation par le CSE ne paraît donc s'imposer que lorsque les représentants de proximité ne sont pas membres dudit comité. Dans ce cas, une procédure peut être prévue conventionnellement concernant les présentations de candidatures libres soumises au CSE.

Il est évidemment possible d'encadrer, dans l'accord d'entreprise, les modalités de cette désignation, qu'elle soit réalisée par le CSE ou les syndicats.

→ Modalités encadrées par accord collectif

43-8 L'accord collectif mettant en place les représentants de proximité doit préciser les modalités selon lesquelles le CSE (ou, le cas échéant, les syndicats) va (vont) désigner les représentants de proximité (c. trav. art. L. 2313-7).

EXEMPLE Il peut prévoir sous quel délai sera adoptée une résolution à la majorité des membres présents du CSE en vue de procéder à leur désignation.

L'accord collectif peut envisager les modalités de remplacement lorsqu'un mandat de représentant de proximité n'est plus attribué.

EXEMPLE Il peut prévoir que le CSE procédera à une nouvelle désignation dans le mois suivant la vacance de poste, sauf si celle-ci intervient moins de 6 mois avant la fin du mandat des membres du CSE.

L'accord collectif peut aller plus loin dans l'encadrement des modalités de désignation des représentants de proximité.

EXEMPLE Il peut prévoir une clause permettant d'éviter lorsque les représentants de proximité sont membres du CSE, qu'un syndicat n'obtienne un nombre trop important (voire excessif) de représentants au détriment des syndicats minoritaires : l'accord collectif mettant en place les représentants de proximité peut ainsi répartir leur nombre proportionnellement à la représentativité syndicale au sein de l'établissement ou de l'entreprise.

L'accord collectif peut également donner la priorité aux élus titulaires ou aux suppléants du CSE. Des critères d'ancienneté ou d'appartenance au site sont également envisageables, sous réserve d'être clairement précisés dans l'accord collectif.

Il est même possible de réduire encore un peu plus la liberté de ceux qui désignent, en ajoutant des critères plus précis quant aux qualités que doivent présenter les salariés susceptibles d'être désignés, afin de garantir une bonne connaissance du site et de ses éventuelles particularités.

EXEMPLES

❶ Un niveau d'expérience peut ainsi être requis en matière de sécurité. Il pourrait notamment s'avérer utile, dans certaines circonstances, d'imposer que les représentants de proximité soient membres d'une commission santé, sécurité et conditions de travail (CSSCT) (voir §§ 32-1 et s.), afin de les impliquer sur ces questions en lien avec les conditions de travail.

❷ Lorsque c'est une proximité fonctionnelle qui est privilégiée (plutôt qu'une proximité de nature strictement géographique), il peut être décidé d'imposer que des représentants de proximité d'un site donné appartiennent à une catégorie professionnelle déterminée.

POINT DE VIGILANCE

Il faut, à notre avis, considérer que l'obligation de représentation équilibrée entre les femmes et les hommes doit être mentionnée dans l'accord collectif assurant la mise en place des représentants de proximité, même si la loi reste silencieuse à ce sujet.

43-9

QUID DE LA RÉVOCATION ?

Le code du travail (c. trav. art. L. 2313-7) ne précise rien quant aux modalités de révocation des représentants de proximité. La durée du mandat des représentants de proximité étant identique à celle des membres élus du CSE (c. trav. art. L. 2313-7 ; Q/R 35, CSE, 117 question/réponses du ministère du Travail, 17 janvier 2020), il est possible d'en conclure que la révocation d'un représentant de proximité n'est pas possible.

L'accord d'entreprise instituant les représentants de proximité ne devrait pas permettre à ceux qui les désignent d'envisager leur révocation.

Statut des représentants de proximité

DURÉE DU MANDAT

43-10 Les représentants de proximité sont désignés pour une durée déterminée, identique à celle des membres élus du CSE (c. trav. art. L. 2313-7 ; Q/R 35, CSE, 117 questions/réponses du ministère du Travail, 17 janvier 2020). Il ne peut pas être dérogé à cette règle.

La limite au nombre de mandats successifs (voir § 18-6) ne concerne pas, à notre sens, pas les représentants de proximité.

PROTECTION

➜ En cours de mandat et 6 mois après

43-11 Les représentants de proximité sont des salariés protégés. Ils bénéficient de la protection spécifique contre le licenciement, laquelle nécessite notamment l'autorisation préalable de l'inspecteur du travail (c. trav. art. L. 2411-1). La protection continue de jouer durant les 6 mois suivant l'expiration du mandat de représentant de proximité (c. trav. art. L. 2411-8).

À NOTER La rupture du contrat de travail à durée déterminée d'un représentant de proximité avant l'échéance du terme initialement convenu, en raison d'une faute grave imputable au salarié ou de son inaptitude physique dûment constatée par le médecin du travail, ou encore lorsque l'employeur n'envisage pas de renouveler le contrat alors que ce dernier prévoit une clause de renouvellement, ne peut intervenir sans l'autorisation préalable de l'inspecteur du travail (c. trav. art. L. 2412-1).

➜ Candidats aux fonctions de représentants de proximité

43-12 L'accord d'entreprise instituant les représentants de proximité peut prévoir une procédure de présentation de candidatures pour occuper ce mandat – que les représentants de proximité soient membres du comité ou qu'ils soient désignés par lui parmi les salariés non élus. Dans ce cas, le candidat aux fonctions de représentant de proximité bénéficie d'une protection contre le licenciement, et ce, à partir du dépôt de sa candidature (c. trav. art. L. 2411-9 ; Q/R 38, CSE, 117 questions/réponses du ministère du Travail, 17 janvier 2020).

L'autorisation de l'inspecteur du travail est également requise lorsque le salarié a fait la preuve que l'employeur a eu connaissance de l'imminence de sa candidature avant que le candidat ait été convoqué à l'entretien préalable au licenciement (c. trav. art. L. 2411-9).

Attributions des représentants de proximité

VÉRITABLE INSTITUTION REPRÉSENTATIVE DU PERSONNEL

43-13 Le fait de représenter l'employeur devant les institutions représentatives du personnel (IRP) rend inéligible. Cette solution traditionnelle, dégagée à l'époque des délégués du personnel et du comité d'entreprise (cass. soc. 12 juillet 2006, n° 05-60300, BC V n° 260) est transposable à propos de ceux qui sont amenés à représenter l'employeur devant le CSE. Pour autant, la jurisprudence vient de préciser que le fait de représenter l'employeur devant les représentants de proximité empêche également d'être électeur et éligible (cass. soc. 31 mars 2021, n° 19-25233 FP). La Cour de cassation confère ainsi aux représentants de proximité la qualité de véritable institution représentative du personnel, bien que son existence dépende nécessairement de la conclusion d'un accord collectif (voir § 45-3).

CHAMP DE COMPÉTENCE PLUS RESTREINT QUE LE CSE

→ Attributions définies par accord collectif

43-14 Sur le terrain des attributions, le législateur s'est abstenu de préciser celles dévolues aux représentants de proximité, laissant aux partenaires sociaux le soin d'adapter leurs attributions en fonction des besoins et particularités de l'entreprise.

- **Avant la réforme du droit des institutions représentatives du personnel (IRP).** Les élus les plus proches des salariés étaient assurément les délégués du personnel (DP) dont le rôle était de porter à la connaissance de l'employeur les réclamations individuelles et/ou collectives des salariés, notamment en matière de salaires, en matière de protection sociale et de prévoyance, en matière d'hygiène, de santé et de sécurité au travail et d'application des conventions et accords collectifs de travail dans l'entreprise.

Se pose alors la question de l'étendue exacte des attributions confiées aux représentants de proximité, sachant que l'accord d'entreprise qui les met en place doit préciser leurs attributions « notamment en matière de santé, de sécurité et de conditions de travail » et qu'il faut veiller à ne pas empiéter sur les prérogatives du CSE (c. trav. art. L. 2313-2). Pour ce faire, il convient d'essayer de distinguer dans les attributions du CSE celles qui peuvent être conjointement exercées avec les représentants de proximité (voir § 43-15) et celles qui ne peuvent en aucun cas être confiées aux représentants de proximité (voir § 43-16).

POINT DE VIGILANCE

L'accord collectif instituant la représentation de proximité doit contenir une liste précise des missions qui leur sont conférées. Les représentants de proximité ne pourront pas revendiquer des attributions qui n'ont pas été expressément listées par les partenaires sociaux.

➜ Missions conjointes avec le CSE

43-15 Les missions qui peuvent être conjointement exercées avec les représentants de proximité sont a priori celles confiées par le code au travail au CSE dans les entreprises de moins de 50 salariés.

Le représentant de proximité ayant vocation à traiter des problématiques au plus près du terrain, il pourrait être décidé, par exemple, de lui conférer la possibilité de porter à la connaissance de l'employeur ou de son représentant les réclamations de la collectivité des salariés sur son site. Il est aussi possible de prévoir que le représentant de proximité ne transmet pas directement les réclamations à l'employeur, mais qu'il les communique au secrétaire du CSE afin de figurer à l'ordre du jour de la prochaine réunion de l'institution. De même, il serait pertinent de lui attribuer la mission d'alerte en cas d'atteinte au droit des personnes, à la santé des salariés ou aux libertés individuelles car cette mission implique une proximité avec la collectivité des salariés dont le CSE est dépourvu. Bien entendu, le CSE ne serait pas privé de la possibilité d'intervenir dans ces domaines.

EXEMPLE L'accord pourrait aussi décider que les représentants de proximité assistent à toutes ou à certaines réunions du CSE traitant des conditions de travail, de la sécurité et de la santé.

➜ Missions interdites

43-16 Les missions qui ne peuvent en aucun cas être confiées aux représentants de proximité sont celles concernant en particulier la consultation. Il ne serait pas concevable, par exemple, de conférer aux représentants de proximité la consultation portant sur les solutions de reclassement d'un salarié déclaré inapte, laquelle relève dorénavant de la compétence du CSE.

ILLUSTRATIONS EN MATIÈRE DE PRÉVENTION

43-17 Dans la mesure où le représentant de proximité doit, pour l'essentiel, traiter des problématiques liées à la protection de la santé et aux conditions de travail, il peut être prévu dans l'accord de leur attribuer des missions de sensibilisation et prévention. Il peut ainsi être prévu dans l'accord collectif que les représentants de proximité auront pour attributions :

- d'analyser les risques professionnels et/ou les effets des expositions aux facteurs de risques professionnels (mentionnés à l'article L. 4161-1 du code du travail) ;
- de prévenir les situations de harcèlement moral ou sexuel ;
- d'identifier les charges de travail excessives ;
- de préconiser des améliorations dans l'organisation du travail du site ;
- de recommander des actions de nature à améliorer la qualité de vie au travail ;
- d'être le correspondant local et l'interlocuteur privilégié de la commission santé, sécurité et conditions de travail (CSSCT).

Fonctionnement de la représentation de proximité

HEURES DE DÉLÉGATION

→ Nombre défini par accord collectif

43-18 L'accord instituant les représentants de proximité doit déterminer leurs modalités de fonctionnement, « notamment le nombre d'heures de délégation dont bénéficient les représentants de proximité pour l'exercice de leurs attributions » (c. trav. art. L. 2313-7).

Le code du travail n'ayant fixé aucun plancher, le nombre d'heures de délégation devra normalement dépendre de l'importance des attributions conférées aux représentants de proximité par l'accord.

Lorsque l'accord ne leur confère que quelques attributions éparses, un crédit d'heures réduit sera suffisant. Si au contraire l'accord leur confère des attributions plus importantes, un crédit d'heures plus substantiel pourrait être envisagé.

- **Position de l'administration.** Lorsque les représentants de proximité sont membres du CSE, ils bénéficient des moyens garantis aux membres du comité. Si l'accord qui institue les représentants de proximité ne prévoit pas, pour les membres du CSE, des heures de délégation supplémentaires, ils utilisent les heures de délégation de membre du CSE pour exercer leurs fonctions de représentants de proximité. Lorsqu'ils ne sont pas membres du CSE, les représentants de proximité ne peuvent bénéficier « de plein droit » des mêmes droits que ceux reconnus aux membres du comité. Il revient à l'accord qui les institue de prévoir les moyens et les droits dont ils pourront bénéficier, notamment leur participation aux réunions du CSE (c. trav. art. L. 2313-7, 4° ; Q/R 37, CSE, 117 questions/réponses du ministère du Travail, 17 janvier 2020).

POINT DE VIGILANCE

Il serait très imprudent, en tout état de cause, de ne négocier aucun crédit d'heures, en particulier lorsque les représentants de proximité ne sont pas titulaires au CSE.

En effet, la conséquence serait-elle de présumer conforme à l'objet du mandat toute heure de délégation prise par les représentants de proximité qui ne siègent pas au CSE en qualité de titulaire ? La validité de l'accord ne serait-elle pas remise en cause de ce fait, s'agissant d'une question devant être traitée obligatoirement au sein de l'accord collectif ?

Le code du travail précise néanmoins que lorsque les représentants de proximité cumulent leur mandat avec celui de membre du CSE, le temps de délégation dont ils disposent en cette dernière qualité peut être considéré comme suffisant pour exercer les deux fonctions (c. trav. art. R. 2314-1). Dans une telle circonstance, le silence de l'accord d'entreprise vaudra donc absence de crédit d'heures spécifique au titre du mandat de représentant de proximité.

→ Régime juridique des heures de délégation à préciser

43-19 Lorsque l'accord collectif prévoit de conférer des heures de délégation aux représentants de proximité, il convient d'en préciser, outre le nombre précis (voir § 43-18), le régime juridique.

EXEMPLE Le crédit d'heures défini sera-t-il mensuel ou annuel ?

Les représentants de proximité pourront-ils mutualiser entre eux les heures de délégation dont ils bénéficient ?

POINT DE VIGILANCE

De façon assez surprenante, la circulaire questions-réponses sur le CSE prévoit que les membres titulaires du CSE peuvent, chaque mois, répartir entre eux et avec les suppléants et même, le cas échéant, avec les représentants de proximité, le crédit d'heures dont ils disposent (Q/R 76, CSE, 117 questions/réponses du ministère du Travail, 17 janvier 2020). Cette solution n'est pourtant pas expressément prévue par le code du travail (c. trav. art. L. 2315-9). Aussi, pour qu'une telle mutualisation des heures de délégation soit possible entre les titulaires du CSE et les représentants de proximité, il est, à notre avis, préférable qu'elle soit prévue dans l'accord collectif instituant les représentants de proximité.

AUTRES MOYENS À DÉFINIR PAR ACCORD

→ Réunions

43-20 L'accord instituant les représentants de proximité peut prévoir que ceux-ci pourront solliciter, en tant que de besoin, une réunion (dont la périodicité est à déterminer) avec le chef d'entreprise ou l'un de ses représentants.

Il est également possible de prévoir, en tout état de cause, qu'il appartiendra au chef d'entreprise ou à son représentant de recevoir les représentants de proximité selon une périodicité à déterminer dans l'accord.

→ Local

43-21 L'accord instituant les représentants de proximité peut prévoir qu'un local sera mis à leur disposition – tout en précisant qu'il ne sera pas exclusivement dédié aux représentants de proximité ou qu'ils seront amenés à le partager, notamment avec le CSE.

A minima, même si l'accord ne prévoit pas de mettre à leur disposition un local spécifique, il pourra être prévu qu'ils bénéficieront d'un droit d'accès à celui du CSE (voir §§ 36-1 et s.).

→ Outils de communication

43-22 Afin de permettre aux représentants de proximité d'assurer pleinement leurs attributions, il pourrait être envisagé une dotation d'équipements en technologie d'information, outre une messagerie spécifique avec une adresse mail dédiée aux représentants de proximité.

→ Formation

43-23 Le CSE peut décider, par une délibération, de consacrer une partie de son budget AEP (budget de fonctionnement) à la formation des représentants de proximité (c. trav. art. L. 2315-61).

→ Liberté de déplacement

43-24 Il semble utile de préciser dans l'accord la possibilité pour les représentants de proximité de se déplacer et les limites dans lesquelles leur liberté de déplacement peut être exercée (prise en charge de frais éventuels, ne pas gêner l'accomplissement du travail, champ d'application, etc.).

43 Mise en place

Mise en place

43-25 Le modèle proposé ci-après peut être adapté à chaque CSE, c'est-à-dire être ajusté ou complété en fonction des spécificités de l'entreprise concernée.

Modèle

ENTRE :

La société/l'association ..., dont le siège social est situé ...,

Représentée par ... agissant en vertu des pouvoirs dont il/elle dispose,

ci-après dénommée la société/l'association ;

ET

- **L'organisation syndicale ...**, représentée par M..., en sa qualité de ... ;
- **L'organisation syndicale ...**, représentée par M..., en sa qualité de ... ;
- ...

Préambule

Suite à l'ordonnance 2017-1386 du 22 septembre 2017 relative à l'organisation du dialogue social et économique dans l'entreprise et favorisant l'exercice et la valorisation des responsabilités syndicales, les parties ont décidé de conclure un nouvel accord sur la mise en place de représentants de proximité.

Dans ces conditions, il a été convenu le présent accord :

ARTICLE 1 - CHAMP D'APPLICATION

Cet accord s'applique à l'ensemble de l'entreprise.

ARTICLE 2 - PÉRIMÈTRE

Conformément au code du travail (c. trav. art. L. 2313-7) et dans le but de conserver un dialogue social de terrain, les parties au présent accord sont convenues de la mise en place de représentants de proximité (RDP) :

- au sein de chaque établissement dont la liste est annexée au présent accord.

ou

- au sein de chaque établissement d'au moins ... salariés.

ou

- au sein de chaque bassin territorial dont la liste est annexée au présent accord.

ou

- etc.

MODÈLE D'ACCORD

ARTICLE 3 - NOMBRE ET DÉSIGNATION

Il sera désigné ... représentant(s) de proximité au sein du périmètre retenu.

ou

Il sera désigné ... représentant(s) de proximité au sein du périmètre retenu à la condition qu'il n'y ait pas d'élus titulaires du CSE au sein de celui-ci.

Option 1 : Désignation de RDP parmi les membres du CSE

Dans le mois qui suit la mise en place du comité social et économique (CSE), les représentants de proximité seront désignés parmi les membres titulaires ou suppléants du CSE, par une résolution adoptée à la majorité des membres présents, pour une durée qui prendra fin avec celle du mandat des membres élus du comité.

Si un périmètre sur lequel doit être désigné un représentant de proximité ne comprend aucun élu au CSE, ce dernier pourra alors désigner un représentant parmi les candidats aux dernières élections acceptant. À défaut, il sera établi un procès-verbal de carence.

Dans l'hypothèse où un mandat de représentant de proximité ne serait plus attribué, il sera procédé à une nouvelle désignation, aux conditions précitées, dans le mois suivant la vacance du poste.

Option 2 : Désignation de RDP sans restriction particulière

Dans le mois qui suit la mise en place du CSE, les représentants de proximité seront désignés parmi les membres CSE ou toute autre personne de l'entreprise acceptante, par une résolution adoptée à la majorité des membres présents, pour une durée qui prendra fin avec celle du mandat des membres élus du comité.

Si un périmètre sur lequel doit être désigné un représentant de proximité ne comprend aucun élu ou aucun salarié acceptant, il sera alors établi un procès-verbal de carence.

Dans l'hypothèse où un mandat de représentant de proximité ne serait plus attribué, il sera procédé à une nouvelle désignation, aux conditions précitées, dans le mois suivant la vacance du poste.

ARTICLE 4 - ATTRIBUTIONS

Les représentants de proximité ont, sur leur périmètre, attribution pour :

Exemples :

– recevoir les réclamations individuelles du personnel *et/ou* collectives relatives à ... *l'application du code du travail, de l'accord d'entreprise, du règlement intérieur ou toute autre norme applicable dans l'entreprise ;*

– participer à la gestion des activités sociales et culturelles ;

– analyser les risques professionnels et/ou les effets des expositions aux facteurs de risques professionnels mentionnés à l'article L. 4161-1 du code du travail (**Note** *: il est possible de circonscrire leurs attributions que dans certains domaines liés à la commission santé, sécurité et conditions de travail (CSSCT), comme par exemple, les AT/MP) ;*

– formuler toute proposition d'actions de prévention du harcèlement moral, du harcèlement sexuel et des agissements sexistes ;
– exercer toute mission d'alerte auprès de la commission santé, sécurité et conditions de travail et/ou du CSE ;
– être associé aux travaux de la CSSCT sur demande de ladite commission.

Les représentants de proximité feront, chaque *mois / trimestre...*, un rapport au président et au secrétaire du CSE sur les attributions qui leur seront confiées.

ARTICLE 5 - FONCTIONNEMENT - MOYENS

Chaque représentant de proximité dispose de ... *heures* de délégation par mois pour l'exercice de ses attributions s'ajoutant, le cas échéant, au nombre d'heures de délégation dont ils bénéficient en qualité de membre du CSE.

Ils pourront solliciter en tant que de besoin une réunion mensuelle avec *le chef d'entreprise* **ou** *le directeur / responsable de l'établissement* concerné, lequel pourra être assisté le cas échéant d'un collaborateur de son choix, pour lui faire part des réclamations reçues. En tout état de cause, il appartiendra au *chef d'entreprise* **ou** *au directeur / responsable de l'établissement* concerné de les recevoir en moyenne tous les ... *mois ou au moins ... fois par an.*

Les questions et réponses seront consignées dans un registre prévu à cet effet tenu, par *le chef d'entreprise* **ou** *le directeur / responsable de l'établissement* concerné, à disposition des représentants de proximité.

Ce registre, ainsi que les documents annexés, sont tenus à la disposition des salariés concernés désirant en prendre connaissance, pendant un jour ouvrable par quinzaine et en dehors de leur temps de travail.

ARTICLE 6 - DISPOSITIONS RELATIVES À L'ACCORD

6.1. Durée

Option 1 :

Le présent accord collectif est conclu pour une durée déterminée de ...

Il entrera en vigueur le ....

Les parties conviennent de se réunir ... *mois* avant le terme du présent accord afin d'examiner les suites qu'elles envisagent de donner à ce dernier.

Option 2 :

Le présent accord est conclu pour une durée indéterminée.

Il pourra être dénoncé ou révisé, à tout moment, conformément aux dispositions légales.

6.2. Interprétation

En cas de difficulté d'interprétation du présent accord, une commission d'interprétation pourra être saisie. Celle-ci sera composée des membres suivants :
– ...
– ...

MODÈLE D'ACCORD

Cette saisine sera formulée par écrit et adressée à toutes les parties à l'accord.

Au plus tard un mois après sa saisine, la commission rendra un rapport en faisant part de son analyse et de son avis. Ce rapport sera transmis à l'ensemble des membres du CSE, ainsi qu'à la Direction, le lendemain de l'expiration de ce délai.

La difficulté d'interprétation, ayant fait l'objet de l'étude par la commission, sera fixée à l'ordre du jour de la réunion mensuelle du CSE suivante la plus proche pour être débattue.

6.3. Suivi

Option 1 :

Dans un délai de ... *mois* à compter de l'entrée en vigueur du présent accord, une commission paritaire de suivi sera mise en place à l'initiative du chef d'entreprise ou de son représentant. Cette commission aura pour mission d'examiner l'application du présent accord. Elle sera composée d'un délégué syndical par organisation syndicale représentative de salariés signataire ou adhérente et du chef d'entreprise ou de son représentant. Elle sera présidée par le chef d'entreprise ou son représentant.

610 Une organisation syndicale qui perd sa représentativité ne peut plus siéger au sein de cette commission.

Elle se réunira ... *fois par ... / ... sur la durée de l'accord* sur convocation écrite *(lettre ou mail)* du chef d'entreprise ou de son représentant. Les résultats de la mission de suivi seront consignés dans un procès-verbal établi par le chef d'entreprise ou son représentant. Une fois adopté par la majorité des membres de la commission, le procès-verbal pourra être diffusé dans le cadre de la communication syndicale et, lorsqu'il existe, sur l'intranet de l'entreprise.

Option 2 :

Afin d'examiner l'application du présent accord et ses éventuelles difficultés de mise en œuvre, il est créé une commission de suivi composée des membres suivants :

– ...

– ...

Cette commission de suivi se réunira, à l'initiative de la Direction, une première fois dans l'année suivant l'entrée en vigueur de l'accord, puis, *une ... fois par ... / ...sur la durée de l'accord*, à l'initiative de l'une des parties.

6.4. Rendez-vous

Les parties au présent accord seront tenues de se réunir sur convocation écrite *(lettre ou mail)* du chef d'entreprise ou de son représentant, chaque année, dans le mois qui suit le jour anniversaire de l'entrée en vigueur du présent accord, afin de discuter de l'opportunité de réviser ce dernier.

6.5. Dépôt – publicité

Le présent accord sera déposé sur la plateforme de téléprocédure dans les conditions prévues par voie réglementaire, conformément aux dispositions du code du travail (c. trav. art. L. 2232-29-1).

Le présent accord sera également adressé par l'entreprise au greffe du Conseil de Prud'hommes de ....

Le présent accord est fait en nombre suffisant pour remise à chacune des parties. Son existence figurera aux emplacements réservés à la communication avec le personnel.

Fait à ..., le ... En ... exemplaires	
Pour l'organisation syndicale ... M...	Pour l'entreprise M...
Pour l'organisation syndicale ... M...	

Conseil d'entreprise

44 Mise en place 614

45 Attributions 621

44 Mise en place

Présentation du dispositif
- Création d'un « dérivé » du CSE 44-1
- Double intérêt d'une mise en place d'un conseil d'entreprise .. 44-3
- Cadre de la mise en place 44-5

Création du conseil d'entreprise par accord collectif
- Accord d'entreprise dans une entreprise avec délégué syndical 44-6
- Accord de branche dans une entreprise sans délégué syndical 44-7

Contenu de l'accord collectif
- Clauses obligatoires 44-8
- Deux clauses facultatives mais recommandées..................... 44-13
- Clauses libres mais encadrées 44-15

Présentation du dispositif

CRÉATION D'UN « DÉRIVÉ » DU CSE

→ Conseil d'entreprise ou CSE « transformé »

44-1 La fusion des instances représentatives du personnel (IRP) aboutit à créer le comité social et économique (CSE) (voir § 1-1) tout en permettant de le « transformer » en conseil d'entreprise (c. trav. art. L. 2321-1 ; ord. 2017-1386 du 22 septembre 2017, JO du 23).

→ Création du conseil d'entreprise postérieure à la mise en place du CSE

44-2 La mise en place du conseil d'entreprise suppose, en principe, au préalable, celle du CSE. En effet, même si le code du travail ne le précise pas expressément, cela résulte implicitement de la composition du conseil d'entreprise et de l'élection de ceux qui sont appelés à y siéger. Il convient donc de considérer que la structure de base est le CSE et que, par voie d'accord collectif, celui-ci peut être transformé en conseil d'entreprise, ce qui amène à accroître ses attributions. Cette position rejoint celle de l'administration qui considère que le conseil d'entreprise est ni plus ni moins la dénomination du comité social et économique lorsqu'en plus des attributions qui lui sont normalement dévolues, il devient seul compétent pour négocier, conclure et réviser les conventions et accords d'entreprise ou d'établissement (Q/R 115, CSE, 117 questions/réponses du ministère du Travail, 17 janvier 2020).

DOUBLE INTÉRÊT D'UNE MISE EN PLACE D'UN CONSEIL D'ENTREPRISE

→ Instance dotée de la capacité de négocier des accords

44-3 Le CSE est une instance représentative du personnel ayant une fonction consultative, mais non investie d'un rôle majeur en matière de négociation collective, sauf, bien sûr, de manière subsidiaire, en l'absence de délégué syndical (DS) dans l'entreprise.

La mise en place d'un conseil d'entreprise est donc le moyen de doter le CSE de compétences supplémentaires, en particulier, de la possibilité de négocier tous les accords d'entreprise. En conséquence, les DS perdent, dans ce cas, leur principale attribution de principe, à savoir la possibilité de négocier un accord collectif d'entreprise. Pour autant, les DS continuent de représenter leur syndicat et à porter les éventuelles revendications de celui-ci auprès de l'employeur. La mise en place du conseil d'entreprise ne fait pas, en effet, disparaître le mandat des DS (Q/R 116, CSE, 117 questions/réponses du ministère du Travail, 17 janvier 2020).

• **Compétence exclusive du conseil d'entreprise.** Initialement, le conseil d'entreprise était seul compétent pour négocier, conclure et réviser les accords collectifs d'entreprise, à l'exception toutefois de certains accords soumis à des règles spécifiques de validité, tels que, par exemple, les accords collectifs portant sur le plan de sauvegarde de l'emploi (ord. 2017-1386 du 22 septembre 2017, JO du 23). L'ordonnance « balai » a levé cette restriction de sorte qu'il n'y a plus de limite au champ de négociation du conseil d'entreprise (c. trav. art. L. 2321-1). Celui-ci pourra donc, par exemple, conclure un accord fixant le contenu du plan de sauvegarde de l'emploi en cas de grand licenciement économique collectif dans l'entreprise (c. trav. art. L. 1233-24-1).

→ Augmentation des hypothèses de décisions soumises à avis conforme

44-4 La mise en place d'un conseil d'entreprise permet d'accroître les pouvoirs des représentants du personnel d'une autre manière via la possibilité de soumettre un certain nombre de décisions de l'employeur à l'avis conforme du conseil d'entreprise (voir § 44-12).

EN PRATIQUE

La capacité reconnue au conseil d'entreprise de négocier des accords collectifs d'entreprise ne doit pas occulter le fait qu'un certain nombre de mesures seront soumises à son avis conforme.

CADRE DE LA MISE EN PLACE

44-5 Bien que le code du travail ne donne aucune indication en la matière, le conseil d'entreprise est, en principe, mis en place au niveau de l'entreprise.

Le conseil d'entreprise peut toutefois être mis en place dans les entreprises appartenant à une unité économique et sociale (UES) (c. trav. art. L. 2321-10). Dans ce cas, l'accord d'entreprise mettant en place le conseil d'entreprise est conclu soit au niveau d'une ou plusieurs entreprises composant l'UES, soit au niveau de l'UES.

Création du conseil d'entreprise par accord collectif

ACCORD D'ENTREPRISE DANS UNE ENTREPRISE AVEC DÉLÉGUÉ SYNDICAL

44-6 Dans les entreprises dotées d'au moins un délégué syndical (DS), la transformation du CSE en conseil d'entreprise nécessite la conclusion d'un accord collectif d'entreprise majoritaire et à durée indéterminée (c. trav. art. L. 2321-2).

Cet accord doit, en conséquence, être signé par des syndicats majoritaires (représentants au moins 50 % des suffrages lors du 1er tour des dernières élections des titulaires du CSE) (c. trav. art. L. 2321-2, et par renvoi, c. trav. art. L. 2232-12). Il s'agit donc d'un accord collectif d'entreprise négocié nécessairement dans les conditions de droit commun avec les DS.

L'accord majoritaire en question est, par dérogation, non « référendable ». Ainsi, il n'est pas possible de faire valider un accord minoritaire par référendum. Autrement dit, la consultation qui, normalement, permet à l'accord d'entreprise minoritaire d'être valable même lorsque celui-ci a été signé par des syndicats représentant moins de 50 % des suffrages exprimés au 1er tour des élections professionnelles mais plus de 30 % de ces mêmes suffrages, est donc exclue.

• **En présence d'une UES.** L'accord collectif majoritaire doit être conclu (c. trav. art. L. 2321-10) :
– soit au niveau d'une ou de plusieurs entreprises composant l'UES ;
– soit au niveau de l'UES, les règles de validité de l'accord devant être appréciées en tenant compte des suffrages valablement exprimés dans l'ensemble des entreprises.

• **Dénonciation de l'accord mettant en place le conseil d'entreprise.** L'accord collectif instituant le conseil d'entreprise étant un accord de droit commun obligatoirement à durée indéterminée, les règles relatives à la dénonciation sont celles des accords à durée indéterminée (c. trav. art. L. 2261-9 et s. ; Q/R 117, CSE, 117 questions/réponses du ministère du Travail, 17 janvier 2020). La dénonciation par une partie des signataires ne remet pas en cause la validité de l'accord. Celui-ci continuera de produire effet à l'égard des acteurs de la dénonciation jusqu'à l'entrée en vigueur de la convention ou de l'accord qui lui est substitué et ce, dans un délai d'un an suivant le délai de 3 mois de préavis (c. trav. art. L. 2261-11). Si aucun accord de substitution n'est conclu, la représentation du personnel de l'entreprise rebascule dans le système de droit commun et continue à produire ses effets avec un CSE et des DS, chacun exerçant les attributions qui lui sont habituellement dévolues.

POINT DE VIGILANCE

L'accord d'entreprise qui institue le conseil d'entreprise ne peut nullement être conclu avec les membres du CSE. La négociation de cet accord passe forcément par une négociation avec les DS, ce qui semble logique dans la mesure où ils vont consentir à réduire sensiblement leur rôle dans l'entreprise. En effet, même s'ils ne disparaissent pas suite à la mise en place du conseil d'entreprise, ils vont perdre la prérogative essentielle de leur mandat, à savoir celle de négocier, conclure et réviser les accords d'entreprise d'établissement. Les amener à négocier un tel accord d'entreprise ne sera donc pas chose aisée, sauf à leur faire percevoir, dans le cadre de cette négociation d'entreprise, les avantages de la « cogestion » via la procédure de l'avis conforme.

ACCORD DE BRANCHE DANS UNE ENTREPRISE SANS DÉLÉGUÉ SYNDICAL

44-7 Dans les entreprises sans délégué syndical, le conseil d'entreprise peut être constitué en application d'un accord de branche étendu (c. trav. art. L. 2321-2).

À supposer qu'un tel accord de branche étendu existe :

› faut-il considérer pour autant que la transformation de tous les CSE en conseils d'entreprise est automatique, pour les entreprises de la branche ayant au moins 50 salariés mais ne disposant pas de DS ? ;

› ou faut-il considérer que l'existence d'un tel accord de branche étendu s'analyse uniquement en une autorisation de transformation du CSE en conseil d'entreprise dans les entreprises de la branche qui le souhaiteraient ?

EN PRATIQUE

C'est assurément la seconde solution qui doit être retenue. Les entreprises d'au moins 50 salariés dépourvues de DS resteront libres, nonobstant l'existence d'un tel accord de branche, fut-il étendu, d'opter pour une transformation de leur CSE en conseil d'entreprise. Une telle solution s'explique, à notre sens, par les conséquences induites par la mise en place du conseil d'entreprise.

Si le conseil d'entreprise est mis en place dans une entreprise en application d'un accord de branche étendu, la désignation de DS dans l'entreprise doit avoir pour effet, en tout état de cause, de faire obstacle à la poursuite du conseil d'entreprise. Cette solution est logique dans la mesure où l'accord de branche étendu ne vaut que pour « les entreprises dépourvues de délégué syndical » (c. trav. art. L. 2321-2).

Contenu de l'accord collectif

CLAUSES OBLIGATOIRES

→ Établissements distincts

44-8 Lorsque l'entreprise est divisée en plusieurs établissements distincts, l'accord instituant le conseil d'entreprise au niveau de l'entreprise doit préciser les modalités selon lesquelles sont appelées à se dérouler les éventuelles négociations d'établissement visant à transformer en conseils d'entreprise les CSE mis en place dans les établissements (c. trav. art. L. 2321-2, al. 2).

EN PRATIQUE

Il peut, en effet, être intéressant, lorsque l'entreprise est divisée en établissements distincts, d'envisager un même mode d'organisation de la représentation du personnel dans toutes les entités composant l'entreprise. Ainsi, à l'instar du conseil d'entreprise apte à négocier des accords d'entreprise, il peut être envisagé une négociation dans les établissements entre les chefs d'établissement et leurs délégués syndicaux d'établissement, pour mettre en place des conseils d'établissement aptes à négocier des accords d'établissement.

Dans tous les cas, le conseil d'entreprise n'est compétent que pour la négociation menée au niveau de l'entreprise : il ne peut nullement négocier des accords d'établissement. En conséquence, la négociation au niveau des établissements, dans l'hypothèse d'une entreprise divisée en établissements distincts, dépendra des délégués syndicaux d'établissement, sauf s'il a été institué un conseil d'établissement.

POINT DE VIGILANCE

Bien que le code du travail soit peu précis en la matière, il ne semble pas envisageable qu'un CSE d'établissement soit transformé en conseil d'établissement lorsqu'au niveau de l'entreprise, le CSE central n'aurait pas été transformé. La transformation doit, en premier lieu, être opérée au niveau de l'entreprise puis, dans un second temps, au niveau de l'établissement.

→ Fonctionnement du conseil d'entreprise

44-9 **Principe.** L'accord instituant le conseil d'entreprise doit préciser certains points qui relèvent du fonctionnement du conseil d'entreprise, en particulier lorsque celui-ci est amené à négocier un accord d'entreprise.

44-10 **Nombre d'heures de délégation.** L'accord instituant le conseil d'entreprise doit déterminer le nombre d'heures de délégation dont bénéficient les élus du conseil participant aux négociations conduites par ce dernier (c. trav. art. L. 2321-4). Ce contingent s'ajoute à celui dont les intéressés bénéficient en application des textes relatifs au CSE.

Ce contingent supplémentaire permet aux membres du conseil d'entreprise de disposer d'heures de délégation pour préparer la négociation d'accords d'entreprise.

Ce temps ne peut être inférieur (c. trav. art. R. 2321-1) :

› à 12 heures par mois dans les entreprises de moins de 150 salariés ;
› à 18 heures par mois dans celles dont l'effectif est compris entre 150 et 499 salariés ;
› à 24 heures par mois dans celles dont l'effectif a atteint 500 salariés.

Ces heures sont spécifiquement liées à la participation à une négociation.

POINT DE VIGILANCE

Ce crédit d'heures ne doit pas être confondu avec le temps passé à la négociation, lequel est de plein droit considéré comme temps de travail et ainsi payé à l'échéance normale (c. trav. art. L. 2321-5).

EN PRATIQUE

Le code du travail ne précise pas les modalités d'utilisation de ce crédit, en particulier la possibilité de reporter ces heures ou de les mutualiser. Aussi, il est conseillé de traiter ce sujet dans l'accord instituant le conseil d'entreprise. À défaut de précision dans l'accord, le report et la mutualisation de ces heures semblent exclus.

44-11 **Modalités d'indemnisation des frais de déplacement.** L'accord d'entreprise instituant le conseil d'entreprise doit préciser les modalités selon lesquelles sont indemnisés les frais de déplacement que peuvent occasionner les négociations menées au nom du conseil d'entreprise (c. trav. art. L. 2321-6).

→ Thèmes soumis à l'avis conforme

44-12 L'accord collectif instituant le conseil d'entreprise doit fixer la liste des thèmes sur lesquels la mise en œuvre des décisions du chef d'entreprise est soumise à l'avis conforme du conseil (c. trav. art. L. 2321-3).

La volonté est ici de « mettre en place une codécision à la française » entre les élus et l'employeur, sachant que la formation professionnelle est le seul thème devant obligatoirement être soumis à l'avis conforme du conseil d'entreprise (rapport au Président de la République, JO du 23 septembre 2017). En conséquence, les parties à l'accord instituant le conseil d'entreprise doivent fixer les thèmes sur lesquels seul un avis favorable du conseil d'entreprise permettra à l'employeur de mettre en œuvre sa décision.

- **Définition.** Un avis conforme du conseil d'entreprise est celui pour lequel l'employeur est tenu d'obtenir l'accord dudit conseil.

À NOTER L'égalité professionnelle entre les femmes et les hommes (cité à titre d'exemple à l'article L. 2321-3 du Code du travail) n'est pas un thème obligatoire.

DEUX CLAUSES FACULTATIVES MAIS RECOMMANDÉES

→ Composition de la délégation négociatrice

44-13 La première clause facultative concerne la composition de la délégation qui négocie les accords collectifs d'entreprise ou d'établissement (c. trav. art. L. 2321-7).

EN PRATIQUE

Si les parties à l'accord collectif instituant le conseil d'entreprise n'abordent pas cette question, il est possible de penser que tous les membres du conseil d'entreprise seront amenés à participer à la négociation – ce qui n'est pas forcément recommandé lorsque le nombre d'élus est important.

Une délégation sera, en tout état de cause, chargée de négocier les accords collectifs. In fine, l'ensemble des membres titulaires du conseil d'entreprise seront toutefois amenés à se prononcer pour apprécier la validité de l'accord collectif. La délégation amenée à négocier les accords pourra, à notre sens, être composée de salariés non membres du conseil – par exemple, les délégués syndicaux.

→ Périodicité de tout ou partie des thèmes de négociation du conseil d'entreprise

44-14 La seconde clause facultative concerne la périodicité de tout ou partie des thèmes de négociation (c. trav. art. L. 2321-8).

Il sera donc envisageable, comme pour la négociation avec les DS, de déterminer la périodicité des thèmes de négociation obligatoire dans un seul et même accord et ainsi de déroger à la périodicité annuelle ou triennale selon les thèmes de négociation (c. trav. art. L. 2242-13).

POINT DE VIGILANCE

Les dispositions de l'article L. 2242-11 du Code du travail devront être observées. En conséquence, la périodicité sera au maximum de 4 ans.

De plus, bien que l'accord instituant le conseil d'entreprise soit conclu pour une durée indéterminée, la clause fixant la périodicité de tout ou partie des thèmes de négociation du conseil d'entreprise devra faire l'objet d'une nouvelle négociation tous les 4 ans.

CLAUSES LIBRES MAIS ENCADRÉES

→ Liberté des négociateurs

44-15 Le code du travail laisse une grande liberté aux négociateurs de l'accord instituant le conseil d'entreprise.

EN PRATIQUE

La grande liberté laissée aux négociateurs de l'accord instituant le conseil d'entreprise peut être de nature à convaincre les délégués syndicaux à renoncer à leur pouvoir de négocier au profit du conseil d'entreprise.

→ Limitations apportées à la liberté des négociateurs

44-16 La liberté est toutefois limitée par divers textes d'ordre public, en particulier :

› les modalités de fonctionnement et des attributions du conseil d'entreprise sont celles prévues pour le CSE (c. trav. art. L. 2321-1). Sur ces deux points, ce qui est d'ordre public pour le CSE le sera également pour le conseil d'entreprise ;

› les conditions de validité d'un accord d'entreprise conclu avec le conseil d'entreprise (c. trav. art. L. 2321-9). La condition de double majorité, à notre sens d'ordre public, ne semble pas pouvoir être aménagée dans l'accord instituant le conseil d'entreprise.

45 Attributions

Conclusion et négociation d'un accord collectif

- Rôle identique au CSE 45-1
- Champ de la négociation 45-2
- Validité des accords conclus par le conseil d'entreprise 45-5

Codécision avec avis conforme

- Notion d'avis conforme 45-6
- Avis conforme du conseil d'entreprise 45-8

Conclusion et négociation d'un accord collectif

RÔLE IDENTIQUE AU CSE

45-1 Le conseil d'entreprise se substitue au CSE. En conséquence, il exerce l'ensemble des attributions dévolues au CSE et suit ses règles de fonctionnement (c. trav. art. L. 2321-1).

CHAMP DE LA NÉGOCIATION

→ Compétence exclusive du conseil d'entreprise

45-2 En présence d'un conseil d'entreprise, celui-ci est le seul compétent pour négocier, conclure et réviser les accords collectifs d'entreprise (c. trav. art. L. 2321-1). En d'autres termes, le conseil d'entreprise dispose d'une compétence exclusive en la matière.

EN PRATIQUE

Les délégués syndicaux (DS) perdent, dans ce cas, leur principale attribution de principe, à savoir la possibilité de négocier un accord collectif d'entreprise. Pour autant, les DS continuent de représenter leur syndicat et à porter les éventuelles revendications de celui-ci auprès de l'employeur. La mise en place du conseil d'entreprise ne fait pas, en effet, disparaître le mandat des DS (Q/R 116, CSE, 117 questions/réponses du ministère du Travail, 17 janvier 2020).

Suppression de l'exception initialement prévue à la compétence exclusive. L'ordonnance créant le conseil d'entreprise avait prévu que certaines catégories d'accords continuaient de relever de la compétence des délégués syndicaux (ord. 2017-1386 du 22 septembre 2017, JO du 23). Il s'agissait en particulier des accords conclus afin de déterminer le contenu d'un plan de sauvegarde de l'emploi (PSE), du protocole d'accord préélectoral ainsi que des accords portant modification du nombre et de la composition des collèges électoraux. Toutes ces exceptions à la compétence de principe du conseil d'entreprise pour négocier ont été, in fine, supprimées (ord. 2017-1718 du 20 décembre 2017, JO du 21).

→ Délégation des négociateurs

45-3 **Représentants titulaires du conseil d'entreprise.** Les représentants du personnel titulaires du conseil d'entreprise sont les premiers négociateurs (c. trav. art. L. 2321-1). Il appartient à l'accord instituant le conseil d'entreprise de définir la composition de la délégation qui négocie les conventions et accords d'entreprise ou d'établissement (c. trav. art. L. 2321-7).

Par principe, les représentants syndicaux désignés auprès du conseil d'entreprise ne sont pas intégrés dans la délégation appelée à négocier, sauf accord en ce sens (voir § 45-4).

• **Temps passé à la négociation.** Le temps passé à la négociation est de plein droit considéré comme temps de travail et payé à l'échéance normale (c. trav. art. L. 2321-5) (voir § 44-10).

45-4 **Autres membres.** Il peut s'agir de salariés non membres du conseil d'entreprise, voire les délégués syndicaux (qu'ils soient ou non représentants syndicaux auprès du conseil d'entreprise). Tout dépend de l'accord instituant le conseil d'entreprise qui a pu préciser la composition de la délégation négociant les conventions et accords d'entreprise ou d'établissement (c. trav. art. L. 2321-7).

VALIDITÉ DES ACCORDS CONCLUS PAR LE CONSEIL D'ENTREPRISE

45-5 Pour être valable, l'accord d'entreprise ou d'établissement conclu avec un conseil d'entreprise nécessite (c. trav. art. L. 2321-9) :

› soit une majorité en nombre. Autrement dit, l'accord doit être signé par la majorité des représentants du personnel titulaires membres du conseil d'entreprise ;
› soit une majorité des suffrages exprimés. Autrement dit, l'accord doit être signé par un ou plusieurs membres titulaires ayant recueilli la majorité (plus de 50 %) des suffrages exprimés lors des dernières élections professionnelles. Pour l'appréciation de ce seuil, il est tenu compte des suffrages recueillis lors du 1er tour des élections pour les élus au 1er tour du scrutin, et de ceux obtenus lors du second tour pour les élus qui en sont issus.

POINT DE VIGILANCE

Les règles relatives à la validité des accords conclus par le conseil d'entreprise ne semblent pas pouvoir être aménagées dans l'accord instituant ledit conseil.

Codécision avec avis conforme

NOTION D'AVIS CONFORME

→ Définition

45-6 La notion d'avis conforme suppose que l'employeur est tenu d'obtenir l'accord de l'instance représentative du personnel qu'il consulte pour mettre en œuvre une mesure.

→ Hypothèses classiques prévues par le code du travail

45-7 Certains articles du code du travail prévoient des hypothèses où l'employeur est tenu de recueillir l'avis conforme du comité social et économique (CSE). À titre d'exemples :

› le congé de formation économique et sociale et de formation syndicale est de droit, sauf dans le cas où l'employeur estime, après avis conforme du CSE, que cette absence pourrait avoir des conséquences préjudiciables à la production et à la bonne marche de l'entreprise (c. trav. art. L. 2145-11) ;

› l'employeur peut, à la demande de certains salariés, mettre en place un dispositif d'horaires individualisés permettant un report d'heures d'une semaine à une autre, dans les limites et selon les modalités légales après avis conforme du CSE (c. trav. art. L. 3121-48).

Certains textes font référence à cette notion d'avis conforme sans réellement employer l'expression. Il en est ainsi par exemple s'agissant du repos compensateur de remplacement dans les entreprises dépourvues de délégué syndical. Dans ce cas, le remplacement de tout ou partie du paiement des heures supplémentaires, ainsi que des majorations, par un repos compensateur équivalent peut être mis en place par l'employeur à condition que le CSE, s'il existe, ne s'y oppose pas (c. trav. art. L. 3121-37).

AVIS CONFORME DU CONSEIL D'ENTREPRISE

45-8 La conclusion d'un accord collectif portant transformation du CSE en conseil d'entreprise permet d'accroître les pouvoirs des représentants du personnel, en soumettant à l'avis conforme dudit conseil la mise en œuvre d'un nombre important de décisions présentées par le chef d'entreprise (c. trav. art. L. 2321-3).

Ce sont les négociateurs de l'accord collectif instituant le conseil d'entreprise qui vont déterminer la liste des thèmes sur lesquels l'avis conforme sera nécessaire. Comme indiqué précédemment (voir § 44-12), seule la formation professionnelle est obligatoirement soumise à l'avis conforme du conseil d'entreprise – l'égalité professionnelle étant juste suggérée à titre d'exemple.

Sur les thèmes définis par l'accord, l'employeur perdra son pouvoir de décision unilatérale, puisqu'il devra nécessairement obtenir l'accord préalable du conseil d'entreprise (Q/R 115, CSE, 117 questions/réponses du ministère du Travail, 17 janvier 2020).

EN PRATIQUE

Il est probable que les délégués syndicaux ne consentiront à perdre leur principale attribution de négociation des accords collectifs d'entreprise qu'à la condition que les hypothèses de codécision soient largement étendues.

Annexes

Le comité social et économique en 117 questions/réponses 626

BDES réglementaires 673

Index 687

Le comité social et économique en 117 questions/réponses

Le document questions/réponses rédigé par le ministère du Travail décrypte la réforme « CSE » (version actualisée le 17 janvier 2020).

Ce document émanant de l'administration n'a pas en lui-même de valeur juridique opposable. S'il donne le « La » de la doctrine de l'administration, ces positions s'entendent sous réserve de l'appréciation des tribunaux en cas de litige.

Présentation générale

DÉFINITION DU COMITÉ SOCIAL ET ÉCONOMIQUE (CSE)

Q/R n° 1. Qu'est-ce que le comité social et économique ?

Le comité social et économique (CSE), institué par les articles L. 2311-1 et suivants du Code du travail, est l'instance représentative du personnel amenée à se substituer :

- aux actuels délégués du personnel dans les entreprises d'au moins 11 salariés ;
- dans les entreprises d'au moins 50 salariés aux trois instances, délégués du personnel, comité d'entreprise et comité d'hygiène, de sécurité et des conditions de travail ou, le cas échéant, à la délégation unique du personnel ou à l'instance regroupée.

Auparavant la loi rendait possible des regroupements, comme la délégation unique du personnel (DUP) ou l'instance regroupée. Désormais, la fusion des trois anciennes instances de représentation du personnel est obligatoire.

Le comité social et économique constitue désormais l'instance unique de représentation du personnel dans l'entreprise, exerçant des attributions qui évoluent en fonction des effectifs de l'entreprise.

ATTRIBUTIONS HÉRITÉES DES ANCIENNES INSTANCES REPRÉSENTATIVES DU PERSONNEL (IRP)

Q/R n° 2. Qu'advient-il des attributions des anciennes instances représentatives du personnel de l'entreprise ?

Dans les entreprises d'au moins 11 salariés et de moins de 50 salariés, les attributions des délégués du personnel sont désormais exercées par le comité social et économique (c. trav. art. L. 2312-5 et L. 2312-6).

Dans les entreprises d'au moins 50 salariés, les attributions des délégués du personnel, du comité d'entreprise et du comité d'hygiène, de sécurité et des conditions de travail sont désormais exercées par le comité social et économique (c. trav. art. L. 2312-8 à L. 2312-84).

CSE OBLIGATOIRE

Q/R n° 3. La mise en place du comité social et économique est-elle obligatoire ?

La mise en place du comité social et économique est obligatoire dans les entreprises dont

l'effectif atteint au moins 11 salariés pendant 12 mois consécutifs (c. trav. art. L. 2311-2).

Dans les entreprises déjà pourvues d'instances représentatives du personnel, le comité social et économique doit être mis en place au terme des mandats des élus, et au plus tard, le 31 décembre 2019, fin de la période transitoire (art. 9, II, ord. n° 2017-1386 du 22 sept. 2017).

Au 1er janvier 2020, tous les mandats des anciennes instances représentatives du personnel auront pris fin et le comité social et économique devra avoir été institué dans toutes les entreprises d'au moins 11 salariés.

Période transitoire

DATE DE MISE EN PLACE DU CSE

Q/R n° 4. Quand doit être mis en place le comité social et économique ?

Une période de transition a été prévue à l'article 9 de l'ordonnance n° 2017-1386 du 22 septembre 2017 afin d'assurer progressivement le passage des anciennes instances de représentation du personnel vers le nouveau comité social et économique. Cette période court à compter de la publication des ordonnances, c'est-à-dire le 23 septembre 2017 et s'achève au plus tard le 31 décembre 2019.

Le comité social et économique doit être mis en place dès la fin des mandats des élus du personnel survenant à compter du 1er janvier 2018 et au plus tard le 31 décembre 2019.

L'ordonnance donne aux acteurs de l'entreprise la possibilité d'anticiper cette mise en place ou, au contraire de la reporter, si l'entreprise a besoin de temps pour s'organiser. Pour ce faire, elle permet la réduction ou la prorogation des mandats des membres des anciennes institutions représentatives du personnel en cours, au plus tard jusqu'au 31 décembre 2019.

Ainsi, lorsque les mandats arrivent à échéance au cours de l'année 2018 ou 2019, le comité social et économique doit en principe être mis en place. Néanmoins, il est possible de proroger ou de réduire les mandats arrivant à échéance en 2018, et de réduire les mandats arrivant à échéance en 2019, pour une durée maximale d'un an par un accord d'entreprise ou une décision unilatérale de l'employeur prise après consultation du comité d'entreprise, ou à défaut des délégués du personnel ou, le cas échéant, de la délégation unique du personnel ou de l'instance regroupée.

De même, dans les entreprises dans lesquelles le terme des mandats des différentes instances ne coïncide pas, il est possible de procéder à la prorogation ou à la réduction de leur durée selon les mêmes modalités afin de faire coïncider leur échéance avec la date de mise en place du comité social et économique, et, le cas échéant pour les entreprises comportant plusieurs établissements, avec celle du comité social et économique d'établissement et du comité social et économique central.

EXEMPLES

❶ **1/** Le mandat des élus du comité d'entreprise est arrivé à échéance le 17 novembre 2017. Que faire ?

L'ordonnance a prévu que les mandats des anciennes instances représentatives du personnel arrivant à échéance entre le 22 septembre 2017, date de la publication des ordonnances et le 31 décembre 2017, date limite de parution des décrets d'application, sont automatiquement prorogés jusqu'à cette date (ord. n° 2017-1386 du 22 sept. 2017, art. 9, II, 2°). Cette prorogation automatique a permis aux entreprises concernées d'attendre la date de la parution des décrets d'application pour organiser les élections professionnelles et mettre en place le comité social et économique. Un accord ou une décision unilatérale de l'employeur après consultation du comité d'entreprise ou à défaut des délégués du personnel peut à nouveau les proroger jusqu'au 31 décembre 2018, à condition que la nouvelle décision intervienne avant l'échéance du 31 décembre 2017. Il est donc possible de mettre en place le comité social et économique dès à présent, ou de proroger les mandats des anciennes instances représentatives du personnel jusqu'au 31 décembre 2018 au plus tard. Le décret n° 2017-1819 du 29 décembre 2017 précise les modalités de mise en œuvre du comité social et économique.

❷ **2/** Un accord a été négocié le 12 décembre 2017 pour proroger d'un an le mandat des élus du comité d'entreprise. Cet accord est-il valable ?

Oui. Entre le 12 décembre et le 31 décembre 2017, les mandats des élus ont été automatiquement prorogés jusqu'à cette date. L'ordonnance rend possible la prorogation des mandats des instances arrivant à échéance entre le 1er janvier et le 31 décembre 2018 par accord, ou par décision unilatérale de l'employeur, prise après consultation des instances concernées. Cette prorogation est d'une durée maximale d'un an à compter de l'échéance du mandat. L'accord conclu le 12 décembre 2017 sera donc valable mais ne commencera à produire utilement ses effets qu'à compter du 1er janvier 2018 (ord. n° 2017-1386 du 22 septembre 2017, art. 9, II, 2° et 3°).

❸ Dans une entreprise, les mandats des différentes instances prennent fin respectivement en 2018 et 2019. Peut-on choisir librement la date d'organisation des élections ?

Non. L'entreprise devra organiser ces élections soit en prorogeant le mandat prenant fin en 2018 pour le faire coïncider avec celui prenant fin en 2019, soit en réduisant le mandat prenant fin en 2019 pour le faire coïncider avec le terme du mandat prenant fin en 2018, date à laquelle seront organisées les élections (ord. n° 2017-1386 du 22 septembre 2017, art. 9, III).

❹ **3/** Dans une entreprise, les mandats des différentes instances auraient dû prendre fin respectivement en 2020 et 2021. Doit-on organiser des élections avant le 31 décembre 2019 ? Est-il possible d'anticiper les élections ?

Oui. Le comité social et économique devant être mis en place au plus tard le 31 décembre 2019, les mandats des anciennes instances représentatives du personnel expirent à cette date (ord. n° 2017-1386 du 22 septembre 2017, art. 9, II). Par conséquent, les entreprises dont les mandats des instances prennent fin en 2020 et 2021 devront organiser de nouvelles élections avant cette date butoir.

Pour respecter cette obligation, cette réduction est même indispensable compte tenu des délais fixés par le code du travail pour l'organisation du scrutin. En effet, en cas de renouvellement et en vertu du 3e alinéa de l'article L. 2314-5, le premier tour des élections a lieu dans la quinzaine qui précède l'expiration des mandats (date exacte fixée par le protocole d'accord préélectoral, ou à défaut par le juge d'instance). En outre, conformément à l'article L. 2314-29, le second tour doit avoir lieu dans les 15 jours qui suivent le premier tour

Les entreprises concernées par ce calendrier sont fondées à appliquer les dispositions transitoires de l'ordonnance n° 2017-1386 du 22 septembre 2017 (ord. n° 2017-1386 du 22 septembre 2017, art. 9, II, 4°), dans sa rédaction issue de la loi n° 2018-217 du 29 mars 2018, dans la mesure où les mandats des anciennes instances expirent de plein droit le 31 décembre 2019. Elles pourront ainsi réduire les mandats au plus d'un an.

En raison de la période de congés de fin d'année, il est souhaitable d'organiser les élections professionnelles de manière anticipée pour assurer la participation des salariés. Cette anticipation de la date des élections professionnelles n'a ni pour objet, ni pour effet, de modifier le terme des mandats en cours.

CONDITIONS DE PROROGATION DES MANDATS POUR LES ANCIENNES IRP

Q/R n° 5. Comment proroger ou réduire les mandats des élus des anciennes instances représentatives du personnel de l'entreprise ?

La prorogation ou la réduction des mandats peut être décidée soit par un accord collectif de droit commun, soit par une décision unilatérale de l'employeur prise après consultation du comité d'entreprise, ou, à défaut, des délégués du personnel ou le cas échéant, de la délégation unique du personnel ou de l'instance regroupée (ord. n° 2017-1386 du 22 sept. 2017, art. 9, II, 2° et 3°, et III) y compris lorsque les mandats en cours auraient dû prendre fin après le 31 décembre 2019.

PROROGATIONS SUCCESSIVES

Q/R n° 6. Est-il possible de proroger plusieurs fois les mandats des élus des anciennes instances représentatives du personnel ?

Oui. Les dispositions transitoires et finales de l'ordonnance ne limitent pas le nombre de prorogations ou de réductions des mandats possibles. Elles limitent seulement à un an la durée totale de la prorogation ou de la réduction des mandats (ord. n° 2017-1386 du 22 septembre 2017, art. 9, II).

PROROGATION OU RÉDUCTION DES MANDATS EN 2019

Q/R n° 7. Dans quelles conditions la prorogation ou la réduction de la durée des mandats des élus des anciennes instances représentatives du personnel arrivant à échéance en 2019 peut-elle intervenir ?

Il sera possible de réduire la durée des mandats des élus des anciennes instances représentatives du personnel arrivant à échéance en 2019 pour une durée maximale d'un an, par accord collectif ou par décision de l'employeur prise après consultation du comité d'entreprise, ou, à défaut, des délégués du personnel, ou le cas échéant, de la délégation unique du personnel ou de l'instance regroupée (ord. n° 2017-1386 du 22 septembre 2017, art. 9, II, 4°).

Afin d'organiser les élections du comité social et économique et de faire coïncider la date de fin des mandats, l'employeur retient l'une des échéances des mandats concernés.

EXEMPLES

❶ **1/** Dans une entreprise de 75 salariés, les mandats des membres du comité d'entreprise et des délégués du personnel arrivant à échéance le 28 octobre 2019. L'employeur pourra décider, après avoir consulté le comité d'entreprise, de réduire la durée de leur mandat pour an maximum (28 octobre 2018), afin d'anticiper la mise en place du comité social et économique.

La prorogation des mandats arrivant à terme en 2019 ne sera en revanche possible qu'afin de faire coïncider leur échéance avec la date de mise en place du comité social et économique. En 2019, une prorogation des mandats ne pourra intervenir que dans l'hypothèse où dans l'entreprise, les échéances des mandats ne seraient pas harmonisées (ord. n° 2017- 1386 du 22 septembre 2017, art. 9, III).

❷ **2/** Une entreprise est composée de trois établissements, situés à Besançon, Dijon et Perros-Guirec, au sein desquels sont élus des délégués du personnel. La date des élections professionnelles de ces établissements n'est pas harmonisée. Les mandats des délégués du personnel arrivent à échéance le 31 janvier 2019 dans l'établissement de Besançon, le 5 mars 2019 dans l'établissement de Dijon et le 10 décembre 2019 dans l'établissement de Perros-Guirec. Dans cette hypothèse, la durée des mandats des élus de ces établissements ne pourra être prorogée que pour faire coïncider leur échéance avec la date de mise en place du comité social et économique. Un accord d'entreprise ou une décision de l'employeur prise après consultation des délégués du personnel pourrait décider de :
- proroger la durée des mandats des élus des établissements de Besançon et de Dijon jusqu'au 10 décembre 2019, pour l'aligner sur l'échéance des mandats de Perros-Guirec ;
- proroger la durée des mandats de Besançon jusqu'au 5 mars et de réduire celle de Perros- Guirec au 5 mars afin de les aligner sur l'échéance des mandats des élus de l'établissement de Dijon ;
- de réduire la durée des mandats des élus des établissements de Dijon et de Perros-Guirec afin de faire coïncider leur échéance avec celle des mandats des élus de l'établissement de Besançon, à savoir le 31 janvier 2019.

SORT DE L'INSTANCE REGROUPÉE

Q/R n° 8. Qu'advient-il de l'instance regroupée mise en place dans l'entreprise par accord collectif ?

Tout comme les délégués du personnel, le comité d'entreprise, le comité d'hygiène, de sécurité et des conditions de travail et la délégation unique du personnel, l'instance regroupée a vocation à être remplacée par le comité social et économique à l'échéance des mandats des membres qui la composent, donc au plus tard au 1er janvier 2020 (ord. n° 2017-1386 du 22 sept. 2017, art. 9, II).

PROTOCOLE PRÉÉLECTORAL CONCLU AVANT LA PUBLICATION DES ORDONNANCES

Q/R n° 9. Un protocole d'accord préélectoral a été conclu dans l'entreprise antérieurement à la date de publication des ordonnances en vue de constituer ou de renouveler les instances représentatives du personnel. Un comité social et économique doit-il tout de même être mis en place ?

Les élections doivent être organisées conformément au protocole d'accord préélectoral, et donc aux dispositions du code du travail en vigueur avant la publication de l'ordonnance pour mettre en place des délégués du personnel, et, si l'entreprise a plus de 50 salariés, un comité d'entreprise et un comité d'hygiène de sécurité et des conditions de travail. Dans cette hypothèse, le comité social et économique doit être mis en place avant le 1er janvier 2020. Néanmoins, un accord collectif, ou une décision unilatérale de l'employeur prise après consultation du comité d'entreprise (ou à défaut des délégués du personnel), pourra fixer une date antérieure de mise en place du comité social et économique (ord. n° 2017-1386 du 22 sept. 2017, art. 9, II, 1°).

DURÉE DE VALIDITÉ DU P-V DE CARENCE ÉTABLI SOUS L'EMPIRE DE L'ANCIENNE LÉGISLATION

Q/R n° 10. Un procès-verbal de carence aux élections des délégués du personnel et du comité d'entreprise a été établi le 3 juin 2015. Un comité social et économique doit-il être mis en place au 1er janvier 2018 ?

Le procès-verbal de carence établi antérieurement à la publication des ordonnances conserve sa valeur pour la durée des mandats de l'élection à laquelle il se rapporte. En conséquence, si ces mandats étaient de quatre ans, il sera valable jusqu'au 3 juin 2019.

Lorsqu'une organisation syndicale ou un salarié de l'entreprise le demande, l'employeur doit, dans le mois qui suit la demande, engager la procédure électorale (c. trav. art. L. 2314-8).

Toutefois, l'employeur n'est pas contraint d'attendre l'expiration du délai de quatre ans pour engager le processus électoral et peut anticiper la mise en place du comité social et économique en engageant le processus avant juin 2019.

Q/R n° 11. Un procès-verbal de carence aux élections des délégués du personnel et du comité d'entreprise a été établi le 22 septembre 2017. Est-il nécessaire d'organiser de nouvelles élections avant le 1er janvier 2020 ?

Le procès-verbal de carence continue à produire ses effets pour la durée des mandats de l'élection à laquelle il se rapporte. En conséquence, si les mandats étaient de quatre ans, il sera valable jusqu'au 22 septembre 2021 et l'entreprise n'a pas à organiser de nouvelles élections avant cette échéance.

En effet, les dispositions de l'article 9 de l'ordonnance ne précisent pas que des nouvelles élections professionnelles doivent être organisées avant le 31 décembre 2019 en cas de procès-verbal de carence antérieur au 22 septembre 2017.

Toutefois, les dispositions de droit commun peuvent s'appliquer, lorsqu'une organisation syndicale ou un salarié de l'entreprise le demande, l'employeur doit, dans le mois qui suit la demande, engager la procédure électorale (c. trav. art. L. 2314-8).

INCIDENCE DES ÉLECTIONS PARTIELLES

Q/R n° 12. La mise en place du comité social et économique peut-elle être anticipée lorsque des élections professionnelles partielles doivent être organisées au sein des anciennes instances ?

Il est nécessaire d'organiser des élections partielles lorsque, six mois ou plus avant le terme du mandat des délégués du personnel ou des membres élus du comité d'entreprise, un collège électoral n'est plus représenté ou que le nombre des élus titulaires est réduit de moitié ou plus (c. trav. art. L. 2324-10).

Toutefois si la totalité des sièges sont à pourvoir, l'employeur n'est pas contraint d'organiser des élections partielles durant la période transitoire et peut anticiper la mise en place du comité social et économique. Il devra négocier un accord collectif ou prendre une décision unilatérale afin de réduire les mandats en cours (ord. n° 2017-1386 du 22 sept. 2017, art. 9, II, 1°).

MISE EN PLACE SIMULTANÉE DANS TOUS LES ÉTABLISSEMENTS RECOMMANDÉE

Q/R n° 13. L'organisation d'élections simultanées au sein des différents établissements de l'entreprise est-elle une obligation ?

Il peut être souhaitable que les élections des comités sociaux et économiques d'établissement se déroulent à la même date de manière à procéder ensuite à l'élection des membres du comité social et économique central. C'est pourquoi l'ordonnance prévoit la possibilité de proroger ou de réduire les durées des mandats des représentants du personnel dans les entreprises comprenant plusieurs établissements, afin d'organiser le même jour l'ensemble des élections de mise en place du comité social et économique dans chacun des établissements.

Néanmoins, l'organisation simultanée des élections dans l'ensemble des établissements de l'entreprise n'est pas une obligation. L'employeur pourra mettre en place les comités sociaux et économiques d'établissement à mesure qu'arriveront à échéance les mandats des membres des différents comités d'établissement (ord. n° 2017-1386 du 22 sept. 2017, art. 9, III).

RÈGLES APPLICABLES AUX ANCIENNES IRP PENDANT LA PÉRIODE TRANSITOIRE

Q/R n° 14. Quelles sont les règles régissant les anciennes institutions représentatives du personnel à compter du 1er janvier 2018 et pendant toute la période transitoire ?

Les délégués du personnel, le comité d'entreprise, le comité d'hygiène, de sécurité et des conditions de travail, la délégation unique du personnel et l'instance regroupée demeurent soumis aux dispositions qui leur étaient propres avant l'entrée en vigueur de l'ordonnance, et ce, jusqu'à leur disparition (ord. n° 2017-1386 du 22 sept. 2017, art. 9, V).

En principe, les nouvelles dispositions concernant le comité social et économique ne peuvent s'appliquer aux anciennes instances représentatives du personnel pendant la période transitoire. Toutefois, il est possible de conclure, dans trois domaines, des accords qui permettront l'application de certaines modalités de fonctionnement du comité social et économique aux instances représentatives du personnel existantes à la date de leur conclusion. Il s'agit d'accords relatifs :

- au contenu et la périodicité des consultations récurrentes prévus à l'article L. 2312-19 ;
- à la base de données économiques et sociales prévue à l'article L. 2312-21 ;
- au contenu des consultations ponctuelles prévues à l'article L. 2312-55 (ord. n° 2017-1386 du 22 sept. 2017, art. 8).

SORT DES ACCORDS COLLECTIFS RELATIFS AUX ANCIENNES IRP

Q/R n° 15. Les accords collectifs d'entreprise relatifs aux anciennes instances représentatives du personnel sont-ils encore valables après la mise en place du comité social et économique ?

Non. Les stipulations des accords d'entreprise, des accords de branche et des accords couvrant un champ territorial ou professionnel plus large relatives aux anciennes instances représentatives du personnel cessent de produire effet à compter de la date du premier tour des élections des membres de la délégation du personnel du comité social et économique (ord. n° 2017-1386 du 22 sept. 2017, art. 9, VII).

SORT DES BIENS DES ANCIENNES IRP

Q/R n° 16. Le comité social et économique mis en place se voit-il transférer l'ensemble des biens, droits et obligations, créances et dettes des anciennes institutions représentatives du personnel ?

Oui. L'ensemble des biens, droits et obligations, créances et dettes des comités d'entreprise, des comités d'établissement, des comités centraux d'entreprise, des délégations uniques du personnel, du comité d'hygiène, de sécurité et des conditions de travail, et des instances prévues à l'article L. 2391-1 du code du travail sont transférés de plein droit et en pleine propriété aux comités sociaux et économiques (ord. n° 2017-1386 du 22 sept. 2017, art. 9, VI).

Les contrats de travail des salariés des comités d'entreprise et des comités d'établissement sont concernés par ce transfert de plein droit au comité social et économique.

DATE DE MISE EN ŒUVRE DES ATTRIBUTIONS DU CSE

Q/R n° 17. Je suis employeur d'une entreprise de 59 salariés, déjà dotée d'un comité d'entreprise et qui vient de mettre en place le comité social et économique. Cette nouvelle instance exerce-t-elle immédiatement l'ensemble de ses attributions ?

Oui, le CSE exerce immédiatement l'ensemble de ses attributions.

La mise en place d'un CSE dans une entreprise auparavant dotée d'instances représentatives du personnel doit en effet être assimilée à un renouvellement. Le délai de 12 mois à l'issue duquel le comité exerce l'ensemble de ses attributions (c. trav. art. L. 2312-2, al. 2) ne s'applique qu'au cas où l'entreprise concernée atteint le seuil de 50 salariés sans avoir auparavant été assujettie à l'obligation de mettre en place une instance représentative du personnel.

PROTECTION DES ANCIENS ÉLUS DU PERSONNEL

Q/R n° 18. Les élections du comité social et économique viennent de se dérouler dans l'entreprise. J'étais déléguée du personnel et je n'ai pas été réélue, mon employeur m'a convoquée à un entretien préalable à licenciement. Mon licenciement doit-il être autorisé par l'inspecteur du travail ?

Oui, pendant la période transitoire, les délégués du personnel, les membres du comité d'entreprise, du comité d'hygiène, de sécurité et des conditions de travail, de la délégation unique du personnel ou de l'instance regroupée par accord collectif bénéficient du statut protecteur dans les mêmes conditions que précédemment, soit pendant six mois à l'issue de leur mandat. Leur licenciement doit donc être autorisé par l'inspecteur du travail.

Mise en place du comité social et économique

CALCUL DES EFFECTIFS

→ CSE obligatoire à partir de 11 salariés

Q/R n° 19. À partir de quel seuil d'effectifs la mise en place du comité social et économique devient-elle obligatoire ?

La mise en place du comité social et économique est obligatoire dès lors que l'effectif de l'entreprise atteint au moins 11 salariés pendant 12 mois consécutifs (c. trav. art. L. 2311-2). Les modalités de calcul des effectifs sont identiques à celles qui existaient avant la réforme. Elles sont prévues aux articles L. 1111-1 à L. 1111-3 du code du travail.

→ Évolution de l'effectif au cours de la période de référence de 12 mois

Q/R n° 20. L'entreprise emploie 11 salariés. Au cours des 12 derniers mois, un salarié est parti à la retraite en août mais n'a été remplacé qu'au mois d'octobre. Est-ce que cela fait courir un nouveau délai de 12 mois ?

Les modalités de calcul sont identiques à celles qui existaient avant la réforme. Le calcul de l'effectif est réalisé mois par mois. Si, pour un mois donné, l'effectif de l'entreprise passe en deçà du seuil de 11 salariés, le décompte des 12 mois consécutifs repart de zéro.

→ Impact d'une baisse de l'effectif après la mise en place du CSE

Q/R n° 21. Le comité social et économique disparaît-il au moment où l'effectif de l'entreprise passe en dessous du seuil de 11 salariés ?

Non. Le comité social et économique continue d'exister jusqu'au terme des mandats de ses élus. Il ne sera pas renouvelé si, à l'expiration des mandats des élus, l'effectif de l'entreprise n'a pas atteint au moins 11 salariés depuis au moins 12 mois consécutifs (c. trav. art. L. 2313-10).

EXEMPLES

❶ **1/** L'effectif de l'entreprise passe sous le seuil de 11 salariés en janvier 2021 et se maintient à ce niveau jusqu'à l'échéance des mandats des élus du comité social et économique, en octobre 2021. À cette date, l'effectif de l'entreprise ne sera pas resté en dessous du seuil de 11 salariés pendant 12 mois consécutifs. Le comité social et économique devra donc être renouvelé.

❷ **2/** L'effectif de l'entreprise passe sous le seuil de 11 salariés en septembre 2022 et se maintient à ce niveau jusqu'à l'échéance des mandats des élus du comité social et économique en septembre 2023. À cette date, l'effectif de l'entreprise sera resté en dessous du seuil de 11 salariés pendant 12 mois consécutifs. L'instance n'aura pas à être renouvelée.

❸ **3/** L'effectif de l'entreprise se maintient sous le seuil de 11 salariés de janvier 2020 à janvier 2022, c'est-à-dire pendant 24 mois. De février à mars, l'effectif de l'entreprise passe au-dessus du seuil de 11 salariés, avant de redescendre à 8 salariés, jusqu'à novembre 2022, date de l'échéance des mandats des élus du comité social économique. À cette date, l'effectif de l'entreprise ne sera resté en dessous du seuil de 11 salariés que pendant 8 mois consécutifs. Le comité social et économique devra être renouvelé.

→ Pas de formalités en cas de suppression du CSE à la suite d'une baisse des effectifs

Q/R n° 22. L'employeur doit-il accomplir des formalités spécifiques en cas de suppression du comité social et économique consécutive à une baisse des effectifs dans l'entreprise ?

Non. Aucune formalité spécifique n'est à réaliser.

PÉRIMÈTRE DE MISE EN PLACE DU CSE

→ Principe

Q/R n° 23. Quel est le périmètre de mise en place du comité social et économique ?

Le comité social et économique est mis en place au niveau de l'entreprise, ou le cas échéant, au niveau des établissements distincts, ou dans le cadre d'une unité économique et sociale (c. trav. art. L. 2313-1 et L. 2313-8).

Un accord collectif interentreprises peut prévoir la mise en place d'un comité social et économique interentreprises lorsque la nature et l'importance de problèmes communs aux entreprises d'un même site ou d'une même zone le justifient (c. trav. art. L. 2313-9). Cet accord n'a pas pour effet de supprimer les comités sociaux et économiques des entreprises entrant dans son champ d'application.

→ Implantation du CSE dans une entreprise à établissements distincts

Q/R n° 24. Une entreprise comprend plusieurs établissements. À quel niveau mettre en place le comité social et économique ?

La création d'un comité social et économique d'établissement dépend de l'effectif de l'entreprise et non de celui de l'établissement.

Si les établissements de l'entreprise n'ont pas la qualité d'établissement distinct, un comité social et économique est mis en place au niveau de l'entreprise et devra assurer la représentation de l'ensemble des salariés des établissements de l'entreprise (c. trav. art. L. 2313-1).

→ Définition de l'établissement distinct

Q/R n° 25. Qu'est-ce qu'un établissement distinct ?

L'établissement distinct correspond à un cadre approprié à l'exercice des missions dévolues aux représentants du personnel. L'établissement distinct est une notion juridique, qui ne correspond pas nécessairement à un établissement physique et qui peut regrouper plusieurs établissements au sens de l'Insee (SIRET). Son périmètre est déterminé par accord ou décision unilatérale de l'employeur. La détermination d'établissements distincts a pour objet de définir le niveau au sein duquel les représentants du personnel seront élus. Par conséquent, la reconnaissance d'un établissement distinct entraîne pour l'employeur l'obligation d'y organiser des élections professionnelles.

Le découpage de l'entreprise en établissements distincts doit permettre d'assurer la représentation de tous les salariés de l'entreprise.

EXEMPLE Une entreprise de 200 salariés comporte quatre établissements :
- établissement A = 25 salariés ;
- établissement B = 25 salariés ;
- établissement C = 75 salariés ;
- établissement D = 75 salariés.

Découpage retenu pour les élections :
- établissement distinct 1 = A + B = 50 salariés ;
- établissement distinct 2 = C = 75 salariés ;
- établissement distinct 3 = D = 75 salariés.

Compte tenu du découpage retenu, l'entreprise devra organiser trois élections. Des comités sociaux et économiques d'établissement seront mis en place au niveau de chaque établissement distinct et un comité social et économique central sera mis en place au niveau de l'entreprise.

→ Autant de CSE d'établissements que d'établissements distincts

Q/R n° 26. Un comité social et économique doit-il être mis en place dans chaque établissement de l'entreprise ?

Si au moins deux établissements de l'entreprise se sont vus reconnaître la qualité d'établissement distinct, des comités sociaux et économiques d'établissement doivent être mis en place au niveau de chaque établissement distinct. Des élections y seront alors organisées (c. trav. art. L. 2313-1).

→ Nombre et périmètre des établissements distincts définis par accord collectif majoritaire, par accord avec le CSE ou par décision unilatérale

Q/R n° 27. Comment le nombre et le périmètre des établissements distincts sont-ils déterminés ?

Le nombre et le périmètre des établissements distincts sont déterminés par un accord collectif, conclu entre, d'une part, l'employeur ou son représentant et, d'autre part, une ou plusieurs organisations syndicales de salariés représentatives ayant recueilli plus de 50 % des suffrages exprimés en faveur d'organisations représentatives au premier tour des dernières élections (c. trav. art. L. 2313-12, al. 1). Il ne peut pas s'agir d'un accord signé par des organisations syndicales représentant 30 % des suffrages exprimés et validé par référendum (c. trav. art. L. 2313-12, al. 12). S'il n'y a pas de délégué syndical dans l'entreprise, c'est l'accord conclu entre l'employeur et le comité social et économique, adopté à la majorité de ses membres élus titulaires qui fixe le nombre et le périmètre des établissements distincts (c. trav. art. L. 2313-3).

La négociation sur le nombre et le périmètre des établissements distincts doit être préalable au protocole d'accord préélectoral (décision de la chambre sociale de la Cour de cassation n° 18.22.948 du 17 avril 2019) ; elle doit être engagée à l'occasion de la mise en place du comité social et économique et ce même lorsque l'entreprise ne comprend qu'un établissement et/ou un seul site.

En l'absence d'accord collective majoritaire et en l'absence d'accord entre le comité social et économique et l'employeur, c'est une décision unilatérale de l'employeur qui fixe le nombre et le périmètre des établissements distincts (c. trav. art. L. 2313-4). Cette décision unilatérale ne vaut que pour le cycle, l'employeur doit engager une nouvelle négociation à l'issue de chaque cycle.

→ Négociation avec le délégué syndical lorsque l'entreprise en est dotée

Q/R n° 28. En présence d'un délégué syndical dans l'entreprise, une négociation avec ce délégué est-elle obligatoire pour fixer le nombre et le périmètre des établissements distincts ?

Lorsqu'un délégué syndical est présent dans l'entreprise, l'employeur est tenu de négocier avec lui l'accord qui déterminera le nombre et le périmètre des établissements distincts. La négociation d'un accord avec le comité social et économique n'est pas possible, même en cas d'échec des négociations.

Ce n'est qu'en l'absence de délégué syndical, que l'employeur pourra conclure un accord avec le comité social et économique. Cet accord, adopté à la majorité des membres titulaires élus de la délégation du personnel du comité, peut déterminer le nombre et le périmètre des établissements distincts.

À défaut d'accord conclu dans les conditions précédemment mentionnées, le nombre et périmètre des établissements distincts sont déterminés par décision unilatérale de l'employeur (c. trav. art. L. 2313-2 à L. 2313-4).

→ Critères de l'établissement distinct selon qu'un accord collectif a été conclu ou non

Q/R n° 29. Quel critère prendre en compte pour déterminer le nombre et le périmètre des établissements distincts ?

Lorsque le périmètre des établissements distincts est négocié dans le cadre de l'accord d'entreprise ou dans le cadre de l'accord avec le comité social et économique, la loi n'impose pas la prise en compte de critères spécifiques (c. trav. art. L. 2313-2 et L. 2313-3). Ces critères peuvent donc être librement déterminés par les partenaires sociaux.

En revanche, lorsque le périmètre des établissements distincts est décidé unilatéralement par l'employeur, celui-ci doit le faire compte tenu de l'autonomie de gestion des chefs d'établissements notamment en matière de gestion du personnel (c. trav. art. L. 2313-4 ; décision de la chambre sociale de la Cour de cassation n° 18-23.655 du 19 décembre 2018).

→ Modification du nombre et du périmètre des établissements distincts en cours d'accord

Q/R n° 30. Est-il possible de modifier le nombre et le périmètre des établissements distincts pendant l'application de l'accord, notamment en cas d'évolution de l'organisation de l'entreprise ?

Oui. Il peut être révisé selon les mêmes règles de révision que celles applicables à la révision d'un accord collectif (c. trav. art. L. 22617-1). Le nouveau découpage ne sera effectif que lors des prochaines élections, au moment du renouvellement du comité social et économique.

→ Contestation de la décision de l'employeur en matière d'établissements distincts

Q/R n° 31. Dans quelles conditions peut-on contester la décision unilatérale de l'employeur fixant le nombre et le périmètre des établissements distincts ?

La décision unilatérale de l'employeur peut être contestée par les organisations syndicales représentatives dans l'entreprise ou les organisations syndicales ayant constitué une section syndicale dans l'entreprise lorsque les négociations se sont déroulées avec le ou les délégués syndicaux. De même, elle peut être contestée par le comité social et économique lorsque les négociations se sont déroulées entre l'employeur et ce comité.

Cette contestation est formée devant le directeur régional des entreprises, de la concurrence, de la consommation, du travail et de l'emploi territorialement compétent (siège de l'entreprise) dans le délai de 15 jours à compter de la date à laquelle les organisations syndicales ou le comité social et économique ont été informés de la décision unilatérale de l'employeur (c. trav. art. R. 2313-1).

Le directeur régional des entreprises, de la concurrence, de la consommation, du travail et de l'emploi prend sa décision dans un délai de deux mois à compter de la réception de la contestation. Sa décision peut faire l'objet d'un recours devant le tribunal d'instance dans le délai de 15 jours (décision de la chambre sociale de la Cour de cassation n° 18-23.655 du 19 décembre 2018). Ce délai de 15 jours court à compter de la date de la notification de sa décision, ou, à la date à laquelle son silence vaut décision implicite de rejet (c. trav. art. R. 2313-2).

Lorsqu'elle intervient dans le cadre d'un processus électoral global, la saisine de l'autorité administrative suspend ce processus jusqu'à la décision administrative et entraîne la prorogation des mandats des élus en cours jusqu'à la proclamation des résultats du scrutin (c. trav. art. L. 2313-8).

→ Un seul site géographique ne fait pas obstacle à la reconnaissance d'un ou plusieurs établissement(s) distinct(s)

Q/R n° 32. Dans une entreprise disposant d'un seul site géographique, faut-il négocier un accord définissant le périmètre et le nombre des établissements distincts ?

Oui. Il est obligatoire d'engager le processus de négociation sur le périmètre de mise en place du CSE. Le fait qu'une entreprise ne dispose que d'un seul site géographique ne fait pas obstacle à la reconnaissance d'un ou plusieurs établissement(s) distinct(s).

REPRÉSENTANTS DE PROXIMITÉ

→ Rôle des représentants de proximité

Q/R n° 33. Quelle est la fonction des représentants de proximité et comment sont-ils mis en place ?

Les représentants de proximité sont des représentants du personnel intervenant dans un champ de compétence plus restreint que celui du comité social et économique d'établissement ou que celui du comité social et économique qui l'a désigné.

Leur mise en place peut être décidée dans l'accord collectif d'entreprise majoritaire déterminant le nombre et le périmètre des établissements distincts, afin d'éviter que la fusion des institutions représentatives du personnel au sein d'une instance unique (le comité social et économique) et l'unification du périmètre de la représentation du personnel qui en découle ne se traduisent, dans certains cas, par une centralisation excessive de cette représentation au niveau de l'entreprise.

L'accord collectif qui fixe le périmètre et le nombre des établissements distincts peut ainsi instituer des représentants de proximité. Cet accord a toute latitude pour adapter leur nombre, leurs attributions et leurs modalités de fonctionnement au regard des besoins identifiés dans l'entreprise en matière de représentation du personnel (c. trav. art. L. 2313-7). Dans le cas où le nombre et le périmètre des établissements distincts seraient établis par décision unilatérale de l'employeur, la mise en place des représentants de proximité pourra être décidée par accord collectif majoritaire en cours de cycle.

Par exemple, le représentant de proximité pourra être chargé de jouer un rôle en matière de présentation des réclamations individuelles ou collectives dans les différents sites géographiques de l'entreprise lorsque le périmètre des établissements distincts de l'entreprise retenu se situe à un niveau plus centralisé.

→ Caractère facultatif des représentants de proximité

Q/R n° 34. La mise en place de représentants de proximité dans l'entreprise est-elle obligatoire ?

La loi n'impose pas la mise en place de représentants de proximité dans l'entreprise. Les acteurs de l'entreprise conservent la liberté d'adapter la représentation du personnel aux besoins propres de chaque entreprise (c. trav. art. L. 2313-7). Il est possible que dans une entreprise, le périmètre retenu pour fixer les établissements distincts se situe à un niveau de proximité suffisant, ne rendant pas nécessaire la mise en place de représentants de proximité.

→ Modalités de désignation fixées par accord collectif

Q/R n° 36. Comment les représentants de proximité sont-ils choisis ?

Il revient à l'accord d'entreprise instituant les représentants de proximité de prévoir les modalités de leur désignation (c. trav. art. L. 2313-7).

Les représentants de proximité sont soit des membres du comité social et économique soit des personnes désignées par lui (c. trav. art. L. 2313-7, al. 7).

Par suite, l'accord d'entreprise ne pourra pas prévoir que les représentants de proximité sont désignés par les organisations syndicales représentatives parmi les salariés de l'entreprise L'accord ne pourra pas non plus prévoir que les représentants de proximité sont directement élus par les salariés du périmètre d'implantation concerné.

→ Attributions et moyens des représentants de proximité

Q/R n° 37. Les représentants de proximité ont-ils les mêmes garanties en termes d'accès aux locaux, de formation, de moyens, d'heures de délégation que les membres élus du comité social et économique ? Peuvent-ils assister aux réunions du comité social et économique ?

Lorsque les représentants de proximité sont membres du comité social et économique, ils bénéficient des moyens garantis aux membres du comité. Si l'accord qui institue les représentants de proximité ne prévoit pas, pour les membres du comité social et économique, des heures de délégation supplémentaires, ils utilisent les heures de délégation de membre du comité social et économique pour exercer leurs fonctions de représentants de proximité.

Lorsqu'ils ne sont pas membres du comité social et économique, les représentants de proximité ne peuvent bénéficier « de plein droit » des mêmes droits que ceux reconnus aux membres du comité. Il revient à l'accord qui les institue de prévoir les moyens et les droits dont ils pourront bénéficier, notamment leur participation aux réunions du comité social et économique (c. trav. art. L. 2313-7, 4°).

→ Statut protecteur

Q/R n° 38. Les représentants de proximité sont-ils des salariés protégés ?

Oui. Les représentants de proximité sont des salariés protégés, même lorsqu'ils ne sont pas membres du comité social et économique (c. trav. art. L. 2411-8). Le licenciement d'un représentant de proximité ou d'un candidat aux fonctions de représentant de proximité ne peut intervenir qu'après autorisation de l'inspecteur du travail (c. trav. art. L. 2411-8, art. L. 2411-9).

Composition

ÉLUS DU PERSONNEL ET REPRÉSENTANTS SYNDICAUX AU CSE

Q/R n° 39. Qui sont les membres du comité social et économique ?

Le comité social et économique comprend l'employeur et une délégation du personnel comportant un nombre de membres déterminé par décret compte tenu des effectifs de l'entreprise ou de l'établissement distinct. La délégation du personnel comporte un nombre égal de titulaires et de suppléants (c. trav. art. L. 2314-1).

Dans les entreprises de moins de 300 salariés, le délégué syndical est, de droit, représentant syndical au comité social et économique (c. trav. art. L. 2143-22). Dans les entreprises d'au moins 300 salariés, les organisations syndicales représentatives de l'entreprise peuvent nommer un représentant syndical au comité social et économique, choisi parmi les salariés de l'entreprise, qui dispose d'une voix consultative (c. trav. art. L. 2314-2).

NOMBRE D'ÉLUS AU CSE

Q/R n° 40. Comment déterminer le nombre d'élus du comité social et économique ?

Le nombre de membres de la délégation du personnel du comité social et économique est fixé par l'article R. 2314-1 du code du travail, compte tenu du nombre de salariés présents dans l'entreprise ou dans l'établissement distinct. Le nombre de membres peut être toutefois modifié, à la hausse comme à la baisse, par le protocole d'accord préélectoral :

- le protocole d'accord préélectoral peut toujours prévoir des seuils plus favorables que ceux prévus par les dispositions réglementaires ;
- le protocole d'accord préélectoral peut prévoir un nombre d'élus inférieur à celui fixé à l'article R. 2314-1 du Code du travail, si le volume global des heures de délégation, au sein de chaque collège, est au moins égal à celui résultant des dispositions légales relatives à l'effectif de l'entreprise. Il sera donc possible de

prévoir une diminution du nombre de membres dès lors que cette diminution se traduit par une augmentation équivalente du volume d'heures de délégation (c. trav. art. L. 2314-7).

Par exemple, pour une entreprise de 180 salariés, le décret précise que la délégation du personnel du comité social et économique comprend 9 membres, disposant chacun de 21 heures de délégation mensuelles, soit un volume global de 189 heures de délégation. Le protocole d'accord préélectoral pourra réduire le nombre de membres à 7 tout en augmentant le nombre d'heures individuelles de délégation à 27, puisque le volume global de ces heures s'élèvera toujours à 189 (27 x 7).

PRISE EN COMPTE DE L'EFFECTIF AU JOUR DU SCRUTIN

Q/R n° 41. À quelle date la condition d'effectif de l'entreprise permettant de déterminer le nombre de membres du comité social et économique doit-elle être appréciée ?

La jurisprudence de la Cour de cassation selon laquelle le nombre de sièges à pourvoir doit être déterminé en fonction de l'effectif de l'entreprise au premier tour du scrutin demeure applicable (cass. soc. 21 juillet 1986, n° 85-60475, BC V n° 409).

Nombre de membres de la délégation du personnel en fonction des effectifs de l'entreprise ou de l'établissement distinct (or cas d'accord préélectoral)

Effectif (nombre de salariés)	Nombre de titulaires	Nombre mensuel d'heures de délégation	Total heures de délégation
11 à 24	1	10	10
25 à 49	2	10	20
50 à 74	4	18	72
75 à 99	5	19	95
100 à 124	6	21	126
125 à 149	7	21	147
150 à 174	8	21	168
175 à 199	9	21	189
200 à 249	10	22	220
250 à 299	11	22	242
300 à 399	11	22	242
400 à 499	12	22	264
500 à 599	13	24	312
600 à 699	14	24	336
700 à 799	14	24	336
800 à 899	15	24	360
900 à 999	16	24	384
1 000 à 1 249	17	24	408
1 250 à 1 499	18	24	432
1 500 à 1 749	20	26	520
1750 à 1 999	21	26	546
2 000 à 2 249	22	26	572
2 250 à 2 499	23	26	598
2 500 à 2 749	24	26	624

Effectif (nombre de salariés)	Nombre de titulaires	Nombre mensuel d'heures de délégation	Total heures de délégation
2 750 à 2 999	24	26	624
3 000 à 3 249	25	26	650
3250 à 3 499	25	26	650
3 500 à 3 749	26	27	702
3 750 à 3 999	26	27	702
4 000 à 4 249	26	28	728
4 250 à 4 499	27	28	756
4 500 à 4 749	27	28	756
4 750 à 4 999	28	28	784
5 000 à 5 249	29	29	841
5 250 à 5 499	29	29	841
5 500 à 5 749	29	29	841
5 750 à 5 999	30	29	870
6 000 à 6 249	31	29	899
6 250 à 6 499	31	29	899
6 500 à 6 749	31	29	899
6 750 à 6 999	31	30	930
7 000 à 7 249	32	30	960
7 250 à 7 499	32	30	960
7 500 à 7 749	32	31	992
7 750 à 7 999	32	32	1 024
8 000 à 8 249	32	32	1 024
8250 à 8499	33	32	1 056
8 500 à 8749	33	32	1 056
8 750 à 8999	33	32	1 056
9 000 à 9 249	34	32	1088
9 250 à 9 499	34	32	1088
9 500 à 9 749	34	32	1088
9 750 à 9 999	34	34	1156
10 000	35	34	1

Élection du CSE

DÉCLENCHEMENT DU PROCESSUS ÉLECTORAL

Q/R n° 42. À quel moment initier le processus électoral ?

Dans les entreprises d'au moins 11 salariés, l'employeur doit, tous les quatre ans, ou à l'échéance des mandats si une durée inférieure a été fixée, informer le personnel de l'organisation des élections par tout moyen permettant de conférer date certaine à cette information. Le document diffusé au personnel précise la date envisagée pour le premier tour des élections, qui doit se tenir au plus tard le 90e jour suivant sa diffusion (c. trav. art. L. 2314-4).

INVITATION DES SYNDICATS À NÉGOCIER LE PROTOCOLE PRÉÉLECTORAL

Q/R n° 43. Quelles organisations syndicales doivent être invitées pour négocier l'organisation des élections et à quel moment ?

L'employeur doit inviter à négocier le protocole d'accord préélectoral et à établir les listes de leurs candidatures aux fonctions de membre élu du comité social et économique :

- les organisations syndicales qui satisfont aux critères de respect des valeurs républicaines et d'indépendance, légalement constituées depuis au moins deux ans et dont le champ professionnel et géographique couvre l'entreprise ou l'établissement concernée par les élections (invitation transmise par tout moyen) ;
- les organisations syndicales reconnues représentatives dans l'entreprise ou l'établissement (invitation transmise par courrier) ;
- les organisations ayant constitué une section syndicale dans l'entreprise ou l'établissement (invitation transmise par courrier) ;
- les syndicats affiliés à une organisation syndicale représentative au niveau national et interprofessionnel (invitation transmise par courrier).

Dans le cas d'un renouvellement de l'institution, cette invitation doit être envoyée deux mois avant l'expiration des mandats des membres du comité social et économique en exercice (c. trav. art. L. 2314-5).

En l'absence de comité social et économique, l'employeur invite les organisations syndicales à la demande d'un salarié ou d'une organisation syndicale dans le mois suivant la réception de cette demande (c. trav. art. L. 2314-8).

Lorsque l'employeur a engagé le processus électoral et qu'un procès-verbal de carence a été établi, la demande de l'organisation de nouvelles élections ne peut intervenir qu'à l'issue du délai de six mois suivant l'établissement de ce procès-verbal (c. trav. art. L. 2314-8).

CONSÉQUENCES DE L'ABSENCE DE CANDIDATS SUR LA NÉGOCIATION DU PROTOCOLE PRÉÉLECTORAL

Q/R n° 44. Si aucun salarié ne s'est porté candidat aux élections, l'employeur doit-il poursuivre le processus électoral ?

La réponse diffère selon l'effectif de l'entreprise.

Dans les entreprises dont l'effectif est compris entre 11 et 20 salariés, lorsqu'aucun salarié ne s'est porté candidat aux élections dans les 30 jours suivant la diffusion de l'information par l'employeur au personnel de l'organisation prochaine des élections, ce dernier est dispensé d'inviter les organisations syndicales à négocier le protocole d'accord préélectoral. Le processus électoral s'achève, les élections professionnelles n'ont pas à être organisées (c. trav. art. L. 2314-5). L'employeur établit à cette date un procès- verbal de carence.

Si l'effectif de l'entreprise dépasse le seuil de 20 salariés, l'employeur doit inviter les organisations syndicales à négocier un protocole d'accord pré-électoral. À l'issue du processus électoral, si aucune personne ne s'est portée candidate ni au premier tour ni au second tour, un procès-verbal établit la carence de candidatures aux élections professionnelles.

Si au moins un salarié se déclare candidat, l'employeur, conformément à l'article L. 2314-5 du code du travail poursuit le processus électoral en invitant les organisations syndicales intéressées à négocier le protocole d'accord préélectoral.

NÉGOCIATION DU PROTOCOLE EN PRÉSENCE D'ÉTABLISSEMENTS DISTINCTS

Q/R n° 45. Si une entreprise comprend plusieurs établissements, à quel niveau doit être négocié le protocole d'accord préélectoral ?

Le protocole d'accord préélectoral est généralement négocié au niveau de chaque établissement distinct mais peut également l'être au niveau de l'entreprise.

SITUATION DES SALARIÉS MIS À DISPOSITION

Q/R n° 46. Je suis salarié d'une autre entreprise et mis à disposition dans l'entreprise dans laquelle vont prochainement se dérouler les élections des membres du comité social et économique. Puis-je voter à ces élections ? Puis-je me présenter à ces élections ?

Les salariés mis à disposition ne sont pas éligibles dans l'entreprise utilisatrice. Ne sont éligibles que les salariés de l'entreprise, âgé de 18 ans révolus, remplissant les conditions pour être électeur et qui travaillent dans l'entreprise depuis un an au moins (c. trav. art. L. 2314-23).

En revanche, les salariés mis à disposition peuvent être électeurs dans l'entreprise utilisatrice sous réserve des conditions suivantes :

› être présents dans les locaux de l'entreprise utilisatrice et y travailler depuis au moins 12 mois continus ;

› avoir choisi d'exercer leur droit de vote dans cette entreprise, et donc avoir renoncé à l'exercer dans l'entreprise qui les emploie.

MENTION DANS LE PROTOCOLE PRÉÉLECTORAL DU CHOIX DE L'ENVOI DÉMATÉRIALISÉ DES RÉSULTATS

Q/R n° 47. Le choix de l'envoi dématérialisé des résultats des élections professionnelles doit-il figurer dans le protocole préélectoral ?

Oui. Le choix de l'utilisation du portail des élections professionnelles, www.elections-professionnelles.travail.gouv.fr, doit figurer dans le protocole d'accord préélectoral en cas de vote à l'urne. En effet, ce choix n'est pas dépourvu de lien avec les modalités d'organisation de l'élection mentionnées à l'article L. 2314-28 du code du travail.

DÉSIGNATION DES DÉLÉGUÉS SYNDICAUX

Q/R n° 48. Comment les délégués syndicaux sont-ils désignés ?

Les délégués syndicaux sont désignés à la suite des élections des membres de la délégation du personnel du comité social et économique.

Dans les entreprises ou les établissements d'au moins 50 salariés, chaque organisation syndicale représentative, qui constitue une section syndicale, désigne parmi les candidats aux élections professionnelles qui ont recueilli à titre personnel et dans leur collège au moins 10 % des suffrages exprimés au premier tour des dernières élections, quel que soit le nombre de votants, un ou plusieurs délégués syndicaux pour la représenter auprès de l'employeur (c. trav. art. L. 2143-3, al. 1er)

Toutefois, une organisation syndicale représentative peut désigner un délégué syndical parmi ses autres candidats dans l'un des cas suivants :

- soit aucun des candidats présentés par l'organisation syndicale aux élections professionnelle n'a recueilli à titre personnel au moins 10 % des suffrages exprimés ;
- soit il ne reste, dans l'entreprise ou l'établissement, plus aucun candidat aux élections professionnelles ayant obtenu au moins 10 % des suffrages exprimés ;
- soit l'ensemble des élus ayant obtenu au moins 10 % des suffrages exprimés renoncent par écrit à leur droit d'être désigné délégué syndical.

À défaut de candidat, l'organisation peut désigner comme délégué syndical l'un de ses adhérents au sein de l'entreprise ou de l'établissement ou l'un de ses anciens élus ayant atteint la limite de trois mandats successifs au comité social et économique.

MODALITÉS DE DÉSIGNATION DES REPRÉSENTANTS SYNDICAUX AU CSE

Q/R n° 49. Comment sont désignés les représentants syndicaux au comité social et économique ?

Dans les entreprises d'au moins 300 salariés, chaque organisation syndicale représentative au niveau de l'entreprise ou de l'établissement peut désigner un représentant syndical au comité social et économique (c. trav. art. L. 2314-2). Dès lors, seules les organisations syndicales représentatives au niveau de l'établissement peuvent désigner un représentant syndical au sein du comité social et économique de l'établissement, et ce quelque soit l'effectif de l'établissement.

Dans les entreprises et établissements de moins de 300 salariés, c'est le délégué syndical qui est de droit représentant syndical au CSE (c. trav. art. L. 2143-22).

RÉPARTITION DU PERSONNEL ET DES SIÈGES DANS LES COLLÈGES EN L'ABSENCE D'ACCORD

Q/R n° 50. Que se passe-t-il quand il n'y a pas d'accord répartissant le personnel et les sièges dans les collèges électoraux ?

L'absence d'accord sur la répartition du personnel et des sièges peut résulter de deux situations distinctes :

- une ou plusieurs organisations syndicales invitées à la négociation du protocole pré-électoral par l'employeur ont participé à cette négociation, mais aucun accord n'a pu être conclu entre eux. Cette situation s'analyse comme un désaccord que le DIRECCTE est amené à arbitrer, conformément à l'article L. 2314-13 du Code du travail. La décision du DIRECCTE peut faire l'objet d'un recours devant le tribunal d'instance.
- bien que régulièrement invitées par l'employeur, aucune des organisations syndicales représentatives dans l'entreprise n'est venue négocier le protocole d'accord préélectoral. Il y a donc carence des organisations syndicales représentatives. Dans ce cas, l'employeur peut prendre seul la décision de répartir le personnel et les sièges dans les collèges électoraux (c. trav. art. L. 2314-14).

POINT DE VIGILANCE

Note de la rédaction. Depuis le 1er avril 2021, la DREETS a remplacé la DIRECCTE.

Mandats

DURÉE DES MANDATS

Q/R n° 51. Quelle est la durée d'un mandat de membre élu au comité social et économique ?

La durée d'un mandat de membre de la délégation du personnel est de quatre ans. Un accord d'entreprise, de groupe ou de branche peut toutefois prévoir une durée inférieure, comprise entre deux et quatre ans (c. trav. art. L. 2314-32 et L. 2314-33).

LIMITATION DU NOMBRE DES MANDATS

Q/R n° 52. Qui sont les élus concernés par la limitation à trois du nombre de mandats successifs ?

Le nombre de mandats successifs de membre, titulaire ou suppléant, de la délégation du personnel du comité social et économique est limité à trois, excepté :

- dans les entreprises de moins de 50 salariés ;
- dans les entreprises dont l'effectif est compris entre 50 et 300 salariés si le protocole d'accord préélectoral en stipule autrement.

La limitation à trois du nombre de mandats successifs s'applique également aux membres du comité social et économique central et aux membres des comités sociaux et économiques d'établissement, sauf dans les entreprises ou les établissements de moins de cinquante salariés et sauf si le protocole d'accord préélectoral en stipule autrement dans les entreprises ou établissements dont l'effectif est compris entre 50 et 300 salariés (c. trav. art. L. 2314-33).

La limitation du nombre de mandats s'applique également au sein d'une unité économique et sociale.

LIMITATION DU NOMBRE DE MANDATS SUCCESSIFS APPLICABLE AUX SEULS LES MANDATS D'ÉLU AU CSE

Q/R n° 53. J'ai été élu délégué du personnel aux trois dernières élections professionnelles qui se sont déroulées dans mon établissement. Pourrais-je me présenter pour être élu membre du comité social et économique aux prochaines élections ?

Oui. La limitation du nombre de mandats successifs ne s'applique que pour les mandats d'élu au comité social et économique, et donc, à partir de la mise en place du premier comité social et économique. Elle ne s'applique pas rétroactivement aux mandats des élus des anciennes institutions représentatives du personnel.

Les mandats des délégués du personnel, des membres élus du comité d'entreprise, du comité d'hygiène, de sécurité et des conditions de travail, de la délégation unique du personnel ou de l'instance regroupée arrivant à échéance après la publication de l'ordonnance ne seront pas pris en compte dans le décompte du nombre de mandat successif si ces élus deviennent par la suite membres du comité social et économique.

Ainsi, si un salarié a été élu délégué du personnel ou membre du comité d'entreprise, conformément aux dispositions en vigueur avant la publication de l'ordonnance, son mandat ne sera pas pris en compte dans le calcul du nombre de mandats successifs. Le décompte débutera à compter du premier mandat de membre du comité social et économique (c. trav. art. L. 2314-33).

Statut protecteur

INSPECTEUR DU TRAVAIL GÉOGRAPHIQUEMENT COMPÉTENT (MOTIF PERSONNEL)

Q/R n° 54. Le siège de mon entreprise est situé à Marseille. J'envisage de procéder au licenciement pour motif disciplinaire d'un de mes salariés détenant le mandat de délégué syndical, et qui exerce toute sa prestation de travail au sein d'une agence située à Strasbourg. Quel est l'inspecteur du travail compétent ?

Le salarié exerçant toute sa prestation de travail à Strasbourg et la demande d'autorisation de licenciement étant fondée sur un motif personnel, l'inspecteur du travail contrôlant cette agence sera compétent.

SITUATION DES ÉLUS DU PERSONNEL RELEVANT DU RÉGIME ANTÉRIEUR

Q/R n° 55. Je suis chef d'une entreprise de restauration collective ne comportant qu'un seul établissement situé à Nancy. J'envisage de procéder au licenciement pour motif disciplinaire d'un salarié détenant le mandat de membre du comité d'entreprise et exerçant toute sa prestation de travail sur un site situé à Metz.

À quel inspecteur du travail dois-je adresser ma demande ?

Les nouvelles règles de compétence territoriale définies à l'article L. 2421-3 du code du travail ne s'appliquent pas aux mandats supprimés par l'ordonnance n° 2017-1386 du 22 septembre 2017. En conséquence, la demande d'autorisation de licenciement sera instruite par l'inspecteur du travail compétent pour le site de Nancy. Dans le même cas de figure, si le salarié est membre du CSE, il convient d'adresser la demande d'autorisation de licenciement à l'inspecteur du travail de Metz, conformément aux dispositions de l'article L. 2421-3. En effet la demande repose sur un motif personnel et Metz est le lieu de travail principal du salarié.

INSPECTEUR DU TRAVAIL GÉOGRAPHIQUEMENT COMPÉTENT (MOTIF ÉCONOMIQUE)

Q/R n° 56. Je suis chef d'une entreprise en difficulté dont le siège est situé à Lyon et qui est composée de quatre établissements, tous dotés de comités d'établissement. J'envisage de procéder au licenciement collectif pour motif économique de plusieurs délégués du personnel, délégués syndicaux, membres du comité d'hygiène, de sécurité et des conditions de travail et membres du comité d'établissement, tous rattachés à l'établissement nantais. À quel inspecteur du travail dois-je adresser ma demande ?

Les nouvelles règles de compétence territoriale en matière de licenciement économique n'affectant pas, en pratique, la détermination de l'inspecteur du travail amené à se prononcer sur de telles demandes. En l'espèce, ce sera l'inspecteur du travail de Nantes qui instruira cette demande, dès lors que tous les salariés concernés sont rattachés à l'établissement de Nantes.

SALARIÉ TITULAIRE DE PLUSIEURS MANDATS

Q/R n° 57. J'ai été élu membre du comité social et économique le 2 janvier 2018 et désigné membre de la commission santé, sécurité et conditions de travail le 10 janvier suivant. Mon employeur envisage de me licencier. Doit-il demander l'autorisation à l'inspecteur du travail ?

Oui, vous bénéficiez du statut protecteur au titre de votre mandat de membre du comité social et économique, condition pré-requise à votre désignation comme membre de la commission santé, sécurité et conditions de travail (c. trav. art. L. 2411-1).

PROTECTION DU CANDIDAT NON ÉLU

Q/R n° 58. Lorsque le titulaire doit être remplacé et qu'il n'existe pas de suppléant élu sur la liste présentée par la même organisation, le candidat non élu appelé à le remplacer est-il un salarié protégé ?

Oui. Le statut protecteur bénéficie également au candidat non élu devenu titulaire (c. trav. art. L. 2314-37).

BÉNÉFICE DU STATUT PROTECTEUR POUR LES ÉLUS DES ANCIENNES IRP JUSQU'AU 30 JUIN 2020

Q/R n° 59. Quelles sont les conséquences de l'expiration au 31 décembre 2019 des mandats des délégués du personnel, des membres du comité d'entreprise et des membres du CHSCT sur le bénéfice du statut protecteur ?

Les anciens membres de ces instances ne bénéficieront du statut protecteur que pendant une période de six mois à partir de l'expiration de leur mandat, soit jusqu'au 30 juin 2020.

Missions du CSE

ATTRIBUTIONS PROPRES AUX ENTREPRISES D'AU MOINS 11 SALARIÉS ET DE MOINS DE 50 SALARIÉS

→ Attributions générales

Q/R n° 60. Quelles sont les missions du comité social et économique dans les entreprises d'au moins 11 salariés et de moins de 50 salariés ?

Dans les entreprises d'au moins 11 salariés et de moins de 50 salariés, le comité social et économique a pour mission :

- de présenter les réclamations collectives ou individuelles des salariés à l'employeur ;
- de veiller à l'application de la réglementation du travail dans l'entreprise ;
- de promouvoir l'amélioration de la santé, la sécurité et des conditions de travail dans l'entreprise et réaliser des enquêtes en matière d'accidents du travail ou de maladies professionnelles.

À cet effet, les membres de la délégation du personnel du comité peuvent saisir l'inspection du travail de toutes les plaintes et observations relatives à l'application des dispositions légales dont elle est chargée d'assurer le contrôle (c. trav. art. L. 2312-5).

→ Attributions relatives à la santé, la sécurité et les conditions de travail

Q/R n° 61. Quelles sont les missions qu'exerce plus spécifiquement le comité social et économique en matière de santé, sécurité et conditions de travail lorsque l'effectif de l'entreprise est inférieur à 50 salariés ?

Dans les entreprises de moins de 50 salariés, les membres de la délégation du personnel du comité social et économique disposent d'une compétence générale en matière de santé, sécurité et conditions de travail puisqu'ils ont pour mission de promouvoir la santé, la sécurité et l'amélioration des conditions de travail dans l'entreprise.

Par ailleurs, la délégation du personnel au comité social et économique réalise des enquêtes en matière d'accidents du travail ou de maladies professionnelles ou à caractère professionnel et dispose du droit d'alerter l'employeur en cas d'atteinte aux droits des personnes et en cas d'atteinte à leur santé physique et mentale (c. trav. art. L. 2312-5).

ATTRIBUTIONS PROPRES AUX ENTREPRISES D'AU MOINS 50 SALARIÉS

→ Attributions générales

Q/R n° 62. Quelles sont les missions du comité social et économique dans les entreprises d'au moins 50 salariés ?

Les missions exercées par le comité social et économique dans les entreprises de moins de 50 salariés sont également exercées par le comité social et économique dans les entreprises d'au moins 50 salariés, auxquelles s'ajoutent des attributions supplémentaires :

- › il assure une expression collective des salariés permettant la prise en compte de leurs intérêts dans les décisions relatives à la gestion et à l'évolution économique et financière de l'entreprise, à l'organisation du travail, à la formation professionnelle et aux techniques de production ;
- › il exerce le droit d'alerte en cas d'atteinte aux droits des personnes, en cas de danger grave et imminent, en cas d'utilisation non conforme du crédit d'impôt pour la compétitivité et l'emploi, en matière économique et en matière sociale.

Certains de ces membres participent aux conseils d'administration ou de surveillance des sociétés :

- › il assure ou contrôle la gestion des activités sociales et culturelles de l'entreprise ;
- › il contribue à la protection de la santé et de la sécurité des salariés et à l'amélioration de leurs conditions de travail (c. trav. art. L. 2312-8, L. 2312-9, L. 2312-78).

Les accords collectifs, leur révision ou leur dénonciation ne donnent pas lieu à consultation du comité social et économique (c. trav. art. L. 2312-14, al. 2).

→ Attributions des CSE d'établissement définies en fonction de l'effectif de l'entreprise

Q/R n° 63. Dans une entreprise de 64 salariés, divisée en trois établissements distincts de respectivement 25, 15 et 24 salariés, quelles sont les missions des comités sociaux et économiques d'établissement ?

Les attributions des comités d'établissements sont déterminées en fonction de l'effectif de l'entreprise, et non celui de l'établissement.

Ainsi, dans cette entreprise de 64 salariés, les comités sociaux et économiques exerceront les attributions étendues propres aux comités sociaux et économiques mis en place dans les entreprises d'au moins 50 salariés.

→ Franchissement du seuil de 50 salariés et délai avant exercice des attributions récurrentes

Q/R n° 64. Lorsque l'effectif de l'entreprise atteint le seuil de 50 salariés, à quel moment le comité social et économique commence-t-il à exercer les attributions récurrentes d'information et de consultation ?

Si l'entreprise était déjà pourvue d'un comité social et économique, ce dernier commencera à exercer les attributions récurrentes d'information et de consultation liées au franchissement du seuil de 50 salariés à l'expiration d'un délai de 12 mois à compter de la date à laquelle le seuil de 50 salariés a été atteint pendant 12 mois consécutifs (c. trav. art. L. 2312-2).

EXEMPLE Un comité social et économique est élu en septembre 2018 dans une entreprise de 48 salariés. L'effectif de cette entreprise passe à 50 salariés le 1er octobre 2018 et demeure supérieur à ce seuil pendant les 12 mois suivants, soit jusqu'au 1er octobre 2019. Le comité social et économique ne commencera à exercer ses attributions récurrentes d'information et de consultation qu'à l'expiration d'un second délai de 12 mois, soit à partir du 1er octobre 2020.

Si l'entreprise n'était pas pourvue d'un comité social et économique, le comité nouvellement mis en place commencera à exercer lesdites attributions à l'issue du délai d'une année après sa mise en place (c. trav. art. L. 2312-2).

→ Attributions relatives à la santé, la sécurité et les conditions de travail

Q/R n° 65. Lorsque l'effectif de l'entreprise atteint le seuil des 50 salariés, quelles sont les attributions du comité social et économique en matière de santé, sécurité et conditions de travail ?

Les missions exercées par le comité social et économique dans les entreprises de moins de 50 salariés sont également exercées par le comité social et économique dans les entreprises d'au moins 50 salariés (voir supra), auxquelles s'ajoutent des attributions supplémentaires, notamment :

- il est informé et consulté sur les questions intéressant l'organisation, la gestion et la marche générale de l'entreprise, notamment sur la durée du travail ou les conditions d'emploi, de travail et de formation, l'introduction de nouvelles technologies, l'aménagement important modifiant les conditions de santé et de sécurité ou les conditions de travail, les mesures prises en faveur du maintien au travail des accidentés du travail, des invalides de guerres, des invalides civils, des personnes atteintes de maladies chroniques évolutives et des travailleurs handicapés ;
- il procède à l'analyse des risques professionnels auxquels peuvent être exposés les travailleurs ;
- il contribue notamment à faciliter l'accès des femmes à tous les emplois, à l'adaptation et à l'aménagement des postes de travail des personnes handicapées ;
- il propose des actions de prévention du harcèlement moral, du harcèlement sexuel et des agissements sexistes ;

› il procède, à intervalles réguliers, à des inspections en matière de santé, sécurité et conditions de travail ;
› il exerce le droit d'alerte en situation de danger grave et imminent ainsi qu'en matière de santé publique et d'environnement ;
› il peut décider de recourir à une expertise (expert-comptable ou expert habilité) ;
› il est informé des visites de l'agent de contrôle de l'inspection du travail et ses membres peuvent présenter leurs observations (l'agent de contrôle se fait accompagner d'un membre de la délégation du personnel du comité, si ce dernier le souhaite).

(voir les articles L. 2312-8, L. 2312-9, L. 2312-10, L. 2312-60)

→ Pas d'incidence en cas de diminution de l'effectif en dessous de 50 salariés en cours de mandat

Q/R n° 66. Lorsque l'effectif de l'entreprise passe sous le seuil des 50 salariés, à quel moment le comité social et économique cesse-t-il d'exercer les attributions, exercées par le CSE dans les entreprises dépassant ce seuil ?

La diminution de l'effectif en cours de mandat est sans incidence sur les attributions du comité social et économique. Néanmoins, si l'effectif de 50 salariés n'est pas atteint pendant les 12 mois précédent le renouvellement du comité, ce dernier cessera d'exercer les attributions correspondantes à compter de ce renouvellement (c. trav. art. L. 2312-3).

→ Thèmes des consultations récurrentes

Q/R n° 67. Quels sont les thèmes récurrents sur lesquels le comité social et économique doit être informé et consulté ?

Le comité social et économique est obligatoirement consulté, de manière périodique sur les thèmes suivants :

› les orientations stratégiques de l'entreprise ;
› la situation économique et financière de l'entreprise ;
› la politique sociale de l'entreprise, les conditions de travail et de l'emploi (c. trav. art. L. 2312-17).

→ Périodicité des consultations récurrentes fixée par accord collectif

Q/R n° 68. Quelle est la périodicité des consultations récurrentes du comité social et économique ?

Désormais, un accord d'entreprise majoritaire au sens du 1er alinéa de l'article L. 2232-12 (donc, sans possibilité de validation d'un accord minoritaire par référendum), ou en l'absence de délégué syndical, un accord avec le comité social et économique adopté à la majorité des membres titulaires de la délégation du personnel peut définir la périodicité des trois consultations récurrentes, afin d'adapter la périodicité des réunions du comité social et économique aux réalités de l'entreprise (c. trav. art. L. 2312-19).

Ainsi, si les orientations stratégiques de l'entreprise sont revues tous les deux ans, et non pas chaque année, les acteurs de l'entreprise pourront, dans le cadre d'un accord, fixer la périodicité de la consultation du comité social et économique sur les orientations stratégiques de l'entreprise à deux ans.

En l'absence de dispositions différentes prévues par accord, le comité social et économique doit être informé et consulté chaque année sur les trois thèmes prévus par la loi (orientations stratégiques de l'entreprise ; situation économique et financière de l'entreprise ; politique sociale de l'entreprise, conditions de travail et de l'emploi) (c. trav. art. L. 2312-22).

➜ Consultation du CSE dans les entreprises à établissements distincts

Q/R n° 69. Si l'entreprise comporte plusieurs établissements, à quel niveau les consultations récurrentes du comité social et économique doivent-elles être menées ?

Les consultations sur les orientations stratégiques de l'entreprise et la situation économique doivent être conduites au niveau de l'entreprise, l'accord d'entreprise aménageant les consultations récurrentes (c. trav. art. L. 2312-19) ou un accord de groupe (c. trav. art. L. 2312-20) en décide autrement.

La consultation sur la politique sociale de l'entreprise, les conditions de travail et de l'emploi est conduite à la fois au niveau central et au niveau des établissements lorsque sont prévues des mesures d'adaptation spécifiques à ces établissements, sauf si l'accord d'entreprise aménageant les consultations récurrentes en dispose autrement (c. trav. art. L. 2312-22, al. 5 ; L. 2312-19).

➜ Répartition des attributions entre le CSE central et les CSE d'établissement

Q/R n° 70. Lorsque l'entreprise comporte plusieurs établissements, quelle est la répartition des attributions entre le comité social et économique central et les comités d'établissement ?

Un accord d'entreprise majoritaire, ou en l'absence de délégué syndical, un accord conclu avec la majorité des membres titulaires du comité social et économique, peut définir les niveaux auxquels les consultations sont conduites et, le cas échéant, leur articulation (c. trav. art. L. 2312-19, 3°). Un tel accord pourrait par exemple prévoir que les comités sociaux et économiques d'établissement soient systématiquement consultés dans le cadre des consultations récurrentes.

À défaut, la répartition des attributions entre le comité social et économique central et les comités sociaux et économiques d'établissement est déterminée en fonction de l'étendue des pouvoirs confiés au chef d'établissement (c. trav. art. L. 2316-20). Ainsi :

le comité social et économique central est consulté sur les mesures qui concernent l'entreprise et qui excèdent les limites des pouvoirs des chefs d'établissements (c. trav. art. L. 2316-1) ;

le comité social et économique d'établissement est consulté sur les mesures d'adaptation des décisions arrêtées au niveau de l'entreprise spécifiques à l'établissement et qui relèvent de la compétence du chef de cet établissement (c. trav. art. L. 2316-20, al. 2).

➜ Avis du CSE dans les délais fixés par accord collectif

Q/R n° 71. En matière de consultations récurrentes, dans quels délais le comité social et économique doit-il transmettre son avis à l'employeur ?

Un accord d'entreprise majoritaire au sens du 1er alinéa de l'article L. 2232-12 (donc, sans possibilité de validation d'un accord minoritaire par référendum), ou en l'absence de délégué syndical, un accord avec le comité social et économique (adopté à la majorité des membres titulaires) peut fixer les délais dans lesquels les avis du comité social et économique doivent être transmis à l'employeur. Les délais dont dispose le comité social et économique doivent être suffisants (c. trav. art. L. 2312-19).

À défaut d'accord, le comité social et économique dispose d'un délai d'un mois à compter de la communication par l'employeur des informations nécessaires à la conduite de la consultation pour rendre son avis ou de l'information par l'employeur de leur mise à disposition dans la base de données économiques et sociales. Ce délai est porté à deux mois lorsque le comité fait appel à un expert, et à trois mois en cas d'intervention d'une ou plusieurs expertises se déroulant à la fois au niveau central et au niveau d'un ou plusieurs établissements. En l'absence d'avis rendu dans ces délais, le comité social et économique sera réputé avoir rendu un avis négatif.

Lorsque l'employeur est tenu de consulter à la fois le comité social et économique central et un ou plusieurs comités d'établissement, ces délais s'appliquent au comité social et économique central et l'avis de chaque comité d'établissement est rendu au comité central au plus tard sept jours avant la date à laquelle ce dernier est réputé avoir été consulté et avoir rendu un avis. À défaut, l'avis du comité d'établissement est réputé négatif (c. trav. art. R. 2312-6).

→ Contenu et modalités de fonctionnement de la BDES fixés par accord collectif

Q/R n° 72. Comment sont déterminés le contenu et les modalités de fonctionnement de la base de données économiques et sociales ?

Désormais, un accord d'entreprise majoritaire au sens du 1er alinéa de l'article L. 2232-12 (donc, sans possibilité de validation d'un accord minoritaire par référendum), ou, en l'absence de délégué syndical, un accord avec le comité social et économique (adopté à la majorité des membres titulaires) peut définir l'organisation, l'architecture et le contenu de la base de donnée économiques et sociales, ainsi que ses modalités de fonctionnement, notamment les droits d'accès, le niveau de mise en place de la base dans les entreprises comportant des établissements distincts, son support et ses modalités de consultation et d'utilisation (c. trav. art. L. 2312-21 et L. 2312-36).

La base de données économiques et sociales doit comporter au moins les thèmes suivants :

- l'investissement social ;
- l'investissement matériel et immatériel ;
- l'égalité professionnelle entre les femmes et les hommes au sein de l'entreprise ;
- les fonds propres ;
- l'endettement ;
- l'ensemble des éléments de la rémunération des salariés et dirigeants ;
- les activités sociales et culturelles ;
- la rémunération des financeurs ;
- les flux financiers à destination de l'entreprise.

À défaut d'accord d'entreprise ou d'accord conclu avec le comité social et économique, dans les entreprises du moins de 300 salariés, l'organisation, l'architecture, le contenu et les modalités de fonctionnement de la base de données économiques et sociales peuvent être définis par un accord de branche (c. trav. art. L. 2312-21).

À défaut d'accord d'entreprise, d'accord avec le comité social et économique ou d'accord de branche pour les entreprises de moins de 300 salariés, le contenu de la base de données économiques et sociales comporte les informations prévues à l'article R. 2312-8 du code du travail dans les entreprises de moins de 300 salariés et à l'article R. 2312-9 dans les entreprises d'au moins 300 salariés.

POINT DE VIGILANCE

Note de la rédaction. Avec la loi Climat, la BDES a changé de nom et est devenue la « base de données économiques, sociales et environnementales » (BDESE) (loi 2021-1104 du 22 août 2021, JO du 24) (voir §§ 26-4 et s.).

Fonctionnement du CSE

HEURES DE DÉLÉGATION

→ Bénéficiaires d'un crédit d'heures

Q/R n° 73. Quels sont les membres du comité social et économique qui bénéficient d'un crédit d'heures de délégation ?

Bénéficient d'un crédit d'heures de délégation :

- les membres titulaires du comité social et économique ;
- les représentants syndicaux au comité social et économique dans les entreprises d'au moins 501 salariés et les représentant syndicaux au comité social et économique central d'entreprise d'au moins 501 salariés dont aucun des établissements distincts n'atteint ce seuil (c. trav. art. L. 2315-7).

→ Calcul du nombre d'heures de délégation

Q/R n° 74. Comment déterminer le nombre d'heures de délégation dont disposent les membres titulaires du comité social et économique ?

Chaque membre titulaire de la délégation du personnel du comité social et économique dispose d'un crédit mensuel d'heures de délégation.

L'article R. 2314-1 du code du travail fixe pour chaque tranche d'effectif de l'entreprise ou de l'établissement le nombre de membres qui compose la délégation du personnel du comité social et économique et le nombre d'heures de délégation dont chacun dispose pour exercer ses fonctions.

Par exemple, dans les entreprises dont l'effectif est compris entre 50 et 74 salariés, le comité social et économique sera composé de 4 titulaires, qui bénéficieront chacun de 18 heures de délégation mensuelles. Dans les entreprises dont l'effectif est compris entre 200 à 249 salariés, les 10 membres titulaires du comité bénéficieront chacun de 22 heures mensuelles.

→ Conditions pour modifier le volume individuel d'heures de délégation

Q/R n° 75. Peut-on modifier le volume des heures de délégation des élus titulaires du comité social et économique ?

Le nombre d'heures de délégation des élus titulaires du comité social et économique est fixé à l'article R. 2314-1 du code du travail en fonction des effectifs de l'entreprise. Le protocole d'accord préélectoral peut modifier le nombre de membres et le nombre d'heures de délégation, dès lors que le volume global des heures de délégation, au sein de chaque collège, est au moins égal à celui résultant des dispositions légales au regard de l'effectif de l'entreprise (c. trav. art. L. 2314-1, L. 2314-7).

Le nombre d'heures de délégation dont bénéficie chaque élu peut être diminué sous réserve d'une augmentation concomitante du nombre d'élus titulaires.

Par exemple, les entreprises dont l'effectif est compris entre 150 et 174 salariés sont normalement tenues de mettre en place un comité social et économique comprenant 8 titulaires, disposant chacun de 21 heures de délégation mensuelles, soit un total de 168 heures mensuelles. Un accord pourra diminuer le nombre mensuel d'heures de délégation à 14 tout en augmentant le nombre d'élus titulaires à 12, le volume global d'heures de délégation s'élevant toujours à 168. L'accord pourra également fixer le nombre mensuel d'heures de délégation individuelle à 28 en diminuant par ailleurs le nombre de membres à 6, puisque le volume global mensuel d'heures de délégation s'élèvera toujours à 168 heures.

Le volume global d'heures de délégation des membres de la délégation du personnel du comité social et économique prévu à l'article R. 2314-1 est un plancher. Le protocole d'accord préélectoral, un accord collectif de droit commun, un usage ou un engagement unilatéral de l'employeur peut toujours fixer un nombre d'heures de délégation et/ou de membres supérieurs à celui prévu par décret.

→ Conditions de mutualisation des heures de délégation

Q/R n° 76. Les membres du comité social et économique peuvent-ils mutualiser leurs heures de délégation ?

Les membres titulaires du comité social et économique disposent chacun d'un volume individuel et mensuel d'heures de délégation. Néanmoins, ils peuvent chaque mois répartir entre eux et avec les suppléants et, le cas échéant, avec les représentants de proximité, le crédit d'heures dont ils disposent (c. trav. art. L. 2315-9). La répartition ne peut toutefois conduire l'un d'eux à disposer dans le mois de plus d'une fois et demie le crédit d'heures de délégation dont il devrait disposer en application des dispositions réglementaires (c. trav. art. R. 2315-6).

En cas de mutualisation, les membres titulaires doivent en informer l'employeur au plus tard huit jours avant la date prévue pour leur utilisation dans un écrit précisant l'identité et le nombre d'heures mutualisé pour chacun d'eux (c. trav. art. R. 2315-6).

→ Conditions de report des heures non utilisées

Q/R n° 77. En tant que membre du comité social et économique, dois-je nécessairement utiliser mon crédit d'heures de délégation dans le mois ?

Les heures de délégation peuvent être utilisées cumulativement dans la limite de 12 mois (c. trav. art. L. 2315- 8, art. R. 2315-5). Toutefois, la possibilité donnée aux membres du comité social et économique de « reporter » leurs heures de délégation ne peut conduire l'un d'eux à disposer dans le mois de plus d'une fois et demie le crédit d'heures de délégation dont il bénéficie.

Le membre élu du comité social et économique doit informer l'employeur de l'utilisation cumulée de ses heures de délégation au plus tard 8 jours avant la date prévue pour leur utilisation (c. trav. art. R. 2315-5).

➜ Heures de délégation et forfait annuel en jours

Q/R n° 78. Je suis un salarié en forfait jours élu au comité social et économique. Comment s'imputent mes heures de délégation sur mon temps de travail ?

Le crédit d'heures doit être regroupé en demi-journées qui se déduiront du nombre annuel de jours travaillés fixé dans la convention individuelle de forfait. Une demi-journée correspond à quatre heures de mandat. Lorsque le crédit d'heures ou la fraction du crédit d'heures restant est inférieur à quatre heures, les représentants du personnel disposent d'une demi-journée qui vient en déduction du nombre annuel de jours travaillés fixé dans sa convention individuelle (c. trav. art. R. 2315-3).

Ainsi, si un salarié en forfait jours exerce 24 heures de délégation au cours d'un mois, ces heures seront regroupées en six demi-journées de quatre heures. Au final, trois jours de délégation viendront s'imputer sur le contingent annuel de jours travaillés fixé dans la convention individuelle de forfait.

➜ Obligation de payer les heures de délégation

Q/R n° 79. Je suis employeur. Dois-je payer les heures de délégation des membres du comité social et économique ?

Les heures de délégation des membres du comité social et économiques sont considérées de plein droit comme du temps de travail effectif. À ce titre, elles doivent donc être payées par l'employeur dans les mêmes conditions et selon la même périodicité que leurs rémunérations (c. trav. art. L. 2315-10).

➜ Paiement préalable à toute contestation

Q/R n° 80. En tant que membre du comité social et économique, dois-je justifier de la bonne utilisation de mon crédit d'heures de délégation pour pouvoir en obtenir le paiement par mon employeur ?

Les membres du comité social et économique bénéficient, à l'instar des anciennes instances représentatives du personnel, d'une présomption de bonne utilisation de leur crédit d'heures de délégation. Ce temps doit être payé par l'employeur à échéance normale. En conséquence, l'employeur qui entend contester l'utilisation des heures de délégation ne peut de son propre chef décider de ne pas payer ces heures de délégation. Il doit saisir le juge conseil des prud'hommes (c. trav. art. L. 2315-10).

➜ Activités non imputables sur les heures de délégation

Q/R n° 81. Les activités des membres du comité social et économique sont-elles toutes déduites du crédit d'heures de délégation ?

Pour l'exercice de leurs fonctions, les membres du comité social et économique bénéficient d'un crédit d'heures de délégation mensuel payées par l'employeur comme du temps de travail effectif. Ce crédit d'heures de délégation est fixé par accord, ou à défaut, par décret.

Néanmoins, certaines activités du comité social et économique, également payées comme du temps de travail effectif par l'employeur ne s'imputent pas sur le crédit d'heures de délégation dont dispose les membres titulaires. Il s'agit du temps passé :

- aux réunions du comité social et économique (c. trav. art. L. 2315-11) ;
- aux réunions de la commission santé, sécurité et conditions de travail (c. trav. art. R. 2315-7) ;

› aux réunions des autres commissions, dans la limite d'une durée annuelle globale fixée par accord d'entreprise ou à défaut, à 30 heures pour les entreprises de 300 à 1 000 salariés ou à 60 heures pour les entreprises d'au moins 1 000 salariés L'effectif est apprécié une fois par an, sur les 12 mois précédents, à compter du premier mois suivant celui au cours duquel a été élu le comité (c. trav. art. R. 2315-7) ;

› aux enquêtes menées après un accident du travail grave ou des incidents répétés ayant révélé un risque grave ou une maladie professionnelle ou à caractère professionnel grave (c. trav. art. L. 2315-11) ;

› à la recherche de mesures préventives dans toute situation d'urgence et de gravité, notamment lors de la mise en œuvre de la procédure de danger grave et imminent prévue à l'article L. 4132-2 ;

› à la formation en santé, sécurité et conditions de travail et à la formation économique des membres du comité social et économique (c. trav. art. L. 2315-16).

→ Circonstances exceptionnelles

Q/R n° 82. Peut-on dépasser le crédit d'heures mensuel en cas de circonstances exceptionnelles ?

Le nombre d'heures de délégation peut être augmenté en cas de circonstances exceptionnelles (c. trav. art. R. 2314-1).

Les heures prises en dehors du volume légal ou conventionnel ne bénéficient pas de la présomption de bonne utilisation par les représentants du personnel. En conséquence, en cas d'utilisation d'heures de délégation supplémentaires pour circonstances exceptionnelles, l'employeur pourra leur demander de justifier de leur utilisation avant de les payer.

La jurisprudence a défini la circonstance exceptionnelle comme une activité inhabituelle nécessitant de la part des représentants un surcroît d'activité, débordant le cadre habituel de leurs tâches en raison notamment de la soudaineté de l'événement ou de l'urgence des mesures à prendre (cass. crim. 3 juin 1986 n° 84-94424 D ; cass. soc. 6 juillet 1994, n° 93-41705, BC V n° 228). La circonstance exceptionnelle peut être caractérisée par l'existence d'une menace sur les effectifs (cass. soc. 10 décembre 2003, n° 01-41658, BC V n° 315), l'existence d'un conflit collectif important (cass. soc. 8 juillet 1998, n° 97-42743 D), l'examen d'un important projet de restructuration (cass. soc. 6 juillet 1994, n° 93-41705, BC V n° 228), l'existence d'une procédure d'alerte interne (cass. soc. 27 février 2013, n° 11-26634 D), ou d'un plan de sauvegarde de l'emploi (cass. soc. 27 novembre 2012, n° 11-21202 D).

FORMATION

→ Bénéficiaires de la formation en santé et sécurité

Q/R n° 83. Quels sont les membres du comité social et économique qui peuvent bénéficier de la formation spécifique en santé, sécurité et conditions de travail ?

L'ensemble des membres de la délégation du personnel du comité social et économique bénéficie de la formation nécessaire à l'exercice de leurs missions en matière de santé, de sécurité et de conditions de travail, quel que soit l'effectif de l'entreprise et y compris lorsqu'existe une commission santé, sécurité et conditions de travail (c. trav. art. L. 2315-18).

Cette formation est organisée sur une durée minimale de cinq jours dans les entreprises d'au moins 300 salariés et de trois jours dans les entreprises de moins de 300 salariés (c. trav. art. L. 2315-40) pour les membres de la commission santé, sécurité et conditions de travail lorsqu'elle existe. Une durée de formation similaire des autres élus du CSE doit être encouragée, notamment en l'absence d'une telle commission.

En outre, les membres de la commission santé, sécurité et conditions de travail peuvent, le cas échéant, bénéficier d'une formation spécifique correspondant aux risques ou facteurs de risques particuliers, en rapport avec l'activité de l'entreprise. Les conditions et les modalités de cette formation sont définies par accord d'entreprise majoritaire au sens du 1er alinéa de l'article L. 2232-12 (sans possibilité de validation d'un accord minoritaire par référendum) ou, en l'absence de délégué syndical, par accord entre l'employeur et le comité social et économique adopté à la majorité des membres titulaires élus de la délégation du personnel du comité, ou à défaut d'accord par le règlement intérieur du comité social et économique (c. trav. art. L. 2315-41, L. 2315-42 et L. 2315-44).

RÉUNIONS

→ Fréquence des réunions

Q/R n° 84. À quelle fréquence le comité social et économique doit-il se réunir ?

La réponse diffère selon l'effectif de l'entreprise.

Dans les entreprises de moins de 50 salariés, les membres de la délégation du personnel du comité social et économique sont reçus collectivement par l'employeur ou son représentant au moins une fois par mois. En cas d'urgence, ils sont reçus à leur demande.

Dans les entreprises d'au moins 50 salariés, un accord d'entreprise majoritaire au sens du 1er alinéa de l'article L. 2232-12 (sans possibilité de validation d'un accord minoritaire par référendum), ou, en l'absence de délégué syndical, un accord entre l'employeur et le comité social et économique adopté à la majorité des membres titulaires élus de la délégation du personnel du comité peut définir le nombre de réunions annuelles du comité, qui ne peut être inférieur à six.

À défaut d'accord, le comité est réuni, sur convocation de l'employeur ou de son représentant au moins une fois par mois dans les entreprises d'au moins 300 salariés et au moins une fois tous les deux mois dans les entreprises de moins de 300 salariés.

Le seuil de 300 salariés est réputé franchi lorsque l'effectif de l'entreprise dépasse ce seuil pendant douze mois consécutifs. L'employeur dispose d'un délai d'un an à compter du franchissement de ce seuil pour se conformer complètement aux obligations en matière de réunion qui en découlent.

Le comité peut tenir une seconde réunion à la demande de la majorité de ses membres.

Dans les entreprises à établissements multiples, le nombre annuel de réunions des comités sociaux et économiques d'établissements est déterminé en fonction des effectifs de l'entreprise, et non de l'établissement (c. trav. art. L. 2315-28). Ainsi, dans le cas d'une entreprise de 315 salariés divisée en 2 établissements distincts de 140 et de 175 salariés, les comités sociaux et économiques de ces établissements devront se réunir au moins une fois par mois, à défaut d'accord en disposant autrement.

→ Réunions obligatoires sur la santé, la sécurité et les conditions de travail

Q/R n° 85. Des réunions du comité social et économique consacrées à la santé, la sécurité et aux conditions de travail sont-elles imposées ?

Dans les entreprises d'au moins 50 salariés, au moins quatre des réunions du comité social et économique portent annuellement en tout ou partie sur les attributions du comité en matière de santé, sécurité et conditions de travail, plus fréquemment en cas de besoin, notamment dans les branches d'activité présentant des risques particuliers.

Le comité est en outre réuni à la suite de tout accident ayant entraîné ou ayant pu entraîner des conséquences graves, ainsi qu'en cas d'événement grave lié à l'activité de l'entreprise, ayant porté atteinte ou ayant pu porter atteinte à la santé publique ou à l'environnement ou à la demande motivée de deux de ses membres représentants du personnel, sur les sujets relevant de la santé, de la sécurité ou des conditions de travail (c. trav. art. L. 2315-27).

→ Assistance de personnes extérieures pour les réunions consacrées à la santé, la sécurité et aux conditions de travail

Q/R n° 86. Quelles sont les personnes extérieures à l'entreprise autorisées à assister aux réunions du comité social et économique portant sur ses attributions en matière de santé, sécurité et conditions de travail ?

Dans les entreprises d'au moins 50 salariés, des personnes extérieures sont amenées à apporter leur concours sur les questions relatives à la santé, la sécurité et aux conditions de travail.

Assistent avec voix consultative aux réunions du comité social et économique sur les points de l'ordre du jour relatifs aux questions relatives à la santé, la sécurité et les conditions de travail, et le cas échéant aux réunions de la commission santé sécurité et conditions de travail (CSSCT) :

le médecin du travail, qui peut donner délégation à un membre de l'équipe pluridisciplinaire du service de santé au travail ayant compétence en matière de santé au travail ou de conditions de travail ;

le responsable interne du service de sécurité et des conditions de travail ou, à défaut, l'agent chargé de la sécurité et des conditions de travail (art. L. 2314-3, I).

L'agent de contrôle de l'inspection du travail ainsi que les agents des services de prévention des organismes de sécurité sociale assistent également :

- aux réunions de la commission santé, sécurité et conditions de travail ;
- à l'initiative de l'employeur ou à la demande de la majorité de la délégation du personnel du comité social et économique, aux réunions du comité portant sur ses attributions en matière de santé, sécurité et conditions de travail et aux réunions convoquées à la suite de tout accident ayant entraîné ou ayant pu entraîner des conséquences graves, ainsi qu'en cas d'événement grave lié à l'activité de l'entreprise, ayant porté atteinte ou ayant pu porter atteinte à la santé publique ou à l'environnement ou à la demande motivée de deux de ses représentants sur les sujets relevant de la santé, la sécurité ou des conditions de travail ;
- aux réunions du comité consécutives à un accident de travail ayant entraîné un arrêt de travail d'au moins huit jours ou à une maladie professionnelle ou à caractère professionnel (c. trav. art. L. 2314-3, II).

Lorsque le CSE recouvre plusieurs sites et se réunit sur l'un d'entre eux, l'employeur adresse l'invitation à l'agent de contrôle compétent pour celui-ci.

L'employeur informe annuellement l'agent de contrôle de l'inspection du travail, le médecin du travail et l'agent des services de prévention des organismes de sécurité sociale du calendrier retenu pour les réunions consacrées aux sujets relevant de la santé, de la sécurité ou des conditions de travail, et leur confirme par écrit au moins quinze jours à l'avance la tenue de ces réunions.

Dans le cadre de ses attributions en matière de santé, sécurité et conditions de travail, le comité social et économique peut demander à entendre le chef d'une entreprise voisine ou son représentant dont l'activité expose les travailleurs de son ressort à des nuisances particulières et peut faire appel à titre consultatif et occasionnel au concours de toute personne de l'entreprise qui lui paraîtrait qualifiée (c. trav. art. L. 2312-13).

→ Exclusion des suppléants

Q/R n° 87. Puis-je, en tant que membre suppléant, assister aux réunions du comité social et économique ?

Non. Les membres suppléants n'assistent aux réunions qu'en l'absence du membre titulaire (c. trav. art. L. 2314-1 et art. L. 2314-37). Il est conseillé que le règlement intérieur du comité social et économique organise les modalités de la suppléance.

→ Temps passé en réunion du CSE et temps de travail effectif

Q/R n° 88. Le temps passé par les membres du comité social et économique aux réunions des commissions est-il considéré comme du temps de travail effectif ?

Le temps passé par les membres, titulaires ou suppléants, de la délégation du personnel du comité social et économique aux réunions des commissions est payé comme du temps de travail effectif lorsque la durée annuelle des réunions de l'ensemble des commissions ne dépasse pas une durée globale maximale fixée par accord collectif. À défaut d'accord, cette durée est fixée réglementairement à :

- 30 heures pour les entreprises de 300 à 1000 salariés ;
- 60 heures pour les entreprises d'au moins 1 000 salariés.

Cette durée s'apprécie chaque année à la date d'anniversaire de la proclamation des résultats.

Au-delà de ces plafonds, le temps passé par chaque membre de la délégation du personnel à ces réunions est déduit de ses heures de délégation.

Par dérogation, le temps passé aux réunions de la commission santé, sécurité et conditions de travail n'est pas déduit des heures de délégation prévues pour les membres titulaires de la délégation du personnel du comité social et économique.

Q/R n° 89. Le temps passé par les représentants syndicaux aux réunions du comité social et économique et des commissions est-il rémunéré comme du temps de travail effectif ?

Dans les entreprises de moins de 501 salariés, le temps passé par les représentants syndicaux au comité social et économique aux réunions du comité est rémunéré comme du temps de travail mais il est déduit des heures de délégation (c. trav. art. L. 2315-12).

Dans les entreprises d'au moins 501 salariés, ce temps n'est pas déduit des heures de délégation des représentants syndicaux

Le temps passé par les représentants syndicaux aux réunions des commissions du comité n'est pas rémunéré comme du temps de travail effectif mais ils peuvent utiliser leurs heures de délégation.

L'accord d'entreprise définissant, le cas échéant, les moyens alloués aux membres des commissions pour l'exercice de la mission peut prévoir des moyens spécifiques pour les membres non élus (c. trav. art. L. 2315-41 5° et L. 2315-45).

→ Communication de l'ordre du jour

Q/R n° 90. Auprès de qui l'employeur doit-il communiquer l'ordre du jour d'une réunion ? Dans quels délais ?

Dans les entreprises d'au moins 50 salariés, l'ordre du jour des réunions du comité social et économique est communiqué par le président aux membres du comité, à l'agent de contrôle de l'inspection du travail mentionné à l'article L. 8112-1 ainsi qu'à l'agent des services de prévention des organismes de sécurité sociale trois jours au moins avant la réunion (c. trav. art. L. 2315-30).

Q/R n° 91. L'employeur doit-il communiquer l'ordre du jour des réunions du comité social et économique aux suppléants et les convoquer ?

L'ordre du jour des réunions du comité social et économique est communiqué par le président aux membres du comité, titulaires et suppléants (c. trav. art. L. 2315-30). Cette transmission a seulement pour objet d'informer le suppléant de l'ordre du jour de la réunion de sorte que, le cas échéant, il puisse remplacer un élu titulaire empêché.

Un accord collectif ou un accord conclu avec la majorité des membres titulaires du CSE peut prévoir que la communication de l'ordre du jour vaut convocation des suppléants aux réunions du comité.

BUDGET

→ Budget de fonctionnement et budget ASC

Q/R n° 92. Quels sont les budgets dont dispose le comité social et économique ?

Dans les entreprises d'au moins 50 salariés, le comité social et économique dispose, pour l'exercice de ses attributions, d'un budget de fonctionnement (c. trav. art. L. 2315-61) et d'un budget destiné au financement des activités sociales et culturelles (c. trav. art. L. 2312-81), financé par l'employeur.

→ Montant de la subvention de fonctionnement

Q/R n° 93. Quel est le montant de la subvention de fonctionnement que doit verser l'employeur ?

Le montant de la subvention de fonctionnement s'élève à 0,20 % de la masse salariale brute dans les entreprises de 50 à 2 000 salariés, et à 0,22 % dans les entreprises de plus de 2 000 salariés.

→ Masse salariale à prendre en considération

Q/R n° 94. Quelle est la masse salariale prise en compte pour le calcul de contributions et subventions aux budgets du comité social et économique ?

La masse salariale brute est constituée par l'ensemble des gains et rémunérations soumis à cotisations de sécurité sociale en application des dispositions de l'article

L. 242-1 du code de la sécurité sociale ou de l'article L. 741-10 du Code rural et de la pêche maritime, à l'exception des indemnités versées à l'occasion de la rupture du contrat de travail à durée indéterminée (c. trav. art. L. 2315-61). Les sommes versées au titre d'un accord d'intéressement ou de participation ne sont pas intégrées dans la masse salariale brute (c. trav. art. L. 2315-61).

→ Montant de la contribution au financement ASC

Q/R n° 95. Quel est le montant de la contribution versée par l'employeur pour financer les activités sociales et culturelles de l'entreprise ?

La contribution annuelle versée par l'employeur au comité social et économique pour financer les activités sociales et culturelles de l'entreprise est fixée par accord d'entreprise. À défaut d'accord, le montant de cette contribution est calculé en référence au rapport de la contribution à la masse salariale brute pour l'année précédente. Ainsi, le rapport de la contribution à la masse salariale brute pour l'année N ne peut être inférieur au même rapport existant pour l'année N - 1 (c. trav. art. art. L. 2312-81). En cas d'excédent budgétaire, le comité social et économique peut décider, par délibération, de transférer une partie de ce reliquat au budget de fonctionnement ou à des associations, dans une limite de 10 % (c. trav. art. R. 2312-51).

Q/R n° 96. En l'absence de contribution aux activités sociales et culturelles dans l'entreprise l'année précédant la mise en place du CSE, comment fixer le montant de cette contribution ?

Les textes ne prévoient pas de plancher pour fixer le montant de la contribution lors du premier versement. Ce montant est fixé par accord d'entreprise (c. trav. art. L. 2312-81).

COMMISSIONS

→ Commissions obligatoires, commissions facultatives et commissions supplétives

Q/R n° 97. Quelles sont les commissions qui doivent être créées au sein du comité social et économique ?

Une commission santé, sécurité et conditions de travail doit être mise en place dans les entreprises d'au moins 300 salariés, les établissements distincts d'au moins 300 salariés, les établissements présentant des risques particuliers mentionnés aux articles L. 2315-44-1 et suivants (c. trav. art. L. 2315-36) à savoir les installations nucléaires de base et les entreprises classées « Seveso haut » et dans les entreprises et établissements distincts de moins de 300 salariés lorsque l'inspecteur du travail l'impose en raison de la nature des activités, de l'agencement ou de l'équipement des locaux.

Une commission des marchés doit être instituée au sein du comité social et économique lorsque le nombre de salariés, les ressources annuelles ou le total du bilan du comité dépasse, pour au moins deux de ces trois critères des seuils mentionnées au II de l'article L. 2315-64 (c. trav. art. L. 2315-43 et L. 2315- 44).

En dehors de ces obligations, un accord d'entreprise ou une décision unilatérale de l'employeur peut mettre une commission santé sécurité (c. trav. art. L. 2315-43 et L. 2315-44).

Un accord d'entreprise majoritaire au sens du 1er alinéa de l'article L. 2232-12 (donc, sans possibilité de validation d'un accord minoritaire par référendum) peut prévoir la création de commissions supplémentaires pour l'examen de problèmes particuliers (c. trav. art. L. 2315-45).

En l'absence d'accord, les dispositions légales supplétives prévoyant la création de commissions particulières trouveront à s'appliquer. Ainsi :

› dans les entreprises d'au moins 1 000 salariés, il devra être créé au sein du comité social et économique une commission économique chargée notamment d'étudier les documents économiques et financiers (c. trav. art. L. 2315-46 à L. 2315-48) ;

› dans les entreprises d'au moins 300 salariés, le comité social et économique devra comprendre une commission de la formation (c. trav. art. L. 2315-49), une commission d'information et d'aide au logement (c. trav. art. L. 2315-50 à L. 2315-55) et une commission de l'égalité professionnelle (c. trav. art. L. 2315-56).

→ Appréciation des seuils d'effectif de 300 et de 1 000 salariés

Q/R n° 98. À quel moment le seuil de 300 salariés ou de 1 000 salariés dans le cadre de la mise en place des commissions doit-il être réputé franchi ?

Le seuil de 300 salariés est réputé franchi lorsque l'effectif de l'entreprise dépasse ces seuils pendant douze mois consécutifs. L'employeur dispose d'un délai d'un an à compter du franchissement de ces seuils pour se conformer complètement aux obligations qui en découlent : mise en place de la commission santé, sécurité et conditions de travail, ainsi que d'une commission de la formation (c. trav. art. L. 2315-49), une commission d'information et d'aide au logement (c. trav. art. L. 2315-50 à L. 2315-55) et une commission de l'égalité professionnelle (c. trav. art. L. 2315-56).

Pour ce qui concerne le franchissement du seuil de 1 000 salariés, l'employeur est tenu de mettre en place immédiatement la commission économique.

→ Conditions de mise en place d'une commission santé, sécurité et conditions de travail

Q/R n° 99. Dans quels cas de figure la mise en place d'une commission santé, sécurité et conditions de travail s'impose-t-elle ?

Au sein de chaque entreprise d'au moins 300 salariés et de chaque établissement distinct d'au moins 300 salariés constitué lors de la mise en place du comité social et économique, au moins une commission santé, sécurité et conditions de travail doit obligatoirement être mise en place. Sans condition d'effectif, une telle commission doit obligatoirement être mise en place dans les établissements encourant des risques particuliers, tels que les installations nucléaires de base et les entreprises classées « Seveso seuil haut » (c. trav. art. L. 2315-36).

Dans les entreprises et établissements distincts de moins de 300 salariés, l'agent de contrôle de l'inspection du travail peut imposer la création d'une commission santé, sécurité et conditions de travail lorsque cette mesure est nécessaire, notamment en raison de la nature des activités, de l'agencement ou de l'équipement des locaux (c. trav. art. L. 2315-37).

En outre, une commission santé, sécurité et conditions de travail centrale est mise en place dans les entreprises d'au moins 300 salariés comportant au moins deux établissements distincts, que l'effectif de ces établissements soit inférieur, égal ou supérieur à 300 salariés (c. trav. art. L. 2316-18).

→ Commission santé, sécurité et conditions de travail en dessous de 300 salariés

Q/R n° 100. Est-il possible de créer une commission santé, sécurité et conditions de travail dans les entreprises de moins de 300 salariés ?

Dans les entreprises et établissements distincts de moins de 300 salariés, la mise en place d'une ou plusieurs commissions peut être décidée par accord d'entreprise majoritaire au sens du 1er alinéa de l'article L. 2232-12 (sans possibilité de validation d'un accord minoritaire par référendum) ou, en l'absence de délégué syndical, par accord entre l'employeur et le comité social et économique adopté à la majorité des membres titulaires élus de la délégation du personnel du comité (c. trav. art. L. 2315-43).

En l'absence d'accord, l'employeur peut décider unilatéralement de mettre en place une ou plusieurs commissions santé, sécurité et conditions de travail au niveau de l'entreprise, d'un ou plusieurs établissements distincts (c. trav. art. L. 2315-44).

Par ailleurs, l'agent de contrôle de l'inspection du travail peut, s'il l'estime nécessaire, imposer la création d'une commission santé, sécurité et conditions de travail dans une entreprise ou un établissement de moins de 300 salariés (c. trav. art. L. 2315-37). Si l'inspecteur du travail peut imposer la mise en place d'une commission santé, sécurité et conditions de travail au sein d'un établissement de moins de 50 salariés appartenant à une entreprise d'au moins 50 salariés, en revanche il n'est pas en mesure de l'imposer dans une entreprise de moins de 50 salariés.

Enfin, s'agissant des entreprises et des établissements classés « SEVESO seuil haut » et des installations nucléaires de base, des commissions doivent obligatoirement être mises en place, sans condition d'effectif, dès lors qu'un comité social et économique est créé.

→ Rôle de la commission santé, sécurité et conditions de travail

Q/R n° 101. Quelles sont les missions de la commission santé, sécurité et conditions de travail ?

La commission santé, sécurité et conditions de travail n'a pas de personnalité morale distincte. Elle est une émanation du comité social et économique. Elle a vocation à préparer les réunions et les délibérations du comité sur les questions de santé, de sécurité et de conditions de travail. À ce titre, elle peut se voir confier par délégation du comité, tout ou partie de ses attributions relatives à la santé, la sécurité et les conditions de travail (c. trav. art. L. 2315-38). Elle dispose, par l'intermédiaire des membres de la délégation du personnel qui la composent, du droit d'alerte en cas d'atteinte aux droits des personnes et de danger grave et imminent.

L'accord d'entreprise fixant les modalités de mise en place de la commission santé, sécurité et conditions de travail définit notamment les missions du comité social et économique déléguées à la commission et leurs modalités d'exercice (c. trav. art. L. 2315-41, 2°). À défaut d'accord, le règlement intérieur fixe les missions déléguées à la CSSCT (c. trav. art. L. 2315-44).

Il convient toutefois de noter que la commission ne pourra pas se voir confier la possibilité de recourir à l'expert, ni des attributions consultatives, qui relèvent exclusivement de la compétence du comité social et économique. Tel est notamment le cas de l'avis sur les propositions de reclassement de l'employeur dans le cadre d'une procédure de licenciement pour inaptitude.

Il peut être prévu par accord que le droit d'alerte en cas de danger grave et imminent, qui ne constitue pas une attribution consultative du comité économique et social, puisse être exercé par les membres de la commission santé, sécurité et conditions de travail.

L'accord d'entreprise fixant les modalités de mise en place de la commission santé, sécurité et conditions de travail définit notamment les missions du comité social et économique déléguées à la commission et leurs modalités d'exercice (c. trav. art. L. 2315-41, 2°).

→ Composition de la commission santé, sécurité et conditions de travail

Q/R n° 102. Qui compose la commission santé, sécurité et conditions de travail ?

L'article L. 2315-39 du code du travail prévoit que :

- la commission est présidée par l'employeur ou son représentant ;
- la commission comprend au minimum trois membres représentants du personnel, dont au moins un représentant du second collège, ou le cas échéant du troisième collège ;
- l'employeur peut se faire assister par des collaborateurs appartenant à l'entreprise et choisis en dehors du comité. Ensemble, ils ne peuvent pas être en nombre supérieur à celui des représentants du personnel titulaires.

Le médecin du travail, le responsable interne du service de sécurité et des conditions de travail, l'agent de contrôle de l'inspection du travail ainsi que les agents des services de prévention des organismes de sécurité sociale sont invités aux réunions de la commission.

Le nombre de membres de la ou des commissions est défini par accord d'entreprise ou en l'absence de délégué syndical, par accord entre l'employeur et le comité social et économique adopté à la majorité des membres titulaires élus de la délégation du personnel du comité. À défaut d'accord, ce nombre est défini par le règlement intérieur du comité social et économique (c. trav. art. L. 2315-44).

Le représentant syndical au comité social et économique ne peut être désigné au sein de la commission santé, sécurité et conditions de travail, dans la mesure où il n'est pas membre à part entière du CSE, disposant d'une voix consultative et non pas délibérative (c. trav. art. L. 2314-1 et L. 2314-2).

→ Commission composée de membres du CSE

Q/R n° 103. Les membres de la commission santé, sécurité et conditions de travail doivent-ils être choisis nécessairement parmi les membres du comité social et économique ?

Oui. Les membres de la commission sont désignés par le comité social et économique nécessairement parmi ses membres titulaires ou suppléants. La désignation se fait à la majorité des membres du comité présents, pour une durée qui prend fin avec celle du mandat des membres élus du comité (c. trav. art. L. 2315-39).

→ Commission santé, sécurité et conditions de travail encadrée par un accord collectif ou, à défaut, par le règlement intérieur du CSE

Q/R n° 104. Comment les modalités relatives à la composition, aux missions et au fonctionnement de la commission santé, sécurité et conditions de travail sont-elles fixées ?

Le nombre de membres, les missions déléguées et leurs modalités d'exercice, les modalités de fonctionnement, la formation et les moyens de la commission santé, sécurité et conditions de travail sont prévus par accord d'entreprise majoritaire au sens du 1er alinéa de l'article article L. 2232-12 (sans possibilité de validation d'un accord minoritaire par référendum) ou, en l'absence de délégué syndical, par accord entre l'employeur et le comité social et économique adopté à la majorité des membres titulaires élus de la délégation du personnel du comité (c. trav. art. L. 2315-41).

À défaut d'accord, ces modalités sont définies par le règlement intérieur du comité social et économique. Ce dernier ne peut, sauf accord de l'employeur, comporter des clauses lui imposant des obligations ne résultant pas de dispositions légales. L'accord de l'employeur constitue un engagement unilatéral de l'employeur que celui-ci peut dénoncer à l'issue d'un délai raisonnable et après en avoir informé les membres de la délégation du personnel du comité social et économique (c. trav. art. L. 2315-24).

→ Recours contre la décision de l'inspecteur du travail de mettre en place une commission santé, sécurité et conditions de travail

Q/R n° 105. Quelles voies de recours peut-on exercer contre la décision de l'inspection du travail imposant la mise en place d'une commission santé, sécurité et conditions de travail ? Le recours contre cette décision est-il suspensif ?

La décision de l'agent de contrôle de l'inspection du travail imposant la mise en place d'une commission santé, sécurité et conditions de travail peut faire l'objet d'un recours devant le DIRECCTE (c. trav. art. L. 2315-37), ou d'un recours contentieux devant le tribunal administratif dans le ressort duquel se situe l'inspecteur du travail qui a rendu la décision dans un délai de deux mois. Ces recours ne sont pas suspensifs.

POINT DE VIGILANCE

Note de la rédaction. Depuis le 1er avril 2021, la DREETS a remplacé la DIRECCTE.

→ Représentants de proximité, membres des commissions du CSE

Q/R n° 106. Les représentants de proximité peuvent-ils être membres des commissions du comité social et économique ?

Les représentants de proximité peuvent, dès lors qu'ils sont membres du comité social et économique, être désignés membres des différentes commissions du comité social et économique.

EXPERTISES DANS LES ENTREPRISES D'AU MOINS 50 SALARIÉS

→ Experts-comptables et experts habilités

Q/R n° 107. À quels experts le comité social et économique peut-il faire appel ?

Le comité social et économique peut faire appel à un expert-comptable :

› pour les consultations récurrentes sur les orientations stratégiques de l'entreprise (c. trav. art. L. 2315-87), sur la situation économique et financière (c. trav. art. L. 2315-88), et sur la politique sociale de l'entreprise, les conditions de travail et l'emploi (c. trav. art. L. 2315-91) ;

› pour les consultations ponctuelles relatives aux opérations de concentration, à l'exercice du droit d'alerte économique, en cas de licenciements collectifs pour motif économique, aux offres publiques d'acquisition et assistance des syndicats pour négocier un accord de « compétitivité » ou un plan de sauvegarde de l'emploi (c. trav. art. L. 2315-92).

Il pourra faire appel à un expert habilité lorsqu'un risque grave, identifié et actuel, révélé ou non par un accident du travail, une maladie professionnelle ou à caractère professionnel est constaté dans l'établissement ou en cas d'introduction de nouvelles technologies ou de projet important modifiant les conditions de santé et de sécurité ou les conditions de travail ou encore, dans les entreprises d'au moins 300 salariés, pour préparer la négociation sur l'égalité professionnelle (c. trav. art. L. 2315-94).

Il pourra faire appel à un expert technique dans les entreprises d'au moins 300 salariés, en vue de préparer la négociation sur l'égalité professionnelle (c. trav. art. L. 2315-95).

Dans les établissements comportant au moins une installation susceptible de donner lieu à des servitudes d'utilité publique, le comité social et économique peut également faire appel à un expert en risques technologiques à l'occasion de la demande d'autorisation environnementale (c. trav. art. L. 4523-5). Le comité social et économique peut faire appel à toute expertise pour la préparation de ses travaux, financée sur son budget (c. trav. art. L. 2315-81).

→ Financement des expertises

Q/R n° 108. Qui finance les expertises du comité social et économique ?

Lorsque le comité social et économique décide d'avoir recours à l'expertise, les frais d'expertise sont pris en charge :

› par l'employeur, à 100 %, concernant les consultations récurrentes sur la situation économique et financière et sur la politique sociale de l'entreprise, les conditions de travail et l'emploi, les consultations ponctuelles en cas de licenciements collectifs pour motif économique et en cas de risques graves (c. trav. art. L. 2315-80, 1°) ;

› par le comité social et économique, sur son budget de fonctionnement à hauteur de 20 %, et par l'employeur à hauteur de 80 %, dans les autres cas (orientations stratégiques, opérations de concentration, exercice du droit d'alerte économique, offres publiques d'acquisition, introduction de nouvelles technologies, aménagement important modifiant les conditions de travail) (c. trav. art. L. 2315-80, 2°) ainsi que, dans les entreprises d'au moins 300 salariés et en l'absence de tout indicateur relatif à l'égalité professionnelle dans la base de données économiques et sociales, les expertises effectuées en vue de préparer la négociation sur l'égalité professionnelle (c. trav. art. L. 2315-80, 1°) ;

En cas d'annulation définitive par le juge de la délibération du comité de recourir à un expert, les sommes perçues par l'expert sont alors remboursées par ce dernier à l'employeur. Le comité social et économique peut, à tout moment, décider de les prendre en charge (c. trav. art. L. 2315-86).

Enfin, il convient de noter que le comité social et économique peut faire appel à toute expertise rémunérée par ses soins pour la préparation de ses travaux (c. trav. art. L. 2315-81).

Lorsque le budget de fonctionnement du comité est insuffisant pour couvrir le coût de l'expertise et qu'il n'y a pas eu de transfert d'excédent annuel vers le budget destiné aux activités sociales et culturelles au cours des trois années précédentes, l'employeur finance l'expertise dans son intégralité.

→ Notion d'expert habilité

Q/R n° 109. Qu'est-ce que l'expert habilité ?

Avant la réforme introduite par l'ordonnance, les experts auxquels le comité d'hygiène, de sécurité et des conditions de travail pouvait faire appel pour une expertise dans le champ de la santé, de la sécurité au travail devaient être agréés par l'État. Cette procédure d'agrément a été supprimée par l'ordonnance.

Pour une expertise dans le champ de la santé, de la sécurité au travail, le comité social et économique pourra désormais faire appel à des experts habilités par un organisme certificateur lui-même accrédité. Un arrêté ministériel en cours d'élaboration définira les modalités et les conditions d'accréditation des organismes et de certification des experts (c. trav. art. R. 2315-51 et R. 2315-52).

→ Expertise pluridisciplinaire

Q/R n° 110. Quelles sont les modalités d'intervention de l'expert habilité en cas d'expertise portant sur plusieurs champs ?

Lorsque l'expertise porte sur plusieurs champs, elle donne lieu à l'établissement d'un rapport d'expertise unique (c. trav. art. L. 2315-85 2° et R. 2315-48).

L'expert désigné par le comité peut s'adjoindre la compétence d'un ou plusieurs autres experts sur une partie de ces travaux. Il vérifie alors que ces derniers disposent des compétences nécessaires au bon déroulement de la mission d'expertise ou, le cas échéant, de l'habilitation.

L'expert désigné est le seul interlocuteur du comité social et économique. Il pilote l'expertise et est responsable de son bon déroulement.

Lorsque l'expertise porte sur les seuls champs santé, sécurité et conditions de travail, l'expert habilité désigné par le comité social et économique peut ainsi « sous-traiter » une partie de l'expertise à un ou plusieurs cabinets qui n'ont dorénavant plus l'obligation d'être eux-mêmes habilités (on parlait auparavant d'agrément).

En revanche lorsque dans le cadre d'un plan de sauvegarde de l'emploi, un expert-comptable est désigné, il devra nécessairement faire appel à au moins un expert habilité pour les aspects de l'expertise concernant les champs santé, sécurité et conditions de travail.

Transition de l'agrément à l'habilitation

Q/R n° 111. Comment s'organise la période transitoire préalable à la mise en place de la nouvelle procédure d'habilitation ?

La mise en place de la nouvelle procédure d'habilitation nécessitant une période relativement longue, des dispositions transitoires sont prévues à cet effet :

l'entrée en vigueur du nouveau dispositif est fixée au 1er janvier 2020. Du 1er janvier 2018 au 31 décembre 2021 :

- les cabinets agréés au 1er janvier 2018 seront considérés comme étant habilités et pourront ainsi effectuer des expertises jusqu'au terme de leur agrément, ce qui veut dire, le cas échéant au-delà du 1er janvier 2020 ;
- deux campagnes annuelles d'agrément seront maintenues pour les seuls candidats non agréés, selon les conditions et modalités antérieures, des dossiers peuvent être déposés jusqu'au 1er mars 2020 ;
- les cabinets dont l'agrément expire au cours de cette période seront prorogés jusqu'au 30 juin 2021, et sous condition de dépôt d'un dossier de demande de certification jusqu'au 31 décembre 2021. Ils n'auront pas à déposer un dossier de demande de renouvellement d'agrément ;
- les agréments pourront être suspendus ou retirés pendant la période transitoire.

Quota éventuel d'expertises sur les consultations récurrentes

Q/R n° 112. À combien d'expertises le comité social et économique peut-il faire appel ?

Le comité social et économique peut décider de recourir à un expert-comptable ou à un expert habilité par délibération à laquelle l'employeur ne participe pas (c. trav. art. L. 2315-78).

Néanmoins, un accord d'entreprise, ou à défaut un accord conclu entre l'employeur et le comité social et économique, adopté à la majorité des membres titulaires élus de la délégation du personnel peut déterminer le nombre d'expertises dans le cadre des consultations récurrentes sur une ou plusieurs années (c. trav. art. L. 2315-79).

Modalités de consultation de la décision du CSE de recourir à un expert

Q/R n° 113. Quels sont les délais dans lesquels l'employeur peut contester l'expertise ?

L'employeur saisit le juge judiciaire dans un délai de dix jours à compter de :

- la délibération du comité social et économique décidant le recours à l'expertise s'il entend contester la nécessité de l'expertise ;
- la désignation de l'expert par le CSE s'il entend contester le choix de l'expert ;
- la notification à l'employeur du cahier des charges et des informations prévues s'il entend contester le coût prévisionnel, l'étendue ou la durée de l'expertise ;
- la notification à l'employeur du coût final de l'expertise s'il entend contester ce coût.

Le président du tribunal de grande instance statue, en la forme des référés, en premier et dernier ressort, dans les dix jours suivant sa saisine. Cette saisine suspend l'exécution de la décision du comité, ainsi que les délais dans lesquels le comité est consulté, jusqu'à la notification du jugement. Le pourvoi en cassation doit être effectué dans les 10 jours de la notification du jugement (c. trav. art. L. 2315-86 ; art. R. 2315-49).

→ Délai de remise du rapport d'expertise

Q/R n° 114. Quels délais encadrent la remise du rapport d'expertise ?

S'agissant des expertises effectuées dans le cadre d'une consultation du comité social et économique, l'expert remet son rapport au plus tard quinze jours avant l'expiration des délais de consultation du comité social et économique.

Pour les autres expertises qui ne sont pas réalisées dans le cadre d'une consultation du comité social et économique notamment l'expertise en cas de risques graves ou d'exercice du droit d'alerte économique : à défaut d'accord d'entreprise ou d'accord entre l'employeur et le comité social et économique, adopté à la majorité des membres titulaires élus de la délégation du personnel, l'expert remet son rapport dans un délai de deux mois à compter de sa désignation. Ce délai peut être renouvelé une fois, pour une durée maximale de deux mois, par accord entre l'employeur et le comité social et économique (c. trav. art. R. 2315-47).

La loi prévoit des dispositions spécifiques s'agissant de l'expertise menée dans le cadre d'un plan de sauvegarde de l'emploi.

Conseil d'entreprise

RÔLE DU CONSEIL D'ENTREPRISE

Q/R n° 115. Qu'est-ce que le conseil d'entreprise ?

Le conseil d'entreprise est la dénomination du comité social et économique lorsqu'en plus des attributions qui lui sont normalement dévolues, il devient seul compétent pour négocier, conclure et réviser les conventions et accords d'entreprise ou d'établissement (c. trav. art. L. 2321-1).

Le conseil d'entreprise mis en place au niveau de l'entreprise ou de l'unité économique et sociale est doté d'un pouvoir de codétermination sur une liste de thèmes fixés par l'accord qui l'institue, parmi lesquels figure obligatoirement la formation. Sur ces thèmes, l'employeur perdra son pouvoir de décision unilatérale, puisqu'il devra nécessairement obtenir l'accord préalable du conseil d'entreprise (c. trav. art. L. 2321-3).

La transformation du comité social et économique en conseil d'entreprise est décidée soit par un accord d'entreprise à durée indéterminée majoritaire au sens du 1er alinéa de l'article L. 2232-12 (donc, sans possibilité de validation d'un accord minoritaire par référendum), soit par un accord de branche étendu pour les entreprises dépourvues de délégués syndicaux (c. trav. art. L. 2321-1).

INCIDENCE DU CONSEIL D'ENTREPRISE SUR LES DÉLÉGUÉS SYNDICAUX

Q/R n° 116. La mise en place du conseil d'entreprise fait-elle disparaître le mandat des délégués syndicaux ?

Non, la mise en place du conseil d'entreprise ne fait pas disparaître le mandat des délégués syndicaux. Ceux-ci perdent en revanche la prérogative de négocier, conclure et réviser les conventions et accords dans l'entreprise ou l'établissement.

DÉNONCIATION DE L'ACCORD METTANT EN PLACE LE CONSEIL D'ENTREPRISE

Q/R n° 117. Est-il possible de modifier l'accord prévoyant la mise en place du conseil d'entreprise, pour tenir compte d'un changement d'organisation de l'entreprise intervenu entre temps ?

L'accord collectif instituant le conseil d'entreprise étant un accord de droit commun obligatoirement à durée indéterminée, les règles relatives à la dénonciation prévues aux articles L. 2261-9 et suivants du code du travail s'appliquent.

La dénonciation par une partie des signataires ne remet pas en cause la validité de l'accord. Celui-ci continuera de produire effet à l'égard des acteurs de la dénonciation jusqu'à l'entrée en vigueur de la convention ou de l'accord qui lui est substitué et ce, dans un délai d'un an suivant le délai de trois mois de préavis (c. trav. art. L. 2261-11). Si aucun accord de substitution n'est conclu, la représentation du personnel de l'entreprise rebascule dans le système de droit commun et continue à produire ses effets avec un comité social et économique d'une part et des délégués syndicaux d'autre part, chacun exerçant les attributions qui leur sont habituellement dévolues.

Lorsque le conseil d'entreprise est mis en place par un accord de branche, les règles relatives à la dénonciation (c. trav. art. L. 2261-9) et à la révision (c. trav. art. L. 2261-7) des accords de branches s'appliquent.

BDESE réglementaires

Les deux tableaux ci-après mentionnent le contenu de la BDESE en l'absence d'accord. Pour rappel, les données diffèrent selon que l'effectif de l'entreprise : moins de 300 salariés / au moins 300 salariés.

POINT DE VIGILANCE

Avec la loi Climat, la BDES a changé de nom et est devenue la « base de données économiques, sociales et environnementales » (BDESE) (loi Climat 2021-1104 du 22 août 2021, JO du 24) (voir §§ 23-10, 26-4 et 26-9).

Les informations liées aux conséquences environnementales de l'activité de l'entreprise, à la suite de l'ajout de ce thème par la loi « Climat », restent à être précisées par voie réglementaire (décret non encore paru au moment où nous rédigeons cet ouvrage).

BDESE réglementaire dans les entreprises de moins de 300 salariés

BDESE RÉGLEMENTAIRE DANS LES ENTREPRISES DE MOINS DE 300 SALARIÉS (c. trav. art. R. 2312-8)	
1° Investissements :	
A - Investissement social :	a) Évolution des effectifs par type de contrat, par âge, par ancienneté ; - évolution des effectifs retracée mois par mois ; - nombre de salariés titulaires d'un contrat de travail à durée indéterminée ; - nombre de salariés titulaires d'un contrat de travail à durée déterminée ; - nombre de salariés temporaires ; - nombre de salariés appartenant à une entreprise extérieure ; - nombre des journées de travail réalisées au cours des douze derniers mois par les salariés temporaires ; - nombre de contrats d'insertion et de formation en alternance ouverts aux jeunes de moins de vingt-six ans ; - motifs ayant conduit l'entreprise à recourir aux contrats de travail à durée déterminée, aux contrats de travail temporaire, aux contrats de travail à temps partiel, ainsi qu'à des salariés appartenant à une entreprise extérieure ;
	b) Évolution des emplois par catégorie professionnelle ; - répartition des effectifs par sexe et par qualification ; - indication des actions de prévention et de formation que l'employeur envisage de mettre en œuvre, notamment au bénéfice des salariés âgés, peu qualifiés ou présentant des difficultés sociales particulières ;
	c) Évolution de l'emploi des personnes handicapées et mesures prises pour le développer ; i - Actions entreprises ou projetées en matière d'embauche, d'adaptation, de réadaptation ou de formation professionnelle ; ii - La déclaration annuelle prévue à l'article L. 5212-5 à l'exclusion (D. 2019-521 du 27 mai 2019, JO 28, entrée en vigueur le 01.01.2020) « des informations mentionnées à l'article D. 5212-4 » est jointe au présent rapport ;
	d) Évolution du nombre de stagiaires de plus de 16 ans ;

BDESE RÉGLEMENTAIRE DANS LES ENTREPRISES DE MOINS DE 300 SALARIÉS (c. trav. art. R. 2312-8)	
A - Investissement social (suite)	e) Formation professionnelle : investissements en formation, publics concernés ; - les orientations de la formation professionnelle dans l'entreprise telles qu'elles résultent de la consultation prévue à l'article L. 2312-24 ; - le résultat éventuel des négociations prévues à l'article L. 2241-6 ; - les informations relatives aux modalités d'accès à la formation professionnelle des salariés transmises par l'employeur à l'autorité administrative en application de l'article L. 6331-32 ; - les conclusions éventuelles des services de contrôle faisant suite aux vérifications effectuées en application de l'article L. 6361-4 ; - le bilan des actions comprises dans le plan de formation de l'entreprise pour l'année antérieure et pour l'année en cours comportant la liste des actions de formation, des bilans de compétences et des validations des acquis de l'expérience réalisés, rapportés aux effectifs concernés répartis par catégorie socioprofessionnelle et par sexe ; - les informations, pour l'année antérieure et l'année en cours, relatives aux congés individuels de formation, aux congés de bilan de compétences, aux congés de validation des acquis de l'expérience et aux congés pour enseignement accordés ; notamment leur objet, leur durée et leur coût, aux conditions dans lesquelles ces congés ont été accordés ou reportés ainsi qu'aux résultats obtenus ; - le nombre des salariés bénéficiaires de l'abondement mentionné au dernier alinéa du II de l'article L. 6315-1 ainsi que les sommes versées à ce titre ; - le nombre des salariés bénéficiaires de l'entretien professionnel mentionné au I de l'article L. 6315-1. Le bilan, pour l'année antérieure et l'année en cours, des conditions de mise en œuvre des contrats d'alternance : - les emplois occupés pendant et à l'issue de leur action ou de leur période de professionnalisation ; - les effectifs intéressés par âge, sexe et niveau initial de formation (D. 2323-6) ; - les résultats obtenus en fin d'action ou de période de professionnalisation ainsi que les conditions d'appréciation et de validation. Le bilan de la mise en œuvre du compte personnel de formation ;
	f) Conditions de travail : durée du travail dont travail à temps partiel et aménagement du temps de travail ; Données sur le travail à temps partiel : - nombre, sexe et qualification des salariés travaillant à temps partiel ; - horaires de travail à temps partiel pratiqués dans l'entreprise ; le programme annuel de prévention des risques professionnels et d'amélioration des conditions de travail prévu au 2° de l'article L. 2312-27 établi à partir des analyses mentionnées à l'article L. 4612-2 et fixant la liste détaillée des mesures devant être prises au cours de l'année à venir dans les mêmes domaines afin de satisfaire, notamment : i - Aux principes généraux de prévention prévus aux articles L. 4121-1 à L. 4121-5 et L. 4221-1 ; ii - À l'information et à la formation des travailleurs prévues aux articles L. 4141-1 à L. 4143-1 ; iii - À l'information et à la formation des salariés titulaires d'un contrat de travail à durée déterminée et des salariés temporaires prévues aux articles L. 4154-2 et L. 4154-4 ; iv - À la coordination de la prévention prévue aux articles L. 4522-1 et L. 4522-2 ;

BDESE RÉGLEMENTAIRE DANS LES ENTREPRISES DE MOINS DE 300 SALARIÉS (c. trav. art. R. 2312-8)	
B - Investissement matériel et immatériel :	a) Évolution des actifs nets d'amortissement et de dépréciations éventuelles (immobilisations) ;
	b) Le cas échéant, dépenses de recherche et développement ;
	c) Mesures envisagées en ce qui concerne l'amélioration, le renouvellement ou la transformation des méthodes de production et d'exploitation ; et incidences de ces mesures sur les conditions de travail et l'emploi ;
2° Égalité professionnelle entre les femmes et les hommes au sein de l'entreprise :	
A - Analyse des données chiffrées :	Analyse des données chiffrées par catégorie professionnelle de la situation respective des femmes et des hommes en matière d'embauche, de formation, de promotion professionnelle, de qualification, de classification, de conditions de travail, de santé et de sécurité au travail, de rémunération effective et d'articulation entre l'activité professionnelle et l'exercice de la responsabilité familiale analyse des écarts de salaires et de déroulement de carrière en fonction de leur âge, de leur qualification et de leur ancienneté ; description de l'évolution des taux de promotion respectifs des femmes et des hommes par métiers dans l'entreprise ;
B - Stratégie d'action :	À partir de l'analyse des données chiffrées mentionnées au A du 2°, la stratégie comprend les éléments suivants : - mesures prises au cours de l'année écoulée en vue d'assurer l'égalité professionnelle. Bilan des actions de l'année écoulée et, le cas échéant, de l'année précédente. Évaluation du niveau de réalisation des objectifs sur la base des indicateurs retenus. Explications sur les actions prévues non réalisées ; - objectifs de progression pour l'année à venir et indicateurs associés. Définition qualitative et quantitative des mesures permettant de les atteindre conformément à l'article R. 2242-2. Évaluation de leur coût. Échéancier des mesures prévues ;
3° Fonds propres, endettement et impôts :	
	a) Capitaux propres de l'entreprise ;
	b) Emprunts et dettes financières dont échéances et charges financières ;
	c) Impôts et taxes ;
4° Rémunération des salariés et dirigeants, dans l'ensemble de leurs éléments :	
A - Évolution des rémunérations salariales :	a) Frais de personnel y compris cotisations sociales, évolutions salariales par catégorie et par sexe, salaire de base minimum, salaire moyen ou médian, par sexe et par catégorie professionnelle ;
	b) Pour les entreprises soumises aux dispositions de l'article L. 225-115 du code de commerce, montant global des rémunérations visées au 4° de cet article ;
	c) Épargne salariale : intéressement, participation ;
5° Activités sociales et culturelles : montant de la contribution aux activités sociales et culturelles du comité d'entreprise, mécénat ;	
6° Rémunération des financeurs, en dehors des éléments mentionnés au 4° :	
A - Rémunération des actionnaires (revenus distribués) ;	
B - Rémunération de l'actionnariat salarié (montant des actions détenues dans le cadre de l'épargne salariale, part dans le capital, dividendes reçus) ;	

BDESE RÉGLEMENTAIRE DANS LES ENTREPRISES DE MOINS DE 300 SALARIÉS (c. trav. art. R. 2312-8)	
7° Flux financiers à destination de l'entreprise :	
A - Aides publiques :	Aides ou avantages financiers consentis à l'entreprise par l'Union européenne, l'État, une collectivité territoriale, un de leurs établissements publics ou un organisme privé chargé d'une mission de service public, et leur utilisation. Pour chacune de ces aides, il est indiqué la nature de l'aide, son objet, son montant, les conditions de versement et d'emploi fixées, le cas échéant, par la personne publique qui l'attribue et son emploi ;
B - Réductions d'impôts ;	
C - Exonérations et réductions de cotisations sociales ;	
D - Crédits d'impôts ;	
E - Mécénat ;	
F - Résultats financiers :	a) Chiffre d'affaires, bénéfices ou pertes constatés ; b) Résultats d'activité en valeur et en volume ; c) Affectation des bénéfices réalisés ;
8° Partenariats :	
A - Partenariats conclus pour produire des services ou des produits pour une autre entreprise ;	
B - Partenariats conclus pour bénéficier des services ou des produits d'une autre entreprise ;	
9° Pour les entreprises appartenant à un groupe, transferts commerciaux et financiers entre les entités du groupe :	
A - Transferts de capitaux tels qu'ils figurent dans les comptes individuels des sociétés du groupe lorsqu'ils présentent une importance significative, notamment transferts de capitaux importants entre la société mère et les filiales ;	
B - Cessions, fusions, et acquisitions réalisées.	

BDESE réglementaire dans les entreprises d'au moins 300 salariés

BDESE RÉGLEMENTAIRE DANS LES ENTREPRISES D'AU MOINS 300 SALARIÉS (c. trav. art. R. 2312-9)	
1° Investissements :	
A - Investissement social :	a) Évolution des effectifs par type de contrat, par âge, par ancienneté ; i - Effectif : Effectif total au 31/12 (1) (I) ; Effectif permanent (2) (I) ; Nombre de salariés titulaires d'un contrat de travail à durée déterminée au 31/12 (I) ; Effectif mensuel moyen de l'année considérée (3) (I) ; Répartition par sexe de l'effectif total au 31/12 (I) ; Répartition par âge de l'effectif total au 31/12 (4) (I) ; Répartition de l'effectif total au 31/12 selon l'ancienneté (5) (I) ; Répartition de l'effectif total au 31/12 selon la nationalité (I) : français / étrangers ; Répartition de l'effectif total au 31/12 selon une structure de qualification détaillée (II) ; ii - Travailleurs extérieurs : Nombre de salariés appartenant à une entreprise extérieure (6) ; Nombre de stagiaires (écoles, universités ...) (7) ; Nombre moyen mensuel de salariés temporaires (8) ; Durée moyenne des contrats de travail temporaire ; Nombre de salariés de l'entreprise détachés ; Nombre de salariés détachés accueillis ;
	b) Évolution des emplois, notamment, par catégorie professionnelle ; i - Embauches : Nombre d'embauches par contrats de travail à durée indéterminée ; Nombre d'embauches par contrats de travail à durée déterminée (dont Nombre de contrats de travailleurs saisonniers) (I) ; Nombre d'embauches de salariés de moins de vingt-cinq ans ; ii - Départs : Total des départs (I) ; Nombre de démissions (I) ; Nombre de licenciements pour motif économique, dont départs en retraite et préretraite (I) ; Nombre de licenciements pour d'autres causes (I) ; Nombre de fins de contrats de travail à durée déterminée (I) ; Nombre de départs au cours de la période d'essai (9) (I) ; Nombre de mutations d'un établissement à un autre (I) ; Nombre de départs volontaires en retraite et préretraite (10) (I) ; Nombre de décès (I) ; iii - Promotions : Nombre de salariés promus dans l'année dans une catégorie supérieure (11) ; iv - Chômage : Nombre de salariés mis en chômage partiel pendant l'année considérée (I) ; Nombre total d'heures de chômage partiel pendant l'année considérée (12) (I) : - indemnisées ; - non indemnisées ; Nombre de salariés mis en chômage intempéries pendant l'année considérée (I) ; Nombre total d'heures de chômage intempéries pendant l'année considérée (I) : - indemnisées ; - non indemnisées ;

BDESE RÉGLEMENTAIRE DANS LES ENTREPRISES D'AU MOINS 300 SALARIÉS (c. trav. art. R. 2312-9)	
A - Investissement social (suite)	c) Évolution de l'emploi des personnes handicapées et mesures prises pour le développer ; Nombre de travailleurs handicapés au 31 mars de l'année considérée (13) ; Nombre de travailleurs handicapés à la suite d'accidents du travail intervenus dans l'entreprise, employés au 31 mars de l'année considérée ;
	d) Évolution du nombre de stagiaires ;
	e) Formation professionnelle : investissements en formation, publics concernés ; i - Formation professionnelle continue : Pourcentage de la masse salariale afférent à la formation continue ; Montant consacré à la formation continue : Formation interne ; formation effectuée en application de conventions ; versement à des fonds assurance formation ; versement auprès d'organismes agréés ; Trésor et autres ; total ; Nombre de stagiaires (II) ; Nombre d'heures de stage (II) : - rémunérées ; - non rémunérées. Décomposition par type de stages à titre d'exemple : adaptation, formation professionnelle, entretien ou perfectionnement des connaissances ; ii - Congés formation : Nombre de salariés ayant bénéficié d'un congé formation rémunéré ; Nombre de salariés ayant bénéficié d'un congé formation non rémunéré ; Nombre de salariés auxquels a été refusé un congé formation ; iii - Apprentissage : Nombre de contrats d'apprentissage conclus dans l'année ;
	f) Conditions de travail : durée du travail dont travail à temps partiel et aménagement du temps de travail, les données sur l'exposition aux risques et aux facteurs de pénibilité, (accidents du travail, maladies professionnelles, absentéisme, dépenses en matière de sécurité) i - Accidents du travail et de trajet : Taux de fréquence des accidents du travail (I) ; Nombre d'accidents avec arrêts de travail ; Nombre d'heures travaillées ; Nombre d'accidents de travail avec arrêt × 106 Nombre d'heures travaillées Taux de gravité des accidents du travail (I) ; Nombre des journées perdues ; Nombre d'heures travaillées ; Nombre des journées perdues × 10^3 Nombre d'heures travaillées Nombre d'incapacités permanentes (partielles et totales) notifiées à l'entreprise au cours de l'année considérée (distinguer français et étrangers) ; Nombre d'accidents mortels : de travail, de trajet ; Nombre d'accidents de trajet ayant entraîné un arrêt de travail ; Nombre d'accidents dont sont victimes les salariés temporaires ou de prestations de services dans l'entreprise ; Taux et montant de la cotisation sécurité sociale d'accidents de travail ; ii - Répartition des accidents par éléments matériels (28) : Nombre d'accidents liés à l'existence de risques graves - codes 32 à 40 ; Nombre d'accidents liés à des chutes avec dénivellation - code 02 ;

BDESE RÉGLEMENTAIRE DANS LES ENTREPRISES D'AU MOINS 300 SALARIÉS (c. trav. art. R. 2312-9)	
A - Investissement social (suite)	Nombre d'accidents occasionnés par des machines (à l'exception de ceux liés aux risques ci-dessus) - codes 09 à 30 ; Nombre d'accidents de circulation - manutention - stockage - codes 01, 03, 04 et 06, 07, 08 ; Nombre d'accidents occasionnés par des objets, masses, particules en mouvement accidentel - code 05 ; Autres cas ; iii - Maladies professionnelles : Nombre et dénomination des maladies professionnelles déclarées à la sécurité sociale au cours de l'année ; Nombre de salariés atteints par des affections pathologiques à caractère professionnel et caractérisation de celles-ci ; Nombre de déclarations par l'employeur de procédés de travail susceptibles de provoquer des maladies professionnelles (29) ; iv - Dépenses en matière de sécurité : Effectif formé à la sécurité dans l'année ; Montant des dépenses de formation à la sécurité réalisées dans l'entreprise ; Taux de réalisation du programme de sécurité présenté l'année précédente ; Existence et nombre de plans spécifiques de sécurité ; v - Durée et aménagement du temps de travail : Horaire hebdomadaire moyen affiché des ouvriers et employés ou catégories assimilées (30) (I) ; Nombre de salariés ayant bénéficié d'un repos compensateur (I) : - au titre du présent code (31) ; - au titre d'un régime conventionné (I) ; Nombre de salariés bénéficiant d'un système d'horaires individualisés (32) (I) ; Nombre de salariés employés à temps partiel (I) : - entre 20 et 30 heures (33) ; - autres formes de temps partiel ; Nombre de salariés ayant bénéficié tout au long de l'année considérée de deux jours de repos hebdomadaire consécutifs (I) ; Nombre moyen de jours de congés annuels (non compris le repos compensateur) (34) (I) ; Nombre de jours fériés payés (35) (I) ; vi - Absentéisme : Nombre de journées d'absence (15) (I) ; Nombre de journées théoriques travaillées ; Nombre de journées d'absence pour maladie (I) ; Répartition des absences pour maladie selon leur durée (16) (I) ; Nombre de journées d'absence pour accidents du travail et de trajet ou maladies professionnelles (I) ; Nombre de journées d'absence pour maternité (I) ; Nombre de journées d'absence pour congés autorisés (événements familiaux, congés spéciaux pour les femmes...) (I) ; Nombre de journées d'absence imputables à d'autres causes (I) ; vii - Organisation et contenu du travail : Nombre de personnes occupant des emplois à horaires alternant ou de nuit ; Nombre de personnes occupant des emplois à horaires alternant ou de nuit de plus de cinquante ans ; Salarié affecté à des tâches répétitives au sens de la définition du travail à la chaîne résultant du décret n° 76-404 du 10 mai 1976 (36) (distinguer femmes-hommes) ; viii - Conditions physiques de travail : Nombre de personnes exposées de façon habituelle et régulière à plus de 85 dbs à leur poste de travail ;

BDESE RÉGLEMENTAIRE DANS LES ENTREPRISES D'AU MOINS 300 SALARIÉS (c. trav. art. R. 2312-9)	
A - Investissement social (suite)	Réaliser une carte du son par atelier (37) ; Nombre de salariés exposés à la chaleur au sens de la définition contenue dans le décret n° 76-404 du 10 mai 1976 (38) ; Nombre de salariés travaillant aux intempéries de façon habituelle et régulière, au sens de la définition contenue dans le décret n° 76-404 du 10 mai 1976 (39) ; Nombre de prélèvements, d'analyses de produits toxiques et mesures (40) ; ix - Transformation de l'organisation du travail : Expériences de transformation de l'organisation du travail en vue d'en améliorer le contenu (41) ; x - Dépenses d'amélioration de conditions de travail : Montant des dépenses consacrées à l'amélioration des conditions de travail dans l'entreprise (42) ; Taux de réalisation du programme d'amélioration des conditions de travail dans l'entreprise l'année précédente ; xi - Médecine du travail (43) : Nombre d'examens cliniques (distinguer les travailleurs soumis à surveillance médicale et les autres) ; Nombre d'examens complémentaires (distinguer les travailleurs soumis à surveillance et les autres) ; Part du temps consacré par le médecin du travail à l'analyse et à l'intervention en milieu de travail ; xii - Travailleurs inaptes : Nombre de salariés déclarés définitivement inaptes à leur emploi par le médecin du travail ; Nombre de salariés reclassés dans l'entreprise à la suite d'une inaptitude ;
B - Investissement matériel et immatériel :	a) Évolution des actifs nets d'amortissement et de dépréciations éventuelles (immobilisations) ;
	b) Le cas échéant, dépenses de recherche et développement ;
	c) L'évolution de la productivité et le taux d'utilisation des capacités de production, lorsque ces éléments sont mesurables dans l'entreprise ;
C - Pour les entreprises soumises aux dispositions du cinquième alinéa de l'article L. 225-102-1 du code de commerce, informations environnementales présentées en application de cet alinéa et mentionnées au 2° du I de l'article R. 225-105-1 de ce code ;	
2° Égalité professionnelle entre les femmes et les hommes au sein de l'entreprise :	
I. Indicateurs sur la situation comparée des femmes et des hommes dans l'entreprise :	
A - Conditions générales d'emploi :	a) Effectifs : Données chiffrées par sexe : - Répartition par catégorie professionnelle selon les différents contrats de travail (CDI ou CDD) ;
	b) Durée et organisation du travail : Données chiffrées par sexe : - Répartition des effectifs selon la durée du travail : temps complet, temps partiel (compris entre 20 et 30 heures et autres formes de temps partiel) ; - Répartition des effectifs selon l'organisation du travail : travail posté, travail de nuit, horaires variables, travail atypique dont travail durant le week-end ;

BDESE RÉGLEMENTAIRE DANS LES ENTREPRISES D'AU MOINS 300 SALARIÉS (c. trav. art. R. 2312-9)	
A - Conditions générales d'emploi (suite)	c) Données sur les congés : Données chiffrées par sexe : - Répartition par catégorie professionnelle ; - Selon le nombre et le type de congés dont la durée est supérieure à six mois : compte épargne-temps, congé parental, congé sabbatique ;
	d) Données sur les embauches et les départs : Données chiffrées par sexe : - répartition des embauches par catégorie professionnelle et type de contrat de travail ; - répartition des départs par catégorie professionnelle et motifs : retraite, démission, fin de contrat de travail à durée déterminée, licenciement ;
	e) Positionnement dans l'entreprise : Données chiffrées par sexe : - répartition des effectifs par catégorie professionnelle ; - répartition des effectifs par niveau ou coefficient hiérarchique ;
B - Rémunérations et déroulement de carrière :	a) Promotion : Données chiffrées par sexe : - nombre et taux de promotions par catégorie professionnelle ; - durée moyenne entre deux promotions ;
	b) Ancienneté : Données chiffrées par sexe : - ancienneté moyenne par catégorie professionnelle ; - ancienneté moyenne dans la catégorie professionnelle ; - ancienneté moyenne par niveau ou coefficient hiérarchique ; - ancienneté moyenne dans le niveau ou le coefficient hiérarchique ;
	c) Âge : Données chiffrées par sexe : - âge moyen par catégorie professionnelle ; - âge moyen par niveau ou coefficient hiérarchique ;
	d) Rémunérations : Données chiffrées par sexe : - rémunération moyenne ou médiane mensuelle par catégorie professionnelle ; - rémunération moyenne ou médiane mensuelle par niveau ou coefficient hiérarchique. Cet indicateur n'a pas à être renseigné lorsque sa mention est de nature à porter atteinte à la confidentialité des données correspondantes, compte tenu notamment du nombre réduit d'individus dans un niveau ou coefficient hiérarchique ; - rémunération moyenne ou médiane mensuelle par tranche d'âge ; - nombre de femmes dans les dix plus hautes rémunérations ;
C - Formation :	Données chiffrées par sexe : Répartition par catégorie professionnelle selon : - le nombre moyen d'heures d'actions de formation par salarié et par an ; - la répartition par type d'action : adaptation au poste, maintien dans l'emploi, développement des compétences ;

BDESE RÉGLEMENTAIRE DANS LES ENTREPRISES D'AU MOINS 300 SALARIÉS (c. trav. art. R. 2312-9)	
D - Conditions de travail, santé et sécurité au travail :	Données générales par sexe : - répartition par poste de travail selon : - l'exposition à des risques professionnels ; - la pénibilité, dont le caractère répétitif des tâches ; Données chiffrées par sexe : - accidents de travail, accidents de trajet et maladies professionnelles : - nombre d'accidents de travail ayant entraîné un arrêt de travail ; - nombre d'accidents de trajet ayant entraîné un arrêt de travail ; - répartition des accidents par éléments matériels selon les modalités définies au 3.2 de l'article R. 2323-17 ; - nombre et dénomination des maladies professionnelles déclarées à la Sécurité sociale au cours de l'année ; - nombre de journée d'absence pour accidents de travail, accidents de trajet ou maladies professionnelles ; - maladies : - nombre d'arrêts de travail ; - nombre de journées d'absence ; - maladies ayant donné lieu à un examen de reprise du travail en application du 3° (e) l'article R. 4624-22 : - nombre d'arrêts de travail ; - nombre de journées d'absence ;
II. Indicateurs relatifs à l'articulation entre l'activité professionnelle et l'exercice de la responsabilité familiale :	
A - Congés :	a) Existence d'un complément de salaire versé par l'employeur pour le congé de paternité, le congé de maternité, le congé d'adoption ;
	b) Données chiffrées par catégorie professionnelle : - nombre de jours de congés de paternité pris par le salarié par rapport au nombre de jours de congés théoriques ;
B - Organisation du temps de travail dans l'entreprise.	a) Existence de formules d'organisation du travail facilitant l'articulation de la vie familiale et de la vie professionnelle ;
	b) Données chiffrées par sexe et par catégorie professionnelle : - nombre de salariés ayant accédé au temps partiel choisi ; - nombre de salariés à temps partiel choisi ayant repris un travail à temps plein ;
	c) Services de proximité : - participation de l'entreprise et du comité d'entreprise aux modes d'accueil de la petite enfance ; - évolution des dépenses éligibles au crédit d'impôt famille.
Concernant la notion de catégorie professionnelle, il peut s'agir de fournir des données distinguant : a) Les ouvriers, les employés, techniciens, agents de maîtrise et les cadres ; b) Ou les catégories d'emplois définies par la classification ; c) Ou toute catégorie pertinente au sein de l'entreprise. Toutefois, l'indicateur relatif à la rémunération moyenne ou médiane mensuelle comprend au moins deux niveaux de comparaison dont celui mentionné au a ci-dessus.	
III. Stratégie d'action :	À partir de l'analyse des indicateurs mentionnés aux I et II, la stratégie d'action comprend les éléments suivants : - mesures prises au cours de l'année écoulée en vue d'assurer l'égalité professionnelle. Bilan des actions de l'année écoulée et, le cas échéant, de l'année précédente. Évaluation du niveau de réalisation des objectifs sur la base des indicateurs retenus. Explications sur les actions prévues non réalisées ; - objectifs de progression pour l'année à venir et indicateurs associés. Définition qualitative et quantitative des mesures permettant de les atteindre conformément à l'article R. 2242-2. Évaluation de leur coût. Échéancier des mesures prévues ;

BDESE RÉGLEMENTAIRE DANS LES ENTREPRISES D'AU MOINS 300 SALARIÉS (c. trav. art. R. 2312-9)	
3° Fonds propres, endettement et impôts :	
III. Stratégie d'action (suite)	a) Capitaux propres de l'entreprise ;
	b) Emprunts et dettes financières dont échéances et charges financières ;
	c) Impôts et taxes ;
4° Rémunération des salariés et dirigeants, dans l'ensemble de leurs éléments :	
A - Évolution des rémunérations salariales :	a) Frais de personnel (24) y compris cotisations sociales, évolutions salariales par catégorie et par sexe, salaire de base minimum, salaire moyen ou médian, par sexe et par catégorie professionnelle ; i - Montant des rémunérations : Choix de deux indicateurs dans l'un des groupes suivants : - rapport entre la masse salariale annuelle (18) (II) et l'effectif mensuel moyen ; - rémunération moyenne du mois de décembre (effectif permanent) hors primes à périodicité non mensuelle – base 35 heures (II) ; OU - rémunération mensuelle moyenne (19) (II) ; - part des primes à périodicité non mensuelle dans la déclaration de salaire (II) ; - grille des rémunérations (20) ; ii - Hiérarchie des rémunérations : Choix d'un des deux indicateurs suivants : - rapport entre la moyenne des rémunérations des 10 % des salariés touchant les rémunérations les plus élevées et celle correspondant au 10 % des salariés touchant les rémunérations les moins élevées ; OU - rapport entre la moyenne des rémunérations des cadres ou assimilés (y compris cadres supérieurs et dirigeants) et la moyenne des rémunérations des ouvriers non qualifiés ou assimilés (21) ; - montant global des dix rémunérations les plus élevées. iii - Mode de calcul des rémunérations : Pourcentage des salariés dont le salaire dépend, en tout ou partie, du rendement (22). Pourcentage des ouvriers et employés payés au mois sur la base de l'horaire affiché. iv - Charge salariale globale
	b) Pour les entreprises soumises aux dispositions de l'article L. 225-115 du code de commerce, montant global des rémunérations visées au 4° de cet article ;
B - Épargne salariale : intéressement, participation :	Montant global de la réserve de participation (25) ; Montant moyen de la participation et / ou de l'intéressement par salarié bénéficiaire (26) (I) ; Part du capital détenu par les salariés (27) grâce à un système de participation (participation aux résultats, intéressement, actionnariat ...) ;
C - Rémunérations accessoires : primes par sexe et par catégorie professionnelle, avantages en nature, régimes de prévoyance et de retraite complémentaire ;	Avantages sociaux dans l'entreprise : pour chaque avantage préciser le niveau de garantie pour les catégories retenues pour les effectifs (I) ;

BDESE RÉGLEMENTAIRE DANS LES ENTREPRISES D'AU MOINS 300 SALARIÉS (c. trav. art. R. 2312-9)	
D - Rémunération des dirigeants mandataires sociaux telles que présentées dans le rapport de gestion en application des trois premiers alinéas de l'article L. 225-102-1 du code de commerce, pour les entreprises soumises à l'obligation de présenter le rapport visé à l'article L. 225-102 du même code ;	
5° Représentation du personnel et Activités sociales et culturelles : montant de la contribution aux activités sociales et culturelles du comité d'entreprise, mécénat :	
A - Représentation du personnel :	a) Représentants du personnel et délégués syndicaux : Composition des comités sociaux et économiques et / ou d'établissement avec indication, s'il y a lieu, de l'appartenance syndicale ; Participation aux élections (par collège) par catégories de représentants du personnel ; Volume global des crédits d'heures utilisés pendant l'année considérée ; Nombre de réunions avec les représentants du personnel et les délégués syndicaux pendant l'année considérée ; Dates et signatures et objet des accords conclus dans l'entreprise pendant l'année considérée ; Nombre de personnes bénéficiaires d'un congé d'éducation ouvrière (45) ; b) Information et communication : Nombre d'heures consacrées aux différentes formes de réunion du personnel (46) ; Éléments caractéristiques du système d'accueil ; Éléments caractéristiques du système d'information ascendante ou descendante et niveau d'application ; Éléments caractéristiques du système d'entretiens individuels (47) ; c) Différends concernant l'application du droit du travail (48) ;
B - Activités sociales et culturelles :	a) Activités sociales : Contributions au financement, le cas échéant, du comité social et économique et des comités d'établissement ; Autres dépenses directement supportées par l'entreprise : logement, transport, restauration, loisirs, vacances, divers, total (49) ; b) Autres charges sociales : Coût pour l'entreprise des prestations complémentaires (maladie, décès) (50) ; Coût pour l'entreprise des prestations complémentaires (vieillesse) (51) ; Équipements réalisés par l'entreprise et touchant aux conditions de vie des salariés à l'occasion de l'exécution du travail ;
6° Rémunération des financeurs, en dehors des éléments mentionnés au 4° :	
A - Rémunération des actionnaires (revenus distribués) ;	
B - Rémunération de l'actionnariat salarié (montant des actions détenues dans le cadre de l'épargne salariale, part dans le capital, dividendes reçus) ;	
7° Flux financiers à destination de l'entreprise :	
A - Aides publiques :	Les aides ou avantages financiers consentis à l'entreprise par l'Union européenne, l'État, une collectivité territoriale, un de leurs établissements publics ou un organisme privé chargé d'une mission de service public, et leur utilisation ; Pour chacune des aides mentionnées au 8° qui entre dans le champ d'application de la procédure décrite à l'article R. 2312-28, l'employeur indique la nature de l'aide, son objet, son montant, les conditions de versement et d'emploi fixées, le cas échéant, par la personne publique qui l'attribue et son utilisation ;

BDESE RÉGLEMENTAIRE DANS LES ENTREPRISES D'AU MOINS 300 SALARIÉS (c. trav. art. R. 2312-9)	
B - Réductions d'impôts ;	
C - Exonérations et réductions de cotisations sociales ;	
D - Crédits d'impôts ;	
E - Mécénat ;	
F - Résultats financiers (création de rubrique pour intégrer infos du R. 2323-11) :	a) Le chiffre d'affaires ; b) Les bénéfices ou pertes constatés ; c) Les résultats globaux de la production en valeur et en volume ; d) L'affectation des bénéfices réalisés ;
8° Partenariats :	
A - Partenariats conclus pour produire des services ou des produits pour une autre entreprise ;	
B - Partenariats conclus pour bénéficier des services ou des produits d'une autre entreprise ;	
9° Pour les entreprises appartenant à un groupe, transferts commerciaux et financiers entre les entités du groupe :	
A - Transferts de capitaux tels qu'ils figurent dans les comptes individuels des sociétés du groupe lorsqu'ils présentent une importance significative ;	
B - Cessions, fusions, et acquisitions réalisées.	

Notes :
I. – Une structure de qualification détaillée, en trois ou quatre postes minimum, est requise. Il est souhaitable de faire référence à la classification de la convention collective, de l'accord d'entreprise et aux pratiques habituellement retenues dans l'entreprise.
À titre d'exemple la répartition suivante peut être retenue : cadres ; employés, techniciens et agents de maîtrise (ETAM) ; et ouvriers.
II. – Une structure de qualification détaillée en cinq ou six postes minimum est requise. Il est souhaitable de faire référence à la classification de la convention collective, de l'accord d'entreprise et aux pratiques habituellement retenues dans l'entreprise.
À titre d'exemple, la répartition suivante des postes peut être retenue : cadres ; techniciens ; agents de maîtrise ; employés qualifiés ; employés non qualifiés ; ouvriers qualifiés ; ouvriers non qualifiés.
Doivent en outre être distinguées les catégories femmes et hommes.
(1) Effectif total : tout salarié inscrit à l'effectif au 31/12 quelle que soit la nature de son contrat de travail.
(2) Effectif permanent : les salariés à temps plein, inscrits à l'effectif pendant toute l'année considérée et titulaires d'un contrat de travail à durée indéterminée.
(3) Somme des effectifs totaux mensuels/12 (on entend par effectif total tout salarié inscrit à l'effectif au dernier jour du mois considéré).
(4) La répartition retenue est celle habituellement utilisée dans l'entreprise à condition de distinguer au moins quatre catégories, dont les jeunes de moins de vingt-cinq ans.
(5) La répartition selon l'ancienneté est celle habituellement retenue dans l'entreprise.
(6) Il s'agit des catégories de travailleurs extérieurs dont l'entreprise connaît le nombre, soit parce qu'il figure dans le contrat signé avec l'entreprise extérieure, soit parce que ces travailleurs sont inscrits aux effectifs. Exemple : démonstrateurs dans le commerce...
(7) Stages supérieurs à une semaine.
(8) Est considérée comme salarié temporaire toute personne mise à la disposition de l'entreprise, par une entreprise de travail temporaire.
(9) À ne remplir que si ces départs sont comptabilisés dans le total des départs.
(10) Distinguer les différents systèmes légaux et conventionnels de toute nature.
(11) Utiliser les catégories de la nomenclature détaillée II.
(12) Y compris les heures indemnisées au titre du chômage total en cas d'arrêt de plus de quatre semaines consécutives.
(13) Tel qu'il résulte de la déclaration obligatoire prévue à l'article (D. 2019-521 du 27 mai 2019, JO 28, entrée en vigueur le 01.01.2020) « L. 5212-5 ».

BDESE RÉGLEMENTAIRE DANS LES ENTREPRISES D'AU MOINS 300 SALARIÉS (c. trav. art. R. 2312-9)

(14) Possibilités de comptabiliser tous les indicateurs de la rubrique absentéisme, au choix, en journées, 1/2 journées ou heures.
(15) Ne sont pas comptés parmi les absences : les diverses sortes de congés, les conflits et le service national.
(16) Les tranches choisies sont laissées au choix des entreprises.
(17) On entend par rémunération la somme des salaires effectivement perçus pendant l'année par le salarié (au sens de la déclaration annuelle des salaires).
(18) Masse salariale annuelle totale, au sens de la déclaration annuelle de salaire.
(19) Rémunération mensuelle moyenne : $\frac{1}{2} \sum \frac{\text{(masse salariale du mois i)}}{\text{(effectif du mois i)}}$
(20) Faire une grille des rémunérations en distinguant au moins six tranches.
(21) Pour être prises en compte, les catégories concernées doivent comporter au minimum dix salariés.
(22) Distinguer les primes individuelles et les primes collectives.
(23) Prestataires de services, régies...
(24) Frais de personnel : ensemble des rémunérations et des cotisations sociales mises légalement ou conventionnellement à la charge de l'entreprise.
(25) Le montant global de la réserve de participation est le montant de la réserve dégagée - ou de la provision constituée - au titre de la participation sur les résultats de l'exercice considéré.
(26) La participation est envisagée ici au sens du titre II du livre III de la partie III.
(27) Non compris les dirigeants.
(28) Faire référence aux codes de classification des éléments matériels des accidents (arrêté du 10 octobre 1974).
(29) En application de l'article L. 461-4 du code de la sécurité sociale.
(30) Il est possible de remplacer cet indicateur par la somme des heures travaillées durant l'année.
(31) Au sens des dispositions du présent code et du code rural et de la pêche maritime instituant un repos compensateur en matière d'heures supplémentaires.
(32) Au sens de l'article L. 3121-48.
(33) Au sens de l'article L. 3123-1.
(34) Cet indicateur peut être calculé sur la dernière période de référence.
(35) Préciser, le cas échéant, les conditions restrictives.
(36) Article 70-3 c du décret du 29 décembre 1945 : « Sont considérés comme travaux à la chaîne :
« - les travaux effectués dans une organisation comportant un dispositif automatique d'avancement à cadence constante des pièces en cours de fabrication ou de montage en vue de la réalisation d'opérations élémentaires et successives aux différents postes de travail ;
« - les travaux effectués sur des postes de travail indépendants consistant en la conduite ou l'approvisionnement de machines à cycle automatique et à cadence préréglée en vue de la réalisation d'opérations élémentaires et successives aux différents postes de travail ;
« - les travaux effectués sur des postes indépendants sans dispositif automatique d'avancement des pièces où la cadence est imposée par le mode de rémunération ou le temps alloué pour chaque opération élémentaire. »
(37) Cette carte n'est à réaliser que par les établissements qui ont une réponse non nulle à l'indicateur précédent.
(38) Article 70-3 d du décret du 29 décembre 1945 : « Sont considérés comme travaux au four, les travaux exposant de façon habituelle et régulière à une forte chaleur ambiante ou rayonnante résultant de l'utilisation d'un traitement thermique, d'un processus de cuisson, de la transformation de produits en état de fusion, d'ignition ou d'incandescence ou de la production d'énergie thermique. »
(39) Article 70-3 e du décret du 29 décembre 1945 : « Sont considérés comme travaux exposant aux intempéries sur les chantiers, les travaux soumis au régime d'indemnisation définie aux articles L. 5424-11 et suivants du code du travail ainsi que les travaux effectués de façon habituelle et régulière sur les chantiers souterrains ou subaquatiques, ou en plein air sur les constructions et ouvrages, les aires de stockage et de manutention. »
(40) Renseignements tirés du rapport annuel du médecin du travail (arrêté du 10 décembre 1971).
(41) Pour l'explication de ces expériences d'amélioration du contenu du travail, donner le nombre de salariés concernés.
(42) Non compris l'évaluation des dépenses en matière de santé et de sécurité.
(43) Renseignements tirés du rapport annuel du médecin du travail (arrêté du 10 décembre 1971).
(44) Conformément à la déclaration annuelle des employeurs 2483 relative au financement de la formation professionnelle continue.
(45) Au sens des articles L. 2145-5 et suivants.
(46) On entend par réunion du personnel, les réunions régulières de concertation, concernant les relations et conditions de travail organisées par l'entreprise.
(47) Préciser leur périodicité.
(48) Avec indication de la nature du différend et, le cas échéant, de la solution qui y a mis fin.
(49) Dépenses consolidées de l'entreprise. La répartition est indiquée ici à titre d'exemple.
(50) (51) Versements directs ou par l'intermédiaire d'assurances.

Index

A Absence (CSE) 4-10, 8-4

Absence de procès-verbal de carence 15-70

Accès au document administratif (CSE) 26-25

Accord :
- branche (conseil d'entreprise) 44-7
- collectif (projet, révision, dénonciation) 29-19
- CSE « sur-mesure » 4-15, 4-17
- interentreprises 5-13
- préélectoral : voir « Protocole d'accord préélectoral »
- répartition ASC entre CSEC et CSEE 24-15

Action en justice (CSE) 23-15

Activités sociales et culturelles (ASC) :
- activité facultative 35-4
- activité non rémunératoire 35-5
- activités visées par le code du travail 35-2
- bénéficiaires 35-8
- budget : voir « Budget ASC »
- CSE (central) 35-20
- définition jurisprudentielle 35-3
- dirigeant d'entreprise 35-10
- discrimination 35-6
- employeur (rôle) 35-14, 35-19
- établissements distincts 35-20
- exemples 35-41
- gestion : voir « Activités sociales et culturelles (gestion) »
- notion 35-2
- stagiaires 35-9

Activités sociales et culturelles (gestion) :
- ASC avec personnalité civile 35-31
- ASC sans personnalité civile 35-21
- CSE 35-13
- CSE central 24-7, 35-20
- CSE d'établissement 24-7, 24-15, 24-21
- comité des ACS interentreprises 35-35
- commission des marchés 35-13
- commissions spécialisées 35-23
- contrôle de certaines institutions 35-32
- convention (gestion commune) 24-7
- droit de revendication du CSE 35-14
- employeur 35-14, 35-15, 35-19
- gestion par délégation 35-24
- gestion directe du CSE 35-21
- monopole du CSE 35-13
- RGPD 36-21
- responsabilité (CSE) 23-15

Affichages :
- CSE 22-11, 36-11
- élections 15-58
- liste des membres du CSE 15-55
- listes de candidats 12-54
- listes électorales 11-27
- P-V des réunions 35-44

Âge :
- électorat 11-25
- éligibilité 12-24

Alerte (droit d') :
- atteinte aux droits des personnes 20-11, 34-4
- danger grave 20-12, 34-9
- économique 34-13
- risque/santé et environnement 20-13, 34-11
- sociale 34-19, 34-20

Ancienneté :
- électorat 11-16, 11-23 (dérogation)
- éligibilité 12-15, 12-20 (dérogation)

Annulation des élections 17-11

Apprentis 3-23 (effectif), 11-4 (électorat)

Apprentissage 28-34

Assemblée générale des actionnaires 30-11

Assistance des salariés (entretien préalable) 20-25

Assurance responsabilité civile (remboursement employeur) 39-23

Atteintes au droit des personnes 20-11, 34-4

Attributions :
- › conseil d'entreprise 45-1
- › CSE central 24-2
- › CSE (entr. d'au moins 50 sal.) 23-1
- › CSE (entr. de moins de 50 sal.) 20-1
- › CSE d'établissement 24-17
- › représentants de proximité 43-13
- › sièges 15-33

Attributions environnementales du CSE 23-6, 23-10

Attributions sociales et culturelles (CSE) 35-1

Autorisation administrative (statut protecteur) : 18-33

Avis CSE 27-13

Baisse 16-1 (nombre des élus), 19-1 (effectif)

Base de données économiques, sociales et environnementales (BDESE) :
- › absence 26-18
- › accès à la base 26-7 (accord), 26-12 (absence d'accord)
- › acteurs (négociation) 26-7
- › caractère confidentiel 26-17
- › contenu 26-6 (ordre public) 26-7 (règles négociables) 26-10 (règles supplétives)
- › délit d'entrave 26-20
- › groupe 26-5
- › informations (entr. d'au moins 300 sal.) 26-8 (accord), 26-10, 26-21 (absence d'accord)
- › informations (entr. de moins de 300 sal.) 26-8 (accord), 26-10 (absence d'accord)
- › informations transmises au CSE central et aux CSE d'établissement 26-5
- › informations trimestrielles (entr. d'au moins 300 sal.) 26-21
- › mise à jour 26-16
- › niveau de mise en place 26-5
- › obligation de discrétion 26-17
- › registre unique de données 26-4
- › règles négociables 26-8
- › sous-traitance 26-10
- › support essentiel des consultations du CSE 26-2, 26-4
- › support (informatique/papier) 26-13

Bilan social 28-35

Bilan du travail à temps partiel 28-37, 28-43

Bons de délégation 38-41

BTP 20-28

Budget AEP (budget de fonctionnement du CSE)
- › carence de CSE 39-5
- › covid-19 39-4
- › CSE central 24-14
- › date de versement 39-5
- › dispense 39-6
- › élection en cours d'année 39-4
- › entreprise assujettie 39-2
- › épargne salariale 39-4
- › établissements distincts 39-2
- › formation (DS/représentant de proximité) 39-7
- › masse salariale 39-4
- › montant 39-3
- › obligatoire 39-2
- › prescription 39-10
- › rémunération (salarié mis à disposition) 39-4
- › sanction pénale 39-9
- › transfert d'excédent (vers ASC) 39-8
- › utilisation 39-7
- › versement 39-5

Budget ASC (activités sociales et culturelles du CSE)
- › caractère distinct 39-1
- › carence du CSE 39-15
- › cessation d'activité 39-29
- › CSE central 24-15, 39-17
- › covid-19 39-4
- › entreprises concernées 39-11 (accord), 39-12 (absence d'accord)
- › établissements distincts 39-17
- › masse salariale 39-4, 39-14
- › montant 39-11 (accord), 39-12 (absence d'accord)

› prescription 39-22
› transfert de l'excédent 39-18 (vers budget AEP), 39-19 (vers association)
› versement 39-15

Bulletin de paie (heures de délégation) 38-46

Bulletins (élections) :
› blancs 15-30
› nuls 15-31
› raturés 15-32
› vote (modèle) 13-12

Bureau du CSE 6-12, 23-15, 23-19

Bureau du CSE central 24-9

Bureau de vote 15-15

Cadre géographique de l'élection (CSE) :
› accord collectif 5-1
› entreprise 5-3
› établissement 5-4
› interentreprises 5-13
› unité économique et sociale : 5-11

Cadres (représentants de l'employeur) 3-11 (effectif), 11-12 (électorat), 12-14 (éligibilité)

Calcul (élections) :
› effectifs 3-6
› quorum 15-3
› résultats du scrutin 15-33

Campagne électorale 12-59

Candidats aux élections 12-25

Candidatures libres 12-28

Capacité électorale 11-26, 12-24

Carence (CSE) 4-10, 8-7, 15-66

Champ d'application des élections (entreprises visées) 3-1

Chef d'entreprise (président CSE) 6-2

Circonstances exceptionnelles 38-30, 38-52

Circulation (liberté de) 22-3 (CSE), 41-23 (experts CSE)

CNIL 14-13 (vote électronique), 22-10, 36-14 (intranet/Internet), 36-21 (RGPD)

Collèges électoraux :
› collège unique 10-2
› collège supplémentaire (cadres) 10-3
› composition (tableau) 10-2, 10-3
› contentieux 10-7
› modification 10-4
› nombre 10-1
› répartition du personnel et des sièges 10-8, 10-14
› répartition du personnel et des sièges (absence de syndicat) 10-19
› répartition du personnel et des sièges (désaccord) 10-16
› sièges réservés 10-3, 10-15

Comité social et économique (central) :
› activités sociales et culturelles 24-7, 35-1
› alerte 34-13
› attributions 24-2
› BDESE 26-5
› bureau 24-9
› collège électoral 7-6
› commissions 24-12, 24-13 (des marchés)
› composition 7-3
› comptabilité 24-16
› consultation double (CSE central et CSE d'établissements) 24-5
› consultations ponctuelles 24-4
› consultations récurrentes 24-3
› contentieux 7-10
› crédit d'heures 38-2, 38-11, 38-57 (modèle de clause)
› élection 7-6
› expert 24-6, 41-5
› fonctionnement 24-8
› mandat 7-9, 18-1
› mise en place 7-1, 7-12 (modèle d'accord)
› périmètre 7-1
› personnalité civile 23-15
› président 7-3, 24-9
› protection 18-1, 18-33
› règlement intérieur 24-10
› répartition des sièges 7-5
› représentant syndical 7-4
› ressources 24-14
› réunion 24-11

› scrutin 7-7
› secrétaire 23-17
› suppléant 37-20
› trésorier 23-17
› visioconférence 24-11

Comité social et économique (entreprise) :
› composition 6-1
› délégation du personnel 6-6
› effectif 3-6
› élection : voir « Élection (CSE) »
› entreprises concernées 3-1
› mandat 18-1, 18-33
› personnalité civile 20-1 (entr. de moins de 50 sal.), 23-15 (entr. d'au moins 50 sal.)
› première réunion 37-2
› président 6-2, 37-24, 37-39
› ressources : voir « Ressources (CSE) »
› réunions : voir « Réunions CSE »
› secrétaire 6-12, 23-17, 37-18, 37-39, 37-46
› suppression 19-1, 19-2
› trésorier 6-12, 23-17, 37-39
› visioconférence 37-35

Comité social et économique (établissement) :
› accord collectif 5-6
› accord CSE 5-7
› ASC (gestion) 24-21
› attributions 24-18
› composition 6-1, 7-11
› consultation 24-19
› décision unilatérale 5-5, 5-8
› établissement distinct (def.) 5-3, 5-4, 5-5
› expert 24-20
› fonctionnement 24-22
› mandat 18-1, 18-33
› mise en place 5-3, 7-12 (modèle d'accord)

Comité social et économique interentreprises 5-13

Comité social et économique « sur-mesure » 4-15, 4-17

Comité social et économique (unité économique et sociale) 5-11

Commissaire aux comptes 37-34 (rôle), 40-8 (alerte)

Commission (CSE) :
› autonomie juridique (absence) 33-1
› commission économique 33-18
› commission égalité professionnelle 33-16
› commission formation 33-12
› commission information et aide au logement 33-14
› commission des marchés 33-4
› commission santé, sécurité et conditions de travail : voir ce mot
› crédit d'heures 33-21
› environnement 33-7
› mise en place 33-2
› règles en l'absence d'accord 33-10
› règles négociables 33-7
› règles d'ordre public 33-3
› statut protecteur 33-22

Commission santé, sécurité et conditions de travail :
› acteurs (négociation) 32-8
› alerte 32-21
› attributions 32-21
› centrale 24-12, 32-3
› composition 32-15
› expertise 32-21
› fonctionnement 32-24
› formation 32-24
› installations classées 32-7
› mise en place 32-3, 32-29 (modèle d'accord)
› règles négociables 32-10, 32-18, 32-22
› règles d'ordre public 32-1, 32-15, 32-21
› règles supplétives (absence d'accord) 32-11, 32-20, 32-23

Comité des ASC interentreprises 35-36

Composition :
› CSE 6-1
› CSE central 7-3
› CSE d'établissement 7-11
› CSE interentreprises 5-13

Comptabilité :
› alerte (commissaire aux comptes) 40-8

› arrêté des comptes 40-14
› approbation des comptes 40-15
› archivage des comptes 40-18
› commission des marchés 40-6
› compte rendu de gestion (fin de mandat) 40-19
› CSE central 24-16
› niveaux 40-1
› normale (grand CSE) 40-5
› rapport annuel 40-11
› ressources annuelles (calcul) 40-2
› simplifiée (CSE taille moyenne) 40-4
› transactions significatives 40-10
› trésorier 40-1
› ultrasimplifiée (petit CSE) 40-3

Compte rendu annuel d'activités et de gestion financière 40-11

Compte rendu de gestion (CSE sortant) 40-19

Comptes bancaires (CSE) 40-1

Concentration (opération de) 29-8

Conditions de travail et de l'emploi 23-7, 37-8

Confidentialité : voir « obligation de discrétion »

Congé de formation économique, sociale, syndicale et environnementale 42-13

Congés payés 20-14

Congés de formation des membres du CSE 42-2 (économique), 42-24 (santé, sécurité et conditions de travail), économique, sociale, syndicale et environnementale 42-13

Conseil d'administration 30-1

Conseil d'entreprise :
› accord collectif 44-6
› accord de branche 44-7
› attributions 45-1
› avis conforme 44-12, 45-6
› cadre de mise en place 44-5
› clauses de l'accord 44-8
› date de mise en place 44-2
› entreprises avec DS 44-6
› entreprises sans DS 44-7
› heures de délégation 44-10
› intérêt (mise en place) 44-3
› mise en place 44-6
› négociation 45-2
› négociateurs 45-3
› UES 44-5
› validité des accords 44-6

Conseil de surveillance 30-1

Consultation (CSE central) 28-7

Consultation (CSE) :
› absence de documents (effets) 26-18
› accord collectif 27-7
› avis 27-13
› avis conforme 27-14
› covid-19 27-2, 27-10
› débat 27-1
› défaut de consultation 27-17
› définition 27-1
› délais légaux 27-8
› délais négociés 27-9
› délais réglementaires (absence d'accord) 27-10
› délai suffisant 27-4
› délit d'entrave 27-19
› employeur non lié par l'avis du CSE 27-14
› information 27-4, 27-6
› information du CSE de la décision prise 27-15
› information économique et financière 28-28
› licenciements économiques 27-14
› orientations stratégiques 28-1, 28-17
› point de départ (délai) 27-11
› politique sociale de l'entreprise 28-1, 28-34
› ponctuelles : voir ce mot
› préalable 27-2
› procédure à suivre 27-4
› récurrentes : voir ce mot
› règles négociables 27-7
› remise des informations nécessaires 27-5
› réponse de l'employeur 27-15
› rupture du contrat d'un salarié protégé 18-33

› sanctions financières 27-18
› sanctions pénales 27-19
› situation économique et financière 28-1, 28-26
› transmission de certains avis à l'administration 27-16

Consultations sur les orientations stratégiques de l'entreprise 28-21, 28-16, 28-21

Consultations ponctuelles (CSE)
› accord collectif (projet, révision, dénonciation) 29-19
› acteurs (négociation) 29-26
› aménagement (modèle d'accord) 29-31
› concentration (opération de) 29-8
› effectif (compression) 29-4, 29-30
› environnement 29-1
› information économique et financière 29-29
› licenciement collectif économique 29-5
› marche générale de l'entreprise 29-1
› méthodologie 29-26
› moyens de contrôle (activité des salariés) 29-3
› obligatoires 29-2
› offre publique d'acquisition 29-9
› opération de concentration 29-8
› procédures collectives 29-18
› projet de licenciement économique collectif 29-5
› recrutement 29-3
› règles applicables en l'absence d'accord 29-28
› règles négociables 29-20
› règles d'ordre public 29-2
› règles supplétives (absence d'accord) 29-28
› recrutement et contrôle activité des salariés 29-3
› restructuration et compression des effectifs 29-4, 29-30
› restructuration et compression des effectifs (sous-traitance) 29-30

Consultations récurrentes (CSE)
› acteurs (négociation) 28-5
› aménagement (modèle d'accord) 28-43
› BDESE 28-3, 28-13, 28-22, 28-28, 28-36
› bilan social 28-35
› covid-19 27-2, 27-10
› environnement 28-1
› formation professionnelle 28-19, 28-34
› franchissement seuil 50 salariés 28-2
› groupe (accord) 28-14
› informations du CSE 28-13, 28-22, 28-28, 28-36
› orientations stratégiques 28-1, 28-4, 28-17
› périodicité 28-11, 28-16, 28-21, 28-27, 28-38
› plan de développement des compétences 28-20
› politique sociale, conditions de travail et emploi 28-1, 28-4, 28-34
› rapport participation aux résultats 28-30
› règles négociables 28-4
› règles d'ordre public 28-1
› règles supplétives (absence d'accord) 28-16
› situation économique et financière 28-1, 28-4, 28-26
› tableau récapitulatif 28-42

Contentieux électoral :
› annulation des élections 17-11
› collèges électoraux 17-7
› décision de l'inspection du travail 17-4
› décision du DREETS 17-2
› effectif 3-27
› établissement distinct 17-3
› intérêt à agir 17-10
› listes électorales 11-36, 17-9
› organisation des élections 17-6
› parité femmes/hommes 12-57, 12-58
› postélectoral 17-10
› préélectoral 17-2
› répartition des sièges 17-2
› suppression (CSE) 19-4
› tribunal judiciaire 2-1, 17-5, 17-12

Contestation des heures de délégation : « Crédit d'heures »

Contrat à durée déterminée 3-17 (effectif), 11-4 (électorat), 12-1 (éligibilité)

Contrat de travail (suspension) 3-9 (effectif), 11-5 (électorat), 12-8 (éligibilité)

Contrat unique d'insertion : voir « Contrats aidés »

Contrats aidés 3-23 (effectif), 11-4 (électorat), 12-1 (éligibilité)

Contribution patronale (CSE) :
› activités sociales et culturelles : voir « Budget ASC »
› fonctionnement : voir « Budget AEP »

Contrôle de l'activité des salariés 29-3

Contrôle des élections 15-19

Conventions collectives 20-31

Convention de forfait : « Forfait-jour »

Convocation (CSE) : voir « Réunions (CSE) »

Covid-19 :
› budgets AEP/ASC 39-4
› consultation CSE 27-2, 27-10
› danger grave 34-9
› élection, 1-1, 4-7, 4-10, 11-17, 12-2, 12-63
› élections partielles 4-9
› heures de délégation 22-5, 38-30
› liberté de circulation 22-3
› statut protecteur 18-46
› visioconférence 37-35

Crédit d'heures de délégation :
› activités non imputables (sur) 38-23
› bénéficiaires 38-3
› bon de délégation 38-41, 38-61 (modèle)
› bureau du CSE 38-55 (modèle de clause)
› circonstances exceptionnelles 38-30, 38-52
› commissions (CSE) 38-9, 38-25, 38-60 (modèle de clause)
› conseil d'entreprise 44-10
› contestation 38-51
› conventionnel 38-2
› CSE 38-1
› CSE central 38-11, 38-57 (modèle de clause)
› cumul 38-42
› covid-19 22-5, 38-30
› décompte 38-31
› dépassement 38-30
› intérimaire 38-38
› légal 38-3
› mois incomplet 38-15
› mutualisation 38-44
› navigant (aviation civile) 38-33
› paiement 38-46
› protocole d'accord préélectoral 38-19
› réélection 38-17
› remboursement de frais 38-49
› représentants de proximité 38-10
› représentants syndicaux (CSE) 38-4, 38-7, 38-27
› salaires et primes 38-48
› salarié (forfait jour) 38-32
› salarié (temps partiel) 38-36
› secrétaire 38-8
› suppléant 38-1, 38-6, 38-54 (modèle de clause)
› suspension de contrat 38-35
› télétravailleur 38-37
› trésorier 38-8
› utilisation 38-31
› volume 38-32 (accord), 38-12 (absence d'accord), 38-20 (augmentation), 38-21 (diminution), 38-58, 38-59 (modèles de clauses)

Danger grave et imminent 20-12, 34-9

Date des élections 4-3 (parcours de mise en place), 13-1 (organisation)

Déclenchement des élections 8-1

Décompte des effectifs 3-8

Délibérations (CSE) 37-37

Délit d'entrave 8-5, 8-14, 15-70 (élections), 21-10 (réunions), 26-20, 27-19 (BDESE)

Déplacement des élus 22-3

Dépouillement des votes (élections) 15-28

Déroulement du vote 15-25

Désignation des élus 15-44, 15-54

Désignation (représentants de proximité) 43-7

Deuxième tour de scrutin : voir « Second tour de scrutin »

Dévolution des biens (du CSE) 39-29

Diffusion du P-V du CSE :
- dans l'entreprise 15-58 (élections), 37-51 (réunions)
- hors de l'entreprise 15-59 (élection), 37-53 (réunions)

Dirigeant d'entreprise : voir « Employeur »

Discrétion professionnelle : voir « Secret professionnel »

Discrimination (interdiction à l'égard des RP) 18-32

Distribution de tracts 22-11

Données personnelles (protection) 36-21

Dons 39-27

Double candidature 12-35

Droit d'alerte (CSE) : voir « Alerte (droit d') »

Droit d'expression 28-36

Droit de parole (réunions CSE) 21-13, 37-27, 37-37

DUER 31-7, 31-9

Durée du travail (consultation) : voir « Consultations récurrentes » et « Consultations ponctuelles »

Durée du travail (entreprise de moins de 50 sal.) 20-32

Durées des mandats : voir « Mandat »

Écarts de rémunération hommes/femmes : voir « BDESE », « Consultations récurrentes » et « Consultations ponctuelles »

Effectif (attributions) 20-1, 23-1

Effectif (consultation) :
- compression 29-4, 29-30
- information 26-3

Effectif (entreprise) :
- apprentis 3-23
- augmentation 3-7, 23-2
- baisse 3-7, 23-5
- cadre géographique 3-6
- cadres représentant l'employeur 3-11
- contentieux 3-27
- contrat aidé 3-23
- contrat à durée déterminée 3-17
- contrat à durée indéterminée 3-16
- décompte 3-8
- employeur 3-25
- forfait-jour 3-16
- jeunes 3-9
- intérimaires 3-17
- intermittents 3-17
- mandataires sociaux 3-25
- nombre d'élus 6-6
- période de référence 3-6
- salariés absents 3-22
- salariés exclus 3-22
- salariés mis à disposition 3-18, 3-19
- salariés à prendre en compte 3-8
- salariés à prendre en compte (tableau récapitulatif) 3-28
- salariés recrutés à l'étranger 3-24
- salariés travaillant à l'étranger 3-13
- seuil 3-6, 3-7
- stagiaires 3-26
- temps partiel 3-20, 3-21
- travailleurs à domicile 3-10
- variation 19-1

Égalité professionnelle : voir « BDESE », « Consultations récurrentes » et « Consultations ponctuelles »

Élection (bureau du CSE) 37-3, 37-39

Élection (CSE) :
- absence (CSE) 4-10
- attribution des sièges 15-33
- cadre géographique 5-1
- calendrier électoral 4-14
- campagne électorale 12-59
- candidats du premier tour 12-25, 15-2
- candidats du second tour 12-28, 15-6
- carence 4-10, 8-9, 15-66

› collèges électoraux : voir « Collèges électoraux »
› complémentaires 16-9
› contentieux 17-1
› covid-19 4-7
› CSE sur-mesure 1-1, 4-7, 4-10, 4-15, 11-17, 12-2, 12-63
› date 4-3, 4-4 (période transitoire), 4-7 (covid-19), 13-1 (organisation),
› défaut d'organisation 4-11, 8-7, 8-14
› délais 8-20, 8-22
› déroulement 15-25
› dispense (entr. de 11 à 20 salariés) 8-15
› effectif requis 3-6
› entreprises concernées 3-1
› établissements distincts 5-3
› grève 13-1
› groupement d'intérêt économique 11-8
› information des salariés 8-16
› initiative de l'employeur 8-1
› initiative des salariés 8-11
› initiative des syndicats 8-10
› interentreprises 5-13
› liste des candidats : voir ce mot
› liste des électeurs : voir ce mot
› mise en place 4-1
› mise en place (différée) 8-9
› neutralité (employeur) 12-65
› nombre de représentants à élire 6-6
› partielles 16-1
› périmètres (mise en place) 5-1
› période transitoire 4-4
› périodicité 8-2
› premier tour 15-2
› protocole d'accord préélectoral : voir ce mot
› règles négociables (avant élections) 4-17
› report 4-10
› résultats 15-53
› second tour 8-24, 15-6
› secteur agricole 3-2
› secteur public 3-4
› syndicats (invitation des) 8-19
› unité économique et sociale 5-11
› vote : voir ce mot

Élections complémentaires 16-9

Élections partielles 16-1

Électorat :
› conditions à remplir 11-1
› contentieux 11-36
› date d'appréciation 11-2
› liste électorale 11-27

Éligibilité :
› conditions à remplir 12-1
› contentieux 12-56
› date d'appréciation 12-2
› double candidature 12-35
› liste des candidats (1er tour) 12-25
› liste des candidats (2nd tour) 12-28
› proportion femmes/hommes 12-42

Émargement 15-25

Emploi (consultation) : voir « BDESE », « Consultations récurrentes » et « Consultations ponctuelles »

Employeur :
› collaborateurs 6-4
› délit d'entrave : voir « Délit d'entrave »
› effectif 3-25
› président du CSE 6-2

Enquête contradictoire (inspecteur du travail) 18-46

Enquêtes (CSE) 20-10 (entr. de moins de 50 sal.), 31-18 (entr. d'au moins 50 sal.)

Enregistrement des débats du CSE 21-19 (entr. de moins de 50 sal.), 37-45 (entr. d'au moins 50 salariés)

Entreprise en difficulté : voir « BDESE », « Consultations récurrentes » et « Consultations ponctuelles »

Entreprise de travail temporaire (effectif) 3-19

Entreprises étrangères (élections) 3-5

Entreprises extérieures (intervention d') : voir « BDESE », « Consultations récurrentes » et « Consultations ponctuelles »

Entretien préalable (statut protecteur) 18-37

Entretien individuel (début de mandat) 18-25

Index

Entretien professionnel (fin de mandat) 18-26

Enveloppes de vote 13-13

Environnement :
- BDESE 23-10, 26-4, 26-9
- congé de formation 42-13
- consultation 28-1, 29-1
- droit d'alerte 34-11
- expert 41-7
- missions du CSE 23-6, 23-10

Épargne salariale : voir « BDESE », « Consultations récurrentes » et « Consultations ponctuelles »

Établissements distincts 5-4

Évolution des commandes (information du CSE) 26-22

Expert du CSE :
- accès aux documents 41-23
- accès aux locaux 41-23
- accord de participation 41-5, 41-36
- alerte économique 41-12
- aménagement (accord) 41-2
- cahier des charges 41-21
- comptable 41-7, 41-12
- concentration (opération) 41-32
- consultations ponctuelles 41-12 (entr. d'au moins 50 sal.), 41-17 (entr. d'au moins 300 sal.), 41-18 (au moins 1 000 sal.)
- consultations récurrentes 41-4
- contestation 41-41
- délais d'expertise 41-27
- désignation (procédure) 41-19
- discrétion 41-26
- environnement
- habilitation 41-14
- licenciement économique collectif 41-12, 41-30, 41-45
- libre 41-16, 41-39
- OPA 41-12, 41-27, 41-33
- pluridisciplinaire 41-24
- prise en charge 41-36 (employeur) 41-39 (CSE) 41-35, 41-38 (employeur/CSE)
- recherche d'un repreneur 41-31
- santé, sécurité 41-13, 41-14

Formation (CSE) 22-12 (ent. de moins de 50 sal.), 42-2 (économique), 23-12, 42-13 (économique, sociale, syndicale et environnementale), 42-24 (santé et sécurité)

Formation (représentants de proximité) 43-23

Formation professionnelle (consultation CSE) : voir « BDESE », « Consultations récurrentes » et « Consultations ponctuelles »

Frais administratifs (CSE) 39-7

Garanties collectives 23-7

GEPP (gestion des emplois et parcours professionnels) 28-18

Gestion des activités sociales et culturelles du CSE : voir « Activités sociales et culturelles (gestion) »

GPEC (gestion prévisionnelle de l'emploi et des compétences) 28-18

Groupement d'intérêt économique (GIE) 3-3, 11-8

Harcèlement 20-8, 34-6 (référent CSE), 20-11 (action CSE dans ent. de moins de 50 sal.), 34-6 (action CSE dans ent. d'au moins de 50 sal.), 32-21 (CSSCT), 34-6 (référent entreprise dans ent. d'au moins 250 sal.)

Heures de délégation : voir « Crédit d'heures »

Horaires individualisés 27-14

Hygiène et sécurité : voir « Santé, sécurité et conditions de travail »

Information (CSE) :
- autres sources 26-25
- BDESE 26-4
- CSE (nouveau comité) 26-1, 29-28
- discrétion 26-17, 27-5
- documents administratifs 26-25
- études et recherche 26-26
- insuffisante 27-6

› langue française 27-5
› ponctuelles 26-27
› trimestrielles 26-21

Information confidentielle 26-17, 27-5, 30-10

Information du personnel (élections) 8-16

Initiative des élections 8-1, 8-8

Inspecteur du travail :
› autorisation de licenciement 18-33, 18-43
› élection 6-13, 9-31, 11-23, 12-20
› ent. de moins de 50 sal. 20-6
› présidence (réunion du CSE) 6-3, 37-24
› protocole préélectoral 9-31
› visite de l'entreprise 31-15 (entr. d'au moins 50 sal.)

Inspections (CSE) 31-19

Intéressement : voir « BDESE », « Consultations récurrentes » et « Consultations ponctuelles »

Internet 36-19

Intranet 36-14

Isoloirs 13-19

Legs 39-27

Lexique 2-1

Liberté de déplacement 22-3 (CSE), 41-23 (experts CSE)

Licenciement collectif économique (consultation CSE) 20-24 (entr. de moins de 50 sal.), 29-5 (entr. d'au moins 50 sal.)

Lieu de vote 13-5

Liste des candidats (élections) :
› commune 12-40
› contentieux 12-56
› dépôt 12-48
› incomplète 12-39
› parité femmes/hommes 12-42
› premier tour 12-25
› publicité 12-54
› second tour 12-28

Liste des électeurs (élections) :
› actualisation 11-34
› contentieux 11-36
› contenu 11-29
› employeur (rôle de) 11-27
› inscription 11-28
› modèle (liste électorale) 11-29
› modèle (note d'information sur la publication des listes) 11-31
› modification de l'effectif 11-34
› publicité 11-30
› syndicats (communication de la) 11-32

Local :
› accès 36-9
› changement 36-10
› CSE 22-7 (entr. de moins de 50 sal.), 36-2 (entr. d'au moins 50 sal.)
› Internet 22-10 (entr. de moins de 50 sal.), 36-19 (entr. d'au moins 50 sal.)
› matériels mis à disposition 22-8 (entr. de moins de 50 sal.), 36-5 (entr. d'au moins 50 sal.)
› ordinateur 22-10 (entr. de moins de 50 sal.), 36-7 (entr. d'au moins 50 sal.)
› téléphone 22-9 (entr. de moins de 50 sal.), 36-6 (entr. d'au moins 50 sal.)

Majorité des présents (résolution) 37-41

Majorité des voix 37-42

Mandat :
› changement de catégorie professionnelle 18-7
› cessation 18-4
› CSE 18-1
› CSE central 7-9
› cumul 18-12
› discrimination (interdiction) 18-32
› durée 18-1
› élection complémentaire 16-9
› élections partielles 16-1
› entretiens avec l'employeur 18-24

› limitation (à 3 mandats successifs) 9-22, 18-8
› prorogation 18-2
› période transitoire 4-4
› protection 18-33
› réduction 18-2
› remplacement 18-10
› rémunération (garantie d'évolution) 18-29
› représentant de proximité 43-10
› représentant syndical au CSE 18-1, 18-5, 18-33
› suspension du contrat 18-6
› terme anticipé 18-4
› transfert d'entreprise 18-17
› valorisation des acquis de l'expérience (VAE) 18-27

Matériel de vote 13-7

Médecin du travail 6-13 (participation CSE), 27-14 (nomination)

Mise en place du CSE :
› demande d'un salarié 8-8, 8-11
› demande d'un syndicat 8-8, 8-10
› effectif 3-6
› initiative de l'employeur 8-1
› période transitoire 4-4
› report 4-10

Modèles :
› bulletin de vote 13-12
› clauses (réunions) 37-55 (périodicité), 37-56 (visioconférence), 37-57 (P-V)
› clauses (crédit d'heures) 38-54 (suppléants CSE), 38-55 (bureau CSE), 38-56 (représentant syndical au CSE), 38-57 (élus du CSEE élus au CSEC), 38-60 (temps passé en commission), 38-61 (bon de délégation), 38-58 (augmentation), 38-59 (diminution)
› consultation ponctuelle (aménagement) 29-31
› consultation récurrente (aménagement) 28-43
› CSEC et CSEE (accord de mise en place) 7-12
› CSSCT (mise en place) 32-3
› information du personnel (élections) 8-18, 15-5 (second tour)
› invitation de l'employeur à négocier (PAP) 9-7, 9-9
› liste électorale 11-29, 11-31 (publicité)
› protocole préélectoral 9-41
› règlement intérieur du CSE 25-16
› représentant de proximité (mise en place) 43-25

Modification de l'organisation juridique ou économique 29-1

Moyenne des voix de chaque liste 15-37

Moyens financiers du CSE : voir « Ressources (CSE) »

Moyens matériels du CSE 22-1 (entr. de moins de 50 sal.), 36-1 (entr. d'au moins 50 sal.)

Nombre de représentants du personnel :
› baisse de l'effectif 19-1
› nombre d'élus 6-6
› variation de l'effectif 19-1

Non-discrimination 18-32

Numérique 29-1

Obligation de discrétion 26-17, 27-5 (BDESE), 30-10 (représentant CSE au conseil d'administration), 37-48 (P-V), 41-26 (Expert)

Offre publique d'acquisition (OPA) 29-9

Opération de concentration 29-8

Ordre du jour (CSE) :
› délai de communication 37-20
› destinataire 37-20, 37-21
› élaboration 37-18
› liquidation judiciaire 37-18
› première réunion 37-2
› santé, sécurité 37-8, 37-11

Organisation économique ou juridique de l'entreprise 29-1

Orientations stratégiques de l'entreprise 28-1, 28-17

PACTE 3-6

Panneaux d'affichage (CSE) 36-11

Participants aux réunions (CSE) 21-12 (entr. de moins de 50 sal.), 37-27 (entr. d'au moins 50 sal.)

Participation aux résultats : voir « BDESE », « Consultations récurrentes » et « Consultations ponctuelles »

Patrimoine (CSE) :
- › personnalité civile 23-15
- › réaffectation 39-29
- › transfert (CE) 39-32

Période transitoire (élections) 4-4

Personnalité civile : 20-1 (entr. de moins de 50 sal.), 23-15 (entr. d'au moins 50 sal.)

Personnalités extérieures 6-13, 37-29, 37-31

Plan de développement des compétences 28-20

Plan d'épargne entreprise (consultation CSE) : voir « BDESE », « Consultations récurrentes » et « Consultations ponctuelles »

Premier tour de scrutin 15-2

Président du CSE :
- › collaborateurs 6-4
- › convocation des élus 37-17
- › définition 6-2
- › élection 8-1
- › première réunion 37-2
- › rédaction de l'ordre du jour 37-2, 37-18
- › responsabilité pénale : voir « Délit d'entrave »
- › rôle 37-1
- › vote 37-39

Prêt de main-d'œuvre : voir « Salariés mis à disposition »

Prime d'assurance (remboursement) 39-23

Procédures collectives (consultation CSE) 29-18

Procès-verbal des élections :
- › carence 15-66
- › résultats (CSE) 15-57
- › publicité 15-58

Procès-verbal des réunions (CSE) 37-45

Proclamation des résultats (élections) 15-53

Procuration 15-26

Propagande électorale 12-59

Prorogation (mandat) 18-2

Protection des institutions représentatives : voir « Délit d'entrave »

Protection des représentants du personnel 18-33

Protocole d'accord préélectoral :
- › absence d'accord 9-36
- › absence de négociateurs 9-35
- › affichage 9-30
- › clauses facultatives 9-22
- › clauses interdites 9-23
- › clauses obligatoires 9-21
- › contenu 9-21
- › contentieux 9-40
- › définition 9-1
- › délais d'invitation des syndicats 9-5
- › double majorité 9-26
- › échec des négociations 9-36
- › élection partielle 9-33
- › employeur (rôle) 9-11
- › inspecteur du travail 9-31
- › invitation des syndicats 9-5
- › invitation des syndicats par courrier (modèle) 9-9
- › invitation des syndicats par tout moyen (modèle) 9-7
- › loyauté (négociation) 9-20
- › modèle 9-41
- › modification 9-34
- › négociateurs patronaux 9-10
- › négociateurs syndicaux 9-14
- › parité hommes/femmes 9-21
- › portée 9-32
- › publicité 9-30
- › rédaction 9-24
- › signature 9-26
- › syndicats intéressés 9-4
- › unanimité absolue 9-29
- › validité 9-26
- › vote électronique 9-21, 9-29

Publicité :
- listes de candidats 12-54
- listes électorales 11-30
- protocole préélectoral 9-30
- P-V (élections) 15-58

Quorum 15-3

Quotient électoral 15-34

Réaffectation des biens (CSE) 39-29

Réclamations individuelles ou collectives (CSE) 20-4

Reclassement après accident professionnel ou non 20-15

Recrutement (consultation CSE) 29-3

Registre spécial (CSE) 21-21

Registre unique du personnel 20-30

Règlement général de la protection des données (RGPD) 14-21, 36-21

Règlement intérieur (CSE) :
- adoption 25-9
- central 24-10
- champ d'application 25-2
- commissions 25-6, 32-13, 32-21, 32-23 (CSSCT)
- contenu 25-5
- contrôle judiciaire 25-13
- entrée en vigueur 25-10
- force obligatoire 25-12
- modèle 25-16
- modification 25-15
- objet 25-1
- rédaction 25-4
- sanction (absence) 25-2
- validité 25-11

Remplacement des représentants du personnel 18-10

Rémunération (garantie) 18-29

Renouvellement du CSE 4-13, 8-3, 8-20

Répartition :
- du personnel dans les collèges 10-8, 10-10
- des sièges 10-8, 10-14

Représentants de proximité (RDP) :
- attributions 43-13
- commissions 33-1
- désignation 43-7
- dispositif 43-1
- heures de délégation 43-18
- formation 43-23
- mise en place 43-3
- mise en place (modèle d'accord) 43-25
- outils de communication 43-22
- réunions 43-20
- statut (RDP) 43-10

Représentants du CSE (AG des actionnaires) :
- accès à la documentation 30-14
- demande de convocation de l'assemblée en urgence 30-16
- demande d'inscription de projets de résolution à l'ordre du jour 30-15
- désignation 30-11
- droit d'expression 30-13
- nombre 30-11
- ordre du jour 30-15
- rôle 30-12
- société par actions simplifiée (SAS) 30-14
- sociétés commerciales 30-14
- tableau récapitulatif (rôle) 30-17
- vote 30-13

Représentants du CSE au conseil d'administration :
- accès à la documentation 30-6
- convocation aux réunions 30-6
- désignation 30-3
- discrétion 30-10
- mandat (durée) 30-5
- nombre 30-1
- rôle 30-6
- société par actions simplifiée (SAS) 30-2
- tableau récapitulatif (rôle) 30-17
- voix consultative 30-6

Représentants syndicaux :
- au CSE 6-7
- au CSE central 7-4

Représentativité syndicale 9-4, 16-8, 17-10

Résolution du CSE 37-41

Responsabilité (CSE) 24-20

Responsabilité interne du service de sécurité 6-13, 37-21, 37-29

Ressources (CSE) :
- › CSE central 24-14
- › cotisations des salariés 39-25
- › dons et legs 39-27
- › réaffectation des biens du CSE 39-29
- › recettes des équipements collectifs gérés par le CSE 39-24
- › recettes et manifestations 39-26
- › remboursement des primes d'assurance 39-23
- › budgets 39-2 (AEP), 39-11 (ASC)
- › transfert des biens du CE 39-32

Restructurations (consultation CSE) 29-4, 29-30

Résultats des élections 15-28

Réunions (CSE/entr. d'au moins 50 sal.) :
- › approbation des comptes 37-15
- › bureau du CSE 37-3
- › carence de l'employeur 37-24
- › circonstances exceptionnelles 37-10
- › commissaire aux comptes 37-34
- › concentration (opération de) 37-12
- › confidentialité 37-36
- › convocation 37-17
- › covid-19 37-35
- › date 37-2, 37-5
- › droit de vote 37-37
- › élection bureau (CSE) 37-43
- › enregistrement des débats 37-45
- › initiative du CSE (à l') 37-54
- › inspecteur du travail 37-9, 37-24
- › lieu 37-17
- › majorité des présents 37-41
- › majorité des voix 37-42
- › médecin du travail 37-9, 37-19
- › offre publique d'acquisition 37-33
- › ordre du jour 37-18, 37-19 (santé, sécurité)
- › partage des voix 37-43
- › participants 37-27
- › participants occasionnels 37-29
- › participation (accord) 37-16
- › personnes extérieures 37-31
- › périodicité 37-2, 37-6, 37-55 (modèle de clause)
- › première réunion 37-2
- › préparatoire 37-54
- › président (vote) 37-38
- › procès-verbal 37-45, 37-57 (modèle de clause)
- › règlement intérieur 37-17
- › représentant syndical au CSE 37-28
- › responsable interne du service sécurité 37-21, 37-29
- › santé, sécurité et conditions de travail 37-8, 37-11, 37-19, 37-29, 37-32
- › secrétaire 37-18, 37-46
- › sténographie 37-45
- › suppléant 37-20, 37-28, 37-37
- › supplémentaires 37-10
- › titulaire 37-28
- › visioconférence 37-1, 37-35, 37-56 (modèle de clause)
- › vote 37-37

Réunions (CSE/entr. de moins de 50 sal.) :
- › avis 21-18
- › calendrier 21-3
- › convocation 21-9
- › date 21-7
- › débats (enregistrement) 21-19
- › exceptionnelle 21-4
- › mensuelle 21-2
- › note des élus 21-10
- › participants 21-12
- › préparatoires 21-22
- › registre spécial 21-21
- › réponse employeur 21-17, 21-20
- › visioconférence 21-16
- › urgence 21-4

Réunions (représentants de proximité) 43-20

Rupture du contrat de travail (protection) 18-33

Salarié demandeur d'élections 8-11

Salariés électeurs 11-4

Salariés éligibles 12-1

Salariés intérimaires 3-17 (effectif), 11-6 (électorat), 12-4, 12-16 (éligibilité)

Salariés mis à disposition 3-18 (effectif), 11-7 (électorat), 12-11 (éligibilité)

Salariés mis à disposition auprès des syndicats 11-13

Salariés portés 11-9 (électorat), 12-12 (éligibilité)

Salariés protégés 18-33 (cas d'application), 18-37, 18-43 (inspection du travail), 18-37 (procédure)

Salariés à temps partiel 3-20 (effectif), 11-4 (électorat), 12-5 (éligibilité)

Santé, sécurité et conditions de travail :
- › attributions du CSE (entr. d'au moins 50 sal.) 23-9, 31-1
- › attributions du CSE (entr. de moins de 50 sal.) 20-7, 20-26, 20-33
- › audition (établissement voisin) 31-20 (entr. d'au moins 50 sal.)
- › commission 32-1
- › document 20-26 (entr. de moins de 50 sal.), 31-14 (entr. d'au moins 50 sal.)
- › DUER 31-9
- › enquête (CSE) 20-10 (entr. de moins de 50 sal.), 31-18 (entr. d'au moins 50 sal.)
- › formation 42-24
- › inaptitude 31-12
- › inspection (CSE) 31-19
- › licenciement économique collectif (rôle CSE) 31-11
- › réunions 37-8, 37-11, 37-19, 37-29, 37-32
- › secrétaire adjoint (CSE central) 24-9
- › visite (inspecteur du travail) 31-15 (entr. d'au moins 50 sal.)

Scrutin 15-1 (CSE), 7-7 (CSE central), 13-13 (secret)

Second tour de scrutin :
- › note d'information (modèle) 15-5
- › organisation 15-8

Secret professionnel : voir « Obligation de discrétion »

Secrétaire :
- › CSE 23-17, 37-26
- › CSE central 24-9
- › rédaction ordre du jour des réunions du CSE 37-18
- › rédaction P-V des réunions du CSE 37-46
- › secrétaire adjoint (CSE central) 24-9

Service de santé au travail 37-27

Sièges réservés 10-3, 10-15, 12-32, 15-48

Situation financière (information du CSE) : voir « BDESE », « Consultations récurrentes » et « Consultations ponctuelles »

Sous-traitance 26-10, 28-34

Sténographie 37-45

Suffrages valablement exprimés 15-37

Suppléants CSE 18-10 (élections), 21-13, 37-28, 37-37 (réunions), 38-3 (crédit d'heures)

Suppression CSE 19-1, 19-4 (contentieux)

Syndicat demandeur d'élections 8-10

Syndicats représentatifs 9-4, 16-8, 17-10

T

Tableaux :
- › base de données économiques et sociales (réglementaire) Annexe 2
- › bénéficiaires de la protection 18-35
- › calendrier électoral 4-14
- › commission santé, sécurité et conditions de travail (CSSCT) 32-29
- › composition des collèges électoraux (CSE) 10-2, 10-3
- › crédit d'heures 38-2, 38-10
- › effectif (salariés à prendre en compte) 3-28
- › experts 41-6, 41-11, 41-25, 41-34, 41-36, 41-37, 41-40
- › lexique CSE 2-1
- › nombre de représentants du personnel 6-6
- › périmètre de mise en place (CSE) 5-15

› protocole préélectoral (clauses interdites) 9-23
› recours contentieux électoral (tribunal judiciaire) 17-14
› règles négociables avant élections 4-17
› représentants du CSE au conseil d'administration et à l'AG des actionnaires 30-13

Tract 22-8

Transfert des biens du CE vers le CSE 39-29

Transfert d'entreprise (mandat) 18-15

Travailleurs à domicile 3-16 (effectif), 11-4 (électorat), 12-1 (éligibilité)

Trésorier (CSE)
› CSE 6-12, 23-17
› CSE central 24-9

Tribunal judiciaire (contentieux électoral) 2-1, 17-1, 17-5

Unité économique et sociale 5-11 (CSE), 44-5 (conseil d'entreprise)

Urne 13-16

Usage (définition) 2-1

Valorisation des acquis de l'expérience (VAE) 18-27

Visioconférence 21-16 (entr. de moins de 20 sal.), 37-1, 37-35 (entr. d'au moins 50 sal.), 37-56 (modèle de clause)

Vote (élections) :
› bulletins 13-7
› bulletins (modèle) 13-12
› bureau 15-15
› par correspondance 14-2
› date 13-1
› déroulement 14-28, 15-1
› électronique 14-13
› enveloppes 13-13
› heures 13-2
› isoloirs 13-19
› lieu 13-5
› matériel 13-7
› moment 13-1
› procuration 15-26
› résultat 15-33
› salle (de) 15-21
› scrutin de liste 15-1
› secret 13-13
› urne 13-16

Vote (réunions CSE) :
› à main levée 37-44
› bulletin secret 37-44
› élection (bureau CSE) 37-43
› majorité des présents 37-41
› majorité des voix 37-42
› président 37-39